中国历代通俗演义

清史

演义

蔡东藩/著

山西出版集团 山西人民出版社

一

图书在版编目（CIP）数据

清史演义 / 蔡东藩著.—太原：山西人民出版社，2009.2（2012.8 重印）

（中国历代通俗演义丛书）

ISBN 978-7-203-05981-3

Ⅰ.清… Ⅱ.蔡… Ⅲ.章回小说—中国—现代Ⅳ. I246.4

中国版本图书馆 CIP 数据核字（2009）第 004093 号

清史演义

编　　著：	蔡东藩	
责任编辑：	秦继华	
装帧设计：	陈永平	
出　版　者：	山西出版传媒集团·山西人民出版社	
地　　址：	太原市建设南路 21 号	
邮　　编：	030012	
发行营销：	0351-4922220　4955996　4956039	
	0351-4922127 （传真）　4956038（邮购）	
E-mail：	sxskcb@163.com　发行部	
	sxskcb@126.com　总编室	
网　　址：	www.sxskcb.com	
经　销　商：	山西出版传媒集团·山西人民出版社	
承　印　者：	山西科林印刷有限公司	
开　　本：	850mm×1168mm　1/32	
印　　张：	18.625	
字　　数：	661 千字	
印　　数：	24861–27360 册	
版　　次：	2009 年 2 月　第 2 版	
印　　次：	2012 年 8 月　第 4 次印刷	
书　　号：	ISBN 978-7-203-05981-3	
定　　价：	30.00 元	

如有印装质量问题请与本社联系调换

出 版 说 明

　　蔡东藩（1877—1945），名郕，浙江萧山人。清末秀才，工诗善医，曾以优贡生朝考入选。后感官场丑恶，称病归里。辛丑革命后，埋头撰述，至1926年，《历朝通俗演义》（今称《中国历代通俗演义》）告成。洋洋五百余万言，纵横古今，一气呵就。这套演义体小说，上自秦汉，下迄民国9年，"以正史为经，务求确凿，以轶闻为纬，不尚虚诬"，不求古奥，不阿时好，独辟蹊径，浅显切近，可谓一部系统、完整的历史通俗巨著。因其文笔生动活泼，史料采撷丰富，甫一面世，销行即极为畅达，颇受读者青睐。还值一提的，是这部巨著在某种程度上和某种范围内，包含着爱国忧民的思想，如讴歌颂扬了中国古、近代历史上的一些民族英雄和廉臣洁吏，贬斥嘲讽了古、近代历史上的一些卖国奸贼与贪官污吏。当然，作为一位生长和生活于中国半殖民地半封建社会中的史学家，蔡东藩不可能超脱时代和阶级的局限，书中肯定存在一些旧的唯心历史观、封建伦理道德观念和失实演绎之处。这些，均望读者诸君能以批判的眼光对待之。

编者　1996 年春

自　序

　　革命功成，私史杂出，排斥清廷无遗力；甚且撷拾宫闱事，横肆讥议，识者嗢焉。夫使清室而果无失德也，则垂至亿万斯年可矣，何至鄂军一起，清社即墟？然苟如近时之燕书郢说，则罪且浮于秦政隋炀，秦隋不数载即亡，宁于满清而独永命，顾传至二百数十年之久欤？昔龙门司马氏作史记，蔚成一家言，其目光之卓越，见解之高超，为班范以下诸人所未及，而后世且以谤史讥之；乌有不问是非，不辨善恶，并置政教掌故于不谭，而徒采蝶亵鄙俚诸琐词，屡杂成编，即诩诩然自称史笔乎？以此为史，微论其穿凿失真也，即果有文足征，有献可考，亦无当于大雅；劝善惩恶不足，嚚奸导淫有余矣。

　　鄙人自问无史才，殊不敢妄论史事，但观夫私家杂录，流传市肆，窃不能无惭于心，慨然思有以矫之，又自愧未逮；握椠操觚者有日，始终不获一编。而孰知时事忽变，帝制复活，筹安请愿之声，不绝于耳，几为鄙人所不及料。顾亦安知非近人著述，不就其大者立论，胡人犬种，说本不经，卫女狐绥，言多无据；鉴清者但以为若翁华胄，凤无秽闻，南面称尊，非我莫属；而攀鳞附翼者，且麇集其旁，争欲借佐命之功，博封王之赏，几何不易君主为民主，而仍返前清旧辙也。

　　窃谓稗官小说，亦史之支流余裔，得与述古者并列；而吾国社会，又多欢迎稗乘。取其易知易解，一目了然，无艰僻渊深之虑。书籍中得一良小说，功殆不在良史下；私心怦怦，爰始属稿而勉成之。自天命纪元起，至宣统退位止，凡二百九十七年间之事实，择其关系最大者，编为通俗演义，几经搜讨，几经考证，巨政固期核实，琐录亦必求真；至关于帝王专制之魔力，尤再三致意，悬为炯戒。成书四册，凡百回，都五六十万言，非敢妄拟史宬，以之供普通社会之眼光，或亦国家思想之一助云尔。稿甫就，会文堂迫于付印，未遑修饰，他日再版，容拟重订，阅者幸勿诮我疏略也。是为序。

　　中华民国五年七月古越蔡东藩自识于临江书舍。

目　录

第　一　回

溯往事慨谈身世　述前朝细叙源流

　　"帝德乾坤大,皇恩雨露深。"这联语是前清时代的官民,每年写上红笺,当作新春的门联,小子从小到大,已记得烂熟了。曾记小子生日,正是前清光绪初年间,当时清朝虽渐渐衰落,然全国二十余行省,还都是服从清室,不敢抗命;士读于庐,农耕于野,工居于肆,商贩于市,各安生业,共乐承平,仿佛是汪洋帝德,浩荡皇恩。到小子五六岁时,尝听父兄说道:"我国是清国,我辈便是清朝的百姓。"因此小子脑筋中,便印有清朝二字模样。嗣后父兄令小子入塾,读了赵钱孙李,念了天地玄黄,渐渐把清朝二字,也都认识。至《学》、《庸》、《论》、《孟》统共读过,认识的字,差不多有三五千了,塾师教小子道:"书中有数字,须要晓得避讳!"小子全然不懂,便问塾师以何等字样;应当避讳?塾师写出玄字,烨字,胤字,弘字,颙字,泞字,指示小子道:"此等字都应缺末笔。"又续写历字,宁字,淳字,随即于历字,宁字,淳字旁,添写一曆字,甯字,湻字,指示小子说道:"历字应以曆字恭代,宁字应以甯字恭代,淳字应以湻字恭代。"小子仍莫明其妙,直待塾师详细解释,方知玄字烨字是清康熙帝名字,胤字是清雍正帝名字,弘字历字是清乾隆帝名字,颙字是清嘉庆帝名字,宁字、泞字、淳字是清道光、咸丰、同治帝的名字,人名不能乱写,所以要避讳的。

　　后来入场考试,益觉功令森严,连恭代的字,都不敢写,方以为大清统一中原,余威震俗,千秋万岁,绵延不绝,可以与天同休了。谁知世运靡常,兴衰无定,内地还称安静,海外的风潮,竟日甚一日。安南、缅甸,是中国藩属,被英法两国夺去,且不必说,忽然日本国兴兵犯界,清朝遣将抵御,连战连败,没奈何低首求和,银子给他二百四十兆两,又将东南的台湾省,澎湖群岛,双手捧送,日本国方肯干休。过了两三年,奉天省内的旅顺大连湾,被俄国租占了去,山东省内的胶州湾,被德国租占了去,胶州湾东北的威海卫,被英国租占了去,广东省内的广州湾,被法国租占了去,而且内地的矿山铁路,也被各国占去不少。

　　嗣是清朝威势全失,外患未了,内忧又起,东伏革命党,西起革命军,扰乱十多年,清廷防不胜防;后来武昌发难,各省响应,竟把那二百六十八年的清室推翻了，二十二省的江山光复了。自此以后，人人说清朝政治不良，百般辱骂；甚至说他是犬羊贱种，豺虎心肠，又把那无中生有的事情，附会上去，好象清朝的皇帝，无一非昏淫暴虐，清朝的臣子，无一非卑鄙龌龊，这也未免言过其实呢。我想中国的人心，实在是靠不住的，清朝存在的时候，个个吹牛拍马，说他帝德什么大，皇恩什么深，到了清室推翻，又个个批他一钱不值，这又何苦？小子无事时，曾把清朝史事，约略考究，有坏处，也有好处；有淫暴处，也有仁德处；若照时人所说，连两三年的帝位，都保不牢，如何能支撑到二百六十多年？不过转到末代，主弱臣庸，朝政浊乱，所以民军一起，全局瓦解。现在清朝二字，已成过去的历史，中国河山，仍然照旧，要想易乱为治，须把清朝的兴亡，细细考察，择善而从，不善则改，古人说的"殷鉴不远"，便是此意。

闲文少表，且说清朝开基的地方，是在山海关外沈阳东边，初起时，只一小小村落，聚群而居，垒土为城，地名鄂多哩，人种叫作通古斯族。他的远祖，相传是唐虞以前，便已居住此地，称为肃慎国，帝舜二十五中，肃慎国进贡弓箭，史册上曾见过的。传到后代，人口渐多，各分支派，大约每一部落，戴一首领，多生得骨胳魁梧，膂力强壮，并且熟习骑射，百步穿杨。赵宋时代，金太祖阿骨打，是他族内第一个出色人物，开疆拓土，直到黄河两岸，宋朝被他搅扰的了不得。后来蒙古兴起，金邦渐衰，蒙古与南宋联兵，将他吞灭，还有未曾死亡的遗族，逃奔东北，伏处海滨，经过了二百多年，又产出一个大人物来，这个人物，说是天女所生，真正奇异！小子尚不敢凭空捏造，是从史籍上翻阅得来：天女生在东北海滨长白山下，有姊妹三人，长名恩古伦，次名正古伦，幼名佛库伦，三人系出同胞，相亲相爱，只是塞外风俗，与内地不同，男子往来游牧，迁徙无常，女子亦性情活泼，最爱游玩。一日，姊妹三人，散步郊原，到了长白山东边，有一座布库里山，洞壑清幽，别有一种可人的景致。那时正是春风澹荡，春日迷离，黄鸟双飞，绿枝连理，三人欢喜非常，便从山下蹀躞前行，约里许，但见一泓清水，澄碧如镜，两岸芳草茸茸，铺地成茵。就假此小坐。佛库伦天真烂漫，春兴正浓，就约两姊妹解衣洗浴。浴未毕，忽闻鸟声嘈唶前来，三人昂首上观，约有两三只灵鹊，仿佛象姊妹花一般。就中有一鹊吐下一物，不偏不倚，正坠在佛库伦衣上，佛库伦眼快手快，急忙拾取，视之，乃一可口的食物。他也不辨名目，就衔在口内，两姊问他所拾何物，他已从口中囫囵咽下，模糊答道："是一颗红色的果子。"两姊也不及细问，遂各上岸，着好衣服，缓步同归。谁知佛库伦服了此药，肚子竟膨胀起来，他自己也不知所以，到十个月后，竟产出一男，不但状貌魁奇，并且语言清楚，佛库伦不忍抛弃，就在家中抚养。

光阴迅速，襁褓婴儿，竟作髫年童子，只是佛库伦无夫而孕，未免惹人议论，幸而穷荒草昧，人迹稀少，始得抚育成人。儿名叫作布库里雍顺，系是佛伦库所取，因他在布库里山下，食了朱果，以致孕育，所以特地将布库里三字，作为儿名，留一纪念。布库里雍顺，到了十多岁，颖悟非凡，自念有母无父，当属何族，遂问他母亲佛库伦。佛库伦命以爱新觉罗四字。爱新觉罗，是长白山下居民的土音，其后布库里雍顺遗裔建一满洲国，遂相传为满洲语，若作汉文解说，爱新与金字同音，觉罗即姓氏意义，布库里雍顺的族系，即此可以明白了解。佛库伦是否天女，小子也不消细说了。

且说布库里雍顺渐渐长大，也学些骑马射箭的技艺，闲暇时又在河边折柳编筏。看官！你道他折柳编筏，是何意思？他是具有大志，暗想穷居草莽，终究没有生色，若将柳条编成一筏，可以驾筏出游。果然天下无难事，总教有心人，柳条越编越多，越多越大，居然成了一叶扁舟，布库里雍顺喜不自禁，就轻轻在筏上坐住，顺着河流，飘扬而去。英雄冒险，胆大敢为，冥冥中亦象有风伯河神，当先引导，竟把那布库里雍顺送到一个安乐的地方。

原来长白山东南有一大野，名叫鄂谟辉，野中有一村落，约数十百家，这数十百家内，只分三姓，习成强悍，专喜械斗，因此自相残杀，连岁不休。一日，有女子汲水，见一柳筏，随流漂至，其间有青年男子，端坐在内，顿时骇异非常，急忙回告父兄。那时父兄即临河眺望，果然岸旁有一少年，头角峥嵘，仪表英伟，不觉失声道："这是天生神人。"随即引之登陆，问从何来？布库里雍顺从容对答，说是天女所生，由长白山下至此。霎时间轰动乡间，无论男女老幼，一齐出观，见了布库里雍顺，都道这个好郎君，真正难得。于是各邀布库里雍顺至家，东牵西扯，几至大家争论起来，还是布库里雍顺从旁劝解，说我初到此地，辱承待爱，自当次第谒候。又指汲流女子的父兄道："我与他相见最早，理应先到他家，问候起居。"众人见他举止谦恭，吐属风雅，便个个叹服，一无异言。布库里雍顺就随了汲流女子的父兄，直至家内。那家格外优待，饷以酒食；饮半酣，座上老人更详问氏族，布库里雍顺一一还答，老者又问以婚未？布库里雍顺答言未婚。老者即起身入室，半晌间引一少女出室来前。走近视之，虽是乡村弱质，倒也体态端方。仔细端详，就是汲流女子。老者嘱女子对答行礼，布库里雍顺亦离座作答。礼毕，女子转身入室，老者便对布库里雍顺道："小女伯哩年将及笄，如蒙不弃，愿附姻好。"布库里雍顺不得不推逊一番。老者执意不允，布库里雍顺方与老者行翁婿礼。老者拟择日成婚，自是布库里雍顺就住在此家。暇时到村中各家问讯，村人见他彬彬有礼，无不欢迎。

到了吉日，一对小夫妻，谐了眷属，大众都到老者家贺喜。顿时高朋满座，佳客盈门，就中有一个白发朱颜的老丈，对主人道："好一个小郎君，被你家夺作女婿。"又向众人道："这是圣人出世，到吾村内，也算是阖村幸福。吾村连岁械斗，弄得家家不安，人人耽忧，现在不若奉此小郎君为主，一切听他指挥，倒可解怨息争,安居乐业,大众以为何如?"众人听这一席言语,个个鼓掌赞成,欢声如雷。也不待布库里雍顺允与不允,竟一齐请他上坐,奉他作为部长,呼为贝勒。布库里雍顺得此天假的奇缘,遂运用智谋,部勒村居人民,建设堡寨,创造鄂多哩城,成了一个爱新觉罗部,作满洲开基的始祖。后人有诗赞道:

峨峨长白映无垠,朱果祥征佛库伦。

集庆星源三百载,觉罗禅亦衍云礽。

布库里雍顺后,传了数代,又出一个惊天动地的人物,比布库里雍顺似还强得多哩。看官! 你道是谁? 且少待片刻,容小子下回报名。

是回为全书总冒,将下文隐隐呼起;并将作书总旨,首先揭示。入后叙满洲源流。运实于虚,亦有弦外深意,确是开宗明义之笔。

成为帝王,败即寇贼,何神之有? 我国史乘,于历代开国之初,必溯其如何祯祥? 如何奇异? 真是谬论。是回叙天女产子,朱果呈祥等事,皆隐隐指为荒诞,足以辟除世人一般迷信,不得以稗官小说目之。

第 二 回

丧二祖誓师复仇　合九部因骄致败

却说布库里雍顺所建的鄂多哩城，在今辽宁省勒福善河西岸，去宁古塔西南三百多里，此地背山面水，形势颇佳，究竟是小小部落，无甚威名。当时明朝统一中原，定都燕京，只在山海关附近设防，塞外荒地，视同化外；就是比鄂多哩城，阔大几倍，也不暇去理保，何况这一个小小土堡呢？谁知深山大泽，实生龙蛇。自布库里雍顺开基后，子子孙孙，相传不绝，其间虽迭有兴衰，到了明朝中叶，出了一个孟特穆，智略过人，把祖基格外恢拓，渐渐西略，移住赫图阿拉地。赫图阿拉在长白山脉北麓，后来改名兴京便是。

孟特穆四世孙名叫福满，福满有六子，第四子觉昌安，继承先业，居住赫图阿拉城，还有五子，亦各筑城堡，环卫赫图阿拉统称宁古塔贝勒。觉昌安率领各贝勒，攻破邻近部落，拓地渐广，生了数子，四子名塔克世，娶喜塔喇氏为妇，这喜塔喇氏并非天女。偏生出一个智勇双全、出类拔萃的儿子来。这人就是大清国第一代皇帝，清朝子孙，称为太祖，努尔哈赤是他英名。他出世时，祖父俱存。他有一个堂姊，是觉昌安女孙，出嫁与古埒城阿太章京，已有数年，不料明朝遣总兵李成梁，驻守辽西，阴忌觉昌安，招诱图伦城主尼堪外兰，合兵围攻古埒城。这古埒城地方狭小，那里挡得住大军，连忙差人到觉罗部求救，觉昌安得报，恐女孙被陷，遂与塔克斯带领全部兵士，驰救古埒城，与敌兵接仗，不分胜负。阿太章京见救兵已到，开城迎入，城中得了一枝生力军，人心少安。

觉昌安上城巡视，不分昼夜，每日指挥部众，极力防御。忽见城下一人，扣马而至，大呼开门，觉昌从上俯视，其人非他，乃图伦城主尼堪外兰也。原来尼堪外兰，旧隶觉昌安部下，因此相识。便问汝来何意？答言闻主子到此，特来禀见。觉昌安见无随兵，即开门纳入。尼堪外兰既入城，至觉昌安前，即抱膝请安。觉昌安命之起坐，问何故联明攻城？尼堪外兰婉言谢罪，并云："前未知古埒城主，与主子有亲，故敢冒犯，今闻主子远道驰救，方识有婚姻关系；现已向明李总兵前，盛说主子威德及人，不宜与敌，李总兵已愿退兵，若主子再令古埒城主，向明廷岁献方物，李总兵且当上表明廷，请给主子封爵，管领建州。"觉昌安道："汝言果真么？"尼堪外兰急得发誓道："如有狂言，愿死乱刀之下。"觉昌安大喜,令阿太章京设宴相待,席间叙谈。尼堪外兰极力趋承,越说得天花乱坠,什么龙虎将军印,什么建州卫都督敕书,不由觉昌安不信。饮毕,辞去。次日城下各军,果然齐退。阿太章京见敌军退尽,拜谢觉昌父子救援之恩,一面备办盛筵,款待觉昌安父子,一面烹羊宰猪,犒飨军士。大众饮得酩酊大醉,至晚各自鼾睡。谁知蓦地里炮声大震,喊杀连天,众人从睡梦中惊醒,不识何处大兵,从天而下,身不及披衣,而头已断,手不及持刃,而臂已离,纷纷扰扰的一夜,城中的兵民,多半向鬼门关上挂号报到;觉昌安父子及阿太、章京两夫妻,也亲亲热热,一淘儿归阴去了。趣语。古人说得好:"福兮祸倚,乐极悲生。"只为觉昌安误信奸言,遂中了尼堪外兰的诡计。

是时努尔哈赤年方二十五岁,因祖父二人往援古埒城,常着人探听消息,先接到明军撤围的音信,颇自安心,嗣后续闻警耗,至祖父被害一节,不觉大叫一声,晕倒于地。及众人救醒,放声大哭,连他伯叔兄弟,都各凄然。当下检查武库,只留遗甲十五幅,一一携出,指示伯叔兄弟,提出复仇二字,哀恳臂助。那时伯叔兄弟,自然感愤得很,分着遗甲,一拥出城,向东而去。

且说尼堪外兰用诡计袭破古埒城,掳了些金银财宝,搬回图伦,终日流连酒色,任情取乐,忽报努尔哈赤兵到,顿觉仓皇失措,勉强招集部众,出城对敌。努尔哈赤不待图伦兵列阵,即纵马直出。当先踹入敌阵中,部众乘势跟上,逢人便杀,见首辄斫,仿佛是生龙活虎一般,图伦兵从未见过这般利害,霎时间纷纷退走。尼堪外兰见事不妙,忙拍转马头,落荒逃走。努尔哈赤追赶不及,收兵入图伦城,下令降者免死。城内外兵民,闻此号令,都投首乞降。休息一天,复发兵追寻尼堪外兰,终无下落。旋探知尼堪外兰已窜入明边,乃回赫图阿拉城,修书致明朝边吏,书中大意,是请归祖父丧,及拿交尼堪外兰。明边吏将此书上达明廷,此时正在明朝万历年间,老成凋谢,佞人用事,文武各官,多半是酒囊饭袋,见了此书,就纷纷议论起来:有的说是万不能允的;有的说是允他一半;嗣经执掌朝纲的大员,以李成梁无故兴兵,亦属非是,但执送尼堪外兰,有损国威,不若归丧给爵,买他欢心为是。神宗皇帝准了此议,遂令差官奉敕三十道,马三十匹,建州卫都督册书一函,龙虎将军印一颗,并送还觉昌父子的棺木。

差官到了赫图阿拉城,努尔哈赤以礼迎入,北向受封。只因尼堪外兰未曾拿交,仍央差官回请。差官去后,待至数月,毫无音响,努尔哈赤复仇心切,整日里招兵买马,大修战具,分黄红蓝白四旗,编成队伍,旌旗变色,壁垒生新。一日升帐宣令,饬部下头目,排队出发,直指明边。众头目请道:"此去攻明,必须经过某某部落,须先向假道方可。"努尔哈赤道:"不必!有我当先开路,汝等紧随便是。"大众无言可说,便跟着努尔哈赤出城。车驰马骤,风掣电驰,所过各部落,毫无防备,由他进行;稍强横的部民,拦阻马头,不是被刀杀死,便是被箭射死。行了数日,距明境只三十里,努尔哈赤便命部众停住,扎好了营,令队长齐萨率壮士数十人,往明境叩关,索交尼堪外兰。是时明总兵李成梁,已由明廷谴责,说他无端启衅,褫职回籍,调了一个新总兵,懦弱无能,闻觉罗部遣众叩关,惊慌的了不得,不得已派一属弁,与军士百人,出城与齐萨会议。齐萨所说的,无非是索交尼堪外兰,否则兵戎相见,差弁无可辩驳,只得唯唯而还。也是尼堪外兰恶贯满盈,命数该绝,正在城中探听消息,踽踽前行,无巧不成话,偏与差弁相遇;差弁即将他骗入署中,禀明总兵,一声呼喝,将尼堪外兰反绑起来,推入囚车,遣两役异出,象扛猪的扛了去,扛到郊外,送交清营。当由垂辫的兵役数名,从囚车内一把抓出,拖入帐中,尼堪外兰已魂飞天外,但闻得一声惊堂木,接连有"你这骗贼,也有今日"两语,正思开目张望,可奈乱刃交下,血晕心迷,霎时间一道魂灵,归入地府,适应了前日誓言。

自是努尔哈赤与明朝和好,每岁输送方物,明廷亦岁给银八百两,蟒缎十五匹,并许彼此人民互市塞外。

这觉罗国渐渐富强,名为明朝藩属,实是明朝敌国;远近部落,又被他并吞不少。那时这雄心勃勃的努尔哈赤,乘着这如日方升的气象,想统一满洲,奠定国基,当命工匠兴起土木,建筑一所堂子,作为祭神的场所;工匠等忙碌未了,忽掘起一块大碑,上有六个大字,忙报知努尔哈赤。努尔哈赤不见犹可,见了碑文,暗觉惊诧异常。他却阳为镇定,仔细摩挲了一回,突然向工人道:"这妖言不足信,快与我击断此碑!"看官!你道这碑文是如何说?乃是"灭建州者叶赫"六字。此碑既由工人击断,努尔哈赤始退回帐中,心中却闷闷不乐。次日来了一个外使,说是奉叶赫贝勒命,来此下书,努尔哈赤暗想道:"偌大这叶赫部,乃竟来与我作对么?"踌躇了一会,方唤来使入帐。来使呈上书琅,努尔哈赤展视之,但见书上写着:

> 叶赫国大贝勒纳林布禄,致书满洲都督努尔哈赤麾下:尔处满洲,我处扈伦,言语相通,势同一国,今所有国土,尔多我寡,盍割地与我?

努尔哈赤看到此句,不由的怒气上冲,将来书扯得粉碎,掷还来使;并向来使说道:"我国寸土寸金,就使汝主首级来换,也是不允。"说罢,命左右逐出来使。使者抱头鼠窜而去。努尔哈赤即于次日出城阅兵,严行部勒,详申军律,并命军士日夜操练,专待叶赫兵到,与他厮杀。

且说叶赫国在满洲北方,与哈达、辉发、乌拉三部,互为联络,名扈伦四部,明朝称他为海西卫。又以哈达居南,叫作南关,叶赫居北,叫作北关。叶赫最强,又与明朝互通聘问,明朝亦略给金帛,令他防卫塞外。叶赫主纳林布禄闻努尔哈赤统一满洲,料他具有大志,宜趁势力未足的时候,翦灭了他,方无后虞，只是无故不能发兵，遂想出下书的计策，借些因头，作为发兵的话柄。到了差人回国，将努尔哈赤的言语，一一传达，纳林布禄勃然道："有这样大言，我明日便去灭除了他！"差人道："主子不要轻觑满州，他部下多是勇夫，不容易对仗呢！"纳布禄道："你休长他人志气，灭自己威风！看你爷明日踏平满洲哩。"次日，便差各弁四路下书，纠合远近各部，合攻满洲，事成当平分满洲土地。过了数日，哈达、辉发、乌拉三部，各率三千兵到叶赫，又过了数日，长白山下的珠舍哩、讷殷二部，已有复书，说已各发兵二千，在中途等候；又过了数日，蒙古的科尔沁、锡伯、卦勒察三部，或发兵一千，或发兵一千五百，也到叶赫境内。是时纳林布禄欢喜异常，忙把部下的兵卒，一齐发出，除老弱不计外，统计有一万多人，会合各部联军，祭旗出发。途中又会着长白山下二部兵士，共得三万多人，浩浩荡荡，杀奔满洲来。

　　警报传到努尔哈赤耳中，即饬兵士驻守札喀城，阻住叶赫各部兵来路。纳林布禄到了札喀城，望见城上旗帜鲜明，刀枪森竖，料知有备，令军士退后三里，扎定营寨。次日，有探马来报，说满洲主努尔哈赤带领全部人马，扎住古埒山，纳林布禄全不在意。原来札喀城在赫图阿拉西北六十里，城右有古埒山，蜿蜿蜒蜒，包围大城，兵法云："倚山为寨。"所以努尔哈赤在山下立营。又次日，纳林布禄正准备迎敌，闻报敌兵已到，即出帐上马，率军对仗。但见前面来的满洲军，只有百余骑，老少不一，带兵的头目，也没有十分骁勇，他在马上大笑道："这样小妮子，也想同我打仗，真是满洲的气数。"话未毕，旁闪出一将道："人人说满洲强盛，看这等老弱残兵，教咱们一队兵士，已杀他片甲不留，各部将弁，都可休息，主子更不必劳动呢。"纳林布禄视之，乃是叶赫西城统领，名叫布塞，即大喜道："你去罢！"布塞便率队上前，呐一声喊，直扑满洲军，满洲军不与交战，竟向后退。布塞一马当先，乘势追赶，只见满洲军都退入山谷中，布塞也不管好歹，追入山谷。忽喊声大起，一彪军从谷内拥出，截住布塞厮杀，正酣斗间，科尔沁部统领明安亦率部兵追至，他恐布塞得了首功，故急急赶来。满洲军见布塞得了援军，又纷纷退走。布塞仍策马前进，明安率兵紧随，转了一坡，又过一坡，越走越险，越险越窄。刺斜里喊声又起，复来一彪军，将布塞明安的兵，截作两段，前面的满洲军，也回转身来，夹攻布塞。布塞军顿时大乱，忽有一将持刀突入，到布塞马前，布塞措手不及，被他一刀劈于马下。部下军士，无处逃生。都做了刀头之鬼。明安知前军被截，急忙退走，不想满洲军已满山遍野的掩杀前来，明安只得纵马而逃，不顾山路上下，拼命的奔走。忽闻扑塌一声，马被陷入淖中，明安急忙下马，轻轻的抓上山壁，已是拖泥带水的要不得，他便弃了鞍马，带爬带走的逃了去。

　　当时纳林布禄信了布塞的言语，回入帐中，满望捷报，忽听帐外喊声震地，急上马出视,正遇着一彪雄军,为首的一员大将,眉现杀气,眼露威棱,手中持一大刀,旋风般杀将来。看官!你道是谁?就是满洲主努尔哈赤。纳林布禄忙拔刀对敌,战了三五回合,不是努尔哈赤的对手。正惶急间,旁边走过了布占泰,是乌拉部贝勒的兄弟,见纳林布禄刀法散乱,忙向前敌住,纳林布禄才一歇手,猛听得大喝一声,布占泰已被努尔哈赤活擒了去。这纳林布禄吓得魂不附体,忙转身向寨后逃走,各部兵见主寨已破,尚有何心再与抵敌,人人丧魄,个个逃生。正是:

　　　　一声鼙鼓喧天日,八面威风扫地时。

　　不知纳林布禄得逃脱与否,且待下回说明。

　　图伦城主尼堪外兰,与叶赫部主纳林布禄,名为满洲之仇敌,实皆满洲之功臣。自古英雄豪杰,不经心志之拂乱,未必能奋发有为,故敌国外患之来,实磨砺英豪之一块试金石也。本回上半截,叙努尔哈赤之勇;下半截,述努尔哈赤之智,智深勇沉,信不愧为开国主,然皆由激励而成。古所谓生于忧患,死于安乐者,于此可见矣。文中运实于虚,写得英采动人,确是妙笔。

第 三 回

祭天坛雄主告七恨　战辽阳庸帅覆全军

却说纳林布禄从寨后逃走，直驰至数十里，不见满洲军，方教停住。少顷，喘息已定，各部兵亦逐渐趋集，约略检点，三停里少了一停，自己部下，且丧失一半；正在垂头丧气，忽见一人跟跄奔入，正是科尔沁部统领明安，尚未行礼，即大哭道："全部军士都败没了，贵统领布塞闻已战死了。"纳林布禄也忍不住垂泪道："可惜可恨！不想努尔哈赤有这般利害。"旋与各部统领，商量和战事宜，大众怵于前创，都是赞成和议。纳林布禄无计可施，只得遣使求和，彼此往来商议，约定和亲，叶赫主的侄女，拟嫁与努尔哈赤的代善，西城统领布塞的遗女，即献与努尔哈赤为妃，才算暂时了结。

努尔哈赤得胜班师，尚恨长白山下二部，结连叶赫，趁势蚕食，把他灭亡。前时擒住的布占泰，因他降顺，给了他一个宗女，放他回国。嗣后布占泰复被叶赫主煽惑，服从叶赫，叶赫主又故意出攻哈达，令哈达向满洲借兵，唆使半路埋伏，歼灭满军。谁知努尔哈赤已瞧破机关，暗率部兵，绕道至哈达城，混入城中，活擒了哈达部长孟格布禄。叶赫主闻此计不成，遣使到明朝，令归还哈达部长，努尔哈赤因明使相请，将孟格布禄子武尔古岱放还，武尔古岱从此归服满洲，努尔哈赤又收服了辉发部，并乘势讨布占泰，攻入乌拉城。布占泰逃至叶赫，努尔哈赤接还宗女，差人向叶赫索布占泰。叶赫主不允，反把这许字满洲的侄女，另嫁蒙古。看官！你想这努尔哈赤，到此还肯忍耐吗？只是努尔哈赤想攻叶赫，偏这明朝屡次出来帮护，努尔哈赤就背了明朝，自己做了满洲皇帝，筑造宫殿，建立年号，叫作天命元年，这正是明朝万历四十四年的事情。自此以后，努尔哈赤就是清国太祖高皇帝，小子作书到此，也只得称他作满洲太祖，把努尔哈赤四字，暂且搁起。

太祖有十多个儿子，第八子皇太极最聪颖，太祖便立他为太子。还有二子，亦是非常骁勇，一名多尔衮，一名多铎，后来入关定鼎，全仗这二人做成，这且慢表。单说满洲太祖，自建国改元后，招兵添械，日事训故，除黄红蓝白四旗外，加了镶黄镶红镶白镶蓝四旗，共成八旗，分作左右两翼，整备了两年有余，锐意出发，他想不入虎穴，焉得虎子，欲灭叶赫，不如先攻明朝，遂于天命二年四月，择日誓师，决意攻明。命太子皇太极监国，自率二万劲旅，到天坛祭天。当由司礼各官，爇烛焚香，恭行三跪九叩首礼，读祝官遂朗诵祝文道：

满洲国主臣努尔哈赤谨昭告于皇天后土曰："我之祖父，未尝损明边一草寸土，明无端起衅边陲，害我祖父，恨一也；明虽起衅，我尚修好，设碑立誓，凡满汉人等，无越疆圉，敢有越者，见即诛之，见而故纵，殃及纵者，讵明复渝誓言，逞兵越界，卫助叶赫，恨二也；明人于清河以南，江岸以北，每岁窃逾疆场，肆其攘夺，我遵誓行诛，明负前盟，责我擅杀，拘我广宁使臣纲古里方吉纳，胁取十人，杀之边境，恨三也；明越境以兵助叶赫，俾我已聘之女，改适蒙古，恨四也；柴河、三岔、抚安三路，我累世分守，疆土之众，耕田艺谷，明不容刈获，遣兵驱逐，恨五也；边外叶赫，获罪于天，明乃偏信其言，特遣使臣遗书诟詈，肆行凌侮，恨六也；昔哈达助叶赫二次来侵，我自报之，天既授我哈达之人矣，明又党之，胁我还其国，已而哈达之人，数被叶赫侵掠，夫列国之相征伐也，顺天心者胜而存，逆天意者败而亡，岂能使死于兵者更生，得其人者更还乎？天建大国之君，即为天下共主，何独构怨于我国也？初扈伦诸国，合兵侵我，天厌扈伦启衅，惟我是眷，今助天谴之叶赫，抗天意，倒置是非，妄为剖断，恨七也。欺凌实甚，情所难堪，因此七大恨之故，是以征之。谨告。

诵毕，便望燎奠爵，外面已吹起角声，催师出发。太祖离了天坛，骑了骏马，御鞭一指，部众齐行，一队一队的向西进发。

师行数日，由前队报说，距明边抚顺城，只二三十里了。太祖便扎住营帐，正拟遣将攻城，忽有一书生求见，自称系明朝秀才；太祖唤入，见他状貌魁奇，已有三分羡慕；及与他谈论，语语中人心坎，不由的击节叹赏；就赐他旁坐，问及姓氏里居。秀才道："仆姓范名文程，字宪斗，沈阳人氏。"太祖道："我闻得中原宋朝，有个范文正公，名叫仲淹，是否秀才的远祖？"文程答道："是。"太祖道："我已到此，距抚顺城不远，抚顺的守将，姓甚名谁？"文程道："姓李名永芳。"太祖问李永芳本领如何？文程道："没甚本领。"太祖道："这是一鼓可下了。"文程道："以力服人，何如以德服人？明主且不用兵，请先给他一封书信，劝他投降，他若顺从，何劳杀伐。"太祖喜道："这却仗先生手笔。"文程应命作书，一挥而就。太祖大悦，便道："我国正少一个文馆的主持，劳你任了此责，参赞军机。"文程叩首谢恩。次日，太祖即遣将到抚顺城下，射进书信，率队而退。这抚顺守将李永芳，本是个没用的人物，他闻满洲军入境攻城，已吓得没了主意，及见此信，召集文武各官，会议了一夜，竟商就了"惟命是从"四字。翌晨开城迎接，为首的跪在城下，恭递降册，就是为明守土的李永芳。太祖命侍卫接了降册，策马入城，部军一齐随入。幸亏得范先生一言，城中的百姓,总算不遭杀戮,太祖便记范文程为首功,更命诸贝勒格外敬礼,称先生而不名,从此大家都呼文程为范先生。

满洲兵休息三日,忽报广宁总兵张承荫,领了三路兵马,来夺抚顺了。太祖问李永芳道:"张承荫系何等样人?"李永芳答言:"是一员勇将。"太祖道:"既是勇将,想必不肯投顺,不若先发制人为妙。"遂一面派兵守城,一面发兵迎敌。离城约十里,闻报明军已相去不远,太祖仍命部众前进,此时明总兵张承荫,正与左翼副将颇廷相,右翼参将蒲世芳,率军前来,两阵对圆,人人酣战。恰是棋逢敌手,将遇良材,自日中至傍晚,两边都余勇可贾,不肯退兵。忽然天色昏暗,一阵大风从西北吹来,猛扑明军,明军正支持不住,接连又是数阵狂飙,把明军的旗帜,刮去了好几面。满洲军占住上风,格外精神抖擞,如泰山压顶般驱入明军,那时明军不由得退走,任你张承荫胆力过人,也自禁止不住。当下且战且退,适值路旁有山,正思觅径而入,为扼守计。忽山侧闪出一支满洲军,大叫道:"满洲贝勒多铎在此,敌将何不下马受缚?"原来满洲太祖见战明军不下,特派多铎绕出后面,夹攻明军。承荫腹背受敌,无心恋战,只得杀开血路,领兵前走。可奈天色昏暮,不辨南北,满洲军又紧迫不舍,惹起承荫血性,与颇、蒲二将道:"战亦死,不战亦死,不如与他拼命,就使死了,也不失为大明忠臣。"于是三将复转身抵敌,舍命冲突。满洲军恰不防他出此一着,前面的兵士,被他杀死无数。俄听一声鼓响,满洲军阵内万弩齐发,箭如飞蝗,可怜三员勇将见危致命,俱死于乱箭之下。

这败报传到明京,神宗大惊,召见群臣,问京外将帅,何人可御胡虏?大学士方从哲保荐了一个人材,姓杨名镐。神宗准奏,立即召见,授兵部尚书,赐他尚方宝剑,往任辽东经略。看官!你道这杨镐是什么脚色?他是河南商邱县人,前任金都御史,曾充朝鲜经略,万历二十五年的时候,倭寇犯朝鲜,杨镐奉朝命往援,打了一个败仗,诡词报捷;后来调抚辽东,又是乱杀边民,被御史奏参,革去官职;此时,复起任边防,难道他的谋略,能敌得过清太祖努尔哈赤么?堂堂一个大明帝国,偏用了这等欺君罔上的臣子,去做统兵的元帅,那得不破?那得不亡?

杨镐既到辽东,闻报沈阳南面的清河堡,又被满洲军夺去,守将邹储贤、张旆两人,统已战死。副将陈大道、高炫逃回辽东,见了杨镐,杨镐却仗着声威,请出尚方宝剑,把二逃将斩首示众。每日檄令附近将士,赶紧援辽!自己却按兵不动。大学士方从哲,闻他逗留不进,常发红旗催他出战,杨镐没法,只得领兵出塞,好在四处已到了许多兵马,叶赫兵也来了二万名,朝鲜兵又来了二万名,杨镐便派作四路,分头前进。中路分左右两翼,左翼兵委山海关总兵杜松统带,从浑河出抚顺关。右翼兵委辽东总兵李如柏统带,从清河出鸦鹘关,又令开原总兵马林,合了叶赫兵,从开原出三岔口,叫作左翼北路军,辽阳总兵刘铤合了朝鲜兵,从辽阳出宽甸口,叫作右翼南路军。四路军共二十多万,他却虚张声势,说有四十七万,满望仗此大兵,攻入满洲。预先与四路将官,定约于满洲国东边二道关会齐,进攻赫图阿拉,这正明万历四十七年二月间时事。

先一月间,天空中出现一颗长星,光芒四射,天文家称作蚩尤星,说是主兵,又说是不祥之兆,小子未曾研究星学,只援据历史,人云亦云便了。到了二月,塞外一带,大雪飘飘,明军在途,受了无数辛苦,人马大半冰冻,只好缓缓前行。独有山海关总兵杜松,仗着膂力,想立首功,令军士冒雪西进;到了浑河,冰冻未开,杜松驱兵径渡,河中冰冻忽解,溺死军士多名。渡至对岸,有满洲军两三小队,上前拦截,怎禁得杜军一股锐气,乱杀乱斫,顿时纷纷退走。杜军争先追赶,约里许,见前面有座高山,满洲败军,统向山谷中退去。杜松恐山内设有埋伏,暂止不追,令军士堵住谷口。一面饬役侦探,回报满洲兵聚集界藩城,杜松遂把军士分作两支,一支仍令堵住谷口,一支由自己亲领,直攻界藩城。

原来杜军屯留山谷,叫作萨尔浒山,此山距界藩城,约有数里。界藩城筑在铁背山上,系满洲要塞,满洲太祖正令兵役一万五千,运石添筑,此时闻杜军进攻,急遣长子代善,引二旗兵去防界藩城,自率六旗兵四万五千人,直攻萨尔浒明营。到了萨尔浒山正当日中,两军相遇,不及答话,便列阵开战,霎时天地晦冥,咫尺间不辨人影。明军点起火炬,与满洲军酣斗,谁知明军从明击暗,箭弹只射中柳林,满洲军由暗击明,箭弹都射着明军,这明军不知不觉的倒毙了无数。满洲军乘势驱杀过来,刀斩斧劈,好象削瓜切菜一般,眼见得明军七零八落了。

这时候的杜松正领兵到吉林崖,与铁背山相近,忽听后面喊声大起,满洲大贝勒代善,带了二旗兵杀来。杜松急命后军作前军,前军作后军,与满洲军混战,未分胜败,骤闻后军复纷纷大乱,界藩城的兵役,也一齐杀到。杜松忙命后军又作前军,迎截界藩城兵。正在你死我活的相拼,不料深林中又冲出一枝人马,把杜军夹断。杜军已是腹背受敌,那里禁得三面夹攻?杜松方舍命突围,飕的来了一箭,正中心窝,坠马而死。众军见无主帅,逃的逃,死的死,弄得干干净净。看官!你道深林中人马,从那里来的?这便是满洲太祖扫平萨尔浒明营,派来夹攻杜松的兵。

开原总兵马林方出三岔口,闻得杜军败没,一面飞报杨镐,一面倚山立营,停止前进。天色将晚,山上忽驰下满洲军,杀入营内,马军不及防备,自相溃乱;监军潘宗颜,还想整军前敌,不意向前数步,头颅已被削去了半个。马林急忙奔窜,还算逃出了一个性命。

这个辽东总兵李如柏,最是没用,说将起来,益发可笑:他是慢慢的出了清河,到了虎栏关,猛听得关外山上,吹起螺来,山谷响应,木叶震动,仿佛有千军万马,追杀前来。李如柏忙令退军,军士也道满洲兵杀到,各自逃生,互相践踏,恰死了一千多人。其实山上并没有什么敌兵,只满洲军二十名,上山侦探,见明军出关,作鸣螺状,偏偏这个没用的李如柏上了他的当。

独有辽阳总兵刘铤,曾经过数十百战,有万夫不当之勇,手持镔铁刀百二十斤,绰号叫作刘大刀,他已深入三百里,连攻下三个营寨,直入栋鄂路,望见前面有一山,山上有一军扎住,龙旌风旆,护着銮驾,他想这不是满洲国王的扈军么?当即横刀跃马,跳上冈来,来杀满洲太祖。满洲太祖正由萨尔浒移兵至此,猛见刘铤上冈,急命军士出迎。刘铤舞起镔铁大刀,左右盘旋,确是有些凶勇,即满洲军抵死拦阻,只杀得一个平手。刘铤暗想仰面上攻,实是费力,不如退至冈下,与他鏖战,便将大刀一摆,率军士下冈。满洲军亦随下,自午至暮,杀得难解难分,两军都有些疲倦起来。惟刘铤越战越勇,全无惧怯。忽有一彪军杀到,万炬齐明,刘铤从火光中望将过去,但见大旗上书一杜字,不觉喜道:"杜总兵到来助我,是天使我灭满洲了。"话未毕,一将已到马前,头戴金盔,身穿铁甲,正是一员明将,只面目恰不认识,刚思动问,那来将先问道:"你莫非就是刘大刀?"刘铤应声未完,来将手起刀落,劈刘铤于马下。众军急来相救,已是不及,只见杀人的杜军,随手乱杀,弄得明军茫无头绪,自相屠戮,一时间全军尽没。小子凑了四句俚言,作为刘大刀的定论,

> 奉命西征胆气豪,大刀示勇姓名高。
> 臣心原是忠明者,可惜胸中欠六韬。

毕竟杀刘铤者是谁,看官不必迟疑,待小子下回道来。

满洲太祖以七恨誓师,未必无深文周纳之言,然明之无端起衅,亦不得谓无咎。自满洲出兵以后,复用一庸驽之杨镐,经略辽东,委二十万军于辽塞,是非明之自取其亡耶?明之亡在此,满洲之兴亦即在此。是此回为明清兴亡关键。故作者亦叙述独详,不稍渗漏。

第 四 回

熊廷弼守辽树绩　王化贞弃塞入关

却说刘𬊤被杀,全军丧亡,大众入枉死城中,还是莫明其妙。实则夹人的杜军,统是满洲军假冒。满洲大贝勒代善,杀尽杜军,得了盔甲旗帜,教军士改装,扮作杜军模样,从界藩城来应太祖,恰巧碰着两军恶战,他便竖起杜字旗帜,踹入刘𬊤军中。刘𬊤深入敌境,尚未悉杜军败耗,还道来的是真杜军,因此中计,猝被杀死。从此刘大刀已化作两段,明朝失去了一员勇将,防边愈觉无人。

那时经略杨镐,还因马林败报,飞速檄止刘𬊤、李如柏两军,过了数日,只有李如柏领军回来。马林因逃还开原后,坚守不出;是年六月,满洲军乘胜进攻,马林颇效死抵御,其后内无粮草,外无救兵,终被满洲军攻破,马林巷战死节,开原失守,铁岭亦不保了。明廷御史交章劾奏杨镐,说他丧师误国,罪无可赦,朝命拿杨镐入京,令兵部侍郎熊廷弼代任经略。

熊廷弼系湖北江夏人氏,身长七尺,素有胆略,至是奉命出京,途中闻开原失守消息,叹道:“盈廷大臣,不知边事,一味主战,以致如此。”遂即缮就奏折,遣使赍京,折中略道:

> 臣闻辽左京师肩背,河东辽镇腹心,开原又河东根本,开原今已破,则北关难保,朝鲜亦不可恃,辽河何可可守?乞速遣将备刍粮,修器械,毋窘臣用,毋缓臣期,毋中格以阻臣气,毋旁挠以掣臣肘,毋独遗臣以艰危,以致误臣误辽兼误国也。谨奏。

奏入神宗报允,并赐尚方宝剑,令便宜行事。

廷弼出山海关,见难民纷纷逃来,停车细问,方知铁岭又失,沈阳吃紧,居民为避难计,因此西奔;遂用好言抚慰,令他随回辽阳,不必惊慌。难民乃随了前行。将到辽阳,遇着逃将数人,缚住正法;逃兵令回城赎罪。既入城,复劝告百姓一番。当即督率军士,造战车,备火器,修葺城池,招集流亡;复冒雪出巡,至沈阳修城阅兵,并自制一篇痛哭淋漓的祭文,亲祭阵亡将士。随祭的军士,都感激涕零。自有此一番振作,辽沈得以渐固。又请聚兵十八万,分守要地,任他智勇双全的满洲太祖,也没法摆布,这正是熊经略守辽的政绩。

满洲太祖见辽沈无隙可乘，便移兵去攻叶赫。叶赫主纳林布禄已死，其弟金台石袭位，闻满洲军将到城下，忙集兵保守东城，并知照西城贝勒布扬古赶紧守御，互相援应。不几日满洲军已到，直逼东城，一攻一守，两不相下，满洲太祖固是能军，金台石颇也不弱。适西城遣军来援，被满洲太祖分兵杀败，追至城下，围住西城，东城守兵，望见满洲军已去了一半，略一宽懈，不防满洲军已缘梯而上，城上急掷矢石，已是不及，反被满洲军残杀多人，未死的守兵，统下城逃走。金台石闻城已被陷，登台死守，并纵火自焚屋宇。奈满洲军蜂拥前来，一齐杀入台中，金台石冒死突围，猛被一箭射倒，被满洲军擒拿而去。全城已破，满洲太祖入城升帐，由军士推上金台石。金台石怒气勃勃，语多不逊，恼得太祖性起，喝令枭首。但听金台石厉声道："我生前不能抗满洲，我死后无知则已，死若有知，定不使叶赫绝种，将来无论传下一子一女，总要报此仇恨。"语未竟而首已落。太祖即令多尔衮拾起金台石首级，挑在竿上，往西城招降。

西城贝勒布扬古，系布塞的儿子，布塞的女儿，曾献与满洲太祖为妃，上回已交代明白。此番闻东城已破，惶急的了不得，经多尔衮在城下招降，用了一片顾念亲谊的话儿，说动了布扬古的心，又把金台石的首级，示作榜样，威吓利诱，不怕布扬古不拜倒马前。西城一降，叶赫遂亡，满洲太祖心已快慰，把从前的碑文，撇在脑后，那里晓得二百年后，复生出一桩大祸祟呢？这且慢表，小子又要讲那熊廷弼了。

熊廷弼守辽三年，人民安堵，鸡犬不惊，偏偏神宗、光宗，相继晏驾，嗣位的称号熹宗，用了一个太监魏忠贤，搅乱朝纲，暗中嫉忌熊廷弼，遣吏科给事中姚宗文，到辽沈阅兵。白面书生，何知军务？这分明是遣他需索。偏这熊廷弼抗傲性成，不但没有馈献，抑且不甚礼貌，姚宗文甚为恚恨，阳为阅兵，阴已定稿；回朝后，即结了一班狐群狗党，诬劾廷弼。廷弼闻知，大加叹息，便拜本辞职。朝旨允准，换了一个袁应泰来代廷弼。应泰是进士出身，曾升任巡抚，为人颇是精敏，但不是用兵能手。既到辽东见廷弼待下甚严，他却格外放宽，把旧制更张了好几条。适值蒙古大饥，部民多入塞乞食，应泰抚慰饥民，令在部下当兵，居住辽沈二城。小不忍则乱大谋，为此一大失着，辽沈人民，又要遭劫了。

这满洲太祖灭了叶赫，正愁没法图辽，得了这个消息，喜不自胜，即发兵进攻沈阳。沈阳总兵贺世贤，忙登陴守御，并着人飞报袁应泰。应泰刚想三路出师，规复清河抚顺，得了此报，急调集诸军，拟援沈阳。忽一探马来报道："沈阳失守，贺总军殉节。"应泰大惊，及问明细底，方知沈阳有蒙人内应，贺世贤为他所卖，以致与城俱亡；当下顿足自悔，急饬亲兵搜查城内蒙民，果得了好几封通敌书信，当即一一正法，令军士沿城掘濠，沿濠环列火器，以便守御，自率总兵侯世禄、姜弼、梁仲善等，出城五里迎战。

满洲军前队已到，梁仲善不分皂白，拍马杀入，侯世禄姜弼恐梁有失，即上前接应，不料敌兵放进梁仲善，截住侯世禄、姜弼。侯姜二人，几次冲阵，都被敌阵中射回。霎时间一声呐喊，满洲军并力上前，突入明军阵内。明军支撑不住，望后退走，袁应泰手刃逃兵数人，仍不济事，只得退入城中；检点军士，已丧失三分之一，侯姜二将，又身负重伤，梁仲善一去不还，想总是阵亡了。

袁应泰还仗着城濠深广，分陣固守，谁知到了次日，满洲军已将城西大闸掘开，把濠中水一泄无余，军士竟渡濠攻城，分作左右两翼，左翼兵奋勇直上，时已日暮，应泰列炬拒战，自暮至旦，守城兵士，多半伤亡，兵官牛维曜、高出等，不知去向，城中大乱。翌晨，右翼兵又陆续登城，应泰避入城北镇远楼，邀巡按御史张铨至，流涕道："我为经略，城亡俱亡。公文官无城守责。宜急去，退保河西，图后举。"张铨道："公知忠国，铨岂未知？"应泰无言，挂了剑印，悬梁毕命。张铨见应泰已死，亦解带自缢。满洲军上镇远楼，见两人高悬梁上，就一齐解下，抬至满洲太祖前。太祖失声道："好两个忠臣！"语尚未已，但见张铨两眼活动，尚有生气，忙令军士用姜汤灌救。张铨徐徐醒来，望见上面坐着一位大头目，料是满洲主子，便道："何不杀我？"太祖劝他归降，张铨道："生作大明臣，死作大明鬼。"太祖道："忠臣忠臣，杀之何忍？"遂纵令还署。张铨既返署中，北向辞阙，西向辞父母，复自缢死。太祖命军士好好埋葬。

辽阳既下，辽东附近五十寨，及河东大小七十余城，皆望风投降。这信传到明廷，众明臣又记得熊廷弼来，熹宗亦有悔意，命将姚文宗削职，仍召熊廷弼还朝，出任辽东经略。廷弼上三方布置策，以广宁一方为陆路界口，拟用马步军驻守，以天津登莱二方为沿海要口，拟各用舟师驻守。熹宗准奏，仍赐尚方宝剑，且于五里外赐宴饯行。

廷弼谢恩出朝，即日就道，出山海关，到了广宁，文武各官，统出城迎接，辽东巡抚王化贞亦来相见，寒暄既毕，共商战守事宜。化贞拟分兵防河，廷弼欲固守广宁，言下未免争论起来。廷弼慨然道："今日之事，只有固守广宁一策，广宁能守，关内外自可无虞，若分兵防河，势单力弱，一营不支，诸营皆溃，尚能守么？"化贞终不以为然，怏怏而退。廷弼申奏朝廷，请实行三方分置策，化贞亦上沿河分守议。明廷依廷弼言，把化贞奏议搁起，化贞愈加不乐。廷弼又致书化贞，再言沿河分守之非，化贞不答。

歇了数天，辽阳都司毛文龙，有捷报到广宁说，已攻取镇江堡，化贞大喜，亟议乘胜进兵。廷弼不可，化贞径自出奏。大略谓："东江有毛文龙可作前锋，降敌之李永芳，今已知悔，愿作内应，蒙古兵可借助四十万，此时不规复辽沈尚待何时？愿假臣六万精兵，一举荡平，惟请朝廷申谕熊廷弼毋得牵掣。"

此奏一上，廷弼已探闻消息，遂由广宁回山海关。化贞专待朝旨一下，指日进兵。不多日朝使已到，令化贞专力恢复，不必受熊廷弼节制。廷弼亦受朝命，令他进驻广陵，作化贞后援。化贞带了广宁十四万兵士，渡河西进，廷弼不得已，亦出驻右屯。此时廷弼兵只有五千，徒拥经略虚名，心中愤闷已极，遂抗奏道：

> 臣以东西南北所欲杀之人，适遭事机难处之会，诸臣能为封疆容，则容之，不能为门户容，则去之，何必内借阁部，外借抚道以自固！

奏上，明廷留中不发。廷弼连章数上，大旨谓："经抚不和，恃有言官；言官交攻，恃有枢部；枢部佐斗，恃有阁臣。今无望矣。"语语切直，激怒政府，正欲罢廷弼，专任化贞，不防化贞已经败回。看官！欲知化贞败回的缘故，待小子一一叙来：

化贞率领大兵渡河，满望得胜奏凯，第一次出兵，走了数十里，并不见敌，只得引回；第二三次，也是这般；直到五次，依旧不见一人。李永芳毫无信息，蒙古兵也没有到来，化贞却安安稳稳的过了一年。至熹宗二年正月，满洲军西渡辽河，进攻西平堡，守堡副将罗一贯飞报化贞，化贞亟遣游击孙得功，参将祖大寿，总兵祁秉忠，带兵往援。至半途遇总兵刘渠，奉廷弼命来援西平堡，四将会师前进，到平阳桥，闻报西平堡失守，副将罗一贯阵亡，得功欲走回广宁，刘渠、祁秉忠二人，却是血性男儿，不肯中止，且欲进复西平堡，得功勉强相随，陆续过桥。不数里，见前面尘头大起，满洲军已整队而至。刘渠、祁秉忠等，忙率兵前敌，独得功按兵不动。刘祁二将，正与满洲军厮杀，忽闻梆子声响，敌军中万矢齐发，伤了明军数百名。明军方拟持盾蔽矢，后面大声叫道："兵已败了，为何不逃？难道兄弟们不要性命吗？"这声一发，好象楚歌四起，人人惊惶，霎时间逃去一半，刘渠、祁秉忠舍命遮拦，已是截留不住，眼见得兵残力竭，以死报国。但是后面的大声，发自何人？诸君一猜，便晓得是狼心狗肺的孙得功。得功本是王化贞心腹，化贞倚作长城，谁料他见了满兵，吓得心胆俱落；又恨刘祁二公，硬要争先杀敌，因此未败叫败，扰乱军心。他却早早逃回，扬言敌兵薄城，居民闻信惊惶，相率移徙出城。得功暗想，一不做，二不休，索性缚住了王化贞，作为贽仪，做个满洲的大员，也自威风，就在城内扎定了兵，专待满洲兵到，作为内应。

化贞尚全然不知，阖着署门，整理文牍，忽有人排阖入道："事急矣，请公速行！"化贞仓皇失措，也不知为着何故？只是抖个不住。那人也不及细讲，竟拉住化贞上马，策鞭出城。行了数里，化贞方望后一看，随着的是总兵江朝栋，并仆役两人，他尚莫名其妙，只管自摸头颅。直到了大凌河，见有一枝人马疾驱前来，为首的一员大帅，威风凛凛，正是辽东经略熊廷弼，化贞到此，方稍觉清楚,仔细一想,惭愧了不得,顿时下马大哭。廷弼笑道:"六万军一举荡平,今却如何?"化贞闻了此言,益发号啕不止。廷弼道:"哭亦何益?熊某只有五千兵,今尽付君,请君抵挡追兵,护民入关。"化贞此时,进退两难,欲与廷弼回救广宁。廷弼道:"迟了迟了。"语未毕,探马来报,孙得功已将广宁献与满洲,锦州、大小凌河、松山、杏山等城,都已失陷。廷弼急令化贞尽焚关外积聚,护难民十万人进山海关。败报达明京,给事中侯震旸,少卿冯从吾、董应举等,奏请并逮廷弼、化贞以伸国法。熹宗也不明功罪,即日降旨,将化贞、廷弼拿交刑部下狱。

当日御史左光斗,推荐东阁大学士孙承宗,督理军务。熹宗准奏,遂命承宗为兵部尚书。承宗高阳人,素知兵,既受兵部职,即上表奏道:

> 迩年兵多不练,饷多不核,以将用兵,而以文官操练,以将临阵,而以文官指挥,以将备边,而日增置文官于幕。以边任经抚,而日问战守于朝,此极弊也。今当重将权,择沉雄有气略者,授之节钺,如唐任李郭,且辟置偏裨以下,边事小胜小败,皆不必问,要使守关无阑入,而徐为恢复之计。

熹宗览奏,深为嘉纳。是时王在晋继任辽东经略,请于山海关八里铺地方,添筑重关;并请岁给粮饷百万,招抚关外诸蒙部。朝议未决,承宗自请往视,由熹宗特许,出关相度形势;与在晋所见不合,回奏在晋不足恃;筑重关不如筑宁远城。原来宁远城为关外保障,宁远有失,山海关亦觉孤危,所以孙承宗主筑宁远,不筑重关。熹宗准奏,就令孙承宗督宗准奏,照例赐尚方剑一口,由御跸亲送承宗启行。

承宗拜辞御驾,径至宁远,更定军制,申明职守;以马世龙为总兵官,令游击祖大寿守觉华岛,副将赵率教守前屯,遂于宁远附近,筑堡修城,练兵十一万,造铠仗数百万,开屯田五十顷,兵精粮足,壁垒森严。他在辽坐镇四年,关内外固若苞桑,不失一草一木。偏这妒功忌能的魏忠贤,又在皇帝老子前,阴行媒孽。他起初尚想联络承宗,固结权势,暗中私馈无数物品,嗣经承宗尽行却还,反抗疏弹劾。看官!你想这魏忠贤尚肯干休么?第一着下手,先谗杀熊廷弼,传首九边;第二着就泣谮承宗,说他兵权太重,将有异图。自此承宗迭次奏陈,大半束诸高阁,一腔热血,无处可挥,自然不安于位。小子曾有绝句一首,以纪其事:

> 坐镇边疆见将材,四年安堵两无猜。
> 如何自把长城撤?甘使胡人牧马来。

欲知孙承宗后来情事,且待下回再说。

熊廷弼、孙承宗二人,为明季良将,令久于其位,何患乎满洲?廷弼可杀,承宗可罢,镇辽无人,满军自乘间而入。明之祸,满洲之福也。虽曰天命,宁非人事? 本回章法,实是一篇熊孙合传,而袁应泰、王化贞等,皆陪宾也。

第 五 回

猛参政用炮击敌　慈喇嘛偕使传书

却说孙承宗在辽,因朝中阉宦用事,刑赏倒置,心中懊怅异常;适届熹宗寿期,意欲借祝贺为名,入朝面劾阉竖。到了圣寿前一日,偕御史鹿善继,同到通州,忽兵部发来飞骑三道,止其入朝。承宗知计不成,急急回关,不意朝右阉党,已劾其擅离职守,交章论罪。承宗大愤,遂累疏求罢,熹宗便糊糊涂涂的许他免官,改任高第为经略。高第一到山海关,就把关外守具,尽行撤去。自弛守备,适启戎心,又请他满洲太祖出来了。

且说满洲太祖自闻孙承宗守辽,数载不敢犯,但派兵丁至沈阳营造城池,招募良匠,建筑宫殿,把沈阳城开了四门,中置大殿,名笃恭殿,前殿名崇政殿,后殿名清宁宫,东有翔凤楼,西有飞龙阁,楼台掩映,金碧辉煌,虽是塞外都城,不亚大明京阙。太祖定议移都,遂率六宫后妃,满朝文武,齐至沈阳,犒饮三日。后来改名盛京,便是此地。移都事毕,专着人探听明边消息,嗣闻孙承宗免职,改由高第继任,正思发兵犯边,旋接到守备尽撤的实信,顿时投袂而起,立宣号令,饬大小军官,召集兵队,出发沈阳;途中一无阻挡,渡过辽河,直达锦州,四望无营垒城堡,私幸关外可以横行,遂命军士倍道前进。到了宁远城,遥见城上旗帜鲜明,戈矛森列,中架大炮一具,更是罕见之物,太祖不觉惊异起来,命军士退五里下寨。

次日,太祖率部众攻城,将到城下,但听城楼上一声鼓角,竖起一面大旗,旗中绣着一个大大的袁字,旗下立一员大将,金盔耀目,铁甲生光,面目间隐隐露着杀气,太祖见了此人,却暗暗称赞。旁有一贝勒呼道:"你是守城的主将么?"城上大将答道:"我是东莞人袁崇焕,现任殿前参政,为国守城,不畏强敌。"二语雄壮。贝勒道:"关外各城,已成平地,只有区区宁远,成什么事? 我劝你不如献了城池,降我满洲,到不失高官厚禄,否则督军围攻,立成齑粉。请你三思!"崇焕厉声道:"尔满洲屡次兴兵侵我边界,无理已甚,吾奉天子命,来治此土,誓死守城,宁肯降你鞑子么?"说毕,梆声一响,矢石雨下。太祖急率军队,一齐回寨。众贝勒请就此进攻,太祖道:"我看这袁蛮子,不是好惹的,我等且休养一天,来日誓拔此城。"

是夕，袁崇焕与总兵满桂，会集军士，泣血立誓，军士见主将如此忠诚，莫不感愤。崇焕即与满桂分陴固守，坐待天明。鸡声初唱，东方渐白，遥听敌营中吹起画角，随发炮声，料知敌军将来攻城，越发抖擞精神，指挥军士。不多时，敌骑蔽野而来，将近城濠，城上的矢石，如飞蝗般射去，满军前队，伤亡多名，后军复一拥而上，又受一阵矢石，伤亡无数，只是抵死不退。刚相持间，忽见满军中拥出一队盾牌兵，把盾牌护住头颅，跃过城濠，城上射下的矢石，被盾牌隔住，不生效力。这盾牌兵便聚集城脚，架起云梯，攀援而上。崇焕急命军士缒下大石，杂以火器，把云梯拆毁殆尽。盾牌兵不能登城，复在城脚边用器凿穴。崇焕命开大炮。这大炮，是西洋人所造，初入中国，当时崇焕手下，只有闽卒罗立，颇能开放，闻崇焕命，随即燃炮，轰然一声，炮弹立发，把满洲前队的兵士，弹向空中，随弹飞舞。可怜这满洲鞑子，未曾遇着这等利器，霎时间烟雾蔽天，血肉遍地。太祖急挥众逃走，脚长的方逃了一半性命。众贝勒经此利害，不愿再攻，各劝太祖返驾，再图后举。太祖无法，只得应允。到了沈阳，检点军士，丧失数千，不禁叹息道："我自二十五岁起兵，战无不胜，攻无不取，不料今日攻一小小宁远城，遇着这袁蛮子，偏吃了一场大亏，可恨可恼！"众贝勒虽百般劝慰，无奈这满洲太祖好胜，终自纳闷。古语道："忧劳所以致疾。"满洲太祖又是六十多岁的老人，益发耐不起忧劳，因此遂怏怏成病。到天命十一年八月，一代雄主，竟尔长逝，传位于太子皇太极。

　　皇太极系太祖第八子，状貌奇伟，膂力过人，七岁时，已能赞理家政，素为乃父所钟爱。满俗立储，不论嫡庶长幼，因此遂得立为太子。大贝勒代善等，承父遗命，奉皇太极即位，改元天聪，清史上称他为太宗文皇帝。太宗嗣位后，仍遵太祖遗志，把八旗兵队，格外简练，候命出发。一日，适与诸贝勒商议军务，忽报明宁远巡抚袁崇焕，遣李喇嘛等来吊丧，并贺即位。看官！你想明清本是敌国，袁崇焕又是志士，为什么遣使吊贺？这却有一段隐情，待小子叙明底细。原来袁崇焕自击退满军后，疏劾经略高第，撤去守备，拥兵不救之罪，朝旨革高第职，命王之臣代为经略，升崇焕为辽东巡抚，仍驻宁远，又命总兵赵率教镇守关门。崇焕欲复孙承宗旧制，与赵率教巡视辽西，修城筑垒，屯兵垦田，正忙个不了，会闻满洲太祖已殁，遂思借吊贺的名目，窥探满洲虚实；又以满俗信喇嘛教，并召李喇嘛偕往。李喇嘛等既到满洲，由满洲太宗召入，相见后递上两道文书，与吊贺礼单。太宗披阅一周，见书中有释怨修和的意思，便向李喇嘛道："我国非不愿修好，只因七恨未忘，失和至今。今袁抚书中，虽欲敛兵息怨，尚恐未出至诚，请喇嘛归后，劝他以诚相见为是。"李喇嘛亦援述教旨，请太宗慈悲为念，免动兵戈。太宗乃令范文程修好答书，交与部下方吉纳，命率温塔石等，偕李喇嘛赴宁远，同见袁崇焕，当由方吉纳递上国书，崇焕展开读

之,其书云:

> 大满洲国皇帝,致书于大明国袁巡抚:尔停息兵戈,遣李喇嘛等来吊丧,并贺新君即位,既以礼来,我亦当以礼往,故遣官致谢。至两国和好之事,前皇考至宁远时,曾致玺书,令尔转达,尚未见答。汝主如答前书,欲两国和好,当以诚信为先;尔亦无事文饰。

崇焕读到此语,将书一掷,面带怒容,对方吉纳道:"汝国遣汝等献书,为挑战么?为请和么?"方吉纳见他变色,只得答言请和。崇焕道:"既愿请和,何故出言不逊?他且不论,就是书中格式,汝国欲与我朝并尊,谬误已甚。今着汝回国,借汝口传告汝汗,欲和宜修藩属礼,欲战即来。本抚宁畏汝等么?"说毕,起身入内。

方吉纳等怏怏退出,即日东渡,回报太宗。太宗即欲发兵,众贝勒上前进谏,说是:"国方大丧,不宜动众,现不若阳与讲和,阴修战备,俟明边守兵懈怠,然后大举未迟。"太宗乃自草国书,命范文程修饰誊写,仍差方吉纳、温塔石等投递。方温二人,迫于上命,硬着头皮,再至宁远,先访着李喇嘛,邀同进见袁崇焕,捧上国书。崇焕复展读道:

> 大满洲国皇帝,致书明袁巡抚:吾两国所以构兵者,因昔日尔辽东广宁臣高视,尔皇帝,如在天上,自视其身,如在云汉,俾天生诸国之君,莫能自主,欺蔑陵轹,难以容忍,用是昭告于天,兴师致讨。惟天不论国之大小,止论事之是非,我国循理而行,故仰蒙天佑。尔国违理之处,非止一端,可与尔言之:如癸未年,尔国无故兴兵,害我二祖,一也。癸巳年,叶赫、哈达、乌拉、辉发与蒙古会兵侵我,尔国并未援我,后哈达复来侵我,尔国又未曾助我;己亥年,我出师报哈达,天以哈达畀我,尔国乃庇护哈达,逼我复还其人民,及已释还,复为叶赫掠去,尔国则置若罔闻;尔既称为中国,宜秉公持平,乃于我国则不援,于哈达则援之,于叶赫则听之,偏私至此,二也。尔国虽启衅,我犹欲修好,故于戊申年勒碑边界,刑白马乌牛,誓告天地,云:"两国之人,毋越疆圉,违者殛之。"乃癸丑年,尔国以卫助叶赫,发兵出边,三也。又曾誓云:"凡有越边境者,见而不杀,殃必及之。"后尔国之人,潜出边境,扰我疆域,我遵前誓杀之,尔乃谓我擅杀,缧系我使纲古礼、方吉纳,索我十人,杀之边环,以逞报复,四也。尔以兵备助叶赫,俾我国已聘叶赫之女,改适蒙古,五也。尔又发兵焚我累世守边庐舍,扰我耕耨,不令收获,且移置界碑于沿边三十里外,夺我疆土,其间人参、貂皮、五谷、财用产马,我民所赖以生者,攘而有之,六也。甲寅年,尔国听信叶赫之言,遣我遗书,种种恶言,肆我侮慢,七也。我之大恨,有此七端,至于小忿,何可悉数?陵逼已甚,用是兴师。今尔若以我为是,

欲修两国之好,当以金十万两,银百万两,缎百万匹,布十万匹,为和好之礼。既和之后,两国往来通使,每岁我国以东珠十颗,貂皮千张,人参千斤馈尔;尔国以金十万两,银十万两,缎十万匹,布三十万匹报我。两国诚如约修好,则当誓诸天地,用矢勿渝。尔即以此言转奏尔皇帝,不然,是尔仍愿兵戈之事也。

崇焕览毕,不由的心中愈愤;转思辽西一带,守备尚未完固,现且将计就计,婉词答复,待一二年后,无懈可击,再决雌雄。遂命左右取过笔砚,伸纸疾书道:

辽东提督部院,致书于满洲国汗帐下;再辱书教,知汗渐息兵戈,休养部落,即此一念好生,天自鉴之,将来所以佑汗而昌大之者,尚无量也。往事七宗,抱为长恨者,不佞宁忍听之。但追思往事,究究根因,我之边境细人,与汗家之部落,口舌争竞,致起祸端,今欲一一辨晰,恐难问之九原。不佞非但欲我皇上忘之,且欲汗并忘之也。然十年苦战,为此七宗,不佞可无一言乎?今南关北关安在?辽河东西,死者宁止十人?仳离者宁止一老女?辽沈界内之人民,已不能保,宁问田禾?是汗之怨已雪,而志得意满之日也,惟我天朝难消受耳。今若修好,城池地方,作何退出?官生男妇,作何送还?是在汗之仁明慈惠,敬天爱人耳。天道无私,人情忌满,是非曲直,原自昭然。一念杀机,启世上无穷劫运,一念生机,保身后多少吉祥,不佞又愿汗图之也!若书中所开储物,以中国财用广大,亦宁靳此,然往牒不载,多取违天,亦汗所当酌裁也。我皇上明见万里,仁育八荒,惟汗坚意修好,再通信使,则懔简书以料理边情,有边疆之臣在,汗勿忧美意不上闻也。汗更有以教我乎?为望!

写毕,视李喇嘛在旁,令他亦作一书,劝满洲永远息兵。两书一并封固,遣使杜明忠,偕方吉纳同去沈阳。

过了数日,去使未回,警信纷至:一角文书,是平辽总兵毛文龙来报,说满洲入犯东江,一角文书,是朝鲜国王李倧,因满军入境,向明乞援。崇焕一一阅毕,立命赵率教等,领了精兵,驻扎三岔河,复发水师往救东江。方调遣间,见杜明忠入帐,呈上满洲复书。崇焕约略一阅,大约分作三条:第一条,是画定国界:山海关以内属明,辽河以东属满洲。第二条,是修正国书:满洲国主让明帝一格,明诸臣亦当让满洲主一格。第三条,是输纳岁币:满洲以东珠、参、貂为赠,明以金银布缎为报。崇焕道:"他犯我东江,并出兵朝鲜,一味蛮横,还有什么和议可言?"遂置之不答,但饬水陆各军,赶紧出发。无奈朝鲜路远,一时不及驰救,崇焕至此,也觉焦急,眼见得朝鲜要被兵祸了。正是:

玉帛未修,杀机又促;虽鞭之长,不及马腹。

毕竟朝鲜能抵挡满洲否？且看下回分解。

本回全为袁崇焕一人写照。崇焕善战善守，较诸熊廷弼、孙承宗，尤为出色。初为殿前参政，誓守宁远；继为辽东巡抚，遗书议和，非前勇而后怯，盖将藉和以懈满军，为修复辽西计也。读明史袁崇焕传，曾奏称守为正着，战为奇着，和为旁着，可知崇焕之心，固非以议和为久计者。然清太宗亦一英雄，与崇焕不相上下，书牍往还，无非虚语，读其文，可以窥其心。

第 六 回

下朝鲜贝勒旋师　守宁远抚军奏捷

　　且说朝鲜国地滨东海,古时是殷箕子分封地,后来沿革不一,到了明朝,朝鲜国王李成桂,受明太祖册封,累年进贡,世为藩属。当杨镐四路出塞的时候,朝鲜曾出兵相助。杨镐败还,朝鲜兵多被满洲擒获,满洲太祖释归朝鲜部将十数人,令他遗书国王,自审去就。此番太祖逝世,朝鲜国亦未尝差人吊问,太宗即位半年,方欲出兵报复,适值朝鲜人韩润、郑梅,得罪国王,逃入满洲,愿充向导。太宗遂命二贝勒阿敏为征韩大元帅,当日点齐军马,逐队出发。临行时,阿敏入辞太宗。太宗道:"朝鲜得罪我国,出师声讨,名正言顺。只是明朝总兵毛文龙,蟠踞东江,遥应朝鲜,不可不虑!"阿敏道:"依奴才愚见,须两路出师。"太宗道:"这且不必。"就向阿敏耳边,授了密计,阿敏领命去了。

　　探子报到东江,说是满洲兵入犯,这东江是登莱海中的大岛,一名叫作皮岛,岛阔数百里,颇踞形势。自从明都司毛文龙,招集辽东逃民,随时教练,建寨设防,遂成了一个重镇。明朝封他为平辽总兵,他心中也自得意。有时出攻满洲,互有胜负,他却屡报胜仗。此次闻满兵入犯,急忙发兵出防,一面向宁远告急。其实满兵此来,并非欲夺东江,不过是声东击西的计策。文龙只知固守东江,严防海口,不料满洲军已纷纷渡过鸭绿江,直攻朝鲜的义州。及袁崇焕调发水师,到了东江,满洲太宗恐明兵窥破虚实,就亲自出巡,到辽河左岸,扎了好几天的营寨,实在也是虚张声势,牵制宁远的援兵。

　　那时满洲军入攻朝鲜,势如破竹,初陷义州,府尹李莞被杀,判官崔明亮自尽;随后又攻破定州,占据汉山城,任情杀戮,到处抢劫,吓得朝鲜兵民,屁滚尿流。这朝鲜国王李倧,一向靠着明朝的威势,偷安半岛,此次闻满军进攻,边要尽失,正惊慌得了不得,忽有一大臣来报,安州又失,满军已长驱到国都,急得李倧目瞪口呆,如死人一般。还是这位大臣有点主见,一请遣使求和,一请国王速奔江华岛。原来这江华岛在朝鲜内海中,四面环水,称作天险。李倧闻了此言,忙召集妃嫔,踉跄出走;随命大臣修好国书,遣使求和。朝鲜使到满营,被阿敏训斥一顿,不允和议。嗣经贝勒济尔哈朗等,与阿敏密商,以明与蒙古两路相同,国兵不应久出,彼既乞和,不若就此修好,收兵回国。阿敏迫于众议,方语朝鲜使臣,令他谢罪订约,朝鲜使才应命而去。

阿敏又发令进攻都城,诸贝勒复入帐谏阻,阿敏不从。帐后来了李永芳,也抗言进谏,被阿敏拍案大骂,斥他降臣走狗,不配与议,说得永芳面红耳赤,哑口无言。当下将令如山,莫敢违拗,便拔寨前进,直指平山。看官!你道这阿敏执意进兵,是为何故?他自领兵攻朝鲜,战无不克,沿途掳掠,得了许多子女玉帛,金银财宝,他想朝鲜都内,总还要繁华一点,趁此攻入,抢一个饱,岂不是大大的一桩利市么?满军既到平山,离朝鲜国都不远,阿敏拟黄夜入城,忽报朝鲜国王,遣族弟李觉求见。阿敏召入,见李觉献上礼单,内开马百匹,虎豹皮百张,棉绸苎布四百匹,布万五千匹,不由得喜动眉睫,令军士检收,便遣副将刘兴祚,偕李觉同往,并嘱兴祚道:"若要议和,总须待我入都。"兴祚告辞出帐,帐外已立着贝勒济尔哈朗,与兴祚密谈许久。兴祚点头会意,遂随李觉赴江华岛去了。

且说阿敏自遣刘兴祚后,仍饬军士攻城,军士虽不敢不去,却只在城下鼓噪,并没有什么大举动。接连好几日,仍未攻入,恼得阿敏性起,日夕詈骂不休。济尔哈朗等婉言劝解,没奈何耐住性子。一日,又拟亲督攻城,适值刘兴祚回来,先见了济尔哈朗,说明朝鲜已承认贡献,现偕李觉同来订约。济尔哈朗道:"如此便好订盟。"兴祚道:"须禀过元帅。"济尔哈朗说是不必。兴祚道:"倘元帅诘责,奈何?"济尔哈朗微笑道:"有我在,不妨。"便召李觉进见,与他订定草约,随后入见阿敏,说已定盟。阿敏怒道:"我为统帅,如何全未报知?"济尔哈朗道:"朝鲜已承认贡献,理应许和,何苦又劳兵众?"阿敏道:"你许和,我不许和。"济尔哈朗仍是微笑。忽帐下来报道:"圣旨到,请大帅迎接!"阿敏急令军士排好香案,率大小官员出帐跪迎。差官下马读诏,内称:"朝鲜有意求和,应即与订盟约,克日班师,毋得骚扰。"阿敏无奈,起接圣旨,饯送差官毕,方把盟约签字;暗中却埋怨济尔哈朗,料知此番旨到,定是他秘密奏闻;他要硬做名誉,钳制咱们,咱们偏要掳掠一回。就暗暗嘱咐亲信军队,四出抢夺,又得了无数子女玉帛,金银财宝,满载而归。

李觉随了满兵入朝,满主太宗出城犒军,与阿敏行抱见礼,便赐阿敏御衣一袭,诸贝勒马一匹。李觉随即叩见,命他起坐,并赏他蟒衣一件,大开筵宴,封赏各官。过了数天,李觉回国去了。

太宗既征服朝鲜,遂一意攻明,传令御驾亲征,命贝勒杜度阿巴泰居守,自己带领八旗,由贝勒德格类、济尔哈朗、阿济格、岳托、萨哈廉、豪格等作为前队,攻城诸将,携着云梯盾牌,并橐驼负着辎重,作为后队。前呼后拥,渡过辽河,向大小凌河进发。

是时辽东经略王之臣,与崇焕不睦,明廷召还之臣,命崇焕统领关内外各军。崇焕闻满兵又来犯边，急令赵率教率师往援。率教到了锦州，由探马报说："大凌河已陷。"率教急命军士浚濠掘堑，多运矢石上城；复遣人向宁远告急。次日，忽来明兵一二千人，在城下大叫开门。率教上城探视，问所自来？城下兵士，答称从大凌河逃至。率教见他无狼狈情形，竟喝声道："养兵千日，用兵一时，难道叫汝等临阵逃走么？汝等既负了朝廷豢养之恩，还有何颜入城见我？"说毕，城下兵士，尚哗噪不已。率教拈弓搭箭，射倒兵目一人，并厉声道："汝等再如此喧嚷，教你人人这般。"于是城下兵士，一哄而散。原来这等兵士，有一半是被满兵获住的明军，有一半是满兵伪服汉装，冒充明军来赚锦州，幸亏率教窥破，不中他计。率教下城，暗想："满主诡计，虽已瞧破，然明日必来猛攻，现在守兵不足，援师未至，倘有疏虞，如何是好。"踌躇良久，忽猛省道："有了。"当命亲卒请钦差纪用商议。

纪用本是明廷太监，因钻入魏阉门路，得了巡视锦州的差使，不料满兵前来，一时不能出城，正在着急，闻率教相请，勉强出来应酬。率教与他耳语一番，纪用本来没有，只好答道："遵命！"率教大喜，遂修好文书，由纪用署名，差人赍往满营。满洲太宗阅毕，问道："尔是纪钦差遣来的么？"明使答道："是。"太宗道："纪钦差既欲求和，可出城面陈衷曲。尔边将平日期我，正思与尔钦差言明，转奏尔主，就使攻破尔城，我亦不妄加杀害。纪钦差可自立记号，别居他所，免致误伤。"说罢，令差官回报。率教闻知，命差官再往满营，传说："明日当出城议和。"明日纪用不出。又次日，满营遗书诘责，率教令纪用优待来人，设词延约。接连三日，太宗未免动疑，夜睡时辗转不寐；忽心中猛悟，披衣起坐道："错了错了！我中他计了！"原来率教令纪用求和，分明是缓兵之计，他要纪用出名，一面是阳为推崇，使纪用心欢，一面因太监署名求和，易使敌人相信，待至满洲太宗窥破兵谋，援师已到城下，这正是赵率教的机智。

是夕，满洲太宗即传集军士，夤夜薄城，一声觱篥，三军齐动，直向锦州城扑来。赵率教也曾防着这一层，日夜留心，猛听得远远角声，料是满营出发，忙上城指挥守兵，四面防守。霎时间满军已到，急麾众齐掷矢石。满军受伤颇多，忽向城西聚集，抵死猛攻。城上守兵，亦分队来援，满兵少却。此时天色黎明，两造军士，都有倦容，蓦见满军后面，队伍自乱，隐约露出明军旗帜。率教见援军已到，一声号炮，开城击攻，满军前后受敌，只得突围而退，且战且走。明军趁势会合，并力追杀，约五里许，方鸣金收军而去。这一阵，杀得满军七零八落，幸亏太宗素有约束，不致全军溃散。

太宗见明军已退，扎住了营，遣人至沈阳调发军队，报恨泄忿。不多日，沈阳兵到，太宗令新军作了前锋，乘夜间寂静时候，偷越锦州，去袭宁远。此时正是仲夏天气，草木阴浓，虫声嘈杂，满军衔枚疾进，直达宁远城北冈，太宗先上冈了望，见城上旌旗不整，刁斗无声，便命军士倚冈下寨。众贝勒请速攻城，太宗道："这是袁蛮子驻守的城池，难道没有防备么？此中必有诡计。"立营未定，忽西北来了一彪人马，挂着袁字旗号，疾驱而至。太宗命军士迎敌，两边混战起来。不一时，明军望后而退，太宗乘势追赶，将到城下，忽刺斜里杀出一员大帅，手执令旗，指挥杀敌。这人非别，正是统辖关内外的袁崇焕。他自锦州开仗，便防着满军分袭宁远，是日由密探报知，便令城内偃旗息鼓，诱引满兵攻城，他却分兵两路，埋伏左右，俟满军一到，出来夹击。偏偏太宗倚冈立寨，逗军不进。崇焕见此计不中，就暗令左翼兵上前挑战，自己尚埋伏城右。此次太宗却上他的当，追赶前来，他就从右侧杀出，横截满军。被追的明军，又转身奋斗。太宗忙分兵抵御，可奈明军越战越勇，看看有些支持不住；猛见袁崇焕带领诸将，冲入中军，太宗急命阿济格、萨哈廉等，上前抵敌。阿萨二人，正奉命出战，不防一矢前来，正中阿济格右肩，险些儿落下马来，幸亏萨哈廉猛力救护，阿济格方逃入军中。太宗见阿济格受伤，别令将军瓦克达，率精兵接应萨哈廉，一面令军士向后渐退。崇焕被萨瓦二人牵制，不及追赶。太宗退军数里，检点军士，已丧失不少。只萨瓦二人未回，待了好多时，始见二人身负重创，带着残兵，踉跄奔还。太宗咬牙切齿道："这个袁蛮子，真正利害！怪不得先考在日，也吃一场大亏。此人不除，那里能夺得明朝江山？"当下令济尔哈朗断后，把败军徐退锦州。崇焕闻满军退去，料想太宗定有准备，也收兵不追。

太宗过了锦州，仍令后队猛攻一番，自己却排齐队伍，一队一队的退归沈阳。话分两头，单说袁崇焕逐退满军，遣使告捷，满望明廷降旨叙功，不料朝旨下来，反斥他不救锦州之罪。崇焕接旨大愤，即上表乞休。圣旨准奏，仍命王之臣代崇焕。满洲太宗探得此信，方额手称庆，意图再举，只因兵士新败，不得不休养一年，拟至来岁出兵。到了冬季，探报明熹宗崩，皇五弟信王嗣位，魏忠贤伏诛，太宗尚不介意。至明崇祯元年四月，探报袁崇焕复督师蓟辽，太宗顿足道："我刚想发兵攻明，如何这袁蛮子又来了？"看官！你道袁崇焕如何再出督师？原来崇焕免官，都由魏忠贤暗中反对，至崇祯帝嗣位，开手便放戮魏阉，召用袁崇焕。崇焕陛见时，崇祯帝问他治辽方略，他却奏称假臣便宜，五年可复全辽。当时给事中许誉卿，已说他言过其实。崇焕复奏称五年以内，户部发军饷，工部给器械，吏部用人，兵部调兵遣将，须中外事事相应，方能济事。但恐一出国门，便成万里，忌能妒功的人，即不明掣臣肘，亦能暗乱臣谋云云。崇祯帝为之动容，援为兵部尚书，赐尚方剑，命他即日启行。

崇焕到了关上，复缮折奏称恢复之计，应以辽人守辽土，以辽土养辽人，守为正着，战为奇着，和为旁着，法在渐不在骄，在实不在虚，愿至尊任而勿贰，信而勿疑，毋偏听左右，毋堕敌反间等语。奏上，复由崇祯帝优诏褒答。崇焕方渐渐放心,遂将关内外紧要地方,修城增堡,置戍屯田,不到一年工夫,已有成效,正是一夫当关,万夫莫入。

那时满洲太宗闻了这信,不敢轻动,只自嗟叹不已。光阴易过,转眼间便是明崇祯二年,满洲国天聪三年,太宗无聊已甚,并恐军心懈怠,时常出猎校阅,既便消遣,又资搜讨。到了初秋,太宗正出猎回来,有亲卒报道:"明朝来了两员将官,说是到我国投降,现有名单在此。"太宗接单一阅,写着孔有德、耿仲明二名。太宗迟疑一回,便召贝勒多尔衮,及内阁学士范文程入帐,将名单与他传阅。多尔衮道:"恐是明朝奸细。"范文程道:"闻他不带兵马,只有两个光身子,何必惧他?不如召他进来,一问便知。"太宗点头称善,即命手下召入。二人入见太宗,即伏地大哭。正是:

> 窥辽方虑名臣在,作伥偏逢降将来。

未知二人何故愿降,且看下回便知。

满洲太宗确系能手,观其声东击西,征服朝鲜,其兵谋不亚乃父。朝鲜一失,明之左臂已断,袁崇焕虽智,至此亦穷于应付,然满军出攻宁锦,袁赵二将,计却强敌,满洲太宗亦遭败衄,可见明有袁崇焕,辽西未易动也。是故国家不可无良将。至五年复辽之语,虽近虚夸,要不得为崇焕咎。满洲所畏者惟崇焕一人而已。本回写满洲大宗处,即是写袁崇焕处。

第 七 回

为敌作怅满主入边　因间信谗明帝中计

却说孔耿二明将，见了满洲太宗，伏地大哭。太宗问为何事？二人奏道：
"臣等都是东江总兵毛文龙部将，因袁崇焕督师蓟辽，无故将我毛帅杀死，恳
求大皇帝发兵攻明，替毛帅报仇，臣等愿为前导，虽死无恨。"原来毛文龙蟠踞
东江，素性倔强，崇焕恐他跋扈难制，借阅兵为名，诱文龙往迎。文龙见了崇
焕，语多傲慢。崇焕便赚文龙登山阅兵，帐下伏了军士，把文龙拿住，数他十二
大罪，请出尚方剑，将文龙斩首。这孔耿二人，统认文龙为义父，因文龙被杀，
随即逃往满洲甘作虎伥。太宗道："照汝等说来，是真心投降么？"二人便设誓
道："如有异心，神人殛之！"太宗道："汝二人欲我报仇，也可代为出力，但山海
关内外，有袁崇焕把守，不易进取，汝等可有良策否？"二人沉吟许久，耿仲明
先开口道："关内外不易得手，何不绕道西北，从龙井关攻入？"太宗掂："龙井
关在何处？"孔有德接口道："龙井关是明都东北的长城口，此去须经过蒙古，
方可沿城入关。此关若入，便可向洪山、大安二口，分路进捣，直入遵化，遵化
一下，明京便摇动了。"太宗喜形于色，便道："汝等愿作向导么？"二人齐声称
愿。旁闪出多尔衮道："二将弃逆归顺，正是识时俊杰，但二将前来，曾被明廷
察觉否？"二人齐声答道："我等潜踪而来，不但明廷未知，连关上的袁崇焕，也
未必晓得。"多尔衮道："既如此，请尔等速还登州。"太宗道："我要他作攻明的
向导，你如何教他速还登州？"多尔衮道："我军此次攻明，料非一二个月可以
回国，若被袁崇焕闻知，从登莱调遣水师，潜入我境，岂不是顾彼失此？好在二
将前来，彼尚未晓，现仍回据登州，阳顺明朝，阴助我国，倘袁崇焕令他攻我，他
可逗留勿进，若差了别将，他可预先报知，以便堵截，岂不是好？"太宗道："好
是好的，但无人导入龙井关，奈何？"多尔衮道："蒙古喀尔沁部，已归顺我国，
我军到了蒙古，择一熟路的作了向导，便可入龙井关。从前蒙古尝入贡朋廷，
岂无人熟识路径？"太宗大喜，便手指多尔衮，对孔耿二人道："这是皇弟多尔
衮，足智多谋，计出万全，现请汝等依了他计，仍回登州，秘密行事，将来为我立
功，不吝重赏。"孔耿二人领命去讫。
　　是年十月，太宗亲率八旗劲旅，大举攻明，方欲启行，闻报蒙古喀尔沁部，

遣台吉布尔噶图入贡。太宗接见，就问龙井关路径，曾否认识？布尔噶图道："奴才数年前，曾去过一次，略识路程。"太宗即令他作为向导，顿时满城文武，除居守外，尽随驾出发。戈铤耀日，旗旗蔽天，一程行一程，一队过一队，回环曲折，越水穿林，在途中过了数天，方到喀尔沁部。喀尔沁亲王，迎宴犒劳，不待细说。

太宗即日抵龙井关，关上不过几万名守卒，见满洲军蜂拥而来，都吓得魂飞天外，四散逃去。满军整队而入，遂分两路进攻，一军攻大安口，由济尔哈朗岳托为统领，共四旗；一军攻洪山口，太宗亲率四旗兵队，连夜进发。此时明军专防守山海关，把大安洪山二口，视作没甚要紧的区处，空空洞洞，毫不设备，一任满军攻入，浩浩荡荡的杀奔遵化州。

明廷闻警，飞檄山海关调兵入援，总兵赵率教，奉檄出兵，星夜前进，到了遵化州东边，地名三屯营，望见前面密密层层的都是满军，把三屯营围得铁桶相似。率教自顾部众，不及他四分之一，眼见得不是对手，只是忠臣不怕死，有进尺，无退寸，当下激励将士，分为数队，呐喊一声，竟向满军中冲入。满军见有援师，让他入阵，复将两面的兵合裹拢来，把率教困在核心。率教全无惧怯，率众血战，见一个，杀一个，见两个，杀一双，自辰至午，也杀了满军多名。争奈满军越来越众，率教只领着孤军，越战越少，满望城中出兵相应，谁知寂无声响。又复死战多时，看看日光已暮，不由得愤急起来，索性拍马当先，杀开一条血路，直奔城下，大声叫道开城。城上乱下矢石，率教大叫道："我是山海关总兵，来援此城，请速放入！"但闻城上守兵答道："主将有令，不论敌兵援兵，一概不得入城。"率教此时已身受重创，至此进退无路，视部下残兵，亦受伤过半，不能再战，便下马向西再拜道："臣力竭矣。"把剑自刎而亡。

那时满兵已逼到城下，把残兵扫得精光，不留一个，当即乘胜登城。城中守将朱国彦，只守着闭关的主见，不纳援军，害得赵率教自刎身亡，到了满军登城，他已无能抵御，忙回署穿好冠袍，望阙叩头，与妻张氏并投缳毕命。

满军夺了三屯营，又攻遵化，巡抚王元雅昼夜巡守，满军竖起云梯，四面进攻，守兵措手不及，被满军一拥而上。王元雅以下文武各官，统同殉节。满洲太宗入城，命军士检埋元雅尸首，杀牛犒饮，庆赏一天。翌日即率师进发，所过皆墟。不到一月，蓟州、三河、顺义、通州等处，都被满军占据，乘胜直到明朝城下。明廷大震，幸亏关上满桂，带兵入援。满桂也是明朝有名的猛将，见满军大至，亟麾兵迎战。两军厮杀了半日，不分胜负。忽城上放了一声大炮，弹丸四进，烟雾蔽天，满军霎时驰退，满桂军猝不及防，反被打伤了数百名。满桂也中了一弹。

太宗收了兵马，就在城北土城关的东面，扎定了营，令明日奋力攻城。忽见贝勒豪格及额驸恩格德尔两人,匆匆走入道:"袁崇焕又来了。"太宗惊道:"袁蛮子当真又来么?"原来明京自满军深入,飞诏各处迅速勤王,袁崇焕奉旨,立遣赵率教、满桂等率军入援,自己亦带领祖大寿、何可纲两总兵,随后启程。所过各城,都留兵驻守。及到明京,各道援师,亦渐渐云集。崇焕入见崇祯帝,帝大加慰劳,命他统率诸道援师,立营沙河门外,与满军对垒。满洲太宗闻崇焕又至,不觉惊叹失声。豪格及恩格德尔见太宗不悦,便仗着胆道:"袁蛮子没有三头六臂,何故畏他?他现在率兵初到,未免劳苦,趁此机会,劫他营寨,何愁不胜?"太宗道:"汝言虽是有理,但袁蛮子饶智有略,宁不预先防备?汝等既愿劫营,须处处防他埋伏。左右分军,互相策应,方是万全之策。"豪格等应命出兵。

这时满营在北,袁营在南,由北趋南,须经过两道隘口,恩德格尔自恃勇力,一到右隘,就带了本部人马,从隘口进去。豪格一想,彼从右入,我应从左进,但若两边都承埋伏,那时左右俱困,不及救应,岂不是两路失败么?现不若随入右隘,接应前军为是。便命军士随入右隘,起初还望见恩格德尔的后队,及转了几个弯头,前军都不见了。正惊疑间,猛听得一声号炮,木石齐下,把去路截断。豪格料知前面遇伏,忙令军士搬开木石,整队急进。幸喜山上没有伏兵下来,尚能疾行无阻。行未数里,见前面聚着无数明军,把恩格德尔围住,恩格德尔正冲突不出。当由豪格催动前骑,拼命杀入,方将明军渐渐杀退,保护恩格德尔出围。随令恩格德尔前行,自己断后,徐徐回营。明军见有援应,也不追赶。

恩格德尔回见太宗,狼狈万状,禀太宗道:"袁蛮子正是利害,奴才中了他计,若非贝勒豪格相救,定然陷入阵中,不能生还。"太宗道:"我自叫你格外小心,你如何这等莽撞?本应治罪,念你一点忠心,恕你一次。"恩格德尔叩首谢恩,又谢过了豪格。太宗道:"袁蛮子在一日,我们忧愁一日,总要设法除他方好。"令军士分头出哨,严防袭击。

当夜无话,次日满洲探马,来报敌营竖立棚木,开濠掘沟,比昨日更守得严密了。太宗道:"他是要与我久持,我军远道而来,粮饷不继,安能与他相持过去?"当即开军士会议,文武毕集,太宗令他们各抒所见。诸将纷纷献议,或主急攻,或主缓攻,或竟提出退师的意见。太宗都未惬意。旁立一位文质彬彬的大臣,一言不发,只是微笑。太宗望着,乃是范文程,便问先生有何良策?文程道:"有一策在,此刻不可泄漏,容臣秘密奏明。"太宗即命文武各官,尽行退出,独与文程秘密商议。帐外但听得太宗笑声,都摸不着头脑。好一歇,文程亦出帐而去。过了一天,传报明京德胜门外,及永定门外,遗有两封议和书,系是满洲太宗致袁崇焕的。又过一天,满军捉住明太监二名,太宗不命审问,就令汉人高鸿中监守。又过一天,满军退五里下寨。又过一天,高鸿中报明太监脱逃,太宗也不去罪他。又过一天,高鸿中面带喜色,入报明督师袁崇焕下狱,总兵祖大寿、何可纲奔出关外去了。太宗道:"范先生好似一个智多星,此番得除掉袁蛮子,真是我国一桩大幸事。"

看官!你道这位神出鬼没的范先生,究竟是何妙策?说将起来,乃是兵书上所说的反间计。原来明京两门外的议和书,都是范文程捏造情由,遣人密置。守门的兵目,得了此书,飞报崇祯帝,崇祯帝便命亲近太监,出城访查,不料途中伏着满兵,被他拿去两名。这两名太监,拿入满营,由高鸿中监守。高系汉人,与明太监言语相通,渐渐说得投机,非但不加刑具,并且好酒好肉的款待。是夕,鸿中与二太监酣饮,有一兵官模样人会鸿中,见二太监在座,慌忙退出。鸿中假作酒醉,忙起座追出门外,与兵官密谈。二太监见无人在座,便掩到门后窃听,模模糊糊的,听得袁崇焕已经允议,明晨我兵退五里下寨。末后这一语,是休令明太监闻知。言毕,匆匆径去。二太监以目相视,忙即回座,鸿中亦入门再饮数巡,说是要摒挡行李,恕不陪饮。鸿中别去,二太监趁这时光,走出帐外,见帐外无人把守,便一溜烟的跑回明京,详禀崇祯帝。崇祯帝因崇焕擅杀毛文龙,已自不悦,及闻了私自议和的消息,便召见崇焕,责他种种专擅,立命锦衣卫缚置狱中。总兵祖大寿、何可纲、闻主帅无故下狱,顿时大愤,率兵驰回山海关。你想满洲太宗得了此信,有不格外喜欢么?

明军失了主帅,惊惶的了不得。偏这满洲太宗计中有计,不乘势攻打明京,反向固安、良乡一带,去游弋了一回。明廷还道是满兵退去,略略疏防,不料满兵复回转北京,直逼芦沟桥。此时守城大将,只有满桂一人,还靠得住,此外都是酒囊饭袋,全不中用。崇祯帝封满桂为武经略,屯西直安定二门,统辖全军,一面命各官保荐人才。当由庶吉士金声保荐两人,一个是游僧申甫,一个是翰苑出身刘之纶。崇祯帝立刻召见,适刘之纶未曾在京,应召的只有申甫一人。陛见时问他有何才术?申甫答称:"能造战车。"当场试验,颇觉灵动,遂擢他为副总兵,令他招募新军,即日赴敌。申甫奉了上命,就在京中开局招兵,所来的无非市井游手,或是申甫素识的僧徒,全然不晓得临阵打仗的格式,冒冒失失的领了出城,战车在前,步兵在后,大喊一声,向满营冲将过去。满军守住营寨,全然不动,前面的战车,也在途中停住了。蓦闻满营中一声战鼓,把寨门一开,千军万马,拥杀过来,申甫还催战车急进,怎奈推车的人,早已不知去向。满军将战车尽行拨倒,提起大刀阔斧,杀入明军,好象削瓜切菜一般。这等游手僧徒,只恨爹娘少生两脚,没命的夺路乱跑。申甫也转身逃走,不到数步,被一满员赶到,刀起头落,把申甫一道魂灵,送到西方极乐世界去了。

崇祯帝闻申甫败死,越加惶急,命满桂出城退敌。满桂奏言众寡悬殊,未可轻战。偏这明廷的太监,日日怂恿崇祯帝,催令速战。满桂只得督领兵官孙祖寿等,出城三里,与满军搏战。这场厮杀,与申甫出战,全然不同,兵对兵,将对将,赌个你死我活,自早晨起,竟杀得天昏地黑。满洲太宗见部队战明军不下,想了一计,令侍卫改作明装,就夜黑时混入明军队里。满桂不防,误作城内援兵,不料这伪明军专杀真明军,一阵骚扰,明军大乱。可怜这临阵惯战的满桂,竟死于乱军之中。满军大获胜仗,个个想踊跃登城,不意太宗竟下令退军,弄得众贝勒都疑惑起来。小子且停一停笔,先诌成一诗,以纪其事云:

大好京畿付劫灰,强胡饱掠马方回,

谁云明社非清覆,内讧都从外侮来。

毕竟满洲太宗何故退军,请到下回交代。

袁崇焕杀毛文龙,后人多议其专擅,愚意不然。将在外,君命有所不受,有利于国,专之可也。况崇祯帝固许其便宜行事乎!惟文龙被杀,部下多投奔满洲,甘为虎伥,绕道入塞,不得谓非崇焕疏忽之咎。然勤王诏下,即兼程前进,忠勇若此,而崇祯帝多疑好猜,竟信阉竖之逸,误堕敌人之计,崇焕下狱,满桂阵亡,明之不亡亦仅矣。读此回令人嗟叹不置。

第 八 回

明守将献城卖友　清太宗获玺称尊

　　却说满洲太宗下令退军,众贝勒都来谏阻,太宗把意见详述一番,说得众贝勒个个叹服。原来太宗的意思,恐师老日久,有前无继,转犯兵家之忌。就使乘胜攻城,应手而下,也是万不能守。一旦援军四集,反致进退两难,所以决意离京,把畿辅打扰一番,扰得他民穷财尽,激起内乱,方好乘隙而入,唾手夺那明室江山。这正中亟肆以敝的计策。当下率领全军,退至通州,是时已天聪四年了。到通州后,复渡河东行,克香河,陷永平;将到遵化,忽见前面有明军拦住,历历落落的炮弹,向满军打来。太宗方令军士退后,猛听得豁喇一声,明军这边的大炮,无故炸开,弄得自己打自己。太宗趁这机会,再令军士向前猛进,此时明军已纷纷自乱,那里当得住满军。只是这位统兵大员,偏不肯逃走,麾军士拼命拦截,自辰至酉,明军已矢尽力穷,这统兵大员,中了满兵两箭,坠马身亡。看官! 你道这明将是谁? 就是金声保荐的刘之纶。之纶平日颇研究武备,尝借贷百金,造成木质大炮;又造独轮车,偏箱车,兽车,都是轻便利用,因闻崇祯帝召见的信息,黉夜到京,入奏称旨,超擢兵部侍郎,协理京营戎政,闻得满营齐退,之纶誓师出追,到了通州,闻满军东去,料他必取道遵化,退出关外,遂约总兵马世龙、吴自勉二人,尾满军后,趋向永平,自己由间道到遵化,截满军归路,与马吴两总兵前后夹攻。谁知马吴两人,违约不追,之纶只领了一支孤军,驻扎娘娘庙山。待满军到来,两边相较,已是众寡不敌;偏这大炮又炸,越加危急。左右请结阵徐退,之纶怒道:“吾受天子厚恩,誓捐躯以报,战若不胜,愿死,敢言退者斩。”到了矢尽力穷的时候,之纶见不可支,大呼道:“死死! 负天子恩!”急解佩印付给家人道:“持此归报朝廷。”不一时,即被满军射倒。所剩残兵,霎时间一扫而空。

　　太宗复领兵攻陷迁安、滦州,进至昌黎,却由该县左应选,率兵民固守,连番进攻,都被击退。寻闻明廷复起用孙承宗,代袁崇焕守山海关,恐他遣将前来,截断归路,遂匆匆的收兵回国。既至国都,文武各官,都上表庆贺,惟太宗犹有忧色。众贝勒各来进问,太宗道:“袁蛮子虽已下狱,终究未死,倘或赦罪出来,又要与我国做死对头,所以放心不下。待他死了,汝等贺我未迟。”过了数日，侦察明京大事的探子，密书驰报，略说，"袁崇焕已经磔死，连家产亦被籍没。"太宗方欣然道："难得此公已死，咱们可长驱入明了。"是时范文程在旁，太宗复顾着道："这是范先生第一功。"文程道："崇焕虽死，承宗尚在，山海关尚未易下。"太宗道："待来年再行图他。只是明兵惯用大炮，我国恰无此火器，须赶紧制造，方可攻明。"文程道："这正是最要紧的事情。"遂招募工匠，铸起红衣大炮，命军士演习燃放。

转瞬间又是一年，众贝勒复请攻明，太宗约以秋高马肥，方可进兵。是时孙承宗督师关上，收复滦州、迁安、永平、遵化四城，复整缮关外旧地，军声大震。怎奈来了一个邱禾嘉，做了辽东巡抚，偏与承宗意见不合。承宗议先筑大凌河城，以渐而进，禾嘉恰要同时筑右屯城。工程日久，两城都未曾完工，满军已进薄城下，这是天聪五年八月内的事情。

太宗带领精骑，到了大凌河，掘濠竖栅，四面合围，令贝勒阿济格等率兵往锦州，遮击山海关援兵。邱禾嘉闻满军已至，急率总兵吴襄、宋伟等，自宁远趋锦州，是时阿济格军尚在中途，锦州城下，未见敌人踪迹。禾嘉令吴襄、宋伟，率兵进发，到长山口，遇着满军，彼此交战，不分胜负。两边鸣金收军，各扎住营寨，准备明日厮杀。是夕，满洲太宗亦到阿济格营内，亲自督战。次日，天色微明，满兵已张开两翼，向明营扑来。明总兵宋伟，坚垒不动。满军连冲数次，都被宋伟的营兵，枪炮打回。太宗命转攻吴襄营，吴襄忙令营兵，齐放枪炮，满兵亦枪炮迭施。正轰击间，忽东北角上，刮起一阵狂风，顿时飞石扬沙，天昏如墨，襄军乘风举火，烈焰腾腾，扑入满军。满军正在着急，俄见大雨奔下，风随雨转，火势反向襄军扑回。襄军出其不意，霎时大乱，满军乘风猛攻，杀得襄军零零落落，吴襄忙率残兵逃走。满军复驰向宋伟营，此时伟军见襄军败走，已自胆怯，怎禁得满军踊跃前来？不消一个时辰，被满军冲入营内，宋伟左右阻拦，争奈支撑不住，也只得向后退下。满军随后赶来，两路残军，抱头疾走。约数里，忽前面来了一支人马，统是满洲服式，挡住去路，后面追兵又至，吴襄、宋伟只得拼了性命，向前冲突；等到杀出重围，已失去了监军张道春，副将祖大乐，将士伤亡，不计其数。疾忙趋回锦州。邱禾嘉见了败军，惊惶万状，弄得束手无策；自是大凌河城，虽连章告急，禾嘉装作痴聋一般，全不理睬了。且说大凌城守将，便是祖大寿、何可纲二人。他们本是怨恨明帝，只因孙承宗面上，坚守此城。闻援兵已经败还，格外懊丧。只大寿有一兄弟名叫大弼，曾官副总兵，有万夫不当之勇，军中称为万人敌；又因他素性粗莽，不管死活，别号作"祖二疯子"。他仗着勇力，一意主战，夜率死士百二十人，易服辫发，缒城而下，来袭满营。适值太宗未寝，在帐中阅视文书，大弼执着大刀，当先入帐，把大刀左右乱劈，砍倒满侍卫两员。太宗见大弼入帐行凶，忙拔腰下佩剑，挡住大弼的大刀。当下交战数合,太宗力不逮大弼,渐渐退后。大弼手下的死士,亦陆续入帐,太宗正在着忙,亏得阿济格等带领侍卫十员,赶来护驾。一场酣斗,满侍卫中,尚有一人被斫断半臂。至满军越来越众,大弼始呼啸一声,冲围而出,此时大寿始知大弼出城劫营,出兵接入城去。大弼检点党羽,不折一人,只有数名负伤。次晨,太宗遂下令急攻,大寿、可纲抵死击退。又过数日,满军运红衣大炮至,击坏城外数堡,复接运轰城。城上短堞,一半被毁,城中犹是固守。直到冬季,大凌粮尽,食牛马;牛马又尽,人自相食。大寿日盼援师,只是不至。惟满主招降书,屡射入城来,大寿未免动心,与可纲密议。可纲不从,大寿此时,也顾不得可纲了。夜间令部下亲兵,绲城至满营,投书愿降,即于次夕献城。可纲闻知,急来拦截,被大寿一箭射倒,由满军擒捉而去。城内兵士,非降即走。可纲见了太宗,劝降不允,从容就刑。大弼不服兄意,早率同志出城去了。

　　大寿叩见太宗,太宗格外优待,命之起坐,亲赐御酒一樽,是夕,大寿仍宿大凌城,梦寐间只见何可纲索命,及至惊醒,自觉卖友求荣,于情理上很过不去,当时踌躇了一回,又忏悔了一回。翌晨,起见太宗,正值太宗升帐,会议进取锦州。大寿献计道:"取锦州不难。臣的家小,亦在锦州,现在锦州的守将,尚未知臣降顺天朝,若臣佯作溃奔状,归赚锦州,作为内应,陛下发兵为外合,取锦州如反掌。臣的家小,亦可藉此取来。"太宗道:"你不要诳语!"大寿设誓允诺,太宗当即命出发。到了锦州,闻邱禾嘉已经被劾,调往南京,关上督师孙承宗亦被言官弹击,乞休回里。大寿又把锦州缮城固守,诡报满洲太宗,说是:"心腹人甚少,各处客兵甚多,巡抚巡按,防守甚严,请缓发兵为是。"太宗乃班师而去。

　　是年冬,孔有德大闹登州,逐登莱巡抚孙元化,杀总兵张可大。越年,明兵四万攻登莱,有德等不能敌,驰书满洲告急。太宗以朝鲜已服,登莱无用,复书令有德等仍返满洲。有德遂偕耿仲明把子女玉帛载了数船,直到沈阳,见了太宗,说:"辽东旅顺,乃是要塞,现在守备空虚,可以袭取。"太宗遂发兵千名,偕孔耿二人往袭旅顺。过了数日,军中献捷,说是旅顺已下,杀死明总兵黄龙,招降副将尚可喜。太宗大悦,即令孔耿二人回国,留尚可喜居守旅顺。孔耿奉命回国,孔受封为都元帅,耿受封为总兵官,嗣后可喜亦得封总兵。从此耿、尚、孔三将,居然做满洲开国功臣了。

　　话休叙烦,且说满洲太宗自大凌城班师,养精蓄锐,又历一年。一日,校阅军队毕,饬令随征察哈尔部,并征集各部蒙古兵,向辽河进发。这察哈尔部在满洲西北,源出蒙古,就是元朝末代顺帝的子孙。当满洲太祖起兵时候,察哈尔势颇强大,曾做内蒙古诸部的盟长。他的头目,叫作林丹汗,天命四年,尝遗书满洲，自称统领四十万众蒙古国主，致书水滨三万满洲国主，这便是自大的口吻。嗣后尝胁掠蒙古诸部，诸部受苦不堪，多来归服满洲，请满洲出兵讨伐。太宗趁兵马强壮，遂发兵渡了辽河，绕越兴安岭，向察哈尔背后攻入。林丹汗只防前面的境界，不料满军从后面薄来，蒙古本无大城，不过有几个小小的土圌，便算是头目所居的都城。满军扑到城下，林丹汗似梦初觉，仓猝不及抵敌，只得徒步飞逸。满军乘势追杀，直到了归化城，捉不住林丹汗，反把明朝边境的百姓，拿来出气。当下由太宗命分四路兵入明边：第一路从尚方堡进宣州，到山西省大同、应州；第二路从龙门口进长城，到宣州与第一路会齐；第三路从独石口进长城，到应州；第四路从得胜堡进朔州。四路的兵，长驱直入，好象一群豺狼虎豹，钻入犬羊队里，乱咬乱嚼，随心所欲，明边的百姓，无缘无故的遭此大劫。幸亏宣大总督张宗衡，总兵曹文诏，张全昌等，固守城池，击退满兵，城中的百姓，还算保全身家性命。满兵掳了人口牲畜七万六千，已是满意，遂即唱了得胜歌，出关而去，不料明廷反将张宗衡、曹文诏等，革职坐成。功罪不明，刑赏倒置，眼见得明室不久了。

只这位满洲太宗两次入明，所得财帛，不计其数。又把内蒙古各部落，统已收服，正是府库日充，版图日廓的时候。一日，有察哈尔部遗族来降，太宗问明情由，方知林丹汗逃奔青海，一病身亡，其子额哲，势孤力竭，只得率领家属，向满洲乞降。当下开城纳入，行受降礼。额哲叩见毕，献上一颗无价的宝物。看官！你道是什么宝贝？乃是元朝历代皇帝的传国玺。太宗得玺后，焚香告天，非常得意，于是大开朝贺。诸贝勒联名上表，请进尊号。边外诸国，亦都遣使奉书，愿为臣属。蒙古各部，且挑选几个有姿色的女子，献入满洲，甘作太宗的妾媵。太宗遂创设三院：一名内国史院，一名内秘书院，一名内弘文院。国史院是编制实录，记注起居，秘书院是草拟敕书，收发章奏，弘文院是讨论古今政事得失，命范文程作为总监，汇集三院文员，恭定称尊典礼。复营建天庙天坛，添造宫室殿陛，不到数月，大礼已定，建筑告成，遂尊太宗为宽温仁圣皇帝，易国号为大清，改天聪十年为崇德元年。择了吉日，祭告天地。当命在天坛东首，另筑一坛，排齐全副仪仗，簇拥御驾，登坛即真。适值天气晴和，晓风和煦，满洲文武百官，都随太宗至天坛，司礼各官，已鹄候两旁，焚起香烛。太宗下了御驾，龙行虎步的走近香案，对天行礼。拜跪毕，由司礼官读过祝文，于是诸贝勒拥着太宗，从中阶升上即真的坛上，到中间绣金团龙的大座椅前，徐徐坐下。但觉得万人屏息，八面威风。诸贝勒大臣，及外藩各使，都恭恭敬敬的向上行三跪九叩礼。孔有德、耿仲明等降将，格外谨肃，遵礼趋跄，不敢稍错分毫。宣诏大臣，捧了满、汉、蒙三体表文，站立坛东，布告大众，坛下军民人等，黑压压的跪了一地。等到宣诏官读完谕旨，一齐高呼万岁万岁的声音，远驰百里。礼毕，太宗慢慢下坛，由众贝勒大臣扈跸还宫。次日，上列代帝祖尊号，谥努尔哈赤为承天广运圣德神功肇纪立极仁孝武皇帝，庙号太祖，追封功臣，配享太庙。名宫殿正门为大清门，东为东翊门，西为西翊门，大殿正殿，仍遵太祖时所定名目，惟后殿改名中宫，皇后居之。中宫两旁，添置四宫，东为关睢宫，西为麟趾宫，次东为衍庆宫，次西为永福宫，罗列妃嫔，作为藏娇的金屋。册封大贝勒代善为礼亲王，贝勒济尔哈朗为郑亲王，多尔衮为睿亲王，多铎为豫亲王，豪格为肃亲王，岳托为成亲王，阿济格为武英郡王。此外文武百官，都有封赏。拜范文程为大学士，作为宰相。孔有德、耿仲明、尚可喜三降将，亦因劝进有功，得了什么恭顺王、怀顺王、智顺王的称号。盈廷大喜，独太宗尚未尽惬意。看官！你道为何？当日称尊登极，外藩各使，统行跪拜礼，只有一国使臣，不肯照行，因此逆了太宗的意思，又想出一条以力服人的计策来了。正是：

　　　　南面称尊，居然天子；西略东封，雄心莫止。

　　欲知何国得罪太宗，请向下回再阅。

　　满军攻明，起初是专攻辽西，迫得了向导，始由蒙古入塞，多一间道，从此左驰右突，飘忽无常。明兵则处处设防，以劳待逸，胜负之势，已可预决。至察哈尔折入满洲，长城以北，皆为满洲所有，明已防不胜防。虽无李闯之肇乱，而明亦不可为矣。若夫满洲太宗之获玺，论者谓天意攸归，故假手额哲以贡献之。夫玺之得不得，亦何关兴替？孙坚、袁术，尝得汉家之传国玺矣，试问其ународство终为帝耶？然则满洲太宗之改号称尊，实为图明得志，借获玺之幸，而作成之耳。虽曰天命，宁非人事？惟清室二百数十年之国祚，由太宗之获玺称尊始。故书中特详述之，所以志始也。

第 九 回

朝鲜主称臣乞降　卢督师忠君殉节

却说清太宗登极之日,有不愿跪拜的外使,并非别国,乃是天聪元年征服的朝鲜。朝鲜国王李倧,本与满洲约为兄弟,此次遣使来贺,因不肯行跪拜礼,即由太宗当日遣还,另命差官赍书诘责。过了一月,差官回国,报称朝鲜国王,接书不阅,仍命奴才带回,太宗即开军事会议,睿亲王多尔衮,与豫亲王多铎,请速发兵出征。太宗道:"朝鲜贫弱,谅非我敌,他敢如此无礼,必近日复勾结明廷,乞了护符,我国欲东征朝鲜,应先出兵攻明,挫他锐气,免得出来阻挠。"多尔衮道:"主上所虑甚是,奴才等即请旨攻明。"太宗道:"汝二人当为东征的统帅,现在攻明,但教扰他一番,便可回来,只令阿济格等前去便了。"是日即召阿济格入殿,封为征明先锋,带兵二万,驰入明畿,并授他方略,教他得手便回。阿济格即领命而去。不到一月,阿济格遣人奏捷,报称入喜峰口,由间道趋昌平州,大小数十战,统得胜仗,连克明畿十六城,获人畜十八万等语。太宗即复令阿济格班师,阿济格奏凯而回。此次清兵入明,不过威吓了事,明督师兵部尚书张凤翼,宜大总督梁廷栋,闻得清兵入边,把魂灵儿都吓得不知去向,日服大黄药求死,听清兵自入自出。瘟官当道,百姓遭殃,实是说不尽的冤屈。

话分两头,且说清廷自阿济格班师后,即发大兵往针朝鲜,时已隆冬,太宗祭告天地太庙,冒寒亲征,留郑亲王济尔哈朗居守,命武英郡王阿济格屯兵牛庄,防备明师,睿亲王多尔衮、豫亲王多铎,率领精骑作了冲锋的前队。太宗亲率礼亲王代善等,及蒙旗汉军,作为后应。这次东征,是改号清国后第一次出师,比前时又添了无数精采。清太宗穿着绣金龙团开气袍,外罩黄缀绣龙马褂,戴着红宝石顶的纬帽,披着黄缎斗篷,腰悬利剑,手执金鞭,脚下跨一匹千里嘶风马,右左随侍的,都是黄马褂宝石顶双眼翎亲王贝子,前后拥护的,都是雄赳赳气昂昂的满、蒙、汉军,画角一声,六军齐发,马队、步队、长枪队、短刀队、强弩队、藤牌队、炮队、辎重队,依次进行,差不多有十万雄师,长驱东指。

到了沙河堡,太宗命多尔衮及豪格,分统左翼满、蒙各兵,从宽甸入长山口,命多铎及岳托,统先锋军千五百名,径捣朝鲜国都城。这朝鲜国兵,向来是宽袍大袖,不经战阵,一闻清兵杀来,早已望风股栗,逃的逃,降的降,义州、定州、安州等地，都是朝鲜要塞，清兵逐路攻入，势如破竹，直杀到朝鲜都城。朝鲜国王李倧，急遣使迎劳清兵，奉书请罪，暗中恰把妻子徙往江华岛。那时朝鲜使臣，迎谒太宗，呈上国书。太宗怒责一番，把来书掷还，喝左右逐出来使。李倧闻了这个信息，魂不附体，亟率亲兵出城，渡过汉江，保守南汉山，清兵拥入朝鲜国都，都内居民，还未曾逃尽，只得迎降马前，献上子女玉帛，供清兵使用。幸亏太宗有心怀远，谕禁奸淫掳掠。入城三日，已是残腊，太宗就在朝鲜国都，大开筵宴，祝贺新年。

　　又过数天，复率大兵渡过汉江，拟攻南汉山，适朝鲜国内的全罗、忠清二道，各发援兵，到南汉城，太宗遂命军士停驻江东，负水立寨。先锋多铎，率兵迎击朝鲜援兵，约数合，朝鲜兵全不耐战，阵势已乱，多铎舞着大刀，左右扫荡，好象落叶迎风，飕飕几阵，对面的营敌，成了一片白地。李倧闻援兵又溃，再令阁臣洪某，到满营乞和。太宗命英俄尔岱、马福塔二人，赍敕往谕，令李倧出城亲觐，并缚献倡议败盟的罪魁。李倧答书称臣，乞免出城觐见，缚献罪魁两事。太宗不允，令大兵进围汉城。

　　是时多尔衮、豪格二人，领左翼军趋朝鲜，由长山口克昌州，败安黄、宁远等援兵，来会太宗。太宗命多尔衮督造小舟，往袭江华岛，一面令杜度回运红衣大炮，准备攻城。多尔衮即派兵伐木，督工制船，昼夜不停，约数日，造成数十号，率兵分渡。岛口虽有朝鲜兵船三十艘，闻得清兵到来，勉强出来拦阻，怎禁得清兵一股锐气，踊跃登舟。不多时，朝鲜兵船内，已遍悬大清旗帜，舟中原有的兵役，统不知去向。

　　清兵夺了朝鲜兵船，飞渡登岸，岸上又有鸟枪兵千余名，来阻清兵，被清兵一阵乱扫，逃得精光。清兵乘势前进，约里许，见前面有房屋数间，外面只围一短垣，高不逾丈，那时清兵一跃而入，大刀阔斧的劈将进去，但觉空空洞洞，寂无人影。多尔衮令军士搜寻，方搜出二百多人，大半是青年妇女，黄口幼儿，当由清兵抓出，个个似杀鸡般乱抖。多尔衮也觉不忍，婉言诘问，有王妃，有王子，有宗室，有群臣家口，还有仆役数十名，即命软禁别室，饬兵士好好看守，一面差人到御营报捷。

　　是时杜度已运到大炮，向南汉城轰击，李倧危急万分，又接到清太宗来谕，略说："江华已克，尔家无恙，速遵前旨缚献罪魁，出城来见。"至是李倧已无别法，只得上表乞降，一一如命。清太宗又令献出明廷所给的诰封册印，及朝鲜二世子为质，此后应改奉大清正朔，所有三大节及庆吊等事，俱行贡献礼；此外如奉表受敕，与使臣相见礼，陪臣谒见礼，迎送馈使礼，统照事明的旧例，移作事清。若清兵攻明，或有调遣，应如期出兵，清兵回国，应献纳犒军礼物，惟日本贸易，仍听照旧云云。李倧到此，除俯首受教外，不能异议半字。当即在汉江东岸，筑坛张幄，约日朝见，届期率数骑出城，到南汉山相近，下马步行，行至坛前，但见旌旗灿烂，甲仗森严，坛上坐着一位雄主，威棱毕露，李倧又惊又惭，当时呆立不动。只听坛前一声喝道："至尊在上，何不下拜！"慌得李倧连忙跪下，接连叩了九个响头。可叹！两边奏起乐来，鼓板声同磕头声，巧巧合拍。乐阕，坛上复宣诏道："尔既归顺，此后毋擅筑城垣，毋擅收逃人，每年朝贡一次，不得逾约。尔国三百年社稷，数千里封疆，当保尔无恙。"李倧唯唯连声。太宗方降座下坛，令李倧随至御营，命坐左侧，并即赐宴。是时多尔衮已知李倧乞降，带领朝鲜王妃王子，及宗室大臣家眷，到了御营。太宗便命送入汉城，留长子淏，次子溴为质。次日，太宗下令班师，李倧率群臣跪送十里外，又与二子话别，父子生离，惨同死别，不由得凄惶起来，无奈清军在前，不敢放声，相对之下，暗暗垂泪。太宗见了这般情形，也生怜惜，遂遣人传谕道："今明两年，准免贡物，后年秋季为始，照例入贡。"李倧复顿首谢恩。太宗御鞭一挥，向西而去。清军徐徐退尽，然后李倧亦垂头丧气的归去了。

太宗振旅回国，复将朝鲜所获人畜牲马，分赐诸将。过了数日，朝鲜遣官解送三人至沈阳，这三人便是倡议败盟的罪魁，一姓洪，名翼溪，原任朝鲜台谏，一姓尹名集，原任朝鲜宏文馆校理，一姓吴名达济，原任朝鲜修撰，尝劝国王与明修好，休认满洲国王为帝，此次被解至满洲，尚有何幸，自然身首异处了。清太宗既斩了朝鲜罪首，无东顾忧，遂专力攻明。适值明朝流寇四起，贼氛遍地，李闯、张献忠十三家七十二营，分扰陕西、河南、四川等省，最为猖獗，明朝的将官，多调剿流贼，无暇顾边。太宗遂命孔有德、耿仲明、尚可喜三降将，攻入东边，明总兵金日观战死，复于崇德三年，授多尔衮为奉命大将军，统右翼兵，岳托为扬武大将军，统左翼兵，分道攻明，入长城青山口，到蓟州会齐。

这时明蓟辽总督吴阿衡，终日饮酒，不理政事，还有一个监守太监邓希诏，也与吴阿衡性情相似，真是一对酒肉朋友。至清兵直逼城下，他两人尚是沉醉不醒，等到兵士通报，阿衡模模糊糊的起来，召集兵将，冲将出去，正遇着清将蒙格，冒冒失失的战了两三合，即被蒙格一刀，劈于马下。麾下兵霎时四散，清兵上前砍开城门，城中只有难民，并无守兵，原来监守太监邓希诏，见阿衡出城对敌，已收拾细软，潜开后门逃去，守兵闻希诏已逃，也索性逃个净尽。清兵也不勾留，进行至牛阑山，山前本有一个军营，是明总监高起潜把守。高起潜也是一个阉竖，毫无军事知识，闻清兵杀来，三十六策，走为上策。清兵乘势杀入，从芦沟桥趋良乡，连拔四十八城，高阳县亦在其内。故督师孙承宗，时适家居，闻清兵入城，手无寸柄，如何拒敌？竟服毒自尽。子孙十数人，各执器械，愤愤赴敌，清兵出其不意，也被他杀了数十名，嗣因寡不敌众，陆续身亡。此外四十多城的官民，逃去的逃去，殉节的殉节。

清兵又从德州渡河,南下山东,山东州县,飞章告急,兵部尚书杨嗣昌,仓猝檄调,一面檄山东巡抚颜继祖,速往德州阻截,一面檄山西总督卢象升,入卫京畿。继祖奉到檄文,忙率济南防兵,星夜北趋,到了德州,并不见清兵南来,方惊疑间,探马飞报清兵从临清州入济南,布政使张秉文等,统已阵亡,连德王爷亦被掳去。看官!你道德王爷是何人,原来是大明宗室,名叫由枢,与崇祯帝系兄弟行,向系受封济南,至此被掳,这统是杨嗣昌檄令移师,以致济南空虚,为敌所袭,害了德王,又害了济南人民。颜继祖闻报大惊,又急率兵回济南,到了济南,复是一个空城,清兵早已渡河北行。继祖叫苦不迭,只得据实禀报。杨嗣昌至此,惶急异常,密奏敌兵深入,胜负难料,不如随机讲和。崇祯帝不欲明允,暗令高起潜主持和议,适卢象升奉调入京,一意主战。崇祯帝令与杨嗣昌、高起潜商议,象升奉命,与二人会议了好几次,终与二人意见不合。象升愤甚,便道:"公等主和,独不思城下之盟,春秋所耻。长安口舌如锋,宁不怕蹈袁崇焕覆辙么?"嗣昌闻言,不禁面赤,勉强答道:"公毋以长安蜚语陷人。"象升道:"卢某自山西入京,途中已闻此说,到京后,闻高公已遣周元忠与敌讲和,象升可欺,难道国人都可欺么?"随即怏怏告别。寻奏请与杨高二人,各分兵权,不相节制。折上,由兵部复议,把宣大、山西兵士属象升,山海关、宁远兵士属高起潜。崇祯帝准议,加象升尚书衔,克日出师。

象升麾下,兵不满二万名,只因奉命前驱,也不管好歹,竟向涿州进发。途中闻清兵三路入犯,亦遣别将分路防堵,无如清兵风驰雨骤,驰防不及,列城多望风失守。嗣昌即奏削象升尚书衔,又把军饷阻住不发。象升由涿州至保定,与清兵相持数日,尚无胜败,奈军饷不继,催运无效,转瞬间军中绝食,各带菜色。象升料是杨嗣昌作梗,自知必死,清晨出帐,对着将士四向拜道:"卢某与将士同受国恩,只患不得死,不患不得生。"众将士被他感动,不由得哭作一团。旋即收泪,愿随象升出去杀敌。象升出兵至巨鹿,顾手下兵士,只剩五千名,参赞主事杨廷麟,禀象升道:"此去离高总监大营只五十里,何不前去乞援?"象升道:"他只恐我不死,安肯援我!"廷麟道:"且去一遭何如?"象升不得已,令廷麟启行。临别时执着廷麟手,与他一诀,流涕道:"死西市,何如死疆场?吾以一死报国,犹为负负。"廷麟已去,象升待了一日,望眼将穿,救兵不至。象升道:"杨君不负我,负我者高太监,我死何妨,只要死在战场上面,杀几个敌人,偿我的命,方不徒死。"遂进至嵩水桥,正见清兵蜂拥前来,胡哨一声,把象升五千人围住。象升将五千人分作三队,命总兵虎大威领左军,杨国柱领右军,自己领中军,与清兵死斗。清兵围合数次,被象升杀开数次,十荡十决。清兵亦怕他利害,渐渐退去。象升收兵扎营。是夜三鼓,营外喊杀连天,炮声震地,象升知清兵围攻,忙率大威、国柱等,奋力抵御,可奈清兵越来越多,把明营围得铁桶相似。两下相持，直到天明，明营内已炮尽矢竭，大威劝象升突围出走。象升道："吾受命出师，早知必死。此处正我死地。诸君请突围而出，留此身以报国！卢某内不能除奸，外不能平敌，罢罢！从此与诸君长别。"遂手执佩剑，单骑冲入敌中，乱斫乱劈，把清兵杀死数十百名，自身也被四箭三刀，大叫一声，呕血而亡。

象升自擢兵备，与流寇大小数十战，无一不胜，且三赐尚方剑，未曾戮一偏裨，爱才恤下，与士卒同甘苦，此次力竭捐躯，部下亲兵，都随了主帅殉难，大威、国柱，因象升许他突围，方杀开血路而去。象升既死，杨廷麟始徒手回来，到了战场，已空无一人，只见愁云如墨，暴骨成堆，廷麟不禁泪下。检点遗尸，已是模糊难辨，忽见一尸首露出麻衣，仔细辨认，确是卢公象升。原来象升新遭父丧，请守制不许，无奈缞绖从戎。廷麟既得遗尸，痛哭下拜，亲为殓埋，遂会同顺德知府于颖，联名奏闻。杨嗣昌无可隐讳，只说象升轻战亡身，死不足惜。崇祯帝误信谗言，竟没有什么恤典。到了高起潜星夜遁回，廷臣始知起潜拥兵不救，交章弹劾。起潜下刑部狱，审问属实，有旨正法。这杨嗣昌仍安然如故，后来督师讨贼，连被贼败，始畏惧自杀。小子曾有一诗吊卢公象升云：

> 慷慨誓师独奋戈，臣心未死耻言和。
> 可怜为国捐躯后，空使遗人雪涕多。

欲知后事如何，下回再行表明。

朝鲜之不敌满洲，固意中事，然亦由朝鲜漫无防备之故。乞盟城下，屈膝称臣，受种种胁迫之条约，真是可怜模样，然亦未始非其自取耳。若明廷统一中原，宁不足与满清敌？顾于熊廷弼、袁崇焕，则杀之磔之，于孙承宗则免职回里，任其殉节。独遗一善战之卢象升，又为权阉所忌，迫死疆场。谁为人主，而昏愦至死？故人谓亡明者熹宗，吾谓熹宗犹不足亡明，亡明者实崇祯帝。

第 十 回

失辎重全军败溃　迷美色大帅投诚

却说清兵屡次得胜，正拟进取，忽由太宗寄谕，命回本国。多尔衮、多铎等，因不敢违命，只得率领兵士，仍取道青山口而归。归国后，问太宗何故班师，太宗道："欲夺中原，必须先夺山海关，欲夺山海关，必须先夺宁锦诸城。否则我兵深入中原，那关内外的明兵，把我后路塞断。兵饷不继，进退失据，岂不是自讨苦吃么？"多尔衮、多铎等，即奏请出攻宁锦，太宗准奏，即令发兵，直抵锦州。锦州守将，还是祖大寿，多方抵御，屡却清兵，相持两年，仍屹然不动，反伤亡了清朝大将岳托。崇德五年，太宗亲征，攻锦州不下，遗书责大寿欺罔之罪。大寿不答。太宗把锦州城外四面的禾稼，尽行刈获，捆载而归。

六年，太宗大发兵攻锦州，大寿闻知，急向蓟辽总督处乞援。蓟辽总督洪承畴，巡抚邱民仰，带了王朴、唐通、曹变蛟、吴三桂、白广恩、马科、王廷臣、杨国柱八个总兵，统兵十三万，马四万匹，由蓟州东指，直到宁远，所带粮草，足支一年。探马飞报清太宗。太宗即令拔营，向松山进发，不多日已到松山。原来松山在锦州城南十八里，西南一座杏山，两峰相对，作为锦州城的犄角，向有明兵屯扎，保护锦州。太宗率范文程等，上山了望，见冈峦起伏，曲折盘旋，遥望杏山的形势，与松山也差不多，只有杏山后面，还有一层隐隐的峰峦。太宗把鞭遥指，问范文程道："杏山外面的峰峦，叫什么山？"文程答道："便是塔山。"太宗望了许久，又俯瞰山麓，见远远的有旗帜飘扬，料是明军大营，便下山回帐，令全军摆成长蛇一般，自松山至杏山，接连扎寨，横截大道。明军见清营挡住去路，忙来冲突，被清兵一阵炮箭击退。次日，清兵亦去冲突明营，明军照例对敌，也将清兵射回。

是夜太宗复与范文程等商议军务，太宗道："我兵依山据险，立住营寨，尽可无虑，只是彼此相持，旷日持久，如何是好？"文程道："何不前去袭他辎重。"这一番把太宗提醒，便道："他的粮草，我想他定在杏山后面，莫非就在塔山这边。"文程道："据臣所料，也是如此。"太宗道："此去塔山，未知有无间道？"文程把辽西地图，仔细审视，寻出一条僻径，乃是从杏山左首，曲折绕出，可通塔山，忙将地图呈阅。太宗阅过地图，见有间道，心下大喜，便召多尔衮、阿济格入帐，令率领步卒，黄夜去袭明军辎重，并将地图付给，嘱他按图觅路，不得有误。二人领命，急选健卒数千名，静悄悄的出营，靠着杏山左侧，盘旋过去。可巧星月双辉，如同白昼，疾走数十里，到了塔山，正交四鼓，昂头四望，并没有什么粮草。阿济格道："这都是老范主使出来，叫咱们白跑了许多路程。"多尔衮道："且待上山一望，再定行止。"二人便令军士停住山下，只带亲兵数十名，上山探视，见前面复有一冈，冈上林木蓊翳，辨不出有无辎重，只冈下有七个营盘扎住，寂静无声。多尔衮对阿济格道："我看前面七营，定是护着粮草的人马，正好乘他不备，杀将过去。"遂即下山把部兵分作两翼，阿济格率左，多尔衮率右，向明营扑入。这明营内军士，因有松山大营挡住敌兵，毫不防备，正是鼾声四起的时候，猛被清兵捣入，人不及甲，马不及鞍，连逃走都是无暇，那里还能抵敌？霎时间七座营盘，统已溃散，清兵驰至冈上，见有数百车辎重，立即搬运下山，从原路驰回。至洪承畴闻报，率兵追赶，已是不及，急得洪承畴面如土色。

当承畴出师时，颇小心谨慎，不肯卤莽，既到宁远，又由祖大寿遣卒缒城，传语切勿浪战，只宜步步立营，逐渐出境。谁知兵部尚书，已换了陈新甲，屡遣人促承畴出战，承畴只得出师松山，把粮草运至笔架冈，留兵七营守护，此次闻被劫去，安得不恼？安得不悔？没奈何进逼清营，拟与清兵大战一场，分个胜负。清太宗料知明军前来，必舍命冲突，只饬部下坚壁不动。承畴率将士冲杀数次，毫不见效，想出一个偷营的法子，故意的退兵十里下寨。随令军士饱了夜餐，扎束停当，静待中军号令。是夕天色微黑，淡月无光，到了三鼓，传令王朴、唐通为第一队，白广恩、王廷臣为第二队，马科、杨国柱为第三队，曹变蛟、吴三桂为第四队，依次进发，后先相应，自己与巡抚邱民仰守住大营。王朴、唐通，率兵到清营附近，只见清营中裹着一股杀气，阴森逼人。王朴素来胆怯，向唐通道："我看清营有备，不如退归。"唐通道："奉命前来，有进无退，安可中道折回？"于是唐通在前，王朴在后，整队望清营扑入。猛听得一声号炮，骨辘辘的弹子，豁喇喇的箭杆，从清营齐射出来，把前队冲锋的明军，一半打倒。王朴、唐通，急令军士退回，行不数步，两边突出两支清兵，左系多尔衮，右系多铎，将明军冲作两截。唐通、王朴，忙夺路逃走，清兵随后赶来。正危急间，白广恩、王廷臣已到，放过唐通、王朴，把清军截住。两边酣斗起来，互有杀伤。忽刺斜里又杀到一支人马，为首的有三员大将，红顶花翎，乃是清降将孔有德、耿仲明、尚可喜。白广恩、王廷臣，见有清兵续到，无心恋战，遂且战且走，清兵不住的追赶，幸亏马科、杨国柱兵到，得了援应，方得走脱。

那时曹变蛟、吴三桂一军，本是明营内的后应兵，待三队兵马统行出发，方率兵出营。约里许，见唐通、王朴，率领残兵回来，两下晤谈，始知清营有备。

第一队军已经败还，二将急策马前进，接应第二三队人马。忽听后面鼓角声喧，炮声迭发，吴三桂回头一望，向曹变蛟道："莫非清兵攻我大营。"曹变蛟道："如何我们一路行来，并不见有清兵？"语尚未毕，忽一卒从背后赶到，气喘吁吁的报说大帅有令，请二将军速回。吴三桂问他情由，答说清兵闯入大营，所以调回二将军，速去救应。吴曹二人，忙令军士转身驰归。到了大营相近，见有无数清兵，往来冲阵，洪承畴亲自督战，唐通、王朴等，亦协力抵御，左阻右拦，尚是招架不住。曹变蛟一马当先，杀入清兵队里，吴三桂率兵继入，与清兵驰战多时，清兵尚是气势蓬勃，不肯退回。待白、王、马、杨四将齐到，方并力将清兵杀退。这一场恶战，明军损伤多人，方识得清兵利害，人人畏惧。

原来清太宗料明营未败而退，必有诈谋，令豪格、阿济格等，从间道绕出明军背后，袭击明营，一面令多尔衮、多铎，伏在寨外，孔有德、耿仲明、尚可喜接应两边，所以明军不能得手，反被清兵前后攻击，受了损失。太宗又料明军经此一挫，势必退走，当令得胜诸将，于次夜抄出杏山，塔山，分路埋伏，并一一授以密计；自己却亲督大军，严阵以待。一朝易过，渐渐天昏，约值初更时候，探报明营已动，太宗即率军驰向明营，明洪承畴、邱民仰，率领曹变蛟、王廷臣两总兵，当即迎战。那时唐通、白广恩、马科、杨国柱、王朴、吴三桂六总兵，因营中饷绝，奉命退回宁远。六总兵更番断后，陆续退去，将到杏山，忽山侧冲出一彪清军，截住去路。明军因前次劫营，受了苦恼，至此复见清兵在前，都吓得毛发直竖，勉强上前冲突，方交战间，这胆小如鼠的王朴，已率部队爬过山头，逃入杏山城去了。剩下五个总兵，与清兵相持，但见清兵刀削剑刺，勇悍异常，不由的心惊胆战，争先逃走，当即旗靡辙乱，无复行列。蓦听山腰里鼓声如雷，驰出一支人马，高扯明军旗号，五总兵各自惊异，还疑是宁远救兵，前来接应，谁知到了面前，这支人马，不杀清兵，专杀明军，弄得五总兵茫无头绪，叫苦不住。霎时间七零八落，眼见得不能驰回宁远，只得同王朴一般思想，奔入杏山城内。清兵见他们奔入杏山城，也不追赶，只将明兵所弃的甲胄炮械，搬运一空，向别处去了。

且说洪承畴、邱民仰等，向清兵混战许久，清兵有增无减，明军有减无增，方思向西退走，谁知清兵厚集西面，无从杀出；营盘又站立不住，没奈何退入松山城，清兵将松山城围住。过了一日，从杏山回来的清兵，都到御营报功，说是杏山兵欲奔宁远，被我军杀得四散，由杏山到塔山，积尸无数，逼入海里的，也不可胜计。吴三桂、王朴等人，只带了几个残兵，落荒逃去。太宗大喜，命范文程一一记功，随道："此番洪承畴已中我计，恐插翅也难飞去，现请先生写一招降书，令他来降。"文程道："招降洪承畴，恐还没有这般容易，现只有多写数书，分致他部下各将，先扰惑他的军心，方可下手。"太宗称善，即连写招降书，逐日射进城去。城中只是坚守，毫不回答。太宗令军士猛攻，也未见效。这日，李永芳上帐献计道："城内有副将夏承德，与臣向系故交，不如臣去一书，饵他高官厚禄，令他献城。"太宗道："既有此人，速即修书为是。"永芳写就书信，呈上太宗。太宗欲召人射入城中，永芳道："这且不便，须要秘密行事方好。"太宗道："这是又费周折了。"范文程在旁道："这也不难。"太宗问他何计？文程道："臣料松山现已食尽，应想突围出走，只因我军四面围住，无隙可钻，所以闭城固守，现请暂开一面，令他出来突围，我即伏兵堵截，不许放出，他定然走回城中，趁此开城的机会，令干员假扮汉装，混入城内，便可致书夏承德，暗中行事。"太宗道："好好！依计而行。"立命豪格授计城西将士，令他遵办。

是夜，松山城西面围兵，撤去一角，果然曹变蛟开城出走，被伏兵截住，仍然回城。当时投书的干员，乘隙混入。次夜干员回营，报称与夏承德之子，缒城同来，当于明日夜间献城。太宗喜甚，命将承德子留住营内，专待明日破城。是时松山城内，粮食已尽，洪承畴等束手无策，只待一死，是日上城巡阅一周，因清兵围攻略懈，到了傍晚，下城晚餐，到了黄昏时候，忽报清兵已经登城，承畴急命曹变蛟、王廷臣，率兵抵截。自己方思上马督战，蓦见军士来报道："王总兵阵亡。"承畴大惊。少顷，邱民仰又踉跄趋入，说是："曹变蛟亦已战死，公宜自行设法。邱某一死报君便了。"道言未绝，拔出佩刀自刎。承畴此时，亦拔剑向项，转思我死亦须保全尸首，不如自缢为是，就解下腰带，挂上梁上。不防背后来了一人，将他一把抱住，旁边又转出数人，把承畴捆缚而去。这抱住承畴的人，便是夏承德，捆缚承畴的人，便是李永芳等。承畴知已身被擒，闭目无语，被夏承德等牵到清太宗前。太宗忙令范文程代为解缚，并劝令归降。承畴道："不降！不降！"范文程即接口道："洪先生既到此地，徒死无益，不如归顺清朝，图后半生的事业。"承畴道："我知有死，不知有降。"旁边恼了多铎、豪格等，齐说道："他既要死，赏他一刀就是，何必同他絮聒。"文程以目示意，多铎、豪格等全然不睬，想拔刀来杀承畴。太宗喝令出帐。即将承畴交与范文程，令他慢慢劝降。原来承畴颇有威望，素为孔耿诸人所推重，禀明太宗，此次太宗费尽心机，方将承畴擒住，必欲降他以资臂助，所以把他交付文程。文程引承畴到自己营中，把什么时务不时务，俊杰不俊杰，足足的谈了半夜。偏这洪老先生垂着头，屏着息，象死人一般，随你口吐莲花，他终不发一语。次日，仍自闭目危坐，饭也不吃，茶也不喝。范文程又变了一套言语，与他谈论许久，他总是一个没有回答，文程也不觉懊恼起来。惟御营内接连报捷，锦州下了，祖大寿投降了，杏山、塔山俱已攻克了。太宗命拔营回国，范文程带了洪承畴，同到国都，又劝了承畴一回，只是不理，回报太宗，太宗也无可奈何。但因得胜回来，文武百官，上朝称贺，原是照例的规矩，宫里各妃嫔，亦打扮得花枝招展，迎接太宗,一齐的贺喜请安。太宗最爱的,是永福宫庄妃,生得轻盈娥媚,聪明伶俐,他本是科尔沁部贝勒寨桑的女儿,姓博尔济吉特氏,自献与清太宗后,列为西宫,生下一子,就是入关定鼎的世祖章皇帝福临。是夕,太宗便宿在永福宫。次日辰刻,太宗出宫视事,问范文程道:"洪承畴如何?"文程答道:"此老固执太甚,看来是无可晓谕了。"太宗道:"且慢慢再商。"忽报明朝遣职方司郎中马绍愉等,持书乞和,现在都城二十里外。太宗道:"明朝既来乞和,理应迎接。"便命李永芳、孔有德、祖大寿三人出城,迎接明使。李永芳等去讫,太宗亦退入便殿。才过午牌,有永福宫太监入见,跪报洪承畴已被娘娘说下了。太宗惊喜道:"果有此事么?"

　　原来洪承畴人本刚正,只是有一桩好色的奇癖。这日正幽在别室,他是立意待死,毫无他念,到了巳牌,红日满窗,几明室净,听门外叮当一声,开去了锁,半扉渐辟,进来了一个青年美妇,娉娉婷婷的走近前来,顿觉一种异香,扑入鼻中。承畴不由的抬头一望,但见这美妇真是绝色,鬓云高拥,髻凤低垂,面如山水芙蕖,腰似迎风杨柳,更有一双纤纤玉手,丰若有余,柔若无骨,手中捧着一把玉壶,映着柔荑,格外洁白。承畴暗讶不已,正在胡思乱想,那美妇樱口半开,瓠犀微启,轻轻的呼出将军二字。随畴欲答不可,不答又不忍,也轻轻的应了一声。这一声相应,引出那美妇问长道短,先把那承畴被掳的情形,问了一遍。承畴约略相告。随后美妇又问起承畴家眷,知承畴上有老母,下有妻妾子女,他却佯作凄惶的情状,一双俏眼,含泪两眶,顿令承畴思家心动,不由的酸楚起来。那美妇又设词劝慰,随即提起玉壶,令承畴喝饮。承畴此时,已觉口渴,又被他美色所迷,便张开嘴喝了数口,把味一辨,乃是参汤。美妇知已入彀,索性与他畅说道:"我是清朝皇帝的妃子,特怜将军而来。将军今日死,于国无益,于家有害。"承畴道:"除死以外,尚有何法?难道真个降清不成?"美妇道:"实告将军,我家皇帝,并不是要明室江山,所以屡次投书,与明议和,怎奈明帝耽信邪言,屡与此地反对,因此常要打仗。今请将军暂时降顺,为我家皇帝主持和议,两下息争,一面请将军作一密书,报知明帝,说是身在满洲,心在本国。现在明朝内乱相寻,闻知将军为国调停,断不至与将军家属为难。那时家也保了,国也报了,将来两国议和,将军在此固可,回国亦可,岂不是两全之计么?"这一席话,说得承畴心悦诚服,不由的叹息道:"语非不是,但不知汝家皇帝,肯容我这般举动否?"美妇道:"这事包管在我身上。"言至此,复提起玉壶,与承畴喝了数口,令承畴说一允字,遂嫣然一笑,分花拂柳的出去。看官!你道这美妇是何人?便是那太宗最宠爱的庄妃。因闻承畴不肯投降,他竟在太宗前,作一自荐的毛生,不料他竟劝降承畴,立了一个大大的功劳。只小子恰有一诗讽洪承畴道:

浩气千秋别有真,杀身才算是成仁。

如何甘为娥眉劫,史传留遗号贰臣?

从此清太宗益宠爱庄妃,竟立他所生子福临为太子,以后遂添出清史上一段佳话。诸君试看下回,便自分晓。

杨镐串二十余万人出塞,洪承畴率十三万人赴援,兵不可谓不众,乃一遇清军,统遭败衄。清军虽强,岂真无敌?咎在将帅之非材。且镐止丧师,洪且降清,洪之罪益浮于镐矣,读贰臣传,可知洪承畴之事迹,读此书,更见洪承畴之心术。

第十一回

清太宗宾天传幼主　多尔衮奉命略中原

前卷说到洪承畴降清，此回继述，系承畴降清后，参赞军机，与范文程差不多的位置；又蒙赐美女十人，给他使用，不由的感激万分。只因家眷在明，恐遭杀害，就依了吉特氏的训诲，自去施行。当时明朝的崇祯帝，还道承畴一定尽忠，大为痛悼，辍朝三日，赐祭十六坛；又命在都城外建立专祠，与巡抚邱民仰等一班忠臣，并列祠内。崇祯帝御制祭文，将入祠亲奠，谁知洪承畴密书已到，略说："暂时降清，勉图后报。"崇祯帝长叹一声，始命罢祭。阅书中有勉图后报之言，遂不去拿究承畴家眷。并因马绍愉等赴清议和，把松山失败的将官，一概不问。

且说马绍愉等到了清都，由李永芳等迎接入城，见了太宗，设宴相待，席间叙起和议，相率赞成，彼此酌定大略。及马绍愉等谢别，太宗赐他貂皮白金，仍命李永芳等送至五十里外。马绍愉等回国先将和议情形，密报兵部尚书陈新甲，新甲阅毕，搁置几上，被家僮误作塘报，发了抄，闹的通国皆知。朝上主战的人，统劾新甲主和卖国，那时崇祯帝严斥新甲，新甲倔强不服，竟被崇祯帝伤缚下狱。不数日，又将新甲正法。看官！你道这是何故？原来新甲因承畴兵败，与崇祯帝密商和议，崇祯帝依新甲言，只是要顾着面子，嘱守秘密，不可声张。所以马绍愉等出使，廷臣尚未闻知。及和议发抄，崇祯帝恨新甲不遵谕旨，又因他出言挺撞，激得恼羞成怒，竟冤冤枉枉的把他斩首。从此明清两国的和议，永远断绝了。

太宗得知消息，遂令贝勒何巴泰等率师攻明，毁长城，入蓟州，转至山东，攻破八十八座坚城，掠子女三十七万，牲畜金银珠宝各五十多万。居守山东的鲁王以派，系明廷宗室，仰药自尽。此处殉难的官民，不可胜计。是时山海关内外设两总督，昌平保定又设两总督，宁远、永平、顺天、保定、密云、天津六处，设六巡抚，宁远、山海、中协、西协、昌平、通州、天州、保定设八总兵，在明廷的意思，总道是节节设防，可以无虞，谁知设官太多，事权不一，个个观望不前，一任清兵横行。阿巴泰从北趋南，从南回北，简直是来去自由，毫无顾忌。

明廷乃惶急的了不得，拣出一个大学士周延儒，督师通州，周本是个龌龊人物，因结交阉寺，纳贿妃嫔，遂得了一个大学士头衔。当时明宫里面，传说延儒贡品，无奇不有，连田妃脚上的绣鞋，也都贡到。绣鞋上面用精工绣出"延儒恭进"四个细字，留作纪念。这田妃是崇祯帝第一个宠妃，暗中帮他设法，竭力抬举。此次清兵人边，延儒想买崇祯帝欢心，自请督师，到了通州，只与幕客等饮酒娱乐，反日日诡报胜仗。这清将阿巴泰等，抢劫已饱，不慌不忙的回去，明总兵唐通、白广恩、张登科、和应荐等，至螺山截击，反被他回杀一阵。张和二将，连忙退走，已着了好几箭，伤发身死。那清兵恰鸣鞭奏凯的回去了。

　　清太宗闻阿巴泰凯旋，照例的论功行赏，摆酒接风。宴飨毕，太宗回入永福宫，这位聪明伶俐的吉特氏，又陪了太宗，饮酒数巡。是夕，太宗竟发起寒热，头眩目晕。次日，宣召太医入宫诊视，一切朝政，命郑亲王济尔哈朗、睿亲王多尔衮暂行代理；倘有大事，令多尔衮到寝宫面奏。又数日，太宗病势越重，医药罔效，后妃人等，都不住的前来谒候。多尔衮手足关怀，每天也入宫问候几回。一夕，太宗自知病已不起，握住吉特氏手，气喘吁吁道："我今年已五十二岁了，死不为夭。但不能亲统中原，与爱妃享福数年，未免恨恨。现在福临已立为太子，我死后，他应嗣位，可惜年幼无知，未能亲政，看来只好委托亲王了。"吉特氏闻言，呜咽不已。太宗命宣召济尔哈朗、多尔衮入宫。须臾，二人入内，到御榻前，太宗命他旁坐。二人请过了安，坐在两旁。太宗道："我已病入膏肓，将与二王长别，所虑太子年甫六龄，未能治事，一朝嗣位，还仗二王顾念本支，同心辅政。"二人齐声道："奴才等敢不竭力。"太宗复命吉特氏挈了福临，走近床前，以手指示济尔哈朗道："他母子两人，都托付二王，二王休得食言！"二人道："如背圣谕，皇天不佑。"多尔衮说到皇天二字，已抬头偷瞧吉妃，但见他泪容满面，宛似一枝带雨梨花，不由得怜惜起来。偏这吉特氏一双流眼，也向多尔衮面上，觑了两次。多尔衮正在出神，忽听得一声娇喘道："福哥儿过来，请王爷安！"那时多尔衮方俯视太子，将身立起，但见济尔哈朗早站立在旁，与小太子行礼了，自觉迟慢，急忙向前答礼。礼毕，与济尔哈朗同到御榻前告别，趋出内寝。回邸后，一夜的胡思乱想，不能安睡。

　　次晨，来了内宫太监，又宣召入宫。多尔衮奉命趋入，见太宗已奄奄一息，后妃人等拥列一堆，旁边坐着济尔哈朗，已握笔代草遗诏了。他挨至济尔哈朗旁，俟遗诏草毕，由济尔哈朗递与一瞧，即转呈太宗。太宗略略一阅，竟气喘痰涌，掷纸而逝。当时阖宫举哀，哀止，多尔衮偕济尔哈朗出宫，令大学士范文程等，先草红诏，后草哀诏。红诏是皇太子即皇帝位，郑亲王济尔哈朗、睿亲王多尔衮摄政。哀诏是大行皇帝，于某日晏驾字样。左满文，右汉文，满汉合璧，颁发出去，顿时万人缟素，全国哀号。济尔哈朗、多尔衮一面率各亲王郡王贝勒贝子，暨公主格格福晋命妇等，齐集梓宫前哭临，一面命大学士范文程，率大小文武百官，齐集大清门外，序立哭临。接连数月，用一百零八人请出梓宫，奉安崇政殿，由部院诸臣，轮流齐宿，且不必细说。

单说太子福临，奉遗诏嗣位，行登极礼，六龄幼主，南面为君，倒也气度雍容，毫不胆怯。登极这一日，由摄政两亲王，率内外诸王贝勒贝子及文武群臣朝贺，行三跪九叩首各仪。当由阁臣宣诏，尊皇考为太宗文皇帝，嫡母生母并为皇太后，以明年为顺治元年。王大臣以下，各加一级。王大臣复叩首谢恩。新皇退殿还宫，王大臣各退班归第。自是皇太后吉特氏，因母以子贵，居然尊荣无比；但他是聪明绝顶的人，自念孤儿寡妇，终究未安，不得不另外画策。幸亏这多尔衮心心相印，无论大小事情，一律禀报，并且办理国事，比郑亲王尤为耐劳。过了数日，又由多尔衮举发阿达礼、硕托诸人，悖逆不道，暗劝摄政王自立为君，当经刑部讯实，立即正法，并罪及妻孥。吉特太后闻知，格外感激，竟特沛殊恩，传出懿旨，令摄政王多尔衮便宜行事，不必避嫌。多尔衮出入禁中，从此无忌，有时就在大内就宿。宫内外办事人员，不谅皇太后摄政王两人苦衷，就造出一种不尴不尬的言语来。连郑亲王济尔哈朗也有后言。多尔衮奏明太后，令济尔哈朗出师攻明，此旨一发，济尔哈朗只得奉旨前去，涉辽河，抵宁远。适值明吴三桂为宁远守将，严行抵御，急切难下。济尔哈朗也不去猛攻，越过了宁远城，把前屯卫、中前所、中后所诸处，骚扰一番，匆匆的班师回国。

过了一年，便是大清国顺治元年，明崇祯帝十七年，元旦晴明，清顺治帝御殿，受朝贺礼，外藩各国，亦遣使入觐。"九天阊阖开宫殿，万国衣冠拜冕旒"，别有一种兴旺气象。过了一月，太宗梓宫奉安昭陵，辒辌首辙，辂仗庄严，旌幡亭盖，车马驼象，非常热闹。皇太后、皇帝、各亲王、郡王、贝子、贝勒，暨文武百官，以及公主格格福晋命妇，都依次恭送。正是生荣死哀，备极隆仪。偏这摄政王多尔衮，格外小心服侍吉特太后；又见太后后面，有一位福晋，生得如花似玉，与太后芳容，恰是不相上下。多尔衮暗想道："我只道太后是个绝代佳人，不料无独有偶。满洲秀气，都钟毓在两人身上，又都是咱们自家骨肉，倘得两美相聚，共处一堂，正是人生极乐的境遇，还有什么荣华富贵？可笑去年阿达礼、硕托等人，还要劝我做皇帝。咳！做了皇帝，还好胡行么？"看官！你道这位福晋是何人眷属？乃是肃亲王豪格的妻，摄政王多尔衮的侄妇。

小子且把多尔衮的痴念搁过一边，单说奉安礼毕，清廷无事，郑亲王济尔哈朗，仍令军士修整器械，储粮秣马。俟塞外草木蕃盛，大举攻明。时光易逝，又是暮春，济尔哈朗拟出师进发，多尔衮恰不甚愿意，因此师期尚未决定。这日，多尔衮在书斋中，批阅奏章，忽来了大学士范文程，向多尔衮请过了安，一旁坐下，随禀多尔衮道："明京已被李闯攻破，闻崇祯帝已自尽了。"多尔衮道：

"有这等事？"文程道："李闯已在明京称帝，国号大顺，改元永昌了。"多尔衮道："这个李闯，忽做中原皇帝，想是有点本领的。"文程道："李闯是个流寇的头目，闻他也没甚本领，只因明崇祯帝不善用人，把事情弄坏，所以李闯得长驱入京，现听得李闯非常暴虐，把城中子女玉帛，搜掠一空，又将明朝大臣，个个绑缚起来，勒令献出金银；甚至灼肉折胫，备诸惨毒。金银已尽，一一杀讫。明朝臣民，莫不切齿痛恨。若我国乘此出师，借着吊民伐罪的名目，布告中国，那时明朝臣民，必望风归附，驱流贼，定中原，正在此举。"多尔衮听罢，沉吟半晌，方答道："且慢慢商量！"文程又竭力怂恿，说是此机万不可失。无奈多尔衮恰另有一番隐情，只是踌躇未决。范文程怏怏告别，次日，复着人至睿亲王邸第，呈上一书，多尔衮拆开视之，只见上写道：

大学士范文程敬启摄政王殿下：乃者有明流寇，踞于西土，水陆诸寇，缫于南服，兵民煽乱于北陲，我师燮伐其东鄙，四面受敌，君臣安能相保？良由我先皇帝忧勤肇造，诸王大臣只承先帝成业，夹辅冲主，忠孝格于苍穹，上帝潜为启佑，此正欲我摄政王建功立业之会也。窃惟成丕业以垂休裸于万禩者此时，失机会而贻悔将来者亦此时，盖明之劲敌，惟在我国，而流寇复蹂躏中原，我国虽与明争天下，实与流寇角也。为今日计，我当任贤抚众，使近悦远来，囊者弃遵化，屠永平，两经深入而返，彼地官民，必以为我无大志，纵来归附，未必抚恤，因怀携贰。是当严申纪律，秋毫勿犯，复宣谕以昔日守内地之由，及今进取中原之意，官仍其职，民仍其业，寻其贤能，恤其无告，将大河以北，可传檄而定也。河北一定，可令各城官吏，移其妻子，避患于我军，因以为质；又拔其德誉素著者，置之班行。俾各朝夕献纳，以资辅翼。王于众论择善酌行，则闻见可广，而政事有时措之宜矣。此行或直趋燕京，或相机攻取，要于入边之后。山海关以西，择一坚城顿兵，以为门户，我师往来甚便，惟我摄政王察之！

多尔衮阅毕，叹道："这范老头儿的言语，确是不错，但我恰有一桩心事，不能与范老头儿说明，我且到夜间入宫，与太后商量再说。"

是夕，多尔衮入宫去见太后，便把范文程的言语，叙述一遍。太后吉特氏道："范老先生的才识，先皇在时，常佩服他的。他既主张出师，就请王爷照他行事。"多尔衮道："人生如朝露，但得与太后长享快乐，已自知足，何必出兵打仗，争这中原？"太后道："这却不是这样说。我国虽是统一满洲，总不及中国的繁华，倘能趁此机会，得了中国。我与你的快乐，还要加倍。况你不过三十多岁的人，来日正长，此时出去立场大功，何等光辉？何等荣耀？将来亲王以下，人人畏服，还有那个敢来饶舌？"多尔衮尚是沉吟，太后见他不愿出师，便竖起柳眉，故作怒容道："王爷要什么，我便依你什么。今天要你出师攻明你却不去,这是何意?"慌得多尔衮连忙陪罪,双膝请安道:"太后不必动怒,奴才愿去!"太后便对多尔衮似笑非笑的瞅了一眼,多尔衮道:"奴才出师以后,只有一事可虑。"太后问他何事? 多尔衮道:"只豪格那厮,很与我反对,屡造谣言,恐与嗣君不利。"太后道:"这却凭你处置便是。"多尔衮应命出宫。便召固山额真何洛会,秘密商议了一回。次晨,何洛会即联络数人,共奏肃亲王豪格言词悖妄,恐致乱政。多尔衮即偕郑亲王等,公同审鞫。豪格不服,仍出词顶撞。多尔衮遂说他悖妄属实,废为庶人。于是多尔衮奏请南征,由顺治帝祭告天地太庙,不日启行。启程这一日,范文程恭拟诏敕。便在笃恭殿中,颁给多尔衮大将军敕印,敕曰:

朕年冲幼,未能亲履戎行,特命尔摄政和硕睿亲王多尔衮代统大军,往定中原。特授奉命大将军印,一切赏罚,便宜行事。至攻取方略,尔王钦承皇考圣训,谅已素谙。其诸王贝勒贝子公大臣等,事大将军当如事朕,同心协力以图进取,庶祖考英灵,为之欣慰。钦此。

多尔衮叩首受印,随同豫亲王多铎,武英郡王阿济格,恭顺王孔有德,怀顺王耿仲明,智顺王尚可喜,贝子尼堪博洛,辅国公满达海等,率领八旗劲旅,蒙汉健儿,进图中原,陆续登程,向山海关去了。正是:

> 虽有智慧,不如乘势。天道靡常,一兴一替。

欲知多尔衮出师后事,且待下回再详。

和战未定,尚非致亡之因,误在崇祯帝所用非人,卒致外患日迫,内讧乘之。甲申之变,谁谓非崇祯自召耶? 若清则国势方盛,太宗晏驾,以六龄之幼主,安然即位,多尔衮等忠心辅幼,竟尔七鬯无惊。至于明社已屋,又由多尔衮出师,唾手中原。后人谓多尔衮之肯出死力,皆孝庄后有以笼络之,然则孝庄后固一代尤物乎? 明亡清继,成于一妇人之手,吾訾其德,吾服其才。

第十二回

失爱姬乞援外族　追流贼忍死双亲

　　且说山海关内外的守将，就是明总兵吴三桂，其时三桂已封平西伯。驻守宁远，因有廷旨促他入援，遂率众西行。到山海关，闻京师已陷，明帝殉国，遂令军士扎住营寨，徘徊不进，忽探马来报道："爵帅家属，尽被李闯拿去了。"三桂大怒，率兵入关。适李闯派降将唐通，赉白银五万两，并三桂父吴襄书札，来招降三桂，途次遇三桂军，便入帐进见。三桂问明来意，唐通取出吴襄书，交与三桂，三桂拆阅，大略说是："君逝父存，汝宜早降，不失通侯之赏，犹全孝子之名"云云。三桂迟疑未决，唐通又说道："崇祯已殁，明已无君，君不能使再生，父宁可以再死？不如归降为是。"三桂道："既如此，我为老父故，可奈投降，请君先行回复，我当入京来见新主。"唐通复索回书，三桂便潦潦草草，写了几句，并加了封，交与唐通带回。遂即召集众将，把降顺李闯的缘故，约略说明。部将冯鹏谏阻，三桂不从，即在关上守候交卸。不数日，李闯差来的守关将吏，已率兵赶到，三桂把关上事务，交与来将，遂带了数千精兵，望燕京进发。

　　到了滦州，有家人求见。三桂唤入，详问家中近状。家人便将吴襄被掳，家产被抄情形，详细告禀。三桂道："这倒无妨。我现到京，我父自然释然，家产也自然发还了。"家人道："现在京内是闹得不象样子，闯王入京，拷逼大臣，苛索财物，且不必说。宫内的皇后妃嫔，多半随崇祯帝殉节，还有未死的宫娥彩女，都被闯王收为妃妾，日夕奸淫。昨闻我家的姨太太，亦被这闯王选入后宫，不知死活哩。"三桂急问道："那个姨太太？"家人道："便是陈……"三桂便接口道："是否陈圆圆姑娘？"家人道："不是陈圆圆姑娘，还有谁人？"三桂不听犹可，听了此语，叫了一声爱姬，望后便倒。

　　小子要述陈圆圆历史，且把吴三桂生死，略搁一搁，请诸君先听我说这位圆圆姑娘。圆圆本太原故家，姓陈名沅，能诗能画，善弹琴，因遭乱流落，鬻为玉峰歌伎，艳帜高张，缠头价重。吴三桂在京师时，曾与他有一面缘，彼此企慕。嗣后沅娘艳名，为藩府田畹所闻，千金购艳，充入下陈，遂改名圆圆。田畹系崇祯帝宠妃父亲，仗着皇亲势力，蓄有数百万家私，自得了陈圆圆，百般爱宠，怎奈老夫少妇终嫌非匹。"石崇有意，绿珠无情。"田畹亦无可奈何。

适值李闯陷西安，秦王存枢被执，转陷太原，晋王求枢又被杀。秦晋二邸，累代积蓄，都扫得干干净净。田畹暗暗着急，终日愁眉不展，圆圆窥破情景，便乘机进言，说是："宁远总兵吴三桂，部下都是精锐，国丈何不与他结交，作为护符？"田畹大喜，可巧吴三桂入京觐见，遂设宴相请。三桂正忆着陈圆圆，闻他身入田邸，苦难会面，一闻田畹相邀，忙即赴席。席间说起清兵强悍，与流寇猖獗的事情，田畹便把全家托他保护。三桂谦让一番。田畹恐他不允，格外殷勤，向后房叫出众歌姬，奏曲侑酒。三桂仔细一瞧，虽是个个妖艳，但不见那可人儿圆圆姑娘，便问田畹道："前闻玉峰歌伎陈沅娘，曾入贵邸，如何众歌姬中，独无此人？"田畹听三桂提起圆圆，呆了半晌，只因有事相干，不得不召圆圆出来。少顷，圆圆应召而出，田畹令向三桂行礼。三桂举手相让，一面瞧那圆圆，宛似宝月祥云，别具神采，比当年初见时，虽稍清减，却越显出玉质娉婷。圆圆见三桂瞧他，恰嫣然一笑，低垂粉颈，另有一种娇羞态度。三桂便转眼看众歌姬，觉得蠢俗异常，仿佛媒盐，便向田畹道："西子在前，难为众艳，请国丈令众姬入室，免得多劳，吴某只请沅姬鼓琴一曲，静心领悟，便感国丈厚谊。"田畹即令众姬退出，命圆圆侧坐鼓琴。侍女抱琴与圆圆，圆圆便轻舒皓腕，默运慧心，弹了一曲湘妃怨。三桂系将门之子，颇识琴心，料知圆圆自怨非偶，不由的自念道："可惜可惜。"

田畹方欲启问，忽见家人呈进邸报，接过一瞧，不觉魂驰魄落。三桂从旁遥望，邸报上写着是："代州失守，周遇吉阵亡"九个大字，便道："代州一失，京畿要戒严了。"田畹道："老夫风烛残年，偏要遭此丧乱，奈何？"三桂趁此机会，竟借着酒意，慨然答道："吴某蒙国丈雅爱，愿力护尊邸，但有一事相求，请国丈见赐！"田畹问他何事？三桂道："便是这位沅姬，若承国丈赐与吴某，吴某誓为国丈效死。"田畹听到此语，又是怒，又是悔，勉强答道："老夫也不惜一歌伎，但未知圆圆愿否？"此时圆圆琴已弹完，就禀告田畹道："妾随国丈数年，安忍轻离国丈，但贱妾事小，国丈事大，国丈有命，敢不敬从！"三桂大笑道："沅姬愿了，沅姬愿了。"忙起身向田畹谢赐，随命自己仆役，抬进暖轿，令陈圆圆拜别皇亲，押着圆圆上轿，出了藩府，自己上了马，扬鞭径去。这位田国丈，弄得目瞪口呆，既不忍割舍，又不好拦阻，只得眼睁睁的由他劫去。

那三桂劫娶圆圆回家，象活宝贝的看待。圆圆又素羡他是当世英雄，三生有幸，两意相同，真个是你贪我爱，说不尽的绸缪。不料明廷谕旨，饬三桂迅速出关。军中不能随带姬妾，三桂硬着头皮，别了爱姬，率兵赶到关上，心中恰时时思念这陈姑娘。此番得了家人的传报，知陈姑娘被李闯劫夺了去，顿时魂灵儿飞在九霄云外，立即晕倒。幸亏家人相救，苏醒转来，便咬牙切齿，誓报此恨。当即率诸将驰回山海关，逐去关上的闯将，令军士为崇祯帝服丧，设座遥奠，啮血结盟，决志扫灭李闯，为明复仇。这消息传到燕京，李闯方在宫中取乐，三日不朝。及接得此报，不觉大惊，亟发兵二十万，下令亲征。又命降将唐通、白广恩，率二万骑绕出关外，夹攻三桂。

三桂方准备抵御，忽报清国摄政王多尔衮，带领雄兵十万，将到宁远。三桂惶急道："内有闯贼，外有清兵，叫我如何对付？"转念道："与其把明室江山，送与闯贼，不若送与满洲人。闯贼闯贼！你要夺我爱姬，我也顾不得许多了。"遂修好一书，令副将杨坤，游击郭云龙，赴清军乞援。此时清摄政王多尔衮正领兵到了翁后，距宁远城只数里，闻报平西伯吴三桂遣使求见，乃传令入帐。由杨坤呈上书信，多尔衮即展阅道：

明平西伯山海关总兵吴三桂，谨上书于大清国摄政王殿下：三桂初蒙先帝拔擢，以蚁负之身，荷辽东总兵重任，弃宁远而镇山海者，正欲坚守东陲，而巩固京师也。不意流寇逆天犯阙，京城人心不固，奸党开门纳款，先帝不幸，九庙灰烬，贼首僭称尊号，掳掠妇女财帛，罪恶已极，天人共愤，众志已离，败可立待。我国积德累仁，讴思未泯，各省宗室，如晋文光武之中兴者，容或有之。远近已起义兵，山左江北，密如星布，三桂受国厚恩，悯斯民之罹难，欲兴师以慰人心，奈京东地小，兵力未集，特泣血求助。我国与北朝通好二百余年，今无故而遭国难，北朝应恻然念之夫。除暴翦恶，大顺也。拯颠扶危，大义也。出民水火，大仁也。兴灭继绝，大名也。取威定霸，大功也。流贼所聚金帛子女，不可胜数，义兵一至，皆为王有，又大利也。王以盖世英雄，值此摧枯拉朽之会，诚难再得之时也。乞念亡国孤臣忠义之言，速选精兵，直入中协西协，三桂自率所部，合兵以抵都门，灭流寇于宫廷，示大义于中国，则我朝之报北朝者，岂惟财帛？将裂地以酬，不敢食言。

多尔衮阅毕，见范文程、洪承畴在旁，便将书递阅。两人阅过了书，范文程先开口道："王爷大喜，此番可手定中原了。"多尔衮道："这且仗先生等费心。"洪承畴道："此去中原，何患不灭李闯？但此番是为明讨贼的义师，与前次入塞不同，还请王爷发令，申谕将士，经过各府州县，毋屠人民，毋焚庐舍，毋掠财物。有敢违令，照军法从事。如此施行，中原人民，定当望风投诚，万里江山，唾手可下。求王爷明鉴！"多尔衮点点，随道："吴三桂的来书，如何答复？"范文程道："请先招降三桂，令他与李闯交战，待他两边困乏，我却率领精锐，援应三桂，驱逐李闯，定卜大胜。"多尔衮道："好好！就请先生写了复书便是。"这位才学深通的范老先生，就濡墨拈毫，伸纸疾书道：

大清国摄政王，复书吴平西伯麾下：向欲与明修好，屡行致书，曾无一言相答，是以三次进兵攻略，欲明国之君，熟筹而通好也。若今日则不复出此，惟有底定国家，与明休息而已。予闻流寇攻陷京师，明主惨亡，不胜发指，用是率仁义之师，沉舟破釜，誓必灭贼，出民水火。及伯遣使致书，深为喜悦，遂统兵前进。夫伯思报主恩，与流贼不共戴天，诚忠臣之义也。伯虽向与我为敌，今亦勿因前故怀疑。昔管仲射桓公中钩，后来仲父以成霸业。今伯若率众来归，必封以故土，晋为藩王，一则国仇得报，一则身家可保，世世子孙，长享富贵，当如带砺河山，永永无极！

文程写毕，呈与多尔衮。多尔衮看了一遍，命文程加封，交给来使去讫。多尔衮遂拔营进发，到了连山，遇明使复来，催清兵入关。多尔衮应允，遣回来使。

那里吴三桂日盼清兵到来，不料清兵未至，李闯先到，三桂急将关内的百姓，驱入营中，复挑选精锐，登关固守。正筹间，猛听得一声大炮，如雷震耳，三桂向西了望，但见尘头起处，千军万马，向东而来，后面隐隐有一黄盖，簇拥着一个须眉如戟，鹰目鹗鼻的主帅。三桂料是李闯，恨不得一手抓来，把他碎尸万段，当即激励将士，开关出战。李闯见三桂出来，驱众直上，把三桂困在垓心。三桂毫不惧怕，率着铁骑，左冲右突，顿时喊杀连天，山摇地动。从早晨杀到日暮，闯军尚是未退，三桂恐兵士疲乏，无奈冲开敌阵，率兵入关。李闯也不敢紧逼，令部下一齐下寨。

三桂入关，升堂检点军士，已伤亡多人。不禁号啕大哭。众将士亦皆感泣。忽报闯将唐通、白广恩，已带兵二万，从关外杀来，三桂大惊，即登陴遥望，果见东南角一军，悬着大顺旗号，旋风般的过来。三桂自语道："真个贼将又来了，内外受敌，奈何？"语未毕，听得东北角上，又炮声震天，一军复疾驰而至，旗帜飞扬，隐隐有红黄蓝白四色，三桂又自语道："莫非清兵已到么？"方在踌躇，见探子已上城飞报，说是清豫王多铎、英王阿济格，已率前队兵到此。三桂不禁转悲为喜，谢天谢地，便下关用过夜膳，命众将士道："清军已到，可以无虑。今夜请诸位一意守关，明日我当出见清军。"

是夕，各军都休息勿动。至翌晨，唐通、白广恩进兵攻关，三桂选了五百精兵，携着大炮，开关东出。关门甫辟，炮弹随发，冲开一条血路，直到清营，即下马求见，当由多尔衮遣将迎入。三桂既入帐，见上面坐着威风凛凛的多尔衮，即倒身下拜。多尔衮出座相扶，请三桂起坐。三桂即哭诉李闯不道，残毁宫阙，故主自尽，全家被掳的情形。多尔衮道："说来也是可恨。我到此地，即为贵爵雪仇雪恨而来。"三桂忙接着道："王爷仗义兴师，为吴某报仇雪恨，某非木石，敢负鸿慈？"多尔衮道："如天之福，得定中原，当以王爵相报。"三桂称谢，并请速发兵相救。多尔衮点头，命多铎、阿济格入帐，先与三桂相见，随即对二人道："你二人带兵五千，去杀退关外贼军！"二人奉命前去。多尔衮召进洪承畴、祖大寿等，与三桂共叙寒暄。承畴是三桂故帅，大寿是三桂母舅，至此谈及明室情形，各自叹息。

不多时，多铎、阿济格二人，入帐报捷，说贼将唐通、白广恩已逐走了。原来唐通、白广恩，自松山一战，早识清兵利害，今见清兵来援山海关，早已望风生畏，鼠窜而去。三桂便请多尔衮入关，守关将士，由三桂点名参谒，复祭告天地，歃血为盟，当下多尔衮命分列坐次，会议军事。洪承畴道："现在闯贼率众东出，都城必然空虚，若潜军从关外绕道，逾入居庸，袭破京师，待贼回援，我在关之军蹑其后，在京之军扼其前，任他李闯非常凶悍，也要一鼓成擒，这却是万全的计策。"三桂听这番议论，暗暗着急，忙说道："关内人民，望大军如望云霓，若潜师袭京，多费时日，转失民望，现不如乘着锐气，驱逐逆闯，况王爷以顺讨逆，正应着堂堂正正的举动，义师所至，无人不服，何必用这秘谋？"多尔衮道："闯贼的兵势如何？"三桂道："贼兵虽多，统是乌合之众，三桂只是七千人马，尚能与他杀个平手，何况王爷带来大队，个个英雄，那有杀不过闯贼的道理？三桂不才，愿冲头阵。"多尔衮道："既如此，明日与他决一胜负，再作计较。"

翌晨，多尔衮升帐，令吴三桂率领本部人马，攻闯右面，自己的兵马，攻闯左面，一声鼓号，开关出战。两边排着阵势，李闯的兵，约多一倍。多尔衮向吴三桂道："贵爵愿冲头阵，请先攻入！"三桂得令，领着本部人马，向闯兵最多处，杀进去了。多尔衮恰领着英豫二王，驰上东山，立马观战。洪承畴、祖大寿、孔有德、尚可喜等，也随着多尔衮上山，但见对面山上，李闯亦挟着明太子诸王等，指挥贼众，贼众张开两翼，把三桂军围了四五重。三桂军人人血战，冲荡数十回，呼杀声震动海峤。多尔衮道："好利害！好利害！自我带兵以来，入塞也好几次，从没有经过这般恶斗。"说时迟，那时快，海滨忽起了一阵怪风，把地土尘沙，卷入空中，顿觉天昏地暗，不辨彼此。多尔衮惊道："不好了！吴三桂要陷没阵中了，快去救他！"多铎、阿济格应声而出，跃马下山，洪承畴、祖大寿、孔有德、尚可喜等亦随下，一声号召，万马奔腾，齐向敌阵冲入。

李闯正在山上督战，见大风过处，飞尘四散，霎时尘开见日，有无数辫发兵，横跃入阵，督兵的都是红顶花翎，不觉失声道："这是满洲兵，如何到此？"急麾盖向山下退走。闯军不见主子，纷纷大乱，满汉各军，追赶四十里，斩首数万级，方收兵回关。

多尔衮令关内兵民，尽行剃发，吴三桂首先遵令，剃发已毕，即请作前驱，多尔衮命率兵二万名，即日就道，星夜前进。李闯奔一城，三桂捣一城，李闯遣使求和，三桂只是不允。一逃一追，直抵燕京城下。李闯驰入京中，令部众扎在城外，分作十二寨，抵敌三桂。那禁得三桂当先端营，无人可挡，不到半日，十二寨已攻破八寨，余四寨亦绕城遁去。李闯又遣兵出城迎战，又被三桂一阵杀退，真是一夫拼命，万夫莫当。李闯大惧，复遣使求和，愿与三桂平分中原。三桂见了来使，也不令他开口，急喝令斩讫，当即命军士猛攻京城。忽听得城上一片哭声，由三桂抬头一望，乃是自己的亲父母，并妻子等三十多名，都是两手被缚，负带刑具，向城下哀告道："阖家性命，都在呼吸，你不如投降了罢!"三桂到此，愤气填胸，大呼不降。城上复答道："你莫非连爹娘都不管么? 你家从何而来? 今日为爹娘的，为你一人，要身死刀下，你心何忍?"三桂抗声道："父母深恩，儿非不知。但儿与闯贼誓不两立，今日有闯无儿，有儿无闯。若闯贼敢害我父母，儿誓把闯贼生擒活剥，偿我父母的命。"忍哉三桂! 道言未绝，听城上扑的一声，掷下一颗血淋淋的首级，接连又是二三十颗。三桂令军士拾起一瞧，不由的从马上坠下。小子叙到此处，又有一诗咏吴三桂道：

秦庭痛哭亦忠臣，可奈将军为美人。

流贼未诛家已破，忍看城上戮双亲。

欲知三桂性命如何，请诸君再阅下回。

"恸哭三军皆缟素，冲冠一怒为红颜。"此系后人咏吴三桂诗。缟素句是宾，红颜句是主。不有红颜，何有缟素? 是三桂之心，本不可问。且清师入关，不与定酬劳之约，竟尔臣事满清，甘心剃发，且愿为先导，拼命穷追，激成李闯之怒，戮其父母妻孥。不忠不孝，三桂一人实兼之。读本回如燃犀照奸，直穷其隐。

第十三回

闯王西走合浦还珠　清帝东来神京定鼎

却说吴三桂见城上掷下首级，拾起一看，正是他父母妻子的首级，惊得面色如土，从马上坠下。当由军士扶起，不禁捶胸大哭。恰好清兵亦赶到城下，闻报三桂家属被害，多尔衮即下了马，劝三桂收泪，并安慰他一番。三桂谢毕，清兵乘着锐气，攻了一回都城，到晚休息。城内的李闯王，闻满洲兵也到城下，急得屁滚尿流，忙与部下商议了一夜，除逃走外无别法。遂命部下将所索金银，及宫中帑藏器皿，黉夜收拾，铸成银饼数万枚，载上骡车，用亲卒托着，出后门先发，自率妻妾等开西门潜奔。临走时，放了一把火，将明室宫殿，及九门城楼，统行烧毁；并把那明太子囚挟而去。

时已黎明，清兵方出寨攻城，忽见城内火光烛天，烈焰飞腾，城上的守兵，已不知去向；随即缘城而上，逾入城内，把城门洞开。吴三桂一马冲入，军士亦逐队进城。外城已拔，内城随下，皇城已得洞穿。三桂率兵到宫前，只见颓垣败瓦，变成了一个火堆。三桂遂令军士扑灭余焰，自己恰急急忙忙的，到了家内。故庐尚在，人迹杳然。转了身，向各处搜寻一番，只有鸠形鹄面的愚夫愚妇，且没有这个心上人儿。他亦无心去迎多尔衮，竟领兵出了西门，风驰电掣般追赶李闯。到了庆都，见李闯后队不远，便愤愤的追杀过去。李闯急令部将左光先、谷大成等，回马迎战，不数合，已被三桂军杀败，勒马逃走。抛弃甲仗无数，拥积道旁，三桂军搬不胜搬，移不胜移。等到拨开走路，眼见得闯军已走远了。三桂尚欲前进，祖大寿、孔有德等，已从京城赶到，促令班师。三桂道："逐寇如追逃，奈何中止？"大寿道："这是范老先生意见，说是穷寇勿追，且回都再议。"三桂犹自迟疑，大寿言："军令如山，不应违拗。"三桂无奈，偕大寿等回见多尔衮。多尔衮慰劳一番。三桂道："闯贼害我故君，杀我父母，吴某恨不立诛此贼。只因军命难违，姑且从归，现请仍行往追！"多尔衮道："将军原不惮劳，军士已经疲乏，总须休养几天，方可再出。"三桂无言可答，只得辞别到家，仍密遣心腹将士，探听陈圆圆消息。接连两日，毫无音信，三桂短叹长吁，闷闷不乐。忽有一小民求见，三桂召入。那小民叩见毕，呈上一书，三桂即展读道：

贱妾陈沅谨上书于我夫主吴将军麾下：妾以陋姿，猥蒙宠爱，为欢三日，遽别征旌，妾虽留滞京门，魂梦实随左右。陌头之感，不律难宣。三月终旬，闻贼东来，神京失守，妾以隶于将军府下，遂遭险难，以国破君亡之际，即以身殉，夫亦何惜？第以未见将军，心迹莫明，不敢遽死。闯贼屡图相犯，妾以死拒。幸闯贼犹畏将军，未下毒手，令妾得以瓦全。妾之偷息以至今者，皆将军之赐也。及闯贼举兵西走，妾得乘间脱逃，期一见将军之面，捐躯明志，乃闻将军复出追寇，不得已暂寓民家，留身以待。今幸将军凯旋，将别后情形，谨陈大略。伏维垂鉴，书不尽意，死待来命。

　　看官！这陈圆圆既被李闯掳去，如何李闯西奔，恰把圆圆撇下呢？原来圆圆秉性聪明，闻三桂来追，李闯欲走，他思破镜重圆，故意的在李闯面前，说明三桂心迹。李闯以留住圆圆，可止追军，并因妻妾多与相嫉，阴阻其行，故圆圆犹得留京，流徙民家。

　　三桂得了圆圆书，不禁大喜，忙赏小民二百金，令兵役肩舆至民家，接回圆圆。不一时，圆圆已到，款步而入，三桂忙起身相迎。文姬归来，丰姿如旧。圆圆方欲行礼，三桂已将他一把掖住，拥入怀中，与他接了一回吻，才对圆圆道："不料今日犹得见卿。"圆圆道："妾今日得见将军，已如隔世，惟妾身虽幸保全，左右不无疑虑，请今日死在将军面前，聊明妾志。"说毕，已垂下珠泪数滴，把三桂双手一推，意图自尽。三桂将他紧紧抱住，便道："我为卿故，间关万里，日不停驰，今日幸得重会，卿乃欲舍我而死。卿死，我亦不愿再生。"圆圆鸣咽道："将军知妾，未必人人知妾。"三桂急忙截住道："我不疑卿，谁敢疑卿！"圆圆道："将军如此怜妾，妾不死，无以自白，妾死，又有负将军，正是生死两难了。"三桂着急道："往事休提，今日是破镜重圆的日子，当与卿开樽畅饮，细诉离情。"于是命侍役安排酒肴，到了上房对酌，叙这数月的相思。妾貌似花，朗情如蜜，金钉影里，半露云鬟，秋水波中，微含春色。既而夕阳西下，更鼓随催，携手入帐，重疗相如渴病。含羞荐枕，长令子建倾心。过了数日，少不得从宜从俗，替吴襄开丧受吊。白马素车，往来不绝。嗣闻多尔衮保奏为王，又是改吊为贺，小子也不愿细叙了。

　　且说清摄政王多尔衮入京后，一切布置，都由范文程、洪承畴酌定。范洪二人，拟就两道告示，四处张贴。一道是揭出"除暴救民"四字，羁縻百姓，一道是为崇祯帝发丧，以礼改葬，笼络百姓。那时百姓因李闯入京，纵兵为虐，受他奸淫掳掠的苦楚，饮恨的了不得，一闻清兵入城，把闯贼赶出，已是转悲为喜。又因清兵不加杀戮，复为故帝发丧，真是感激涕零，达到极点，还有那个不服呢？多尔衮见人心已靖，急召集民夫，修筑宫殿。武英殿先告竣工，多尔衮升殿入座，摆设前明銮驾，鸣钟奏乐，召见百官。故明大学士冯铨，及应袭恭顺侯吴维华,亦率文武群臣,上表称贺。是日,即缮好奏折,令辅国公屯齐喀和托,及固山额真何洛会,到沈阳迎接两宫。

两大臣去讫,多尔衮退了殿,忽由部将呈上密报。多尔衮一瞧,即召入范文程、洪承畴递阅。二人阅毕,范文程道:"福王朱由崧在南京监国,将来定与我为难,这事颇要费手。"洪承畴道:"朱由崧是个酒色之徒,不足深虑,只是南京兵部尚书史可法,素具忠诚,未知他曾任要职否?"多尔衮道:"洪先生谅识此人。"承畴道:"他是祥符县人,素来就职南京,所以不甚熟识。唯他有一弟在京,日前已会晤过了。"多尔衮道:"最好令伊弟招降了他。"承畴道:"恐他未必肯降。但事在人谋,当先与商议便是。"多尔衮点头,二人随即退出。

过了数日,迎銮大臣饬人回报,两宫准奏,择于九月内启銮。多尔衮遂派降臣金之俊为监工大臣,从京城至山海关,填筑大道,未竣工的宫殿,加紧筑造;又招集侍女太监,派往各宫承值,宫中需用的器具物件,特遣专员往各处采办;多尔衮当政务余闲的时候,亦亲去监察,一日,由探马报称明福王称帝南京,改元弘光,命史可法开府扬州,统辖淮扬凤庐四镇,江淮一带,都驻扎重兵了。多尔衮闻报,仍延这洪老先生密议邸中。此时这洪老先生,已托史可法兄弟寄书招降,又与多尔衮代作一书,寄与史公。此书曾载入史鉴,首末无非通套,中间恰说得委婉动人。其文云:

予向在沈阳,即知燕京物望,咸推司马。及入关破贼,与都人士相接,识介弟于清班,曾托其手书奉致衷绪,未知以何时得达。比闻道路纷纷,多谓金陵有自立者,夫君父之仇,不共戴天,春秋之义,有贼不讨,则故君不得书葬,新君不得书即位,所以防乱臣贼子,法至严也。闻贼李自成,称兵犯阙,手毒君亲,中国臣民,不闻加遗一矢。平西王吴三桂,介在东陲,独效包胥之哭,朝廷感其忠义,念累世之宿好,弃近日之小嫌,爰整貔貅,驱除狗鼠。入京之日,首崇怀宗帝后谥号,卜葬山陵,悉如典礼。亲郡王将军以下,一仍故封,不加改削。勋戚文武诸臣,咸在朝之仇,彰我朝廷之德,岂意南州诸君子,苟安旦夕,弗审时机,聊慕虚名,顿忘实害。予甚惑之,国家抚定燕都,乃得之于闯贼,非取之于明朝也。贼毁明朝之庙主,辱及先人,我国家不惮征缮之劳,悉索敝赋,代为雪耻,孝子仁人,当如何感恩图报?兹乃乘逆寇稽诛,王师暂息,遂欲雄据江南,坐享渔人之利,揆诸情理,岂可谓平?将谓天堑不能飞渡,投鞭不足断流耶,夫闯贼为明朝崇,未尝得罪于我国家也,徒以薄海同仇,特申大义,今若拥号称尊,便是天有二日,俨为劲敌,予将简西行之锐,转旆东征,且拟释彼重诛,命为前导。夫以中华全力,受制潢池,而欲以江左一隅,兼支大国,胜负之数,无待蓍龟矣。予闻君子之爱人也以德,细人则以姑息,诸君子果识时知命,笃念故主，厚爱贤王，宜劝令削号归藩，永绥福禄，朝廷当待以虞宾，统承礼物，带砺山河，位在诸王侯上，庶不负朝廷仗义，兴灭继绝之初心。至南州群彦，翩然来仪，则尔公尔侯，有平西之典例在，惟执事实图利之！晚近士大夫，好高树名义，而不顾国家之急，每有大事，辄同筑舍。昔宋人议论未定，兵已渡河，可为殷鉴。先生领袖名流，主持至计，必能深维终始，宁忍随俗浮沉，取舍从违，应早审定，兵行在即，可西可东，南国安危，在此一举。愿诸君子同以讨贼为心，毋贪瞬息之荣，而重贻国无穷之祸，为乱臣贼子所笑，予实有厚望焉。记有之："惟善人能受尽言。"敬布腹心，伫闻明教。江天在望，延跋为劳，书不尽意。

书成，命故明副将韩拱薇，及参将陈万春，赍书去讫。多尔衮照常办事，除处理国务外，仍是监视工作，足足忙了两个多月，方报竣工。一日，接到沈阳谕旨，知两宫已经启銮，遂派阿济格、多铎等，率兵出城巡察。嗣是连接来报，圣驾已到某处某处了。多尔衮令于通州城外，先设行殿，命司设监去设帷幄御座，尚衣监去呈冠服，锦衣卫去监卤簿仪仗，旗手卫去陈金鼓旗帜，教坊司去备各种细乐。大致齐备，传闻御驾已入山海关，进次永平，即传集满汉王大臣，统穿着吉服，往行殿接驾。是日銮驾已到通州，龙旗焕采，鸾辂和铃，两旁侍卫，拥着一位七龄太子，生得秀眉隆准，器宇非凡，后面便是两宫皇太后。这位吉特氏，华服雍容，端严之中，偏露出一种妩媚。多尔衮忙率王大臣等，排班跪接。由太监传旨平身，始一齐起立，随銮驾进了行殿。七龄天子，升了御座，旁立鸿胪寺官，俟王大臣等依次排列，一一唱名，赞行五拜三叩首礼。礼毕，退殿少息，约两三小时，复名起銮，从永定门入大清门，王大臣等仍送迎如仪。是时城内的居民，早已奉到命令，家家门前，各设香案，烟云缭绕，气象升平。銮驾徐徐经过，入了紫禁城，王大臣等始起身而退，只多尔衮随驾而入。猛见那已革的肃亲王豪格，仍然翎顶辉煌，昂头进去，多尔衮满腹狐疑，当时不便明问，只好随驾入宫。

接连忙了数日，无非是安顿行装，排设器具，毋庸细说。到了十月朔，顺治帝亲诣南郊，祭告天地社稷，并将历代神主，奉安太庙，随即升武英殿，即中国皇帝位。满汉文武各官，拜跪趋跄，高呼华祝，正是说不尽的热闹。礼毕，遂颁诏天下，大旨为"国号大清，定都燕京，纪元顺治"等语。是日，即加封多尔衮为叔父摄政王，因他功绩最高，特命礼部建碑勒铭，并定摄政王冠服宫室各制。又加封济尔哈朗为信义辅政叔王，晋封阿济格为武英亲王，复肃亲王豪格爵，赐吴三桂平西王册印。谕旨一下，多尔衮因豪格复爵，心中未免不乐，恰又不便拦阻，只好缓缓设法。是日亲王及各大臣家属，亦统同到京。畿内已定，复令直隶巡抚卫国允等，平定畿外，于是决议远略。闻李闯西奔入陕，遂授阿济格为靖远大将军，率同吴三桂、尚可喜等，由大同边外，会诸蒙古兵，入榆林延安，攻陕西的背后。多铎为定国大将军，率同孔有德等，由河南趋潼关，攻陕西的前面。两将军率兵去讫，多尔衮又遣豪格出师山东，豪格不敢违慢，亦即奉令而去。

那时朝政始稍稍闲暇，多尔衮随时入宫，与吉特太后共叙离情。一日，正自大内回邸，忽由洪承畴入见，报称江南遣使左懋第、陈洪范、马绍愉等，携带白金十万两，绸缎数万匹，来此犒师。多尔衮道："何处的军士，要他犒赏。"承畴道："说来可笑。他说是犒我朝军士呢。还有史可法一封复书。"说至此，即袖出一书呈上，多尔衮拆开一阅，不禁惊叹起来。正是：

　　　　河山半壁留残局，简牍千秋表血诚。

毕竟书中如何说法，且看下回自知。

　　顺治帝之入关，人谓由多尔衮之力，吾不云然。不由多尔衮，将由吴三桂乎？应这曰唯唯否否。三桂初心，固未尝欲乞援满洲也，为一爱姬故，迫而出此。然则导清入关者，非陈圆圆而谁？圆圆一女子耳，乃转移国脉如此。夏有妹喜，商有妲己，周有褒姒，圆圆殆其流亚欤？若多尔衮之经略中原，入关定鼎，亦自吉特太后激励而来，是又以一妇人之力，肇成大统者，孰功孰罪，阅此书者当于夹缝中求之。

第十四回

抗清廷丹忱报国　　屠扬州碧血流芳

且说清摄政王多尔衮，展阅史可法复书，不禁惊叹，因史公来书，是洋洋二大篇，比原书字数还要加倍。当即交洪承畴朗诵，承畴遂徐声念道：

大明国督师兵部尚书，兼东阁大学士史可法顿首，谨启大清国摄政王殿下：南中向接好音，法随遣使问讯吴大将军，未敢遽通左右，非委隆谊于草莽也，诚以大夫无私交，春秋之义。今倥偬之际，忽奉琬琰之章，真是笃从天而降也。循读再三，殷殷致意，若以逆贼尚稽天讨，烦贵国忧，法且感且愧。惧左右不察，谓南中臣民偷安江左，竟忘君父之怨，敢为贵国一详陈之：我大行皇帝敬天法祖，勤政爱民，真尧舜之主也。以庸臣误国，致有三月十九日之事，法待罪南枢，救援无及，师次淮上，凶问随来。地坼天崩，山枯海泣。嗟夫！人孰无君？虽肆法于市朝，以为泄泄者戒，亦奚足谢先皇帝于地下哉？尔时南中臣庶，哀恸如丧考妣，无不捋臂切齿，欲悉东南之甲，立翦凶仇；而二三老臣，谓国破君亡，宗社为重，相与迎立今上，以系中外之心。今上非他，神宗之子，光宗犹子，而大行皇帝之兄也。名正言顺，天与人归。五月朔日，驾临南都，万姓夹道欢呼，声闻数里。群臣劝进，今上悲不自胜，让再让三，仅允监国，迨臣民伏驾屡请，始以十五日正位南都。从前凤集河清，瑞应非一，即告庙之日，紫云如盖，祝文升霄，万目共瞻，欣传盛事。大江涌出枏梓数十万章，助修宫殿，岂非天意哉？越数日，遂命法视师江北，克日西征，忽传我大将军吴三桂，借兵贵国，破走逆成，为我先皇帝后发丧成礼，扫清宫阙，抚辑群黎，且罢剃发之命令，示不忘本朝，此等举动，震古铄今，凡为大明臣子，无不长跪北向，顶礼加额，岂但如明谕所云，感恩图报已乎？谨于八月薄治筐篚，遣使犒师，兼欲请命鸿裁，连师西讨，是以王师既发，复次江淮，乃辱明诲，引春秋大义，来相诘责，善哉言乎！然此为列国君薨，世子应立，有贼未讨，不忍死其君者立说耳。若夫天下共主，身殉社稷，青宫皇子，惨变非常，而犹拘牵不即位之文，坐昧大一统之义，中原鼎沸，仓卒出师，将何以维系人心？紫阳纲目，踵事春秋，其间特书如莽移汉鼎，光武中兴，丕废山阳，昭烈践阼，怀愍亡国，晋元嗣基。徽钦蒙尘，宋高嗣统，是皆于国仇未霁之日，亟正位号，纲目未尝斥为自立，率以正统予之。甚至如玄宗幸蜀，太子即位灵武，议者疵之，亦未尝不许以行权，幸其光复旧物也。本朝传世十六，正统相承，自治冠带之族，继绝存亡，仁恩遐被，贵国昔在先朝，凤膺封号，载在盟府，宁不闻乎？今痛心本朝之难，驱除乱逆，可谓大义复著于春秋矣。昔契丹和宋，止岁输以金缯，回纥助唐原非利其土地，况贵国笃念世好，兵以义动，万代瞻仰，在此一举。若乃乘我蒙难，弃好崇仇，规此幅员，为德不卒，是以义始而以利终，为贼人所窃笑也。贵国岂其然？往者先帝轸念潢池，不忍尽歼，剿抚互用，贻误至今，今上天纵英武，刻刻以复仇为念，庙堂之上，和衷体国，介胄之士，饮泣枕戈，忠义民兵，愿为国死，窃以为天亡逆闯，当不越于斯时矣。语曰："树德务滋，除恶务尽。"今逆贼未服天诛，谍知卷土西秦，方图报复，此不独本朝不共戴天之恨，抑亦贵国除恶未尽之忧。伏乞坚同仇之谊，全始终之德，合师进讨，问罪秦中，共枭逆贼之头，以泄敷天之恨，则贵国义闻，照耀千秋，本朝图报，惟力是视，从此两国世通盟好，传之无穷，不亦休乎？至于牛耳之盟，则本朝使臣，久已在道，不日抵燕，奉盘盂从事矣。法北望陵庙，无涕可挥，身陷大戮，罪应万死，所以不即从先帝者，实为社稷之故。传曰："竭股肱之力，继之以忠贞。"法处今日，鞠躬致命，忠尽臣节，所以报也。惟殿下实昭鉴之！弘光甲申九月日。

洪承畴读毕，随道："据书中意思，史可法是不肯降顺我朝，但照陈洪范传说，现在明福王用了马士英、阮大铖等人，入阁办事，恐怕就要灭亡呢。"多尔衮问他何故？承畴道："马士英向来贪鄙，阮大铖是魏阉的干儿，这等人执掌朝纲，还有何幸？"多尔衮道："有史可法在。"承畴道："单靠这史老头儿，也不中用。"多尔衮道："此外有无别说。"承畴道："来使左懋第恰有四件事要求我朝：第一件，是要在天寿山特立园陵，改葬崇祯帝；第二件，是要索还北京，只肯把山海关外，割界我朝，每年赠我岁币，只有十万两；第三件，我朝与他国书，只许称可汗，不能称帝；第四件，来使聘问，要照故明会典，不肯屈膝。"多尔衮勃然道："左懋第何人？敢说这样话！'"承畴道："闻他为兵部右侍郎，兼右金都御史。"多尔衮想了一回，便道："且令他三人暂居鸿胪寺中，再作计较。"

歇了几天，承畴因染病乞假，不去上朝，忽闻朝中已遣回南使，大吃一惊，忙来见多尔衮，问道："王爷把南使都遣回了么？"多尔衮道："两国相争，不斩来使，自然令他回去。"承畴道："老臣已与陈洪范密约，愿招降江南将士。洪范可去，左马二人不应遣归。"多尔衮道："你日前未曾声明，今已遣归，奈何？"承畴道："请速派得力人员，追回左马二人，只放陈洪范回南。"多尔衮点头，即令学士詹霸，带着禁军，飞骑南追，不到两三日工夫，即将左马二人截回。

多尔衮正思遣将南下，忽接西征捷报，说西安已攻下了，不禁大喜。原来李闯率众入陕，攻陷长安，复令部众分扰四川、河南等省，寻闻清豫王多铎已下河南，急遣部将张有声守洛阳，张有曾守灵宝，不防清兵势大，二张俱被击败，退回关中。李闯又命骁将刘宗敏，带着人马，出守潼关，与清兵战了数次，有败无胜。李闯复亲率铁骑到关，两下都是百战精兵，一攻一守，杀伤相当。这时候，清英王阿济格等，已向长城外绕入保德州，结筏渡河，入绥德，克延安，下鄜州，直趋西安。警报传至李闯，李闯又只得回援，途次正遇阿济格军，被他大杀一阵，急急的遁入城中。那时潼关也由多铎攻破，降了闯将马世尧，乘胜来会阿济格，李闯急上加急，仍如在京时放火而逃。这一场，被清兵前截后追，杀得尸横遍野，血流成渠，只剩了几十百个残卒，保着李闯，落荒逃走去了。

阿济格既逐去李闯，与多铎相会，即联名报捷。多尔衮大喜过望，即奏请顺治帝御殿受贺。此时已是顺治二年春天了。受贺毕，由多尔衮等会议，令阿济格仍遵前旨，追剿李闯，多铎移师下江南。小子只有一枝笔，不能并叙，且先述多铎下江南事。

且说南朝的福王，系明神宗孙，福恭王常洵长子，崇祯十六年袭封。因流寇四扰，偕从叔潞王常淓，避难淮安。崇祯帝殉国，凤阳总督马士英拟迎立福王，独南京兵部尚书史可法，以福王有七不可立，一贪，二淫，三酗酒，四不孝，五虐下，六不读书，七干预有司，拟迎立潞王常淓。偏这马士英硬要推戴，勾结总兵高杰、刘泽清、黄得功、刘良佐四人，备齐甲仗，护送福王到仪真。可法无奈，与百官迎入南京，先监国，继称尊，以次年为弘光元年。士英带兵入南京，与可法同为东阁大学士，两人心术不同，屡有龃龉。可法乃自请出镇淮扬，率总兵刘肇基于永绥等，同到江北，建议分徐泗、淮海、滁和、凤寿为四镇，即命高杰、刘泽清、黄得功、刘良佐四总兵，分地驻扎。名目上归可法节制，其实统是士英羽翼，那个肯听可法号令？四总兵闻扬州华丽，争思居住，先到扬州城下，自杀一场。亏得可法驰往劝解，方各至汛地。自是史可法在扬州驻节，屡上书请经略中原，都被马士英搁留不报。这位弘光皇帝，偏信马士英，一切政务，全然不管，专在女色上用心。宫中不足，取诸外府。时命太监出城搜寻，见有姿色的女子，一把扯去。可怜母哭儿号，生离惨别，那弘光帝恰左拥右抱，非常快活。广罗春方媚药，尽情取乐，谁知春宵不永，好事多磨，霓裳之曲未终，鼙鼓之声已起。北朝的豫亲王多铎，已分军南下了。

多铎自奉了移师的上谕，便别了阿济格，把军士分作三支，望河南进发。一出虎牢关，一出龙门关，一出南阳，约至归德府会齐。时河南尚为南朝属地，巡按御史陈潜夫，保奏汝宁宿将刘洪起，可为统领，令他号召两河义旅，阻截清兵。马士英不许，反召回陈潜夫，清兵长驱河上，如入无人之境。史可法闻警，亟令高杰出师徐州，沿河筑墙，专力防御。寻因清兵已下河南府，复促高杰进屯归德。高杰欲与睢州总兵许定国，互相联络，作为犄角，不意定国已纳款清兵，送二子渡河为质，高杰尚在梦中，领了数骑，从归德趋睢州。被定国赚入城内，设宴接风，召妓侑酒。灌得高杰烂醉如泥，连从骑也没人不醉，大家挟妓酣寝，一声鼓号，伏兵齐起，高杰从醉梦中惊醒，被四妓揪住。手足动弹不得。刀锋一下，身首两分。其余从骑，也一一被他杀死。一班风流鬼，都入森罗殿去了。

定国即至多铎处报功，多铎随进取归德，三路兵陆续会集。适清都统准塔，随豪格至山东，因山东已平，奉朝命接应多铎，亦到归德来会多铎军。多铎令准塔率本部军出淮北，自率部队出淮南。准塔到徐州，守将李成栋乞降，进攻宿迁，刘泽清率步兵四万，船千余，夹淮相拒。准塔令兵士放炮遥击，自己恰潜渡上游，绕出泽清背后。泽清不及防备，顿时骇退。准塔追至淮安，泽清遁入海。淮北一带，望风降清。多铎由归德趋泗州，明淮河守将李际遇，焚桥遁去。清兵遂安安稳稳的渡了淮河。

那时赤胆忠心的史可法，闻高杰被杀，流涕太息，忙令高杰甥李本身，往收部众，又立杰子元爵为世子，抚定军心。忽报清兵已度淮河，急督师出御；行至半途，又报泗州紧急，复移师向泗州；行未数里，南京又飞檄召还，说是左良玉谋反，从九江入犯，赶即入卫。风鹤惊心，楚歌四面，可法因勤王事急，不得已舍了泗州，折回江南。

看官！你道这左良玉何故入犯？左良玉夙有战功，福王封他为宁南侯，驻守武昌，节制长江上游，作为南都屏障。这马士英偏暗中嫉忌，遇事裁抑，恼得良玉性起，索性借入清君侧为名，引兵东下，从汉口到蕲州，列舟三百多里。士英大惊，一面命阮大铖等，率兵至江上，会同黄得功防堵，一面飞召史可法、刘良佐等入援。可法方渡江抵燕子矶，又遇南京差官，传来谕旨，以黄得功已破良玉军，令可法速回淮扬。可法犹欲趋援泗州，探报泗州已失，急还扬州。谁知清兵已从天长、六合长驱而来，距扬州城只三十里。扬州守兵，多半逃窜，至可法入城，城中已无兵可守。飞檄各镇入援，只一总兵刘肇基，从白洋河趋赴，报称："军心又变，刘泽清已潜降清军。"弄得可法战无可战，只得决计死守。

当时有清室降将李世春，奉多铎命，入城劝降。看官！你想这效死勿贰的史督师，肯甘心降敌么？世春尚未详说，已被可法叱逐出城。世春去后，可法急令总兵李栖凤监军，副使高岐凤扎营城外，作为援应，自率刘肇基登城巡阅。猛见清兵如江潮海浪一般，推涌前来，倒也不慌不忙，待清兵将临城下，一声号令，炮弹矢石，统向清兵打去。清兵前队，多半死伤，方略略退去。相持两昼夜，可法望见城外两营，杳无声响，只有虚幌幌两座营帐；隔了一宿，连营帐都没有了。可法叹道："文官三只手，武官四只脚，奈何奈何？"刘肇基献策道："城内地高，城外地低，可决淮河之水，灌入敌军，不怕敌军不退！"可法道："民为贵，社稷次之。敌军未必丧亡，淮扬先成鱼鳖，于心何忍？"遂不从肇基之言，专务固守。

多铎接连攻城，已是数日，兵士已被伤无数，顿时愤不可遏，督兵猛扑数次，都被守兵击退。可法检点守兵，亦已许多受伤，料知城孤援绝，终难持久，啮了指血，草定遗表，还劝这位弘光皇帝去谗远色，勉力图存。又作书寄与母妻，不及家事，但云我死当葬我高皇帝陵侧。遂交与副将史得威，令他逸出城外驰报去讫。到了第七日，城内的炮弹矢石，所剩无几，可法正在着急，陡闻炮声突发，城堞随崩，任你史督师忠心贯日，也是无法可施，只好拼着命与他血斗。两下激战许久，城内外尸如山积，清兵践尸入城，刘肇基率士民巷战，杀伤十余人而死。可法见清兵已入，肇基阵亡，忙拔剑自刎。忽来了参将张友福把剑夺去，拥可法出小东门。可法大呼道："我便是史督师。"此时城内外统是清兵，闻可法自呼，不问真伪，一阵乱剁，可怜柱石忠臣，已成碧血，从此精诚浩气，直上青云。逾年，家人以袍笏招魂，葬于扬州城外的梅花岭。明史上说他是文文山后身，小子曾有梅花岭吊古诗道：

> 休言史乘太荒唐，燕市扬州一样芳。
>
> 留得忠魂埋此土，岭梅万树益馨香。

多铎既得了扬州，下令屠杀十日，这般惨戮的情形，小子恰有些不忍说了。后人著有扬州十日记，看官可以参阅，小子且停一停笔，待下回再叙。

　　史阁部一书，义正词严，可夺敌人之气，惜所主非人耳。向使明福王任贤勿贰，去邪勿疑，则正位南京，犹仍汉代衣冠之旧。吾正望其不亡，乃淫荒无度，黜正崇邪；马阮用事，援引阉党；中书随地有，都督满街走，监犯多如羊，职方贱如狗，相公只爱钱，皇帝但吃酒。胡儿南下，四镇抛戈，徒一恁遗之史阁部，怀才莫试，茹苦含辛，卒抗节扬州城下，岂不哀哉？本回全为史阁部写照，历表忠悃，令人不忍卒读。

第十五回

弃南都昏主被囚　捍孤城遗臣死义

却说扬州被清兵攻入,警报传至南京,与雪片相似。马士英急遣总兵郑鸿逵,副使杨文骢,率师堵截江上。这郑杨两人,统是马党,钻营奔去,得了一个高官,晓得什么兵略,只把炮弹隔江乱放,诡报胜仗。偏这清兵故意趋避,到了炮弹声歇,他却乘着黑夜,渡江而来。待明营惊醒,清兵已经杀入,郑杨二人不知所措,只得率兵逃走,杨文骢逃至苏州,郑鸿逵越加胆小,直奔到杭州。清兵遂进陷镇江。那时弘光皇帝恰罗列美女,饮酒取乐,至镇江失守的信息,报入宫中,他还拥着美人,不住的饮酒。次日,又由太监入报,清兵自丹阳句容,迤逦前来,至是弘光帝方有些着急,连唤奈何。太监道:"现闻黄得功屯后芜湖,请皇上赶紧前去,叫他保驾才好。"弘光帝忙收拾行装,挈了爱妃,潜开通济门出走。次晨,马士英入朝,闻弘光帝已经逃去,忙入宫中,见太后皇后,正在着忙,哭得似泪人儿一般。士英命侍卫备驾出宫,自与阮大铖率亲兵数千名,挟了太后皇后等,匆匆逃去。

南京城内,人心惶惶,总督京营坼城伯赵之龙,束手无策,与大学士王铎等,密议了一条救急的妙法,倒也大家心安。过了两日,清兵始到城下,赵之龙即将议定的法子,施行出来,令属员写了降书一道,赍赴清营。多铎大喜,准其投降。赵之龙即率十七侯伯,开了城门,匍匐道旁,迎接清兵。多铎入城安民。因马到即降,破格宽宥,禁止部兵掳掠,所以南京还算安静。休息一天,即遣贝勒尼堪,贝子屯齐,进陷芜湖,追擒弘光帝。适明将刘良佐,奉檄入援,途次遇着清兵,并不抵御,当即迎降。尼堪令为前驱,直达芜湖江口。

是时江南四镇,高杰被杀,二刘降清,单剩了一个黄得功,他前时奉命去攻左良玉,良玉已死,其子梦庚败走,得功因回屯芜湖。忽见弘光帝狼狈奔到,大惊道:"陛下何故轻身至此?"弘光帝流泪道:"南京无一人可恃,唯卿秉性忠诚,所以冒死前来,仗卿保护。"得功道:"陛下死守京城,臣等尚可尽力,奈何轻身来此?且臣方对敌,何能扈驾?"弘光帝不禁大哭。得功无法,只得留住弘光帝,愿效死力。

不数日,清兵已到江口,得功戎装披挂,执了佩刀,坐下小舟,督部下渡江迎战。遥闻对岸有人大叫道："黄将军何不早降！"视之，乃刘良佐，不觉怒叱道："汝乃甘心降敌么？"一言未毕，忽有一箭射来，正中喉间左偏，鲜血有喷，得功痛极，将佩刀掷去，拔去箭镞，大叫一声。晕绝舟中。总兵田雄，见得功已死，起了坏心，一手将弘光帝掖住，复令兵士缚住弘光爱妃，送至对岸，献入清营。尼堪命将弘光帝及爱妃，推入囚车，解至南京，多铎即遣使献俘。可怜这位风流天子，只享了一年艳福，到此身为俘虏，与爱妃同毕命燕京，长辞人世去了。

　　江南已定，范文程、洪承畴等，撰颂词，修贺表，又有一番忙碌。过了数日。又有两处捷报，一是英亲王阿济格。报称追逐李闯，无战不胜，李闯遁室武昌，入九宫山，被村民斫毙，获住闯叔及妻妾，并死党左光先、刘宗敏等，俱审实正法了。一是豫亲王多铎，报称安庆、宁国、常州、苏州、松江各府，统已降顺，别遣贝勒博洛，及新授浙闽总督张存仁，南下杭州去了。此时佳音迭至，喜气盈廷，皇太后吉特氏，及摄政王多尔衮，统喜欢的了不得。两人复私下商议，南征西讨诸将帅，在外多时，应召他回朝休养，再作后图，遂令英豫两亲王，奏凯还朝。

　　是时英亲王阿济格，正由武昌顺流东下，略定江西，降左良玉子梦庚，得师十万，闻廷寄到来，仍自江西回湖北，规定全省，随即北还。豫亲王多铎，接到召还的谕旨，收拾金银财帛，并选了江南美妇数名，带同北返。那时美妇中有一个媚姝，姓刘名三季，后来做了豫王福晋，便是从这次掣去，稗史中曾称作媚姝奇遇，小子不得不略略说明：这个刘三季，系虞邑黄亮功的继妻。亮功病殁，三季守媚，被清军掠献多铎。多铎见他天然秀媚，不同凡艳，就要逼他侍寝。三季抵死不从，把头触柱，险些儿作了血污美人。幸亏婢媪众多，把他拦住。他尚大器大踊，弄得乱头散发，别个妇女，到这般田地，也没甚可观，偏这三季发长委地，万缕香丝，光同黑漆，尤觉动人怜爱。多铎不敢相强，只令婢媪小心服侍，多方劝解。到了回京的时候，便带了三季同还，居以大厦，被以华谷，奉以珍馐，三季毫不转意。随后闻他有个爱女，名叫珍儿，流落江南，遂令清兵沿途访觅，竟被寻着，致书三季，三季始渐渐解忧。事有凑巧，豫邸福晋忽喇氏，一病身亡，多铎又令能说能话的婢媪，许他作为继室。毕竟妇女心肠，未免势利，不由的化刚为柔。多铎遂派良工制就凤冠命服，赐与三季，三季亲手收了。多铎喜极，就命侍女十余名，把三季换了穿戴，簇拥登堂，成就大礼。从此下邑孤媚，居然做极品命妇了。

　　当时英、豫二王还朝后，与摄政王多尔衮相见，俱蒙殷勤款待，独肃王豪格，自山东返京，见了摄政王，偏碰着许多钉子，竟不知所为何因。摄政王平日，喜欢中亦带着三分愁闷，一班攀龙附凤的功臣，从旁窥测，无从捉摸；可巧贝勒博洛的捷音，又到北京，原来马士英自南京出走，奉了弘光帝母妃，南走杭州，适潞王常淓，流寓在杭，马士英就劝他监国。潞王尚未允洽，不意清贝勒博洛，已率兵抵余杭，马士英与总兵方国安，上前迎敌，连战连败，向西窜逸。清兵追至钱塘江，沿江立营，杭人料他潮至必没，谁知潮神也趋奉清兵，竟三日不至。清兵渡江攻城，潞王无兵无饷，那里还能固守？只好与巡抚张秉贞等，开门乞降罢了。摄政王看了捷报，也无甚得意，淡淡的搁过一边，他的心思，无非与豪格反对，苦于无法可除，正在踌躇。忽报故明兵部尚书张国维等，奉了鲁王朱以海，监国绍兴，故明礼部尚书黄道周等，奉了唐王朱聿键，称帝福建，多尔衮皱了一回眉，便召范文程、洪承畴等会议，并问："鲁唐二王，是否前明嫡派？"承畴答称："鲁王是明太祖十世孙，世封山东，唐王是明太祖九世孙，世封南阳。"多尔衮道："明朝的子孙，为何有这般多呢？一个弘光，方才除掉，偏偏又兴起两个来。"言未毕，复有警报传到，明给事中陈子龙，总督沈犹龙，吏部主事夏允彝，联合水师总兵黄蜚、吴志葵，起兵松江；明兵部尚书吴易，举人沈兆奎，起兵吴江；明行人卢象观，奉宗室子瑞昌王盛沥，起兵宜兴；明中书葛麟，主军工期升，奉宗室子通城王盛澂，起兵太湖；明主事荆本彻，员外郎沈廷扬，起兵崇明，明副总兵王佐才，起兵昆山；明通政使侯峒曾，进士黄淳耀，起兵嘉定；明礼部尚书徐石麟，平湖总兵陈梧，起兵嘉兴；明典吏阎应元陈明遇，起兵江阴；明金都御史金声，起兵徽州。有几个是通表唐王，遥受封拜，有几个是近受鲁王节制，还有明益王朱由本据建昌，永宁王朱慈炎据抚州，明兵部侍郎杨应麟据赣州，各招五岭峒蛮，冒险自守等语。多尔衮皇然起立道："这么这么！起兵的人，东数支，南数支，看来东南一带，是不容易到手了。"范文程道："爝火之光，何足以蔽日月？总教天戈一指，就可一概荡平。"多尔衮道："英豫二王，甫命还朝，不便再发，现在驱遣何人？"文程道："莫如洪老先生。他能文能武，请他督理南方军务，定能奏效。"承畴闻言，谦逊一番。多尔衮不允，承畴方唯唯听命。拟令贝勒博洛，仍驻杭州，贝勒勒克德浑，暨都统叶臣，出守江南。三人议定，便照例奏请，即于次日下旨。承畴以下，除博洛在杭外，各奉命去讫。

越宿复下一谕，令海内军民人等，剃发易服，违者立斩。原来清帝入关，政从宽大，剃发与否，暂听民便，此次谕下，怕死的人，那个敢以头易发？自然奉旨遵行。是时江南使臣左懋第，尚羁居北京太医院，他的随员艾大选，也遵旨剃发，被懋第杖死。多尔衮闻了此事，命懋第弟懋泰进去诘责，懋第正色道："汝乃满清降官，何得冒称吾弟？"叱出懋泰，懋泰回报多尔衮，多尔衮亲自提审，懋第直立不跪。多尔衮喝令跪下，懋第道："我乃天朝使臣，安肯屈膝番邦？"多尔衮道："汝国已亡，汝主已戮，尚有何朝可说？"懋第道："大明宗支，散处东南，一日不尽，一日不亡，就使绝灭，我是明臣，甘为明死，要杀就杀。"多尔衮道："汝已食清粟一年，还得自称明臣么？"燮第道："汝夺明粟，无理已甚，反说我食清粟，真是强横！"多尔衮道："你何故杀你随员？"燮第道："我杀随员，与你何干！"多尔衮道："你为何不肯剃发？"燮第道："头可断，发不可断。"多尔衮道："好个倔强的男子！"语未毕，左侧闪出一人道："燮第为崇祯帝来，可饶命，为福王来，不可饶命。"燮第怒目道："你是大明会元陈名夏，有何面目敢来插嘴？你怕死，我不怕死。"多尔衮道："你不怕死，就令你死。"命左右推出宣武门外处斩。燮第已死，多尔衮暗暗叹息道："明朝的臣子，如此忠义，恐怕中原是未能平定呢。"

不言多尔衮担忧，且说清贝勒勒克德浑，率兵南下，沿途所经，多望风迎降。苏州巡抚王国宝，松江提督吴兆胜，吴淞总兵。李成栋，统遣使奉书，愿效麾下。勒克德浑用以汉攻汉的计策，令降臣前驱，出兵略地，到了常州，击败松江水师黄蜚、吴志葵，进略昆山，战胜王佐才，旁陷崇明，又破了荆本彻，乘胜到嘉定，围攻数日，偏这侯峒曾、黄淳耀二人，激励乡民，死守不下。那时为虎作伥的李成栋，运到大炮数尊，接连攻城，守兵犹随缺随修．毫不退怯，可奈天意偏不令固守，一阵阵的大雨，似倾盆的下来，雨过炮发，随处崩陷，成栋引着清兵，一拥入城。侯黄二人，犹率死士巷战，自朝至暮，峒曾力竭，挈二子投水死。淳耀入僧舍自缢死。城中尚有未死的兵民，被成栋下令屠戮。今日屠，明日屠，后日又屠，接连三天，共死了数万人，遍地皆血肉了。幸亏勒克德浑檄成栋攻松江，方才罢手，率兵离城。后人称为嘉定三日屠，便是这场惨剧。

成栋既离了嘉定，便与清将马喇希恩格图会合，进袭松江，松江系沈犹龙把守，成栋恰想出一条赚城计，令兵士伪作汉装，冒充黄蜚、吴志葵军，黄夜叩城。犹龙堕入狡谋，开城放入。成栋饬兵士乱杀乱斫，并一阵乱箭，射死了沈犹龙。松江既陷，成栋复出师攻江阴，正在发兵，忽有清兵入报，将黄蜚、吴志葵二人，由金山获到。看官！你道这吴黄二人，如何被获呢？原来吴黄二人，自常州退至松江，被马喇希恩格图，分兵追袭，连战连败，船既被焚，身亦遭擒。成栋恰视为奇货，竟带了二人至江阴。江阴故典史阎应元，夙谙兵法，为城中士绅推举，一意抗清，清将军勒克德浑，曾遣降将刘良佐往攻。那城上的守具，一是毒矢，一是火砖，一是木铳，毒矢射人即死，火砖着人即燃，木铳中储火药，投下时，机发木裂，火药猛爆，所当立靡，这都是阎应元监工造成，用御敌军；良佐的部兵，围攻数日，多烧得焦头烂额。良佐想得一法，用牛皮帐遮蔽兵士，令他穴城，不意城上掷下巨石，牛皮洞穿。良佐复将牛皮帐作三层，用九梁八柱，架料起来，挡住巨石。那时城上恰用烧滚的桐油，拨将下去，帐篷又破。良佐正急的了不得，李成栋已到，率生力军去猛扑一番，也被守兵击退。成栋大怒，将黄蜚、吴志葵推至城下，令他劝降。黄蜚缄口无言，还是吴志葵说了数语。应元答道："大明有降将军，无降典史。"良佐亦拍马向前，遥语应元道："区区江阴，宁能久守？若变计降清，爵位不在良佐下，请足下三思！"应元道："大明养士三百年，不料出汝等侯伯，毫无廉耻。应元犹有心肝，宁为义死，不为利生。"言毕，一声梆响，火箭齐发，慌得良佐连忙倒退，拍马而回。黄蜚、吴志葵已被火箭射伤，由军士牵回清营，未几病殁，会江宁运到大炮数十尊，马喇希恩格图，亦率兵赶到，四面夹攻，守兵死伤无数，仍是抵死勿动。奈老天又连日霾雨，把城堞冲坏数处，守兵防不胜防，竟被清兵攻入后门。应元血战一场，身中数箭，乃下马投入水中。清兵追至，将应元曳出，牵至刘良佐、李成栋前，应元骂不绝口，遂被杀。陈明遇举家自焚，满城男妇，无一降者。李成栋又倡议屠城，将城内外居民，一一杀讫，尸如山积，共计城内死九万七千余名，城外死七万五千余名。后来江阴遗民，只有五十三人，躲避寺观塔上，方得保全。自从清兵南下，杀戮最惨的地方，扬州嘉定以外，要算江阴。坚强不屈的好男儿，要算故典史阎应元。小子曾记江阴城楼，有阎典史绝笔一联云：

八十日带发效忠，表太祖十七朝人物。

十万人同心死守，留大明三百里江山。

欲知以后情事，且看下回分解。

弘光帝之死不足惜。四镇中有黄得功，使臣中有左懋第，临难捐躯，足为南朝官吏留一气节。至鲁王监国，唐王称帝，故明遗老，多投袂而起，力图规复，事虽不成，志实可嘉。阎典史以区区微官，死守孤城八十日，尤见忠诚。本回直叙事实，而详略不同，亦费斟酌。

第十六回

南下鏖兵明藩覆国　西征奏凯清将蒙诬

却说江阴被陷，明遗臣已亡了一半，只有宜兴、太湖、吴江、徽州等处，尚有抗清的明臣。至是势孤力危，眼见得要保不住了。宜兴的瑞昌王盛沥，是由卢象观拥戴，象观谋潜袭南京，密约城内同党，作为内应；适洪承畴到了江南，搜出奸细，设伏城外，待象观率兵到来，伏兵四起，把象观的兵，杀得七零八落，连瑞昌王也遭擒戮。只象观夺路乱窜，奔投葛麟王期升，象观方到太湖，清降将吴兆胜，已奉洪承畴命令，率兵踵至。两下打了一仗，葛麟、王期升的兵舰，统被清兵火箭射入，随风延烧，葛王等跃岸逃去。通城王盛澂，已随了火德星君，归位去了。

吴兆胜又进攻吴江，途中遇着吴易伏兵，杀得大败亏输，失去兵船二十艘。当贝勒博洛，自杭州北还，击败徐石麟于嘉兴，逐走陈梧于平湖，沿途略地，直至吴江，遇着吴兆胜败军，与之联合，再攻吴易。吴易总道兆胜败走，不复防备，谁知清兵四面分攻，炮击火燃，将吴易军舰，烧得一只不留。

江南民兵，至此已尽，洪承畴遂遣都统叶臣，总兵张天禄，进攻徽州。故明金都御史金声，方招募义勇，分驻要塞，联络故巡抚邱祖德，职方郎中尹民兴，推官温璜、吴应箕等，互为援应，并遣使通表福州。是时唐王在福州称帝，年号隆武，接阅金声奏牍，喜不自胜，命他为右都御史，兼兵部右侍郎，总督诸道兵马。金声亦感激图报，取旌德，拔宁国，声威颇振。怎奈人心未死，天意难违，节守忠操，行不让乎孤竹，志图规复，事更棘于厓山。清兵从间道入丛山关，直趋绩溪，绕出金声背后，金声急鏖兵回援，正与清兵相持，忽来了贼心贼肝的黄澍，口口声声，说要恢复大明，金声道他是故明臣子，可共患难，不意他竟暗通清将，乘夜开城，放入清兵。一班遗老，被杀被擒，只逃脱一个尹民兴。内中有个江天一，系金声高足弟子，同时被清兵擒住，见了承畴，说承畴是个死人，竟将崇祯帝祭承畴文，朗诵起来。承畴听得面红耳赤，不禁老羞成怒，将擒住的人，一一斩讫。

此时建昌抚州，已被清降将金声桓，率兵攻克。益王朱由本、永宁王朱慈炎俱罹死。长江上下游略定，捷报纷纷到京，提心吊胆的摄政王，又稍稍称快。

只鲁唐二王，尚踞浙闽，不得不再行进攻。意欲遣豪格前去，适流贼张献忠，盘踞四川，任情屠掠，难民流徙他处，纷纷泣吁清廷。多尔衮遂趁这机会，命豪格为靖远大将军，令偕平西王吴三桂等，西略四川。浙闽的军事，仍令博洛前行，封他为征南大将军，偕都统图赖、贝子屯齐，南下杭州。

　　小子不能并叙，只好先叙博洛南下事：博洛奉命南下，仍到杭州，闻鲁唐二王，自相水火，不觉大喜。看官！你道这鲁唐二王，何故相仇呢？唐王是叔，鲁王是侄，唐王欲鲁王退就藩属，尝遣金赍饷银十万两，犒劳浙东军士，鲁王不纳。这饷银却被方国安劫去，浙闽遂成仇敌。博洛闻此消息，正好乘隙进攻，率兵渡钱塘江涉江将半，东南风起，来了一支乘风鼓浪的大舰，舰首立着一位盔甲鲜明的主将，正是故明兵部尚书张国维。两下麾众搏战，不一时，博洛的坐船，被明军击了一个大窟窿，惊骇回岸，清兵亦相率奔回，登岸返城。国维乘胜至城下，竭力攻打，忽报方国安拥了鲁王已至东岸，国维只得退回迎驾，暂时休息。可巧马士英、阮大铖二人，亦奔到国安营，国安与他臭味相投，便在鲁王面前，力为保荐，又请调回维守义乌。国维一去，清兵遂运舟载炮，大举渡江。国安不敢力拒，亟挟鲁王遁回绍兴。清兵渡江而进，国维大恐，马阮二人，遂劝他降清，且嗾执鲁王以献。幸亏鲁王察觉，单身走脱，至石浦，遇着故定西侯张名振，航海东去。方国安竟率马士英、阮大铖等，赴清营投降。

　　大铖复导清兵进攻金华，金华城守未坚，被清兵用炮轰入，杀戮甚惨，故明大学士朱大典阖门殉节。转攻义乌，张国维抵死守御，无如势孤力弱，饷匮兵虚，相持数日，渐渐支撑不住。国维知不可为，遥望江南，拜别明陵，作了绝命诗三章，投水而死。清兵遂入义乌，进拔衢州，明知府伍经正等皆死节。浙东已定，博洛遂下令移师福建，眼见得唐王也保不住了。

　　且说唐王据守福建，颇思振作，不似弘光帝的昏庸，宫内也没有什么嬖宠，只有王妃曾氏，知书达理，好算一位贤内助。当时长江下游的兵民，统已沦亡，只杨廷麟尚固守赣州，受唐王封为兵部尚书，又有故湖广总督何腾蛟，收降李闯余众，与湖南巡抚堵胤锡，上书唐王，力谋恢复。唐王封腾蛟为定兴伯，兼东阁大学士，胤锡为兵部右侍郎，兼右佥金御史。

　　腾蛟请唐王移都湖南，被郑芝龙等所阻。芝龙系海盗出身，崇祯初，始投降明朝，代平海寇，明朝擢封为南安伯。他仗着拥戴功劳，握了重权，挟制唐王。唐王无奈，命大学士黄道周出关募兵，为扈卫计。道周手无寸铁，只带着幕客数员，闲关跋涉，直抵婺源。偏这洪承畴侦悉行踪，竟遣兵袭击中途，将他截获。那时忠诚贯日的黄道周，怎肯做承畴第二？迫降不允，但从容赋诗，书绝命词于衣带间，临刑这一日，过东华门，立住不走，向监斩官道："此处与高皇帝陵寝相近，便是道周死地，不必他去。"监斩官怜他忠烈，就在东华门外行刑，幕下士赖雍、蔡绍谨、赵士超等皆从死。

唐王闻道周殉难，痛哭一场，决意冒险赴湘，自福州出发，直至延平。其时杨廷麟亦遣使迎驾，怎奈郑芝龙嗾使军民，劫王留闽，自愿出关拒敌。唐王行推毂礼，送他出关。他一到关前，适洪承畴遣使招降，许他侯爵，他遂假托海寇入犯，须往备御，拜疏即行。守关将士，多随了芝龙前去，仙霞岭二百余里，空无一人。清贝勒博洛，遂自衢州出发，率兵过岭，长驱入关。方国安、马士英、阮大铖三人，引导入金衢，未得褒赏，怏怏失望，有不愿随行的意思。清兵迫令速行，大铖稍为迟慢，被清兵推入崖下，脑裂身死。国安、士英，随至建宁，密议通闽，被博洛搜出私书，将二人双双斩首。

博洛既陷了建宁，直指延平，唐王闻报大惊，急召左右商议，延平知府王士和，请唐王速奔汀州，唐王欲和扈跸，士和道："臣有守城责，当与城存亡，只求圣驾无恙，臣死亦瞑目了。"于是唐王争挈了曾妃，并拥十余麓残书，仓皇出走。士和闻清兵将到，亦麾众出避，自己退入内署，整冠自缢。清兵入城后，复西追唐王，唐王奔至汀州，从骑已多半溃散，只有故总兵姜正希，率兵来卫，方得入城守御。清前锋统令努山，阅七日始抵汀州城下，正希出战不利，退回城中。忽报城西有明军数百名，竖帜前来，正希只道是遗老入卫，开城相应，谁料来者都是敌兵，急忙挥众抵敌，已是不及。那时清兵蜂拥入城，霎时间已将唐王曾妃等掳去。正希还思截夺，可奈箭如飞蝗，不能上前，部兵多被射伤，只得遁走。清兵掳了唐王等，东渡九泷江，渡将半，忽听得一声呜咽道："陛下宜殉国，妾先去了。"清兵忙各注视，见曾妃已跃入水中，捞救无及，只落了汪汪碧水，渺渺贞魂。曾妃已死，清兵监守愈严，唐王屡思自尽，苦而觅死地，遂想了一个绝粒的法子，沿途不食半菽。既到福州，城内外已统是清兵扎驻，贝勒博洛早袭占福州了。努山牵唐王见博洛，博洛也不细问，令幽系别室。这唐王已槁饿数日，奄奄垂尽，是夕便滴下血泪几许，长叹一声，瞑目而逝。博洛分兵下漳泉诸郡，闽地尽为清有。郑芝龙即奉表降清，独芝龙的儿子成功，前蒙唐王赐姓，封为御营中军都督，受明厚恩，不肯携贰，竟约了郑鸿逵、郑彩，出奔海岛去讫。博洛在闽休养数天，尚想发兵下赣，嗣接到洪承畴咨文，说已遣降将金声桓，攻拔吉安及赣州，明守将杨廷麟投水自尽，江西郡县已次第肃清了。博洛遂拜本告捷，静待后命。

话分两头，且说清肃亲王豪格，偕平西王吴三桂，发兵西行，到了陕西，适明旧将孙守法、王光恩、武大定、贺珍等，起兵兴安汉中，进踞西安。豪格令总督孟乔芳和洛辉，率兵攻破西安，连下兴安汉中，孙守法等遁走，遂留贝子满达等，搜陕西余孽，自与吴三桂进军四川。献忠自得四川后，僭号大西国王，将卒以杀人多少论功，伪都督张君用、王明等数十人，杀人最少，即加剥皮刑，并屠全家。因此兵民交愤,常欲暗杀献忠。献忠闻知,不问谁何,一意屠戮;复尽毁成都宫室,拆去城墙,自率部众出川北,欲尽杀川北守兵。伪将刘进忠遁入陕西,到汉中遇着清兵,下马乞降,愿为向导。豪格遂令进忠前行,部兵后随,日夕催趱,直达四川西充县界,扎下营盘,饬前哨往探。回报献忠正在西充屠城,豪格立命拔营,到了凤凰山,正值漫天大雾,晓色迷蒙,遂即逾山前进。适献忠从西充麾众出城,两下相遇,被清兵冲杀过去,一阵乱劈,献忠不知清兵多少,还拿着杀人的手段,左抵右挡。霎时间日光微逗,大露渐开,献忠左右四顾,手下所剩无几,连义子孙可望、刘文秀、李定国等人都不知去向,此时方着急起来,大吼一声,杀开血路,望西而走。清章京雅布兰见献忠脱逃,忙抽弓搭箭,觑住献忠头颅,射了过去,一声喝着,献忠已翻身落马。雅布兰即纵马上前,拔刀去杀献忠,清兵踊跃随上,刀斩枪戳,把这穷凶极恶的剧贼,菹为肉酱。豪格遂分兵四剿,计破贼营百有三十,四川略定。

吴三桂忙向豪格贺喜,偏这豪格闷闷不乐。三桂问故?豪格只是不答,反滴下几点泪来。三桂越加动疑,只是呆看豪格。迟了半晌,方见豪格答道:"兔死狗烹,也是常事,但我又不在此例。"三桂惊异道:"莫非功高招忌么?"豪格叹道:"并非功高招忌,乃是色上有刀。"说至此,又复停住。三桂已是猛悟,不敢再提此事,另说拜本奏捷等情。豪格道:"劳你嘱咐文稿员,办一奏折便了。"三桂应声退出,饬缮奏疏,与豪格联衔报捷。

过了一月,谕旨已下,命豪格还朝,留吴三桂镇守汉中,特简总兵李国英为四川巡抚,豪格就把一切政务,交与李国英,自偕吴三桂回至汉中,复与三桂话别。临别时握三桂的手道:"汝宜保重!咱们恐不复相见了。"三桂劝慰一番,并托豪格寄书家中,择日迁移家眷。豪格应允,就带了本旗人马,回京复命。

顺治帝御殿慰劳,赐宴回邸。征夫远归,陌头宜慰,谁知香衾未稳,缇骑忽来,蓦地将豪格牵入宗人府,缚置圄圄,说他克扣军饷,浮领兵费。豪格欲上书辩诬,偏偏被上峰阻抑,好似哑子吃黄连,说不尽的苦恼。又闻得福晋博尔济锦氏,竟日夜留住摄政王府中,那时羞愤交并,免不得恹恹成病。不到一月,把生龙活虎的英雄,变作了骨瘦形枯的病鬼。

是时郑亲王济尔哈朗,英亲王阿济格,统纷论摄政王的过失,连他兄弟多铎,也有发言。不意贝子屯齐,竟评告郑亲王罪状,有旨革去亲王爵,降为郡王,罚银五千两。英亲王张盖午门,又犯大不敬的罪名,亦降为郡王。豫亲王把黄纱衣一袭,赠与吴三桂子应熊,复说他私馈礼物,罚银二千两,这几个豪贵勋戚,为了细故,或贬或罚,还有何人敢忤摄政王?自然人人吹牛,个个拍马,今日一本奏疏,说是摄政王如何大功,宜免跪拜礼,明日又上一本奏疏,说是摄政王视帝如子,帝亦当视王如父。此时顺治帝不过十余龄,外事统由摄政王主持,内事都由太后吉特氏处置,这数本奏折呈入太后眼中,不由的满怀欢喜,就降下两道懿旨,一道是说摄政王勋劳无比,不应跪拜,着永远停止,一道是说叔父古称犹父。此后皇上宜尊摄政王为皇父。从此摄政王多尔衮,毫无拘忌,凡宫中什物,及府库财帛,随意挪移。日间在宫与太后叙旧,夜间在邸,与肃王福晋取乐,好算是清皇亲内第一个福星了。小子曾有一诗为豪格呼冤云:

> 欲加之罪岂无辞,缧绁横施不自知。
> 为语人休贪艳福,由来祸水出蛾眉。

欲知后事如何,且待下回续叙。

南中义旅,屡仆屡兴,其弊在散而无纪,涣而不群。唐鲁二王,以叔侄之亲,亦自相水火,独不思辅车相依,唇亡齿寒。曩令戮力同心,共图兴复,则清将虽勇,亦多属酒色之徒,岂必不可敌者,乃满盘散沙,不值一扫,鲁王遁,唐王俘,东南遗老,大半沦亡,宁不可恫?若张献忠之残虐,自古罕匹,史称川中人民,被杀亦万万有奇,天道好生,胡不早为诛殛,而必假手于清军耶?清豪格为明诛马阮,复为川民戮献忠,系清帅中之最得人心者,乃偏令其衅起帷房,不得其死,天耶人耶?帝阍何处,欲问无从,读本回,令人感叹不置。

第十七回

立宗支粤西存残局　殉偏疆岩下表双忠

　　且说明唐王败没后，其弟韦鐭，逃至广州，故明大学士苏观生等，倡议兄终弟及，奉韦鐭为帝，改年绍武，招海上徐、马、郑、石四姓盗魁，授为总兵。冠服不及裁制，就假诸优伶，暂时服用。同时肇庆恰拥立桂王由榔。桂王系明神宗孙，世封梧州，由故明兵部尚书丁魁楚，及兵部侍郎瞿式耜，迎驾劝进，改年永历，颁诏湖南云贵等省。湖广总督何腾蛟，与湖南巡抚堵胤锡，奉诏称臣，愿为拥护。那时桂王恰遣给事中彭耀，主事陈嘉谟，敕谕广州，令韦鐭退就藩王礼，并与苏观生争叙伦次，断断抗辩，恼得观生性起，将鼓陈二人杀讫，即日发兵攻肇庆，令番禺人陈际泰督师。桂王亦遣兵部林嘉鼎，率兵赴三水拒敌。这陈际泰用了诱敌计，杀败林嘉鼎，乘势薄肇庆，亏得瞿式耜督兵至峡口，力御际泰，肇庆方安。

　　观生得了捷报，不由的意气扬扬。大作威福。忽闻清降将李成栋，奉贝勒博洛命，由闽趋粤，连下潮州惠州，观生尚毫不在意。过了数日，城外炮声四起，始出署探望，蓦见清兵已拥进东门，急忙召兵搏战。仓猝调遣，那里还来得及？就使来了几个兵卒，也统做了无头之鬼。观生没法，逃至给事中梁鍙家，邀鍙同死。鍙佯为应诺，分室投缳，观生已直挺挺的悬在梁上，梁鍙恰慢腾腾的踱出房中，当即解下观生尸首，献与清军，复导清军追擒韦鐭。韦鐭被获，清卒仍照常馈食。韦鐭道："我若饮汝一勺水，何以见先人于地下？"挥去食具，夜间乘守卒不备，即解带自缢。

　　成栋既得广州，分兵攻高雷各州，自督军进攻肇庆。此时瞿式耜尚在峡口，即奏请增兵，决一死战。偏偏桂王左右，有个司礼监王坤，只劝桂王西走。丁魁楚也附和王坤，遂不从式耜言，连夜出奔。式耜闻信，急回军挽驾。到了肇庆，闻桂王已西去数日；驰至梧州，又闻桂王已奔平乐；及抵平乐见桂王，那时肇庆、梧州，统已失陷。复由王坤倡议，转走桂林。式耜想出言劝阻，转思桂林通道湖广，可与何腾蛟相倚，亦非无策，乃扈驾前行。

　　独丁魁楚迟迟不发，密遣人至成栋处求降。数日未得回音，只得收拾财帛，挈领妻妾子女出城。城外雇了四十号船，装载眷属及行李，一帆风顺，直达岑溪，巧与成栋船相遇，魁楚便投刺请谒，总道成栋以礼相待，既过了成栋船，但见成栋端坐不动，忽一声拍案道："左右与我拿下这匹夫！"魁楚尚欲有言，可奈两手已被反缚。又见有数十人绑缚过来，仔细一望，不是别人，正是自己的娇妻美妾，宠子爱女，不由的心如刀割，忙即跪下，哀求饶命。成栋道："你的主子，那里去了？"魁楚道："已去桂林。"成栋道："你为何不随去？"魁楚道："闻得将军到此，特来投诚。"成栋道："我处却不容你贪诈的贼子。"魁楚道："魁楚并没有什么贪诈！"成栋笑道："你不贪诈，那里有许多金帛？你今不必狡赖，吃我一刀便了。"魁楚哭道："愿尽献船中所有，赎我老命！"成栋道："你的金帛，已在我处，还劳你献什么？"魁楚大哭道："愿乞一子活命！"成栋不由分说，喝令左右，将魁楚子斩讫，接连又将他妻女斩讫，妾四人斩了两个，留了两个。魁楚吓得魂飞天外，跌倒船中，耷然一声，化为两段。

　　成栋既杀了魁楚，即入据平乐，越宿复进攻桂林。桂王闻报大恐，适武冈镇将刘承胤，奉何腾蛟命，率兵到全州。王坤复请桂王往投，式耜苦谏不从，自愿留守桂林，桂王乃命麾下焦琏为总兵，助式耜守城，当偕王坤等走全州。不二日，清兵已到桂林城下，总督朱盛浓，巡按御史辜延泰，皆杳如黄鹤，只式耜仗着一片忠心，激励将士，由焦琏带领出城，与清兵连战两昼夜，式耜亦出城督阵，再接再厉，连却清兵。及回城后，苦乏库帑，将夫人邵氏的簪珥，尽行取出，充作军饷。守兵感激涕零，誓杀退清兵。是夕，即捣入清营，人自为战，把清兵杀得落花流水，弃甲而逃，当即追赶数十里而回。

　　式耜又命焦琏收复平乐、梧州，遣人至桂王处报捷。时桂王已至全州，镇将刘承胤开城出迎，起初尚未尽礼，后来渐渐跋扈，自称安国公，党羽爪牙，统封伯爵，将司礼监王坤，逐出永州，且扬言清兵将至，瞿式耜已降清，迫桂王徙武冈州。既到武冈，承胤愈加专恣，桂王不堪胁迫，密遣人求救于何腾蛟。是时清廷正命孔有德为平南大将军，偕耿仲明、尚可喜等，进兵湖南，所向皆克。腾蛟麾下的镇将，或遁或亡，连腾蛟也不能抵御，自长沙走衡州。堵胤锡亦出走永定卫。清兵连拔长沙、湘阴，进薄衡州，腾蛟又自衡奔永，寻又被清兵追逼，直走白牙市。途次接桂王密函，匆匆走谒。桂王与他密议良久，怎奈腾蛟只赤手空拳，没有能力可除承胤。适赵印选、胡一青两将，从赣州到武冈，桂王乃命二将隶属腾蛟，密令后图。腾蛟领命，辞还白牙，途次被承胤党羽围住，亏得赵胡两人，前护后拥，杀出重围。既还白牙市，闻瞿式耜战胜桂林，并规复广西全省，遂徒步往依。到了桂林，与式耜相见，情投意合，稍稍安心。寻闻刘承胤已降清兵，武冈被陷，免不得一番惊惶，式耜愈加着急。嗣探得桂王已潜走象州，乃联名奏请还驾。至桂王已回桂林，即开了一番会议，命湘粤诸将分路出守，互相接应，诸将领命去讫。

这清将军孔有德，降了武冈，进拔梧州，正拟入攻桂林，忽闻金声桓、李成栋统已附明，江西、广东两省，复为明有，不觉大惊，忙引兵趋还湖南。途中已接到促归的上谕，别命尚可喜、耿仲明移师救江西，他乐得半途歇舵，匆匆北上去了。

单说金声桓本左良玉部将，清师南下，声桓自九江趋降，清廷授声桓为总兵，令取江西全省。江西已定，声桓自恃功高，欲升巡抚，不意清廷却简任章于天抚赣，一场大功，化作流水，免不得快快失望，密与党羽王得仁，拟通款永历。事尚未发，被巡按御史董学成察悉，告知章于天。声桓得此消息，索性一不做，二不休，令王得仁闯入抚署，杀了学成，缚住于天，迎在籍故明大学士姜曰广入城，号召全省，通表桂王，又做那故明臣子。

此事传到广东，广东提督李成栋，与声桓的境遇，大略相似。成栋本高杰部将，以徐州降清，奔走东南，屡作功狗，自桂林败退后，又击死明遗臣陈邦彦、张家彦、陈子壮等，还扎广州，未沐重赏，总督佟养甲，复遇事抑制，忿懑的了不得。一日，接到金声桓密函，约他反正，他尚踌躇未定，是夕，入爱妾珠圆室，闷闷不乐。这珠圆是云间歌伎，被成栋房掠得来，宠号专房，一双慧眼，煞是利害，窥破成栋情形，即喁喁细问。成栋将声桓密函，递与一阅。珠圆阅毕。便问成栋道："据将军看来，反正的事情，应该不应该？"成栋沉吟不语。珠圆道："清朝是满族，我辈是汉人，为什么帮了满清，自戕同种？妾看反正事情，极是正当办法。况将军曾为明臣。如何甘降异族？妾实难解。"成栋不觉起立道："看你不出，你却有这番议论，我非无意反正，但恐反正后，清兵到来，胜负难料，万一战败，如卿玉质娉婷，也恐殃及。"珠圆也起立一旁，柳眉微蹙道："将军为妾故，甘心遗臭，这反是妾累将军，妾请即死，以成将军之志。"言毕，将成栋身上的佩剑拔出，刺入颈中。成栋连忙拦阻，已是血溅蜻蜓，遗蜕委地，遂抱尸大哭一场，随说道："女子女子，是了是了！"遂取了前明冠服，对着珠圆的尸首，拜了四拜，命即入殓。

次晨，令部兵齐集教场，声言索饷，佟养甲出城抚辑，成栋劫养甲叛清，一面传檄远近，一面上表桂王。此报一传，四方骚动，蜀中故将李占春，及义勇杨大展等起兵，分据川南川东，张献忠余党孙可望、李定国等，率众据云南山西，大同镇将姜瓖据山陕，皆上表桂王，愿为臣属。何腾蛟复自桂林出发，乘湖南空虚，攻克衡永各州，联络湖南诸镇将。鲁王以海，亦遣张名振等进略闽浙海滨。风云变色，斥骑满郊，弄得清廷遣将调兵，非常忙碌。

当由摄政王多尔衮，大开军事会议，以汉将多不可恃，应派亲贵重臣，分地征剿。遂命都统谭泰为征南大将军，同着都统和洛辉，自江宁赴九江，会了耿仲明、尚可喜，专攻江西、广东，复济尔哈朗亲王原爵，封勒克德浑为顺承郡王，会了孔有德,专攻湖南、广西。进博洛为端重郡王,尼堪为敬谨郡王,令攻大同,吴三桂、李国翰等,分征川陕,洪承畴仍留镇江宁,经略沿海各地。大兵四出,昼夜不停。

谭泰等到了江西,连拔九江、南康、饶州诸府,直达南昌省城。金声桓方攻赣州,闻报急返,谭泰令精兵四伏,另率羸卒诱敌,遇着声桓前队,一战便走。声桓驱兵前进,到了七里街,伏兵尽起,四面放箭,将声桓射下马来。清兵正上前来杀声桓,忽闪出一员丑将,面目漆黑,发具五色,手执一柄大刀,盘旋左右,把清兵吓得个个倒退。眼见得声桓被救,走入城中。这丑将尚与清兵酣斗一场,从容回城。清兵探得丑将姓名,就是王得仁,因呼他为王杂毛。谭泰命军士用锁围法,掘濠载版,遍筑土垒,为久攻计。声桓大窘。王得仁请出袭九江,断敌饷道,声桓不从,只遣人缒出城外,向李成栋处求救。谁知待了月余,杳无音信,城中粮食又将告尽,不由的紧急万分。

这王杂毛日夕巡城,始终不懈,清兵怕他利害,不敢猛攻。可巧城东武都司署内,有一年轻女子,身容窈窕,楚楚动人,被王杂毛窥见,即到都司署求为继室,不由武都司不肯。克日成婚,大开筵设。自金声桓以下,都去贺喜。各尽欢而散。三更将尽,城外炮声大震,声桓亟登陴探视,见清兵群集得胜门,忙率众抵御,不料有清兵一队,暗从进贤门缘梯而上,城遂陷。声桓率众巷战,身中两箭,旧时的箭疮复发,遂投水死。姜曰广亦赴水自尽,清兵即搜剿余众,到了王杂毛署内,还是闭门高卧。当即斩门而入,猛见王杂毛裸体出来,清兵晓得利害,一阵乱箭,把杂毛身上,插成刺猬一般,可怜这武都司女,亦死于乱军之中。原来清兵已侦得王杂毛娶妇消息,先数日故意缓攻,到了杂毛娶妇之一夕,始下令攻城,却又佯攻得胜门,暗令奇兵从进贤门入,遂得了南昌城。

南昌既下,进趋赣州,赣州守将王进库,本未归明,前时金声桓攻赣,进库伪称愿降,只是诱约不出。后来声桓向粤乞援,李成栋亦越岭来攻,进库仍用老法子,去赚成栋。成栋还军岭上,嗣因进库背约,复大举攻赣,进库乘其初至,突出精骑拒战,击退成栋。成栋走信丰,清兵由赣州南追,警报达成栋左右,佥议拔营归广州。成栋不允,部下大半亡去。那时成栋进退两难,只命左右进酒痛饮;饮尽数斗,醺然大醉,左右挽他上马,到了河边,不辨水陆,策马径渡,渡至中流,人马俱沉,部兵四散,清兵遂进陷广州。

是时清郑亲王济尔哈朗,亦率兵下湖南,湖南诸镇将,望风奔溃。何腾蛟闻警,亟自衡州趋长沙,到了湘潭,探悉清兵将到,遂入湘潭城居守。城内虚若无人,正想招集溃兵,忽有旧部将徐勇求见,腾蛟开城延入,徐勇带数骑入城,见了腾蛟,低头便拜。拜毕,劝腾蛟降清。腾蛟道:"你已降清么?"徐勇才答一"是"字。腾蛟已拔剑出鞘,欲杀徐勇,徐勇跃起,夺去腾蛟手中剑,招呼从骑,拥腾蛟出城,直达清营。腾蛟不语亦不食,至七日而死。湘粤诸将,闻腾蛟凶信,多半逃入桂林。桂王复欲南奔,式耜力谏不听,遂走南宁。

会清恭顺王孔有德,已转战南下,克衡永各州,进逼桂林。式耜檄诸将出战,皆不应,再下檄催促,相率遁去。桂林城中,至无一兵,只有明兵部张同敞,自灵州来见。式耜道:"我为留守,理应死难,尔无城守责,何不他去?"同敞正色道:"昔人耻独为君子,公乃不许同敞共死么?"式耜遂呼酒与饮,饮将酣,式耜取出佩印,召中军徐高入,令赍送桂王。是夕,两人仍对酌。至天明,清兵已入城,有清将进式耜室,式耜从容道:"我两人待死已久,汝等既来,正好同去。"便与偕行。至清营,危坐地上。孔有德对他拱手道:"那位是瞿阁部先生?"式耜道:"即我便是,要杀就杀。"有德道:"崇祯殉难,大清国为明复仇,葬祭成礼,人事如此,天意可知。阁部毋再固执。我掌兵马,阁部掌粮饷,与前朝一辙,何如?"式耜道:"我是明朝大臣,焉肯与你供职?"有德道:"我本先圣后裔,时势所迫,以致于此。"同敞接口大骂道:"你不是毛文龙家走狗,递手本,倒夜壶。安得冒托先圣后裔?"有德大愤,自起批同敞颊,并喝左右刀杖交下。式耜叱道:"这位是张司马,也是明朝大臣,死则同死,何得无礼?"有德乃止,复道:"我知公等孤忠,实不忍杀公等,公等何苦,今日降清,明日即封王拜爵,与我同似,还请三思。"式耜抗声道:"你是一个男子汉,既不能尽忠本朝,复不能自起逐鹿,腼颜事虏,作人鹰犬,还得自夸荣耀么?本阁部累受国恩,位至三公,夙愿殚精竭力,扫清中原,今大志不就,自伤负国,虽死已晚,尚复何言。"有德知不可屈,馆诸别室,供帐饮食,备极丰盛。臬司王三元,苍梧道彭炉,百端劝说,只是不从,令剃发为僧,亦不应,每日惟赋诗唱和,作为消遣。过了四十余日,求死不得,故意写了几张檄文,置诸案上,被清降臣魏元翼携去,献诸有德。有德命牵出两人就刑,式耜道:"不必牵缚,待我等自行。"至独秀岩,式耜道:"我生平颇爱山水,愿死于此。"遂正了衣冠,南面拜讫。同敞在怀中取出白网巾,罩于身上,自语道:"服此以见先帝,庶不失礼。"遂同就义。同敞直立不仆,首既坠地,犹猛跃三下。时方隆冬,空中亦霹雳三声。式耜长孙昌文,逃入山中,被清降将王陈策搜获,魏元翼劝有德杀昌文,言未毕,忽仆地作吴语道:"汝不忠不孝,还欲害我长孙么?"须臾,七窍流血死,但闻一片铁索声。有德大惊,忙伏地请罪,愿始终保全昌文。一日,有德至城隍庙拈香,忽见同敞南面坐,憬憬可畏,有德奔还,命立双忠庙于独秀岩下。瞿张二人唱和诗,不下数十章,小子记不清楚,只记得瞿公绝命诗一首道:

> 从容待死与城亡,千古忠臣自主张。
> 三百年来恩泽久,头丝犹带满天香。

式耜一死,自此桂王无柱石臣,眼见得灭亡不远了,容待下回再叙。

何腾蛟、瞿式耜二公，拥立桂王，号召四方，不辞困苦，以视苏观生之所为，相去远矣。梁鉴、丁魁楚、刘承胤辈，吾无讥焉。然何瞿二公，历尽劳瘁，至其后势孤援绝，至左右无一将士，殆所谓忠荩有余，才识未足者。至若金声桓、李成栋二人，虽曰反正，要之反复阴险，毫不足取，即使战胜，亦岂遂为桂王利？是亦梁鉴、丁魁楚、刘承胤等之流亚也。本回为何瞿二公合传，附以张司马同敞，余皆随事叙入，为借宾定主之一法，看似夹杂，实则自有线索，非徒铺叙已也。

第十八回

创新仪太后联婚　报宿怨中宫易位

却说清郑亲王济尔哈朗，及都统谭泰两军，俱已奏捷清廷，郑亲王且奉旨还朝，独博洛尼堪，出征大同，尚与姜瓖相持不下，且四处接到警耗，统是死灰复燃的明故官，招集数百人，或千人，东驰西突，响应姜瓖。博洛不得不分兵堵御，一面遣人飞报北京，请速添兵。摄政王多尔衮，竟率英王阿济格等，自出居庸关，拔去浑源州，直薄大同，与博洛相会。攻扑数日，城坚难下。适京中赍来急报，因豫王多铎出痘，病势甚重，促多尔衮班师。多尔衮得了此信，遣人招姜瓖投降，瓖答以阖城誓死，乃留阿济格帮助博洛，自率军退还。到了居庸关，闻多铎已殁，忙入京临丧。越日，肃亲王豪格亦毙狱中，多尔衮许豪格福晋，往狱殓葬。又数日，孝端皇太后崩，孝端太后，系顺治帝嫡母，他生平不预政治，所以宫内大权，统由吉特氏主张，此次崩逝，宫廷内应有一番忙碌。惟吉特太后，前时虽握大权，总不免有些顾忌，到此始毫无障碍，可以从心所欲了。

多尔衮因太后崩逝，召阿济格还，令贝子吴达海往代。过了月余，始接到大同军报，略称各处叛兵，多半平定，只大同仍然未下。多尔衮未免焦急，再遣阿济格西行。阿济格一到大同，城内已经食尽，守将杨振威，刺杀姜瓖，开城降清。阿济格入城，恨城内兵民固守，杀戮无数，并铲去城墙五尺，应即上书奏捷。朝旨令诛杨振威，即日班师，阿济格奉旨，将杨振威绑出正法，随将政务交与地方官，奏凯还朝。

摄政王多尔衮，既接山陕捷音，心中自然舒畅，在邸无事，正好与肃王福晋，朝欢暮乐。偏这摄政王元妃，屡与摄政王反目，摄政王看他似眼中钉，气得元妃终日发抖，酿成一种臌胀病。心病还须心药治，心药难求，心病日重，到了临危时候，欲与摄政王诀别，怎奈贵人善忘，待久不至，那元妃越发气闷，霎时间痰涌而逝。当时大小官员，得此消息，忙去吊丧。太后亦赠了许多赙仪，两白旗牛录章京以上各官，及官员妻妾，都为服孝，其余六旗统去红缨。发靷这一日，车马仪仗，不亚梓宫，送葬的大员，拟了敬孝忠恭四字，作为元妃的谥法。摄政王也无心推究，遂将这四字封赠元妃，算是饰终的道礼。以后继室的问题，不言可知，总轮着这位嬝嬝婷婷的侄妇了。

丧事已毕，摄政王拟择定吉日，与肃王福晋成婚，成就了正式夫妇。忽来了宫监二人，说是奉太后命，召王爷入宫。摄政王不敢违慢，即随了宫监入见太后。太后屏去宫女，与摄政王密谈半日，摄政王方出宫回邸。既到邸中，即着人去请范老先生，又令邀同内院大学士刚林，及礼部尚书金之俊议事。三人应召而至，摄政王格外谦恭，将三人邀入内厅，命左右进酒共饮。饮到半酣，摄政王令左右至外厢伺侯，自与范老先生耳语良久。说话时，摄政王面目微赪，范老先生也觉皱眉。语毕，由范老先生转告刚林、金之俊。毕竟金之俊职掌礼部，熟谙仪注，说是这么办，这么办，便好成功。摄政王闻言大喜，即向三人拱手道："全仗诸位费心！"三人齐声道："敢不效力。"次日即由金之俊主稿，推范老先生为首，递上那从古未有的奏议。看官！你道奏说什么话？小子尚记大略。内称皇父摄政王新赋悼亡，皇太后又独居寡偶，秋宫寂寂，非我皇上以孝治天下之道。依臣等愚见，宜请皇父皇母，合宫同居，以尽皇上孝思。伏维皇上圣鉴云云，此本一上，奉批王大臣等议复。郑亲王济尔哈朗等，向知多尔衮利害，不敢不随声附和。复命礼部查明典礼，由金之俊独奏一本，援引比附，说得尽善尽美，当于顺治六年冬月，由内阁颁发一道上谕，略云：

　　朕以冲龄践祚，抚有华夷，内赖皇母皇太后之教诲，外赖皇父摄政王之扶持，仰承大统，幸免失坠。今皇母皇太后独居无偶，寂寂寡欢，皇父摄政王又赋悼亡，朕躬实深歉从。诸王大臣合词吁请，金谓父母不宜异居，宜同宫以便定省，斟情酌理，具合朕心。爰择于本年某月某日，恭行皇父母大婚典礼，谨请合宫同居，着礼部恪恭将事，毋负朕以孝治天下之意！钦此。

　　上谕即颁，太后宫内及礼部衙门，忙碌了好几天。到了皇父母大婚这一日，文武百官，一律朝贺，内阁复特颁恩诏，大赦天下，京内外各官加级，免各省钱粮一年。

　　太后与摄政王倍加恩爱，不必细说，只是摄政王尚忆念侄妇，未免偷寒送暖，嗣经太后盘诘，无可隐讳，不知摄政王如何恳求，始由太后特恩，许为侧福晋。顺治七年春月，摄政王多尔衮，复立肃王福晋博尔济锦氏为妃，百官仍相率趋贺。后人曾有数句俚词道："汉经学，晋清谈，唐鸟龟，宋鼻涕，清邋遢。"即指此事，惟《东华录》上，只载摄政王纳豪格福晋事，不及太后大婚，闻由乾隆时纪昀所删。

　　闲文少叙，单说摄政王多尔衮，既娶了太后，又娶了肃王福晋，真是一箭双雕，非常快乐。此外妃嫔，虽尚有一二十人，多尔衮都视同媵母，不去亲幸。旁人各自艳羡，无如好色的人，有一种癖病，得了这一个，又想那一个，得了那一个，又想把天下美人，都收将拢来，藏在一室。销金帐里，夜夜试新，软玉屏中，时时换旧，方觉得心满意足。俗语说得好："痴心女子负心汉"，多尔衮也未免要作负心人了。

一日，朝鲜国王李淏，遣使进贡，并呈一奏折，内称："倭人犯境，欲筑城垣，因恐负崇德二年之约，故特吁请，俾免残破之患"等语。多尔衮览了一遍，猛触起一件情绪来，即命朝鲜来使，暂住使馆，候旨定夺。又宣召内大臣何洛会入府，授了密语，到使馆中，与朝鲜使臣相见。两下商议多时，朝使唯唯听命，别饬随员驰禀国王。这国王李淏，前曾入质清朝，因其父李倧殁后，得归国嗣位，深感多尔衮厚恩，此时不得不唯命是从，立命返报。当由何洛会禀知多尔衮，次日即发下朝鲜国奏牍，批了"准其筑城钦此"六字。使臣即奉命而回。

过了月余，摄政王府内，竟发出命令，率诸王大臣出猎山海关。王大臣奉命齐集，等候出发。越宿，摄政王出府，装束得异样精彩，由仆从拥上龙驹；一鞭就道，万马相随，不多日，已到关外。此时正是暮春天气，日丽风和，草青水绿，一路都是野花香味，四面蜂蝶翩翩，好象欢迎使者一般。经过了无数高山，无数森林，并不闻下令驻扎，到了宁远，方入城休息。一住三日，亦没有围猎命令。诸王大臣纷纷议论，统是莫名其妙。只何洛会出入禀报，与摄政王很是投机。王大臣向他诘问，也探不出什么消息。次日，又下令往连山驿，诸王大臣一齐随行。到了连山，何洛会已经先到，带了驿丞，恭迎摄政王入驿。但见驿馆内铺设一新，五光十色，烂其盈门，把王大臣弄得越发惊疑。摄政王直入内室，何洛会也随了进去。歇了片刻，始见何洛会出来，招呼诸王大臣略谈原委，王大臣俱相视而笑，随即偕何洛会同赴河口，迤逦前行。淡光映日，但见岸侧有一大船，岸上有两乘彩舆，舆旁有朝鲜大臣站立，见王大臣至，请了安，便请舱中两女子登陆上舆。两女子都服宫装，高绾髻云，低垂鬟凤，年纪统将及笄，仿佛一对姊妹花。当由何洛会及诸王大臣，导引入驿，下了舆，与摄政王交拜，成就婚礼。诸王大臣照例恭贺，便在驿中开起高宴。这一夕间，巫峡层云，高唐双雨，说不尽的欢娱。

但这两女究系何人？恐阅者已性急待问，待小子从头叙来。这两女子系朝鲜公主，崇德年间，多尔衮随太宗征朝鲜，攻克江华岛，将朝鲜国王家眷，一一拿住，当面检验，曾见有幼女二人，年仅垂髫，颇生得丰姿楚楚。多尔衮映入眼波，料知长成以后，定是绝色。及朝鲜乞盟，发还家属，多尔衮亦搁过不提。此次朝鲜国奏请筑城，陡将十年前事，兜上心来，遂遣何洛会索娶二女，作为允许筑城的交换品。朝鲜国王无可奈何，只得饬使臣送妹前来。多尔衮恐太后闻知，所以秘密行事，假出猎为名，成就了一箭双雕的乐事。住驿月余，方挈朝鲜两公主入京。此时对了肃王福晋，未免薄幸，多尔衮也管不得许多，由他怨骂一番，便可了事。只太后这边，不便令知，当暗嘱宫监等替他瞒住。

自是多尔衮时常出猎，临行时，定要朝鲜两公主相随。青春易过，暑往寒来，多尔衮一表仪容，渐渐清减，只出猎的兴趣，尚是未衰。是年十一月，往喀喇城围猎，忽得了一种咯血症，起初还是勉强支持，与朝鲜两公主，研究箭法，后来精神恍惚，竟至上床，闭着眼，只见元妃忽喇氏，开了眼，乃是朝鲜两公主。多尔衮自知不起，但对了如花似玉的两公主，怎忍说到死字？可奈冥王不肯容情，厉鬼竟来索命，临危时，只对着两公主垂泪，模模糊糊的说了"误你误你"四字。

多尔衮已殁，讣至北京，顺治帝辍朝震悼。越数日，摄政王柩车发回，帝率诸王大臣缟服出迎。奠爵举哀，命照帝制丧葬。帝还宫，令仪政诸王，会仪睿亲王承袭事。是时已值残腊，王大臣照例封印，暂从拦置。至顺治八年正月，始议定睿亲王袭爵，归长子多尔博承受。只是人在势在，人亡势亡，当多尔衮在日，势焰熏天，免不得有饮恨的王大臣，此次正思乘间报复，适值顺治帝亲政，下诏求言。王大臣遂上折探试，隐隐干涉摄政王故事。惟皇太后尚念摄政王旧情，从中护庇，折多留中不发。王大臣探悉此情，复贿通宫监，令将多尔衮私纳朝鲜公主禀白太后。太后方悟多尔衮时常出猎，就是借题取巧，竟发恨道："如此说来，他死已迟了。"王大臣得了此句纶音，便放胆做去，先劾内大臣何洛会，党附睿亲王，其弟胡锡，知其兄逆谋，不自举首，应加极刑。得旨，何洛会及弟胡锡，着即凌迟处死。

原来顺治帝已十五龄，窥破宫中暧昧，亦怀隐恨，方欲于亲政后加罪泄愤，巧值王大臣攻讦何洛会，便下旨如议。王大臣得了此旨，已知顺治帝隐衷，索性推郑亲王列了首衔，追劾睿亲王多尔衮罪状。大略说他种种骄僭，种种悖逆，并将他逼死豪格，诱纳侄妇等事，一一列入。又贿嘱他旧属苏克萨、哈詹岱、穆济伦，出首伊主私制帝服，藏匿御用珠宝等情，顺治帝不见犹可，见了这样奏章，就大发雷霆，赫然下谕道：

据郑亲王济尔哈朗等奏，朕随命在朝大臣，详细会议，众论金同，谓宣追治多尔衮罪，而伊属下苏克萨、哈詹岱、穆济伦，又首伊主在日，私制帝服，藏匿御用珠宝，曾向何洛会、吴拜苏、拜罗什、博尔惠密议，欲带伊两旗，移驻永平府，又首言何洛会曾遇肃亲王诸子，肆行骂詈，朕闻之，即令诸王大臣详鞫皆实，除将何洛会正法外，多尔衮逆谋果真，神人共愤，谨告天地太庙社稷，将伊母子并妻，所得封典，悉行追夺。布告天下，咸使闻知。

此谕下后，复诏雪肃亲王豪格冤，封豪格子富寿为显亲王。郑亲王富尔敦，亦受封为世子。又将刚林、祁充裕二人，下刑部狱，讯明罪状，着即正法。大学士范文程，也有应得之罪，命郑亲王等审议。吓得这位范老头儿，坐立不安，幸亏他素来圆滑，与郑亲王不甚结怨，始议定了一个革职留任的罪名。范老头儿，免不得向各处道谢，总算是万分侥幸。

话休叙烦,且说顺治帝尚未立后,由睿亲王在日,指定科尔沁卓礼克图亲王吴克善女为后。是年二月,卓礼亲王吴克善送女到京,暂住行馆,当由巽亲王满达海等,请举行大婚礼。顺治帝不许。延至秋季,仍没有大婚消息。这位科尔沁亲王在京,已六七月,未免烦躁起来,只得运动亲王,托他禀命太后,由太后降下懿旨,令皇帝举行大婚礼。顺治帝迫于母命,不好遽违,只得命礼部尚书准备大典,即于八月内钦派满汉大学士尚书各二员,迎皇后博尔济锦氏于行辕。龙旌凤辇,倍极辉煌,宫娥内监侍卫执事人等,分队排行,簇拥皇后入宫,至丹墀降舆。这时候天子临轩,百官侍立,诸王贝勒六部九卿,没有一个不到,正是清室入关后第一次立后盛举。宫女搀扶皇后,徐步上殿,那皇后穿着黄服绣帔,满身都是金凤盘绕,珍翠盈头,珠光耀目,当即面北而立,由礼部尚书捧读玉册,鸿胪寺正卿赞礼,导皇后跪伏听命。册读毕,鸿胪寺导皇后起立,文华殿大学士,捧上皇后宝玺,武英殿大学士,捧上玺绶,由坤宁宫总监跪接,转授宫眷,佩在皇后身上。皇后再向帝前俯伏,口称臣妾博尔济锦氏,谨谢圣恩。谢讫,帝退朝,皇后正位,群臣朝贺。礼毕入宫,笙箫迭奏,仙乐悠扬,随与皇帝行合卺礼。次日,帝率后到慈宁宫请安,遂加上皇太后尊号,称为昭圣慈寿恭简皇太后。只是顺治帝终究不乐,隔了两年,竟将皇后降为静妃,改居侧宫。大学士冯铨等,奏请"深思详虑,慎重举动,万世瞻仰,将在今日。"帝不省,反严旨申饬。礼部尚书胡世安等,复交章力谏,奉旨"皇后博尔济锦氏,系睿王于朕幼冲时,因亲定婚,册立之始,即与朕志意不协,宫闱参商。该大臣等所陈,未悉朕意,着诸王大臣再议。"郑亲王济尔哈朗,复奏圣旨甚明,无庸再议。于是改册科尔沁镇国公绰尔济女为后,从前的正宫博尔济锦氏,竟自此不见天日,幽郁而死。

小子曾有诗咏顺治帝废后事云:

> 国风开始咏雎鸠,王化由来本好逑。
>
> 为怨故王甘黜后,伦常缺憾已先留。

清官事暂且按下,小子又要叙那明桂王了。诸君少安,请看下回。

本回全叙多尔衮事,纳肃王福晋,与娶朝鲜二女,《东华录》纪载甚明,固非著书人凭空捏造。至如母后下嫁事,乾隆以前,闻亦载诸《东华录》。胡人妻嫂,不以为怪,嗣闻为纪昀删去。此事既作为疑案,然证以张苍水诗,有"春官昨进新仪注,大礼恭逢太后婚"二语,明明指母后下嫁事,是固无可讳言者也。多尔衮好色乱伦,罪状确凿,但身殁以后,诸王弹劾,竟为其暗蓄逆谋,此则罗织成文,未足深信。以手握大权之多尔衮,摔孤儿如反掌,何所顾忌而不为乎?彼投井下石之徒,诬陷成案,吾转为多尔衷慨矣。若顺治帝为隐怨故,至废其后博尔济锦氏,尤失人君之道。观其敕谕礼臣,谓后为睿王所主议,册立之始,即与朕意志未协,是则后固明明无罪者,特嫉睿王而迁怒于后耳。迁怒于后而废之,谓非冤诬得乎? 冤诬臣子且不可,况夫妇于? 本回历历表明,于睿王之功过,顺治帝之得失,已跃然纸上。

第十九回

李定国竭忠扈驾　郑成功仗义兴师

却说明桂王自窜奔南宁后，湖广各省，已为清有，清封孔有德为定南王，镇守广西，耿仲明为靖南王，尚可喜为平南王，镇守广东。旋耿仲明死，其子继茂袭爵，镇守如旧。桂王势穷日蹙，不得已求救于孙可望。这可望系张献忠党羽，认献忠为义父，本是个杀人不眨眼的魔星，献忠伏诛，他即窜入云南。云南本故明黔国公镇守地，被土官沙定洲所逐，夫人焦氏自焚死，可望伪称焦夫人兄弟，助天波复仇，击退定洲，乘势蟠踞。其党李定国、刘文秀、艾能奇、白文选、冯双礼等，推可望为部长。可望遣定国追杀定洲，定洲死，云南全省，统归可望，可望遂僭称为王，国号后明，以干支纪年，铸兴国通宝钱，居然称孤道寡起来。只是李定国与可望同等，可望称尊，定国不乐，可望借阅武为名，到了操场，专寻定国隙头，将定国仗了五十，定国愤恨不已。可望恐人心离散，思借名服众，遂备黄金三十两，琥珀四块，马四匹，遣使至桂王处求封。桂王命可望为景国公，定国、文秀等封列侯。可望不受，自称秦王，竟派兵袭黔东，陷川南，把故明的镇将，杀逐得干干净净。桂王穷窜南宁，朝不及夕，没奈何再遣钦使，封可望为冀王，可望仍不受。又加封真秦王，乃令部将到南宁迎驾。一面派李定国、冯双礼等，率步骑八万，由全州攻桂林，一面派刘文秀、王复臣、张光璧等，率步骑六万，分道出叙州、重庆，直攻成都。

这李定国一枝兵，锋利无前，所到之处，无人敢当。沅靖、武岗、全州，统被定国攻破，孔有德忙檄部将沈永忠，出去抵戳，不值定国一扫。永忠退至桂林，定国亦接踵追至。桂林兵少，有几个守陴将士，瞧见定国兵到，都静悄悄的溜脱。有德不能守御，奔入府中，偕其妻同哭一场，双双自缢。百姓献了城，定国飞章告捷，使者回来，报称永历帝已移驾安隆，封主帅为西宁郡王，定国到也心喜。忽报清亲王尼堪，率队至湘，清经略洪承畴，又自江宁至长沙，湖南危急。定国立率步骑往救，到了辰州，阵斩清降将徐勇，进至衡州，遇着清尼堪大兵。两下对仗，定国佯败，诱清兵追至丛林，一声号炮，推出无数伟象，张牙舞爪，向清兵乱扑。这清兵向来没有见过，顿吓得魂胆飞扬，逃命都来不及，还管什么主帅？尼堪正想拍马回奔，突遇一象冲到，将马推翻，把尼堪掀倒地下，这象便从尼堪身上腾过,霎时皮破血流,死于非命。

定国得了胜仗,暂驻武岗,方思进攻衡州,忽报秦王有使命到来,请至沅州议事。定国欲行,右军都督王之邦,出帐谏阻。定国问他缘由,之邦道:"近闻秦王劫了永历帝,居安隆所,阳为尊奉,实是禁锢,每日肴馔,很是恶劣,他早已有心篡逆,只怕你王爷一人,此番请至沅州,有何好意?倘或前去,必遭毒手。"定国道:"我若不去,孙可望必定追来,衡州尚有清兵,两面夹攻,如何对待?"之邦道:"不如退回广西,再作后图。"定国点头,谢绝来使,竟引本部向广西退去,冯双礼自回。

孙可望得去使回信,不由的心中愤怒,亲率人马追赶;途次遇着刘文秀败还,方知入川各军,已被吴三桂杀败,复臣中箭身亡。惊愕之余,越加懊恼,没奈何带了文秀,向宝庆进发。中道又会着冯双礼一同进行。到了宝庆,巧与清兵相遇。这清兵就是尼堪部众,由贝勒屯齐接领,南徇衡永,望见可望军中的龙旗,随风飘舞,屯齐即拔箭在手,搭上弓上,飕的一箭,射倒龙旗,立率精骑冲入敌阵。可望部下,不见帅旗,已自慌张,又经清兵捣入,锐不可当,便拥着可望逃走。文秀双礼,本是不得已相随,至此亦一齐退去。可望吃了一场大亏,遁至贵州,搜获故明宗室,一律杀死。遂自率内阁六部等官,立太庙,定朝仪,改邱文为八叠,尽易旧制。

桂王在安隆闻报,料知可望心变,与中官张福禄,阁老吴贞毓等密商,遣林青阳至广西,召李定国前来扈驾。青阳出发,托词乞假归葬,一去不还。桂王等得不耐烦,又差翰林院孔目周官。前往催促,不料被马吉翔得知消息。马本孙可望心腹,自然暗报可望,可望立派部将郑国至安隆,迫桂王交出首谋,桂王战栗不能答。还亏中官福禄自出承认,与吴贞毓等同受械系,由郑国严刑拷讯,共得通谋十八人,即将福禄凌迟,吴贞毓处绞,其余斩首。冤冤相凑,林青阳回来复命,亦被郑国杀死。郑国回报可望,可望即遣白文选至安隆劫驾。桂王闻文选到来,吓得魂不附体,只是呜呜哭泣。文选进宫,见桂王神色惨沮,也觉黯然,遂跪奏道:"孙可望遣臣迎驾,原来不怀好意。臣闻西宁王将到,令他护驾,尚无可虑。"桂王扶起文选道:"得卿如此,不愧忠臣。但可望势力浩大,奈何?"文选道:"可望蓄谋不轨,部下都说他不是,刘文秀已通款西宁了。他逆我顺,何必畏他?"桂王才放了心。

过了数日,果闻定国兵到,即开城延入。定国恰恭恭敬敬的行了臣礼,桂王喜出望外,亲书诏敕,封定国为晋王。定国即请桂王驾幸云南,并言刘文秀在云南待驾,可以无虞。桂王恨不得立刻脱险,即令定国、文选等扈跸,克日出发,安安稳稳的到了云南。刘文秀果不爽旧约,排队迎入;进了城,把可望府第,改作行宫。文秀受封为蜀王,文选受封为巩昌王。部署甫定,警报遥传,孙可望兴兵犯阙，桂王命文选驰谕可望，与他议和。可望将文选拘住，伪上奏章，请归妻孥。桂王即派人送还可望妻子。可望因妻子还黔，遂大起兵马，入犯云南。可望部将马进忠等，多不直可望，与文选定了密计，进说可望道："文选威名服众，欲要攻滇，非令他为将不可。"可望道："他与李定国勾通，如何可使为将？"马进忠道："闻他现已悔过，愿为大王效力。"可望遂命进忠引入文选，文选佯作恭顺状态，一味趋承，喜得可望手舞足蹈，立命文选为大元帅，马进忠为先锋，发兵十四万先行。留冯双礼守贵州，自率精兵为后应。

警报飞达滇中，桂王下旨削可望封爵，命晋王李定国，蜀王刘文秀，发兵讨贼。定国和文秀不过带了万人，甲仗又不甚完全，到了三岔河，望见敌军已扎住对岸，众寡相去，不啻数倍。定国与文秀商议，文秀拟借交趾地界，作战败退处地，定国慨然道："永历孤危，全仗你我两人，协力御敌，若未战先怯，是自丧锐气，何以行军？现在只有拼命一战，决一雌雄。我想孙贼部下，多半离心，未必定是他胜我败。"计议已定，即于翌晨渡河前进。那对岸的敌军，却退后数里，一任定国兵上岸。定国望将过去，见敌阵中悬有龙旗，料知可望亦到，遂率兵径捣中坚。此冲彼阻，才交得三五合，定国部将李本高，身中两箭，跌毙马下。定国大惊失色，方欲退兵，忽见可望阵后，纷纷大乱。左有马进忠，右有白文选，旗帜鲜明，从可望军内自行杀出，招呼定国挥兵大进。弄得可望神志昏乱，忙拍马而逃。定国驱杀至十里外，方与白文选、马进忠两人，并辔而回。看官！你想这次打仗，不是白文选等暗中用计，那肯容定国渡河，战胜可望呢？

可望奔回贵州，遥望城门紧闭，城上竖着的旗帜，大书明庆阳王冯字样，不觉惊讶起来，正思呼城上人答话，猛见冯双礼上城俯视道："我已归顺永历帝了，永历帝封我为庆阳王，命守此城，与你无涉。"这数语气得可望发昏，回顾手下残骑，所剩无多，不能再战；且妻子统在城中，若与他争闹起来，定是性命难保，不得已忍气吞声，求双礼还他妻子。双礼乃开了半扉，就门隙中放出数人，可望一瞧，妻孥如故，财物荡然，禁不住垂下泪来。他的妻子更不必说。可望痴立一回，方挈着妻子径奔长沙，投降清经略洪承畴去了。

这事且搁过一边，小子要叙出一个海外英雄来。看官！你道海外英雄，姓甚名谁？就是郑芝龙的儿子郑成功。芝龙降清，成功独航海赴厦门，募兵兴义，仍奉隆武正朔；至隆武帝殉国，永历帝正位，复遣使奉表永历，受封为延平郡公。成功竟大举攻闽，连陷漳浦、海澄等县，进围长泰。清闽浙总督陈锦，自舟山移师赴援，一场海战，被成功杀得大败亏输，不但长泰被陷，连平和、诏安、南靖等处，统被成功夺去。陈锦惶急万状，急向清廷求援，清封芝龙为同安侯，令作书劝成功归降。成功接阅文书，看到"父既归清，儿亦宜剃发投诚"等语，不禁愤愤道："今来一剃发国。当即剃发，倘来一穿心国，我亦将遵命穿心么?"即拒绝来使,下令进攻漳州,并悬赏购陈锦首。

歇了几天,忽来了两个闽人,献上陈锦首级。成功问两人姓名职务,一个是陈锦记室李进忠,一个是陈锦仆人库成栋。成功又问是谁杀陈锦,成栋应声是我,说声未绝,两手已被成功亲卒反缚,由成功喝令处斩,吓得成栋跪求饶命,连进忠亦跪倒叩头。成功指成栋道:"你与陈锦有主仆之谊,如何忍心害主,把他首级来献? 我原是悬赏购陈锦首,但你不应杀他,所以我特罪你。"复问进忠道:"这罪奴有妻子否?"进忠道:"有的,现亦随来。"成功道:"好好。他妻子到来,应照赏格发给,教他死亦瞑目。"便命左右推出成栋斩讫,随将赏银付与进忠,令他转交成栋妻子。进忠领了赏银,不敢多说,就退出帐外去了。忽厦门又来使人,报称鲁王以海,自舟山逃到厦门,应否接待? 成功道:"鲁唐叔侄,自相鱼肉,太属可恨。"使人说:"鲁王已奉表永历,削去监国名号了。"成功道:"既如此,应照明宗室例优待便是。"看官! 你道鲁王何故到厦门,他自窜身海外,随身只有张名振一人。很是萧条,幸浙中遗臣张肯堂等,渡海奔赴,约得十余人,遂把南澳作了根据地。嗣后袭踞舟山,约故行人张煌言,共图恢复。不料清总督陈锦,都统金砺,提督田雄等,驾着大舰,来攻舟山。鲁王也遣张名振、张煌言等,率兵迎敌。开了几仗,倒也没甚胜负,怎奈天不容明,海面上陡起大雾,罩住舟山。清兵乘雾攻入,守兵措手不及,相率溃散。名振、煌言,亟奉鲁王出走。名振弟名扬,阖室自焚。张肯堂自缢死。鲁王的妃子张氏,及礼部尚书吴钟峦,兵部尚书李向中等,皆殉难。清兵复分追鲁王,鲁王穷蹙无归,不得已走依成功。成功遣使人回厦门,自督军围攻漳州,适清都统率兵至漳,与城中守兵夹攻成功。成功腹背受敌,只得退保海澄。金砺追至城下,被成功一阵击退,乃留兵守海澄,自回厦门见鲁王,复与张名振、张煌言晤谈。两下各述己志,二张是始终为鲁,成功是始终为唐,彼此不便节制,商定了一个分地驻扎,互相援应的计策。二张奉鲁王移驻金门,煌言复招集遗众,进窥南京,到了吴淞口,袭杀清舰数十艘,进破崇明,转趋丹阳,谒明太祖陵,激励军士,直指南京进发。忽闻鲁王逝世,只得折回吴淞,寻又闻名振病亟,驰回金门。到金门后,名振已死,仅留遗书一函,劝他勉图恢复。主丧友殁,日暮途穷,煌言至此,不禁涕泪交并。没奈何为主发丧,为友营葬,把出兵的念头,暂时搁置。

这且慢表,且说郑成功驻节厦门,改称厦门为思明州,分所部为七十二镇,设立储贤馆,储才馆,察言司,宾客司,印局,军器局等,井井有条。厅间供永历帝位,有所封拜,必向座奏闻。部下感他忠义,无不敬服。当张煌言带兵入江,正拟出师策应,嗣闻鲁王、名振相继谢世,煌言退回金门,也自叹息一番,专使吊唁,暂休兵不动。一日,清廷派了两位钦差,赍敕来厦,封成功为海澄公。成功道:"我只知奉明帝勅,不知有清帝勅。"将来使遣回。隔了一月,成功弟渡,随了清使三人,又到厦门。成功与清使相见于极恩寺中,清使令成功跪受诏书,成功道:"成功系大明臣子,不受清诏。"清使阿山道:"今日奉皇上圣旨,赐汝福兴泉漳四府地,皇恩不可谓不重,汝宜受诏,剃发投诚。"成功正色道:"四府本是明地,何劳尔国赏赐? 尔国旧封,只建州一区,目今踞我中原,太属无理,成功愧不能为明恢复,还说要我剃发降敌么? 海不枯,石不烂,成功不降清。"言毕,拱手自回。是晚,郑渡入见成功,出其父芝龙书,并略说:"兄若不降,父命难保。"成功阅父书毕,慨然道:"忠孝不能两全,为禀老父,乞谅愚忠。"郑渡再三相劝,成功只是不从,郑渡痛哭而出。次日,清使挈郑渡北去,成功忙写了复书,遣郑说追上郑渡,将书交讫,郑说自回。郑渡随清使归报芝龙,呈上复书。芝龙拆书瞧阅,上写道:

> 儿以孤身僻居海隅,尝欲效秀夫之节,修包胥之忠,藉报故国,聊达素志。不意清廷海澄公之命,突然而至,儿不得已按兵以示信,继而四府之命又至,儿又不得已按兵以示信,谈席未终,敕使乃晓晓以剃发为请。嗟嗟! 今中国土地数万里,亦已沦陷,人民数万万,亦已效顺,官吏亦已受命,衣冠礼乐,制度文物,亦已更易,所仅留为残明故迹者,儿头上数根发耳。今而去之,一旦形绝身死,其何以见先帝于地下哉? 且自古英雄豪杰,未有可以威力胁者,今乃啧啧以剃发为词,天下岂有未称臣而轻自去发者乎? 天下岂有彼不以实许,而我乃以实应者乎? 天下岂有不相示以信,而遽请剃发者乎? 天下岂有事体未明,而遂欲糊涂了事者乎? 父试思之! 儿一剃发,将使诸将尽剃发耶? 又将使数十万兵士,皆剃发耶? 中国衣冠,相传数千年,此方人性质,又皆不乐与满夷居,一旦尽变其形,势且激变,尔时横流所激,不可迎遏,儿又窃窃为满夷危也。昔吾父见贝勒时,甘言厚币,父今日岂尽忘之? 父之尚有今日,天之赐也,非满夷之所赐也。儿志已决,不可挽矣。倘有不讳,儿只缟素复仇,以结忠孝之局,儿成功百拜。

芝龙阅毕,蹙着眉道:"我的老命,看来要断送在他手中了。"随将原书呈奏顺治帝。顺治帝本封芝龙为同安侯,至是将他削职圈禁,一面命沿海督抚,固守汛界,一面饬郑亲王世子济度为定远大将军,率师防闽。济度出京,闻成功已连扰闽浙海滨,进据舟山,遂兼程南下。到闽后,与成功连战数次,一些儿没有便宜,反失了战舰几艘,丧了战将几员。成功连获胜仗,遂大治兵马,锐意规复。从征甲士,选定十五万,五万习水战,五万习骑射,五万习步击,另外挑选万人,来往策应。适自滇中来使,封成功为延平郡王,招讨大将军,金门张煌言亦率兵来会,成功大喜,遂竖起奉旨招讨的大旗,命中军提督甘辉为先锋,总兵马信、万礼为第二队,亲统大军为后援,请张煌言前导。扬旗鼓棹,陆续前进,行到羊山,忽遇着数阵飓风,撞沉巨舰数十艘,漂没士卒数千名,于是只好停泊舟山,修理舟楫。

忽接到数处警报,海澄守将黄梧及旧部将施琅,俱背郑降清,清兵三路攻滇,成功不觉大愤,忙将舟楫修竣,扬帆再出。张煌言统领前部,由崇明入江,至金焦二山,但见江中横截铁索,舟不能前。煌言令人泅水,暗把铁索斫断,遂乘着风潮,联樯而进。到了瓜洲,与清提督管效忠相遇。两下酣斗,郑军奋勇齐上,效忠寡不敌众,凫水而逃,被郑军水师统领罗蕴章,入水追擒,推出斩首,当下扫清瓜洲敌舰,直逼镇江,炮声隆隆,震惊天地,城外北固山上,驻有清兵,下山来救,由郑军一阵乱斫,杀得马仰人翻,濠平尸积。败兵逃入城中,门未及闭,郑军一拥而入,城遂陷。镇江属邑,望风迎降。成功命直捣南京,帐下一人大叫道:"不可不可!"正是:

斗力不如斗智,用兵先在用谋。

未知此人是谁,待下回再行交待。

有孙可望之跋扈,适形李定国之忠,有郑芝龙之卑鄙,益见郑成功之义,一则虿毒滇中,一则兴师海外,虽其后赍志以终,卒鲜成效,然忠义固有足多者。成功心迹光明,尤加定国一等,故叙述亦格外生色。张煌言、张名振二人夹写在内,即为明捐躯诸遗老,亦并叙姓名,作者风世之心,可概见矣。文字之不苟作如此。

第二十回

日暮途穷寄身异域　水流花谢撒手尘寰

却说郑成功欲进攻南京，帐内有部将谏阻，这部将便是中军提督甘辉，当下献计道："我军深入南京，清廷必发兵来救，前有守兵，后有援兵，我军孤处其间，岂非陷入重围？现不如将我军分作两路，一路取扬州，堵住山东来军，一路据京口，截断两浙漕运，严扼咽咳，号召各郡，南畿不战自困，那时可以唾手而得了。成功道："此计未免太迂。据我看来，南京清兵，多已调往云贵，现在不乘胜攻取，更待何时？况清提督马进宝，已自松江遣人通款，南京城虚援绝，还有多大本领，敢与我对敌？自然是马到成功了。"遂不听甘辉之言，命水军溯江而上，直至南京。先向孝陵前率军祭奠，随后作了一篇檄文，传布远近；令张煌言率所部，由芜湖进取徽宁各路，自率兵攻南京。

两江总督郎廷佐闻郑军已至，急遣将分守要害，成功围攻不下，惟接连得煌言捷报，说是太平、宁国、徽州、池州等府，都已攻克，成功不胜欣喜，料想南京一城，不日可拔。忽报郎廷佐遣人下书，成功传见，把来书阅看，乃是愿献城池，惟城内人心不一，须要慢慢劝导，限期半月，方可献纳。成功喜甚，即批回照准。其实郎廷佐的书信，乃是缓兵之计，他已闻得云贵获胜，桂王远遁，清兵可自西返东，来援南京，因此托词献诚，宽延时日。成功不知是诈，竟堕入他计中，按兵不攻了。

小子且把云贵获胜的事情，插叙数行：自孙可望降了洪承畴，具述桂王庸弱的情形，承畴遂上表清廷，请乘机大举。清政府本无心西略，欲弃云贵两省，给与桂王偏安，及得了承畴奏疏，遂定议西征，命贝子洛托为宁南靖冠大将军，会同经略洪承畴，从湖南进发；命平西王吴三桂为平西大将军，偕都统墨尔根、李国翰，从汉中、四川进发；命统卓布泰为征南大将军，率提督钱国安，向广西进发。三路兵马，拟至贵州会齐，同入云南。洛托、承畴一军，出靖沅镇远，至贵阳，击走守将马进忠，遂入据贵阳城。三桂一军，由重庆至遵义，击退守将刘镇国，获粮三万石，降兵五千，遂入占遵义城。卓布泰一军，亦连陷南丹、那地、独山诸州，至贵阳来会。三路连章告捷，清廷复授豫王子信郡王铎尼为安远大将军，率禁旅至贵州，总统三路兵马。铎尼令洛托、承畴，略屯贵阳，办理粮饷，自督诸军三路入滇。每路兵五万，各带着半月粮草，浩荡前进。

是时桂王部下刘文秀已死，军政统归李定国执掌。定国闻贵州已陷，亟遣白文选至七星关，抵住西路，冯双礼至鸡公背，抵住中路，张光璧至黄草坝，抵住东路，自守北盘江铁索桥。居中策应。七星关系滇蜀交界的要险，峭岸阻江，山同壁立，三桂到了关外，见关内已有人守住，料艰攻入，他却佯作攻状，别遣部将绕出苗疆，掩击背后，文选只防前面进攻，不料后面复有清兵出现，顿时惊溃，窜入沾益州。黄草坝在南盘江右岸，由张光璧率师扼守，将江中各船，一概击沉，阻住清军渡江。卓布泰到了左岸，无船可济，便在岸上扎营。两边隔江发炮，未曾接仗，适有泗城土司岑继禄，到卓布泰前献策，教他绕道下游，渡过对岸。卓布泰从土司言，遂于夜间分兵，直走下游，用人泅水，把凿沉各船，扛至岸侧，塞好漏洞，乘夜潜渡。张光璧尚呆守南盘江，谁知清兵已至北盘江。李定国闻清兵过河，急率兵三万，堵住双河口。清兵杀奔前来，定国挥军死战，击退清兵。到了次日，清兵复至，乘风纵火，火随风卷，野燎炽天，定国抵挡不住，只得退走。到了北盘江见冯双礼亦狼狈奔回，报称清兵势大，不胜抵御，鸡公背已被夺去。定国惊惧，将江内铁索桥烧断，与双礼走回云南，清兵追至北盘江，见对岸已无明军，便搭造浮桥，逾江而进。

明桂王闻定国败还，拟连夜出奔，行人任国玺独请死守，尚在未决，只见定国进来，泣奏一切，桂王便与议去守情形，定国道："行人议是；但前途尚宽，今暂移跸，卷土重来，犹为未迟。"桂王听了此语，遂决意出走永昌，命定国断后。行未数里，白文选自沾益追至，定国遂把殿后军，付与文选，自率精骑扈驾前去。清兵三路会齐，直入云南城，洪承畴亦自贵阳趋云南。铎尼令诸军进追桂王至玉龙关，遇着白文选军，乘势猛扑。文选部下，只有数千人马，那里禁得住三路大军？苦战多时，人马将尽，便拍转马头，率领残卒，逃出右甸去了。

警报传至永昌，桂王复匆匆逃走。定国令总兵靳统武，带兵四千扈驾，自率精兵六千，据住磨盘山，专待清兵。磨盘山在永昌城东，一名高黎贡山，为西南第一穹岭，山路崎岖，仅通一骑，定国料清兵穷追，必从此山经过，遂把六千兵分作三支，令部将窦名望，率兵二千伏住山口，高文贵率兵二千伏住山腰，王玺率兵二千伏住山后。自己高坐山巅，管着号炮。遥望清兵迤逦前来，正是漫山遍野，不辨多少，他却自言自语道："任你无数人马，到了此地，恐怕虎落槛阱，无能为力了。"

歇了半晌，见清兵已从山口进来，因山口狭隘，将横队变作直队，鱼贯而进，不禁大喜。约历一二时，清兵入山，还不过一万多名，猛听得一声炮响，清兵个个下马，停住不进。接连又是无数炮声，霎时烟雾迷蒙，只觉得鼓角声，喊杀声，兵器碰撞声，合着天上的风声，山谷的回声，闹成一片，正自惊疑不定，突然来了一个飞炮,向空坠下,不偏不倚的,在定国头上滚将下来,吓得定国心头乱跳,急忙把头一偏,那飞炮恰恰在定国身边擦过,坠落脚边。前面尘土,被这飞炮一激,扬到空中,任你定国智勇深沉,也自镇定不住,忙回身逃落山下,向西急走。到了半路,始见高文贵跟跄奔来,手下残兵,只剩一千多人,报称:"清兵迭放巨炮,烟火满山,我军无从暗伏,不得已出来对仗,可奈清兵势大,窦王二将,已经阵亡,六千人已失四千,某只得冲围前来。"定国道:"可恨可恨,不知谁人泄漏消息。"随即合兵而去。

原来清兵自云南出发,渡过潞江,沿途经过,不遇一敌,他即仗着锐气,越岭进行,适有故明大理寺卿卢桂生,热心富贵,竟至铎尼军前,报说山上有伏。铎尼急令前队,舍骑而步,以炮发伏。伏兵齐起,与清兵鏖斗一场,杀死清都统以下十余员,精兵数千。窦名望、王玺亦战死。此次若非桂生泄计,就使不能杀尽清兵,也要大大吃亏,只是天已亡明,不容定国成功,所以清兵得转败为胜。

那时桂王西走腾越,为从官李国泰、马吉翔所阻,转走南甸,顺着江流前去。到一大河,四望无际,招问士人,答称此河名襄木河,过河即是缅甸国界。靳统武请走还腾越,李国泰、马吉翔不从。桂王恐清兵追来,亦不愿退回,巧值故黔国沐天波前来扈驾,说与缅人相识,遂决议渡河,惟靳统武不愿,仍奔觅定国去了。

桂王至缅甸境,缅人令从官尽去兵器,方许前行。桂王无奈,命从官抛弃兵械,雇了车马,进蛮暮,缅人具四舟来迎。行三日,至缅都,不令桂王登岸。又五日,至赭砱停舟,方导桂王上陆,引入草屋中。屋外编竹为城,左右都是缅妇贸易。缅人多短衣赤足,桂王从官,亦远却本来面目,杂入缅妇贸易场中,坐地喧笑。呼奴纵酒,正是孱君无志,徒成失国之寓公,从吏贪生,甘作穷途之丐卒,这且按下慢提。

且说清信郡王铎尼,因桂王已奔缅甸,奏捷北京,得旨令大军回朝,留吴三桂镇守云南,封三桂妻为福晋,命其子应熊在京供职,妻以太宗第十四女和硕公主,清降将中,要算是第一优待了。顺治帝以荡平云贵,方拟效迎功臣,饮至策赏,不期江南警报,纷纷递到,顺治帝大惊,忙召满廷文武,商议退敌,便道:"朕即位十数年,南征北讨,没有一日安息,现闻云贵已捷,明宗垂尽,朕道是舆图一统,得享承平,不料这个郑成功,又来作祟,江南四府三州二十二县,都报失守,南京危在旦夕,看来还不能安枕。朕想做皇帝很没趣味,倒不如做个和尚,象西藏的达赖、班禅,安闲也安闲,尊荣也尊荣,岂不快活自在么?"当时文武百官都跪奏道:"天子英武圣明,古今无两,区区小丑,不日敉平,何庸过劳圣虑。"顺治帝道:"朕拟简率六师,自去亲征,除绝那厮逆众,然后脱卸万几,择个安静地方,去享清福。明日各王大臣,随朕至南苑阅师,不得有误!"文武百官,齐声遵旨而出。次日,各官都先集南苑,恭候御驾到了辰牌时候,御驾已至,两旁文武站立,俟顺治帝登座,个个请过了安,遂命满汉健儿,八旗劲旅,整整的操练了一天。操毕,御驾回宫,次晨升殿,拟择日出师。适兵部尚书呈递驿奏,系是江南总督郎廷佐拜发,内称崇明总兵梁化凤,击退郑逆,阵斩贼将甘辉等,镇江瓜州俱已克复。世祖大喜,命梁化凤为江南提督,先图形进呈,并授内大臣达素为安南将军,会同闽浙总督李率泰进击厦门,务绝根株。旨下,文武百官,又皆叩贺,随即退朝不表。

惟这梁化凤如何击退郑成功?应由小子表明。上文说到郑成功进薄南京,中了郎廷佐的缓兵计,按兵不攻,这是成功第一失着。郎廷佐恰飞檄调兵,梁化凤即奉檄往援,两边相持数日,化凤登高望敌,遥见敌营不整,樵苏四出,军士都在后湖嬉游,便入署禀明廷佐,黰夜袭营。是夕,化凤带了劲骑五百,潜出神策门,先捣白土山,出郑军不意,冲入前锋余新寨内。余新从睡梦中惊醒,仓卒起来,不及持械,被化凤活擒而去。成功闻报,忙率军相救,化凤已自入城,无从夺回余新。次晨,成功因廷佐失信,令甘辉守营,自出江上调发水师,夹攻南京。不料成功去后,清兵倾城出来,杀入郑营,甘辉上前拦阻,两下酣战,胜负未分。突闻营后射入铳炮,后队不战先乱。甘辉前后受敌,只自死战不退,无奈部将多已逃走,仅剩数百残兵,东冲西突,那里还支持得住?清兵执着长枪,四面攒聚,甘辉尚竭力招架,无如马已被搠,蹶倒前蹄,眼见得甘辉坠地,不得生存了。

此时成功适在江上,见败军陆续奔来,方知大营已破,长叹一声,命残兵次第下船,自己亦匆匆下舱。未曾坐定,梁化凤已率水师追到,把火箭火球抛掷过来。成功无心恋战,急饬军舰东走,驶到崇明,已丧失了好几艘。遂扬帆出海,逃回厦门,张煌言尚在徽宁,闻报郑军败退,刚在惊疑,忽长江上游,来了一支清兵,乃是从贵州凯旋,还援江南。煌言挥兵奋击,打沉敌舰数艘,余舰退去。谁知夜间炮声震天,煌言登舟四望,前后左右,都是敌舰,连忙换坐小船,偷出重围。回头一瞧,自己的舰队,尽由祝融氏替他收拾,也无暇顾惜,只命水手驶入小港,舍舟登陆,逾山过岭,绕出浙省,仍渡钱塘江出海。到了海外,闻郑成功去夺台湾,顿足浩叹,遂贻书成功,略说道:

中原板荡,明社为墟,仅存思明州一块土,为四海所属望,遗民所依归。殿下奈何弃此十万生灵,而与红毛夷争海岛乎?且苟安一隅,将来金厦两门,亦不可守。古人云:"宁进一寸死,毋退一尺生",惟殿下实图利之!

原来闽海中有一大岛,名叫台湾,直长二千五百里,横阔五百里,到是一个海外桃源。成功父芝龙为海盗时，曾恃此岛为出没地，芝龙入降，此岛为荷兰人所据。荷兰向称红毛夷，在岛中寄泊市舶，并筑土城数十处，屯住侨民。成功自江南败归，以进取无成，谋夺台湾为窟穴，适清靖南王耿继茂，自广东移镇闽地，与将军达素，总督李率泰，分出漳州同安，合攻厦门，被成功一鼓击退。成功遂移师至台湾。巧值潮涨风顺，麾舰进鹿耳门，荷人仓卒难支，遂与成功议和，愿即迁让。荷人已去，成功遂入居台湾，与金厦作为犄角。独这张煌言恐他无志恢复，因作书相劝。待了多日，不见回声，乃浮海至台州，到南田岛停泊，入居岛中，暂且慢表。

再说吴三桂留守云南，本没有什么大事，可以安稳度日，他偏欲剿灭明宗，上了一本奏章，这奏叫作"三患二难疏"。他说："李定国、白文选等，托名拥戴，引着溃众，肆扰边境，患在门户；土司易被煽惑，偏地蜂起，患在肘腋；投诚将士，或系念故明，边闻有警，携贰乘机，患在腠理；这便叫作三患。"又说："滇中米粮腾踊，输挽络绎，在在需资，养兵难；安民亦难；这便叫作二难。"总结是："当及时进剿，净尽根株，方得一劳永逸"等语。顺治帝因中原混一，已存一厌世心，不欲再劳兵众，览了此奏，犹在迟疑。朝上一班大臣，都赞成三桂议论，乃命内大臣爱星阿为定西将军，赴滇会剿。爱星阿到滇后，与三桂进兵木邦，擒住白文选，直入缅境。一面传谕缅酋，索献桂王，一面飞报捷声。

顺治帝得此捷奏，料知大功告成，已在旦夕，悠然远念，有心高蹈。只是宫中有位董鄂妃，乃是南中汉人，被虏北去，没入宫内，顺治帝见他身材窈窕，秀外慧中，竟把他格外宠幸，封为贵妃。"回头一笑百媚生，六宫粉黛无颜色"，少年天子，未免多情，为此一缕丝牵，未忍遽辞尘网。这老天偏要成全顺治帝初志，竟降了二竖下来，陪着董妃左右，从此董妃日渐瘦弱，一病不起，膏肓成痼。药石无灵，可怜一朵娇花，竟与流水同逝。顺治帝十分悲痛，辍朝五日，特谕礼部，略称："皇贵氏董鄂妃薨逝，奉圣母皇太后懿旨，宜追封为皇后，以示褒崇。朕仰承慈谕，用特追封，加以谥号，谥曰孝献庄和至德宣仁端敬皇后。"礼部奉旨，办理丧葬事宜，自必格外从丰，无庸细说。这是顺治十七年仲秋事。梧桐弃落，悲翠衾寒，转瞬间霜雪连天，益增伤怛。顺治帝经此惨事，益看破世情，遂于次年正月，脱离尘世，只留重诏一纸，传出宫中。诏曰：

太祖太宗创垂基业，所关至重，元良储嗣，不可久虚。朕子玄烨，佟氏所生，八岁岐嶷颖慧，克承宗祧，兹立为皇太子；即遵典制，持服二十七日，释服即皇帝位，特命内大臣索尼、苏克萨哈、遏必隆、鳌拜为辅臣。伊等皆勋旧重臣，朕以腹心寄托，其勉矢忠荩，保翊冲主，佐理政务，布告中外，咸使闻知。

此诏一传，各王大臣非常惊疑，都说昨日早朝，皇上康健如恒，这么今日会晏起驾来？且遗诏上面，亦并没有说起病源，正是奇怪得很。当下照例哭临，辅政四大臣,及信郡王铎尼,大学士洪承畴等,奉了八龄的新主,即帝位于太和殿,这便是皇三子玄烨嗣位。拟定年号叫康熙,次年改元,尊为清圣祖仁皇帝。后人有清凉山赞佛诗,相传是咏清世祖事,其诗道:

双成明靓影徘徊,玉作屏风璧作台。

薤露雕残千里草,清凉山下六龙来。

诗中有双成及千里草字样,是暗指董鄂妃,清凉山是五台山上一峰,是暗指世祖出家,小子也不能辨别真假,只好作为疑案。顺治朝事已终,下回开篇,要说康熙朝了。

剿灭明宗之策,尸之者洪承畴,成之者吴三桂。二人旧为明臣,何无香火情乃尔?清世祖颇称知足,本欲留片土以存明祀,而洪吴二臣,先后怂恿,箭在弦上,不得不发,其初心固堪共谅也。厥后中原大定,散履尊荣,借过眼之昙花,证前途之觉果,斯正所谓大解脱者。明眼人浏览本章,应知所褒贬矣。

第二十一回

弑故主悍师徼功　除大憝冲人定计

　　却说康熙帝即位,由四位辅政大臣,尽心佐理,首拟肃清宫禁,将内官十三衙门,尽行革去。什么叫作十三衙门? 即司礼监、尚方司、御用监、御马监、内官监、尚衣监、尚膳监、尚宝监、司设监、兵仗局、惜薪司、钟鼓司、织染局便是。这十三衙门中,所用的都是太监,顺治帝在日,曾立内十三衙门铁牌,严禁太监预政,只因衙门未撤,终不免鬼鬼祟祟,暗里藏奸,康熙帝即位,就裁撤十三衙门,宫廷内外,恭读上谕,已自称颂不置。到了元年三月,平西王吴三桂,定西将军爱星阿,奏称:“奉命征缅,两路进兵,缅酋震惧,执伪永历帝朱由榔献军前,滇局告平。”此奏一上,特降殊旨,进封三桂为亲王,镇守如故,命爱星阿即日班师。原来桂王寄居缅甸,本已困辱万分。李定国时在景线,连上三十余疏,迎驾往彼,都被缅人阻住。定国复出军攻缅城,缅人固守不下,忽闻清兵亦来攻缅,只得引还景线。适缅酋巴哇喇达姆摩,弑兄自立,欲借清朝的势力,压服缅人,遂阴使通款清兵,愿执献桂王。三桂应允,限期索献。缅酋遂发兵三千,围住桂王住所,托名诅盟,令从官出饮咒水。马吉翔先出,开了头刀,李国泰作了吉翔第二,接连是走出一个,杀死一个,共死四十二人。惟沐天波与将军魏豹,格死缅人数名,自刎而亡。桂王自知不免,含泪修书,遣人投递清营,交与吴三桂,其辞非常沉痛,详录如左:

　　　　将军新朝之勋臣,亦旧朝之重镇也。世膺爵秩,封藩外疆,烈皇帝之于将军,可谓厚矣。国家不造,闯贼肆恶,覆我京城,灭我社稷,逼我先帝,戕我人民,将军志兴楚国,饮泣秦庭,缟素誓师,提兵问罪,当日之初衷,固未泯也。奈何遂凭大国,狐假虎威,外施复仇之名,阴作新朝之佐? 逆贼既诛,而南方土宇,非复先朝有矣。诸臣不忍宗社之颠覆,迎立南阳,枕席未安,干戈猝至,弘光北狩,隆武被弑,仆于此时,几不欲生,犹暇为社稷计乎? 诸臣强之再三,谬承先绪,自是以来,楚地失,粤东亡,惊窜流离,不可胜数。犹赖李定国迎我贵州,接我南安,自谓与人无患,与世无争矣。而将军志君父之大德,图开创之丰功,提师入滇,覆我巢穴,由是仆渡荒漠,聊借缅人以固我围,山遥水长,言笑谁欢,只益悲矣。既失山河,苟全微息，亦自息矣。乃将军不避阻险，请命远来，提数十万之众，穷追逆旅，何以视天下之不广战？抑天覆地载之中，犹不容仆一人乎？抑封王赐爵之后，犹欲歼仆以微功乎？既毁我室，又取我子，读鸱鸮之章，能不惨然心恻乎？将军犹是世禄之裔，即不为仆怜，独不念先帝乎？即不念先帝，独不念列祖列宗乎？即不念列祖列宗，独不念己之祖若父乎？不知大清何恩何德于将军，仆又何仇何怨于将军也？将军自以为智，适成其愚，自以为厚，适成其薄，千载而下，史有传，书有载，当以将军为何如也？仆今日兵衰力弱，茕茕之命，悬于将军之手矣，如必欲仆首领，则虽粉骨碎身，所不敢辞；若其转祸为福，或以遐方寸土，仍存三恪，更非敢望，苟得与太平草木，同沾雨露于新朝，纵有亿万之众，亦当付于将军矣。惟将军命之！

这封书信，若到别人手中，也要存点恻隐，为桂王顾恤三分，偏这忍心害理的吴三桂，毫不动心，仍檄催缅酋速献桂王。桂王方等三桂复书，忽见缅兵七八十名，蜂拥而入，不问情由，把桂王连人带座，抬了就走，还有桂王眷属二十五人，号哭相随。桂王此时精神恍惚，由他抬着，经过了若干路程，满望是荆蔓葛藤，无情一碧。到了缅都城外，见有大营数座，旗帜分悬，右首是平西大将军字样，左先是定西大将军字样，缅兵从平西大将军营内进去，放下桂王，出营自去。这里自有营兵接住，桂王问此处是那里？营兵道："是清平西大将军吴王爷大营。"桂王道："是否平西王吴三桂。"营兵应了一个"是"字，桂王叹了数声。又见眷属多蓬头赤足，被缅兵押令入营，到桂王前，个个放声大哭。营内走出一员部将，大喝道："王爷出来，休得胡闹！"眷属被他一吓，噤住哭声。

少顷，一位雄赳赳气昂昂的大员，带了数名护卫，缓步出来，对了桂王，一个长揖。桂王见他头戴宝石顶，身穿黄马褂，早料着是大将军模样，恰故意问是谁？人答称"清平西王吴……"说到吴字，停住。桂王道："你便是大明平西伯吴三桂么？"三桂闻得"大明"二字，好象天雷劈顶一般，顿时毛骨俱悚，不由的双膝跪下，颤声道："是。"桂王道："好一个平西伯，果然能干！可惜是忘本了。但事到如今，也不必说，朕正思北去，一谒祖宗十二陵寝，你能替朕办到，朕死亦瞑目了。"三桂仍颤声道："是。"桂王命他起来。三桂即辞归营内，对众将道："我自从军以来，大小经过数百战，并没有什么恐惧，不意今日见这末代皇帝，偏令我局促难安，真正不解，真正不解。"随令部将护着桂王及桂王家眷，簇拥前行，自己邀同爱星阿，拔营归滇。不几日到了云南省城，将桂王拘禁别室，与爱星阿商议处置桂王的法子。爱星阿拟献俘北京，听朝廷发落。吴三桂道："倘中途被劫，奈何？据我愚见，不如奏请就地处决为是。"爱星阿不便抗议，照三桂意拜发奏折。到了四月十四日，奉了清圣祖谕旨："前明桂王朱由榔，恩免献俘，着即传旨赐死。钦此。"三桂立即升帐，传齐马步各军，将桂王及眷属二十余人，都拥到篦子坡法场，令即绞决。桂王也不多说。只有桂王储嗣，年只十二龄，大骂三桂道："三桂黠贼！我朝何负于汝？我父子何仇于汝？乃竟置我死地。天道有知，必下令黠贼善终！"是日，天昏地暗，风霾交作，滇人无不悲悼，改唤篦子坡为迫死坡。

时李定国方联结暹罗、古刺诸国，拟大举攻缅，索还桂王，忽闻缅人已把桂王献与吴三桂，急引兵追截；途次，又闻桂王被弑，望北大哭，呕血数升。兵士见主帅已病，请即退还。回到猛猎，病势日重一日，临危时，尚三呼永历帝，悠然而逝。

定国已死，西陲无遗患，独东南尚有张煌言、郑成功。煌言隐居南田岛，随从只有数人，明知大势已去，无能为力，只是忠心未泯，还与台湾常通音问，屡促成功进兵，不料成功一病身亡，煌言闻讣大哭道："延平一殁，还有何望？"从此深岛屏居，谢绝一切，暇时或著书遣闷，借酒消愁。一日，方在门外闲眺山水，见有数人着了明装，走到煌言面前，瞧了又瞧。煌言方自警诧，但听来人道："君非张煌言先生么？"煌言不便道出姓名，却转问来人。来人道："我等皆故明遗民，因闻先生居此，特来拜谒。先生何必隐匿名姓，难道疑我等为奸细么？"煌言便邀到窟穴，彼此各道姓字，无非是张三李四一流人物。坐谈之顷，满口思明，声声忠义，与煌言说得非常投机，并云："岛口有来舟数号，舟中同志，约数百人，一成一旅，也可中兴，请先生出去一会，订定盟约，共图恢复便是。"煌言热心复明，便随了来人，步至岛口，果见口外泊船数艘，将要上船，舟中突起数人，都是辫发的清兵，煌言始知中他诡计。清兵提起铁索来缚煌言，煌言厉声道："士可杀不可辱！"道言未绝，岸上引诱煌言的来人，即摇手阻住。当下偕煌言上船，乘着风势，到了宁波，复由宁波转达杭州，由清兵上岸，雇了肩舆，抬煌言入署。巡抚赵廷臣下阶迎接，请他上坐，便唠唠叨叨的劝他降清。煌言道："如公厚谊，非不足感，但煌言义不事清，有死无二。任他辩如秦仪，不能摇动方寸，还是早日就死，完我贞心。"廷臣见无可说，便从他志愿，送出清波门，令他就义，把遗骸送入凤凰山中。迄今凤凰山有张苍水先生墓，就是煌言遗冢。

这时候，镇守闽地的耿继茂，复与闽督李率泰，水师提督施琅，借了荷兰国夹板船数艘，攻克金厦二岛，复名思明州为厦门。郑军退保台湾，由成功子经，据守台地，仍奉永历正朔，效节海外。清廷将郑芝龙正法，并其子郑成恩、世恩、世荫等，亦一律斩首。芝龙临刑时，长叹道："早知如此，何必投降。"郑经闻芝龙受刑，痛乃祖之被戮，悲厥考之无成，抢地呼天，枕戈饮血，可奈逼地徒成孤立，衔石不足填波，只得遵晦养时，再作计较。

那时八龄天子，坐享承平，归马放牛，修文偃武，太常纪绩，颁世禄以报功，胜国搜贤，予隆谥以表节。光阴荏苒，已是四年，天子大婚，册内大臣噶布喇女何舍里氏为皇后，龙凤双辉，满廷庆贺。太皇太后与皇太后，各上徽号，虽是照例应有的事情，免不得锦上添花，愈加热闹。只范文程、洪承畴等一班勋臣，先后逝世，朝纲国计，统归辅政四大臣管理。这四大臣中，索尼是四朝元老，资格最优，人品亦颇公正。遏必隆、苏克萨哈勋望较卑，凡事惧听索尼主裁。独这鳌拜随征四方，自恃功高，横行无忌，连索尼都不在眼中，他想把索尼诸人，一一除掉，趁着皇帝冲幼，独揽大权，因此暗中设法，先从苏克萨哈下手，苏克萨哈系正白旗人，鳌拜乃镶黄旗人，顺治初年，睿亲王多尔衮，曾把镶黄旗应得地，给与正白旗，别给镶黄旗右翼地，旗民安居乐业，已二十多年。鳌拜倡议，欲将原地各归原旗，宗人府会议照准，遂命直隶总督朱昌祚，巡抚王登联，会同国史馆大学士苏纳海，经理易地事宜。俗语说道："多一事不如少一事。"这安居乐业的旗民，无缘无故要他迁徙，不免多费财力；况且原地易还，屯庄亦须互换，彼此各有损失，各有困难，自然而然的怨恨起来。苏纳海、朱昌祚、王登联等，俯顺舆情，奏请停止，康熙帝召见四大臣，将原奏交阅。鳌拜怒道："苏纳海拨地迟误，朱昌祚阻挠国事，统是目无君上，照例应一律处斩。"康熙帝问索尼等人道："卿等以为何如？"遏必隆连忙答道："应照辅臣鳌拜议。"索尼亦随即接口道："臣意也是如此。"只苏克萨哈俯首无言。鳌拜怒目而视，恨不将苏克萨哈吞入肚中，转向康熙帝道："臣等所见皆同，请皇上发落！"康熙帝犹在迟疑，鳌拜即向御座前，检出片纸，提起御用的朱笔，写着："苏纳海、朱昌祚、王登联，不遵上命，着即处斩"十七个大字，匆匆径出。索尼等亦随了出来。鳌拜就将矫旨付与刑部，刑部安敢怠慢，即提到苏纳海、朱昌祚、王登联三人，绑出市曹，一概枭首。

　　康熙帝见鳌拜这副情形，遂有意亲政，阴令给事中张维赤等，联衔奏请。贝勒王大臣同声赞成，独鳌拜不发一词。康熙帝又延了年月，直到康熙六年秋季，始御乾清门听政。隔了数日，索尼病逝，鳌拜愈加专恣，苏克萨哈恐不能免祸，遂呈上奏折，略云：

　　臣以菲材，蒙先皇帝不次之擢，厕入辅臣之列，七载以来，毫无报称，罪状实多。兹遇皇上躬亲大政，伏祈令臣往守先皇帝陵寝，如线余息，得以生全，则臣仰报皇上鞠育之恩，亦得稍尽，谨此奏闻。

　　帝览奏，即用另纸写就朱谕道：

　　尔辅政大臣等，奉皇考遗诏，辅朕七载，朕正欲酬尔等勤劳。兹苏克萨哈奏请守陵，如线余息，得以生全，不识有何逼迫之处？在此何以不得生？守陵何以得生？着议政王贝勒大臣会议具奏。

　　此谕一下，鳌拜已经闻知，遂至议政王处运动。这时候，议政王中，要算康亲王杰书，位望较高，然见了鳌拜，亦非常畏惧。鳌拜便授意杰书，教他如此如此，杰书唯唯听命，遂照鳌拜意奏复。康熙帝见了复陈，不觉惊异起来。看官！你道他复奏中是什么说话？他说："苏克萨哈系辅政大臣，不知仰体遗诏，竭尽忠诚，反饰词欺藐主上，怀抱奸诈，存蓄异心，本朝从无犯此等罪名，应将苏克萨哈官职，尽行革去，即凌迟处死，所有子孙，俱着正法"云云。查清朝律例，凌迟处死，乃是大逆不道的处分，苏克萨哈请守陵寝，不过语言激烈一点，如何可加他凌迟，并且还要灭族？康熙帝幼年岐嶷，那有不惊异之理，便召康亲王杰书等，及遏必隆、鳌拜二人入内，说他复奏谬误。鳌拜即上前辩驳，康熙帝道："你与苏克萨哈不知有什么仇隙，定要斩草除根，朕意恰是不准。"鳌拜道："臣与苏克萨哈并无嫌隙，只是秉公处断。"康熙帝道："恐怕未必。"鳌拜道："若不如此办法，将来臣下都要欺君罔上了。"康熙帝道："欺君罔上的人，眼前何曾没有？朕看苏克萨哈，倒还是有些规矩。"鳌拜仍是力请，康熙帝坚执不允。鳌拜不禁大怒。攘臂直前，欲以老拳相饷。康熙帝究属少年，吓得惶恐失色，便支吾道："就要办他，亦不应凌迟处死。"鳌拜抗声道："即不凌迟，也应斩首。"康熙帝战栗不答，还是杰书同遏必隆，参了末议，定了绞决。鳌拜方无言而出。可怜苏克萨哈七载勤劳，竟被权奸构陷，惨死法场。

康熙帝经此一激，到慈宁宫内去见太后，泣述鳌拜不法情状。太后女流，无计可施，只用好言抚慰，究竟圣明天子，别有心思，他向各王邸中，选了百名亲王子弟，年纪多与康熙帝仿佛，一班儿练习武艺，研究拳术，将门之子，骨种不同，不到一年，都学得拳术精通，武艺高强，连康熙帝也得了一点本领。于是康熙帝不动声色，先封鳌拜为一等公，歇了数日，单召鳌拜入内议事。鳌拜欣然前往，到了内廷，见康熙帝端坐上面，两旁站定的，便是一往少年贵胄。鳌拜昂着头，走至康熙帝前。说道："皇上召臣何事！"康熙帝竖起龙目，怒向鳌拜道："你知罪么？"鳌拜毫不畏惧，直答道："臣有何罪？"康熙帝道："你结党树私，妨功害能，罪不胜举，还说无罪！"鳌拜听了此语，恼着性子，忍耐不住，仍旧发作攘臂故态。康熙帝索性激他一激，便道："左右与我拿下！"鳌拜厉声道："那个敢来拿我！"言未毕，一少年应声而出，走近鳌拜，鳌拜即拍面一拳，那少年不慌不忙，把鳌拜拳头接住，喝一声道："去。"鳌拜站立不住，倒退数步。众少年趁这机会，拥住鳌拜，你一拳，我一脚，鳌拜不防这童子军，竟有如许能力，方想极力招架，谁知已被众少年掀翻，打得皮破血流，奄奄一息。康熙帝便召杰书遏必隆入内，痛骂一顿。两人连忙下跪，捣头如蒜，康熙帝便命两人拖出鳌拜，叫他据实讯鞫，不得徇私。这两人魂胆消扬，自然遵旨勘实，奏复鳌拜罪状共三十款。末后有鳌拜为勋旧大臣，正法与否，出自皇上圣裁等语。正是：

当道豺狼遭失势,满城狐鼠亦寒心。

未知鳌拜性命如何,且看下回分解。

吴三桂率军南下,严檄缅人,令献永历帝自劾,此实三桂之一失计,若稍有远识,谁肯悍然不顾,冒大不韪之名?迨缅人献出永历,复手自加弑,彼以为可免清帝之嫌。不知愈中清帝之忌。康熙帝固英断有余,观其不动声色,立除鳌拜。鳌拜能除,宁不能除三桂耶?篇中虽依次叙事。然钩心斗角处,隐其匣剑帷灯之妙。微而显,明而晦,吾于是书亦云。

第二十二回

蓄逆谋滇中生变　撤藩镇朝右用兵

却说清康亲王杰书等，既审问鳌拜，明白复奏，不日，由内阁传下谕旨。其词道：

> 鳌拜系勋旧大臣，受国厚恩，奉皇考遗诏，辅佐政务，理宜精白乃心，尽忠报国。不意鳌拜结党专权，紊乱国政，纷更成宪，罔上行私，凡用人行政，鳌拜欺藐朕躬，恣意妄为。文武官员，欲令尽出其门，内外要路，俱伊之奸党。班布尔善、穆里玛、塞本得、阿思哈、噶褚哈、讷莫，泰壁图等，结为党羽，凡事先于私家商定乃行；与伊交好者，多方引用，不合者即行排陷，种种奸恶，难以枚举。朕久已悉知，但以鳌拜身系大臣，受累朝宠眷甚厚，犹望其改行从善，克保功名以全始终，乃近观其罪恶日多，上负皇考付托之重，暴虐肆行，致失天下之望，过必隆知其恶，缄默不言，意在容身，亦负委任。朕以罪状昭著，将其事款命诸王大臣公同究审，俱已得实，以其情罪重大，皆拟正法。本当依议处分，但念鳌拜效力多年，且皇考曾经倚任，朕不忍加诛，姑从宽免死，着革职籍没，仍行拘禁。过必隆无结党事，免其重罪，削去太师职衔，及后加公爵。班布尔善、穆里玛、阿里哈、噶褚哈、塞本得、泰壁图、讷谟，或系部院大臣，或系左右侍卫，乃皆阿附权势，结党行私，表里为奸，擅作威福，罪在不赦，概令正法。其余皆系微末之人，一时苟图侥幸，朕不忍尽加诛戮，宽宥免死。从轻治罪。至于内外文武官员，或有畏其权势而倚附者，或有身图幸进而依附者，本当察处，姑从宽免。自后务须洗心涤虑，痛改前非，遵守法度，恪共职业，以期副朕整饬纪纲，爱养百姓之至意。钦此。

刑部奉到谕旨，即遵照办理，自是文武百官，方晓得康熙帝英明，不敢肆无忌惮。这事传到外省，别人倒还不甚介意，只有那两朝柱石功高望重的吴三桂，偏觉心中不安起来。事有凑巧，广东镇守平南王尚可喜，因其子之信酗酒暴虐，不服父训，恐怕弄出大祸，遂用了食客金光计，奏请归老辽东，留子镇粤，他的意思，无非望皇上召还，得以面陈一切，免致延搁。适值康熙除了鳌拜，痛恨权臣，见了此奏，即令吏部议复。吏部堂官，早窥透康熙的意思，议定藩王

· 113 ·

现存，儿子不得承袭，尚可喜既请归老，不如撤藩回籍等语。康熙帝遂照议下谕。

吴三桂在云南，日日探听朝廷消息，他的儿子吴应熊曾招为驸马，在京供职，所有国事，朝夕飞报。尚可喜还未接谕，吴三桂早已闻知，当下写了密函，寄到福建。此时靖南王耿继茂已死，由其子靖忠袭封，仍镇守福建地方，得了三桂密书，就照书中行事，上了折子，奏请撤兵。折奏到了北京，吴三桂奏折亦到，大致与靖忠相同。康熙帝召集廷臣会议，各大员多胆小如鼠，主张勿撤；又命议政王及各贝勒议决，也是模棱两可。康熙帝道："朕阅前史，藩镇久握重兵，总不免闹出祸来，朕意还是早撤。况吴三桂子应熊，耿精忠弟昭忠、聚忠等，都在京师供职，趁此撤藩，彼等投鼠忌器，尚不至有变动。"兵部尚书明珠，户部尚书米思翰，刑部尚书莫洛，听到此语，就随声附和起来，不是说圣意高深，就是衷圣明烛照。康熙帝遂准奏撤藩，差了侍郎哲尔旨，学士博达礼往云南，户部尚书梁清标往广东，吏部左侍郎陈一炳往福建，经理各藩撤兵起行事宜。

三桂闻了此信，大吃一惊，暗想道："我去奏请撤藩，乃是客气说话，不料他竟当起真来。"遂密与部下夏国相、马宝计议。马宝道："这乃调虎离山之计，王爷若愿弃甲归田，也不必说，否则当速谋自立，毋再迟疑。"夏国相道："马公之言甚是。但现在且练兵要紧，等待朝使一到，激动军心，便好行事。"三桂便于次日升帐，传齐藩标各将，往校场操演。各部将遵着号令，不敢懈怠。以后日日如此，除夏国相、马宝及三桂两婿郭壮图、胡柱国外，统是莫名其妙。

一日，传报钦使到来。三桂照常接诏，一面留心腹部员款待两使，一面部署士卒，检点库款，宛似办理交卸的样子。整顿已毕，便召众将士齐到府堂，令家人抬出许多箱笼，开了箱盖，搬出金银珠宝，绸缎衣服各类，摆列案前，随向将士说道："诸位随本藩数十年，南征北讨，经过无数辛苦，现今大局渐平，方想与诸位同享安乐，不期朝廷来了两使，叫本藩移镇山海关，此去未知凶吉，看来是要与诸位长别了。"众将士道："某等随王爷出生入死，始有今日，不知朝廷何故下旨撤藩？"三桂道："朝旨也不便揣测，大约总是'鸟尽弓藏，兔死狗烹'的意思。本藩深悔当年失策，辅清灭明，今日奉旨戍边，不知死所，这也是本藩自作自受。只可怜我许多老弟兄，汗马功劳，一旦化为乌有。"说到此处，恰装出一种凄惶的形状；并把手指向案前道："这是本藩历年积蓄，今日与诸位长别，各应分取一点，留个纪念。他日本藩或有不测，诸位见了此种什物，就如见了本藩。罢了罢了，请诸位上来，由我分给！"众将士都下泪道："某等受王爷厚恩，愿生死相随，不敢再受赏赉。"桂见众将士已被激动，随即说道："钦使已限定行期，不日即当起程，诸位还要这般谦逊，反使本藩越加不安。"众将士方欲再辞，忽从大众中闪出两人，抗声道："什么钦使不钦使？我等只知有王爷，不知有钦使。王爷若不愿移镇，难道钦使可强逼么？"三桂视之，乃是马宝、夏国相，却假作怒容道："钦使奉圣旨前来，统宜格外恭敬，你两人如何说出这等言语，真是瞎闹！"马宝、夏国相齐声道："清朝的天下，没有王爷，那里能够到手？"今日他已非常快乐，反使王爷跋涉东西，再尝苦味，这明明是不知报德。王爷愿受清命，某等恰心中不服！"三桂道："休得乱言！俗语说道：'君要臣死，不得不死，'只我前半生是明朝臣子，为了闯贼作乱，借兵清朝，报了君父大仇。本藩因清朝颇有义气，故尔归清，至永历帝到云南时，本藩也有意保全，无如清廷硬要他死，不能违拗，只得令他全尸而亡，把他好好安葬。现在远徙关外，应向永历帝陵前祭奠一回，算作告别，诸位可愿随去么？"众将士个个答应。

三桂入内更衣，少顷，即出。众将士见他蟒袍玉带，竟浑身换了明朝打扮，又都惊异起来。三桂令家人扛了牛羊三牲，带同将士，到永历帝坟前酹酒献爵，伏地大哭。众将士见他哭得悲伤，也一齐下泪，正在悲切之际，不料两钦差又遣使催行。三桂背后跃出胡国柱，拔了佩刀，把来人砍翻。三桂大哭道："你如何这般卤莽？叫我如何见钦使？军士快与我捆了国柱，到钦使前请罪！"众将士呆立不动，三桂催令速捆。马宝上前道："王爷如要捆绑国柱，不如将某等一齐捆去。"三桂道："你们如此刁难，难道钦使不要动气么？"马宝道："两个饮差，怕他什么！"三桂道："钦使不怕，还有抚台，你可怕么？"胡国柱道："不怕不怕，我就去杀他！"众将士道："我等同去！"三桂连忙拦阻，只拦得一半，一半随着国柱忿忿前去。不消多少工夫，胡国柱提着血淋淋的人头，向地下一掷。三桂拾起一看，正是巡抚朱国治的首级，复恸哭道："朱中丞！朱中丞！本藩并不要害你，九泉之下，休怨本藩！"复对众将士道："你等无法无天，叫我如何办理？"众将士同声道："请王爷做了主子，杀往北京便了。"三桂收泪道："当真么？当真可做此事么？"众将士道："王爷系明朝旧臣，复明灭清，乃堂堂正正的事情，如何不可？"三桂道："北兵到来，奈何？"众将士道："火来水掩，将来兵挡，有什么害怕？"三桂道："你等陷我至此，肯为我尽力么？"大家统大呼道："愿尽死力！"这一声，仿佛象雷声一般，震惊百里。三桂率兵回府，急命手下将哲博两钦差擒住，拘禁狱中，写了旗帜，竖起府前。旗上写的是"天下都招讨兵马大元帅吴"十一字。一面赶撰檄文，其文道：

　　本镇深叨明朝世爵，统镇山海关，一时李逆倡乱，聚众百万，横行天下，旋寇京师，痛哉毅皇烈后之崩摧，痛矣东宫定藩之颠跌。文武瓦解，六宫纷乱，宗庙邱墟，生灵涂炭，臣民侧目，莫敢谁何，普天之下，竟无仗义兴师。本镇独居关外，矢尽兵穷，泪血有干，心痛无声。不得已许房藩封，暂借夷兵十万，身为前驱，斩将入关，李贼遁逃，誓必亲擒贼帅。斩首以谢先帝之灵，复不共戴天之仇。幸而渠魁授首，方欲择立嗣君，更承宗社，不意狡虏再逆天背盟，乘我内虚，雄据燕京，窃我先朝神器，变我中国冠裳，方知拒虎进狼之非，追悔无及。将欲反戈北逐，适值先皇太子幼孩，故隐忍未敢轻举，避居穷壤，艰晦待时，盖三十年矣。彼夷君无道，奸邪高位，道义之士，悉处下僚。斗筲之辈，咸居显爵。君昏臣暗，彗星流陨，天怨于上，山岳崩裂，地怒于下。本镇仰观俯察，正当伐暴救民，顺天听入之日也。爰率文武共谋义举，卜甲寅正月元旦，推奉三太子，水陆兵并发，各宜懔遵谕诫！

上首署衔，就是大旗上面的十一字，只是檄文中有推奉三太子一语，他是凭空捏造，说是崇祯帝三太子，留在周皇亲家，当迎他为主，自己权称元帅以便号召。遂以甲寅年为周元年，令军民蓄发易服，改张白帜，择日祭旗出兵。

三桂处置已毕，时已夜深，退入内寝，甫抵寝门，忽一妇人号啕前来，扯住三桂袍袖道："你要杀我儿子了。"三桂一看，乃是继室张氏。原来三桂元配，被李闯所杀，三桂即继配张氏为妻，应熊即张氏所出。后来重得陈圆圆，不甚宠爱继室。三桂嗔目道："死一个儿子何妨，叫我不死便好。"把袖一扯，摔倒张氏，张氏放声大哭。这时陈圆圆早到云南，正在内室，闻得门外吵闹，急移步出来，两面劝解，一面扶起张氏，劝慰一番，令侍女送回正寝，一面迎三桂入卧室，问明原委。三桂将当日情形，叙述一遍，圆圆俯首长叹。三桂问道："爱妃亦以此举为未然否？"圆圆道："妾自出世以来，起初遭家不造，鬻为歌伎，辗转流离，得侍王爷。每忆当年留住京师，为寇所掠，心中尚时常震恐，恐到了今日，安荣已极。妾闻知足不辱，知止不殆，长此奢华，恐遭天忌，愿王爷赐一净室，俾妾茹素修斋，得终天年，实为万幸！"三桂道："我正思创立帝业，册你为后，你却欲净室修斋，令我不解。"圆圆道："自古到今，都为了争帝争王，扰得人民不宁，实在是做了皇帝，一日万几，也是没甚趣味。妾少年时，自顾姿容，亦颇不陋，常有非分之妄想，目今身为王妃，安享荣华，反觉尘俗难耐。为王爷计，到不如自卸兵权，借隐林下，做个范大夫泛舟五湖，宁不快乐？何苦争城夺地，再费心力，再扰生灵？"三桂默然不答。圆圆复再三相劝，怎奈三桂已势成骑虎，不能再下，喟然道："不能流芳百世，亦当遗臭万年。"圆圆知无可挽回，便于次晨起来，向三桂前求一僻室静居。三桂此时心乱如麻，便即应允。当下圆圆即出游城外，见城北一带地方空敞，枕水倚山，中间有一沐氏废园，甚为幽雅，便入园布置，令奴仆等就地整治，作为净修的居室。一住数年，三桂也不去缠扰，别选美人，充了下陈。圆圆毕竟有福，到三桂将败时，一病身逝，三桂命葬在商山寺旁。绝代尤物，到安安稳稳的与世长辞了。

这也不在话下，单说三桂既叛了清朝，号召远近，贵州巡抚曹申吉，提督李本深，云南提督张国柱，亦起兵相应。独云贵总督甘文焜，得了此信，仓猝出贵阳府，带了一子及十余从骑，兼程赶至镇远，调兵守城。偏这兵士不从号令，反把甘文焜围住。文焜先将儿子杀死，然后自刎。兵部郎中党务礼，户部员外郎萨穆哈，正在贵州办差，迎接三桂眷属至京，一闻警信，吓得魂不附体，忙坐上快马，疾忙加鞭，星夜趱行，一口气跑到北京，下了马，闯入午内。守门侍卫，拦阻不住。他二人直到殿下，大声报道："不好了！不好了！吴三桂反！"说到反字，已神昏气厥，扑到阶前。适值早朝未罢，殿上百官下阶俯视，回奏是党务礼、萨穆哈二人，康熙帝即命侍卫将二人扶入。二人尚是神昏颠倒，歇了半晌，方渐渐醒转，开眼一看，乃在殿上。这二人官微职卑，从没有上殿启奏的故例，到了此时，悚惶万状，急忙跪伏丹墀，口称："奴才万死，奴才万死。"康熙帝传旨，叫他据实奏来！二人把三桂造反，抚臣朱治国，督臣甘文焜被杀事，详奏一遍。复称"奴才昼夜疾驰，一路到京，已十二日，只望奏渎天听，不意神魂不定，闯入殿前，自知谬戾，求皇上处重！"康熙帝道："尔等闻警驰报，星夜前来，到也忠实可嘉。只是欠镇定一点，以致如此。朕特赦尔罪，下次须谨饬方好！"两人忙谢恩趋出。

康熙帝问王大臣道："这事应如何办理？"大学士索额图奏道："奴才前日曾虑撤藩太速，致生急变，现在事已如此，只好安抚三桂，令世守云南，当可了事。"康熙帝道："三桂已反，难道尚肯听命么？"索额图道："三桂若不肯听命，请将主张撤藩的人，从重治罪，这也釜底抽薪的一法。"米思翰、明珠、莫洛三人，亦在殿上，听到治罪一语，不觉面如土色。康熙帝道："胡说！撤藩是朕的本意，难道朕先自己治罪，谢这叛贼？"索额图连忙跪伏，自称不知忌讳，该死该死。康熙帝叱退索额图，立命兵部尚书明珠，在殿前恭录上谕，命都统巴尔布，率满洲精骑三千，由荆州驰守常德，都统珠满率兵三千，由武昌驰守岳州，都督尼雅翰、赫叶、席布根特、穆占、修国瑶等，分驰西安、汉中、安庆、兖州、郧阳、汝宁、南昌诸要地，听候调遣。写到此处，外面又递到湖广总督蔡毓荣，加紧急报，也是奏闻云南变事。康熙帝旁顾顺承郡王勒尔锦道："劳你一行，就封你为宁南靖寇大将军，统师前敌！"勒尔锦遵旨谢恩。又顾莫洛道："命你为经略大臣，督理陕西军务！"莫洛亦遵旨谢恩。康熙帝复命明珠，录写三桂罪状，削除官爵，宣布中外；并令锦衣卫拿逮额驸吴应熊下狱。明珠恭录圣旨毕，即奏道："闽粤西藩，如何处置，应乞圣旨明示！"康熙帝道："暂令勿撤可好么？"明珠奉命续录，随即退朝。自是羽檄飞驰，劲旅四出，周太尉发兵泗上，乘传前来，裴节度进捣蔡州，轻车夜至，这一场有分教：

荡荡中原开杀运，隆隆方镇挫强权。

欲知战事如何,请诸君续看下回。

　　自古藩镇,鲜有不生变者。撤亦反,不撤亦反;与其迟撤而养祸益深,不若早撤而除患较易。清圣祖力主撤藩,正英断有为之主。洎乎仓卒告警,举朝震动,圣祖独从容遣将,镇定如恒,且不允索额图之请,自损主威,圣祖诚可谓大过人者。或谓满汉相睚,由圣祖始,不知满人入关,汉人实为之怅,罪在汉人,不在满人。吴三桂为汉贼之魁,天道有知,断不令其长享安荣也。本回叙三桂狡诈,及圣祖英明,非颂圣祖,实病三桂,插入陈圆圆一段,尤足令三桂愧死。

第二十三回

驰伪檄四方响应　失勇将三桂回军

却说吴三桂既据了云贵，逐遣部将王屏藩攻四川，马宝等自贵州出湖南，陷了沅州。三桂闻湖南得胜，复令夏国相、张国柱等，引兵继进。湖南守将，已十多年不见兵革，弓马战阵，统已生疏，此番遇着吴军，个个望风奔窜。吴军直逼长沙，巡抚卢震，即调提督桑额入援，谁知桑额早已逃去。卢震仓皇无措，也只得弃了长沙，奔往他方。清都统巴尔布珠满等，奉命出师，行至途次，闻报吴军已得长沙，惊慌的了不得，逐扎住营寨，逗留不进。于是常德、岳州、衡州、澧州一带，先后失陷，四川巡抚罗森，因王屏藩攻入境内，急就近向湖广乞救，寻闻湖南已经失守，清兵不敢前进，他暗想吴军势大，清兵不能救湖南，那里能救四川？逐召提督郑蛟麟，总兵谭洪、吴之茂等商议。郑蛟麟已受三桂密札，方想动手，到了巡抚署内，逐怂恿降吴，罗森正中下怀，命通款吴军，联络王屏藩，背叛清朝。眼见得四川全省，又为三桂所有了。

耿精忠镇守福建，本与三桂通同一气，至是闻三桂已得湘蜀，欲起兵遥应，是时福建总督范承谟，系三朝元老文程之子，与精忠谊关亲戚，精总也管不得许多，把他拘禁起来；易了汉装，三路出兵，派总兵曾养性出东路，攻打浙江省内的温州、台州，白显忠出西路，攻打江西省内的广信、建昌、饶州，又令都统马九玉出中路，攻打浙江省内的金华、衢州。滇闽粤三藩中，已是两路构变，独尚可喜始终事清，毫无叛志。三桂通书招诱可喜，可喜将来使拘住，把来书呈奏清廷。三桂闻使人被拘，大怒，密谕函致耿精忠，令攻击广东。精忠逐勾通潮州总兵刘进忠，差他进兵图粤，复约台湾郑经，夹攻粤海。中原大震，各地告急本章，象雪片般传达清廷。康熙帝复令贝勒尚善为安远靖寇大将军，出助顺承郡王勒尔锦，由鄂攻湘，贝勒洞鄂为定西大将军，出助经略大臣莫洛，由陕攻蜀，又命安亲王岳乐为定远平寇大将军，出师江西，康亲王杰书为奉命大将军，贝子傅喇塔为宁海将军，出师浙江，另授简亲王喇布为扬威大将军，镇守江南。

诏旨甫下，忽报广西将军孙延龄戕杀巡抚，降顺三桂，康熙帝叹气道："不料孙延龄也是这般。"原来延龄系故定南王孔有德女婿，有德殉难广西，阖门死事，仅遗一女，名四贞，留养宫中，视郡主食俸，及长，嫁与延龄为妻。夫以妻贵，因命他镇守广西，管辖南藩，禄位与滇闽粤三王，相去无几。只是这位孔郡主，仗着自己势力，常要挟制延龄，延龄屡与他反目。三桂起事，密使相招，延龄想背了清朝，免受闺房压制，因此降顺三桂。康熙帝还道是待他厚恩，无端背义，谁知他却是为厚恩所迫，生了异心。

闲文少表，单说康熙帝闻延龄附逆，急封尚可喜为亲王，授可喜子之孝为平南大将军，之信为讨寇将军，会同广西总督金光祖，进讨延龄。四面八方，派遣停当，满望旗开得胜，马到成功，不料湖南、四川、江西、浙江、广西诸省，还没有克复消息，陕西的警报，又纷达北京了。

先是清经略大臣莫洛入陕西境，提督王辅臣，总兵王怀忠，先去迎接。莫洛自以为身任经略，节制全省，要摆点威风出来，镇压军心，见了王辅臣、王怀忠两人，并不用好言抚慰，反责他观望迁延，不即赴敌。辅臣等怏怏退出。莫洛到了西安，西安将军瓦尔喀与莫洛同是满人，两下会叙，颇觉亲热。莫洛发议，欲把提督以下，尽易满员，还亏瓦尔喀谏阻，说是"用兵之际，难易生手"，因此辅臣、怀忠，官职如旧，但心中已未免怀恨了。

莫洛令瓦尔喀出师汉中，自己留守西安。瓦尔喀带了辅臣、怀忠，兼程前进，到汉中，尚无敌踪，遂一路进至保宁。忽有探马来报，敌将王屏藩已出略阳，分扼栈道了。瓦尔喀大惊，与王辅臣等商议行止。辅臣道："略阳一断，水运阻塞，栈道一断，陆运阻绝。我军无饷可运，不战亦困，看来只好急退广元，向经略处催饷，免致意外疏虞。"瓦尔喀依了辅臣的计议，退至广元驻扎，遣人到西安催饷。西安饷道亦断，那里还发得出？待了月余，毫无音响。军中你言我语，互相怨望。瓦尔喀令王怀忠出去劝谕，兵士反哗躁起来，都说没有粮饷，如何打仗？怀忠制服不住，只得回禀瓦尔喀。又令王辅臣出帐抚慰，辅臣甫出帐外，外面顿时大闹，喧声四起，吓得瓦尔喀惊魂不定，身子都发抖起来。幸王怀忠犹有良心，一手扯住瓦尔喀，从帐后逃走。外面的兵士，随辅臣入帐，见瓦尔喀不知去向，也不喧哗了。

辅臣向兵士道："将军已逃，将来劾奏一本，我等都要受罪，奈何？"兵士道："闻得平西王优礼将士，到处传檄，现在不如前去通款，免得受死。"辅臣道："汝等既有此心，我可为汝等成全。吾初意欲事一而终，今事已至此，只得与汝等共生死了。"道言未绝，帐外递进驿报，乃是莫经略出发西安，将到宁羌州，辅臣道："莫洛前来，如何是好？"兵士道："大家上前抵御，杀死这混帐经略，便了事。"辅臣道："既如此，快随我前行。"兵士都踊跃愿从，星夜赶到宁羌，分头埋伏；又在大路中立了虚营，竖着大清旗帜，专等莫洛到来。

莫洛因清廷屡次催战，又遣贝子洞鄂来陕，他想洞鄂一到，我若仍在西安，显是逗留不进，没奈何带兵出城，一步懒一步，一日缓一日。辅臣等得不耐烦，着人催逼,只说是:"保宁兵变,急求援应。"莫洛方催兵趱程。这日正到宁羌,已近日暮,宁羌四面皆山,径路崎岖,树木丛杂。莫洛上冈了望,见山下有清营驻扎,料是辅臣遣来接应,忙令部队向前接进。猛听得一声号炮,伏兵四起,箭弹齐发,统向莫洛军中射来。莫洛忙无头绪,只是率兵前进。他想过了此地,便好与辅臣合军,就使伤折几个人马,也没甚要紧。行出山口,巧遇辅臣前来,莫洛大喜,不防一弹射中咽喉,翻身落马。辅臣杀了莫洛,便大叫道:"降者免死!"莫洛部兵,见无路可逃,只得投降。

贝子洞鄂,方到西安,适瓦尔喀逃回,已知保宁兵变;旋又闻莫洛被戕,那里还敢出来? 忙伤八百里加紧驿报,飞递入京。

辅臣即与王屏藩会合,乘势攻陷各郡。三桂闻陕南得手,发银二十万,犒赏辅臣部下,命与王屏藩分扰秦陇,自率大兵出发云南,赴常澧督战。临行时,其妻张氏复要向三桂索还儿子,三桂乃放出哲、博二钦使,浼他回京复奏,愿与清廷议和。清廷如肯裂土分封,不杀应熊,当即罢兵。哲、博二使唯唯连声,回京去讫。三桂又通使西藏,令达赖喇嘛代为奏陈,大约不外息事罢兵数语。康熙帝连接警报,也焦灼万分;又因哲、博二使复奏,及达赖喇嘛疏陈,越加忐忑不定,复升军士会议。

此时明珠已升任协办大学士,上前奏道:"三桂不除,朝廷断没有安枕日子,乞皇上始终用兵,勿为摇动。"康熙帝道:"朕意亦是如此,可惜各路将士,都不肯用力。"明珠道:"各路将士,受了国恩,亦未必个个无良;但将士固应效劳,军械亦贵精利。奴才闻得西洋人南怀仁,善造火炮,比我国红衣大炮,利害得多,并且非常轻便,可以越山渡水。若令他多制此炮,运到军前.不怕三桂不败。"康熙帝道:"南怀仁么? 是否现任钦天监副官?"明珠应了声。康熙帝忙谕兵部传旨,户部发银,叫南怀仁招募西人,赶紧制炮。明珠又奏道:"三桂子应熊,现已监禁,应即处死,俾各路将帅,晓得天威震赫,不敢观望。就是西藏达赖,亦应严旨申斥方好。"康熙帝便命将吴应熊处绞,及应熊子世霖,亦俱绞死。一面传旨严斥达赖,复向明珠道:"陕西兵变,辅臣附逆,莫洛闻已被戕,恐怕洞鄂亦靠不住。"明珠道:"辅臣子继贞,前曾举发逆札,驰奏来朝,这么今朝甘心附逆。"康熙帝道:"莫非与莫洛有隙么?"明珠道:"继贞尚在京中,请召他一问便知。"康熙帝即令侍卫召入继贞,继贞只道是为父受罪,跪在阶下,身子乱抖。康熙帝见他觳觫情形,反怜恤起来,随问道:"你父与莫洛,是否有隙?"继贞颤声道:"是。"康熙帝道:"你父果与莫洛有隙,朕意还可恕他。"继贞仍答称:"是是。"康熙帝又道:"朕命你持敕招抚,叫你父速即归诚。"继贞不说别话,只接连说了好几个"是"字。明珠向继贞道:"何不谢恩?"继贞被明珠提醒,方碰头道:"谢万万岁隆恩!"康熙帝命他急速动身,继贞还是俯伏谢恩。外面呈进驿奏，乃是甘肃提督张勇，奏称："斩了伪使，附缴伪札。"康熙帝即命张勇为靖逆将军，便宜行事，交来使赍诏回去。康熙帝退朝，王大臣散班，只有王继贞在阶下，还象犬儿一般的伏着；幸得太监通知，方起身趋出，向内阁领了诏敕，匆匆奔回。

且说三桂既到湖南，夏国相等连请渡江北犯，三桂不从，他只望清廷允他要求，画江为国；嗣闻其子应熊被戮，勃然大愤，遂留兵七万，守住岳澧诸水口，又分兵七万，守住长沙及湘赣交界，亲率精骑赴湖北松滋县，遥应西北，拟从陕西绕攻京畿。是时王辅臣已由陕入陇，攻陷平凉、巩昌、秦州一带，烽火四彻。甘肃提督张勇，皆总兵王进宝，急至巩昌阻遏敌军，两边相持不下，忽闻宁夏提督陈福，为标兵所戕，急向清廷告急。清廷遣天津总兵赵良栋，驰赴宁夏，并命大学士都统图海为抚远大将军，任西征事，节制洞鄂以下诸军。图海颇谙兵略，为满大臣中翘楚，因闻王辅臣占据平凉，当即向平凉进发，一面约张勇夹攻。到了平凉，张勇亦率王进宝来会，图海道："王辅臣在平凉，王屏藩在汉中，两人隐为犄角，我军围攻平凉，王屏藩必来相救，现请两将军轻骑入陕，截住屏藩，此处待老夫督兵围攻，不患不胜。"张勇、王进宝奉命去讫。

图海扎住了营，自去相度形势，回帐召集部将，各授密计。是夜严装以待，到了二更时候，闻城内隐隐有号炮声，随率部将出营。不多时，王辅臣开城潜出，率兵到清营前，一听喊杀，突入清寨，不料寨中毫无人影，只有灯光数点，辅臣知是中计，急率军退出，见寨外已布满清兵，好象天罗地网一般。辅臣一马当先，提起大刀，左砍右劈，把清兵冲开两边，剩出一条血路，率军逃走。奔至城下，见有一军前来接应，辅臣一看，乃是虎山墩守兵，忙道："谁叫汝等前来？"守兵答道："适有一卒来报，据言主帅劫营被困，所以特来援应。"辅臣顿足道："吾中图海诡计，看来此城难保了。"部将问明情由，辅臣道："此城保障，全在虎山墩，我故用精兵扼守，不料清兵冒充我卒，调兵离山，他却不费气力，占住此墩，居高望下，城内虚实，都被瞧见，如何能守？"部将道："某等前去夺回便好。"辅臣道："他用心占住此墩，还肯被我夺么？"部将执意要去，辅臣乃派兵五千，前去夺墩，自率兵入城防守。不到数时，果然五千兵只剩一半，踉跄逃回。辅臣忙差人去汉中乞援，数日不见回音，复派兵出城冲突数次，都被清兵杀退。图海分兵断敌饷道，城中益加惶恐。又闻炮声隆隆，流弹飞入城中，守兵多被打伤。辅臣恐兵心溃变，没奈何上城弹压，昼夜不懈。

这日正在巡城，见城下来一清将，叫开城门，辅臣开城延入，通问姓名，乃是参议道周昌，奉抚远大将军命，前来招抚。辅臣踌躇未决，周昌道："将军困守孤城，身处绝地，此时不亟图反正，尚待何时？况圣恩高厚，前曾遣令郎特赦抚慰，格外体恤，将军当早接洽。趁此自返，朝廷决不加罪，将军仍可完名，岂不甚善？"辅臣道："犬子继贞，曾持赦到来，某亦尝具疏谢罪，但至今未蒙赦诏，恐怕一旦归降，仍遭不测。"周昌道："将军如虑及此事，尽可放心。现在抚远大将军，因前日一战，将军能杀出重围，格外爱重，曾嘱某致意将军，倘虑天威不测，愿力为担保，誓不相负。"辅臣道："既如此，请阁下先回！某当遣部将前来订约。"

周昌随出城回营，禀报图海。图海道："现已接得固原捷报，张勇等将王屏藩击退，辅臣内乏粮草，外无救兵，不怕他不降。"到了次日，果然来了谢天恩，由辅臣遣至乞降。图海召入天恩，呈上辅臣书，内称如蒙保全，即愿投诚。图海当即批回。辅臣即开城迎入清兵。图海入城，表闻清廷，并请特颁赦诏，康熙帝自然应允，这也不在话下。

时三桂已到松滋，方遣降将杨来嘉等，进略郧阳，命与王辅臣、王屏藩联络进兵。忽传到王屏藩败报，接连又闻平凉失守，辅臣降清，三桂面色骤变。正惊疑问，有一将匆匆奔入，递上急报，三桂连忙拆阅，乃是留守长沙夏国相乞援，即问道："常澧并没有警信，如何长沙告起急来？"来将道："现因江西军大至，运到西洋大炮数十尊，我军不能抵挡，所以前来告急。"三桂道："江西的耿军，已被清兵杀退么？"来将道："耿军没有什么确实消息，大约总是败仗。现闻江西的清兵，乃是什么安亲王岳乐统带，来攻湖南的。"三桂道："军情如此，看来只好回援湖南，再作计较。"于是拔队回湘，先令胡国柱、马宝火急前进，去守长沙，自率水师顺流而下。途次，闻勒尔锦出虎渡口，尚善入洞庭湖，江湖险要，多被清兵占去，不觉大惊；忙令舟子扬帆飞驶，到了虎渡口，见岸上已无清兵，略略放心；转入洞庭湖，亦没有什么尚善，越加宽慰。原来勒尔锦尚善等，闻三桂回军援湘，早已遁去，因此三桂由江入湖，毫无阻挡。到了长沙，马宝已扎营城外，四围浚掘重濠，布满铁蒺藜。三桂见守法严密，大加奖励。入城见胡国柱，方知夏国相往醴陵御敌，逐命部将高大节，带领精骑四千，往助夏国相，高大节骁勇善战，乃是三桂部下最得用的大将，此番出赴醴陵，又有一番恶战。正是：

> 彼思逐鹿，此愿从龙；不有天甲，谁戡元凶。

未知高大节能得胜否，请向下回再阅。

本回以吴三桂为主脑，耿精忠、孙延龄、王辅臣等，皆旁枝也。然叙辅臣事独详，盖三桂既得湖南，非不欲涉江北上，只因清兵云集荆襄，不得已按兵常澧，待衅而动。王辅臣兵变之日，正有衅可乘之时，若使通道秦晋，潜袭燕京,则荆襄重兵,几成虚设,勒尔锦、尚善辈,又皆庸懦无能,未必能返旆回援。是知辅臣之叛降,实三桂成败之关键。叙辅臣,即所以叙三桂也。阅本回,方见详略之间,自费斟酌。

第二十四回

两亲王因败为功　诸藩镇束手听命

却说高大节到了醴陵，来助夏国相，相见毕，国相道："前时我军已入江西，夺了萍乡县，方思与耿军会合，直攻南昌，不料清安亲王岳乐，杀败耿军，把广信、建昌、饶州等处，都占了去，他又从袁州来攻长沙。我领军至江西阻御，因他有西洋大炮数十尊，很为利害，所以敌他不过，退回醴陵。"高大节道："岳乐前来，江西必然空虚，末将不才，愿带本部兵四千，绕出岳乐背后，公击其前，我掩其后，必获全胜。"夏国相道："此计甚妙！但将军只有四千部兵，恐怕不够，须就我处拨添兵马方好。"大节道："兵在精不在多，从前岳飞只有鬼兵五百，能破金人数万。况部下的兵，已有四千，那里还不够用？"国相大喜，即令大节去讫。

且说清安亲王岳乐，奉命南征，到了建昌，适值闽藩总兵白显忠，攻陷城池，岳乐督攻不下。嗣从北京运到西洋大炮，接连轰城，显忠大恐，弃城遁去，岳乐乘胜克复广信饶州。会清廷命他进攻湖南，遂从袁州进发，遇着夏国相前锋，一阵炮弹，把他击退，乃在袁州休息三日，进攻湖南，一面咨请简亲王喇布，移镇江兵至南昌，在后策应，自是放心大胆，督兵前进。将至醴陵，忽闻流星马来报，敌将高大节，已率兵数万，从间道去攻袁州了。岳乐惊道："袁州是吾后路，若被占领，大有不便，这却如何是好？"部将伊把布道："看来只好催简王爷进守袁州，我军方可前进。若不如此，恐要腹背受敌哩。"岳乐依议，扎住营寨，差人飞咨简亲王。不防前面又有探子前来，报称夏国相从醴陵来了。岳乐急传令回军，霎时大营齐拔，卷旆还辕，约行百余里，天色已晚，见前面有一大山，岳乐便命倚山扎营，待明日再行。这时候军已已懈，巴不得扎营留宿。部署已毕，埋锅造饭，饱餐一顿，正欲就寝，突闻山下炮声响亮，全营大惊。岳乐急命侦骑探望，回报这山名螺子山，山形如螺，树木蓊翳，也不知敌兵多少，只是偏插伪周旗号，岳乐道："山势既如此峭峻，我军不宜上山，速发大炮向山轰击。"营兵得令，就扛着西洋大炮出营。岳乐亲自督放，对着山上，扑通扑通的放着无数弹子。等到烟雾飞散，遥望过去，大周旗帜，仍然如旧。岳乐再命放炮，又是扑通扑通的一阵，山上旗帜，虽打倒了数十面，还有多半竖在那里。岳乐道："不好了，我中了敌计了。"伊坦布惊问缘由，岳乐道："这分明是疑兵，你听山下并没影响，反使我军失却无数弹子。"便止住兵士放炮，命将大炮抬还营内。甫入营，忽山上鼓声乱鸣，矢石齐发，岳乐复出营观望，见山上有一队敌兵驰下，当先一骑，大叫道："岳乐休走！"此时岳乐魂胆飞扬，急上马逃走。营兵见统帅已逃，还有那个去截阵，自然没命的乱跑了。一阵乱窜，自相践踏，竟死了无数人马。连伊坦布也不知下落。西洋大炮，更不必说。

岳乐既逃过了螺子山，天已黎明，惊魂渐定，遂收拾残兵，奔回袁州，满望简亲王喇布，在袁州接应，不料袁州城上，已插了大周旗帜。岳乐正在惊疑，又听城东北角有一片喊杀声音，岳乐忙登高摇望，正是周兵追杀清兵。岳乐捏了一把汗，暗想："此时不上前救应，我军亦没有站足地了。"遂下山部勒队伍，绕城驰救。周兵见后面有清军杀到，只得回马来敌岳乐。岳乐驱兵掩杀，怎奈周兵队里的大将，一枝枪神出鬼没，竟把清兵刺倒无数。岳乐知不能取胜，领兵杀出，望东北而去。那将也不追赶，收兵入袁州城。原来那将正是高大节，他从间道绕出袁州，把袁州城夺下，当下遣了百骑，埋伏螺子山，作为疑兵。他料岳乐回军，必从此山经过，见了旗帜，定要放炮，炮弹已尽，那时回到袁州，可以截击。适值清简亲王喇布，来应岳乐，到了大觉寺，大节即出兵封仗，杀得喇布大败而逃。总算岳乐去挡了一阵，大节方才退回。只是大节部兵，仅有四千，为什么探马报称，恰有数万？这叫作兵不厌诈，大节欲恐吓清军，所以有此诈语。

语休叙烦，且说岳乐迤逦奔回，喇布等还道是敌军追赶，后来见了清帜。方把部兵扎住，与岳乐相会。两下细叙，岳乐始知高大节利害，叹道："此人若在江西，非朝廷福。"言未毕，探报吉安亦已失守。岳乐与喇布道："看来我等只好暂回南昌，再图进取。"喇布已经丧胆，自然依了岳乐，同到南昌去了。

那边高大节既得了全胜，复分兵占据吉安，飞遣人至醴陵、长沙告捷。此时吴三桂已移师衡州，只留胡国柱居守。国柱得了捷报，也自欢喜。不意国柱部下，有副将韩大任素与大节不睦，入见国柱道："大节确是勇将，但恐不能保全始终。"国柱道："你何以见得？"大任道："平凉的王辅臣，非一员勇将么？为什么转降清朝？"国柱道："他前时本是清臣，所以仍旧降清。"大任道："清臣且不怕再降，何况大节？前闻大节在王爷下，常自谓智勇无敌，才力出王爷上，若使清廷遣人招致，封他高爵，那有不变心之理"。国柱道："据你说来，如何而可？"大任献了调回的计策，国柱道："调回大节，何人去代？"大任又做了自荐的毛遂，国柱遂令大任去代大节，大节不服，大任也不与争论，遣人飞报国柱，说他拥兵抗命。国柱大怒，飞檄召回，大节无奈，把军事交与大任，出城叹道："周家气运，看来要断送在他们手中了。"随即怏怏而回。即到长沙，又被国柱痛斥一番。大节愤无可泄,遂致得疾。临危时,函报夏国相,请他注意袁州,末署"大节绝笔"四字。

国相接读来函,大为叹息,急向长沙添兵,拟再进江西略地。忽接江西警信,袁州已失,韩大任退守吉安,不禁顿足道:"大节若在,何至于此?"正欲发兵赴援,适长沙遣马宝、王绪带兵九千来到,国相遂命两人去救吉安。两人行了数日,已抵洋溪下游,隔溪便是吉安城,遥见城下统扎清营,布得层层密密,城上虽有守兵,恰不十分严整。马宝向王绪道:"我看清兵很多,城中应危急万分,为什么城上守兵,不甚起劲?"王绪道:"我们且先开炮,遥报城中。若城中有炮相应,我军方可渡河。"马宝点了点头,便命兵士开炮,接连数响,城中恰寂然无声。马宝道:"这正奇怪!莫非韩大任已降清兵么?"王绪道:"大任害死大节,刁狡可知,难保今日不投降清兵?"马宝道:"他若已经降清,我等不宜深入,还须想个善全的法子。"言未毕,见清营已动,忙道:"不好了!清兵要过河来了。"忙令后军作了前军,前军作了后军。马宝与王绪亲自断后,徐徐引退。行未数里,后面喊声大起,清兵已经追到。马宝令军士各挟强弩,等到清兵相近,一声号令,箭如雨发,清兵只得站住。马宝复退数里,清兵又追将过来,马宝仍用老法子射住清兵。此法用了数回,清兵仍依依不舍,马宝恼了性子,大喝一声,领令回马厮杀。这边清兵,系简亲王喇布统带,喇布本是个没用人物,因见敌军退走,起趁此占些便宜,立点功劳,不防马宝回身酣斗,眼见得敌他不过,即拍马驰回,军士都跟了退去,反被马宝杀了一阵,夺了许多甲仗,从容归去。

喇布仍退到吉安城下,也不敢急攻。城内的韩大任,并未曾投降清兵,只因隔河鸣炮,还疑是清兵诱他出来,所以寂然不动,嗣闻清兵追击马宝,已自懊悔不及,遂于昏夜间开城逃去。喇布还道大任出来劫营,只令部兵守住营寨,由他渡河去讫。康熙帝用了这等庸将,反能逐去敌军,一来是康熙帝洪福齐天,二来是吴三桂恶贯满盈,天道不容,所以转败为胜。

江西略定,浙江亦迭报胜仗,康亲王杰书等,起初到了浙江,亦没有什么得利,幸亏总督李之芳,扼守浙西,连败曾养性、马九玉等军,敌势少衰。无如马九玉固守衢州,之芳累攻不下,曾养性固守温州,杰书等亦围攻无效,清廷屡次诘责,杰书焦急异常,还亏贝子傅喇塔,请移师衢州,与之芳并力合攻,免得兵分力弱。杰书依议,便舍了温州,连夜赶到衢州,与之芳合军攻打。时马九玉拥兵数万,占住衢河南岸的九龙山,保护城池,又分兵万人屯扎大溪滩,保护饷道。傅喇塔复献了截击敌饷的计策,带了精骑,冲破大溪滩敌营。九玉闻饷道被截,急下山来救,巧遇杰书、李之芳两军,渡河过来,九玉欲乘流邀击,偏这清兵连放西洋大炮,伤了九玉兵数百,九玉立足不住,引兵退还。杰书、之芳渡河追杀，九玉急收兵回营，可奈山下密布木桩，前时想阻住清兵，到此反把自己阻住，须要鱼贯而入，不能骤进。清兵又接连放炮，可怜九玉部下的兵，不是折脰，便是断臂。之芳复令兵士纵火，烈烈腾腾的烧将起来，大小木桩，一概燃着，顿时飞焰扑叠，焚去营帐无算。九玉见势不支，忙领了步骑数百，从山后逃下。冤冤相凑，拼着傅喇塔回军接应，数百残兵，不值喇塔一扫，九玉没命的乱跑，走了数里，见喇塔不来追赶，方才停住。检点手下，只剩了三十骑，长叹一声，逃回福建去了。

杰书等立拔衢州，令李之芳回军攻击曾养性，自偕傅喇塔南下，转西攻仙霞关。这时候的耿精忠，方联络郑经，去攻广东，陷潮州、惠州二郡，平南亲王尚可喜，急命其子之孝，趋惠州拦截耿军，不料广西提督马雄，与孙延龄通同一气，来攻高雷二州，总兵祖泽清，又望风迎降。可喜东西受敌，一面向江西乞援，一面促其子之信拒敌。之信本不服父训，至是已隐受三桂伪札，运动部兵，把可喜幽禁起来。也自易帜改服，叛了清朝。可喜气愤已极，呕血身亡。

之信越加猖獗，江西将军舒恕，及都统莽依图，率兵援广州，反被之信用炮击退。总督金光祖，及巡抚佟养巨，亦与之信相连，通款三桂。三桂封之信辅德亲王，命他助款充饷，又遣董重民来代金光祖，冯苏来代佟养巨。这信传到之信耳中，暗想三桂索饷遣款，分明是来箝制，忙与金光祖商议，仍旧背周降清。等了董重民等到粤，把他拘住，率军民剃发反正，西出兵拒马雄，东出兵拒耿精忠。

精忠方拟对敌，闻报清兵已破马九玉，攻入仙霞关，急回军福建，途次，又闻曾养性、白显忠二将，统已降清，不觉魂飞天外。原来李之芳回军浙东，适遇白显忠自江西败回，声言将由浙趋闽，断绝康亲王后路，之芳颇觉惊恐。随营委员陆孔昭入帐禀道："某与白显忠二裨将，素来相识，请前去说降，教他擒献白显忠。"之芳大喜，立命前去。隔了数日，果然把白显忠擒来。之芳召入，当由陆孔昭引二将进来，代为绍介。一姓范名时荣，一姓王名镐，之芳奖慰一番，随后将白显忠推入。之芳下座，亲解其缚，劝他悔过投诚，显忠便即依允。之芳与显忠同到温州，又命显忠入城劝降。曾养性势孤力蹙，那有不愿降之理。看官！你想耿精忠三路出兵，至此尽归乌有，能不进退维谷吗？赶到福州，又闻清兵将到，精忠忙檄令各处总兵严守。檄差回报，建宁延平等郡，已投降清军，漳州、泉州、汀州等郡，已献降郑经，精忠经此一吓，晕绝于地。左右用姜汤灌醒，下泪道："这遭休了！"

坐定后，见府外递进文书，精忠拆阅，乃清康亲王前来劝降。精忠一想，欲要不降，如何抵敌清军？欲要降清，总督范承谟尚在，定要陈他逆迹，将来仍难保全。左思右想，毫无计策，忽想了一条两头烧通之计。一面遣他儿子显祚，赴延平去接清兵,并献出伪总统印,一面将范承谟绞死,省得将逆迹表扬。康亲王杰书,逐进据福州,耿精忠率文武百官属出城迎降,愿随大兵立功赎罪。杰书当将实迹奏闻,同时尚之信亦遣人赴江西,到清简亲王喇布军前乞降,喇布亦据实上奏。康熙帝因三桂未除,不便声罪,仍留耿、尚爵位,命他立功抵罪。

　　于是浙江、福建、广东三省,次第略定,只广西尚在未靖,孙延龄降周叛清时,受临江王封爵,曾瞒住郡主孔四贞。后来被四贞闻知,劝他反正,他却不从。适故庆阳知府傅宏烈,旧被三桂攻奸,谪戍苍梧,此时独招集民夫,力图恢复。莽依图复出师广东,去会宏烈,延龄闻了此信,未免悔恨,又因闽、粤二藩,统已降清,越加着急。踌躇再四,只有请教娘子军一法,当下入见四贞,四贞却满脸怒容,不去理睬。延龄挨至四贞面前,轻轻的叫了几声郡主。四贞道:"你叫我什么?"延龄道:"我从前不听你言,弄错主意,目下危急万分,求郡主记念夫妇恩情,为我解围。"四贞含嗔道:"象你的负恩忘义,还念什么夫妻?我从前再三相劝,叫你不要叛清,你不但一句不听,反从此不入我室,离开了我,去做什么王爷。好好! 你去做王爷去! 我是没福的人,不要再来惹我!"说毕,将身子扭转一边。延龄到了此时,也顾不得什么气节,只得向郡主脚边,跪了下去,一面扯着郡主衣衫,千姊姊万姊姊的哀告。从来妇女的性情,容易发恼,亦容易转软,又况延龄丰姿俊美,与四贞本是一对璧人,两美并头,卿卿我我,只因意见微异,渐致乖离,此次经延龄一番温柔,自然回过心来,便道:"你悔已迟了,叫我如何解围?"延龄道:"我已仍愿降清,但恐皇上罪我,求郡主入京去见太后,暗中转圜,免我受罪,我死亦感激你了。"四贞闻延龄说一死字,顿时泪下。便道:"你是好好儿活着,为什么自去祝死,你既然要我赴京,事不宜迟,我就明日动身。"延龄喜极,忙与郡主料理行装。是夕,就在郡主前极力报效一宵。次日,即送孔郡主北上。

　　事有凑巧,傅宏烈亦致书相劝,邀他共迓清军。延龄答书:"请宏烈先至广东,导达悔意,此外一律遵命。"这等事情,传达湖南,三桂急调胡国柱、马宝二将,速出广东,复嘱从孙吴世琮密计,驰赴广西。世琮倍道前进,径至桂林,仍用给临江王文书,教他前来领饷。延龄正缺饷项,还道三桂未悉彼情,乐得取些饷银,聊救眉急,当即开城出迎。世琮诱他入营,暗中却已布满伏兵,等到延龄入帐,世琮方数他背叛的罪状。延龄即欲退出,被伏兵一阵乱剁,砍成肉泥。世琮入踞桂林,复进占平乐。

　　时清将莽依图,正由广东赴广西,闻胡国柱、马宝奉三桂命,来夺广东,亟回军赴援,适遇于韶州城下,与战不利,退入韶州固守。胡国柱等极力攻扑,莽依图巡视城北,见城堞未坚,令部卒筑起一层土墙,两重守护。果然胡国柱兵,登高发炮，把城堞毁去，惟土墙无恙，城得不陷，莽依图正在焦灼，突闻城东鼓角喧天，回头一望，遥见清兵如飞而至，前面的大纛，绣着"江宁将军"四大字，莽依图趁这机缘，领兵杀出，内外互应，将胡国柱杀退，追斩无算，遂接江宁兵入城。江宁将军，叫作额楚，奉廷命来援广东，巧与莽依图合军，并力杀退胡、马二人，逐留额楚守韶州，莽依图赴广西去讫。

胡国柱、马宝两人，奔回湖南，三桂大谅，又闻清廷命将军穆占，来助岳乐，连拔永兴、茶陵、攸县、酃县、安仁、兴宁、郴州、宜章、临武、蓝山、嘉禾、桂东、桂阳十三城，益自震恐。他却从恐惧的时候，发生一个痴念，竟想做起皇帝来了。小子又发了诗兴，凑成七绝一首，咏吴三桂道：

> 燕北甘招强虏入，滇南又执故皇还。
>
> 君亲陷尽思为帝，可惜皤皤两须斑。

这时候，三桂已六十七岁了。他想势力日蹙，年纪又衰，得做了一番皇帝，就使不能传世，也算英雄收场。遂令军士在衡山筑坛，居然郊天即位，小子暂停一回笔，俟下回再行细表。

陕西入清，三桂已失攻势，至江西复为清有，断湖南之右臂，三桂且不能守湖南，遑言攻耶？闽粤二藩，更不足论。延龄辈尤出闽粤下，小胜即喜，小挫即惧，定能为三桂臂助？三桂即失陕西闽粤诸奥援，其领地自云贵以外，只有四川、湖南，及广西之一部，反欲南面称帝，岂以一称帝号，遂足笼络人心，令诸将乐为之用乎？皇帝皇帝！误尽天下英雄，害尽世间百姓，吾愿自今以后，永远不复闻此二字。本回叙江西事，是记三桂之失势，叙闽粤及广西事，是记三桂之失援，末以称帝作总写，尽三桂一生魔障，炎炎者灭，隆隆者绝，世人可以醒矣。

第二十五回

僭帝号遘疾伏冥诛　集军威破城歼叛孽

却说吴三桂起事以来，已历五年，康熙十三年创建国号，假称迎立明裔，其实称周不称明，早已存了帝制自为的思想。所以战争五年，并没见有什么三太子。到了康熙十七年，竟在衡州筑坛，祭告天地，自称皇帝，改元昭武，称衡州为定天府，置百官，封诸将，造新历，举云贵川湖乡试，号召远近。殿瓦不及易黄，就用黄漆涂染，搭起芦舍数百间，作了朝房。这日正遇三月朔，本是艳阳天气，淑景宜人，不料狂风骤起，怒雨疾奔，把朝房吹倒一半，瓦上的黄漆，亦被大雨淋坏，三桂未免懊恼，只得潦草成礼，算已做了大周皇帝。当下调夏国相回衡州，命他为相，令胡国柱、马宝为元帅，出御清兵。

是时清安亲王岳乐，由江西入湖南，前锋统领硕岱，已攻克水兴。永兴县系衡州门户，距衡州只百余里，胡国柱、马宝等，奋勇杀来，清兵出城抵敌。两下混战一场，清兵不能取胜，仍退入城中。歇了数日，清兵又出城掩击，复被胡国柱等杀回。接连数战，总是周军得胜。原来清前锋统领硕岱，也是满族中一员骁将，只因永兴是周军必争的地方，永兴一失，衡州亦保不住，所以胡国柱等冒死力争，硕岱虽勇，总不能敌，只得入城固守，静待援兵。岳乐闻周军猛攻永兴，即遣都统伊里布，副都统哈克山，前来援应，就在城外扎营，作为犄角。不防马宝分军来攻，个个是踊跃争先，上前拚命，伊里布、哈克山，本没有什么勇力，遇了周军，好象泰山压顶一般，连逃走都来不及。一阵厮杀，两人都战殁阵中。硕岱出城接应，又被胡国柱截住，没奈何退入城内。将军穆占，自彬州发兵来援，因闻伊里布等战殁，不敢前进，只远远的立住营寨。胡国柱三面环攻，止留出城东一角，因有河相阻，不便合围。还亏硕岱振刷精神，昼夜督守，城坏即补，且筑且战。胡国柱又与马宝分军，马宝截住援兵，不能并力攻城，因此城尚不陷。

康熙帝恐师老日久，屡欲亲征，议政王大臣纷纷谏阻，有的说是："京师重地，不宜远离，"有的说是："贼势日蹙，无劳远出，"于是令诸将专力湖南，暂罢亲征的计策。惟这三桂因即位的时候，冒了一点风寒，时常发寒发热，由夏及秋，没有爽适的日子，好汉只怕病来磨。又况三桂年近古稀，生了几个月的病，如何支持得起？到了八月初旬，痰喘交作，咯血频频，有时神昏颠倒，谵语终宵。夏国相领了文武各员，日日进内请安。

这日，国相又复入内，到卧榻前，见三桂双目紧闭，只是一片呻吟声。国相向诸将道："永兴未下，军事紧急，皇上反病势日重，如何是好？"诸将尚未回答，忽见三桂睁开双目，瞪视国相多时，失声道："阿哟！不好了！永历皇帝到了！"寻复闭目惨呼。大叫"皇上饶命！皇上饶命！"国相等闻此惨声，都吓得毛发森竖。只得到三桂耳边，轻轻叫道："陛下醒来！"连叫数声，三桂方有些醒悟，又开眼四顾，见了夏国相等人，忍不住流泪道："卿等都系患难至交，朕还没有什么酬劳，偏这……"说到"这"字，触动中气，喘作一团。国相道："陛下福寿正长，不致有什么不测，还请善保龙体为是。"三桂把头略点一点。国相复请太医入内，诊了一回脉，退与国相耳语道："皇上脉象欠佳，看来只有一日可过了。"国相把眉一皱，也不言语。三桂气喘略平，又向国相道："朕非不欲生，但这冤鬼都集眼前，恐要与卿等长别，未识目前军事如何？"国相道："永兴已屡报胜仗，谅不日可以攻下，请陛下宽心！"三桂道："陕西、广西，有警信否？"国相等答道："没有。"三桂道："卿等且退！容朕细思，到晚间再商。"国相等奉命退出，将到二更，复一同入宫，但觉宫门里面，阴风惨惨，鬼气森森，甫入宫门，见众侍妾团聚一旁，不住的发颤。猛闻三桂作哀鸣状，一声是"皇上恕罪！"一声是"父亲救我！"又模模糊糊的说了数语，仿佛是不忠不孝不仁不义八字。国相等听了半晌，心头都突突乱跳。大家站了一回，三桂似又清醒起来，咳嗽了好几声，侍儿撩起床帐，捧过痰盂，接了三桂好几口血。三桂见帐外有许多官员，命侍儿悬起半帐，国相等复上前请安。三桂道："卿等少坐，待朕细嘱。"国相等告了坐，三桂一丝半气的说道："朕神气恍惚，时患昏晕，自思生平行事，大半舛错，今日悔已无及。长子应熊，也是为朕所害，目下只一孙世璠，留居云南，可惜年幼，朕死后，劳卿等同心辅助！"国相等齐声应命。三桂歇了一歇，又道："湘滇遥隔，朕当亲书遗嘱。"命侍儿取笔墨过来，自己欲令侍儿扶起，可奈浑身疼痛，片刻难支，复睡下呻吟一回。国相便请道："陛下不必过劳，臣可恭录圣谕。"三桂点头，国相便展笺握管，待了许久，三桂一言不发，仔细一看，已自晕了过去。国相即命众侍妾上前调护，自率百官出了宫门。好一歇，复偕太医同入宫中，但听宫内已动了哭声。国相忙对大众摇手，大家方把哭声止住。国相复目示太医，令太医临榻诊视，诊毕，太医道："皇上此时，不过稍稍痰塞，还未晏驾，大家切勿再哭！"言毕，即匆匆退出。国相命侍儿放下御帐，朝夕守护，只是大忌哭声。众侍妾莫明其妙，只得唯命是从。

国相退出宫外，忙令人召回胡国柱、马宝。胡马二人，自永兴急归，由国相延入，屏去左右，密语二人道："主上已晏驾了。"胡马二人，大吃一惊，问道：

"何时晏驾?"国相道:"就在昨夜。主上命太孙世璠嗣立,我已貪夜令人去迎,并命宫中秘不发丧。主上遗嘱,要我等同心辅助,还请两公遵旨。"胡马二人,自然答应。国相又道:"我前时劝先帝疾行渡江,全师北向,先帝不从,今日敌兵四合,较前日尤觉困难,依我愚见,只好仍行前计,越是拼命,越不会死,越是退守,越不得生。不但云南、贵州可以弃去,连湖南也可不管,目前只有北向以争天下。陆军应出荆襄,会合四川兵马,直趋河南,水军顺下武昌,掠夺敌舰,据住上游。那时冒险进去,或可侥幸成功,二公以为何如?"马宝道:"这且不可!先帝经过百战,患难余生,尚不肯轻弃滇黔,自失根本,目下先帝又崩,时事日非,那里还可冒险轻举?况滇黔山路崎岖,进可战,退可守,万一为敌所败,还可退据一方。"国相不待马宝说毕,便叹道:"我能往,寇亦能往,恐怕敌兵云集,就使重谷深岩,也是保守不住。"马宝还欲争辩,夏国相道:"现在且暂主保守,俟有机会,再图进取。"国相默然。

过了数日,世璠已到衡州,就在衡州即位,国相率百官叩贺,议定明年为洪化元年,随发哀诏,颁布国丧。胡国柱等因新帝尚幼,不宜久居衡州,仍令随员郭壮图、谭延祚等,迎丧扈驾,还处云南。郭壮图等挈了世璠,回滇而去。

清兵闻三桂已死,人人思奋,个个图功,安亲王岳乐、简亲王喇布,统率大兵入湖南,克复岳州常德,顺承郡王勒尔锦,驻扎荆州,已好几年,此时亦胆大起来,渡过长江,攻取长沙。千军万马,直逼衡州,任你夏国相足智多谋,胡国柱、马宝冲锋敢战,也只得弃城遁走。广西巡抚傅宏烈,与将军莽依图,又攻破平乐,进复桂林,吴世琮败死陕西。大将军图海,偕提督王进宝、赵良栋,攻破汉中,连拔保宁,王屏藩穷蹙自杀,王进宝、赵良栋复乘胜入川。川地自归三桂后,只担任周军粮饷,未见兵革,忽闻王赵二将,率军杀来,逃的逃,降的降,成都一复,川西川南,势如破竹,迎刃而下。于是吴世璠所有的地方,只剩得云贵两省了。

康熙帝迭接捷报,把亲征的议论,原是搁起不谈,且因康亲王杰书,安亲王岳乐,在外久劳,召还京师。复逮回顺承郡王勒尔锦,简亲王喇布,贝子洞鄂,贝勒尚善,都统巴尔布珠满,将军舒恕等,说他劳师糜饷,误国病民,一律治罪。另命贝子彰泰为定远平寇大将军,代岳乐后任,自湖南趋云贵,又以云贵多山,当令步兵绿营居前,满骑居后,特授湖广总督蔡毓荣为绥远将军,节制汉兵先进。另授赵良栋为云贵总督,统川兵进搗,贝子赖塔为平南将军,统闽粤兵进攻。三路大兵,浩浩荡荡,统向云贵进发。彰泰既到湖南,与蔡毓荣相会,督兵进攻枫木岭,击死守将吴国贵,进攻辰龙关。径狭箐密,只容一骑,夏国相等自衡州败还,留胡国柱守在隘口,一夫当关,万夫莫入。相持数月,彰泰焦急起来,悬了重赏,招募敢死士卒,潜逾峻岭,绕入关后,袭破国柱营寨。国柱败走,

退至贵阳,这枫木岭与辰龙关,系是由湘通黔的要隘,二隘既破,清兵由险入夷,勇往直前。忽又接到清廷诏旨,略道:

军兴数载,供亿浩繁,朕恐累民,不忍加派科敛,因允诸臣条奏,凡裁节浮费,改折漕贡,量增盐课杂税,稽查隐漏田赋,核减军需报销,皆用兵不得已之意,事平自有裁酌。至满洲、蒙古、汉军,久劳于外,械朽马毙,朕深悉其苦,其迅奏肤攻,凯旋之日,所有借贷,无论数百万,俱令户部发币代还。朕不食言,昭如日月,其宣示中外,咸使闻知。

此诏一下,军士格外效命,遂自平越趋贵阳。胡国柱出战不利,退守数日。清兵用西洋巨炮,连日轰放,城陷数丈,清兵一鼓而上。国柱又弃城遁去。蔡毓荣率兵径进,彰泰暂屯贵阳,分兵复遵义、安顺、石阡、都匀、思南等府。别命提督桑格,进攻盘江。盘江守将李本深,毁去铁索桥,向后退走。桑格招土官速搭浮桥,允给重资。土司齐集江边,争来搭造,众擎易举,一夕便成。桑格率兵渡过对岸,急追李本深,本深还是慢慢退去,只道清兵筑桥,断没有这等迅速,谁知清兵已经追到,吓得本深心胆俱碎,忙下了马,匍匐乞降,总算蒙桑格收受了。

这时候,蔡毓荣进兵黔西,直指平远,夏国相自云南调集劲旅,练成象阵,与王会、高起隆同至平远城抵御。平远西南多山,国相令部兵依山扎营,掩住象阵,专候毓荣到来。毓荣仗着战胜的锐气,驱兵大进,路上毫不停留,既到平远,见山下敌营林立,便上前冲突,国相令营兵坚壁勿动。待清兵冲突数次,锐气少懈,然后发了密令,把营兵分开左右,推出象阵。毓荣急令兵士发炮,怎奈兵士已心慌意骇,脚忙手乱,炮未燃着,象已冲来,那时只雇保全性命,还有何心放炮?兵士逃得快,象愈赶得快,顷刻间倒毙无数,尸如山积,毓荣也没命的逃去,直退了三十里,方收拾残兵,扎住了寨。

隔了两日,复进军十里立营。又次日,复进军十里。兵士都怕象阵利害,未敢前进,只因军令如山,不得不硬着头皮,勉强上前,是夕,毓荣升帐,召诸将听令。将士还道又要出战,个个胆战心惊,到了帐下,但见毓荣向诸将道:"云南多产野象,从前敬谨亲王尼堪,为象阵所迫,身殁阵中,我前次失记,中了敌计,为他所败,部下多遭惨死,今已有计破他象阵,众将应同心敌忾,为我弟兄们复仇。"诸将听得有破敌的谋划,又复鼓舞起来,一齐喊声得令。毓荣又道:"野象非人力可敌,当用火攻的计策,今夜先在营外密布火种,待明日前去诱敌,引了敌兵至此,纵火烧他,象必返奔,转为我用,乘此追杀,必得全胜。"诸将遵令自去,分头布置。

次晨,毓荣手执红旗,督兵进战,国相等开营接仗,约战数合,又把营兵两旁分开,毓荣即掉转红旗,望后急走。国相又驱出象阵,猛力追赶,毓荣佯作惊慌之状，令兵士四散奔窜。敌军恃有象阵，只望前追，约行十里，不防火种骤发，势成燎原，那些野象，已有好几只跌入火坑，余象都向后返奔，反冲动敌军本队。国相知是中计，忙令军士分列两旁，让各象奔过，勒兵再战，怎奈军心已经恐慌，队伍不免错乱，这边蔡毓荣又合兵杀来，顿时全军溃窜，国相无法阻住，令王会、高起隆率军先走，自领精骑断后，一边且战且走，一边且追且击。毓荣又传令穷追，把国相逐出贵州境界，方才收军。从此吴世璠又失贵州了。

且说贝子赖塔，自广西攻云南，令傅宏烈在后策应，是时马雄已死，其子马承荫降清，留守南宁，部下多桀骜不驯，仍有变志。宏烈奏请马军随征，免为内地患，未接复旨，不料为承荫所闻，邀宏烈亲往部勒。宏烈即行，部将多说承荫狡悍，不如勿去。宏烈道："承荫已降，奈何疑他？"径领数十骑往南宁。承荫率众出迎，格外恭顺。宏烈偕承荫入城，城门陡阖，伏兵齐起，竟将宏烈拿下囚送云南。吴世璠劝宏烈降，宏烈大骂道："尔祖未叛时，我即劾奏，早知尔家必要造反，我恨不早灭尔家，难道还肯从你么？"世璠命左右将宏烈处斩，宏烈骂不绝口而死。此信传到赖塔军中，赖塔急檄莽依图攻南宁，承荫也率象阵迎敌。亏得莽依图已闻蔡军消息，也照毓荣计策，击败承荫。承荫入城拒守，莽依图围攻数日，总督金光祖，亦率兵前来，两下合军攻破南宁。活擒承荫，解京磔死。

广西已定，赖塔遂一意进攻，与蔡毓荣军相遇，直趋云南。贝子彰泰继进，沿途相率迎降。各军至归化寺，距云南只三十里，世璠惶急万状，方拟遣夏国相等，再出拒敌，忽报赵良栋由川赴滇，乃令夏国相、胡国柱、马宝等，移阻赵军，别命郭壮图领步骑数万迎战三十里外。郭壮图向守云南，未尝御敌，至是亦驱野象数百头，列为前军。部将武安时谏道："夏国相曾用象阵，为敌所败，驸马何故复循覆辙？"郭壮图道："夏国相贪功追敌，是以致败，吾不过令象冲锋，并非靠象追敌，有何不可。"于是直赴归化寺，与清兵接仗。清贝子彰泰在左，赖塔在右，两路夹攻，郭壮图率军死战，自卯至午，五却五进，蔡毓荣见不能取胜，忽生一计，纵火焚林，林中烈焰上腾，吓得众象纷纷乱窜。彰泰、赖塔，乘势掩击，郭壮图只得败走。

清兵遂进逼云南省城，世璠复调夏国相等回救，赵良栋又尾追而来。孤城片影，四面楚歌，吴世璠保守五华山，饬健卒乞师西藏，又被赵良栋查获，眼见得围城援绝，指日灭亡。夏国相、马宝、胡国柱、郭壮图等，明知灭亡不远，只因身受遗命，以死自誓，两旁复血肉相薄，延续数月。到康熙二十年十月中，城中粮尽，军心遂变，南门守将方志球，阴与蔡毓荣相通，放蔡军入城，由是诸军齐进，胡国柱急来拦阻，一炮飞来，正中面颊，立即毙命。夏国相、马宝犹督兵巷战，被清兵围裹，大叫："降者免死。"部兵遂倒戈相向，把夏国相、马宝都戳下马来,擒献清军。蔡毓荣即驰上五华山,守将郭壮图自杀,余兵统已溃散,当即冲入世璠住所,见世璠已悬梁自尽,侍女等一齐下跪,哀乞饶命。毓荣约略一顾,忽觉侍女中间,有两人生得非常美丽,泪容满面,犹自倾城。毓荣把他细问,方知是三桂遗下的宠姬,便命军士好生保护,不得有违。正嘱咐间,将军穆占亦率兵进来,听见毓荣嘱咐的言语,忙道:"蔡将军不要独得,须留一个与我。"毓荣无法,遂将一美姬分与穆占,一美姬带出自用。随后诸军齐到,争取子女玉帛,只赵良栋严禁部下掳掠,仅取藩府簿籍,留献京师。捷报传达清廷,下旨析三桂骸骨,颁示海内。世璠首级及夏国相等,解送北京。后来夏国相、马宝等,尽被凌迟处死。吴氏遂亡,小子又有一诗道:

> 滇南一破籍长沦,天定由来竟胜人。
>
> 假使吴宗能永古,人生何必重君亲。

　　滇藩已灭,还有闽粤二藩,尚在未撤,究竟作何处置,且俟下回再说。

　　三桂称帝之日,天大风雨,虽属适逢其会,要不可谓非天怒之兆。称帝以后,未几遘疾,曩昔冤厉,丛集而来,此亦作者烘托笔墨,然固一神道设教之苦心也。三桂已死,大局瓦解,作者故作简笔,一一收束,愈见灭亡之速。三寸不律,缭绕烟云,忽如万岫迷蒙,忽如长空迅扫,不可谓非神且奇云。

第二十六回

台湾岛战败降清室　尼布楚订约屈俄臣

却说诸清将歼灭滇藩，陆续班师，到了北京，闻尚之信、耿精忠，亦已逮到治罪。原来尚之信归命后，清廷屡促出师，他只逗留不进，及三桂已死，始从征广西，驻军宣武，会之信弟之孝，谋袭藩位，遣藩下人张士选赴京告密。清京遂遣侍郎宜昌阿等，驰往按问，当由都统王国栋出证罪状。之信闻知，自广西驰归，袭杀国栋。宜昌阿便檄粤军，擒归之信，有旨赐死。之孝亦坐罪革职。耿精忠亦为诸弟所劾，召至京师，交部议罪。大学士明珠，首言精忠应加极刑，遂把精忠磔死。惟孙延龄妻孔四贞，为太后义女，且劝夫反正，先至京师声明，有旨实封郡主，禄赡终身。于是大赦天下，诏户部发帑代偿宿负，并减免用兵各省赋税，特下一道明谕道：

当滇逆初变时，多谓撤藩所致，欲诛建议之人以谢过者。朕自少时，见三藩势焰日炽，不可不撤，岂因三桂背叛，遂诿过于人？今大逆削平，疮痍未复，其恤兵养民，与天下休息。

三藩已平，中国本部十八省，及关东三省，都属大清版图，真成了浩荡乾坤，升平世界。独有台湾郑经，抗志海外，偏不受清朝命令。先是精忠叛清时，与经同攻广东，精忠归闽降清，汀州、泉州、漳州等郡，皆为经所据。精忠与清亲王杰书，合军攻经，收复各郡。经退守厦门，嗣复令部将刘国轩等，分路入犯，攻陷海澄，围攻漳泉，巡抚吴兴祚，与将军赖塔，出兵泉州，总督姚启圣，与提督杨捷，出兵漳州，郑军始退。只海澄仍为国轩所据，湖南水师万正色，督率战舰二百艘，由海赴闽，与兴祚、启圣等，水陆夹攻，遂复海澄，并夺回金厦二岛。郑经及国轩，仍退据台湾。将军赖塔意欲招抚郑经，省得再来缠扰，遂着人致书郑经道：

自海上用兵以来，朝廷屡下招抚之令，而议终不成，皆由封疆诸臣，执泥削发登岸，彼此龃龉。台湾本非中国版籍，足下父子，自辟荆榛，且春怀胜国，未尝如吴三桂之僭妄，本朝亦何惜海外一弹丸地，不听田横壮士，逍遥其间乎？今三藩殄灭，中外一家，豪杰失时，必不复思嘘已灰之焰，毒疮痍之民。若能保境息民，则从此不必登岸，不必剃发，不必易衣冠，称臣入贡可也。不称臣，不入贡，亦可也。以台湾为箕子之朝鲜，为徐福之日本，与世无患，与人无争，而沿海生灵，永息涂炭，惟足下图之!

郑经得书，复请如约，只要把海澄县作为互市公所。赖塔倒也有意允许，不意总督姚启圣，偏说出许多后患，坚持不可。一场和议，化作飞灰。

郑经有子数人，长子克𡒉，最贤，颇知礼贤下士，经连年出外，一切国事，都交克𡒉管理，并不闻有什么失政。只克𡒉乃是乳婢所生，并非嫡出，家人统看他不起，不过郑经爱宠克𡒉，又无过可摘，只得大家隐忍。嗣郑经连为清军所败，退归台湾，郁郁不得志，乃效战国时信陵君故事，日近醇酒妇人，藉消愁闷，那里晓得酒能伐性，色足戕身，天下没有流连酒色的人，能延年益寿，不到一二年，酿成一种头昏目眩的病症，日渐加重，竟致不起。遗言命克𡒉嗣位，奈家人素来轻视克𡒉，群小又惮他明察，合力构谋，不怕克𡒉不死。侍卫冯锡范甘作祸首，勾通内外，此时成功妻董氏尚存，听了左右谗言，平白地将克𡒉缢死，拥立郑经次子郑塽为主，袭爵延平郡王。克塽幼弱，不能理事，诸事统由冯锡范决断。锡范骄横不法，大失人心。谍报传入内地，闽督姚启圣非常得意，想乘此吞灭台湾了。

姚启圣系浙江会稽人，少年时已胆大敢为，后来从征有功，康亲王杰书，竭力保奏，竟擢为福建总督。福建迭遭兵燹，十室九空，康亲王收服耿藩，驱逐郑氏，表面看是平靖，内容实是撩乱。当时闽中住着一王，一贝子，一公，一伯，及将军都统各员，都带着皇室禁旅，满洲健儿。这班兵士，吃了百姓的粮米，占了百姓的房屋，还要百姓的子弟，给他当差，百姓的妻女，畀他侍寝，可怜这等小百姓，敢怒而不敢言。到了康亲王奉旨班师，兵士们掳去金帛，不可胜计，还有眉清目秀一班俊仆，娇娇滴滴的一班妇女，兵士不肯舍去，也要把他带回。姚启圣假义行仁，面请康亲王下令禁止，暗地里设法偿还，计捐金二十万两，拨还难民二万多人，因此闽人感激异常，多摆着长生禄位，供奉这位总督姚公。启圣暗想，人民已受笼络，功劳还是寻常，总要做一件大大的事业，方不愧为清家柱石。适值台湾内乱，立即奏了一本，说是台湾主少国危，时不可失。康熙帝便令王大臣会议，内阁学士李光地请即照准，康熙帝遂降旨准奏。启圣复力保降将施琅，材可大用，得旨授施琅为福建水师提督，加太子太保衔。

施琅本郑氏旧将，习知海上险要，到任后，日夕督操，练成水师军二万，分载战船三百艘，指日攻打台湾。会彗星出现，尚书梁清标，及给事中孙蕙，疏陈天象告警，不宜用兵，有诏暂停进剿。施琅力主出师。朝议又迁延数月。到康熙二十二年，因施琅屡次上奏，遂如所请。台湾在福建东北，姚启圣欲候北风进取台湾，施琅独请乘南风先取澎湖。且言："澎湖不破，台湾无取理，澎湖失，台湾不战自溃。"遂疏请力任讨贼，留督臣在厦门济饷。康熙帝又言听计从，于是施琅遂进兵澎湖。守将刘国轩四面筑垣，环列火器，把澎湖守得格外严密。施琅遣游击蓝理为先锋，乘潮进薄，自乘楼船继进。国轩令守兵连放火炮，间以矢石，自昼至夜，相持不下。忽然飓风大起，波如山立，战船随流簸荡，支撑不住。国轩驾船而出，直冲楼船，施琅急督兵迎敌，猛被一箭射来，正中琅目，琅不禁失声，几乎跌倒。幸亏总兵吴英，见主帅受伤，一面令亲卒保护施琅，一面率军士力战，炮矢齐发，射退国轩，大风亦渐渐平息，两边鸣金收兵。

次晨，施琅定计分攻，力惩前创，命总兵陈蟒，率五十艘攻鸡笼屿，总兵魏明，率五十艘攻牛心湾，自督五十六艘分作八队，直捣中坚，仍用蓝理为先锋。另具八十艘为后应。国轩见清军继出，正拟坚守，仰见东南角上，微云渐合，立命发兵。部长曾遂道："施琅再来，必惩前辙，我军不如固守为是。"国轩道："今日必有大风，正可一鼓歼敌，何为不出？"曾遂问道："主帅何以知有大风？"国轩以手指东南角，示曾遂道："汝在海上多年，难道不知海上气候，云合风生，雷鸣风止么？"曾遂喜跃而出，率领战舰，先来迎敌。适遇一清舰驶至，舟上大书蓝理二字，曾遂知清军前锋已到，喝令水兵接仗。此时正值盛暑，蓝理裸着半体，立在船头，两手执着双刀，先把敌兵劈下了数十个，敌兵见蓝理凶猛，各执长枪刺来，蓝理将双刀乱削，削断枪杆无数，又砍了好几个敌兵。自身也着了十多枪。陡遇一弹飞来，掠过蓝理肚腹，蓝理向后而倒。那边曾遂大呼道："蓝理死了！"突见蓝理跃起，持刀大吼道："蓝理尚在，曾遂死了！"复连呼："杀贼杀贼！"震声如雷。施琅闻蓝理被伤，急率军舰上前，见蓝理腹破肠出，鲜血淋漓，忙令蓝理弟蓝瑗、蓝珠，翼蓝理下了小舟，掬肠入腹，裹好创处，载回营中。

说时迟，那时快，国轩已联樯而来，接应曾遂，奋力相扑。施琅命各队分列，人自为战，枪戟并举，箭弹互施，真杀得天日无光，风云变色。突然间天空中一声霹雳，响彻海滨，国轩不胜骇愕，曾遂以下诸将士，都相顾失色，军心一乱，那里还愿抵敌？眼见得败阵退还。清军乘势掩杀，焚毁敌舰百余艘，毙敌兵万余名，国轩仓卒退至牛心湾，遇清将魏明杀来，不敢抵挡，另走鸡笼屿，又遇着清将陈蟒，前后左右，统是清兵，没奈何逃奔台湾去了。

施琅乘胜至台湾，舟泊鹿耳门，胶浅被搁，敌舰复来攻击。施琅连忙对仗，火箭火弹，互掷一阵，怎奈敌兵如蚁而来，施琅舟不能动，被他四面围住。正紧急间，蓝理摇舟来救。敌大惊，相率披靡。蓝理左手执盾，右手执刀。跃上敌船，连斩巨魁十余人，敌兵凫水遁去。乃请施琅易舟，琅执理手，并问创疾。蓝理笑道："主帅有急，就使创裂至死，亦顾不得许多。"遂与施琅轰击郑军，郑军退去。

次晨，海上大雾迷蒙，潮高丈余，施琅、蓝理等鼓舟而入，国轩方在岛上督守,见清军随潮进来,推案起立,叹道:"闻先王得台湾,鹿耳门潮涨,今又这般,岂非天数么?"遂遣使迎降,缴出延平郡王招讨大将军印,献出台湾版籍。自顺治十八年,成功据台湾独立,二十三年而亡。

施琅遣人由海道告捷,七日至京,康熙帝大喜,封施琅为靖海侯,命克塽等入都,授克塽海澄公,刘国轩、冯锡范亦封伯爵。遂于台湾辟地垦荒,设一府三县,隶属福建省。自是清朝威力,远达海外,琉球、暹罗、安南诸国都,遣使朝贡,连欧洲的意大利、荷兰等国,亦通使修好,请开海禁,求互市。廷议准海滨通商,设粤海、闽海、浙海、江海四关,置吏榷税,这就是沿海通商的基础,小子且按下慢表。

且说中国北方,有个俄罗斯国,元朝时,已被蒙古兵灭掉大半,到了元朝衰微,俄罗斯又渐渐强盛起来,把蒙人尽行驱逐,独霸一方。满清初兴,遣兵略黑龙江,俄罗斯亦发远征军,越外兴安岭,到黑龙江北岸。会清兵入关,无暇远略,俄将喀巴罗领了几百个俄兵,将黑龙江北岸的雅克萨城占据了去,用土筑城,屯兵把守,复分兵下黑龙江,被清都统明安达礼及沙尔呼达,先后击退,只是雅克萨城占据如故。

康熙二十一年,三藩削平,海内无事,康熙帝想驱除俄人,略定东北,先差副都统郎坦,托名出猎,渡过黑龙江,侦探雅克萨城形势。郎坦回奏俄兵稀少,容易扫除,康熙帝乃决意征俄,预命户部尚书伊桑阿,赴宁古塔督造大船,并筑造墨尔根、齐齐哈尔两城,添置十驿,以便水陆通饷。又遣萨布素为黑龙江将军,筹划战备,令蒙古车臣汗,断绝俄人贸易。二十二年,俄将模里尼克,率哥萨克兵六十多人,自雅克萨城出发,直到黑龙江下流。适逢清船巡弋,一鼓而起,把六十多个哥萨克兵,尽行拿住。模里尼克没有飞毛腿,自然一并捉来,送到齐齐哈尔拘禁。

二十三年,清兵至雅克萨城劝降,俄兵不从。

二十四年,清都统彭春,率水陆两军北征,陆军约万人,随带巨炮二百门,水军五千人,战舰百艘,从松花江出黑龙江,齐集雅克萨城下,俄将图尔布青严行拒守,部下兵只四百多名,彭春令他把城退让,引兵归国,图尔布青恃着骁勇,不肯听命,清兵始用巨炮轰城,图尔布青开城接战,以一抵十,以十抵百,倒也一番鏖斗,怎奈众寡悬殊,究不相敌,只得弃了土城,退至尼布楚。彭春令军士将土城毁去,率兵凯旋,谁知到了次年,图尔布青偕了陆军大佐伯伊顿,又到雅克萨地,筑起土垒,驻兵守御。彭春复引兵八千,运大炮四百门进攻,图尔布青令伯伊顿守住土垒,自率部兵抵死拒战。他手下不过四百多人,前次伤亡了数十名,只剩得三百多人,他独能与八千清兵往来冲突,清兵围住了这边,他冲到那边,围住了那边,复冲到这边。彭春焦躁起来,督令开炮。图尔布青还不管死活，来夺炮具。轰的一声，图尔布青中弹倒毙，俄兵方逃入垒中。

伯伊顿部，下，亦只一二百名，同了图尔布青部下遗兵，死守不去。清兵放炮轰垒，他却掘了地洞，令部兵穴居躲弹，弹来躲入，弹止钻出，垒有残缺，随时修补，弄得清兵没法。适荷兰公使在都，自称与俄罗斯毗邻，愿作居间调人。康熙帝遂命荷兰使臣，遗书俄国，责他无故寇边。旋得俄皇大彼得复书，略言："中俄文字，两不相通，因致冲突。现已知边人构衅，当遣使臣诣边定界，请先释雅克萨围兵。"康熙帝因穷兵徼外，未免过劳，遂允与议和，饬彭春解围暂退。于是俄遣全权公使费耀多罗，到外蒙古土谢图汗边境，遣人至北京，请派官与议。康熙帝命内大臣索额图等往会，途次闻土谢图与准噶尔构兵，不便交通，复折回京师，再遣从官绕道出境，通信俄使，议定以尼布楚为会场。索额图又奉使至尼布楚，带领西洋教士张诚、徐日升作为译官，另备精兵万余人，水陆并进，直达尼布楚城外。俄使费耀多罗，亦率千人到尼布楚，见清使兵卫甚盛，颇有惧色。次日在城外张幕开会，两国公使，及从人毕集，护兵各二百余人，手执兵刃，侍立两旁。俄使开议，语言龃龉，索额图全然不懂，经张诚翻译，始知俄使要求，以黑龙江南岸归清，北岸界俄。索额图道："那有此理？今日俄欲议和，须东起雅克萨，西至尼布楚，凡俄领黑龙江，及后贝加尔湖殖民地，一律归我方可。"俄使费耀多罗，也不懂索额图的说话，复由张诚译出，交与俄使。俄使阅毕，只是摇头。索额图见和议不谐，径自回营。翌日复会，索额图稍稍退让，拟把尼布楚地，作为两国分界。俄使亦不允，索额图又盛气回营。张诚等往来调停，复由索额图少让，北以格尔必齐河，及外兴安岭为界，南以额尔古纳河为界，俄人所有额尔古纳河南堡寨，当尽移河北。俄使尚坚执不从，索额图遂召水陆两军，会齐城下，拟即攻城。俄使不得已照允。遂于康熙二十八年订约互换，约凡六条，大旨如下：

一　自黑龙江支流格尔必齐河，沿外兴安岭以至于海，凡岭南诸川，注入黑龙江者，属中国，岭北属俄。

二　西以额尔古纳河为界，河南属中国，河北属俄。

三　毁雅克萨城，雅克萨居民及物用，听迁往俄境。

四　两国猎户人等，不得擅越国界，违者送所司惩办。

五　两国彼此不得容留逃人。

六　行旅有官给文票，得贸易不禁。

约成，勒碑格尔必齐河东及额尔古纳河南，作为界标，用满、汉、蒙古、拉丁及俄罗斯五体文字，这叫作中俄《尼布楚条约》。正是：

> 外交开始成和约，后盾坚强怵外人。

自是中俄修好，百余年不兴兵革。蒙古以北，已断羁縻，只蒙古尚未平靖，且待下回再说平定蒙古的方略。

　　台湾孤悬海外，向未入中国版图，郑成功占据二十余年，至其孙克塽降清，台湾始为清有，风止潮涨，一战成功，岂真天意使然？亦强弱不敌之一证也。至若尼布楚议和，清史上称为最荣誉之条约，实则俄兵远来，势孤而弱，清军近发，势盛而强。此约之成，宁非强弱不同之再证乎？然彭春再出，穷年累月，不能破一雅克萨土垒。索额图原议不谐，终至让步，俄之强已可知矣。文中一鳞一爪，莫非叙述，亦莫非眉目，在善读者默会可耳。

第二十七回

三部内哄祸起萧墙　数次亲征荡平朔漠

上回说到索额图赴会时，本自蒙古通道，因土谢图与准噶尔构兵，中道被阻，以致折回。索额图与俄订约，已于上回叙毕，只准噶尔构兵一事，还未说明，本回正要续说下去。却说中国长城外，就是蒙古地方，分作三大部：一部与长城相近，叫作漠南蒙古，亦称内蒙古；内蒙古的北境，又有一部，叫作漠北喀尔喀蒙古，亦称外蒙古，这两部统是元太祖成吉思汗的后裔；还有一部在西边，叫作厄鲁特蒙古，乃是元太师脱欢，及瓦剌汗也先的后裔。漠南蒙古，内分六盟，清太宗时已先后归附，独喀尔喀、厄鲁特两大部，尚未帖服。喀尔喀还遣使乞盟，厄鲁特从未通使，清朝亦视同化外，不去过问。只厄鲁特自分四部，一名和硕特部，一名准噶尔部，一名杜尔伯特部，一名土尔扈特部。准噶尔部最强，顺治年间，准噶尔部长巴图尔浑台吉，并吞附近部落，势力渐盛。康熙初，浑台吉死，其子僧格嗣立。僧格死，其子索诺木阿拉布坦嗣立。僧格弟噶尔丹，把侄儿杀死，篡了汗位，(外人称头目为汗)并将和硕特、杜尔伯特、土尔扈特等部，尽行霸据；于是向东略地，欲夺喀尔喀蒙古。

喀尔喀蒙古，旧分土谢图、札萨克、车臣三部，土谢图与札萨克相连，札萨克汗，娶了一妾，人人说他是西施转世，天女化身；艳名传到土谢图部，土谢图汗，竟成了一个单相思病，他竟想出了一个计策，佯称到札萨克部贺喜，令部下包裹军械，分载橐驼身上，假说是贺喜的送礼，随带了部役数百名，向札萨克部进发。这蒙古地方，本没有什么宫室城郭，就使是头目住所，也不过立个木栅，叠些土垒，便算了事。土谢图汗既到，就有札萨克部役接着，通报头目。札萨克汗，出来迎入，席地而坐。土谢图汗便道："闻得贵汗新纳宠姬，特来道贺！"札萨克汗答道："不敢当，不敢当！小妾已娶得多日了。"土谢图汗道："敝处与贵部，虽系近邻，有时也消息不通，直到近日方知，特备薄礼相遗，尚祈笑纳。"札萨克汗道："这是更不敢拜领了。"土谢图汗道："这也何必客气！只是贵姬艳名远噪，叨在邻谊，可否一容相见?"札萨克汗道："这又何妨。"说罢，便召爱姬出室，与土谢图汗行相见礼。土谢图汗见她颀长白皙，楚楚可人。不觉心旌摇曳，魂魄飞扬，即定一定神，召部役解橐入内，喝声道："何不动手?"札萨克汗茫无头绪,但见土谢图汗的部役,从橐中取出物件,光芒闪闪,都是腰刀。札萨克汗也管不得爱姬,转身就逃。那位爱姬,正想随走,怎奈两脚如钉住一般,不能前行,被土谢图汗拦腰抱住,出外就跑。这等部役一声吆喝,赶了橐驼,都回去了。

札萨克汗既失爱姬,顿时大怒,召齐部役,来攻土谢图部。土谢图汗知札萨克汗不肯干休,急遣人联络车臣汗与札萨克汗对敌。札萨克汗不能抵挡,率众败走。三部相哄,遂惹出一个大祸祟来。祸首非别,就是准噶尔部大头目噶尔丹。噶尔丹闻了此信,差人到札萨克部,愿与调停。札萨克汗大喜,便叫原使到土谢图部,索还爱妾。原使应命至土谢图,坐索札萨克汗的爱姬。看官!你想土谢图汗费了好些心机,把这个美人儿,抱回取乐,那里肯原璧归赵?偏这使人恶言辱骂,恼了土谢图汗,将使人杀死,噶尔丹藉词报复,扬言借俄罗斯兵,来攻土谢图。土谢图汗大惧,忙整守备,待了数月,毫无影响,到边界窥探,亦没有俄兵入境,只有几个外来喇嘛,四处游牧。蒙俗向以游牧为生,邻境往来,也是常事,土谢图汗毫不在意,整日里与抢来的美人,调情饮酒。不防噶尔丹领了三万劲骑,道出札萨克部,越过杭爱山,直入土谢图境,与游牧喇嘛会合,使为前导,引至土谢图汗住所。时正夜静,土谢图汗拥着美人,酣卧帐中,忽觉得火焰飙起,呼声震天,宛如千军万马,排山倒海而来,他也不辨是何处人马,忙从帐后窜去。噶尔丹杀入帐中,不见一人,到处搜寻,只剩得一个美人儿,睡在床上,缩做一团。噶尔丹也不去惊她,命部骑在帐外驻扎,自回内室,做了札萨克汗第三,慢慢的抱住娇娃,享受个中滋味。到了次日,复分兵为两路,一路东出,袭破车臣部,一路西出,袭破札萨克部。他便踞着喀尔喀王庭,募集兵士数十万,声势大张。

这喀尔喀三部人民,穷窘无归,只得投入漠南,到中国乞降。康熙帝命尚书阿尔尼,发粟赈赡,且借科尔沁水草地,暂界游牧。噶尔丹也遣使入贡,康熙帝便令阿尔尼劝谕噶尔丹,要他率众西归,尽还喀尔喀侵地。噶尔丹拒绝清命,反日夕练兵,竟于康熙二十九年,借追喀尔喀部众为名,选锐东犯,侵入内蒙古。尚书阿尔尼,急率蒙古兵截击。噶尔丹佯败,沿途抛弃牲畜帐幔。蒙古兵贪利争取,队伍错乱,噶尔丹返身来攻,阿尔尼不及整队,被他一阵掩击,杀得大败亏输,鼠窜而遁。

康熙帝得了败报,定议亲征,先命裕亲王福全为抚远大将军,率同皇子允褆,出长域古北口,恭亲王常宁为安北大将军,率同简亲王雅布,出长城喜峰口,并命阿尔尼率旧部,会裕亲王军,听裕亲王节制。又别调盛京、吉林及科尔沁兵助战。车驾拟亲幸边外,调度各路大兵。是年七月,康熙帝启銮出巡,方出长城,忽得探报,恭亲王军在喜峰口九百里外,被噶尔丹杀败回来,康熙帝命诸军急进;途次,又闻噶尔丹前锋,已到乌兰布通,距京师只七百里,康熙帝倒也惊愕起来,飞诏征调裕亲王军,到乌兰布通,会截敌兵。旋得裕亲王军报,已至乌兰布通驻扎,帝心少安。

且说噶尔丹乘胜南趋,到乌兰布通,遇着清营阻住,遂遣使人见裕亲王,略言追喀尔喀仇人,阑入内地,非敢妄思尺土,但教执畀土谢图汗,即当班师。裕亲王福全,把来使叱回。次日,两军对仗,噶尔丹用了驼城,依山为阵,什么叫作驼城?他用橐驼万余,缚足卧地,背加箱垛,蒙盖湿毡,环列如栅,作为前蔽,所以名叫驼城。清军隔河立阵,前面纯立火炮,遥轰中坚,自午至暮,驼皆倒毙,驼城中断,清军分作两翼,越河陷阵,遂破敌垒。噶尔丹乘夜遁去,次日,遣喇嘛至清营乞和。福全飞报行在,有诏"速即进兵,毋中他缓兵"之计,于是福全急发兵追赶,已自不及。噶尔丹奔回厄鲁特,遗失器械牲畜无算,复遣人赍书谢罪,誓不再来犯边,康熙帝偶有不适,遂谕来使回报噶尔丹,嗣后不得犯喀尔喀一人一畜,来使唯唯而去,遂诏诸王班师。

三十年,康熙帝以喀尔喀新附部众数十万,应用法令部勒,且准部寇边,由土谢图汗启衅,不能不严加训斥,乃议出塞大阅,先檄内外蒙古各率部众,豫屯多伦泊百里外,静候上命。过了数日,车驾出张家口,至多伦泊,盛设兵卫,首召土谢图汗,责他夺衅启衅。土谢图汗顿首谢罪,帝乃加恩特赦,留他汗号。复谕车臣、札萨克二汗,约束本部,永远归清,二汗亦叩首谢恩。于是编外蒙古为三十七旗,令与内蒙古四十九旗同例,又因蒙俗素信佛教,命在多伦泊附近。设立汇宗寺,居住喇嘛,仍叫蒙人游牧近边,自此外蒙归命。

隔了两年,拟遣三汗各归旧牧,谁知噶尔丹又来寻衅,屡奉书索土谢图汗,并阴诱内蒙古叛清归己,科尔沁亲王据实奏闻,康熙帝令科尔沁亲王,复书噶尔丹,伪许内应,诱令深入。噶尔丹果选骑兵三万名,沿克鲁伦河南下。克鲁伦河在外蒙古东境,他到了河边,竟停住不进。康熙帝又令科尔沁致书催促,去使还报,噶尔丹声言借俄罗斯鸟枪兵六万,等待借到,立刻进兵。科尔沁复驰奏北京。康熙帝道:"这都是捏造谣言,他道前次败走,因火器不敌我军的缘故,所以佯言借兵,恐吓我朝,朕岂由他恐吓的?"遂召王大臣会议,再决亲征。

康熙三十五年,命将军萨布素,率东三省军出东路,遏敌前锋。大将军费扬古,振武将军孙思克等,率陕甘兵出宁夏西路,断敌归道。自率禁旅出中路,由独石口趋外蒙古,约至克鲁伦河会齐,三路夹攻。是年三月,中路军已入外蒙古境,与敌相近,东西两军,道阻不至,帝缓兵以待。讹言俄兵将到,大学士伊桑阿惧甚,力请回銮。康熙帝怒道:"朕祭告天地宗庙,出师北征,若不见一贼,便即回去,如何对得住天下?况大军一退,贼必尽攻西路,西路军不要危殆么?"叱退伊桑阿,命禁旅疾趋克鲁伦河,手绘阵图,指示方略。从行王大臣,还是议论纷纷,各执一见,帝独遣使噶尔丹促他进战。噶尔丹登高遥望,见河南驻扎御营,黄幄龙纛,内环军幔,外布网城,护卫兵统是勇猛异常,不由的心惊脚痒,拔营宵遁。翌日,大军至河,北岸已无人迹,急忙渡河前追,到拖诺山,仍不见有敌踪,乃命回军;独命内大臣明珠,把中路的粮草,分运西路,接济费扬古军。

是时噶尔丹奔驰五昼夜,已到昭莫多,地势平旷,林菁丛杂,噶尔丹防有伏兵,格外仔细,步步留心。俄闻林中炮声突发,拥出一彪兵来,统是步行,约不过四百多名,噶尔丹手下尚有万余人,统是百战剧寇,遇着这斯小小埋伏,全不在意。大众争先驰突,清兵不敢抵抗,且战且走,约行五六里,两旁小山夹道,清兵从山右趋入。噶尔丹勒马,遥见小山顶上,露出旗帜一角,大书大将军费字样,便率众上山来争。清兵据险俯击,矢铳迭发,敌兵毫不惧怯,前队倒毙,后队继进,幸亏清兵阵前,设列拒马木,阻住敌骑,噶尔丹乃止住东崖,依崖作蔽,一面令部兵举铳上击,声震天地,自辰至午,死战不退。忽山左绕出清兵千名,袭击噶尔丹后队,后队统是驼畜妇女,只有一员女将,身披铜甲,腰佩弓矢,手中握着双刀,脚下骑着异兽,似驼非驼,见清兵掩杀过来,他竟柳眉直竖,杀气腾腾,领着好几百悍贼,截杀清兵,清兵从没有与女将对仗,到了此时,也觉惊异,便与女将战了数十回合,只杀得一个平手。不料噶尔丹竟败下山来,冲动后队,山上清兵,从高临下,把子母炮接连轰放。山脚下烟雾迷漫,但见尘沙陡起,血肉纷飞,敌骑抱头乱窜,约有两三个时辰。山上山下,只留清兵,不留敌骑。清兵停放铳炮,天地开朗,准部兵倒地无数,连穿铜甲的这位女将,也头破血流,死于地下。看官!你道这员女将是那一个?就是噶尔丹妃阿奴娘子,准部呼他为可敦。可敦善战,力能抵住清兵,只因噶尔丹闻后队被袭,返顾却退,清兵乘势杀下,敌兵大乱,自相凌藉,遂至可敦战殁,只逃去了噶尔丹。

费扬古止诸将穷追,收兵回营,当即置酒高会,与诸将道:"今日战胜,都是殷总兵化行之力,殷总兵劝我如此设伏,方得一鼓破敌,还请殷总兵多饮数杯,聊申本帅敬意。"说毕,亲自酌酒,递与殷化行。化行双手捧怀,一饮而尽,接连又是两杯,化行统共饮干,离座道谢。化行是宁夏总兵,上文曾叙说费扬古率陕甘兵出宁夏西路,化行随征献计,得此胜仗,所以费扬古特别奖劳。当时清营中欢声雷动,由费扬古飞报捷音。康熙帝大悦,慰劳有加,仍命费扬古留防漠北,遣陕甘军凯旋,自率禁旅还京。

噶尔丹复奔回厄鲁特,途中闻报僧格子策妄阿布坦,为兄报仇,占据准噶尔旧疆,拒绝噶尔丹。噶尔丹欲归无所,窜居阿尔泰山东麓。康熙帝闻噶尔丹穷蹙,召使归降,噶尔丹仍倔强不至。越年,康熙帝复亲征,渡过黄河,到了宁夏,命内大世马思哈,将军萨布素,会费扬古大军深入,并檄策妄阿布坦助剿。噶尔丹闻大军又出,急遣子塞卜腾巴珠,到回部借粮。回部在天山南路,当噶尔丹强盛时,亦归服噶尔丹,至是回人将其子拘住,囚献清军。噶尔丹待粮无着,不知所为,左右亲信,又相率逃去,或反投入清营,愿为清兵向导。噶尔丹连接警信,有的说:"清兵将到,"有的说:"策妄阿布坦亦领部众来攻,"有的说:"回部亦助清进兵。"一夕数惊,傍徨达旦。噶尔丹自言自语道:"中国皇帝,真是神圣,我自己不识利害,冒昧入犯,弄得精锐丧亡,妻死子虏,目今进退无路,看来只好自尽罢了。"遂即服毒而死。

帐下只遗一女,他的族人丹吉喇便挈了他的女儿,随带噶尔丹骸骨,拟至清营乞降,不想中途被策妄阿布坦截住,将丹吉喇等捆绑起来,送交行在。康熙帝颁诏特赦,命丹吉喇为散秩大臣,噶尔丹子塞卜腾巴珠,也得了一等侍卫,俱安插张家口外,编入察哈尔旗。土谢图、车臣、札萨克三汗,遣归旧牧。辟喀尔喀西境千余里,增编部属为五十五旗,朔漠悉定,康熙帝铭功狼居胥山而还。既至京师,大犒士卒,俘得老胡人数名,能弹筝,善作歌,帝赏以酒,各使奏技。中有一人能作汉语,笛歌凄楚,音调悲壮,但听他呜呜咽咽的唱道:

雪花如血扑战袍,夺取黄河为马槽。灭我名王兮,虏我使歌,我欲走兮无骆驼,呜呼黄河以北奈若何! 呜呼北斗以南奈若何!

康熙帝闻歌大笑,并赏他金银数两,橐驼一匹。小子读这歌词,又技痒起来,随作诗一首道:

绝北亲征耀六师,往还三次始平夷;

镌碑勒石夸奇绩,算是清朝全盛时。

看官欲知后事,请至下回再阅。

天生尤物,必倾人国,既亡札萨克,复亡土谢图,至车臣部亦遭累及,甚至噶尔丹亦因此兴师,因此覆灭。是可知妹喜祸夏,妲己祸商,褒姒祸周,史册垂戒,非无因也。康熙帝为有清一代英主,三次亲征,卒平朔漠,挞伐之功,未始不盛;但必镌碑纪绩,沾沾自喜,毋乃骄乎! 秦始皇琅琊刻石,窦车骑燕然勒铭,殊不足训。以康熙帝之明,胡为效此? 假故事以警世,揭心迹以垂讥。作者之用意深矣。

第二十八回

争储位冢嗣被黜　罹文网名士沉冤

却说康熙帝聪明英武，算作绝顶，即位以后，灭明裔，扫叛王，降台湾，和俄罗斯，服喀尔喀，平准噶尔，他的圣德神功，小子已叙述大略。他还巡幸五台山，共计五次，南巡又六次。巡幸五台的缘故，有人说他是出去省亲，因顺治皇帝即位十八年，看破红尘，到五台山削发为僧，康熙帝屡去探视，每到五台，必令从骑停住寺外，单身进谒，直至顺治帝已死，方才不去。这件事只可付作疑案，小子未曾目见，不敢信为实事。若讲到巡幸东南，《东华录》上，明明说为治河的缘故，其实康熙帝意思，亦并不是单为治河，当时治河能手，有于成龙、靳辅等人，专管河务，都是考究地理，熟悉水性，难道康熙帝真是生而知之的圣人，略略巡阅，便能将河道大势，了然目中，格外筹画的精密么？他的深意，无非是昭示威德，笼络人心，所以禅山谒陵，蠲租免税，凡经过的地方，威德并用。东南的小百姓，从此怕他的威严，感他的德惠，把前明撇在脑后，个个爱戴清朝，清朝二百多年的基业，就此造成。若呆读《东华录》上文字，不加体会，便是笨伯，那里晓得康熙帝的作用？只是康熙帝恰有一大失着，晚年来弄得懊丧异常，到去世的时候，反致不明不白，待小子细细道来：康熙帝有二十多个儿子，长子名叫允禔，就是初征噶尔丹时，作裕亲王福全的副手。古语道："立嫡以长。"论起年纪来，允禔应作太子，但他乃妃嫔所生，不由皇后产出。皇后何舍里氏，只生一子允礽，允礽生下，皇后便殁，康熙帝夫妇情深，未免心伤；且因允礽是个嫡长，宜为皇储，就于允礽二岁时，先立为皇太子。后来重立皇后，妃嫔亦逐渐增加，一年一年的生出许多儿子，内中有四皇子胤禛，秉性阴沉，八皇子允禩，九皇子允禟，更生得异常乖巧，康熙帝格外爱宠一点。但既立允礽为太子，自然没有掉换的心思。允礽渐长，就令大学士张英为太子师傅，教他诗书礼乐，又命儒臣陪讲性理，南巡北幸时，亦尝带了允礽出去游历，总算是多方诱导；至亲征噶尔丹又要太子监国，宫廷中也没有生出事来。

噶尔丹既平，东西南北，都已平靖，万民乐业，四海澄清，康熙帝春秋渐高，也想享点太平洪福，有时读书，有时习算，有时把酒吟诗，选了几个博学宏词老先生，陪侍左右，与他评论评论。这老先生辈，总是极力揄扬，交口称颂。康熙帝又叫他纂修几种书籍，什么《佩文韵府》，什么《渊鉴类函》，什么《数理精蕴》，什么《历象考成》，什么《韵府拾遗》，什么《骈字类编》，还有《分类字锦》、《子史精华》、《皇舆全览》等书。就是人人购买的《康熙字典》，也是这时候编成的。每种书籍，统有御制序文，究竟是皇帝亲笔，也不知是儒臣捉刀，小子无从深考。但日间与儒臣研究书理，夜间总与后妃共叙欢情，枕边衾里，免不得有阴谋夺嫡，媒孽允礽的言语。起初康熙帝拿定主意，不听妇言，后来诸皇子亦私结党羽，构造蜚语，吹入康熙帝耳中，渐渐动了疑心。宫中后妃人等，越发摇唇鼓舌，播弄是非，你唆一句，我挑一语，简直说到允礽蓄谋不轨，窥伺乘舆，可笑这个英武绝伦的圣祖仁皇帝，竟被他内外蛊惑，把允礽当作逆子看待。康熙四十七年七月，竟降了一道上谕，废皇太子允礽，将他幽禁咸安宫，令皇长子允禔及皇四子胤禛看守。于是这个储君的位置，诸皇子都想补入。皇八子允禩，模样儿生得最俊，性情亦格外乖刁，在父皇面前，越自殷勤讨好，暗中却想害死允礽，绝了后患。

　　事有凑巧，有一个相面先生。叫作张明德，在都中卖艺骗钱，哄动一时。贝子贝勒等，统去请教，明德满口趋奉，统说他是什么富，什么贵。看官！试想社会中人，有几个不喜欢奉承？因此都说这明德知人休咎，仿佛神仙一般。允禩怀着鬼胎，暗想自己相貌，究竟配不配做皇帝，遂换了衣装，去试明德，谁知明德一边，早已有人知风通报，等到允禩进去，明德即向地跪伏，口称万岁。允禩连忙摇手，明德见风使帆，导允禩入内室，细谈一番，一面说允禩定当大贵，一面又俯伏称臣。允禩喜甚，不但露出真面，反与明德密定逆谋。明德伪称有好友十余人，都能飞檐走壁，他日有用，都可招致出来效劳。允禩遂与他定了密约，辞别回宫。甫入禁门，遇着大阿哥允禔，被他扯住，邀至邸中，原来允禔曾封直郡王，另立府邸，当时屏去左右，向允禩道："八阿哥从那里来？"满俗向称皇子为阿哥，所以允禔沿习俗语，叫允禩为八阿哥。允禩道："我不过在外边闲游，没有到什么地方去？"允禔笑道："你休瞒我！张明德叫你万岁呢。"允禩惊问道："大阿哥如何晓得？"允禔道："我是个顺风耳，自然听见。"允禩道："你既晓得，须要为我瞒过父皇。"允禔道："这个自然，只可惜允礽不死，昨日闻有消息，父皇欲仍立允礽为太子。"允禩顿足道："这恰如何是好？"允禔道："我恰有一个妙法，但不知你做皇帝，什么谢我？"允禩道："我若得了帝位，当封大阿哥为并肩皇帝。"允禔道："不好不好，世上没有并肩皇帝。况我仍要受你的封，不如勿做为是。"急得允禩连忙打恭，恳求妙策。允禔道："你既要我设法，现在牧马厂中，有个蒙古喇嘛，精巫蛊术，能咒人生死，若叫他害死允礽，岂不是好？"允禩喜甚，便托允禔即日照行，揖别而去。

　　允禔即去与蒙古喇嘛商议，蒙古喇嘛，名叫巴汉格隆，与允禔为莫逆交，至是允禔与商，便取出镇压物十多件，交与允禔。允禔携归，想去通知允禩，转念道："我明明是皇长子，太子既废，我宜代立，为什么去助允禩？"当下踌躇一会，忽跃起道："照这样办法，好一网打尽了。"遂匆匆入宫，见了康熙帝，把允禩与张明德勾通事，密奏一遍。康熙帝即令侍卫捉拿张明德，霎时间，明德拿到，立召内大臣问过口供，绑出宫门，凌迟处死。一面饬宗人府将允禩锁禁，允禩一想，这事只有大阿哥得知，我叫他瞒住父皇，他莫非转去密奏么？他要我死，我亦要他死，遂对宗人府正道："愿见父皇一面！"宗人府落得容情，便带入宫内。

康熙帝见了允禩，勃然大怒，把他批颊两下。允禩泣道："儿臣不敢妄为。都是大阿哥教儿臣行的。"康熙帝怒道："胡说！他教你行，还肯告诉我么？"允禩道："父皇如若不信，可去拿问牧马厂内的蒙古喇嘛。"康熙帝又命侍卫将蒙古喇嘛拿到，严刑拷讯，得供是实，随差侍卫至直郡王府，不由允禔分说，竟入内搜索，连地板尽行掘起，果然有好几木人头儿，埋在土内。侍卫取出，回宫奏复，康熙帝震怒的了不得，拔出佩刀，叫侍卫去杀允禔。侍卫至此，也不敢径行奉命，跪伏帝前，代允禔求恕。此时早有宫监报知惠妃，惠妃系允禔生母，得了此信，三脚两步的趋入，跪在地下，膝行而前，连磕了几个响头，口称求皇上开恩开恩。康熙帝见此情状，不由的心软起来，便道："爱妃且起！"惠妃谢过了恩，起立一旁，粉面中珠泪莹莹，额角上已突起两块青肿。美人几乎急杀，天子未免有情，遂将佩刀收入，命侍卫起来，带出允禔拘禁。又对惠妃道："看你情面，饶了允禔，但我看他总不是个好人，须派人看管方好。"惠妃不敢再言，谢恩回宫。康熙帝即亲书朱谕，将允禔革去王爵，即在本府内幽禁，领班侍卫，奉旨去讫。

康熙帝经此一怒，便激出病来，是晚遂不食夜膳，次日，微发寒热，便令御医诊治。诸皇子亲视汤药，皇四子胤禛晨夕请安，且从婉说废皇太子的冤枉，深惬帝意，于是释放废太子，亦令入宫侍疾。越数日，帝疾渐愈，乃令废皇太子及诸皇子近前，并宣召诸王入内，随即申谕道："朕暇时披览史册，古来太子既废，往往不得生存，过后人君又莫不追悔。朕自拘禁允礽后，日日纪念。近日有病，只皇四子默体朕心，屡保奏废皇太子允礽，劝朕召见。朕召见一次，愉快一次，嗣命在朕前守视汤药，举止颇有规则，不似从前的疏狂，想从前为允禔镇魇，所以如此迷惑，现在既已过België，须要从此洗心。古时太甲被放，终成令主，有过何妨改之。即是今日诸臣齐集，或为内大臣，或为部院大臣，统是朕所简用，允礽应亲近伊等，令他左右辅导。崇进德业，方不负朕厚望。四皇子胤禛，幼年时微觉喜怒不定，目下能曲体朕意，殷勤恳切，可谓诚孝。五皇子允祺，七皇子允祐，为人淳厚，蔼然可亲，允礽亦应格外亲热。自此以后，朕不再记前愆，但教允礽日新又新，朕躬何憾！尔王大臣等须为我教导允礽，毋致再蹈覆辙！"诸王大臣未曾答复，只见皇四子跪奏道："儿臣奉皇父谕旨，说儿臣屡保奏废皇太子，儿臣实无其事。蒙皇父褒嘉，儿臣不敢承受。"康熙帝微哂道："尔在朕前，屡为允礽保奏，尔以为没有证据，所以当众强辩。尔果不欲居功，尔衷尚堪共谅；尔如畏允禔、允禩，故意图赖，便非正直，转大失朕意了。"皇四子叩首称谢，又奏道："十年前侍奉皇父，因儿臣喜怒不定，时蒙训诫，近十年来，皇父未曾申饬，儿臣省改微诚，已荷皇父洞鉴，今儿臣年逾三十，大概已定，喜怒不定四字，关系儿臣身上，仰恳皇父于谕旨内，恩免记载，儿臣深感鸿慈。"康熙帝便对王大臣道："近十年来，四阿哥确已改过，不见有忽喜忽怒形状，朕今不过偶然谕及，令他勉励，不必尽行记载便了。"

诸王大臣遵旨退出，私自议论，都料废太子又要重立，果然到了次年，复立允礽为皇太子，颁诏天下，遣官祭告天地宗庙社稷，并封皇三子允祉为诚亲王，皇四子胤禛为雍亲王，皇五子允祺为恒亲王，皇七子允祐为淳郡王，皇十子允䄉为敦郡王，皇九子允禟、皇十二子允祹、皇十四子允禵俱为固山贝子。又追究魇魅事，将蒙古喇嘛巴汉格隆，处以磔刑，这事暂算了结。不料翰林院编修戴名世，作了一部《南山集》，又兴起大狱来了。

先是康熙初年，浙江湖州府庄廷鑨，素习儒业，平时颇留心史籍。一日，到市上闲游，见有一爿旧书坊，他却踅将进去，随手翻阅，旧书内中有一抄本夹入，视之，乃是明故相朱国桢的稿本。稿中记录明朝史事，自洪武至天启，都有编述，他即将此稿买回，招了几个好朋友，互览一番，友人统未曾见过，个个说是秘本。文人常态，专喜续貂，就各搜集崇祯年间事情，补入卷末，并将自己姓名，及友人姓名，一一附记，算是生平得意之作。廷鑨死后，家人将此书刊行，适故归安县令吴之荣，失业家居，见了此书，读到崇祯朝，有毁谤满人等语。之荣遂上书告讦，清廷即令浙江大吏，按书中姓名，一一搜捕。已死的开棺戮尸，未死的下狱正法。廷鑨是个首犯，开棺戮尸，不消说得，还把他兄弟骈戮，家产籍没，真是可怜。吴之荣复职升官。为了此事，士人多箝口结舌，不敢妄谈。偏这戴名世身居翰苑，清闲无事，著了一部《南山集》出来，集中采录明桂王事，乃抄袭桐城人方孝标遗书，并不是名世创造的。都察院御史赵申乔，竟指他是诽谤朝廷，拜疏奏发。康熙帝准了奏章，即饬拿名世下狱，命六部九卿会审。名世供词抄录方孝标《滇黔纪闻》是实。当由六部九卿议奏，内说戴名世有心抄录，作大不敬论，应置极刑；方孝标亦应戮尸；方戴族人，俱应坐死。此奏一上，自然照准，可怜名世为这文字因缘，身被寸磔，戴氏族中，与名世五服相连，统皆斩首。进士方苞，因是方孝标同宗，亦系狱论死。幸亏大学士李光地极力洗释，方苞得以出狱。方氏族人，除孝标子弟外，也总算矜全了几个。

这是康熙五十年间事。自此体制愈严，蒙蔽愈重。康熙帝年已六旬，精神亦渐渐衰退，比不得壮年时候，事事明察。到了五十一年，皇太子允礽，又不知为着什么事，触怒了康熙帝，又把允礽废黜，禁锢起来。小子但闻有御笔朱谕一道，略云：

> 前因允礽行事乖戾，曾经禁锢，继而朕躬抱疾，念父子之恩，从宽免宥。朕在众前，曾言其似能悛改，伊在皇太后众妃诸王大臣前，亦曾坚持盟誓，想伊自应痛改前非，昼夜警惕，乃自释放之日，乖戾之心，即行显露，数年以来，狂易之疾，仍然未除，是非莫辨，大失人心。朕今年已六旬，知后日有几，天下乃太祖、太宗、世祖所创之业，传至朕躬，非朕所创立，恃先圣垂贻景福，守成五十余载，朝乾夕惕，耗尽心血，竭蹶从事，尚不能详尽，如此狂易成疾，不得众心之人，岂可付托乎？故将允礽仍行废黜禁锢，为此特谕。

允礽再废后，康熙帝立定主意，不再言立太子事。诸皇子个个窥测，探不出什么消息，便浼王大臣上书奏请。谁知上一次书，受一次训责，甚且还要治罪。诸王大臣方在疑虑，忽西域来了警信，报称策妄阿布坦杀进西藏去了。正是：

> 大内未曾蠲宿衅，极边又已启兵争。

西藏系清朝藩属，遇着外侮，又要劳动清兵了。诸君试看下回，便自分晓。

冢嗣被黜，名士沉冤，皆专制之焰使然。惟专制故，天下始羡皇帝之尊严。官民受皇帝之压制，不敢妄想，独众皇子济济比肩，皆有世袭之望，于是勾通内外，觊觎储位，虽以清圣祖之英明，不能免巫蛊咒诅之祸。惟专制故，天下始怨皇帝之刻毒，一语失检，罪及妻孥，祸延宗族，生固难免，死且戮尸，当时畏其威而不敢动，后世必有起而报复者。虽以清圣祖之德惠，不能逃千秋万世之讥。本回为清圣祖病，抑且为清圣祖惜。且隐悬一专制影子，留戒后世，是文字有关国体者，可谓稗官中上乘文字。

第二十九回

闻寇警发兵平藏卫　苦苛政倡乱据台湾

　　却说中国西偏,有最高的大山一座,名叫喜马拉雅。喜马拉雅山北,有一种图伯特人,聚族而居,号为西藏,古时与中国不相通,唐朝时部众渐盛,入侵中华,唐史上称他为吐蕃国,唐太宗李世民,因他屡次寇边,没有安靖的日子,不得已将宗女文成公主,嫁他国王噶木布,算是两国和亲,干戈得以少息。这文成公主素信佛教,在西藏设立佛寺,供奉释迦牟尼佛像,自此西藏臣民,个个皈依,变成了一个佛教国。传到元朝时候,元世祖南下吐蕃,邀请吐蕃拔思巴为帝师,册封大宝法王,令他管领藏地,总握政教两大权。他的子孙,取名萨迦胡土克图。萨迦就是释迦的转音。胡土克图乃是再世的意义。服饰尚红,得娶妻生子,世人称为红教。传到明朝,红教徒渐渐不法,信用日衰,甘肃西宁卫中,出了一个宗喀巴,入大雪山修行得道,别立一派,禁娶妻生子,衣饰尚黄,称作黄教。蕃众大加敬信,势力不亚法王。宗喀巴死,有两大弟子,一名达赖,一名班禅,统居前藏拉萨地。他因教中严禁娶妻,不得生子,遂另创一嗣续法,说是达赖班禅两喇嘛,世世转生,达赖死后,第一世转生,是敦根珠巴,第二世转生,是根敦坚错。传到第三世转生,是锁南坚错,较有高行,蒙古诸部,入藏欢迎,邀他至漠南说教,黄教遂流传蒙古。第四世转生,是云丹坚错,势力越加扩张,漠北蒙古,因居地荒僻,不得亲承教旨,另奉宗喀巴第三弟子哲卜尊丹巴后身,为大胡土克图,总理外蒙古教务,居住库伦。第五世达赖转生,叫作罗卜藏坚错,用他近亲桑结为第巴。什么叫作第巴?便是中国所称管理政务的官员。达赖喇嘛,只理教务,不管政事,自第二世达赖起,已另置第巴等官,代理国政。是时红教未绝,后藏地方护法教主,叫作藏巴汗,藏巴汗反对黄教,桑结欲除灭了他,省得出来作梗,遂联络厄鲁特蒙古,遣和硕特部长固始汗,引兵入后藏,袭杀藏巴,另奉班禅喇嘛移驻后藏。从此藏地分前后二部,前藏属达赖管辖,后藏属班禅管辖。

　　固始汗本居青海,曾受清太宗册封,康熙三十七年,固始汗第十子达什巴图尔,来京朝贡,康熙帝又封他为亲王。固始汗得清廷援助,声势颇强,至是有功黄教,复得了前藏东部喀木地,命子达赉镇守,渐渐干涉前藏事情。桑结一想，杀了一个藏巴汗，又来了一个达延汗，未免引狼入室，自取祸殃。适值噶尔丹威振西域，桑结复阴与连结，叫他出兵青海，袭破和硕特部。达赉势力，亦因此一挫。未几达赉五世殁，桑结秘不发丧，伪传达赉命令，任意妄行。噶尔丹入寇中国，桑结亦阴为怂恿，至噶尔丹败走，乃遣使入贡，诈称奉达赉命，求赐桑结封爵。清廷未察真伪，封桑结为图伯特国王，到了噶尔丹走死后，丹吉喇等来降，方报桑结矫伪情状，康熙帝赐书切责，桑结还诈称部属未靖，不敢遽泄达赉丧事，今当另立达赉，择日发丧。康熙帝因道途辽远，不便细查，且由他将错便错的过去。桑结又欲去毒杀拉藏汗，事泄无成。拉藏汗即和硕部达赉侄儿。达赉死，拉藏汗嗣，闻桑结有意害他，遂集众潜入拉萨，将桑结捉来，一刀两段。复把桑结所立的达赉，指为赝鼎，擒献清廷，另立新达赉伊西坚错为第六世。

康熙帝嘉他恭顺，封拉藏为翼法恭顺汗。偏这青海诸蒙古，不信伊西坚错为真达赉，另立了一个噶尔藏坚错，在青海坐床，请清廷速赐册印。自是达赉变了两个，谁真谁假，不能辨悉，两下争论，遂引出策妄阿布坦的兵祸来了。策妄截献噶尔丹骸骨，奉表清廷，非常逊顺，康熙帝画阿尔泰山西麓，至天山北路一带，给彼游牧。策妄得此广土，竟想做第二个噶尔丹，并吞诸部。第一着下手，是娶了土尔扈特部阿玉奇汗女，做了妻室，复诱他妻弟背了阿玉奇，将父逐出俄罗斯。他假称发兵帮助，竟把土尔扈特部占据起来。杜尔伯特部势本衰弱，自然也服了他。第二着下手，又是依样画葫芦，拉藏汗有一姊，年近花信，不知经策妄如何运动，复许嫁了他。策妄娶了拉藏姊，又把那原配生的女儿，许与拉藏汗子丹衷，令他入赘伊犁，不即放归。亲上加亲，外面似非常亲热，谁知他满怀鬼蜮，诡计多端，丹衷离国日久，欲挈妇借回，策妄许他归国，发兵护送。行了好几个月，方入藏境，拉藏汗闻子妇回来，率领次子苏尔札，到达穆河附近，一面迎接新妇，一面犒赏护送军。两下相遇，丹衷夫妇，谒见已毕，拉藏汗便命在行帐开筵，令护送军一律与宴，拉藏汗素性嗜酒，至此因子妇回国，格外畅饮，一杯未了又一杯，接连是十百千杯，饮得酩酊大醉。酣卧床上。这边的护送军，饮毕出外，就在拉藏汗行帐外扎好了营。

是夜，准部将官大策零又至，部下有六千兵马，会合护送军，杀入拉藏帐内。拉藏汗手下卫兵，本是不多，况又大家吃得沉醉，还有何人抵挡？准部兵一拥而入，杀了拉藏汗，把他次子苏尔札捆绑起来，余外不是被杀，便是被捆，只剩了一对新夫妇，一个是策妄娇婿，一个是策妄娇儿，总算用些情面，不去缚他。随即潜到拉萨，骗入拉萨城，把个半真半假的新达赉，拘入暗室，做个坐关和尚。

这信传到清廷，康熙帝本已遣靖逆将军富宁安，率兵驻扎巴里坤，防备西域，至是急命传尔丹为振武将军，祁里德为协理将军，出阿尔泰山，会合富宁安军，严备准噶尔入寇，另遣西安将军额鲁特，督兵入藏，侍卫色棱为后应，康熙五十七年，两军次第渡木鲁乌苏河，分道深入。大策零分军迎战，只数合便退。额鲁特率兵追入，色棱继进，到喀喇乌苏河岸，大策零留有伏兵，顿时四起，截住清兵。额鲁特等料知陷入重地，率兵猛扑，怎奈这番敌军，纯是精锐，与前时接仗，大不相同。额鲁特不能前进，只得退后，不料后面流星马又到，报称准兵绕出后路，把军饷截夺去了。清兵闻军饷被劫，不战自乱。额鲁特、色棱两人，极力弹压，勉强镇定。过了数日，粮尽矢穷，准兵四面聚集，好似天罗地网一般，一阵攻击，清兵全营覆没，都做了沙场之鬼。

康熙帝接了败报，再命皇十四子允禵为抚远大将军，驻节西宁，升任四川总督年羹尧，备兵成都，拟分道进发。敕封噶尔藏坚错为达赖六世，檄蒙古兵扈从达赖，随大军直入西藏，于是蒙古各汗王贝勒，各率部兵至青海，恭候清兵出塞。康熙五十九年春，诏移允禵移驻木鲁乌苏河治饷，令将西宁军副都统延信出青海，年羹尧仍坐镇四川，令将川军副护军统领噶尔弼出打箭炉，分趋藏境。大策零闻清兵分出，自拒青海军，另遣部兵三千余人，抵挡噶尔弼。噶尔弼副将岳钟琪，素有胆略，领亲兵六百名，首先开路，至三巴桥，系入藏第一险要，岳钟琪招募番众，许他重赏，令诈降守桥兵，里应外合，竟把三巴桥占住。噶尔弼率军来会，忽闻准部兵来夺三巴桥，头目叫作黑喇玛，有万夫不当之勇，噶尔弼颇惊慌起来。岳钟琪道："有钟琪在，就使来了红喇玛，也不怕他，待明日擒他便是。"是夕，岳钟琪率兵出营，潜掘陷坑，上用青草盖住，令兵士带了钩索，伏在陷坑里面。部署已定，然后回营。次晨，黑喇玛仗着勇力，飞奔前来，岳钟琪出兵对敌，诱黑喇玛至陷坑旁。黑喇玛有勇无谋，但知上前追杀，不料脚下有坑，一脚踏空，坠入坑内，任你黑喇玛膂力过人，至此被伏兵钩住，急切不能展身。伏兵紧紧捆缚，扛入清寨。黑喇玛受擒，余众不战自降，方拟鼓行入藏，忽来了大将军檄文，令待青海军并进。噶尔弼踌躇未决，岳钟琪道："我兵只赍两月粮饷，从川西到此，已过了四十多日，若再待青海军，粮饷食尽，如何入藏，现不如乘机疾进，沿途招抚番众，用番攻番，约十日可抵拉萨。出其不意，容易荡平。"噶尔弼欲集众议决，钟琪道："事在必行，何须多议！钟琪不才，愿喷此一腔势血，仰报朝廷，请于明晨即行。"噶尔弼也不多言。

次晨，岳钟琪即用皮船渡河，直趋西藏，途中遇土司公布，用好言抚慰，公布很为感激，遂代为招集番兵七千，引钟琪入拉萨。钟琪观番兵可恃。遂分部兵三千名，绕截大策零饷道，自领番众趋拉萨城。拉萨城内，只有几个准兵，见岳军大至，尽行逃散。钟琪长驱入城，号召大小第巴，宣示威德，除助逆喇嘛的，杀了五人，并幽禁九十多人，其余一概赦免，那时僧俗都顶礼膜拜，感谢再生。

这时候，青海军统领延信，正与大策零相持，连败大策零数阵，策零欲退回拉萨，又被岳军截住，进退两难，遂爬山过岭，遁回伊犁，途中崎岖冻馁，死了大半。延信遂送新达赖入藏登座，令拉藏汗旧臣康济鼐，掌前藏政务，颇罗鼐掌后藏政务，留蒙古兵二千驻守，奉诏班师，各回原地镇守，西藏暂归平靖。康熙帝又要咬文嚼字，亲制一篇平定西藏碑文，命勒石大招寺中，小子也不暇细录。

只是康熙帝安乐一次，总有一次忧愁，相逼而来。入藏军已报凯旋，台湾忽报大乱。说来可笑，台湾乱首，乃是一个贩鸭营生的小百姓，名叫一贵，他的姓恰与大明太祖皇帝相同。自施琅收服台湾后，台民虽稍有蠢动，事发即平。至康熙晚年，用了一个贪淫暴虐的王珍。实授台湾知府，没有税的要加税，没有粮的要征粮，百姓不服，就要拿来打屁股，或枷号几个月，还有一切诉讼事件，有钱即赢，无钱即输，因此台民怨愤异常。这个朱一贵，虽是贩鸭为生，他却有几个酒内朋友，一叫黄殿，一叫李勇，一叫吴外，这三人素不安分，与朱一贵恰很是莫逆。一日，到了酒楼，一面吃酒，一面谈论平日事情，黄殿问一贵道："近日朱大哥生意可好？"一贵摇头道："不好不好！现在这个混帐知府，棺材里伸手，死要铜钱，连我贩卖几只鸭，也要加捐。我此番贩鸭一千只，反蚀了好几千本钱，看来只好罢休哩。"李勇、吴外齐声道："这般狗官，总要杀掉他好。"一贵道："只有我等几个小百姓，那里能杀知府？"黄殿道："要杀这个混帐知府，也是不难，只此处非讲事堂，兄弟们不要多嘴。"言毕，以目示意。大家饮完了酒，由一贵付了酒钞，遂同至一贵家内，彼此坐定，黄殿道："朱大哥你道是贩鸭好，是做皇帝好？"一贵醉醺醺的笑道："黄二弟真吃醉了，贩鸭的人，怎么好同皇帝去比？"黄殿道："朱大哥想做皇帝否？"一贵大笑道："象我等人，只能贩鸭，那里会做皇帝？"黄殿道："明太祖朱元璋曾充庙祝，后来一统江山，好端端的做了皇帝。大哥也是姓朱，贩鸭虽贱，比庙祝要略胜三分，水无斗量，人无貌相，要做皇帝，何难之有？"一贵听了此言，不觉手舞足蹈起来，便道："我就做皇帝，黄二弟等须要帮助我。"黄殿道："总教大哥不要惊慌，明日就请大哥南面为王。"一贵乘着醉意，便道："我果有一日为王，就使千刀万剐，亦是甘心。"黄殿道："一言为定，不要图赖。"一贵道："自然不赖。"黄殿便邀同李勇、吴外，告别而去。

到了次日，黄殿复同李勇、吴外，带了一二百个流氓，抬了箱笼，匆匆到一贵家来，一贵不知何故，慌忙问道："黄二弟！你同这许多人，到我家何干？"黄殿道："请你即日做皇帝。"一贵此时，已把昨日的酒话，统共忘记，至此始恍惚记忆起来，便笑道："昨日乃是酒后狂言，如何作准？"黄殿道："不能不能！昨日你已认实，今朝不能图赖，就使你要不做，也不容你不做。"说毕，就命手下开了箱笼,取出黄冠黄袍,把朱一贵改扮起来。一贵道:"你等太会戏弄我了。"黄殿道:"那个来戏你?"顿时七手八脚,将朱一贵旧服扯去,穿了黄冠黄服,一个贩鸭的小民,居然要他坐在南面,做起强盗大王来了。看官! 你道这套黄冠黄袍,是那里来的? 他是从戏子那里借来,暂时一穿,还有一套蟒袍宫裙,续行取出。黄殿趋入内室,扶出一个黄脸婆子,教他改装。可怜这黄脸婆子,吓得发抖,那里敢穿这衣服? 黄殿也顾不得什么嫌疑,竟将蟒袍披在黄脸婆子身上,引他至一贵左侧坐下。于是大众取出衣服,一律改扮,穿红着绿,挤作一堆,向朱一贵夫妇叩起头来。弄得朱一贵夫妇受也不是,不受也不是,索性象木偶一般。大家拜毕,竟去外边劫掠,掳些金银财帛,做起旗帐,造了军器,占了民房数十间,就揭竿起事。

一夫作俑,万人响应,不到十日,竟招集了数千人。台湾总兵欧阳凯,急议发兵往剿,游击刘得紫素称知兵,至是请行。欧阳凯不许,偏遣一个庞大无能的周应龙,领兵前去。敌寨距府城只三十里,周应龙沿途停止,三十里路,走了三日,敌众依山拒守,应龙也不去攻击,反纵兵焚掠近村。村民大愤,相率从贼。南路奸民杜君英,亦乘此作乱,与朱一贵连合,袭杀凤山参将苗景龙,府城大震。欧阳凯带了刘得紫,及副将许云,率兵一千五百,亲剿一贵,黄殿、李勇、吴外等,出寨迎敌,许云跃马陷阵,贼皆辟易,黄殿等逃入山中。会水师游击游崇功,亦自鹿耳门入援,欧阳凯大喜,只道是敌众胆落,毫不设备。过了两日,朱一贵、杜君英合军大至,遥见尘头起处,约有数万人马,迤逦前来。清兵先已胆寒,面面相觑。欧阳凯急出抵御,正接仗间,把总杨泰立在欧阳凯背后,忽然跃起,将欧阳凯刺落马下。刘得紫急忙趋救,不防杨泰又一枪刺来,得紫急闪,坐骑已中了一枪,那马负痛踣地,把得紫掀落地上,也被叛兵擒住。霎时官军大乱,许云、游崇功拦阻不住,贼军又围裹拢来,只得拼命血战。到了日中,矢炮俱尽,各手刃数十人,自刎而亡。

于是水师游击张贤、王鼎等,率兵千余,战舰数十艘,逃出澎湖。台湾道梁文煊,知府王珍等,尽驱港内商舶渔艇,逃出鹿耳门。周应龙逃得更快,竟遁入内地。朱一贵进陷台湾府,大掠仓库,复得郑氏旧贮炮械硝磺铅铁等,非常欢喜。北路奸民赖池、张岳,亦同日陷诸罗县,击杀参将罗万仓,凡七日而全台陷。朱一贵大会部众,犒宴三日,自称中兴王,国号永和,封黄殿为辅国公,兼衔太师,李勇、吴外等为侯,以下封了许多将军总兵。袍服不及裁制,戴了一顶明朝冠,便算了事。里面掳了无数妇女,充作妃嫔。一贵左拥右抱,说不尽的快活。台湾百姓,编出一种歌谣道:

头戴明朝冠,身衣清朝衣。
五月称永和,六月还康熙。

看了这种谣传,朱一贵的王位,恐怕是不稳固了。究竟朱一贵做了几日台湾王,下回再行详叙。

达赖转生,明是佛教欺人之说,狡黠诸徒,利用之以揽权势,于是真伪达赖之问题生。内哄未休,外侮已至,卒至全藏大乱,欺人者适以自欺,亦何益乎?清圣祖既遣将平藏。何不于此时设置贤吏,昌明政教,有以移其风而易其俗?乃复送一无知无识之达赖,入藏坐床,平一时之乱或有余,平一世之乱则不足,此所谓敷衍目前之计,无怪其旋平旋乱也。若台湾收入版图,已数十年,芟荆棘,夷溪洞,用夏变夷,推行风教,吾知数十年内,亦可收功。乃所用非人,徒知殃民,不知化民,一贩鸭徒揭竿作乱,仅七日而全台俱陷,何扰乱之速耶?有清一代,惟圣祖最号英明,而于绝域政教,不甚厝意,遑问自郐以下乎?阅本回,应令人叹惜。

第三十回

畅春园圣祖宾天　乾清宫世宗立嗣

却说朱一贵既陷台湾,逃官难民,尽至澎湖,澎湖守将,仓猝不知所为,亦尽室登舟,将渡厦门,百姓惊惶的了不得。独守备林亮决计固守,驰赴海滨,拦住官民家眷,不准内渡,人心稍稍镇定。水师提督施世骠,自厦门至澎湖,南澳总兵蓝廷珍,奉闽督檄令,亦至澎湖来会。于是命守备林亮,千总董芳为先锋,率领舰队八千人,直捣鹿耳门。适朱一贵与杜君英争长,自相残杀,乡民愤一贵暴掠,又各结民团,保护村落。清兵闻一贵内乱,百姓不附,顿时勇气百倍;到了鹿耳门,岸上大炮迭发,林亮、董芳,冒死直进,遥望岸上炮台,火药累积,林亮饬水兵用炮还击,注射火药,炮声过处,火药上冲,震得海水陡立,天地为昏。那时岸上的守兵,统弹得不知去向。林亮、董芳,即舍舟登岸,率兵直入。施世骠、蓝廷珍,亦带领大军随进,节节进攻,随剿随抚。看官!你想这等朱一贵、杜君英的混帐东西,那里敌得住几员虎将?连战连败,连败连走,清兵乘势追杀,直薄台湾城下,东西南北,布满兵队,大炮的声音,镇日不息。朱一贵束手无策,只躲在伪宫内,对了一班王妃王妾,哭泣不止。还是外面的军师黄殿,想了一个劫营的计策,于夜间潜开城门,突击清营,谁知早被蓝廷珍料着,摆了一个空营计,待李勇、吴外等杀入,伏兵一齐掩击,象砍瓜切莱一般。林亮斩了李勇,董芳刺死吴外,只剩了后队的黄殿,急忙逃回,转身一望,城门已闭,城上立着一员大将,不是别人,乃是清游击刘得紫。原来刘得紫被杨泰擒去,献与一贵,一贵颇重得紫名,不去杀他,把他禁住学宫。得紫不食三日情愿饿死。诸生林皋、刘化鲤,密劝得紫受食,徐图恢复,得紫乃饮食如常,此次黄殿出城劫营,把城中部众,尽行拔出,林刘二生,遂邀集良民、拥得紫出学宫,闭了城门,请得紫上城拒守,黄殿进退无路,投濠自尽。施世骠下令,降者免死,于是叛众尽降。刘得紫开城迎入,把前情叙说一遍,世骠即令导入伪宫,擒出朱一贵,审问属实,推入囚笼。室内的伪妃伪嫔,统教民间自认,令他带去。统计清兵攻入鹿耳门,进复台湾府城,也是七日。世骠复分兵搜剿南北两路,擒到杜君英等,与朱一贵槛送北京,一概凌迟处死。复将弃台逃走的道府厅县,尽行治罪。只王珍已惧罪自尽,命即剖棺枭示。放世骠等各邀奖叙,也不必细说了。

　　且说康熙帝因台湾再平，八荒无事，自己又年将七旬，明知风烛草霜，衰年易迈，索性开了一个盛会，凡满、汉在职官员，及告老还乡，得罪被谴的旧吏，年纪六十五以上的人，统召入乾清宫，一一赐宴。这时候，正是康熙六十一年春间，天气晴和，不寒不暖，一班老头儿，团坐两旁，差不多有一千个，团住这个老皇帝，饮起酒来。皇帝又特别加恩，叫他不要拘谨，大众奉诏，开杯畅饮。酒兴半酣，老皇帝动了诗兴，做成七律诗一首，命与宴诸臣，按律恭和。这班老头儿，把诗文一道，多半束诸高阁，满员是简直未曾用过工夫，至此要他个个吟诗，几乎变成一种虐政，幸亏这班老人有些乖刁，预料这老皇帝召他饮酒，免不得咬文嚼字，因此早打好通关，先与几个能诗作赋的老朋友，商量妥当，请他作了抢替，一面复贿通宫监，托令传递，所以当场都吟成一诗，恭呈御览，虽是好歹不一，总算不至献丑。诗中大意，千首一律，无非是歌功颂德一套烂语。等到诗已做成，日近黄昏，大众散席，谢了圣恩，出宫而去。这场盛宴，叫作千叟宴，康熙帝倒也非常得意。可奈盛筵不再，好景难留，转瞬间已是冬月，大学士九卿等，方拟次年圣寿七旬，预备大庆典礼，谁料天有不测风云，人有旦夕祸福，康熙帝竟生起病来。这场病非同小可，竟是浑身火热，气急异常，太医院内几个医官，轮流入内诊脉，忙个不了。服药数剂，稍稍减退，身子渐觉爽快，气喘也少觉平顺，只是精神衰迈，一时未能回复，所以未便起床。诸皇子朝夕问安，皇四子胤禛，此次侍奉，却不见十分殷勤，每遇夜间，总要到理藩院尚书府内，密谈一回。这理藩院尚书名叫隆科多，乃是皇四子的母舅。过了数日，康熙帝病体，又好了一些，因卧床多日，未免烦躁，要出去开逛一番。皇四子胤禛入奏，父皇要出去散心，不如至畅春园内，地方宽敞，又是近便，最好静养。康熙帝道："这也是好，只冬至郊天期已近了，朕躬不能亲往，命你恭代，须预先斋戒为是。"皇四子胤禛闻此谕，未免踌躇。康熙帝见他情形，便问道："你敢是不愿去？"胤禛即跪奏道："儿臣安敢违旨，但圣体未安，理应侍奉左右，所以奉命之下，不觉迟疑。"康熙帝道："你的兄弟很多，那个不能侍奉？你只管出宿斋所，虔诚一点便好。"胤禛无奈，遵旨退出。是夜，又与这个母舅隆科多，密议了一夕大事。

　　次日，康熙帝到畅春园，诸皇子随驾前往，隆科多本是皇亲，也随同帮护。独皇四子胤禛已去斋所，不在其中。又过了数天，康熙帝病症复重，御医复轮流诊治，服了药全然无效，反加气喘痰涌，有时或不省人事，诸皇子都着了忙，只隆科多说是不甚要紧。是夜，康熙帝召隆科多入内，命他传旨，召回皇十四子，只是舌头蹇涩，说到十字，停住一回，方说出四子二字。隆科多出来，即遣宫监去召皇四子胤禛，翌晨，胤禛至畅春园，先见了隆科多，与隆科多略谈数语,即入内请安。康熙帝见他回来,痰又上涌,格外喘急。诸皇子急忙环侍,但见康熙帝指着胤禛说道:"好!好!"只此两字,别无他嘱,竟两眼一翻,归天去了。诸皇子齐声号哭,皇四子胤禛,大加哀恸,比诸皇子尤觉凄惨。

隆科多向诸皇子道:"诸阿哥且暂收泪,听读遗诏!"此时诸皇子中,惟允禵远出未归,允禩仍被拘禁,未能擅出奔丧,允祺先已释放,一同在内,听得遗诏二字,先嚷道:"皇父已有遗诏么?"隆科多道:"自然有遗诏,请诸阿哥恭听!"便即开读道:"皇四子人品贵重,深肖朕躬,必能仰承大统,著继朕登基,即皇帝位。"允祺、允禑齐声道:"遗诏是真么?"隆科多正色道:"谁人有几个头颅,敢捏造遗诏?"于是嗣位已定,皇四子趋至御榻前,复抚足大恸,亲为大行皇帝更衣,随即恭奉大行皇帝还入大内,安居乾清宫。丧事大典,悉遵旧章,不必细表。后人有满清官词一首,纪此事道:

> 新月如钩夜色阑,太医直罢药炉寒。
>
> 斧声烛影皆疑案,是是非非付史官。

统计康熙帝在位六十一年,守成之中,兼寓创业,南征北讨的事情,上文已经详叙,若讲到内外各大吏,也算是清正的多,贪污的少。自鳌拜伏罪后,后来只有大学士明珠,佐命有功,得康熙帝信任,未免露出骄恣情状,然总不如鳌拜的专横。此外名臣如魏裔介、魏象枢、李光地、汤斌等,都通理学,于成龙、张伯行、熊赐履、张鹏翮、陆陇其等,都守清操,敫孙遹、高士奇、朱彝尊、方苞等,虽没有什么功业,也要算治世文臣,有的通经,有的能文,肚子中含有学问,与一班酒囊饭袋,究竟两样。康熙帝也好学不倦,上自天象地舆音乐法律兵事,下至骑射医药,蒙古、西域、拉丁文书字母,无乎不窥,无乎不晓;兼且自奉勤俭,待民宽惠,六十年间,蠲租减赋的谕旨,时有所闻,所以全国百姓,统是畏服;满族中得此奇人,总要算出乎其类,拔乎其萃了。

可惜晚年来储位未定,遂致宴驾后,出了一桩疑案。这位秉性阴沉的四阿哥,竟登了大宝,拟定年号是雍正两字,以次年为雍正元年,是为世宗宪皇帝。第一道谕旨,便封八阿哥允禩,十三阿哥允祥为亲王,令与大学士马齐,舅舅隆科多,总理内外事务。第二道谕旨,命抚远大将允禵,回京奔丧,一切军务,由四川总督年羹尧接续办理。

过了残腊,就是雍正元年元日。雍正皇帝升殿,受朝贺礼毕,连下谕旨十一道,训饬督抚提镇以下文武各官,大致叫他是守法奉公,整躬率物,倘有不法情事,难逃朕衷明察,毋贻后悔!次日复视朝,百官俱室,雍正帝问百官道:"昨日元旦,卿等在家,作何消遣。"众官员次第回答,或说饮酒,或说围棋,或说是闲着无事;只有一个侍郎,脸色微赪,听众人俱已答毕,不能再推,只得老老实实的说道:"微臣知罪,昨晚与妻妾们玩了一回牌。"雍正帝笑道:"玩牌原干例禁,昨日乃是元旦,你又只与家中人消遣,不得为罪。朕念你秉性诚实,毫无欺言,特赏你一物,你持回去,与妻妾并看罢!"说毕,掷下小纸包一个。侍郎拾在手中,谢恩而退;回到家中,遵着上谕,取出御赐的物件,叫妻妾同看;当即拆开纸包,大家一瞧,个个吓得伸舌,复将昨日玩过的纸牌,仔细一检,恰恰少一张。看官试掩卷一猜!应知这纸包中,不是别物,定是昨日所失的一张纸牌儿。那时有一位姨太太道:"昨日的纸牌,是我收藏,当时也不及细检,不知如何被皇帝拿去一张?难道当今的圣上,是长手佛转世么?"侍郎道:"不要多嘴,以后大家留意便是。"这位姨太太偏要细问,侍郎走出户外,四周围瞧了一番,方入户闭门,对妻妾道:"我今日还算大幸,圣上问我昨日的事,我晓得这个圣上,不比那大行皇帝,连忙老实说了,圣上方恕我的罪,赐我这张纸牌;若少许欺骗,不是杀头,便是革职哩!"众妻妾又都伸舌道:"有这么利害!"侍郎道:"当今皇上做皇子时,曾结交无数好汉,替他当差办事,这班人藏有一种杀人的利器,名叫血滴子。"说到此处,忽听檐上一声微响,侍郎大惊失色,连忙把头抱住。众妻妾不知何故,有几个胆小的,忙躲入桌下。歇了半响,一物从窗中纵入,侍郎越加胆怯,勉强一顾,乃是一只狸斑猫。侍郎至此,不觉失笑,随令众妻妾各归内室。众妻妾经此一吓,也不敢再问这血滴子。

小子恐看官尚未明白,只好补说数语,再入正传。这血滴子是什么东西?外面用革为囊,里面却藏着好几把小刀,遇着仇人,把革囊罩他头上,用机一拨,头便断入囊中,再用化骨药水一弹,立成血水,因此叫做血滴子。这乃雍正皇帝,同几位绿林豪客,用尽心机,想出来的。

这班绿林豪客的首领,便是四川总督年羹尧。羹尧系富家之子,幼时脾气乖张,专喜耍枪弄棍,他的父亲年遐龄,请了好几个教书先生,教他读书,都被羹尧逐去。后来得了一个名师,能文能武,把羹尧压服,方才学得一身本领。这名师临别赠言,只有"就才敛范"四字。羹尧起初倒也谨佩师训,嗣后与皇四子胤禛结交,受他重托,招罗几个好汉,结拜异姓兄弟,帮助这位皇四子。皇四子就保荐年羹尧,说他材可大用。康熙帝召见,果然是一个虎头燕颔,威风凛凛的人物,遂连次超擢,从百总千总起,直升至四川总督。皇四子外恃年羹尧,内仗隆科多,竟得了冠冕堂皇的帝位。他恐人心不服,有人害他,遂用了这班豪客,飞檐走壁,刺探人家隐情。抚远大将军允禵,督理西陲军务,是雍正帝第一个对头,因此借奔丧为名,立刻调回,令年羹尧继任。至允禵回京后,免不得有点风声闻知,且允禩、允禟辈,又要同他细叙前情,语言之间,总带了三分怨望,谁知早已有人密奏,雍正帝即调往盛京,令他督造皇陵。允禵已去,又降了一道上谕,命总理王大臣道:

贝子允禵,原属无知狂悖,气傲心高,朕屡加训诲,望其改悔,以便加恩,但恐伊终不知改，而朕必欲俟其自悔，则终身不得加恩矣。朕惟欲慰我皇妣皇太后之心，著晋封允䄉为郡王，伊从此若知改悔，朕自叠沛恩施，若怙终不悛，则国法具在，朕不得不治其罪。允䄉来时，尔等将此旨传谕知之！

这道上谕，真正离奇，既要封他为郡王，又说他什么无知，什么不悛，这是何意？古人说得好："将欲取之，必姑与之。"雍正帝登位，先封允禩为亲王，也是这个用意。不过允禩本得罪先帝，人人晓得他的罪孽，所以加他封爵，绝不多谈。独这允䄉，乃先帝爱宠的骄子，前时并没有什么处分，只可先把他无影无踪的罪名，加在身上，一面假作慈悲，封为郡王，令臣民无从推测，然后好慢慢摆布。

过了数月，又想出一个新奇法子，召集总理王大臣，及满汉文武官员，齐集乾清宫。大众不知有什么大事，都捏着一把汗。到了宫内，但见雍正皇上，南面高坐，谕众官道："皇考在日，曾立二阿哥为太子，后来废而又立，立而又废。皇考晚年，常闷闷不乐，联想立储系国家大计，不立不可，明立亦不可。尔等有何妙策？"王大臣齐声道："臣等愚昧，凭圣衷定夺便是！"雍正帝道："据朕想来，建立太子，与一切政治不同。一切政治，须劳大众参酌，立太子的事情，做主子的理应独断。譬如朕有几个皇子，倘必经大众议过，方可立储，恐怕这个王大臣，说是这个阿哥好，那个王大臣，说是那个阿哥好，岂不是筑室道旁，三年不成么？只是明立太子，又未免兄弟争夺，惹出祸端。朕再三筹划，想出一种变通的法子，将拟定皇储的诏旨，亲写密封，藏在匣内。"说到此处，把头向上面一望，手向上面一指，随即道："便安放在这块正大光明匾额后面，可好么？"诸王大臣等，自然异口同声，都说思虑周详，臣下岂有异议？雍正帝遂命诸臣退出，只留总理事务王大臣在内，自己密书太子名字，封藏匣内，令侍卫缘梯而上，把这锦匣安放匾额后面，总算储位已定。这方匾额，悬在乾清宫正中，正大光明四字，乃是雍正帝御笔亲书，这也不在话下。

总理事务王大臣，只看见这匣子，不晓得里面的名字，究竟是那一位阿哥，后来雍正帝晏驾，方将此匣取下，开了匣子，才识密旨中写着皇四子弘历，只弘历是皇后钮祜禄氏所出，相传钮祜禄氏，起初为雍亲王妃，实生女孩，与海宁陈阁老的儿子，是同年同月同日生的。钮祜禄氏恐生了女孩，不能得雍亲王欢心，佯言生男，贿嘱家人，将陈氏男孩儿抱入邸中，把自己生的女孩子，换了出去。陈氏不敢违拗，又不敢声张，只得将错便错，就算罢休。后人也有一首宫词，隐咏这事道：

> 果然富贵亦神仙，内使传呼敞御筵。
> 不辨吕嬴与牛马，上方新赐洗儿钱。

立储事已毕，忽接到川督年羹尧八百里紧报，"青海造反"。为这四字，又要劳动兵戈了。看官少憩,待小子续编下回。

　　本回起首二十行,只结束台湾乱事,不足评论。接续下去,便是清圣祖晏驾事,后人互相推测,议论甚多。或且目目世宗为杨广,年羹尧、隆科多为杨素、张衡,事鲜左证,语不忍闻,作书人所以不敢附和也。惟圣祖欲立皇十四子允禵,皇四子窜改御书,将十字改为于字,此则故父老皆能言之,似不为无因。但证诸史录,亦不尽相符。作者折衷文献,语有分寸。至世宗嗣位,开手即鬼鬼祟祟,绘出一种秘密情状,立储,大事也,乃亦以秘密闻,然则天下事亦何在不容秘密耶? 司马温公云:"事无不可对人言。"清之世宗,事无一可对人言,以视乃父之宽仁,盖相去远矣。

第三十一回

平青海驱除叛酋　颁朱谕惨戮同胞

却说青海在西藏东北,本和硕特部固始汗所居地,固始汗受清朝册封,第十子达什巴图尔,又受清封为和硕亲王,前文已经表过。达什死,子罗卜藏丹津袭爵。罗卜藏丹津阴谋独立,欲脱清廷羁绊,遂于雍正元年,召集附近诸部,在察罕罗陀海会盟,令各复汗号,不得再遵清廷封册,自己叫作达赖浑台吉,统率诸部。又暗约策妄阿布坦为后援,拟大举入寇。偏是丹津的同族额尔德尼,及察罕丹津两人,不愿叛清,被丹津用兵协迫,两人竟挈众内奔。是时清兵部侍郎常寿,适驻西宁,管理青海事务,因额尔德尼来奔,奏闻清廷。雍正帝尚未探悉隐情,只道是青海内哄,即遣常寿往青海调停,常寿到了青海,丹津不由分说,竟将常寿拘禁起来。川督年羹尧,飞草奏报,奉命授年羹尧为抚远大将军,进驻西宁,四川提督岳钟琪,任奋威将军,参赞军务。年羹尧分兵两路,北路守疏勒河,防丹津内犯,南路守巴塘里塘,阻丹津入藏,又檄巴里坤镇守将军富宁安等,出屯吐鲁藩,截住策妄援兵。丹津三路援绝,只号召远近喇嘛二十万众,专寇西宁。岳钟琪自四川出发,沿途剿抚,解散丹津党羽,西陲一带,统已廓清,乘势至西宁,遥见西北郭隆寺旁,聚集番僧无数,钟琪即令兵士前进,驱杀番僧。那时番僧并没有十分勇略,不过一点劫掠的伎俩,忽见大军纷至,势甚凶猛,那里还敢抵敌?呼啸一声,四散奔逃,被岳军追过三条峻岭,焚去十七寨及庐舍七千余,斩首六千级,余众都窜还青海,丹津闻败大惊,送归常寿,奉表请罪。清廷不许,益促年羹尧进兵。

羹尧拟集兵四万余名,由西宁松潘甘州疏勒河,四面进攻,约于雍正二年四月内出发。岳钟琪请道:"青海地方寥阔,寇众不下十万,我军四路会攻,彼若亦四散诱我,击彼失此,击此失彼,恐要四面受敌哩。愚见不如先期发兵,乘春草未生时,捣其不备,方为上策。"羹尧迟疑未决,钟琪飞驿上奏,并愿率精兵四千,自去杀贼。雍正帝准奏,把西征事专任钟琪。钟琪遂于二月出师,途次见野兽奔逸,料知前面定有间谍,严阵前行,果遇敌骑数百,四面兜围,杀得一个不剩;复连夜进兵,沿路歼敌数千,于是敌无哨探,钟琪令部兵蓐食衔枚,宵行百六十里,直抵丹津帐外,拔栅而入。这时丹津正抱着两三个番妇,并头睡熟，不料清兵扑至，仓猝之中，扯了一件番妇衣，披在身上，从帐后逃出，骑了白驼，向西北逃去。钟琪一阵追剿，杀毙无数，真个是尸横遍野，血流成渠，一面扫穴犁庭，搜出丹津的弟妹，及敌党头目数十人，头目杀讫，弟妹押解京师，招降男女数万，夺得驼马牛羊器械甲仗无算。自出师至破敌，凡十五日，往返两月，好算奇捷。诏封年羹尧一等公，岳钟琪三等公，勒碑太学，如康熙时征准部例。岳钟琪又进剿余党，以次荡平，先后辟青海地千余里，分其地赐各蒙古，分二十九旗，设办事大臣于西宁，改西宁卫为府城。青海始定。

雍正帝既平外寇，复一意防着内讧，这日召舅舅隆科多入内议事，议了许久，隆科多始自大内退出。众王大臣闻这消息，料知雍正帝必有举动。到了次日，降旨派固山贝子允禵往西宁犒师，众王大臣亦看不出什么异事。过了两日，又命郡王允禩巡阅张家口，众王大臣也没有什么议论。只是廉亲王允禩未免闷闷不乐。又过了十余日。兵部参奏："允禵奉使口外，不肯前往，捏称有旨令其进口，竟在张家口居住"云云。有旨："着廉亲王允禩议奏。"允禩复陈，应由兵部速即行文，仍令允禵前往，并将不行谏阻的长史额尔金，交部议处。有旨："允禵既不肯奉差，何必再令前往，额尔金无关轻重，何必治罪，着允禩再议具奏。"允禩无法，只得再奏："允禵不肯前往，捏旨进口，应革去郡王，逮回交宗人府禁锢。"于是雍正帝批交诸王贝勒贝子公，及议政大臣，速议具奏。诸王大臣已俱知圣意，不得不火上添油，井中投石，把一个郡王，逮回圈禁宗人府去了。允禵罪状已定，不料宗人府又上一本，弹章内称："贝子允禟，差往西宁，擅自遣人往河州买草，踏看牧地，抗违军法，横行边鄙，请将允禟革去贝子，以示惩儆。"当即奉旨："允禟革去贝子，安置西宁。"

是年冬月，废太子允礽，忽在咸安宫感冒时症，雍正帝连忙着太医诊治，复派舅舅隆科多，前往探问。废太子见了隆科多愈加气恼，病势日增，服药无效。雍正帝又许他入内侍奉，不到十天，废太子竟死了。雍正帝立即下旨，追封允礽为和硕理密亲王，又封弘晳母为理亲王侧妃，命弘晳尽心孝养。理亲王侍妾曾有子女者，俱令禄赡终身。又亲往祭奠，大哭一场。并封弘晳为郡王。一班拍马屁的王大臣，都说圣上仁至义尽，就是雍正帝自说："二阿哥得罪皇考，并非得罪朕躬，兄弟至情，不能自己，并非为邀誉起见。"只郡王弘晳奉了遗命，在京西郑家庄辟一所私第，奉母宁居，不闻朝事，总算一个明哲保身的贵胄。

雍正三年春，廉亲王允禩，怡亲王允祥，大学士马齐，舅舅隆科多，奏辞总理事务职任，得旨照允，惟廉亲王允禩怀挟私心，遇事阻挠，不得议叙。看官！试想人非木石，那有不知恩怨的道理？这雍正帝对待兄弟，这般寡恩，这般树怨，自然那兄弟们满怀忿恨，也想报复，偏这雍正帝刻刻防备，凡允禩、允禟、允禵、允禵的秘密行为，令随带血滴子的豪客，格外留心侦察。一日，西宁探客来报,说:"九阿哥允禟在西宁,用西洋人穆经远为谋主,编了密码,与允禩往来通递,大约是蓄谋不轨,请圣上密防!"随呈上一封密函,乃是九阿哥与八阿哥的书信,被探客窃取得来。雍正帝反复观看,任你聪明伶俐,恰是一句不懂;当即收藏匣中,令探客再去细察。又一日,盛京探客亦到,报称:"十四阿哥允禵,督守陵寝,有奸民蔡怀玺,到院投书,称允禵为真主,允禵并不罪他,反将书上要紧字样,裁去涂抹,所以特来报闻。"雍正帝夸奖一番,打发去讫。这个探客已去,那个探客又来,据言,"八阿哥允禩,日夜诅咒,求皇上速死。"雍正帝勃然大怒,诏大学士等撰文,告祭奉先殿,削允禩王爵。幽禁宗人府,移允禟禁保定。逮回允禵治罪。复阴令廷臣上本参奏,不到数天,参劾允禩、允禟、允禵的奏章,差不多有数十本。隆科多等尤为着力,胪陈罪状,允禩四十大罪,允禟二十八大罪,允禵十四大罪,俱乞明正典刑。雍正帝恰令诸王大臣,再三复议。诸王大臣再三力请,方才下旨,把允禩、允禟削去宗籍,允禵拘禁,改允禩名为阿其那,允禟名为塞思黑。"阿其那"、"塞思黑"等语,乃是满州人俗话,"阿其那"三字,译作汉文,就是猪。"塞思黑"三字,译作汉文,就是狗。还有数道长篇大论的朱谕,小子录不胜录,只好将着末这一道,录供众览如下:

我皇考聪明首出,文武圣神,临御六十余年,功德隆盛,如征三藩,平朔漠,皆不动声色,而措置帖然。凡属凶顽,无不革面洗心,望风响化。而独是诸子中,有阿其那、塞思黑、允禵者,奸邪成性,包藏祸心,私结党援,妄希大位,如鬼如蜮,变幻千端,皇考曲加矜全宽宥之恩,伊等并无感激悔过之意,以致皇考震怒,屡降严旨切责,怂激之语,凡为臣子者,不忍听闻。圣躬因此数人,每忧愤感伤,时为不豫,朕侍奉左右,安慰圣怀,十数年来,费尽苦心,委曲调剂,此诸兄弟内廷人等所共知者。及朕即位,以阿其那实为匪党倡首之人,伊若感恩,改过自新,则群邪无所比昵,党羽自然解散,是以格外优礼,晋封王爵,推心任用。且知其素务虚名,故特奖以诚孝二字,鼓舞劝勉之。盖朕心实望其迁善改过也。乃伊办理事务,怀私挟诈,过犯甚多,朕俱一一宽免,未罚伊一人之俸,未治伊家下一人之罪,亦始终望其迁善改过耳。迨今三年有余,而悖逆妄乱,日益加甚,时以蛊惑人心,扰乱国政,烦朕心激朕怒为事。而公廷之上,诸王大臣之前,竟至指誓天日,诅咒不道,不臣之罪,人人发指。朕思此等凶顽之人,不知德之可感,或知法之可畏,故将伊革去王爵,拘禁宗人府,而阿其那反向人云:"拘禁之后,我每饭加餐,若全尸以殁,我心断断不肯。"似此悖逆之言,实意想所不到,古今所罕有也。总之伊自知从前所为之事,久为朕心洞悉,且为天地所必诛,扪心自问,殊无可赦之理,遂以伊毒忍之性度朕,故为种种桀骛狂肆之行,以激朕怒,但欲朕置伊于法,使天下不明大义之人或生议论，致朕之声名，有损万一，以快其不臣之心，遂其怨望之意。朕受皇考付托之重，统御寰区，一民一物，无不欲其得所，以共享皇考久道化成之福，岂于兄弟手足，而反忍有伤残之念乎？且朕昔在藩邸时，光明正在，诸兄弟才识，实不及朕，待朕悉皆恭敬尽礼，不但不敢侮慢，并无一语争竞，亦无一事猜嫌，此历来内外皆知者，不待朕今日粉饰过言也。今登大位，岂忽有藏怒匿怨之事，而欲修报复乎？无奈朕昆弟中，有此等大奸大恶之徒，而朕于家庭之间，实有万难万苦之处，不可以德化，不可以威服，不可以诚感，不可以理喻，朕展转反复，无可如何，含泪呼天，我皇考及列祖在天之灵，定垂昭鉴。阿其那与塞思黑、允䄉、允䄔、允禵结为死党，而阿其那阴险诡谲，实为罪魁；塞思黑之恶，亦与相等；允䄉等狂悖糊涂，受其笼络，听其指挥，遂至胶固而不解。总之此数人者，希冀非分，密设邪谋，贿结内外朋党，煽惑众心，行险徼幸之辈，皆乐为之用，私相推戴，而忘君臣之大义。此风渐积，已二十余年，惟朕知之最详最确。若此时不将朕所深知灼见者，分晰宣谕，晓示天下，垂训后人，将来朕之子孙，欲明晰此逆党之事，恐年岁久远，或有怀挟私心之辈，借端牵引，反致无罪之人，枉被冤抑。况朕之所深知者，在廷诸臣，未必能尽之，三年以来，朕遇便则备悉训示，明指伊等居心行事之奸险；今在廷诸臣，虽知之矣，而天下之人，未必能知之。此是非邪正，所关甚大，朕所以不得不反复周详，剖悉晓谕也。诸王大臣胪列阿其那、塞思黑、允䄉各款，合词纠参，请正典刑以彰国法，参劾之条，事事皆系实迹，而奏章中所不能尽者，尚有多端，难以悉数。今诸王大臣以邪党不翦，奸究不除，恐为宗社之忧，数次引大义灭亲之请者，固为得理，但朕受皇考付托之重，而手足之内，遭遇此等逆乱顽邪，百计保全而不得，实痛于衷，不忍于情。然使姑息养奸，优柔贻患，存大不公之私心，怀小不忍之浅见，而不筹及国家宗社之长计，则朕又为列祖列宗之大罪人矣。允禵、允䄔、允䄉，虽属狂悖乖张，尚非首恶，已皆拘禁，冀伊等感发天良，悔改过恶。至阿其那、塞思黑治罪之处，朕不能即断，俟再加详细熟思，颁发谕旨，可将诸王大臣等所奏，及朕此旨颁示中外，使咸知朕万难之苦衷，天下臣工，自必谅朕为久安长治之计，实有不得已之处也。特谕。

这谕下后，不到数日，顺承郡王锡保入奏，阿其那死了。雍正帝故作惊讶道："阿其那有什么重病，竟致身死？看守官也太不小心，既见阿其那有病，为何不先报知？"锡保道："据看守官说，昨日晚餐，阿其那还好好儿吃饭，不料到了夜间，暴疾而亡。"雍正帝顿足道："朕想他改过迁善，所以把他拘禁，不忍加诛，谁知他竟病死了。"正嗟叹间，宗人府又来报道："塞思黑在保定禁所，亦暴疾身死。"雍正帝叹道："想是皇考有灵,把二人伏了冥诛,若使不然,他二人年尚未老,为什么一同去世呢?"次日,诸王大臣合词奏请,阿其那、塞思黑逆天大罪,应戮尸示众,其妻子应一律正法。同党允禵、允祯亦应斩决。奉旨："阿其那、塞思黑已伏冥诛,应毋庸议!其妻子从宽免诛,逐回母家,严加禁锢。允禵、允祯,尚非首恶,暂缓正法,后再定夺。"王大臣等见了此旨,方不再奏,后人有诗咏此事道:

> 阿其那与塞思黑,煎豆燃萁苦不容。
>
> 玄武门前双折翼,泰陵毕竟胜唐宗。

允祺、允祯死后,雍正帝已除内患,复想出一种狠毒的手段,连年羹尧、隆科多一班人物,也要除灭了他,这正算是辣手。下回表明一切,请看官往后续阅!

荡平青海,功由岳钟琪,年羹尧第拱手受成而已,封为一等公,酬庸何厚?且闻其父年遐龄,亦晋公爵,其长子斌列子爵,次子富列男爵,赏浮于功,宁非别有深意耶?后人谓世宗之立,内恃隆科多,外恃年羹尧,不为无因。作者既于前回表明,本回第据事直叙,两两对勘,已见隐情。若允禩、允禵,不过于圣祖在日,潜谋夺嫡而已,世宗以计得立,即视之若眼中钉,始则虚与委蛇,继则屡加呵责,匪惟斥之,且拘禁之,匪惟禁之,且暗杀之。改其名曰阿其那,曰塞思黑,曾亦思阿其那、塞思黑为何人之子孙?自己又为何人之子孙子?辱其兄弟,与辱己何异,与辱及祖考又何异。虽利口喋喋,多见其忍心害理而已。作者仅录朱谕一道,已如见肺肝,王大臣辈无讥焉。

第三十二回

兔死狗烹功臣骈戮　鸿罹鱼网族姓株连

　　却说抚远大将军年羹尧，本是雍正帝的心腹臣子，青海一役，受封一等公；其父遐龄，亦封一等公爵，加太傅衔，赐缎九十匹；长子斌封子爵，次子富亦封一等男，古人说得好："位不期骄，禄不期侈。"年羹尧得此宠遇，未免骄侈起来。况他又是雍正帝少年朋友，并有拥戴大功，自思有这个靠山，断不至有意外情事，因此愈加骄纵。平时待兵役仆隶，非常严峻，稍一违忤，立即斩首。他请了一个西席先生，姓王字涵春，教幼子念书，令厨子、馆僮，侍奉维谨。一日，饭中有谷数粒，被羹尧察出，立即处斩。又有一个馆僮，捧水入书房，一个失手，把水倒翻，恰巧泼在先生衣上，又被羹尧看出，立拔佩刀，割去馆僮双臂。吓得这位王先生，日夜不安，一心只想辞馆，怎奈见了羹尧，又把话儿噤住，恐怕触忤东翁，也似厨子、馆僮一般，战战兢兢，过了三年，方得东翁命令，叫幼子送师归家。这位王先生，离开这阎罗王，好象得了恩赦，匆匆回家；到了家门，蓬荜变成巨厦，陋室竟作华堂，他的妻子，出来相迎，领着一群丫头使女，竟是珠围翠绕，玉软香温，弄得这位王先生，茫无头绪，如在梦中。后经妻子说明，方知这场繁华，统是东家年大将军，背地里替他办好，真是感激不尽。那位年少公子，奉了父命，送师至家，王先生知他家法森严，不敢叫他中道折回。到了家中，年公子呈上父书，经先生拆阅，乃是以子相托，叫幼子居住师门，不必回家。先生越发奇怪，转想年大将军既防不测，何不预先辞职，归隐山林？这真不解！当时亦不便多嘴，便将来书交年公子自阅。公子阅毕，自然遵了父命，留住不归。先生也自然格外优待，且不必说。

　　只年将军总是这般脾气，喜怒无常，杀戮任性，起居饮食，与大内无二，督抚、提镇，视同走狗，在西宁时，见蒙古贝勒七信的女儿，姿色可人，遂不由分说，着兵役抬回取乐，一面令提督吹角守夜，提督军门，总道他得了娇娃，无暇巡察，差了一个参将，权代守夜。谁知这位年大将军，精神正好，上了一次舞台，又起身出营巡逻，见守夜的乃是参将，并不是提督，遂即回营，把提督、参将，一齐传到，喝令斩决示众。但他既残忍异常，如何军心这般畏服？他杀人原是利害，他的赏赐，也比众不同，一赐千万，毫不吝惜，所以兵士绝不谋变。

惟这赏钱从那里得来？未免纳贿营私，冒销滥报。雍正帝未除允祺、允䄉等人，虽闻他种种不法，还是隐忍涵容，等到允禩、允䄉，已经拘禁，他索性把同与秘谋的人，也一律处罪，免得日后泄漏。一日下谕，调年羹尧为杭州将军，王大臣默窥上意，料知雍正帝要收拾羹尧，便合词劾奏。雍正帝大怒，连降羹尧十八级，罚他看守城门。他在城门里面，守得格外严密，任你王孙公子，丝毫不肯容情，因此挟怨的人，愈沿愈多。王大臣把他前后行为，一一参劾，有几条是真凭实据，有几条是周纳深文，共成九十二大罪，请即凌迟处死。还是雍正帝记念前劳，只令自尽，父子等俱革职了事。惟年富本不安本分，着即处斩，所有家产，抄没入官。

年羹尧已经伏法，还有隆科多未死，雍正帝又要处治他了。都察院先上书纠劾隆科多，说他庇护年羹尧，例应革职。得旨："削去太保衔，职任照旧。"嗣刑部又复上奏，劾他挟势婪赃，私受年羹尧等金八百两，银四万二千二百两，应即斩决。有旨："隆科多才尚可用，免其死罪，革去尚书，令往理阿尔泰边界事务。"隆科多去后，议政王大臣等，复奏隆科多私钞玉牒，存贮家中，应拿问治罪。奉旨准奏，即着缇骑速回隆科多，饬顺承郡王锡保密审，锡保遵旨审讯，提出罪案，质问隆科多。隆科多道："这等罪案，还是小事，我的罪实不止此。只我乃是从犯，不是首犯。"锡保道："首犯是那一个？"隆科多道："就是当今皇上。"锡保道："胡说！"隆科多道："你去问他，那一件不是他叫我做的。他已做了皇帝，我等自然该死。"锡保不敢再问，便令将隆科多拘住，一面锻炼成狱，说他大不敬罪五件，欺罔罪四件，紊乱朝政罪三件，奸党罪六件，不法罪七件，贪婪罪十七件，应拟斩立决，妻子为奴，财产入官。雍正帝特别加恩，特下谕旨道：

·隆科多所犯四十款重罪，实不容诛，但皇考升遐之日，召朕之诸兄弟，及隆科多入见，面降谕旨，以大统付朕。是大臣之内，承旨者惟隆科多一人，今因罪诛戮，虽于国法允当，而朕心实有所不忍。隆科多忍负皇考及朕高厚之恩，肆行不法，朕既误加信任于初，又不曾严行禁约于继，惟有朕躬引过而已。在隆科多负恩狂悖，以致臣民共愤，此伊自作之孽，皇考在天之灵，必昭鉴而默诛之。隆科多免其正法，于畅春园外，附近空地，造屋三间，永远禁锢。伊之家产，何必入官，其妻子亦免为奴。伊子岳兴阿着革职，玉柱着发往黑龙江当差。钦此。

雍正帝本是个刻薄寡恩的主子，喜怒不时，刑赏不测，他于年羹尧、隆科多二人，一令自尽，一饬永禁，惟家眷都不甚株累，分明是纪念前功，格外矜全的意思。只前回说这年大将军，系血滴子的首领，此次年将军得罪，难道这种侠客，不要替他复仇么？据故老传说：雍正帝既灭了允禩、允禟一班兄弟，复除了年羹尧、隆科多一班功臣，他想内外无事，血滴子统已没用，索性将这班豪客，诱入一室，阳说饮酒慰劳，暗中放下毒药，一古脑儿把他鸩死，绝了后患，所以血滴子至今失传。这种遗闻，毕竟是真是假，小子无从证实，姑遵了先圣先师的遗训，多闻阙疑便了。

只是年羹尧案中，还牵连文字狱两案：浙人汪景祺，作西征随笔，语涉讥讪，年羹尧不先奏闻，目为大罪，把汪景祺立即斩决，妻子发往黑龙江为奴，还有侍讲钱名世，作诗投赠年羹尧，颂扬平藏功德，谄媚奸恶，罪在不赦，革去职衔，发回原籍。榜书"名教罪人"。悬挂钱名世居宅，总算是格外宽典。此外文字狱，亦有数种：江西正考官查嗣庭，出了一个试题，系《大学》内"维民所止"一语，经廷臣参奏。说他有意影射，作大逆不道论。小子起初也莫名其妙，后来觅得原奏，方知道他的罪证，原奏中说"维"字"止"字，乃"雍"字"正"字下身，是明明将"雍正"二字，截去首领，显是悖逆。可怜这正考官查嗣庭未曾试毕，立命拿解进京，将他下狱，他有冤莫诉，气愤而亡。还要把他戮尸枭示，长子坐死，家属充军。又有故御史谢济世，在家无事，注释《大学》，不料被言官闻知，指他毁谤程朱，怨望朝廷。顺承郡王锡保参了一本，即令发往军台效力。这个谢济世竟病死军台，不得生还。相传雍正年间，文武官员，一日无事，便相庆贺，官场如此，百姓可知，这真叫他法网森严呢。

另有一种案子，比上文所说的，更是重大，待小子详细叙来：浙江有个吕留良，表字晚村，他生平专讲种族主义，隐居不仕。大吏闻他博学，屡次保荐，他却誓死不去。家居无事，专务著作，到了死后，遗书倒也不少，无非论点夷夏之防，及古时井田封建等语。当时文网严密，吕氏遗书，不便刊行，只其徒严鸿逵、沈在宽等，抄录成编，作为秘本。湖南人曾静，与严沈两人，往来投契，得见吕氏遗著，击节叹赏。寻闻雍正帝内诛骨肉，外戮功臣，清官里面，也有不干不净的谣传。他竟发生痴想，存了一个尊攘的念头。他有个得意门生，姓张名熙，颇有胆气，曾静与他密议，张熙道："先生之志则大矣，先生之号则不可。"曾静道："《春秋》大义，内夏外夷，若把这宗旨提倡，那有不感动人心？你如何说是不可？"张熙道："滔滔者，天下皆是也，靠我师生两个，安能济事？"曾静道："居！吾语汝！"遂与张熙耳语良久。张熙仍是摇头，曾静道："他是大宋岳忠武王后裔，难道数典忘祖么？况满廷很加疑忌，他亦昼夜不安，若有人前往游说，得他反正，何愁大业不成？"张熙道："照这样说来，倒有一半意思，但是何人可去？"曾静道："明日我即前往。"张熙道："先生若去，吉凶难卜，还是弟子效劳为是。"曾静随写好书信，交与张熙，并向张熙作了两个长揖，张熙连忙退避。次日，张熙整顿行装，到业师处辞行。曾静送出境外，复吩咐道："此行关系圣教，须格外郑重！"张熙答应，别了曾静，径望陕西大道而去。

这时川陕总督，正是岳钟琪，张熙昼行夜宿，奔到陕西，问明总督衙门，即去求见。门上兵役，把他拦住，张熙道："我有机密事来报制军，敢烦通报。"便取出名帖，递与兵役。由兵役递进名帖，钟琪一看，是湖南靖州生员张熙八个小字，随向兵弁道："他是个湖南人氏，又是一个秀才，来此做什么？不如回绝了他！"兵弁道："据他说有机密事报闻，所以特地前来。"钟琪道："既如此，且召他进来！"兵弁出去一会，就带了张熙入内。张熙见了岳钟琪，只打三拱，钟琪也不与他计较，便问道："你来此何干？"张熙取出书信，双手捧呈。钟琪拆阅一周，顿时面色改变，喝令左右将张熙拿下。左右不知何故，只遵了总督命令，把张熙两手反绑。张熙倒也不甚惊惧，钟琪便出坐花厅，审问张熙，两旁兵弁差役，齐声呼喝，当将张熙带进，令他跪下。钟琪道："你这混帐东西，敢到本部堂处献书，劝本部堂从逆，正是不法已极，只我看你一个书生，哪有这般大胆，究竟是被何人所愚，叫你投递逆书？你须从实招来，免受刑罚！"张熙微笑道："制军系大宋忠武王后裔，独不闻令先祖故么？忠武王始终仇金，晓明攘夷大义，虽被贼臣构陷，究竟千古流芳。公乃背祖事仇，宁非大误，还请亟早变计，上承祖德，下正民防，做一番烈烈轰轰的事业，方不负我公一生抱负。"钟琪大喝道："休得胡说！我朝深思厚泽，浃髓沦肌，那个不心悦诚服？独你这个逆贼，敢来妄言。如今别话不必多说，但须供出何人指使，何处巢穴。"张熙道："扬州十日，嘉定三日，这是人人晓得的故事，我公视作深恩厚泽，真正奇闻。我自读书以来，颇明大义，内夏外夷，乃是孔圣先师的遗训，如要问我何人指使，便是孔夫子，何处巢穴，便是山东省曲阜地方，所供是实。"钟琪道："你不受刑，安肯实供？"喝左右用刑。早走上三四个兵役，把张熙揪翻，取过刑仗，连挞臀上，一五一十的报了无数，连臀血都浇了出来。张熙只连叫孔夫子，孔老先生，终没有一句实供。钟琪复命左右加上夹棍，这一夹，比刑仗利害得多，真是痛心彻肺，莫可言状。张熙大声道："招了招了。"兵役把夹棍放宽，张熙道："不是孔夫子指使，乃是宋忠武王岳飞指使的。"钟琪连拍惊堂木，喝声快夹。兵役复将夹棍收紧，张熙哼了一声，晕绝地上。兵役忙把冷水喷醒，钟琪喝问实供不实供？张熙道："投书的是张熙，指使的亦是张熙，你要杀就杀，要剐就剐。哼、哼、哼！张熙倒要流芳百世，恐怕你岳钟琪恰遗臭万年。"钟琪暗想道："我越用刑，他越倔强，这个蠢汉，不是刑罚可以逼供的。"当命退堂，令将张熙拘入密室。

过了两夕，忽有一个湖南口音，走入张熙囚室内，问守卒道："哪个是张先生？"守卒便替他指引，与张熙照面。张熙毫不认识，便是那人开口道："张兄久违了！"张熙不觉惊异起来。那人道："小弟与张兄乃是同乡，只与张兄会过一次，所以不大相识。"张熙问他姓名。那人道："此处非讲话之所。惟闻张兄创伤，特延伤科前来医治，待张兄伤愈，再好细谈。"说毕，便引进医生，替他诊治，外敷内补，日渐痊可。那人复日夕问候，张熙感他厚谊，一面道谢，一面问他来历。那人自说现充督署幕宾，张熙越加惊疑。那人并说延医诊治，亦是奉制军差遣，张熙道："制军与我为仇，何故医我创伤？"那人起身四瞧，见左右无人，便与张熙附耳道："前日制军退堂，召我入内，私对我说道：'你们湖南人，颇是好汉。'我当时还道制军不怀好意，疑我与张兄同乡，特来窥探，我便答道：'这种人心怀不轨，有什么好处？'制军恰正色道：'他的言语，到是天经地义，万古不易，只他未免冒失，那里有堂堂皇皇，来投密书，我只得把他刑讯，瞒住别人耳目，方好与他密议。'随央我延医诊治。我虽答应下来，心里终不相信，所以次日未来此处。不意到了夜间，制军复私问延医消息，并询及张兄伤痕轻重如何？我又答道：'此事请制军三思，他日倘传将出去，恐怕未便，况当今密探甚多，总宜谨慎为是。'制军怅然道：'我道你与他同乡，不论国防，也须顾点乡谊，你却如此胆小，圣言微义，从此湮没了。'随又取出张兄所投的密书，与我瞧阅，说着，'书中语语金玉，不可轻视。'我把书信阅毕，缴还制军，随答道：'据书中意思，无非请制军发难，恐怕未易成功。'这一句话，恼了制军性子，顿时怒容满面道：'我与你数年交情，也应知我一二，为什么左推右阻？'我又答道：'据制军意见，究属如何？'制军道：'我是屡想发难，只惜无人帮助，独木不成林，所以隐忍未发，若得写书的人，邀作臂助，不患不成。你且将张某医好，待我前去谢罪，询出写书人姓字，前去聘他方好。'又叫我严守秘密，我见制军诚意，并因张兄同乡，所以前来问候。"张熙听他一派鬼话，似信非信，便道："制军如果有此心，我虽死亦还值得。但恐制军口是心非。"那人便接口道："现今皇上也很疑忌制军，或者制军确有隐衷，也未可知。"说毕辞去。

隔了一宿，那人竟与岳制军同至密室。岳制军谦恭的了不得，声声说是恕罪；又袖出人参二支，给他调养，并说道："本拟设席压惊，只恐耳目太多，不便张皇，还请先生原谅！"叙了许久，也不问起写书人姓字，作别而去。嗣后或是那人自来，或是制军同至，披肝露胆，竭尽真诚。张熙被他笼住，不知不觉的把曾静姓名，流露出来。岳钟琪当即飞奏，并移咨湖南巡抚王国栋，拿问曾静。雍正帝立派刑部侍郎杭弈禄，正白旗副都统海兰，到湖南会同审讯。曾静供称生长山僻，素无师友，因历试州城，得见吕留良评论时文，及留良日记，因此倾信。又供出严鸿逵、沈在宽等，往来投契等情。杭弈禄等据供上闻，雍正帝复飞饬浙江总督李卫，速拿吕留良家属，及严鸿逵、沈在宽一干人犯，并曾静、张熙，一并押解到京，命内阁九卿，谳成罪案。留良戮尸，遗书尽毁。其子毅中处斩，鸿逵已病殁狱中，亦令枭首。在宽凌迟处死。罪犯家属，发往黑龙江充军。曾静、张熙，因被惑讹言，加恩释放。惟将前后罪犯口供，一一汇录刊布，冠以圣谕,取名大义觉迷录,颁行海内,留示学宫。可怜吕留良等家眷,被这虎狼衙役,牵的牵,扯的扯,从浙江到黑龙江,遥遥万里,备极惨楚,单有一个吕四娘,乃留良女儿,他却学成一身好本领,奉着老母,先日远扬去了。小子凑成七绝一首道:

> 文字原为祸患媒,不情惨酷尽堪哀。
>
> 独留侠女高飞去,他日应燃死后灰。

雍正帝既惩了一干人犯,复洋洋洒洒的下了几条谕旨,小子不暇遍录,下回另叙别情。

年羹尧、隆科多二人,与谋夺嫡,罪有攸归,独对于世宗,不为无功。世宗杀之,此其所以为忍也。且功成以后,不加裁抑,纵使骄恣,酿成罪恶,然后刑戮有名,斯所谓处心积虑成于杀者。读禁隆科多谕旨,不啻自供实迹。言为心声,欲盖弥彰,矫饰亦奚益乎?文狱之惨,亦莫过于世宗时,一狱辄株连数十百人,男子充戍,妇女为奴,何其酷耶?本回于雍正帝事,仅叙其大者,外此犹从阙略,然已见专制淫威,普及臣民,作法于凉,必致无后。吕嬴牛马,亶其然乎?

第三十三回

畏虎将准部乞修和　望龙髯苗疆留遗恨

　　却说罗卜藏丹津远窜后,投奔准噶尔部,依策妄阿布坦。清廷遣使索献,策妄不奉命。是时西北两路清军,已经撤回,惟巴里坤屯兵,仍旧驻扎。雍正五年,策妄死,子噶尔丹策零立,狡黠好兵,不亚乃父。雍正帝拟兴师追讨,大学士朱轼,都御史沈近思,都说时机未至,暂缓用兵,独大学士张廷玉,与上意相合。乃命傅尔丹为靖远大将军,屯阿尔泰山,自北路进,岳钟琪为宁远大将军,屯巴里坤,自西路进,约明年会攻伊犁。雍正帝亲告太庙堂子,随升太和殿,行授钺礼,并亲视大将军等,上马启行。是日天本晴朗,忽然阴云四合,大雨倾盆,旌纛不扬,征袍皆湿。沿途露餐风宿,到了汛地,驻扎数月。会罗卜藏丹津,与族属舍楞,谋杀噶尔丹策零,夺据准部。事泄,丹津被执。噶尔丹策零,遣使特磊到京,愿执丹津来献。于是有旨令两大将军暂缓出师,回京面授方略。令提督纪成斌,副将军巴赛,分摄两路军事。不料噶尔丹策零闻将军召还,竟遣兵二万,入袭巴里坤南境科舍图牧场,抢夺牲畜。纪成斌仓猝无备,不及赴援,幸亏总兵樊廷,副将冶大雄,急率二千兵驰救。总兵张元佐,亦领兵来会。力战七昼夜,方杀退敌众,夺回牲畜大半。诏奖樊廷、张元佐等,降纪成斌为副将,仍令傅尔丹、岳钟琪各赴军营。

　　傅尔丹容貌修伟,颇有雄赳气象,无如徒勇寡谋,外强中干。先是与岳钟琪同时出师,沿途扎营,两旁必列刀槊,钟琪问他何用? 傅尔丹道:"这种刀槊,统是我的家伙,摆立两旁,所以励众。"钟琪微笑,出了营,语自己的将佐道:"将在谋不在勇,徒靠这个军器,恐不中用。这位傅大将军,未免要临阵蹉跌呢!"此次奉命再出,亟至科尔多,策零遣大小策零敦多布,率兵三万,进至科布多西边博克托岭。傅尔丹闻报,命部将往探,捉住番兵数名回来,由傅尔丹讯问,番兵答道:"我军前队千余人,已至博克托岭,带有驼马二万只,后队现尚末到。"傅尔丹道:"你等愿降否?"番兵道:"既已被捉,如何不降?"傅尔丹大喜,令为前导,即发兵万人随袭敌营。忽有数人入谏道:"降兵之言不可信,大帅宜慎重方好!"傅尔丹视之,乃副都统定寿、永国、海寿等人,便道:"你等何故阻挠?"定寿道:"行军之道,精锐在先,辎重在后,断没有先后倒置的道理。况据降兵报称,敌兵前队,只千余名,驼马恰有二万头,这等言语,显是不情不实,请大帅拷讯降卒,自得真供。"傅尔丹叱道:"他已愿降,如何还要拷讯?就使言语不实,他总有兵马扎住岭上,我去驱杀一阵,逐退贼兵,亦是好的。"便令副将军巴赛,率兵万人先进,自率大兵接应。巴赛挑选精骑四千,跟降卒前行,作为先锋,三千为中军,三千为后劲,勒马衔枚,疾趋博克托岭。到了岭下,望见岭上果有驼马数十头,番兵数十名,巴赛忙驱兵登岭,番兵立刻逃尽,剩下驼马,被清兵获住。复向岭中杀入,山谷间略有几头驼马,四散吃草,前锋不愿劫夺,只管疾行。后队见有驼马,争前牵勒,猛听得胡笳远作,番兵漫山而来。巴赛亟想整队御敌,各兵已自哗乱,霎时毡裘四合,把清兵前后隔断,前锋到和通泊陷入重围,只望后队援应,后队的巴赛又望前队回援,两不相顾,大众乱窜。番兵趁这机会,万矢齐射,清兵前锋四千名,陷没和通泊,巴赛身中数箭,倒毙谷中,六千人不值番兵一扫,荡得干干净净。

这时候,傅尔丹已到岭下,暂把大兵扎住,拟窥探前军情形,再定进止。忽见番兵乘高而下,呼声震天,傅尔丹亟命索伦蒙古兵抵御,科尔沁蒙古兵,悬着红旗,土默特蒙古兵,悬着白旗,白旗兵争先陷阵,红旗兵望后遁走。索伦兵惊呼道:"白旗兵陷没,红旗兵退走了。"各军队闻了此语,吓得心惊胆战,你也逃,我也走,只恨爹娘少生两条腿子,拼命乱跑。傅尔丹惊惶失措,也只得且战且走。番兵长驱掩杀,击毙清兵无数,伤亡清将十余员,只傅尔丹手下亲兵二千名,保住傅尔丹逃回科布多。番兵俘得清兵,用绳穿胫,盛入皮囊内,系在马后,高唱胡歌而去。

败报传到北京,雍正帝急命顺承郡王锡保代为大将军,降傅尔丹职。别遣大学士马尔赛,率兵赴归化城,扼守后路。那边大小策零,既败傅尔丹,遂乘胜进窥喀尔喀,绕道至外蒙古鄂登楚勒河,惹出一个大对头来。这个大对头,名叫策凌,他是元朝十八世孙图蒙肯的后裔,幼时曾居北京,侍内廷,尚公主,后来带了家眷还居外蒙古塔米尔河。他的祖宗蒙肯,尊奉黄教,达赖喇嘛给他一个三音诺颜的美号。藏俗叫善人为三音,蒙古俗叫官长为诺颜,蒙藏合词,译作汉文,就是好官长的意义。策凌袭了祖宗的徽号,隶入土谢图汗下,他因喀尔喀与准部毗连预练士卒,防备准寇,适值小策零绕道来攻,策凌先遣六百骑挑战,诱他追来,自率精骑,跃马冲入。敌将喀喇巴图鲁,勇悍善战,持刀来迎,被策凌大喝一声,立劈喀喇巴图鲁于马下。小策零部众,见喀喇被杀,无不股栗,当即退走。策凌追出境外,俘馘数千名,方令退兵。驰书奏捷,奉旨晋封亲王,命他独立,不复隶土谢图。自是喀尔喀蒙古内,特增三音诺颜部,与土谢图、札萨克、车臣三汗,比肩而立了。

小策零败还后,屯兵喀喇沙尔城,至雍正十年六月,纠众三万,偷过科布多大营,复图北犯。顺承郡王锡保,急檄策凌截击,策凌兼程前进,将至本博图山,忽接塔米尔河警信,准兵从间道突入本帐,把子女牲畜,尽行掠去,策凌愤极,对天断发,誓歼敌军,一面返旆驰救,一面告急锡保,请师夹攻。策凌部下,有一个脱克浑,绰号飞毛腿,一昼夜能行千里,他浑身穿着黑衣,外罩黑氅,每登高峰,探敌虚实,用两手张开黑氅,好象老鹰一般,敌兵就使望见亦疑是塞外巨鹰,不去防备,他却把敌兵情势,望得明明白白,来报策凌。策凌至杭爱山西麓,得脱克浑报知,敌兵就在山后,便令部兵略略休息,到夜间逾山而下,如风如雨,杀入敌营。这等番兵得胜而归,饱餐熟睡,迨至惊觉,摸刀的不得刀,摸枪的不得枪,也有钻出头而头已落,也有伸出脚而脚已断,也有掣出刀,却杀了自己头目,点起铳,却打了自己部兵,只有脚生得比人长的,耳生得比人灵的,先行疾走,方得逃出。策凌奋力追赶,杀到天明,追至鄂尔昆河,左阻山,右逼水,中间横亘一大喇嘛庙,叫作额尔德尼寺,敌无去路,仍冒死回扑。策凌跃出阵前,也不顾死活,恶狠狠的与敌相搏。究竟敌兵已败,未免胆怯,蒙兵方胜,来得势盛,这一场恶战,敌兵一半被杀,一半挤入水中,不但掠去的子女牲畜,尽被策凌夺回,就是小策零带来的辎重甲仗,亦统行丢弃。小策零率领残骑,爬山遁去。策凌满望锡保出兵邀击,谁知锡保所遣的丹津多尔济,观望却避,竟被小策零生还。马尔赛已奉命移守拜达里克城,亦约束诸将,闭门不出。小策零沿城西走,城内将士,请马尔赛发令追袭,马尔赛仍是不允。将士大愤,自出追敌,怎奈敌已走尽,只得了少许敌械,回入城中。策凌一一奏闻,诏斩马尔赛,革锡保郡王爵,封策凌为超勇亲王,授平郡王福彭为定边大将军,代锡保职,用策凌为副手,守住北路。

时西路将军岳钟琪,驻守巴里坤,按兵不动,只檄将军石云倬等,赴南山口截准兵归路。石云倬迁延不进,纵令溃兵远扬。岳钟琪劾奏治罪,大学士鄂尔泰,并劾岳钟琪拥兵数万,纵投网送死之贼,来去自如,坐失机会,罪无可贷,遂诏削岳钟琪大将军号,降为三等侯,寻复召还京师,命鄂尔泰督巡陕甘,经略军务并令副将军张广泗,护宁远大将军印。广泗奏言准夷专靠骑兵,岳钟琪独用车营,不能制敌,反为敌制,因此日久无功,雍正帝复夺钟琪职,交兵部拘禁。

张广泗受任后,壁垒一新,无懈可击,准酋噶尔丹策零,亦遣使请和。雍正帝召王大臣会议,或主剿,或主抚,还是雍正帝乾纲独断,对王大臣道:"朕前奉皇考密谕,准夷辽远,不便进剿,只有诱他入犯,前后邀截,方为上策。现经上年大创,他已远徙,不敢深入,我两路大兵,暴露已久,不如暂时主抚,再作远图。"这谕一下,诸王大臣同声赞成,乃降旨罢征,遣侍郎傅鼐,及学士阿克敦,往准部宣抚。准酋欲得阿尔泰山故地,超勇亲王策凌,坚持不可,往复争论,直到乾隆二年,始议定阿尔泰山为界,准部游牧,不得过界东,蒙人游牧,不得过西界,总算勉就和平,这且按下慢表。

且说中国西南,有一种苗民,很是野蛮,相传轩辕黄帝以前,中国地方,本是苗民居住。后来轩辕黄帝,与苗族头目蚩尤,战了一场,蚩尤战败被杀,余众窜入南方,后复逐渐退避,伏处南岭,名目遂分作几种:在四川的叫作獞;在两广的叫作壮;在湖南贵州的叫作瑶;在云南的叫作倮。这数省中的苗民,要算云贵最多,官长管不得许多,向来令他自治。他族中有几个头目,总算归官长约束,号为土司。吴三桂叛乱时,云贵土司颇为所用,事平后,清廷也无暇追究,苗民不服王化,专讲劫掠,边境良民,被他骚扰的了不得,雍正皇帝用了一个镶黄旗人鄂尔泰,做了云贵总督,他见苗民横行无忌,竟独出心裁,上了一本奏折,内说:"苗民负险不服,隐为边患,要想一劳永逸,总须改土为流。所有土司,应勒令献土纳贡,违者议剿。"这奏一上,盈廷王大臣,统吓得瞠目伸舌,只雍正帝服他远识,极力嘉奖道:"奇臣、奇臣!这是天赐与朕呢。"因饬铸滇黔桂三省总督印,颁给鄂尔泰,令他便宜行事。鄂尔泰剿抚并用,擒了乌蒙土司禄万钟,及威远土目札铁匠,镇远叛首刁如珍,降了镇雄土司陇庆侯,及广西土府岑映震,新平土目李百叠,于是云贵生苗二千余寨,一律归命,愿遵约束。自从雍正四年,到了九年,这五年内,鄂尔泰费尽苦心,开辟苗疆二三千里,麾下文武,如张广泗、哈元生、元展成、韩勋、董芳等,统因平苗升官,鄂尔泰亦受封伯爵,雍正帝连下批札,有"朕实感谢"等语。这位鄂伯爵的功劳,真正是独一无二了。

雍正十年,召鄂尔泰还朝,授保和殿大学士,旋因准部内侵,命督巡陕甘,经略军务。张广泗又早调任西北,护理宁远大将军事。自是苗疆又生变端,雍正十三年春,贵州台拱九股苗复叛,屯兵被围,营中樵汲,都被断绝。军士掘草为食,凿泉以饮,死守经月,方得提督哈元生援兵,突围出走。哈元生拟大举进剿,怎奈巡抚元展成,轻视苗事,与哈元生意见不合,只遣副将宋朝相,带兵五千,进攻台拱,甫至半途,遇苗民倾寨而来,众寡不敌,相率溃退。苗民遂迭陷贵州诸州县,有旨发滇蜀楚粤等六省兵会剿,特授哈元生为扬威将军,副以湖广提督董芳,嗣又命刑部尚书张照为抚苗大臣,熟筹剿抚事宜。

哈元生沿途剿苗,迭复名城,颇称得手,不想副将冯茂,诱杀降苗六百余名,暨头目三十余人,余苗逃归传告,纠众诅盟,先把妻女杀死,誓抗官兵,遍地蔓延,不可收拾。张照到了镇远,还是腐气腾腾的密奏改流非计,不如议抚。哈元生、董芳,亦因政见不同,互相龃龉。寻议分地分兵,滇黔兵隶哈元生,楚粤兵隶董芳,彼此不相顾应,一任苗民东冲西突,没法弭平。朝上这班王大臣,争说鄂尔泰无端改流,酿成大祸,鄂尔泰时已还朝,迫于时论,亦上表请罪,力辞伯爵,雍正帝允如所请,只仍命鄂尔泰直宿禁中,商议平苗的政策。

张广泗闻鄂尔泰被贬,心中也自不安,奏请愿即革职,效力军前,雍正帝尚在未决。一日,正与庄亲王允禄,果亲王允礼,大学士鄂尔泰、张廷玉,在大内议事,自未至申,差不多有两个时辰,方命退班。鄂尔泰因苗族未平,格外惦念,回到宅中,无情无绪的吃了一顿晚餐。忽见宫监奔入,气喘吁吁,报称:"皇上暴病,请大人立刻进宫!"鄂尔泰连忙起身,马不及鞍,只见门外有一骒骡,跨上疾走,驰入宫前,下了马,疾趋入内,但见御榻旁人数无多,只皇后已至,满面泪容。鄂尔泰揭开御帐,不瞧犹可,略略一瞧,不觉哎哟一声,自口而出。正在惊讶,庄亲王、果亲王亦到,近瞩御容,都吓了一大跳。庄亲王道:"快把御帐放下,好图后事。"一面并请皇后安,皇后呜咽道:"好端端一个人,为什么立刻暴亡? 须把宫中侍女内监,先行拷讯,查究原因方好。"还是鄂尔泰顾全大局,随道:"侍女宫监,未必有此大胆,此事且作缓图,现在最要紧的是续立嗣君。"庄亲王接口道:"这话很是,乾清宫正大光明匾额后,留有锦匣,内藏密谕,应即祗遵。"随督率总管太监,到乾清宫取下秘匣,当即开读,乃"皇四子弘历为皇太子,继朕即皇帝位"二语。是时皇子弘历等,已入宫奔丧,随即奉了遗诏,命庄亲王允禄,果亲王允礼,大学士鄂尔泰、张廷玉辅政。经四大臣商酌,议定明年改元乾隆。乾隆即位,就是清高宗纯皇帝。但雍正帝暴崩的缘故,当时讳莫如深,不能详考,只雍正以后,妃嫔侍寝,须脱去袑衣,外罩长袍,由宫监负入,复将外罩除去,裸体入御。据清宫人传说,这不是专图肉欲,乃是防备行刺,惩前毖后的缘故。小子不敢深信,雍正帝能侦探内外官吏,宁独不能制驭妃嫔? 惟后人有诗一首道:

重重寒气逼楼台,深锁宫门唤不开;
宝剑革囊红线女,禁城一啸御风来。

据这首诗深意,系是专指女侠,难道是上文所说的吕四娘为父报仇么? 是真是假,一俟公论。下回要说乾隆帝事情了。

惟战而后能和,惟剿而后可抚。对待外人之策,不外乎此。准部入犯,非战不可,清世宗决意主剿,善矣。乃误任一有貌无才之傅尔丹,致有和通泊之败,若非策凌获胜,不几殆甚。至苗疆之变,罪不在鄂尔泰、张照、董芳辈,实尸其咎。不能剿,安能抚? 此将才之所以万不可少也。世宗自矜明察,而所用未必皆材,且反以明察亡身,蒲留仙《聊斋志异》载有侠女一则,或说即吕四娘轶事,信如斯言,精明之中,须含浑厚,毋徒效世宗之察察为也。

第三十四回

分八路进平苗穴　祝千秋暗促华龄

却说乾隆帝即位后，朝政颇尚宽大，凡宗室人等，旧被圈禁，至是一律释放。封允祄、允禵公爵，复阿其那、塞思黑红带，收入玉牒。自己的兄弟骨肉亦均封为亲王。已故亲兄，各追封赐谥。尊母钮祜禄氏为皇太后。册立元妃富察氏为皇后。母族后族，都另眼相看。又把岳钟琪、陈泰等释出狱中。赦汪景祺、查嗣庭家属罪，命他回籍。因此宗室觉罗，勋戚故旧，官吏人民，没一个不颂扬仁德。只云贵叛苗，未曾平靖，乾隆帝初次用兵，不得不稍示威严，特逮回张照、哈元生、董芳治罪，别授张广泗为七省经略，节制各路人马。广泗本是治苗的熟手，到了贵州，统盘筹算，想了一个暂抚熟苗，力剿生苗的计策，随即上奏道：

臣到任后，巡阅大势，默观夫叛苗之所以蔓延，张照等之所以无功者，由分战后守兵为二，而合生苗熟苗为一也。兵本少而复分之使单，寇本众而复殴之使合，其谬可知。且各路首道，咸聚于上下九股、清江、丹江、高坡诸处，皆以一大寨，领数十百寨，雄长号召，声势犄角，我兵攻一方，则各方援应，彼众我寡，故贼日张，兵日挫。为今日计，若不直捣巢穴，歼渠魁，溃心腹，断不能涣其党羽。惟暂抚熟苗，责令缴凶献械，以分生苗之势，而大兵四出，同捣生苗逆巢，使彼此不能相救，则我力专而彼力分，以整击散，一举可灭，而后再惩从逆各熟苗，以期一劳永逸，庶南人不复反矣。伏乞圣鉴！

乾隆帝览毕，命他照奏办事。张广泗遂调集贵州兵马，齐屯镇远，扼守云贵通衢，特选精兵万余人，用四千兵攻上九股，四千兵攻下九股，自统五千余名，攻清江下流各寨。号令严明，所向克捷。

乾隆元年春，复檄调各省援兵，分作八路，一齐发动，如潮前进。那时苗民虽奋死抗拒，究竟一隅草寇，不敌七省大兵，风飘雨扫，瓦解土崩，所有未死的叛苗，都逃入宿巢去了。广泗会集大军，进攻巢穴，行了数日，遥见一座大山，挡住去路，危崖如削，峻岭横空，四围又都是小山攒住，蜿蜿蜒蜒的约有数百里。广泗扎住了营，召进熟苗数名，问道："这个地方叫作什么？"熟苗道："这名牛皮大箐，广阔的了不得，北通丹江，南达古州，两拒都匀八寨，东至清江台拱,差不多有五百里方圆,向系生苗老巢。幽密得很,就是近地苗蛮,亦没有晓得底细。"广泗道:"据你说来,简直是无人可入的,本经略却是不怕,偏要进去。"便令熟苗退出。

次日,召集部将,令攻牛皮大箐,将士统有难色,广泗拍案道:"养兵千日,用兵一时,国家费了无数军饷,所为何事?难道叫你坐食不成?本经略受国厚恩,图报正在今日,如得一战成功,好与你等同膺巨赏,万一失败,本经略亦不忍独生,愿与大众同死此地。天下事不患不成,但患不为,果使戮力同心,生死与共,何怕这牛皮大箐?何惮这待死苗民?"将士见主帅发怒,自然唯唯从命。广泗又道:"据熟苗言这牛皮大箐内,险恶异常,本经略岂肯冒昧从事,叫你前去寻死?但我来彼人,我去彼出,旷日持久,何时得了,好在各处已无叛苗,我军粮饷尚足,正应设法搜掘,谋个一劳永逸的善策。现在令各军分守箐口,先截叛苗出路,他向来不知耕作,料想箐内,决无良田,不出一月,他自坐困,我们却节节进攻,步步合围,何愁不济?"将士听了此言,方个个欢喜起来,争愿效力。

广泗遂传令诸军,密堵箐口,又在箐外四布伏兵,严防逋逸,围了半月,始渐渐进逼,得步进步,得尺进尺,叛苗无处觅食,多在箐中饿毙。起初还有几个强悍的,出来驰突,统被围军斩捕,后来不见苗踪。广泗遂驱军大进,行入菁内,但见丛莽塞径,老樾蔽天,雾雨冥冥,瘴烟幂幂,极大的蛇虺,极恶的野兽,出没其间。广泗令军士纵火焚林,霎时间火势腾上,满山满野,统是浓烟,动植各物,无不烧死。就是这等叛苗,也躲无可躲,窜出峒外,一半被杀,一半被捉。还有这种苗妻苗女,苗子苗孙,都已饿得骨瘦如柴,跪在峒旁,抱着头惨呼饶命。官兵也无暇分辨,乱砍乱戳,覆巢下无完卵,游釜中无生鱼,幸亏广泗下令禁止惨戮,还算保存了几个。

大箐已破,又搜剿附逆熟苗,分首恶次恶胁从三等,首恶立诛,次恶严办,胁从肆赦。约历数月,先后扫荡,共毁除一千二百二十四寨,赦免三百八十八寨,阵斩苗民一万七千余名,俘二万五千有零,获铳炮四万六千五百具,刀矛弓弩标甲,多至十四万八千件。宥其半俘,收其叛产,设九卫屯田,养兵驻守。乾隆帝闻报大喜,命广泗总督贵州,兼管巡抚事,赐轻车都尉世职,并豁免苗疆钱粮,永不征收。苗民诉讼,仍从苗俗习惯,不拘律例。自是云贵边境,才算平靖。

苗疆已定,海内承平,乾隆帝乃偃武修文,命大学士等订定礼乐,鄂尔泰、张廷玉两大臣,悉心斟酌,规据三礼,考正八音,把朝仪定得格外严密,乐章采得格外整齐。又复连年五谷丰登,八方朝贡,真个是全盛气象,备极荣华。乾隆帝记起世宗遗旨,令在京三品以上,及各省督抚学政,保荐博学鸿词,嗣因世宗晏驾，不及举行，至此正好缵成先志，开试文科。遂命各省文士，一律进京，计得一百七十六员，在保和殿考试。吟风弄月，摛藻扬华，篇篇是锦绣文章，个个是鼓吹盛世。当由大总裁等评定甲乙，恭呈御览乾隆帝拔取隽才十五员，遵照康熙年例，一等五人，授翰林院编修，二等十人，授翰林院检讨及庶吉士。各员谢恩任职，也不在话下。

只这乾隆帝坐享太平，垂裳而治，未免要想出这欢娱的事情来。禁城里面的花园，算是畅春园最大，前明时懿戚徐伟作为别墅，园内花木参差，亭台轩敞，别具一番风景。圣祖在日，曾赐名畅春，复命于园内北隅，筑屋数间，赐名圆明，令皇子在此读书。世宗未登位时，最喜在圆明园饮酒吟诗，登位后，大兴建筑，楼台亭榭，添了无数。畅春园附近，又有一长春仙馆，比畅春园规模略小，馆中倒也异样精致，乾隆帝踵事增华，令把三处并为一处，发出库中存款，命工部督工改造。这一场建筑，比世宗时阔大的多。东造琳宫，西增复殿，南筑崇台，北构杰阁，说不尽的巍峨华丽。又经这班文人学士，良工巧匠，费了无数心血，某处凿池，某处叠石，某处栽林，某处蒔花，繁丽之中，点缀景致，不论春秋冬夏，都觉相宜。又责成各省地方官，搜罗珍禽异卉，古鼎文彝，把中外九万里的奇珍，上下五千年的宝物，一齐陈列园中，作为皇帝家常的供玩。从前秦始皇筑阿房宫，陈后主起临春、结绮、望仙三阁，隋炀帝营显仁宫、芳华苑，料想也不过如此。这年园工告成，乾隆帝奉了皇太后，到园游览，并下特旨，自后妃以下，凡公主福晋，宗室命妇，以及椒房眷属，慨令入园玩赏，于是大家遵旨入园。是日，春光蔼蔼，晓色融融，乾隆帝护着皇太后銮驾，到了园内，后妃公主等，一律相随，两旁迎驾的人，统已站着。乾隆帝龙目一瞧，一半是风鬟雾鬓，素口弯腰，此时也不暇评艳。直至行宫里面，上了舆，随太后步入，大众向两宫磕头，除老年妇人外，都装扮得天仙相似，独有一位命妇，眉似春山，眼如秋水，面不脂而桃花飞，腰不弯而杨柳舞，真个是闭月羞花，沉鱼落雁。乾隆帝顾了这个丽人，暗想道："这人很有些面善，未识是谁家眷属？"只是当众人前，不好细问，便呆呆的坐着。众人又转向皇后处，请过了安，但见皇后起立，与那丽人握手道："嫂嫂来得好早！"丽人却娇滴滴道："应该恭候！"乾隆帝听了两人问答，方记起这位丽人，乃是皇后的亲嫂子，内务府大臣傅恒的夫人。当由太后传下懿旨道："今日来此游览，大家不必拘礼。"众人都又谢恩。太后又谕道："游览不如徐步，坐了舆，反没甚趣味。"乾隆帝恰不听见，还是皇后答了"恐劳圣体"四字。太后道："我虽年老，徐步数里，想亦不至吃力。"乾隆帝方禀道："圣母既要步行，叫辇驾跟着便是。要徐步，便徐步，要乘舆，便乘舆。"太后道："这倒很好。"宫监献茶，太后以下，统已饮毕，遂出来四处闲游。皇帝皇后紧紧的跟着太后。皇后后面，便是傅夫人。皇帝频频回顾，傅夫人颇有些觉得,也有意无意,瞻仰御容。到一处,小憩一处。日中在离宫午餐,直到傍晚,太后方兴尽回宫,皇帝皇后,亦一同随返。皇后与傅夫人,又是握手叙别,皇帝更恋恋不舍,临别时还回顾数次。傅夫人站立了好一歇,等到两宫不见,方坐轿回去。

乾隆帝自此日起,常惦念着傅夫人,整日里无情无绪,连皇后也不晓得他的心思,请问数次,不见回答。一日,遇着皇后千秋节,由太后预颁懿旨,令妃嫔开筵祝寿。乾隆帝竟开心起来,忙至慈宁宫谢恩,皇后更不必说。乾隆帝回到坤宁宫,对皇后道:"明日是你生辰,何不去召你嫂子入宫,畅饮一天?"皇后道:"他明日自应到来,何必去召?"乾隆帝道:"总是去召他稳当。前日去逛圆明园,我见你两人很是亲热,此番进来,好留他盘桓数日,与你解闷。"皇后嘿然。乾隆帝即传宫监,叫他奉皇后命,明晨召傅夫人入宫宴赏。宫监去了一回,复奏傅夫人正预备祝千秋节,明日遵旨入宫。是夕,乾隆帝便宿在皇后宫内。次日早起视朝,不见有什么大事,当即辍朝入宫。文武百官,随驾至宫门外,祝皇后千秋。祝毕,大众散去。乾隆帝到坤宁宫,见众妃嫔及公主福晋等,齐集宫中,傅夫人亦已在内。因御驾进来,个个站立,按照仪注行礼,乾隆帝忙道:"一切蠲免。今日为皇后生辰,奉皇太后懿旨赐宴,大家好欢饮一天。若仍要拘牵礼节,倒反自寻苦恼,朕却不愿吃这苦头。"随令大家卸了礼服,一概赐坐。偏是傅夫人换了常服,越加妖艳,头上梳就旗式的髻子,发光可鉴,珠彩横生;身上穿一件桃红洒花京缎长袄,衬着这杏脸桃腮,娇滴滴越显红白;袄下露出蓝缎镶边的裤子,一双天足,穿着满帮绣花的京式旗圆。乾隆帝目不转睛的瞧着他,他却嫣然一笑道:"寿礼未呈,先蒙赐宴,这都是皇太后皇上的厚恩,臣妾感激不尽。"乾隆帝道:"姑嫂一体,何用客气。"当下传旨摆宴,乾隆帝请傅夫人上坐。傅夫人道:"那有冠履倒置的道理?"于是皇帝坐首席,皇后坐次席,第三席应属傅夫人。傅夫人又谦让一番,各位公主福晋等,因傅夫人系皇后亲嫂,自然格外尊崇,定要傅夫人坐第三席,傅夫人仍坚执不肯。乾隆帝道:"此处不是大廷上面,须按品列次,嫂子就坐了罢!"傅夫人无奈遵旨。公主福晋等,依次坐下,众妃嫔亦侍坐两旁。这次寿筵,正是异常丰盛,说不尽的山珍海味。饮到半酣,大众都带着酒意,脱略形迹,乾隆帝发了诗兴,要大家即事联诗。公主福晋等嚷道:"这个旨意,须要会吟诗的方可遵从,若不会吟诗,只得违旨。就使皇上要治罪,也是无可奈何了。"乾隆帝道:"不会吟诗,罚饮三杯,只皇与与嫂嫂,却不在此例。"大众方各无言。当由乾隆帝起句道:"坤闱设蜕庆良辰。"皇后即续下道:"奉命开筵宴众宾。"乾隆帝闻皇后吟毕,便道:"第三句请嫂嫂联吟!"傅夫人道:"这却不能,情愿遵旨罚饮三杯。"乾隆帝道:"前说过嫂嫂不在此例,就使不会吟诗,也要硬吟的。况且姑姑能诗,嫂嫂没有不能的道理。"傅夫人只得想了一想,便吟道:"臣妾也叨恩泽逮。"乾隆帝道:"我接罢,'两家并作一家春',这句好不好?"傅夫人极口赞扬。乾隆帝又命众人拇战一回,钗声钏声,及一片呼三喝四的娇声,挤成一番热闹。傅夫人连饮了几杯,酡颜半晕,星眼微饧,乾隆帝见他已醉,命宫女扶至别宫暂寝,复令大家闲散一番,乾隆帝也出宫而去。

隔了一小时,大家重复入席,饮酒数巡,时已未刻,皇后令宫女去视傅夫人,宫女去了,好一歇,未见回报。等到大家用过了膳,宫女始含笑而来,报称傅娘娘卧室紧闭,不便入内。皇后道:"皇上呢?"宫女道:"皇上么?"说了两声皇上,停住后文。皇后已微觉一半,不问下去。大家散了宴,少坐片刻,日影西沉,宫中统已上灯,便各谢宴退出。是晚只傅夫人不胜酒力,留住宫中。次晨,乾隆帝仍出视朝,傅夫人方至坤宁宫告辞,皇后对他一瞧,云鬟半軃,犹带睡容,便微哂道:"嫂子恭喜!"这一语,说得这位傅夫人,不知不觉,面上一阵一阵的热起来了,当即匆匆辞去。

自此皇后见了乾隆帝,不似前日的温柔,乾隆帝也觉暗暗抱愧,少往坤宁宫。昭阳殿里,私恨绵绵,谁知祸不单行,皇后亲生子永琏,竟于乾隆三年,一病不起,医药无灵。这位琏哥儿,本已由乾隆帝遵照家法,密立皇储,至此溘逝,这皇后恨上加恨,痛上加痛,哭得死去活来。乾隆帝趁这时机,打叠起温柔工夫,百般劝解,再三引咎,允他再生嫡子,定当续立为储,并谥永琏为端慧皇太子,赐奠数次,皇后方才回心转来,过了数年,又生下一子,赐名永琮,总道他长命长寿,克承大统,怎奈生了两年,陡出天花,又致夭折。看官!你想这富察皇后,此时还有趣味么?乾隆帝想了一法,借东巡为名,奉皇太后率皇后启銮,暗中实为皇后忧闷,藉此消遣。谒了孔陵,祭了岱岳,凡山东名胜的地方,统去游览,奈这皇后悲悼亡儿,无刻在怀,外边虽强自排遣,内里不知怎样难过。沿途山明水秀,林静花香,别人看了,都觉襟怀爽适,入他眼中,独成惨绿愁红;又复冒了一些风寒,遂在舟中大发寒热。乾隆帝即令随带医官,诊脉进药,服了下去,好似饮水一般,复征召山东名医。尽心诊治,亦是没效,连忙下旨回銮,甫到德州,皇后已晕了数次,乾隆帝随时慰问,也没有一言相答;到皇太后来视,方模模糊糊的说了"谢恩"二字。临终时,对着乾隆帝,只滴了数点红泪。后人有诗怅叹道:

星霣苍龙失国储,巫阳忽又叫苍舒。

长秋从此伤尽落,云黯纤阿返桂舆。

皇后已崩,乾隆帝念自结缡以来,与皇后非常恩爱,只为了傅夫人,稍稍乖离,后来又复和协,不想中道沦亡,失了一位贤后,正是可痛,遂对棺大恸一场。皇太后闻知,忙令乾隆帝先归,自己与庄亲王允禄,和亲王弘昼,缓程回京。乾隆帝遵了母训,带同大行皇后梓宫,兼程回去。欲知后事,下回再讲。

苗疆未平,清高宗无此愉快,皇后千秋节,亦无此闹热,虢姨不来,内讧何从而起?皇后富察氏之犹得永年,未可知也。本回叙平苗事,写得声威震叠,叙祝寿事,写得喜气汪洋,而最后尾声,则又写得哀痛动人。欢容变作啼容,好景无非幻景,读此可以悟往复平陂之理。

第三十五回

征金川两帅受严刑　降蛮酋二公膺懋赏

却说乾隆帝自德州回京，途次感伤，不消细说；到京后，命履亲王允裪等，总理丧事，奉安皇后梓宫于长寿宫，诸王大臣，免不得照例哭临；宫中妃嫔及福晋命妇，统为皇后服丧。傅夫人系皇后亲嫂子，自然格外尽礼。乾隆帝见他淡装素服，别具丰神，未免起了李代桃僵的思想，可惜罗敷有夫，不能强夺，只得背地里做个襄王，重证高唐旧梦。好在傅夫人每日伴灵，在宫内留宿，柳暗抱桥，花欹近岸，费长房暂缩相思地，女祸氏勉补离恨天，这位乾隆帝，方渐渐解了悼亡的忧痛。嗣因皇太后还宫，恐乾隆帝悲伤过甚，要替他续立皇后，乾隆帝以小祥为期，太后也不便勉强。因此坤宁宫中，尚是虚左以侍。只册谥大行皇后为孝贤皇后，并把大行皇后母家，格外恩遇，晋封其兄富文公爵。余外不是封侯，就是封伯，共得爵位十四人，并升任傅恒为保和殿大学士，兼户部尚书。"外家恩泽古无伦"，这句满清官词，就是为此而作。

内丧粗了，外衅复起，大金川土司莎罗奔，忽又侵入川边来了。这个金川土司，是四川省西边土司中的一部，本系吐蕃领地，明朝时部酋哈伊拉本内附，因他信奉喇嘛教，封为演化禅师。嗣后分为二部，一部居大金川，一部居小金川。顺治七年，小金川酋卜儿吉细，与川吏往来，由川吏保为土司，康熙五年，复授大金川酋嘉勒巴演化禅师印。嘉勒巴孙莎罗奔，从清将军岳钟琪征藏，颇有功，清廷又升他为金川安抚司。乾隆初，莎罗奔势渐强盛，令旧土司泽旺，管辖小金川部，又把他爱女阿扣，嫁与泽旺为妻。阿扣貌美性悍，憎泽旺粗鄙，不甚和睦，泽旺事事依从，他总闷闷不乐；只泽旺弟良尔吉，生得姿容壮伟，阿扣见了，未免动心。良尔吉正在青年，那有不知风月的勾当？与阿扣眉来眼去，非止一日，奈因泽旺在旁，不便下手，这日应该有事，泽旺拟出外游猎，良尔吉托病不从，等到泽旺已去，他即闯入内寝，想与阿扣调情。阿扣正手托香腮，呆坐出神，见良尔吉进来，便起身相迎。良尔吉久蓄邪念，管什么叔嫂嫌疑，竟似饿鹰一般，将阿扣搂住求欢。阿扣假作推开，急得良尔吉下跪道："我的娘！今日须救我一救！"阿扣道："我不是观世音菩萨，如何救你？"良尔吉道："阿嫂正是救苦救难的观世音。"阿扣瞅了良尔吉一眼，便道："好一个急色儿，起来罢!"良尔吉站起身来,不由分说,竟将阿扣抱入帐中,你半推半就,我又惊又爱,小子若再描绘情状,要变作淫淫导奸,只说一句良尔吉盗嫂便了。

泽旺游猎回来,那时叔嫂二人,早已云收雨散,内外分居。但天下事若要不知,除非莫为,闺房中暧昧事情,免不得要传到泽旺耳中,泽旺不得不少加管束。阿扣及良尔吉,不能常续旧欢,心中未免懊恼,会闻莎罗奔侵略打箭炉土司,颇得胜仗,良尔吉乘间与阿扣商量,拟请莎罗奔调泽旺从军,省得阻拦好事。阿扣大喜,佯托归宁,密禀他老子莎罗奔,献了调遣泽旺的计策。莎罗奔遂着人征调泽旺,泽旺内来懦弱,不愿与别部土司启衅,当即辞却。来人回报莎罗奔,莎罗奔大怒,饬部众去拿泽旺。阿扣忙出帐请道:"要拿泽旺,何须兴动部众,只叫着数人,随女儿前去,包管泽旺拿到。"莎罗奔遂依他女儿的计策,挑选头目二人,率健婢数十名,送女回小金川。泽旺接着,只得款待来使,觥饮已毕,来使辞归,由泽旺送出帐外;忽来使变了脸,命手下健卒擒住泽旺,泽旺大叫我有何罪。来使道:"你奉调不至,所以特来请你。"泽旺部下,攘臂而起,方想夺回泽旺,当由良尔吉拦阻道:"我兄系大金川女婿,此去当不至受辱,若一动兵戈,大家伤了和气,反不得了。"小金川部众,闻了此语,遂束手不动,由大金川来使,劫了泽旺而去。

良尔吉回入帐中,忙至内寝,但见阿扣含笑道:"我的计策好不好?"良尔吉道:"今日当竭力报效。"阿扣啐了一声,便整顿酒肴,对酌起来。饮酣兴至,两人又宽衣解带,做那鸳鸯勾当。从此名为叔嫂,暗实夫妇。

清廷闻莎罗奔内侵,遂命张广泗移督四川,相机剿治。广泗入川后,率兵至小金川驻扎,忽报良尔吉求见,当由广泗召入。良尔吉跪在地下,假作大哭道:"莎罗奔不道,将长兄泽旺擒去,现在生死未卜,恳大帅急速发兵,攻破大金川,夺回长兄,恩同再造。"张广泗不知是诈,便叫他起来,劝慰一番,令作前军向导,往讨莎罗奔。

这大金川本是天险,西滨河,东阻大山,莎罗奔居勒乌围,令他兄子郎卡,居噶尔厓,勒乌围噶尔厓两处,非常险峻,四川巡抚纪山,曾遣副将马良柱等,率兵进剿,未得深入。张广泗奏调兵三万,分作两路,一由川西入攻河东,一由川南入攻河西;河东又分四路,两路攻勒乌围,两路攻噶尔厓,以半年为期,决意荡平。怎奈河东战碉林业,易守难攻。什么叫战碉?土人用石筑垒,高约三四丈,仿佛塔形,里面用人守住。四面开窗,可放矢石,每夺一碉,须费若干时日,还要伤死数百人。这碉虽毁,那碉复立。攻不胜攻,转眼间已是半年,毫无寸效,张广泗急得没法,命良尔吉另寻间道。良尔吉道:"此处无间道可入,只有从昔岭进攻,方可直入噶尔厓,但昔岭上面,恐已有人固守,进攻亦是难事。"张广泗道:"从前贵州的苗巢,何等艰险,本制军还一鼓荡平,何怕这区区昔岭呢？倘若畏险不攻，何时得平大金川？"遂命部将宋宗璋、张应虎、及张兴、孟臣等，分路捣入，仍用良尔吉作为前导，谁知这良尔吉早已密报莎罗奔，令他赶紧防御，等到清兵四至，番众鼓噪而下，把清兵杀得四分五裂。张兴、孟臣战死，宋宗璋、张应虎逃回。广泗还道良尔吉预言难攻格外信用。良尔吉两面讨好，莎罗奔竟将爱女充赏，令与良尔吉为夫妇。良尔吉快活异常，只瞒住张广泗一人，日间到了清营，虚与周旋，夜间回入本寨，偕阿扣通宵行乐。广泗毫不觉察，惟仍用以碉逼碉的老法子，自乾隆十二年夏月攻起，到十三年春间，只攻下一二十个战碉，此外无功可报。

　　会闻故将军岳钟琪到来，广泗出营迎接，因他老成重望，虽起自废籍，到也不敢轻视。钟琪入广泗营，两下会议，广泗愿与钟琪分军进攻。钟琪攻勒乌围，广泗攻噶尔厓，方在议决，忽报大学士讷亲，奉命经略，前来视师。张岳两人，又至十里外远迎，但见讷亲昂然而至，威严的了不得，见了两帅，并不下马。两帅上前打拱，他只把头略点一点。既到战地，扎住大营，广泗等入营议事，讷亲把广泗伤责一番，广泗大不谓然，负气而出。讷亲遂调齐诸将，下令限三日取勒尔厓，总兵任举，参将贾国良，最号骁勇，奉讷亲命，领兵急进。此时良尔吉得了此信，忙遣心腹到勒尔厓，报知郎卡，教他小心抵御。郎卡遂挑选劲卒，埋伏昔岭两旁，自率精骑下勒尔厓，专待清兵厮杀。任举、贾国良驱军直入，如风驰电掣一般，到了昔岭，山路崎岖，令军士下马前行，任举在前，贾国良在后，任举兵已逾岭而进，贾国良兵尚在岭中，忽两边突出两路番兵，把清兵冲断。任举令前军排齐队伍，与番兵角斗，互有杀伤，只贾国良的后军，截留岭内，无可施展，番兵用箭乱射，任你贾国良武艺绝伦，也被无情的箭镞，攒集身中，伤重而亡，这边任举还不知国良战死，抖擞精神，驱杀番兵，不想郎卡又到，一枝生力军杀入，任举不能支持，奈前后无路，自知不能生还，便拼了命，杀死番兵数十名，大叫一声，呕出狂血无数。番兵围将拢来，复格死数人，方才晕绝，兵士亦大半做了刀头之鬼。

　　讷亲闻了败报，方识大金川利害，亟召张广泗等商议，随向广泗道："任举、贾国良，两员骁将，统已阵亡，我不料区区金川，有这般利害。还请制军等别图良策！"广泗道："公爷智深勇沉，定能指日灭贼，如广泗辈碌碌无能，老师糜饷，自知有罪，此后但凭公爷裁处，广泗奉命而行便了。"这番言语，分明是讥讽讷亲。讷亲暗觉惭愧，勉强道："凡事总须和衷办理，制军不应推诿，亦不可别生意见。"广泗道："据愚见想来，只有用碉逼碉一法，待战碉一律削平，勒乌围、噶尔厓等处，便容易攻入了。"岳钟琪接口道："据大金川地图看来，勒乌围在内，噶尔厓在外，若从昔岭进攻，就使得了噶尔厓，距贼巢还有数百里，道迂且长，不如改寻别路为是。"广泗道："昔岭东边，尚有卡撒一路，亦可进兵。"

钟琪道："从卡撒进兵,中间仍隔噶尔压,与昔岭也差不多。愚见不如另攻党坝,党坝一入,距勒乌围只五六十里,山坡较宽,水道亦通,破了外隘,便可进攻内穴,敢请公爷与制军斟酌!"讷亲茫无头绪,不发一言。广泗复道:"党坝一方,已着万人往攻,但亦不能得手。且泽旺弟良尔吉等,都说取道党坝,不如从昔岭、卡撒,两路进兵便当。良尔吉是此地土人,应熟悉地理,况又有志救兄,谅不致误。"钟琪微笑道:"制军休再信良尔吉,良尔吉与他嫂子,暗里通奸,土人多已知晓,制军不可不防!"广泗道:"良尔吉与嫂子犯奸,不过是个人败德,于军事没甚关系。"钟琪道:"嫂可盗,要什么兄长,难道还肯真心助我么?"广泗道:"如此说来,都是我广泗不好,嗣后广泗不来参与军情,那时定可成功呢。"说毕,起身别去。钟琪亦辞了讷亲,回到营中,暗想广泗这般负气,将来恐累及自己,遂修了一本奏折,劾广泗信用汉奸,防生他变。讷亲亦奏劾广泗劳师糜饷各事。乾隆帝览奏大怒,立命逮广泗回京,又因讷亲旷久无功,另遣傅恒代任经略,亲赐御酒钱行,并命皇子及大学士,送至良乡。

傅恒去后,张广泗已逮解到京,先由军机大臣审问。广泗把许多错误,都推在讷亲身上。乾隆帝亲自复讯,广泗仍照前复对。乾隆帝怒道:"你果好好布置,克日奏功,朕亦不令讷亲到川,你既失误军机,还要诿过别人,显是负恩误国。朕若赦你,将来如何御将?"便问军机大臣道:"张广泗应如何处罪?"军机大臣道:"按律应斩。"乾隆帝即命德保勒尔森为监刑官,把广泗绑出午门斩讫。随传旨令讷亲明白复奏。

过了月余,复奏已到,也是一派诿过的话头,乾隆帝又恼了性子,将原奏掷地,饬侍卫至讷亲家,取出讷亲祖父遏必隆的遗剑,发往军前,令讷亲自裁。川内三大帅,只剩岳钟琪一人,还保全,将士们都吓得胆战心惊。

傅恒至军,由岳钟琪密禀良尔吉罪状,遂召良尔吉入帐。良尔吉从容进见,傅恒喝左右拿下。良尔吉忙道:"大帅何故拿我?"傅恒喝道:"你蔑兄奸嫂,漏泄军机,本经略已探闻的确,今日叫你瞑目受死。"良尔吉还想抗辩,傅恒喝左右斩讫报来。霎时间献上首级,傅恒令悬竿示众,一面摆队出营,入小金川寨中,令军士擒出阿扣,责他背夫淫叔的罪名。阿扣哀乞饶命,傅恒道:"万恶淫妇,还想求生么?"亦喝左右斩讫。可怜一对露水夫妻,双双毕命。

敌间已除,军容复整,傅恒又定了直捣中坚的计策,随上表奏道:

臣经略大学士傅恒跪奏:金川之事,自臣到军以来,始知本末。当纪山进讨之始,惟马良柱转战直前,其锋甚锐,斯时张广泗若速济师策应,乘贼守备未周,殄灭尚易,乃坐失机会,宋宗璋逗留于杂谷,许应虎失机于的郊,致贼得尽据险要,增碉备御,七路十路之兵,无一路得进。及讷亲至军,未察情形,惟严切催战,任举败没,锐挫气索,晏起偷安,将士不得一见，不听人言，不恤士卒，军无斗志，一以军务委张广泗，广泗又听奸人所为，惟恃以卡逼卡，以碉逼碉之法。无如贼碉林立，得不偿失，先后杀伤数千人，尚匿不实奏。臣查攻碉最为下策，枪炮惟及坚壁，于贼无伤，而贼不过数人，从暗击明，枪不虚发，是我惟攻石，而贼实攻人，且于碉外开濠，兵不能越，而贼得伏其中，自上击下，又战碉锐立，高于中土之塔，建造甚巧，数日可成，随缺随补，顷刻立就。且人心坚固，至死不移，碉尽碎而不去，炮方过而又起。客主劳佚，形势回殊，攻一碉难于克一城。即臣所驻卡撒左右山顶，即有三百余碉，计半月旬日得一碉，非数年不能尽，且得一碉辄伤数十人，较唐人之攻石锋堡，尤为得不偿失。如此旷日持久，老师糜饷之策，而讷亲、张广泗尚以为得计，臣不解其何心也。兵法："攻坚则瑕者坚，攻瑕则坚者瑕。"惟有使贼失其所恃，而我兵乃得展其所长。臣拟俟大兵齐集，同时大举，分地奋攻，而别选锐师，旁探间道，裹粮直入，逾碉勿攻，绕出其后，即以围碉之兵，作为护饷之兵，番众无多，外备既密，内守必虚，我兵即从捷径捣入。则守碉之番，各怀内顾，人无斗志，均可不攻自溃。卡撒为攻噶尔压正道，岭高沟窄，臣既身为经略，当亲任其难。至党坝一路，岳钟琪虽名称山坡较宽，可以水陆并进，兼有卡里事隘，可以间道长驱，但臣按图咨访，隘险亦几同卡撒，且泸河两岸，贼已阻截，舟难径达，惟可酌益新兵，两路并进，以分贼势，使其面面受敌，不能兼顾，虽有深沟高垒，汉奸不能为之谋，逆酋无所恃其险矣。至于奋勇固仗满兵，而向导必用土兵，土兵中小金川尤骁勇。今良尔吉之间谍已诛，驱策用之，自可得力。前此讷妻、张广泗，每得一碉，即拨兵防守，致兵力日分，即使毁除，而贼又于其地立卡，藏身以伤我卒，是守碉毁碉，均为无益。近日贼闻臣至，每日多处增碉，犹以为官兵狃于旧习，彼得恃其所长，不知臣决计深入，不与争碉，惟俟大兵齐集，四面布置，出其不意，直捣巢穴，取其渠魁，约四月间当可奏捷矣。谨此上奏。

这篇大文，乃是乾隆十四年正月奏闻，乾隆帝留中不发。过了数日，反促傅恒班师回朝。傅恒复奏："贼势已衰，我兵且战且前，已得险要数处，功在垂成，弃之可惜。若不扫穴擒渠，臣亦无颜回京"等语。乾隆帝复颁寄谕旨，反复数千言，且说："蕞尔土司，即扫穴犁庭，不足示武。"看官！你道乾隆帝是何命意？他因兴师以后，已经二年，杀了两个大臣，又失了任举良将，未免懊悔，因此屡促班师。

此时大金川酋莎罗奔，已断内应，并因连年抵御，部群亦死了不少，遂释归泽旺，遣师至清营谢罪。傅恒叱退来使，与岳钟琪分军深入，连克碉卡，军声大震。莎罗奔又遣人至岳钟琪营，愿缴械乞降，钟琪因前征西藏，莎罗奔旧隶麾下,本来熟识,遂轻骑往抵勒乌围。莎罗奔闻钟琪亲至,遂率领部从,出寨恭迎,罗拜马前。钟琪责他背恩负义,莎罗奔叩首悔过,愿遵约束,随遣番人至大营前,辟他筑坛,预设行幄。坛成,莎罗奔父子,从钟琪坐皮船出峒,及到坛前,清经略大学士傅恒,已高坐坛上,莎罗奔等俯伏坛下,由傅恒训责一番,令返土司侵地,献凶酋,纳兵械,归俘虏,供徭役。莎罗奔一一听命,乃宣诏赦罪。诸番焚香作乐,献上金佛一尊,首顶佛经,誓不复反。傅恒始下坛归营,莎罗奔率众退去。捷报奏达京师,乾隆帝大悦,优诏褒奖,比傅恒为平蛮的诸葛武侯,盟回纥的郭汾阳,遂封他为一等忠勇公,岳钟琪为三等威信公,立召凯旋,命皇长子及诸王大臣郊劳。既入禁城,乾隆帝御紫光阁,行饮至礼,赐经略大学士忠勇公傅恒,及随征将士宴于丰泽园,复赏他御制诗章。中有一联云:

两阶千羽钦虞典,大律宫商奏采薇。

　　傅恒既归,傅夫人不能时常进宫,乾隆帝要续立皇后了。继后为谁? 容待下回叙明。

　　　讷亲、张广泗二人,处罪从同,而罪状不同。广泗信汉奸,比匪人,轻视讷亲,积不相容,固有难道之罪,然金川艰险,战碉林立,非广泗之出兵捣毁,则傅恒分路深入之计,恐亦未能骤行。且广泗逮还,高宗亲讯,以其抗辩而杀之,尤为失当。广泗有罪,理屈词穷,杀之可也,乃广泗尚有可辩之处,而高宗不问曲直,立置重刑,刑戮任情,得毋大过! 况广泗有平苗之大功,尤应曲为赦宥乎? 傅恒一出,叛酋乞降,虽由间谍之被诛,然其时金川精锐,已皆伤亡于张广泗之手,广泗不幸而冲其坚,傅恒特幸而乘其敝耳。莎罗奔旧隶岳钟琪麾下,至此亦由钟琪轻骑往抚,始悔罪投诚,是则金川之平,功亦多出岳钟琪,傅恒因人成事,得沐荣封,兼邀诸葛汾阳之誉,宁能无愧? 意者其殆由虢姨承宠,特别畀恩欤? 本回叙金川战事,实隐指高宗刑赏之失宜。至良尔吉蔑兄盗嫂,阿扣背夫淫叔,不过作为渲染词料,然其后授首军前,揭竿示众,亦可见天道祸淫之报,于世道人心,不无裨益云。

第三十六回

御驾南巡名园驻跸　王师西讨叛酋遭擒

　　却说孝贤后崩逝后,已是小祥,乾隆帝至梓宫前亲奠一回。奠毕,慈宁宫传到懿旨,宣召乾隆帝进宫。到太后前请过了安,太后道:"现在皇后去世,已隔一年,六宫不可无主,须选立一人方好。"乾隆帝嘿然不答。太后道:"宫内妃嫔,那一个最称你意?"乾隆帝道:"妃嫔虽多,没一个能及富察,奈何?"太后道:"我看娴贵妃那拉氏,人颇端淑,不妨升他为后。"乾隆帝沉吟半晌,便道:"但凭圣母主裁!"太后道:"这也要你自己愿意。"乾隆帝平日颇尽孝道,至此也不欲违逆母命,没奈何答了一个"愿"字。退出慈宁宫,又辗转思想了一番,乃于次日下旨,册封娴妃那拉氏为皇贵妃,摄六宫事。直到孝贤皇后二周年,尚未册立正宫,经太后再三催促,方立那拉氏为皇后。此时鄂尔泰已死,张廷玉亦因老乞归,鄂张二人,本受世宗遗旨,身后俱得配享太庙,嗣因鄂张各存党见,朝官依附门户,互相攻讦,事为乾隆帝所闻,心滋不悦。廷玉乞归时,又坚请身后配享,触忤龙颜,严旨诘责,追缴恩赐物件,革去伯爵,并不令配享。廷玉惊慌的了不得,后来一病身亡,总算乾隆帝优待老臣,仍令配享太庙,这是后话。

　　乾隆帝因宫廷中事,都未惬意,不免烦恼,便想到别处闲游,藉作排遣。十五年春季,奉了皇太后,巡幸五台山,秋季又奉皇太后临幸嵩岳,两处游玩,仍不见有什么消遣的地方。他想外省的景致,还不及一圆明园,就时常到圆明园散闷。这日在园中闲逛,起初是天气阴沉,不甚觉得炎热,到了午后,云开见日,遍地阳光,掌盖的忘携御盖,被乾隆帝大加申斥,忽随从中有人说道:"典守者不得辞其责。"乾隆帝便问道:"谁人说话?"那人便跪倒磕头。乾隆帝见他唇红齿白,是一个美貌的少年,随问道:"你是何人?"那人禀道:"奴才名和珅,是满洲官学生,现蒙恩充当銮仪卫差役,恭奉御舆。"乾隆帝道:"你是官学生,充这舁舆的差使,未免委屈,朕拔你充个别样差使,可好么?"和珅感谢的了不得,便磕了九声响头,郎声道:"谢万岁万万岁天恩!"乾隆帝便令他跟住身后,有问必答,句句称旨,引得龙心大开,回到宫中,竟命他作宫中总管。这和珅骤膺宠眷,打叠精神,伺候颜色,乾隆帝想着什么,不待圣旨下颁,他已暗中觉察，十成中总管八九成，因此愈加宠任，乾隆帝竟日夜少他不得，后人说他是弥子瑕一流人物，小子无从搜得确据，不敢妄说。

只乾隆帝素爱冶游，得了和珅以后，越加先意承志，说起南边风景，很是繁华。乾隆帝道："朕亦想去游幸一次，只虑南北迢遥，要劳动官民，花费许多金钱，所以未决。"和珅道："圣祖皇帝六次南巡，臣民并没有多少怨咨，反都称颂圣祖功德。古来圣君，莫如尧舜。《尚书·舜典》上，也说五载一巡狩，可见巡幸是古今盛典，先圣后圣，道本同揆，难道当今万岁，反行不得么？况且国库充盈，海内殷富，就使费了些金银，亦属何妨。"乾隆帝生平，最喜仿效圣祖，又最喜学着尧舜，听了和珅一番言语，正中下怀，便道："你真是朕的知己！"遂降旨预备南巡。和珅讨差，督造龙舟，建得穷工奇巧，备极奢华，把康雍两朝省下的库储，任情挥霍，好象用水一般；和珅从中得了数十万好处，乾隆帝还奖他办事干练，升他做了侍郎。和珅复飞咨各省督抚，赶修行宫，督抚连忙募工修筑，又把水陆各道，一律疏通，准备巡幸。乾隆十六年春王正月，乾隆帝奉皇太后启銮，宫中挑选了几个妃嫔，作为陪侍，外面除留守人等，尽令扈从，仪仗车马，说不胜说，数不胜数。开路先锋，便是新任侍郎和珅，御驾所经，督抚以下，尽行跪接，一切供奉，统由和珅监视。和珅说好，乾隆帝定也说好，和珅说不好，乾隆帝定也说不好。督抚大员，都乞和珅代为周旋，因此私下馈遗，以千万计。

两宫舍陆登舟，驾着龙船，沿运河南下，由直隶到山东，从前已经游历，没甚可玩，只在济宁州耽搁一日。由山东到江苏，六朝金粉，本是有名，乾隆帝为此而来，自然要多留几天。扬州住了好几日，苏州又住了好几日，所有名胜的地方，无不游览。苏杭水道最便，复自苏州直达杭州，浙省督抚，料知乾隆帝性爱山水，在西湖建筑行宫，格外轩敞。两宫到了此地，游遍六桥三竺，果觉得湖山秀美，逾越寻常。乾隆帝非常喜悦，不是题诗，就是写碑；有时脑筋笨滞，命左右词臣捉刀，并召试诸生谢墉等，赏给举人，授内阁中书。又亲祭钱塘江，渡江祭禹陵，复回至观潮楼阅兵。

忽报海宁陈阁老，遣子接驾，乾隆帝奇异起来，还是太后叫他临幸一番，遂自杭州至海宁。此时陈阁老闻御驾将到，把安澜园内，装潢得华丽万分，陈府外面的大道，整治得平坦如镜，随率领族中有职男子，到埠头恭候。隔了数时，遥见龙舟徐徐驶至，泊了岸，便排班跪接，奉旨叫免。陈阁老等候两宫上岸登舆，方谢恩而起，恭引至家。陈老夫人，亦带了命妇，在大门外跪迎，两宫又传旨叫免，乃起导两宫入安澜园，下舆升坐。接驾的一班男妇，复先后按次叩首。两宫命陈阁老夫妇，列坐两旁，陈阁老夫妇又是谢恩。余外男妇等奉旨退出。于是献茶的献茶，奉酒的奉酒，把陈家忙个不了。幸亏随从的人，有一半扈跸入园，有一半仍留住舟中，所以园内不致拥挤，两宫命陈阁老夫妇侍宴，随从的文武百官，宫娥彩女，亦分高下内外，列席饮酒，大约有一二百席，山南海北的珍味，没一样不采列，并有戏班女乐侑宴，这一番款待，不知费了多少金钱。只乾隆帝御容，很有些象陈阁老，陈老太太，有时恰偷观御容，似乎有些惊疑的样子，究竟乾隆帝天真聪明，口中虽是不言，心中恰是诧异，酒阑席散，奉了太后，与陈阁老夫妇，到园中游玩一周，回入正厅。乾隆帝谕陈阁老夫妇道："这园颇觉精致，朕奉太后到此，拟在此驻跸数天。但你们两位老人家，年力将衰，不必拘礼，否则朕反过意不去，只好立刻启行了。"陈阁老忙回道："两宫圣驾，不嫌亵陋，肯在此驻跸数日，那是格外加恩，臣谨遵旨！"太后亦谕道："此处伺候的人很多，你两老夫妇，可以随便疏散，不必时时候着。"阁老夫妇谢恩暂退。

　　是夕，乾隆帝召和珅密议，说起席间情况，嘱和珅密察。和珅奉旨，屏去左右，独自一人在园间蹀来蹀去，假作步月赏花的情形。更深夜静，四无人声，和珅不知不觉，走到园门相近，仍不闻有什么消息，正想转身回至寝室，忽见园角门房内，露出灯光一点，里面还有唧唧哝哝的声音，便轻轻的掩至门外，只听里面有人说道："皇上的御容，很象我们的老爷，真是奇怪。"接连又有一人道："你们年纪轻轻，那里晓得这种故事？"前时说话的人，又问道："你老人家既晓得故事，何不说与我们一听？"和珅侧着耳朵，要听他对答，不料下文竟尔停住，只有一阵咳嗽声，咯痰声，不免等得焦躁起来。亏得里面又在催问，那时又闻得答语道："我跟老爷已数十年，前在北京时，太太生了一位哥儿，被现今皇太后得知，要抱去瞧瞧，我们老爷只得应允，谁料抱了出来，变男为女，太太不依，要老爷立刻掉转，老爷硬说不便，将错就错的过去。现在这个皇上，恐怕就是掉换的哥儿呢。"这两句话，送入和珅耳中，暗把头点了数点。忽听里面又有人说道："你这老总管亦太粗莽，恐怕外面有人窃听。"和珅不待听毕，已三脚两步的走了。路中碰着巡夜的侍卫，错和珅是贼，细认乃是和大人，想上前问安，和珅连忙摇手，匆匆的趋回寝室。睡了一觉，已是天明，急起身至两宫处请安。乾隆帝忙问道："有消息么？"和珅道："略有一点消息，但恐未必确实。"乾隆帝道："无论确与不确，且说与朕听！"和珅道："这个消息，奴才不敢奏闻。"乾隆帝问他缘故，和珅答称："关系甚大，倘或妄奏，罪至凌迟。"乾隆帝道："朕恕你罪，你可说了。"和珅终不敢说，乾隆帝懊恼起来，便道："你若不说，难道朕不能叫你死么？"和珅跪下道："圣上恕奴才万死，奴才应即奏闻，但求圣上包涵方好！"乾隆帝点了点头，和珅便将老园丁的言语，述了一遍。乾隆帝吃了一惊，慢慢道："这种无稽之言，不足为凭。"和珅道："奴才原说未确，所以求圣上恕罪！"乾隆帝道："算了，不必再说了。"忽报陈阁老进来请安，乾隆帝忙叫免礼，并传旨今日启銮，还是陈阁老恳请驻跸数天，因再住了三日，奉太后回銮，陈阁老等遵礼恭送，不消细说。

两宫仍回到苏州,复至江宁,登钟山,祭孝陵,泛秦淮河,登阅江楼,又召试诸生蒋雍等五人,并进士孙梦逵,同授内阁中书。驻跸月余,方取道山东,仍还京师。回京后,乾隆帝欲改易汉装,被太后闻知,传入慈宁宫,问道:"你欲改汉装么?"乾隆帝不答,太后道:"你如果要改汉装,便是不忠不孝,不仁不义,我亦要让你了。"乾隆帝连称不敢,方才罢议。

　　日月如梭,忽忽间又过三年,理藩院奏称准噶尔台吉达瓦齐,遣使入贡,乾隆帝问军机大臣道:"准部长噶尔丹策零,数年前身死,嗣后立了那木札尔,又立了喇嘛达尔札,扰乱数年,朕因他子孙相袭,道途又远,所以不去细问。怎么今日,换了个达瓦齐?"军机大臣道:"那木札尔,系噶尔丹策零次子,策零死,那木札尔立,后来因童昏无道,被他女兄的丈夫杀掉了,另立策零庶长子喇嘛达尔札,现在喇嘛达尔札,又被部众杀掉,改立达瓦齐,这达瓦齐闻是准部贵族大策零子孙呢。"乾隆帝道:"照这般说,达瓦齐系策零仆属,胆敢篡立,实是可恨,朕拟兴师问罪,免他轻视天朝。"正商议间,又接边臣奏折,内称:"辉特部台吉阿睦撒纳,为达瓦齐所败,愿率众内附"等语。乾隆帝即命阿睦撒纳来京陛见,并却还达瓦齐贡使。阿睦撒纳奉了上谕,当即到京求见,由理藩院尚书带入,阿睦撒纳叩首毕,乾隆帝问道:"你便是辉特部台吉么?"阿睦撒纳答道:"是。"乾隆帝又问道:"你如何与达瓦齐开战?"阿睦撒纳道:"达瓦尔篡了准部,还想蚕食他方,臣本与他画疆自守,毫无干涉,他无端侵入臣境,臣与他战了一场,被他杀败,因此叩关内附,仰乞大皇帝俯赐矜全!"乾隆帝见他身材雄伟,言语爽畅,不觉喜悦,便道:"朕正想发兵讨达瓦齐,你来得很好。"阿睦撒纳道:"大皇帝果发义师,臣愿作为前导。"乾隆帝道:"你肯为朕尽忠,朕却不吝重赏。"阿睦撒纳谢恩而出。乾隆帝即召集王大臣,会议发兵计画,并言荡平准部,就在阿睦撒纳身上。军机大臣舒赫德奏道:"臣看阿睦撒纳相貌狰狞,必非善类,请圣上不要信他!"乾隆帝怫然不悦,便厉声道:"据你说来,达瓦齐是不应讨么?"舒赫德道:"达瓦齐非不应讨,但阿睦撒纳,乞皇上不可重用!"乾隆帝复厉声道:"阿睦撒纳是生长彼地,地理人情,都应熟悉,朕若不去用他,难道用你不成!"舒赫德素性刚直,还要接口道:"圣上要用这阿睦撒纳,请将他部下余众,徙入关内,免得后患。"乾隆帝怒道:"你这般胆小,如何好做军机大臣?"叱侍卫逐出舒赫德。舒赫德叹息而去。傅恒见乾隆帝发怒,忙上前道:"圣上明烛万里,此时正好出征准部,戡定西陲。"乾隆帝怒容渐霁,徐答道:"究竟是你有些智谋。但还是今年出兵,明年出兵?"傅恒道:"据臣愚见,今年且先筹备起来,待明年出兵未迟。"乾隆帝准奏,遂下旨饬八旗将士先行操练,并封阿睦撒纳为亲王。

　　看官!你道这阿睦撒纳,究竟是何等样人? 他的言语,究竟可靠不可靠?

小子须要补述一番方好。阿睦撒纳是丹衷的遗腹子，丹衷系策妄女婿，策妄借结婚政策，灭了丹衷的父亲拉藏汗，丹衷穷无所归，寄食准部，免不得怨恨策妄，策妄又把丹衷害死，将自己的女儿，改醮辉特部酋，只五六月生了一个男孩子，就是阿睦撒纳。阿睦撒纳长大起来，继了后父的位置，见准部内乱，蓄志并吞，先帮助达瓦齐，杀了喇嘛达尔札，自己迁至额尔齐斯河，胁服杜尔伯特部。达瓦齐也阴怀疑忌，大举攻阿睦撒纳，阿睦撒纳乃托名内附，想借清朝兵力，灭掉达瓦齐，自己好占据准噶尔。巧遇乾隆帝好大喜功，听了阿睦撒纳的言语，决计用兵。会准部小策零属下萨拉尔，及达瓦齐部将玛木特，先后降清，阿睦撒纳又促请出师，于是乾隆二十二年春，命尚书班第为定北将军，出北路，陕甘总督永常为定西将军，出西路，北路用阿睦撒纳为前导，授他做定边左副将军，西路用萨拉尔为前导，授他做定边右副将军，玛木特做了北路参赞，西路参赞，用了内大臣鄂容安，两副将军各领前锋先进，将军参赞等次第进行。浩浩荡荡，直达准部。沿途经过的部落，望见两副将军大纛，多识是前时故帅，望风崩角，拜谒马前。到了夏间，两路大军并至博罗塔拉河，距伊犁只三百里，达瓦齐闻报，慌做一团，仓猝征兵，已来不及，只带了亲兵万人，向西北出奔，走入格登山去了，清军长驱追袭，将到格登山，夜遣降将阿玉锡等，率领二十余骑，往探路程。阿玉锡想夺头功，竟乘夜突入敌营，拍马横冲，威风凛凛，达瓦齐部众还道是清军到来，四散奔逃。达瓦齐也落荒窜走，爬过大山，投入回疆。他想平日要好的回酋，只有乌什城主霍吉斯，一口气奔到乌什城。霍吉斯也出城迎接，谁知进了城门，一声胡哨，伏兵尽发，把达瓦齐拿住。达瓦齐向霍吉斯道："我与你一向至交，如何缚我？"霍吉斯也不与多说，取出清帅檄文，与他细瞧。达瓦齐道："好好！你总算卖友求荣了。"当下被霍吉斯推入囚车，解送清营。清两帅回到伊犁，这时候，罗卜藏丹津，还絷在伊犁狱中，遂一并擒出，与达瓦齐槛送京师。

乾隆帝得了红旗捷报，召两军凯旋，亲御午门，行献俘礼。达瓦齐及罗卜藏丹津，觳觫万状，捣头如蒜，乾隆帝大笑道："这样人物，也想造反，正是夜郎自大，不识汉威哩。"遂传旨赦他死罪。一面大封功臣，首奖大学士傅恒襄赞有功，再加封一等公，定北将军班第封一等诚勇公，副将军萨拉尔，封一等超勇公，副将军阿睦撒纳，晋封双亲王，食亲王双俸，参赞玛木特封为信勇公，铭功勒石，说不尽的夸耀。又拟复额鲁特四部遗封，封噶尔藏为绰罗斯汗，巴雅特为辉特汗，沙克都为和硕特汗，还有杜尔伯特部，就封了阿睦撒纳。乾隆帝的意思，无非是犬牙相错，互生钳制的道理，谁知阿睦撒纳雄心勃勃，竟想雄长四部，渐渐的跋扈起来。正是：

> 非我族类，其心必异；过严则怨，过宽则肆。

不数月，留守伊犁大臣，奏报阿睦撒纳造反了，乾隆帝闻报大惊，究竟阿睦撒纳如何谋反，且看下回分解。

此回叙陈阁老事，非传陈阁老，传高宗也。叙阿睦撒纳事，非传阿睦撒纳，亦传高宗也。高宗第一次南巡，便觉挥霍不资，厥后南巡复数次，劳民费财，可想而知。陈阁老事，尚是本回之宾，不过假故老遗传，作为渲染耳。南巡以后，复议西征，写出高宗好大喜功气象，阿睦撒纳来降，乃是适逢其会，是阿睦撒纳亦一宾也，达瓦齐则成为宾中宾矣。阅者当如此体会，方见作书人本旨。

第三十七回

灭准部余孽就歼　荡回疆贞妃殉节

却说达瓦齐就俘后,清师奉旨凯旋,只留班第、鄂容安二人.带了随兵五百名,与阿睦撒纳,办理伊犁善后事宜。阿睦撒纳移檄邻部,讳言降清,阳称清廷命他统领各番,来平此地;又暗嘱党羽四布流言,欲安准部,必须立阿睦撒纳为大汗。班第、鄂容安遣使密奏,乾隆帝亦付他密旨,令诱诛阿睦撒纳。看官!你想阿睦撒纳率众西行,已似大鱼纵壑,那里还肯来入网呢?况班第、鄂容安,手下只有五百名随兵,也不好冒昧举事。接了朝旨,按住不发,惟促阿睦撒纳入朝。阿睦撒纳竟号召徒众,来攻班第、鄂容安。班第、鄂容安且战且走,驰了三百余里,死的死,逃的逃,只剩了数十骑,番兵却有数千追来,班第料不能脱,拔刀自刎,鄂容安也只得步他后尘了。

是时定西将军永常,已奉朝旨出驻木垒,闻报番兵大至,退兵巴里坤,移粮哈密,因此阿睦撒纳,声焰愈盛。清廷逮回永常,命公爵策楞前代,玉保富德、达尔党阿为参赞,出巴里坤进剿。玉保分军先进,忽有番卒来报,阿睦撒纳已由他部下诺尔布擒献,玉保大喜,即向策楞处报捷。策楞也不辨真伪,飞章奏闻,不想过了数日,毫无影响。将军参赞,先后驰至伊犁,阿睦撒纳,已远飏至哈萨克了。原来阿睦撒纳闻大兵前进,恐不能敌;特差了番卒,驰到清营,假称被擒,他却望西遁去。策楞玉保中了他的缓兵计,到了伊犁,你怨我,我怨你,怨个不了,总归无益。

乾隆帝闻知消息,复将策楞、玉保革职。令达尔党阿为将军,飞速追剿,又命巴里坤办事大臣兆惠,为定边右副将军,出兵赴援,满望旗开得胜,马到成功,谁知达尔党阿,到哈萨克边界,又被阿睦撒纳骗了一回,佯称哈萨克汗愿擒献阿酋。往返驰使,仍无要领,额鲁特三部新封台吉,反一律谋变,与阿睦撒纳通同一气,阿睦撒纳间道驰还,大会诸部,这达尔党阿还在哈萨克边境,檄索罪人,正是可笑。只定边右副将军兆惠,率兵千五百人,已至伊犁,探得额尔特诸部,已皆叛乱,自知孤军陷敌,不能久驻,忙领兵驰回。沿途一带,统是敌垒,兆惠拼命冲突,走一路,杀一路,杀到乌鲁木齐,刀也缺了,弹也完了,粮也尽了,可怜这等兵士,身无全衣,足无全袜,每日又没有全餐,只宰些瘦驼疲马,勉强充饥，正苦的了不得，老天又起风下雪，非常严冷，兆惠想遣人乞援，也不知何处有清兵，驿传声息，到处隔断。忽闻番兵又踊跃前来，把乌鲁木齐围得铁桶相似，兆惠泣向军士道："事已至此，看来我辈是不得活了。但死亦要死得合算，狠狠的杀他一场，方值得死哩。"军士道："大帅吩咐，安敢不从！但粮尽马疲，奈何？"正在危急，忽东北角鼓声喧天，有一支兵马到来，兆惠登高一望，遥见清军旗帜，不禁大喜，谢天谢地。番兵见援兵已到，不知有多少大兵，一声吆喝，解围而去。兆惠出寨迎接，乃是侍卫图伦楚，因兆惠久无音信，率兵二千来探信息，无意中救了兆惠。兆惠与他握手进营，住了一日，便同回巴里坤。当下飞书告急。

乾隆帝命逮达尔党阿回京，授超勇亲王策凌子成衮扎布，为定边左副将军，出北路，仍令兆惠出西路往剿。此次兆惠惩鉴前辙，挑选精骑，带足粮草，誓师进发，决平叛寇，巧值绰罗斯部噶尔藏汗，被兄子噶尔布篡弑，噶尔布又被部下达瓦杀死。辉特和硕特两部中，痘疫盛行，多半死亡，兆惠趁这机会，杀将过去，好象摧枯拉朽一般。番众战一阵，败一阵，诸部酋长先后败死，阿睦撒纳又弄得仓皇失措，急急如丧家犬，漏网鱼，仍窜至哈萨克。兆惠率兵穷追，到哈萨克界，哈萨克汗阿布赍，遣使至军，愿擒献阿睦撒纳。兆惠对来使说："你主愿擒献阿逆，须于三日内缴到，过了三日，本将军恰是不依，驱兵进攻，玉石俱焚，那时不要后悔！"来使唯唯而去。越二日，哈萨克又遣使到军，报称阿睦撒纳，狡黠万状，我国正欲擒献，不料被他走脱，逃入俄罗斯去了。现奉汗命，前来请罪，并贡献方物，仰求大帅赦宥！兆惠见他惶迫情状，料知语言无欺，只得略加训斥，命他回去，一面即飞奏清廷，由理藩院行文俄国，索交叛酋。后来俄国饬人搜捕，阿睦撒纳已患痘身亡，只把尸首送交清吏。于是命成衮扎布归镇乌里雅苏台，留兆惠搜剿余孽。自乾隆二十二年至二十五年，清兵先后追剿，自山谷僻壤及川河流域，没一处不寻到，没一处不搜灭，统计额鲁特二十余万户，出痘死的约四成，窜走俄罗斯、哈萨克等处约二成，被清兵剿灭的约三成，还有一成编入蒙古籍，不过二万户，而且妇女充赏，丁壮为奴，额鲁特遗民，自此寥落了。

准部既平，清廷乃划疆分土，设官筑城，驻防用满兵，屯粮用旗兵，特简任伊犁将军，作了一个统辖的元帅。天山北路，方入清室版图，免不得镌碑勒石，旌德表功，费了几个儒臣笔墨，成了几篇煌煌大文，这也不消细说。

但乾隆帝得陇望蜀，平了准部，又想南服回疆，这回疆就在天山南路，与准部只隔一山，起初系元太祖次子察哈台领土，传了数世，回教祖摩诃末子孙，由西而东，争至天山南路，生齿渐蕃，喧客夺主，察哈台的后裔，反弄到没有主权。因此天山南路，变作回疆。康熙时，噶尔丹强盛，举兵南侵，把元裔诸汗，迁到伊犁,并将回教头目阿布都实特,亦拘去幽禁。噶尔丹败死,阿布都实特脱身归清,圣祖赏他衣冠银币,遣官送到哈密,令还故地。阿布都实特死,其子玛罕木特,想自立一部,不受准噶尔约束,策妄又遣兵入境,将玛罕木特及他两个儿子,统拿至伊犁,幽禁起来。及清将军班第等到伊犁后,玛罕木特已死,长子布那敦,次子霍集占,尚被拘絷。班第奏闻清廷,得旨释布那敦归叶尔羌,令他统辖旧部,留霍集占居住伊犁,职掌教务。不到数月,阿睦撒纳谋反,准部复乱,霍集占反率众助逆,等到清副将军兆惠,攻入伊犁,阿睦撒纳西走,霍集占亦遁入回疆。兆惠剿平准部,奏遣副都统阿敏图,南往招抚。

这个那布敦胆子颇小,愿遵清朝指挥,偏偏胞弟霍集占,自北路遁归,谏那布敦道:"我远祖摩诃末,声灵赫濯,天下闻名,传到我辈子孙,反受人家压制,真是惶愧万分。现在准部已亡,强邻消灭,不谋独立,更待何时?"那布敦道:"清兵来攻,如何抵挡?"霍集占道:"清军新得准部,大势未定,料他无暇进兵,就使率军南来,我也可据险拒守,等他兵疲粮绝,逃去都来不及,怕他什么?"那布敦尚在迟疑,霍集占又道:"哥哥若要降清,恐怕从今以后,世世要做奴仆过去,他要我的金钱,我只得将金银奉去,他要我的妻子,我只得将妻子送去,他要我的头颅,我也只得把头颅献去。我们兄弟两人,还有安静的日子么?"那布敦被他说得动心,遂依了阿弟的计划,便召集回众,自立为巴图尔汗,传檄各城,戒严以待。

回户数十万众,向来迷信宗教,因那布敦兄弟,确是摩诃末后裔,称他为大小和卓木,和卓木三字,乃是回语,译作汉文,便是圣裔的意义,至此得了圣裔的檄文,自然望风响应。只库车城主鄂对,恐怕强弱不敌,率了党羽,拟奔伊犁,途次与阿敏图相遇,仍令回转库车,同去招抚。不料霍集占闻鄂对出走,已遣部下阿布都驰到库车,把鄂对亲族一一杀死,登陴固守。鄂对闻报,大哭一场,嗣与阿敏图商议,清亟归伊犁,添兵报仇。阿敏图道:"我是奉命招抚,今不见叛众,便想回去,叫我如何对将军?"鄂对再三谏阻,阿敏图只是不从,且令鄂对先回伊犁。他只带了百余骑,驰到库车,阿布都诱他入诚,一阵乱剁,凭你阿敏图如何忠诚,也入阎罗宝殿去了。清廷因兆惠剿抚准部,尚未竣事,别命都统雅尔哈善为靖逆将军,率军征回。雅尔哈善自吐鲁番进攻库车,大小和卓木引军数千,越大戈壁来援,与清兵战了两次,都被打得落花流水,大小和卓木,退入城中;清兵乘势围攻,城坚难拔,提督马得胜,募敢死兵六百名,暗掘地道,昼夜不息,将及城中,守兵闻地下隐有响声,料是穿穴,便循途按索,到了城脚边,掘下一洞,适通地道守兵,把草塞住,用火燃着,烟焰冲入穴中,可怜六百个清兵,不能进,不能退,都被烧得乌焦巴弓。雅尔哈善经此大创,不敢力攻,大小和卓木乘机遁还,阿布都也率众逃去。

清兵只得了一个空城，乾隆帝闻知大怒，饬将雅尔哈善马得胜等，尽行正法，仍命兆惠移师南征。兆惠檄调各路兵，尚未到齐，因朝旨催促，即率步骑四千余先进，过了天山，收复沙雅尔、阿克苏、乌什等城，住阿克苏城数日。后兵未至，兆惠性急如火，留副将军富德驻阿克苏，等待后军，他竟带了二三千人，冒险前行。途中侦知大和卓木那布敦，在叶尔羌，小和卓木霍集占在喀什噶尔，乃再分兵八百名，使副都统爱隆阿，遏住喀什噶尔援路，自率千余骑，径趋叶尔羌。叶尔羌城东有河，叫作叶尔羌河。亦弥黑水，兆惠兵少，不能进攻，便倚水立营。遥见叶尔羌城南驼马往来，是个阔大的牧场，兆惠欲夺作军用，径命兵士渡河，河上本有木桥，清兵跨桥而过，方过了四百骑，谁知桥下暗有伏兵，铙钩齐起，将木桥钩断，城中出回兵五千骑，前来邀击。隔河清兵，不能相救，河西四百骑，那里挡得住回兵？急忙弃了马匹，凫水逃回。回兵复搭好了桥，逾桥东来，后面又添了步兵万人，张着两翼，来围清兵。兆惠左右冲突，马中枪，再毙再易，总兵高天喜战殁，参赞明瑞亦受伤，虽杀了番兵千名，究竟众寡悬殊，支持不住，只得退入营中，赶紧筑垒，准备固守。番兵亦筑起长围，四面攻打，枪炮如雨，幸亏清营靠着丛林，枪弹多飞入林中，清兵伐树，得了铅弹数万枚，还击回兵，又复掘井得水，掘窖得粟，赖以不困。

兆惠遣了五卒，分路赴阿克苏告急，又檄爱隆阿还军阿克苏，催援军同至。爱隆阿未到阿克苏，富德已接警报，忙率军三千，冒雪赴援，到了呼拉玛，距叶尔羌尚三百余里，忽遇喀什噶尔回兵，截住去路，转战四昼夜，回兵越来越多，将富德军围住，接连数日，杳无援兵，富德急的了不得。一日，天气昏黑，入夜尤甚，回兵各燃着火把，轮流进扑，富德连忙抵御，拼命鏖斗，突闻一片喊声，自东而至，回兵纷纷倒退。富德乘势杀出，火光中来了一员清将，乃是爱隆阿，富德大喜，即与爱隆阿合兵。爱隆阿道："巴里坤参赞阿公，亦到。"富德忙拍马去会阿大臣，这位阿大臣，名叫阿里衮，他奉了廷旨，领兵六百名，解马二千匹，驼一千头，至阿克苏，适值爱隆去催援军，遂合军前来，解了富德的围。回兵在夜间不辨多少，四散溃逃。富德、爱隆阿，与阿里衮两下相见，欣喜过望，也不及休息，同趋叶尔羌。兆惠日望援军，遥闻炮声大作，料知援军已至，即勒兵突围，内外夹攻，杀敌千余，毁了敌垒，同还阿克苏。

过了冬，已是乾隆二十四年。阿克苏已集清兵新旧军凡三万人，分道进行，兆惠由乌什攻喀什噶尔，富德由和阗攻叶尔羌，每路兵各万五千，大小和卓木闻清兵大至，不敢迎敌，带了妻孥仆从，并携辎重，逾葱岭西遁，清兵奋勇追赶，到了阿尔楚山，前面见有回众，大半是老弱残兵，富德料是诱敌，令明瑞、阿桂为左翼，阿里衮、巴禄为右翼，先据了左右二峰，然后富德领着中军，从山口进去。进了山口，果然伏兵四起，那时清兵左右两翼，从上杀下，把伏兵一齐杀退，追攻二十余里，戮回兵无数，并斩他骁将阿布都，大小和卓木逃至巴达克山，大和卓木那布敦，挈了家眷先走，小和卓木霍集占，手下还有万人，倚山为阵，率众死战。富德又分军两路，左右夹攻，用了大炮，向敌轰击，霍集占不能支，逾山而遁，谁知前面山路逼促，又有辎重塞住，一时急走不脱；后面又被清军追上，进退两难。富德令降人鄂对等，竖起回纛，大呼招降，回众情愿投顺，蔽山而下，声如奔雷，霍集占忙夺路逃脱，偕那布敦急入巴达克山。巴达克山部酋，闻大小和卓木，拥众而至，遣使探问，霍集占见了来使，命回报酋长，立刻亲迎。来使出语不逊，霍集占拔出佩刀，把他斩首。于是巴达克山部酋，兴兵拒战，和卓木兄弟，连妻孥旧仆，只有三四百人，被巴达克兵围住，上天无路，入地无门，都束手就缚，个个被他擒去。巴达克部酋，为使臣报仇，将大小和卓木，一齐枭首，还想将他家属，统行处死，适清使持到檄文，索献罪犯，他乐得卖个人情，把大小和卓木的头颅，及他家眷等，尽行缴出。富德命军士押着回酋家属，驰归大营，与兆惠联衔奏捷。乾隆帝命陕甘总督杨应琚，筹办回疆善后事宜，兆惠等俱召还京师，遂封兆惠为一等公，加赏宗室公品级鞍辔，富德封一等侯，并赏戴双眼翎，参赞大臣阿里衮、明瑞等，俱赏戴双眼翎，又记起从前舒赫德的忠直，还他原职，其余在事各官员，俱交部议叙。又做了几篇平定回部的碑文，内外勒石，称颂功德。

到次年二月，兆惠等奏凯还朝，乾隆帝亲至良乡，举行效劳典礼。兆惠、富德等领队到坛，格外严肃。乾隆帝下坛迎接，兆惠以下，都下马见驾，叩首谢恩。乾隆帝亲自扶起，说了许多慰劳话儿，遂一同登坛。乾隆帝升了御幄，当由军士将大小和卓木家眷，推到坛前。这时乾隆帝龙目俯瞧，见有一位绝色妇女，也是两手反绑，列入罪犯队里，乾隆帝不禁怜惜起来，便问道："这是叛回的家眷么？"兆惠应了声"是"。乾隆帝道："妇女无知，也遭此缧绁，瞧他情状，很是可怜，朕拟一律赦宥。"兆惠忙道："罪人不孥，乃是圣主仁政，皇上恩赦了他，他定然感谢不浅。"乾隆帝传旨释缚，众回家眷，叩首谢恩，独这绝色女子，虽是随班俯伏，他口中恰绝不道谢。

效劳礼毕，御驾还宫，立召和珅入见，和珅进内请安毕，乾隆帝问道："朕见叛回眷属中，有个绝色妇人，未知是谁？"和珅道："待奴才探问的确，再来奏闻！"说毕，趋出，不一时又入大内，奏称绝色妇人，乃是小和卓木霍集占的妃子，回人叫他香妃，因他身上有一种奇香，天然生成，所以有此佳号。乾隆帝叹道："朕做了天朝皇帝，不及那回部逆酋。"和珅道："逆酋已死，这个佳人，被我军拿来，圣上要如何处置，便作如何处置。据奴才想来，回酋的幸福，究竟不及我天朝皇帝哩。"乾隆帝道："朕想把他叫入宫中，但恐外人谈论，奈何？"和珅道："罪妇成奴，本是我朝成例，今将香妃没入掖廷，有何不可？"乾隆帝大喜，便命宫监四名，随和珅去取香妃，好一歇，和珅已到，宫监导入香妃，玉容未近，芳气先来，既不是花香，又不是粉香，别有一种奇芬异馥，沁人心脾。走近御座前，乾隆帝见他柳眉微蹙，杏脸含嚬，益发动人怜爱。宫监叫他行礼，他却全然不睬，只是泪眼莹莹。乾隆帝道："他生长外域，未识中朝礼制，不必多事苛求。"便命宫监引入西苑，收拾一所寝宫，令他居住，并命宫监小心伺侯。宫监已去，和珅亦退。次日，乾隆帝视朝毕，又召和珅入内，和珅见乾隆帝面带愁容，暗暗惊异，只听乾隆帝渝道："香妃不从，如何是好？"和珅道："他蒙恩特赦，又承圣上格外抬举，如何不从？"乾隆帝道："他口中说的回语，朕却不能尽懂，幸宫中有个番女，颇谙回文，朕命他翻译出来，据言：'国破君亡，情愿一死。'朕亦不好强逼，你可有什么计策？"和珅想了一会，便道："从前豫亲王多铎，得了刘三季，起初也很是倔强，后来好好儿做了豫王福晋，和睦的了不得。妇人家大都如此，总教待得他好，他自然回心转意。"乾隆帝道："恐不容易。"和珅道："他是做过回妃，一切饮食起居，统是回部格式，现若令他吃回式的菜蔬，穿回式的衣服，居回式的房屋，另择回部老妇，伺侯了他，不怕他不渐渐服从。"乾隆帝依了和珅的计策，凡香妃服食，概摹回教徒供奉，又在西苑造起回式房屋，并筑回教礼拜堂，选了数名老回妇，导香妃出入游览。怎奈香妃情钟故主，泪洒深宫，一片贞心，始终不改。乾隆帝百计劝诱，他却寂然漠然。有一日，被宫女苦劝不过，他竟取出一柄匕首来，刀光闪闪，冷气逼人，宫女都吓得倒躲。这事传到慈宁宫，太宫恐乾隆帝被害，趁着乾隆帝郊天，住宿斋所，竟传旨宣召香妃，问他志趣，他只说了一个"死"字，太后遂勒令殉节。后人有诗咏香妃事道：

> 雏鬟生长大苑西，钿合无情宝剑携，
> 帝子不来花已落，红颜黄土玉钩迷。

香妃已死，乾隆帝尚未闻知，后来得了音耗，究竟伤感与否，容小子下回表明。

　　阿睦撒纳及大小和卓木，统不过胁惑徒众，盗弄潢池，故卒为兆惠所歼灭耳。不然，兆惠一卤莽武夫，只知猛进，动辄被围，得一智勇兼全之敌帅，吾恐兆惠将为塞外鬼，安能生还玉门，昂然为座上公乎？惟香妃以一被虏之妇人，临以天子之尊威，始终不为所辱，凛节捐躯，临难不苟，番邦中有此妇，愧煞世人多矣。作者亟为表扬，可作彤史一则。

第三十八回

游江南中宫截发　征缅甸大将丧躯

却说乾隆帝郊天礼毕,回至宫中,闻报香妃已死,这一惊非同小可,忙走入香妃寝室,但见室迩迩人远,凄寂异常。便把侍过香妃的宫监,传来问话,宫监就将太后赐香妃自尽事,说了一遍。乾隆帝道:"可曾入殓么?"宫监道:"早经入殓,且已埋葬得两日了。"乾隆帝道:"为什么不来报知?"宫监道:"奉太后娘娘命,因圣上郊天,不准通报。"乾隆帝顿足道:"这件事情,太后也太辣手了。"宫监道:"太后娘娘,恐香妃不怀好意,所以把他赐死。"乾隆帝道:"香妃死时,形状如何?"宫监道:"香妃虽死,面色如生,全不见有惨死形状。"乾隆帝道:"可敬可敬,毕竟是朕没福消受。"当下凭吊了一回,洒了几点惜花的眼泪。

自此闷闷不乐,几乎激成一种急病,还亏御医早日调治,方能渐渐平安。只是悲怀未释,无从排解,偏偏皇十四子永璐,皇三子永琪,又接连病逝;正是花凄月冷,方深埋玉之悲,芝折兰摧,又抱丧明之痛,未免有情,谁能遣此?傅恒、和珅等百计替他解闷,总不能得乾隆帝欢心,还是和珅知着意,想着重幸江南的计议来,乾隆帝颇也愿意,到慈宁宫禀知太后,太后正因皇帝过伤,没法劝慰,闻了此语,便道:"我也想出去散闷。俗语说得好:'上有天堂,下有苏杭。'这苏杭地方的风景,很是可玩。只前次南巡,皇后未曾随去,他已正位数年,也应叫他去玩耍一番,你意何如?"乾隆帝不敢违命,只得答道:"圣母命他随去,谨当遵旨!"

当下定了日子,启跸南巡,一切仪仗,仍照前时南巡成制,不过多备了皇后凤辇一乘,龙舟等略加修饰,水陆起程,概如上年旧例。各省督抚,接驾当差,格外勤谨,只山东济宁州颜希深,下乡赈饥,擅令开仓发粟,把供奉皇差的事情,反一律搁起。两宫到了济宁州,御道上并没有什么供张,也不见知州迎驾。和珅道:"那个混帐知州,敢如此藐法么?"便令役从立传知州颜希深,回报颜希深下乡赈饥去了。和珅大怒,方想饬拿知州家属,适山东巡抚前来接驾,和珅向他发怒道:"你的属官,为什么这般糊涂?想你前时忘记下札的缘故。"山东巡抚道:"卑职于月前下札,早饬他恭迓銮舆,那里敢忘记一点?"和珅道:"他下乡赈饥,应有公文申详,你既叫他办差,那里还有工夫赈饥?这件事显见得老兄糊涂了。"山东巡抚道："卑职也没有允他赈饥，他亦没有公事上来，真正不解。"和珅微笑道："一点点知州官儿，不奉抚台札饬，擅敢发仓赈饥，自来也没有的。老兄欺我，我去奏谁，你自己去奏明皇上罢！"这句话，吓得山东巡抚屁滚尿流，一面令仆役去拿颜希深，一面下了龙舟，跪在两宫面前，只是磕头，口称奴才该死，奴才该死。两宫倒惊疑起来，问他何故？这时和珅已踱了进来，代奏道："济宁知州颜希深，目无皇上，既不来供差，又不来迎驾，奴才正问这山东抚臣哩。"乾隆帝道："颜希深到那里去了？"和珅答道："闻说颜希深下乡赈饥，抚臣糊涂，佯作不知，求圣上明察！"乾隆帝正想亲鞫山东抚臣，遥听岸上隐隐有哭泣声，便问和珅道："岸上何人哭泣？"和珅出外探望，回奏："颜希深的老母，由山东抚役拘到，是以哭泣。"乾隆帝怒道："令他进来！"一声诏谕，外面即推进一个白发老妪，眼泪汪汪，向前跪下，口称臣妾何氏叩头。太后见他老态龙钟，暗加怜恤，急开口问何氏道："你是济宁知州的母亲么？"何氏微应道："是。"太后又问道："你儿子到那里去了？"老妪道："前日河工出了险，地方绅士，环请急赈，臣妾儿子颜希深，因预备恭迎圣驾，不敢离身，怎奈难民纷纷来署，哀吁不休。臣妾见他凄惨万状，令儿子希深发粟赈饥，希深因未奉省饬，不敢擅行，臣妾素仰圣母仁慈，圣上宽惠，一时愚见，竟把仓粟开发，嘱子希深下乡施赈，快去快回。不料希深今尚未到，将供差接驾的大礼，竟致延误，臣妾自知万死，伏乞慈鉴！"太后见他应对称旨，不禁喜形于色道："你道是一片婆心。古语说道：'国无民，何有君？'就使礼节少亏，亦应赦宥。"说到这句，便顾乾隆帝道："赦了他吧！"乾隆帝尚未回答，和珅却见风使帆，忙道："圣母仁恩，古今罕有。"乾隆帝至此，自然也说出"遵旨"二字，太后便令何氏起来，何氏谢恩起立。这时山东巡抚，还是俯伏一旁，仿佛犬儿一般，太后也命他退出。山东巡抚，真是蒙着皇恩大赦，连磕数头，起身退出。外面又禀报济宁知州颜希深，恭请圣安，太后问道："颜希深来了么？"便传旨着令进见。希深膝行而进，匍匐近前，急得"微臣该死"四字，都说不清楚。太后却笑起来道："你不要这般惊慌！皇上已加恩赦你。本来巡幸到此，亦没有这般迅速，巧巧遇着顺风，所以先到一二天，想你总道是来得及的，因此贻误。"颜希深闻已恩赦，便放下了心，慢慢的奏道："微臣下乡赈饥，总道事已速了，不意饥民很多，误了日子，微臣因胥吏放赈，恐致干没，不敢不亲自监察，今日返署，敬闻圣驾已巡幸到此，不及恭迎，罪当万死。幸蒙恩赦，感谢莫名！"太后道："你的母亲，亦已在此，你起来罢！"颜希深谢过了恩，慢慢起身，方见老母也站立一旁。太后复赐何氏旁坐，问了年龄子女等情，由何氏一一奏明。太后复道："你回署去，须常教你儿子爱国爱民，方不失为贤母。"何氏连声遵旨。太后又命宫监两名，扶他上船，令颜希深随母回署。后来颜希深历级上升，做到河南巡抚，且不必细表。

单说两宫自济宁启行，一路上看山玩水，颇觉爽适，乾隆帝命先幸江宁，一面向和珅道："江宁是个名胜的地方，前次南巡，只留驻了几日，闻得秦淮灯舫，传播一时，究竟不知如何？"和珅道："此次皇上可多留数天，奴才谨当探察。"到了江宁，文武各官，照例迎驾，不消细说。和珅见了江宁总督，密令他饬办秦淮画舫，预备游览。是日两宫登陆，驻跸江宁，隔了一宵，和珅借观风问俗的名目，导皇上微行。乾隆帝早已会意，不带随员，只命和珅扈从前往，行到秦淮河岸边，早泊有绝大画舫一艘，和珅引乾隆帝登舟，舟中都是花枝招展的美人儿，一拥上前，磕头请安。乾隆帝与和珅，虽不道出真相，假名假姓的说了一番。那班美人儿，统是有名的妓女，见多识广，料知不是俗客，况经地方官饬他当差，定然是扈跸南巡的著名人物，便格外殷勤，奉了乾隆帝上坐，大家四围簇拥。乾隆帝龙目四瞧，这一个绰约芳姿，那一个窈窕丽质，默默的品评了一回，随向和珅道："北地胭脂，究不及南朝金粉，你道如何？"和珅应了声："是。"当下摆好酒席，乾隆帝面南而坐，和珅面北而坐，东西两旁，统是美人儿挨次坐下。席间备极丰腆，浅斟缓酌，微逗轻挲，已而酒热耳红，兴高采烈，一面令舟子划入江心，一面令众妓齐唱艳曲，娇声婉转，响遏行云，耳鬓厮磨，魂消新雨。迨至夕阳西下，已近黄昏，万点灯光，荡漾水面，仿佛此身已入仙宫，别具一番乐境。此时乾隆帝已自醺然，免不得色迷心醉，左拥右抱，玉软香温，和珅亦趁这机会，分尝数脔。到了次日，尚恋恋不舍，仍在舟中饮酒言欢，忽闻外面一片闹声，送入耳中，和珅即到后舱探望，见外面有一来船，船中有数人与舟夫争闹，和珅忙探头舱外，向邻船摇手，邻船中人，见是和珅，方欲开口，和珅忙道："知道了，你等去罢！"原来邻船不是别人，乃是两个侍卫及太监数名，奉太后命，来寻皇帝。和珅早已猜着，不便与他细说，所以含糊回答。邻船得了消息，自然回去。和珅入舱，与乾隆帝附耳数语，便命舟夫摇船拢岸，饮完了酒，起岸而返。

太后见皇帝已回，也不暇细究，便命起銮至杭，乾隆帝遂传旨明日启跸，次晨即自江宁启行，直达杭州。途次为了秦淮河事，与皇后反目起来。皇后自正位后，没有什么恩遇，心中早已郁闷，此次秦淮河事，被宫监泄漏，忍耐不住，便与乾隆帝斗口。乾隆帝本不爱这皇后，自然没有好话，皇后气愤不过，竟把万缕青丝，一齐剪下。满俗最忌剪发，发已剪去，连仁爱的太后，也不便回护。乾隆帝大加忿怒，竟命宫监数名，将皇后送回京师，两宫到杭，又游览数日。乾隆帝因皇后挺撞，余怒未息，也不愿久留在外，便奉太后匆匆回京。自此与皇后恩断义绝，皇后忧愤成疾，延了一载，泪尽血枯，临危时候，乾隆帝反奉皇太后，到木兰秋狝去了。皇后闻知此信，痰喘交作，霎时气绝。当由留京王大臣奏闻行在，乾隆帝下谕道：

据留京办事王大臣奏：皇后于本月十四日未时薨逝。皇后自册立以来，尚无失德，去年春，朕恭奉皇太后巡幸江浙，正承欢洽庆之时，皇后性忽改常，于皇太后前，不能恪尽孝道；比至杭州，则举动尤乖正理，迹类疯迷，因令先程回京，在宫调摄。经今一载余，病势日剧，遂尔奄逝。此实皇后福分浅薄，不能仰承圣母恩眷，长受朕恩礼所致，若论其行事乖违，即予以发黜，亦理所当然，朕仍存其名号，已为格外优容，但饰终典礼，不必советследование孝贤皇后大事办理，所有丧仪，止可照皇贵妃例行，交内务府大臣承办，着将此宣谕中外知之！

这是乾隆二十九年八月内的谕旨。乾隆帝罢猎回京，满大臣力争后仪，只是留中不报，自是乾隆帝竟不立后，到乾隆六十年，禅位嘉庆帝，其时嘉庆帝生母魏佳氏，已经病殁，乃追封为孝仪皇后。这且慢表。

且说中国南徼的缅甸国，自执献永历后，与中国毫无往来，不臣不贡。至乾隆十八年，云南石屏州民吴尚贤，赴缅东卡瓦部开矿，立了一个茂隆银厂。尚贤运动部酋，请将矿税入贡。中国复劝缅王莽达喇上表称藩，缅王莽达遣使进贡，呈上驯象数匹，涂金塔一座，乾隆帝也颇加赏赉。不料云南大吏，诱尚贤回国，说他中饱厂课，拘入狱中。尚贤一片爱国心，被疆吏无端诬陷，有冤莫诉，愤极而亡。茂隆银厂，当即闭歇。嗣后缅甸内乱，木疏地方的土司，名叫雍藉牙，率众入缅，杀平乱党，自立为缅甸王，称新缅甸国。缅都无人反对，只桂家、木邦两土司，不肯服他，联兵进攻。雍藉牙命子莽纪瑞率兵迎战，把桂家、木邦部众，尽行杀败。木邦土司罕底莽被杀，桂家土司宫里雁，窜入滇边。桂家本明桂王官属后裔，尝设波龙银厂，很有资财，云南总督吴达善，闻他巨富，令他倾囊以献。宫里雁不允，吴达善命边吏驱逐出境。宫里雁没法，走入孟连土司。这孟连土司刁派春，素与吴达善交通，闻知宫里雁入境，潜率部众，邀击宫里雁。宫里雁不及防备，被他擒他，并将宫里雁妻孥金银，一并拿去。

刁派春将宫里雁缚献云南，复将宫里雁的金银，一半分送吴达善，一半留作自用。只宫里雁妻囊占，颇有三分姿色，他却不忍割爱，想他做小老婆，遂于夜间召囊占入室，逼他同寝。囊占不从，他竟想用强暴手段，急得囊占路绝计生，佯言愿侍巾栉，但须释放仆役，并择吉行礼，方好从命。刁派春中了他计，遂将仆役放出，令仍侍囊占，又命大设筵宴，与囊占成婚。囊占装出柔媚态度，侍刁派春饮酒。刁派春乐的要不得，由囊占接连代斟，灌得酩酊大醉。囊占召齐故仆，将刁派春剁作几段，遂命故仆引导，启户窜去。此时孟连部众，因吃了喜酒，都已睡熟，那个去管他这种闲帐。到了次日，始知头目被杀，急忙去追囊占。谁知他早已逃入孟艮土司去了。

囊占到了孟艮，探闻丈夫已被吴达善杀死，哭得死去活来；既怨缅甸，复怨中国，遂吁请孟艮土司，要他入犯滇边，为夫报仇。孟艮部酋，见他悲惨，也不论什么强弱，便入侵滇边。总督吴达善只知搜刮金银，此外毫无本领，闻报滇边不靖，忙遣人到京运动调任。俗语道："钱可通神"，用了几万金银，便奉旨调任川陕，令湖北巡抚刘藻，往督云南。

刘藻到任，令总兵刘得成，参将何琼诏，游击明洪等，三路防剿，没有一路不败。刘藻吏手无策，朝旨严行诘责，并命大学士杨应琚往滇督师。杨应琚到云南，刘藻恐他前来查办，忧惧交并，自刎而死。这是乾隆三十年间事。

会滇边瘴疠大作，孟艮土兵退去，杨应琚乘间派兵进攻孟艮，孟艮兵多半病死，不能抵御，一半逃去，一半迎降。应琚见事机顺手，欲进取缅甸，腾越副将赵宏榜且言："缅酋新立，木邦蛮莫诸土司，统愿内附，应乘胜急进。"应琚即上疏奏闻，极陈缅甸可取状。一面移檄缅甸，号称天兵五十万，大炮千门，将深入缅境，如该酋畏威知惧。速即投降，免致涂炭。一面分遣泽人到孟密、木邦、蛮莫、景线各土司，诱使献土纳贡，并为具表代陈。其时缅酋雍藉牙早死，再传至次子孟骏，他见了应琚檄文，毫不畏惧，反率众略边。各土司又首鼠两端，并不是诚心内附，于是赵宏榜领兵五百，由腾越出铁壁关，袭据蛮莫土司的新街。新街系中缅交通要道，缅兵不肯干休，水陆并进。陆兵攻陷木邦、景线，水军进攻新街，赵宏榜闻缅兵突至，急抛了器械，烧了辎重，走还铁壁关。缅兵尾追宏榜，直至关外。

应琚得了败耗，又惊又悔，顿时痰喘交作，飞章告病。清廷急令两广总督杨廷璋赴滇襄办，又遣侍卫傅灵安，带了御医，往视应琚疾，并察军事。杨廷璋驰入滇境，遣云南提督李时升，率兵万四千人，进防铁壁关，时升又分道出兵，遣总兵乌尔登额出木邦，朱仑出新街。缅酋闻清兵分出，率众佯退，遣使乞和。时升信为真情，停止两路进兵，与缅人议款。杨应琚闻了议和消息，喜欢起来，病也渐愈，遂与时升联衔奏捷。杨廷璋知缅事难了，乐得退职，遂奏言应琚病痊，臣谨归粤，得旨召还京师。应琚也巴不得廷璋离滇，省得窥破隐情。廷璋去后，忽闻缅兵绕入万仞关，纵掠腾越边境，应琚又惶急万分，飞檄乌尔登额，及总兵刘得成赴援。缅兵见有援军，向铁壁关退走，铁壁关本由李时升等把守，不敢截击，由他杀出，应琚反匿不上闻。会傅灵安密奏赵宏榜、朱仑失地退守，李时升临敌畏避，未亲行阵，于是清廷始悉军情，严旨诘责应琚，应琚反尽推到乌尔登额、刘得成身上，得旨一并速问，令伊犁将军明瑞，移督云贵，明瑞未至时，由巡抚鄂宁代理。鄂宁奏称应琚贪功启衅，掩败为胜，欺君罔上各情形，乾隆帝大怒，立速应琚到京，迫他自尽。

及明瑞到滇，先后调满洲兵三千，云贵四川兵二万余名，大举征缅，令参赞额尔景额，及提督谭五格，率兵九千名出北路，由新街进行，自率兵万余人，由木邦南下，约会于缅都阿瓦。启行时，连旬淫雨，泥泞难行，明瑞只得缓缓前进，自夏至冬，始至木邦。木邦守兵，闻风早遁，明瑞留兵五千驻守，使通饷道，自率军渡锡箔江，进攻蛮结，连破缅兵十二垒，军威大振。乾隆帝闻报捷音，封明瑞诚勇嘉毅公。明瑞越加感奋，向缅都进发；途次险峻异常，马乏草，牛蹄途，缅人又坚壁清野，无粮可掠。将士请结营驻守，俟北路军有消息，再定进止，明瑞不允，仍督兵前趋。这时向导乏人，屡次迷路，旋绕了好几日，方到象孔，部兵疲惫已极，北路军仍无音信。象孔距缅都尚有七十里，明瑞因兵劳食尽，料知难达，乃回兵至猛笼，得了敌粮少许，留驻数日，待北路军；北路军仍旧不至，乃拟由原路退归，不防缅酋率众来追，声势浩大，明瑞且战且行，令部将观音保、哈国兴等，更番殿后，步步为营，每日只行三十里。缅兵虽不敢围攻，奈总尾追不舍，每晨听清军吹角起行，他也起身追逐，行至蛮化，山路丛杂，明瑞令部兵扎营山顶，缅兵亦扎营山腰。明瑞传集诸将道："敌兵藐我太甚，须杀他一阵方好。"观音保、哈国兴等，唯唯听命。当下明瑞令观音保等分头埋伏，次日五鼓，命兵士接连吹角，呜呜之声，震彻山谷。缅兵只道清兵启行，争上山追逐，忽遇伏兵突出，万枪齐发，那时连忙奔逃，走得快的，失足陨崖，走得慢的，中枪倒毙，趾顶相藉，坑谷皆满。自是缅兵不敢近逼，每夜必遥屯二十里外。明瑞饬将士休息数日，徐徐退回。到了小猛育，已与木邦相近，猛听得胡哨齐起，四面敌兵猬集，约有好几万人，明瑞大惊道："罢了！罢了！"正是：

　　　　瓦罐不离井上破，将军难免阵中亡。

　　未知明瑞性命如何，请看下回分解。

　　高宗南巡，皇后截发，当时史官讳恶，只载迹类疯迷之谕，实则伏有原因，中宫固非无端疯迷也。著书人把赏花饮酒诸事，显为揭橥，虽或言之过甚，然亦出自故老传闻，未尝凭空蜮射。且多归罪和珅，和珅固导帝微行者，不得谓事无左证也。下半回叙征缅事，与上文不相关涉，乃是从编年体裁，接连叙下。吴达善、刘藻、杨应琚等，无一胜任，赇帅当道，蠹吏盈边，清室盖中衰矣。明瑞猛将，孤军征缅，徒自丧躯，可为叹息。高宗不悟，犹以好大喜功为事，其亦可以已乎。

第三十九回

傅经略暂平南服　阿将军再定金川

却说明瑞到小猛育，见缅兵四集，不觉大惊，急忙扎住了营，召渚将会议。将士自象孔退回，途中已行了六十日，这六十日内，昼夜防备追兵，没有一刻安闲，此时四面皆敌，眼见得不能抵挡，当下会议迎敌诸将，面面相觑。明瑞道："敌已知我力竭，所以倾寨前来，但不知北路军情，究竟如何？难道是统已覆没么？我现在只决一死战，明知不能脱身，然到援绝势孤的时候，还没有一人不尽力，没有一个不致死，将来敌人亦知难而退，我死后，继任的人，当容易办理了。诸将以为如何？"观音保道："大帅且不怕死，何况我辈？惟我辈死在沙场，内地还没人知晓，这到可虑。"明瑞道："我拟乘夜突围，令兵士前行，我愿断后，那时敌兵追来，我好死挡一阵，前面的兵士，总可逃脱几个，通报内地，叫他严守边疆，奏调别帅，岂不是好？"当下议决，人人已知必死，倒也没有甚么伤感。

转瞬间已是黄昏，鼓角不鸣，拔寨齐出，哈国兴率领前队，观音保率领中队，明瑞与侍卫数十人，率领亲兵数百名断后。哈国兴一马当先，冲杀出来，缅兵不及措手，竟被他冲开血路，杀出重围。及观音保继进，缅兵已四面包裹，把观音保围住，明瑞见中队被围，急率后军援应，舍命相争，人自为战，以一当十，以十当百，怎奈缅兵密密层层，旋绕上来，明瑞、观音保等，冲破一重，又被第二重截住，冲破第二重，又被第三重截住。从黄昏杀到天明，四面一望，仍旧是铜墙铁壁一般，手下将士，已伤亡过半，再接再厉，酣斗了两小时。观音保中枪倒毙，明瑞带领的侍卫，丧失殆尽。明瑞亦着了枪弹数粒，大吼一声而死。这场死战，只哈国兴带兵数百名逃归，余都覆没，正是可痛。

但北路的额尔景额一军，究竟到那里去呢？原来额尔景额从新街南行，进次老官屯，被缅兵阻住，相持月余，额尔景额病死，他的阿弟额尔登额代统全军，屡战屡败，退至旱塔。缅兵由间道袭击木邦，木邦兵守五千人，出战不利，飞书至滇中告急。总督鄂宁，飞檄额尔登额往援。额尔登额不应，反迂道回铁壁关，再从明瑞出师的路程，往救木邦。古语说道："救兵如救火。"他却不走近路，转回关内，远绕而出，那时木邦早已陷没。留守参赞珠鲁讷等，早已阵亡。缅兵从木邦回到小猛育，适值明瑞退到彼处，遂乘机邀击。后面追赶明瑞的缅兵，又乘势追上，还有老官屯及早塔诸处的缅众，也一并趋至，四面楚歌，遂把明瑞逼入鬼箓。总督鄂宁，飞报败耗，乾隆帝大怒，立命鄂宁押解额尔登额，及谭五格到京治罪，另授傅恒为经略大臣，阿里衮、阿桂为副将军，舒赫德为参赞大臣，迅速赴滇，再议大举。傅恒等遵旨起程，额尔登额、谭五格已解到，有旨将额尔登额凌迟处死，谭五格立斩决，罪犯亲族，一律充戍。

旋因鄂宁不亲援明瑞，降补福建巡抚，戴罪自效。云贵总督，着阿桂补授。阿桂先至云南，闻缅甸与西邻暹罗国开衅，拟约暹罗夹攻缅甸，旋因交通不便，复至罢议。乾隆三十四年四月，经略傅恒至云南边境，拟分兵三路，水陆并进，调满汉精锐五六万名，骡马六万余匹，凡京城之神机火器，河南之火箭，四川之九节铜炮，湖南之铁鹿子，及在滇制造的军装药械，靡不齐备。直到新秋，经略祭纛启行，渡过金沙江上游的戛鸠江，由西而南，孟拱、孟养各土司，献象献牛，还算效顺。无如南方炎热未退，暑雨熏蒸，士马已多僵病；又未识道路，愈难深入。傅恒无可如何，退归蛮莫。

先是阿桂在蛮莫造舟，乃是舟成，得战舰百艘，闽粤水师，陆续趋集，遂由蛮莫江出伊腊瓦底河，遥望缅兵，舣舟对岸，并有陆兵驻扎沙滩。阿桂、阿里衮率步兵登岸，专攻敌营，副将哈国兴，待卫海兰察，率舟师专攻敌舟。缅兵出营截击，阿桂令步兵齐放矢铳，复用劲骑左右冲入，缅兵抵敌不住，哗然溃散。哈国兴亦乘上风进攻敌舟，正欲迎敌，被风簸荡，自相撞击，覆溺数千，江水为赤。阿里衮经此一役，积劳成病，傅恒亦病不能兴，虑深入非计，令转攻老官屯敌垒。

老官屯本额尔登额屯兵处，敌垒甚坚，编竖木栅，栅外掘濠，濠外又横卧大树，锐枝外向，清兵用大炮轰击，弹丸都被树枝隔住，不得奏效；再伐箐中数百丈老藤，系以巨钩，夜往钩栅，又被敌人斫断；复用盾牌兵持了油柴，沿栅纵火，适值反风，栅不能燕，反烧了自己的盾牌，只得却下。阿桂百计绸缪，想不出破敌法子，最后用了穴地埋药的计策，药线一燃，药性猛发，敌栅突起丈余。清兵鼓噪而前，总道这次可以破栅，谁知栅忽平落，俄顷栅复突起，旋又平落，如是三次，栅不复动。缅兵也颇危惧，阿桂又遣战舰越过木栅，阻截西岸敌援，于是缅兵有乞和意，遣使议款。傅恒令进表纳贡，返土司侵地。缅使欲归他木邦、蛮莫、孟拱、孟养诸土司。议未协，缅使竟去。会阿里衮病殁，傅恒病亦加重，乃遣哈国兴单骑入栅，与缅帅议定和约：缅甸对中国行表贡礼，归俘虏，返土司侵地，中国将木邦、蛮莫、孟拱、孟养诸部人口，还付缅甸。傅恒遂焚舟熔炮，匆匆班师。

这番出征，先后糜饷数千万，明瑞战死，傅恒，阿桂等，虽称胜敌，其实也不算有功。所订和议，两边仍未尝实行，缅人索还土司，清廷征他入贡，双方仍然龃龉。傅恒回京后，忧恚而亡。乾隆帝令阿桂备边，酌出偏师，略缅边境，阿桂探闻缅酋孟骏，破灭暹罗，气势张甚，奏言："偏师不足济事，不如休息数年，复图大举。"乾隆帝因他忤旨，将阿桂召还，遣尚书温福往代。

缅事未了，两金川警报复至，自大金川酋莎罗奔乞降后，川边平静了十多年，莎罗奔老病，兄子郎卡主土司事，渐渐桀骜，侵扰邻境，不受四川总督的命令。乾隆帝命川督阿尔泰，檄川边九土司，环攻郎卡，九土司中，惟小金川与绰斯甲，还算强大，其余如松冈、梭磨、卓克基、沃日、革布什咱、党坝、巴旺七土司，统是弱小，不是大金川敌手。阿尔泰虽奉了上谕，他意中只想苟且息事，命郎卡释怨修和。郎卡遂与绰斯甲联姻，并以女嫁小金川酋僧格桑。僧格桑即泽旺子，泽旺昏耄，由僧格桑代主土司。未几，郎卡病死。郎卡子索诺木，与僧格桑为郎舅亲，订立攻守同盟的条约。索诺木诱杀革什布咱土司，僧格桑亦屡攻沃日，阿尔泰因沃日被侵，发兵往援，僧格桑竟与川军开仗，川军退还。乾隆帝闻报，责阿尔泰养痈贻患，罢职召回，寻即赐死。另调滇督温福，自云南赴四川督师征讨，又命侍郎桂林为川督，襄赞军事。

温福、桂林，先后到川，温福由汶州出西路，桂林由打箭炉出南路，夹攻小金川，南路副将薛琮，恃勇轻进，入黑龙沟，被番兵围住。薛琮因桂林处求救。桂林逗留不进，薛琮战死，全军陷没，桂林还隐匿不报。旋由温福奏闻，乃授阿桂为参赞大臣，代桂林职。阿桂至军，督兵渡小金川，连夺险要，直抵美诺。美诺系小金川巢穴，僧格桑出战不利，遂带了妻妾数人，逃入大金川，只留老父泽旺，病卧床中。阿桂入帐，把泽旺缚献京师，只檄索诺木缴出僧格桑。索诺木不奉命，当由温福、阿桂，请旨清廷。廷命温福为定边将军，阿桂为副将军，移师讨大金川，仍分两路进发。

大金川地本险恶，从前讷亲、张广泗，屡遭失败，至此温福进兵，也被番众阻住。温福令提督董天弼，还守小金川，自率军驻扎木果本地方。番众照昔年故事，偏筑碉卡，抗拒清兵。温福也徒知攻碉，不偿所失。两边正相持不下，忽有探马飞报："番众入小金川，董军门兵溃散了。"温福令他再探，忽又报道："粮台被劫了。"温福仍饬令再探，他却视若无事，仍不设备。俄闻枪声四起，番众如潮涌至，先夺炮局，继断汲道，清营内运粮夫役，纷纷避入。温福令营兵闭住垒门，一概不准入营。于是内外鼓噪，军心大震。番众乘势突进，枪如雨发，温福茫无头绪，一弹飞来，适中要害，当即晕毙。营兵见主将已死，霎时四散，被番众兜杀一阵。幸亏海兰察闻警往援，救出溃兵万数千名，且战且退。

此时阿桂方出河东，闻报小金川复陷，忙整军驰回，出屯翁古尔垄，奏报温福阵亡情形，得旨命阿桂为定西将军，丰伸额、明亮为副将军，调发键锐火器营二千名，至川助剿。阿桂再与明亮等，分攻小金川，转战五昼夜，仍抵美诺，驱出番兵，再复小金川地，仍奏请力攻大金川。乾隆帝以土司恃险反复，重劳用兵。非大举深入不可，遂先将泽旺磔死，随饬阿桂等扫穴犁庭，方许藏事。阿桂誓师进讨，复分三路进行：一军由东路入，阿桂自为统帅，一军攻大金川西南，一军攻大金川西北，由丰伸额、明亮各为统领，三道并进，如火如荼。怎奈大金川里面，重重筑垒，层层设险，自乾隆三十九年正月，阿桂出师，奋力杀入。节节进攻，击破敌垒无数，大小数百战，直到七月，始至勒乌围附近。勒乌围前面皆山，番兵据险扼守，第一重名博瓦山，第二重名那穆山，最是险峻，阿桂令海兰察、额森特、海禄三路绕攻博瓦山后，福康安、成德、特成额三路仰攻博瓦山前。猛搏三昼夜，方杀上博瓦山，占了第一重门户。休息二日，复进攻那穆山。这山地势尤险，防守越严。阿桂仍令前后分攻，数日无效。适西北路统领明亮，亦已杀到，会集阿桂军，并力攻扑，仍是不下，海兰察向称骁勇，至是大愤，遥望那穆山上，守兵布得密密层层，只西边最高峰上，虽有两个大战碉，碉里恰空若无人，他独带领死士六百名，乘昏夜时候，猱升而上，趾顶相接，直到黎明，六百人都登了高峰，捣入碉中。每碉不过数十名番兵，一阵狂扫。立刻歼除。余外守山的番众，总道是绝壁峭立，没人可上，谁料上面插起大清旗号，错疑是飞将军从天而下，顿时人心大乱，被山下的清兵，杀上山腰，番众除逃窜外，概被杀死。第二重门户又破，勒尔围已无可守，索诺木没法，鸩杀僧格桑，并将僧格桑家属，一并献出，请停止攻击。阿桂讯验僧格桑的尸首，的确是真，只僧格桑的家属内，只有僧格桑的妾，没有僧格桑的妻，怒斥来人，勒兵再入。索诺木无从乞和，命部下极力防守。

这时已是秋末冬初，天气阴寒，雨雪霏霏，凭你阿桂奋厉无前，也不能直捣敌穴。过了年，又过了春季，渐渐冰雪消融，路上方可行动。阿桂等转战而前，只一二十里地面，却攻了三四个月，方到乌勒围。丰伸额军亦至，三路会攻，又足足一月，方破入乌勒围。索诺木已与从祖莎罗奔，先期走噶尔厓，清兵整队复进，番兵又分道拒战，接连又是数月，始抵噶尔厓城下。阿桂自启行以来，至此已历两年，途中几经艰苦，恨不得立平噶尔厓，稍泄胸中忿气，奈攻了三五日，毫不见效，又攻了一二十日，虽轰坏城堞数处，仍被敌兵补好。直至乾隆四十一年二月，城中食尽，索诺木始与莎罗奔，挈家族二千余人出降，阿桂立饬人献俘京师，乾隆帝御午门受俘，因索诺木、莎罗奔等罪大恶极，着凌迟处死。其余家族人，等，或斩或绞，或永远监禁，或充发为奴。封阿桂为一等诚谋英勇公，丰伸额本袭公爵，加赏继勇字号，明亮封一等襄勇伯，海兰察摧坚夺险，格外超擢，封为一等超勇侯，额森特、福康安等，均各封赏有差，留明亮为四川将军，改大金川为阿尔吉厅，小金川为美诺厅，直隶四川省，令明亮镇守。阿桂等一律凯旋,郊劳饮至,如傅恒例。

越数月,再令阿桂赴云南,与总督李侍尧,勘定边界,严守战备,拟再图缅甸。缅酋孟驳,闻风知惧,愿奉表入贡,献还俘虏,惟求开关互市。阿桂令先将俘虏释放,他只放出了一半,阿桂不允,仍移檄诘责。偏这孟驳病殁,嗣子赘角牙继立,国内大乱,叛臣孟鲁,弑了赘角牙,孟鲁又被国人杀死,迎立雍藉牙少子孟云。西邻暹罗,因缅甸内讧,背缅独立,推戴侨民郑昭为国王,规复旧土,驱逐缅甸守兵,移都盘谷,复兴兵攻缅甸,报复旧怨,并遣使航海入贡中国。郑昭殁,子华嗣,清封郑华为暹罗国王。孟云恐清廷联络暹罗,夹攻缅甸,乃由木绑赍金塔一,驯象八,及宝石番毯等,款关来贡,并将俘虏一并送还。清廷乃敕赐册印,封孟云为缅甸国王,并谕暹罗、缅甸,不得继续用兵。自是暹罗、缅甸,统服属清朝,小子曾有七绝一首云:

连番降旨命征诛,一将功成万骨枯。

为问紫光遗像在,可曾顶上血模糊?

俚句中有紫光二字,乃是指紫光阁故事。乾隆帝命绘功臣列像于紫光阁,前傅恒,后阿桂,是乾隆朝最骁勇的大将。紫光阁上,后先辉映。方在纪实铭勋,忽接台湾警报,土豪林爽文作乱。一波才平,一波又起,欲知台湾肇乱情形,请诸君续阅下回。

　　傅恒、阿桂系乾隆朝名将,抑亦乾隆朝福将。有明瑞之丧师小猛育,而后傅恒乃慎重将事,有温福之战死木果木,而后阿桂乃坚忍成功。天下事经一度失败,始增一番惩创,明瑞、温福之不幸,即所以成傅阿二人之幸耳。傅阿二人殁,嗣后名将,少福将,故乾隆朝为清室极盛时代,亦即清室中衰时代。此回传傅阿二人事,实隐伏清史关键云。

第四十回

平海岛一将含冤　　定外藩两邦慑服

却说台湾自朱一贵乱后,清廷因地方辽阔,添设彰化县及北淡水同知。政府意思,总道多设几个官吏,可以勤求民隐,那里晓得多一个官,只多一分剥削,与百姓这方面,反有损无益呢? 乾隆五十一年,台湾土豪林爽文乱起,这林爽文本没有什么势力,只因台民半是土著,半是客籍,彼此不睦,时常械斗,地方官不去弹压,爽文假和解为名,结了几个党羽,设起一个天地会来,起初入会的人,不过数十名,后来越结越多,连官署的差役,也都入会。官吏虽有些风闻,终究得过且过,不愿查究,因此天地会竟横行了数十年。适值总兵官柴大纪,受职到台,闻知天地会横行无忌,遂令台湾知府孙景燧,彰化知县俞峻,副将赫生额,游击耿世文,带兵缉捕。这孙景燧等统是酒囊饭袋,那里敢去缉捕会匪? 奈因上峰督饬,没奈何前去搜查。

林爽文本住彰化县的大理杙,地方很是险僻,孙景燧等不敢深入,只在五里外扎营,无缘无故,将五里外的村落,纵火焚毁,兵役乘势抢掳,劫夺一空。村中的百姓,并非天地会党羽,无罪遭祸,铤而走险,都逃入大理杙中,哭报爽文,哀求保护。爽文乃纠众出来,黉夜攻营,孙景燧等连忙逃走,带去的兵士,多被杀死,爽文遂进陷彰化,破诸罗,扰淡水,贪官污吏,死的死,逃的逃。柴大纪忙令兵备道永福,固守府城,自率兵出城五十里,到盐埕桥,遇着爽文前锋,奋力杀退,府城总算保全。大纪派人到福建告急,水师提督黄仕简,陆路提督任承恩,副将徐鼎士,陆续带兵渡海,来援台湾。大纪接着,由黄仕简分派将士,督令恢复诸城,不想福建的援兵,统是没用,都被爽文杀败;任承恩亲攻敌巢,见了路途险僻,也畏惧不前;只柴大纪收复诸罗,凌濛增垒,力任守御。

清廷因黄、任无功,严旨召还,命提督常青为靖逆将军,往台湾督师;又命署浙闽总督李侍尧,调粤兵四千,浙兵三千,驻防满兵一千,赴台助剿。且因江南提督蓝元枚,系蓝廷珍子,素习台事,调赴军前,与福州将军恒瑞,同为参赞,各将吏次第进行,蓝元枚到台病卒,常青、恒瑞率兵数千,至府城相近,与林爽文相遇,望将过去,旗帜隐隐,队伍层层,不知有多少人马,吓得常青、恒瑞拍马而逃,走入城中。林爽文料他投用,不去攻城,只蚕食村落,胁令入会,旬日得十余万众,围攻诸罗。

诸罗当南北要冲,为府城屏蔽,爽文因大纪扼守,最称勇悍,誓要破灭此城,免他作梗,因此把诸罗城团团围住,并分了一支党羽,截他饷道。大纪率守兵四千,昼夜防御,看了敌势少懈,复引兵突出,夺他辎重。城中粮饷,赖以不绝。爽文遣人诈降,又贿通内应,都被大纪察出,一一斩首。

这时候,常青也遣总兵魏大斌,参将张万魁,游击田蓝玉,副将蔡攀龙等,往援诸罗,三次进兵,三次败退。恒瑞督兵进援,亦因敌势浩大,在途中扎住。清廷屡次催问,常青、恒瑞只请添兵,乾隆帝又将他革职,命福康安代常青,海兰察代恒瑞,升柴大纪为陆路提督参赞大臣,密令大纪卫民出城,再图进取。大纪奏言:"诸罗为府城北障,诸罗失陷。府城亦危,且半年来深沟高垒,守御甚固,一朝弃去,难以克复。城厢内外的百姓,不下四万,也不忍一概抛弃,任贼蹂躏,只有死守待援"等语。乾隆帝览了奏章,眼泪都熬不住,一点一滴,湿透奏本;随即传旨到台湾,嘉奖大纪,封大纪为义勇伯,改诸罗县为嘉义县,俟克复台湾,与福康安同来瞻觐云云。

福康安是傅恒的儿子,乾隆帝非常眷爱,他随阿桂出征有功,曾封三等嘉勇男,嗣复出定回疆,平了几个小小回匪,晋封侯爵。福康安往援台湾,途次闻爽文势盛,也奏请增兵,奉旨严饬。亏得海兰察愿当前敌,飞速进兵,仗着顺风,越海抵港,帆樯列数里,各村民见大兵云集,望风解散,争为向导。海兰察扬言攻大里杙,暗中拟直趋嘉义城。爽文恐大里杙有失,分兵回救,海兰察遂进兵嘉义,沿途遇着几处埋伏,统由海兰察冲散,怒马直入,所向披靡。到嘉义城下,奋战一场,杀退敌围。福康安闻前锋得胜,自然胆大起来,也领兵到嘉义城,柴大纪出城相迎,只向福康安请安不行跪拜礼,福康安心中已是不悦,佯为谦逊,叫大纪并马入城。大纪也不推辞,跨马导入,照清朝军制,下属迎接上司,须要身执橐鞬,不能并马入城,柴大纪屡受褒封,身膺伯爵,自思与福康安也差不多,少许失礼,料亦不妨。岂知这福康安度量浅狭,挟恨怀仇,柴大纪的性命,要断送在福康安手中了。

福康安入城后,休息一昼夜,仍命海兰察先进,自率兵为后应,往捣大理杙巢穴。到了大理杙,时已昏暮,大理杙中,冲出一支人马,烈炬迎战。海兰察分兵千余,暗伏沟塍间,候敌近来,铳矢齐发。从暗击明,发无不中,敌众连忙灭火,鸣鼓来攻。海兰察复命军士按声冲击,毙敌无数,敌众倒也抵死不退。海兰察跃马入阵,冲出敌背,竟赴大理杙。部众想回马去追,福康安兵已到,此时敌众仓皇失措,霎时溃散。海兰察人大理杙,林爽文拦截不住,携家属走集埔,大理杙巢穴,一鼓荡平。只林爽文逃入集埔间,依险窜伏,叠石为垒,回环数里,海兰察偕侍卫数十名,易服缉捕,寻至集埔,已得敌踪,遂暗伐箐中老藤,扳垒而上，林爽文不及防备，被他擒住，爽文家属，没一个走脱，献至京师，尽行磔死。

福康安、海兰察，俱晋封公爵，独柴大纪偏革职拿问。自福康安入嘉义城后，已着人驰递密奏，说大纪诡谲取巧，奏报不实，乾隆帝到也圣明，料知大纪屡蒙褒奖，稍涉自满，对福康安失礼，因被参劾，遂将这种旨意，批发出来，福康安受了几句申饬。看官！你道福康安肯就此罢么？接连又是几本弹章，复运动那奉旨查办的德成，覆奏："大纪如何贪黩，如何宽纵。"乾隆帝尚在未信，命浙闽总督李侍尧查奏。李侍尧畏福康安威势，自然随声附和，乾隆帝又将任承恩、恒瑞等，逮回亲讯，任承恩、恒瑞等一干人犯，都说大纪酿成祸乱，暗中掣肘，凭你乾隆帝什么英明，柴大纪什么义勇，至此昏蔽诬蔑，就降了革职拿问的圣旨。

柴大纪自念无辜，到京被讯，宁有凭空自诬的道理，自然呼冤不置。乾隆帝亲加复讯，大纪仍微诉枉曲，龙颜动怒，竟命正法，可怜一片忠心的柴大纪，无罪遭刑，横尸燕市。任承恩、恒瑞等，反得保全性命，还有这位谄媚取容的和珅，前已屡次超升，授职大学士，至此说他办理军机，勤劳懋著，封他为三等伯，赏用紫缰。

乾隆帝又命将功臣图像，方亲制功臣像赞，镇日里咬文嚼字，忽接两广总督孙士毅奏报，略称："安南内乱，国王黎维祁出亡，遗臣阮辉宿，奉王族二百多人，叩关乞援"等语。这安南国在暹罗东边，明时尝服属中国，嗣分为大越广南二部，黎氏主大越，阮氏主广南，清顺治末年，吴三桂等定云南，大越王黎维禧，曾遣使劳军。康熙五年，嗣王黎维禧，又奉表入贡，受清册封。后来黎氏渐衰，摄政郑栋，阴图篡立，恐广南王干涉，乃阴嗾广南土酋阮文岳，举兵作乱，自为外援。文岳与弟文惠、文虑，乘此发难，转战十数年，竟将广南王攻灭，分北部三州与郑栋。文惠自称泰德王，郑栋也自称郑靖王。隔了几年，郑栋死了，栋子二人，一名宗，一名干，争夺父位。文惠引岳趋入，阳称排解，诱杀宗干兄弟，遂进至大越。大越王黎维禧，惊慌的了不得，忙与他议和，给他两郡。又把娇娇滴滴的爱女，送与文惠，畀他受用。文惠总算罢休，在大越称臣拜相。越年，黎维禧卒，嗣孙黎维祁立，文惠载了许多珍宝，及驯象百头，还归广南，留郑氏遗臣贡整，镇守都城。贡整想扶黎抗阮，夺回象五十头，文惠大怒，发广南兵攻大越，贡整战死，维祁出走。文惠攻入黎京。尽毁王宫，把宫内妃嫔，及金银财宝，搜刮而去。

高平府督阮辉宿，挈了黎氏宗族二百口，遁至广西求救。乾隆帝览了孙士毅奏章，暗想黎氏守藩奉贡，理应保护，遂命孙士毅安抚黎氏家属，发兵代黎氏复仇。这旨一下，孙士毅立即调兵，与提督许世亨出镇南关，至谅山分路而进，沿途得土民欢迎，进薄富良江。阮文惠派兵扼住南岸，据险列炮，阻截清军。许世亨见江势缭曲，望不及远，遂令军士伐运竹木，筑桥待渡，他自己率兵二千，恰绕道潜渡。南岸守卒，只防对岸的清兵，用炮轰击，不料世亨绕出背后，乘高大呼，声震山谷。是夕，天色黑暗，广南兵陡闻喊声，只道清兵大至，霎时溃退。黎明，清兵毕济，整队大越国都，城中百姓，都来迎接，跪伏道旁。孙士毅、许世亨入城宣慰，见宫室拆毁殆尽，已平成瓦砾场，不便留驻，仍出城还营。黎维祁避匿民村，到夜间方敢出来，诣营见孙士毅，九顿首谢援。

先是乾隆帝因安南道远，奏报需时，特豫撰册封，邮寄军前，令孙士毅便宜从事。士毅遂宣诏封维祁为安南国王，且驰报广西，归黎家属。捷奏到京，乾隆帝促令班师，士毅以阮氏未俘，还想深入广南，执渠立功。阮文惠暗筹军备，佯言乞降，士毅信以为真，悬军黎城，专待降人。乾隆五十四年元旦，士毅令军士饮酒张乐，庆祝新年，大帅逍遥，万人醵醉，自旦至暮，筵席始散。众人正要就寝，营外炮声震天，阮兵蜂拥而至。士毅即率军出营，火光中见前面排着象阵，蹀躞而来，士毅知是利害，急令军士退走。黑夜间不辨彼此，自相践踏，当下抛戈弃甲，奔至富良江。士毅一马当先，逾桥径渡，随着的兵士，三停中只过一停，士毅回顾，对岸追兵，奋勇杀来，忙命军士将桥拆去。是时许世亨等尚未逾桥，弄得进退无路，那边追兵上前围攻，许世亨等都战死。官兵夫役万余人，一半被杀，一半落水。逃还镇南关的残兵，只剩了三千名。士毅上疏自劾，乾隆帝恰说他变出意外，罪有可原，这正是特别殊恩，令人莫测。

福康安适督闽，奉旨调任两广，代孙士毅，福康安方到任，阮文惠已遣兄子光显，奉表请降，他的降表上改名光平，略言："世守广南，与安南乃是敌国，并没有君臣名分。且只蛮触自争，非敢抗衡上国，请来年亲觐京师，并愿立庙国中，祀中国死绥将士。"福康安得了降表，遂奏请阮光平恭顺输诚，不必用兵。乾隆帝准奏，只责他两件事情：第一件，因次年八旬万寿，饬光平来京祝嘏；第二件，饬他在安南地方，为许世亨等立祠。光平一一应允。遂赐光平敕印，封安南国王，黎维祁的家属，光平算不去灭他，由他投入广西。乾隆帝以天厌黎民，不堪扶植，命他挈属来京，编入汉军旗籍。

次年，乾隆帝八旬万寿，举行庆典，礼部定出祝嘏仪注，比从前万寿圣节，格外繁华，格外郑重。届了诞辰，阮光平遵旨入觐，先行到京，暹罗、缅甸、朝鲜、琉球及西藏两喇嘛，蒙古各盟旗，西域各部落，俱遣使表祝。乾隆帝御太和殿，受庆贺礼。八荒环叩，万众嵩呼。礼毕入宫，皇子皇孙皇曾孙皇玄孙，依次舞彩，称祝如仪。宫廷内外，大宴三日，特旨普免天下钱粮，表示普天同庆的意思。

只西藏虽遣使祝厘，境内恰非常扰乱，驻藏大臣保泰，专务蒙蔽，经藏使来京详陈,始悉藏境情状。西藏自康熙晚年,服属中国,不侵不叛,雍正初,复设驻藏大臣,监察政治,达赖、班禅两喇嘛,不能自由行动,因此安静了数十年。乾隆帝七旬万寿时,第六世班禅喇嘛,曾至京祝寿,内廷赏赐,及王公大臣布施,约数十万金,还有许多珍品宝物。班禅欣喜过望,方拟西还,忽病痘而死。随从僧侣,奉骸骨归藏,所有遗资,统行带回。班禅兄仲巴胡土克图,向为班禅管理内库,得了这种意外财帛,一古脑儿收入私囊,不但没有布施寺院,分给将士,连自己的阿弟,也分文不与。他的阿弟玛尔巴,愤懑的了不得,遂南入廓尔喀,诱使入寇。廓尔喀在喜马拉雅山南麓,与藏境毗连,向系蛮民杂居,分叶楞、布颜、库木三部,嗣为西境酋长布拉吞并,合作一国,称廓尔喀。廓酋因玛尔巴的诉请,遂兴兵犯藏犯,驻藏大臣保泰,檄问廓酋起衅的缘故,他却借商税增额,食盐糅土等事,作为话柄。保泰尚未奏闻,只欲与廓人议和,会藏使在京祝叚,奏陈一切,乾隆帝始命保泰据实陈奏,一面令侍卫巴忠,将军鄂辉、成德等,援藏征廓。去了数月,巴忠等奏称廓人畏罪投诚,愿入贡乞封。乾隆帝览奏,疑是真话,召还巴忠,留鄂辉为四川总督。成德为四川将军。

次年,廓人又大举入藏,保泰奏称敌势浩大,请移班禅至前藏。班禅亦飞章告急,略说:"仲巴胡土克图,已挈资遁去。后藏被廓人骚扰,有日夕待援"等语。是时乾隆帝在热河行围,连接警报,大加惊疑,适巴忠正在扈驾,忙召入讯问,巴忠言语支吾,只说前时办理不善,愿驰赴藏地,效力赎罪。乾隆帝严加申斥,巴忠即投水寻死。乾隆帝越加怀疑,飞饬鄂辉、成德,明白复奏。鄂辉、成德不敢隐瞒,始将前时办理隐情,和盘托出,惟只称于己无与,都推在死人巴忠身上。原来巴忠、鄂辉、成德三人,前时到藏,按兵不战,只与廓人调停贿和,阳嘱廓人奉表入贺,阴令西藏许给岁币五千金,廓人乃退。达赖、班禅尚在梦里,后来廓人索交岁币,杳无回音,因再举深入,大掠后藏。乾隆帝既悉此情,方知鄂辉、成德,也是靠不住的人物,遂命嘉勇公福康安为将军,超勇公海兰察为参赞,调索伦满兵,及屯练士兵进讨。

乾隆五十七年二月,福康安等由青海入后藏,廓人已饱掠财帛,陆续运回,只留千余人驻守,探得清兵入剿,退至铁索桥,断桥相拒。福康安与敌相持,海兰察潜由上游结筏,渡河登山,绕出敌营后面,廓兵见前后受敌,自然窜去。福康安等直入廓境,廓酋遣使乞和,福康安不许,三路进兵,六战六捷,逾大山二重,先后杀敌数千,入敌境七百多里。将近廓尔喀都城,两面皆山,中隔一河,廓兵分扎山上,互为犄角,福康安采悉南岸山后,即廓尔喀国都,拟渡河直攻南山。海兰察请拖河立营,阻住北岸廓兵,福康安仗着锐气,渡过南岸,冒雨登山。山上木石雨下,隔河隔山的敌兵,又三路来犯,福康安不能支,且战且却。亏得海兰察率着后队,未曾前进,当即奋力杀敌,救还福康安。

廓人赴印度乞援,印度已为英吉利属国,设有总督,允他出兵,无如待久不至,廓人恐清军复攻,再遣使卑词请和。福康安乃与订和议,令献还所掠财宝,定五年一贡例,随即班师回藏,留番兵三千名,汉蒙兵一千兵,驻守藏境,余师凯旋。乾隆帝复赏福康安世袭一等轻车都尉,海兰察旧系二等公爵,晋封为一等公,随征将士,交部议叙。又因达赖、班禅的嗣续法,积久生弊,兄弟子姓,相继擅权,弄出仲巴兄弟,慢藏海盗的祸祟来,此时惩前毖后,立了一个掣签的法子,将藏俗所称达赖、班禅的化身,书名签上,插入瓶中。等到前绝后继,掣签为定。这瓶供在西藏大招寺,叫作金奔巴瓶,无非是神道设教,笼络藏民的政策。乾隆帝遂自称十全老人,御制十全记,用满汉蒙藏四种文字,刊碑立石,留作乾隆朝的大纪念。什么叫作十全? 小子有杜撰的歌词道:

> 清高宗,六十年,为了准噶尔,两次征边。定回疆,再定金川,靖台湾,服安南缅甸,紫光阁上竞凌烟。又有那廓尔喀,先后乞怜,功也全,福也全,这才算十样完全。

一年一年的过去,乾隆帝已六十年了。乾隆帝年已八十五岁,想出一个内禅的计议来,欲知内禅情事,请俟下回披露。

本回为福康安立传,平台湾,日福康安之功,平安南,日福康安之功,平廓尔喀,日福康安之功,其实福康安亦安得谓有功者,台湾一役,赖海兰察奋勇争先,一战破敌,即日解诸罗围,叛党夺气,大乱以平。至若廓尔喀之战,福康安冒险轻进,微海兰察在后援应,彼且无生还之望,遑能平敌耶? 最可恨者,柴大纪忠勇绝伦,第以不执橐鞬礼,必欲置诸死地,良将风度,断不若是。高宗极加宠眷,无怪后世以龙种疑之。读本回,可以知福康安之为人,可以知清高宗之驭将。

第四十一回

太和殿受禅承帝统　白莲教倡乱酿兵灾

却说乾隆帝在位六十年，多福多寿多男子，把人生荣华富贵的际遇，没一事不做到，没一件不享到。他的武功，上文已经略叙。他的文字，亦非常讲究：即位的第一年，就开博学鸿词科；第二年又令未曾预考各生，一律补试。十四年，特旨命大学士九卿督抚保举经儒，授任国子监司业；南巡数次，经过的地方，尝召诸生试诗赋；举人进士中书等头衔，赏了不少，又编造巨籍，上自经注史乘，下至音乐方术语学，约有数十种，比康熙时还要加倍。三十六年，开四库全书馆，把古今已刊未刊的书籍，统行编校，汇刻一部，命河间才子纪昀，做了总裁。

纪昀字晓岚，博古通今，能言善辩，乾隆帝特别眷遇，别样事情，讲不胜讲，只据"老头子"三字的解释，便见纪昀的辩才。他身子很是肥硕，生平最畏暑热；做总裁时，在馆内校书，适值盛夏，炎酷异常，他便赤着膊圈了辫，危坐观书。巧逢乾隆帝踱入馆门，他不及披衣，忙钻入案下，用帷自蔽，不料已被乾隆帝瞧见，传旨馆中人照常办事，不必离坐。馆中人一齐遵旨。乾隆帝便踱到纪昀座旁，静悄悄的坐着。纪昀伏了许久，汗流浃背，未免焦躁起来，听听馆中人寂静无声，就展开了帷，伸首向众人道："老头子已去么？"语方脱口，转眼一瞧，座旁正坐着这位首出当阳的乾隆帝，向着他道："纪昀不得无礼。"纪昀此时只得出来穿好了衣，俯伏请罪。乾隆帝道："别的罪总可原谅，你何故叫我老头子？有说可生，无说即死。"众人听见这句上谕，都为纪昀捏一把汗。谁知纪昀却不慌不忙，从容奏道："老头子三字，乃京中人对着皇帝的统称，并非臣敢臆造，容臣详奏。皇帝称万岁，岂不是老？皇帝居兆民之上，岂不是头？皇帝便是天子，所以称子。这'老头子'三字，从此流传了。"乾隆帝捻须笑道："你真是个淳于髡后身，朕便赦你起来罢。"纪昀谢恩而起。自此乾隆帝越加优待，等四库全书告竣，连番擢用，任总宪三次，长礼部亦三次。此外如沈德潜、彭元瑞诸人，也蒙乾隆帝恩遇，然总不及纪昀的信任。

只是乾隆帝虽优礼文士，心中恰也时常防备：内阁学士胡中藻，著《坚磨生诗集》，内中有触犯忌讳等语，遂把他枭首；鄂尔泰侄儿鄂昌，做了一篇《塞上吟》，称蒙古为胡儿，也说他暗斥满人，将他赐死；沈归愚录有《黑牡丹》诗，身后被讦，追夺官阶；江西举人王锡侯，删改《康熙字典》，别著字贯，又饬逮下狱；浙江举人徐述夔，著《一柱楼》诗，不知如何吹毛索瘢，指他悖逆，他已经病死，还要把他戮尸。

总之专制时代，皇帝是神圣无比，做臣子的能阿谀谄媚，多是好的，若是主文谲谏，便说他什么诋毁，什么叛逆，不是斩首，就是灭族，所以揣摩迎合的佞臣，日多一日。到乾隆晚年，金壬之徒，贿赂公行，乾隆帝只道是安富尊荣，威福无比，谁知暗地里已伏着许多狐群狗党，这狐群狗党的首领，系是谁人？就是大学士和珅。

无论皇亲国戚，功臣文士，没有一个及得来和珅的尊宠。乾隆帝竟一日不能离他，又把第十个公主，嫁他儿子丰绅殷德。未嫁时候，乾隆帝最爱惜十公主，幼时女扮男装，常随乾隆帝微行，乾隆帝又常带着和珅扈驾。十公主见着和珅，叫他丈人，和珅格外趋奉。十公主要什么，和珅便献什么。一日，同行市中，见衣铺中挂着红氅衣一件，十公主说了一声好，和珅便向铺中买来，费了二十八金，双手捧与十公主。乾隆帝微笑，对着公主道："你又要丈人破钞。"十公主原是欢喜，和珅却比十公主还要得意。后来十公主长成，就配了丰绅殷德，和珅与乾隆帝竟作了儿女亲家。因此和珅肆行无忌，内外官僚，多是和珅党羽，把揽政柄三十年，家内的私蓄，乾隆帝还不及他。他的美妾娈童，艳婢俊仆，不计其数。还有一班走狗，仗着和珅威势，在京城里面，横冲直撞，很是利害。御史曹锡宝，为了他家奴刘全，借势招摇，家资丰厚，劾奏一本；乾隆帝令廷臣查勘，廷臣并不细查，只说锡宝风闻无据，反加他妄言的罪名。一个家奴，都参他不倒，何况和珅呢？

一日，乾隆帝召诸王大臣入内，拟把帝位传与太子，自己称太上皇。诸王大臣，倒也没甚惊疑，不过表面上总称圣上康颐，内禅事还可从缓。独和珅吃了一大惊，他想嗣王登位，未免失却尊宠，急忙启奏道："内禅的大礼，前史上虽是常闻，然也没有多少荣誉。惟尧传舜，舜传禹，总算是旷古盛典。但帝尧传位，已做了七十三载的皇帝；帝舜三十征庸，三十在位，又三十余载，始行受禅。当时尧舜的年纪，都已到一百岁左右，皇上精神矍铄，将来比尧舜还要长寿，再在位一二十年，传与太子，亦不算迟。况四海以内，仰皇上若父母，皇上多在位一日，百姓也多感戴一日，奴才等近沐恩慈，尤愿皇上永远庇护；犬马尚知恋主，难道奴才不如犬马么？"这番言语，说得面面圆到。从前的时候，和珅如何说，乾隆帝便如何行，偏这次恰是不从，只听乾隆帝下谕道："你等只知其一，不知其二。朕二十五岁即位，曾对天发誓，若得在位六十年，就当传位嗣子，不敢上同皇祖六十有零的年数。今蒙天佑，甲子已周，初愿正偿，何敢再生奢望？皇子永琏，不幸早世，惟皇十五子颙琰，克肖朕躬，朕已遵守家法，书名密缄，藏在正大光明匾额后面，现即立颙琰为皇太子，命他嗣位；若恐他初登大宝，或致丛脞，此时朕躬尚在，自应随时训政，不劳你等忧虑。"和珅无词可说，只得随王大臣等一同退出，暗中复运动和硕礼亲王永恩等，联合汇奏，请乾隆帝暂缓归政。乾隆帝仍把对天发誓的大意，申说一番，并拟定明年为嘉庆元年，即饬礼部恭定典礼。

于是内禅已决，礼部因内禅制度，乃是创例，清朝未曾行过，须要参酌古制，揆合时宜，定得寇冕堂皇，方餍乾隆帝的心目。足足忙碌了一个月，才把内禅大典，录奏圣裁。乾隆帝见得体制尊崇，立批照行。先册立颙琰为皇太子，追封皇太子生母令懿皇贵妃为孝仪皇后，位居孝贤皇后之次。候嘉庆元年元旦，举行归政典礼。和珅知事无可挽，忙到皇太子处贺喜，说了无数恭维的话。偏这皇太子不甚喜欢，只淡淡的对答数语。和珅随即辞退。皇太子传进长史官，命嗣后和珅来见，不必进报，和珅颇为惊惧。还亏乾隆帝虽拟归政，仍是大权在手，乾隆帝活一日，和珅也活一日，因此和珅早夜祝祷，但愿乾隆帝永远活着，免生意外的危险。

话休叙烦，且说湖南贵州交界的地方，有一大山，绵亘数百里，叫作苗岭，统是苗民居住，康雍乾三朝，次第招徕，苗民多改土归流，与汉民往来交接，汉民亦渐渐移居苗地，嗣向喧宾夺主，不免与苗民涉讼。地方官单论财势，不讲曲直，苗民多半吃亏，心很不悦。适贵州铜仁府悍苗石柳邓，素称桀黠，倡议逐客民，复故地。苗众同声附和，遂揭竿叛清。湖南永绥苗石三保，镇筸苗吴陇登、吴半生，乾州苗吴八月，各聚众响应，四出劫掠，骚扰川湖贵三省边境。于是湖南提督刘君辅，驰保镇筸，湖广总督福宁，亦调集两湖诸军，援应刘君辅，云贵总督大学士福康安，又督云贵兵进铜仁府，四川总督和琳，复统川兵至贵州，与福康安会攻石柳邓，柳邓败走，苗寨四十余被毁，贵州苗略定。福康安遣总兵花连布，率兵二千人攻永绥，刘君辅亦自永绥转战而至，两军相会，攻破石三保，解了永绥的围。只乾州已由吴八月等陷没，各军分道进攻，多被苗民截住，只刘君辅因乾州险阻，绕出西北，得了两三回胜仗，怎奈兵单饷寡，一时未能规复。旋经福康安迭破要塞，逐走石三保，生擒吴半生，永绥镇筸的悍苗，稍稍平定，一意规复乾州。不料石三保、石柳邓等，都窜依吴八月，吴八月复进据平陇，居然称起吴王来了。

清廷方定期内禅，急望福康安等剿平叛苗，首对福康安贝子、和琳一等伯，加赐从征兵丁一月饷银，限期荡平。福康安亦悬赏招抚，添兵会剿，吴陇登虽已愿降，并诱擒吴八月，奈吴八月的儿子廷礼、廷义，后与陇等仇杀不休，福康安手下将士，又触冒瘴雨，病的病，死的死，弄得剿抚两穷。

转眼间已是残冬,过了除夕,便是嘉庆元年第一日。乾隆帝御太和殿,举行内禅大典,亲授皇太子御宝。皇太子敬谨跪受,率诸王大臣先恭贺太上皇,贺毕,太上皇还宫,皇太子遂登帝位,受群臣朝贺,随颁行太上皇传位诏书,普免全国钱粮,并下大赦诏。是日的繁华热闹,不消细说。授受成礼,内外开宴,欢呼之声,遍达宫廷。越数日,奉太上皇帝命,册立嫡妃喜塔腊氏为皇后。又越数日,侍太上皇帝御宁寿宫开千叟宴。正在兴高采烈的时候,外面递进湖北督抚的奏折,内说枝江、宜都二县,白莲教徒聂杰人、刘盛鸣等,纠众滋事,请派兵迅剿等语。嘉庆帝总道是区区教匪,有什么伎俩?即饬湖北巡抚惠龄,专办剿匪事宜,谁知警报接续传来,林之华发难当阳县,姚之富发难襄阳县,齐林妻王氏发难保康县,郧阳、宜昌、施南、荆门、来凤、酉阳、竹山、邓州、新野、归州、巴东、安陆、京山、随州、孝感、汉阳、惠临、龙山数十州县,同时扰乱。教徒的声势,几遍及湖北了。

　　嘉庆帝大惊,忙禀知太上皇,与太上皇商议妥当,即传旨命西安将军恒瑞,率兵趋湖北当阳县,剿林之华,都统永保,侍卫舒亮、鄂辉,剿姚之富及齐王氏,枝江教匪,专饬鄂督毕沅,及惠龄剿办。诸军奉诏并进,自正月至四月,先后奏报,杀贼数万,其实多是虚张功绩。只枝江教徒聂杰人,总算被总兵富志那擒住,余外的教徒,反越加鸱张。

　　看官!你道这等教徒,为什么这般利害呢?白莲教的起源,也不知始自何时,小子参考史策,元末有韩林儿,明季有徐鸿儒,相传是白莲教中人,后来统归剿灭,但总没有搜除净尽。已死的灰,尚且复燃,何况是未尽死呢?

　　乾隆年间,有一个安徽人,姓刘名松,他是白莲教首领,在河南鹿邑县传教,借持斋治病的名目,伪造经咒,诓骗钱财,官吏因他妖言惑众,把他捕着,问成重罪,充发甘肃。他的徒众刘之协、宋之清等,未曾被获,仍分投川陕湖北一带,传播邪教,呆头呆脑的百姓,受他欺骗不少。到乾隆晚年,教徒竟多至三百万人。刘之协复捏造谣言,遣徒四播,传说劫运将至,清朝又要变作明朝,百姓若要免祸,须亟求真命天子保护。可怜这种呆百姓,闻了此言,统求刘之协指出真命天子,刘之协遂奉了鹿邑同党王姓的孩子,本名发生,冒充朱明后裔,作为真命天子。煽动流俗,择日竖旗。忽被官吏探悉,将王发生一干人犯,统同擒住,刘之协亦提拿在内,由吏役押至半途,得了刘之协重贿,将之协放走,只解到了王发生。年犹乳臭,乾隆帝格外开恩,把他充军了事,还有几个叛徒,尽行斩首。另下旨大索刘之协。河南、湖北、安徽三省的官吏,得了圣旨,遂命一班狼心狗肺的差役,下乡搜缉,挨户索诈,有钱的百姓,还好用钱买命,无钱的百姓,被差役指作叛徒,下狱受苦。武昌同知常丹葵,更糊涂的了不得,不怕罪人多,只怕罪人少,索性将无辜百姓,捉了数千人,罗织成罪,因此百姓大加怨愤。适值贵州、湖南、四川等处，兴师征苗，沿途不无骚扰，贩盐铸钱的愚民，又因朝旨严禁私盐私铸，穷困失业，遂仇官思乱，把"官逼民反"四字，作了话柄，趁着教民四起，一律往投；从此向入教的，原是结党成群，向未入教的，也是甘心从逆。

这班统兵剿匪的大员，又都变作和珅党羽，总教和珅处恭送金银，就使如何贻误军事，也属不妨。嘉庆帝略有所闻，因太上皇宠爱和珅，不好就用辣手，只得责成统兵各官，分地任事。保康的教徒，归永保、恒瑞剿办，当阳的教徒，归毕沅、舒亮剿办，枝江、宜都的教徒，归惠龄、富志那剿办，襄阳的教徒，归鄂辉剿办。

永保奏言教匪现集襄阳，异常猖獗，姚之富、齐王氏俱在此处，刘之协亦在其中，为各路教匪领袖，应调集诸军，合力并攻等语。嘉庆帝览奏，复命直隶提督庆成，山西总兵德龄，各率兵二千往会。无如官多令杂，彼此推诿，姚之富狡悍异常，且不必说，独这齐林妻王氏，虽是一个妇人，他却比男子还要利害。

齐林本是教徒，起事的时候，还未曾死，经了一回小小的战仗，便中了弹子，把性命送脱。齐王氏守了寡，却继着先夫遗志，组织一大队，由襄阳府冲出安陆府，直向武昌，头上带着雉尾，身中围着铁甲，脚下穿着小蛮靴，跨了一匹骏马，仿佛是戏中装扮的一员女将军。他的脸面颇也俊俏，性情颇也贞烈，手中一对绣鸾刀，颇也有数十人敌得住，可惜迷信邪教，弄错了一个念头，徒然作了叛众的女头目。若使不然，那南宋的梁夫人，晚清的秦良玉，恐怕不能专美呢。只是官兵遇着了他，往往望风遁走，究竟是怕他的娇力，抑不知是惧他的色艺，幸亏天公连日大雨，洪水暴发，阻住他的行踪，不令进薄武昌，湖北省城，还算平静。清廷屡加诘责，命永保总统湘北诸军，打了几个胜仗，方把姚之富、齐王氏驱回西北。当阳、枝江等处，亦屡破教徒，陕甘总督宜绵，又奉旨助剿，略定郧阳一带。湖北境内，只襄阳及宜昌二府，尚有余寇未靖，其余已统报肃清了。谁知四川达州民徐天德，与太平县民王三槐、冷天禄等，又纠众作乱，告急奏章，又似雪片一般，飞达京师。正是：

> 日中则昃，月盈则蚀；乱机一发，不可收拾。

未知嘉庆帝如何处置，且待下回表明。

清高宗决意内禅，自谓不敢拟圣祖，此是矫饰之论。高宗好大喜功，达于极点，十全备绩，五世同堂，谕旨中屡有此语；但尊不嫌至，贵不厌极，因发生一内禅计议，举帝位传与仁宗，自尊为太上皇，大权依然独揽，名位格外优崇，高宗之愿，于是偿矣。岂知累朝元气，已被和珅一人，斫丧殆尽，才一内禅，才一改嘉庆年号，白莲教徒，即骚然四起，岂仁宗之福，果不逮高宗？若酿之也久，则发之也烈，谁为为之？孰令致之？吾则曰惟和坤，吾又曰惟清高宗。本回处处指斥和坤，即处处揭橥高宗。用人不慎，一至于此，固后世之殷鉴也。

第四十二回

误军机屡易统帅　平妖妇独著芳名

却说四川的乱事，也是从搜捕教徒而起。先是金川一役，温福阵亡，官兵溃散，一班游勇，欲归无所，与失业夫役，无赖悍民，互相勾结，四处剽掠。官吏闻警往捕，遂收入白莲教会，冀他援应。适达州知州戴如煌，老昏颠倒，饬胥吏搜缉教徒，把富户拘了无数，乘势勒索。徐天德也被拘去，费了些钱财，方得释放。天德本达州土豪，平日与教徒隐通声气，至是越加愤激，乘襄阳教徒窜入川东，遂结连举事。王三槐、冷天禄等，亦是天德要好朋友，天德倡乱，他亦闻风而起。四川总督英善，成都将军勒礼善，出兵防剿，毫无功效。徐天德等反由川入陕，大掠兴安，陕督宜绵闻警，急回军至陕，与教徒相遇，大战于兴安城外，教徒败走，陕边虽已略靖，川省仍然糜烂。警信达至北京，嘉庆帝正急得没法，幸湖南、贵州的叛苗，已由内大臣额勒登保，将军明亮等，先后剿平，乃命额勒登保移赴湖北，明亮移赴达州。

但前回说的征苗大员，乃是云贵总督福康安，暨四川总督和琳，此次忽变作额勒登保等人，小子须要交代明白，嘉庆元年五月，福康安始擒住苗酋石三保。及八月子廷礼亦病死，官兵遂进逼乾州。城将破，福康安竟卒于军中。和琳代福康安任，攻陷乾州，乃遣内大臣额勒登保等，专攻平隆。隔了两月，和琳又殁，额勒登保复奉旨继任。湖北将军明亮，亦接清廷命令，往会额勒登保，助攻平陇，到了冬天，才把平陇攻破，将吴氏庐舍，尽行焚毁。又擒斩石柳邓父子，及吴廷义等，苗乱算已肃清。嘉庆帝封额勒登保为威勇候，明亮为襄勇伯，移剿教匪。

额勒登保驰赴湖北，明亮驰赴达州，是时湖北方面，由永保剿办襄阳教徒，惠龄剿办宜昌教徒，永保部兵最多，本可兜围叛众，一鼓歼敌，奈永保专知尾追，不知迎击，教徒忽东忽西，横躏无忌，嘉庆帝怒他纵敌，逮京治罪，命惠龄总统军务。惠龄至襄阳，拟圈地聚剿，飞檄河南巡抚景安，发兵截击。景安系和珅族孙，仗着和珅势力，升任抚台，得了惠龄檄文，率兵四千出屯南阳，表面上算是发兵，其实消遥河上，无非喝酒打牌。部下的弁兵，不见有什么军令，乐得坐酒肆、嫖妓女，消遣几日。有几个狡黠的，还要去奸淫掳掠，畅所欲为，景安也不过问。因此教徒分作三队，直趋河南，姚之富、齐王氏出中路，李全出西路，王廷诏出北路，到处掳胁。不整队，不迎战，不走平原，只数百为群，忽分忽合，忽南忽北，牵制官兵。景安反避匿城中，闭门不出。湖北追兵，也是随意逗留，由他冲突。嘉庆帝随下旨切责诸将道：

> 去岁邪教起长阳，未几及襄郧，未几及巴东、归州，未几四川、达州继起。至襄阳一贼，始则由湖北扰河南；继且由河南入陕西，若不亟行扫荡，非但老师糜饷，且多一日蹂躏，即多一日疮痍。各将军督抚大臣，身在行间，何忍贸无区画？若谓事权不一，则原以襄阳一路责惠龄，达州一路责宜绵，长阳一路责额勒登保，若言兵饷不敷，已先后调禁旅及邻省兵数万，且拨解军饷及部帑，不下二千余万。昔明季流寇横行，皆由阉宦朋党，文恬武嬉，横征暴敛，厉民酿患；今则纪纲肃清，勤求民隐，每遇水旱，不惜多方赈恤，且普免天下钱粮五次，普免漕粮三次，蠲免积逋，不下亿万万。此次邪匪诱煽，不过乌合乱民，若不指日肃清，何以奠九寓而服四夷？其令宜绵、惠龄、额勒登保等，各奏用兵方略，及刻期何日平贼，并贼氛所及州县若干，难民归复若干，疮痍轻重，共十分之几，善筹恤以闻。钦此。

这诏一下，各路统兵将帅，未免有些注意起来。彼议分剿，此议合攻，忙乱了一会子，仍旧没有结果。

只将军明亮，及都统德楞泰，引征苗军赴达州，连败徐天德、王三槐等。四川乡勇罗思举，亦助清兵奋击，先后毙教徒数万名。徐、王、冷三人，止剩残众一二千，势少衰。忽河南教徒，将三队并为一队，趋入陕西，复由陕西渡过汉水，仍分道入川，徐天德等得了这路援兵，又猖獗起来。嘉庆帝复责惠龄、恒瑞等，追贼不力，防汉不严，尽夺从前封赏，令带罪效力。改命宜锦总统川陕军务，惠龄以下，悉听节制。

宜绵既任了统帅，仍立定合围掩群的计议，想把教徒逼至川北，一古脑儿杀个净尽，偏这齐王氏、姚之富等人，也会使刁，只怕清帅行这一策，他自突入川北，见路径崎岖，人烟稀少，掠无可掠，夺无可夺，便急急忙忙的想窜回陕西。不料川陕交界地方，清兵密密层层，截住去路。齐王氏、姚之富、王廷诏、李全等，当下会议：拟仍走湖北，独李全仍欲留川，于是齐王氏、姚之富作了头队，王廷诏作了后队，纠众东走，与李全相别。两队各带万余人，出夔州，趋巴东，破兴山，再分路疾趋。齐王氏、姚之富由东北行，出保漳、南康，直向襄阳，王廷诏由东南行，出远安、当阳，直窥荆州。清帅宜绵，急檄明亮、德楞泰等，带了精兵健马，兼程追蹑，留惠龄恒瑞等，在川中防御李全。明亮、德楞泰，遂追入湖北，沿途转战而前，倒也歼敌数千名。恐怕齐王氏等仍还据老巢，遂分作水陆两路，紧紧赶上，德楞泰自水路径趋荆州，明亮自陆路径赴宜昌。

适朝旨发吉林、黑龙江、索伦兵三千，察哈尔马八千匹，令侍卫惠伦，都统阿哈保，带至河南、湖北。阿哈保至宜昌，刚与明亮接着，忽报王廷诏已到宜城东北，明亮令阿哈保为后应，自率兵先去邀击，两下相遇，兵对兵，枪对枪，酣战一场。自辰至午，不分胜败，阿哈保怒马而来，随着东三省劲旅，冲入敌阵，左荡右决，所向无敌。王廷诏及败窜入山，由官兵追奔二十里，杀得尸横遍野，血流成渠，德楞泰至荆州，亦杀败齐王氏、姚之富等，令村民沿江树栅，筑堡自固。因此齐王氏、姚之富回到湖北，不比前次在荆襄时候，可以沿途焚掠，只得折回西走。

适留川教徒李全，与川中王三槐，互有龃龉，亦欲由陕还楚，沿汉水东行，到了兴安南岸，齐王氏、姚之富亦到，王廷诏又复窜至湖北，教徒复合为一。清将明亮德楞泰，从东边追到西边，惠龄、恒瑞，从西边追到东边，两路大军，云集兴安，齐王氏、姚之富等，尚欲渡汉北扰，因被清兵截住，不能前进，当由齐王氏定了一计，佯折军南回，暗遣党羽高均德，从间道绕出宁羌州，偷渡汉水。

明亮惠龄等，正追赶齐王氏，忽接到宜绵札子，调恒瑞回川。恒瑞去后，又接陕西警报，闻高均德渡汉。明亮大惊道："这番中了贼计了。"急与德楞泰等商议。明亮道：论起贼情，要算齐王氏首逆，但高均德已渡过汉水，陕西又要遭殃。不但陕西又危，就是河南、湖北，亦随在可虑。看来我军只得先入陕西，截住高均德，再作计较。德楞泰等各无异议，遂引大兵驰入汉中。

齐王氏亦由南返北，督马步二万，分道蹻渡汉水，复密令高均德，引清兵向东北追去，自与姚之富、李全、王廷诏，大掠郧县、周至县等处，将乘势进薄西安。亏得清总兵王文雄，带了兵勇三千名，奋力击退。齐王氏等，复折回东南，从山阳趋湖北。明亮、德楞泰闻报，复引兵急追，到郧西界上，飞檄勖阳乡勇，扼住敌兵前面，并悬重赏募齐王氏首。

适四川东乡县人罗思举、桂涵，赴营投效，受扎令斩齐王氏首级。罗思举智谋出众，胆略过人，尝率乡勇数十名，劫破丰城王三槐剿穴，教徒称为罗家将。桂涵曾为大盗，能飞檐走壁，两足尝裹铁沙数十斤，行千里外，闻官募义勇，因愿效力。至是受了清帅的扎子，易服而往，探得齐王氏屯大寺内，遂到寺前后伏着，等到夜半，越墙进去，展使绝技，寻着内室。室外有数十人守护，都执着明晃晃的刀，料室内定是齐王氏卧处。二人轻轻的纵上屋檐，翻瓦一瞰，室内红烛高烧，中垂纱帐，帐外有一足露出，不过三寸有余。两人因室外有人，不敢径入，等了好一歇，室外人仍然未去，两人不耐久待，破檐下去，趱到床前，从帐隙窥入，海棠春睡，芍药烟笼，两人暗想到："这样齐整的妇人，也会造反，今日命合休了。"便各执巨斧，劈入帐内，突见帐中一足飞出，亏得桂涵眼明手快，一边将头让过，一边用斧劈去，削下莲钩一只，只听帐中啊唷一声。两人恐外人入救,拾了莲钩,纵上了屋,三脚两步的走了。回到清营,已交五鼓,明亮、德楞泰,尚在帐中等候,二人入帐禀见,献上莲钩一只,视之,不过三四寸左右,但已是血肉模糊,未便细辨。明亮令二人出候赏,一面立传号令,命诸军速攻敌寨。

此时齐王氏将死未死,昏晕床上,部众正惊惶的了不得,陡闻帐外一片喊声,料知清兵已来攻营,急忙昇了齐王氏,由姚之富开路,杀出塞外。清兵围攻一阵,击毙敌众数千,尚有八九千悍敌,走据山中。明亮、德楞泰大呼道:"今日不要再失机会,将士须一齐努力,杀净贼众方好!"诸军闻了此语,正是人人效命,个个争先,追入山内,遥见敌众分据左右两峰,矢石齐下。明亮与德楞泰道:"首逆齐王氏等,不知在左在右,我等还是分攻还是并力一处?"德楞泰道:"适有一贼目获住,尚未处斩,现不如饬他遥望,指定首逆处向,并力合攻,免他逃脱。"明亮点头称善。德楞泰遂饬军士推到贼目。问他姓名,叫作王如美,并把好言劝诱,令他了明首逆处向。王如美仔细探瞧,回报现驻左山,德楞泰拍马上冈,诸将顺势随上,只留后队在山下,防备右山敌众。那时左山的教徒,已知身陷重围,拼命拦阻。德楞泰亲冒矢石,左手执着藤牌,右手握着短刀,连步直上。这班兵士,藤牌队在前,枪炮队在后,以次毕登,仿佛明朝常遇春破鸡头山一般,把教徒逼得无路可走,乱向峻崖窜下。这峻崖本是削壁,窜将下去,不是头破,就是脚断,有几个还跌得一团糟。齐王氏已成独脚仙,一跌便死,姚之富跳到崖下,辗转晕毙。霎时间,左山上面,杀死的一半,坠崖的一半,落得干干净净,回顾右山上面的敌众,已逃得不知去向。明亮、德楞泰令军士缒崖下去,检点尸首,只有齐王氏、姚之富,是著名首逆,军士将两尸首级割下,又把他尸身支解。直一刀,横一刀,不计其数,就使三十六刀鱼鳞剐,也没有这般惨酷。传首三省,争说渠魁就戮,可以指日荡平。

谁知死了一个头目,又出了两个头目,死了两个头目,又出了四个头目。湖北一方,稍稍安静,四川教徒,偏日盛一日。川督宜绵,自明亮、德楞泰、惠龄、恒瑞等,先后东去,势成孤立,部下兵又不敷调遣,王三槐、徐天德等,乘间驰突,骚扰川东,又有罗其清、冉天倅等,复蜂起川北。州县十余处乞援,宜绵即檄调恒瑞回川,又咨调额勒登保等,自湖北入川会剿,并奏请别简大臣,总统军务,自己愿专任一方讨贼事宜。嘉庆帝以宜绵不善办理,回督陕甘,改命威勤侯勒保督师,兼四川总督,调度诸军。

这勒保系满洲人氏,是永保的胞兄,本没有甚么韬略。他的侯爵,是一个蛮寨佳人,帮他造成的。这个蛮寨佳人,乃是黔中土司龙跃的妹子,小名么妹,清史上不甚提起,小子倒要替他表扬。原来苗疆自额勒登保平定后,善后事宜,无暇办理,即移师湖北。当时洞洒寨苗妇王囊仙,与当丈寨苗目韦七绺须勾通，号召徒众，扰乱南笼。清廷命勒保驰往剿捕，及到南笼后，闻得王襄仙挟有妖术，不敢急进，只檄黔中各土司助剿。龙跃的曾祖，是有名的苗长，康熙初，曾帮辅清军，剿平滇乱，圣祖封他为总兵官，传到龙跃，世职递降，只剩了一个千总职衔。他的妹子龙么妹，颇生得才貌兼全，能文能武，此次接到勒保檄文，偏值龙跃生病不能充役，龙么妹便代兄当差，竟跨了骏马，带了数十苗女，及数百苗兵，赴清营听调。巧值王襄仙、韦七绺须，至南笼与清军对仗，两路夹攻，把勒保围住，龙么妹飞骑陷阵，杀退王韦，救出勒保，是晚便作为向导，引勒保兵袭洞洒寨。寨主王襄仙，因出兵得胜，留住韦七绺须筵宴，正乘着酒兴，裸体讲经，肉身说法，不防龙么妹引着清兵，突入寨中，王、韦二人，连穿衣都来不及，韦七绺须赤身接战，王襄仙只着了一件小衫，也来助阵。龙么妹匹马当先，巧与王襄仙遇着，两下厮杀，颇是一对敌手。么妹亦防他有妖术，把手中宝剑，绕住王襄仙不放，襄仙不觉着急，只得拼命相扑。此时韦七绺须，已被清兵围住，不能脱逃，你一枪，我一刀，双拳不敌四手，被清兵活捉了去。襄仙见韦七绺须遭擒，心中着忙，刀法散乱，么妹一手舞着宝剑，隔开襄仙的刀，一手把襄仙腰下的丝绦用刀一扯，襄仙支持不住，跌倒地上。么妹手下的苗女，一拥上前，将他捆缚停当，扛抬去了。洞洒寨已破，当丈寨自然随陷，勒保修本报捷，只说是自己的功劳，并不提起么妹。九重深远，那里知晓？只命将王襄仙、韦七绺须，就地正法，封勒保为威勤侯。么妹的官绩，都付诸流水而去。后人陈云伯留有长歌一阕，赞龙么妹道：

> 罗旗金翠翻空绿，鬟云小队弓腰束。乐府重歌花木兰，锦袍再见秦良玉。
> 甲帐香浓丽九华，玉颜龙女出龙家。白围燕玉天机锦，红压蛮云鬼国风。
> 小姑独处春寒重，正峡云间不成梦。唤到芳名只自怜，前身应是洞花云。
> 一卷龙韬荐褥熏，登坛婀娜自成军。金阶台榭森兵气，玉砦阑干起阵指。
> 昔年叛将滇池起，金马无声碧鸡死。水落昆池战血班，多少降幡尽南磨。
> 铜鼓无声渡河，独从大师挽天戈。百年宣慰军声在，铁券声名定不丈。
> 起家身袭千夫长，阿兄意气凌云上。改土归流近百年，传家犹赛龙台弓。
> 雪点桃花走玉骢，李波小妹更英雄。星驰蓬水鱼婆剑，月抱罗洋凤女姪。
> 白莲花压黔云黑，九骊龙场堠烽逼急。一纸飞书起段功，督师羽檄催军字。
> 阿兄卧病未从征，阿妹从容代请缨。元女兵符亲教战，拿龙小部尽猫娘。
> 红玉春营三百骑，美人虹起鸦军避。战血红销蛱蝶裙，军符花签鸳鸯舞。
> 秋夜谈兵绣帏凉，白头老将愧红妆。围香共指花鬘市，骠骑争看云钿功。
> 敌中妖女金蚕盅，甲仗弥空胜白羽。金虎宵传罗鬖力，红罗夜演天魔舞。
> 八队云旗夜踏空，擒渠争向月明中。晋阳扫净无传箭，都让肃娘第一。
> 春山雪满桃花路，铸铜定有铭勋处。八百明驼阿槛归，三千铜弩兰珠

去。当年有客赋从戎,亲见瑶仙玉帐中。珠瞀翠眄天人样,艳夺胭脂一角红。军书更有簪花格,蛮笺小幅珍金碧。谁傍相思寨畔居,铃名红军芙蓉石。功成归去定何如,跳月姻缘梦有无?惆怅金钟花落夜,丹青谁写美人图。

南笼已平,清廷总道勒保很有智略,就调任四川,命他督师。究竟勒保的战略如何,容待下回分解。

川楚变起,宿将凋零,初任永保为统帅,而永保无功,继以惠龄,而惠龄无功,代以宜绵,而宜绵仍无功。此由和珅道,专闻者多系庸将,第知迎合,未娴韬略,以至于此。勒保平一区区苗寨,犹仗幺么妹之力,使得成功。幺妹战绩,不获上闻,赖陈云伯先生作歌赞美,始知蛮寨中有此奇女子。可见天下不患无才,一蛮女且足千秋,何况丈夫?弊在上下蒙蔽,妒功忌能,庸驽进,骐骥退,衰世之兆成矣。君子闻鼓鼙声,则思将帅之臣。读此回,应为叹息,不第阐幽索隐已也。

第四十三回

抚贼寨首领遭擒　整朝纲权相伏法

却说勒保驰驿入川,川中教徒,势甚猖獗,勒保率兵进剿王三槐,擒杀几个无名小卒,便虚张功绩,连章奏捷。嘉庆帝下旨嘉奖,说他入川第一功,专令搜捕王三槐。这时候湖北教徒,因齐、姚已死,谋与川北教徒联络,悉众南趋,李全、高均德一股,由陕入川,还有张汉潮、刘成栋一股,也是齐、姚余党,由楚入川。朝旨以陕楚各贼,均逼入川境,四川满汉官兵,不下五万,勒保宜会同诸将,齐心蹙贼,毋致窜逸。其令额勒登保明亮,专剿张汉潮、刘成栋,德楞泰专剿高均德、李全,并会同惠龄、恒瑞,夹剿罗其清,冉天俦,宜绵专守陕境,毋使川寇入陕,景安专守楚境,毋使川寇入楚,勒保于专剿王三槐、徐天德外,仍兼侦查路敌情,相机布置,务期荡平等语。勒保接了此旨,自思身任统帅,总要擒住一二首逆,方好立功扬名,遂接连发兵先攻王三槐。怎奈三槐据守东乡县的安乐坪,地势很险,手下党羽又多,官兵不能进去,反被他出来攻击,伤毙不少。勒保还是一味谎奏,今天杀贼数百,明天杀贼数千,不想嘉庆帝有些觉察,竟下谕责他徒杀胁从,不及首逆,官兵阵亡,以多报少,杀贼乃以少报多,无非妄冀恩赏,有意欺上,此后不得再行尝试。这数语正中勒保心病,勒保见了,吓得浑身是汗。

想了一日,又定出一个妙计,广募乡勇,令冲头阵,绿营兵、八旗兵、吉林索伦兵,以次列后,再教他去攻三槐。他的意思是乡勇送死,不必上报,免得朝廷有官兵阵亡,以多报少的责罚。起初如罗思举、桂涵等人,颇也为他尽力,杀败敌兵一二阵,后来闻知自己的功劳,统被别人冒去了,也未免懊恼起来。自此乡勇同官兵,互相推诿,索性由教徒自由来往。朝旨复严责勒保老师养贼,勒保尤闷已极,左思右想,毫无计策。无奈与几个心腹人员,私下密议,各人都蹙了一回眉头,无词可对。

忽有一个办文案的老夫子,起立道:"晚生倒有一条计策,未知可行不可行?"勒保喜形于色,便拱手问计。那人道:"朝廷的谕旨,是要大帅专剿王三槐,若得擒住了他,便可复命。"勒保道:"这个自然。"那人道:"现任建昌道刘清,前做南充知县时,曾奉宜制军命,招抚王三槐,三槐尝随他至营,嗣因宜制军放他回去，他复横行无忌，现在不如仍命刘清前往招抚，诱他前来，槛送京师，那时岂不是大大的功劳?"勒保大喜，随命他办好文书，传刘道台速即来营。

刘清是四川第一个清官，百姓呼他为刘青天，王三槐、罗其清等，也素尝敬服，若使四川官员，个个似刘青天，就使叫他造反，也是不愿。无如贪污的多，清廉的少，所以激成大祸。此次刘清奉了统帅的文书，遂带了文牍员贡生刘星渠，星夜赶来，到大营禀见。勒保立即召入，见面之下，格外谦恭。刘清便问何事辱召。勒保便把招抚王三槐计策，叙说一遍。刘清道："三槐那厮，很是刁蛮，卑职前次曾去招抚，他明允投降，后来又是变卦，这人恐不便招抚，还是用兵剿灭他才好。"勒保道："朝廷用兵，已近三年，人马已失掉不少，军饷已用掉不少，仍然不能成功。若能招抚几个贼目，免得劳动兵戈，也是权宜的计策。老兄大名鼎鼎，贼人曾佩服得很，现请替我去走一趟! 三槐如肯投顺，我总不亏待他。贼目一降，贼众或望风归附，也未可知，岂非川省的幸福么?"刘清无可推诿，只得应允，当下即起身欲行。勒保令派都司一员，随同前往。

三人到了安乐坪，通报王三槐。三槐闻刘青天又到，出寨迎接，请刘清入寨，奉他上坐。刘清就反复劝导，叫他束手归诚，朝廷决不问罪。三槐道："青天大老爷的说话，小民安敢不遵? 但前次曾随青天大老爷，到宜大人营里，宜大人并没有真心相待，所以小民不敢投顺。现在换了一个勒大人，小民未曾见过，不知他是否真意? 倘将我骗去斩首，还当了得。"刘清道："这却不用忧虑。勒大帅已经承认，决不亏待。"三槐尚是迟疑，刘清心直口快，便道："你既有意外的疑虑，就请你同了我的随员，往见勒大帅，我便坐在此处，做个抵押，可好么?"三槐道："这却不敢，我愿随青天大老爷同往，如青天大老爷，肯将随员留在此处，已是万分感激。"刘清应诺。

三槐即随了刘清，动身出寨，安乐坪内的徒党，素知刘青天威信，也不劝阻三槐，于是刘清在前，三槐在后，直到勒保大营。先由刘清入帐禀知，勒保即传集将士，站立两旁，摆出一副威严的体统，传王三槐入帐。三槐才入军门，勒保就喝声拿下，两旁军士，应命趋出，如狼如虎，将王三槐捆住。刘清忙禀道："王三槐已愿投降，请大帅不必用刑!"谁知这位勒大帅，竖起双眉，张开两目，向着刘清道："呸! 他是大逆不道的白莲教首，还说是不必用刑么?"刘清道："大帅麾下的都司，卑职属下的文案生，统留在安乐坪中，若使将王三槐用刑，他两人亦不能保全性命，还求大帅成全方好。"勒保转怒为笑道："你道我就将他正法么? 他是朝廷严旨拿捕，自然解送京师，由朝廷发落。朝旨要赦便赦，要杀便杀，不但老兄不能作主，连本帅也不敢作主呢。若为了一个都司官，一个文案生，就把他释放，将来，朝旨诘责下来，那个敢来担任?"刘清道："卑职愿担此责。"勒保哈哈大笑道："今朝捕到匪首,也是老兄功劳。本帅那里好抹煞老兄,请你放心!"刘清道："功劳是小事,信实是大事。今朝王三槐来降,若将他槛送京师,将来贼众都要疑阻,不敢投诚,那时恐要多费兵力,总求大帅三思!"勒保道："这恰待日后再说,且管目前要紧。"随令军士将三槐监禁,自己退入后帐,命这位定计诱贼的老夫子,修折奏捷去了。

刘清叹息而退,待了一日,文牍员刘星渠逃回,刘清问他如何得脱?答道:"贼众因三槐未归,欲将贡生及都司偿命,贡生无法,只得哄称勒公要重用三槐,自当暂时留住。贼众因贡生是刘青天属员,半疑半信,贡生就与他说代探消息,溜了出来。都司也欲同回,被众贼留住。如果勒公变计,恐怕都司的性命,是不保了。"刘清道:"勒公无信,我亦上他的当,将来办理军务,必较前为难。我们且回任去罢!"随即写了辞行的禀单,饬役夫投递大营,自己带了刘星渠,匆匆去讫。

过了数日,上谕已下,内称据勒保奏攻克安乐坪贼巢,生擒贼首王三槐,朕心深为喜悦,着晋封勒保为威勤公,伊弟永保,前因剿匪不力,革职逮京,交刑部监禁,现并加恩释放,以示权衡功罪,推恩曲有至意。接连又是一道上谕,晋封军机大臣大学士和珅公爵,户部尚书福长安侯爵,这个旨意,显见是太上皇诰敕,嘉庆帝难违父命,方有这道谕旨。勒保遂令部将把王三槐解送京师,一面再攻安乐坪。其时安乐坪余党,闻王三槐押解进京,将都司杀死,另奉冷天禄为头目,抗拒官兵。官兵昼夜围攻敌寨,盐粮将尽,冷天禄诈请投降,夜间却偷袭清营,官兵不及防备,顿时败退。

徐天德亦屡攻川东州县,骚扰不休,勒保再想招抚,奈教徒防着王三槐覆辙,个个拼出性命,不来上钩,反比从前越加刁悍。只川北的罗其清,被额勒登保擒获,冉其俦被德楞泰、惠龄击毙,川北巨酋,总算授首。此外如陕督宜绵,专在教匪不到的地方,安营立寨,终年未曾一战。景安越加无事,寇至则避,寇去则出,军中号他迎送伯。

悠悠忽忽,已是嘉庆四年了。四年以前,外间军事,日日吃紧,宫廷里面,没甚大事,只皇后喜塔腊氏病逝,改册皇贵妃钮祜碌氏为皇后,未免忙碌了一回。四年正月,太上皇生起病来,嘉庆帝侍疾养心殿。吁天祈祷,倍切虔诚。无如寿数已终,帝阍梦梦,太上皇的病,陡然沉重,名医都束手没法,竟尔"呜呼哀哉",嘉庆帝擗踊大恸,颇尽孝思;越四日,即命军机大臣拟了一道谕旨,颁给四川、湖北、陕西诸将帅道:

　　我皇考临御六十年,四征不庭,凡穷荒绝徼,无不指日奏凯,从未有劳师数年,糜饷数千万,尚未藏事者。自来年用兵以来,皇考宵旰勤劳,大渐之前,犹时望捷音,迨至弥留,亲执朕手,频望西南,似有遗憾。若教匪一日不平，朕即一日负不孝之疚，内而军机大臣，外面领兵诸将，同为不忠之臣，迩年皇考春秋日高，从事宽厚，即如贻误军事之永保，严交刑部治罪，仍旋邀宥。其实各路纵贼，何止永保一人，奏报粉饰，掩败为功，其在京谙达侍卫章京，无不营求赴军，其归自军中者，无不营置田产，顿成殷富，故将吏日以玩兵养寇为事。其宣谕各路领兵大小诸臣，戮力同心，刻期灭贼，有仍欺玩者，朕惟以军法从事。

这旨一下，内外大臣，已觉得嘉庆亲政第一道上谕，便已严厉异常，不同前日，暗料数日以内，必有一番大大的黜陟。不防嘉庆帝格外迅速，过了两日，便令侍卫锁拿大学士公和珅，户部尚书侯爵福长安下狱。

自太上皇崩后，和珅原是栗栗危惧，不过想不到这般辣手，这日正与姬妾们谈论后事，忽有十数个侍卫，直入府中，豪仆还不知死活，上前喝阻。众侍卫大声道："有圣旨到来，请你相爷接读！"豪仆闻圣旨二字，方个个伸舌，入内通报。和珅此时，心里已七上八下，勉强出来接旨。当由宣诏官站在上面，和珅跪在下边，但听宣诏官朗诵上谕道："和珅欺罔擅专，情罪重大，着即革职，锁交刑部严讯！钦此。"和珅不听犹可，听了数句上谕，魂灵儿飞入九霄，正在没法摆布，那侍卫铁面无情，将他牵曳而去。还有好几个侍卫，留管前后门，准备查抄。里面的老太太姨太太驸马爷少公子少奶奶等，都哭哭啼啼，急得没法，只得请出乾隆帝的十公主来，一班儿跪在地上，向她磕头求救。额驸丰绅殷德，且抢上几步，也顾不得夫妻名义，忙向公主绣鞋边跪下，捣头如蒜，弄得公主难以为情，忙叫大众从长商议。大家方才起来，统是泪容满面，万分凄惶。公主也不禁流泪，情愿入宫转圜，当即带了侍女四名，乘舆出门，侍卫见了公主，不便拦阻，由她去讫。

谁想过了两日，又有数行谕旨道：

和珅受大行太上皇帝特恩，由侍卫拔擢至大学士。在军机处行走多年，叨沐殊施，无有其比。朕帝承付托之重，猝遭大故，苫块之中，每思三年无改之义，皇考简用重臣，断不肯轻为变易。今和珅情罪重大，并经科道诸臣，列款参奏，实有难以刻贷者。是以朕于恭颂遗诏日，即将和珅革职拿问，胪列罪状，特谕众知，除交在京王公大臣会审定拟外，着通谕各督抚，将指出和珅各款，应如何议罪？并此外有何款迹？各据实复奏。

原来嘉庆帝素恨和珅，因太上皇在日，不好显斥，廷臣出不敢参奏。到太上皇已崩，御史广兴，给事中广泰、王念孙等，窥破嘉庆帝意旨，一个说和珅偷改朱谕，一个说和珅擅取宫女，一个说和珅私藏禁物，一个说和珅漏泄机密，此外如遇事把持，贪赃不法，勾结党羽，残害贤良等款，不计其数。共列成二十大罪，惹得嘉庆帝怒气勃勃，立欲将和珅治罪。适值十公主入宫面请，嘉庆帝越加懊恼。嗣经公主再三哀求，只准饶了和珅家属，不饶和珅，因此遂下了这道谕旨。和珅家内，还道公主不肯着力，其实公主到嘉庆帝前，也似丰绅殷德一般，下跪磕头，无如皇帝不允，公主也没奈何。嘉庆帝遂令刑部严讯，二十款大罪中，和珅虽赖了一半，有一半寻出证据，无可抵赖，只得招认。当下就着钦差查抄，钦差到和珅宅内，便将前堂后厅，内室寝房，统行查阅。但见和珅的房屋，统用楠木造成，体制仿佛宁寿宫，华丽仿佛圆明园，陈列的古玩奇珍，却比大内还多一二倍，顿时由侍卫带同番役，一一抄出。计开：

赤金首饰共三千六百五十七件，东珠八百九十四粒，珍珠一百七十九挂，散珠五斛，红宝石顶子七十三个，祖母绿翎管十一个，翡翠翎管八百三十五个，奇楠香朝珠六百九十八挂，赤金大碗五十对，玉碗十对，金壶四对，金瓶两对，金匙四百八十个，金盆一对，金盂一对，水晶缸五对，珊瑚树二十四株，玉马一只，银杯四千八百个，珊瑚筷四千八百副，镶金象箸四千八百副，银壶八百个，翡翠西瓜一个，猞猁逊皮八十张，貂皮二百六十张，青狐皮三十八张，黑狐皮一百二十张，玄狐皮统十件，白狐皮统十件，洋灰皮三百张，灰狐腿皮一百八十张，海虎皮三十张，海豹皮十六张，西藏獭皮五十张，绸缎四千七百三十卷，纱绫五千一百卷，绣蟒缎八十三卷，猩红洋呢三十匹，哔叽三十匹，各色布四十九捆，葛布三十捆，各色皮衣一千三百件，绵夹单纱绢衣三千二百件，御用纬帽二顶，织龙黄马褂二件，酱色缎四开襟袍二件，白玉玩器六十四件，西洋钟表七十八件，玻璃衣镜十架，小镜三十八架。铜锡等物七千三百余件，纹银一百零七万五千两，赤金八万三千七百两，钱六千吊，房屋一千五百三十间，花园一所，房地契文五箱，借票二箱，杂物不计。

统共一百零九号。除金银铜钱外，有二十六号，当时估起价来，已值银二万万二千三百八十九万余两。另外八十三号，还未曾估价。若照样计算，差不多有八九万万两。自古以来，无论王崇、石恺，不及和珅十分之一，就是中外的皇帝，也没有这种大家私。嘉庆帝见了查抄的数目，也不觉暗暗惊异，下旨赐和珅自尽。福长安事事阿奉和珅，着斩监，候秋后处斩。和珅弟和琳，追革公爵，只额驸丰绅殷德，因顾着十公主脸面，曲加体恤，免他罪名，叫他在家安住，不许出外滋事。和珅次子丰绅殷绵等，概革去封爵，回本旗当闲散差。大学士苏凌阿，系和琳姻亲，和珅引他入相，年逾八十，老迈龙钟，勒令休致。侍郎吴省兰、李潢，太仆寺卿李光云等，统系和珅引用，黜革有差。此旨一下，眼见得和珅休了。丰绅殷德，亏是娶了一个公主，还好安耽度日。就是和珅的妻妾家眷，也都是公主暗中保全，小子有诗咏和珅道：

　　权奸贪冒古来无，一死何曾足蔽辜？
　　毕竟犹留郎舅谊，九重特旨赦妻孥。

和珅伏法后，嘉庆帝振刷精神，又有一番作为，姑俟下回再详。

　　王三槐无端起乱，假邪教以惑民，川中生灵，因之涂炭，律以应得之罪，固无可贷。但既诱之来降，不宜再行槛送，兵不厌诈，此事恰不宜诈也。勒保急功近利，但顾目前，不顾日后，当时封为上公，固觉显赫，然勒保所恃者，惟和珅，勒保封公，和珅亦封公，内外蒙蔽，不问可知，和珅败而勒保亦无幸矣。和珅为相二十余年，家中私蓄，几乎不可胜算。乾隆时，清政府岁入，止七千万，和珅家产，适当清廷二十年岁入之一半而强，然卒之全归籍没，贪官污吏之结局如此，后之身为公仆者，亦何不奉为殷鉴耶？炎炎者灭，隆隆者绝，况为贪官？况为污吏？读此回，可为居官鉴。

第四十四回

布德扬威连番下诏　擒渠献馘逐载报功

却说和珅伏诛之日，正王三槐押解到京之时。嘉庆帝命军机大臣等，审问三槐，供称"官逼民反"四字。嗣经嘉庆帝亲讯，三槐仍咬定原供。嘉庆帝道："四川的官吏，难道都是不法么？"三槐道："只有刘青天一人。"嘉庆帝道："那个刘青天？"三槐道："现任建昌道刘清。"嘉庆帝又道："只有一个刘青天么？"三槐道："刘青天外，要算巴县老爷赵华，渠县老爷吴桂，虽不及刘青天，还算是个好官，另外是没有了。"嘉庆帝听了此言，不由的感慨起来，随命将三槐下狱，暂缓行刑。又下谕道：

> 国家深仁厚泽百余年，百姓生长太平，使非迫于万不得已，安肯不顾身家，铤而走险？皆由州县官吏朘小民以奉上司，而上司以馈结和珅。今大憝已去，纲纪肃清。下情无不上达，自当大法小廉，不致复为民累。惟是教匪迫胁良民，及遇官兵，又驱为前行以膺锋镝，甚至剪发刺面，以防其逃遁，小民进退皆死，朕日夜痛之。自古惟闻用兵于敌国，不闻用兵于吾民，其宣谕各路贼中被胁之人，有能缚献贼首者，不惟宥罪，并可邀恩；否则临阵投出，或自行逃出，亦必释回乡里，俾安生业。百姓困极思安，劳久思息，谅必一见恩旨，翕然来归。其王三槐所供川省良吏，自刘清外，尚有知巴县赵华，知渠县吴桂，其量予优擢以从民望。至达州知州戴如煌，老病贪劣，胥役五千，借查邪教为名，遍拘富户，而首逆徐天德、王学礼等，反皆贿纵，民怨沸腾，及武昌府同知常葵，奉檄追缉，株连无辜数千，惨刑勒索，致聂人杰拒捕起事，其皆逮京治罪。难民无田庐可归者，勒保即督同刘清，熟筹安置，或仿明项忠原杰，招抚荆襄流民之法，相度经理，遍谕川楚陕豫地方，使咸知朕意。

自此谕下后，内外官吏，方知嘉庆帝平日，实是留心外事，并非没有知觉。且谕旨中含有慈祥恻怛意思，颇不愧庙号仁宗的仁字。但当时统兵的将帅，一时不能全换，嘉庆帝逐渐改易，另有数道谕旨，并录于后：

> 和珅压阁军报，欺罔擅专，致各路领兵大臣，恃有和珅蒙庇，虚冒功级，坐糜军饷，多不以实入奏。姑念更易将帅，一时乏人，勒保仍以总统授

为经略大臣，其川、陕、湖北、河南督抚，及领兵各大将咸受节制，以一事权。明亮、额勒登保，均以副都统授为参赞大臣，别领官军，各当一路，有不遵军令者，指名参奏。川楚军需，三载经费，至逾七千余万，为从来所未有，皆由诸臣内恃和珅护庇，外踵福康安、和琳积习，在军惟笙歌酒肉自娱，以国帑供其浮冒，而各路官兵乡勇，饷迟不发，致枵腹无裈，牛皮裹足，跣行山谷。此弊始于毕沅在湖北，而宜绵、英善在川，相沿为例。今其严行察核，毋得再蹈前愆，致干重咎！

宜绵前后奏报，皆屯驻无贼之处，从未与贼交锋，且已老病，令解任来京。惠龄旷久无功，为贼所轻，着即回京守制。景安本和珅族孙，平日趋奉阿附，每于奏事之便，禀承指使，恃为奥援，剿堵皆不尽力，驻军南阳，任楚贼犯豫，直出武关，惟尾追，不迎截，致有迎送伯之号。甚至民裹粮请军，拒而不纳，武员跪求击贼，不发一兵，为参将广福面诮，反挟愤诬劾，其获封伯爵，亦攘道员完颜岱捕浙川邪教功，张皇入奏，欺君罔上，误国病民，着即拿解来京，照律惩办！

数道上谕，真似雷厉风行，统兵各官，不寒而栗。勒保也只得打叠精神，悉心筹画，令额勒登保、德楞泰，剿徐天德、冷天禄，明亮剿张汉潮，自己驻扎梁山，居中调度。自嘉庆四年正月至六月，只额勒登保一军，斩了冷天禄，德楞泰一军，与徐天德相持，追入郧阳，明亮一军，徒奔走陕西境内，未得胜仗。勒保虽有所顾忌，不敢全行欺诈，然江山可改，本性难移，终究是见敌生畏，多方诿饰。新任湖广总督倭什布，据实参奏，嘉庆帝复下谕道：

勒保经略半载，莫展一筹，惟汇报各路情形，按旬入告。近据倭什布奏，川贼接踵入楚，不下二万，有北趋荆襄之势，既不堵截，又不追剿，是勒保竟择一无贼之处，驻营株守，罪一；且屡奏均言不必增兵，而附奏又请拨饷五百万，若迫不及待，自相矛盾，意图浮冒，罪二；各路奏报，多王三槐余党，勒保止将首逆诱擒，而置余匪于不问，罪三；军营报奏，大半亲随之人，而勇兵钱粮，并不按期给发，以致枵腹跣行，冻馁山谷，几同乞丐，士马何由饱腾，罪四。勒保上负两朝委任之恩，下贻万民倒悬之苦，着即令尚书魏伦，副都御史广兴，赴川逮问治罪！其经略事务，暂由明亮代理。钦此。

勒保逮回京师，永保偏ад署陕抚，因明亮剿办张汉潮，迟延无功，陕西未能肃清，于自己方面，大有不便，因劾明亮观望，明亮亦劾永保推诿，双方互讼，嘉庆帝命陕督松筠密查。松筠上疏，大略言：“经略明亮素号知兵，所言似合机宜，究无实效。将军恒瑞前在湖北，战迹称最，但年近六旬，精力大减，恐不胜任。提督庆成，身先士卒，颇有胆量，奈中无主见，只能带领偏师，不能出谋发虑。署陕抚永保无谋无勇，专图利己，过辄归人，独额勒登保英勇出群，其次惟德楞泰,若要平贼,非用此二人不可。”于是朝旨命尚书那彦成,佩饮差大臣关印,赴陕监明亮军,兼会同松筠勘问。那彦成到陕后,细探情实,两人俱有不合,遂与松筠联衔奏参。明亮、永保褫职逮问,连庆成也在其内。适明亮追斩张汉潮,朝旨以挟嫌偾事,功不蔽罪,仍令逮解至京,命额勒登保代任经略。

额勒登保系满洲正黄旗人,旧隶海兰察麾下,讨台湾,征廓尔喀,尝随海公建功立业,每战必策马当冲,争先陷阵。海公曾对他道:“你真是个将材,可惜不识汉字。我有一册兵书,叫你熟读,他日自然会成名将。”额勒登保得了赠书,遂日夕揣摩,居然熟练,能出奇制胜。看官!你道这兵书是甚么典籍?原来是一册《三国演义》,由汉文译作满文,海公也曾作为枕中秘本,赠了额勒登保,无非是传授衣钵的意思。额勒登保手下,且有汉将两员,统是姓杨,一名遇春,四川崇庆州人,一名芳,贵州松桃厅人。遇春梦神授黑旗,故以黑旗率众,敌望见即知为杨家军。杨芳好读书,通经史大义,应试不售,乃出充行伍,为遇春所拔识。阵斩冷天禄,实出二杨的功劳。额勒登保为经略时,遇春已授任总兵,杨芳尚只一都司官,额公特保举遇春为提督,杨芳为副将。二人得额公知遇,尤为出力。就是罗思举、桂涵两乡勇,亦因额公做了统帅,有功必赏,愿效驱驰。可见为将不难,总在知人善任呢。

话休叙烦,单说额勒登保受了经略的印信,大权在手,不患掣肘,便统筹全局,令文案员修好奏折,独自上疏道:

臣数载以来,止领一路偏师,今蒙简任经略,当通筹全局,教匪本内地编氓,原当招抚以散其众,然必能剿而后可抚,且必能堵而后可剿。从前湖北教匪多,胁从少,四川教匪少,胁从多。今楚贼尽逼入川,其余川东、巫山、大宁接壤者,有界岭之险可扼,是湖北重在堵而不在剿;至川陕交界,自广元至太平千余里,随处可通,陕攻急则折入川,川攻急则窜入陕,是汉江南北,剿堵并重;川东川北,有嘉陵江以阻其西南,余皆崇山峻岭,居民大半依山傍水,向无村落,征贼焚掠,近俱扼险筑寨,大者数千人,小亦数百名,团练守御,而川北形势,更便于川东,若能驱各路之贼,逼归川北,必可聚而歼旃,是四川重在剿而不在堵;虽贼匪未必肯逼归一处,但使所至俱有堡寨,星罗棋布,而官兵鼓行随其后,遇贼即迎截夹击,所谓以堵为剿,宁不事半功倍?此则三省所同。臣已行知陕楚,晓谕修筑,并定赏格,以期兵民同心燮贼。至从征官兵,每日遄征百十里,旬月尚可耐劳,若阅四五年之久,无冬无夏,即骡马尚且陪毙,何况于人?而续调新募之兵,不习劳苦,更不如旧兵之得力,臣之一军所以尚能得力者,实以兵士所到之处,亦臣所到之处;兵士不得食息,臣亦不得食息。自阃营将弁,无不一心一力,而各路不能尽然。近日不得已将臣所领之兵,与各提镇互相更调，以期人人精锐，足以歼敌。恐劳圣虑，特此奏闻。

据这奏牍看来，确是老成谋划，不比凡庸，自是军务方有起色。

会德楞泰追逐徐天德，转战陕境，与高均德等相遇，德楞泰乘着大雾，袭击高均德，把他擒住，有旨授德楞泰为参赞大臣。高均德死后，不料复有冉天元，收集均德残众，与徐天德合，非常利害。额勒登保亲自督剿，令杨遇春领左翼，穆克登布领右翼，穆克登布也是一员骁将，但与杨遇春不甚相合。遇春因天元善战，非他贼比，须先用全力相搏，杀败了他，方好分队追击。额公亦赞，成此议，独穆克登布意不为然。到了苍溪，闻与冉天元相近，穆克登布竟恃勇先进，绕出冉天元前面，忽伏兵齐起，前后夹攻，将穆克登布围住。穆克登布猛力冲突，不能出围，幸亏山寨乡勇，出垒救应，始拔出穆克登布，将士伤了不少。穆克登布经此大创，别人料他总要小心，谁知他依然如故，仍力追冉天元，驰至老虎垭，旁有大山，穆克登布跃马径上，直据山巅。杨遇春据山腰，天元正伏山中，先出攻杨遇春军。遇春坚壁不动，天元无可奈何。转身攻穆克登布，冒死突上，山巅促狭，恁你穆克登布如何骁勇，也施展不出什么伎俩。天元进一步，穆克登布退一步，愈逼愈紧，穆克登布的营帐，自山巅坠下，顿时军中大乱，陷死副将十余名，兵士不能悉计。

右翼军败溃，天元再攻左翼军，乘高下压，遇春抵死力战。自傍晚杀到天明，天元始退。遇春部下，也伤亡了若千名。额勒登保大愤，檄德楞泰夹击冉天元，不防川北的王廷诏一股，竟由川北入汉中，西窥甘肃，额勒登保闻报，又引军星夜赴援，并令德楞泰随后策应。冉天元复东渡嘉陵江，分犯潼川、锦州、龙安，将北合甘肃诸寇。川陕甘一带，同时告警。清廷不得已，再用明亮为领队大臣，赴湖北，赦勒保罪，授任四川提督，赴四川，并诏德楞泰回截冉天元，命为成都将军。

德楞泰奉命回南，探得冉天元在江油县，急由间道邀击。天元层层设伏，德楞泰步步为营，十荡十决，连夺险隘，转战马蹄冈。时已薄暮，德楞泰见伏兵渐稀，正思下马稍憩，偶见东北角上，赤的的一枝枝号火腾起，直上云霄，德楞泰惊道："我兵已陷入伏中了。"话言未绝，西北角上，又见起了两枝号火，德楞泰忙令众兵排开队伍，分头御敌。转身一望，西南角及东南角上，都是闪闪火光，冲天四起，马声杂沓，人声鼎沸。德楞泰料知伏兵不止一二路，亟分作四路抵御，布置才半，敌兵已由远及近，差不多有七八路。德楞泰传令齐放矢铳，放了一阵，敌兵毫不退怯，反围裹拢来。德楞泰见敌兵各持竹竿，竿上缠绕湿絮，矢中的箭镞，铳中的弹丸，多射在湿絮上，不甚伤敌，所以敌仍前进，于是传令人自为战。官兵知身入重围，也不想什么生还，恶狠狠的与他鏖斗，血战一夜，天色黎明，敌兵仍是不退。再战一日，方渐渐杀退敌兵。官兵埋锅造饭，蓐食一餐，餐毕，四面喊声又起，忙一齐上马，再行厮杀，又是一日一夜。是日官兵又只吃了一顿饭，夜间仍是对敌。德楞泰暗想道："敌兵更番迭进，我兵尚无援应，若再同他终日厮杀，必至全军覆没呢。"遂下令且战且走。

官兵阵势一动，冉天元料是败却，麾众直进，行得稍慢的，多被悍目自行杀死，此时敌众不得不舍命穷追。官兵战了三日三夜，气力已尽，肚子又饥，没奈何纷纷溃散。德楞泰亦觉得人困马乏，便带了亲兵数十名，跃上山巅，下马喘息，自叹道："我自从军以来，从没有遇着这等悍贼，看来此番要死在此地了。"正自言自语间，猛听得一声大叫道："德楞泰那里走?"这一句响彻山谷。德楞泰忙上马了望，见山下一人，挥着鞭，舞着刀，冲上山来。这人为谁，正是冉天元！德楞泰胸中已横着一死字，倒也没甚惊恐，且因走上山来，只有一冉天元，越发胆壮，便也大呼道："冉贼！你来送死么?"一面说话，一面拈弓搭箭，飕的一声，正中冉天元的马。那马负着痛，一俯一仰，把冉天元掀落背后，骨碌碌滚下山去。德楞泰拍马下山，亲兵亦紧随而下，见冉天元正搁住断崖藤上，德楞泰忙从亲兵手中，取了钩头枪，将冉天元钩来，掷在地上，亲兵即将他缚住。山下的兵，正上山接应冉天元，见天元被擒，拼命来夺?德楞泰复与交战，忽山后又有一支人马，逾山而至，从山顶冲下。德楞泰连忙细瞧，认得是山后的乡勇，德楞泰大喜。敌兵见乡勇驰到，转身复走。德楞泰偕乡勇下山招集余兵，逐北二十里。这一场恶战，自古罕有，德将军三字，惊破敌胆，另外带兵官，多冒德将军旗帜，教徒不辨真假，一见辄逃。川西肃清，川东北虽有余孽，不足为患。适勒保至川，遂将肃清余党事，交付勒保，自赴额勒登保军。

额勒登保追王廷诏，沿途屡有斩获，王廷诏复自甘返陕，那彦成堵剿不力，有旨严谴，会何南布政使马慧裕，缉获教主刘之协于叶县，槛送京师，立正典刑。并谕军机大臣道：

前据马慧裕奏宝丰、郏县地方，有匪徒焚掠之事，旋据叶县禀，缉获首犯刘之协，本日马慧裕驰奏，已收宝丰等处，白莲教匪教千余名，悉数歼除，并提到眼目，认明刘之协属实，刘之协为教匪首逆，勾连蔓延，荼毒生灵，乃该犯仍敢在豫省纠结，潜谋起事，并欲为陕楚教匪接应，实堪痛恨。仰赖昊穹垂慈，皇考默佑，俾豫省新起教匪一千余人，立时剿捕净尽，擒获首逆，明正刑诛，可见教匪劫数已尽，从此各路大兵，定可刻期蒇事。朕于欣慰之余，转觉恻然不忍，盖教匪本属良民，只因刘之协首先簧鼓，附从日众，征兵剿办，已阅数年，无论百姓无辜，横遭杀戮，被胁多人，迫于不得已，即真正白莲教，皆我大清赤子，只因一时愚昧，致罹重罪。至各股贼首，先后就诛者，无不身受极刑，全家被戮，虽孽由自作，亦系听从刘之协倡教而起。白莲教获罪于天，自取灭亡，其顽梗可恶，其愚蠢可怜。朕仰体上天好生之仁，于万无可贷中，宽其一线，着经略额勒登保,参赞德楞泰,及各路带兵大员,与各督抚等,将刘之协擒获一事,广为宣传,并传谕贼营,伊等教首,已就诛戮,无可附从。至于裹胁之人,本系良善百姓,何苦为贼所累,自破身家,如能幡然悔悟,不但免诛,并当妥为安置。即实系同教,畏罪乞命,弁械归诚,亦必贷其一死。若经此番晓谕之后,仍复怙恶不悛,则是伊等甘就骈诛,大兵所到,诛戮无遗,亦气数使然,不能复加矜贷。额勒登保等鼓励将士,务期迅扫贼氛,奠安黎庶,同膺懋赏,将此通谕知之。

嘉庆帝又亲制一篇邪教说,有"但治从逆,不治从教"的意旨。自是教徒失所倚靠,逐渐变计,化作良民。此时剧寇,只有王廷诏在陕西,徐天德在湖北,德楞泰由川赴陕,与额勒登保合军,追袭王廷诏。杨遇春为先锋,至龙池场,分兵埋伏,诱廷诏追来,一鼓擒住,并获散头目十数人,余众走湖北,由德楞泰引兵追剿,与明亮夹击。围逼徐天德、樊人杰于均州。天德、人杰,先后投水溺死。川楚陕三省的悍目,斩俘殆尽,不过还有余孽未靖了。此时已是嘉庆六年的夏季。正是:

　　万丈狂澜争一霎,七年征伐病三军。

诸君欲知后事,且待下回再阅。

　　仁宗初政,颇有黜佞崇忠扶衰起散之象。和珅一诛,而军务已有起色,勒深一黜,而寇氛以次肃清,可见立国之道,全恃元首,元首明则庶事康,元首丛脞则万事隳,彼额勒登保、德楞泰之得建奇功,莫非元首知人之效,然七年劳役,万众遭殃,不待洪、杨之变,而清室衰兆见矣。故善读满史者,皆以高宗之末,为清室盛衰关键云。

第四十五回

抚叛兵良将蒙冤　剿海寇统帅奏捷

却说川楚陕三省的教徒，头目虽多归擒戮，余孽尚是不少。额勒登保、德楞泰，又往来搜剿，直到嘉庆七年冬季，始报大功勘定。嘉庆帝祭告裕陵，宣示中外，封额勒登保一等威勇侯，德楞泰一等继勇侯，均世袭罔替，并加太子太保，授御前大臣。勒保封一等伯，明亮封一等男，杨遇春以下诸将，爵秩有差。

自此以后，裁汰营兵，遣散乡勇，兵勇或无家可归，或归家不敷食用，又经发放恩饷各官吏，层层克剥，七折八扣，因此游兵冗勇，又纠众戕官，出没为患。复经额、德两将帅，东剿西抚，忙了一年，事始大定。自教徒肇乱，劳师九载，所用兵费，竟至二万万两，杀伤的教徒不下数十万，清兵乡勇的阵亡，五省良民的被难，且算不胜算，无从考查。只这位嘉庆帝，当军事紧急时，很是审虑周详，励精图治，到西北平定，内外官吏，又是歌功颂德，极力铺张，嘉庆帝也道是功德及民，渐渐的骄侈起来。庆赏万寿，下嫁公主，挑选妃嫔。仪注都非常繁备，金银也用了许多。

还有一桩赏罚倒置的事情：川楚陕平靖后，因地势阻奥，增设营汛，陕西省中添了一个宁陕镇，就用杨芳做了镇台，宁陕的地方，地险粮贵，当时创议的人，因例饷不足兵用，酌定每月加给盐米银，每人五钱，三年递减，次年届期应减一钱，布政使朱勋，以未奉部文，并四钱也都停发，兵士大哗。会陕西提督杨遇春，方奉旨入觐，宁陕总兵杨芳调署提督，副将杨之震护宁陕镇，将哗噪的兵士，不问曲直，统拿来笞杖一顿，兵士愈加怨愤。内有两个小头目，都是姓陈，一名达顺，一名先伦，居然纠众抗命，杀死副将游击，劫了库中的银两，放出狱中的罪犯，趁势大乱。时杨遇春尚未出境，朝旨即命他回剿，另简成都将军德楞泰为钦差大臣，赴陕督师，遇春到方柴关，叛兵设伏以待，推蒲大芳为首领，大芳骁桀善战，竟将遇春围住，官兵叛卒，互相认识，竟不肯听遇春号令，纷纷四散。遇春止率亲兵数十名，登山断后，见大芳策马而来，大声叱道："你何故造反？"大芳见是遇春，就下马遥跪，哭诉营官克饷的情形。遇春道："营官克饷，你可上诉，何苦做此大逆不道的勾当。"大芳道："现在已处骑虎之势，不能再下，须求大帅谅我！"言毕，起身径去。

是时杨芳亦驰来相救，遇春与他商议，杨芳道："叛兵都经过百战，并非一时乌合，若要除灭了他，很不容易。况官兵九载勤劳，疮痍未复，又前时与叛兵多系同功一体，以兵攻兵，终无斗志。闻叛首蒲大芳见子大帅，尚下马遥跪，卑镇家属，亦由大芳送至石泉。可见大芳虽叛，还有旧部情谊。卑镇愿亲自出抚，若得大芳归降，便可迎刃而解。"遇春喜甚，即命杨芳去抚大芳。到了大芳营前，敌矛林立，军垒森严，杨芳的背后，有随员数名，都吓得战战兢兢，请杨芳折回。杨芳道："天佑苍生，我必不死。且为国息兵，虽死何恨。汝等若果畏惧，不妨退还。让我一人前去便了。"遂扬鞭独进，直入大芳营。大芳忙出来迎见，杨芳向着大芳，恸哭失声道："我与汝等戮力数年，同患难，共生死，仿佛如家人骨肉一般，今朝两下对垒，反同仇敌，我不忍见汝等身陨族灭，所以单骑前来，请你等先杀了我，免得见你惨祸。"蒲大芳等听了这番言语，不由的不感激，便道："我等小兵，安敢冒犯镇台大人？大人真心相待，大芳也有天良，宁不知感。只朝廷未必肯赦前罪，奈何？"杨芳道："你果诚心悔过，我当于钦差大人前，极力保免，要生同生，要死同死，要犯罪同犯罪，不使你等独受灾殃。"大芳到此，不禁涕零，即声随泪下道："镇台大人，真是我的生身父母。我若再自逆命，恐怕皇天也不容我呢。"当下对众人道："大芳今日已悔前过，情愿听这位杨镇台大人，杨镇台令我活，我就活，杨镇台要我死，我亦甘死，若兄弟们不以为然，一概听便。"大众齐声道："愿随杨大人。"杨芳见叛兵都愿就降，便道："众位都愿相随，乃是很好的了。但倡乱的人，曾在此处么？"大芳道："不在此处。"杨芳道："这却不便赦他，他戕了官，劫了库，破了狱，无法无天，若不照律办理，还要什么政府？"大芳道："这都在大芳身上，请大人放心！"杨芳随即回营。

过了两日，大芳果诱缚陈先伦、陈达顺二人，献至清营，束手归命，这次乱事，若非杨芳单骑招抚，以诚服人，眼见得叛兵四出，如火燎原，比川楚陕三省的教徒，还要利害几倍呢。德楞泰将二陈磔死，其余依了杨芳的议论，尽行赦宥，释归原伍。只奏折上却说是叛卒穷蹙乞命，把杨芳招抚事，搁起不提。

讵料嘉庆帝忽下严旨，说德楞泰宽纵专擅，竟要将他严遣。德楞泰急得没法，又上了一篇奏章，推在杨芳一人身上。嘉庆帝遂将杨芳革职充戍，蒲大芳二百余人，亦命随杨芳发充伊犁，又密令伊犁将军松筠，将蒲大芳等诱诛。杨遇春亦坐罪降为总兵，德楞泰处罚罪轻，总算革职留任。后德楞泰调任陕西，剿平西乡叛兵，赏还原职。德公也天良发现，密奏杨芳功，方将杨芳赦回，然已受悔不少了。西北一带，经数次痛剿，已算无事，偏偏东南的海寇，又兴起波，掀志浪来。海洋开禁，自康熙年间起头，康熙帝尝任用客卿，如西洋人汤若望、南怀仁等，俱命司历务，外洋商船，得了内援，便在中国海滨互市，往来江浙闽粤间。乾隆末年，安南阮光平父子，窃位据国，国库中很是缺乏，他却想了一个盗贼政策，招集沿海无赖，给他兵船，封他官爵，叫他在海中劫掠商船，充作国用，于是海寇日盛一日。嘉庆五年，海寇驾艇百余艘，聚逼台州，居然想上岸劫夺，浙江定海镇总兵李长庚，生长闽海，素识海中险要，且忠勇的了不得，是日闻警，带领三镇水师，出口抵御，巧值飓风陡起，雷雨大作，寇艇多半撞溺，有几百个海寇，避风上岸，被长庚提得一个不剩，当场审讯，内中有四个头目，系是安南总兵，佩有安南王敕印。长庚大怒，把四人磔死，并行文安南，将敕印掷还。

会安南又有内乱，广南王后裔阮福映，自暹罗入国，得暹人援助，恢复旧土，灭了新阮，方思联络清朝，遂一面声明纵寇晦盗，系阮光平父子所为，与己无涉，一面奉表入贡，求清册封，乞仍以越南名国。嘉庆帝封他为越南国王，令严杜海寇，阮福映遵敕照办。怎奈海寇已是不少，虽失了安南政府的保护，终究野心未戢，仍然出没海上。就中有两个悍头目，叫着蔡牵、朱渍，兼并群盗，号令一方。蔡牵有百数十艇，朱渍也有百艇，把闽海作了根据。无论何国的商船，一出海洋，须要缴通行税四百圆，进港加倍，因此他二人竟做了海上富豪。又交通陆地会匪，使闽济兵械，饷械充足，猖獗万分，官兵都奈何他不得。

只一智勇深沉的李长庚，还好与他酣战几场，但长庚单知忠国，不善逢迎，往往为上司所忌。嘉庆帝因长庚有功，擢他为福建提督，闽督玉德，偏与长庚反对，奏称长庚籍隶福建，须要回避，朝旨乃调任浙江。浙江巡抚阮元，系江苏仪征县人，素擅文名，兼通武略，见了李长庚，谈了一回剿寇事宜，甚为合意，遂大加赏识。长庚献造船制炮两大策，阮抚台一律采用，即为筹款十余万两，交与长庚。天下无难事，总教现银子，长庚得了这项巨款，就放着胆子，造起大船三十艘，名叫霆船，铸就大炮四百尊，就各船配搭。乘风破浪，所向披靡，连败蔡牵于岐头东霍等洋，擒住贼目张如茂等，兵威大振。嘉庆八年，蔡牵至定海，到普陀山进香，长庚探悉，将霆船一齐放出，四面掩击。蔡牵不及防备，忙跳下小船，单舸逃去。余外大艇，多被长庚一阵炮弹，打得篷穿桅折；并传令舟师追赶。

此时的蔡牵，正如丧家犬，漏网之鱼，逃至闽洋，又见霆船追至，据着上风，不能冲突，他连忙取了数万银子，遣人至闽督玉德处乞降。玉德见了银子，好似苍蝇见血，叮住不放，还管什么真假，立饬兴泉道庆徕，赴海口招抚。蔡牵与庆徕约，如果许降，须令李长庚退兵回港，勿得穷追。庆徕飞报玉德，玉德飞饬李长庚回兵。长庚明知蔡牵诈降，无如提督的位置，要受督抚节制，总督有命，不得违拗，未免落了几点英雄泪，带兵回港。

蔡牵恰慢慢儿修好橹械，备好粮粮，扬帆遁去。暗地里恰贿通奸商，替他制造巨舰，比霆船还要高大，只说载货出洋。一出了口，便交与蔡牵。蔡牵得此巨舰，又纵横海上，劫得台湾米数千担，接济朱濆，与濆合势，再犯温州。温州总兵胡振声，仓皇失措，领了一班不整不齐的水师，出去截击，不值牵、濆两人一扫。非但全军覆没，连胡振声亦溺毙水中。牵、濆连艨八十余，返驰入闽，闽中没有一人敢上前抵敌。

嘉庆帝闻悉情形，命长庚总统闽浙水师。长庚感恩图报，令温州海坛二镇为左右翼，日夕操练，于嘉庆九年仲秋，向马迹洋出发。净海无波，水天一色，兵行数十里，遥见前面有一海岛，左右两翼，泊着敌船，帆樯矗立，簇隐如林，差不多一二百艘。长庚把令旗一挥，大小战舰，并行而进，看看敌船将近，令各舰队齐放巨炮。蔡牵、朱濆，也将战船驶开，一字儿的排着，用炮还击。霎时间烟雾迷蒙，波飞浪立。长庚仔细一瞧，右边是蔡牵战船，左边是朱濆战船。他却把自己座船，直冲中心，轰的一炮，把敌阵中间的船篷，打落半边，那船向后倒退。长庚乘势突入，将敌阵冲作两段。朱濆见阵势已乱，率队逃走。蔡牵势成孤立，也转舵前奔。长庚扯满风篷，追杀过去，击沉敌船二艘，并将蔡牵的座船篷索，亦都击断。亏得蔡牵的船身高大，船篷虽坏，尚能驰驶，拼命逃了出去。长庚方传令收兵。

是年冬，败朱濆于甲子洋。次年夏，又败蔡牵于青龙港，蔡牵屡败屡奋，索性聚船百余艘，东犯台湾，攻入鹿耳门。沉舟塞港，截阻官兵援应，并结连土匪万余人，围攻府城，自称镇海王。全台大震。闽督玉德，飞报清廷。嘉庆帝忙饬成都将军德楞泰，佩钦差大臣关防，调四川兵三千赴剿，将军赛冲阿为副，令速出兵。

两将军尚未出境，李长庚已到台湾，他见鹿耳门已被塞住，寻出一条小港来，这港名叫安平港，可以直入府城，于是令总兵许松年、王得禄，驾了小舟，率兵潜入，自己守住南汕、北汕两口。堵住蔡牵出路。蔡牵只道鹿耳门已经塞住，尽可向前进攻，谁料许松年、王得禄，已从间道攻入。蔡牵急分兵抵御，五战皆败，失了三十多号小战船，并党羽干余人。蔡牵料台湾难下，急从北汕港遁走，将要出口，见口外有大舰数艘堵住，最高的舰亡，立着一位大帅，手执令旗，威风凛凛，望将过去，不是别人，正是生平最怕的李长庚。蔡牵想上前冲突，后面的追兵又至，前后都用大炮轰击，蔡牵管了前，不能管后，管了后，又不能管前，急得叫苦连天，投身无路。长庚下令道："今日不擒蔡逆，更待何时。诸将士宜乘此努力。"这令一下，诸将士奋力前攻，巴不得立擒蔡牵。

怎奈将士固已齐心，老天偏不作美，一阵怪风，从海中掀起，波涛怒立，战舰漂摇，官兵急切不能自主，被蔡牵夺路逃走。一出海外，辽廓无垠，长庚只率兵三千，那里阻截得住？仅夺了十多号战船。嘉庆帝还说他任贼远扬，夺去翎顶,德楞泰等一律截回,长庚愤极,复率兵力剿,退至福宁,岸上无一卒夹击,蔡牵、朱濆,复连合来攻。长庚猛力杀退,蔡牵又与朱濆分兵,窜入浙海。只台州到定海,长庚尾追不舍,专击牵舟,牵受创又遁,有旨赏还翎顶。长庚愤怒少舒。

　　不防浙抚阮公,丁忧去任,长庚慨然叹息,与三镇总兵商议道:"我自统领水师以来,全仗阮公帮助,稍得舒展。今阮公又去,知我无人,看来是难望成功呢?"三镇总兵道:"浙抚已去,闽督尚在,统帅何必忧虑。"长庚道:"不要提起这位闽督玉公,我要造船,他说无银;我要调军,他说无兵。台湾一役,我与诸君尽力截住蔡逆,虽是天公不公,起了飓风,被他走脱,然使玉公出兵相助,这蔡逆已被我杀败,狼狈万状,何患不能追擒?就令玉公不愿出兵。却肯预先给发银两,畀我造成大船,那时船身高大,究竟抵得住风潮,不妨冲风追袭。你看蔡逆的座船,比我的座船要高五六尺,他在惊风骇浪中,尚能驾驶自如,我却不能,睁着眼由他逃去,真正可恨!"三总兵听到此语,也不禁忿恨起来,便一齐道:"统帅既要造船,某等愿捐廉相助。"长庚道:"诸君美意,煞是可敬。但我亦早有此意,还恐玉帅不允。"三总兵道:"且禀报玉帅,再作计较。"长庚修好禀单,饬呈闽督,得了回批,果然说造船需时,朝廷有旨速剿,不便久待,毋得濡滞干咎。长庚忙召三总兵,将回批与他瞧阅,三总兵愤愤道:"统帅本可专折奏陈,何不详报皇上呢?"长庚叹道:"我辈统是汉人,汉人十句话,不及满人一句。朝廷总是信玉帅,不信长庚,如何是好?"三总兵道:"今上圣明,或不至此,统帅总是奏陈为是。"长庚不得已,便将平日情形,据实列奏。嘉庆帝果真圣明,把闽督玉德革职拿问,另命阿林保继任闽督。

　　阿林保到任,长庚免不得到闽贺喜,阿林保置酒款待,席间叙起剿寇事。这位新总督阿公,捻着几根鼠须,沉吟一回,随笑嘻嘻的向长庚道:"大海捕鱼,何时入网?我兄弟恰有一策,不知可用得否?"长庚道:"敢不请教。"阿林保道:"海外辽阔,事无左证,李总统但斩了一酋,即说是蔡牵首级,报至我兄弟衙门,我兄弟便可飞章报捷,余外的贼子,统归善后办理。照这样处置,你受上赏,我亦得邀功,比穷年累月的跋涉鲸波,徼幸万一,岂不是较好么?"长庚不禁勃然道:"大帅叫长庚杀贼,长庚恰不怕死,久视海舶如庐舍,若照这样捏诈虚报的办法,长庚不敢闻命。"阿林保道:"我也无非为你打算。你定要擒真蔡牵,兄弟也不便多管。"长庚道:"长庚誓与贼同死,不与贼同生。"阿林保不待长庚言毕,便道:"算了!好好一个人,如何情愿求死?要死何难,要死不难。"长庚满腹愤怒,只是不好发泄,勉强饮了几杯,谢宴趋出。阿林保即密劾长庚,不到一月,弹章三上,不是说长庚恃才,就是说长庚怯战,一心想置长庚于死地,小子叙说到此,也满怀愤激,吟成一绝句道:

岳王功败遭秦桧，道济名高嫉义康；

自古忠奸不两立，但凭人主慎端详。

未知嘉庆帝如何发落，且待下回再叙。

康熙以后，已乏炼达之满员，而满汉畛域，反日甚一日。盖满员渐成无用，内而政务，外而边事，多仗汉人赞助，相形之下。未免见绌，由愧生妒，由妒生忌，于是汉员立功，往往为满员所侧目，不加残害不止。张广泗、柴大纪等事，见于乾隆朝，杨芳充戍，李长庚殉难，见于嘉庆朝，后人或目为专制之毒，实则不仅专制而已。汉人十语，不及满人一语，即为本回中眼目。德楞泰已负杨芳，后且求如德楞泰者，尚不可得，此汉满之所以终成水火也。

第四十六回

两军门复仇慰英魄　八卦教煽乱闹皇城

却说嘉庆帝连得阿林保密疏，也未免疑惑起来，只因前时阮元等人，都极力保荐李长庚，且海上战功，亦惟长庚居多，半信半疑，暂且留中不发，密令浙抚清安泰查复。清安泰虽不及阮元，恰不是阿林保的糊涂，但看他复奏一本的文词，已略见一斑了。大旨说道：

长庚熟海岛形势，风云沙线，每战自持舵，老于操舟者不能及；且忘身殉国，两载在外，过门不入，以捐造船械，倾其家资，所俘获尽以赏功，故士争效死；且身先士卒，屡冒危险，八月中剿贼渔山，围攻蔡逆，火器雨下，身受多创，将士亦伤百有四十人，鏖战不退，故贼中有"不畏千万兵，只畏李长庚"之语。惟海艘越二三旬，即须燂洗，否则苔粘螺结，驾驶不灵，其收港并非逗留。且海中剿贼，全凭风力，风势不顺，虽隔数十里，旬日尚不能到也。是故海上之兵，无风之战；大战不战；大雨不战；逆风逆潮不战；阴雨蒙雾不战；日晚夜黑不战；飓期将至，沙路不熟，贼众我寡，前无泊地，皆不战。及其战也，勇力无所施，全以大炮相轰击，船身簸荡，中者几何？我顺风而逐，贼亦顺风而逃，无伏可设，无险可扼，必以钩镰去其皮网。以大炮坏其舵牙篷胎，使船伤行迟，我师环而攻之，贼穷投海，然后获其一二船，而余船已飘而远矣。贼往来三省，数千里皆沿海内洋，其外洋瀚瀚，则无船可掠，无吞可依，从不敢往。惟遇剿急时，始间以为逋逃之地，倘日色西沉，贼直窜外洋，我师冒险无益，势必回帆收港，而贼又遁诛矣。且船在大海中，浪起如升天，落如坠地，一物不固，即有覆溺之忧，每遇大风，一舟折桅。全军失色，虽贼在垂获，亦必舍而收泊，易桅竣工，贼已远遁；数日追及，桅坏复然；故尝累月不获一贼。夫船者，官兵之城郭营垒车马也。船诚得力，以战则勇，以守则固，以迫则速，以冲则坚。今浙省兵船，皆长庚督造，颇能如式。惟兵船有定制，而闽省商船无定制，一报被劫，则商船即为敌船。愈高大，多炮多粮，则愈足赍寇。近日长庚剿贼，使诸镇之兵，隔断贼党之船，但以隔断为功，不以擒获为功；而长庚自以己兵专注，蔡逆坐船围攻，贼行与行，贼止与止；无如贼船愈大，炮愈多，是以兵士明知盗船货财充足，而不能为擒贼擒王之计。且水陆兵饷，例止发三月，海洋路远，往返稽时，而事机之来，间不容发，迟之一日，虽劳费经年，不足追其前效，此皆已往之积弊也。非尽矫从前之失，不能收将来之效；非使贼尽失其所长，亦无由攻其所短，则岸奸济贼之禁，尤宜两省合力，乃可期效。谨奏。

这篇奏牍，说得剀切真挚，把李长庚一生经济，及海上交战情形，统包括在内。嘉庆帝览了此奏，方悉阿林保妒功请状，下旨切责。略说："阿林保甫莅任旬月，专以去长庚为事，倘朕误听谗言，岂非自杀良将？嗣后剿贼事宜，责成长庚一人，阿林保不得掣肘！若再忌功诬劾，玉德就是前车之鉴。"并饬造大棱船三十艘，未成以前，先雇大商船助剿。阿林保见弹劾无效，反遭诘责，气得暴跳如雷，独自一人乱叫道："有我无长庚，有长庚无我，我总要他死。他死了，方出我胸中的气。"遂飞檄催战。

原来清廷定例，总督多兼兵部尚书职衔，全省水陆各军，统归节制。长庚虽总统水师，不能不受阿林保命令。长庚方思修理船只，整备军械。为大举出洋的计划，那阿林保的催战文书，三日一道，五日两道，长庚休战，不到一月，他恰下了十数道檄文。长庚叹道："我不死在海贼手里，也难逃奸臣计中，看来不如与贼同死罢！"遂召集诸将克日出师，一面修好家书，寄与夫人吴氏，内说："以身许国，不能顾家。"并将落齿数枚，一同缄固，着人送回家中。这次出发，凭着一股怒气，驶船出港。敌船见长庚出来，望风趋避，都逃至粤海中。长庚追至竿塘，方寻着敌船数只，接连放炮，击坏敌船两艘，活擒盗目一名，系是蔡牵侄儿，名叫天来。蔡牵因长庚大粤，复北航至浙，长庚也追到浙江，到温州海面，把他击败。他又自浙窜粤，自粤窜闽，盘旋海上，长庚只是不舍。遇着了他，便首先冲阵，不管死活，与他争战，弄得蔡牵走投无路，连败数次。

嘉庆十二年，命总兵许松年等击朱渍，自率精兵专剿蔡牵，朱渍被许松年击败，势已穷蹙，长庚亦连败蔡牵数阵，蔡牵只剩得海船三艘，长庚拟一鼓歼敌，檄福建水师提督张见升一同夹追。蔡牵逃至黑水洋，长庚率水师追及，蔡牵逃无可逃，与长庚决一死战。长庚亲自播鼓，督众围攻，约战了两个时辰，牵船上的风帆，触着弹子，霎时破裂。长庚令兵士乘势纵火，直逼牵船后艄，火势炎炎，燔及牵船，兵士各握着兵器，想随着火势，扑将过去。猛听得蔡牵船后，一声炮发，弹丸穿入长庚船中，兵士向后一顾，见统帅长庚，已跌倒在船板上，连忙施救，咽喉中已鲜血直流，无可救药。军中失了主帅，自然慌乱。本来张见升跟着后面，不妨过船代督士卒，少持半日，即可歼贼，谁知他是阿林保心腹，不愁蔡牵生，但愿长庚死，当下便引船径退，众兵船亦相率退驶。蔡牵带了残船三艘，竟遁安南。这信传达京师，嘉庆帝大为震悼，特旨追封壮烈伯，赐谥忠毅,饬地方官妥为保护,送柩回籍,俾立专祠。随命长庚裨将王得禄、邱良功二人,升任提督,分率长庚旧部,叫他同仇敌忾,为长庚报仇。

是时蔡牵、朱濆,俱已势衰力竭,闽督又改任方维甸,浙抚又重任阮元,军机大臣复换了戴衢亨,将相协力,内外一心,歼除这垂亡小丑,自然容易得很。许松年在闽海击毙朱濆,濆弟朱渥,率众乞降。王、邱二提督,闻松年已立大功,自己恐落人后,随慷慨誓师,决擒蔡牵,蔡牵已招集残众,再入闽浙海面,直到定海的渔山,二提督蹑踪追剿,乘着上风,奋呼轰击,转战至绿水洋,天已昏黑,纵火烧贼舟,不想风浪大起,蔡牵复乘浪脱走。二提督愤极,当晚商议,邱良功对王得禄道:“前日临行时,抚帅阮公,曾教我等分船隔攻,专注蔡逆,明日要擒蔡牵,须用此策。”王得禄道:“此计甚好。”次晨复出师穷追,蔡牵一见即逃,驶出黑水洋,邱良功赶忙追上,令舰队各自分堵,自己坐的船,与蔡牵座船并列,专攻蔡牵。王得禄座船亦至,与邱良功船并列,接应邱良功。两下里誓死猛扑,烟硝蔽天,忽良功座船上的风篷,与蔡牵座船上的风篷,结成一块,蔡众持着长矛,将良功的风篷扯毁,复用碇札住良功座船。良功大喝一声,执了雪亮的宝刀,去劈敌碇,说时迟,那时快,敌众的长矛,已刺入良功脚上,血流如注。良功部下,见主帅受伤,毁碇脱出。蔡牵正思逃走,王得禄又挥众直上,弹如贯珠,蔡牵仍誓死抵拒,战至日暮,牵船中弹丸已尽,待别舟相援,又被闽浙二军隔住,自顾不暇。王得禄料敌势已蹙,纵火焚牵船尾楼,忽身上中了数颗炮弹,虽觉得疼痛,却没有弹丸的猛烈。仔细一瞧,并不是弹丸,那是外洋通用的银圆。得禄大呼道:“贼船内弹药已完,打过来统是银圆,不能伤人。军士替我尽力向前,擒渠受赏。”军士一看,果见船板上面,银圆爆入不少,顿时胆子愈壮,气力愈大,一面放火,一面用枪矛钩断牵船篷桅。牵知无救,遂首尾举炮,将座船自裂,连人连船,沉落海中。积年逋寇,逃入龙王宫里去躲避,余党大半乞降,王得禄、邱良功,收兵而回,忙用红旗报捷。诏封王得禄二等子,邱良功二等男,于是闽浙二洋,巨盗皆灭。粤洋尚存几个艇盗,被粤督百龄严断接济,饬兵搜剿,弄得个个穷蹙,情愿投诚乞命,粤盗亦平。

嘉庆帝内惩教匪,外惩海盗,遂下旨严禁西洋人刻书传教,适粤民陈若望,私代西洋人德天赐,递送书信地图,事发被拿,下刑部讯鞫,究出传教习教多人,遂把德天赐充发热河,幽禁额鲁特营房,陈若望充发伊犁,给额鲁特人为奴,传教习教一干人犯,亦照例充配。过了数年,西洋人兰月旺,又潜入湖北传教,被耒阳县查悉,将他获住,解入省中,报闻刑部,又照律治罪,处以绞决。

这时候,英吉利人屡乞通商,亦奉旨批斥,忽广东沿海的澳门岛外,来英舰十三艘,舰长叫作度路利,投书粤督,声明愿协剿海寇,只求通商为报。粤督吴熊光,以海寇渐平,抗词拒绝,英舰仍逗留未去,反入澳门登岸,分据各炮台。

熊光据事奏闻，有旨责熊光办理迟延，革职留任。并说："英舰如再抗延，当出兵剿办。"熊光通知英将，英将乃起碇回国。

已而英国复遣使臣墨尔斯，直入京师，与政府直接交涉，顾结通商条约，清廷迫他行跪拜礼，他恰不从，当即驱逐回国。英人未识内情，暂时罢手，清廷还道是威震五洲，莫余敢侮。嘉庆帝方西幸五台，北狩木兰，消遣这千金难买的岁月，到嘉庆十六年，彗星现西北方，钦天监奏言星象主兵，应预先防备，嘉庆帝复问星象应在何时？经钦天监细细查核，应在十八年闰八月中，应将十八年闰八月，移改作十九年闰二月，或可消弭星变。嘉庆帝准奏，又诏百官修省，这等百官，多是麻木不仁的人物，今朝一慌，明朝没事，就罢了。

忽忽间已是二年，嘉庆帝也忘了前事。七月下旬，秋狩木兰，启銮而去，不想宫廷里面，竟闹出一件大祸祟来。原来南京一带，有一种亡命之徒，立起一个教会，叫作天理教，亦名八卦教，大略与白莲教相似，号召党羽，遍布直隶、河南、山东、山西各省，内中有两个教首：一个是林清，传教直隶；一个是李文成，传教河南。他两人内外勾结，一心思想谋富贵，做皇帝，闻得钦天监有星象主兵，移改闰月的事情，便议乘间起事，捏造了两句谶语，说是："二八中秋，黄花落地。清朝最怕闰八月，天数难逃，移改也是无益。"这几句话儿，哄动愚民，很是容易。又兼直隶省适遇旱灾，流民杂沓，啸聚成群，林清就势召集，并费了几万银子，买通内监刘金、高广福、阎进喜等作为内应，一面密召李文成作为外援。

文成到京两次，约定九月十五日起事，就是钦天监原定嘉庆十八年闰八月十五日。但天下事若要不知，除非不为，林李两人密干的谋画，只道人不知，鬼不觉，谁料到滑县知县强克捷，竟探闻这种消息，飞速遣人密禀巡抚高杞，卫辉知府郎锦麒，请速发兵掩捕。那高抚台与郎知府，疑他轻事重报，搁过一边。克捷急了不得，申详两回，只是不应。

克捷暗想："李文成是本县人氏，他蓄谋不轨，将来发泄，朝廷总说我不先防备。抚台府宪，今朝不肯发兵，事到临头，也必将我问罪，那个肯把我的详文宣布出来？我迟早终是一死，还是先发制人为妙。就使死了，也是为国而死，死了一个我，保全国家百姓不少。"主见已定，待到天晚，密传衙役人众，齐集县署听差。衙役等闻命，当即赶到县衙，强克捷已经坐堂，见衙役齐到，便吩咐道："本官要出衙办事，你等须随我前去，巡夜的灯笼，拿人的家伙，统要备齐，不得迟误！"衙役不敢怠慢，当即取出铁索脚镣等件，伺候强克捷上轿出衙。

克捷禁他吆喝，静悄悄的前行，走东转西，都由强克捷亲自指点。行到一个僻静地方，见有房屋一所，克捷叫轿夫停住，轿夫遵命停下。克捷出了轿，分一半衙役，守住前后门，衙役莫名其妙，只得照行。有两三个与李文成素通声气,也不敢多嘴。还有一半衙役,由克捷带领,敲门而入。李文成正在内室。夜餐方毕,闻报县官亲到,也疑是风声泄漏,不敢出来。克捷直入内室,文成一时不能逃避,反俨然装出没事模样。克捷喝声拿住,衙役提起铁链,套入文成颈上,拖曳回衙。

克捷即坐堂审问,文成笑道:"老爷要拿人,也须有些证据,我文成并不犯法,如何平空被拿?"克捷拍案道:"你私结教会,谋为不轨,本县已访得确确凿凿,你还敢抵赖么?好好实招,免受重刑!"文成道:"叫我招什么?"克捷道:"你敢胆大妄为,不用刑,想也不肯吐实。"便喝令衙役用刑。衙役应声,把夹棍砰的掷在地上,拖倒文成,脱去鞋袜,套上夹棍,凭你一收一紧,文成只咬定牙关,连半个字都不说,强克捷道:"不招再收。"文成仍是不招。克捷道:"好一个大盗,你在本县手中,休想活命!"吩咐衙役收夹加敲,连敲几下,刮的一声,把文成脚胫爆断。文成晕了过去,当由衙役禀知。克捷令将冷水喷醒,钉镣收禁。

克捷总道他脚胫已断,急切不能逃走,待慢慢儿的设法讯供,怎奈文成的党羽,约有数千人,闻得首领被捉,便想出劫狱戕官的法子。于九月初七日,聚众三千,直入滑城,滑城县署,只有几个快班皂役,并没有精兵健将,这三千人一拥到署,衙役都逃得精光,只剩强克捷一门家小,无处投奔,被三千人一阵乱剁,血肉模糊,都归冥府。乱众已将县官杀死,忙破了狱,救出李文成。文成道:"直隶的林首领,约我于十五日到京援应,今番闹了起来,前途必有官阻拦,一时不能前进,定然误了林大哥原约,奈何奈何?"众党羽道:"我等闻兄长被捉,赶紧来救,没有工夫计及后事,如今想来,确是太卤了。"文成道:"这也难怪兄弟们,可恨这个强克捷误我大事,我的脚胫,又被他敲断,不能行动,现在只有劳兄弟们,分头干事,若要入都,恐怕来不及了。林大哥!我负了你呢。"当下众教徒议分路入犯,一路攻山东,一路攻直隶,留文成守滑养病。

嘉庆帝在木兰闻警,用六百里加紧谕旨,命直隶总督温承惠,山东巡抚同兴,河南巡抚高杞,迅速合剿;并饬沿河诸将弁,严密防堵。这旨一下,眼见得李文成党羽,不能越过黄河,只山东的曹州、定陶、金乡二县,直隶的东垣、长明二县。从前只散布教徒,先后响应,戕官据城,余外防守严密,不能下手。京内的林清,恰眼巴巴望文成入援,等到九月十四日,尚无音信,不知是什么缘故?焦急万分。他的拜盟弟兄曹福昌道:"李首领今日不到,已是误期,我辈势孤援绝,不便举动。好在嘉庆帝将要回来,闻这班混帐王大臣,统要出去迎驾,这时朝内空虚,李首领也可到京,内外夹攻。定可成功。"林清道:"嘉庆回京,应在何日?"曹福昌道:"我已探听明白,一班王大臣,于十七日出去接驾。"林清道:"二八中秋,已有定约,怎好改期?"曹福昌道:"这是杜撰的谣言,那里能够作准?"林清道:"无论准与不准,我总不能食言,大家果齐心干去,自然会成功的。"他口中虽这般说,心中倒也有些怕惧,先差他党羽二百人,藏好兵器,于次日混入内城,自己恰在黄村暂住,静听成败。

这二百个教徒,混入城内,便在紫禁城外面的酒店中,饮酒吃饭,专等内应,坐到傍晚,见有两人进来,与众人打了一个暗号,众人一瞧,乃是太监刘金、高广福,不觉喜形于色,就起身跟了出去,到店外分头行走。一百人跟了刘金,攻东华门,一百人跟了高广福,攻西华门,大家统是白布包头,鼓噪而入。东华门的护军侍卫,见有匪徒入内,忙即格拒,把匪徒驱出门外,关好了门。西华门不及防御,竟被教徒冲进。反关拒绝禁军,一路趋入,曲折盘旋,不辨东西南北,巧值阍进喜出来接应,叫他认定西边,杀人大内,并用手指定方向,引了几步。进喜本是贼胆心虚,匆匆自去。这班教徒向西急进,满望立入宫中,杀人爽快,夺个净尽,奈途中多是层楼杰阁,挡住去路,免不得左右旋绕,两转三转,又迷住去路。遥见前面有一所房屋,高大的很,疑是大内,遂一齐扑上,斩关过去,里面没有什么人物,只有书架几百箱,教徒忙即退出,用火把向门上一望,扁额乃是文颖馆,复从右首攻进,仍然寂然无声,也是列箱数百具,一律锁好,用刀劈开,箱中统是衣服。又转身出来,再看门上的扁额,乃是尚衣监,不由的焦躁起来,索性分头乱闯。有几个闯到隆宗门,门已关得紧闭,有几个闯到养心门,门亦关好。内中有一头目道:"这般乱撞,何时到人大内?看我爬墙进去,你等随后进来,这墙内定是皇宫呢。"言毕,即手执一面大白旗,猱升而上,正要爬上墙头,墙内爆出弹丸,正中这人咽喉,哎的一声,坠落墙下去了。正是:

> 顺天者存,逆天者亡;天不亡清,宁令猖狂?

毕竟墙内的弹丸,是何人放的?待小子下回表明。

海寇剿平,未几即有天理教之变,内乱相寻,清其衰矣。要之皆内外酺熙,用人未慎之故。闽有玉德、阿林保,于是蔡牵、朱渍,扰海上数年,良将如李长庚,被迫而死。迨畿辅得人,内廷易相,王、邱二提督,即以荡平海寇闻。迨教徒隐伏直豫,温承惠、高杞等,又皆漫无觉察,尸位素餐;强克捷既已密详,高杞尚不之应,微克捷之首拘李文成,则届期发难,内外勾通,清官尚有幸乎?然克捷被戕,高杞蒙赏,死者有知,宁能瞑目?以视李长庚事,不平尤甚,且煌煌官禁,一任阍竖之受贿通匪,直至斩关而进,尚未识叛党之由来,吾不识满廷大吏,所司何事?嘉庆帝西巡北幸,方自鸣得意,而抑知变患生于肘腋,干戈伏于萧墙,一经爆发,几至倾家亡国,其祸固若其酷也。展卷读之,令人感慨不置。

第四十七回

闻警回銮下诏罪己　护丧嗣统边报惊心

　　却说教徒中弹坠下，放弹的人，是皇次子绵宁，皇次子时在上书房，忽闻外面喊声紧急，忙问何事？内侍也未识情由，出外探视，方知有匪徒攻入禁城，三脚两步的回报。皇次子道："这还了得！快取撒袋鸟铳腰刀来！"内侍忙取出呈上。皇次子佩了撒袋，挂了腰刀，手执鸟铳，带了内侍到养心门。贝勒绵志，亦随着后面，皇次子命内侍布好梯子，联步上梯，把头向外一瞧，正值匪徒爬墙上来，皇次子将弹药装入铳内，随手一捺，弹药爆出，把这执旗爬墙的人，打落地上，眼见得不能活了。一个坠下，又有两个想爬上来，皇次子再发一铳，打死一个，贝勒绵志，也开了一铳，打死一个，余众方不敢爬墙，只在墙外乱噪，齐声道："快放火！快放火！"大家走到隆宗门前，放起火来。皇次子颇觉着急，忽见电光一闪，雷声隆隆，大雨随声而下，把火一齐扑灭。有几个匪徒，想转身逃去，天色昏黑，不辨高低，失足跌入御河。当时内侍来报，说是天雷击死，皇次子方才放心。

　　此时留守王大臣，已带兵入卫，一阵搜剿，擒住六七十名，当场讯问，供称由内监刘金、高广福、阎进喜等引入。随命兵士将三人拿到，起初供词狡展，经教徒对质，无可抵赖，始供称该死。皇次子一面飞报行在，一面入宫请安，宫中自后妃以下，都已吓得发抖，及闻贼已净尽，始改涕为欢。嘉庆帝接到皇次子禀报，立封皇次子为智亲王，每年加给俸银一万二千两，绵志加封郡王衔，每年加给俸银一千两，并下罪己诏道：

　　　　朕以凉德，仰承皇考付托，兢兢业业，十有八年，不敢暇豫。即位之初，白莲教煽乱四省，黎民遭劫，惨不忍言，命将出师，八年始定。方期与我赤子，永乐升平。忽于九月初六日，河南滑县，又起天理教匪，由直隶长垣，至山东曹县，亟命总督温承惠率兵剿办，然此事究在千里之外；猝于九月十五日，变生肘腋，祸起萧墙，天理教匪七十余众，犯禁门，入大内，有执旗上墙三贼，欲入养心门，朕之皇次子亲执鸟枪，连毙二贼，贝勒绵志，续击一贼，始行退下，大内平定，实皇次子之力也。隆宗门外诸王大臣，督率鸟枪兵，竭二日一夜之力，剿捕搜拿净尽矣。我大清国一百七十年以来，定鼎燕京,列祖列宗,深仁厚泽,爱民如子,圣德仁心,奚能缕述?朕虽未能仰绍爱民之实政,亦无害民之虐事,突遭此变,实不可解。总缘德凉愆积,惟自责耳。然变起一时,祸积有日,当今大弊,在"因遁怠玩"四字,实中外之所同,朕虽再三告诫,奈诸臣未能领会,悠悠为政,以致酿成汉唐宋明未有之事。较之明季梃击一案,何啻倍蓰?言念及此,不忍再言。予惟返躬修省,改过正心,上答天慈,下释民怨。诸臣若愿为大清国之忠良,则当赤心为国,竭力尽心,匡朕之咎,移民之俗;若自甘卑鄙,则当挂冠致仕,了此残生,切勿尸禄保位,益增肤罪。笔随泪洒,通谕知之。

这次禁城平乱,除皇次子及贝勒绵志外,要算仪亲王永璇,成亲王永瑆,最为出力。两亲王都是嘉庆帝的阿哥,嘉庆帝对待兄弟,颇称和睦,不象那先祖的薄情,所以平日仪成两邸,很有点势力。此次留守禁城,督剿教匪,又蒙嘉奖,将所有未经开复的处分,一概豁免。革步军统领吉纶,及左翼总兵玉麟职,命尚书托津英和回京,查办余逆,饬陕西总督那彦成办钦差大臣,督兵飞剿河南,然后从白涧回銮。

托津英和到了黄村,闻教首林清,已经擒住,赶即进京。自九月十五日起,至十九日,雷电不绝,风霾交作,镇日里尘雾蔽天,昼夜差不多的光景,因此京城里面,人心恐慌,谣言四起,亏得托津英和等,已经到京,方晓得銮舆无恙,到嘉庆帝回宫,遂渐渐镇定。二十三日,嘉庆帝亲御瀛台,讯明教首林清,及通匪诸太监,证供属实,均令凌迟处死,传首畿内。

是时李文成胫疾未愈,不能远出,众教徒又为官兵所阻,只聚集道口镇,钦差大臣那彦成,借提督杨遇春,率兵至卫辉府。遇春向来英勇,即日带亲兵数十名,由运河西进,直至道口,遇着教徒一队,约有数千人,当即大呼突击,策马先驱。教徒见他黑旗远扬,知是杨家军,先已惊慌得很,纷纷渡河遁回。遇春追过了河,擒斩教徒二百多名,方拟回营;检点亲兵,尚少二人,复冲入敌队,夺还二尸,始暂归北岸,待那彦成到来,一齐进兵。

不想等了两日,那钦差竟不见到,原来那彦成到了卫辉,本想即日进兵,因接高抚台来文,内说教徒势大,未免也有些胆怯,拟俟调山西、甘肃、吉林、索伦兵来助,然后进战。遇春是个参赞,拗不过大帅,只得日日等着,亏得嘉庆帝闻知消息,严促那彦成进兵,方不敢违慢,驰至军营。

杨遇春进攻道口镇,教徒出营探望,瞧见杨家军又至,齐声叫道:"不好了!不好了!髯将军又来了!"遇春年已将老,颏下多髯,因此教徒称他作髯将军。髯将军一到,教徒弃营而遁。一边逃,一边追,那钦差又渡河策应,克复桃源进围滑城。

忽探马来报,尚书托津,已平定直隶教匪,所带的索伦兵,已奉旨来助剿滑城了。接连又有人报道："山东的教匪，也被盐运使刘清，剿杀净尽。"那彦成向杨遇春道："直隶、山东统归平靖，只河南未平，滑县又是古滑州旧治，城坚土厚，一时不能攻下，奈何？"遇春道："刘清文吏，尚建奇功，参赞受国厚恩，誓破此城，擒这贼首。"那彦成道："刘清向称刘青天，不特能文，兼且能武，真不愧本朝名臣。老兄亦是本朝人杰，成功应在目前，不必着急。"

正谈论间，索伦兵已到，由那彦成召入，命随杨遇春攻城。遇春督兵开炮，弹丸迭发，打破城墙外面，中间恰是不动，反把弹丸颗颗裹住；经遇春仔细察看，方知墙土裹沙，炮遇土则入，遇沙则止，所以不能洞穿。遇春连攻数日，总不能破，又用了掘隧灌水的计策，亦被守兵察觉，统归无效。是时杨芳仍任总兵，也在营中，便献计道："这城坚难下，若要攻入，必须多费时日，愚意不如三面围攻，留出北门，待他出走，掩杀过去，方可得手。"遇春依计，便将北门留出不攻。果然这日黄昏，桃源贼首刘国明，从北门潜入，护李文成出城，将西走太行山，为流窜计。杨芳连忙追击，文成走入辉县山，据住司寨，经杨芳奋勇杀入，正在乱剁乱斫的时候，猛见里面火光冲起，直透云霄，教徒统已四散。由杨芳驰入寨中，扑灭了火，拨出文成尸首，已是乌焦巴弓，当下收兵回到滑城。滑城尚未攻入，杨芳佯向北门筑栅，似乎要四面兜围，守兵专力攻御，他却向西南角上，暗掘旧隧，装满火药，等到夜半，令官兵退下三里，甲骑以待，自率亲卒燃着药线，引入地道，药性暴发，宛似天崩地陷，把城墙轰坍二十多丈，砖石上腾，尸骸飞掷，官兵争先夺城，蚁附而入。守城首领牛亮臣、徐安国等，巷战许久，都就擒获，槛送京师磔死，滑县平定，天理教徒，悉数珍灭，那彦成得晋封三等子，授太子太保，杨遇春三等男，杨芳、刘清等，赏赉有差。强克捷首发逆谋，为贼所害，赐谥忠烈，世袭轻车都尉，伤于滑县及原籍韩城，建立专祠。

那彦成拟请入觐，朝旨令移剿陕西三才峡贼。三才峡贼，多是木商夫役，岁饥停工掠食，地方官下令捕缉，他即推了万二为首领，纠众抗命。巡抚朱勋，张皇入告，托词教匪作乱，因此朝命那彦成迅速赴剿。及那彦成到陕，这个万二的小丑，已由总兵祝廷彪、吴廷刚两人破灭掉了。此后各地乱民，亦时思蠢动：江西百姓胡秉辉，买得残书一本，内有阵图及俚语，假称天书，拥朱毛俚为首领，居然设立国号，叫作后明，适阮元调任赣抚，率兵密捕，把朱毛俚、胡秉辉等，一齐捉住，首犯凌迟，从犯斩决。安徽百姓方荣升，伪造匿名揭帖，上印九龙木戳，散布大江南北，江督百龄，多方侦探，竟得首从主名，拿到百数十人，先后正法。云南边外夷民高罗衣，聚众万人，劫掠江外土司，自称窝泥王，被滇督百龄击破，罗衣走死；从子高老五，又袭称王号。渡江攻临安府，又由百龄派兵擒获，立即正法。

到嘉庆二十五年，嘉庆帝闲着无事，循例秋弥木兰，亲王贝勒，免不得出去扈驾。不意嘉庆帝到木兰后，驻跸避暑山庄，竟生了一种头痛发热的病症。起初总道偶冒暑气，不足为患，仍然照常治事，嗣后日日加重，竟尔大渐。召御前大臣赛冲阿、索特那木多布齐，军机大臣托津、戴均元、庐荫溥、文孚，内务府大臣禧恩和世泰，恭拟遗诏。嘉庆帝回光返照，心中尚是清楚，传示诸大臣，说于嘉庆四年，已遵守家法，密立次子绵宁为皇太子，现在随跸至此，着即传位于皇太子绵宁，即皇帝位。未几驾崩，皇次子智亲王，稽颡大恸，擗踊无算，当命御前侍卫吉伦，驰驿回京，请母后安，尊母后钮祜禄氏为皇太后，封弟惇郡王绵恺为惇亲王，绵愉为惠郡王，绵忻已封瑞亲王，无从加封，仍从旧称。皇太后懿旨，传谕留京王大臣驰寄皇次子，即正大位，皇次子因梓宫未回，命即起程，奉梓宫回京，方行即位礼。八月中旬，梓宫至京师，奉安乾清宫，皇次子始即帝位于太和殿，颁诏天下，以明年为道光元年，是为宣宗，尊谥大行皇帝为仁宗睿皇帝，卜葬昌陵。

　　道光帝即位数日，想起自己的名字，上一字与兄弟相同，若要避讳，未免不便，遂改"绵"为"旻"，叫作旻宁。旻宁二字，饬臣民不得妄写，绵字不讳。他又念着乾隆、嘉庆两朝，东征西讨，南巡北幸，把库款用尽，只好格外俭省，把宫中需用的银两，省而又省，自己服食一切，也比从前的皇帝，减下若干；后妃以下，统教他屏去繁华，概从朴实；宫娥彩女，又放了许多出宫。且命亲王贝勒等，务从节俭，不得广纳姬妾，任意挥霍。朝上一班王大臣，揣摩迎合，上朝的时候，格外装出节俭的样子，朝冠朝服，多半敝旧，道光帝瞧着，颇也喜欢，谁知他退朝回府，仍旧是锦衣美食，居移气，养移体呢？

　　还有一个豫亲王裕兴，酗酒渔色，竟闹出一桩风化案来。豫邸中有一使女，名叫寅格，年方二八，楚楚动人，裕兴看上了他，时常向他调戏，他却怀着玉洁冰清的烈志，始终不肯顺从。落花有意，流水无情，惹得裕兴懊恼，情急计生，趁着大行皇帝几筵前行大祭礼，亲王贝勒及福晋命妇，统去磕头，他也不能不去按班排列；轮着了他，匆匆忙忙的行过了礼，赶即乘车先回。别人还道他染着急病。谁知他的病症，不是什么受寒冒暑，乃是一种单思病。到了邸中，不叫别人，只叫那心上人儿寅格。寅格不知何故，忙即趋入，裕兴哄他跟入内室，将门关住。寅格方慌张起来，裕兴道："你也不必慌张，今日不由你不从。"随手去扯寅格，急得寅格脸色通红，只说"王爷动不得"五字。裕兴见他红生两颊，愈觉可爱，色胆如天，还管什么主仆名义，竟将他推倒炕上，不由分说，乱褪下衣。寅格极力撑拒，怎奈窈窕女儿，不敌裕兴的蛮力，霎时间，被裕兴剥得一丝不挂，恣意轻薄，约过了一个时辰，方才歇手。寅格负着气，忍着痛，开门走出，回入自己房中，越想越羞，越羞越恨；哭了一会，闻得外面一片喧声，料是福晋等归来，急忙解带悬梁，自缢而死。这时福晋等不见寅格，正饬婢媪使唤，一呼不应。两呼三呼又不应，撬开房门，向内一瞧，吓得乱跑，顿时满屋鼎沸，通报裕兴，别人都甚惊异，独裕兴视作平常。经众人留心探视，才晓得强奸情由，一传十，十传百，被宗人府得知，据实参奏。道光帝大怒，欲将裕兴赐死，还是惇、瑞两亲王，替他挽回，从轻发落，革裕兴王爵，交宗人府圈禁三年，期满释放。

道光帝余怒未消，回疆又来警报。据说回酋张格尔，纠众滋事，屡寇边界，道光帝即召集王大臣问道："回疆已安静多年，为什么又会作乱？莫非参赞大臣斌静，昏庸失德，不能安治回民么？"王大臣道："圣上明见，洞烛万里，大约总是斌静不好，惹出这个张格尔来。现在且令伊犁将军就近查勘，再定剿抚事宜。"道光帝准奏，即令伊犁将军庆祥，往勘回疆。

庆祥奉旨，即日出发，一到回疆，回民争来控诉，不是贪虐，就是奸淫，当即据实奏闻，原来回疆自大小和卓木死后，各城统设办事领队大臣，独喀什噶尔，设一参赞大臣，统辖各城官吏。参赞大臣的上司，就是伊犁将军，每年征收贡赋，十分中取他一分，比前时准部的苛求，两和卓的骚扰，宽得许多。清廷又尝慎选边吏，或是由满员保举，或是由大吏左迁，抚驭得法，回民赖以休息，视朝使如天人。到嘉庆晚年，保举不行，派往回疆各官，多用内廷侍卫，及口外驻防，这班人员，偏把回疆作了利薮，与所属司员章京，任情剥削，一切服食日用，统向回城伯克征索。伯克系回城土官的名目，他与清吏狼狈为奸，借着供官的话柄，敛派回户，需索百端，回疆通用赤铜普尔钱，钱形椭圆，中无孔，每一枚当内地制钱五文。喀什噶尔每年征收普尔钱八九千缗，叶尔羌征收万余缗，和阗征收四五千缗，还有各种土产，如毡裘金玉缎布等类，统要随时奉献，只嫌少，不嫌多。伯克得四成，章京得四成，办事大臣得二成，大家作福作威，肆行无忌；甚且选有姿色的回女，入置署中，要陪酒，就陪酒，要侍寝，就侍寝。这位参赞大臣斌静，乐得同他混做一道，司员章京及各城伯克，又向参赞大臣处竭力讨好，采了上等的子女玉帛，供奉进去。回女本没甚廉耻，见了参赞大臣，仿佛如天上神仙，斌静又是个色中饿鬼，多多益善，竟至白昼宣淫，裸体相逐。只是回女的父兄丈夫，既受了层层克剥，还要把家中女眷，由他糟蹋，正是痛上加痛，气上加气。适值大和卓木孙子张格尔，随父萨木克，逃居浩罕国边境，诵经祈福，传食部落，闻知参赞斌静荒淫失众，遂思报复回仇，声言替回民雪愤，纠众寇边。头目苏兰奇，忙来通报，章京绥善，反说他无风生浪，叱逐出去。苏兰奇大愤，出寨从贼，反做了张格尔的向导。当时领队大臣色普征额，领兵防御，打了一回胜仗，将张格尔驱逐出境，擒了百余人，回入喀城，与斌静同赏中秋月。斌静先将擒住各人，一概斩首，然后肆筵设席，坐花赏月。司员把盏，回妇侑歌，正高兴的了不得。讵料庆将军暗查密访，把他平日所做的事情，和盘托

出,奉旨将斌静革职逮问,派永芹代任,正是:

> 昨日酣歌方得意,今朝铁链竟加头。

嗣后永芹接任,能安抚回民与否,且看下回分解。

　　木兰秋狩,本清代祖制,所以示农隙讲武之意。但观兵第为末务,耀德乃是本原,仁宗连番北狩,一变而乱兴宫禁,再变而驾返鼎湖,可见讲武之举,不足为训。及宣宗嗣位,力自撙节,清帝中之以俭德闻者,莫宣宗若。然亦徒齐其末,未揣其本,省衣减膳之为,治家之余,治国不足。内加裕兴,外如斌静,荒淫失德,宁知体黼座深衷,随时返省乎? 读此回,可以知人君务末之非计。

第四十八回

愚庆祥败死回疆　智杨芳诱擒首逆

　　却说永芹到了回疆，也是没有摆布，虽不比斌静荒淫，无如庸庸碌碌，总不能立平匪乱。张格尔却外集党羽，内通回户，屡次骚掠近边，清兵出塞，他即远遁；又或诡词乞降，变端百出，弄得永芹束手无策，因循迁延，直达三年。道光五年夏季，边报张格尔大举入寇，领队大臣巴彦图，自恃勇力，率兵二百人，出塞掩捕，走了四百里，并没有张格尔踪迹，他竟勃然大愤，行到布鲁特地方，见有回众游牧，率妻挈子，约有二三百人，遂纵兵杀将过去。回众吓得四散，只有青年妇女，黄口儿童，一时不能急走，被他见一个，杀一个，可怜这班无罪无辜的妇孺，都做了身首异处的尸骸。巴彦图愤已少泄，当下回军，逾山越岭而还，无复行列。谁知逃走的回民，因妇子被杀，哭诉回酋汰列克，汰列克大怒，领部众二千名前来追袭，把巴彦图围住，十个杀一个，霎时间把清兵扫光，随即与张格尔联合进兵，势甚猖獗。永芹无可隐讳，慌忙拜本乞援。道光帝召还永芹，令伊犁将军庆祥往代，又命大学士长龄往代庆祥。

　　庆祥到喀什噶尔，召集司员章京，及各城伯克会议。伯克中有个阿布都拉，自称详悉回务，庆祥便把张格尔情形，详细问他。他却说张格尔乃是假名，冒充和卓木后裔，前时乃是阿奇木王努斯谎报，遂至哄动一时，为丛驱雀。参赞大人现到此处，不必劳动兵戈，只教声明张格尔不是回裔，那时回众自不去从他，乱事便可消灭了。庆祥信以为真，一面出示晓谕回民，一面奏劾阿奇木王努斯谎报的罪状。张格尔得了此信，也恐众心离散，带了五百多人，突入回城，拜奠他先祖和卓木坟墓。回徒叫和卓坟为玛杂，非常敬信。玛杂在喀城外，距喀城约八十多里，乾隆时，大小和卓木被诛，所有喀城外旧存和卓等墓，仍奉旨令回户看守，毋得樵采污秽，张格尔欲借祭祖为名，固结众心，因有这番举动，协办大臣舒尔哈善，领队大臣乌凌阿，忙忙报庆祥。庆祥急召阿布都拉，阿布都拉已不知去向，顿时仓皇失措，还是舒乌两人禀道："张格尔深入喀境，非发兵驱逐不可。"庆祥点头，命二人带兵千余名，去攻张格尔。朝发夕至，仗着锐气，击杀回众四百人，张格尔退入大玛杂内，倚着三重墙垣，誓死固守；复遣人出布谣言，说清军要铲除圣墓，屠尽回族子孙。回民闻言大恐，遂聚集数

· 264 ·

千人，去救张格尔。舒、乌两大臣，正围攻玛杂，忽见回众如潮涌至，急分兵抵御，不防张格尔也乘势杀出，内外夹攻，把清兵杀得七零八落。舒大臣阵亡，乌大臣踉跄奔回，入见庆祥。庆祥急调各营卡兵，尽集喀什噶尔，保守喀城。

张格尔倒还不敢进逼，饬人往浩罕国乞援。浩罕王摩诃末阿利，新即位，知人善任，威服附近哈萨克诸部，当时有百回兵不知一安集延的传闻。安集延就是浩罕东城，张格尔联约浩罕，俟得回疆西四城后，子女玉帛，情愿公分，还许割让喀城，作为酬劳。浩罕王大喜，即允发兵，令去使先回。张格尔知有后援，遂率军大进，前哨到了浑河，探得喀城外面，只有三座清营，报知张格尔，张格尔道："这么说来，天山北路的清军，尚未南下，我等赶紧前进方好。"遂下令渡河。

忽报浩罕王率兵亲到，不由的惊疑道："浩罕兵来得这般迅速，真出意外，我初意总道清兵大集，所以通使浩罕，乞师相助，现在喀城守兵甚少，且夕可下，还要浩罕兵何用？"随遣使赴浩罕军前，叫他不必前进。浩罕王愤怒，竟率军渡河，围攻喀城。张格尔却止住不行，暗中密布兵队，阻截浩罕王归路。浩罕王攻城数日，急切难下，又探知张格尔不怀好意，恐腹背受敌，乘夜遁回。才渡过浑河对岸，树林中杀出一班回众，大叫浩罕王休走，吃我一刀。浩罕王不瞧犹可，瞧了一瞧，正是张格尔，气得无名火高起三丈，麾兵接战，黑夜里不辨回众多少，越杀越多，只觉得四面八方，统是回子旗帜，凭尔安集延兵马精锐，到此也心慌胆怯，败阵而逃。浩罕王夺路走脱，还有安集延兵二三千名，被张格尔围住，无可投奔，没奈何缴械乞降。

张格尔收为亲兵，进攻喀城，此时喀城外面的清营，抵御安集延兵，已是数日，累得人疲马倦，药尽刀残，那里禁得起张格尔这支生力军，又复杀到，领队大臣乌凌阿，穆克登布，统同战殁。庆祥坐守孤城，左思右想，无能为计，只认定了一个死字，投缳自尽。喀城无主，即被张格尔攻破，张格尔又分据英吉沙尔、叶尔羌、和阗三城。回疆西四城俱陷。

清廷连接警信，遣兵调将，忙个不了。圣旨下来，命署陕甘总督杨遇春为钦差大臣，统陕甘兵五千，驰赴回疆，会诸军进剿。署陕西巡抚卢坤，赴肃州理饷。这旨下着，又接到伊犁将军长龄急奏，内称："逆酋已踞巢穴，全局蠢动，额城距阿克苏二千里，四面回村，中多戈壁，断非伊犁、乌鲁木齐六千援兵，所能克复，恳请速发大兵四万，以一万五千分护粮台，以二万五千进战"等语。道光帝览奏毕，即朱批授长龄为扬威将军，颁给印信，军营大小官员，悉听节制，伊犁将军职务，暂由德英阿代理。又命山东巡抚武隆阿，率吉林、黑龙江三千骑，出嘉峪关，于陕甘总督杨遇春，同为参赞大臣，进剿逆回。

统计回疆分八城，西四城已俱失陷，还有东四城未失，一名喀喇沙尔，一名库车,一名乌什,一名阿克苏。阿克苏为东方屏蔽,张格尔遣兵入犯,直至浑巴什河,距阿克苏只四十里,城中兵不盈千,人心惶惶,亏得办事大臣长清,遣参将王鸿仪,领兵六百,扼住河岸,再战再胜,回众始却。会援兵亦云集阿克苏,东四城方得保全。

道光帝又饬长龄查办历任回疆名吏,长龄复奏斌静、色普、征喀、巴彦图、绥善各人情状,有旨拘斌静、色普、征额下狱,拟斩监候,绥善充发黑龙江,巴彦图滥杀偾事,不得因阵亡例,列入恤典。又诏令办理粮饷大臣,定则例,绘图说,核实开销,不准妄费。并开回疆铜山,铸普尔钱,拨乌里雅苏台及伊犁各牧厂中牛马橐驼,接济军用。自是回疆军务,渐有起色。

道光七年,扬威将军长龄,率步骑二万二千名,由阿克苏出发,一路进行,未见敌踪;至洋阿巴特沙漠,时已半月,粮且食尽,方惶急间,忽探报五六里外,有敌营数座,长龄下令道:“我兵自阿克苏到此,粮食将尽,现闻敌营已在前面,不乘此杀贼囤粮,尚待何时!”将士得了此令,个个摩拳擦掌,踊跃愿往。长龄分军士为三队,自与杨遇春督率中军,武隆阿领左翼,杨芳领右翼,三路进攻。回众据冈迎敌,由高临下,声势颇锐。清兵夺粮心急,不顾矢石,拼命杀上,回众不能抵抗,纷纷溃窜,遗下牲畜糇粮,尽被清兵搬回。清兵得食,勇气百倍,追至沙布都特,地多苇湖,回徒四处分扎,决水成沮,阻住清兵去路,长龄命步卒冒险起渠,用短兵接战,复麾骑兵绕左右浅渠,横截入阵。回营见清兵骤至,忙开铳迎击,不料贮药失火,把自己营帐燃着,那时救火都来不及,还有何心接仗。清兵趁势杀入,射死回徒头目,夺了回徒旗鼓,回众又复四窜,追北数十里,擒馘万计。

清兵复进至阿瓦巴特,见有侦骑数百,遇清兵,慌忙反走,长龄恐有埋伏,饬兵止追,夜遣吉林劲骑,从左右间道绕出敌后,次日方拔营齐进,用枪炮兵为前列,藤牌兵为后劲,沿途果遇埋伏,两下酣斗,枪炮迭施,回众也冒死撑拒。藤牌兵自清阵内驱出,个个穿着虎衣,跃入敌阵,回众尚是死战,怎奈回马疑虎至,向后倒退,顿时辙乱旗靡。吉林劲骑,又从后面杀到,回众大溃。安集延二帅,亦被清兵杀死。

清兵再进至浑河北岸,张格尔亲率众十余万,阻河列阵,横亘二十余里,筑垒为蔽。凿穴列铳,鼓角震天。长龄望见敌势浩大,未免心怯,忙与杨遇春商议,遇春道:“贼势果然浩大,但我兵且坚垒不动,夜遣死士分扰敌营,不要杀入,只叫他扰乱贼心,使他自眩,便好相机进攻。”长龄依计而行,遂遣死士数百人,乘筏夜渡,鼓噪河中。张格尔屡出巡哨,喧嚣达旦。次夜,长龄拟仍用疑兵,忽西南风起,撼木扬沙,天昏如墨,不辨南北,长龄急令退营。杨遇春入帐道:“大帅退营何故?”长龄道:“贼据形势,逼近咫尺,且彼众我寡,恐不相敌,倘因天昏地黑，渡河而来，四面蹙我，岂不要全军覆没么？所以我拟退营十余里，俟明晨天霁，再进未迟。"遇春道："大帅所虑虽是，据愚见想来，乃是天助我兵的时候，要擒张格尔，就在今夜。"长龄不觉起立，便道："参赞有何妙计？"遇春道："贼军虽众，只知并作一队，依垒自固，兵略疏浅，可想而知。我兵远来，利在速战，若与他隔河相持，今日不战，明朝不攻，师劳粮竭，那时不能进，不能退，反中了深沟高垒的贼计。现在天适昏暗，贼不防我急渡，我竟渡河过去，出其不意，攻其无备，不怕张格尔不败。看杨某仗剑为大帅杀贼哩！"长龄道："参赞此言，也是有识，但我军渡河，倘被他半渡邀击，如何是好？"遇春道："这也不难。大帅可遣索伦兵千骑，绕趋下游，牵制贼势，遇春愿自率亲兵，向上游急渡，据住上风，两路合手，大帅自可从容过河了。"长龄尚在踌躇，遇春道："寇不可玩，时不可失，请大帅急速准行！"于是长龄把退营的军令，改作进兵的军令，照遇春计划，先从上下游潜渡，乘风破浪，直达彼岸。遇春令前队扛着巨炮，直薄敌营。张格尔尚在梦里，被炮声震醒，忙起床督战，这时候，炮声与风沙声相杂，宛似数十万大兵，摧压垒门，弄得人人丧胆，个个惊心。到了天明，索伦兵从下游趋至，长龄亦亲督大兵，逾河前来，风止雾霁，乘势冲入敌垒，张格尔率众宵去。回俗统着高履，履后无跟，行走时许多不便，且各裹糗粮，负载累重，至此为逃命要紧，抛了重负，弃去高履，遍地统是囊鞬。清军遂进薄喀什噶尔城下，一鼓登城，擒住张格尔甥侄，及安集延两伪帅，并从逆伯克等，杀敌无算，活擒回徒四千多名。

长龄即将克复喀城情形，由六百里加紧驰奏，满望朝廷论功行赏，不想朝旨批回，略说："命将出师，期歼元恶，今乃临巢兔脱，弃前功，留后患，罪无可辞，长龄夺紫缰，杨遇春夺去太子太保衔，武隆阿夺去太子少保衔，仍着勒限捕获！"长龄未免怏怏，杨遇春倒不在意，仍率师攻克英吉沙尔及叶尔羌，又使杨芳复和阗。西四城都已规复，乃出塞觅捕张格尔。二杨各率兵四千，分道西进，遇春屯色勒库，芳屯阿赖，南北相去十余站。阿赖系葱岭山脊，乃回疆通浩罕要道，浩罕留兵驻守，闻清兵骤至，据险阻截，杨芳当先突阵，浩罕兵且战且退，才行一二里，岭路越险，伏兵遽发，鏖战一昼夜，清兵损失甚众，还亏杨芳素有节制，步步为营，严阵出险，方得生还。长龄复据事陈奏，有旨责"诸将孤军深入，劳师糜饷，不如罢兵。姑留官兵八千防喀城，余兵九千，即随杨遇春出关，杨芳代为参赞，与长龄、武隆阿筹画善后事宜，明白奏闻！"这旨下后，遇春自然遵旨东还，长龄与两参赞筹议一番，武隆阿议将西四城仍归回徒，长龄意见亦同，杨芳因新任参赞，不便力争，由长龄、武隆阿分上奏折，驿呈清廷。道光帝见有二奏本，先展开长龄的奏折，把官衔等不去细瞧，单瞧那善后的筹画道：

愚回崇信和卓，犹西番崇信达赖喇嘛，已成不可移之锢习，即使张逆就擒，尚有其兄弟之子在浩罕，终留后患，势难以八千留防之兵，制百万犬羊之众。若分封伯克，令其自守，则如伊萨克，玉素普等，助顺官兵，均非回回所心服之人，惟有赦故回酋那布敦之子阿布都里，乾隆中羁在京师者，令归总辖西四城，庶可以服内夷，制外患。

道光帝览到此处，大怒道："长龄想是老昏颠倒了。高宗纯皇帝，费了无数心力，方将逆酋那布敦除灭，逆裔阿布都里因解进京，给功臣家为奴，朕即位时，照例恩赦，异脱奴籍，此番因张逆作乱，照亲属缘坐例，正应将他治罪，长龄反要朕释归阿布都里，不是老昏颠倒，那里有这种谬论？但不知武隆阿什么计法，想总说长龄的不是呢。"随即将武隆阿奏折，续行展开，大略瞧道：

善后之策，留兵少则不敷战守，留兵多则难继度支。前次大兵进剿，贼即有外袭乌什，内由和阗直驱阿克苏之谋，幸克捷迅速，奸谋始息。臣以为西四城各塞，环逼外夷，处处受敌，地不足守，人不足臣，非如东四城为中路必不可少之保障，与其縻有用兵饷于无用之地，不若归并东四城，不须西四城兵费之半，即巩若金瓯，似无需更守西四城漏扈。

道光帝不待览毕，将两奏折统行掷下，随召军机大臣入内道："长龄昏谬，欲归逆裔阿布都里，使长旧部，武隆阿趋奉长龄，亦是这样说话。你去拟旨，将他二人革职，暂时留任，另授直隶总督那彦成为钦差大臣，速赴回疆，代筹善后，方不误事。"军机大臣，当即照面谕拟定，由道光帝阅过，始行颁发。道光帝又道："阿布都里，须发往边省监禁，你可咨文刑部，立即发配。"军机大臣唯唯而退。

长龄接到革职消息，大吃一惊，不由的坐立不安，忙请杨参赞商议，杨参赞想了一回，说出了一个反间的计策，长龄方喜形于色。看官！你道杨参赞的反间计，从何处入手？原来回徒向分两派，一派叫做白山党，一派叫做黑山党。张格尔是白山党首领，据喀城时，尝滥用威权，虐杀黑山党，黑山党大愤，多阴通清营，长龄奏折中所说的伊萨克、玉素普等，统是黑山党徒，与白山党互有嫌隙。杨芳遂就此生计，密遣黑山党出卡造谣，扬言官兵全撤，喀城空虚，诸回统望和卓转来。这语传入张格尔耳中，顿时喜出望外，遂纠合残众，复来窥边。先令侦骑入探，果不见官兵踪迹，遂潜入阿尔古回城。时近岁暮，张格尔拟待除夕日，袭喀什噶尔，昼夜整备军械，忙个不了。是夕，张格尔亲出巡城，遥见东北角上，隐隐有人马行动，不觉失声道："不好了！不好了！清兵来了！"急忙开城出走。后面已报清军杀到，为首大将，正是杨芳。张格尔无心恋战，拼命奔逃，杨芳也拼命追赶，至喀尔铁盖山，回徒奔散殆尽，只剩张格尔三十余骑，弃马登山。杨芳忙令副将胡超，都司段永福，绕出山后，堵住去路，自率亲卒从前面登山，兜拿张格尔。张格尔爬过山头，向山后乱跑，猛听得有人叫道："张贼快来受死！"张格尔心中一急，脚下一绊，向后便倒。正是：

准备铁笼擒虎豹，安排陷阱系豺狼。

未知张格尔果否遭擒，容至下回叙明。

张格尔之倡乱，与大小和卓木不同。大和卓木有管辖回部之权，张格尔无之；小和卓木有主持回教之权，张格尔又无之。彼从挟嗪经祈福之伎俩，传食部落，势不能遍惑愚民，捽而去之，本易事耳。乃斌静以后，继以永芹，永芹以后，继以庆祥，不能平乱，反致酿乱，数百回徒，直入玛杂，响应者以数万计。回疆西四城，接续被陷，何其速耶？庆祥死事，长龄继任，转战而前，连败回众，张格尔之无能可知。然浑河一役，长龄又欲折回，幸赖杨遇春之定计渡河，驱逐回酋，以次规复西四城，是长龄亦不过一庆祥之流亚，微杨忠武。吾知其亦无功也。厥后捐西守东之议，尤属悖谬，西四城为东四城之屏蔽，无西四城，尚可有东四城乎？宣宗严词诘责，迫令歼敌，而掩捕之功，复出杨芳，满员无材，事事仗汉将为之，而清廷犹以右满左汉为得计，亦安怪乱世之相寻不已耶。本回宗旨，实为二杨合传，以满员相较，尤见二杨功绩。二杨固人杰矣哉！

第四十九回

征浩罕王师再出 剿叛瑶钦使报功

却说张格尔失足坠地，就被清将捆缚而去，清将不是别人，就是杨芳所遣的副将胡超，都司段永福，当下红旗报捷，道光帝大喜，立封大学士长龄为二等威勇公，陕西固原提督杨芳，为三等果勇侯，命长龄率师凯旋，留杨芳驻扎回疆，与那彦成筹办善后事宜。乾隆中叶以来，久不行献俘礼，此次擒获张格尔，道光帝思绳祖武，踵行盛举，遣官告祭太庙社稷，亲御午门楼受俘，仪仗森严，不消细说。受俘后，廷讯张格尔罪状，着即寸磔枭示。又命庆祥子文辉，乌凌阿子忠泰，随监刑官同往市曹，看视行刑，并把张格尔心肺取出，交与文辉忠泰，到该父墓前致祭，用慰忠魂。杨遇春、武隆阿等，亦传旨嘉奖，自长龄以下，得有功将士四十人，一律绘图紫光阁。并因军械大臣曹振镛、王鼎、玉麟诸人，办事勤劳，亦许附入紫光阁列像。

满廷官员，歌功颂德，合词请加上尊号，奉旨："以康熙乾隆年间，尚未允行，势难俯准，惟念铭功偃武，皆由圣母福庇，国有大庆，允宜只循令典，备极显扬，朕谨当躬率王大臣等，加上皇太后徽号，共伸贺悃，所有应行典礼，饬所司敬谨详议"等语。于是礼部又有一番忙碌，自夏至冬，筹备了好几月，方得举行恭上皇太后徽号，称作恭慈康豫安成皇太后。礼成颁诏天下，覃恩有差。越年，又亲制碑文，勒石大成殿外，比康熙、乾隆两朝，尤觉得踵事增华，备极夸耀。共计出师至献俘，用去帑银约数千万两。正热闹间，那彦成奏本到京，略说："张逆就擒后，曾檄谕浩罕、布哈尔等国，缴献逆裔家属，今浩罕遣使来贺，只言俘虏可返，和卓子孙不可献，究应如何处置？仰求圣训，以便遵行。"道光帝便提起朱笔，批在折后，其词道：

逆孥么么，无关边患，那彦成、杨芳等，只应严守卡伦，禁其贸易，俟夷计穷蹙，自将缚献求市，毋须檄索！

看这数句批示，便可见道光帝心思了。那彦成窥破旨意，先后奏善后章程数十条，什么安内策，什么制外策，说得津津有味，其实多是纸上谈兵，空中楼阁。道光帝闻内外安静，遂召那彦成、杨芳二大臣还朝。

二大臣于道光九年回京，安集延即于道光十年入寇。当时那彦成的制外策中，把浩罕留居内地的侨民，一概驱逐，且并他财产没收。侨民愤甚，探知大兵已归，即一面禀报浩罕王摩诃末阿利，一面至布哈尔，迎奉张格尔兄摩诃末玉素普为和卓，纠众入边。浩罕王又遣将哈库库尔，及勒西克尔等，率兵策应。警报传到回疆，回郡王伊萨克，飞报参赞大臣札隆阿，札隆阿是个终日不醒的酒鬼，接到警报，恰糊糊涂涂道："张逆家属，统已授首，还有什么阿哥？这都是伊萨克贪功妄报，在本大臣手里，休使这般伎俩。"遂叱回来使；并恐伊萨克先行驰奏，也修好奏章，略言："南路如果有事，惟臣是问。"过了数日，边城的告急文书，陆续递到，札隆阿被他吓醒，方命帮办大臣塔新哈，副将赖永贵，分路迎击。二将去讫，札隆阿复安然饮酒，昏昏沉沉的过了数天。忽外面又递到紧急公文，札隆阿恰有意无意的，取过一瞧，但见上面写着帮办大臣塔新哈，副将赖永贵，误中贼计，遇伏阵亡，顿时面如土色，把一张关公脸，变做了温元帅脸，好一歇儿不说话。外面又递进叶尔羌禀报，更觉惶急万分，展开一阅，乃是叶尔羌办事大臣璧昌，驰报胜仗，不禁失声道："还好还好。"于是督兵守城，方有一些兴会起来。

是时那彦成容安，为伊犁参赞大臣，奉旨统伊犁兵四千。驰赴阿克苏督剿，闻敌兵势盛，拟俟乌鲁木齐兵至，然后进军。叶尔羌又复被攻，幸亏璧昌决河灌敌，出城痛击，敌兵始不敢近城，只是沿途掳掠，转入喀什噶尔。见城上守兵，颇还严整，也无意进攻，专劫城外回庄，把子女玉帛，搜掠殆尽。札隆阿忙向阿克苏乞援，容安拥重兵八九千，反绕道乌什，趋向敌兵不到的和阗去屯驻了。清廷闻容安逗兵不进，下旨革职，命哈丰阿继任，又遣大学士公长龄，陕甘总督杨遇春，固原提督杨芳，参赞大臣哈朗阿，调兵赴援。哈丰阿先至喀什噶尔，敌兵解围而去，饱扬出塞。迨杨芳、蛤朗阿等到喀城，已无一敌。

札隆阿恐朝廷问罪，与幕中老夫子商量一条诱过的法子，只说伊萨克通贼，潜袭南路，所以前此未曾闻知，有南路无事的奏报。及见了杨芳、哈朗阿，仍把这样话儿，搪塞过去。杨、哈两人，被他蒙混，他代札隆阿上奏洗刷。会大学士长龄，行至叶尔羌，接读上谕，令与伊犁将军玉麟，会审札隆阿、伊萨克案，乃折回阿克苏。玉麟亦奉命而至，当下会谳，究出主谋草奏的幕友，得坐实札隆阿罪状，奏达清廷。部拟札隆阿斩监候，令先枷示阿克苏两月。长龄依议办法，把札隆阿枷出署门，连这位谋画刁狡的老夫子，也一律枷示。调授璧昌为喀什噶尔参赞大臣。

长龄拟由伊犁、乌什、喀城三路，出讨浩罕，浩罕王慌张起来，亟通贡俄罗斯，乞兵相助。俄人拒绝去使，不许入境。浩罕王无奈，乃遣使臣三人到喀城，备述七十余年通商纳贡的旧好，及五年来闭关绝市的苦累，请修好如旧。长龄提出和议两条，第一条缚献叛酋，第二条放还被虏兵民。浩罕使臣，因未奉汗命，俟还报后，方与订约。长龄将来使留住一人，遣还二使，并命伯克霍尔敦同往。等了两月，霍尔敦始回，报言被虏兵民，可以释还，惟缚献回酋，回疆所无，只可代为监守，惟要求通商免税，及给还侨民资产二事。长龄即上奏道：

臣闻安边之策，振威为上，羁縻次之。浩罕与布喀尔、达尔丸斯、喀拉提锦诸部落，犬牙相错，所属塔什及安集延等七处，均无城池，其临战皆以骑贼冲阵，然不能于马上施铳，倘遇连环鸟枪，则骑贼先奔，又卡外布鲁特哈萨克，皆受其欺凌，争求内徙，而卡内回众，亦俱恨其掳掠，遂欲声罪致讨，但选精锐三四万人，整旅而出，并于伊犁乌什边境，声称三路并进，先期檄谕布哈尔等部，同时进攻，则不待直捣巢穴，而其附近伪部，已群起乘衅，四面受敌，可一举扫荡。惟是一出塞后，主客殊形，自喀浪圭卡伦，至浩罕千六百余里，中有铁列克岭，为浩罕布鲁克交界，两山夹河，仅容单骑，两日方能出山，此路最险，不值劳师远涉。拟遣还所留来使一人，令伯克霍尔敦寄信开导，为相机羁縻之计，如此，则师不劳而浩罕亦就范矣。谨奏。

道光帝准奏，命长龄从浩罕要请，定了和约。浩罕大喜过望，又遣使至喀城，抱经立盟，通商纳贡，西城事总算了结。后来喀什噶尔参赞大臣，移至叶尔羌，驻满汉兵六千，居中控驭，别留伊犁骑兵三千，陕甘步兵四千，分驻各城。回疆的防御，方渐渐稠密了。

偏偏国家多难，湖南永州瑶目赵金龙，又纠众作乱。先是永州有一种奸民，结起一个天地会。强劫瑶寨牛谷，瑶民向官厅控诉，奈官署中的胥吏，统与天地会连结，不但状词不准，反加他诬告罪名。气得瑶民发昏，个个去请教赵金龙。金龙倡言复仇，差他同党赵福才，招集广东散瑶三百余人，湖南九冲瑶四百余人，焚掠两河口，杀死会党二十多名。江华知县林光梁，永州镇左营游击王俊，率兵役往捕，被瑶众击退。总兵鲍友智调兵七百，偕永州知府李铭绅，桂阳知州王元凤等，分头夹击，乘风纵火，毁坏瑶巢，毙瑶三百名。赵金龙收拾残众，窜往蓝山，所至房胁，竟得二三千人。蓝山官吏，向省中告急，巡抚吴荣光，飞檄提督海凌阿往援，海凌阿点了五百名将士，风驰雨骤的赶援蓝山，见前面有去路两条，一是大路，一是小路，副将马韬等，请从大路进兵，海凌道："救兵如救火，大路总是迂回，不如小路进去，较为直截。"正议论间，路旁有役夫数名，被海凌阿瞧见，传至军前，问大路通蓝山，与小路有无远近？役夫答称小路近十多里，海凌阿遂由小路进发，并令役夫前导，谁知役夫乃是瑶民假扮，引海凌阿走入绝路，才走数里，两旁统是仄径，天又下起雨来，满路泥泞，狼狈不堪，只路旁役夫，却是很多，都愿替官兵代舁枪械，官兵乐得快活，弯弯曲曲，行将过去。一步狭一步，一路险一路，忽然山顶吹起胡哨，有无数瑶匪，乘高冲下，官兵赤手空拳，如何对敌？忙教役夫转来。那班役夫，携着官兵枪械，反转身来杀官兵，官兵上天无路，入地无门，只好伸了头颈，一个个由他开刀。海凌阿以下，统被杀死。

赵金龙既得胜仗，声势张甚，桂杨、常宁诸土瑶，都来归附，号称数万。清廷急命湖广总督卢坤，湖北提督罗思举，督师往讨，又移贵州提督余步云助剿。增调常德水师，及荆州满骑数千，归卢坤节制。卢坤偕罗思举至永州，闻报赵金龙率八排瑶，及江华、锦田各寨瑶为一路，赵福才率常宁、桂阳瑶为一路。还有赵文凤率新田、宁远、蓝山谷瑶为一路，三路都出没南岭，互为犄角。罗思举遂献策道："瑶皆山贼，倚山为窟，我兵与他山战，他长我短，定难取胜，看来只好诱入平原，逼归一路，令他技无可施，方可歼灭。"卢坤鼓掌称善，且道："照这样说，常德水师，荆州满骑，统是没用，不如改调镇筸苗疆兵，前来助剿方好。"罗思举道："大帅明见极是。但此处未设粮台，输运不便，现应派兵勇护送粮饷，步步为营，一面坚壁清野，檄将弁分路防堵。贼无可掠，自然散入平原，容易中计。"卢坤道："老兄谋略，本宪很是佩服，就请照行便了。"当下奏罢常德、荆州调兵，另调苗疆兵助剿，又将罗思举计议，统行列入，末说思举定能灭贼，不致有负委任等语。思举格外感激，卢坤且叫他便宜行事。

于是思举分兵进逼，将西南各路扼住，免他窜入两粤，单留东面一路，由他出来。当时三路瑶四五千人，及房胁妇女三四千，都被官兵驱逼出山，东窜常宁县属的洋泉镇。这镇为常宁水口，有溪通舟，市长数里，墙垣坚厚，叛瑶把市民逐出，拥众占守。思举从后追至，笑道："虎落平原，虾遭浅水，不怕他不绝灭了。"忙檄各隘兵，速来合围。适镇筸兵已调到，思举亲自督阵，率镇筸兵猛扑敌垣。镇瑶兵素称矫捷，跳跃如飞，有数十名跃上墙头，乱砍叛瑶，叛瑶倒也了得，与镇筸兵相持，始终不退。镇筸兵前队伤堕，后队继登，毙瑶数百，瑶众兀自守住；争杀两日，各守隘兵统已到齐，瑶众登墙，大呼乞降。思举不允，督攻益力。诸将道："叛瑶已降，何必再攻？"思举道："这是明明诈计，他不缴车械，不献首逆，但凭一声呼降，便好允他么？我欲允他，他仍串入山中，那时前功尽弃，还当了得。"诸将个个敬服，遂奉思举命令，合力进攻。毁墙巷战，叛瑶虽是呼降，仍然死斗。究竟寡不敌众，被清兵击毙六千，只散瑶八九百，拒守市内大宅。思举料宅内定匿匪首，禁用大炮，定要活擒该逆，将士冒死攻入，搜寻宅内。只获头目数十名，妇女数十名，单不见赵金龙。经思举当场讯问，方知赵金龙已中枪身死，急忙饬军士寻金龙尸首，一面饬人至卢坤处报捷。

卢坤忙即奏闻，过了三日，帐外报钦差大人到来，由卢坤出营相迎，钦差不是别个，乃是户部尚书宗室禧恩，盛京将军瑚松额。卢坤先请过圣安，随接钦差入营，寒暄已毕，禧恩先开口道："兄弟奉命视师，到此已闻大捷，真是可贺。"卢坤道："不敢不敢，这都仗皇上洪福，将士勤劳，所以一举成功呢。"禧恩道:"现在逆首赵金龙,想已擒住。"卢坤道:"这却尚未。据提督罗思举来报,已讯过赵逆妻子,说是中枪身死了。"禧恩道:"罗思举也太糊涂,未曾擒住赵金龙,如何报捷?老兄现已出奏否?"卢坤道:"坤已照思举来文,于三日前出奏。"禧恩道:"倘将来赵逆未死,反变了欺君罔上,兄弟定要得了真犯,方可复旨。"卢坤道:"现闻思举已搜访逆尸,不患不得确据。"瑚松额插嘴道:"卢制军亦太相信属将了。逆首未得,如何奏捷?"卢坤默然不答。忽报罗思举回营求见,卢坤命即传入,思举入帐,向钦差前请了安。禧恩便问道:"你就是提督罗思举么?"思举答了一个"是"字,转对卢坤行礼。卢坤起立还礼,命他旁坐。思举未曾坐定,禧恩复问赵逆已拿住否,思举道:"赵逆已死,只有遗尸。"禧恩摇头道:"尸首那里靠得住?"思举道:"现已得了真尸,身上尚佩剑印,请钦差大人验明。"禧恩便同瑚松额出帐验尸,并验剑印是实,再命俘虏细认,都说无讹。禧恩还想驳诘,只一时想不出话。

忽蓝山又来急报,由卢坤接过一瞧,捧交禧恩,禧恩阅毕,笑道:"赵金龙算是真死,赵仔青又来了。我说叛瑶还没有净尽呢。"卢坤道:"幸逢大人到此,就请大人出令,坤亦愿效前驱。"禧恩道:"大家同去可好。"当下同至衡州,由禧恩命,仍令罗思举为前锋,余步云为后应,往剿蓝山。两人方领命前去,京中诏旨已到,卢坤、罗思举平瑶有功,赏戴双眼花翎,并世袭一等轻车都尉。禧恩见于此诏,免不得称贺一番。隔了几天,罗思举捷音又至,说是生擒赵仔青,禧恩便向卢坤道:"罗提督确是一员良将,不枉老兄青眼。"卢坤道:"这也全仗大人栽培!"自是置酒高会,朝夕谈心,与卢坤格外莫逆,卢坤也只得虚与周旋。及罗思举回到衡州,禧恩、瑚松额,都出来相迎,非常客气。思举道:"赖钦差大人威灵,得活擒赵逆仔青。"禧恩道:"这是罗提督的功劳,何必谦逊。"当下推出赵仔青,讯明确实,命即磔死。

忽京中又来诏旨,命禧恩、瑚松额率余步云,赴广东剿连州八排瑶。禧恩、瑚松额不敢不去,只得与卢坤相别,移师广东。原来八排瑶的作乱,也是为奸民衙役激迫而起。八排瑶向有黄瓜寨,被奸民衙役劫夺,因到官厅起诉,连州同知蔡天培,断民役偿瑶千二百金,民役不偿,寨瑶遂出掠报复。天培即向粤督处告变,粤督李鸿宾,令提督刘荣庆,署按察使庆林,率兵二千堵御。荣庆主抚,庆林主剿,意见不合。曾新任广东按察使杨振麟到省,闻楚师告捷,将士同膺懋赏,遂也起了贪利徼功的思想,怂恿李鸿宾出师。鸿宾遂偕提督率兵进剿,八排瑶首八人,出山跪迎,愿将黄瓜寨逆瑶献出,请即回师。鸿宾佯为应允,至逆瑶缚献到军,一律斩讫,兵仍不退,反奏称:"杀贼七百名。"瑶众大愤,负隅北拒,官兵进攻,峒险箐密,接连遇伏,自相惊溃。三路皆败,游击都司等官,死了数十,兵士死了千数。清廷因褫李鸿宾、刘荣庆职,命禧恩、瑚松额移师往剿。

禧恩等到粤，初意也想奋力进攻，嗣后探得瑶峒奇险，不易深入，只是虚报捷音，所奏杀贼，皆数百计，其实按兵不动，并未尝经过一仗。会闻卢坤移督广东，计程将至，心中未免焦灼起来。他在湖南时诘责卢坤，未获首逆，此次恐卢坤要来报复，忙令杨振麟赴瑶寨招抚。瑶众惩八人故事，不肯出来，官兵又惩李、刘前败，不敢进去，旬日不见一瑶，禧恩愈加着急，只催振麟克日招降，迟则严参。振麟无法，只得把库内银子取来乱用，出示布告叛瑶，如肯投诚，当有重赏。瑶众还疑是诳言，振麟又令熟瑶赴寨，作了抵质，瑶众方有一二人出来尝试，果得银洋盐布，领受而归。于是瑶众贪利踵至，十日间得数百人。并缚黄瓜寨附近瑶，三人出献，算作首逆。禧恩遂奏报肃清，俟卢坤一到，交印即行。

南北暌违，道光帝自称明察，终究被他瞒过，加封禧恩为不入八分辅国公，赏戴三眼孔雀翎，瑚松额、余步云，均世袭一等轻车都尉。王大臣等，又上表庆贺，还有宫内的全妃钮祜禄氏，用了七巧板儿，排出"六合同春"四大字，献呈御览。道光帝大喜，即封钮祜禄氏为皇贵妃，后人有宫词一首道：

> 蕙质兰心并世无，垂髫曾记住姑苏。
>
> 谱成"六合同春"字，绝胜璇玑织锦图。

全贵妃得此宠遇，未知后来如何，下回再行续叙。

中国大患所在，第一项是个欺字。夸诞锢蔽，皆由自欺而致。宣宗一平西域，即铺张扬厉，行受俘礼，绘功臣像，上母后尊号，勒石大成殿外，夸耀达于极点，要之一欺人而已。上欲欺下，下亦欺上，札隆阿、容安、禧恩、瑚松额等，无在非欺，即那彦成、长龄诸人，当时称为功首，亦曷尝实事求是乎？幸而浩罕小国不足道，土瑶乌合尤不足道，苟且即可了事，敷衍尚能塞责。宫廷上下，且以为河清海晏，可以坐享承平，庸讵知大患之隐伏其间耶？回、瑶平，宣宗愈骄，朝臣愈佞，上下愈以欺饰为务，而中国始多难，本回固一束上起下之转换文也。

第五十回

饮鸩毒姑妇成疑案　焚鸦片中外起兵端

却说皇贵妃钮祜禄氏，系侍卫颐龄的女儿，幼时尝随官至苏州，苏州女子，多半慧秀，通行七巧板拼字，作为兰闺清玩，钮祜禄氏随俗演习，后来熟能生巧，发明新制，斫了木片若干方，随字可以拼凑，人人羡她聪明，称她灵敏，且生就第一等姿色，模样与天仙相似，艳名慧质，传诵一时。道光时亲选秀女，颐龄便把女儿送入，这样如花似玉的芳容，那得不中了圣意？当下选入宫中，就沐恩幸。美人承宠，天子多情，立即封为贵人。这钮祜禄氏，本是伶俐得很，侍侧承欢，善窥意旨，道光帝越瞧越爱，越爱越宠，不一年就升为嫔，再一年复升为妃，因他才貌双全，特赐一个"全"字的封号。偏老天亦怜爱佳人，特地下一个龙种，于道光十一年六月初九日，生了一子，取名奕詝，就是后来嗣位的咸丰帝。而且事有凑巧，皇后佟佳氏，竟尔病故，全妃钮祜禄氏，既封为皇贵妃，与皇后只差一级，皇后崩逝，自然由全妃补缺。

道光十三年，大行皇后百日服满，皇贵妃钮祜禄氏，奉皇太后懿旨，总摄六宫事务，越一年册为皇后，追封皇后父故乾清门二等侍卫，世袭二等男颐龄为一等承恩侯，谥荣禧，由其孙瑚图哩袭爵，册后典礼，一律照旧。只道光帝心中恰比第一次册后时，尤为欣慰。

又过一年。皇太后六旬万寿，命礼部恭稽祝典，格外整备。届期这一日，道光帝率王公大臣，诣寿康宫行庆贺礼，皇后钮祜禄氏，亦率六宫妃嫔，诣太后前祝嘏，奉皇太后命，宫廷内外，一概赐宴。

道光帝素知孝养，见皇太后康健逾恒，倍加喜悦，亲制皇太后六旬寿颂十章。皇后钮祜禄氏，向来冰雪聪明，诗词歌赋，无一不能。这会因御制皇太后寿颂，他也技痒起来，恭和御诗十章，献上太后，道光帝越加快意。

独这皇太后别寓深衷，当时虽不露声色，后来恰与道光帝闲谈，说起皇后敏慧过人，未免有些惋惜模样。道光帝甚是惊异，细问太后。太后恰道出缘由。略说："妇女以德为重，德厚乃能载福，若仗着一点材艺，恐非福相。"这句话，亦不过一时评论，没甚介意，偏偏传到皇后耳中，竟不以为然。他想，"本身已做国母，又生了一个皇子奕詝，虽是排行第四，然皇长子皇次子皇三子等，统已夭殇,将来欲立太子,总轮着自生的皇儿,皇儿嗣位,自己若是在世,便也挨到太后的位置,难道还算没福么?"为此一念,遂不知不觉的,与太后成了嫌隙。

胸中有了三分芥蒂,面上总要流露出来,每日遵着宫制,到太后前请安,说长道短的时候,不免含着讥刺。看官!你想太后是个帝母,又是钮祜禄氏的亲姑,岂肯受这恶气?有时当面训斥,有时或责道光帝不善教化。帝后两人,素来恩爱,道光帝得了懿旨,免不得通知皇后。那知皇后越加懊恼,见了皇太后,也越加顶撞。两宫嫔监,又播弄是非,摇唇鼓舌,无风尚是生浪,况明明婆媳不和呢?

蹉跎数载,蜚语流言,布满宫闱,到道光十九年腊月,皇后偶患寒热,皇太后亲自临视,详问疾苦,颇也殷勤。过了年已是元旦,皇后病已少瘥,起至太后前叩头贺喜。过了二日,太后特派太监,赐皇后一瓶旨酒,皇后谢过了恩,把酒酌饮,很是甘美,竟一饮而尽,到夜间不知怎么竟崩逝了。当时宫中传出上谕道:

皇后正位中宫,先后事朕多年,恭俭柔嘉,壸仪足式,窃冀侍奉慈帏,藉资内佐,遽尔长逝,痛何可言!着派惠亲王绵愉,总管内务府大臣裕诚,礼部尚书奎照,工部尚书廖鸿荃,总理丧仪。钦此。

相传道光帝遇了后丧,非常痛悼,心中也很自动疑,但因家法森严,不便异论;且素性颇知孝顺,只好隐忍过去,皇太后却去亲奠三次。道光帝命皇四子奕詝守着苫块大礼,居侍梓宫。是年冬,封静贵妃博尔济锦氏为皇贵妃,就将皇四子交代了他。命他小心抚育。静贵妃奉了上命,自不敢违,又兼皇后在日,曾蒙皇后另眼相看,至此皇四子年甫十龄,一切俱宜照顾,便提起精神,朝夕抚养。只这位道光帝伉俪情深,时常哀戚,特谥大行皇后为孝全皇后,嗣后不另立中宫,暗报多年情谊。并拟立皇四子为皇太子,这是后话。后人却有宫词记孝全皇后事,其诗列后:

如意多因少小怜,蚬杯鸩毒兆当旋。

温成贵宠伤盎水,天语亲褒有孝全。

丧事才了,忽东南疆吏报称西洋的英吉利国,发兵入寇,为此一场兵祸,遂弄得海氛迭起,贻毒百年。堂堂华夏,竟被外人窥破,把我五千年来的古国,看做一钱不值呢。这英吉利是欧罗巴州中的岛国,平时政策,专讲通商。本国内的交通,固不必说,他因环国皆水,造起许多商舶,驶出外洋,这边买卖,那边贩运,得了利息,运回本国,遂渐渐富强起来。

明末清初的时候,欧洲的葡萄牙国、荷兰国、西班牙国、法兰西国、美利坚国,多来中国海面互市,英吉利人,也扬帆载货,随到中国,适值亚州西南的印度国,为了英人通商,互生嫌隙,两边开仗,印度屡败,英人屡胜,印度没法,竟降顺英国。印度的孟加拉及孟买地方,专产鸦片,英人遂把这物运到中国,昂价兜销。

这物含有毒质,常人吸了,容易上瘾,起初吸着,精神陡长,气力倍生,就使昼夜干事,也不疲倦,及至吸上了瘾,精神一天乏一天,气力一日少一日,往往骨瘦如柴,变成饿鬼一般,此时欲要不吸,倒又不能。半日不吸这物,眼泪鼻涕,一齐进出,比死还要难过。因此上瘾的人,只会进步,不会退步,从前明朝晚年,已有此物运入,神宗曾吸上了瘾;呼为福寿膏,晏起晚朝,把国事无心办理。但输入不多,百姓还轮不着吸,到英国得了印度,遍地种植,专销别国,他自己的百姓,不准吸食,单去贻害外人。外洋的国度,晓得此物利害,无人过问,独我中国的愚夫愚妇,把他作常食品,你也吸,我也吸,吸得身子瘦弱,财产精光。嘉庆时,英国遣使至京,乞请通商,因不肯行跪拜礼,当即驱逐,通商事毫无头绪,只鸦片尽管进来。道光帝即位,首申鸦片烟禁,洋艘至粤,先由粤东行商,出具所进货船,并无鸦片甘结,方准开舱验货,如有欺隐,查出加等治罪。随又饬海关监督,有无收受鸦片烟重税,应据实奏闻;又申谕海口各关津,严拿夹带鸦片烟;又定失察鸦片罪名。三令五申,也算严厉得很,无如沿海奸民,专为作弊,包揽私贩,仍然不绝。且因清廷申禁,那包卖的窑口,反私受英人贿赂,于中取利,大发其财。自道光初年到了中叶,禁令无岁不有,鸦片烟的输入,无岁不增,每岁漏银约数千万两,于是御史朱成烈,鸿胪寺卿黄爵滋,先后奏请严塞漏卮,培固国脉。道光帝令各省将军督抚,各议章程具奏。当时没有一人不主张严禁。湖广总督林则徐,说得尤为剀切,大略言:"烟不禁绝,国度日贫,百姓日弱,数十年后,不惟饷无可筹,并且兵无可用。"道光帝览奏动容,下旨吸烟贩烟,都要斩绞,并召林则徐入京,面授方略,给钦差大臣关防,令赴广东查办。

这位林公系福建侯官县人,素性刚直,办事认真,自翰林院庶吉士,历级升官,做到总督,无论何任,他总实心实力的办去,一点没有欺骗。此番奉旨赴粤,自然执着雷厉风行的政策,恨不把鸦片烟毒,立刻扫除。两广总督邓廷桢,也是个正直无私的好官,与林则徐相见,性情相似,脾气相投,遂觉得非常莫逆。则徐问起鸦片事件,廷桢答称已奉廷旨,吸烟罪绞,贩烟罪斩,现在已拿得无数烟犯,禁住监中,专待钦使大人发落。则徐道:"徒拿烟犯,也不济事,总要把鸦片趸船,一概除尽,绝他来源,方是一劳永逸呢。"廷桢道:"讲到治本政策,原是要这般办理,但恐洋人不允,奈何?"则徐道:"鸦片趸船,现有多少艘数?"廷桢道:"闻有二十二艘,寄泊零丁洋中。"则徐道:"零丁洋虽是外海,终究与内海相近。他不过是暂时趋避,将来总要把鸦片烟设法贩卖。据兄弟意见,先令在洋趸船,把鸦片悉数缴销,方准开舱买卖。"廷桢闻言,踌躇半响,方答道:"照这么办,非用兵力不可。"则徐道:"这也何消说得。鄙见先令沿海水师分路扼守,然后与他交涉便了。"两人计议已定,随传令水师提督,派兵扼守港口。林则徐本有节制水师的全权,下了几个札子,提镇以下,唯唯听命,顿时调集兵船,分布口门内外。

广东向有十三家洋行,贩运外洋货物,则徐把洋行司事,统同传到,叫他传谕洋商,限三日内尽缴出趸船内的鸦片。各司事领了渝帖,只得转递英商,英商忙禀知英领事义律,义律毫不着急,反到澳门出诳去了。各英商观望迁延,你推我诿,只道中国官吏,都是虎头蛇尾,没甚要紧,谁料这个林钦差,言出法随,到三日期满,见英商没有复音,便移咨粤海关监督,封闭各商舶货物,停止贸易;又将洋人雇用的买办,拿捕下狱。此事沿海商船,不止一国,为了英人违禁,把别国都停止,免不得埋怨英人,英领事义律,无可避匿,勉强来省,入洋馆中,照会中国,愿缴出鸦片烟一千零三十七箱。则徐又把义律来文,持与邓廷桢察阅,廷桢道:"鸦片趸船有二十多艘,那里止一千多箱。"则徐道:"每艘趸船,约装若干?"廷桢道:"每艘装载,差不多有一千箱。"则徐不禁愤怒起来,便道:"英领事太觉可恶!取了二十份中的一份,想来搪塞,林某不比别人,难道任他戏弄?"遂发陆军千名,围住洋馆,又令水师出发,截住趸船饷道,凭他狡黠万端的义律,到此亦束手无法,愿将鸦片二万零二百八十三箱,一概缴出。林则徐遂会同邓廷桢,及粤抚怡良,赴虎门验收。零丁洋内的趸船,计二十二艘,陆续驶至虎门,缴出烟箱,每箱偿茶叶五斤,复传集外洋各商,令他具永不售卖鸦片甘结,如再营私贩卖,人即正法,货船入官。

则徐遂与邓怡两督抚,联衔入奏。将先后查办鸦片烟情事,据实陈明,并请将鸦片送京销毁。道光帝召集王大臣商酌。王大臣等,多说广东距京甚远,途中恐有偷漏抽换的弊端,不如就粤销毁为便。道光帝准奏,遂传谕道:

奏悉!所缴鸦片烟土,饬即在虎门外销毁完案,无庸解送来京,俾沿海居民,及在粤夷人,共见共闻,咸知震慑。该大臣等唯当仰体朕意,核实稽查,毋致稍滋弊混!钦此。

林则徐等奉到此旨,就令在虎门海岸,把鸦片二万零二百八十三箱,统共堆积,下令焚毁。这焚毁的法儿,并不是真用一把火,将鸦片一箱一箱的烧掉,他就虎门海岸,凿起两个方塘,直十五丈,横十五丈,前设涵洞,后通水沟,先将食盐投入,引水成卤,再加石灰,使水腾沸,方把鸦片一一投下,烟随灰燃。自然熔化,开了涵洞,令随潮出海,连烟灰都荡灭无踪了。

这次焚毁鸦片,沿海居民,统来瞧看,人潮人海,拥挤不堪,内中拍手称快的,倒有一大半;只上了烟瘾的愚夫愚妇,一时没得吸,未免难过;还有运售的洋商,私贩的奸民,心中更加快怏。英领事义律,因英国商民,无端失此大利,痛恨的了不得。则徐布告各国商人，如愿通商，须具甘结，这甘结内，便是："此后如夹带鸦片，船货没官，人即正法"数语。别国统愿照约，惟义律不愿，由广州退出，航赴澳门，请则徐至澳门会议。则徐不许，禁绝薪蔬食物入澳，义律挈妻子及流寓英人五十七家，聚居尖沙嘴商船，潜招英国兵船数艘，借名索食，突攻九龙岛。被清参将赖恩爵用炮击沉一艘兵船，义律倒也有些惊慌。葡萄牙浼人出来转圜，愿遵清国新律，惟请削"人即正法"一语。则徐飞奏清廷，道光帝批回奏折云：

> 既有此番举动，若再示柔弱，则大不可。朕不虑卿等孟浪，但诫卿等不可畏葸，先威后德，控制之良法也，特此手谕。

林则徐接此谕后，回绝英领事义律。义律再派兵船，寄泊口外，拦住遵结各船，不准入口。则徐闻报，令水师提督关天培，率领兵船五艘，出洋查办。英船见中国兵船出口，先开炮轰击，天培发炮还应，击坏英船舵楼，死了好几个水手。英船转入官浦，由天培尾追，一阵击退。天培乘胜追至尖沙嘴，把英船逐出老万山外洋。清廷连闻胜仗，王大臣遂多半主战，大理寺卿曾望颜，且请封关禁海，尽停各国贸易。道光帝令则徐议奏，则徐复陈英国违禁，与他国无与，现只有禁英通商，不便一律峻拒等语。道光帝乃只停英人贸易，谕旨如下：

> 英吉利夷人，自议禁烟后，反复无常，若准其通商，殊属不成事体，至区区关税，何足计较。我朝抚绥外国，恩泽极厚，英夷不知感戴，反肆鸱张，我直彼曲，中外咸知。自外生成，尚何足惜？其即将英吉利国贸易停止！钦此。

中英两国，自此绝交，义律报达英国政府，请速发兵。英国政体，是君主立宪，向设上下两议院，当时即开议院会议，有几个力持正道的人，颇说鸦片贸易，殊不正当，若为此事开战，有损英吉利名誉。英政府因此踌躇三日，怎奈议员宗旨不一，彼此投票解决，主战派多占九票，遂下令印度总督，调集屯兵万五千人，令加至义律统陆军，伯麦统海军，直向中国进发。正是：

> 过柔则弱，过刚必折；滚滚海氛，一发莫遏。

欲知后来胜负，待小子停一停笔，下回再行录叙。

　　鸩毒一案，千古传疑。不敢信其必有，亦不敢谓其必无。但钮祜禄氏挟才自恃，因宠生骄，姑妇之间，总不免有勃溪之隐，所以暴崩之后，遂生出种种疑议。宫中之疑团未释，而海外之战衅又开。宣宗始终自大，卒至海氛一发，不可收拾。古人有言："刑于寡妻，至于兄弟，以御于家邦。"刑于之化未端，无怪家邦之多事也。本回前后叙事，截然不同，而从夹缝中窥入隐微，实足互勘对证，宣宗之为君可知矣。

第五十一回

林制军慷慨誓师　琦中堂昏庸误国

　　却说英国发兵的警报，传到中国，清廷知战衅已开，命林则徐任两广总督，责成守御；调邓廷桢督闽，防扼闽海。则徐留心洋务，每日购阅外洋新闻纸，阴探西事，闻英政府已决定主战，急备战船六十艘、火舟二十只、小舟百余只，募壮丁五千，演习海战；自己又亲赴狮子洋，校阅水师，军容颇盛。道光二十五年五月英军舰十五艘、汽船四艘、运送船二十五艘，舳舻相接，旌旗蔽空，驶至澳门口外。则徐已派火舟堵塞海口，乘着风潮出洋，遇着英船，放起一把火来。英船急忙退避，已被毁去舢板船两只。

　　英将伯麦贿募汉奸多名，令侦察广东海口，何处空虚，可以袭入。无奈去一个，死一个，去两个，死一对。最后有几个汉奸，死里逃生，回报伯麦说：“海口布得密密层层，连渔船疍户，统为林制台效力，不但兵船不能进去，就使光身子一个人，要想入口，也要被他搜查明白，若有一些形迹可疑，休想活着。看来广东有这林制台，是万万不能进兵呢。”伯麦道：“我兵跋涉重洋，来到此地，难道罢手不成？”汉奸道：“中国海面，很是延长，林制台只能管一广东，不能带管别省，别省的督抚，那里个个象这位林公？此省有备，好攻那省，总有破绽可寻；而且中国的京师是直隶，直隶也是沿海省分，若能攻入直隶海口，比别省好得多哩。”伯麦闻言大喜，遂率舰队三十一艘，向北进驶。

　　则徐探悉英舰北去，飞咨闽浙各省，严行防守。闽督邓廷桢，早已布置妥帖，预募水勇，在洋巡逻。见英船驶近厦门，水勇便扮做农民模样，乘夜袭击，行近英舰，突用火罐喷筒，向英舰内放入，攻坏英舰舵帆，焚毙英兵数十。英兵茫无头绪，还道是海盗偷袭，连忙抵敌，那水勇却荡着划桨，飞报内港去了。伯麦修好舵帆，复进攻厦门。金厦兵备道刘曜春，早接水勇禀报，固守炮台，囊沙叠垒，敌炮不能洞穿，那炮台还击的弹力，很是利害，响了数声，把敌舰轰坏好几艘。伯麦料厦门也不易入，复趁着东北风，直犯浙海。

　　浙海第一重门户，便是舟山，四面皆海，无险可扼。浙省官吏，又把舟山群岛，看作不甚要紧的样子。英舰已经驶至，还疑外国商舶，毫不防备。英人经粤、闽二次惩创，还不敢陡然登岸，只在海面游弋。过了两三天，并没有兵船出来袭击,遂从群岛中驶入,进薄定海。定海就是舟山故地,因置有县治,别名定海,后来遂把定海舟山,分作两地名目。定海设有总兵,姓张名朝发,平时倒也怀着忠心,只谋略却欠缺一点,不去袭击外洋,专知把守海口。英舰二十六艘,连樯而进,朝发方下令防御。中军游击罗建功,还说外洋炮火,利水不利陆。请专守城池,不必注重海口。朝发道:"守城非我责任,我专领水师,但知扼住海口,下令敌兵登岸,便算尽职。"随督师出港口。

英将遣师投函,略说:"本国志在通商,并非有意激战,只因广东林、邓二督,烧我鸦片烟万余箱,所以前来索偿。若赔我烟价,许我通商,自应麾兵回国"等语。朝发叱回,令军士开炮轰击,英舰暂退。翌晨,英舰复齐至港口,把大炮架起桅樯上面,接连轰入,势甚凶猛。港内守兵,抵挡不住,船多被毁。朝发尚冒死督战,左股上忽中一弹,向后晕倒,亲兵赶即救回,于是纷纷溃退。英兵乘胜登岸,直薄定海城下。定海城内无兵。知县姚怀祥,遣典史金福招募乡勇数百,甫至即溃。怀祥独坐南城上,见英兵缘梯上城,奔赴北门,解印交仆送府,自刎死。朝发回至镇海,亦创重而亡。

败报到京,道光帝即命两江总督伊里布,赴浙视师。伊里布尚未抵浙,英将伯麦,复遗书浙抚,浙抚乌尔恭额,料知书中,没甚好话,不愿拆阅,竟将原书发还。伯麦方拟进攻,适领事义律至军,请分兵直趋天津。伯麦依言,遂与义律率军舰八艘,向天津进发。

道光帝因定海失守,未免忧虑,常召王大臣会议。军机大臣穆彰阿以谄谀得宠,平时与林则徐等,本不相和协,至是遂奏林则徐办理不善,轻开战衅,宜一面惩办林则徐,一面再定和战事宜。道光帝尚在未决,忽由直隶总督琦善,递上封奏一本,内称:"英国兵船,驶至天津海口,意欲求抚。我朝以大字小,不如俯顺外情,罢兵息事为是。且粤督林则徐,办理禁烟,亦太操切,伏乞皇上恩威并济,执两用中"等语。道光帝览了奏牍,又去召穆彰阿商量。穆彰阿与琦善,本是臭味相投的朋友,穆彰阿要害林则徐,琦善自然竭力帮忙。况且这班奸臣,屈害忠良,是第一能手,欲要他去抵御外人,他却很是怕死,一些儿没能耐。

相传义律到津,直至总督衙门求见。琦善闻英好事来署,当即迎入。义律取出英议会致中国宰相书,交与琦善。琦善本由大学士出督直隶,展开细瞧,半字不识,随令通事译读。首数句无非说东粤烧烟,起自林、邓二人,春间索偿,被他诟逐,所以越境入浙,由浙到津。琦善听了,尚不在意。后来通事又译出要约六条,随译随报。看官!你道他要求的是什么款子?小子一一开录如下:

第一条 赔偿货价。

第二条　开放广州、福州、厦门、定海、上海为商埠。

第三条　两国交际，用平等礼。

第四条　索赔兵费。

第五条　不得以英船夹带鸦片累及居留英商。

第六条　尽裁洋商(经手华商)浮费。

琦善听毕，沉吟了好一会，方向义律道："汝国既有意修和，那时总可商议。明日请贵兵官来署宴叙便了。"义律别去，次日，琦善令厨役备好筵器，专待客到。约至巳牌时候，英国水师将弁二十余人，统是直挺挺雄赳赳的走入署中。琦善接入，见他们威武非凡，不由的心头乱跳。英兵官虽不能直接与他谈论，然已瞧透他畏怯情状，便箕踞上坐，命随来的通事传说："本国已发大兵若干万，炮船若干艘，即日可到中国。若中国不允要求，请毋后悔！"这番言语，吓得琦善面色如土，忙央通事说情，愿为转奏。英将弁眉飞色舞，乐得大嚼一回，吃他个饱。席散后，琦善便据事奏陈，当由穆彰阿一力推荐，道光帝便命琦善赴粤查办。琦善闻命，即与英领事义律，约定赴粤议款。义律等徐返舟山，琦善入京听训，造膝密陈，廷臣多未及闻知。迨琦善出京，部中接山东巡抚托浑布奏报，略称："义律等自津回南，路过山东，接见时很是恭顺。今因琦中堂赴粤招抚，彼亦返粤听命"云云。嗣又接到伊里布奏本，据说："与英人订休战约，愿还我定海"等语。部臣方识琦善、伊里布，统是一班和事老，有几个见识稍高，已料到后来危局，然内有穆彰阿，外有琦善、伊里布，内外朋比，说亦无益，还是得过且过，做个仗马寒蝉。

这且慢表，且说林则徐方加意海防，严缉私贩，每月获到贩烟人犯，总有数起，则徐一一奏闻。起初接到廷寄，多是奖勉的话头。一日，传到京抄，上载大学士琦善奉旨赴粤查办，则徐不禁浩叹，正扼腕间，又接批发奏折的朱谕道：

> 外而断绝通商，并未断绝，内而查拿犯法，亦不能净尽，无非空言搪塞，不但终无实济，反生出许多波澜，思之曷胜愤懑，看汝又以何词对朕也。特谕。

则徐览毕无语，幕友在旁瞧着，不禁气愤，随道："大帅这般尽力，反得这般批谕，令人不解。"则徐叹道："信而见疑，忠而被谤，古今来多出一辙。林某自恨不能去邪，所以遭此疑谤。现既奉谕申斥，不得不自去请罪。"随即磨墨濡毫，草拟请罪折子，并加附片，愿带罪赴浙，投营效力，当下交给幕友誊清，即日拜发。甫发奏折，又来严旨一道：

> 前因鸦片烟流毒海内，特派林则徐驰往广东海口，会同邓廷桢查办，原期肃清内地，断绝来源，随地随时，妥为办理。乃自查办以来，内而奸民犯法，不能净尽；外而私贩来源，并未断绝。本年福建、浙江、江苏、山东、

直隶、盛京等省,纷纷征调,糜饷劳师。此皆林则徐办理不善之所致。林则徐、邓廷桢,着交部分别严加议处。两广总督,着琦善署理,未到任以前,着怡良暂行护理。钦此。

越数日,大学士署理两广总督琦善到任,此时粤督印信,已由林则徐交与怡良;怡良复交与琦善。琦善接印在手,别样事不暇施行,先查林则徐罪状,怎奈遍阅文书,无瑕可摘;随召水师提督关天培、总兵李廷钰等入见,责他首先开衅,此后须要格外谨慎,方可免咎。关、李等愤气填胸,只因总督系顶头上司,不好出言辩驳,勉强答应而退。琦善摆着饮差架子,也不去送。

忽巡捕传进英领事义律来文,琦善忙即展阅,阅罢,急下令将沿海兵防,尽行撤退;并旧募之水勇渔艇,一律解散。还是怡良闻着此信,赶到督署探问,琦善把义律来书,交与怡良瞧阅,口中却说道:“兄弟并不是趋奉洋人,只圣上已经主抚,不得不从圆一点。照英领事的书中,要我退兵,我只得把兵撤退,推诚相与,方好成全抚议。”怡良道:“夷情叵测,不可不防,还求中堂明察!”琦善捻须笑道:“兄弟在直隶时,已与义律面约休战,还怕什么?”怡良无可再说,随即告别。

琦善方欣欣得意,专等义律来署议款。等了数日,毫无消息,只有属员来报,或说是获住汉奸,或说是捕到私贩,或说是英舰出入海口,侦探虚实。惹得琦善性起,大怒道:“好好一个中国,都被这等混帐东西,闹成这种模样。此后若再来尝试,定不姑贷!”属员碰着这个钉子,大家都回到衙中,吃着睡着,乐得安逸,不管闲帐。

琦善又招了一个粤人鲍鹏,作为翻译官,差他往来传信。鲍鹏曾向西商处,充过买办,为义律所奴视,琦中堂偏当他作奇材看待,言无不听,计无不从。因此义律越知琦善无能,日夜增船橹,造攻具,招纳叛亡,准备角战。琦善却一些儿不防,一些儿不备,只叫鲍鹏催足义律复音。

这日,鲍鹏带来复文一角,琦善即命鲍鹏译出,内说:“前索六款,统求准议,还请割让香港一岛,畀英国兵商寄居,是否限三日答划!”这封书,便是外人所说哀的美敦书,是挑战的意思。琦善顿足道:“这都是林则徐闯出来的祸祟,他既要我准他六款,还要什么香港一岛,如何是好?”鲍鹏道:“香港是海口荒岛,就使允给了他,也没甚要紧。”琦善道:“这个却未便照准。”鲍鹏道:“书中限期,只有三日,三日不复,他便要率兵进港来了。”琦善道:“你却去对英领事说,叫他静心伺候,待我出奏,再行答复。”鲍鹏应命而去。琦善却令幕宾修了一个模糊影响的奏折,拜发出去。

隔了两宿,鲍鹏回报义律不肯遵命,说是:“且开了仗,再好议和。”琦善大惊,正在慌张,沙角炮台将陈连升,赍文请援,琦善不愿发兵,仍遣鲍鹏赴英舰议和。鲍鹏阳虽应命,暗中却往别处耽搁了好几天,琦善还道他磋磨和议,不加着急,忽由飞骑来报:"陈副将连升,与英兵开战,轰毙英兵四百多人,后因火药倾尽,力竭身亡。连升子举鹏与千总张清鹤,统已阵殁。沙角炮台,已失陷了。"琦善道:"有这么事!"接连又报:"大角报台,亦被英人陷没,千总黎志安,受伤出走。"琦善皱眉道:"我已着鲍鹏去止英兵,怎么鲍鹏不来,英兵只管进攻。"

语未毕,署外传进手本,乃总兵李廷钰求见。琦善道:"我没有传他回省,他来做什么?"传递手本的巡捕,答称李镇台说有紧急事情,因此进省禀见。琦善方命传人,相见毕,廷钰禀道:"沙角、大角两炮台,俱已陷落,英兵已进攻虎门,请大帅急速发兵,由卑镇带去把守!"琦善道:"我奉旨前来议抚,并不是与英开战,怎好添兵寻衅?"廷钰道:"英兵不愿就抚,奈何?"琦善道:"我已着鲍鹏前去相商,谅无不成,明后日便可没事,老兄不必过虑!"廷钰:"大帅不要过信鲍鹏,鲍鹏前曾私贩烟土,犯过罪案,倘再被他通洋舞弊,恐怕祸患不浅。"琦善闭着目,只是摇头。廷钰下泪道:"虎门系粤东门户,虎门一失,省城万不能保。廷钰等死不足惜,大帅恐亦未便。"说到这一句,琦善方张目道:"据你说来,是必要添兵的。现调兵二百名,给你带去,可好么?"廷钰道:"二百名不够分布。"琦善道:"再添三百,凑成五百,想总够了。"廷钰方起身告辞,琦善又道:"老兄带了五百兵出去,只可黑夜中潜渡,若被英人得知,责我添兵,那时万不肯就抚了。"廷钰又气又笑,告别出外,急赴虎门守威远炮台去了。

琦善正遣廷钰出署,见鲍鹏进来,好象得了宝贝,忙问抚议如何?鲍鹏答称义律必欲照约,方许退兵。琦善道:"你如何今日才来?"鲍鹏道:"卑职前日奉命前去,义律只是不见,守候数日,方得见他,磋商许久,仍无成议。只是请大帅允准要约,非但把炮台归还,连定海亦即交付。"琦善道:"你再去与他商议,前六款中,烟价偿他若干,广州可以开放,香港亦可婉商,余事待后再谈。"鲍鹏去了一会,又回报:"义律已经首肯,请大帅出订和约。"琦善道:"话虽如此,但我尚未奏准,如何与他订约?"鲍鹏道:"可去订一草约,然后奏准未迟。"琦善从鲍鹏言,借查阅炮位为名,与义律会于莲花城,愿偿烟价七百万元,并许开放广州,割让香港。义律亦许归还定海及沙角、大角两炮台。双方议定草约,琦善还署,即咨伊里布接收定海,一面即据义律来文,说出不得不抚情形,奏达清廷。

道光帝未经大创,安肯遽允?即命御前大臣奕山为靖逆将军,提督杨芳、尚书隆文为参赞大臣,赴粤剿办,并降旨道:

　　览奏,曷胜愤懑。不料琦善怯懦无能,一至于此!该夷两次在浙江粤东肆逆,攻占县城炮台,伤我镇将大员,荼毒生民,惊扰郡邑,大逆不道,覆载难容。无论缴还定海,献出炮台之语,不足深信;即使真能退地,亦只复我疆土,其被戕之官兵,罹害之民人,切齿同仇,神人共愤;若不痛加剿洗,何以伸天讨而示国威?奕山、隆文,兼程前进,迅即驰赴广东,整我兵旅,歼兹丑类!务将首从各犯,通夷汉奸,槛送京师,尽法处治。至琦善身膺重寄,不能声明大义,拒绝要求,竟甘受其欺侮,已出情理之外;且屡奉谕旨,不准收受夷书,胆敢附折呈递,代为恳求,是何居心?且据称同城之将军、都统、巡抚、学政,及司道府县,均经会商,何以折内阿精阿、怡良等,并未会衔?所奏显有不实,琦善着革去大学士,拔去花翎,仍交部严加议处!钦此。

琦善接旨,不由的身子发抖,又闻伊里布亦奉饬回任,料知朝廷变了和议,将来如何复答英人?惶急了数天,忽又接到京中家报,说是家产都要籍没了。心中一急,昏晕倒地,不省人事。正是:

> 内家而外国,义本同休戚;
> 误国即误家,身败名亦裂。

未知琦善性命如何,请看下回分解。

焚烟之举,虽未免过激,然使省省有林、邓,则善战善守,英何能为?且但患畏葸,不患孟浪,本出自宣宗之口,林、邓二公,不过奉上而为之耳。何物穆彰阿,敢行炀蔽,妒贤病国,纵敌殃民,弛一日之大防,酿百年之遗毒。不知者谓鸦片之祸,起自林文忠,其知者则固谓在彼不在此也。琦善奸党,右穆左伊,骧车实,长寇仇,莫此为甚。读此回,令人惋惜,又令人愤激;虽本事实之不平,亦由抑扬之得体。

第五十二回

关提督粤中殉难　奕将军城下乞盟

却说琦善闻家产籍没，顿时昏绝，经家人竭力施救，方渐渐苏醒，垂着泪道："早知英人这样利害，朝局这样反复，穆中堂这样坐视，我也不出来了。"于是再召鲍鹏密议。鲍鹏道："大人不必着急！总叫得英人欢心，不与大人为难。后事归后人处置，大人即可脱然无累了。"琦善思前想后，亦没有救急法子，只得搜罗歌女，摆列盛筵，时常请英使享宴，迁延时日，这英领事义律，及英将伯麦等抱着始终不让的宗旨，外面却与琦善周旋，大饮大吃，酒酣耳热，还抱着歌女取乐。正在花天酒地时候，朝旨已下，琦善接读朝旨，方悉家产籍没的原因，实是怡良一奏而起。小子先录登当时的上谕道：

> 香港地方紧要，前经琦善奏明，如或给与，必致屯兵聚粮，建台设炮，久之觊觎广东，流弊不可胜言；旋又奏请准其在广东通商，并给与香港泊舟寄住。前后自相矛盾，已出情理之外；况此时并未奉旨允行，何以该督即令其公然占据。览怡良所奏，曷胜愤懑！朕君临天下，尺土一民，莫非国家所有，琦善擅予香港，擅准通商，胆敢乞朕格外施恩，且伊被人恐吓，奏报粤省情形，妄称地理无要可扼，军器无利可恃，兵力不坚，民心不固，摘举数端，危言要挟，不知是何肺腑？如此辜恩误国，实属丧尽天良。琦善着即革职拿问，所有家产，即行查抄入官！钦此。

琦善读毕，眼泪复如泉水涌下，随道："我与怡良，无仇无隙，如何把我参奏？且他的奏稿中，不知说的什么话，真是可恨！"当下着人到抚署中，抄出怡良奏稿，回报琦善，由琦善接瞧道：

> 自琦善到粤以后，如何办理，未经知会到臣，忽外间传说："义律已在香港出有伪示，逼令彼处民人，归顺彼国"等语。方谓传闻未确，蛊惑人心，随据水师提督转据副将禀抄伪示前来，臣不胜骇异。惟大西洋自前明寄居香山县属之澳门，相沿已久，均归中国之同知县丞管辖，而议者犹以为非计，今该夷竟敢胁天朝士民，占据全岛。该处去虎门甚近，片帆可到，沿海各州县，势必刻刻防闲，且此后内地犯法之徒，必以此为藏纳之薮。是地方既因之不靖，而法律亦有所不行；更恐犬羊之性，反复无常，一有要

求不遂，必仍非礼相向，虽欲追悔从前，其何可及？伏思圣虑周详，无远不照，何待臣鳃鳃过计。但海疆要地，外夷公然主掌，并敢以天朝百姓，称为英国之民，臣实不胜愤懑！第一切驾驭机宜，臣无从悉其颠末，惟于上年十二月二十八日，钦奉谕旨。调集兵丁，预备进剿，并令琦善同林则徐、邓廷桢妥为办理，均经宣示。臣等晓见时，亦请添募兵勇，以壮声威，固守虎门炮台，防堵入省要隘。今英夷窥伺多端，实有措手莫及之势。现既见有夷文伪示，不敢缄默，谨照录以闻。

琦善瞧完，又气又惧，急得手足冰冷。忽有水师提督关天培，递来急报说："英舰复来攻虎门，请派兵速援！"琦善此时，已如死人一般，还有什么心思去顾虎门？随把急报搁起，一概不管。

原来英领事义律，已闻清廷主战消息，与伯麦定议续攻，趁奕山、杨芳、隆文等未曾到粤，即调齐兵舰，高扯红旗，向虎门进发。水师提督关天培，正守靖远炮台，一面飞速请援，一面督军防御；遥见英舰如飞而至，天培督令军士开炮，炮声数响，倒也击着英舰数艘，可恨未中要害，只把铁甲上面，打破了几个窟窿；英舰冒险冲入，两下里炮声震天，轰个不住。天培手下，多中炮倒毙，只望援军前来接应，谁知相持多时，毫无援音。英舰步步进步，所发炮弹，越加接近，宛如雨点雷声，没处躲避。蓦然间，一颗飞弹从天培头上落来，天培把头一偏，那弹正中左臂，接连又是数颗弹丸，把天培身边几个亲兵，大半击倒。兵士便哗乱起来，你逃我走，个个要管自己的性命。天培左臂受伤，已忍痛不住，又见士兵纷纷溃败，大呼道："英人可恶，琦善可恨！天培从此殉国了。"就将手中的剑，向颈上一抹，一道魂灵，直升天府。

英人乘胜登岸，占据了靖远炮台，转攻威远、横档两炮台。两炮台上的守兵，已自闻风奔溃，总兵李廷钰、副将刘大忠，禁止不住，也只得退走；眼见得两炮台尽陷，虎门失守。英人将虎门各隘，所列大炮三百余门，及上年林则徐购得西洋炮二百余门，统行夺去；并且长驱直入，进薄乌涌。乌涌距省城只六十里，镇守员是总兵祥福，率同游击沈占鳌、守备洪连科，竭力拒战。杀了一两日，寡不敌众，弹药又尽，祥总兵及麾下二将，临敌捐躯，同时毕命。省城大震。幸亏参赞大臣杨芳，率湖南兵数千至城内，杨参赞素有威名，人心赖以少安。

是以畏懦无能的琦善，已由副都统英隆，奉旨押解进京，只怡良尚任巡抚，即与杨芳相见。当下谈起琦善中堂议抚事情，怡良道："琦中堂在任时，单信任汉奸鲍鹏，堕了英领事义律诡计，一切措置，力反林制台所为。林制台处处筹防，琦中堂偏处处撤防，所以英人长驱直入。现在虎门险要，已经失去，乌涌地方，又复陷落，省城危急异常。幸逢参赞驰至，还好仗着英威，极力补救。"杨芳道："琦中堂太觉糊涂，抚议未成，如何就自撤藩篱？现在门户已撤，叫杨某如何剿办？看来只好以堵为剿，再作计较。"怡良道："英兵已入乌涌，海面不必讲了，现只有堵塞省河的办法。"杨芳道："省河有几处要隘？"怡良道："陆路的要隘，叫作东胜寺，水路的要隘，叫作凤凰冈。"杨芳道："这两处要隘，有无重兵防守？"怡良道："向来设有重兵，被琦中堂层层撤掉；琦中堂被逮，兄弟方筹议防守，但陆兵尚敷调遣，水师各船，被英人毁夺殆尽，弄到无舰可调，无炮可运，兄弟正在焦急哩。"杨芳道："舰队已经丧失，且扼守河岸要紧。"随派总兵段永福，率千兵扼东胜寺，总兵长春，率千兵扼凤凰冈。两将才率师前去，探马已飞报英舰闯入省河。杨芳拟自去视师，遂起身与怡良告别，带了亲兵数百名，亲到河岸督战；行近凤凰冈，遥闻炮声不绝，知已与英兵开仗，忙拍马前进到凤凰冈前，见总兵长春，正在岸上耀武扬威，督兵痛击，英舰已向南退去。杨芳一到，长春方前来迎接，由杨芳下马慰劳一番，再偕长春沿河巡视，远望南岸河身稍狭，颇觉险要，便向长春道："那边却是天然要口，为什么不见守兵？"长春答道："河身稍狭的去处，便是腊德及二沙尾，闻林制军督师时，曾处处驻兵，后来都由琦中堂撤去，一任英使出入，所以空空荡荡，不见一兵。"杨芳刚在叹息，忽见南风大起，潮水陡涨，忙道："不好！不好！"急传令守兵，一齐整队，排列岸上。长春问是何意？杨芳向南一指，便道："英舰又乘潮来也。"长春望将过去，果见一大队轮船，隐隐驶入，比前次更多一二倍，连忙令军士摆好炮位，灌足火药，准备迎击。

顷刻间，英舰已在眼前，即令开炮出去，扑通扑通的声音，接连不断，河中烟雾迷蒙，弹丸跳掷。那英舰仗着坚厚，只管冲烟前进，还击的飞炮火箭，亦很猛烈。杨芳、长春两人，左右督战，不许兵士少懈。两边轰击许久，潮亦渐退，英舰方随潮出去。杨芳道："真好利害！外人这般强悍，中国从此无安日了。"是夜，即在凤凰冈营内暂宿。

次晨，美国领事到营求见，由兵弁入报。杨芳道："美领事有什么事情，要来见我？"迟了半晌，方命兵弁请美领事入营。两下相见，分宾主坐定，各由通事传话。美领事先请进埔外舱。杨芳道："我朝与贵国，本没有失好意见，上谕原准贵国通商，只是英人猖獗异常，与我寻衅，所以连累贵国。这是英人不好，并非我国无情。"美领事道："闻英人亦不欲多事，只因天朝不准通商，两边误会，才有此战。窃想通商一事，乃天朝二百年来恩例，何妨一例通融，仍循旧制。"杨芳道："我朝原许各国通商，宁独使英人向隅？奈英人私卖违禁的鸦片，不得不与他交涉。且英人很是刁狡，今朝乞抚，明朝挑战，如何可以通融？"美领事道："这倒不妨。英领事义律，已有笔据呈交呢。"随取出义律笔据，交与杨芳。杨芳瞧着，乃是几行汉文，有"不讨别情，惟求照常贸易；如带违禁货物，愿将船货呈官"等语，便道："照这笔据，似还可以商量，但英商再有贩运违禁货物，那便怎么处置？"美领事道："英国商人，并未随同兹事，若准他通商，货船便即入口，就使英兵要战，英商也是不肯，反可制服兵船，岂不是敛兵息争的好事么？"杨芳道："贵领事既与他说情，本大臣就替他奏请便是。只英舰不得无故闯入，须等上谕下来，或和或战，再行答复。"美领事应诺而去。

杨芳回省与怡良商议，彼此意见相同，遂联衔会奏，大旨以敌人堂奥，守具皆乏，现由美领事为英缓颊，姑借此羁縻，为退敌收险之计。这奏一上，总道廷旨允从，失之东隅，还可收之桑榆，谁知道光帝偏偏不依，竟下旨严斥道：

览奏，愤懑之至！现在各路征调兵丁一万六千有余，陆续抵粤！杨芳乃迁延观望，有意阻挠，汲汲以通商为请，是复蹈琦善故辙，变其文而情则一，殊不可解。若如此了结，又何必命将出师，征调官兵。且提镇大员，及阵亡将弁，此等忠魂，何以克慰？杨芳、怡良等，只知迁就完事，不顾国家大体，殊失朕望，着先行交部严议。奕山、隆文经朕面谕一切，必能仰体朕意，现已到粤，兵多粮足，自当协力同心，为国宣劳，以膺懋赏，断不准提及通商二字，坐失机宜。此次批折，着发给阅看。钦此。

是时靖逆将军奕山，及参赞隆文，还有总督祁贡，俱已到粤，杨芳接见，便与叙起战事利害，及奏请羁縻缘由。奕山道："皇上的意思，是决计主剿，所以参赞出奏，致遭严斥。兄弟亦知粤东空虚，但难违上命，奈何？"祁贡道："闻得前时林制军，办理的很是严密，何妨请他一议！"奕山点头称善，当由祁贡取出名刺，去请林则徐。

原来林则徐虽已被谴，尚未离粤，闻祁贡相邀，随即入见。祁贡引他见了奕山，奕山便问防剿事宜。则徐道："现在寇入堂奥，剿堵两难。省城又是卑薄得很，无险可扼，欲要挽回大局，很不容易。只有暂时设法羁縻，计诱英舰，退至腊德、二沙尾外面，连夜下桩沉船，用重兵大炮把守，令他无从闯入。一俟风潮皆顺，苇筏齐备，再议乘势火攻，方出万全。"奕山默然不答。祁贡道："闻省河一带，都有英船出没，如何诱他出去？"则徐道："那总有法可想。"祁贡道："这却还仗大力。"则徐道："林某在粤待罪，恨不将英人立刻驱逐，奈因琦中堂处处反对，无能为力，负罪愈深。今日得公等垂青，林某敢不效死。"言未毕，外面报圣旨下来，要林公出接。则徐忙出去接旨，系授则徐四品京堂，驰赴浙江会办军务。则徐束装即行，粤东失了臂助。

义律待了多日，未见杨芳复音，复来催索烟价。奕山叱回，即欲发兵出战。杨芳谏道："兵船未备，水勇未集，此时不宜浪战，还请固守为是！"奕山道："各省兵士，已调集一万七千名，粤兵亦有数万，若再顿兵不战，上头亦要诘责，只好与他拼一死战便了。"于是令提督张必禄，屯西炮台，出中路，杨芳由泥城出右路，隆文屯东炮台，出左路；并遣四川客兵，及祁贡所募水勇三百名，驾着小舟，携火箭喷筒，驶出省河，突攻英船。英船不及防备，被焚桅船二只、舢板船二只、小船五只，英兵亦毙了数百名，并误伤美人数十。奕山闻报，正欣喜过望，忽递到败耗，说是英兵来打回复阵，把我兵轮三艘毁去，我兵败退，英舰已闯入十三洋行面前，奕山又忧虑起来。次日，探马又飞报英兵大至，天字炮台守将段永福败走，炮台被陷，炮台上面的八千斤大炮，都被英人夺去；接着又报泥城炮台守将岱昌及刘大忠，亦已败退。奕山搓手道："不得了！不得了！"忙檄两参赞及张必禄回守省城。

公文才发，又接到紧急军报，据称："港内筏材油薪船，并水师船六十多艘，统被英兵及汉奸烧尽。现在英兵已进攻四方炮台了。"奕山此时，好象兜头浇下冷水，一盆又一盆。身子都冷了半截，免不得上城了望。目中遥见火光烛天，耳中隐闻炮声震地。他在城上踱来踱去，急得愁肠百结；突见东南角上有旗号展出，后面随着许多人马，不觉大惊，险些儿跌下城来；仔细一瞧，乃是自己兵队，方略定了一定神。等到兵马已到城下，后队乃是两参赞押着，忙即下城，开门延入。杨芳道："四方炮台，据省城后山，为全城保障，现闻英兵进攻，参赞等正思驰援，因奉调回来，不敢违命。好在城中尚无要事，待杨某出去救应。"奕山道："不必。昨日闽中到有水勇，已由祁督遣调往援，此刻城中吃紧，全仗诸公保护，千万不要离城。"

正议论间，探报四方炮台，又被英人夺去。杨芳着急道："怎么如此迅速！四方炮台一失，敌兵据高临下，全城军民，如坐阱中，奈何奈何？"奕山道："这这这全仗杨杨果勇侯，出力力保全。"杨芳不暇答应，急率军士登城固守；布置才毕，城北的火箭炮弹，已陆续射来。杨芳亲至城北督防，兀坐危楼，当着箭牌，终日不退；老天恰也怜他忠心，整日里大雨倾盆，把英人射来的火器，沾湿不燃。城中人心，稍稍镇定。

看官！你道英人何故这么强？粤兵何故这么弱？小子细查中外掌故，方知英领事义律，虽是求抚，暗中却屡向本国调兵。水军统帅伯麦，早到中国，经过好几次战仗，上文统已叙明；陆军统帅加至义律，亦到粤多日；这时候复来了陆军司令官卧乌古，带了好几千雄兵，来粤助阵，所以英兵越来得利害。这边粤中将弁，因海口已失，心中早已惶惧；奕山又是个纸糊将军，并不敢出去督战。大帅安坐省城，将弁还肯尽力么？因此英兵进一步，粤兵退一步；英兵越进得猛，粤兵越退得远。炮台失了好几个，兵船军械，夺去无数，将弁恰是一个不伤。奕山住在围城中，既不敢战，又不敢逃，只好虚心下气，向属员问计。还是广州知府余保纯，献了一个救急的妙法子，无非是"议和讲款"四字。当由余保纯出去议款，经了无数口舌，复由美利坚商人，居中调停，定了四条款子，开列如左：

第一条　广东允于烟价外，先偿英国兵费六百万元，限五日内付清。

第二条　将军及外省兵，退屯城外六十里。

第三条　割让香港问题，待后再商。

第四条　英舰退出虎门。

余保纯回报奕山，奕山唯唯听命；遂搜刮藩运两库，得了四百万元，还不够二百万元，由粤海关凑足，缴付英人。一面又下令出城，退屯六十里外的小金山。杨芳敢怒而不敢言，只请留城弹压，奕山也没有工夫管他，径自出去。隆文随着出城，心中也愤恚万分。到了小金山，隆文生起病来，竟尔逝世。小子叙到此处，也叹息不置，随笔成一七绝道：

> 主和主战两无谋，庸帅何能建远猷？
>
> 城下乞盟太自馁，西江难濯粤中羞。

和议已定，英人曾否退兵？且待下回再详。

去了一个琦善，又来了一个奕山。清宣宗专信满人，以致专阃诸帅，多属庸驽，虽以老成历炼之杨芳，屡建奇绩，荐膺侯爵，至此发言建议，犹不能邀宣宗之信用；彼关天培辈，宁尚值宸衷一顾？忠愤者徒自捐躯，狡黠者专图幸免，边事之坏，自在意中。观琦善之被逮，为之一快；继任者为一奕山，又为之一叹。关天培等之殉难，为之一恸；杨芳、怡良会奏之被斥，尤为之一惜。至城下乞盟，愿允四款，更不禁涕泪交垂矣。书中自成波澜，阅者心目中，应亦辘轳不置。

第五十三回

效尸谏宰相轻生　失重镇将帅殉节

却说英国兵舰,自收到兵费后,总算拔碇出口,慢慢儿的退去,从佛山镇取道泥城,经萧关、三元里。三元里里民,因英人沿途肆掠,愤愤不平,遂纠众拦截,竖起平英团旗帜,把英兵围住。英兵终日冲突,不能出围,统帅伯麦亦受伤。义律亟遣汉奸混出围场,遗书余保纯求救。保纯亟率兵往解,翼义律等出围,始得脱去。奕山不敢实奏,捏称:"焚击英船,大挫凶锋,义律穷蹙乞抚,只求照旧通商,永不售卖鸦片,惟追交商欠六百万元。当由臣等与他议约,令他退出虎门外面。"道光帝高居九重,只道奕山是亲信老臣,不至捏饰,当下准奏,谁知他是一片鬼话。

朝中只恼了一个大学士王鼎,上了一道奏章,说:"抚议万不可恃,将军奕山,其偿银媚外罪,较琦善尤重。"这篇奏牍,好似朝阳鸣凤,曲高和寡,那里能回动圣听?况王鼎是山西蒲城人氏,并非皇帝老子戚族,凭你口吐莲花,总是不肯相信。当时留中不发,后来细问内监,方知道光帝览了奏牍,倒也有点动容,经权相穆彰阿袒护奕山,不说奕山有罪,反说奕山有功,因此把奏章搁起不提。王中堂得此消息,已自愤恨,适廷议追论林则徐罪状,谪戍伊犁,协办大学士汤金钊,因保荐林则徐材可重用,亦遭严谴,连降四级;王中堂料是穆彰阿暗中唆使,气得满腹膨胀,随即嘱咐家人,愿效史鱼尸谏,草了遗疏数千言,历述穆彰阿欺君误国,不亟治罪,大局无安日,海疆无宁岁。结尾有"臣请先死以谢穆彰阿"等语。遗疏写毕,读了一遍,便叹道:"奸贼若除,我死亦瞑目了。"当下将遗疏恭陈案上,并用另纸一条,留嘱家人,饬他明日拜发;随望北谢恩,悬梁自尽。

这一死传到王大臣耳中,很是惊异。穆彰阿是个多心人,料到王中堂无病而逝,必有缘故,然而凭空悬想,总不能摸着头脑;搔头挖耳的想了一会,暗道:"有了有了!"忙饬家仆去召一个谋士。谋士非别,乃是户部主事军机章京聂沄。聂沄一到,穆彰阿嘱他探听王中堂死事。聂沄与王中堂儿子王伉,向来熟识,此番受穆彰阿嘱托,遂借吊丧为名,当夜前去侦察;行过吊礼,由王家仆役引入客厅。聂沄遂私问王中堂死状,王仆遂一五一十,告诉聂沄,并说出遗疏大略。聂沄道："我与你家大少爷，素来莫逆，你去取出遗疏，令我一瞧！"王仆道："现在少爷忙得很，不便通报。"聂沄道："你不必通报少爷，你私下去取了出来，我一瞧过，便好归还。"王仆尚是为难，聂沄允给他千金。俗语说的好："重赏之下，必有勇夫。"况不过盗取一张文牍，稍费手脚，坐得千金，那里有做不到的道理？王仆去了片刻，即将遗疏取来，聂沄一瞧，吓得瞠目伸舌，便向王仆道："这篇遗疏，亏得未上，若上了这疏，贵东人要惹大祸了。"王仆知识有限，也吃了一惊。聂沄道："我既允你千金，快随我去取！这遗疏由我取去，另换一张方好。"当下不及告辞，匆匆径去。王仆随到聂寓，由聂沄取出笔墨，另写数行，假作王鼎遗疏，付与王仆，复检出银票千两，作为赠资。王仆称谢而去。

聂沄忙把遗疏，转呈穆彰阿，穆彰阿瞧了一遍。说道："险极险极！这事幸亏有你，你是拔贡出身，还好应试，将来我总设法谢你一个状元。"聂沄欢喜异常，把千金都不提起，直到后来为穆彰阿所闻，方照数给还，待至礼部试期，穆彰阿不忘前言，替他暗通关节。偏同考宫中有个山西人，本充御史，得了聂沄试卷，竟藏好箧中，上了锁，绝不提起，到填榜时候，主司房考，不得聂卷，相顾错愕。还是御史自说："某夕阅卷，不戒于火，有一卷为火所烬，想来便是聂卷。榜发后，当自议请处了。"嗣后御史自请处分，解职回籍，这位权势赫奕的穆中堂，倒也没法害他，只一手提拔聂沄，历任至太常侍卿。这是后话慢表。

且说奕山与英人议和，单就广东一省，议定休兵息战，此外全不相关。清廷只道是和议已定，可以没事，令江浙各省裁兵节饷。不意英兵仍不肯罢兵，一面率军舰退出虎门，经营香港，规复广东贸易，一面复思借战胜余威，率军北进。适伯麦调印度战舰至粤，遂与义律等决议北犯，途次遇着飓风，撞破坐船。奕山、祁贡等，张皇入告说："英舰漂没无数，浮尸蔽海。"道光帝还疑是海神有灵，饬颁藏香，令祁贡敬谢祷天。

英政府令大使璞鼎查代义律职，海军少将巴尔克代伯麦职，义律、伯麦回国。璞鼎查、巴尔克，会同卧乌古，带领军舰九艘、汽船四艘、运送船二十三艘，于道光二十一年七月，游弋闽海，进犯厦门。此时邓廷桢已得罪革职，与林则徐同戍伊犁，闽浙总督换了颜伯焘。这位颜制台，颇热心拒外，到任后方督修战备，奈朝旨反令他裁兵节饷，只好缓缓布置。忽闻英兵入犯，急驰至厦门防御；甫到厦门，英舰已闯入鼓浪屿口。颜制台急饬兵开炮，接连炮响，轰沉英国火轮船五艘。英舰反蜂拥齐进，弹丸如雨点般打来。他的炮弹，不是望空乱发，只并力攻一炮台。一台破，再攻一台。厦门口岸，本有炮台三座，起初颜制台防他分攻，也派兵分守，谁知他却一座一座的攻打，这座被毁，那座早已震动。兼且炮台统用砖石砌成，未叠沙垣，弹丸飞至，不是击坍，便是击破。自辰至酉，炮台多半毁坏。英兵用小船驶到岸边，分路登岸，官军不能抵御，水陆皆溃。金门镇总兵江继芸，身中炮弹，落水溺死。副将凌志，署淮口都司王世俊，水师把总纪国庆、杨肇基、季启明等，各力战而亡。英兵据了炮台，反将炮台上面的大炮，移转向北，对着厦门官署轰击，房屋七洞八穿，兴泉水道刘曜春，同知顾效忠，皆遁走。颜制台也只得退守同安。

英兵乘势劫掠，厦民大愤，推陈姓为首，聚集五百人，抗英五千众。英兵用大炮，厦民用抬枪，打了一仗，英兵死了百人，厦民只死三人；因此英兵不敢久驻，仍退泊鼓浪屿。越数日，又进攻厦门，副将林大椿、游击王定国，又被击毙。还亏提督普陀保、总兵那丹珠督兵力御，击沉英舰一艘，方扬长而去。颜制台初奏厦门失守，旋即报称收复，奉旨责他先事疏防，降三品顶戴留任。

闽海少安，英舰转入浙海。适两江总督裕谦，继伊里布后任，至浙视师。裕钦差任事刚锐，可惜未娴武备。先是调林则徐到浙，亦系由他密荐，则徐方感他知遇，竭力筹防，怎奈遣戍命下，不能逗留。两下相别，彼此洒了几点热泪。会裁兵节饷的上谕，颁到浙江，裕钦差心中，大不谓然，时遣遣人侦探英舰动静。忽报英兵在粤，新增战舰，声言将移兵入浙，连忙写好奏本，请清廷转饬奕山，问明英人何故有入浙传言？该英人是否诚心乞抚，抑仍是得步进步故智？谁料廷旨批回，反说："英人赴浙，出自风闻，不足为据，着裕谦仍遵前旨，酌量撤兵，不必为浮言所惑，以至糜饷劳师。"这位裕钦差，看到此语，不禁叹气道："敌常增兵，我反撤兵，两不对头，可笑可恨！想来总是穆中堂主见。穆彰阿穆彰阿！你要误尽国家了！"

随赴镇海阅防。途中接厦门失陷消息，飞檄定海镇总兵葛云飞、处州镇总兵郑国鸿、安徽寿春镇总兵王锡朋，统兵五千，严守定海。这三位总兵，统是忠肝义胆，葛公云飞，尤智勇双全。云飞系浙江山阴人氏，是武进士出身，超擢至定海镇总兵；道光十九年，丁父忧回籍；二十年，海疆事棘，夺情起用。他因定海先尝陷落，收复后，守备空虚。云飞到任，请三面筑城，环列巨炮，堵住竹山门深港，使不复通舟；且增筑南路土城，与五奎山诸岛相犄角。裕钦差到浙时，颇有心采用，奈朝廷叫他裁兵，嘱他节饷，他若还要筑城增垒，岂不是违拗圣旨？因此把筑城事中止。这里三总兵同到定海，手下兵只有五千，三总兵阅视形势，议扼要驻守。王锡朋愿守晓峰岭，郑国鸿愿守竹山门，道头街一带归葛云飞扼守。惟晓峰岭背面负海，有间道可入。三镇兵只三千名，不敷分派，且炮火亦不够用。由王、葛二公商议，请增派兵船及大炮，堵住间道。

当下飞详镇海，裕谦接到详文，邀浙江提督余步云，共议添兵事宜。步云道："浙江要口，第一重是定海，第二重是镇海，镇海比定海尤为要紧。现在镇海防兵亦只数千，自顾不暇，还有什么兵马炮火可以调遣？"王、葛两总兵，亦有详文到步云处,步云已戒他死守,毋望援兵。裕谦道:"这么一个要紧海口,只有几千兵马!"余步云道:"上年恰不止此数,因朝旨屡促裁兵,所以减去三分之一,现在只四千名营兵了。"裕谦道:"这正没法可想,只得听天由命。天若不亡浙江,定海应保得住,镇海也无可虑。本大臣以身许国,到危急时,拼死报君便了。"

步云退出,战信已到,英兵已来攻定海,驶进竹山门,被我军奋勇迎击,轰断英船大桅杆,英兵已退去了。裕谦稍稍放心。过了两日,又报英兵绕出吉祥门,入攻东港浦,被我炮击却。现英人改由竹山嘴登岸,郑镇台正在截击哩。接连又到紧急文书两角:一角是王总兵锡朋详文,一个是葛总兵云飞详文。裕谦展开一瞧,统是请大营济师,便道:"怎么处?怎么处?定海尚有五千,此处兵恰只四千,难道三总兵未曾知悉么?若我亲去督战,恐怕镇海没人把守,我看这余军门步云,事事推诿,很是刁猾,恐怕也靠不住呢。现在没处调兵,奈何奈何?"就将详文搁过一边,只自一人愁眉兀坐。

适值天气沉阴,连日霪雨,弄得越加愁闷,遂出了营,上东城眺望。突见城外招宝山,悬着白旗,不由的慌张起来,便下城去召总兵谢朝恩。朝恩未至,警信又到,乃是晓峰岭失陷,王总兵锡朋,中枪阵亡,寿春营溃散。裕谦正在惊愕,朝恩已踉跄进来,报称竹山门失守,郑总兵亦战殁了。裕谦道:"莫非讹传,把王总兵误作郑总兵。"道言未绝,外面已递进败耗,确是郑国鸿又死。裕谦道:"三总兵已死二人,单剩一个葛云飞,想总支持不住。好!好!三总兵不要怨我不救,看来我也是难保了。"说毕,泪如雨下。朝恩见主帅伤心,也陪了两三点泪珠,一面恰勉强劝慰。裕谦道:"我恰不是怕死,若怕死也不来督师了。只可惜三员大将,一朝俱尽,国家从此乏材。还有一桩可疑的事情,招宝山上,如何竖起白旗来?"朝恩道:"招宝山上,乃是余提督军营,为什么竖起白旗?卑镇倒也不解。"裕谦道:"开战挂红旗,乞和挂白旗,这是外洋各国通例。现在本帅并不要乞和,英兵还未到镇海,那余军门偏先悬白旗,情迹可知。我朝养士二百年,反养出这般卖国的大员来,越叫人痛惜三总兵。"朝恩道:"待卑镇去问明提台,再作区处。"朝恩趋出,外面又传报葛总兵云飞阵亡。裕谦此时又悲又恼,悲的是三总兵阵殁,恼的是余步云异心。踌躇一夜,想出一个盟神誓众的法儿。

待到天明,忽见巡捕进来,呈上手本,说是义勇徐保求见。裕谦问徐保何人部下?巡捕答称是葛镇台部下。裕谦遂传令入见。徐保入帐,请过了安,便禀道:"葛镇台阵殁,现由小兵异尸内渡,已到此处。"裕谦问葛镇台阵殁情状,徐保答道:"英人从晓峰岭间道攻入,先破晓峰岭,次陷竹山门,王、郑二镇台先后阵亡,葛镇台扼住道头街,孤军激战,镇台手掇四千斤大炮,轰击英兵,英兵冒死不退。镇台持刀步斗，阵斩英酋安突得，无如英兵来得越多，我镇台拚命督战，刀都斫缺三柄，英兵少却。镇台拟抢救竹山门，方仰登时，突来两三员敌将，夹攻镇台，镇台被他劈去半面，鲜血淋漓，尚且前进；不防后面又飞来一弹，洞穿胸前，遂致殒命。小兵到夜间寻尸，见我镇台直立崖石下，两手还握刀不放。左边一目，睒睒如生，小兵欲负尸归来，那尸身兀立不动，不能挪移。随由小兵拜祝一番，请归见太夫人，然后尸身方容背负，驾着小船，潜渡至此。"裕谦叹道："好葛公！好葛公！"当下命随员偕了徐保，往去祭奠，并檄大吏护丧还葬，一面飞章出奏。

料理已毕，遂召集部将，设着神位，饬同宣誓，总兵以下，统共到来，独余步云不到。裕谦正思启问，谢朝恩已近前禀道："余军门已差武弁伺候。"裕谦冷笑道："想是本帅不曾亲邀，所以不到。"那边提辖武弁，闻了此语，急忙上前请安，禀称军门现患足疾，特来请假。裕谦摇头道："敌兵到来，那足自然会好了。"叱退武弁，随至神位前祭告。此时牲醴早陈，香烛齐爇，当由裕钦差行跪叩礼，众将官亦随同跪叩。裕钦差亲读誓文，无非劝勉属下文武，同仇敌忾，倘有异心，神人共殛等语。方才读罢，猛听得隐隐炮声，自远而近，不由的惊讶起来，便即起身誓众道："本帅的誓文，想大家都已听明，不日间英兵到来，须靠大家同心抵御，有功立赏，有罪立刑。"总兵谢朝恩，先应了声"得令"，众将士也随声附和。裕谦方命军士们撤了神位祭礼，正思向谢朝恩，追问招宝山白旗缘故，探马急报英兵来了。谢朝恩即抽身告辞，裕谦执着朝恩手道："这城屏障，便是招宝山及金鸡岭两处，老兄驻守金鸡岭，本帅很是放心，只有招宝山放心不下。"朝恩道："这要看朝廷洪福，卑镇愿以死报。"当下由裕谦亲送出营，朝恩匆匆别去。

裕谦遂登陴守城，城下忽来了余步云，由兵士将弁，启门放入。步云径上城来见裕谦，裕谦便道："军门足疾已愈？"步云道："足疾尚未痊可，因敌兵入境，不得不前来请教。"裕谦道："誓死对敌，此外没有什么法子。"步云道："敌兵很是利害，万一挫失，全城要糜烂了。"裕谦道："这也没法。依你怎么处？"步云道："据步云愚见，只可暂事羁縻。外委陈志刚，人颇能干，不如叫他前去议抚。"裕谦笑道："我道军门有什么妙策，城下乞盟的事件，本帅却不愿闻。"步云道："大帅既不愿议抚，此处恐守不住，只好退守宁波。"裕谦正色道："敌到镇海，便退宁波，敌到宁波，将退何处？我与军门都受朝廷重任，难道叫我逃走么？"步石碰了一个钉子，下城自去。

经过两三个时辰，遥见招宝山上，已换了英国旗号，裕谦大惊道："不好了！余步云卖去招宝山了。"果然探马报来，招宝山被陷，余军门不知下落。接着，又报："英军攻金鸡岭，谢朝恩击死英兵数百，因招宝山失守，军士惊溃，谢镇台身中数创,也即殉难,金鸡岭又被英人夺去了。"裕谦道:"罢罢罢!"言未毕,英兵已到城下。城外夺兵,逃避一空。裕谦下城,解下城防,交副将丰伸泰送与浙抚,自己投奔学宫前,跳入泮池;经家人捞救,已剩得奄奄一息。文武官员,闻裕谦投入,都弃城逃走。只有县丞李向南,冠带自缢;临死时,还有两首绝命诗。其诗道:

> 有山难撼海难防,匝地奔驰尽犬羊;
> 整肃衣冠频北拜,与城生死一睢阳。

> 孤城欲守已仓皇,无计留兵只自伤,
> 此去若能呼帝座,寸心端不听城亡。

英兵遂乘胜入城,踞了镇海。欲知后事,且看下回。

　　本回以王相国鼎及裕钦差谦为主脑,两人皆清室忠臣,惜乎其为愚忠。王鼎尸谏,无论其遗疏未上,为奸党用贿取去,即使不然,穆彰阿方沐君宠,能一击即倒乎?古人有为国除奸者矣,宁必尸谏?裕谦明知余步云之奸,不能立申军法,如穰苴之斩庄贾,已成大错;且定海孤悬海外,与其万不可守,曷若内捍镇海,自固堂奥,乃以三镇敢死之将,置诸必不可守之城,以两端怀异之人,授以险要必争之地。用隋侯珠,弹千仞雀,卒至两城迭陷,力竭躯捐,虽曰见危授命,于国事究何补焉?故忠固足悯,忠而愚,盖不能无疵云。

第五十四回

奕统帅因间致败　陈军门中炮归仁

却说英兵入镇海城，悬赏购缉裕谦，因裕谦在日，尝将英人剥皮处死，且掘焚英人尸首，所以英人非常忿恨。其时裕谦经家人救出，舁奔宁波，闻到这个信息，又由宁波奔余姚，裕谦一息余生，至此方才瞑目。进至萧山县的西兴坝，浙抚刘韵珂差来探弁，接着裕钦差尸船，替他买棺入殓。当由刘韵珂据事入奏，奏中并叙及余步云心怀两端等情。看官！你道这余步云究往何处去呢？步云自入城见裕谦后，回到招宝山，见英兵正向山后攀登，他竟不许士卒开炮，即弃炮台西走，先到宁波，继走上虞。英兵攻入宁波，复犯慈溪，还恐内地有备，焚掠一回，出城而去。

清廷闻警，特旨授奕经为扬威将军，侍郎文蔚、都统特依顺为参赞，驰赴浙江防剿；粤抚怡良为钦差大臣，移驻福建；调河南巡抚牛鉴，总督两江，分任南北沿海的守御。奕经奏调川陕河南新兵六千，募集山东、河南、江淮间义勇，及沿海亡命徒数万。以道光二十二年元旦至杭州，大小官员，出城迎接，不消细说。奕经格外起劲，留参赞特依顺驻守杭州，自己偕参赞文蔚，督兵渡江，进次绍兴。沿途颇也留意招徕，故福建水师提督王得禄，愿至军前投效，奕经嫌他年老，劝他回籍。前泗州知州张应云，入营献计，奕经虚心下问。应云道："英人深入内地，都由汉奸替他导引，其实汉奸所为，不过贪图贿赂，并没有什么恩义相结。现闻宁波绅民，统延颈盼望大军，那班汉奸，又都是本地百姓，若大帅亦悬重赏招抚，汉奸可变作洋谍，大军出剿，使他作为内应，定卜成功。这便是兵法上所说的'因间'二字，敢乞大帅明鉴！"奕经道："这策恰是很妙，但叫谁人去招呢？"应云道："卑职不才，愿当此任。"奕经大喜，遂议定进兵方略：令参赞文蔚率兵二千，出屯慈溪城北的长溪岭；副将朱贵、参将刘天保率兵二千，出屯慈溪城西的大宝山，专图镇海；总兵段永福率兵勇四千，偕张应云出袭宁波；故总兵郑国鸿子鼎臣，统率水勇东渡，规复定海；海州知州王用宾出驻乍浦，雇渔舟渡岱山，策应鼎臣；奕经自率兵勇三千，驻扎绍兴东关镇，接运粮饷，调度兵马。

计划已定，各路同时出发，只望旗开得胜，马到成功。谁知郑鼎臣航海东去，遇着大风颠簸，先荡得七零八落，没奈何收兵回来，帆樯已损破不少，总算数千名水勇，还幸生全。王用宾出渡岱山，因鼎臣遇风回航，反致孤军深入。到定海附近，被英人侦悉，放炮的放炮，纵火的纵火，连忙逃回，渔船已一半被毁了。

段永福与张应云居然招集许多义勇，又勾结汉奸，令为内应，先由段永福伏兵城外，约期正月晦日攻城。偏这汉奸反复无常，阳与张应云联络，暗中却把师期通报英将。英将巴尔克，忙与濮鼎查商议，濮鼎查是英国有名的谋士，便定了一个将计就计的法子，先朝佯开城门，诱段永福入城。亏得永福刁猾，只令前队五百人进去，一入城中，两旁火弹雨下，英兵左右杀出，段军转身就逃。脚长的人，逃出了一半性命，还有一半，统做了宁波城中的炮灰。永福、应云不敢再战，先后奔回东关。

还有出屯慈溪的两将，素称骁勇，刘天保欲立首功，先自发兵，甫至镇海城外，就大声呼噪。英兵闻警登城，接三连四的开放大炮，招宝山上的英兵，又发炮相应，凭你刘天保如何勇力，究竟血肉身子，敌不过两边炮弹，只得退回大宝山。朱贵接着埋怨他不先通知，以致败退，刘天保尚倔强不服。不想英兵反水陆并进，来攻大宝山。刘天保扎营山左，朱贵率长子昭南，扎营山右。英兵自右攻入，朱贵麾兵迎击，前队用抬炮数十，更迭激射，击毙英兵三四百名，英兵前仆后继，只是不退。朱贵父子，亦拼命相搏，从辰时战到申时，朱军饥渴交加，单望天保军相救，天保军竟整日不到。忽来了一支人马，冲阵而入，朱贵还道是天保军至，谁知他一入阵中，倒戈相向，才识是洋人买通的乡勇，前来抗拒官军。朱贵怒极，下令搜杀，奈队伍已被冲乱，洋人乘间抄袭，后面导引水师登岸，巨炮火筒，射烧营帐，烟焰蔽天。这时候，天保军亦受冲击，反从山左窜到山右，弄得朱军越乱。朱贵见势不支，犹誓死格斗，把手中所执大旗，插在地上，抢着一柄大刀，拍马驰赴敌阵，见一个、杀一个，大约杀了几十个英人，身上亦着了数创，马亦受伤，朱贵被马掀下。英兵统用着长矛，来戳朱贵，不防朱贵突然跃起，把敌矛夺住两杆，左右冲荡，吓得英兵纷纷倒退。英将见战朱贵不下，暗中携着手枪，乘朱贵杀入，陡发一弹，可怜盖世英雄，倒毙沙场上面。长子昭南，见父已倒地，忙冲出父尸前，猛力抗拒，意中想保护父尸；怎奈英兵攒聚，双拳不敌四手，虽格杀英兵数名，已是身无完肤，大叫一声而亡。手下亲兵二百五十人，没一个不殉难。还有知县颜履敬，有后面督粮，距大宝山二里，闻报朱军鏖斗，登高观战，遥见朱军危急，奋然道："我与朱协台交好多年，理应出去帮助。"忙脱了外衣，拔出佩刀，下山驰赴。仆从上前谏阻，履敬道："我此去明知一死，但能上报君恩，下全友谊，死亦甘心，何足惧哉？"仆从见主子不允，也只得随着，驰入阵中，死斗一场，统中炮身死。

刘天保奔回长溪岭，促文蔚往援朱贵，文蔚不允，部下亦代为力请，始许发兵二百。时已薄暮，传报朱军覆没，慌得面如土色，急令截回二百兵，夤夜逃走。到了东关，那位扬威将军奕经，早已接到败耗，遁到杭州去了。

先是两江总督伊里布，奉旨回任，因家人张喜往来英船，事涉通番，被逮入都，按律遣戍。浙抚刘韵珂与伊里布素有感情，上了一道奏章，说他因公得罪，心实无他。英人向来器重伊里布，就是伊仆张喜，亦素得洋人倾服，倘令伊里布来浙效力，该英人不复内犯，亦未可定，伏望俯赐采纳等语。道光帝竟言听计从，赦伊里布罪，赏他七品顶戴，令赴浙营效力；并授宗室尚书耆英署杭州将军，与参赞齐慎，一同赴浙。又密谕奕经，叫他注意防堵，暂勿出战，静俟机会。英将见浙省不敢发兵，遂欲转略长江，断绝南北交通，威吓中国。先勒索宁波绅士，犒军银一百二十万元，才许退兵。绅士无奈，东凑西借，方得如数交去。英舰乃退，只留兵千余名、轮船四艘驻守定海。

奕经忙奏陈收复宁波，刘韵珂亦照样驰奏，奏折才发，乍浦的警报又到。乍浦系浙西海口，向属嘉兴府管辖，驻有汉兵六千三百人，满兵千七百人。副都统长喜，及同知韦逢甲，率兵抵御，遥见英舰列阵而来，好象山阜一般，满汉兵先已气馁，弄得脚忙手乱。英舰尚未近岸，他却乱放枪炮，一颗儿都没有放着。等到英舰拢岸，弹药已经用尽。那边英兵，蓬蓬勃勃，炮弹如雨点般打来，岸上的官兵，赤手空拳，焉能抵挡？自然败北而逃。长喜、韦逢甲禁喝不住，也只得退回城中。英兵登陆进攻，猛扑东门，城上炮石齐发，击伤英兵多名。英兵绕攻南门，长喜亦由东至南，奋力督守。忽见城中火起，烟尘抖乱，长喜料知汉奸内应，欲下城搜捕，那时英兵已缘梯登城，长喜左拦右阻，致受重伤，遂下城投水；经亲兵救出，隔宿乃亡。韦逢甲力战多时，炮伤左胁，亦即毙命。佐领隆福额特赫、翼领英登布、骁骑校该杭阿等，统同殉难。佐领果仁布妻塔塔拉氏，惧城陷被辱，与二女投井死。生员刘梀被虏，由英人逼写告示，不从被杀。佣工陆贵，遇着英兵，叫他抬炮，他反大骂，被英兵一枪戳死。木工徐元业，也被英人执住，令他引搜妇女，他却自刎而尽。还有庠生刘东藩女，年二十二，尚未出嫁，英兵见他生有姿色，用刀胁刘，令女受污，女不从，也投入井中。刘进女凤姑，年十九，出城避难，遇英兵尾追，不能急走，反回身痛詈，甘心受刃。余外殉难的人，多不知名姓，无从记载，相传共七百多人。自从英人犯浙，别处城邑百姓，多望风先避，独乍浦猝遭失陷，趋避不及，罹祸最酷。上有官弁，下至工役妇女，宁为玉碎，毋为瓦全，也算是历史上光荣呢。

适值伊里布至浙，巡抚刘韵珂，亟令赴英舰议款，英将巴尔克未许。还是家人张喜下船一谈，巴尔克只索还俘虏十数名，扬帆退去。当由刘韵珂一一奏明，伊里布遂由七品衔，升至副都统了。英舰自乍浦退出，转入江苏，驶至吴淞口。江南提督陈化成,夙具将略,本系福建同安县人,清廷鉴他忠勇,特破回避本乡的故例,超擢厦门提督。嗣因江防紧急,调任江南。方才到任,即迭接定海、镇海败耗,江浙是毗连省分,浙省遇警,江南应该戒严。吴淞又是长江南面的要口,向设东西两炮台,互为犄角,化成督兵把守,三阅寒暑,与士卒同甘苦,就使风霜雨雪,他也同将弁们,在营住宿。军中感他惠爱,呼他作为陈佛,及英兵进逼吴淞,总督牛鉴,也到宝山县督防。牛鉴胆气很小,忙召化成熟商。宝山距吴淞只六里,一召便到,见了牛鉴,别事不闻提起,单问保全生命的法儿。化成道:"大帅不要惊慌! 吴淞口向设炮台,用炮扼险,可决胜仗。只叫大帅坐镇宝山,不可轻出轻入! 那时化成自能退敌。"牛鉴道:"可靠得住么?"化成道:"兵家胜负,虽是不能预料,但一夫拚命,万夫莫当,总叫上下将弁,戮力同心,何愁不胜?"牛鉴道:"全仗! 全仗!"化成告退,仍回吴淞。参将周世荣接着.问制军有无对敌方略? 化成微笑道:"老哥别问! 只我与你的福气.统是不薄。"世荣不觉惊讶。化成道:"明日与英人开战,得了胜仗,我与你同受上赏;万一战败,死且不朽,非福而何?"当夜,遣别将守东炮台.自与周世荣守西炮台。

次日,化成手执红旗。登台挥战。英舰先发炮射来,化成亦发炮出去。一边仰攻,一边俯击,两下里喊杀震天,烟雾蔽日。相持多时,化成走到最大的炮门后面,亲自动手,望准英舰,放将出去,不偏不歪,正中英舰的烟囱,一声炸裂.沉下海底去了。台上的官兵,齐声欢呼。化成又开第二炮,这一炮,却没有前时的准,只击断了英舰的桅杆;放到第三炮,仍不过击断船桅;第五六回放炮,却是射不着;接连打了数十回,虽击死英兵数百名,终不能打沉英船。化成性急起来,把住锚头,仔细窥着,适有一舰鼓轮驶入,化成连击两炮,一炮击着敌舰的汽锅,一炮击着敌舰的轮叶,那舰向下一沉,又望上一跃。一跃一沉,钻入水底,只剩了桅杆的头梢,微露海面。这边台上鼓噪如雷,比第一炮越发欢跃。化成亦欣喜非常。

这位牛大帅,闻知官兵得胜,也想到军前扬威,跨上宝马,驰出南门。徐州兵亦.随着前来,由总兵王志元押阵。牛大帅意气扬扬,只道英舰已退出口外,他来虚张声势.托词策应,纵着马上了海塘,见两边正在酣战,你一炮,我一枪的轰击,他已惊得目瞪口呆;突然面前落下一颗流弹,险些儿把灵魂飞去,转身就跑。这一跑,跑出大祸祟来了。原来台上兵弁,闻制台亲来督战,正格外奋勇,忽见牛制台奔回,徐州兵统同骇散,海塘上杳无人迹,还道后面伏着英兵,不禁慌乱;心中一慌,手中渐渐疏懈。这时英兵攻西炮台不下,方转攻东炮台,东炮台守兵,闻西炮台炮声渐稀,错疑西炮台已经失守;又经牛大帅一逃,不由的魂销魄丧,弃台而走。

英兵乘势登岸，踞了东炮台，复来夹攻西炮台。化成前后受敌，危急万分，周世荣请化成退兵，化成拔剑叱道："庸奴庸奴！我误识汝。"世荣易服潜逃。这位陈提台化成，尚竭力支撑，手燃巨炮，猛击英兵，怎奈顾前不能顾后，后面的炮弹，接连打来，化成受了数弹，喷下几口狂血，舍生取义去了。守备韦印福，千总钱金玉、许林、许攀桂，外委徐大华、姚雁字等，见提台阵亡，感他平时的恩惠，情愿随死，乃与英兵鏖战许久，究竟众寡不敌，先后战殁。武进士刘国标，趁这血战的时候。夺出陈化成尸身，背负而出，藏在芦苇里面，嗣经嘉定县令练廷璜，遣人异至关帝庙殡殓。百姓多扶老携幼，争来哭奠，生荣死哀，陈提台也好瞑目。只牛制军奔回宝山，未曾喘息，忽报东西两炮台，统已失陷，提督以下，多半殉难，英兵已来攻宝山了。牛鉴不待听毕，忙带亲兵若干，拼命出走。英兵势如破竹，直入宝山，转陷上海，又扬帆入长江口，去追这位牛大帅。江浙有几句童谣道：

　　　　一战甬江口，制台死，提台走；再战吴淞口，提台死，制台走；死的死，走的走，沿海码头多失守。

究竟牛鉴能逃得性命否，容待下回再表。

　　奕经、牛鉴，平时本无功绩可言，乃用以作折冲之选，其致败也宜矣。朱贵父子，及陈提台化成，皆骁勇善战，一误于文蔚之不救，一误于牛鉴之猝逃。奕经于无可诿之中，犹可强诿，牛鉴则胆小如鼠，闻炮惊走，坐乱军心，徒委陈化成于敌手，为国家失一良将，其罪殆不可胜诛矣。本回于朱、陈战状，极力形容，即所以甚奕经、牛鉴之罪。旁及死事诸将弁，及殉节诸工役妇女，尤足愧煞庸奴。

第五十五回

江宁城万姓被兵　静海寺三帅定约

　　却说牛鉴自宝山逃走,沿路不暇歇脚,一直奔回江宁。英兵即溯江直入,径攻松江。松江守将姓尤名渤,乃是寿春镇总兵,从寿春调守松江城。他闻英兵入境,带着寿春兵二千,到江口待着。英兵见岸上官军,一队一队的排列,严肃得很,他也不在心上,仗着屡胜的威势,架起巨炮,向岸上注射。尤总兵见敌炮放来,令兵士一齐伏倒;待炮弹飞过,又饬兵士尽起,发炮还击。这二千寿春兵,是经尤总兵亲手练成,坐作进退,灵敏异常,俄而起,俄而伏,由尤总兵随手指挥,无不如意。英兵放来的炮弹,多落空中,官兵放去的炮弹,却有一大半击着。相持两日,英兵不得便宜,转舵就走,分扰崇明、靖江、江阴境内,都被乡民逐出。

　　当下英将巴尔克、卧乌古,及大使濮鼎查,密图进兵的计策。卧乌古的意思,因长江一带,水势浅深,沙线曲折,统未知晓,不敢冒昧深入,还是濮鼎查想了一个妙计。看官!你道他的妙计是怎样?他无非用了银钱,买通沿江渔船,引导轮船驶入。沿途进去,测量的测量,绘图的绘图,查得明明白白;并探得左右无伏,遂决意内犯。

　　镇江绅士,得此消息,忙禀知常镇通海道周顼。周顼同绅士巡阅江防,绅士指陈形势,详告堵截守御事宜。周顼笑道:"诸君何必过虑!长江向称天堑,不易飞渡,江流又甚狭隘,水底多伏暗礁,我料英兵必不敢深入。他若进来,必要搁浅;等他搁浅的时候,发兵夹击,便可一举成功,何必预先筹备,多费这数万银钱呢?"遂别了绅士,径自回署,谁知英舰竟乘潮直入,追薄瓜洲,城中兵民,已经逃尽,无人抵敌。英兵转窥镇江,望见城外有数营驻扎,就开炮轰将过去。这镇江城外的营兵,乃是参赞齐慎,及提督刘允孝统带,闻得敌炮震耳,没奈何出来对敌,战了一场,敌炮很是利害,觉得支持不住,还是退让的好,一溜风跑到新丰镇去。

　　城内只有驻防兵千名、绿营兵六百,老弱的多,强壮的少,军械又不甚齐备。副都统海龄,恰是个不怕死的硬汉,率兵登城,昼夜守御。英兵进薄城下,攻了两日,不能取胜。又是卧乌古等想出声东击西的诡计,佯攻北门,潜师西南,用火箭射入城中,延烧房屋。海龄正在北门抵御,回望西南一带,火光冲天,英兵已经上城,料知独力难支,忙下城布署,将妻妾儿女,一古脑儿,锁入内室,放起火来,霎时间阖门一炬,尽作飞灰。海龄在大堂上,投缳殉节。英兵入城,把余火扑灭,搜捕官吏,已经一个不留。沿江上下的盐船估船,或被英兵炮毁,或被枭匪焚掠,一片烟焰,遮满长江。扬州盐商,个个惊恐,想不出避兵法儿,只得备了五十万金的厚礼,恭送英兵,才蒙饶恕。英舰直指江宁,东南大震。

牛制台奔回江宁,总道是离敌已远,可以无恐,城中张贴告示,略称:长江险隘,轮船汽船,不能直入,商民人等,尽可照常办事,毋庸惊惶!这班百姓见了文告,统说制台的言语,总可相信,那时电报火车,一些儿都没有,但听官场如何说,百姓亦如何做。到了镇江失守,南京略有谣传,牛制军心里虽慌,外面还装出镇定模样,兵也不调,城也不守。忽然江宁北门外,烽火连天,照彻城中,城内外的居民,纷纷逃避。牛制军遣人探听,回报英兵舰八十多艘,连樯而来,已至下关。牛制军被这一吓,比在宝山海塘上这一炮,尤觉利害。

呆了好一歇,忽报伊里布由浙到来,方把灵魂送回,才会开口,道了"快请"二字。伊里布入见,牛鉴忙与他行礼,献茶请坐,处处殷勤,便道:"阁下此来,定有见教,"伊里布道:"伊某奉诏到此,特来议抚。"牛鉴道:"好极好极!中英开衅,百姓扰得苦极了,得公议抚,福国利民,还有何说?"伊里布道:"将军耆英,亦不日可到,议抚一切,朝旨统归他办理,伊某不过先来商议,免得临时着忙。"牛鉴听罢,便道:"耆将军尚未到来,英兵已抵城下,这且如何是好?"伊里布道:"小价张喜,与英人多是相识,现不如写一照会,差他前去投递,便可令英人缓攻。"牛鉴道:"照会中如何写法?"伊里布道:"照会中的写法,无非说钦差大臣耆英,已奉谕旨,允定和好,请他不必进兵。再令小价张喜,与他委婉说明,包管英人罢兵。"牛鉴喜极,随令文牍员写好照会,即挽伊里布叫入张喜,亲自嘱托,即刻令投送英船。张喜唯唯而去。去了半日,才来回报,牛鉴不待开口,忙问道:"抚议如何?"张喜道:"据英使濮鼎查说,和议总可商量,但耆将军到此无期,旷日持久,兵不能待,须就食城中方可。"牛鉴闻他和议可商,已觉放心;及听他就食城中的要挟,又着急起来,便道:"据这句话,明明是要来攻城,这却如何使得?"张喜道:"家人亦这样说,同他辩驳多时,他说要我兵不入城,须先办三百万银子送我,作了兵饷,方好静候耆将军。"牛鉴道:"这也是个难题目。银子要三百万,那里去办?"

道言未绝,外面报副将陈平川禀见,牛鉴传入。平川请过了安,向牛鉴道:"寿春镇的援兵,已到城下,求大帅钧示,何日开战?"牛鉴道:"要开战么?这事非同儿戏,倘一失败,南京难保,长江上游,处处危急,岂不是可怕么?"平川道:"不能战,只好固守,请下令闭城,督兵登陴方好。"牛鉴道:"你又来了。前日将军德珠布,闻英兵已到,饬十三城门统行关锁,你想朝廷现主抚议,如何可闭城固守,得罪英人?我与伊都统费尽口舌,才争得已启申闭四字。德将军掌管全城锁钥,我没奈何去恳求他,你如何也说出这等话来?"平川道:"耆将军尚在未到,抚议尚无头绪,倘英人登岸攻城,城中没有防备,如何抵敌?"牛鉴不禁变色道:"英将并不来攻城,你却祝他攻城,真正奇怪!本帅自有办法,不劳你们费心!"当下怒气勃勃,拂衣起座,返身入内,平川只得退出。

牛鉴到了内厅,亲写了一封急信,叫干役两名,把信付他,令他加紧驰驿,去催耆钦使。一面又命张喜,再赴英舰,与他附耳谈了数语。张喜领命又去。

看官!你道这个家人张喜,真能够与英帅面谈么?原来英舰中有个末弁,叫作马利逊,能作汉语,张喜与马利逊认识,数次往返,统由马利逊介绍;此次仍由马利逊引见濮鼎查,两边言语,也由马利逊传译。濮鼎查就问三百万兵饷,可曾备么?张喜道:"耆将军即日可到,和事就可开议,牛大帅恐贵使性急,特遣张某前来相告。贵国初意,无非为了通商的事情,现我朝愿许通商,贵国当可罢兵了。"濮鼎查道:"要我罢兵,也是容易,但须依我几件事情,第一件须赔偿烟价,要一千二百万元。"张喜道:"广东已给过六百万元,如何今日还要倍索?"濮鼎查道:"那是兵费,不是烟价。现在我兵由粤至此,饷项又用去数千万,亦须照例赔偿。"张喜不禁伸舌,便道:"还要赔兵费么?"濮鼎查道:"烟价兵费外,香港是要割让的。香港以外,还要把广州、福州、厦门、宁波、上海五港口,开埠通商。"张喜道:"款子有这么多!"濮鼎查道:"还有还有!讲和以后,俘虏是要放还;将来两国通使,应用平等款式;此外如我国的商民,损失颇多,也应酌量赔偿。烦你去通报贵国公使,如肯照允,当即退兵。"张喜不敢辩论,便辞别了濮鼎查,当由马利逊送他登岸。张喜向马利逊道:"议和的条件,这般利害,恐怕是不易办到。"马利逊道:"我与你向来熟识,不妨对你直言。这是我国所索,并非中国所许,此次我国兴兵,通商为主,不在银钱,但得两三港贸易,已能如愿,余事由中国裁酌便了。"张喜点头告别。相传马利逊本是中国人,因在英领事处,服役多年,投入英籍。英领事嘉他勤慎,所以拔他作个英官。马利逊这番言语,也算是暗地关会,格外有情。

张喜据实回报,牛鉴不好遽复,又延挨了两三天,忽闻钦差大臣耆英到了,牛鉴忙出城迎接,耆英入城,谈起和战事宜,与牛鉴很是投机。刚拟去拜会英帅,英帅的照会已到,大略照前时所说的款子。耆英按照各款,稍稍驳诘,即行答复。不料英使濮鼎查,定要件件依他,方许讲和,否则明日开战。这个照会答复过来,急得耆英、牛鉴、伊里布没法摆布。忽报英舰高悬红旗,声势汹汹,准备开仗,耆英不得已,复遣张喜赴英船,与约翌朝会商。濮鼎查却翻着脸道:

"还要商议什么？允与不允，一言可决。闻汝大帅还添调寿春兵，与我接仗，我却不怕，明日同你交锋便了。"张喜忙说："没有这事。"濮鼎查不信，还是马利逊从旁缓颊，方说："明日辰刻，如再不允，我兵一齐登岸，运炮至钟山顶上，轰碎你的全城，休要后悔！"张喜还报。

翌晨，耆英遣侍卫咸龄、藩司黄恩彤、宁绍道台鹿泽长往英舰会商。两边磋议了一回，由濮鼎查定出数款：第一款，是清英两国，将来当维持平和。这一条是面子上语，无关得失；第二款，是清国须给英兵费洋一千二百万元，商欠三百万元，赔偿鸦片烟六百万元，共二千一百万元，限三年缴清；第三款，是开广州、厦门、福州、宁波、上海五港，为通商口岸，许英人往来居住；第四款，是割让香港；第五款，是放还英俘；第六款，是交战时为英兵服役的华人，一律免罪；第七款，是将来两国往复文书，概用平行款式；第八款，是条约上须由清帝钤印。咸龄等见了此款，明知利害得很，但是耆将军等一意主和，不好再行申驳，只说："即日照奏，请俟政府批回，即可定约。"濮鼎查道："须要赶紧，迟则不便。"咸龄等唯唯趋出，急报知耆英等，将条约草案呈上。耆英也不待瞧明，即与牛、伊二人会衔，饬文牍员写好奏章，由八百里加紧驿使，驰奏北京。

道光帝览奏，未免懊恼，立召军机大臣会议。军机大臣不敢多嘴，只大学士穆彰阿道："兵兴三载，糜饷劳师，一些儿没有功效，现在只有靖难息民的办法。等到元气渐苏，再图规复不迟，惟钤用御宝一条，关系国体，不便允准，应饬耆英等改用该大臣关防，便好了案。"道光帝迟疑一会，才道："照你办罢！"当由军机处拟旨，饬耆、牛、伊三人遵行。

耆、牛、伊三人，奉到上谕，见各款都已照准，只有钤用御宝，须改易三大臣关防，暗想这是最后一款，谅来英使总可转圜，遂令张喜至英舰知会，约期相见。马利逊先问张喜道："议和各款，已批准么？"张喜道："件件批准，只钤用御宝事不允。"马利逊道："我国最重钤印，这事不允，各议款都无效了。"张喜突然一惊，半晌道："且待三帅等会过英使，再作计较。"马利逊道："我国礼节，与中国不同，钦使制府，必欲来会，请用我国的平行礼。"张喜道："是否免冠鞠躬？"马利逊道："免冠鞠躬，仍是平时的礼节，军礼只举手加额便是。"张喜道："简便得很，我去禀明便了。"

两人别后，转瞬届期，耆、牛、伊三帅，带领侍卫司道，径往英舟，濮鼎查出来相见，两下用了平行礼，分宾主坐定，订定盟约，倒也欢洽异常。耆、牛、伊回城后，又想了一桩拍马屁的法子，备好牛酒，于次日亲去犒师，到了英舟，濮鼎查忽辞不见。三人驰回，急令张喜去问马利逊，一时回报，据英使意见，日前议定各款，一字不能改易，如或一字不从，只好兵戎相见，毋烦犒劳！耆英道："他如何知我消息？我昨日与英使相会，因初次见面，不好骤提易印二字，今日是借了犒师的名目，去议这件款子。偏偏他先知觉，不识有那个预报详情？"张喜在旁，垂头不答。牛鉴道："为了这事仍要用兵，殊不值得，想圣上英明得很，且再行申奏，仰乞天恩俯准，当无不可。"耆英道："如何说法？"伊里布道："奏中大意，只叫说钤用御宝，乃是彼此交换的信用。我国用御宝，彼国君主，亦应照办，讲到平行款式，尚属可行。这么说来，想皇上亦不至再行申斥。况内有穆中堂作主，我们备一密函，先去疏通，自然容易照准了。"耆英依言照办，奏折上去，果然降旨依议。耆英等再赴英舰，与濮鼎查申明允议，约定仪凤门外的静海寺中，两下换约。届期免不得有一番手续，小子不欲再详，只好大书道光二十二年七月二十四日，即西历一千八百四十二年八月二十九日，清英结《南京条约》，和议告成，便算完案。但英舰尚未退去，兵弁多上岸游览，江南华丽，远胜他省，青年妇女，妆扮得百般妖艳，英兵不懂中国禁忌，就上前去握手相亲，吓得妇女们大叫救命，恼了许多男子汉，说他怎么无礼，将英兵围住，手打脚踢，着实的敲了一顿。这一场瞎闹，几乎又惹起大交涉来。英将要下令赴斗，耆、牛、伊三人，亟遣黄藩司前去道歉。那英将不肯干休，定欲按问，没奈何将闹事的百姓，拿了几个，枷号示众。并出示晓谕军民，只说："外洋重女轻男，握手所以示敬，居民不要误会，致启嫌隙！"众百姓似信非信，因内外交相胁迫，只得忍气吞声罢了。

到八月终旬，英兵先得六百万元偿金，方退出江宁，还屯舟山。长江一带无英兵，惟舟山及鼓浪屿，英兵尚不肯撤退，须俟偿款交清，方行撤去。清廷无可奈何，只好一期一期的解他赔款。道光帝痛定思痛，想惩办一二庸帅，遮盖自己脸面。廷臣窥伺意旨，参本弹章，陆续投呈，于是道光帝连下谕旨，牛鉴革职逮问，命耆英代任江督，奕山、奕经、文蔚，亦仿牛鉴例逮治。余步云正法。独伊里布特沐重恩，升任钦差大臣，赴粤议互市章程，这是议和的功绩，清廷原特别优待他的。

转瞬间又是一年，春王正月，诏闽督怡良谳台湾狱，革台湾总兵达洪阿、兵备道姚莹职，海内哗然。这件案情，也是从英兵入境而起。英舰入犯的时候，曾遣偏师窥台湾，达洪阿、姚莹，督率参将邱镇功，守御鸡笼口，见英舰驶入，开炮抵敌，轰退英兵。当下捷报到京，道光帝下旨嘉奖。嗣后英兵又窥大安港，达洪阿、姚莹，预设埋伏，诱敌进口，英舰鼓轮直入，巧巧触着暗礁，霎时间伏兵齐起，奋勇上船，擒住白人二十四名、黑人一百六十五名，炮二十门，及英兵所得浙军器械，约数百件。捷报再上，道光帝亲书朱谕，赏达洪阿太子少保衔，加姚莹二品顶戴。达、姚二人，将英俘监住，请旨正法，有旨批准。达洪阿等也算谨慎，把黑人一百六十四名斩首，留白人不杀。到了江宁议和，两国当交还俘虏，台湾只交出白人。英使濮鼎查，寻了嫌隙，遍诉江浙闽粤诸大吏，略说：

"台中两次俘获,均系遭风难民。镇台达洪阿、道台姚莹,垂危邀功,请会奏惩处!"这位和事老耆英,连忙上奏,达洪阿闻这消息,也具奏声明原委,最后的一篇奏牍,恰是自请开缺,候钦派上臣查办。道光帝遂饬怡制台渡台讯究,一面将达、姚二人撤任。正是:

> 功罪不明先受谴,忠奸未辨已蒙冤。

毕竟怡制台讯究后,达、姚二人得罪与否,请看下回分解。

　　中英开衅,为禁烟而起,屡战屡败,直至江宁受困,情见势绌,不得已而乞和。种种条款,令人难堪,耆、牛、伊三大臣,唯唯诺诺,不敢少违。英人始愿,且不及此,何其怯欤?顾后人以此为五口通商之始,目为耆、牛、伊罪案,吾谓通商尚不足病,重洋洞辟,万国交通,中国宁能长此闭关乎?但战事为禁烟而起,至和议成后,于禁烟二字,绝不提及,是真可怪。英人未尝不允禁烟,我既事事如约,则禁烟二字,应不难乘此提议,数十百年之积毒,不至长遗,尚足为万一之补救。乃议和诸臣,见不及此,清宣宗亦屡败而惧,含糊了事。虎头蛇尾,能毋为外人窥破耶?本回写牛鉴,写伊里布,写耆英,暗中实写宣宗。语重心长,隐含无数感慨。

第五十六回

怡制军巧结台湾狱　徐总督力捍广州城

却说闽浙总督怡良，本是达、姚二人的顶头上司，只因军务倥偬，朝廷许他专折奏事，达、姚遂把始末战事，直接政府，闽督中不过照例申详，多未与议，因此怡良亦心存芥蒂；此次奉旨查办，大权在手，乐得发些虎威，聊泄前恨。到了台湾，驺从杂沓，仪仗森严。台中百姓，闻得怡制台为办案而来，料与达镇台、姚道台一方面，有些委曲，途中先拦舆鼓噪，争说达、姚二官员的好处，制台大人，不必查究。达洪阿得了此信，连忙亲往驰谕，百姓们才渐渐解散。

怡制台一入行辕，门外又有一片闹声，经巡捕来报，外面的百姓，每人各执香一炷，闯入行辕来了。怡良问为何事？巡捕答称百姓口中，无非为达镇台、姚道台伸冤。此时达、姚二人，见过怡制台，已自回署，怡良忙着人传见。不一时，达、姚俱到，百姓分开两旁，让两人入辕。怡良此时，只得装出谦恭模样，起身相迎；与两人行过了礼，随说："两位统是好官，所以百姓这般爱戴，现仍劳两位劝慰百姓，禁止喧闹，兄弟自然与二位伸冤。"达、姚二人忙禀道："大帅公事公办，卑职等自知无状，难道为了百姓，便失朝廷赏罚么？"正答议间，外面的喧声，越加闹热。怡良忙道："二位且出去劝解百姓，再好商量。"达、姚二人，只好奉命出来，婉言抚慰。众百姓道："制台大人，既已到此，何不出来坐堂，小百姓等好亲上呈诉。"达、姚二人，乃再请怡制台坐出堂去，晓谕百姓。怡良没法，亲自出堂，见外面有无数百姓，执着香，黑压压的跪了一地。前列的首领呈词，由巡捕携去，呈与怡良。怡良大略一瞥，便道："本宪此来，原是与达镇、姚道伸冤，汝等百姓，好好静候，千万不要喧哗！"众百姓尚是不信，又经达、姚二人，再三劝慰，百姓方才出去。

怡良又邀达、姚二人入内，便道："二位的政声，兄弟统已知悉，但上意恐有误抚议，所以遣兄弟前来。"一面取出密旨，交与二人阅看，内有"此案如稍有隐饰，致朕赏罚不公，必误抚局，将来朕别经察出，试问怡良当得何罪"等语。两人阅过上谕，便道："卑职等的隐情，已蒙大帅明察，这是感德不忘，那只请大帅钧示便了！"怡良道："现在英人索交俘虏，台中擒住的英人，已多半杀却，那里还交付得出？兄弟前时曾有公文寄达两位，叫两位不要杀戮洋人，两位竟将他杀死一大半,所以今日有这种交涉。"达洪阿道:"这是奉旨照办,并非卑镇敢违钧命。"怡良道:"君要臣死,不得不死。现在抚议已成,为了索交俘虏一事,弄得皇上为难,做臣子们也过意不去。为两位计,只好自己请罪,供称:'两次洋船破损,一系遭风击碎,一系被风搁沉,实无兵勇接仗等事。前次交出白人数十名,乃是台中救起的难民,此外已尽逐波臣,无处寻觅。'照此说来,政府可以藉词答复,免得交涉棘手了。"达洪阿不禁气忿道:"据大帅钧意,饬卑镇等无故认罪,事到其间,卑镇等也不妨曲认;但一经认实,岂非将前次奏报战仗,反成谎语?欺君罔上,罪很重大,这却怎么处?"怡良道:"这倒不妨,兄弟当为二位转圜。"遂提笔写道:"此事在未经就抚以前,各视其力所能为。该镇道志切同仇,理直气壮,即办理过当,尚属激于义愤。"写到此处,又停了笔,指示两人道:"照这般说,两位便不致犯成大罪,就使稍受委屈,将来再由兄弟替你洗刷,仍好复原。这是为皇上解围,外面不得不把二位加罪,暗中却自有转圜余地。兄弟准作保人,请两位放心!"达、姚二人,没奈何照办。

怡良就将写好数语,委文牍员添了首尾,并附入达、姚供状,驰驿奏闻。道光帝一并瞧阅,见怡良奏中,末数语,乃是:"一意铺张,致为藉口指摘,咎有应得"三语。遂密逮达、姚二人入都,交刑部会同军机大臣审讯。道光帝自己思想,无故将好人加罪,究竟过意不去,刑部等的定谳,也是不甚加重,遂由道光帝降旨道:

该革员等呈递亲供,朕详加披阅,达洪阿等原奏,仅据各属文武士民禀报,并未亲自访查,率行入奏,有应得之罪。姑念在台有年,于该处南北两路匪徒,叠次滋扰,均迅速蒇事,不烦内地兵丁,尚有微劳足录。达洪阿、姚莹,着加恩免其治罪!业已革职,应毋庸议!钦此。

台湾的交涉,经这么一办,英人算无异言。奈自洋人得势后,气焰日盛一日,法美各国先时尝愿作调人,江宁和约,不得与闻,免不得从旁讥议;况且中国的败象,已见一斑,自然乘势染指。是时钦差大臣伊里布赴粤,与英使濮鼎查,开议通商章程,尚未告成,伊已病殁。清廷命两江总督耆英,继了后任,订定通商章程十五条。自此英人知会各国,须就彼挂号,方可进出商船,输纳商税。法美各商,以本国素未英属,不肯仰英人鼻息,遂直接遣使至粤,请援例通商。耆英不能拒,奏请许法美互市,朝旨批准,随于道光二十四年,与美使柯身,协定中美商约三十四款,又与法使拉萼尼,协定中法商约三十五款,大旨仿照英例。惟约中有"利益均沾"四字,最关紧要。耆英莫名其妙,竟令他四字加入,添了后来无数纠葛,这且待后再详。

只江宁条约,五口通商,广州是排在第一个口岸,英人欲援约入城,粤民不肯,合词请耆英申禁。耆英不肯,众百姓遂创办团练,按户抽丁,除老弱残废,及单丁不计外,每户三丁抽一,百人为一甲,八甲为一总,八总为一社,八社为一大总,悬灯设旗,自行抑制英人,不受官厅约束。会英使濮鼎查,自香港回国,英政府命达维斯接办各事。达维斯到粤,请入见耆英。耆英晓得百姓利害,即遣广州知府刘浔,先赴英舰,要他略缓数日,等待晓谕居民,方可入城相见。

知照后打道回衙,适有一乡民挑了油担,在市中卖油,冲了刘本府马头,被衙役拿住,不由分说,撤倒地上,剥了下衣,露出黑臀,接连敲了数卡百板。市民顿时哗闹,统说官府去迎洋鬼入城,我们百姓的产业,将来要让与洋人,应该打死。这句话,一传两,两传十,恼得众人性起,趁势啸聚,跟了刘本府,噪入署中。刘本府下了舆,想去劝慰百姓,百姓都是恶狠狠一副面孔,张开臂膊,恨不得奉敬千拳。吓得刘本府转身走逃,躲入内宅。百姓追了进去,署中衙役,那里阻拦得住?此时闯入内宅的人,差不多有四五千。幸亏刘本府手长脚快,爬过后墙,逃出性命,剩得太太、姨太太、小姐、少奶奶等,慌做一团,杀鸡似的乱抖。百姓也不去理他,只将他箱笼敲开,搬出朝衣朝冠等件,摆列堂上。内中有一个赳赳武夫,指手画脚的说道:"强盗知府,已经投了洋人,还要这朝衣朝冠何用?我们不如烧掉了他,叫他好做洋装服色哩!"众人齐声赞成。当下七手八脚,将朝衣朝冠等,移到堂下,简直一把火,烧得都变黑灰。又四处搜寻刘本府,毫无踪迹,只得罢手,一排一排的出署。

到了署外,督抚已遣衙役张贴告示,叫百姓亟速解散,如违重究。众百姓道:"官府贴告示,难道我们不好贴告示么?"当由念过书的人写了几行似通非通的文字,贴在告示旁边,略说:"某日要焚劫十三洋行,官府不得干预,如违重究!"这信传到达维斯耳内,也不敢入城,退到香港去了。百姓越发高兴,常在城外寻觅洋人,洋人登岸,不是着打,就是被逐。英使愤甚,送贴书耆英,责他背约。耆英辩无可辩,不得已招请绅士,求他约束百姓,休抗外人。绅士多说众怒难犯,有几个且说:"百姓多愿从戎,不愿从抚,若将军督抚下令杀敌,某虽不武,倒也愿效前驱。"耆英听了,越加懊恨,当即掇茶谢客,返入内宅。眉头一皱,计上心来,展毫磨墨,拂笺写信,下笔数行,折成方胜,用官封粘固,差了一个得力家人,付了这信,并发给路费,叫他星夜进京,到穆相府内投递。家人去讫,过了月余,回报穆相已经应允,将来总有好音。耆英心中甚喜,只英使屡促遵约,耆英又想了一个救急的法儿,答复英使,限期二年如约。于是耆英又安安稳稳的过了一年。

道光二十七年春月,特召耆英入京,另授徐广缙为两广总督,叶名琛为广东巡抚。这旨一下,耆英额手称庆,暗中深感穆相的大德,日日盼望徐、叶二人到来。等了数月,徐、叶已到,耆英接见,忙把公事交卸,匆匆的回京去了。

　　光阴如箭，倏忽间又是一年，英政府改任文翰为香港总督，申请二年入城的契约。旧事重提，新官不答。广东绅士，已闻知消息，忙入督署求见，由徐广缙延入。绅士便开口道：“英人要求无厌，我粤万不能事事允行。粤民憾英已久，大公祖投袂一呼，负仗入保的人，立刻趋集，何忧不胜？”广缙道：“诸君既同心御侮，正是粤省之福，兄弟自然要借重大力。”

　　绅士辞去，忽由英使递来照会，说要入城与总督议事。广缙忙即照复，请他不必入城，若要会议，本督当亲至虎门，上船相见。过了两日，广缙召集吏役，排好仪仗，出城至虎门口外，会晤英使文翰。相见之下，文翰无非要求入城通商，广缙婉言谢却。当即回入城中，与巡抚叶名琛，商议战守事宜。名琛是个信仙好佛的人，一切事情，多不注意；况有总督在上，战守的大计划，应由总督作主。此时广缙如何说，名琛即如何答。城中绅士，又都来探问，争说：“义勇可立集十万，若要开仗，都能效力．现正伫候钧命！”广缙道：“英人到期入城，我若执意不许，他必挟兵相迫，我当预先筹备。等他发作，然后应敌，那时便彼曲我直了。”绅士连声称妙。

　　不想隔了一宿，英船已闯入省河，连樯相接，轮烟蔽天，阖城人民，统要出去堵截。广缙道：“且慢！待我先去劝导，叫他退去。他若不退，兴兵未迟。”随即出城，单舸往谕。文翰见广缙只身前来，想劫住了他，以便要求入城。两方各执一词，忽闻两边岸上，呼声动地，遂往舱外一望，几乎吓倒。原来城内义勇，统已出来，站立两岸，好象攒蚁一般；枪械森列，旗帜鲜明，眼睁睁望着的英船，口内不住的喝逐洋人。文翰一想，众寡情形，迥不相同，万一决裂，恐各船尽成齑粉，于是换了一副面庞，对着徐制台虚心下气，情愿罢兵修好，不复言入城事。广缙亦温言抚慰，劝他休犯众怒，方好在广州海口，开舱互市。文翰应允，就送广缙回船，下令将英船一律退去。

　　广缙遂与名琛合奏，道光帝览奏大悦，即手谕道：

　　　　洋务之兴，将十年矣。沿海扰累，糜饷劳师，近年虽累臻静谧，而驭之之法，刚柔不得其平，流弊以渐而出。朕深恐沿海居民蹂躏，故一切隐忍待之，盖小屈必有大伸，理固然也。昨因英使复申粤东入城之请，督臣徐广缙等，迭次奏报，办理悉合机宜。本日又由驿驰奏，该处商民，深明大义，捐资御侮，绅士实力助勤，入城之议已寝。该英人照旧通商，中外绥靖，不折一兵，不发一矢。该督抚安内抚外，处处皆抉摘根源，令外人驯服，无丝毫勉强，可以历久相安。朕嘉悦之忱，难以尽述，允宜懋赏，以奖殊勋。徐广缙着加恩赏给子爵，准其世袭；并赏戴双眼花翎。叶名琛着加恩赏给男爵，准其世袭；并赏戴花翎，以昭优眷。发去花翎二枝，着即分别只领！穆特恩、乌兰泰等，合力同心，各尽厥职，均着加恩照军功例，交部从优议叙。候补道许祥光，候补郎中伍崇曜，着加恩以道员尽先选用；并赏给三品顶戴。至我粤东百姓，素称骁勇，乃近年深明大义，有勇知方，固由化导之神，亦其天性之厚；难得十万之众，利不夺而势不移。朕念其翊戴之功，能无恻然有动于中乎？着徐广缙、叶名琛宣布朕言，俾家喻户晓，益励急公亲上之心，共享乐业安居之福。其应如何奖励，及给予扁额之处，着该督抚奖其劳勚，赐以光荣，毋稍屯恩膏，以慰朕意。余均着照所议办理！钦此。

这道上谕，已是道光二十九年四月内的事情，道光帝以英人就范，从此可以无患，所以有小屈大伸的谕旨。谁知英人死不肯放，今年不能如愿，待到明年；明年又不能如愿，待到后年；总要达到目的，方肯罢手。这且慢表。

且说道光帝即位以来，克勤克俭，颇思振刷精神，及身致治，无如国家多难，将相乏材，内满外汉的意见，横亘胸中，因此中英开衅，林则徐、邓廷桢、杨芳等，几个能员，不加信任，或反贬黜。琦善、奕山、奕经、文蔚、耆英、伊里布等，庸弱昏昧，反将更迭任用。琦善、奕山、奕经、文蔚四人，虽因措置乖方，革职逮问，嗣后又复起用。御史陈庆镛，直言抗奏，竟说是刑赏失措，未足服民，道光帝也嘉他敢言，复令琦善等职。怎奈贵人善忘，不到二年，又赏奕经二等侍卫，授为叶尔羌参赞大臣，奕山二等侍卫，授为和阗办事大臣，琦善二等侍卫，授为驻藏大臣，后竟升琦善四川总督，并授协办大学士，奕山也调擢伊犁将军。林、邓二人，未始不蒙恩起复，林督云贵，邓抚陕西，然后究贤愚杂出，邪正混淆，又有权相穆彰阿，仿佛乾隆年间的和珅，妒功忌能，贪脏聚敛，弄得外侮内讧，相逼而来。道光帝未免悒悒。俗话说得好："忧劳足以致疾。"道光帝已年近古稀，到此安能不病？天下事往往祸不单行，皇太后竟一病长逝，道光帝素性纯孝，悲伤过度；皇四子福晋萨克达氏，又复病殁，种种不如意事，丛集皇家，道光帝痛上加痛，忧上加忧，遂也病上加病了。正是：

    天有不测风云，人有旦夕祸福。

究竟道光帝的病体，能否痊愈，待至下回续叙。

道光晚年，为民气勃发之时，台湾谳案，达洪阿、姚莹，几含不白之冤，闽督怡良，又思藉端报复，微台民之合词诉枉，达、姚必遭冤戮。虽复奏案情，仍有"一意铺张，致遭指摘"等语，然上文恰谕其志切同仇，激于义愤，于遣责之中，曲寓保全之意，旨台民一争之效也。至若广州通商，为江宁条约所特许，英人入城，粤民拒之，以约文言，似为彼直我曲之举，然通商以海口为限，并非兼及城中，立约诸臣，当时不为指出界限，含糊其词曰广州,固有应得之咎,而于粤民无与。耆英诱约而去,徐广缙衔命而来,微粤民之同心御侮,广缙且被劫盟,以此知吾国民气,非真不可用也。但无教育以继其后,则民气只可暂用,而不可常用。本回于台粤民气,写得十分充足,实为后文反击张本。满必招损,骄且致败,作者已寓有微词矣。

第五十七回

清文宗嗣统除奸　　洪秀全纠众发难

　　却说道光帝身体违和，起初尚勉强支持，日间临朝办事，夜间居圆明园慎德堂苦次，延至三十年正月，病势加重，自知不起，乃召宗人府宗令载铨，御前大臣载垣、端华、僧格林沁，军机大臣穆彰阿、赛尚阿、何汝霖、陈孚恩、季芝昌，内务府大臣文庆，入圆明园苦次，谕令诸大员到正大光明殿额后，取下秘匣，宣示御书，乃是"皇四子奕詝"五字，遂立皇四子奕詝为太子。道光帝时已弥留，遂下顾命道："尔王大臣等，多年效力，何待朕言。此后夹辅嗣君，总须注重国计民生，他非所计。"诸臣唯唯听命。一息残喘，延到日中，竟尔宾天去了。皇四子遂率内外族戚，及文武官员，哭临视殓，奉安入宫，不烦细叙。

　　这皇四子奕詝，本是孝全皇后所出，前文已经叙过。道光帝早欲立为皇储，嗣后又钟爱皇六子奕䜣，渐改初意，不过孝全崩逝，疑案未明，道光帝始终悲悼，倘若不把皇四子立为太子，总有些过意不去，因此逡巡未决。是时滨州人侍读学士杜受田，在上书房行走，授皇子读书，他与皇四子感情最深，满拟皇四子入承宗社，将来稳稳是个傅相。旋因道光帝意有别属，未免替皇四子捏一把汗。一日，皇四子到上书房请假，适值左右无人，只一位杜老先生，兀坐斋中。皇四子便向他长揖，并说请假一日。杜老先生问他何事？皇四子答称奉父皇命，赴南苑校猎。杜老先生便走至皇四子前，与他耳语道："四阿哥至围场中，但坐观他人驰射，万勿发一枪一矢；并当约束从人，不得捕一生物。"皇四子道："照这么说，如何复命。"杜老先生道："复命时，四阿哥须如此如此，定能上邀圣眷。这是一生荣枯关头，须要切记！"皇四子答应而去。行到围场，诸皇子兴高采烈，争先驰逐，独他一人呆呆坐着，诸从人亦垂手侍立。诸皇子各来问道："今日校猎，阿哥为什么不出手？"皇四子只说是身子未快，所以不敢驰逐。猎了一日，各回宫复命，诸皇子统有所得，皇六子奕䜣，猎得禽兽，比别人更多，入报时，尚露出一种得意模样。偏偏皇四子两手空空，没有一物。道光帝不禁怒道："你去驰猎一整日，为何一物没有？"皇四子从容禀道："子臣虽是不肖，若驰猎一日，当不至一物没有。但时当春和，鸟兽方在孕育，子臣不忍伤害生命，致干天和；且很不愿就一日弓马，与诸弟争胜。"道光帝听到此语,不觉转怒为喜道:"好!好!看汝不出有这么大度,将来可以君人。我方放心得下哩。"于是遂密书皇四子名,缄藏金匣。

道光帝崩,皇四子为皇太子,即皇帝位,以明年为咸丰元年,是谓文宗。即位后,尊谥道光帝为宣宗成皇帝。又因生母孝全皇后,早已崩逝,咸丰帝素受静皇贵妃抚养,至此尊为康慈皇贵太妃,奉居寿康宫;后尊为太后,奉居绮春园,就是宣宗颐养太后的住所。以七阿哥奕𧬤生母琳贵妃,温良贤淑,亦尊为琳贵太妃,奉居寿安居西所,统格外敬礼,一体孝养。随封弟奕𪟝为惇亲王,奕䜣为恭亲王,奕𧬤为醇郡王,奕詥为钟郡王,奕譞为孚郡王;且追念杜师傅的拥戴大功,立擢为协办大学士。杜师傅便力图报称,所有政务,时常造膝密陈,因此求贤旌直的诏旨,连篇迭下。起擢故云贵总督林则徐、漕督周天爵、总兵达洪阿、道员姚莹等,多是杜协揆暗中保荐,中外翕然称颂。还有一种最得人心的上谕,由小子录述如左:

> 任贤去邪,诚人君之首务。去邪不断,则任贤不专。方今天下因循废坠,可谓极矣。吏治日坏,人心日浇,是朕之过。然献替可否,匡朕不逮,则二三大臣之职也。穆彰阿身任大学士,受累朝知遇之恩,不思其难其慎,同德同心,乃保位贪荣,妨贤病国;小忠小信,阴柔以济奸回,伪学伪才,揣摩以逢主意。从前戎务之兴,穆彰阿倾排异己,深堪痛恨。如达洪阿、姚莹之尽忠宣力,有碍于己,必欲陷之,耆英之无耻丧良,同恶相济,尽力全之,似此之固宠窃权者,不可枚举。我皇考大公至正,惟初以诚心待人,穆彰阿得以肆行无忌,若使圣明早烛其奸,则必立置重典,断不姑容。穆彰阿恃恩益纵,始终不悛,自本年正月,朕亲政之初,遇事模棱,缄口不言。迨数月后,则渐施其伎俩,如英船至天津,伊犹欲引耆英为腹心,以遂其谋,欲使天下群黎,复遭涂炭。其心阴险,实不可问。潘世恩等保林则徐,伊屡言林则徐柔弱病躯,不堪录用;及朕派林则徐驰往粤西,剿办土匪,穆彰阿又屡言林则徐未知能去否?伪言荧惑,使朕不知外事,其罪即在于此。至若耆英之自外生成,畏葸无能,殊堪诧异。伊前在广东时,惟抑民以媚外,罔顾国家。如进城之说,非明验乎?上乖天道,下逆人情,几至变生不测。赖我皇考洞悉其伪,速令来京,然不即予罢斥,亦必有待也。今年耆英于召对时,数言及如何可畏,如何必应事周旋,欺朕不知其奸,欲常保禄位。是其丧尽天良,愈辩愈彰,直同狂吠,尤不足惜。穆彰阿暗而难知,耆英显而易著,然贻害国家,厥罪维钧。若不立申国法,何以肃纲纪而正人心?又何以使朕不负皇考付托之重欤?第念穆彰阿系三朝旧臣,若一旦竟真之重法,朕心实有不忍,着从宽革职,永不叙用!耆英虽无能已极,然究属迫于时势,亦着从宽降为五品顶戴,以六部员外郎候补!至

伊二人行私闱上，乃天下所共见者，朕不为已甚，姑不深问。办理此事，朕熟思审度，计之久矣，实不得已之苦衷，尔诸臣其共谅之！嗣后京外大小文武各官，务当激发天良，公忠体国，俾平素因循取巧之积习，一旦悚然改悔，毋畏难，毋苟安，凡有益于国计民生诸大端者，直陈勿隐，毋得仍顾师生之谊，援引之恩，守正不阿，靖共尔位，朕实有厚望焉。布告中外，咸使知朕意。钦此。

原来咸丰帝即位时，天津口外，突来英船两艘，只说是赴京吊丧。直隶总督据事奏闻，咸丰帝召问穆彰阿及耆英两人，统答称英人请助执绋，无非为修好诚意，不如令他入京。独咸丰帝心中不以为然，随命直隶总督婉言谢却。英船亦起碇退去。于是咸丰帝因英人恭顺，回忆前次海疆肇衅，实由议抚诸臣，未战先怯，酿成种种失败的结果，遂追论前罪，将穆、耆二人分别遣责。穆、耆二人，虽因新主当阳，未免有些寒心，然一年还没有过得，就使上头变脸，也不至这般迅速。谁料迅雷不及掩耳，革职夺级的上谕，陡然下来，穆彰阿欲想挽回，已经没法，只得除下了红宝石顶子，脱下了一品仙鹤补服，没情没绪的领了一班妻妾姜妇，回入自己的旗籍去了。耆英做过大学士，一落千丈，降到五品顶戴，自想也没有脸面在朝打浑，也谢职而去。这且不必细表。

但咸丰帝谕旨中，有派林则徐驰赴粤西，剿办土匪等语，小子叙到这事，竟要大大的费一番笔墨了。先是道光二十八年，两广岁饥，盗贼蜂起，广西的东南一带，做了强盗窠，变成一个强梁世界。庆远府有张家福、钟亚春，柳州府有陈亚葵、陈东兴，浔州府有谢江殿，象州有区振祖，武宣县有刘官生、梁亚九，统是著名的盗魁，四处劫掠，横行乡里。巡抚郑祖琛年老多病，很是怕事，偏偏这强盗东驰东突，没有一日安静，百姓苦的了不得，到各处地方官禀报。地方官差了几个衙役，下乡查缉，捕风捉影，简直是一个没有拿到。还有一班猾吏，与强盗多是同党，外面似奉命缉盗，暗里实坐地分赃，百姓越加焦急，又推了就地绅士，向抚院呈诉。这位吃饭不管事的老抚台，见了数起呈文，都是详报盗案，免不得叫出几位老夫子，令他写好了几角公文，饬府州县严行捕盗。公文发出，郑老抚台又退入内室，吃着睡着，享那自在的闲福。这班府州县各官，早知郑抚台没甚严峻，也学那郑抚台模样，糊糊涂涂的过去，凭他什么申饬，仍旧毫不在意。百姓没法，不得已自办团练，守望相助。从此百姓自百姓，官吏自官吏，官吏不去过问百姓，百姓也不去倚靠官吏。自郑老抚台以下各官，乐得在署中安享荣华，拥着娇妻美妾，吸尽民膏民脂。不意桂平县金田村中，起了一个天空霹雳，直把那四万万方里的中国，震得荡摇不定，闹到十五六年，方才平靖，这也是清朝的大关煞，中国的大劫数。

金田村内，有个大首领，姓洪名秀全，本系广东花县人氏，生于嘉庆十七年。早丧父母，年七岁，到乡塾中读书，念了几本四书五经，学了几句八股试帖，想去取些科名，做个举人进士，便也满愿，怎奈应试数场，被斥数场。文字无灵，主司白眼。他家中本没有什么遗产，为了读书赶考，更弄得两手空空，没奈何想出救急的法子，卖卜为生，往来两粤。忽闻有位朱九涛先生，创设上帝教，劝人行道，自言平日尝铸铁香炉，铸成后就可驾炉航海。秀全疑信参半，就邀了同邑人冯云山，去访九涛。见面胜于闻名，便拜九涛为师，诚心皈依。九涛旋死，秀全继承师说，仍旧布教。适值五口通商，西人陆续来华，盛传基督教义，基督教推耶稣为教主，也尊崇上帝，有什么《马太福音》，及《耶稣救世记》等书。秀全购了一二部，暇时瞧阅，与自己所传的教旨，有些相象，他就把西教中要义，采了数条，羼入己意，汇成一本不伦不类的经文。谬称上帝好生，在一千八百年前，见世人所为不善，因降生了耶稣，传教救世。现在人心又复浇薄，往往作恶多端，上帝又降生了我，人世救人。上帝名叫耶和华，就是天父，耶稣乃上帝长子，就是天兄。这派说话，已是戛戛独造了。

后来与云山赴广西，居桂平、武宣二县间的鹏化山中，藉教惑民，结会设社，会名叫作三点会，取洪字偏旁三点水的意义。桂平人杨秀清、韦昌辉，贵县人石达开、秦日纲，武宣人萧朝贵，争相依附。秀全与萧朝贵，最称莫逆，就把妹子许嫁他。洪妹名叫宣娇，倒有三分色艺，朝贵很是畏服；为此一段姻缘，越发鞠躬尽瘁，帮助秀全。秀全得亲这几个党羽，遂差他分投各邑，辗转招集，运动了桂平富翁曾玉珩，入会输资，信教受业。秀全趁这机会，开起教堂，更立会章，不论男女，皆可入会传教，更不论尊卑老幼，凡是男人，统称兄弟，凡是妇女，统称姊妹。每人须纳香灯银五两，作为会费。起初被诱的人，尚是寥寥，秀全与冯云山、萧朝贵等，密议了一个计策，装成假死；外面不知是假，听说洪先生已死，都来吊唁。萧朝贵因是妹婿，做了丧主，受吊开丧。秀全便直挺挺的仰卧在灵床上，但见灵帏以外，有几个上来拜奠，有几个焚化纸钱，有几个会中妇女，斜对着灵帏，娇滴滴的发作哀声，你也哭声洪哥哥，我也哭声洪哥哥，这位洪哥哥听到此处，暗中笑个不了，勉强忍住了数日。日间装做死尸模样，夜间与几个知己，仍是饮酒谈心。过了七天，突把灵帏撤去，灵床抬出外面焚掉；当下惊动无数乡民，都来探问。萧朝贵答称洪先生复生，因此人人传为异事。

洪先生复魂复发传单，说要讲述死时情状，叫乡民都来观听。看官！你道这等愚夫愚妇，能够不堕他术中么？当下就在堂中设起讲坛，摆列桌椅，专等乡民听讲。到开讲这一日，远近趋集，齐入教堂，比看戏还要闹热。只见上面坐着一位道冠道服，气宇轩昂，口中叨叨说法，这个不是别人，就是已死复生的洪秀全。但听秀全说道："我死了七日，走遍三十三天，阅了好几部天书，遇了无数天神天将，并朝见天父，拜会天兄，真是忙的了不得。世间一年，天上只有一日,列位试想这七日内,天上能有多少时候?我见天上的仙阙琼宫,正是羡煞,巴不得在天父殿下,充个小差使,做个逍遥自在的仙人。怎奈天父说我尘限未满,仍要回到凡间,劝化全国人民,救出全国灾厄,方准超凡归仙;余外还有无数训辞,都是未来的世事。天机不可泄漏,我所以不便详告。最要紧的数句,不能不与列位说明:清朝气数将尽,人畜都要灭绝,只有敬拜天父,尊信天兄,方可免灾度厄。我前时设会传教,还是凭着理想,今到天上见过天父天兄,才信得真有此事。列位如愿入会忏悔,定能趋吉避凶,我可与列位做个保人,不要错过机会。"说到此处,即由冯云山、萧朝贵等取出一本名簿,走到坛下,朗声呼道:"列位如愿入会,赶紧前来报名。"于是听讲的人,统愿报名入会,只愁会费没有带来,与冯、萧诸人商量暂欠。冯云山道:"暂欠数日不妨,但已经报过了名,会费总当缴纳,限期七日一律缴清,如或延宕,要把姓名除没,将来灾难万不能逃呢。"那班愚民齐声答应,一一报名,登录会簿,随退出堂外。有钱的即刻去缴,没有钱的就典衣鬻物,凑足五两数目,赶至堂内缴讫。

秀全开讲数日,入会的人,累千盈万,党徒也多了,银子也够了,秀全遂蓄着异谋,想乘机发难,遂令冯云山募集同志,自己返到广东,招来几个故乡朋友,共图起事。秀全已去,云山且招兵买马,日夕筹备,渐被地方官吏察觉,出其不意,将云山拿去。云山入狱,富翁曾玉珩等人费了无数银钱,上下纳贿,减轻罪名,递解回籍。此时秀全已招了好几个朋友,方想再赴广西,巧遇云山回来,仍好同行。转入广西省平南县,遇着土豪胡以晃,意气相投,又联作臂助,各人在以晃家一住数日。杨秀清、韦昌辉、石达开、秦日纲诸人,聚居金田村,日俟秀全到来,望眼将穿;旋探得秀全寄居在以晃家内,忙率众迎至金田。秀全见金田寨内,多了几个新来的豪客,互通姓名,一个系贵县人林凤祥,一个系揭阳县人罗大纲,一个系衡山县人洪大全,谈吐风流,性情豪爽,喜得洪秀全心花怒开,倾肝披胆的讲了一会,当下杀牛宰豕,歃血结盟,誓做异姓弟兄,大有桃园结义、梁山泊拜盟的气象。当下第一把椅子,就推了洪秀全,第二把椅子,推了杨秀清,洪、杨慨然不辞,竟自承诺,随令众人蓄发易服,托词兴汉灭胡,竟就金田村内竖起大元帅洪的旗帜来了。小子记得石达开有一诗云:

> 大盗亦有道,诗书所不屑。
> 黄金似粪土,肝胆硬如铁。
> 策马度悬崖,弯弓射胡月。
> 人头作酒杯,饮尽仇雠血。

这一首诗中,已写尽这班人物粗莽豪雄的状态。但推那洪秀全作为首领,也未免择错主子,小子不欲细评,且至下回叙述洪、杨起事的战史。

高宗用一和珅,酿成川、楚、陕之乱凡九年。清宣宗用一穆彰阿,酿成洪、杨之乱凡十五年,养奸之祸,若是其甚钦?曰:一奸人进,群奸亦连类而升,内而公卿庶尹百执事,外而督抚道府州县,皆奸党也。无在非奸党,即无在非乱源,掊克聚敛,激成民怨,伏处草泽者,乘间而起,天下无宁日矣。迨至奸谋败露,灾害已至,虽诛夺元凶,亦觉其晚。齐王氏一妇人耳,犹能扰攘四五省,洪秀全传会西教,诈死惑民,一发而不可收拾。非跳梁者之果有异能,殆权奸当道,小民铤走之所由致也。本回可与五十一回参看,而用笔则详略褒贬,具见苦心。

第五十八回

钦使迭亡太平建国　悍徒狡脱都统丧躯

却说洪秀全、杨秀清等蟠踞了金田村,气焰日盛,桂平知县差了几个皂班快班,前往缉捕,不是被杀,就是被逐;而且风声日紧,有戕官据城的谣传。桂平县官连忙申详府道,府道又申详巡抚,郑抚台祖琛杜门不出,方喜盗案渐稀,清闲度日,忽接桂平警报,内说洪、杨蓄谋不轨,与寻常盗贼不同,他不禁忧虑起来,搔头挖耳的思想。想了半日,尚无妙策,就邀了几位幕宾,同议剿匪事宜。三个缝皮匠,比个诸葛亮,竟想出一个奏报北京迅派大员的计策。当由幕友修好奏折,即日拜发。咸丰帝览奏之下,便召杜协揆受田入议,受田力保故云贵总督林则徐,及故提督向荣。于是朝旨特下,派林则徐为钦差大臣,向荣为广西提督,迅赴粤西剿办;一面令郑祖琛出省督师。郑抚台接到此旨,一喜一惧:喜的是有人接替,可以少卸肩子;惧的是钦使未到,仍要出省剿匪。左思右想,无可奈何,只得带了绿营兵数千,出了省城,慢慢的南下,行至平乐府,竟就此屯驻了。原来平乐府西南,就是浔州府,桂平是浔州首县,郑老抚台明哲保身,暗想平乐府尚是安靖,若再南行,便要近着盗窠,倘或被围,恐怕老命都要送脱;因此半途中止,裹足不前。

会提督向荣驰到桂林,闻巡抚已出省督师,料想金田一面,由抚台亲自督剿,当不致蔓延四出,自己不如向柳州、庆远一带,先剿土匪,剪灭洪、杨羽翼,然后夹攻金田,较易荡平。主见一定,遂饬弁飞陈郑抚台,郑抚台不知可否,令他便宜行事。于是向荣遂出柳州、庆远,转入思恩、南宁,沿途杀逐无数盗贼,颇有摧枯拉朽的威势。

怎奈郑抚台安驻平乐,洪、杨等也暂不出发,只是蓄粮备械,从容布置,方思克日大举,忽探得钦差大臣林则徐奉旨前来,秀全大惊道:“罢了罢了!林公一到,我辈休了。”石达开在旁道:“大哥何胆怯至此? 难道不闻水来土掩,将到兵迎么?”秀全道:“并非愚兄胆怯。这林公智勇双全,英人尚敌他不过,何况我辈?”石达开道:“弟亦晓得林公利害,但我军饷械充足,总可支撑数月,倘果不能支撑,兄弟们尚可航海逃命,且待林公到来,再图进止!”秀全听说,略略放心,只差人窥探林钦差行程。

过了一二天，探报林钦差已到潮州普宁县，广西巡抚郑祖琛，革职遣戍，由林钦差兼任巡抚事。秀全愈加惶急。正踌躇间，见洪大全趋入，笑容满面道："大哥恭喜！林钦差死了。"秀全不觉跃起，便问道："可真么？"大全道："自然真的。现闻满清政府，已命前两江总督李星沅，继任钦差大臣，广西藩司劳崇光，署理巡抚了。"秀全道："这全仗上帝保佑，但不识李星沅是何等人物？"大全道："想总不及林钦差能耐。鄙意不若乘他未到，赶速发兵。"秀全道："很好很好。"忙召杨秀清等定议出发。石达开道："若要出兵，预先做张檄文，声明贪官污吏的罪孽，才算得师出有名呢。"秀全道："这须劳老弟大笔！"石达开道："论起文字一道，还要让大全兄。"秀全随令大全草檄，不到一时，草成檄文道：

奉承天道吊民伐罪大元帅洪谨以大义布告天下：窃以朝右奸臣，甚于盗贼；署中酷吏，无异豺狼。利己殃民，剥闾阎以充橐橐；卖官鬻爵，进谄佞而抑贤才。以致上下交征，生民涂炭，富贵者稔恶不究，贫穷者含愤莫伸。言者痛心，闻者裂眦。即以钱漕一事而论，近加数倍，三十年之税，免而复征，重财失信，挖肉敲脂，民财竭矣。剧盗四起，嗷鸿走鹿，置若罔闻；外敌交攻，割地赔钱，视为常事，民命穷矣。朝廷恒舞酣歌，讳乱世而作太平之宴；官吏残良害善，掩毒焰而陈人寿之书。崔苻布满江湖，荆棘遍丛道路，民也何罪？遭此鞠凶。我等志士仁人，伤心侧目，用是劝人为善，设教牖蒙，乃当道斥为莠民，诬为匪类，欲逞残民之焰，遽操同室之戈。我等环顾同胞，义难袖手，因之鼓励同志，出讨巨奸。凡我百姓兄弟，不必惊惶！商贾农工，各安生业！富者助饷，贫者效力，智者协谋，勇者仗义，共襄盛举，再造升平，则虎狼戢而天日清，蠹贼除而苗禾殖矣。倘有愚民助纣为虐，怙恶不悛，天兵所到，必予诛夷，凛之慎之！檄到如律令。

檄文一发，便制定旗帜，取炎汉以火德旺的意义，全用红色，更令人人用红布包头，扎束妥当，各执军械，排齐队伍，从金田村出发，进屯大黄江，遂分攻桂平、武宣、贵县、平南等县，前锋直到象州。清廷再授周天爵署广东巡抚，加总督衔，迅赴广西办理军务。复命两广总督徐广缙，派兵夹剿。广缙遣副都统乌兰泰，赴广西佐理军事，与向提督荣，分统二军，进剿洪、杨。

向荣兵至马鹿岭，马鹿岭在大黄江对面，由秀全遣兵堵守。向荣一鼓而上，驱散洪军，追至武宣，又与洪军酣战。洪军败走，入紫荆山。此时乌兰泰军亦到，分头攻截，又因李星沅已驰抵柳州，周天爵亦驰抵桂林，俱派兵协剿。无如李、周二人意见未合，李星沅素重向荣名，所遣各军，统令归向荣节制。周天爵兼任督务，以权出向荣上，派遣将弁，暗中授意，令直接转辕管辖，不受提辕干涉。乌兰泰又为广东总督所派遣，更与向荣各竖一帜，各分门户。向荣迭遭牵掣，自然要向李钦使处哓哓申诉。李钦使飞咨周署抚，又遭周署抚辩驳，李钦使也未免愤激，疏请简派统帅，一面进次武宣，忧心内焚，遂致病作。星沅系湖南湘阴人氏，秉性忠孝，叠任封疆大员，累建政绩。道光帝晏驾，他自江南入京，哭临尽礼。咸丰帝即位，召对大廷，语多称旨；并因母老乞归。咸丰帝鉴他诚挚，允他暂归省亲。适林则徐病殁普宁，乃复下旨令为钦差大臣。星沅入告母陈太夫人，即驰赴粤西，至是病日增剧，竟致不起。遗疏言："贼不能平，不忠；养不能终，不孝；殄用常服，以彰臣咎。"咸丰帝见他遗疏，也不禁垂泪，一面优旨嘉愍，赐予祭葬；一面令大学士赛尚阿，率都统巴清德、副都统达洪阿，督京师精兵四千人，赴粤视师。周天爵闻星沅病故，遂劾奏向荣不遵节制，咸丰帝因星沅疏中有隐怨天爵等语，遂罢天爵督师，褫总督衔，改用邹鸣鹤为广西巡抚。

　　赛尚阿至军，即饬各路进攻紫荆山。紫荆山前面，叫作新墟，后面叫作双髻山、猪仔峡，统是异常险隘。当下达洪阿攻西南，乌兰泰攻西北，总兵李能臣、经文岱攻东南，巴清德会集向荣军，自紫荆山后路攻入，直登猪仔峡，据住要口。洪、杨等拼命抵敌，究因要口已失，不能支持，遂率众倒退。向荣等步步紧逼，进夺双髻山要隘。洪军乃弃了紫荆山，分水陆两路，窜入永安州。赛尚阿即驰疏奏捷，得旨嘉奖。当时总道巢穴已破，可以指日肃清。不想永安失守的警信，又报入清营。原来永安本乏守备，洪、杨等窥他空虚，竟率众攻入守城，官吏早逃得不知去向。秀全既得了永安城，遂与会党拟定国号，叫作太平天国，自称天王，封杨秀清为东王，萧朝贵为西王，冯云山为南王，韦昌辉为北王，石达开为翼王，洪大全为天德王，秦日纲、胡以晃等四十余，各称丞相军师，居然要与大清国抗衡了。清军因他蓄发易服，称为发逆；亦叫他作长毛贼。他却呼清军为妖。

　　赛尚阿闻洪、杨已入永安，急移屯阳朔县，督诸军追剿。诸军统领，总要算向荣、乌兰泰最勇，追至永安城下，立营数十。向荣统北路，乌兰泰统南路，旗帜鲜明，刀枪密布，险些儿要踏破城池。怎奈两将素不相容，你要速，我要缓；你要合，我要分；一连数月不下。乌兰泰麾下，有故秀水知县江忠源，素为知兵，至是往返调停，总未能解嫌释怨。会都统巴清德病殁，兵士亦多触暑瘴，锐气渐衰。江忠源夜出巡逻，见永安城北角独阙围兵，忙入营禀乌兰泰道："现在长毛都聚集城内，全靠今日合围，悉数歼除，方免后患。卑职巡绕四周，见城北独留出不围，倘被他窜逸，将来四出为殃，大为可虑。"乌兰泰道："城北归向军门督攻，我却不便干涉。"忠源道："这事关系甚大，还请大人与向军门熟商。"乌兰泰默然不答。忠源道："大人若不便与商，待卑职自去见向军门，只请大人命下便是。"乌兰泰道："这却不妨听便。"忠源奉命，径至向营求见，由向军门召入，行过了礼，便献上合围的计议。向荣道："古人说得好：'困兽犹斗。'若将这城四面围住，贼众无路可走，定然誓死固守；现已攻了两三月，未能破入，兄弟所以撤去一隅，诱他出来，以便截击；一则得城较易，二则亦不怕他遁去，岂非两全之策么？"忠源道："大人明见，未始不能破贼，但我军现有三万多人，贼众不过万余，我众彼寡，尽可合围。若恐血肉相搏，所失亦多，何不断他樵采，绝他水道，使他自乱？不出十日，包可攻入了。"向荣仍是不依，忠源退出，自叹道："此计不用，我辈难逃大劫了。"遂回报乌兰泰，歇了数天，托病自去。

洪秀全见城北无兵，便有意溃围，自己带领杨秀清、冯云山、石达开出北门，令洪大全、秦日纲等出东门，萧朝贵、韦昌辉等出南门，林凤祥、罗大纲出西门，乘着黑夜，一声呐喊，便向四门杀出。清军虽也日夜防备，怎奈全城悍党，猛扑出来，好象饿虎饥鹰一般，这边围住，那边被他冲出，那边围住，这边被他冲出。乌兰泰适在东门，望见洪大全等出来，忙率兵抵敌，大全亦转寻乌兰泰角斗，两下酣战，毕竟乌兰泰勇力过人，奋战数合，将洪大全活捉过去。秦日纲忙来抢救，已是不及，复恶狠狠的与乌兰泰相扑。乌兰泰麾军四逼，把秦日纲困在核心。日纲正在危急，巧逢萧朝贵、韦昌辉两路杀入，救出日纲。清总兵长瑞、长寿二人，忙去拦阻，怎禁得萧、韦一军，大刀阔斧，逢人便砍，二总兵措手不及，都丧掉了性命。萧朝贵、韦昌辉、秦日纲等，合众东走，乌兰泰尚不肯舍，只饬人押解洪大全入京，自率兵尾追而去。

是时北门无兵，由洪、杨等拍马驱出，行了一二里，突遇清兵拦住，为首大将，正是向荣。当下火光如炬，枪声如雷，两军混战多时，杀得惨天愁，尘昏月暗。秀全部下统是异常精锐，恁你向军门如何能耐，不过杀了一个平手。不防林凤祥、罗大纲等又从西边杀到，秀全得了这军，格外抖擞精神，与向军死战。向荣尚拚命拦截，谁知老天又偏偏下起雨来，弄得官兵拖水带泥，有力难使。总兵董先甲、邓鹤龄，又先后战殁，眼见得这位洪天王，要被他窜去了。向荣收兵入城，检点队伍，已伤亡不少，慨然道："悔不听江忠源计策，相持数月，只得了一座空城。目下贼众北窜，定去窥伺省会，省会一失，广西全省统难保了。"随即整顿兵队，出了永安城，从间道驰赴桂林去讫。

这边乌兰泰尾敌东追，遥望萧、韦各军，绕山北走，料知敌众将犯省垣，遂命军士竭力赶上，将到六塘墟，敌众已不知去向，当下扎住了营，令侦骑四探，回报贼兵已踞住墟中。乌兰泰升帐，传集将弁，便道："本都统受国厚恩，愿与贼同生死，现闻贼众已踞六塘墟，想必是休养数日，出犯省城，不乘此奋力邀击，省城定要遭殃。"说到此处，令部下取过一盂，突拔佩刀，向臂上刺入；顿时血洒盂中，复令搅入清水，陈于案上，向将弁道："诸君如热忱报国，请饮此血!"将弁等不敢违慢,便个个向前,各呷一口。饮毕,拔营北进,直指六塘墟,急如电掣,疾若星驰。行入墟口,夕阳已是西下,但见树木丛杂,路径纷歧。副将金玉贵上前禀请,拟就此暂驻,待明晨进兵。乌兰泰道:"行军全靠锐气,若待至明日,气便衰了。本都统定要今日歼贼,虽死不辞。"金玉贵不敢多言,即随乌兰泰前进,愈入愈险,愈险愈暗。一声鼓响,长毛从暗中杀出,左有秦日纲,右有韦昌辉,乌兰泰全然不惧,列炬开战。你一刀,我一枪,争个你死我活。相搏多时,韦、秦二人率众退去,乌兰泰仍驱军穷追,直到将军桥,日纲、昌辉逾桥过去,乌兰泰亦怒马当先,跑过了桥,官兵逐队随上,甫过一半,豁喇一声,桥梁中断,坠水的人,不计其数。恼得乌兰泰怒气冲天,索性向前,不顾后面,忽见前面来了一大队长毛,打着东王南王旗号,让过韦、秦,截住乌兰泰。乌兰泰不管死话,上前冲突。此时天尚未明,猛听得一阵炮响,弹子如飞蝗般射来,乌兰泰身先士卒,毫无遮护,身中竟着了三弹,跌下马来。部将田学韬,疾忙趋救,巧巧一弹飞到面前,躲闪不及,正中脑袋,脑浆迸出,死于非命。乌兰泰亦狂喷鲜血,大叫一声而亡。霎时间乌军前队,统被长毛杀毙,只后队还在桥南,由金玉贵带着,正思渡水接应,见长毛兵已回杀前来,料知主将陷没,忙令部兵整阵而退;自己独怒目横矛,立于桥侧,大呼道:"长发贼敢过来斗三百合否?"长毛见他单骑直立,不觉惊异,便去禀报杨秀清。秀清拍马趋出,在桥北遥望,见玉贵身穿白袍,威风凛凛,不由的暗暗惊叹,随道:"这位白袍将,好象唐朝薛仁贵,我等不要惹他,让他去罢!"当下麾兵退去。王贵亦舒徐不迫,回呼部兵,改道趋桂林。

原来洪秀全出永安时,相约北趋,至此会合韦、秦各军,得了胜仗,遂直犯桂林,进逼城下;抬头一望,守城兵统已严列,防备的非常周到,秀全对众人道:"这个邹妖,倒很有点来历。你看他防兵密布,严肃得很哩。"话尚未毕,城上的枪炮,已一齐射来,秀全转身就走,退五里下寨。次日,复遣石达开、韦昌辉等,率兵进攻,又被守兵击退。回报妖将向荣,亦在城中,秀全道:"怪不得!怪不得!我道邹妖那有这般利害!"又接连攻了数日,一些儿不得便宜,俄报东岸鸬鹚洲又有妖兵来了,秀全忙令冯云山前去迎敌。云山去讫,石达开献计道:"广西僻处偏隅,无足轻重,我军不如悉锐北上,道出两湖,据江为守,相机以争中原,方为上策。"秀全鼓掌道:"好计好计!"遂下令拔寨都起,东出鸬鹚洲,想去接应冯云山。忽接前哨来报,南王追妖兵至蓑衣渡,中炮身亡。秀全不听犹可,听了云山死讯,魂灵儿都飞入九霄云外;接连又报天德王被解人京,惨遭极刑。秀全大叫道:"痛哉痛哉!"一语出口,两眼直视,竟向前扑倒。正是:

揭竿才托中兴号,闻耗先惊死党亡。

洪秀全倒地后，若果身死，倒也风平浪静了；但秀全是个乱世魔王，人叫他死，天偏叫他不死，这正没法，容小子下回接叙。

　　洪、杨发难金田，尚是幺么小丑，林公不亡，洪、杨徒航海出走，与波臣为伍已耳。林公即亡，继起者果同心协力，合图扑灭，则聚而歼之，尚为易事。乃李、周相嫉，乌、向不睦，坐使入网之鱼，终致漏网，陷阱之兽，又复脱阱，虽曰天数，宁非人事？本回叙洪、杨四出之原因，以见将帅不和之大弊，语曰："和气致祥，乖气致戾。"观此益信。

第五十九回

骆中丞固守长沙城　钱东平献取江南策

却说洪秀全晕厥过去,经众人七手八脚,扶起灌救,半晌才渐渐醒来,不禁长叹道:"出师未捷,先伤两将,使我如失左右手,真是可痛可恨!"众人极力解劝,秀全又问道:"那个妖将,伤我兄弟云山?"探弁答称:"是江忠源。"看官!你道这江忠源何故又来?他自托病告归后,料到长毛必逸出永安,北犯桂林,桂林有失,必入湖南。湖南系忠源原籍,为保全桑梓起见,不得不募勇赴援。适有同里刘长佑,与忠源意气相投,忠源遂邀为臂助,招集乡勇千人,出援桂林,甫到鹁鹕洲,已被冯云山截住。忠源佯退,诱云山至蓑衣渡,千枪并发,将云山击死。秀全闻到江忠源姓名,还不晓得他的智略,便到:"什么江妖,敢伤我南王?兄弟们替我前去,除灭江妖,报复大仇。"众人齐声得令,个个摩拳擦掌,向蓑衣渡杀去。

只见江军扎住蓑衣渡对岸,部下甚是寥寥。秀全命部众劫夺民船,渡将过去;才到中流,这船竟停住不动。对岸开了一炮,四面八方,小船齐集,统用火枪火箭,向长毛船上掷去。秀全仗着多人,冒火死斗;不想南风陡起,火势愈猛,一船被焚,那船又燃;要想回船逃走,凭你划桨摇橹,总是窒碍难行。秀全不信,令死党泅水窥探,回报:"船底统是大树,七丫八杈,把船只牵住,所以不便行动。"秀全急弃掉大船,改乘小船,驶到岸旁,登陆东窜。这一仗,烧死了许多长毛兵,乃是洪秀全出兵以来未曾受过的大亏。不过长毛可以随处掳胁,沿途经过,村落为墟,战败时只剩残兵疲卒,转眼间又是士饱马腾。

江忠源闻长毛东走,飞禀钦差大臣赛尚阿,出师拦截。这赛大臣的行踪,小子久不提起,只好从此处补叙。原来赛大臣无他谋略,专工趋避,自长毛逸出永安后,他已从阳朔潜返桂林。嗣闻桂林又要被兵,复从桂州退至永州。永州系湖南门户,此番长毛东走,正望永州进发,所以江忠源飞请出师。忠源着急万分,那赛大臣却雍容坐镇,视作没事模样,因此洪秀全掠地攻城势如破竹。提督余万清,驻守道州,闻长毛将至,弃城遁去,秀全等从容入城。占据月余,复分兵破江华、永明、嘉禾、蓝山等县,转入桂阳州、郴州。

警报直达长沙,长沙是湖南省城,巡抚骆秉章,与秀全本是同乡,幼时又与秀全同学,尝在暑夜同浴鱼池,秀全出了一课,要秉章属对,秀全的出句,是"夜浴鱼池,摇动满天星斗",秉章的对句,是"早登麟阁,挽回三代乾坤。"两人各自惊叹。此次成为仇敌,秀全未免畏惧三分,遂在郴州逗留不进。萧朝贵上帐请道:"大哥何不去夺长沙? 留在此地做什么?"秀全道:"长沙有骆秉章守住,非可轻敌,只好慢慢进兵。"朝贵道:"一日过一日,等到妖兵四集,我们要坐困了,还是赶紧进兵为是。"秀全尚在迟疑,被朝贵催逼不过,只得移攻永兴。永兴城内的县官,闻敌先溃,秀全复长驱直入。朝贵仍请进攻长沙,秀全道:"妹夫! 你不要性急,骆秉章非同小可,不应冒昧进攻。"朝贵道:"大哥休长他人锐气,灭自己威风! 我兵从广西到湖南,只蓑衣渡吃了场亏,此外战无不胜,攻无不取,简直是不曾费力。骆妖系湖南巡抚,湖南一省,统归他管辖,为什么不派重兵分守? 据我看来,毫不中用。大哥怕他,朝贵却不怕他呢。"言未毕,探马来报:"骆秉章已罢官了,现在继任的巡抚,叫作张亮基。"朝贵便起身道:"大哥所怕的骆妖,已经罢职,这是天意叫我去取长沙,小弟愿去走一遭。"秀全道:"你既要去,须多带人马。"朝贵道:"不必不必,小弟部下有锐卒千人,已经敷用,包管可得长沙。"秀全应允。朝贵入内,别了洪宣娇,宣娇嘱他小心。朝贵道:"区区长沙城,有何难取? 若不取得,誓不回军。"随与宣娇作别,竟带了千名死士,出永兴城,向东北进发。

　　这萧朝贵果然利害,一经出兵,好似风驰雨骤的过去,破安仁县,转陷攸县,及醴陵县,进薄长沙城下。湖南新任巡抚张亮基,尚未到省,旧抚骆秉章,因总督程裔采出驻衡州,无从交卸,所以还在城中;突闻长毛已来攻城,忙率提督鲍起豹,登陴守御,并飞檄各镇入援。城内兵民,不道长毛来得这般迅速,统惊慌的了不得,幸亏骆秉章昼夜巡查,随时抚慰,鲍起豹留心防堵,甚至向城隍庙中,舁出神像,置诸城楼,与他对坐,藉安民心。朝贵攻了数日,没有效果,气得暴跳如雷,喝令部兵猛扑。城上守兵,险些儿抵挡不住,忽见清总兵和春、常禄、李瑞、德亮等,率军驰至,朝贵才停住勿攻,固垒自守。和春等见朝贵壁垒森严,军械环列,倒也不敢惹他,只在城外扎住了营,相持又数日。

　　会清廷因长毛围急,赛尚阿、程裔采二人坐驻衡水,畏缩不前,严旨把他革职,调徐广缙驰督两湖,并促广西提督向荣速援湖南。向荣尝轻视赛尚阿,不愿受他节制,所以桂林围解,他便托病安居,不肯前敌,至赛已革职,方才启行。向荣未抵长沙,江忠源已倍道驰至,遥望朝贵兵分据城外天心阁,立栅甚坚。忠源道:"阁上地势甚高,贼众据此,长沙危了。"急领兵争夺天心阁,一场恶战,方把朝贵兵杀退。朝贵愤极,仍督众攻辕门,手执令旗,当先跃登;不防城上飞下一弹,对准朝贵头上,扑的一声,把头颅轰破,坠地而死。

　　死讯传至永兴,秀全大吃一惊,与秀清道:"我说骆秉章有些才智,不可轻敌,偏这萧妹夫硬要前去,被他击毙,宁不痛心!"秀清未答,洪宣娇已号哭入帐,问阿哥来讨丈夫,弄得秀全无言可答,还是秀清从旁劝解,并许率众复仇,宣娇方肯止哭,于是率众北行,飞扑长沙。宣娇亦领了一班大脚妇女,自成一队,跟随军后。其时张亮基及向荣统到长沙城内,援军大集,数近五万。秀全屡攻无效,复广募矿夫,凿凿地道。地雷两发,俱被向荣麾下邓绍良、瞿腾龙等抢险堵塞,反伤毙长毛数百名。秀全没法,潜令解围,宣娇尚不肯从,秀全许她另置男妾,方随同西去。

　　江忠源率兵驰逐,途遇秀全断后军,鏖战被刺,伤腓坠马,逃免回营;入城见新抚亮基,力陈河西一带,兵备空虚,请调兵扼堵,亮基也依计调遣。奈河西诸将,都畏长毛声势;作壁上观,秀全遂从容走宁乡,破益阳,出湘阴,渡洞庭,直达岳州。岳州文武各官,自提督博勒恭武以下,统已逃去。秀全整队而入,得了武库一所,启门细瞧,甲仗炮械,不计其数,乃是吴三桂遗物。秀全喜出望外,传令进攻汉阳,先向江口劫夺商船五千余艘,驾载部众,舳舻蔽江,旌旗耀日,顺流而下,直抵汉阳。知府董振铎,死守三日,救兵不至,城被陷,振铎率家丁巷战而死。知县刘宏庚自缢。秀全转向汉口焚掠五昼夜,百货为空。

　　时值隆冬,江水已涸,中涨巨洲,秀全令部众连舟为梁,环贯铁索,从汉阳接到武昌,环城设垒。巡抚常大淳,督兵数百拒守。向荣自湖南驰救,至洪山下寨。洪山在武昌城东,向荣因汉口已失,不欲并守孤城,所以在洪山立营,与城中遥为犄角。驻扎才定,杨秀清率众来攻,见向营坚壁勿动,几回冲突,统被击退。是夕月色无光,秀清总道向军初到,不敢袭击,便安心睡着,谁料到了夜半,寨外人马喧天,鼓声震地,秀清从梦中惊觉,忙起来抵敌,见向军如潮涌入,一将跃马入营,舞着大刀,左右乱砍,秀清不见犹可,见了这人,大喝道:"好个背义负盟的张嘉祥,来!来!来!我与你拼三百合罢。"随拍马向前,持刀力战;约十数合,耳边但听得一片呼声,都道:"快捉杨贼!"秀清心怯,转身便逃。怎奈向军紧迫不舍,部众已被他杀得七颠八倒。正在危急,幸石达开、林凤祥前来救应,与向军恶斗一场,还杀不过向军,又来了陈坤书、郜云官等一枝新兵,方才战退向军。这番败仗,长毛兵死了不少,被毁营垒十几座,失去枪炮二千余辆。秀清咬牙切齿,恨煞张嘉祥,连石达开等,亦愤愤不已。

　　看官!你道张嘉祥是何等样人?他本是广东高要县的大盗,洪、杨倡乱,召张入党。初次与向荣对垒,秀清令嘉祥率二百人,至向营诈降。向荣探知来意,留住二百人,另易二百壮士,从嘉祥出战,大败贼众。秀清遂将嘉祥妻子,一并杀讫。嘉祥不能转去,遂投顺向荣,改名国梁,向荣亦格外优待。只秀清还不晓得他改名,所以曾叫他为嘉祥。

　　向荣得此大胜,正思进兵援城,忽天雨如注,朔风凛冽,兵士不能前进,只好缓待数天。经这一雨，武昌城被地雷轰破，常大淳以下藩臬各官，统同殉难。清廷闻警，因徐广缙逗留湘潭，延不到任，以致寇势日炽，遂革职逮问；授向荣为钦差大臣；起故大学士琦善，选兵驻河南；调张亮基署湖广总督；潘铎署湖南巡抚；截住骆秉章回京，令署抚湖北。原来骆秉章前次罢官，实被赛尚阿劾奏，赛尚阿奉命督师，道出湖南，供张独薄，遂劾他吏治废弛，因此夺职。嗣因赛尚阿得罪，朝旨乃仍令抚楚，这时候，已是咸丰二年十二月了。

秀全便在武昌度岁，居然御朝受贺，大开盛宴。适外面来报，有一书生求见，递上名刺，秀全一瞧，乃是浙江归安人钱江，便道："白面书生，何知大事。"言下有拒绝意。还是石达开上前说："现时正要延揽人才，不宜谢客。"因命召入。钱江进内，长揖不拜。秀全见他气度雍容，倒也有些器重，便令钱江旁坐，问他来历。钱江答道："钱某前时曾充林则徐幕宾，林公罢职，英兵入境，钱某集众明伦堂，鼓励绅民，方思联合上下，出去抵敌，乃混帐官府，主张和议，反说钱某无端滋事，饬知县梁星源，捕某下狱，后被押解回籍，郁郁久居；今闻大王起义，是以不远千里，前来求见。"秀全道："你既来此，有何见教？"钱江道："大王欲手定中原，此处非久居之所，还应亟图进取，方可得志。"秀全道："我亦作这般想。但闻满廷怕我北伐，已遣什么琦善，率大兵阻截河南。看来河南非急切可攻，只好暂住武昌，相机行事。"钱江道："武昌居四战之地，万难长守，况向荣现逼城下，设或清兵再集，那时四面受困，如何是好？"秀全道："进兵四川可好么？"钱江道："也是不好。为大王计，第一着是取江南，第二着是取河南，第三着是取山东。从前明太祖破灭胡元，也是从这三路进发，大王现欲破灭满清，何不仿行此策？"秀全闻到此言，不禁眉飞色舞，便道："先生真有异升！今日正在开宴，请先生畅饮三杯，寿当领教。"钱江也不推辞，只与几位头目，行过相见礼，便在洪天王侧侍坐。天王便问他表字，叫作东平。饮至半酣，议论风生，乐得秀全手舞足蹈，仿佛如刘备遇孔明，符坚遇王猛一般。兴尽席散，钱江乘夜做了一篇好文字，于次日入呈秀全，秀全展阅道：

草莽臣钱江上言：伏维天王起义之初，弁发易服，欲变中国二百年胡虏之制，筹谋远大，创业非常，知不以武昌为止足也明矣。今日之举，有进无退，区区武昌，守亦亡，不守亦亡；与其坐以待亡，孰若进而冀其不亡？不乘此时长驱北上，徒苟安目前，懈怠军心，甚无谓也。或谓武昌襟带长江，控汴梁而引湘鄂，据险自固，然后间道出奇。以一军出秦川，定长安，或以一军趋夔州，取成都，不知秦陇四塞，地错边鄙，人悍物啬，粮食艰难；且重关叠险，纵我攻必克，必大费兵力。劳而无成，固贻后悔；得不偿失，亦弃前功。况削其支爪，究不若动其腹心之为愈也。至于四川一局，今昔异形。其在蜀汉之时，先以诸葛之贤，继以姜维之志，六出九伐，不得中原寸土，赖吴据长江之险以为唇齿，尚难得志，况今日哉？方今天下财库，大半聚于东南，当此逐鹿于宁谧之时，欲以四川一隅敌天下，江知无能为也。以江愚昧，不如舍西而东，金陵建业，皆帝王建都之所，淮泗汴梁，实真人龙起之方，宜先取金陵，以为基本，次取开封以为犄角，终出济南以图进取。据齐鲁之运河，可以坐困通仓之食，截南北之邮传，可以牵制勤王之师。如此而有不成功者，江未信也。故为今日计，莫若急趋江南；南京底定，招集流亡，秣厉兵马，扼要南堵，挥军北上，左出则趋江北以进战，急则可调淮扬之军以继之；右出则据黄河以拒敌，急则可调开归之军以应之。再发锐卒以图西略，徇行河内州县，直抵燕冀无返斾；更遣偏师以收南服，截定浙东郡邑，闲窥闽粤无轻举。兵不止一路，计必出于万全。外和诸戎，内抚百姓，秦蜀一带，自可传檄而定，此千载一时之机会也。自汉迄明，天下之变故多矣，分合代兴，原无定局。晋乱于胡，宋亡于元，类皆恃彼强横，赚盟中夏，然皆不数十年而奔还旧部，从未有毁灭礼义之冠裳，削弃父母之毛血，如今日之甚且久者。帝王自有真，天意果谁属？复我文物，扫彼腥膻，阵堂旗正，不必秘诈，军行令肃，所至归旧；彼纵有满洲蒙古殚精竭虑之臣，吉林索伦精骑善射之将，虽欲不望风投顺，我百姓其许之乎？更有期者，草茅崛起，缔造艰难，必先有包括之心，寓乎宇宙，而后有旋乾转坤之力。知民之为贵，得民则兴；知贤之为宝，求贤则治。如汉高祖之恢廓大度，如明太祖之夙夜精勤，一旦天人应合，不期自至。否则分兵而西，武昌固不能久守，且我之势力一涣，即彼之势力复充；久而久之，大势一去，不能复振，噬脐之悔，诚非江所忍言者矣。管见所及，不敢自隐，伏乞采择施行！

秀全阅毕，便道："奇才奇才！"遂封钱江为军师，即于咸丰三年正月元旦，连舟万余，载资粮军火财帛，及所掠男妇五十万，弃武昌东下。沿江守卒，望风披靡，只寿春总兵恩长，奉江督陆建瀛命，在中流截击，麾下只松江兵二千名，不值长毛一扫，恩长战死，舟师尽溃。陆建瀛方率兵数干，移舟上驶，才到九江，接到恩长死耗，从兵恟惧，霎时溃散。建瀛手下，只有十七人，驾着二舟，踉跄走江宁。秀全遂于正月初九日破九江，十七日陷安庆，安徽巡抚蒋文庆自尽。秀全留安庆三日，得藩库银三十余万两，漕米四十余万石，又掠得子女玉帛无数，驱运入舟。乘胜东指，连破太平、芜湖等县，击毙福山总兵陈胜元。至正月二十九日，已到江宁城下。连营二十四座，列舟自大胜关达七里洲，水陆兵号称百万，昼夜兼攻，怎南京城如何坚固，也要被他踏平了。小子有诗记事道：

天昏地黯鬼神愁，百万强徒出石头，

想是东南应遇劫，槐枪一现碎金瓯。

究竟江宁被陷没否，下回再行分解。

　　本回前半截是传骆秉章，后半截是传钱东平，骆秉章系清室名臣，长沙一役，骆已罢职，犹督兵固守，始终保全。洪秀全解围西去，虽渡洞庭，陷武汉，而后路卒为所握。湖南不下，湘北宁能长有乎？且其后洪氏之灭，多出湘勇力，假使当时无骆秉章，则长沙已去，即有曾罗诸人，何所恃而募勇？何所据而练军？以此知长沙之幸存，实为保障大江之锁钥，清有骆公，清之幸也。钱东平掉三寸舌，献取江南之计，不得谓其非策。明太祖尝建都金陵矣，安得谓江南之不必取耶？惟弃武昌而不守，殊为失算。武昌据长江下游，可南可北，可东可西，洪氏有兵百万，何不分兵东下，一守武昌，一取江南，联络长江上下以固根本，而顾劝其舍西取东也，奚为乎？助洪氏者，东平也，误洪氏者，亦东平。东平固不足道哉！

第六十回

陷江南洪氏定制　攻河北林酋挫威

却说江宁被困，总督陆建瀛率绿营兵守外城，将军祥厚、副都统霍隆武，率驻防兵守内城，城外商民，亦自募义勇队出击，守陴官兵发炮助战。义勇军系临时召募，究竟不谙战阵，被长毛杀败，转身逃回，城上的炮声，还是不绝，一阵弹子，把义勇打死无数，余众骇溃。长毛乘势扑城，陆制台本是个文吏出身，不善督兵，勉强守了七八日，外援不至，弹丸又尽，长毛在仪凤门外，暗穴地道，埋藏地雷，一声爆发，城崩数丈。守门兵连忙抢筑，连驻守别门的将弁，也闻声赶集，专堵一隅，不防长毛别队，偏从三山门越城而入，外城遂陷。陆制台自杀，秀全等进了外城，复攻内城，祥厚、霍隆武又拼命防御，阅两昼夜，力竭身亡，内城亦破。长毛不问好歹，不管亲仇，见财便夺，逢人便砍，遇有姿色的妇女，拖的拖，拉的拉，奸淫强暴，无所不至。城中官绅及兵民死难，多至四万余人。时咸丰三年四月十日也。

秀全出所获资财，大犒将士，部众都称他万岁，他亦居然称朕，称部下头目为卿。随召集东王杨秀清、北王韦昌辉、翼王石达开等及军师钱江会议。钱江复上兴王策，大旨在注重北伐；此外如设官开科，抽厘助饷，通商睦邻，垦荒开矿诸条，一一申明，秀全道：“先生的奏议，统是因时制宜的良策，朕自当次第施行。但金陵系王气所钟，朕即欲建都定鼎，可好么？”钱江尚未回答，东王杨秀清道：“弟意本欲进攻河朔，昨闻老舟子言，河南水少无粮，地平无险，倘战被困，四面受敌。此处以长江为天堑，城高池深，民富食足，正是建都的地方，何必异议！”钱江因东王势大，不好多言，只说：“东王计划，很是有理，只镇江、扬州一带，亟宜攻取，方可隔断南北清军，巩固金陵根本。”秀清道：“这着原是要紧。”遂不待秀全下令，竟向大众道：“何人敢去取镇江、扬州？”丞相林凤祥应声愿往，秀清道：“林丞相胆略过人，此去必定获胜。但一人却是不足，还须数人同去方好。”当下罗大纲、李开芳、曾立昌等，都愿随凤祥前行。秀清道：“甚好甚好！”遂请秀全发令，命众人率众去讫。

秀全复道：“朕既在此地建都，难道仍称为南京么？”秀清道：“我朝既名天国，何不就称为天京？”秀全大喜，就把总督衙门，改为王宫，拣择故家大宅，作为诸王府，募集工匠，大兴土木，修筑得非常华丽；于是定官制，立朝仪，订法律官制，以王位为最大，统辖一切政务，次为丞相，有天官、地官、春官、夏官、秋官、冬官等名目，兼理文武；行军则专属武职，叫做天将，有三十六检点及七十二指挥；又设立女官，分充宫府中女簿书，算是男女平等。朝仪设君臣座位，免去一切拜跪仪文；会议时依次坐定，言者起立，方许发言；法律如蓄妾有禁，买娼有禁，缠足有禁，鬻奴有禁，吸鸦片有禁，略似西国的摩西十诫，号为天条，犯者立诛。以三百六十六日为一年，有闰日，无闰月。每七日一礼拜，赞美上帝。另建说教台，高数丈，演说宗教，常作天父附身的模样。总之是不古不今不中不西的一般制度。宫殿既成，正殿叫作龙凤殿，匾额是"龙凤朝阳"四字，旁有两联，一联是："虎贲三千，直扫幽燕之地；龙飞九五，重开尧舜之天。"一联是："拨妖雾而见青天，重整大明新气象；扫蛮氛以光祖国，挽回汉室旧江山。"这两联，大约是钱军师手笔。秀全把掠取女子，选择好几十名，充作妃嫔，遂诹吉行升御礼，戴紫金冕，前后垂三十六旒，穿黄龙袍，浑身统用绣金盘成，当下升了御座，受文武百官朝贺。礼毕，就在殿中大飨群臣。

忽报清钦差大臣向荣，统率大兵数万，已到城东孝陵卫扎营了。秀全大惊道："这个向妖，怎么惯与我作对？总要设法除灭了他，方可安心。"道言未绝，又报清钦差大臣琦善统率直隶、陕西、黑龙江马步各军，与直隶提督陈金绶、内阁学士胜保自河南出发，来攻天京了。秀全道："怎么好？怎么好？"钱江起座道："陛下不必着急！扬州一带，已由老将林凤祥等出去攻略，当能截住北军；况琦善那厮，前在粤时，很是没用，这路兵不足为虑。只向荣很是耐战，又有张国梁为助，声势浩大，须要派遣重兵，屯驻城外，才可无虞。"正议论间，镇江、扬州的捷音，络绎前来，并接林凤祥奏议，略说："二月二十一日，拔镇江，二十三日，陷扬州，一路进行，毫无阻碍。现得金银若干，子女若干，赍送天京，伏祈赏收。惟满廷遣琦善到此，统率各妖，约有数万，臣观他营伍不整，攻城不力，毫不足惧，但留臣指挥曾立昌，防守扬州，已足堵御，臣愿率兵北伐"等语。秀全向钱江道："果不出军师所料。"钱江道："林丞相虽是雄才，惟孤军深入，未免疏虞，应请添派大兵，作为后应方好。"秀清道："就派吉丞相文元前去。"钱江道："吉丞相么？"秀清道："吉文元系北王亲戚，当不致有异心。"钱江道："并非防他有异心，但为北伐计，非计出万全不可。"秀清道："方今满清精锐，已聚南方，北省地面，料必空虚，有林、吉二人前去，何忧不胜？"钱江不便再争，遂由秀清派吉文元去讫。原来吉文元妹子，嫁与北王韦昌辉，韦为北王，杨为东王，两人势力相当，杨欲独揽大权，恐韦从旁牵掣，因此先把吉文元调开，削他羽翼，以便将来篡立。钱江窥破此意，只因洪、杨为患难交，疏不间亲，只得嘿然。

秀全便道："江北妖营，已不足虑，江南妖营，如何抵御？"钱江道："第一着是添派重兵，分堵要口，只叫坚守得住，不必与他开仗；待他旷日持久，兵心懈弛，自有破敌之策。第二着是分扰安徽、江西，截他后路，断他饷道，怎他如何骁勇，不能耐久，将来总是难逃吾手。"秀全亟称妙计。秀清道："安徽、江西系江南上流，关系甚大。看来安徽一带，须劳翼王，江西一带，须劳北王，我愿与天王共守此城。现在我军部下，如李秀成、陈玉成等，统是后起英雄，叫他分堵江南，何怕向、张二妖。"秀全道："好！好！"遂命北王韦昌辉出兵江西，翼王石达开出兵安徽。两王各带天将数十人，长毛数万众，分路而去。

秀清又遣派部下各将，分堵雨花台、天保城、秣陵关各要口，密布得铜墙铁壁相似，遂一味骄淫奢侈，恢拓府第至周围四五里，服食起居，概与秀全相等；搜取城内美女三十六人，充作妾媵，号为王娘，统是破瓜年纪，绰约丰神；又与天妹洪宣娇私相来往，亦未免有苟合勾当；每一出门，前后拥护数千人，金鼓旌旄等类数十件，又有洋绉五色巨龙一大条，长约百丈，高亦丈余，行不见人，随着音乐，大吹大打的过去；然后继以大轿，轿夫五十六人，轿内左右，立着一对男女，右系娈童，左系娇妾，一捧茗瓯，一执蝇拂，仿佛神仙相似；每晨高坐府中，官属先以次进见，随后去朝洪天王。这位天王，亦耽情酒色，整日里在后宫取乐，十日中只有一二日视朝，军事文报，刑赏黜陟，一任秀清所为。秀清又是个色中饿鬼，渐渐弄得形神尪弱，还要怂恿天王，速开男女各科，由秀清主试，钱江为副。男状元取了池州人程文相，女状元取了金陵人傅善祥。男科题为《蓄发檄》，程文相文中有云："发肤受父母之遗？无翦无伐；须眉乃丈夫之气，全受全归。忍看辫发胡奴，衣冠长跕，从此簪缨华胄，髦弁重新。"由钱江拔为男状元。女科题为《北争檄》，傅善祥文中有云："问汉官仪何在？燕云十六州之父老，已呜咽百年；执左单于来庭，辽卫八百载之建朝，当放归九甸。今也天心悔祸，汉道方隆，直扫北庭，痛饮黄龙之酒；雪仇南渡，并摧北伐之巢。"由钱江拔为女状元。秀清本不甚通文，统归钱江取录，只看中这女状元，才貌俱全，便叫他充东王府女薄书，日司文牍，夜共枕席。女状元感恩图效，格外婉媚恭顺，秀清非常合意。不料积宠生娇，批判笺牍，信口诋骂，屡言首事诸酋，狗矢满中，甚至秀清亦被他批得一文不值。秀清愤怒起来，竟说他嗜吸黄烟，枷号女馆。红颜女子，受了这般凌辱，免不得恹恹成病。病中上书秀清。内称："素蒙厚恩，无以报称，代阅文书，自尽心力，缘欲夜遣睡魔，致干禁令，偶吸烟草，又荷不加死罪，原冀恩释有期，再图后效。讵意染病三旬，瘦骨柴立，似此奄奄待毙，想不能复睹慈颜。谨将某日承贶之金条脱一，金指环二，随表纳还，藉申微悃。"秀清阅毕，又动了怜惜之意，忙令释放，并令闲散养疴，许他游行无禁。原来长毛定制，除诸王丞相及大小官吏外，男归男馆，女归女馆，不得夹杂;就使本是夫妇,也不得同宿。违犯天条,双双斩首。傅善祥得任意游行,乃是秀清特令,后来善祥竟不知去向,大索不得,这是后话。

且说林凤祥带领二十一军出滁州,据临淮关,进破凤阳,兵锋锐甚。吉文元又由浦口攻亳州,与凤祥合军,北趋河南。江北清营,亟令胜保分兵追蹑,那林、吉两人,率着悍党,兼程前进,好似狂风骤雨,片刻不停。胜保未入河南,林、吉已陷归德。河南巡抚陆应谷,督兵出城,向归德防剿,谁料警报到来,长毛已由间道趋开封,开封系河南省会,陆抚台安能不急?飞檄藩司沈兆云等,登陴固守。沈兆云才接抚礼,整备守城,林凤祥前队已扑到城下。城中守兵仓猝聚集,正在惊惶,亏得新任江宁将军托明阿,方督三镇兵过河南,乘便入援,与城兵内外夹击,足足战了两昼夜,才把长毛兵杀退。

林凤祥因开封难下,直趋河北,分兵围郑州荥阳县,牵制南岸的清兵,自己却与吉文元潜收煤艇,黉夜渡河,进捣怀庆府城。清廷已授直隶总督讷尔经额为钦差大臣,与尚书恩华,率精兵数千,驰赴河南,到了怀庆,正与林、吉相遇。林凤祥方穴隧攻城,见援军已至,只得分兵抵截。城中闻有援兵,知府以下,个个胆壮,格外奋力,坚守不懈。恁他如何设法,总被城中堵住。隔了数日,郑州、荥阳的长毛,亦败窜过河,托明阿尾追而到。李开芳谏林凤祥道:"顿兵城下,兵家所忌,我军不如转旆东趋,从大名进逼天津,攻心扼吭,方为上策。"凤祥道:"怀庆扼黄河要害,怀庆不下,转向东行,倘若腹背受敌,如何是好?"遂不听李开芳言,一面饬人至江宁乞援,一面竖栅为城,一面深沟高垒,为自固计。两下相持复十日,胜保又到,开芳仍请变计,凤祥只是不从。先后与清兵血战,计十数次,凤祥总不能稍占便宜。驹光如驶,竟逾月余,清廷下旨严责各军,讷尔经额与恩华、托明阿、胜保三人,不免焦灼,遂督励将士,誓破长毛,当下分兵二路,夺攻敌栅,那边开炮,这边纵火,霎时间烟焰蔽空,积成红光一片。林凤祥等固守不住,只得弃栅出来,抵死相扑。那官兵亦拼命拦截,飞炮流弹,简直在各兵头上乱滚。吉文元躲避不及,中弹倒毙。长毛见伤了一个主将,只杀得一条血路,拥着林凤祥北走。

这一战,凤祥麾下的精锐几已死尽。讷尔经额凯旋直隶,托明阿南赴江宁,单由胜保追击凤祥。凤祥后无退路,竟窜入山西。

山西巡抚哈芳,一些儿都没有预备,边境空虚得很。凤祥又乘虚突入,从垣曲县出曲沃县,连拔平阳府城,进至洪洞县。适江宁援兵二万人,由曾立昌、许宗扬等统带,自东而来,与凤祥相会。凤祥大喜,再合军东趋,寻出潞城、黎城两县间的小路,卷旗掩鼓,疾驱至临洺关。临洺关在直隶邯郸县北,系直隶省要隘,讷尔经额率军凯旋,方在关内驻扎。忽有探马来报,说西南角上有一大队人马,悬着大清旗号,向关上赶来。讷钦差茫无头绪,便道:"这枝兵从何而至？难道是胜保的兵么？"饬令再探！探马才出，那枝兵已蜂拥而至，不管三七二十一，竟冲入关中，讷军摸不着头脑，有几个上前拦阻，不料来军一齐动手，把拦阻的官军，杀得一个不剩。讷尔经额尚在营内，闻外面一片喊杀声，出来探望，才叫得一声苦。原来冲入关内的人马，前队服着清装，后面统是红布包头的长毛，当时失声叫道："长毛到了！长毛到了！"兵士闻着"长毛"两字，不由的胆战心摇，三十六着，走为上着，统抱头窜去。讷尔经额也是逃命要紧，跨马疾走。这一大队长毛，正是林凤祥用了诡计，掩袭讷军，当下乘势追杀，把清兵击死多人，一径驰到深州。深州各官，早已遁去，无阻无碍，听长毛入城。

深州距京师只六百里，警报递入清廷，与雪片相似，咸丰帝亟命惠亲王绵愉为大将军，科尔沁郡王僧格林沁为参赞大臣，督京旗及察哈尔精兵，星夜驰剿。时胜保已收复山西平阳府，自山西趋入直隶，亦奉旨代讷尔经额后任，与惠亲王、僧郡王等夹攻长毛。这位僧郡王有万夫不当之勇，是蒙旗第一个人物，手下的亲兵，也似生龙活虎一般，这番奉命视师，仗着一股锐气，连破敌大营数座，击毙长毛七八百人，杀得林凤祥不能住足，弃了深州东走天津，又被胜保夹击一阵，凤祥不敢攻天津城，退据静海，渐渐穷蹙了。

北方稍静，南方偏骚扰异常，安徽省城安庆府，被石达开再陷，江西省城南昌府，又被韦昌辉围攻。杨秀清又遣豫王胡以晃、丞相赖汉英、石祥贞等分头接应，皖赣两省，糜烂不堪，几无一人与长毛对手。只有升任按察使江忠源，奉命赴江南大营帮办，行次九江，闻南昌围急，倍道往援，才算得了一回胜仗，入南昌城助守。不意吉安又起了土匪，联络长毛，围困府城，江忠源飞书至湖南告急，为这一书，激出一位清室中兴的大功臣来。看官！你道大功臣是谁？就是湖南湘乡人曾国藩。

国藩字伯涵，号涤生，他降生的时候，家人梦见巨蟒入室，鳞甲灿然，尝相传为异事。道光十八年中进士，至道光末年，已升至礼部右侍郎，咸丰元年，诏求直言，国藩应诏，有详陈圣德三端，预防流弊一折，语语切直，几干罪谴。还亏大学士祁隽藻，及国藩会试时房师季芝昌，极力解救，方得免罪。二年，丁母忧回籍，适洪、杨四扰，烽火弥天，有旨令他帮助巡抚张亮基，督办团练，搜查土匪。他本是理学名家，拟请守制终丧，不欲与闻军事，适友人郭嵩焘，劝他墨绖从戎，不违古礼，于是投袂而起，募农夫为义勇，用书生为营官，仿明朝戚继光束伍成法，逐日操练，遂创成团练数营。已而张亮基移督湖北，骆秉章回抚湖南，国藩与秉章很是投契，练勇亦愈集愈多，是时得忠源乞援书，遂入见骆抚道："江岷樵系戡乱才，不可不救。"原来江忠源表字岷樵，国藩在京时，江适会试，谒见国藩，谈了一会方力，国藩曾说他后必立名抗节。至此与骆抚议妥，遂遣湘勇千二百、楚勇二千、营兵六百，属编修郭嵩焘及道员夏廷樾、知县朱孙

诇,带领赴援。忠源弟忠济,暨诸生罗泽南,亦各率子弟乡人,随同前去湘军出境剿敌,好算破题儿第一遭了。正是:

> 建州一脉延王气,衡岳三湘出辅臣。

湘军出境以后,胜败如何,当于下回交代。

洪氏之不终也宜哉！定都江宁,尚无关得失,乃安居纵乐,荒淫无度,军国大事,尽归杨秀清掌握。秀清专权自恣,淫佚与洪氏同,而骄纵且倍之。君相若是,宁能成功乎？林凤祥等率众北犯,本系洪氏胜算,越淮入汴,所向无前,可谓锐矣;然不乘清军未集之时,驰入齐鲁,进窥燕都,而乃西趋怀庆,迂道力争,复从山西间道,绕入直隶,师劳力竭,安能不败？宁待深州大挫,始知其无成耶？然观洪、杨之皮相西法,荼毒同胞,即使北犯而胜,亦无救于亡。故本回为洪、杨惜,亦为洪、杨病。林凤祥、吉文元辈,犹为本回之宾,项庄舞剑,意在汉王,阅者当于言外求之。

第六十一回

创水师衡阳发轫　发援卒岳州鏖兵

　　却说湘军出援江西，到了南昌，长毛即上前抵敌，两下酣战起来，究竟湘军是初次出山，敌不过百战余生的悍卒，罗泽南等又统是文质彬彬的书生，怎他如何奋勇，受着这利害的枪弹，不是倒毙，就是受伤，亏得江忠源引兵杀出，才接应湘军入城。检点兵士，湘楚军及营兵，已丧失一二百名，罗泽南的朋友，亦死了七人。当下与江忠源商议，忠源道："钢非炼不成，剑非磨不锐，湘楚各勇，仗义而来，很是可敬，但未经磨炼，不能与悍党争锋。目下不如出击土匪，先求经验，若能把土匪剿平，也可剪长毛羽翼。那时长毛少了援应，解围而去，亦未可知。"众人齐声赞成。于是夏廷樾出攻樟树镇，罗泽南出攻安福县，江忠济及刘长佑出攻泰和县，留郭嵩焘、朱孙诒两人，偕江忠源守城。不到半月，各路土匪统已平靖，各军亦陆续归来，忠源遂会集将士，督率出城，与长毛恶斗一场，竟将长毛杀退，追至十数里外乃回。湘楚军始有喜色。

　　郭嵩焘道："这城虽已解围，无如贼势飙忽，来往无定。且东南各省，多半阻水，江中统是贼舟，一日遇风，可行数百里，解了这边的围，就向那边围住，我若驰救那边，他又到这边来了。他由水路，我由陆路，他用舟楫，我用营垒，他逸我劳，何能平贼？现在须亟办长江水师，沿江剿堵，方能取胜。"忠源鼓掌称善，遂令嵩焘回湖南，请国藩代为奏请。国藩具疏详陈，主张造船购炮，募兵习操，洋洋洒洒数千言，无非是肃清江南的大计划。朝旨准奏，即命国藩照奏施行。国藩奉命，自长沙移至衡州，赶造战船，创办水师，经过无数手续，问过无数熟手，才造成战船三种：一种叫作快蟹，船式最大，用桨工二十八人，橹八人；一种叫作长龙，比快蟹略小，用桨工十六人，橹四人；一种叫作舢板，船最小，用桨工十人。每船各置舱长一名、炮手三名、头工二名、舵工一名、副舵二名。快蟹系营官坐船，长龙作为正哨，舢板作为副哨，募集水师五千人，日夕操练，共成十营。六营兵自衡州募来，即令成名标、诸殿元、杨载福、彭玉麟、邹汉章、龙献琛六人，作为营官。四营兵由湘潭募来，即令褚汝航、夏銮、胡嘉垣、胡作霖四人，作为营官。褚汝航曾任粤省同知，颇谙水师情形，遂兼任水师总统。又增募陆师五千人，分为十三营，派周凤山、储玫躬、林源恩、邹世琦、邹寿璋、杨名声及国藩季弟国葆等,分营统带。并特保举游击塔齐布为副将,充作先锋。水陆共得万余人,由国藩总辖,一俟船炮办齐,粮械完备,即拟沿湘而下,与长毛决一雌雄。

忽报长毛攻陷九江,分股窜湖北,署湖广总督张亮基,兵溃田家镇,江忠源赴援,亦被杀败,长毛已进趋武昌了。国藩道:"前阅京报,湖广总督已由吴老先生补授,张署督已调抚山东,为什么出兵打仗,还是张署督主持呢?"过了数日,接到湖广总督紧急公函,拆开一瞧,乃是新督吴文镕乞援手书。原来吴文镕系国藩座师,闻武汉危急,乃驰抵武昌,张亮基才得交卸。此时长毛兵已连破黄州、汉阳,武昌吃紧万分,因向国藩处求救。国藩苦炮械未齐,一时不能出发,奈朝旨亦来催促,上奉君命,下顾师恩,不得不酌遣数营,赴鄂救急;正在派遣,又递进吴督文书,总道是二次促援,及展阅后,方知长毛已经击退,并说衡、湘水师,关系全局,宜加意训练,毋轻赴敌。国藩才放下了心,停军不发。

谁知安徽的警信,又日紧一日。自石达开攻破安庆,安徽文武大吏,皆避至庐州,权作省治。奈长毛酋秦日纲又至,连陷舒、桐二城,在籍侍郎吕贤基殉难,日纲直趋庐州。朝旨授江忠源巡抚安徽,且饬国藩出兵,与忠源同援庐州。国藩拟部署大定,始行出发,而忠源已由鄂赴皖,冒雨前进,到六安州,将士多病,忠源亦疲惫不堪。六安民,遮道乞留,忠源不可,留总兵音德布统千人入守,自率数百人,力疾至庐州。庐州城内的官吏,已多半逃去,粮械一无所有,只有千余名营兵,及千余名团勇,连忠源带去亲卒数百,统得三千人,忙督率登陴,誓死守城。才隔一宵,秦日纲已薄城下,忠源仗着一片热诚,激励将士,日夜捍御,日纲倒也无法可施,方思撤围东去,忽胡以晃自安庆驰至,步骑约十余万,来助日纲,密结城中知府胡元炜,作为内应,从水西门掘了地道,埋药燕火,轰塌城墙十多丈。忠源犹拼死堵塞,且战且筑,不想胡元炜已潜开南门,放长毛入城,霎时间火势燎原,阖城鼎沸。忠源知不可为,掣佩刀自刎。手下一仆,从后面抽去佩刀,背忠源出走,忠源啮仆耳,血流及肩,仆不堪痛苦,将忠源委地。长毛亦已追及,忠源复徒手搏战,格杀长毛数人,身中七枪,投水自尽。败报传至衡州,国藩叹息不已,正悲悼间,黄州又来警耗,报称湖北总督吴文镕阵亡,国藩大惊。原来吴文镕初到武昌,巡抚崇纶,拟移营城外,隐谋脱逃,文镕即至抚署,约与死守,崇纶不以为然。文镕愤甚,拔出佩刀,掷诸案上,厉声道:"城存与存,城亡与亡,司道以下敢言出城者,污吾刀!"于是崇纶不敢异议。至武昌围解,崇纶虑不相容,私念不如先发制人,遂奏劾文镕闭城坐守。朝廷信崇纶言,促文镕出省剿贼,文镕方调贵州道员胡林翼,率黔勇六百人会剿。林翼未至,朝命已到,不得已带了七千人,出赴黄州,适逢残腊雨雪,满途军士,相率僵毙;崇纶又遇事掣肘,军械辎粮,不肯接应,文镕叹道:"吾年过六十,何惜一死？可惜死得不明不白。"随进薄黄州，休息数日，已是咸丰四年正月中。文熔探得长毛张灯高会，遂发兵袭击，不料反堕敌计，中途遇伏，官军哗溃。文熔率都司刘富成，往来冲突，手刃长毛数十名，究因军心懈散，寡不敌众，竟下马叩辞北阙，投河而亡。国藩闻座师凶信，复探悉崇纶倾陷状，便切齿道："可恨崇纶，我若得志，必诛此人。"

忽又有朝旨到营，令速率炮船兵勇，出援武昌。国藩乃传集水陆兵马，从衡州起程，到长沙取齐。水师沿湘而下，陆师分道而前，这一队击楫中流，那一队扬鞭大道，正有如火如荼的声势。途次闻长毛兵已陷岳州，破湘阴，入宁乡，不禁失声道："了不得！了不得"广遂命水师趋湘阴，陆师趋宁乡，褚汝航率数船先进，湘阴城内的长毛，望风退去。国藩闻前队得利，督战船继进，才到洞庭湖口，十八姨忽然作怪，狂飙陡作，白浪滔天，这班战船内舱长舵工，连忙下帆抛锚，尚且支撑不住。一阵乱荡，两船相撞，慌乱已许多时辰，方有些风平浪静。检点船只，已损失好几十号，勇丁亦溺毙了数百名。国藩令收入内港，暂缓出师。

忽接陆军详报宁乡得胜，长毛遁去。国藩道："这是还好。"言未毕，又有兵目来报，储统领玫躬逐北阵亡，国藩连叫可惜。接连又有人称称："邹统领寿璋、杨统领名声等，杀败长毛，追至岳州，不料王统领鑫，自羊楼司溃回，冲动我军，长毛又乘势杀来，我军亦被杀败了。"国藩道："王璞山专喜大言，我前时曾劝他敛抑，他竟不信，反与我别张一帜，今朝失败，咎由自取，可惜我军亦被牵动，应亟去接应方好。"遂令褚汝航领水师三营，赴岳州援应陆师，汝航甫去，警信又来，长毛复杀入湘江，踞住靖港，别遣一队绕袭湘遭，占到长沙上游，顿时触动了国藩的忠愤，口口声声埋怨王璞山，小子前次叙述水陆各将，未曾说起王璞山，不得不补叙明白。璞山即王鑫表字，与国藩同里。国藩治团练时，尝相助为理，嗣因王鑫负才恃气，与国藩意见不合，遂自募乡勇二千多人，别为一军。至此闻长毛窜入湖南，独率乡勇阻截，才抵羊楼司，遇着长毛大队扑来，乡勇胆怯，不战自溃。国藩既与他微有嫌隙，又因邹、杨各军被他牵扰，长毛乘胜长驱，掩入上游，心中遂越加懊恨，于是橄塔齐布回援湘潭，自督舟师迎击靖港。

方才出发，贵州道胡林翼到来，林翼字贶生，号润芝，湖南益阳县人氏，也是个进士出身，素有韬略。吴文熔初督云贵，正值林翼需次贵州，相见之下，大加赏识。及文熔移督湖广，因调林翼为助，林翼到湖南，闻吴督已经战殁，途中又被长毛阻隔，只得来见曾国藩。国藩延入，抵掌高谈，唾弃一切，说得国藩非常倾心，当下令林翼率黔勇，偕塔齐布同往湘潭。塔齐布系旗籍中翘楚，胡林翼系汉员中巨擘，一个膂力过人，一个智谋出众。两将直至湘潭，打一仗，胜一仗,长毛头目没有一个是他敌手。

只曾国藩出师靖港,遇着西南风,水势湍急,被长毛乘风杀来,战船停留不住,纷纷奔溃。国藩愤极,猝投水中,亏得左右赶紧捞救,总算不死。随退驻省城南门外妙高峰寺,定了一回神,便召众将弁商议道:"靖港一败,北面受困,倘或湘潭失守,南面又要吃紧,岂不要前后受敌乎?"杨载福起身道:"今日的时势,只有添兵去救湘潭,湘潭得胜,后路无虞,方可并力驱逐敌船。载福不才,愿带水师一营,去助塔副将!"国藩尚在踌躇,彭玉麟道:"杨君之计甚是,此处且坚守勿动,待湘潭收复,水陆夹攻,不怕长毛不败。彭某也愿同去一走!"国藩见彭、杨二人,主见相同,便即依从。彭、杨遂整集船舶,扯起风帆,命舵工水手向南速驶。

到了湘潭附近,遥听岸上一片战鼓声,震得波摇浪动,料知此时定在开战,令更加檣急进,直薄湘潭城下,见长毛水陆两路,夹攻湘军,塔齐布、胡林翼两人,分头抵敌,正是血肉相搏的时候。杨载福出立船头,当先冲入,彭玉麟继进。长毛不意水师猝至,相顾愕眙,刚思回船相扑,不防火弹火药,飞入船中,烟焰冒空直上,船内的长毛,脚忙手乱,这边未曾救灭,那边又被烧着。长毛见不是路,多半弃船登岸,剩得小船数艘,划桨飞奔,也被彭、杨手下追及,开炮轰沉。逃上岸的长毛,碰着塔、胡两军,正在截杀,杨载福、彭玉麟已烧尽敌船,也摆船近岸,跃登岸上,用刀一招,水师陆续随上,杀得长毛遍地是血,死了四五千人。长毛知湘潭难保,一溜风逃得精光。塔、胡、彭、杨四营官,收复湘潭城,差专弁至长沙报捷。

国藩日盼消息,接到捷书,乃奏陈靖港、湘潭胜负各情,并自请交部议罪。奉旨:"靖港败衄,不为无咎,姑念湘潭全胜,加恩免罪,赶紧杀贼自赎。湖南提督鲍起豹,未闻带兵出省,仅知株守,有负委任,着即革职,所有提督印信事务,暂由塔齐布署理"等语。国藩接旨,即檄塔齐布回省。塔齐布入见,国藩就告知恩眷,并慰劳一番。塔齐布亦深为感谢。国藩复将水陆各军,汰弱留强,重整规模,指日进剿。

适值广西知府李孟群,率水勇千名,广东副将陈辉龙,率战舰数艘,同到长沙,都向曾营内投递手本,由国藩同时接见。国藩本是虚心下气,延揽人材的主帅,无论何人进谒,总叫他不要拘束,随便自陈。两人纵谈了一回,统是意气自豪,不可一世,辉龙尤睥睨一切。国藩暗暗嗟叹,只嘱咐他小心两字。

辞出后,军弁来报,华容、常德、龙阳各县城,统被贼陷。国藩道:"贼势至此,我军不能再援了。"言未已,澧州、安乡等城,又报失守,接连来了一枝湖北败兵,保着湖北巡抚青麟,逃至长沙,国藩道:"巡抚有守城的责任,为什么逃至此地? 莫非武昌已失守么?"看官记着湖北巡抚,本是崇纶,崇纶丁艰去职,由学政青麟摄篆,总督乃是台涌,接吴文熔职任。台涌出省剿贼,长毛偏溯江而上,连破安陆府、荆门州,直逼荆襄。幸亏荆州将军官文,遣游击王国才,率兵勇千七百人,击退长毛。长毛重复下窜,转攻武昌。青麟未谙军旅,又因城中饷匮,不能固守,只得弃了城奔到长沙。青麟投刺曾营,国藩拒不见面,入城去见骆巡抚,骆秉章亦不甚款待,遂绕道奔赴荆州,途次奉旨正法,台涌亦革职,并命曾国藩迅速进剿。于是国藩分水师为三路,褚汝航、夏銮等为第一路,陈辉龙、何镇邦、诸殿元等为第二路,国藩自率杨载福、彭玉麟等为第三路。陆师亦分三路,中路属塔齐布,西路属胡林翼,东路属江忠淑、林源恩。六路大兵,一齐出发。

早有细作通报长毛,长毛倒也惊慌,退出常澧,专守岳州。褚汝航、夏銮,鼓棹直前,驶至南津,长毛出港迎战,正杀得难解难分,陈辉龙、何镇邦、诸殿元复到,两路夹攻,长毛渐却;杨载福、彭玉麟又督战船驶入,把长毛的战船,冲作四五截,眼见得长毛大败,弃掉战船十数艘,拼命的逃去了。水师乘胜驱至岳州,守城的长毛还想抵御,谁知塔齐布亦自陆驰到,与水师夹击岳州城,一阵鼓噪,把长毛赶得无影无踪。随即迎曾帅入城。安民已毕,当令前哨侦探敌踪,回报长毛水军在城陵矶,陆军在擂鼓台,国藩道:"这两处离城不远,仍旧在岳州门口,还当了得。"急命水师攻城陵矶,陆师攻擂鼓台,各将都奉命出发。只国藩在城留守,眼望旌旗,耳听消息。第一次军报,城陵矶水师大胜,获战船七十六艘,毙长毛千余,生擒一百三十名;第二次军报,陆师已薄擂鼓台,战败贼酋曾天养。国藩自语道:"这次可直达湖北了。"过了一日,接到第三次军报,水师追长毛至螺矶,途遇南风,为敌所乘,褚汝航、夏銮、陈辉龙、何镇邦、诸殿元等,先后战殁,国藩大惊失色,正是:

　　　　胜败靡常,侥得儌失;军情变幻,不可预测。

　　欲知后来胜负情形,试看下回分解。

　　曾国藩始练湘勇,继办水师,沿湖出江,为剿平洪、杨之基础,后人目为汉贼,以其辅满灭汉故。平心而论,洪、杨之乱,毒痡海内,不特于汉族无益,反大有害于汉族,是洪、杨假名光复,阴张凶焰,实为汉族之一大罪人。曾氏不出,洪、杨其能治国乎?多见其残民自逞已。故洪、杨可原也而实可恨,曾氏可恨也而实可原。著书人秉公褒贬,无私无枉,笔致曲折淋漓,犹其余事。

第六十二回

湘军屡捷水陆扬威　畿辅复安林李授首

却说褚汝航等进兵螺矶，遇着逆风，被长毛顺风纵火，烧掉了三十多艘战船，褚汝航等不肯退走，硬要与长毛拼命，陈辉龙越加气愤，从火中跳进跃出，指挥部下；究竟水火无情，一众英雄，陆续毕命。这信传达岳州，试想这再接再厉的曾大帅，能不惊心动魄么？亏得杨、彭二将，又差军弁飞速进见，报称退守陵矶，扼住要口，长毛已经退去，国藩稍稍放心；只想褚汝航等患难至交，到此尽行战殁，未免痛心；随令同知俞晟代汝航，令他收拾余烬，再图大举。

正布置间，军报又到，塔军门大破擂鼓台，阵斩贼目曾天养，国藩一想，陆师得此大胜，正好抄至城陵矶，会合水师，进攻长毛，只恐塔齐布势孤，不敷调遣；方在踌躇，忽报周凤山、罗泽南自长沙到来，国藩大喜，立即延入。周、罗二人行礼毕，便道："骆中丞闻水师新挫，特遣某等前来听差。"原来二人本留守长沙，奉骆抚命来助国藩，国藩遂令周凤山赴擂鼓台，罗泽南赴城陵矶。二人甫去，李孟群又到。孟群父唐谷，曾官湖北按察使，武昌再陷，卿谷殉难，孟群得此凶信，日夜泣血，禀请骆抚，愿前敌报仇；当下入见曾帅，号啕大哭。国藩也陪了数点眼泪，随即温言劝慰，令他驶至城陵矶，帮助水师。

自是水陆两军，齐集城陵矶，城陵矶附近有高桥，长毛扎下营寨，作为城陵矶犄角。塔军门奉国藩檄，匹马单刀，直趋高桥，长毛率众来扑，塔军门把刀一招，后面的罗、李各军，统赶上来杀长毛。长毛斗不过，败奔城陵矶。湘军乘势追上，城陵矶的长毛，约有二万余名，倾巢出来，恶狠狠的来敌湘军。塔军门一马当先，冲入长毛队里，湘军随后杀入。适天雨如注，东南风大作，湘军乘风猛扑，人人拼命，个个争先，拔去竹签数丈，跃过濠沟两重，杀声与风雨声相应，震动天地，吓得长毛步步倒退；湘军越发奋勇，连毁敌垒十余坐，水师亦击沉敌船数十艘，从城陵矶杀到螺山，从螺山杀到金口，简直是没有歇手，任他长毛凶悍，总是敌不住湘军。战了两三日，把东岸的旋湖港、芭蕉湖、道林矶、鸭栏矶，又西岸的观音洲、白螺矶、阳林矶各处地方的敌垒，一扫而空，从此由岳入湘的门户，方稳固无虞了。

国藩接着捷报，就从岳州出发，进驻螺山，拜疏奏捷。有旨赏给三品顶戴，国藩上疏力辞，并附陈李孟群忠勇奋发，思报父仇，现在服尚未阕，请从权统领水师，藉专责成。朝旨擢孟群为道员，不准国藩辞赏。国藩复出驻金口，饬水陆两军，乘胜穷追，声势撼天，所向无敌。适荆州军官文，亦遣将魁玉、杨昌泗等，率五千人来会，军容愈盛，遂复蒲圻、嘉鱼等县，直入武汉境内。是时湖北总督换了杨霈，亦收复蕲水、罗田及黄州府属各城，北路亦渐次肃清。

国藩遂召集诸将，商取武昌，罗泽南袖出一图，指示诸将道："欲攻武昌，须出洪山、花园两路。花园濒江环城，闻悍贼悉众死守，洪山贼势少减，然亦屯有重兵。罗某愿攻洪山。"塔齐布微笑道："罗山先生，避难就易，未免不公。"原来罗泽南字罗山，素讲理学，湘乡人多执贽为弟子。罗山从军，弟子亦多半相随，军中多称为罗山先生。只罗山向来持重，不轻出战，塔齐布屡次挑激，此次因花园一路，要塔往攻，所以出言消让。国藩忙道："罗山亦并非胆怯，只虑部下不足，现加派兵二千，令罗山弟子李迪庵，统带接应，罗山便好往攻花园了。"泽南应允，随率兵去讫。

塔齐布去攻洪山，泽南自为前锋，令弟子李续宾为后应。续宾即迪庵名，与泽南同隶湘乡县籍，身长七尺，膂力过人，至此始独率一军，随泽南进行。泽南将到花园，长毛已出来迎截，两造正鏖战不下，忽北岸火光触天，大炮声陆续不绝。长毛恐江面失败，无心恋战，慌忙退入垒中。原来花园北濒大江，内枕青林湖，长毛南北列营，置炮累累，向北者阻清水师，向南者阻清陆军。国藩既遣去泽南，复令杨载福、俞晟、彭玉麟、李孟群、周凤山等，率水师前后进击，纵火焚敌船，火炮火球，飞掷如雨，敌船被毁几尽。长毛的尸首，浮满江滨。泽南趁势攻敌垒，垒有九，四面立栅，上列巨炮，泽南令军士携着手枪，俯伏而进。长毛开枪轰击，军士毫不畏惧，执枪滚入，近垒始起。前列奋登，后队继上，自辰至酉，连克八垒，还有一垒，是长毛大营，悉众来争。泽南手下，已觉疲乏，几乎不能支持，巧值李续宾到来，一支生力军，横厉无前，将长毛一阵击退。长毛尚据营自固，适俞晟、杨载福等，已自江登陆，夹攻长毛大营。长毛至此，已势穷力竭，只得弃营逃走。泽南进薄武昌，塔齐布亦攻克洪山，随后踵至，城内长毛宵遁，遂复武昌。隔岸的汉阳城，由荆州军统领杨昌泗，奉曾公命，渡江收复，相距只一小时。还有黄州府城，亦由知府许赓藻率团勇攻克，侥幸生存的长毛，四散窜去。

国藩驰至武昌，奏报武昌、武汉的情形，由咸丰帝下谕道：

览奏，感慰实深。获此大胜，殊非意料所及。朕惟兢业自持，叩天速救民劫也。钦此。

隔了一日，又有谕旨一道，寄至武昌，其辞云：

此次克复两城，三日之内，焚舟千余，踏平贼垒净尽，运筹决策，甚合机宜。尤宜立沛恩施,以彰劳功,曾国藩着赏给二品顶戴,署理湖北巡抚,并加恩赏戴花翎,塔齐布着赏穿黄马褂。钦此。

国藩奉诏后,疏称母丧未除,不应就官,坚辞巡抚职任。奉旨照允,仍赏给兵部侍郎衔,另授陶恩培为湖北巡抚,饬曾国藩顺流进剿。国藩遂统领水陆各军,沿江东行,下大冶,拔兴国,破蕲州,直达田家镇。田家镇系著名险隘,东面有半壁山,孤峰峻峙,俯瞰大江,一夫为守,万夫莫开。长毛复从半壁山起,置横江铁锁四道,拦以木簰,遍列枪炮,另置战船数千艘,环为大城,好象一座巨岛,岸上又有敌垒二十余座。湘军自蕲黄东下,陆师先至,塔、罗二将为统领,与田家镇长毛开了一仗,虽擒斩了数千名,尚不能越雷池一步。

至杨载福、彭玉麟等踵至,定议分水师为四队:第一队用洪炉大斧,熔凿铁锁;第二队挟炮进攻,专护头队;第三队俟铁锁开后,驶至下游,乘风纵火;第四队守营各勇,依令并举,四队排齐,杨载福率副将孙昌凯,作为第一队先导,熔斩铁锁,驶舟骤下,余三队陆续继进。开炮的开炮,放火的放火,逼得长毛上天无路,入地无门。那时岸上的塔、罗二军,望见水师已经得手,亦各宣军令,急攻敌垒,先进者赏,退后者斩。各军士拼命向前,刀削枪截,尚不济事,也顺风纵起火来。于是江中纵火,岸上亦纵火,烧了一日一夜,就使铜墙铁壁,也变成了一片焦炭。可怜红巾长发,死于水,死于火,死于刀兵枪弹,都向鬼门关上报到。还有一小半长毛,不该死在此地,统纷纷逃命。这次乃是湘军同长毛第一次恶战,岸上的长毛营二十三座,江中的长毛船五六千艘,被祝融氏收得精光,遂拔田家镇。自是湘军威名震天下。

长毛首领陈玉成,窜至广济,联合秦日纲、罗大纲等,分守各要隘,怎禁得塔罗二军,乘胜前来,步步逼入,节节进剿,连趋避都来不及,还有何心抵挡?广济不能守,转走黄梅。黄梅乃湖北、江西、安徽三省总汇的地方,陈、秦、罗三个头目,并力死拒,挑选悍卒数万名,驻扎城西的大河埔,分遣万余名守小池口,万余名扼城北,数千名游弋水陆,互为援应。塔军才至双城驿,距大河埔十里,尚未立营,玉成已率众杀来,亏得塔军素有纪律,奋登山冈,立住脚跟,养足锐气,冲杀而下。正酣斗间,杨、彭等已攻进小池口,不由玉成不走。湘军水陆齐进,立毁大河埔敌营,城北的长毛,已望风遁去。塔齐布猛扑城头,首受石伤,裹创再攻,长毛不能支,追城窜去,遂复黄梅。

国藩进驻田家镇,连日奏捷,又附陈吴文熔被陷状,奉旨令崇纶自尽,并优奖国藩。国藩因湖北略平,遂督军顺流东下,直攻九江。湖北下窜的长毛,纠合安庆新到的长毛,固守九江城,急切不能攻。那时河北的长毛,恰有肃清的消息,小子只好将九江战事,暂搁一搁,别叙那河北情形。

长毛丞相林凤祥,自深州败走,返据静海,分兵屯独流及杨柳青二镇,作为犄角。清将胜保进攻不能下,且被长毛杀败一阵。咸丰四年正月,清郡王僧格林沁亦率军趋至,会合胜军,先攻独流镇。独流镇的长毛,最是犷悍,固垒抗拒,清军连冲数次,都被击退;恼了有进无退的僧郡王,严申军法,留胜保军堵住杨柳青,自率精骑踹入敌营。长毛更番堵御,奈见了僧王虎威,都已心惊胆栗,且战且走。这边僧军更抖擞精神,上前奋杀,不一时已将敌营踏破。僧军转旆攻杨柳青,见胜军已经杀入,接踵而进,立刻荡平。二镇已破,静海的长毛,自然立脚不住,由凤祥挈领南窜,入据阜城。

阜城县外,有堆村、连村、林家场三处,俱占要害,凤祥就分兵屯驻,连寨以待。僧王一到,相度地势,立派副都统郭什讷、达洪阿、副将史荣椿、侍卫达崇阿等,分头纵火,东延西燃,把三村房屋,烧得一间不留,逃得慢的长毛,都做了火烧鬼,逃得快的,还算走入城中。僧王正围攻阜城,满拟指日克复,忽报安徽长毛,由金陵遭至山东,偷渡黄河,攻陷金乡县,于是急遣将军善禄等,分兵驰援。

过了一日,廷寄复下,令胜保速赴山东,堵剿匪目曾立昌、许宗扬。原来曾立昌、许宗扬二人,由凤祥派遣,暗使往会山东长毛,攻扰临清州,冀解阜城的围困,所以清廷有此谕旨。胜保到了山东,临清州闻已失陷,山东巡抚张亮基奉旨革职遣戍,连胜保、善禄等亦遭褫革,戴罪自效。胜保气的了不得,偕善禄驰攻临清,日夜轰击。城内的长毛,颇有能耐,一味坚守。胜保大愤,督军士三面猛攻,单剩南面一隅,放走长毛。长毛因有隙可逃,渐渐松懈,被清兵一拥登城,城立拔,长毛纷纷南奔。

胜保不及安民,即出城追赶,到了冠县,一蓬火,烧死长毛头目陈世保。曾立昌、许宗扬等落荒而逃,遁至曹县,四面筑起木城,为固守计。胜保追至曹县,与善禄密议道:"曾、许两贼,已是穷蹙,定不能固守此城;但彼窜我追,何时方能住手?必须想一斩草除根的计策,方便收军。"善禄踌躇一会,也无良法,只请胜保周视地形。胜保留善禄攻城,自率轻骑数十名,往各处巡阅一天。是晚回营,即与善禄附耳数语,令善禄分兵去讫。

到了夜半,胜保传军士各执火具,往焚木栅,霎时间烟焰蔽天,吓得长毛四散奔逃。胜保恰趁这黑雾迷漫的时候,麾众上城,曾、许二人知不可守,即弃城出窜。胜军恰紧紧追赶。时已黎明,曾、许两人逃至漫口,见前面水色微茫,料无去路,正思沿河窜逸,忽河侧有一枝兵杀到,视之,乃系清将军善禄所领的马兵。曾、许急忙回头,胜保又率步兵追到,马步夹攻,就使曾、许两人有三头六臂,也是抵挡不住,"咽冬咽冬"数声响,曾立昌、许宗扬都投入水中,眼见得两道灵魂,随河伯当差去了。其余的长毛,不是赴水,定是身死刀下,悉数殄除,无一漏网。

东境业已肃清，胜保整军而回，途次闻林凤祥，已窜入连州。看官！你道林凤祥何故入连州呢？他闻曾、许已攻入临清，拟乘此还军，联络曾、许，遂弃了阜城，南窜连州，占据连镇。僧王率众南追，胜保也移师会剿，总道林凤祥已成瓮鳖，不日可平，谁知凤祥真来得利害，自知无生还望，索性拼着老命，坚持到底。僧王攻一日，凤祥守一日，僧王攻一月，凤祥守一月，僧王方焦躁的了不得，忽有长毛自南门杀出，势甚凶悍，僧王急麾兵拦阻，已是不及，被他突围而去。这突围的长毛统领，乃是李开芳。原来凤祥尚未知山东败耗，特遣开芳南走，接应曾、许，合军来援。开芳到了山东，曾、许已溺毙多日，无处求救，疯狗噬人，不管好歹，窥见高唐州守备空虚，竟一鼓陷入，杀死知州魏文翰。他尚思分踞村庄，陡闻城外鼓角喧天，清将胜保，已率军追至城下，没奈何登陴死守。自是胜保围高唐，僧格林沁围连镇，此攻彼守，足足相持了半年。

僧王本是个骁悍人物，到此也无可奈何，看看冬季将尽，两湖的捷报，连日传来，僧王恨不得立破敌垒，昼攻夜扑，一息不停，方将连镇踏平了一半。连镇系东西二砦，联络而成，所以叫作连镇。僧王费了无数气力，才将西镇攻破。凤祥收拾余烬，坚守东镇，直至咸丰五年正月，粮尽力穷，方被僧军猛力攻入。凤祥尚是死战，可奈前后左右，统是僧军，此牵彼扯，活活的被他擒住，槛送京师。僧王再移军攻高唐，高唐自胜保围攻，也是半年有奇，李开芳的坚忍，不亚凤祥，僧王仗着初到的锐气，攻扑一番，仍然无效。他却想了一计，令全军一律退去。是时城内闻僧军到来，倒也惊惶，及见城外的清兵，尽行退去，不得不乘机出窜。讵料行未数里，清兵竟漫山蔽野的掩杀过来，开芳知不能敌，回头狂奔，直到茌平县属的冯官屯，入村踞守。那时开芳手下的长毛，只有五百多人，尚与僧、胜两军，坚持了两个月。僧王决河灌敌，开芳始无路可走，终被僧军擒去，解往京师，与凤祥并受凌迟罪。河北肃清，洪天王的兵力，从此只限于南方，不能展足了。小子又有俚句一首，咏林凤祥、李开芳道：

> 北上麾兵固善谋，孤军转战死方休。
>
> 如何所事偏非主，空把明珠作暗投。

僧王凯旋，清廷行凯撤典礼，免不得有一番热闹。那时咸丰帝喜慰非常，遂酿出一场大公案来，小子且至下回叙明。

本回为洪氏兴亡之关键，自曾国藩战胜江湖，而湘军遂横厉无前；自僧格林沁肃清燕鲁，而京畿乃完全无缺。南有曾帅，北有僧王，是实太平军之劲敌，而清祚之所赖以保存者也。林凤祥、李开芳二人，为太平军之佼佼者，转战河北，至死方休。令洪氏子一入金陵，用以攻北，即亲率全军为后应,则河北之筹备未足,江南之牵掣无多,一鼓直上,天下事殆未可料。不此之图,徒令林、李两头目,孤军图河,至京畿被困,已挽救无方,林、李死而洪氏已亡其半矣。读此回已见洪氏子之必亡。

第六十三回

那拉氏初次承恩　圆明园四春争宠

　　且说咸丰帝迭闻捷报，心中欣慰。少年天子，蕴藉风流，只因长毛蔓延，烽烟未靖，不免宵旰勤劳，连那六宫妃嫔，都无心召幸。这番河北肃清，江南复连报胜仗，自然把忧国忧民的思想，稍稍消释。大凡一个人，遇着安逸时候，容易生出淫乐的念头，况咸丰帝身居九五，年方弱冠，那里能抛除肉欲？即位二年，曾册立贵妃钮祜禄氏为皇后。皇后幽娴静淑，举止行动端方得很，咸丰帝只是敬他，不甚爱他。此外妃嫔虽也不少，都不能悉如上意。只有一位那拉贵人，芙蓉为面，杨柳为眉，模样儿原是齐整，性情儿更是乖巧；兼且通满汉文，识经史义，能书能画，能文能诗，满清二百多年宫闱里面，第一个能干人物，要算这位那拉氏。就使顺治皇帝的母亲，相传是色艺无双，恐怕还不能比例呢。

　　这位那拉氏籍贯，说将起来，恰要令人一吓，他就是被清太祖灭掉的叶赫国后裔。太祖因掘出古碑，上有"灭建州者叶赫"六字，所以除灭叶赫；只因太祖皇后，本是叶赫国女儿，为了一线姻亲，特令苟延宗祀，但不过阴戒子孙，以后休与结婚。顺治后颇谨遵祖训，传到咸丰时候，已是年深月久，把祖训渐渐忘怀；且因那拉氏的祖宗，并非勋戚出身，入宫时只充一个侍女，后来渐遭宠幸，封为贵人。清制：皇后以下，一妃二嫔，贵人列在第三级，与皇后尚差四等，本来是不甚注意，谁知后来竟作了无上贵妇。

　　那拉氏幼名兰儿，父亲叫作惠征，是安徽候补道员，穷苦得不可言状，遗下一妻二女，回京乏资，亏了个清江知县吴棠，送他赙仪三百两，方得发丧还京。看官！你道这吴知县何故送他厚赙？吴宰清江时，曾有副将奔丧回籍，与吴有同僚旧谊，因副将舟过清江，乃遣使送给厚仪，不意去使误送邻船。这邻船就是那拉氏姊妹北归，正虑川资不断，忽来了这项白镪，喜从天降。那是吴县官得知误送，几欲索还，旋闻系惠征丧船，从前也有一面缘，就将错便错的过去，不过把去使训斥了一顿。谁知后来的高官厚禄，都是这三百两银子的报酬。兰儿曾语妹道："他日吾姊妹两人，有一得志，休要忘吴大令厚德。"

　　回京后，过了一二年，正值咸丰改元，挑选秀女，入宫备使。兰儿奉旨应选，秀骨姗姗，别具一种丰韵，咸丰帝年少爱花，自然中意，当即选入宫中，服侍巾帼。兰儿素好修饰，到此越装得秀媚，蛾眉不肯让人，狐媚偏能惑主。只因咸丰帝政躬无暇，兰儿的佳运，尚未轮着，所以暂屈辕下。到了咸丰四年，这兰儿命入红鸾，缘来福辏，竟居然得邀天宠了。一日，咸丰帝退朝入宫，面上颇有喜色，适值皇后奉太后召，赴慈宁宫，宫嫔竞上前请安，兰儿也在后面随着跪下，被咸丰帝瞧见，不由的惹起情肠，当下令宫嫔各回原室，独留兰儿问话。兰儿一寸芳心，七上八下，也不知是祸是福，遂向咸丰帝重行叩见。咸丰帝温颜悦色道："你且起来，立在一旁！"兰儿复叩首道："谢万岁爷天恩。"这六个字从兰儿口中吐出，仿佛似雏燕声，黄莺语，清脆的了不得。待兰儿遵谕起侍，由咸丰帝仔细端详，身材体格恰到好处，真个是增之太长，减之太短，亭亭玉立，无一不韵；那满头的万缕青丝，尤比别人格外润泽，玄妻鬒发，不过尔尔；还有一双慧眼，俏丽动人，格外可爱，顿时把这位少年天子，目不转瞬的注着兰儿。兰儿不觉俯首，粉脸上晕起桃红，含着三分春意，愈觉秀色可餐。咸丰帝瞧了一回饱，方问他年岁姓名。兰儿一一婉答，咸丰帝猛然记忆道："不错不错，你入宫已一两年了。朕被这长毛闹得心慌，将你失记，屈居宫婢，倒难为你了。"这数语传入兰儿耳膜，感激得五体投地，又叩谢温语优奖的天恩。咸丰帝见他秀外慧中，越加怜爱，恨不得立命承御；适值皇后回宫，不得不遣发出去。看官记着！这一夕，咸丰帝就在别宫，召进兰儿，特沛恩膏。兰儿初承雨露，弱不胜娇，输万转之柔肠，了三生之凤鸯。一宵恩爱，曲尽绸缪，把咸丰帝引入彀中。翌日，即封他为贵人，他从此仗着色艺，竭力趋承，不到一两工夫，竟由圣天子龙马精神，铸造出一个小皇帝来。

　　这且慢表，单说清宫挑选秀女，不限年例，咸丰帝因宠幸那拉贵人，免不得续添宫娥，准备服役，遂又上旨重选秀女。满蒙各族女孩儿，年在十四岁以上，二十岁以下，一概报名听选；只有财有势的旗员，不忍抛儿别女，方贿赂宫中总监，替他瞒住，余外不能隐蔽。一日，正是皇上亲视秀女期限，一班旗下的女子，都与父母哭别，随了太监，往坤宁宫门外，排班候驾。自辰至未，车驾不至，诸女来自民间，骤睹宫卫森严，已是心中忐忑；兼且站立多时，饥肠辘辘，未免怨恨起来。嗟叹声，呜咽声，杂沓并作。总监怒喝道："圣驾将至，汝等倘再哭泣，触动天威，恐加鞭责，那时追悔无及。"诸女被他一喝，越发慌张，战栗无人色。

　　忽有一女排众直前，朗声道："我等离父母，绝骨肉，入宫听选，统是圣旨难违，家贫莫赎，没奈何到此。就使蒙恩当选，也是幽闭终身，与罪犯囚奴相似。人孰无情，试想父母鞠育深恩，无以为报，生离甚于死别，宁不可惨？况现在东南一带，长毛遍地，今日称王，明日称帝，天下事已去大半，我皇上不知下诏求贤，慎选将帅，保住大清江山，还要恋情女色，强搂良家女，幽闭宫禁中，令他终身不见天日,一任皇上行乐,历朝以来的英主,果如是么? 我死且不怕,鞭扑何惧?"这一番话,说得宫监们个个伸舌。事有凑巧,咸丰帝御驾适到,太监料已听见,忙将这女子缚住,牵至咸丰帝前请罪,叫他下跪。他偏不跪,仍抗言道:"奴一女子,粗知大义,不比你们龌龊小人,专知逢君之恶。今日特来请死,何跪之有?"咸丰帝龙目一瞧,见他庄容正色,英气逼人,不禁心折;便令太监替他释缚,温言谕道:"你前番的说话,朕在途中,只听得一半,你再与朕道来!"那女子照前复述,毫无嗫嚅情状。咸丰帝道:"你真不怕死么?"那女子道:"圣上赐奴死,奴死了,千秋万古,颇识奴名,但不知圣上将自居何等?"说到此句,便欲把头触柱。咸丰帝忙令太监拦住,便极口赞道:"奇女奇女! 朕命宫监送你回家便了。"并召诸秀女上前,问他愿入选否? 诸女皆不敢答。咸丰帝道:"汝等都没有答应,想是不愿入选,宫监可一一送还,不准无礼!"于是直言的女子,领了众女俯伏谢恩,随众太监出去。

咸丰帝回宫,尚记念这奇女子,等到太监复旨,便问此女何人? 太监奏称:"此女出身寒微,他父是个骁骑校官职,是小得很哩。"咸丰帝道:"你不要轻视此女,此女若不识文字,断不能为此言。"太监道:"万岁爷真是圣明。闻女家甚贫,全靠这女课童度日,得资养亲哩。"咸丰帝道:"忠孝两全,确是奇女,不意我旗人中,恰有这般闺秀,朕倒要设法玉成,保全他一世方好。"自是咸丰帝时常留意,嗣因某亲王丧偶,遂代为指婚。小子并非杜撰,可惜这女子姓氏,一时无从搜考,只好待他时查出,再行补叙。

且说咸丰帝闻了旗女直言,颇思励精图治,日夕听政,连那拉贵人都无心召幸。一日朝罢,接阅兵部侍郎曾国藩奏报:"水陆各军,合攻九江城,贼坚守不能下,臣督水师舢板船驶入鄱阳湖,毁去贼船数千艘,追贼至大姑塘,被贼抄袭后路,将内湖外江隔断,贼夜袭臣船,仓猝抵御,竟致败衄,臣座船陷没,案卷荡然。臣自知失算,愧对圣上,愿驰敌死难,经胡林翼罗泽南劝臣自赎,臣是以待死候旨,伏乞交部严加议处! 臣虽死,且感恩不朽"云云。咸丰帝瞧了又瞧,不禁长叹,便召军机大臣入内,将奏报递阅。内中有个满军机文庆,阅奏毕,便道:"曾国藩确是忠臣,即如此次败衄,毫不隐讳,据实自劾,已见他存心不欺。现在东南一带,如国藩的忠诚,实无几人,皇上果加恩宽宥,他必愈加感激,时思报称。奴才愚见,欲灭发逆,总在这国藩身上呢。"咸丰帝沉吟半晌,方道:"你说亦是,你去拟旨罢!"文庆便草拟上谕,略说:"曾国藩自出岳州后,与塔齐布等协力同心,扫除群丑,此时偶有小挫,尚于大局无损。曾国藩自请严议之处,着加恩宽免"等语。拟毕,由咸丰帝瞧过,随即颁发。

只咸丰帝心中,未免怏怏,有几个先意承志的宫监,便导咸丰帝去逛圆明园。这圆明园是全国著名的灵园,园中一切布置,没有一件不玲珑精巧,豁目赏心。所有楼台殿阁，不计其数；昔人所谓五步一楼，十步一阁，也差不多的景象。此外如青松翠柏、瑶草琪花、碧涧清溪、假山幻嶂，更觉得密密层层，迷离心目。咸丰帝朝罢余闲，尝去游玩。这日到了园中，正值隆冬天气，花木多半萧疏，不免闹中带寂。咸丰帝转弯抹角，向各处逛了一周，终觉得无情无绪。行一步，叹一声。宫监知龙心未悦，只得曲意奉承，多方凑趣。有一慧且黠的某总管，竟启口禀奏道："这园内的花草，得邀宸盼，也算是修来幸福。可惜经冬凋谢，不能四时皆春，现应续选名花入园，令他颜色常新，方不负圣躬宠眷。"咸丰帝闻言微笑道："世上没有不凋的花草，任他万紫千红，一遇风霜，便成憔悴，除非是有美人儿，或者还可代得。"某总管道："本年挑选秀女，万岁爷圣德如天，叫他个个回家；倘或不然，令群女入值园内，岂不是众美毕具了？"咸丰帝道："一班都是旗女，也不见什么好处。"总管道："万岁爷贵为天子，富有天下，只叫一道圣旨，令各省选女入侍，就使西子、太真，亦可立致。"咸丰帝道："祖制不准采选汉女，那里可由朕作俑？"总管又道："宫里应遵祖制，园内想亦无妨。"咸丰帝想了一回，便道："这也须秘密办理，不宜声张。"某总管说声遵旨，俟咸丰帝游毕，即随驾回宫。

不到半年，南中已献入汉女数十名，供值圆明园，分居亭馆，个个是纤秾合度，修短得中。更是那裙下双弯，不盈三寸，为此金莲瘦削，越觉体态轻盈。咸丰帝得了许多美人，每日在园中游赏，巧遇艳阳天气，春色争妍，悦目的是鬓光钗影，扑鼻的是粉馥脂芳。酒不醉人人自醉，花不迷人人自迷。香国蜂王，任情恣采，今夕是这个当御，明夕是那个侍寝，内中最得宠幸的，计有四人，咸丰帝赐他芳名，叫作牡丹春、杏花春、武林春、海棠春。

牡丹春住在圆明园东偏，宫院名牡丹台，嗣改名镂月开云；杏花春住在圆明园西室，宫院名杏花村馆；武林春住在圆明园南池，池上建起一座寝宫，天然佳妙，池名武林春色，宫院亦就池出名；海棠春住在圆明园北面，宫院恰不是海棠名号，偏叫作绮吟堂。在咸丰帝的意思，乃是要将四春佳丽，分居四隅，绾住那一年春色，自己作为护花使者。无如雨露虽是宏施，膏泽总难遍及。重门寂寂，夜漏迟迟。听隔院之笙歌，恼人情绪，看陌头之杨柳，倍触愁肠。由悲生怨，由怨生妒，酸风醋雾，迷漫全园。谁意四春夺宠之时，正值太后弥留之日，咸丰帝入侍慈躬，好几日不到园内，羊车望幸，愈觉无期。接连又是太后崩逝，哭临奉安的手续，忙于两三个月。咸丰帝颇尽孝思，百日以内，未尝入园。至易夏为秋，时日已多，哀思渐杀，方再入园中游幸。当时四春娘娘，都已料圣驾将临，眼巴巴的在园探望。偏这杏花春慧心独运，捷足先登，数日前已遍赂值园宫监，叫他留意迎驾。那宫监得了好处，自然格外献功，咸丰帝未入园门，狡太监已先探报。杏花春即带领宫眷等，至要路迎迓，遥见御驾徐徐过来，早已轻折柳腰,俯伏在地。是时因太后丧期,妃嫔等都遵制服孝,杏花春浅妆淡抹,越显得云鬟鬓黑,玉骨清芬。咸丰帝瞧将过去,好似鹤立鸡群,分外夺目,忙龙行虎步的走将拢来,令他起立。杏花春珠喉婉转,先禀称臣妾迎驾,继禀称臣妾谢恩,然后站起娇躯,让咸丰帝先行,自率宫眷等后随。到了寝宫,又复叩首请安。咸丰帝叫他不必多礼,并赐旁坐。这时候的杏花春自然提足精神,殷勤献媚,把这咸丰帝笼住不放。留连至晚,即留宿在杏花村馆。翌日,复由咸丰帝特旨,开群芳宴,传谕各宫妃子贵人,都到杏花村馆领宴。那时六院三宫,接奉圣谕.就使心中未惬,也只好联翩前来。园内的牡丹春、武林春、海棠春,满肚子含着醋意,终究不敢不到。只有钮祜禄后,领袖宫闱,天子不能妄召,所以未尝与宴。还有一位那拉贵人,奉了命,竟叫宫监回奏,称病不赴。咸丰帝圣度汪洋,总道他身怀六甲,无暇责备;谁知入宫见嫉,他已别有心肠。是日,杏花村馆,大集群芳,"花为帐幄酒为友,云作屏风玉作堆"。说不尽的旖旎风光,描不完的温柔情态。咸丰帝至此,乐得不可言喻。但天下无不散的筵席,圆则易缺,满则易倾,咸丰帝一生,也只有这场韵事,算作极乐的境遇了。后人曾有诗咏道:

纤步金莲上玉墀,四春颜色斗芳时;
圆明劫后官人在,头白谁吟湘绮词?

咸丰帝罢宴后,次日早朝,忽接到六百里加紧奏章,忙拆开一阅,乃是荆州将军官文,奏称武昌复失,巡抚陶恩培以下大半殉难,不禁大惊。看官!要知武昌失守情形,待小子下回说明!

酒色财气四字,为人生最大之魔障,而色之一关,尤为难破;其酿祸亦最甚。士大夫之家无论已,试观历朝以来,亡国之朕,大半由于女色。若仅仅酗酒,仅仅嗜财,仅仅使气,虽不能无弊,国尚不至于亡。咸丰帝颇号英明,当时称为小尧舜,观其闻选女之谗言,不加以罪,反褒奖之,其器识已可见一斑。然卒未能摒除肉欲,幸那拉,嬖四春,为主德累。四春尚未足亡清,而那拉实为亡清之张本,夫岂真遗碑成谶,非人力可以挽回者?主德可以格天,主不德,天数始不能逃也。本回专载清宫事,于咸丰帝之明昧,或抑或扬,隐寓劝惩之义,而于前后各回历述战事外,列此一回,尤足令人醒目。

第六十四回

罗先生临阵伤躯　沈夫人佐夫抗敌

　　却说湖北巡抚陶恩培，莅任两月，因省城初复，元气中枵，兵民寥落，守备空虚，陶抚方赶紧筹防，不料长毛大至，连破汉口、汉阳，直达武昌。小子于六十二回中，曾叙武昌克复事，由曾国藩苦心孤诣，塔齐布以下将弁，效死前驱，方得杀败长毛，夺回武汉。为什么长毛又得达武昌？看官不必动疑！小子即要详叙：自曾国落战败鄱阳，内湖外江，水师隔绝；长毛复分军趋长江上游，湖北总督杨霈，本有兵勇二万名，驻扎广济，适值咸丰四年除夕，营中置酒高会，总道长毛麕集九江，一时不致复来，且安安稳稳的过了残腊，再作计较。正在欢饮酣呼的时候，营外忽然火起，急忙出营了望，那火势已经燎原，火光中跃出无数红巾，个个执着大刀，横着长枪，向营内扑来。营兵醉眼模糊，错疑是祝融肆虐，带来的火兵火卒，其实是长毛掩袭，纵火攻营，等得营兵回报，还有何人敢去抵敌？杨霈仓皇失措，吓得魂不附体，连逃走都来不及，幸亏将官李士林，效死抗敌，截住营前，杨霈方得向营后走脱。士林本是个长毛出身，经杨霈招降，恩礼相待，所以得他保护，逃了性命。奔到汉口，暗料长毛必进薄武汉，不如择个僻静处，将就安身，遂借防敌北窜的名目，一溜风趋至德安府，才住了脚。

　　这时长毛溯江而上，如风驰电掣一般，陷汉口，破汉阳，竟到武昌省城。巡抚陶恩培标下，只有兵勇二千，连守城尚且不足，那里能出城堵截？等到长毛已逼城下，勉率司道等登陴固守，一面遣人至江西求援。曾国藩正被长毛截入鄱阳，不能展足，至此闻武昌危急，只得飞檄外江水师统领俞晟，带了几艘战船，去援武昌；又保荐胡林翼为湖北臬司，付他陆军六千名，从间道赴武昌。水陆两军，星夜前进，至小河口、鹦鹉洲、白沙洲等处，被长毛阻住。开了数仗，小小获胜，谁知长毛另股，复由兴国上窜，径扑省城。陶抚台已困守多日，怎禁得长毛麕集，一时迫不及防，竟被长毛攻入。陶抚以下，如知府多山，游击陶德焘等，皆力战阵亡。胡林翼等驰救无及，只得扼守金口，收集溃卒，再图恢复。

　　廷旨擢林翼为湖北巡抚，更饬曾国藩分军赴援。国藩想弃了江西，转援湖北，一时不能解决，乃召幕宾会议。湘乡生员刘蓉，向与国藩友善，国藩许他为卧龙,至是适襄戎幕,遂起座道:"江西形势,上下受敌,我军孤悬此地,如在瓮中,决非万全计策。但今欲往援湖北,坐弃江西,亦属非计。我军一去,九江贼众,必内破南昌,上走鄂岳,乃是越不得了。看来眼前只可整缮水师,接应陆师,务期攻克九江,才得西援东剿。"国藩点头称善;遂檄塔军门,仍围九江,不可轻动,自己驰抵南昌,添置战炮。

急报饶州、广信两府城,接连失陷,国藩颇为惊惶,罗泽南时正在营,投袂而起,愿往一剿。国藩遂拨他高弟李续宾军,一同去讫。去了数日,得广信捷音,报称:"罗、李两军,连克大水桥、陈家山,乘胜追剿,击毙长毛首领,立复广信府城"等语,国藩稍稍心安。

杨载福、彭玉麟,因船炮尚未备齐,暂时乞假回湖南,国藩应允。杨、彭二人甫去,九江陆师,又来了一封烧角文书,报称塔军门病殁了。这位塔军门齐布.由侍卫拣发外任,从都司荐擢提督,所向有功,鄱阳湖一城,水师陷入湖中,四面皆敌,几乎全军覆没。亏得他带领陆军,截住岸上长毛,血战获胜,遥为声援。那时鄱阳湖内的长毛,多自去救应陆兵,于是杨、彭诸将,方得收拾残师,退扼上游。这围攻九江,计已多日,愤激的了不得,致患心病,半日即剧,死于军中。国藩闻言,不暇哀悼,忙出城下船,率领水师出发九江。途中遇敌船来扑,由国藩一声号令,纷纷杀出。长毛见他来势凶猛,也即退让。国藩无心追赶,竟至九江陆师营内,哭奠一番。并闻塔军门部曲童添云,先日阵亡,免不得也去祭奠。随令几员将士,拥护丧车回籍。并命周凤山暂代塔任,用好言抚慰部众,叫他继述塔公遗志。塔军门待下有恩,与士卒同甘苦,因此塔虽病殁,军心不变。

国藩复遣水师攻湖口,初次得胜,继复失利,退扎青山。又由国藩驰抚,部署已定,回驻南康。途次闻义宁县失陷消息,又拟调兵往救;嗣复接到罗泽南来书,知已由广信驰还,收复义宁,书中复陈述利害,称:"东南大势在武昌,得武昌乃可控制江皖,江西亦得屏蔽。若株守江西,徒与贼挑战,无益大局,请自率所部,径出湖北,规复武昌,再引军东下,取登高建瓴局势,会合水陆各军,合力攻湖口,截住敌船上下,方可肃清江西。"国藩服他议论,但因江西三面皆敌,塔军门已死,杨、彭尚未到来,一旦有急,无人可使,所以迟迟未答。

泽南等待数日,不见复音,遂单骑至南康,面陈机宜,国藩允准派五千精卒为助。刘蓉进言道:"大帅麾下,惟恃塔、罗两君,塔公已亡,罗公又令他远行,将来缓急谁恃?"国藩道:"我也晓得这个苦况,但为东南大局计,不得不然。倘罗军能迅复武昌,自可回救江西。我是虽困犹荣了。"刘蓉道:"照此说来,原是不能不去,刘某不才,愿随罗公一行,或可少资臂助。"说着,罗泽南已来辞行,国藩即遣刘蓉同去。泽南道:"得刘君为助,还有何说! 但九江一带的陆师，只宜坚守，不宜屡攻，愿明公转饬诸将。"国藩道："敬听忠告！"于是泽南启程，经国藩送出城外，握手依依，犹有留连不舍之状。国藩道："罗山此去，为国立功，不负大丈夫壮志。后会有期，谨从此别！"泽南道："不复武昌誓不见公。"国藩闻言，神经为之怅触，但号令已出，不好收回，便叹息而别。郭嵩焘又送了一程，至柴桑村，泽南请嵩焘回去，嵩焘道："曾帅坐困江西，君去必不能支，如何是好？"泽南道："曾公所治水师，幸能自立，但教曾公常在，便无他患。俗语说得好：'谋事在人，成事在天。'天苟不亡清朝，此老断不至死。"随与嵩焘揖别，至义宁领了部卒，向西进发。

沿途叠接探报，杨载福、彭玉麟二将，已由湘抚骆秉章遣募水师，赴鄂助剿，鄂署抚胡林翼，已自金口进薄武昌。泽南颇为喜慰，遂分军为三，自领中营，李续宾领左营，刘蓉领右营，风驰雨骤的赶入湖北，一战克通城，再战克崇阳，进拔蒲圻，并复咸宁。适胡林翼军，自汉阳败退，渡江而南，与泽南相会。林翼道："长毛真利害得很，我屡攻武昌不下，转攻汉阳，几陷贼中，幸鲍都司春霆划船相救，方得免祸，看来长毛还不易除灭哩。"泽南道："鲍都司非即鲍超么？他系四川奉节县人氏，曾隶塔军门部下，后由曾帅拔充哨官，随战洞庭，异常骁勇，确是一员猛将，将来必立奇功。"林翼道："罗山兄所见，与弟相同。"泽南道："现在德安一路，消息如何？"林翼道："从前杨制军回屯德安，欲遣我驻扎汉川，截贼北走。罗山兄！试想武汉为长江咽喉，武汉不复，贼将四出，那里还能堵截？我便具疏力争，亏得圣明在上，俯从愚见，所以在此相持。不意杨制军弃了德安，直走枣阳，真是畏缩得很。现在改任荆州将军官文为湖广总督，西凌阿为钦差大臣，进攻德安，比从前稍有起色了。"正谈论间，忽报伪翼王石达开率众数万，将到蒲圻城下了。泽南起身道："蒲圻新复，又来悍寇，真个了不得。罗某且去杀他一阵再说。"林翼道："君为前驱，我为后应，能够杀退此贼，还好合攻武汉。"于是泽南在前，林翼在后，两军趋至蒲圻，正遇石达开前锋。泽南鼓勇而前，英风锐气，辟易千人。长毛前队散去，后队继上。胡军队亦到，接应罗军。两下酣斗，直杀到天昏地暗，鬼哭神愁，石达开才麾众退去。罗、胡收军入城，次日出探，石达开已驰入江西去了。泽南道："贼去江西，曾帅越加危急，看来我军只可急攻武昌，必待武昌克复，方得返援江西。"林翼亦以为然，遂合军直趋武昌，分屯城东洪山，及城南五里墩。

是时钦差大臣西凌阿攻德安不克，有旨革职，令官文代任督师。官文连破德安、汉川，进薄汉阳。长毛坚守武汉，屡攻不下，江西警报，日甚一日，泽南愤极，誓死攻城。长毛亦不甘退让，每夜遣悍卒出城袭营。泽南设伏数处，诱敌进来，伏兵陡起，将长毛围住。长毛拼命杀出，已有四百个头颅，向地上滚去。自咸丰六年正月至二月，大小百数十战，罗军虽胜多败少，总不能扑入城中。

三月朔，忽有大星陨落西北。晨起，大雾漫天，长毛蜂拥出城，与罗军决一死战。这番对仗，不比往日，那长毛都是舍了命，前来猛扑，险些儿把罗军杀退。罗军多是乡里子弟，夙负气谊，不肯相弃，总算还抵挡得住。泽南执旗指挥，恁他枪林弹雨，总是不退一步。怎奈枪弹无情，射中左额，血下沾衣，泽南忍痛收军，长毛亦退入城去。

胡林翼闻泽南受伤，忙来视病，起初见泽南还可支持，到三月八日，病不能起，汗出如渖，林翼入视，不禁流涕。泽南张目，见林翼在侧，握住林翼手，便道："武汉未克，江西复危，不能两顾，正是可恨。我死不足惜，弟子迪庵，可承我志，愿公提挈，期灭此贼。"林翼点头，泽南遂瞑目而逝。泽南已受布政使职衔，至此出缺，由林翼疏奏，优旨照巡抚阵亡例抚恤，并赐祭葬，予谥忠节。

林翼遂令李续宾代统罗军，仍扎洪山，林翼亦仍驻五里墩。会江西乞师文书，星夜投递，林翼不得已，派兵四千往援。援师未至，江西省已大半糜烂。先是太平国翼王石达开攻入安徽省城，颇知联结民心，张榜安民，斟定赋税，百姓颇有些畏服。既而秦日纲又至，攻破庐州，击毙江忠源，安徽全省，几尽入长毛手。达开遂率众旁出，驰至湖北，被胡、罗二军击退，转入江西，连破义宁、新昌、瑞州、临江各城。广东土寇，复逃出湖南，侵入江西边境，陷安福、分宜、万载等县，联络长毛，合趋袁州，南昌戒严。

国藩飞檄周凤山军，解九江围，回驻樟树镇，屏蔽省会。此时江西陆师，只有周凤山一枝人马，水师统将，如杨、彭等，又皆在湖北助剿。国藩危急万分，惟想檄两湖，乞济援师，奈远水难救近火，一时总盼望不到。忽有一人敝衣草履，跨着大步，走入曾营。营弁欲去通报，他迫不及待，径入内见曾国藩。国藩一瞧，乃是彭玉麟，不觉大喜，便道："雪琴来得真好。"雪琴系玉麟表字，呼字不呼名，系朋友通列。玉麟答称："因江西紧急，徒步来此，七百里路，走得两日半，今日才到。"国藩道："你真是我的好友！"遂派领水师，赴临江县扼剿。

正在调遣，周凤山败报已到，乃是兵溃樟树镇。国藩忙自南康趋南昌，助巡抚文俊守城。奈吉安府、抚州府等，又陆续失守，江西七府一州五十余县，统被陷没。只南昌、广信、饶州、赣州、南安五郡，尚为清属。广信府在抚州东，长毛酋杨辅清，由抚州进攻，亏得一员女将军，佐夫守城，激励兵民，才将府城保住。这位女将军是谁？乃是林文忠公则徐女，署广信知府沈葆桢妻。

沈葆桢自御史出任知府，原任是九江，未到任，九江已陷，乃改署广信。此时正在河口办粮，城中吏民，闻长毛将至，逃避一空。及葆桢闻信，驰归署中，只剩了一个夫人；外而幕僚，内而仆婢，统已星散。葆桢问道："你何故独留？"林氏道："妾为妇人，义当随夫。君为臣子，义当守城。君舍城安往？妾舍夫安适？"葆桢道："区区孤城，如何能守？"林氏道："内署尚有金帛，妾已检出，准备犒军。大堂上已设巨锅一只,可以饮爨,准备犒军。现在且令军民暂时守城,再作计较。"葆桢道:"幕友已去,仆婢已散,何人办理文书? 何人充当厨役?"林氏道:"这个不难,妾都可以代劳。"

于是葆桢召兵民入署,取出内署金帛及簪珥等属,指示兵民道:"长毛将到,这城恐不可守,汝等可取此出走,作为途中盘费。我食君禄,只能与城存亡,从此与汝等长别。"兵民齐声答道:"我等愿随大老爷同守此城,长毛若来,杀他几个,亦是好的。就使杀他不过,也愿与城同尽。"葆桢道:"汝等有此忠诚,应受本府一拜。"随即起座,恭恭敬敬的向兵民一揖。兵民连忙跪下,都道:"小的那里敢当! 总凭大老爷使唤便是。"葆桢令兵民起立,遂将金帛等给兵,兵民不肯受赐。葆桢执意不允,兵民遂各受少许! ——拜谢。

当下林夫人出堂,荆钗布裙,左手携米,右手汲水,到大锅前司炊。兵民望见,便道:"太太如何执爨?"林夫人道:"汝等为我守城,我应为汝造饭。"兵民道:"城是国家的城,并非老爷太太应该守城,小人们不必守城;老爷太太这般恩待,小人们如何过意得去?"林夫人道:"但得诸位尽力,我与老爷已感激多了。少许劳苦,何足挂齿?"随即造好了饭,令兵民饮食一餐。兵民各执了军械,踊跃登城。葆桢自去巡视一周,返入署内,与夫人林氏道:"兵民等虽已感我恩义,情愿死守,但寡不敌众,奈何?"林氏道:"此去至玉山,约九十里,有浙江总兵饶廷选驻守,他系先父旧部,当可乞援。"葆桢道:如此甚好,待我修书来。"林氏道:"君是巡城要紧,文牍一切,由妾代理。"随即入内修书,修好后,出交葆桢。葆桢取来一瞧,字字作淡红色,既不是墨,又不是朱,忙看下款,乃是林氏血书四字,即张着目呆看林氏。林氏道:"君毋过虑! 这是指血书成,不甚要紧。"葆桢闻言,也为堕泪。

此书一发,那总兵饶廷选,自然兼程驰到。饶廷选入城,长毛才薄城下,遥见城上旌旗严整,已自惊心,不想城中复杀出一员饶镇台。手下将士,统似生龙活虎一般,一当十,十当百,杀得长毛大败亏输,退五里下寨。次日,饶镇台又来攻营,后面是沈本府押队,带来兵勇越多,呼声震动天地,长毛先已胆怯,战了几个回合,便即逃去。这番胜仗,传入曾国藩耳中,自然将夫妇共守事,奏达清廷,廷旨擢葆桢为兵备道,后且升任江西巡抚。文肃公自此成名,夫人城并垂不朽。士民感颂慈荫,至今不绝。

这且慢表。且说江西警报,遍达两湖,经湖北巡抚胡林翼,遣兵四千,驰至湖南,巡抚骆秉章,亦派刘长佑、萧启江,分道赴援。国藩弟国华,又募兵数千,转战而东,连克新昌、上高各城,直抵瑞州。国藩乃再遣李元度、刘于浔、黄虎臣等,分头接应。自是江西与两湖,渐渐通道,军务方有起色。谁知江南大营,竟于咸丰六年五月间败溃,向荣忧死,洪天王气焰骤涨一倍。正是:

貔虎合群方逞勇，鲸鲵得势又扬鬐。

欲知大营溃败情形，且至下回再表。

塔、罗二人，为曾氏麾下之最著名者。但塔本武夫，从军是其天职，罗为文士，独能组成一旅，亲当大敌，亦古今来之罕见者也。且以理学名家，具兵学知识，尤为难能可贵。或者犹以反抗洪氏少之，抑知洪氏盗也，生平行事，无一足取。试问明火执仗，杀人越货诸徒，为民间害，设处圣明之世，其有不立杀无赦乎？周公诛管蔡，犹不失为圣人，盖乱贼必诛，无论亲疏，不得恕罪。执是以论，于罗山何病？若沈夫人以一妇女身，具伟丈夫胆略，是殆所谓巾帼而须眉者非耶？林公家法，可于其女见之。是回为名士杰女合传，可以作士气，可以当女箴。

第六十五回

瓜镇丧师向营失陷　韦杨毙命洪酋中衰

却说江南大营,系是钦差大臣向荣统辖,张国梁为辅,自咸丰三年起,驻扎南京城外孝陵卫,与江北大营相犄角。江北大营统帅琦善,本是个没用人物,围攻扬州几一年,兵饷用得不少。左副都御史雷以诚,正奉命巡阅河防,闻琦善师久无功,请旨剿贼,捐资募勇,自成一军,扎营扬州城东面,与琦善大营作为犄角。又复仿江都仙女镇抽厘章程,创设板厘活厘的名目,收充军需。板厘是取诸坐贾,按月征收,活厘是取诸行商,设卡征收,看货物的贵贱,作为等差;大约每百文中,取他两三文,商贾尚不致病累,军饷恰赖是接济,当时称他为妙法,都照样循行。琦善大营,自然照办,不必细说。

当下士饱马腾,正期一鼓歼敌,朝旨又责成琦善,叫他克日破城,歼除务尽,毋使旁突滋扰。会洪秀全遣丞相赖汉英援扬,为副都统萨炳阿等所败,琦善因胜而骄,自谓无恐。那知赖汉英竟赴瓜洲,杀退参将冯景尼、师长镰,及盐大使张翔国。扬州长毛,得知瓜洲道通,遂率全股冲出扬城,会合赖汉英,占据瓜洲。琦善徒得了一个空城。有旨责琦善不力,革职留效。冯景尼正法,师长镰等遣戍。琦善惶急异常,令总兵瞿腾龙进剿瓜洲,腾龙阵亡。警报传至扬州,急得琦善成病,不数月而逝。江宁将军托明阿,奉旨代琦善任。托明阿的才识,与琦善也差不多,只浦口一战,稍获胜仗,然亦亏向荣派员夹攻,方得此胜。嗣后拥兵自固,毫无进取,因此江北大营,远不及江南大营的威望。但向荣、张国梁,虽是有些智勇,誓复金陵,究竟金陵城大而坚,洪、杨又作为根据地,悉锐固守,被围两三年,仍旧负隅抗拒;兼且遣众四扰,牵动官兵,向荣又不能坐视不救,只得分兵援应。以故转战频年,迄无成效。

会上海一带,土匪蜂起,占住县城,与长毛勾通。江苏巡抚吉尔杭阿,督总兵虎嵩林、参将富安、守备向奎等,水陆进攻,足足攻了好几个月,始由江宁府知府刘存厚,挖地成穴,埋入地雷,轰塌城垣二十多丈,方得克复上海县。上海既复,进攻镇江,镇江已由提督余万青,奉向大臣檄,率兵万余,攻打数月。吉抚领兵八九千人,到镇江城下,与余提督分营对立,仍用了老法儿,开隧种火,轰去了一小段城墙角。正拟督兵入城,不料城中长毛,已探悉轰城的计策,遣悍卒潜出，绕至吉营背后，鼓噪而入，幸亏吉营尚有纪律，一时不致溃乱，当下返身拒敌，鏖斗一场，方将长毛杀退。回望城头，轰陷的城隙，已由长毛用土塞住。料知进攻无益，只得退休，白费了掘地埋药的工夫，蹉跎蹉跎，又是一年。镇江的长毛，与瓜洲的长毛，不但蟠踞如故，并且双方联络，气焰越盛。

金、焦两山，虽有总兵周士法、陈国泰两部，率舰分泊，怎奈逍遥坐视，一任长毛往来。长毛藐视已久，一面把两处勾结，暗袭扬州，一面遣人知会南京，请发兵接应。扬州知府世琨安坐城中，总道瓜洲、镇江都已围住，长毛虽插翅不能飞来，忽闻城外喊杀连天，忙上城探望，已是满地红巾，仓猝调兵，应者寥寥；只有参将祥林，领了数百个羸兵弱卒，前来听令。世琨令他登陴守御，不到一日，已被长毛攻陷。祥林巷战许久，力竭身亡。世太守也算殉城毕命。这位托大臣得知此信，遣了几员将官，来救扬州，扬州城已于前日失守，援军初到城下，尚未住脚，长毛忽自城内冲出，汹汹的杀将过来。一阵乱扫，把援军扫得四散。

隔了几天，诏书特下，革托明阿及陈金绶、雷以诚职，令都统德兴阿代任。德兴阿骤遭宠遇，格外效力，亲督兵至扬州城西北隅，猛扑城头，一当十，十当百，任你长毛如何凶悍，也只得缩着手，抱着头，弃城出走。扬州算是再克，镇江、瓜洲，仍然不下。苏抚吉尔杭阿，颇具血诚，默念城下屯兵，何日方了；踌躇再四，想出了一条釜底抽薪的计策，竟欲截断长毛的粮道；当下与知府刘存厚商议道："野战不如扼要，攻坚不若断粮，这是军法上最要秘诀。我闻发贼运粮，全恃高资为通道，高资一断，贼技自穷，非但镇江、瓜洲，可以立复，即金陵逆首，亦只能束手受擒。老兄以为何如？"存厚道："抚帅所言，确是制贼的妙策，卑职很是赞成。"吉抚道："我欲截彼粮道，彼岂不防此一着，必须有坚忍能耐的干员，方能当此重任。"存厚慨然起立道："卑职愿去。"吉抚道："老兄肯去最好。万一有急，兄弟定来救应。"存厚即辞了吉抚，带领知县松寿、盐大使张翊国飞驰而去。

看官！这粮道是全军的性命，长毛闻存厚前往，那有不出兵力争之理？存厚既到高资，就烟墩山倚冈为寨，扎了品字式三个营盘。过了一天，已来了镇江长毛数千名，前来扑营，被存厚一阵击退。又过了两日，复来了无数长毛，乃是金陵遣来的精锐，如蝇逐臭，如蚁附膻，争向烟墩山扑来。刘存厚到了此时，明知众寡悬殊，不是对手，只因奉命到此，早把生死置诸度外。长毛拼命攻扑，存厚拼命抵御，炮声震地，烟雾迷天，战了两三个时辰，忽报松寿、张国翊，均已阵亡，三营中失去二营，不由令存厚心惊，只得收兵入寨，守住孤营，专待援应。

这消息传到吉抚军中，吉抚立率兵前往，将到高资，遥见黄旗红巾，满坑满山,连刘营都望不清楚,诸将都已失色。吉抚即欲杀入,有一偏将拦马禀道:"贼为护粮而来,生死所关,安肯轻去?我军不过万人,主客情形,相去悬绝,看来不如退守为是。"吉抚怃然道:"我以一部郎,不数年任开府,仗节麾,受恩深重,何敢贪生?今若一战而胜,贼粮可断,逆穴可平,上抒天子的忧思,下解生民的疾苦;万一失败,愿捐躯报知遇恩。况我与刘知府曾面约往援,岂可失信?"言毕,即当先冲入,众将亦不得不随往,前驰后骤,竟将长毛冲倒数百名,劈开一条血路,直入刘存厚营。长毛见吉抚入内,霎时四合,百炮齐鸣,千弹并发。吉抚闻这声耗,登高四望,正觑那长毛的隙处,意欲舍坚攻瑕,俄闻嗤的一声,忙睁眼瞧着,忽有滚圆的一粒炮子,飞将前来,撞着脑袋,如石击卵,顿时鲜血直流,痛极而仆。众军见主帅晕毙,统是惊骇异常。长毛即一拥前进,杀的杀,劈的劈。军士见不可敌,大家是逃命要紧。有几百名随着刘存厚左右冲突,欲翼吉抚尸身出围,可奈长毛围绕得紧,杀一重,又一重,存厚力竭气喘,大吼一声而亡。吉、刘两人都已殉难,围攻镇江的余万青,也立脚不定,自然撤围,长毛遂四出纷扰。

钦差大臣向荣亟命张国梁驰剿,国梁系江南大营的栋柱,自围攻金陵后,转战无虚日,金陵悍酋屡次出犯,都由国梁杀退;各处闻警,得国梁驰救,亦无不克复。此时正收复江浦,渡江回营,接向大臣命令,不及休息,率兵即行,至丁卯桥遇着长毛,一鼓荡平;进至五峰口,又杀掉了数百名长毛;再进至九华山,见长毛驻扎较多,他却偃旗息鼓,佯为退走;至夜间挥兵前往,把敌营踏平好几座。这一股英风锐气,正足辟易千人。

长毛战不过国梁,都窜回金陵。国梁正尾追西归,遥见大营火起,营内的兵勇,狼狈奔来,料知营中遇变,加鞭疾行,到了孝陵卫不见大营,只见遍地是火,长毛正杀得高兴,仗火肆威,当下不知向公下落,只拣着长毛多处,挥刀直入,左冲右荡,尚寻不着向大帅。忽见东南角上,火光荧荧,尚现出向字旗帜,忙奋勇杀将过去。那长毛如蜂如蚁,裹将拢来,他恰不管利害,仗着一柄大刀,东劈西削,无不披靡。杀了好一歇,方逼近向字旗边,见向帅正危急万分。急呼道:"国梁在此,保大帅出围!"向荣闻国梁杀到,气为一振,即众将士亦变怯为勇,拼着命随了国梁,突出重围。长毛亦不敢追赶,由国梁保着向公,自淳化镇退保丹阳。这次大营失陷,是由向大臣分兵四出,麾下兵寡将单;镇江长毛,与金陵长毛,窥破向营情形,互约夹攻,前后纵火,向军腹背受敌,以致大溃。

向荣至丹阳后,婴城固守。长毛分途逼围,重营叠垒,势甚鸱张。向荣忧愤成疾,由国梁收集散卒,激励将士,开城再战,连破长毛营寨,斩首数千级,丹阳方转危为安。无如向荣病终不起,临危时,以军事付国梁,并嘱咐道:"汝才足办贼,我死何憾!"国梁垂泪受命,忽向荣自床上跃起道:"终负朝廷恩。"言毕而仆,遂殒。江南提督和春,奉旨代向荣督师,国梁以提督衔帮办军务,人心稍固。

独这位洪天王秀全,闻江南大营,都被击退,向荣又死,遂自以为强盛无匹,越加骄淫。杨秀清手握大权,至此益妄作妄行,每日掠夺佳丽,轮班入侍,可怜三吴好女子,被这杨贼糟蹋无数。奈秀清最宠的是傅善祥,善祥逸去,秀清大索不得,怅望异常,巧巧扬州献一个美人儿,姓朱名九妹,年十九,能诗文,才貌与善祥相似。秀清是欢喜极了,即令入值东王府,代善祥职。夜间即要她侍寝,九妹不从,娉婷弱质,不敌混世魔王,卒被他强暴胁迫,恣意淫污。九妹恨甚,阳作欢笑容,暗中誓不与俱生,趁着秀清饮酒,偷放砒毒。不料被秀清察破,迫他自饮,毒发而毙。又有江宁李氏女,选入东王宫,亦遭淫辱,她在髻内藏小刀寸许,伺秀清被酒酣睡,直刺其喉。秀清适转身,误中左肩,秀清大怒,立呼左右用点天灯刑。什么叫作点天灯?系用布帛将人束住,渍油使透,倒绑杆上,烧将起来。看官!你道惨不惨呢?又有一个赵碧娘,丰姿秀美,年仅十五六,初被掳充绣馆女工,碧娘本是一手好针绣,制了二冠,呈诸东王。秀清见她精致绝伦,称赏不置。不意被同馆所妒,说她内衬秽布,裂视秽然。即令馆监先加杖责,讯是何人指使?碧娘矢口自承,遂令于明晨点天灯示众。时碧娘已经昏晕,弃桂树下,夜半始醒,醒即自缢,才免惨焚。秀清怒无所泄,竟杀守者,及知情不举的数十人。

秀清一想,民女多是靠不住,只有天妹洪宣娇,素与交好,不如娶他过来,巧值秀清妻死,便娶天妹作了继室,天妹倒也愿意成亲。但秀清本有许多姬妾,自从宣娇娶入,都成了有夫的寡妇,长夜绵绵,令人难耐。适有东府承宣陈宗扬,生得一表人才,面如冠玉,惹得这班王娘,统愿屈体俯就。要宗扬来替秀清。宗扬没有分身法儿,久之久之,自然闹出事来。

秀清下令,斩了宗扬。宗扬是韦昌辉妻弟,昌辉时在江西,得了此信,暗暗怀恨。正值秀清恶贯已满,由秀全降下密旨,召昌辉回南京。昌辉率众回来,秀清不许入城,由昌辉再三恳请,愿留部下在城外,只带随从数十名进来,乃为秀清所许,入见秀全。秀全佯怒道:"现在天国军权,归东王执掌,你岂不知?东王不要你回来,你何得擅回?快去东王府请罪!东王若肯赦你,你宜速赴汛地。"言毕,恰暗暗垂泪。昌辉觑见,料知天王见迫,不便明告,随往东王府请谒求赦。秀清立即延入,昌辉央告向天王前缓颊。秀清道:"弟事当自代请,但我将以八月生日,进称万岁,弟知之否?"昌辉道:"四兄勋高望重,巍巍无比,早宜明正位号。不过弟在外征妖,未敢明请哩。"当即跪下,叩称万岁;并令随从各员,亦跪称万岁。秀清大喜,命即赐宴,昌辉以下,一律犒饮。昌辉入席,起初还是极力趋承,嗣见秀清微醉,便起立道:"天王有命,秀清谋逆不轨,着即加诛!"秀清闻言欲避,昌辉从员已一拥而上,将他砍死。拥入内室,把他子女侍媵,一一斩首,只剩了天妹洪宣娇,由昌辉搂抱而去,返入北王府内,先与宣娇合欢。然后报知天王。

不意东王余党,集众攻北王府。昌辉复开城召入部众,与东王党互斗,你杀我,我杀你,两下相杀,城河为赤。忽翼王石达开,自江西驰回,燕王秦日纲,亦自安徽趋至,两人俱奉天王密旨,入靖内乱。既入城,闻秀清已被昌辉杀死,两党鏖战不休,遂相与调停。昌辉不服,定要杀尽东王余党,当下恼了石达开,便大声道:"你既杀了东王,也好罢手,为什么灭他家族?你灭他家族,还嫌不足,定要除他余党,我天国不为东王而亡,恐要为你而亡了。"昌辉不答,达开愤愤而出。是夜翼王、燕王两府,统被昌辉手下围住,秦日纲出问被杀,翼王府内,竟是全家被害。独达开不知如何察觉,竟缒城出走,将纠合部众入犯。昌辉去报秀全,秀全不觉失声道:"汝不听达开言,倒也罢了,今将他全家杀死,莫怪他不肯干休。"昌辉嘿然,竟自趋出,反戈围天王府。天王兄弟仁发、仁达,暗与东王党讲和,同攻昌辉,昌辉败走,东王党趁势入北王府,见一个、杀一个,不特昌辉妻妾,统做了刀头之鬼,就是宣娇玉骨,也被大众剁成肉泥。昌辉出城,手下只剩数十人,渡江至清江浦,适遇前使在外的东王党,将他擒住,押送江宁。秀全命即磔死,将首级送与达开,温词召达开回来。

达开怨愤少泄,返入江宁,大家推他辅政,如秀清故事。怎奈秀全心怀疑忌,只恐达开如韦、杨一般,仁发、仁达又与达开意见不合,达开就辞别天王,出城径去。这次秀清谋逆,秀全密召韦、石诸人,还是钱军师代他决策,后见韦、杨内哄,他竟不知去向。从此秀全失了一个参谋,内外政事,都由仁发、仁达主持,越加棼乱。

是时曾国藩在江西,得两湖援军,攻克南康,曾国华等亦收复瑞州,李元度、刘于淳诸将,复取宜黄、崇仁、新淦等县,江西军务,渐有起色。会官文拔汉阳城,击毙长毛军的钟丞相,刘指挥;胡林翼拔武昌城,生擒长毛检点古文新等十四人,武汉三失三复。湘军遂乘胜收黄州、兴国、蕲州、蕲水、广济等处,仅十日间,肃清湖北。于是杨载福率领水师四百余艘,李续宾率领陆师八千余人,沿江东下,连战皆克,直达九江。国藩在南昌闻报,亲赴九江劳师,途次闻萧启江、刘长佑二军已夺得袁州,其弟国荃亦组成一部吉字军,由萍乡入会周凤山,攻取安福。喜信迭来,精神益爽。到了九江,但见水陆两军,声势甚盛,杨、李两统领都来迎谒。那时这位奔走仓皇的曾大帅,不禁喜逐颜开,携了杨、李两将手,慰劳一番;并传见水陆将弁,一一慰谕;又出饷银分犒兵士。三湘豪杰,七泽健儿,个个欢腾,人人效命,立思踏平九江城。怎奈攻了月余,仍未见效。转瞬已是咸丰七年,国藩在营中度岁,过了正月,拟移节瑞州,忽由湘乡发来讣闻，乃是国藩父竹亭封翁寿终。国藩大恸一回，立即奔丧。瑞州的曾国华，吉安的曾国荃，亦先后驰归，到家中守制去了。正是：

> 出则尽忠，入则尽孝。吁嗟曾公，无忝名教。

国藩既归，朝议令他墨绖从戎，由国藩固请终制，乃诏令总兵杨载福、道员彭玉麟就近统领兵勇，并命两湖巡抚，酌派陆军赴江西助剿。这回已可作结束，待小子休息一刻，再叙下回。

琦善之不逮向荣，人尽知之。顾向荣屯兵三年，师老日久，亦犯兵家之忌。行军之要素有二：一仗气势，二仗纪律。三年无功，气势馁矣，纪律亦安望常严？即非分兵四出，亦安保其不倾覆者？或谓苏抚吉尔杭阿，不攻高资，则镇江不致撤围，城内之太平军，无自纠合金陵，夹攻向营，向营即可以不覆，是说似是而实非。高资既为敌军运粮之处，则向荣早宜设法要截，宁必待吉抚呼？吉抚之不成，众寡不敌致之也。就令吉抚不死，向营宁能长保乎？惟金陵韦、杨二酋，一胜即骄，自相残杀，此可以见盗贼之必亡。不然，金陵之围已解，向荣殁，曾国藩被困南昌，洪氏正可乘势而逞，天下事，未可知也。本回前半戴叙向营之被陷，有以见专阃之非才，后半截叙韦、杨之自残，有以见剧盗之必灭。

第六十六回

智统领出奇制胜　愚制军轻敌遭擒

　　却说湖北巡抚胡林翼，奉旨派兵援赣，即遣李续宜赴瑞州，文翼赴吉安。湖南巡抚骆秉章，亦遣江忠义、王鑫赴临江。是时吉安、临江两处尚在长毛手中。临江方面，由刘长佑、萧启江进攻，相持不下；吉安方面，自曾国荃去后，诸将各存意见，积不相容。适江西巡抚文俊罢职，代以耆龄。耆龄恐临江失守，遂一面调王鑫至吉安，一面奏起曾国荃，仍统吉安军。王鑫既到吉安，长毛酋石达开前锋正到，两下交战一场，互有胜负。这位王鑫颇有才名，他亦以安邦定国自命，至此与长毛另股，相搏数日，一些儿没有便宜，反伤失军士数百名，未免心中怏怏；自是忧愤成病，终日在床上呻吟。忽报石达开自至，军中大愕，急禀知王鑫，急得王鑫冷汗交流，霎时间口吐白沫，竟到阎罗殿去报到。亏得国荃驰至，军心方定。

　　国荃即率军击石达开，达开是长毛中一个黑煞星，至是因韦、杨内哄，孤军出走，悲愤的了不得，还有何心恋战？既到吉安，见国荃军容整肃，他竟不战而去。先到的长毛，因后队无故退回，自然一哄随行，走得稍慢的长毛，反被国荃追至，杀毙了好几百名。嗣因长毛去远，仍回军围攻吉安。

　　这时杨、彭二将已围九江，已将一年，守城悍酋林启荣，屡出兵相扑，都被杨、彭击败；他却一意固守，始终不懈，杨、彭二将，倒也无法可施。且因外江内湖的水师，被阻三年，仍然不能沟通。杨、彭商议多日，由玉麟建议，力攻石钟山。这石钟山是江湖的要口，长毛布得密密层层，作九江城的保障，所以湘军内外隔绝。杨、彭二人，悬军九江城下，左首要防着九江，右首要防着石钟山，两面兼顾，为碍甚多，于是决意攻石钟山。密遣人暗约内湖水师，里应外合，又与陆军统领李续宾，商定秘谋，令他照行。

　　发兵这一日，内湖水师，先冒死冲出湖口，依山列阵。长毛无日不防他出来，自然率众堵御；但长毛内也有能人，一则恐彭、杨夹攻，二则恐李续宾也舍陆登舟，前来接应。旋探知李续宾已先日拔营，往宿太等地方去了，长毛遂专力御两面水师。杨、彭二将闻内湖水师已出湖口，遂将战船分作两翼，鼓棹疾进。那时山上山下的长毛，已分头抵敌，这里方击楫渡江，那边已投鞭断水，两军接仗，都是把性命丢在云外，恶狠狠的搏战。自午至暮，足足斗了四五个时辰，喊杀之声，尚然未绝；两下如炬如星，再接再厉，你不让，我不走，直杀得天愁地惨，鬼哭神号。猛然见山上火起，照彻江中，映着水波，好象火龙一条，天矫出没，顷刻间烟焰迷腾，满江皆赤。长毛都惊愕不知所措，回望山顶，恍如一座火焰山，矗起江面，凭他浑身是胆，到此也不寒而栗。一夫骇走，万夫却行，湘军趁这机会，把长毛杀得四分五裂，如摧枯，如拉朽，未及天明，已夺得战舰八十九艘，炮千二百尊，杀毙长毛万余人。外江内湖的水师，并合为一。这一场恶战，若非李续宾佯赴宿太，乘夜渡江，绕出石钟山后，登山纵火，尚未见水师定获大胜。杨、彭至天明收军，检点部下，十分中亦死了两分，伤了三分，正是由性命换了出来。后来由曾国藩奏闻，就石钟山上建昭忠祠，便是因伤亡太多，借祠立祭，妥侑忠魂，这且慢表。

且说湖口既克，下游六十里，就是彭泽县，彭泽县南有小孤山。也是挺立江中，长毛据高为垒，就南北两岸，修筑石城，环以深濠，安排桩木，藉以守彭泽县，作为九江声援。长毛酋赖汉英踞城扼守，已历四年。杨载福合军进取，到彭泽县南岸，饬兵士登陆，佯修营垒，作长围状。长毛出城猛扑，筑营的兵士，都纷纷逃走。那时长毛争先追赶，直到急水沟，只听得一声号炮，万马奔腾，杨载福亲统大军，于长毛背后杀到。长毛知势不妙，连忙回军，已是不及，没奈何与杨军接战，无如后面又有兵至，把长毛冲作数截，长毛心慌意乱，只得人人自顾性命，各寻生路，奔回城中。这长毛后面的敌兵，看官不必细询，就可晓得是筑营佯败的兵士了。杨载福督众掩杀，擒斩无算，立即围住彭泽城，四面攻打了一日，次日撤去两隅，单从西南两面猛攻。赖长毛汉英，亦令长毛并力抵御，自辰至暮，两造军士，都有些困乏起来。攻城的兵士，渐渐懈手，守城的兵士，亦渐渐放松。赖酋也总道无虞，不防城东突有清军登陴，拔去赖字的长毛旗，换了李字的清军旗，吓得赖酋手足失措，只好招呼部众，开了北门，一齐逃走。看官记着！杨军单攻西南，已是明明有意，留出东北两面，一面约李续宾夜袭，一面放赖汉英出逃，这有勇无谋的赖长毛，正中了杨提督的妙计。赖汉英出了彭泽城，拟逃往小孤山，到了江边，张目一望，只叫得一声苦，正思拍马回走，沿江已有清兵杀来，一片喊杀的声音，震动江流，不知有多少清兵。幸汉英忙中有智，急脱去军装，除下红巾，一溜烟的逃脱，所遗部众，被清兵杀得一个不留。后人有诗咏这事道："彭郎夺得小姑回。"小孤山亦称小姑山，彭郎就指玉麟。

杨载福攻城时，彭玉麟已分兵攻小孤山，夺山破城，可巧是同一日，只相隔了几小时。赖酋逃至江岸，上山下水，已统悬彭字大旗，此时除微服潜逃外，还有何法？杨、彭、李既连拔要害，扫清九江上下游敌垒，遂专力攻九江。

这时候，和春、张国梁自丹阳合兵，复进攻江宁属县，攻克句容、溧水等城，仍逼镇江。镇江是金陵犄角，前次余、吉二人围久无功，都因金陵屡次出援，所以失利。这番张国梁来攻镇江，仍用吉尔杭阿旧法，自率兵营高资，扼敌粮道，长毛屡次来争，国梁竭力抵拒。长毛战一仗，败一仗，连败四次，方不敢来敌国梁，只扼守运河北岸，筑垒相拒。国梁亦不去硬夺，但蓄养了数天，密约总兵虎嵩林、刘季三、余万青、李若珠等，合力攻城。镇江长毛，狃于前胜，不甚措意，至四总兵杀到，如狂风骤雨一般，震撼城垣，气腾貔虎，锋刓蛇虺，草木皆兵，风云变色。长毛见了这般军容，不觉大惊，急率众堵御，开炮掷石，忙个不了。怎奈顾了东管不到西，顾了西管不到东，方在走投无路，那赫赫威灵的张军门大旗，亦乘风飘到。长毛望见旗号，越加股栗。城外的清兵，偏格外起劲，城墙也似骇他的威望，竟一块一块的坠将下来。清兵即溃垣而入，破了城，搜杀数千人，只寻不着长毛酋吴知孝，追到江边，也没有踪迹，料是逸围而去。

国梁收复镇江城，德兴阿也克复瓜洲。原来德兴阿驻节扬州，闻镇江长毛，与清军相持，料知江南的长毛，无暇兼顾江北，遂益勒兵攻瓜洲，四面兜裹，突将土城攻破；长毛无路可逃，多被清兵杀毙。有几十百个长毛窜出城外，又由清水师截击，溺毙无遗。

南北捷书相望。和春、张国梁仍进规江宁，又组成一个江南大营。事有凑巧，江西的临江府，也由湖南遣来的援军，一鼓攻入，刘长佑积劳成病，乞假暂归，代以知府刘坤一，与萧启江军同向抚州，江西已大半平定，眼见得九江一带，亦不日可平了。

谁想内乱方有转机，外患又复相逼，广东省中，又闹出极大的风波来。广东的祸胎，始自和事老耆英。英商入城一案，经粤督徐广缙单舸退敌，英使文翰，才不复言入城事，广东安静了几年。长毛倡乱，广东亦不被兵革，只徐广缙调任湖广后，巡抚叶名琛，就升为总督，会英政府召回文翰，改派包冷来华。包冷复请英商入城，名琛不许，包冷屡次相腾，名琛竟不答复。有时连咨请别事，他也束诸高阁，清廷因广东数年无事，总道他坐镇雍容，定有绝大才略，授他体仁阁大学士，留任广东，名琛益大言自负。咸丰六年，英政府复遣巴夏礼为广东领事。巴夏礼又来请入城，名琛仍用老法子，一字不答。巴夏礼素性负气，竟日夜寻衅，谋攻广东。适值东莞县会党作乱，按察使沈棣辉，督官绅兵勇，把会堂击退，棣辉列保兵勇战功，请名琛疏荐，名琛也搁置不提，兵勇自是解体，一任党匪逃去。党首关巨、梁棨等，遁居海岛，投入英籍，献议巴夏礼，请攻广东。巴夏礼遂训练水手，待时发作。

冤冤相凑，海外来了一只洋船，悬挂英国旗帜，船内却统是中国人。巡河水师，疑是汉奸托英保护，登船大索，将英国旗帜拔弃，并将舟子十三人，一概锁住，械系入省，以获匪报。名琛也不辨真假，交给首县收禁。忽由巴夏礼发来照会一角，名琛有意无意的接来一瞧，内称贵省水师，无故搜我亚罗船，殊属无理。舟子非中国逃犯，即使得罪中国，亦应由华官行文移取，不得擅执。至毁弃我国国旗，有污我国名誉，更出意外等语。当下名琛瞧毕，便道："我道有什么大事，他无非是索还水手，唠唠叨叨的说了许多，那个有这般空工夫，与他计较？"随召入巡捕，叫他知照首县，发放舟子十三人，送还英领事衙门。不意到了次晨，首县禀见，报称："昨日着典史送还英船水手，英领事匿不见面，只由通事传说，事关水师，不便接受。"名琛道："听他便是，你且仍把水手监禁，不必理他。"首县唯唯而退。

　　不到三日，水师统领遣人飞报，英舰已入攻黄埔炮台。名琛道："我并不与英人开衅，为什么攻我炮台？"正惊讶间，雷州府知府蒋音叩到省求见，由名琛传入。名琛也不及问他到省缘故，便与他讲英领事瞎闹情形。蒋知府道："据卑府意见，还是向英领事处问明起衅情由，再行对付。"名琛道："老兄所见甚是，便烦老兄去走一遭。"蒋知府不好推辞，就去拜会英领事，相见之下，英水师提督亦在座。蒋知府传总督命，问他何故寻衅？两人同答道："传言误听，屡失两国和好，请知府归语总督，一切事情，须入城面谈。"蒋知府回报名琛，名琛道："前督徐制军，已与英使定约，洋人不得入城，这事如何通融？"蒋知府不敢多言，当即退出。巴夏礼又请相见期，名琛以入城不便，谢绝来使。巴夏礼再请入城相见，名琛简直不答。于是巴夏礼召集英兵，由水师提督统带，入攻省城，只听一片炮声，震天动地。名琛并不调兵守城，口中只念着吕祖真言宝训。巡抚柏贵、藩司江国霖急忙进见，共问退敌的计策。名琛道："不要紧！洋人入城，我可据约力争，怕他怎么？"柏贵道："恐怕洋人不讲道理。"名琛道："洋人共有多少？"柏贵道："闻说有千名左右。"名琛微笑道："千数洋人，成甚么事！现在城内兵民，差不多有几十万，十个抵一个，还是我们兵民多。中丞不闻单舸赴盟的徐制军么？英使文翰见西岸有数万兵民，便知难而退，况城内有数十万兵民，他若入城，亦自然退去。"道言未绝，猛听得一声怪响，接连又是无数声音，柏、江两人，吓得什么相似。外面有军弁奔入，报称城墙被轰坍数丈，柏贵等起身欲走，名琛仍兀坐不动。柏贵忍不住，便道："城墙被轰坍数丈，洋兵要入城了，如何是好？"名琛假作不闻，柏、江随即退出。是夜洋人有数名入城，到督抚衙门求见，统被谢绝，洋人也出城而去。名琛闻洋人退出，甚为欣慰，忽报城外火光烛天，照耀百里。名琛道："城外失火，与城内何干？"歇了半日，柏巡抚又到督辕，说："城外兵勇暴动，把洋人商馆及十三家洋行，统行毁去，将来恐更多交涉。"名琛道："好粤兵！好粤兵！驱除洋人，就在这兵民身上。"柏抚道："闻得法兰西、美利坚商馆，亦被烧在内。"名琛道："统是洋鬼子，辨什么法不法，美不美？"柏抚台又撞了一鼻子灰，只得退出。

是时已值咸丰六年冬季，倏忽间已是残腊，各署照例封印，名琛闲着，去请柏、江二人谈天。二人即到，名琛延入，分宾主坐下。名琛开口道："光阴似箭，又是一年，闻得长江一带，长毛声势少衰，但百姓已是困苦得很，只我广东还算平安，就是洋人乱了一回，亦没甚损失，当时两位都着急得很，兄弟却晓得是不要紧呢。"柏抚道："中堂真有先见之明。"名琛掀髯微笑道："不瞒二位，我家数代信奉吕祖，现在署内仍供奉灵像，兄弟当日，即乞吕祖飞乩示兆，乩语洋人即退，所以兄弟有此镇定呢。"柏抚道："吕祖真显得很。"名琛道："这是皇上洪福，百神效灵。闻得本年新生皇子，系西宫懿嫔所出，现懿嫔已晋封懿妃，懿妃夙称明敏，有其母，生其子，将来定亦不弱。看来我朝正是中兴气象，区区内乱外患，殊不足虑。"随即谈了一会属员的事情，何人应仍旧？何人应离任？足足有两个时辰，方才辞客。看官！你道名琛所说的懿妃，是什么人？便是上回叙过的那拉氏，那拉氏受封贵人后，深得咸丰帝欢心，情天做美，暗孕珠胎，先开花，后结果，第一次分娩，生了一个女孩儿，第二次分娩，竟产下一位皇儿，取名载淳。咸丰帝时尚乏嗣，得此儿后，自然喜出望外，接连加封，初封懿嫔，晋封懿妃，比皇后只差一级了。

这且慢表，且说英领事巴夏礼，因人攻广州，仍不得志，遂驰书本国政府，清派兵决战。英国复开上下议院，解决此事，英相巴米顿力主用兵，独下议院不从；嗣经两院蹉商定议，先遣特使至中国重定盟约，要索赔款，如中国不允，然后兴兵。于是遣伯爵额尔金来华，继以大轮兵船，分泊澳门、香港；又遣人约法兰西连兵，法人因商馆被毁，正思索偿，随即听命。额尔金到香港，待法兵未至，逗留数月，至咸丰七年九月，方赍书名琛。名琛方安安稳稳的在署诵经，忽接英人照会，展开一瞧，乃是汉字，字字认识，其词道：

查中英旧约，凡领事官得与中国官相见，将以联气谊，释嫌疑。自广东禁外人入城后，浮言互煽，彼此壅阏，致有今日之衅。粤民毁我洋行，群商何辜，丧其资斧？拟约期会议偿款，重立约章，则两国和好如初，否则以兵戎相见，毋贻后悔，西历一千八百五十七年十月日。大英国二等伯爵额尔金署印。

名琛阅毕，自语道："混帐洋人，又来与我滋扰了。"接连递到法、美领事照会，无非因毁屋失资，要求赔款，只后文独有"英使已决意攻城，愿居间排解"二语。名琛又道："一国不足，复添两国，别人怕他，独我不怕。"遂将各照会统同搁起，仍咿咿唔唔的诵经去了。到了十一月，法兵已至，会合额尔金，直抵广州，致名琛哀的美敦书，限四十八小时内，答复偿款换约二事，否则攻城。名琛仍看作没事一般。将军穆克德讷、巡抚柏贵、藩司江国霖闻着此信，都来督署商战守事。名琛道："洋人虚声恫吓，不必理他。"穆将军道："闻英、法已经同盟，势甚猖獗，不可不防！"名琛道："不必不必！"穆将军道："中堂究有什么高见,可令弟第一闻否?"名琛道:"将军有所不知,兄弟素信奉吕祖,去岁洋兵到来,兄弟曾去向吕祖前扶乩,乩语洋兵即退,后来果然。前日接到洋人照会,兄弟又去扶乩,乩语是十五日,听消息,事已定,毋着急。祖师必不欺我,现已是十二日了,再过三四日,便可无事。"将军等见无可说,只得告退。

是日英兵六千人登陆,次日,据海珠炮台。千总邓安邦,率粤勇千人死战,杀伤相当,奈城内并无援兵,到底不能久持,竟致败退。又越日、英、法兵四面攻城,炮弹四射,火焰冲霄,城内房屋,触着流弹,不是延烧,就是摧陷,总督衙门也被击得七洞八穿。名琛此时颇着急起来,捏了吕祖像,逃入左都统署中。柏巡抚知事不妙,忙令绅士伍崇曜出城议和,一面去寻名琛,等到寻着,与他讲议和事宜,名琛还说"不准洋人入城"六字。柏抚不别而行,回到自己署中,伍崇曜已经候着,报称洋人要入城后,方许开议。柏抚急的了不得,正欲去见将军,俄报城上已竖白旗,洋兵入城,放出水手,搜索督署去了。柏抚正在没法,只见洋兵入署,迫柏抚出去会议。柏抚身不由主,任他拥上观音山。将军都统藩司等,陆续被洋人劫来。英领事巴夏礼亦到,迫他出示安民,要与英、法诸官一同列衔。此时的将军巡抚,好似猢狲上锁,要他这么便这么。安民已毕,仍导军抚都统回署,署中先有洋人占着,竟是反客为主。柏抚尚记念名琛,私问仆役,报称被洋将拥出城外去了。于是军抚联衔,劾奏名琛,奉旨将名琛革职,总督令柏抚署理,这是后话。

且说名琛匿在都统署,被洋人搜着,也不去难为他,仍令他坐轿出城。下了兵轮,从官以手指河,教他赴水自尽,名琛佯作不觉,只默诵吕祖经。先被英人掳到香港,嗣又被解至印度。幽禁在镇海楼上,名琛却恬然自得,诵经以外,还日日作画吟诗,自称海上苏武。他的诗不止一首两首,小子曾记得二律道:

镇海楼头月色寒,将星翻怕客星单;
纵云一范军中有,争奈诸军壁上观。
向戍何心求免死,苏卿无恙劝加餐;
任他日把丹青绘,恨态愁容下笔难。

零丁飘泊叹无家,雁札犹传节度衙;
门外难寻高士米,斗边远泛使臣槎。
心惊跃虎筦声急,望断慈乌日影斜;
惟有春光依旧返,隔墙红遍木棉花。

名琛在印度幽禁,不久即死。英人用铁棺松梆收殓名琛尸,送回广东。广东成为清、英、法三国公共地,英人犹不肯干休,决议北行。法、美二使,亦赞成,连俄罗斯亦牵入在内,当下各率舰队,离了广州,向北鼓轮去了,欲知后事,请阅下回。

　　行军之道，固全恃一智字，即坐镇全城，对待邻国，亦曷尝可不用智。杨载福之屡获胜仗，迭据要害，虽非尽出一人之力，然同寅协恭，和衷共济，卒能出奇制敌，非智者不及此。若叶名琛之种种颟顸，种种迁延，误粤东，并误中国，不特清室受累，即相沿至今，亦为彼贻误不少。列强环伺，连鸡并栖，皆自名琛启之。误中国者名琛，名琛之所以自误者，一愚字而已。且一智者在前，则众智毕集，彭、李诸人之为杨辅是也。一愚者在上，则众愚亦俱至，穆、柏诸人之叶辅是也。此回前后分叙，一智一愚，不辨自明。

第六十七回

四国耀威津门胁约　两江喋血战地埋魂

　　却说英、法、俄、美四国舰队,自广东驶至上海,各遣员赍书赴苏州,见江苏巡抚赵德辙。德辙把来书瞧阅,乃是致满大学士裕诚书,当即与洋员说明,愿将来书投递北京,叫他在上海候复,洋员答应自去。赵德辙即咨送江督何桂清,何桂清时驻常州,接德辙咨文,并四国来书,遂飞驿驰奏。咸丰帝立召大学士裕诚,及军机大臣会议。议了半日,方定计简放黄宗汉为钦差,赴粤办理交涉。一面由裕诚署名,答复英、法两国。是令他速赴广东,与黄宗汉会商;并说本大臣参谋内政,未预外事,不便直接。复美使书,也是令他赴粤,不过有要他排解的意思。复俄使书,略说中俄原约,只在黑龙江互市,如有相争事件,可速赴黑龙江,自有办事大臣接商,无庸与本大臣交涉。这等复书,仍饬江督何桂清转交。偏这英使额尔金、法使噶罗,不肯照行,仍牵率俄、美两使,向天津进发。

　　咸丰八年三月,四国军舰,云集白河口,投书直督谭廷襄,仍请转达首相。廷襄是照例奏闻,诏令户部侍郎崇纶、内阁学士乌尔棍泰驰赴天津,会同直督,照会各国使臣,约期开议。不意英、法两使,复称钦差非中国首相,不便和议,决词拒绝。只俄美两使,算是接见,相与往来,但不过是空言敷衍,毫无效果。这位谭制台,恰恰外巴结,差了武弁,驾着小船,引导洋人进出。洋人本未识大沽险要,至此往来窥测,探悉路径,又见大沽防务疏忽得很,突于四月初八日,驶入小轮船数艘,悬起英法两国红旗,开炮击大沽炮台。守台官游击沙春元、陈毅等仓猝迎战,卒以众寡不敌,次第殉难,前路炮台陷。副都统富勒登太,守住后路,猝闻前军失守,逃得不知去向,后路炮台又陷。这一仗战争,提督张殿元、总兵达年、副将德奎,在大沽附近,吃粮不管事,由他捣入。咸丰帝闻警大怒,把提督总兵副将各人,革职拿问,特满亲王僧格林沁带兵赴天津防守,又命亲王绵愉总管京师团防事务,严行巡逻。

　　僧亲王抵天津后,俄、美二使,愿居间排解,只乞改派相臣议款。僧亲王复据实陈奏,咸丰帝不得已,命大学士桂良、吏部尚书花沙纳,再赴津议款。这时候,清廷大臣,如惠亲王绵愉、尚书端华、大学士彭蕴章等,关心和议,记起这位和事老耆大臣来，当即联衔保奏。咸丰帝立命陛见，和事老耆英挺然出来，造膝密陈，似乎有绝大经济，不由咸丰帝不信，叫他自展谋猷，不必附合拘泥。随赏给侍郎衔，饬至天津商办。耆英抵津，坐着绿呢轿，径去拜会英使，投刺进去，等候了好一歇，由翻译出来，说声挡驾。耆英私问翻译："为什么不见？"翻译道："耆大人想忘记广东的事情了。原约许英人二年入城，怎么到了四五年，尚未践约。耆大人！你还是回去的好，免得多劳往返。"耆英回见桂良，便将此事说明，挽桂良奏请召回。桂良随即出奏，耆英即收拾行李，驰还通州。忽有廷寄颁到，令他仍留天津，自行酌办。耆英回京心急，仍自启行；到了京师，巧遇巡防大臣绵愉，问他未奉谕旨，如何回来？耆英便说英使怀恨，不便在津，是以急回。绵愉恐坐保举失察罪，即上本参劾。咸丰帝本不悦耆英，接阅此奏，便降旨诘责，说他离差罪小，透过罪大，有负委任，赐令自尽。可怜这位和事老，白发苍颜，还不得善终，这也是甘心误国的报应。

谁知耆英虽死，衣钵恰传出不少，桂良、花沙纳统是得着耆英的秘诀。英人要约五十六条，法人要约四十二条，都一一照奏。小子于英、法要求各条款，也记不胜记，只最关紧要的，约有数条：第一是各派公使驻京；第二是准洋人持照至内地游历通商；第三是增开牛庄、登州、台湾、潮州、琼州等处为商埠；第四是长江一带，自汉口至海滨，由外人选择三口，以便往来通货；第五是洋人得挈眷属在京居住；第六是偿英国商耗银二百万两，军费亦二百万两，法国减半。奏折一上，廷臣鼓噪，都主张驳斥。你一本，我一本，大半痛哭陈辞，赛过贾长沙、陈同甫一流人物，其实统是纸上空谈，无裨实用。还是咸丰帝晓明大局，料知无人能战，无地可守，没奈何忍痛许和。

俄使公普，美使列卫廉，据利益均沾的通例，亦要求订约，桂良、花沙纳，仍行奏请。咸丰帝无话可说，只传旨准奏，钦此，便算了事。四国使臣，与清国两钦差，各订约签押！因要钤用国宝，须费一番手续，定期来年互换，于是各国舰队，次第退出，这叫作天津和约。

是年，江南军事，亦胜败不一。九江城为林启荣所据，坚忍能军，十易寒暑，固守如故。杨、彭、李会集水陆各军，浚濠环攻，连番猛扑，终不能下；复开地道数处，迭毁东南二门，登城者再，卒被击退。李续宾痛励将士，再行掘隧；曾国华亦自长沙趋至，助续宾连夜掘穴，地道又成。乃饬水陆军十六营，四门进攻，攻至夜半，由地道举火，地雷骤发，砖石飞腾，迤东而南的城垣，轰坍一百多丈。湘军痛两次伤亡的惨剧，誓死复仇，人人思奋，踊跃先登，呼声动天地，冲锋掩杀，约两三时，击毙长毛一万七千多名，积尸如山，流血成渠；怎启荣怎样强悍，双手不敌四拳，终被他剁为肉泥。还有悍酋李兴隆，也随了启荣，为洪天王殉节，九江乃平。李续宾因功邀赏，得加巡抚衔，专折奏事。曾国华亦得同知衔。

抚州建昌，同时肃清，只吉安长毛，尚是死守，曾国荃屡攻未克，回湘添募营勇，大举进攻。也是吉安长毛，该当数尽。先是守城的长毛首领，计有二人，一为先锋李雅凤，一为丞相翟明海。李、翟连番出城，冲击曾营，屡被杀败，翟明海败仗尤多。两人互相埋怨，恼了李雅凤，竟将明海杀死。明海的部下，开城窜去。李雅凤势孤力弱，由国荃乘间攻入，巷战许久，将雅凤擒住，解省正法。

江西已平，于是朝旨令李续宾军图安徽，再起曾国藩督师。国藩至江西，闻长毛分窜浙闽，督师往援，途次闻浙西一带，长毛不多，尚无大碍，只闽省浦城、崇安、建阳、松溪、政和各县，窜入红巾，烽火相寻。国藩令萧启江、张运兰赴闽剿办。兵甫出发，忽有大股长毛回扑江西、抚州、建昌，两府戒严。亏得刘长佑出来督军，截住新城，把长毛击退，长毛仍还入闽境，萧、张两路兵马，分道趋闽，因天雨连绵，岭路泥泞，军士又复遇疫，中道折回。

天下不如意事，十常八九。闽中未闻报捷，皖中先已丧师。自洪天王建都江宁，恃安徽为门户，兵粮军械，全仗安徽接济，所以安徽境内的长毛，个个是几经挑选，方许驻守。督率守兵的头目，起初是翼王石达开，素称骁将，嗣后是英王陈玉成，骁勇几出达开上。玉成眼下有双疤，官军叫他四眼狗，这四眼狗确是利害，清将闻他悍名，个个吐舌，偏这不怕死的李续宾，硬要与他反对。续宾沿江入皖，仗着勇气，倍道而前，平太湖，拔潜山，下桐城、舒城，几千百个小长毛，都抱头窜去。忽闻四眼狗攻扑庐州，遂麾军急进，一意赴援。部将谏道："现在安庆未克，若进攻庐州，恐安庆长毛，要截我后路，不如在桐城休养数日，相机而行。"续宾道："安庆方面，已有都将军马队进攻，长毛必并力守城，无暇与我为难，我军正可进攻庐州。"原来荆州将军都兴阿，方奉旨图皖，接应续宾，前锋为鲍超、多隆阿，正进扑集贤关，所以续宾有此计议。部将道："都将军既至安庆，我军正好与他联络，先把安庆克复，再图庐州未迟。"续宾瞑目道："救急如救火，庐州危急万分，安能不救？倘庐州一陷，狗贼回援安庆，连都将军也站立不住，我军在此何为？"部将又道："我军不过数千人，前无导，后无继，孤军直入，万一遇险，奈何？"续宾道："这可发书湖北，请兵援应便是。"当下写了一书，遣人驰送，另派兵驻守舒、桐各城，简了精锐，星夜前驰，直抵三河镇。这镇系宁皖交通的要道，距庐州只五十里，长毛环筑大城，厚屯兵马，防守得非常严密，诸将又请续宾择地驻营，等待援兵。续宾才驻扎了一天，到了次日，湖北杳无援音。原来此时的胡林翼，已丁忧去位，总督官文得续宾书，不以为意，简直是一兵不发。续宾又待了一日，不觉焦躁起来，复麾军欲出。诸将又再三劝阻，续宾愤愤道："我自用兵以来，只知向前，不知退后。就使死敌,也是我辈带兵的本分。明日定要破他坚垒,除死方休!"诸将始不敢多言。

翌晨,即下令进逼敌垒,续宾执旗当先,将士紧紧随着,不管他枪弹飞来,总是冒死冲入。自昼至夜,连平长毛九座营盘;检点部下,死了参将萧意文、都司胡在位,及兵勇千余人。忽后面战鼓喧天,喊声大震,长毛如墙而至,遥望旗号,乃是太平天国英王陈,太平天国侍王李,续宾道:"四眼狗到了。什么还有侍王李?想是李世贤的狗头。"随即列好阵脚,专待敌军。说时迟,那时快,四眼狗前锋已到,与续宾部下,血战起来。长毛兵有十多万,续宾兵只有四五千人,眼见得长毛陆续趋上,把续宾军围住,绕了一重,又是一重,重重围住,直绕到数十重。续宾还拼命冲突,怎奈四面如铜墙铁壁,有力也没处使,将士又逐渐倒毙。续宾叹道:"今日败了,是我殉节之日了。"回顾诸将,令各自逃生。诸将道:"公不负国,我等岂可负公?"续宾乃传令见月出走。未几月出,续宾争先陷阵,长毛丛集,那怕续宾三头六臂,到此也不能脱免。参将彭友胜,游击胡廷槐、饶万福、邹玉堂、杜延光,守备赵国梁,先后战死。续宾亦力竭身亡。续宾一死,军心大乱,越要急走,越是先死。同知曾国华,及知府王忠骏、知州王揆一、同知董容方、知县杨德闿等,皆殉难。道员孙守信、同知丁锐义,坚守中右营三日,弹药水火都尽,营破死之。桐、舒、潜、太四邑,复被陷没。都兴阿也撤安庆围,退屯宿松,皖、楚大震。

湖广总督官文,湖南巡抚骆秉章,飞章入告,请调曾国藩移师援皖。朝旨令国藩统筹全局,斟酌具奏。国藩乃具疏上陈,最要紧的数语,录述如下:

就数省军务而论,安徽最重,江西次之,福建又次之。计惟大口南岸,各置重兵,水陆三路,彭行东下。剿皖南则可以分金陵之贼势,剿皖北则可以分庐州之贼势。北岸须添足马步三万人,都兴阿、李续宜、鲍超等任之;南岸须添足马步二万人,臣率萧启江、张运兰任之;中流水师万余人,杨载福、彭玉麟任之。至江西军务,亦分两路,臣与抚臣耆龄任之,臣任北路,耆龄任南路,闽省兵力,足以自了,尚可无虑。

奉旨准议。惟起复胡林翼,仍任湖北巡抚。林翼受任,出驻黄州,抚循士卒,严防长毛入犯。长毛果欲溯江而上,被多隆阿、鲍超击退。国藩正拟出图皖南,忽报长毛大酋石达开率众趋江西,功陷南安县城。国藩急檄萧启江等往援。才到南安,达开已弃城出走。捷书方至,国藩幕下,接连又闻庐州失守,李孟群殉难。孟群自战胜湘、鄂,即由朝旨令他援皖,独当一面,以累功擢安徽布政使,兼署安徽巡抚事。其实孟群的才识,也没什么过人,闻他的妹子素贞,恰是熟谙兵法,饶有胆力。孟群出军,素姑必戎装相从。一日,孟群被围,别将都不敢往援,独素姑怒马跃入,手斩数十人;护孟群归,甲裳都赤,军中惊为天神,连长毛亦怕她雌威。嗣是孟群格外敬服，有所讨伐，必令素姑相随。至官、胡两军攻汉阳，孟群兄妹偕往，一场血战，素姑阵亡，年才二十岁。清廷重男不重女，到武汉克复后，把素姑的血战功，也并加在孟群身上，所以孟群由知县出身，迭次超擢，竟至方面。惟孟群自丧妹后，失去一个臂助，惘惘的到了安徽，正值连天烽火，遍地寇氛；到了庐州，适四眼狗纠众大至，连战数日，卒因众寡不敌，败退官亭，扎了数营，挡住庐州西面的长毛。至李续宾战死三河，都兴阿撤围安庆，四面无援，只剩孟群一军，孑然孤立，那里还支持得住？不到数日，庐州失守，长毛大股，都来扑孟群营，副将邓清、知县李孟政两营先被攻破，纷纷溃散。长毛并力攻中营，从早起战到晚间，中营复陷。孟群持矛屹立，厉声骂贼，长毛一拥而上，尚被孟群刺死三名，未几遇害。千总沈国泰觅获遗骸，始得归葬。国藩闻这凶耗，悲他父子殉节，格外伤心。

寻又报石达开窜入湖南，湖南系国藩故里，桑梓攸关，急个不了。忙咨湘抚骆秉章，令他赶紧堵御。秉章正在筹防，为一场匪警，又引出一个大人物来。这位大人物是谁？乃是湘阴县人左宗棠。宗棠字季高，少年倜傥不羁，常以王佐才自许，骆抚曾招致幕下，待以上宾礼。属僚有事禀白，都付他裁决。名高致谤，权重招忌，几乎把宗棠性命，断送在骆抚手中。永州总兵樊燮，刚愎自用，骆抚劾他骄倨，有旨革职，不意樊燮运动都察院，奏称无罪。廷旨令湖广总督官文查办，官文隐祖樊燮，密查骆抚弹章，出宗棠手，竟召宗棠对簿武昌，拟他重辟。骆抚疏争不得，亟函致在京编修郭嵩涛，令他向军机大臣肃顺处说情。嵩涛与宗棠同乡，自然暗中关说，并挽南书房行走潘祖荫，疏救宗棠；接连又是曾、胡二公上疏荐宗棠才可大用。内外设法，始得将宗棠保全，脱罪回籍。至达开窜入湖南，击败总兵刘培元、彭定泰等，陷桂阳及兴宁、宜章等县，骆抚凤重宗棠，再请出山，委以军事。宗棠亟檄刘长佑、江忠义、田兴恕等赴援，一月内成军四万人，泽隘设守。官、胡二督抚，复飞咨都兴阿将军，调拨吉林、黑龙江马队回鄂，驰赴湘南，并派知府肃翰庆率水师炮船三十二只，克期会长沙。

时石达开沿途裹胁挟众二三十万，意欲踞险自雄，与洪天王另张一帜，初攻武冈、祁阳，城坚不能拔，转攻宝庆，连营百余里。刘长佑、田兴恕各援军先后踵至，与石达开血战数次，杀伤相当。胡抚以宝庆重地，不可无良将为统帅，乃遣李续宜统五千人往，所有援军，悉归节制。达开颇惮续宜威名，闻他前来，亟挑选精悍，裹三日粮，誓破宝庆。续宜兼程而至，与刘长佑会商军务，为避实击虚计，从北路进攻，遂渡资水而西，击达开背后。达开正誓死攻城，不防续宜从后掩入，或横截，或包抄，或旁敲，或侧击，弄得达开茫无头绪，只得且战且走。清军已经得势，如旋风一般的追将过去。达开又回战几仗，总是挡不住兵锋。战一回，伤亡几千长毛。战两回，又伤亡几千长毛。看看已毙了二万多人，料难住足，不得已呼啸一声，向西南逃窜去了。

湖南解严，续宜还鄂，曾国藩闻桑梓无恙，方才安心。忽朝旨促他入川，令他堵截达开，国藩不敢违慢，急率兵溯江而上。及到湖北，探闻无达开入蜀消息。看官！你道达开到那里去？他已经窜入广西，都是这位官制军，闻风虚报，奏调曾军，弄得这位曾侍郎奔波不息，官制军恰暗里笑着呢。

国藩行抵黄州，与林翼会叙，握手道故，非常亲昵，国藩道："官制军的脾气，煞是可怪。不知吾兄如何对付？"林翼道："为了一位官制军，左季高几丧了性命。此次石逆入湘，若非季高尚在，兄弟倒措手不及了。"国藩道："季高得生，闻仗肃军机暗中挽回，肃公颇还知人。"林翼道："这也是季高不该死。肃军机那里靠得住？不然，本年顺天乡试，正考官柏中堂，如何被他葬死呢？"国藩叹息道："明珠、和珅，闹得如此利害，未罹重辟，柏葰究是一个大学士，偏为了科场舞弊，竟致身首两分，天下事原有幸有不幸哩！"林翼道："科场中的弊端，闻柏中堂并未预知，榜发后查勘原卷，说是朱墨不符，误中了一个唱戏的平龄。究竟平龄是否唱戏？是否冒名？是否柏中堂家人，暗中掉卷？兄弟不在朝中，无从确查。论起理来，不过一个失察的处分，偏这肃尚书顺，定议按律处斩，与同考官程炳采同死市曹，若是一位满大员，断不至此。"国藩道："议亲议贵，古今一辙，恰也莫怪，但吾兄与官制军同处，颇称莫逆，此中必有良法，倒要请教。"林翼道："说来可笑。那日官制军的姨太太，做三十岁生辰，分柬请客，司道等都不愿往贺，我为时局计，不得不例外通融，赴贺督辕。司道们见我前往，也不好不去，乐得官制军喜笑颜开，要与我约为兄弟。次日，他的姨太太亲来谢步，拜我母亲为义女，从此以后，遇着军国大事，总算承他协力同心。涤公！你想可笑不可笑么？"国藩道："这是枉尺直寻的办法，我也要照样一学，到武昌去走一遭。"林翼道："涤公！你去做什么？"国藩道："我现在决计图皖，恐怕官制军同我作对，几句奏语，又要我忙着。"林翼闻言，不禁失笑。国藩道："安徽长毛，利害得很，我若往剿，兄须助我。"林翼道："这个不劳嘱咐，同为朝廷办事，可以相助，无不尽力。"国藩告别，径趋武昌，与官文谈论皖事，格外谦恭。官文亦格外敬礼。自是国藩不虑牵掣，由湖北还趋宿松去了。小子曾有诗道：

> 满人当道汉人轻，汉满由来是不平；
> 毕竟通儒才识广，好从权变立功名。

国藩去后，林翼亦移驻英山，协图安徽，将来总有一番战仗，小子下回表明。

　　本回叙事，看似丛杂，实则上半回是叙战将之不力，以致大沽失守，迫允要求;下半回是叙战将之尽忠,因之两江屡败,仍未退缩。至其关键处,则仍注重将相。桂良、花沙纳无外交才,唯唯诺诺以外,无他技也,若曾、胡二公,文足安邦,武能御侮,清之不亡,赖有此耳。肃顺、官文,吾亦拟诸自郐以下。

第六十八回

战皖北诸将立功　退丹阳大营又溃

却说胡巡抚林翼,移驻英山,即命多隆阿总统诸军,用鲍超为前锋,蒋凝学为后援,浩浩荡荡,杀奔太湖。四眼狗陈玉成,闻清军大集,急纠合捻匪首领龚瞎子、张洛型等,由庐州上攻,有众十多万。捻匪是什么人物?相传捻字是捏聚的意义,无赖亡命,捏聚成群,肆行劫掠,因此叫他捻匪;或又因他明火劫人,撚纸捻脂,叫作捻匪。这种匪徒,起自山东,康熙年间,已是四伏,但当清朝兴盛,官吏严行缉捕,所以随聚随散,未敢称乱;延到洪、杨发难,骚扰东南,捻匪亦乘机起事。首领龚瞎子、张洛型等,占据安徽蒙城县雉河集,恣意出没。清廷曾命太仆寺卿袁甲三,率军剿办。但捻匪性质,与长毛不同,长毛有争城夺地的思想,专从险要上着手,所踞城池,总派人防守,捻匪以雉河集为根据,称作老巢,老巢以外,不去占据;有时四出掳掠,所得金银财宝,统是搬归老巢。当出发时,先传令整顿行具,名曰整旗,临行则用马前驱,叫作边马。边马在先,大股在后,遇着官兵,可战便战,不可战,就四散走开,不留人影。独老巢却四面固守,依险负嵎,就使有千军万马,一时也攻不进去。所以这位袁太仆,剿办了好几年,仍旧不见平静。此次陈玉成欲犯江淮,暗中勾结龚、张两捻首,同敌清军。多隆阿正到太湖,接这警信,忙令鲍超回军小池驿,阻住发捻,适与陈玉成相遇。鲍超兵只有数千,玉成兵恰有数万,那时狗性狂发,又似三河围李续宾一般,把小池驿团团围住。鲍超本是一员猛将,竭力搏战,总不能杀出重围;飞书至多隆阿处告急。多隆阿撤去太湖的围师,星夜赶援,仍被敌军隔断,不能前进。鲍超被围数日,不见援军,急得眼中出火,鼻窍生烟,忙取出两纸,各随便写了几笔,差几个得力将弁,赶至曾、胡二处乞援。

国藩时在建昌,正拟探听各军消息,忽由外面递进告急书,不瞧犹可,瞧着时,便道:"鲍春霆危急极了!"急传令调发营军,火速进援。后来幕府阅鲍超来书,乃是一个斗大的包字,包字外一个大圈,大圈外面,又有无数小圈,都是莫名其妙。还是曾公替他解释,讲明包字即鲍字右旁,外加大圈小圈,乃是被敌重重围住的意思。春霆若非危急异常,断不出此,所以赶派援军救应。嗣闻胡抚亦发兵驰援,便道:"胡润芝毕竟聪明,也晓得春霆用意。"润芝系胡抚林翼表字，春霆就是鲍总兵超。鲍超得了援军，遂出兵大战，两边抖擞精神，打了一日一夜，不分胜败。巧值东南风大起，清军适当上风，放起火来，风猛火烈，熊熊焰焰，扑入敌垒，长毛捻众顿时大乱。四眼狗陈玉成拥着黄盖羽葆，尚是兀立指挥。鲍超杀得性起，驰马直前，大呼道："四眼狗快来受死！"刀随声下，望玉成脑袋上劈下，亏得玉成眼明手快，忙用刀架住。战了数合，见长毛已经溃散，玉成也虚掩一刀，落荒败走。龚瞎子、张洛型等也都遁去。敌垒七十余座，成为焦土。四眼狗数年积蓄统被祝融氏收去，狗威才渐渐落风了。

太湖城内的长毛，闻玉成败耗，弃城夜遁，窜入潜山。多隆阿等督兵进剿，距城数里，长毛已悉众扑来。多隆阿治军有律，见长毛大至，令部众严阵以待。长毛冲突数次，只受了无数枪弹，不动清兵分毫。蓦然间鼓角齐鸣，清军分两翼杀出，勇壮的了不得，尘埃滚滚，杀气腾腾。此时长毛锐气已衰，那里还能抵敌？三脚两步的向北而逃。将到城下，见前面排着马队，悬着清军旗号，一锄齐的立着，吓得长毛胆战心摇，不敢入城，只好从刺斜里逃将过去。清军马步合队，向后尾追，直至青草塥，连人带草的乱刈，把长毛的头颅，砍落无数；有几个脚生得长，命不该绝，才得漏脱。

看官阅此，方知多隆阿严阵不动的时候，已暗遣马队截敌归路，瘟长毛管前不管后，自然中计，于是太湖、潜山二县，都由多隆阿收复；接连克凤阳，复建德、拔太平、石埭及泾县，各路捷书，先后纷驰。老成练达的曾国藩，遂决议率部军攻安庆。适四弟国荃，复自湖南募勇驰至，国藩即分部众与国荃，令他出集贤关，规复安庆去了。

忽报江南大营又溃，张国梁战死，和春退走常州，亦伤重身亡，国藩不禁叹息。原来和春、张国梁，自组成大营，直指江宁后，第一仗，攻克秣陵关，第二仗，大破长毛于七瓮桥、雨花台等处。洪天王汹惧异常，令在安徽的长毛，占据来安县城，作大江南北的声援。偏这和大臣派了总兵成明、协领博奇等，潜师夜袭，竟将来安城克复，江宁愈形危殆，复遣沿江驻扎的长毛，出兵四扰。怎奈清水师已随处密布，总兵李德麟、吴全美等，分头截击，又杀毙长毛二千多名。洪天王愤恚已极，饬众出太平、神策两门，分犯大营。副将张玉良、冯子材等，踊跃入阵，夺得长毛大纛，竟将悍目的头颅，借了数颗。长毛虽称强悍，也是怕死，没奈何退回城中。和春又定了一计，令军士沟濠筑垣，把江宁周城百余里，都用短垣围住，然后将部下八万人，星罗棋布，环绕四周。江中复用舢板联络，成一水营，水陆兼顾，内外相维，竟把一座江宁城，围得水泄不通。

俗语起得好："狗急跳墙。"这洪秀全做了十几年天王，难道竟没有一点主见吗？况且手下有一班党羽，三个缝皮匠，比个诸葛亮，到了无可奈何的时候，穷思极想，毕竟也有一条救急的方法出来。当下由李秀成献议，仍用多方误敌的计策，对付江南的大营。秀成乃是长毛中后起人杰，虽然是仍抄老文章，但欲解江宁的围困，舍此更无别法。洪天王信用了他，就命江西、安徽的长毛，分扰浙、闽，牵制江南大营，总教江宁解围，不吝重赏。江西长毛酋应命，遂出兵犯浙江。果然浙中大吏向江南大营乞援，和春只好分兵南下，派周天受援浙；忽闻长毛又窜入闽省，浙、闽是毗连的行省，既援浙，不得不援闽，复派周天培赴援。孤军转战，往往累月不归。

　　会四眼狗陈玉成自皖东败走，回攻浦口，德兴阿猝不及防，竟被四眼狗捣入，全营溃退，走入扬州。江浦、天长、仪征等县，次第失陷。四眼狗余威尚在，竟长驱至扬州，攻西北门。这时候的德兴阿，恰在江口水师舟中，安安稳稳的坐着，一任扬州受敌。扬州没有一定的主帅，见长毛围攻西北，便由营总富明阿、守备詹启纶，分率马步各军，出北门对敌，守备张德彪出西门迎战。两边正酣斗不下，那四眼狗刁滑得很，窥南门守御空虚，竟分兵逾城而入。城既被破，富詹等人自然不敢恋战，夺路而逃。德兴阿闻这消息，倒也惊惶起来，急走邵伯湖，收集溃卒，扎营万福桥，扼守东北。一面向江南大营乞师。和春不得已，遣张国梁渡江而北，会集江北军，攻扬州城。突有长毛开城出敌，由国梁飞马迎击，单刀直上，勇不可当。长毛狂奔回城，城尚未闭，国梁已一马跃入，麾兵前进，立复扬州。移攻仪征县，亦随手而下。只六合县在江宁北面，一介孤城，独当劲敌。自县令温绍原募勇居守，已守六年，这六年间，大小百战，屡歼红巾。至德兴阿退驻邵伯，扬州叠陷，六合益危。这次张国梁已克扬州，自然统兵往援。到陈板桥，距城尚十余里，长毛知张军且至，分锐出阻，一面穴隧轰城。国梁方与长毛接仗，六合城已被轰坍，绍原投水死，妻孥亦殉节。这信传至张军，恼了这位张军门，恨不把长毛立刻荡平。无如长毛来得很多，一队杀退，一队又来，杀败了数十队，方没有挡路的长毛，正思进攻六合。忽由大营传檄，令他速援溧水，军令如山，不得不南辕前往。至溧水，城早被陷，总兵张玉良已奉调进攻。国梁巡视形势，见城西有高古山，冈峦环抱，仿佛画屏，遂依山为营，踞住要害，姑把围城的事情，责成玉良。玉良遂省副将冯子材、陈朝宗等，竖梯登城。城上矢石如飞，由冯、陈二将，裹创力战，卒将守陴兵杀退，率兵入城。是时正在大股长毛，来救溧水，到高古山；由张国梁带兵杀出，左冲右突，如入无人之境。长毛阵中，有个黄衣头目，不知死活，执刀来斗，战未数合，被国梁手起刀落，劈于马下。头目已毙，部众立即溃散。当由两张合军穷追，各处兜截，生擒了几个长毛酋，什么洪国宗，什么铜天侯，都就军前正法，叫他到天父天兄处，销差去了。

　　怎奈江南得捷，皖北丧师，正值李续宾战死三河，四眼狗异常猖獗，皖南的告急文书，又叠至江南大营。和春复派总兵江长贵往都门青阳，总兵戴文英、副将朱承先赴宁国，营内的兵士，又分去了万人。长毛复从九洑洲率众而来，那时仍劳动这位张军门，躬率大队，前去横扫了一阵。和春因屡次告捷，未免骄盈，遂劾奏德兴阿师久无功，清廷骤行言听，竟夺德兴阿职，令和春兼辖大江南北，自是汛地益广，军事益繁。和春既受了兼辖的重任，不得不出些风头，当下令总兵李若珠攻六合，偏偏不如所愿，若珠败还，长毛乘胜至浦口，列营皆溃。前时援闽的周天培，正回军驻扎浦口，力战身亡，余军退保江浦。此时的长毛军，气焰越张，东伺扬仪，西逼江浦，南窥溧水，亏得张国梁渡江督剿，三战三捷，击走江浦长毛，下浦口，破沿江敌垒八大座，纵火焚九洑洲，把长毛老巢，烧得乌焦巴弓。

国梁回江南，与和春定议招降，解散贼党，申明大义，谕令去逆就顺，有七里洲守营长毛谢茂廷，寿德洲守营长毛秦礼国，俱暗约投诚，愿为内应。这寿德洲系江宁上关的屏蔽，七里洲系江宁下来的藩篱，两洲内溃，待张军门国梁一到，外杀进，里杀出，弄得长毛不知头路，只好弃了关，逃命要紧。不到一昼夜，连克重关，平长毛营垒数十，获大炮百余，战船六十，拔难民男妇五千余人。自这场战胜长毛，金陵城外的犄角，削除殆尽。和春以下诸将士，满意攻克金陵，易如反手。谁知天有不测风云，人有旦夕祸福，为山九仞，功亏一篑，竟令一座威耀无比的大营，悠忽间化作子虚乌有的幻境。

闲话休表，单说洪天王秀全，闻上下关接连失守，焦急万分，就近饬皖南军，陷泾县、旌德县，并破广德州，由广德州窜入浙湖安吉县境，道出武康，直扑浙江省城。浙抚罗遵殿分路乞援，待久未至。长毛在清波门外，暗掘地道，轰塌城垣三十余丈。罗抚麾兵抵敌，可奈众寡悬殊，战了半日，只落得忠魂千古，阖属捐躯。独有杭州将军瑞昌与副都统来存，勒兵坚守满城，鏖战六昼夜，尚未被陷。适值张玉良奉和春命，到了杭城，长毛本无意据杭，不过为江宁撤围计，牵掣江南大营，使他分兵四顾，免注兵力，所以闻玉良援浙，即开城出走，向余杭上窜，连陷长兴、建平、溧阳等县。至清军尾追痛击，他又随取随舍，把占据的县城，一概弃去。和春既兼辖南北，复奉旨遥督浙江军，正是趾高气扬的时候，况迭接浙江捷音，自谓无敌不摧，无战不克，麾下将士，亦逐渐骄蹇，营规日弛，防守日懈；又因饷运艰难，每四十五日，只发一月的粮饷，俟大功成后，一律补给，兵勇满怀不服，未免退有后言。咸丰十年闰三月七日，皖浙的长毛分道并进，纷扑大营。张国梁昼夜拒战，一些儿没有休息，接连八日八夜，长毛越来越多；究竟人生只有一副血肉，一副精神，要这般的打仗，恁你无上的好汉，也闹得筋疲力衰，支持不住。十四日天大雷雨，至夜奇寒，国梁尚统兵搏战，忽营中无故火起，一刹那间，遍及各营。国梁知军心已变，急翼和春出营，退守丹阳。长毛并力追来，破了溧阳，据了宜兴。进攻丹阳城。当时尚惮国梁威名，不敢逼近,遍筑土垒,步步为营。嗣后令死士潜入清营,伺国梁出战,从后狙击,中国梁腰。国梁回刺死士,背上又中了数枪,受创甚深,尚握着刀连斫数人,冲开一条血路,至丹阳滨,下了马,向北再拜,一跃入水。水波一动,这烈烈轰轰的张军门,已旋沉水底,与世长辞了。

国梁已死,偌大的丹阳城,眼见得保守不住,当由众将士保着和春,突围出走。将抵常州,回顾后面的长毛,尚是紧迫不舍。和春返身迎战,突来一粒枪弹,不偏不倚,正中胸前,当即拍马回走,退至浒墅关,狂血直喷,顿时身死。营务处湖北提督王俊、寿春总兵熊天喜,俱阵亡。独江督何桂清,率司道逃至苏州,被苏抚徐有壬所拒,桂清走上海。长毛夺了常州,进攻苏州,苏州兵不满四千,还是老弱居多,不习战事。徐抚激厉拊循,勉强支持了数日,终被长毛攻入,徐抚死之。小子有诗寄慨道:

> 红巾四扰太披猖,百战将军饮血亡;
> 怪底后人偏不谅,诬称汉贼实荒唐。

警耗传至京师,朝旨把死事诸臣,一一抚恤,独将何桂清革职拿问,另简大臣为江督。朝右纷议未决,这次倒是军机大臣肃顺,保着了一个大才,后来果如所言。欲知此人是谁?看官且猜一猜,待小子下回说明。

江皖相依,隐为唇齿。皖不复,江宁必不克。曾、胡二公,决议图皖,不以三河之覆辙为惧者,攻其所必救,兵法固然,无能避也。和春顿兵城下,蹈向荣覆辙,而骄蹇且过之。师劳必惰,将骄必败,大营之溃,固意中事,所惜者亡一良将耳。读是回,可知行军之得失。

第六十九回

开外衅失律丧师　缔和约偿款割地

却说清廷拟简放江督，廷臣多推胡林翼，独肃顺奏称林翼未可轻动，不如任用曾国藩。咸丰帝从肃顺言，遂命国藩任两江总督，督办江南军务。国藩奉旨，即具奏道：

目下安庆一军，已薄城下，为克复金陵张本，不可遽撤。臣奉恩命权制两江，驻扎南岸，以固吴会之人心，而壮徽、宁之声援。臣亟商官文、林翼，酌拨万人，先带起程，仍分遣员弁回湘募勇，赶赴行营，以资分拨。至于粮糈军械，必以江西、湖南为根本，臣咨商两省抚臣，竭两省之力，办江楚三省之防，布置渐定，然后可以言剿矣。是否有当？伏乞圣鉴！

奏上，奉谕照所拟办理，并因胡林翼奏保左宗棠，特给四品京堂，襄办国藩军务。国藩复与胡林翼会商，调鲍超部下六千人，及朱品隆、唐义训等所领三千人，渡江而南，驻扎徽州祁门县。

秀全闻曾国藩出驻皖南，料知东图江宁，遂封李秀成为忠王，带同古隆贤、赖裕新等，率长毛数万，直入安徽。时左宗棠、鲍超各军尚未到皖，李秀成已由广德州趋宁国府，守将周天受战死，宁国被陷，徽州戒严，国藩即遣李元度接办徽防。元度甫至徽州，长毛酋侍王李世贤，率大股长毛又至，元度不能支，退保开化。世贤破徽州府城，进逼祁门，国藩惶急万分，幸亏鲍超率军到来，张运兰亦闻警驰援，于是遣鲍超出守洹亭，张运兰出守黟县。正在难解难分之际，忽由北京递来八百里加紧排单，促国藩带兵勤王。小子只有一枝笔，不能双方并叙，只好把祁门军事，暂搁一歇，先将那北京紧急军情，叙述一番。

上回说的天津和约，须至次年互换，次年便是咸丰九年，各国舰队，驶赴天津，遵例换约。适值僧格林沁在大沽口经营防务，修筑炮台，丛植木桩，遥见洋舰飞驶前来，忙遣员荡舟出口，往晤各国使臣，告以大沽设防，请改由北塘驶入。使臣多半听命，独英舰长卜鲁士，系额尔金兄弟，抗不遵行，竟驶入大沽，把截住港口的铁链，用炮炸裂。卜鲁士坐船当先，随后有英俄法小轮船十三艘，鱼贯而进，居然竖起红旗，要与中国开战。僧王也传下军令，俟外人逼近炮台，方开炮轰击。卜鲁士竟将港内的铁锁木桩，一概毁掉，进攻炮台。守兵开炮还击,把英舰轰沉数艘,余船亦中炮不能行动,只有一艘逸去。英兵死了数百,炮台上面的武弁,亦伤亡数人。只美使华若翰遵约,改道行走,才得换约。

清廷狃于小胜,方私相庆贺,不料英人暗图报复,在广东修造船只,招募潮勇,再图入犯。咸丰十年六月,英使额尔金、法使噶罗复率舰队,北犯天津。僧格林沁料洋人必取道大沽,或由北塘袭入大沽后路,遂派重兵守住大沽南岸,一面在北塘密埋地雷。英将额尔金狡狯异常,先将各船在口外游弋,一步儿不敢放入,暗中却派遣汉奸,入口侦探。岸上守兵,总道英舰未曾拢岸,没甚要紧,谁知里面的虚实,早已被汉奸窥去。英人用了舢板小船,乘夜入北塘口,挖去地雷,长驱而进。副都统德兴阿,驻守北塘里面的新河,率兵拒战,连吃败仗,英法联兵万八千人,追入内港。适潮水退出,舟被胶住,额尔金、噶罗,颇惊慌起来,连忙竖起白旗,佯称请款,僧格林沁还道他有意议和,不敢邀击。谁知潮水一涨,英法各舰,鼓棹直前,僧王尚不在意,等他傍岸登陆,方麾劲骑堵御,英法联兵,排成一大队,各执精利火器,专俟清军过来,一声号令,众枪竞发,发无不中,清兵都从马上坠下,霎时间三千铁骑,如墙齐陨,只剩七人逃回。僧格林沁始悔失策,然已不可救药了。

英法联兵,遂自后面攻北岸炮台。提督乐善,忙上前迎敌。英兵连掷开花弹,飞入火药库,訇然一声,好似天崩地裂,不但守台兵弁,向空飞去,连那炮台都坍陷一半。此时的乐提台,也不知冲至何处,连尸首都不见了。僧格林沁尚兀守南炮台,朝旨飞促退还,僧王不敢违旨,遂退军张家湾。遇着大学士瑞麟,统京旗兵九千出防,僧王道:"我守南岸炮台,还好保护津门,不知上头听了何人,令我退守。我退一步,敌进一步,如何是好?"瑞相道:"现在顺亲王端华、尚书肃顺,都主张抚议,所以上头召王爷退守,且已令侍郎文俊、前粤海关监督恒祺,往天津议款去了。"正议论间,探报天津被陷,僧格林沁顿足不已。忽又报文俊、恒祺,被洋人拒回,朝旨已改派桂良前往。僧王道:"此时议和,恐怕没有这般容易。"随与瑞麟同驻通州,静待后命。

桂良抵津与英人开议抚事,英使额尔金,及参赞巴夏礼,提出要求条款:一是要增军费,二是要天津通商,三是要各国公使,酌带洋兵数十名,入京换约。桂良以闻,咸丰帝严旨拒绝,饬僧格林沁、瑞麟,严防外人内犯。京师亦饬令戒严。英使见和议不就,复从天津派兵北上,扰及河西务,京城里面,一日数惊。端华、肃顺想了一个避难的法儿,请咸丰帝驾幸木兰。这语一传,廷臣大哗,十个人中倒有六七个不赞成。咸丰帝踌躇未决,因召南军入援。

副都统胜保时在河南,接旨最早,急会同贝子绵勋,调九旗禁兵万人,驰赴通州助剿。且闻咸丰帝有北狩信息,上疏谏阻,力请咸丰帝坐镇京师,不可为一二奸佞所误。咸丰帝优诏褒答。胜保正拟出师,英法兵已逼张家湾,胜保未曾与外人交战，还道外人没有能耐，遂上马驰去，不意洋人一见面，就扑通扑通的枪声，放将过来。胜保起初倒也不怕，麾军上前，往来督战。英法领队官，望见胜保戴着红顶子，穿着黄马褂，料知是督兵大帅，命军士丛枪注击，胜保防不胜防，一粒弹子，飞到面前，适中右颊，胜保忍不住痛，颠落马下。亏得亲军救起，上马逃走。主帅一逃，将士自然溃散。僧、瑞二营，不战先怯，也从通州退还北京，驻扎城外。

咸丰帝闻报，一面遣怡亲王载垣，再赴通州议和，一面收拾行李，出驻圆明园。载垣驰至通州，由桂良接着，议好照会，请英法两使入城议和。英法两使，答于次日相见。越日，载垣、桂良等，在通州城内天岳庙，预备筵宴，恭候英法使臣。约至巳牌，始报英法使臣到来。载垣等慌忙迎接，但见一排儿洋兵，护着两乘绿呢大轿，直入庙中。轿子歇下，跨出两人，一个是法使噶罗，一个不是英国正使，乃是参赞巴夏礼。两相相见毕，载垣便命开宴，两下分宾主坐定，酒至数巡，载垣方谈到和议。法使噶罗，倒还和颜悦色，口中说是情愿修和，独巴夏礼攘袂起道："今日的事情，须面见中国皇帝，方可定约。"载垣、桂良两人，面面相觑，不能回答。巴夏礼又道："我等远居欧洲，久欲观光上国，现拟每国各带千人入京觐见。但两国礼节不同，此番请用军礼罢了。"载垣沉吟半晌，想出了请旨定夺四字，回答巴夏礼。巴夏礼露出不悦情状。宴毕，傲然径出。法使噶罗，总算还欢然道别。适值僧王带兵进来，探听和议消息，载垣与他谈起巴夏礼情形，僧王跃起道："待我去拿住了他再说。"当即跳上马鞍，一鞭径去。桂良恐干和议，忙上马随了出来，行未数里，遥见僧王已将英法二使截住，急加鞭赶到。僧王正把巴夏礼捆缚停当，并要去缚法使噶罗。桂良连忙摇手，向僧王道："法使恭顺，不可缚他。"僧王道："桂中堂替他恳情，就饶他去罢！"噶罗才得脱身，由桂良送了一程，道歉告别。

英使额尔金闻参赞被擒，不由的愤怒起来，便率洋兵长驱而北。警报递入圆明园，雪片相似。端华、肃顺一班大臣，惊惶万状，唯恐惠咸丰帝北狩，于是咸丰帝命端华入宫，密挈后妃等出幸。此时康慈皇太后，早已去世，只由皇后钮祜禄氏，皇贵妃那拉氏以下，统随端华至圆明园，约一百多人，皇长子载淳亦在其内。咸丰帝又令四春娘娘，也收拾完备，于咸丰十年八月八日，启銮北狩，后妃以下，皆随驾同行。端华、肃顺及军机大臣穆荫、匡源、杜翰等，一律扈跸。途次始传旨到京，命恭亲王奕䜣为全权大臣，留守京师；僧格林沁、瑞麟、胜保各军，仍驻城外防剿。

此时京内居民，闻皇帝出走，纷纷迁避。禁旅多奉调扈驾，剩了几个老弱残兵，也渐渐逃散。连僧、瑞等麾下兵弁，亦都解体。偏这英法兵不肯罢手，扬旗鸣炮，直逼京城。恭王忙召在京王大臣商议，王大臣主见不一，惟大学士周祖培、尚书陈孚恩等，仍拟主抚。恭王没法，也只有讲和的计策。忽由桂良递入英照会，索交巴夏礼，恭王再与王大臣会商，许久不决。恭王道："巴夏礼于前日解到，我曾谓僧、怡二王，未免卤莽，现在不放不可，欲放又不能，恰是为难得很。"恒祺此时在京，便禀恭王道："巴夏礼不放，抚议断无成日。且两国相争，不斩来使，本是我国古礼，现在不如放他回去，借他的口，去报英使额尔金，速来换约。"恭王道："照你说来，也是有理，就是你去办罢。"恒祺去了半日，回报巴夏礼已放出城外，叫他去问抚议了。恭王稍稍放心。又阅半日。突闻外面人声马嘶，闹成一片，接连是隆隆的炮声，拍拍的枪声，不绝于耳。正欲派人出探，忽一内监踉踉跄跄奔入，报道："不好了！洋兵攻入内城了。"恭王道："僧王、瑞相、胜副都统等，到那里去了？"内监道："这也不知底细。但闻城外各军，见了洋兵，统已逃去，剩得僧王爷、瑞中堂、胜大人三个，赤手空拳，无可迎敌，只得由洋人入城了。"恭王大惊失色，忽见恒祺又趋入道："洋人纵火圆明园。"恭王顿足道："怎么好？"恒祺道："现在只好向洋人说情，叫他不要纵火。"恭王道："劳你前去一说便是。"恒祺不敢违慢，跨着马驰到圆明园，园外统是洋兵守住，恒祺会说几句英语，说是前来请和，洋兵始放他进去。一入园门，见祝融氏正在肆威，兰宫桂殿，凤阁龙楼，已被毁去数座。恒祺向没火处走入，劈面正碰着巴夏礼同一个洋装的中国人，巴夏礼佯作不见，还与那人指手划脚，导引放火。恒祺忍着一股气，先与那洋装的中国人，搭讪起来，问他姓名籍贯。他却大声道："谁人不晓得我龚孝拱，还劳你来细问！"看官！你道龚孝拱是何人？他是晚清文人龚定庵长子，他的学问，不亚乃父，旅居上海多年，各国语言文字，统知一二，只性情怪僻得很，不屑与人谈话，巧遇了英人威妥玛，在上海开招贤馆，延为秘书，月致千金。孝拱得了修脯，便去孝敬歌妓，父母妻子，一概不管，只纳了一个妓女为妾，颇称眷爱，时人叫他龚半伦，他亦以半伦自号。半伦的意义，说他生平不知五伦，只宠爱一个小老婆，算作半伦。这次英人北犯，他恰跟了入京，烧圆明园，实是他唆使。恒祺见不是路，乃与巴夏礼攀谈，巴夏礼才脱帽行礼。恒祺便道："现在我国与贵国议和，何故在此纵火？"巴夏礼道："你们中国人，专会放刁，今日议和，明日又议，终究没有结果，还要把我去监禁数日，你想天下有无此理？所以我在此纵火泄忿。"恒祺再向他谢罪，巴夏礼道："如中国果真心议和，限你三日开紫禁城，迎我入议。更我被执的时候，还有几个从员，也被拿去，现应立刻放还，方可议和。"恒祺唯唯从命，但请他不再放火。巴夏礼也含糊答应。恒祺忙回报恭王，恭王再命恒祺释放英俘，不想到了狱中，已有英人数名倒毙。恒祺这一急，真急得手足冰冷，也不暇去问狱卒，转身就飞报恭王。恭王又呆得木偶一般，还是恒祺想了一法，照会巴夏礼，说是待和议成后，一律释放。偏这巴夏礼耳朵很长，已探悉英人监毙数名，索性大烧圆明园，把这一二百年的建筑，几千百间的殿阁，连那点缀的亭台花木，摆设的器皿什物，烧了三日三夜，变成了一堆瓦砾场。只有珍奇古玩，由龚半伦带领洋兵，搜取净尽。半伦得了百分之一，运到上海变卖，作为嫖费，嫖光吃光，发狂而死，这是后话。

且说巴夏礼既毁圆明园，复声言要攻紫禁城，恭王又召入恒祺，商量救急的法儿。恒祺想了一会，方道："法使噶罗，倒还和平，若去请他排解，或可转圜。"恭王闻言，又欲令恒祺往会法使。恒祺道："这个差使，还是请桂中堂去罢。桂中堂与法使有些投机，可以去得。"于是恭王遂遣桂良去见法使，法使颇肯居间调停。桂良先回，随后法使的照会亦到，内说英使额尔金索抚恤监毙英人银五十万两，须立即付过，方可莅盟修好。恭王不得已，大加搜刮，凑足五十万两银子，解至英营，并约于礼部衙门内恭候议和。

九月九日，与英使议约，免不得又要设宴。是日黎明，恭王奕䜣率同大学士贾桢、周祖培、尚书赵光、陈孚恩、侍郎潘曾莹、宋晋等，具了仪卫甲仗，先至礼部衙门等候。好一歇，才见英使额尔金、参赞巴夏礼，乘舆而至。恭王率众官迎入，行过了礼，分东西坐定。额尔金提议换约，除八年原议五十六条外，还要加添数条，赔偿兵费，增开口岸，派驻领事。经恭王再四磋磨，通事往返传命，议定偿他兵费一千二百万两，增辟天津为商港，各口许驻英国领事。双方允妥，彼此入席，酒酣兴尽而散。翌日，复请法使噶罗至礼部共商和议。法使算是有情，只索兵费六百万两。恭王一口应承，也照英使例盛筵相待，迎送如仪。

十一日与英使换约，恭王据实奏闻。咸丰帝已至热河，览奏未免叹息，但木已成舟，不能再变，只好降旨允准。独俄使伊格那替业幅，圆滑得很，所得权利，比英法要加数倍，他表面还非常和平，暗中却厚索利益。中俄通商，向止恰克图一处，咸丰三年，始行文中国，假勘界为名，阴图占地；清政府征剿长毛，且来不及，还有何心对付外人，自然把此事搁起。俄人竟自由行动，直入黑龙江，通过瑷珲。黑龙江将军奕山，派员禁阻，俄人不听，乃奏闻清廷。政府命奕山与他交涉，俄人索黑龙江北岸地，奕山竟唯唯从命，订了瑷珲条约。后来英法兴兵，俄使也率领舰队，随在后面，大沽一战，英法各舰，多遭损失，退还广东，独俄使入京，于咸丰十年五月，另订专约十二条，大致是两国往来，平等相待，海口通商，照英法例。还要派遣领事，随带兵船，这叫作天津专约。到了英法联军入京，硬要入城开议，恭王胆小，不敢照允。俄使伊氏，趁这机会，入劝恭王，叫他在礼部衙门会议，可以无患。原来礼部衙门，与俄使馆相近，所以担任保护。恭王才放着胆，与英法使臣相见。和议成后，俄使便来索酬，再订北京条约，举乌苏里河东岸地，统划归俄人。看官！你道这俄使乖不乖？巧不巧？

正是：

> 鹬蚌相争，渔翁得利；哀我中华，蹙国万里。

外患稍平，有旨阻南军入援，于是太平天国气数将尽了。小子且停一歇笔，再叙详情。

本回专叙外交事情，为国耻上增一纪念，即为交涉上广一见闻。当时内乱方亟，外患复来，为清廷计，万无可战之理。秉国诸公，早应审时度势，认定方针，天津之创，已昭覆辙，彼来换约，只好以礼相迎，不宜再开战衅。虽劝令改道，名正言顺，英使不从，曲固在英，然我果善为调停，则必不至有后此之结果。乃忽战忽和，忽和忽战，小胜即喜，小败即怯，我之伎俩，早为所窥，犹且首鼠两端，茫无定见，至于京师陷没，海淀被焚，始俯首乞盟，偿款不足，则益之，商埠不足，则增之，增之益之而又不足，则割地以畀之。谁秉国政，辨不早辨耶？长沙尚在，当不至痛哭流涕长太息而已。

第七十回

闻国丧长悲国士　护慈驾转忤慈颜

却说曾国藩驻节祁门，接到勤王诏命，与胡林翼往复驰书，筹商北援的计策。怎奈安徽军务，正在吃紧，一时不能脱身；且长毛目的，专注祁门，分三路来攻；一出祁门西边，陷景德镇；一出祁门东边，陷婺源县；一出祁门北边，逾羊栈岭，直趋国藩大营。国藩麾下，只有鲍超、张运兰二军，还是得用，奈已调发出去，弄得孤营独立，危急万状。国藩不得已自去抵敌，行至途次，闻长毛数万到来，军心大恐，霎时溃退，只得回转祁门。亏得左宗棠驰至婺源，六战六胜，把长毛驱逐出境，东路始通。鲍超、张运兰复破长毛于羊栈岭，长毛亦即遁走，北路方才安靖，国藩心中稍慰。廷寄亦于此时到来，阻住入援。自是国藩益加意防剿。到咸丰十一年春季，左宗棠与鲍超合军，克复景德镇，军威大振。左宗棠得赏三品京堂，鲍超得赏珍物。已而张运兰攻克徽州，左宗棠收复建德，祁门解严。

国藩移驻东流县，檄鲍超助攻安庆。安庆为长江重镇，自曾国荃进攻，长毛遂各处窜扰，冀国荃撤围自救。偏这国荃不肯撤围，日夜攻扑；就是当祁门紧急时，国藩受困，他也无心顾及，硬要攻破此城。长毛恨极，遂集众十万，由陈玉成统带，来援安庆。国荃趁他初到，分军围城，自己却督率精锐，出其不意，冲入敌营。长毛自远道会集，方在劳乏的时候，勉强抵敌，心志未定，没有不败的道理。当被国荃一阵杀退，玉成尚思整队再战，忽报胡林翼移营太湖，遣多隆阿、李续宜等前来安庆，玉成料是不佳，改图上攻，从间道绕出霍山，一鼓攻入，接连破了英山，直趋湖北，拔了黄州，分兵取德安、随州。胡林翼急檄李续宜回援，玉成留党羽守德安，自率众三万复回安庆，扑攻国荃营数日。国荃凭濠堵御，好似长城一般，玉成不能克；鲍超自南岸进攻，多隆阿自东岸进攻，玉成走踞集贤关，忙调集杨辅清等，再至安庆，筑起十九垒，援应城中；留悍酋刘玱林，屯驻关内，作为后应。国藩檄鲍超攻集贤关，杨载福率炮船水师助国荃，守住营濠；多隆阿移驻桐城，截剿长毛后援。自四月至七月，相持不下。胡林翼复遣成大吉助鲍超，两军夹攻，猛扑七昼夜，方得攻入，擒住悍酋刘玱林，解京正法。集贤关已下，陈、杨两酋，断了后应，曾国荃气焰越张，会合杨载福炮船，水陆攻击，连毁敌垒十九座，陈玉成、杨辅清等遁去。安庆城内的长毛，至是始孤立无助。到七月下旬，粮又告绝，守城悍酋叶芸莱，悉锐突围，被国荃截住，无路可钻，只得退回。国荃逼城筑垒，掘隧埋药，于八月朔日，地雷爆发，轰坍城墙，国荃率军杀入。城内长毛，没有一个逃避，大家冒死巷战；等到筋疲力尽，枪折刀残，方个个毕命，自叶芸莱以下，共死一万六千人。安庆被长毛占据，已历九年，国荃得此雄都，戡定东南的基础，才得立定。

国藩闻捷，驰至安庆受俘，当下飞章奏告。奏折甫发，忽接到一角咨文，乃是从热河发来，拆来一瞧，顿时大哭。原来七月十七日，咸丰帝驾崩热河，国藩深感知遇，悲动五中，怪不得涕泪俱下。只咸丰帝年方及壮，如何就会晏驾？待小子细细叙来：咸丰帝即位初年，颇思励精图治，振饬一新，无如国步艰难，臣工玩愒，内而长毛，外而洋人，摇动江山，日劳睿虑。咸丰帝日坐愁城，免不得寻些乐趣，借以排闷。那拉贵妃、四春娘娘，就因此得宠。但蛾眉是伐性的斧头，日日相近，容易斫丧精神；况且联军入京，乘舆出走，朝受风霜，暮惊烽火，到这个时候，就使身体强壮的人，也要急出病来。至和议告成，恭王遣载垣奏报行在，并请回銮日期，咸丰帝详问京中情形，载垣便据实复陈，圆明园烧了三日三夜，内外库款，搜刮净尽，你想咸丰帝得此消息，心中难过不难过呢？咸丰帝心灰意懒，自然不愿回銮，便说天气渐寒，朕拟暂缓回京，待明春再定行止。载垣也不规谏，反极口赞成，便令随行的军机大臣，录了上谕，颁发到京。载垣留住行在，算是扈驾，他与郑亲王端华、协办大学士户部尚书肃顺，本是要好得很，至此遂同揽政权，巩固权势。这三人中，肃顺最有智谋，载垣、端华的谋划，都仗肃顺主持。景寿、穆荫、匡源、杜翰、焦祐瀛五个军机，随驾北行，便是肃尚书一力保举，作为走狗。肃顺所最忌的有两人，一个是皇贵妃那拉氏，一个是恭亲王奕訢。那拉贵妃，是个士女班头，宫中一切事务，多由那拉指使，咸丰帝非常宠任，皇后索性温厚，不去预闻。恭王系咸丰介弟，权出怡、郑二王上，所以肃顺时常忌他。北狩的主见，也是肃顺主张，他想离开恭王，叫他去办抚议。办得好，原不必说；办得不好，可以加罪。且恭王在京，距热河很远，内中只有一个那拉贵妃，究系女流，不怕他挟持皇帝，因此在京王大臣，陆续奏请回銮。肃顺与怡、郑二王总设法阻止。冬季说是太寒，夏季说是太热，春秋二季，无词无藉，只说是京中被了兵燹，凄惨得很。咸丰帝得过且过，一挨两挨，挨到十一年六月，竟生成一场不起的病症。病已大渐，即召载垣、端华、肃顺、景寿、穆荫、匡源、杜翰、焦祐瀛八人，入受顾命，立皇子载淳为皇太子；并因太子年幼，谆谆嘱咐，要他尽心竭力，夹辅幼君。八人奉命而出，过了一日，咸丰帝竟崩于避暑山庄行殿寝宫，享年三十一岁。载垣、端华、肃顺等，即扶六岁的皇太子，在枢前即了尊位，便是穆宗毅皇帝。当下尊皇后钮祜禄氏，及生母皇贵妃那拉氏，都为皇太后。拟定新皇年号，是祺祥二字。后来尊谥大行皇帝为文宗显皇帝，并上皇太后徽号，叫作慈安皇太后，生母皇太后徽号，叫作慈禧皇太后。后人呼她们为东太后、西太后。这且慢表。

单说载垣、端华、肃顺等扶新皇帝嗣位，自称为参赞政务王大臣，先颁喜诏，后颁哀诏。在京王大臣，多至恭王府议事。恭王奕䜣道："现在皇上大行，嗣主年幼，一切政权，想总在怡、郑二王及尚书肃顺了。"言至此，叹了数声。王大臣等多与肃顺不合，且见恭王有不足意，便齐声道："王爷系大行皇帝胞弟，论起我朝祖制，新皇幼冲，应由王爷辅政，轮不到怡、郑二王身上，肃尚书更不必说呢。"恭王虽没有回答，头已点了数点。

正筹议间，忽报宫监安得海自热河到来。安得海系那拉太后宠监。恭王料有机密事件，便辞退王大臣，独召安太监进府。安太监请过了安，恭王引入秘室，与他讲了一日，别人无从听见，小子也不敢虚撰。安太监于次晨匆匆别去，恭王即发指日奔丧的折子。这折子递到热河，怡、郑二王，先去展阅，阅毕，递与肃顺。肃顺大略一瞧，便道："恭王藉口奔丧，突来夺我等政权，须阻住他方好。"怡亲王道："他是大行皇帝胞弟，来此奔丧，名正言顺，如何可以阻他？"肃顺道："这有何难？即说京师重地，留守要紧，况梓宫不日回京，更无庸来此奔丧。照这样说，难道不名正言顺么？"怡亲王大喜，便令肃顺批好原折，颁发出去。

这事方布置妥帖，忽御史董元醇，遽上一折，请两宫皇太后垂帘训政。怡亲王一瞧，便道："放屁！我朝自开国以来，并没有太后垂帘的故例，那个混帐御史，敢倡此议？"肃顺道："这是明明有人指使，应严加驳斥，免得别人再来尝试。"于是再由肃顺加批，把祖制两字抬了出来，将原折驳得一文不值。末后有"如再莠言乱政，当按律加罪"等语。批发以后，三人总道没有后患，那里晓得这等批语，统是没效？咸丰帝临终时，这世传受命的御宝，早被西太后取去。肃顺虽是聪敏，这件事恰先输了一着。一着走错，满盘是输，所以终为西太后所制。西太后见怡亲王等独断独行，批谕一切，并未入禀，遂去与慈安太后商议。慈安太后，本无意垂帘，被西太后说得异常危急，倒也心动起来，便道："怡、郑诸王，怀着这么鬼胎，如何是好？"西太后道："除密召恭王奕䜣外，没有别法。"慈安太后点头，遂由西太后拟定懿旨，请慈安太后用印。慈安太后道："前日先皇所赐的玉玺，可用得么？"西太后道："正好用得。"随取玉玺钤印，乃是篆文的同道堂印四字，仍遣安得海星夜趱程，去召恭王。

约越一旬，恭王奕䜣，竟兼程驰至。肃顺留意侦探，闻恭王到来，忙报知怡、郑二王。怡、郑二王，大吃一惊，正想设法对付，忽报恭王奕䜣来见。三人只得出迎，接入后，先由载垣开口，问："六王爷何故到此？"奕䜣道："特来叩谒梓宫,并慰问太后。"载垣道:"前已有旨,令六王爷不必到来,难道六王爷未曾瞧过?"奕䜣说是未曾接到,并问何时颁发? 载垣屈指一算道:"差不多有十多天了。"奕䜣道:"这且怪不得,兄弟出京,已七八天了。"肃顺即插口道:"六王爷未经奉召,竟自离京,京城里面,何人负责?"奕䜣道:"这且不妨,在京王大臣,多得很哩。现在京内安静如常,还怕什么? 况兄弟此来,一则是亲来哭临,稍尽臣子的道理;二则是来请两宫太后安,明后日即拟回京。这里的事情,有诸公在此,是最好的了。兄弟年轻望浅,还仗诸位指教。"肃顺尚未回答,忽从载垣背后,走出一人,朗声道:"叩谒梓宫原是应该的,若要入觐太后,恐怕未便。"奕䜣瞧将过去,乃是军机大臣杜翰。便道:"为何不便?"杜翰道:"两宫太后,与六王爷有叔嫂的名义,叔嫂须避嫌疑,所以不应入觐。"奕䜣不觉奇异,正想辩驳,奈载垣、端华、肃顺三人都随声附和,好似杜翰的言语,当作圣经贤传。恭王一想,彼众我寡,不便与他争执,还是另外设法为是。随道:"诸位的说话,却也不错,拜托诸位代为请安便了。"

当下辞出,回到寓所,巧值安得海已在寓守候,奕䜣又与他密议一番,安得海颇有小智,竟想出一个妙法,与奕䜣附耳低言。奕䜣眉头一皱,似乎有不便照行的意思。复经安得海细说数语,奕䜣方才应允。安得海辞去,是日傍晚,夕阳西下,暮色沉沉,避暑山庄寝门外,来了一乘车子,车中坐着的,仿佛是个宫娥,守门侍卫,正欲启问,安太监已自内出来,走到车前,搴动帘帷,挽着一位宫装的妇人下来。侍卫瞧着,确是妇女,由他随安太监进去。次日黎明,宫门一开,这位宫装的妇人,仍由安太监引导出门,乘舆径去。约到辰牌时候,恭王奕䜣,又复出现,赴梓宫前哭临。次日,即到怡、郑两王处辞行。看官! 你想恭王奕䜣,奉太后密召而来,难道不见太后,便匆匆回去么? 上文说的宫装的妇人,来去突兀,想来总是恭王巧扮,由安得海引他出入,暗中定计,瞒过侍卫的眼珠;若是明眼人窥着,自能瞧破机关。那班侍卫,虽是怡、郑二王的爪牙,毕竟没甚智识,总道是个妇人,也不去通报怡、郑二王,所以竟中了宫内外的秘计。

恭王去后,两宫太后便传懿旨,准即日奉梓宫回京。载垣、端华、肃顺三人又开密议,载垣意思,迟一日,好一日,肃顺道:"我们且入宫去见太后,再行定议。"三人遂一同入宫,对着两位太后,请了安,两旁站定。西太后便谕道:"梓宫回京的日子,已拟定么?"载垣道:"闻得京城情形,尚未安静,依奴才愚见,不如展缓为是。"西太后道:"先皇帝在日,早思回銮,因京城屡有不靖的谣言,以致迁延岁月,赍恨以终。现若再事逗留,奉安无期,岂不是我等的罪孽? 你们统是宗室大臣,亲受先皇帝顾命,也该替先皇帝着想,早些奉安方好。"三人默默不答,西太后瞧着慈安太后道:"我们两人,统系女流,诸事要靠着赞襄王大臣,前日董御史奏请训政,赞襄王大臣,也未与我辈商量,骤加驳斥,我也不去怪他。但既自命赞襄,为什么将梓宫奉安,都不提起?自己问自己,恐也对不起先皇帝呢。"慈安太后也不多说,只答了一个"是"字。肃顺此时忍耐不住,便道:"母后训政,乃是我朝祖制未曾有过,就使太后有旨垂帘,奴才等也不敢奉旨。"西太后道:"我等并不欲违犯祖制,只因嗣王幼冲,事事不能自主,全仗别人辅助,所以董元醇一折,也不无可采处。你等果肯竭诚赞襄,乃是很好的事,何必我辈训政!但现在梓宫奉安、嗣主回京的两桩大事,尚且未曾办就。哼!哼!于赞襄二字上,恐有些说不过去。"载垣听了此语,心中很不自在,不觉发言道:"奴才等赞襄皇上,不能事事听命太后,这也要求太后原谅。"西太后变色道:"我也叫你赞襄皇上,并不要你赞襄我们,你既晓得赞襄皇上四个字,我等便感你不浅。你想皇上是天下共主,一日不回京,人心便一日不安,皇上也是一日不安,所以命你等检定回京日子,劳你等奉丧扈驾,早日到京,乃就是赞襄尽职了。"端华也开口道:"梓宫奉安,及太后同皇上回銮,原是要紧的事情,奴才等何敢阻难。不过恐京城未安,稍费踌躇呢。"西太后道:"京中闻已安静,不必多虑,总是早日回去的好。"三人随退即出。

肃顺气的要不得,又与怡、郑二王,回寓会商,定了一计,拟派怡亲王侍卫兵丁,护送后妃,在途中刺杀西太后,聊以泄忿;就拟定九月二十三日,皇太后皇上,奉梓宫回京。到了启行这一日,由怡、郑二王扈从皇太后皇上,肃顺、穆荫等护送梓宫。照清室礼节,大行皇帝灵梓启行,皇帝及后妃等,都行礼奠酒,礼毕,立即先行,以便在京恭迎,此次自然照例办理,銮舆在前,梓宫在后。载垣等预定的密计,拟至古北口下手,偏这西太后机警得很,密令侍卫荣禄,带兵一队,沿途保护。荣禄系西太后亲戚,有人说西太后幼时,曾与荣禄订婚,后因选入宫中,遂罢婚约,这话未免虚诬。但荣禄生平,忠事西太后,西太后得此人保驾,恁你载垣、端华如何乖巧,竟不敢下手。及至古北口,大雨滂沱,荣禄振起精神,护卫两宫,自晨至夕,不离两宫左右,一切供奉,统由荣禄亲自检视。载垣、端华二人,只有瞪着两目,由他过去。

九月二十九日,皇太后皇上,安抵京城西北门,恭王奕䜣,率同王大臣等,出城迎接,跪伏道旁。当由安太监传旨,令恭王起来,恭王谢恩起身,随銮舆入城。载垣、端华,左右四顾,见城外统是军营驻扎,两宫经过时,都俯伏行礼,不由的心中忐忑。只因梓宫尚未到京,想一时没有变动,便各回原邸安宿一宵。翌晨起来,刚思入朝办事,忽见恭王奕䜣、大学士桂良、周祖培,带了侍卫数十名,大着步进来。载垣接着便问何事?奕䜣道:"有旨请怡王解任。"载垣道:"我奉大行皇帝遗命,赞襄皇上,那个令我解任?"奕䜣道:"这是皇太后皇上谕旨。你如何不从?"正在争论,端华亦走入厅来,约载垣同去入朝,见了奕䜣、载垣两人相争，还不知是何故，只见奕䜣对着他道："郑王已到，真正凑巧，免得本邸往返。现奉谕旨，着怡、郑二王解任！"端华嗤的一笑，随道："上谕须要我辈拟定，你的谕旨，从那里来的？"奕䜣取出谕旨，令二人瞧阅。二人不暇读旨，先去瞧那钤印。但见上面钤着御宝，末后是"同道堂印"四字。载垣问此印何来？奕䜣道："这是大行皇帝弥留时，亲给两宫皇太后的。"载垣、端华齐声道："两位太后，不能令我等解任。皇帝冲幼，更不必说。解任不解任，由我等自便，不劳你费心！"奕䜣勃然大愤道："两位果不愿接旨么？"两人连说："无旨可接。"奕䜣道："御宝不算，有先皇帝遗传的'同道堂印'，也好不算么？"喝令侍卫将两人拿下。后人有诗咏同道堂玺印道：

> 北狩经年跸路长，鼎湖弓剑望滦阳；
> 两宫夜半披封事，玉玺亲钤同道堂。

毕竟两人被拿后，如何处置，且至下回续叙。

以国士待我，当以国士报之，曾公之意，殆亦犹是。若载垣、端华、肃顺辈，以宗室懿亲，不务安邦，但思擅政，何其跋扈不臣若此？无莽、操才，而有莽、操之志，卒之弄巧成拙，反受制于妇人之手，宁非可愧？惟慈禧心性之敏，口给之长，计虑之深，手段之辣，于本回中已崭然毕露。吴道子摹孔子像，道貌如生，作者殆亦具吴道子之腕力矣乎？

第七十一回

罪辅臣连番下诏　剿剧寇数路进兵

·

却说载垣、端华两人，被奕䜣饬侍卫拿下，载垣、端华道："我两人无故被谴，究系如何罪名？"奕䜣道："你听着！待我宣旨。"遂捧着谕旨朗读道：

> 上年海疆不靖，京师戒严，总由在事之王大臣等，筹划乖方所致。载垣等复不能尽心和议，徒诱获英国使臣，以塞己责，致失信于各国，淀园被扰，我皇考巡幸热河，实圣心万不得已之苦衷也。嗣经总理各国事务衙门王大臣等，将各国应办事宜，妥为经理，都城内外安谧如常，皇考屡召王大臣议回銮之旨，而载垣、端华、肃顺，朋比为奸，总以外国情形反复，力排众论。皇考宵旰焦劳，更兼口外严寒，以致圣体违和，竟于本年七月十七日，龙驭上宾。朕抢地呼天，五内如焚，追思载垣等从前蒙蔽之罪，非朕一人痛恨，实天下臣民所痛恨者也。朕御极之初，即欲重治其罪，惟思伊等系顾命之臣，故暂行宽免，以观后效；孰意八月十一日，朕召见载垣等八人，因御史董元醇敬陈管见一折，内称请皇太后暂时权理朝政，俟数年后，朕能亲裁庶务，再行归政；又请于亲王中简派一二人，令其辅弼；又请在大臣中，简派一二人，充朕师傅之任。以上三端，深合朕意。虽我朝向无皇太后垂帘之仪，朕受皇考大行皇帝付托之重，惟以国计民生为念，岂能拘守常例？此所谓事贵从权，特面谕载垣等着照所请传旨。该王大臣等咒咒置辨，已无人臣之礼；拟旨时又阳奉阴违，擅自改写，作为朕旨颁行，是诚何心？且载垣等每以不敢专擅为词，此非专擅之实迹乎？纵因朕冲龄，皇太后不能深悉国政，任伊等欺蒙，能尽欺天下乎？此皆伊等辜负皇考深恩，若再事姑容，何以仰对在天之灵？又何以服天下公论？载垣、端华、肃顺，着即解任！景寿、穆荫、匡源、杜翰、焦祐瀛，着退出军机处！派恭亲王会同大学士六部九卿翰詹科道，将伊等应得之咎，分别轻重，按律秉公具奏！至皇太后应如何垂帘之仪，一并会议具奏！钦此。

载垣、端华听毕，便道："恭王！你是西后的腹心，总算是亡清的功臣。灭清朝者叶赫，这句话要应验了。罢！罢！罢！我等与你同去。"当下恭王奕䜣，令侍卫等牵出载垣、端华，到宗人府署，交宗令看管，即入宫复旨。西太后毕竟辣手,就命将载垣、端华、肃顺,革去爵职,着宗人府会同大学士九卿等,严行议罪。一面派睿亲王仁寿、醇郡王奕𧪞,迅将肃顺拿问。

睿、醇两王,奉了懿旨,遂带领侍卫番役百名,出了京城,两人在途中密商,托词迎接梓宫,以便诱擒肃顺。计划已定,行了百余里,正与梓宫相遇,扈送梓宫的第一大员,趾高气扬,正是御前大臣肃顺。两王下了马,与肃顺拱手,肃顺亦下马相迎,随即由肃顺导至梓宫前,行过了礼。两王复对了肃顺,好言慰劳,肃顺正欲探峦舆消息,便问两宫皇太后及皇上安。睿亲王仁寿,说了一个"安"字,醇郡王奕𧪞,独说是到了驿站,再好细谈。三人同行了一程,已至梓宫停歇的地点,大众停住。仁寿、奕𧪞,便在站中吃了晚餐,餐毕,又历数小时,各人都要安寝,惟肃顺尚与二王闲谈。奕𧪞不觉起立道:"有旨拿革员肃顺!"肃顺大惊,但见侍卫番役等,已一齐进来,将肃顺按住,上了锁。肃顺喧噪道:"我犯何罪?"奕𧪞道:"你的罪多得很,且至宗人府再说。"肃顺道:"那个叫你来拿我?"奕𧪞道:"奉上谕拿你。"肃顺道:"六岁小儿,何知拿人?无非是里面的那拉氏,同我作对。你等都是那拉氏走狗,他要这么,你便这么!吕雉、武曌出世,我等老臣,原是该死。"奕𧪞也不与多辨,便命侍卫带着肃顺,贪夜进京。次日巳牌,便降旨道:

前因肃顺跋扈不臣,招权纳贿,种种悖谬,当经降旨将肃顺革职,派令睿亲王仁寿、醇郡王奕𧪞,即将该革员拿交宗人府议罪。乃该革员接奉谕旨后,咆哮狂肆,目无君上,悖逆情形,实堪发指。且该员恭送梓宫,由热河回京,辄敢私带眷属行走,尤为法纪所不容。所有肃顺家产,除热河私寓,令春佑严密查抄外,其在京家产,着即派西拉布前往查抄,毋令稍有隐匿!钦此。

是日即授恭王奕䜣为议政王,在军机处行走。越二日,梓宫已抵达胜门,两宫皇太后及皇上,出得胜门跪迎,奉梓宫入紫禁城,停乾清宫。于是大学士贾桢、副都统胜保等,亟请太后训政。大学士周祖培,奏改建元年号,因原拟祺祥二字,意义重复,应请更正。当由两宫下谕,命议政王军机大臣等,改拟新皇年号。议政王等默窥慈怀,恭拟同治二字进呈。西太后瞧这两字,暗寓两宫同治的意义,私心窃慰,遂命以明年为同治元年,颁告天下。翌日复降旨一道,其辞云:

载垣、端华、肃顺,于七月十七日皇考升遐,即以赞襄政务王大臣自居,实则我皇考弥留之际,但面谕载垣等,立朕为皇太子,并无令其赞襄政务之谕。载垣等乃造作赞襄名目,诸事并不请旨,擅自主持,即两宫皇太后面谕之事,亦敢违阻不行。御史董元醇条奏皇太后垂帘事宜,载垣等独擅改谕旨,并于召对时,有伊等系赞襄朕躬,不能听命于皇太后。伊等请皇太后看折，亦系多余之语，当面咆哮，且无君上情形，不一而足。且每言亲王等不可召见，意存离间，此载垣、端华、肃顺之罪状也。肃顺擅坐御位，于进内廷时，当差时，出入自由，目无法纪，擅用行宫内御用器物，于传取应用物件，抗违不遵，并请两宫皇太后应分居召对，词气之间，互有抑扬，意在构衅，此又肃顺之罪状也。一切罪状，均经母后皇太后，圣母皇太后，面谕议政王军机大臣，逐款开列，传知会议王大臣等知悉。兹据该王大臣等，按律拟罪，请将载垣、端华、肃顺凌迟处死，当即召见议政王奕訢，军机大臣户部左侍郎文祥，右侍郎宝鋆，鸿胪寺少卿曹毓瑛，惇亲王奕誴，醇郡王奕譞，钟郡王奕詥，孚郡王奕譓，睿亲王仁寿，大学士贾桢、周祖培，刑部尚书绵森，面谕以载垣等罪名，有无一线可原？据该王大臣等，金称载垣、端华、肃顺，跋扈不臣，均属罪大恶极，于国法无可宽宥。朕念载垣等均属宗人，遽以身罹重罪，悉应弃市，能无泪下。惟载垣等前后一切专擅跋扈情形，实属谋危社稷，是皆列祖列宗之罪人，非独欺凌朕躬，为有罪也。在载垣等未尝不自恃为顾命大臣，纵使作恶多端，定邀宽宥，岂知赞襄政务，皇考并无此谕？若不重治其罪，何以仰副皇考付托之重？亦何以饬法纪而示万世？即照该王大臣所拟，均即凌迟处死，实属情真罪当。惟国家本有议亲议贵之条，尚可量从末减，姑于万无可贷之中，免其肆市。载垣、端华，均着加恩赐令自尽！肃顺悖逆狂谬，较载垣等尤甚，本应凌迟处死，现着加恩改为斩立决。至景寿身为国戚，缄默不言，穆荫、匡源、杜翰、焦祐瀛，于载垣等窃权政柄，不能力争，均属辜恩溺职。穆荫在军机大臣上行走最久，班次在前，情节尤重。该王大臣等，拟请将景寿、穆荫、匡源、杜翰、焦祐瀛革职，发往新疆，效力赎罪，均属咎有应得。惟以载垣等凶焰方张，受其箝制，均有难于争衡之势，其不能振作，尚有可原。御前大臣景寿，着即革职，加恩仍留公爵，并额驸品级，免其发遣。兵部尚书穆荫，着即革职，加恩改为发往军台效力赎罪。吏部左侍郎匡源，署礼部右侍郎杜翰，太仆寺卿焦祐瀛，均着即行革职，加恩免其发遣。钦此。

是旨一下，即派肃亲王华丰、刑部尚书绵森，往宗人府逼令载垣、端华二人自杀。又派睿亲王仁寿、刑部右侍郎载龄，至宗人府拿出肃顺，至午门监斩。三人临死时，都痛骂西太后及恭王奕訢。肃顺越骂得利害，索性连西太后历史背了一遍，方才就刑。三人已死，盈廷大吏，那个还敢违忤母后？遂于十月甲子日，六龄幼主，在太和殿重行即位礼，受王大臣等朝贺。十一月朔日，奉两宫皇太后，在养心殿垂帘听政。同治元年二月十二日，皇帝在弘德殿入学读书，特简礼部尚书前大学士祁寯藻、管理工部事务前大学士翁心存、工部尚书倭仁，并翰林院编修李鸿藻授读。嗣是清廷政治，都由两宫太后主张，慈安后本无意训政，垂帘后不过挂个名目，万事都是慈禧专断，慈安坐受其成。慈禧后煞是英明，用人行政，多有特识。东南军务，专责成两江总督曾国藩，令他统辖江苏、安徽、江西三省，并浙江全省军务，所有四省巡抚提镇以下，悉归节制。这般重大的责任，自清朝开国以来，连皇亲国戚，都没有受此异数。国藩是个汉员，独邀朝廷重眷，岂不是慈禧太后的慧眼么？

是时湖北巡抚胡林翼，自太湖还援湖北，收复黄州、德安等处，积劳成疾，得咯血症，竟病殁武昌，遗疏荐李续宜为代。朝旨即命续宜为湖北巡抚。曾国藩以辖地太大，恐怕疏忽，特荐左宗棠督办浙江军务，奉旨令左宗棠赴浙剿贼，浙省提镇以下，均归左宗棠调遣，岂不是慈禧后的从谏如流么？

只安徽知府吴棠，经慈禧垂帘后，累次超擢，不几年竟授四川总督，这是未免私意。然古来漂母一饭，韩信犹报千金，慈禧幼年，受过吴公的大德，知恩报恩，乃是慈禧后的厚道，不足为怪。圆明园内四春娘娘，后来竟不知下落，或说是发放出宫，或说是被慈禧处死，大约处死一说，不足为据。汉朝人彘，唐室醉妪，言者惨鼻，独清宫恰未闻有此惨剧，也总算是慈禧的好处。

话休烦絮，且说曾国荃克复安庆，满拟沿江而下，直捣江宁，只滨江两岸各要隘，驻扎的长毛，尚是不少，国荃会同杨载福水师，节节进剿，连克敌垒。长毛酋忠王李秀成、侍王李世贤窜入江西，复陷瑞州，国藩飞檄鲍超赴援。鲍超兼程驰去，前面悬红绫丈余，中间大书一"鲍"字，沿途经过，长毛望见"鲍"字旗帜，即纷纷逃去。秀成、世贤还想与他对敌，无如部众胆落，一战即溃，被鲍超连破七十余营，驱逐出境。江西又报肃清。

国荃闻江西已平，上游安靖，遂与国藩会商，进攻江宁。国藩恐兵勇不足，令国荃回至湖南，添募乡勇。奉旨赏国荃头品顶戴，任浙江按察使；授鲍超浙江提督，恰是令他援浙的意思。浙江自张玉良收复后，长毛仍四扰不休，且因和春兵溃，苏、常相继沦陷，浙江交界的嘉兴县，至此也遭殃及。玉良率兵往援，连战不利，退入杭城，属县多失守。李秀成、李世贤又自江西入浙境，攻陷严州。玉良复自省城出剿，总算将严州克复，秀成等窜至湖州，城绅赵景贤，募集团勇，一阵击退。李世贤走入江西，李秀成走入安徽。世贤被左宗棠击败，秀成被鲍超杀退，两人仍窜入浙境，复陷严州及金华，顺道浦阳江，从临浦镇攻萧山、诸暨，势如破竹，进据绍兴，转攻杭州。是时浙江巡抚，已改任王有龄，坚守两月，援绝，乃啮指写成血书，飞至安徽乞援。国藩注重江皖，不愿分师，唯促左宗棠由赣赴浙，左军未入浙境，省城已是不支。张玉良师至江干，又被长毛列炮击毙，城内粮尽援绝，遂致失守。巡抚王有龄、将军瑞昌及总兵饶廷选，一概死难。

国藩闻浙江被陷，自请严议，诏从豁免，反授他协办大学士职衔；并命左宗棠为浙江巡抚,令与曾国藩统筹大局,亟图补救等语。国藩感激异常,越思竭力报效,适朝旨因杭城陷没,淞沪戒严,饬国藩派员防剿。国藩物色人材,又保举一员大人物,看官道是谁人? 就是后来的傅相李鸿章。鸿章字少荃,安徽合肥县人,道光年间进士,曾任福建省道员,国藩闻他多才,招为幕宾,尝疏请简于江北,兴办淮扬水师,事未果行。至是因政府旁求将帅,遂荐他才大心细,劲气内敛,堪膺封疆重寄,奉旨报可。国藩即令鸿章回募乡勇,照湘军成制,练淮徐兵丁;又选湘军名将程学启、郭松林,做他帮手。鸿章初出茅庐,悉心训练,遂组成乡勇一大队,称为淮军,作湘军的后劲。同治元年二月,鸿章率淮勇至安庆,国荃与弟国葆,亦率湘军驰至,于是统辖东南的曾大帅,显出生平绝大的抱负,调遣精兵猛将,分路出剿:进攻江宁的兵马,归国荃统带,佐以杨载福、彭玉麟二路水师;规取江苏的兵马,归李鸿章统带,佐以黄翼升的水师;恢复浙江的兵马,归左宗棠统带,另调广西臬司蒋益澧,率所部至浙助剿;庐州一带,归多隆阿剿办;宁国一带,归鲍超剿办;李续宜已调抚安徽,颍州一带,归他截定。数路大军,统由曾大帅节制。余外还有淮上的袁甲三,扬州的都兴阿,镇江的冯子材,虽未经曾帅调遣,亦由曾帅统筹兼顾。正是马援聚殿前之米,张华推局上之枰,金钺分颁,铁骑四出,眼见得太平天国,要保不住了。

国藩驻节安庆,居中指挥,军书旁午,捷报飞传:都兴阿获胜陈天长;左宗棠克复遂安;曾国荃、国葆,会合水陆各军,一破长毛于荻港,再破长毛于望城岗,三破长毛于铜城闸,拔巢县、含山县、繁昌县及和州,乘势夺西梁山,复太平府城。彭玉麟入金柱关,袭据东梁山,收复芜湖县,与国荃合逼江宁。

多隆阿进攻庐州,击败四眼狗陈玉成,缘梯登城,玉成遁去。玉成为太平天国名将,至此被多军击走,日暮途穷,往依练总苗沛霖。沛霖系安徽凤台县人,尝为团练头目,时人叫他苗练,颇有威名。太平天国诱他叛清,畀以封爵,旋由清副都统胜保,招抚沛霖,奏擢道员。沛霖首鼠两端,居心叵测,适胜保复出驻颍州,沛霖感胜保荐擢,遂诱四眼狗入城,出其不意,把他捆住,并将他家眷所属,尽行拿下,解送颍州胜保营。胜保劝降,玉成不从,乃槛送京师,有旨令在河南卫辉府伏法。只玉成妻很有姿色,中胜保意,留住营中,作为侍妾。妇人家水性杨花,有几个晓得贞烈? 昨日偶玉成,今日偶胜保,总教是个有情男子,就是袍衾与裯,亦所甘愿。胜保怜她秀媚,非常宠爱。后来苗练复叛,胜保被逮,连侍妾押解过河,为德楞额所见,说是陈玉成贼妇,不得随行,将侍妾轧住。其实德楞额也爱她美色,截住这个淫妇,自己受用去了。

玉成既死,楚皖间遂没有剧寇。鲍超又攻克宁国府城,走太平辅王杨辅清,降其将洪容海。曾国荃亦连克秣陵关、大胜关,进驻雨花台,距江宁城仅四里;分军与国葆,留屯三汊河、江东桥一带,傍水筑垒,输通饷道。好一座金陵城,至此既失了皖南的犄角,复受水陆各军的围困,洪秀全焦急万状,亟促李秀成、李世贤还援。两李未至,国荃军忽遭疾疫,病的病,死的死,国藩令国荃退守,国荃执意不允。忽报李秀成率苏、常悍党二十万人,还救江宁,要去攻扑国荃大营了。国藩闻警,亟奏请另简大臣,驰赴江南,有"分重大之责任,挽艰难之气数"等语。旋奉上谕,节录如下:

朝廷信用楚军,以曾国藩忠勇,发于至诚,倚以挽救东南全局。今疾疫流行,将士摧折,深虞隳士气而长寇氛,此无可如何之事,非该大臣一人之咎。意者朝廷政事多阙,是以上干天和,我君臣当痛自刻责,实力实心,勉图禳救之方,为民请命,以冀天心转移,事机就顺。刻下在京,固无可简派之人,环顾中外,才力气量,如曾国藩者,一时实难其选。该大臣素尝学问,时势艰难,尤当任以毅力,矢以小心,仍不容一息少懈也。钦此。

国藩接旨,知京中已无意发兵,飞檄调苏州程学启军、浙江蒋益澧军,驰救国荃大营。怎奈接得复书,都说军务吃紧,不能应命,竟令这足智多谋的曾大帅,弄得无法可施。正是:

帷幄方闻成算定,疆场可奈寇氛深。

究竟国荃大营,果被长毛陷没否,看官不要性急,续阅下回自知。

载垣、端华、肃顺,非无可杀之罪,但为抗争垂帘事,骤置重辟,则未免冤诬。母后临朝,历代所戒,至若两宫垂帘,尤为历代所未有。即谓嗣主冲幼,专权从权,究不得因故旧谏诤,横加诛戮。本回迭录谕旨,正以明三人罪案,无非为抗争垂帘而致。且谕中有两宫皇太后,将三人罪状,面谕议政王军机大臣,是所谓罪状者,俱出皇太后之私意,慈安本无意构成此狱,主其事者,实为慈禧,哲妇固可畏也。独信用曾国藩,实为慈禧之卓识,畀以重任,言听计从,卒能削平大难,戡定东南,清之不亡于洪氏,慈禧与有力焉。然吾闻狄仁杰姨卢氏云:"吾止有一子,不愿使事女主。"令曾公闻之,得毋为之汗颜乎? 若以剿灭长毛,目为汉贼,吾尚无取此说云。

第七十二回

曾国荃力却援军　李鸿章借用洋将

却说曾国荃进攻江宁,长毛酋李秀成,率众驰援,国藩恐其弟有失,檄江浙军助剿,许久不至,此时江宁及苏浙三处,都在血战的时候,小子只有一枝笔,不能并叙,只好先接着上文,叙述国荃对敌事。国荃兵不满万,合杨、彭两路水师,尚不满二万人,加以瘟疫盛行,死亡相继,正危急的了不得,突闻李秀成带了数十万长毛,自苏、常到来,国荃誓众固守,预浚营濠,坚筑壁垒,准备抵敌。布置才毕,秀成已经驰到,麾众猛扑。国荃坚壁勿动,秀成不能入,乃结成营垒二百余座。围住国荃营,国荃昼不得安,夜不得眠,只指挥三军,竭力堵御。秀成令部众更迭进攻,前队不胜,后队继上;后队不胜,前队复上。无如国荃真是能耐,凭他如何攻法,总是守定营盘,一动都没有动。接连十昼夜,彼此未曾休息,到第十日早起,炮声陡发,山鸣谷应,震得营盘都摇摇不定。国荃部将倪桂,亟率军堵截,突来了一颗炮弹,滴溜溜滚将下来,扑的一声,弹丸炸开,遍地都是火星。倪桂被火触着,立即倒毙。军士汹汹道:"这是开花炮!这是开花炮!"言未绝,国荃已怒马直出,把首叫开花炮的人,一刀削去脑袋,竟上前亲当炮弹。恰值第二个炮弹又至,国荃将手中令旗对弹一拂,那弹堕入濠中,偏偏不炸。军士瞧着,才知开花炮弹,也不是个个会炸的,胆气一壮,自然向前。国荃下令,用火箭火球,飞掷出去,长毛倒死了不少,只是抵死勿退。次日,天气阴沉,间以微雨,开花炮越发没效。一连下雨好几日,长毛用枪来攻,国荃令军士持枪还击,相持之下,国荃面上受了厂粒弹子,血流交颐,他忍着痛,益向前督战,军士见主帅如此奋勇,自然努力效死。到第十六日间,李世贤又自浙赶来,拥着无数人马,来助秀成,望将过去,差不多有十数万,一到濠外,就来猛扑。这时候,曾营里面,已是九死一生,逃又没处逃,躲又没处躲,索性拼去了命,与长毛死斗,杀了两昼夜,方得稍稍休息。除已死的军士外,也没一个不汗透重衣,腿臂麻木,解开战袍,有重伤的,也有轻伤的,国荃亲与将弁裹创,将弁又与部下裹创,指臂相联,痛痒相关。因此人人感德,个个齐心。

过了数天,长毛反不甚起劲,似乎有些懈怠的样子,国荃向众将道:"此必有诈,须格外小心!"果然到了次晨,一声怪响,土石上飞,壁垒坍去数丈,长毛逾垣而进，前仆后继。国荃亟命将士乱掷火球，夹以枪炮，足足支撑了三个时辰，方将进来的长毛，击毙了几千名，缺口亦堵塞完工。长毛又白费心思，懊丧回营。嗣后长毛仍暗开地道，私埋火药。国荃分军为三，一军专务防堵，一军增筑内墙，一军专伺地道。长毛掘地洞七处，都被曾营发觉，抢险塞住，长毛已自心灰，守兵尚有余力，国荃竟开壁出战，鼓号一响，如潮冲出，长毛见了，无不失色。当下被国荃冲破营盘十余座，斩首数百级，方才回营。长毛见曾营难下，分兵去截饷道，饷道系国葆保护，早已防着严密，只国葆也遭时疫，寒热交乘，此时力疾从公，强起督战，与长毛打一仗，胜一仗。国荃复分军接应，又将长毛杀退，自同治元年闰八月十九日起，直至十月初四日，共计四十六天，国荃目不交睫，衣不解带，与长毛相持，愤恨已极，军士也怒气填胸。初五日黎明，长毛又来环攻，国荃率全营军士，开壁出来。这次比前次利害，真是一当百，百当千，千当万，踏破敌营数十座，长毛望风披靡，好象瓦解土崩一般，秀成、世贤支持不住，分途溃去。国荃大营之围始解。这是湘军第一场恶战。

曾营内的将士，狞目黧面，皮肉几尽；国荃亦疲惫不堪；国葆竟一病不起，于十一月十八日卒于军。国葆字季洪，易名贞干，系本籍诸生，从军后累战有功，晋同知衔，此次复擢升知府，因积劳病殁，由李鸿章奏请逾格优恤，特旨照二品例饰终，予谥靖毅，敕建专祠，宣付史馆立传。

这里按下，且说李鸿章带领淮勇，正拟出发，适江苏绅士钱鼎铭、潘馥等，备银十八万两，至皖迎师，鸿章遂乘了便船，与程学启、郭松林诸将，同抵上海。上海系各国通商码头，与苏州相近，长毛既据苏州，并欲东图上海，苏松太道吴煦，联合英法各军，设立会防局，分头防御。美人华尔，出守松江，连破长毛，尤为出力，及鸿章至上海，部下各兵，统是衣冠朴陋，不禁大笑。鸿章道："兵贵能战，不在华美，待吾一试，笑也未迟。"忽有吴县诸生王韬求见，由鸿章召入，王韬献计道："此处大吏屡借洋兵攻敌，愚意以招募洋兵，人少饷费，不如令本国壮勇充数，只雇洋人教练火器，自可收效。"鸿章甚以为是。王韬去后，道员吴煦进谒，鸿章便问洋将优劣？吴煦道："英国水师提督何伯、法国水师提督卜罗德，统愿帮助中国，但他是外国舰长，不受我国驾驭，最好是美人华尔，他是获罪本国，逃匿上海，经吴某与美领事商洽，替他洗刷罪名，代我教练洋枪。他已死心塌地，为我出力，若招他练兵，必无变志。"鸿章大喜，便命吴道台檄调华尔。不到二日，华尔驰至，鸿章好言劝勉，令他竭诚练勇。华尔一口应承，遂募乡勇三千人，归华尔督练，叫作常胜军。

适朝旨命鸿章署理江苏巡抚，鸿章初受兵事，兼辖寇圻，遂令参将李恒嵩，会同华尔，并联络英法兵，攻克嘉定、青浦二城。英提督何伯，请鸿章会攻浦东厅县，乃令程学启、刘铭传、郭松林、滕嗣武、潘鼎新诸将，进兵南汇县的周浦镇,作为北路,英提督何伯、法提督卜罗德自松江进金山卫,作为南路。两军才发,忽闻李秀成出攻太仓州,知州李庆琛兵溃,秀成进攻嘉定,洋兵败走,嘉定复陷,青浦垂危。鸿章急调程学启,移扼虹桥,截击秀成,复咨英法两提督,驰救青浦。时英法两提督,正攻克奉贤,接鸿章咨文,移师青浦,适遇秀成部众,两下开战,卜罗德中枪身死,何伯惊退。华尔正守青浦城,见英法各军败溃,亦突围出走松江。秀成直犯上海,薄程学启营,学启兵只八百人,秀成兵不下十万,众寡悬绝,学启毫不畏惧,亲登营墙,见长毛围营数十匝,他却自放开山炮,轰击长毛。长毛九却九进,尸与濠平,将藉尸登墙;忽东北角上,来了一支大队,旗帜飘扬,学启用远镜窥望,见旗上大书署江苏巡抚李六字,知是鸿章来援,大呼出击。长毛骇愕起来,随即却走。鸿章与学启,合军追杀过来,刀斩斧劈,好似削瓜切菜,杀得沿途尽是血水。秀成带来,有十二个悍酋,都抱头鼠窜而去。这场大胜,映入洋人眼帘,传到洋人耳鼓,才晓得淮军勇敢,李抚英伟,不敢揶揄了。

嗣是复南汇,复金山卫,复青浦、嘉定。长毛酋慕王谭绍洸、听王陈炳文复纠苏杭嘉兴长毛,从昆山、太仓入犯。鸿章檄诸军堵截,听程学启指挥。学启分道进击,谭、陈二酋,退据三江口,绍洸屯江北,炳文屯江南。鸿章亲去督战,令刘铭传当中坚,郭松林当左,程学启当右,自辰至未,长毛坚守勿退,松林、铭传率军士冒死逾濠,匍伏而前。有黄衣酋登墙迎战,被松林觑准要害,一枪洞胸,黄衣酋堕地,长毛骇噪。学启乘势攻入,身中数伤,仍裹创疾前,长毛不能抵挡,且战且走。官军三面掩杀,长毛大败而遁,松沪解严。诏实授鸿章江苏巡抚。

时宁绍台道吏致鄂,因长毛攻陷慈溪,向沪上乞救。鸿章令华尔率常胜军往援,复慈溪城,华尔中炮死,常胜军还松江,由美人白齐文,代为统带。不料白齐文闭城索饷,随处劫夺,鸿章解白齐文兵柄,勒令归国,另用英将戈登续统常胜军。白齐文反投入李秀成处,阴为谋主,旋被浙军擒住,解至上海讯治,中途舟覆溺死,这是后话。

鸿章既解松沪围,遂进规苏、常,招降常熟长毛骆国忠,及太仓长毛钱寿仁,捣福山,取昆山,逼苏州。李秀成自江宁败还,趋入江北,闻宁国府城已被鲍超攻破,东西梁山,又由国荃分军守御,遂回走苏州。适值李鸿章督兵进攻,秀成倍道来援,径至常熟,但见城上刀枪齐列,为首一员将官,面目很熟,仔细一瞧,确是骆国忠,不过已改服清装。秀成便大呼道:"你如何背叛天朝?"国忠道:"忠王!你也是一时豪杰,难道不识时务么?洪氏灭亡在迩,你不如下马乞降,免得玉石俱焚。"秀成瞋目叱道:"我是烈烈丈夫,宁效汝等昧良!"道言未绝,两旁鼓声乱鸣,左有李鸿章,右有刘铭传,两路军蜂拥而来。秀成忙分军迎敌,炮声枪声,闹成一片。杀了三四个时辰,长毛毫不懈息,越战越悍,越悍越战,不防后面杀人郭松林,戴板挥刀,十荡十决,浑身都被人血污渍,好象一个血人儿。长毛相顾惊愕,霎时溃退。官军追至无锡,秀成入城拒守,调战舰百艘,云集城外,作为犄角。郭松林会合黄翼升水师,定议火攻,巧巧遇着顺风,一把火起,烈焰腾空,把长毛百艘战舰,烧得一只不留。李秀成兀坐城楼,见江中火发,料知战舰失守,忽报战船已被烧尽,水兵死了万余,不由的涕泪交垂,便道:"这是天绝我天国了。"

正欲弃城出走,城外来了白齐文,在上海掠得轮船二艘,入献秀成。并说:"船中载有巨炮,很是利害。"秀成也管不得好歹,便出城下船,亲去一试,对着黄翼升水师,突开巨炮,一炮甫发,对面的战船,果轰破了数艘。再令开第二炮,不防对面来了两三艘划船,约离秀成座船丈许,为首的执着短刀,一跃而过,随后又有数十名兵士,陆续跳上,来杀秀成。秀成认得首领,是钱寿仁,便道:"钱寿仁!你做什么?"寿仁道:"那个是钱寿仁?我却是周昌昌,特来取你首级。"原来钱寿仁却是假姓名,降清朝后,复姓名为周寿昌,秀成也不再多说,便持刀对敌,无如清水师越来越多,索性纵火焚船。秀成见事机已急,只得弃了座船,跳到白齐文船,拔碇遁去。

清军夺了无锡,乘胜追至苏州,秀成已先入城,与谭绍洸等固守。清军运至炸炮二十具,把城外敌垒,统行毁去。学启攻城南,戈登攻城北,鸿章亲自指挥,誓破此城,城中恂惧。秀成、绍洸率悍党万人,突出娄门拒战。学启令骁将王永胜、陈忠德、陈有升、周良才、龚生阳、朱宝元等,分头拦截,自巳至未,将城中长毛杀回。鸿章令将士射书入城,略说:"降者免死,斩酋出降者有赏。"于是城中悍将郜云官,缒绳夜出,径诣副将郑国魁营,甘心投城。国魁引至程学启处,双方订约,愿斩谭绍洸首以献。学启并命杀李秀成,云官不忍,只允杀谭而去。自此学启一面攻城,一面专等内应,接连数日,毫无影响。忽一夜,天黑如墨,胥门水渎,隐约有鼓棹声。学启闻报,忙亲自巡阅,已不见片影,因天昏月暗,不便追袭,只命军士格外留心,谁知李秀成已于是夜出走。秀成心灵眼快,窥透郜云官异谋,三十六着,走为上着,遂将城守事付与绍洸,对他恸哭一场,握手为别。秀成已去,绍洸势孤,苦守数日,郜云官部将汪有为,随绍洸巡城,出其不意,从绍洸背后一枪,贯入心窝,霎时倒毙。绍洸手下,还有亲从千余人,与云官奋斗,怎禁得云官同志多至数万人,不到一时,统与绍洸背包裹去了。

云官开齐门迎降,学启入城,抚视降酋,共有八人,都是容貌狰狞,仿佛魔鬼。八人至学启前,仍傲然自若。学启按名检阅,第一个是太平国纳王郜云官,第二个是比王伍贵文,第三个是康王汪安均,第四个是宁王周文佳,还有范启发、张大洲、汪怀武、汪有为四人，俱自署天将。学启眉头一皱，计上心来，便好言抚慰。郜云官道："李帅既准我等投诚，应该替我等保举，大的是总兵，小的是副将。"学启道："这个自然，兄弟应代白李帅。"云官道："还有一桩要求，我等部下，差不多有二十营，须仍归我八人统带，驻扎阊、胥、盘、齐四门。"学启也随口答应，匆匆出城，与李鸿章谈了一夜。次晨入城，令八人出谒受赏，八人欣然领诺。学启先出城，部署诸军，张设营幄，约至午牌，鸿章在营高坐，候八人入见，八人骑马出城。到营方才下马，由学启导入，行过了礼，鸿章令两旁坐定。学启出营，带兵径入，八人方在惊愕，不料鸿章下令，将八人拿下。八人手无寸铁，如何抵挡？即被学启部兵擒住。八人大呼无罪，学启道："你托名投降，居心狡诈，妄想拥兵弄权，恃众横行，还说无罪么？"便请军令将八人正法。鸿章尚在犹豫，学启道："虎已缚住，万难再放，他甘心负谭绍洸，宁不敢负我大帅？"鸿章点头，当下把八人推出，霎时间献上血淋淋的八颗首级。学启将首级悬出，传令城内外长毛，各缴军械，不得再生异心，否则以此为例。长毛毂觫万状，多将军械缴出，只有二千余人，不肯遵行，又被学启一一杀讫，遂整众入苏州城。独戈登以杀降非义，痛詈学启，誓不相容，亏得鸿章委曲调停，才肯罢手。

鸿章加太子少保衔，戈登亦得赏头等功牌，并银万两。遂分军两路，一路由程学启、刘秉璋、藩鼎新、李朝斌统带，兜剿浙西长毛，遥应左宗棠、蒋益澧军，肃清江浙通道；一路由鸿章自行督领，率李鹤章、刘铭传等，进攻常州，与曾国荃、鲍超军相呼应。两路大兵，分头出发，势如破竹，所向无敌。学启下平湖乍浦、海盐澉浦，直攻嘉兴。太平堵王黄文金，自湖州趋援，由学启一鼓击退，遂促将士登嘉兴城。城上枪炮雨下，血肉枕藉，学启愤甚，持矛亲登，额上中了一弹，复坠城下。部将刘士奇、王永胜见主将受伤，怒气填胸，麾众继上，人声鼎沸，炮弹纵横，长毛酋挺王刘得功、荣王廖发寿不能阻拦，被他一拥而入，城遂破，刘、廖二酋战死。学启负创回苏州，医治渐愈，只额下留有败骨，饮食不便。学启非常忿懑，竟将败骨剜出，创口复裂，大叫数声而亡。

此时鸿章已克宜兴，拔溧阳，进围常州，水陆炮声如雷。太平守将护王陈坤书、烈王费天将，凶狠有名，至是与鸿章连战数次，无一得胜。城外营垒，陆续被毁，只好入城死守。鸿章督兵猛扑，连日不下，又值春雨绵绵，越生阻碍。鸿章调回嘉兴军，并力攻城，等到天已大晴，风向城内，遂乘风放炮，烟焰迷天。这城墙已受大雨浸溃，不甚坚固，被炮一击，顿时坍坏数十丈。陈、费二悍酋，用人塞缺，炮过弹炸，手足旗帜砖石，飞扬天中，盘旋空际。鸿章令郭松林、王永胜、刘永奇、周盛波，携藤牌喷筒，冒死杀入，在城上接战良久，松林生擒陈坤书，周盛波生擒费天将，长毛见头目被擒，各弃械乞降。常州以咸丰十年四月六日失陷，越四年克复，月日时都不爽，时人称为奇事。苏、常已复，江苏全省，除江宁外，已都平靖。长毛多分窜江西，由曾国藩檄鲍超军还援，李鸿章亦分军代堵，独撤去常胜军，遣戈登归国。自是淮军名誉，推重世界，并称李鸿章能善驭洋将，鸿章的功劳，算是很大了。小子有诗咏此事云：

> 淮军练就扫红巾，百战贤劳算荩臣；
> 可惜诛锄非异种，犹留惭德笑欧人。

这诗末韵，系指李鸿章使德，与德相俾斯麦闲谈，盛述自己打长毛的功劳。俾斯麦道："欧洲人以杀异种为荣，若专杀同种，反属可耻。"鸿章不禁自惭，良心发现。这且不必细说，下回续叙江浙的事情，请看官接阅便了。

本回叙曾、左二人之战功，亦即叙李秀成之败史。太平军中，后起骁将，无如李秀成，率数十万众，驰救江宁，围攻曾国荃营，四十余日，终被国荃击退，众不敌寡，讵不可怪？迨转援苏州，一筹莫展，遇战即怯，临敌即溃，何其困惫若此？盖一鼓作气，再而衰，三而竭，左氏之言，其明证也。以长毛之暮气，当湘、淮各军之朝气，其败亡也宜矣！曹操至赤壁而蹶，苻坚至淝水而挫，宁特一秀成然哉？若借洋将，杀降酋，第一时权宜之策耳，不足以为训。

第七十三回

战浙东包团练死艺 克江宁洪天王覆宗

却说李鸿章克复苏、常的时候，左宗棠在浙亦屡获胜仗。宗棠自克复遂安后，严州一带，依次肃清。太平侍王李世贤，率金华大股长毛，围衢州，宗棠亲自往援，杀败世贤，世贤回金华。台州为闽将林文察所复，宁波为宁绍台道史致鄂及英将丢乐德克等所复。惟湖州被太平堵王黄文金，辅王杨辅清攻破，团绅赵景贤被执，不屈死。宗棠以浙省长毛，金华最众，决计由衢州攻金华，乃遣蒋益澧等，拔龙游、兰溪，金华长毛，亦弃城遁去。

看官！你道金华长毛，为什么不战而溃？他因诸暨有个包立身，很是利害，遂一齐拔营，去围包村。包立身世务农业，膂力过人，他幼时曾习奇门遁甲，上知天象，下知地理，他因长毛犯浙，聚集村人，筑塞设堡，专与长毛相抗。长毛去一千，死一千，去二千，死二千，因此长毛大愤，纠众围攻，有"宁失南京，毋失包村"的意义。时苏松兵备道吴晓帆，本系浙人，代理藩司事，闻包立身有异能，欲招致幕下，引为己助，苦无人前去致意。适佐杂班中，有个冯仰山，自称系立身姑表兄弟，晓帆令他蓄发三月，备文前往。到了包村附近，见四面都扎长毛营垒，冯逡巡不敢入。巧遇包村勇目，逸出村外，与仰山素识，引他绕道二百里，始得入村。仰山单身前进，被村中巡勇捉住，疑为长毛细作，亏得仰山认包至戚，乃引冯入见，各道艰苦。是时包村附近数百里居民，都搬至包村避难，倚包先生若长城，连仰山家眷，也在其内。仰山与家族相见，不觉欣慰，便备述吴公所招意。立身叹道："我亦知孤村无援，势难固守，且兵粮仅支两月，安能持久？只村内百姓群集，弃之不忍，欲要一同出围，恐不容易，是以尚在踌躇。"

正议论间，忽闻村外炮声隆隆，料是长毛猛攻，便邀仰山登高了望，遥见前山上面，设有大炮，正对村施击。立身轮指一算道："这炮在艮方，今日月神适犯我村，恐于我不利。"言未已，急推仰山伏地，自己亦向地伏着。但听得一声响亮，炮子簌簌然从上飞过，仰山吓得乱抖。立身道："嗣后不妨，可以起来。"立身遂脱帽散发，跣足仗剑，如道家步罡状，选了勇目三名，衣皂随行，自己喃喃诵咒，飞行而去，勇目紧随不舍。仰山犹立在高阜，只见立身出村，竟驰至前山,把剑向前一指,守炮的长毛,纷纷扑地。立身即令勇目三人,将炮抬归。仰山即驰下迎迓,立身已在前面。三人所抬的炮,不下四五百斤,仰山不禁奇异,便道:"弟与兄自幼同学,并未识兄有异术,后来弟赴苏州,远离乡井,闻兄尝韬晦田园,罕至城市,何时得六甲真传,具此神妙。"立身道:"我于二十年前,曾遇异人授我秘册,虽非六峡,然天文地理,略知一二,此刻去取敌炮,就是六丁缩地法,可惜我所学习,还是皮毛,若能尽知底细,虽有千万长毛,亦何足虑!"仰山又问长毛何时可平?立身道:"我夜观星象,并占易数,江浙长毛,不久即平。只我村恐保不住。"两人随谈随走,已至营中。

立身升帐,传集村勇,即发令道:"明日当有大雨,汝等出战,向西杀去,定能冲破贼营,虽然不能大胜,也可杀贼数百,挫他凶锋。"仰山因天久不雨,疑信参半。到了次日,村勇三千人,执五色旗,分作五队,奉令出去。启行时,天色犹霁,一出村门,忽然黑云层合,大雨滂沱,仰山瞠目良久,约一小时,村勇已整队回来,报称破贼西营,得牲口器械数十具。仰山忙问立身道:"既已得胜,何不追杀一阵?"立身道:"贼势犹旺,不应追杀,追杀必败。"俄有长毛入村求见,立身命他进来,长毛说:"奉天将令,愿以绍兴府城相让,嗣后毋与天兵作对。"立身笑道:"这明明是诱我的计策,无论浙东俱陷,孤城难守,且入城后,如入陷阱,粮草更易断绝,将来恐无人得脱了。"喝令立斩来使,仰山请道:"来使不要杀他,不如放他回去,叫他解围为是。"立身摇头道:"他那里就肯解围?杀了他,免得再来尝试。"当下将通使的长毛,推出斩讫。

长毛酋闻了此信,越发调兵进攻。仰山未免焦急,遂请回报吴公,发兵接应,并欲挈眷同行。立身道:"试为一卜。"卜得吉占,便道:"老弟启行,便在今夕。"是夜大雨,立身命仰山束装,携眷出村,只饬护勇六人,仿着长毛服色,改装相送。仰山不敢多请,只与立身订约,速定行期。立身应允,与仰山握别。仰山冒雨而出,黑暗中见有无数卫兵,戴着红帽,穿着皂衣,站立两旁。仰山怯甚,私问护勇,勇但摇手,引仰山绕出小径,匆匆别去。

仰山去后,长毛愈集愈众,防立身有异术,遍掠民间妇女,将她上下衣服褪去,赤身露体,驱作前队。又用鸡羊狗血,盛入喷筒,向村中乱射。立身被他魇禳,所用法术,未免不灵,遂决计突围。先占一卦,大惊道:"细察卦象,惟夜二鼓可出,若交子正,便无出围的日子,大祸且不远了。"遂令团勇速即收拾,约黄昏启程。夜餐已毕,便令团勇四千人,分作五队,队各八百人,用红旗队作先锋,次白旗队,又次是青黄两队,皂旗殿后。时值戌初,红旗队已发,远闻金鼓震天,枪炮声相续不绝,立身正调发白旗队,忽见村中百姓,扶老携幼,聚哭包门,都说包先生若去,我等从亦死,不从亦死,现在只有留住包先生,仗他保护,或可苟延性命。立身出来劝慰,怎奈人声鼎沸,连包先生的说话,没有一人听得清楚，只是阻住门前，不容出去。立身顿足道：“这是天数，时将错过，大限难逃，奈何奈何?”因令后队暂停不发。这时红旗队已冲围而去，白旗队随后继进，长毛料村人绝粮夜遁，不去追赶前队，独率众捣入村中，喷筒火箭，接连射入，顿时火光烛天，杀声震地。村勇已无斗志，又值难民纷扰，不战先乱，当下被长毛毁门冲入，见屋便烧，逢人便刃，满村尽被烟焰迷住，进退无路。杀到天明，村中已鸡犬不留，包先生亦不知去向，大约已死在乱军中。有人谓包先生已经遁去，只包先生有一妹子，也知兵法，被长毛擒住，五马分尸，这也不知是真是假，小子不敢妄断。

包军一破，蒋益澧军已到，长毛已打得筋疲力尽，闻左军到来，料知抵敌不住，霎时逃散。有几个逃得慢的，被蒋军截住，没奈何匍匐乞降，遂复诸暨。宁波军亦进克上虞、台州，并复绍兴府城。朝命授左宗棠为闽浙总督，兼署浙江巡抚。宗棠檄蒋益澧军，自诸暨直下，取道临浦、义桥，直趋萧山，渡钱塘江，规取杭州。复令水师饶将杨政谟，与益澧会。杨政谟把江上敌舟，纵火烧尽，遂薄望江门。太平守将听王陈炳文，飞调附近各长毛，会援杭州。益澧遣康国器、魏喻义等，分头堵截，自督高连升等，屯六和塔、万松岭，俯瞰杭城。既而左宗棠亦自严州移驻富阳，征法国总兵德克碑，率洋枪队攻陷富阳城。宗棠进薄余杭，命德克碑转助益澧，这时苏军已克嘉兴，海宁守将蔡元隆，向蒋益澧处纳款请降，于是杭城饷绝援穷。陈炳文出城死战，自晨至暮，不能取胜，仍回城督守。德克碑用炸炮轰风山门，城塌三丈。炳文率众堵塞，益澧不能入，再令德克碑昼夜炮击，城中危急万分，炳文知不可守，遂夤夜开北门出走。杭城遂复。余杭守将康王汪海洋，亦弃城走德清。宗棠乃移驻省城，与益澧经营善后事宜。后人有《闻见篇》四章，古节古音，不减杜少陵《哀江头》诸作。小子走笔至此，记将起来，不忍割爱，爰次第录成，供诸君一读。

《猪换妇》朝作牧猪奴，暮作牧猪妇，贩猪过桐庐，睦州妇人贱于肉，一妇价廉一斗粟。牧猪奴牵猪入市廛，一猪卖钱十数千，将猪卖钱钱买妇，中妇少妇载满船，蓬头垢面清泪涟。我闻此语坐长吁：就中亦有千金躯，嗟哉妇人猪不如!

《屋劈柴》屋劈柴，一斧一酸辛，昔为栋与梁，今成樵与薪。市儿诋价苦不就，行行绕遍江之滨。江风射人天作雪，饥腹雷鸣皮肉裂。江头逻卒欺老人，夺柴炙火趋城闉。老人结舌不能语，逢人但道心中苦。明朝老人无处寻，茫茫一片江如银。

《娘煮草》龙游城头枭鸟哭，飞入寻常小家屋。攫食不能将攫人，黄面妇人抱儿伏。儿勿惊！娘打鸟，儿饥欲食娘煮草。当食不食儿奈何?江皖居民食草多。儿不见门前昨日方离离，今朝无复东风吹。儿思食稻与食肉，儿胡不生太平时？

《船养姑》月弯弯，动高柳，乌篷摇出桐江口。邻舟有妇初驾船，乱头粗服殊清妍，橹声时与歌声连。月弯弯，照沙岸，明星耿耿夜将半。谁抱琵琶信手弹？三声二声摧心肝，无穷幽怨江漫漫，或言妇本江山女，名隶江花第一部。头亭巨舰属官军，两妹亦被官军掳，妇人无夫惟有姑，有夫陷贼音信无。富商贵胄聘不得，妇去姑老将安图？呜呼！妇去姑老将安图？妇人此义羞丈夫。

话休烦絮，小子且要补述石达开事情。石达开自江宁出发，初至江西，与曾国藩相持；旋走湖南，被骆秉章遣将击走；驰入广西，又为蒋益澧等所破。达开此时，已自张一帜，与洪秀全不通闻问。自思湖广一带，无可驻足，不如窜入滇蜀，还可独霸一方。其时川寇蓝大顺、李永和，方四出劫掠，达开与他勾通，乘机入蜀。清廷因骆秉章剿寇有功，令他移督四川。秉章督师西上，先剿平蓝、李二寇，然后专力围攻达开。达开生平，奔突万余里，蹂躏百余城，专以出没边地，避实蹈瑕为能事。秉章遂将计就计，与幕僚刘蓉定议，决逼达开入边，四面兜剿，使他无路可走，自入罗网。达开果率大队西渡金沙江，拟向越嶲厅出发。秉章遣重兵潜蹑其后，并檄邛部土司岭承恩横截其前。达开避人小径，至柴打地方，想由大渡河过去，适值天雨如注，山水暴发，不能径渡。川将唐友耕追至，达开奔老鸦游，友耕会合士兵，左右环逼。达开尚欲渡河，甫至半渡，为诸军所蹙，大半溺死。达开妻妾五人，及幼子俱沉于河。只达开凫水而遁，直至对岸，巧遇岭承恩候着，乘他上来，一鼓擒住，槛送军前。友耕押达开至成都，对簿时犹侃侃谈论，口若悬河。自称年三十三，凡太平天国诸将，及清军诸帅，都加贬辞，独推重曾国藩，说他知人善任，规划精严，实是得未曾有的大帅。后竟被磔于成都市。

嗣是洪氏所有的要地，只一江宁城，余外虽尚有党羽，分扰赣皖，势已成为弩末。秀全自知穷蹙，将各处头目，一律封王，满望他感激图效，谁意封王越多，纪律越坏，一切号令，转不得行。曾国荃闻苏、浙俱已得手，独江宁未克，日夜奖励诸军，节节进攻。李秀成领败众数万，分布丹阳、句容间，自率数百骑入江宁，劝秀全弃都避难。秀全不从，秀成贻书李世贤，约他就食江西，自留江宁助守，屡出死党扑国荃营。国荃添募兵勇，先夺雨花台，次平聚宝门外石垒九座，分军扼孝陵卫。只九洑洲为江宁对岸重镇，长毛集数百战舰，严行拥护，一面接应城中，一面遏截长江。又有阑江矶、草鞋峡、七里洲、燕子矶、上关、下关诸隘，都竖长毛旗号，气势甚盛。杨载福已改名岳斌，率水师至九洑洲，与彭玉麟分队夹击。彭玉麟自草鞋峡进，杨岳斌自燕子矶进，各带火枪火弹，随掷随入。洲两岸纯是芦荻，岳斌用油浇灌，遍地纵火，大江南北，煽成一片火光，长毛屯船,多被烧着。彭玉麟率总兵成发翔,冒烟直上,先登南岸。北岸长毛,尚与杨岳斌死战,总兵胡俊友中炮死,岳斌大愤,传令洲破乃还师,否则传餐而战,必破此洲乃已。部将俞俊明、王吉、任星元等,更番迭攻,战至日暮,将士乘暗登洲,冒炮争上,践尸而过,九袱洲竟破,万余寇无一脱死,并获马三百余匹。

自此洲破后,江宁益困,国荃乘势攻克钟山石垒。这钟山石垒,长毛叫作天保城,乃是江宁城外第一保障。国荃得了此隘,遂行合围。鲍超又攻克句容、金坛,长毛溃走江西,鲍超会合杨岳斌水师,同追长毛,向江西而去。彭玉麟又移驻九江。清廷恐国荃势孤,亟令李鸿章助攻江宁。看官!你想曾国荃自进攻江宁以后,费了无数心血,吃了无数辛苦,才得把江宁城团团围住,此时功成八九,偏有人出来分功,非但国荃不愿,就是国荃部下诸将士,也是没一个情愿呢。李鸿章本是国藩保荐,自然不欲夺国荃功劳,只推说有病在身,延久不至,将轮船经费五十万两,拨充国荃营饷。国荃复鼓励将士,攻克龙脖子山阴坚垒,这垒比钟山还要坚固,长毛叫作地保城。地保城得手,就在城上造起炮台,日发大炮射击城中。可怜城中粮草早绝,饥民嗷嗷,天王府内,供给葱韭莱菔白菜,几与黄金同价。始而米尽,继之以豆;豆尽,继之以麦;麦尽,继之以熟地薏米黄精,或牛羊猪犬鸡鸭等物。复尽,用苎根草根,调糖蒸熟,糊成药丸一般,取了一个美名,称作甘露疗饥丸,名目虽好,无济实事。这班饥民,夜间私自缒城,出来就食,嗣后长毛也禁止不住,白日里亦缒城而出。

到同治三年五月,洪天王挨不得苦,仰药自尽。洪仁发、仁达等,拥立幼主福瑱即位,年纪不过十五六龄。国荃闻这消息,饬军士轮流苦攻,连凿地道三十余穴,俱被城内堵住。复由国荃部将李臣典,率吴宗国等,从敌炮极密处,重开地道。至六月十六日,地道告成,国荃悬不次之赏,严退后之诛,安放引线,用火燃着。不到一刻,蓦地火发,声如霹雳,轰开城垣二十余丈,烟尘蔽空,砖石如雨。李臣典率官军蚁附争登,从缺口冲入,长毛用火药倾盆而下,军队少却。彭毓橘、萧孚泗等,手刃数人,弁勇皆奋,分路齐进。王远和、王仕益、朱洪章、罗雨春、沈鸿宾、黄润昌、熊上珍等进击中路,直扑天王府。刘连捷、张诗日、谭国泰、崔文田等,进击右路,由台城趋神策门;适朱南桂、朱惟堂、梁美材诸人,亦从神策门缘梯而入,兵力益厚,鏖战至狮子山,夺取仪风门。左路由彭毓橘、武明良等,自内城旧址,直击至通济门。萧孚泗、熊登武、萧庆衍、萧开印等,复分途夺取朝阳、洪武二门。时太平忠王李秀成,率众巷战,见大势已去,拟向旱西门夺路冲出,不料清将陈湜、易良虎等,正由旱西门攻进,被他拦住,不得已折回清凉山,隐匿民房。黄翼升率水师攻夺中关,拦住矶石垒,进薄旱西门,遂与陈湜、易良虎,夺取水西、旱西两门,全城各门皆破。

天色已晚,只天王府尚未攻入,国荃令军士暂行休息,惟督王远和、王仕益、朱洪章等，黉夜搏战。三更时，天王府突然举火，冲出悍党千余人，手执洋枪.向民房街巷狂奔。官军也不去追赶，齐入天王府内，扑灭烟焰；检点遗尸，多是府内宫女，单不见秀全尸首，乃幼主福瑱。时已天明，国荃复下令闭城，搜杀三日夜，毙长毛十余万人。到十九日，萧孚泗搜获洪仁发、李秀成等，讯得实供，方识秀全尸首，瘗埋宫内，幼主福瑱，乘官兵夜战时，已由缺口遁走。当下飞报曾国藩，由国藩主稿，推湖广总督官文居首，连衔入告。随奉上谕道：

本日官文、曾国藩，由六百里加紧红旗奏捷，克复江宁省城一折，览奏之余，实与天下臣民，同深嘉悦。发逆洪秀全，自道光三十年倡乱以来，由广西窜两湖三江，并分股扰及直隶、山东等省，逆踪几遍天下。咸丰三年，占据江宁省城，僭称伪号，东南百姓，遭其荼毒，惨不忍言。罪恶贯盈，神人共愤。我皇考文宗显皇帝，赫然震怒，恭行天罚，特命两湖总督官文为钦差大臣，与前任湖北巡抚胡林翼，肃清楚北上游，胡林翼驻扎宿松一带，筹办东征；复特授曾国藩为两江总督，并命为钦差大臣，东征江皖，号令既专，功绩日著。十一年七月，我皇考龙驭上宾，其时江浙郡县，半就沦陷，遗诏谆切，以未能迅殄逆氛为憾。朕冲幼龄，寅绍丕基，祗承先烈，恭奉两宫皇太后垂帘听政，指示机宜，授曾国藩协办大学士，节制四省军务，以一事权。该大臣自受任以来，即建议由上游分路剿贼，饬彭玉麟、杨岳斌、曾国荃等，水陆并进，迭克沿江城隘百余处，斩馘外援逆匪十数万人，合围江宁，断其接济。本年六月十六日，曾国荃率诸将克复江宁，多年悍贼，经各将士于十七八日，搜杀净尽。三日之内，毙贼十余万人，伪王伪主将伪天将，及三千余名，无一得脱者。此皆仰赖昊苍眷佑，列圣垂麻，两宫皇太后孜孜求治，识拔人材，用能内外一心，将士用命，成此大功。上慰皇考在天之灵，下孚溥海人民之望。自维菲躬凉德，何以堪此？追思先皇未竟之志，不克亲见成功，悲怆之怀，何能自己？此次洪逆倡乱粤西，于今十有五载，窃踞金陵，亦十有二年，蹂躏十数省，沦陷百余城，卒能次第荡平，殄除元恶，该领兵大臣等，栉风沐雨，艰苦备尝，允宜特沛殊恩，用酬劳勤。钦差大臣协办大学士两江总督曾国藩，自咸丰三年，在湖南首倡团练，创立舟师，与塔齐布、罗泽南等，屡建殊功，保全湖南郡县，克复武汉等城，肃清江西全郡，东征以来，由宿松克潜山、太湖，进驻祁门，迭复徽州郡县，遂拔安庆省城，以为根本，分檄水陆将士，规复下游州郡。兹幸大功告藏，逆首诛锄，实由该大臣筹策无遗，谋勇兼备，知人善任，调度得宜。曾国藩着赏加太子太保衔，赐封一等侯爵，世袭罔替，并赏戴双眼花翎。浙江巡抚曾国荃，以诸生从戎，随同曾国藩剿贼数省，功绩颇著，咸丰十年，由湘募勇，克复安庆省城，同治元二年，连克巢县、含山、和州等处，率水陆各营，进逼金陵，驻扎雨花台，攻拔伪城，贼众围营，苦守数月，奋力击退；本年正月，克钟山石垒，遂合江宁之围，督率将士鏖战，开挖地道，躬冒矢石，半月之久，未经撤队，克复全城，殄除首恶，实属坚忍耐苦，公忠体国。曾国荃著赏太子少保衔，锡封一等伯爵，并赏戴双眼花翎。记名提督李臣典，于枪炮丛中，开挖地道，誓死灭贼，从倒口首先冲入，众即随之，因而得手，实属谋勇过人，着加恩赐封一等子爵，并着赏穿黄马褂，戴双眼花翎。萧孚泗督办炮台，首先夺门而入，并搜获李秀成、洪仁发，实属勋劳卓著，加恩赐封一等男爵，并赏戴双眼花翎。钦此。

其余文武一百二十余员，亦论功进秩有差，一场大乱，总算从此结束。

曾国藩由安庆至江宁，始发掘洪秀全尸首，遍体统用绣龙黄缎包裹，头秃无发，须已间白，遵尚异教，不用棺木。国藩令即戮尸，焚骨扬灰，并将洪仁发、李秀成等处死。只洪福瑱不知下落，国藩奏称大约已死，其实洪福瑱已出走广德，转入湖州去了。小子又有一诗道：

> 覆巢自古无完卵，密网由来少漏鱼；
> 为语暴徒应反省，天心彰瘅果何如？

毕竟洪福瑱能逃出性命否，容下回续叙详情。

包立身以一隅团勇，抗数十万劲寇，事虽不成，亦足自豪。然天下惟正可以胜邪，断未有以邪克邪者。后世以异术推包立身，吾谓包之败，正坐此异术之害也。独怪长毛不图挽大局，徒甘心于寸土，不胜为笑，胜之不武。死一包立身，若九牛亡一毛，于官军无损，于洪氏无益，何其愚顽若此？洪氏至死不悟，尚欲以苎麻草根，取名甘露疗饥丸，令民间如法炮制。百姓无长物久矣，即有草根，何处得蔗浆？"天下饥，何不食肉糜"，自古有此笑语，洪氏子亦其流亚也。江宁一陷，毙长毛十数万众，杀戮固未免太过，抑亦长毛冥顽不灵，自致死地，强梁者不得其死，观此益信。

第七十四回

僧亲王中计丧躯　曾大帅设谋制敌

　　前回说到洪福瑱出走,自广德转入湖州,其时浙江诸郡县,次第克复,独湖州尚为长毛酋黄文金所守,苏浙官军,会攻未下。文金迎幼主福瑱,至湖州就食。左宗棠、李鸿章探知消息,急檄部将努力图功,于是浙将高连升、王月亮、蔡元吉、邓光明等,攻湖州东南;苏将郭松林、刘士奇、王永胜、杨鼎勋等,攻湖州西北,迭毁城外石垒,连破敌众。黄文金率悍党数万,启西门出战,郭松林督水陆军攻其左,王永胜由山径攻其右,文金袒露两臂,衔刀狂突,往返数回,终被枪炮截住。文金尚冒死力争,忽报浙军已攻入湖州东门,顿时心慌意乱,拥福瑱西走,遁至宁国府山中,不料兜头碰着鲍超,大杀一阵,歼毙无算,没奈何回走浙江淳安。途中又遇浙将黄少春,弄得文金无路可奔,舍命相扑,身被数十创,方突出重围。闻李世贤、汪海洋等在江西,决计由浙赴赣。约行数十里,文金创病大发,呕血而亡,遗命兄弟黄文英,力卫福瑱入江西境。

　　文英遂挟福瑱至广信,浙军紧迫不舍,前面又有江西军要击,只得转趋石城。记名按察使席宝田,方在崇仁攻李世贤,探闻洪福瑱已入江西,防他与世贤军联合,急率轻骑由间道出截,至石城县杨家牌地方,危崖盘郁数十里,夕阳已衔挂山麓,前锋逗留不进。宝田召前锋前校,问伊何故逗留? 将校以日暮对。宝田怒道:“过岭即逋寇所在,汝何懈我军心?”喝令推出斩首,诸将股栗,奋勇而上。走了一夜,岭路渐平,东方亦渐明亮,遥见岭下有一簇长毛,正在早炊,军士大呼而下,长毛错愕相顾,不及逃避。黄文英勉强格拒,马踬被擒;还有洪族中洪仁玕、洪仁政,及他渠酋数十人,亦被宝田军擒住,单不见了洪福瑱。宝田讯问黄文英等,都不肯实供,只俘虏中有一牧马小儿,由宝田诱出供词,说小天王逃遁不远,尚在山中。宝田乃分兵堵住谷口,自督部将沿山搜寻,瓮中捉鳖,网里捕鱼。不到二日,部将周家良报称已擒住洪福瑱。当下由宝田亲鞫,可怜十五六岁的童子,杀鸡似的乱抖,只答了一个“是”字。宝田即将洪福瑱,及黄文英等押解南昌。巡抚沈葆桢,迅速奏闻,上谕下来,叫他就地正法。自是福瑱被磔,黄文英、洪仁玕、洪仁政等,都随了小天王,同登鬼篆去了。

　　是时太平酋康王汪海洋,正纠合余众十万,来迎福瑱,距战处仅百里,闻得福瑱被虏，众心解散，海洋气夺，窜入福建。李世贤亦自赣入闽，闽省空虚无兵，不意穷寇猝至，汀、漳二郡，尽被蹂躏。按察使张运兰，率五百人拒战，众寡不敌，陷没阵中，被他支解而死；提督林文察，亦战死漳州，闽省大震。左宗棠飞檄黄少春、刘明灯，自衢州趋延平为中路军，刘典、王德榜，自建昌趋汀州为西路军，高连升自宁波泛海，趋福州出兴泉为东路军。三路官军至闽，不甚得手，李鸿章亦遣郭松林、杨鼎勋，统军乘轮船至闽，合围漳州，鲍超亦自江西至武平，各军会集。李世贤、汪海洋乃由闽窜粤。海洋攻入镇平，李世贤亦至，由海洋郊迎入城。两人议论军事，意见不合，海洋竟刺杀世贤，又欲返走江西，为席宝田所阻，杀了一场。海洋背受矛伤，仍回广东，陷嘉应州。左宗棠促鲍超率军赴粤，自己亦入粤督师，由是浙军围嘉应州东南。鲍军当州城西面，北面由粤军方耀军环攻，惟南面驻扎敌营。海洋倾寨出战，官军失利，嗣复出攻浙军，黄少春、刘典、王德榜等亦败却。海洋乘胜追赶，黄少春等选枪炮队抵御海洋，更番注射，长毛反奔。诸军闻浙营得胜，三面夹攻，海洋中炮死，余党败入城中，推僧王谭体元主城守事。谭体元懦弱无能，开南门出走。官军追至黄沙嶂，山回谷绝，荒僻无人，将长毛逼入谷内，四面兜剿，长毛胆落，环跪乞降，体元及诸魁皆被诛，太平军才杀尽无遗。时已同治四年十二月了。

长毛尽歼，捻子尚骚扰山东、河南、陕西等省，清廷命科尔沁亲王僧格林沁，及湖广总督官文会剿捻子。官文本是个因人成事的脚色，虽然出省督师，却只迁延观望；独僧亲王骁悍善战，所向无前，同治二年，攻破雉河集老巢，擒斩捻酋张洛型，只洛型从子张总愚遁去。适苗练沛霖复叛，陷寿州，围蒙城，攻临淮，众号百万。僧王毫不畏惧，直向蒙城进发。那时苗练部下，闻到僧格林沁四个大字，统已魂驰魄丧，望风归降。苗沛霖势成孤立，被僧王逼得无路可走，为部下所杀。另有沛霖一班义儿，个个生得眉清目秀，仿佛美人儿一般，遇着这粗豪勇莽的僧王，偏生成一种好杀的奇癖，每获一人，总叫邻子手细细剐碎，他却当作一样乐事，坐在上面，斟酒畅钦。犯人越哀号，他越快活。所以苗练一死，这班狡童俱同归于尽。

僧王复回军河南，驰入湖北，降长毛余党蓝成春、马融和等，逼死扶王陈得才；独捻匪张总愚纠合党羽任柱、赖文洸，东奔西窜。僧王追到东，他却走到西，僧王追到西，他又走到东，怂你僧王勇悍过人，他竟不与一战，专寻山谷沮洳，峰回路阻的地方，分队匍伏。僧王手下，统是满蒙铁骑，在平原旷野间，无人敢挡，若逢着山路崎岖，骑不得骋，马不得驰，真是有力也没用处。独僧王不管利害，只饬诸将追人，诸将稍有违慢，他便鞭责杖笞，不肯少恕，所以诸将闻令，无一敢怠。奈一入山中，屡遇贼伏，良将恒龄、舒通、额苏克金等，统同战死。僧王愈怒，日夕驰二三百里，宿不入馆，衣不解带，席地而寝，天未明，即令军士造饭,早餐一顿,余外尽带干粮,僧王执鞭在手,上马疾驰,主帅一动,将士个个随上。奈这捻子狡猾得很,从湖北窜河南,又从河南窜山东,弄得僧军昼夜穷追,气竭力弱。总兵陈国瑞、何建鳌叩马谏阻,僧王那里肯从,只命将士尽力追赶?一程复一程,直到曹州,此时已是同治四年四月,天气微炎,南风习习,僧军多追得气喘吁吁,汗流浃背,遥听山后隐隐有号炮声,僧王传令速进,当下爬山过岭,越了几个峦头,仍不见有敌踪,只小坳内有樵夫数名,不待僧军往问,他已走谒马前,报称捻匪在前,愿为前导。僧王大喜,便令樵夫前行,自率军紧紧相随,但见暮霭横空,落霞散绮,孤鸦觅队,倦鸟归林,军士不及夜餐,已是面带饥容,勉强前进。忽闻四面呐喊,前后左右,拥出无数捻子,把僧军困在垓心,僧王尚不在意,只督令诸将杀贼,捻众偏不与力敌,专用枪炮乱击,相持一二时,天色昏黑,僧军汹汹欲溃。诸将请突围出走,僧王不许,再三固请,乃饬召引路的樵夫,仍拟从原路杀出。樵夫恰也不逃,只说王爷随小的出去,决不有误。僧王尚命亲兵进酒,饮了数斗,吃得酒气醺醺,才提鞭上马,那马偏无故倔强,兀立不动。僧王加了几鞭,马反跳跃起来,险些儿把僧王掀下。僧王易马突围,眼睁睁望着樵夫,杀将出去。

谁意樵夫引着僧王,偏向捻子最多处引入,总兵陈国瑞,见捻子重重拦阻,料知樵夫心怀不良,忙叫王爷速回。那樵夫闻国瑞大呼,霎时变脸,怒目相向,反叫捻子围杀僧王,国瑞忙挺身出救,无如捻子如蜂拥上,把僧王、国瑞冲作两截。国瑞舍命上前,连突数次,统被捻子击回。此时国瑞知无可救,只得自己寻条血路,冲杀出来。等到国瑞杀出,天色已经微明,检点手下残卒,只剩了数百人,方思下马暂憩,见有一队败卒,踉跄而来。国瑞忙问王爷何在?有一败卒道:"黑夜中人自为战,未识王爷下落。但百忙中见有贼首戴着三眼花翎,扬扬而去。贼首那里来的花翎,想总是王爷殉难了。"国瑞道:"我等且再向前去探寻王爷踪迹,果得确实消息,方可奏闻。"部兵总不敢前行,由国瑞登高了望,已不见捻子片影,遂带部兵趋回原地。沿途尸如山积,仔细检视,觅得总兵何建鳌,及内阁学士全顺尸身,未免叹息。复寻将过去,只见一尸,卧丛箐中,有身无首,旁有一尸,却还身首俱全。国瑞令军士辨认,才识身首俱全的死尸,乃是僧王帐前马卒,无首的死尸,不是别人,正是亲王僧格林沁,身上已受了八创。国瑞相对泪下,遂率军士罗拜,舁尸归省。连何总兵、全学士的尸身也一同载回。当下飞章奏告,两宫太后亟下懿旨,从优议恤,准建专祠,并令配享太庙,予谥曰忠。

小子叙到此处,于上文樵夫底细,尚未详述,究竟樵夫是真是假?不得不补叙数语。樵夫实是捻子桂三假扮,导僧王走入绝地,僧王一味粗莽,不暇详辨,所以中计。

这时曾国藩正在南京,闻僧王轻骑追敌,每日夜行三百里,国藩叹道:"兵法忌之,必蹶上将军。"方拟草疏密陈,忽报廷寄到来,僧王在曹州战殁,令他携带钦差大臣关防,赴山东剿捻,所有直隶、山东、河南三省绿旗各营,及文武官弁,统归节制。两江总督职任,由李鸿章暂署,另命刘郇膏护理江苏巡抚。先是朝旨赐国藩为毅勇侯,国荃为威毅伯,官文为果威伯,左宗棠为恪靖伯,李鸿章为恪靖伯。国藩持盈戒满,自思于功臣中,独膺侯爵,未免高而益危,至此接节制三省的上谕,遂上疏力辞,朝旨不许,只催他速赴山东,国藩不得已受命。是时捻众方战胜僧王,鸱张益甚,自山东编造木筏,搜劫兵船,蓄意北犯,畿辅戒严。两江署督李鸿章恐直隶兵单,亟遣布政使潘鼎新,统带鼎字淮军十营,由海道赴天津,与直督刘长佑,筹固京防。捻众乃还集亳州一带,窥伺雉河。曾国藩闻这警耗,急调刘铭传、周盛波等,率本部淮军往援。刘、周两统领,向在鸿章麾下,系淮军中著名健将,此次奉调出剿,纵横扫荡,所向无前。捻首任柱、赖文洸,虽竭力抗拒,究竟不是他对手,霎时间阵势已乱,分头窜去,雉河得转危为安。

朝旨奖赏有差,并促曾国藩克期平捻。国藩老成持重,复陈目下情形,万难迅速,一因楚勇裁撤殆尽,仅存三千作为亲兵外,现只留刘松山一军,及刘铭传淮勇各军,不敷调遣,当另募徐州勇丁,就楚军规模,开齐兖风气,最快亦须数月,方可成军;二因捻匪战马极多,单靠步兵,断不足当骑贼,须派员赴古北口采办战马,在徐州添练马队,乃可进兵;三因扼贼北窜,全恃黄河天险,现办黄河水师,亦须数月,始可就绪;四因直隶一省,应另筹防兵,分守河岸,不宜令河南兵卒,兼顾河北。末后最要紧数语,乃是齐、豫、苏、皖四省,不能处处顾到,山东只能办兖、沂、曹、济四郡,河南只能办归、陈两郡,江苏只能办徐、淮、海三郡,安徽只能办庐、凤、颍、泗四郡。这十三府,系捻匪出没的地方,可以责成臣办,此外须责成本省督抚,屯驻汛地,各有专属等语。两宫太后方倚重国藩,自然照准。

国藩恰安排多日,方出驻徐州,那时捻众恰东驰西突,随地蔓延,忽扰安徽,忽走山东,忽入河南,虽由官军四处追剿,总难圈住敌锋。朝旨免不得诘问国藩,又由国藩复奏,大致谓:"捻匪已成流寇,官兵不能与之俱流,现惟择要驻军,不事驰逐,军饷器械,由水道转运,江南作根本,清江浦作枢纽,溯淮、颍而上,可达临淮关,溯运河而上,可达徐州济宁。目下正分设四镇重兵,安徽以临淮为老营,归刘松山驻扎;山东以济宁为老营,归潘鼎新驻扎;河南以周家口为老营,归刘铭传驻扎;江苏以徐州为老营,归张树声驻扎。一处有急,三处往援,首尾相应,或可以拙补迟,徐图功效。"清廷也不能驳他,只好听他缓缓的布置。

会张总愚窜入南阳，两宫太后又焦急起来，令李鸿章督带杨鼎勋等军，驰赴一带防剿。结末又有"与曾国藩妥同商酌，不必拘泥谕旨，务期计出万全"云云。国藩恰奏称；"河、洛无可剿之贼，淮勇亦无可调之师，李鸿章若果入洛，岂肯撤东路布置已定之兵，挟以西行，坐视山东、江苏之糜烂而不顾？"等语。还有李鸿章一奏，更说得剀切恳挚，他奏疏中有三大纲，曾由小子忆着，节录以供众览，便知当日用兵的情形。其文云：

臣按我朝从前武功，专恃兵力，此次军务，全资勇力。臣初至军营，习闻周天爵、福济、琦善、向荣、和春诸臣之议论，皆谓绿旗弁兵，驯谨而易调遣，各省勇丁，桀骜而少纪律。其不得已而用勇，就地召募，随时遣汰，尚无甚流弊，若远调数千里外，终必哗溃误事。咸丰初年，广西所募潮勇最多，向荣、张国梁，带赴江南，沿途骚扰，卒至十年三月金陵之变，一溃而不可收拾矣。自曾国藩、江忠源、胡林翼、李续宾等创练楚勇，不用一兵，盖深知绿营废弛已久，习气太深，万不足以杀敌致果。而以楚将练楚勇，恩信素孚，法制严密，又由湖南北转战江皖，一水可通，人地相宜，是以历久而能成功。然李续宾、唐训方以楚勇剿淮北之捻，刘长佑以楚勇剿直隶之骑马贼，均未大著功效，则以离乡太远，南北异宜，勇性未能驯服，何能得其死力？曾国藩有鉴于斯，故于金陵克复，东南军事将竣，即将所部湘勇，全行遣撤，但属臣暂留淮勇，以备中原剿捻，自系因地制宜。

夫捻匪系皖豫东三省无赖纠合而成，其隶皖籍者，大都蒙、亳、颍、宿人，皆在淮北。臣籍隶庐州，实在淮南。所部淮勇，则庐州、六安、安庆、扬州人居多，皆滨江之处，于长江上下防剿最宜。军士战于其乡，亦较得力。若赴河洛山陕，水土不习，诚恐迁地勿良，勇心涣散。朝廷期望于臣，欲以西北军事相属，不过以臣在吴，初立战功，而臣亦唯赖所部将士，踊跃用命。若令臣去，而平素所用之健将劲兵，不得随行，臣复何能为役？曾国藩筹设徐州、济宁、周家口等处防军，皆臣部最出力者。臣若不调西行，则声势不能大振。若全调他往，则东皖无以自立。若另图添募马步，而随身先无亲信而恃之兵勇，必致偾事，无裨全局，此兵势不能遽分者一也。

凡欲灭贼，必先治兵，欲强兵，必先足饷，欲筹饷，必先得人与地。臣自咸丰三年至八年，皆在皖北军中，窃见和春、郑魁士之军，战阵颇勇，旋因饷缺而溃。袁甲三、翁同书继之，更因饷绝而败。即十年江南之溃，十一年浙江之陷，皆由于粮饷断绝。官文、胡林翼，筹鄂饷以供东征，曾国藩进图江皖，以江西、湖南、广东厘金为饷源，左宗棠以浙饷办闽浙之贼，臣以苏沪入款，办江浙入贼，皆能自我为政，转诮下匮，幸而藏事。从古至今，言兵事未有不先筹饷糈者也。曾国藩夏间奉命剿捻，臣忝署江督，即以后路筹饷，引为己任以安其心。数月来分屯豫东苏皖千余里，湘淮兵勇四万余，粮运供支，源源接济，又兼筹苏、松、扬州留防各陆营，长江外海各水师，皖南江西防剿遣撤各湘军之饷，虽以入抵出，不敷尚多，竭力匀拨，幸无贻误。臣若奉命西征，则现在进图剿捻后路分防各军之饷，尚无专责之人，即臣带兵远出，饷源当居于何处？筹饷当责成何人？且欲图兜灭北捻，必须多练马队以备冲突，广置车骡以资转运，饷需甚巨，豫中蹂躏已久，力难供应。若专指苏饷，且下苏沪税厘，分供前敌，淮军已虞饥溃，再添练马步，人数益多，道路益远，势必不支。臣一经离任，恐亦不能遥制，此饷源不能专恃者二也。

臣军久在江南剿贼，习见洋人火器之精利，由是尽弃中国习用之抬枪鸟枪，而变为洋枪队，现计出省及留防陆营五万余人，约有洋枪三四万杆，铜帽月需千余万颗，粗细洋火药，月需十余万斤，均按月在上海、香港各洋行，先期采买，陆续供支，臣每亲自料理。又有开花炮队四营，一为潘鼎新带往济宁，一交刘秉璋镇守苏州，其副将罗荣光、刘玉龙两营为臣亲兵，现分守金陵城外之下关、江东桥两处江口，以杜奸人觊觎。臣若出省督师，必须酌量调往，藉壮声势。惟炮队所用器械子弹，尽仿洋式，所需铜铁木煤各项工料，均来自外国，故须就近设局制造。苏州先设有三局，嗣因丁日昌在沪购得机器铁厂一座，将丁日昌、韩殿甲两局，移并上海铁厂，曾经奏明欲再移设金陵，为久远计。臣若远赴他省，则炮局与铁厂，久必废弛，不但技艺不能渐精，且虑工费多有缺乏，而臣军接济，亦有断绝之时，此军火不能常常接济者三也。

臣所虑者只此三端，倘蒙皇上天恩，俯悯愚忱，熟思审处，俾微臣带兵远出，日后无掣肘之患，臣得效命疆场，帮同曾国藩，为国家歼此残孽，万死何辞！谨奏。

奏入，奉谕照旧办理，毋庸更张。于是曾国藩在徐州，除分设四镇外，添练马队一支，令李鸿章弟昭庆统带，作为一队游击兵，令他先赴河南，然后移节前进，驻扎周家口，居中调度。捻众闻报，竟另辟一路，窜入湖北，任柱、赖文洸向黄冈，张总愚向襄阳、蕲黄一带，遍地寇氛。曾国藩急调刘铭传援鄂，铭军一至，任、张两大股捻子，又并窜山东，连扑运河，被潘鼎新军击败；又入河南，遇着铭军回援，复东走淮徐，忽东忽西，忽分忽合，弄得官军疲于奔命。当由从容坐镇的曾大帅，想一个防河圈捻的计策出来，正是：

> 欲防兽逸先施阱，为恐鸿飞且设罗。

毕竟曾侯所设的计策，是否有效，且看下回分解。

捻众四出滋扰,纯系盗贼性质,无争城夺地之思想,其知识更出洪、杨下。然其东西驰突,来去飘忽,比洪、杨尤为难平。以此伏迹者一二百年,构乱者十三四年。僧亲王锐意平捻?所向无前,戮张洛型,诛苗沛霖,铁骑所经,风云变色,乃其后卒为张总愚等所困,战殁曹南。盖有勇无谋,以致于此。曾、李二公,更事既多,行军自慎,读其奏疏,不啻举二十年战事,尽绘纸上,故本回可为轻躁者戒,慎重者勖云。

第七十五回

溃河防捻徒分窜　毙敌首降将升官

却说钦差大臣曾国藩，因捻众四出为患，决议扼守沙河、贾鲁河，逼捻众入西南，为竭泽而渔之计。自河南周家口以下，至槐店止，这一带属沙河，自周家口以上至朱仙镇止，这一带属贾鲁河，两处统设重兵扼守。自朱仙镇以北四十里，至汴梁省城，又北三十里，至黄河南岸，无河可扼，挖濠设防。自槐店以下至正阳关，尚是沙河余流，亦派重兵驻扎。自正阳关以下，统滨淮河，由水师与皖军会防。各分汛地，逐层布置，依次紧逼，免得捻众四溢。规划已定，遂檄刘铭传、潘鼎新、周盛波各军，分防沙河，严扼要隘，遍筑墙堡。捻首张总愚与牛老红，正渡沙河南下，任柱与赖文洸，亦渡淮并趋南路，这防河圈捻的计策，正用得着。各镇官军，方拟四面兜剿，不料夏雨过多，水势盛涨，南阳微山等湖，与运河连成一片，各路所筑堤墙，多半坍毁。兼且积潦盈途，深过马腹，军中米粮子弹，输运迟滞，文报往来，亦多延误，民庐漂没，饿莩盈野，捻势因之益横。张、牛、任、赖并合全力，由汴梁省城附近，排墙而进，直犯豫军。豫军只有抚标三营，敌不住大股捻匪，立时溃退。那捻众夷堑填濠，向东驰去。

是时刘铭传方在朱仙镇，遥望火光渐迤西北，料知豫中汛地有警，忙令乌尔图那逊，带领马队向东驰援，唐殿魁带领步军，望北截剿。两军到开封境内，捻众大股，已渡过黄河，窜入山东，只有几个小捻匪，剩落后面，做了刀头之鬼。当下山东告警，荷泽、曹县、郓城、巨野一带，纷纷乞援。警报迭达清廷，这种酒囊饭袋的王大臣，遂交章弹劾国藩，说他暮气已深，不能再当重任。事为国藩所闻，未免气愤，竟至成疾，因上疏请假。朝命李鸿章携带关防，驰赴徐州，调度湘淮各军，防卫淮徐以东，并与山东巡抚阎敬铭，商办山东军务，互相策应。

及鸿章到徐州后，刘铭传、潘鼎新两军，已蹑捻众至郓北，与捻众战了一仗，大获全胜。捻众复折回西窜，又入河南，谋决黄河，断流徒涉，方在薄河掘堤。铭、鼎两军，先后追至，捻众分路散走，张总愚由河南窜陕西，任柱、赖文洸由河南窜安徽，自是张称西捻，任、赖称东捻。这位忧谗畏讥的曾侯，已告假了数日，索性再上奏章，自称剿捻无功，愿即开缺撤封，降为散员，留营效力。两宫太后垂念旧勋，不从所请，令他在营调理，赏假一月，这一月内，着李鸿章署理钦差大臣，国藩尚请开缺另简，以专责成。李鸿章也上疏推辞，仍把分兵筹饷的两样难处，申奏一番。朝议遂将曾、李二人，易一位置，两人不便再违，遂遵旨奉行。

当曾、李交替的时候，东捻复从安徽回河南，从河南窜湖北，国藩弟国荃，时为湖北巡抚，闻东捻窜入，出驻德安，飞咨钦差大臣李鸿章，调兵进剿。鸿章急檄刘铭传、刘秉璋等，自周家口拔队进固始城，与周盛波、张树珊各军，分道入鄂。任柱、赖文洸本思由湖北入陕西，联合西捻，因被曾国荃所扼。不能前进，遂率众直趋德安，绵亘数十里。周盛波、张树珊军正自河南驰至，与捻众开仗，任、赖麾众冲突，由周、张开放炸炮，连环轰击，捻尚未退，前者仆，后者继，自未至戌，鏖战四时。周、张两军，抛了无数炸炮，遍地爆裂，毙捻无数，捻众始折奔西北。张树珊与盛波军，东西分追，相距约二十余里。树珊至德安府境王家湾，遥见捻众在前，尚不下数万名，当即麾兵直上。至新家闸，捻众列阵以待，树珊分两翼夹进，自督副队居中，用马队为外护，奋勇杀人，毙敌无算，捻众复回头窜去。兵法有云："穷寇莫追。"树珊仗着锐气，满望得当歼敌，仍率兵踊跃前进，为这一追，适中兵法所忌，又蹈僧王覆辙了。树珊前追数十里，忽后面喊声大起，有大队捻子杀到，前面的捻子，也转身夹击，把张军前后队冲断。树珊久战无继，免不得穷蹙起来，战至夜半，不得出围，所督副队及亲兵，伤亡殆尽。树珊自知必死，大呼陷阵，杀伤略当，力尽堕马，遂遇害。树珊庐州人，系张树声兄弟，自咸丰四年，随兄至皖北带勇，隶李鸿章麾下。树声以谋胜，树珊以勇胜，相辅而行，故所向有功。至同治四年，树珊赴徐海道任，树珊已洊升至右江镇总兵，此次奉命援鄂，鸿章颇虑其轻敌，令与周盛波合进。不意树珊偏孤军追敌，竟堕了捻子前后夹攻的诡计。

刘铭传闻树珊败没，驰至德安，会周盛波军，追踪进蹑，击败捻众于下沙港，捻众东窜枣阳，西折至安陆府属的尹隆河。时鲍提督超正驻军樊城，铭传与他函商，约期夹击。铭传由北而南，先至尹隆河，望见捻众均扎驻对岸，遂留王德成、龚元友两营，护守辎重，自率大众渡河。至中流，捻众作要击状，被铭军炮弹击退。铭军既登对岸，捻众不战而走，由铭军追杀五六里。忽有紧报传来，说是捻子已渡河劫辎重，铭传大惊，忽分前敌步队三营、马队三营回顾后路，六营方发，任、赖二捻，竟悉众回扑铭军，铭传即分中左右三军迎敌。战不多时，左军统带刘盛藻，败退过河。捻众并力攻中右两军，中军营官李锡增，中弹身亡。铭传也不能支，只得且战且退。右军统带唐殿魁被困，战没阵中，于是捻众乘势掩杀。亏得王德成、龚元友两营，沿河救应，方得护铭传过河。捻众又渡河追来，铭传正在危急，幸鲍超亲率霆军来援，两军齐备，方将捻众杀退，向安陆西路窜去。铭传收拾余军，五停中已丧失一停，询问王、龚两营官，才知抢劫辎重乃是捻子谣言，故意误人，摇动铭传军心之计，铭传懊丧不迭，奏闻清廷，自请处分。有旨加恩宽免，只责刘盛藻督队不力，拔去花翎，撤去勇号，仍令带罪图功；其余阵亡将士，各赐恤有差。

　　同治六年，李鸿章抵徐州，朝旨令他任湖广总督，仍着在营督军剿捻。鸿章接旨后，复自徐至周家口，定议先剿东捻，后剿西捻，又因树珊战殁，铭传败退的缘故，料是穷追无益，决计用曾老旧谋，仍主圈地。闻任、赖等尚在鄂境，劫掠裹胁，乃檄各路统领，陆续赴鄂，围攻捻众。赖文洸刁猾得很，与任柱商议，由鄂窜豫，至信阳州。刘铭传急统军回防，周盛波亦随后趱至，两路夹击，阵擒捻党汪老魁、陈大狗、祝老伏等十八人，斩余捻二千余名，只阵亡总兵刘启福。任、赖经此大创，只得折回，转而图皖．又被刘秉璋、杨鼎勋等击败。任、赖急得没法，还想下窜，由刘铭传驰入鄂边，拦头痛剿，连败数阵。适时当仲夏，天久不雨，湖河尽涸，人马转战疲惫，无水不足以制敌。鸿章正在忧虑，俄闻捻众又逼近南阳，忙檄刘铭传尾追，周盛波迎截，潘鼎新、刘士奇等分路兜剿。任、赖闻风东趋，竟自河南窥山东，日夕驰数百里，势如飙发。各军驰追不及，竟被他冲破运防，直达济宁。运防是什么要隘？因前次曾侯督师时，除豫省贾鲁河、沙河两岸设防外，又于山东省的运河东岸，修堤筑墙，防捻东窜。豫防溃陷，运防尚屹然如故。任、赖等远窜鄂中，距运防已远，戍卒多懈，不防捻众突然驰至，冲过运河东岸长墙，把东军防营内的军械，抢掠殆尽，并掳胁民船，迫渡全师。东军统带王心安，水师统带赵三元，都逃得不知去向，一任捻众所为，这叫作蝗虫吃稻，蚱蜢当灾。

　　鸿章闻报，亟自周家口赴归德，调集淮军全营，赴东防堵。刘铭传、潘鼎新，为淮军领袖，因捻众渐趋登莱，遂建倒守运防，进扼胶莱的计议，鸿章甚为赞成，遂派铭传军由济宁向泰安莱芜，径趋青州为中路，鼎军由潍县昌邑赴莱州为北路，又派徐州镇董凤高，昭通镇沈宏富马步十五营，由郯城兰山进莒州为南路，三路兜截而前，期逼二捻酋到海滨，使他进退无路，束手就毙。于是将大略疏陈，复旨命他移驻东境，就近调度。鸿章乃再自归德趋济宁，又调周盛波、刘秉璋、杨鼎勋各军，分戍运河，并咨河南巡抚李鹤年，派张曜、宋庆两军扼东平，并约安徽巡抚英翰，派黄秉钧、张得胜、程文炳各军扼守宿迁上下游一带，并调水师三营，入运巡护。乃弟李昭庆，亦令守韩庄八闸。各军陆续到防，旌旗飘荡，戈戟森然。就中有坍陷的河堤，毁坏的墙垣，令弁勇赶紧修筑，不论炎风烈日，统是昼夜不停。这一番布置，真是密密层层，象铜墙铁壁一般，一些儿没有渗漏。鸿章复亲去巡视，东至运河，西至胶莱河，都已筹防完固。只淮河西岸，统是沙滩，接近海口，一时不及筑墙，当遣东军十营防堵，想亦无妨。遂回驻济宁，眼睁睁的望着捷报。

第一次报到，捻匪窜即墨县，由东抚率军击退；第二次报到，捻匪犯新河，由潘鼎新军击退；第三次报到，捻匪大股扑豫军，由宋庆等并力杀败，追奔二十余里。鸿章暗想道："这番的捻匪，已入我笼中，就使插翅也难飞去了。"过了两三日，接到一角紧要文书，拆开一瞧，乃是捻匪全股，从海神庙扑渡潍河，王心安营溃，营官胡祖胜等阵亡。亡字未曾看完，不由的将来文掷下，勃然道："混帐王心安，前次为运防失陷，已经革职，只望他效力赎罪；他又溃走，误我大事，真正可恨！但尚有王成谦十营，为什么坐视不救呢？"看官听着！这王成谦系候补道员，就是东军十营的统领，潍河西岸，归他防堵，他因营墙未成，不免心虚，左思右想，只有已革总兵王心安原扎辛安庄，颇有营墙掩护，遂与他商议，令他移驻海神庙。海神庙系在海口，心安总道捻匪不来，便亦允商。当下将所部四营移扎，偏这任柱、赖文洸，与他作对，竟从此冲出，心安又跳身遁去。王成谦袖手旁观，竟被捻众一拥过河。至刘铭传、潘鼎新、董凤高、沈宏富等，闻警驰至，那捻众已似漏网鱼、脱笼鸟，远扬而去。恼得李鸿章无自泄愤，一口气都喷在王成谦身上，拜表弹劾，立即革职。一面专顾运防，亲赴台庄，妥慎布置。

　　清廷的王大臣，又疑议起来。说是："胶莱且溃，何论运河？"即寄谕询问李鸿章。鸿章复奏："胶莱河防三百余里，尚不可靠，沿运千里，似更难恃，但从前议守运河，原恐胶莱河防，仓猝难成，所以画一远圈，扼捻归路，徼皖豫鄂各军，出境守运，既便顾外，尤便顾内。若自撤运防，令捻匪得以窜逸，将来流毒数省，贻害无穷。"这数语感动天听，有旨报可。果然任、赖二酋急欲突出运河，窜至宿迁，幸亏刘铭传、潘鼎新、周盛波各军拦住厮杀，截回捻众。任、赖又图扑苏境，经各军前截后追，打一仗，输一仗，没奈何仍返山东。是时已秋尽冬初，捻酋闻潍县有粮，想掳掠一番，为御冬计，不意铭军急急追来，任柱等方到潍县，铭军潜蹑而至，乘其不备，黄夜攻入，把捻巢截作三段，捻众大乱。捻党王双如等被斩，张斯、潘德、杨三注等受擒，任柱、赖文洸，尚抵死拒战，当由铭军叠放排枪，中者死，着者伤。又毙捻众数千人，获住好几个头目。任、赖也几乎成擒，只得落荒逃走。任柱等经此一战，吃亏的了不得，所有精悍，多半被歼。奔到日照县，那刘铭传仍不肯舍，率马步两队追至，枪弹无情，又将任柱右耳击伤，任柱再向南窜，径奔江苏赣榆县境，遥望后面尘头又起，料知铭军杀到，不禁大愤，向手下党羽道："今日定要决一死战，有他无我，有我无他。汝等如不从令，先血吾办。"当下选捻子数万名，设伏城东丛林中，自己恰裹创以待。刘铭传追至赣榆，也防任柱设伏，分兵两路，一路由城东进，派副都统善庆、温德勒克统带；一路由城西进，派总兵陈振邦，及副将徐邦道、勇目陈凤楼等统带。陈振邦等甫过西关，正遇着赖文洸，率马步数千人前来，两下接仗，不到数合,赖捻即退,振邦麾众尾追,甫及里许,喊声大起,有一大股捻子,都执着长矛,相夹而进。赖捻也转身杀来,振邦颇觉心寒,幸来了刘盛休、唐定奎两将领着步队,接应振邦,夹击捻众。捻众毫不畏怯,奋力死斗。正杀得难解难分,刘铭传亲督全军,摇旗而至,那边瞥不畏死的任柱,望见铭传亲来,就将丛林内的伏捻,一齐号召,向刺斜里杀出。说时迟,那时快,善庆、温德勒克一支人马,也从城西绕到,敌住任柱。这时候炮声飙发,弹焰星攒,一面是只思脱险,猛鸷异常,一面是满望立功,悍勇无匹。酣斗了好几时,尚是不分胜负。忽然烟雾四塞,昏不见人,赖文洸一股,纷纷退走,刘铭传趁这机会,派刘克仁步队六营,及丁寿昌、滕学义等,乘着雾,由城北绕出,攻任捻的背后。自率各军会合善庆等,专攻任柱。任柱分股相拒,越斗越狠,癫狗一般不管死活,一味乱噬。不到数刻,刘克仁、丁寿昌等,从背后冲入捻阵,捻众始乱。独任柱指麾自若,仍一些儿没有惊慌。刘铭传传令,得任贼首,立膺上赏,军士越加感奋,踊跃上前。怎奈任柱手下的悍捻,煞是能耐,左挡右拦,无隙可入。猛听得一声大叫道:"任柱中枪死了!"这声传出,捻众惊噪,乃大奔。铭传挥军掩杀,穷追二十余里,擒斩千余名,夺得骡马器械无数,方才收军。

当下拜表奏捷,叙明降人潘贵升的首功。有旨自铭传以下,均加赏赉。独降人潘贵升,补用千总,并赏加游击衔,又给银二万两。看官!你道这潘贵升,何故独蒙优赏呢?原来贵升见任捻势蹙,曾向陈凤楼马队营内,密信乞降,愿杀任捻为进身阶。这日两边接仗,战久不下,贵升混入清营,密报哨官邓长安,计歼捻首。长安为语铭传,令他立功受赏。贵升即返,也是任柱命数该绝,天大烟雾,前后迷蒙。被贵升施枪洞胸,顿时毙命。贵升大呼而出,至铭军处报功。捻众无头自乱,焉有不溃之理?小子曾戏作十六字道:

　　　　任柱不任,贵升偏贵。天道昭彰,贼死无悔。

任柱已死,只剩了一个赖文洸,独木不成林,不怕他不死了。欲知后事,且看下回。

　　圈地剿捻之谋,实是制捻胜算。曾国藩创之于前,李鸿章踵之于后,萧规曹随,不是过也。乃一溃河防,而言官文劾曾侯,再溃河防,而言官群诋李督,众口铄金,积毁销骨,设非老成人,坚持到底,鲜有不隳成谋,破全局者。阃外之事,将军主之,此乃颠扑不破之至理,悠悠之口无取焉。任柱为捻徒各股总头目,桀黠称最,自被其下潘贵升所刺,而捻众乃瓦解矣。然非圈地制捻之计行,则任柱之势不蹙,贵升固捻党耳,岂肯反噬乎,读此回吾服李督,吾尤服曾侯。

第七十六回

山东圈剿悍酋成擒　河北解严渠魁自尽

却说捻众自任柱死后，推赖文洸为首领，文洸激厉众捻，为任柱复仇，自赣榆县奔至海州，收拾余烬，再图大举。会清军营内又添了一员郭松林，郭向隶李督麾下，平苏常有功，任福建陆路提督，前时因病乞假，此番病愈来营，由李鸿章派拨马步二十营，交他统带，令赴前敌。松林与刘铭传是老同寅，自然竭力帮助，会潘鼎新至海州，击败赖文洸于上庄镇，降捻党五营头目李宗诗，复追入山东诸城县境，途次遇边马游弋，亟饬将士严阵前进，步步为营；行不数里，果见捻众数百骑，如飞而至，被鼎军一阵痛击，都拍马逃去。鼎新向步军各统领道："这是捻匪惯技，明明诱我，使我中伏，我恰偏要追去，汝等须步步留意，倘或伏贼齐来，不要惊惶，只教立定脚跟，静待号令。"诸将齐声答应，鼎新即自率马队，分东西两路追入，步军随后徐进。一声胡哨，捻众从冈岭三路压下，好象风卷潮涌，飙忽而来。鼎新恰从容指挥，令前后马步两队，各自严列，用枪对敌，不得妄动，违令者斩。此令一出，各军士屹立不动，恁捻众如何冲突，只用枪弹对付，捻众无法可施，所有锐气，已自不战而挫。鼎新见捻众已怠，鸣鼓进军，前马队，后步兵，纵横驰突，锐不可当，杀得捻众叫苦连天，一霎时跑得精光。

自是赖文洸一筹莫展，只向寿光、昌邑、潍三县交界处，往来盘旋，到潍县东北安埂地方，又想抄袭陈文，从海滩窜渡内地；突见清军大队，摇旗而来，旗上都大书一刘字，文洸到此，逃已不及，仓皇整队，迎拒铭军。方交战间，但闻四面八方，都是清军杀到，口口声声的呼杀赖贼，文洸不免慌张，忙冲开血路，向东狂奔，一口气驰至杞城，旗靡辙乱，毫无纪律。蓦闻前面有炮声枪声，震响空中，清军随声而出，当头拦截，为首一员大将，红顶花翎，跃马突入。这位大将是谁？就是郭军门松林。文洸尚不知他利害，呼众迎战，被郭松林手刃数人，方晓得不是等闲，正思回走原路，谁知铭军又复赶到。文洸势成死地，不得不力战求生，遂令步队居中，马队分两翼，翕张凶焰，恶狠狠的相扑，究竟弱不敌强，被铭松各军，追至河曲，群捻自相践踏，尸横狼籍。后路的捻众，多凫水逃去，赖文洸也总算幸脱。

各官军复跟踪追剿，直至胶州县的小南沟，趁他未备，又尽力掩杀一阵。只剩了几个老捻子，及七八千残伙，随着赖酋，窜至寿光县界。官军四路相逼，蹙至海隅，圈入南北洋河、巨弥河中间，河水甚深，捻众背水死战。松林、鼎勋两军，从东面攻入，铭传率大军从西面攻入，把捻众冲得四分五裂。文洸死斗一日，看看支撑不住，索性把马匹辎重，尽行弃掉，轻骑东奔。铭军令兵士不得妄取，专力追赶，由洋河追至弥河，捻众已零星四散。文洸还想冲突运防，奔至沭阳，遇着皖军程文炳，略战数合，当即折回，复至淮安，有李昭庆、刘秉璋、黄翼升水陆各军驻扎，眼见得不能过去，再窜扬州。适道员吴毓兰奉李督檄，统带淮勇防戍，闻捻徒突至，出队迎击，文洸不敢恋战，仍且战且奔；追杀至瓦窑铺，天大风雨，昏黑莫辨，战至五鼓，毙捻数百名。此时文洸已入围中，无路可窜，竟纵火焚毁民屋，想借此摇惑官军，以便漏网。毓兰正防这一着，麾军冒火搜剿，但见火光中有一巨酋，骑着黄马，手执黄旗，指挥残捻，料知是赖文洸，叠发数枪，击中文洸马首，文洸随马仆地，毓兰急督亲卒突进，生生的将他擒住。审讯是实，就地正法，余捻不过数百人，擒斩殆尽，就使有几个逃出，也被各军搜杀无遗。

东捻各股，一律荡平，朝达捷书，夕颁赏典，李鸿章蒙赏加一骑都尉世职，提督刘铭传以下，均沐厚赉。曾国藩筹饷有功，已升授体仁阁大学士，至此亦加一云骑尉世职。清廷待遇功臣，也算不薄了。就中有一位勾通捻匪的张七先生，占据山东省肥城县的黄崖山，也被官军入山穷剿，杀得一个不留。这位张七先生，名叫积中，本江南仪征县人，少时曾读过诗书，应试不隽，他穷极思迁，竟去投赘周星垣门下，拜他为师。周称太谷先生，素讲修炼采补术，门徒颇盛。积中学了五六年，尽得师承。太谷被江督百龄，拿去正法，门徒统行逃匿，积中也避至山东，寻闻禁缉渐宽，遂借传教为名，不论男女，尽行收录。有时占候风角，推测晴雨，颇觉有验，因是被惑的人，日多一日；连一班莫明其妙的官僚，也有些将信将疑，远近遂称他为张圣人。事有凑巧，捻匪骚扰山东，他恰托词筹防，占住黄崖山，叠石为砦，依山作垒，引诱愚民，说是北方将乱，只此间可以避兵。乡民越加信从，趋之若鹜。他偏装腔作势，不轻易见人，平日讲授教旨，无非叫他高徒赵伟堂、刘耀东等作为代表，他自己只同两个女弟子，深居密室，也不知研究什么经典。这两个女弟子的芳名，一名素馨，相传是太谷孙妇，一名蓉裳，系一个吴家新媚。山中每月必设祭一二次，每祭必在深夜，香烟缭绕，满室皆馨。积中仗剑居中，两女盛装夹侍，庄严的了不得。非教中人，不能入窥，乡里都称为张圣人夜祭。谁知后来竟约会捻徒，揭竿起事。捻徒失败，一座孤危的黄崖山，那里还保得住？被官军一阵乱杀，覆巢下无完卵，不特积中就戮，连素馨、蓉裳两女侍，也没有着落，大约不是逃，就是死，一场好因缘，都化作劫灰了。

话分两头，且说东捻失势的时候，正西捻蔓延的日子。西捻首领张总愚，自河南窜入陕西，适值叛回骚扰陕甘，遂与他联络一气。陕回的头目，叫作白彦虎，甘回的头目，叫作马化隆。他因发捻肇乱，亦乘机扰清，清廷曾赦胜保旧罪，令他往讨，师久无功，逮问赐死，更调多隆阿往代。多隆阿迭破回砦，嗣后亦伤重身亡。再命杨岳斌督师，又因病乞归。西警频闻，恼了这位恪靖伯左宗棠，自请往讨，为国效力。两宫太后，欣然批准，立命移督陕甘。

宗棠到了陕西，闻捻回勾结，上疏剿捻宜急，剿回宜缓，朝旨自然照办。宗棠即令提督刘松山，及总兵郭宝昌、刘厚基等，率军驱捻，不令捻回合势。张总愚遂自秦入晋，自晋入豫，自豫入燕，直扰保定、深州等处，京畿戒严。盛京将军都兴阿奉命赴天津，严行防堵；并调李鸿章督师北上，会剿西捻。鸿章不敢迟慢，即檄各路兵马，启程前进。惟刘铭传创疾骤发，不能乘骑，乞假养疴，因此未与。

鸿章既到畿南，以河北平原旷野，无险可守，只得坚壁清野，令捻徒无处掠食，然后再用兜剿的法子。于是劝令就地绅民，赶筑圩寨，一遇寇警，即收粮草牲畜入寨内，免为匪掠。绅民倒也遵谕筹办，无如张捻已四处窜突，连筑堡也来不及。第一次接仗，郭松林、潘鼎勋各军破张捻于安平城下；第二次接仗，河南陕西各军亦到，与郭松林等会合，蹑至饶阳县境，袭斩捻党邱德才、张五孩；第三次接仗，捻偷渡滹沱河，松林、鼎勋兼程追到，陕军统领刘松山，豫军统领张曜、宋庆，亦先后踵至，各路截击，渡河各捻，杀毙甚众，张捻向南窜逸；第四次接仗，捻自直隶窜河南，复自河南回直隶，各军截剿于滑县的大伾山，又获大胜；第五次接仗，仍在滑县，捻用诱敌计引诱官军，记名提督陈振邦阵亡，其余各军，也伤失不少。朝旨遂易宽为严，左宗棠先已被谴，至是李鸿章亦挂吏议，连直隶总督官文，及河南巡抚李鹤年，统革职留任。

左宗棠向负盛气，督军前敌，亲至畿南，与李鸿章会商军务，决议严守运防，蹙贼海东。规划方定，张捻已直走天津，亏得郭松林等冒雨忍饥，日夜驰数百里，抄出敌前，击败张捻，捻始折回。从前张捻的计策，很是利害，他从陕西到京畿，飙疾异常，本拟马到成功，立夺津沽，不期淮勇亦倍道来援，日夕争逐，未能逞志。他又故意窜至河南，牵制淮军南下，然后疾卷回犯津沽，出人不意，掠夺奥区。偏这郭松林等，与捻众角逐已久，熟悉狡谋，防他回袭，与之并趋而北，且比他赶向上风。一场酣斗，竟得胜仗，自此敌谋乃沮，折入运东。

李鸿章遂力主防运，拟先扼西北运河，绝筑长墙，绝捻出路。适郭松林等追捻南下，道出沧州，沧州南有捷地坝，在运河东岸，当减河口，以时启闭，蓄泄济运，减河水深，足限敌骑窜津之路。鸿章飞饬郭松林，腾出潘鼎新、杨鼎勋两军,筑减河长墙八十余里,分兵扼守,津防以固。再调淮、直豫、陕、皖、楚各军,各守运河汛地,运防亦因是告成。鸿章又亲率周盛波行队,由德州沿运河,察勘形势,尚未回辕。张捻果率众扑减河长墙,见淮军整队出迎,料不可敌,不战即走;至盐山附近,突遇两支大军,一支是湘军刘松山,一支是豫军张曜、宋庆,由陕督左宗棠统率前来。两下对垒,张捻大吃其亏,由盐山遁去,走入茌平、高唐境内。嗣是捻中无一步队,专恃马军,每人备马三四,倏忽易骑,势如飘风疾雨,遇敌即奔,追亦难及。鸿章只伤各军添筑长墙,一层紧一层,一步紧一步,圈地益蹙,捻势亦益衰。嗣至沙河左近,被松林等探悉行踪,乘雨潜袭;列阵而进,行十余里,渡过沙河。捻方起队欲走,行列未定,蓦见官军突至,不觉大惊,急思策马前奔,怎奈泥淖载途,骑不能骋。此时前有松林,后有鼎新,前后夹击,马步连环迭进,无不以一当百,枪丸如雨而下,呼声雷动。捻众大衄,官军乘势压迫,直抵商河城下。自沙河至商河三十里,沿途伏尸,顶趾相接,张总愚尚亲率黑旗队,回战数次,被官军排枪齐放,着了弹子数粒,坠落马下。旁有骑卒数十名,忙将总愚扶起,翼之而遁。这一场大战,毙捻徒二三千名,生擒千余名,还有五千余骑,向东驰脱。

鸿章复奏调刘铭传赴军,联络各路,逼捻入山东省,至济阳境内,斩尾捻二百余级,生获捻党郑文起,余捻折向南遁,窜入黄河沿岸的老海洼,凫水狂奔。各官军亦凫水进逼,由水登陆,把捻中最悍头目程二老坎、程三老坎、张锦泗、周六等,统共杀死。张捻辗转至德州,连番抢渡运河,都由炮船民团击溃。著名悍捻张正邦、张正位、张可师、张九临、尹汤成、李老怀、邱麻子等,率旧伙缴械乞降。张总愚再窜商河,已零零落落,不能成队。刘铭传复率队来追,迫总愚于黄河、运河间,八面围攻,生擒总愚爱子张葵儿,及其兄宗道、弟宗先、侄正江,并悍目程四老坎、马老三、樊大等,统就阵前枭首。总愚于乱军逸出,东北走至徒骇河滨,顾手下只有八骑,不禁涕泗横流,下马与八人永诀,投水而逝。乃官军追至,六骑死矛刃下,两骑被擒,西捻亦就此肃清。当由六百里驰驿奏捷,李鸿章、左宗棠等,自然官还原职,其余得力将弁,亦奖叙有差。军机大臣恭亲王奕䜣,暨文祥、宝鋆、沈桂芬诸人,也因赞襄机务,昕夕慎勤,得邀特赏。就是亲郡王贝勒贝子公,及内外文武,大小臣工,概蒙赏加一级。拨开云雾,重睹承平,又是一番好景象了。

只陕甘叛回,尚未平靖,由左宗棠入觐,奏称五年以后,定可报绩。两宫太后非常欣慰,令他即日还陕。宗棠受命,风驰电掣而去。还有云南一带,亦有叛回滋扰,云贵总督潘铎,被叛回马荣杀死,亏得代理藩司岑毓英,密抚回酋马如龙,合击马荣,一鼓歼除。毓英本粤西诸生,带勇入滇,累著战功,潘铎死后,朝命劳崇光继任,崇光一见毓英,大加赏识,遂将云贵军事,委任毓英。会黔苗陶新春兄弟,无端倡乱,毓英又出省讨平,师出未归。迨西回酋杜文秀,聚众数十万,连陷二十余城,直犯省会,劳制军急檄毓英回援,毓英倍道返省,戈矛耀日,旌旆迎风,叛回闻他威名,先已股栗,待至交战,岑军果个个勇猛,大小回垒数十,被岑军一一踹破。文秀回踞大理府,毓英遂晋升云南巡抚。两宫皇太后,及同治皇上,料知陕甘云贵一带,不日可以荡平,遂将平日宵旰忧劳的心思,改作安闲自在的态度。慈安太后素性贞淑,倒也没甚变态,独这花容月貌,聪明伶俐的慈禧后,未免放荡起来,宠了一个安得海,闹出一场招摇撞骗的笑话。正是:

> 安者危之机,逸者欲之渐;宵小伏宫闱,怪象从此现。

欲知安得海招摇情形,待下回再行表明。

东西捻同一性质,所以制东捻者在圈地,则制西捻应亦如之。本回叙东捻事较详,述西捻事少略,为省繁避复起见,细评中已言及之,阅者应自默会也。或谓洪氏子有帝王思想,与著书人寓意不同,故特加贬笔,东西捻则来去飙忽,未尝据一城,占一地,似较洪氏为可原。不知洪氏为大盗,东西捻为流寇,大盗不可恕,流寇其可恕乎?同一病国,同一殃民,何分之有?著书人仍深斥之,所以遏乱萌,防流弊也。张积中言诡行诡,恶似较浅,而心更可诛,故特附入篇中,以垂炯戒。

第七十七回

戮权阉丁抚守法　办教案曾侯遭讧

却说慈禧太后在宫无事,静极思动,未免要想出消遣的法子。她生平最喜看戏,内监安得海,先意承志,替太后造了一座戏园,招集梨园子弟,日夕演戏。安得海亦侍着太后,日夕往观,因此安太监愈得太后欢心。安太监于两宫垂帘时,曾有参赞秘谋的功绩,至此权力越大,除两宫太后外,没一个敢违忤他;就是同治皇帝,也要让他三分。宫中称他小安子,都奉他如太后一般。慈禧后有时高兴,连咸丰帝遗下的龙衣,也赏与小安子。当时有个御史贾铎,素性鲠直,闻得小安子擅权,专导慈禧后看戏,每演一日,赏费不下千金,他心中愤懑得很,竟切切实实的上了一本,奏中不便指斥慈禧,只说是"太监妄为,请饬速行禁止,方可杜渐防微"等语。慈禧太后览奏,却下了一道懿旨,责成总管太监,认真严察;如太监有不法等情,应由总管太监举发,否则定将总管太监革退,还要从重治罪。内外臣工,见了此旨,都称太后从谏如流,歌颂的了不得,其实慈禧是借此沽名,宫中仍按日演戏,且令小安子为总管,权柄日盛一日。

适值粤捻荡平,海内无事,小安子活不耐烦,想出京游赏一番;巧巧同治皇上,年逾成童,两宫欲替他纳后,派恭亲王等,会同内务府及礼工二部,预备大婚典礼。小安子乘机密请,拟亲往江南,督制龙衣。慈禧太后道:"我朝祖制,不准内监出京,看来你还是不去的好。"小安子道:"太后有旨,安敢不遵?但江南织造,向来进呈的衣服,多不合式,现在皇上将要大婚,这龙衣总要讲究一点,不能由他随便了事。而且太后常用的衣服,依奴才看来,也多是不合用的,所以奴才想自去督办,完完全全的制成几件,方好复旨。"慈禧后素爱装扮,听小安子一番说话,竟心动起来。只是想到祖制一层,又不便随口答应,当下狐疑未决。小安子窥透微意,便道:"太后究竟慈明,连采办龙衣一件事,都要遵照祖制,其实太后要怎么办,便怎么办,若被祖制二字,随意束缚,连太后都不得自由呢!"慈禧后性又高傲,被这话一激,不禁发语道:"你要去便去,只这事须要秘密,倘被王大臣得知,又要上疏奏劾,连我也不便保护。"小安子闻慈禧应允,喜得叩首谢恩。慈禧又嘱他沿途小心,小安子虽口称遵旨,心中恰不以为然。随即辞了太后,束装就道,于同治八年六月出京,乘坐太平船二只,声势烜赫。船头悬着大旗一面，中绘一个太阳，太阳中间，又绘着三足乌一只。两旁插着龙凤旗帜，随风飘扬。船内载男女多人，前有娈童，后有妙女。品竹调丝，悠扬不绝。

道出直隶，地方官吏，差人探问，答称奉旨差遣，织办龙衣。看官！你想这班地方官，多是趋炎附膻的朋友，听得钦差过境，自然前去奉承，况又是赫赫有名的小安子，慈禧太后以下，就算是他，那个敢不唯命是从？小安子要一千金，便给他一千金，小安子要一万金，也只得如数给他。安得海喜气洋洋，由直隶南下山东，总道是一路顺风，从心所欲，不意恶贯满盈，偏偏碰着一个大对头。这大对头姓丁，名宝桢，贵州省平远州人，问起他的官职，便是当时现任的山东巡抚。剿捻寇时，曾随李鸿章等，防堵有功，连级超擢。生平廉刚有威，不喜趋奉。一日，在签押房亲阅公牍，忽接到德州详文，报称钦差安得海过境，责令地方供张，应否照办？宝桢私讶道："这安得海是个太监，如何敢出都门？莫非朝廷忘了祖训么？"当即亲拟奏稿，委幕友赶紧抄就，立差得力人员，嘱他由六百里驰驿到京，先至恭王邸报告，托他代递奏章。

原来恭王奕䜣，见安得海威权太重，素不满意，接着丁抚奏折，立刻入宫去见太后。可巧慈禧后在园观戏，不及与闻。恭王便禀知慈安太后，递上丁宝桢密奏，由慈安后展阅一周，便道："小安子应该正法，但须与西太后商议。"恭王忙奏道："安得海违背祖制，擅出都门，罪在不赦，应即饬丁宝桢拿捕正法为是。"慈安太后尚在沉吟，半晌才道："西太后最爱小安子，若由我下旨严办，将来西太后必要恨我，所以我不便专主。"恭王道："西太后么？以祖制论，西太后也不能违背。有祖制，无安得海，还请太后速即裁夺。若西太后有异言，奴才等当力持正论。"慈安后道："既如此，且令军机拟旨，颁发山东。"恭王道："太后旨意已定，奴才即可谨拟。"当下命内监取过笔墨，匆匆写了数行，大致说："安太监擅自出都，若不从严惩办，何以肃宫禁而儆效尤？着直隶、山东、江苏各督抚速派干员，严密拿捕，拿到即就地正法，毋庸再行请旨"等语。拟定后，即请慈安太后盖印。慈安竟将印盖上，由恭王取出，不欲宣布，即交原人兼程带回。

直隶山东，本是毗连的省份，不到三天，已至济南。丁抚接读密谕，立饬总兵王正起，率兵追捕，驰至泰安县地方，方追着安太监座船。王总兵喝令截住，船上水手，毫不在意，仍顺风前进，忙在河边雇了民船数只，飞棹追上，齐跃上安太监船中。安得海方才闻知，大声喝道："那里来的强盗，敢向我船胡闹？"王总兵道："奉旨拿安得海，你就是安得海么？"安得海却冷笑道："咱们是奉旨南下，督办龙衣，沿途并没有犯法，那有拿捕的道理，你有什么廷寄，敢来拿我！"王总兵道："你不要倔强，朝旨岂是捏造么？"便令兵弁锁拿安得海。安得海竟发怒道："当今皇帝也不敢拿我，你等无法无天，妄向太岁头上动土，难道寻死不成？"兵弁被他一吓，统是不敢上前，气得王总兵两目圆睁，亲自动手，先挥去安得海的蓝翎大帽，然后将安得海一把扯倒，令兵弁取过铁链，把他锁住。兵弁见主将下手，不敢不从，当将安得海捆缚停当，余外一班人众，统行拿下。随令水手回驶济南。

丁抚正静候消息，过了两天，王总兵已到，立即传见，接谈之下，知安得海已经拿到，即传集两旁侍役，出坐大堂。兵弁带上安得海，便喝问："安得海就是你么？"安得海道："丁宝桢！你还连安老爷都不认得，作什么混帐抚台？"丁抚也不与辩驳，便离了座，宣读密谕，读至"就地正法"四字，安得海才有些胆怯，徐徐道："我是奉慈禧太后懿旨，出来督办龙衣的。丁抚台！你敢是欺我么？"丁抚道："这是何事，敢来欺你！"安得海道："朝旨莫非弄错，还求你老人家复奏一本，然后安某死也甘心。"丁抚道："朝命已说是毋庸再请，难道你未听见？"安得海还想哀求，怎奈丁抚台铁面无情，竟饬刽子手将他绑出，一声号炮，安得海的头颅，应刃而落，其余一干人犯，暂羁狱中，候再请旨发落。

复奏到京，又由恭王禀报慈安太后，一不做，二不休，索性令将随从太监，一并绞决。还有一道严饬总管的谕旨，联翩而下。丁抚自然遵旨办理，将安得海随从陈玉麟、李平安等，讯系太监，立即处绞。此外男女多名，充戍的充戍，释放的释放，总算完案。

这件事情，慈禧后竟未曾得知，直至案情了了，方传到李莲英耳中，急忙转告慈禧。李莲英是什么人物？也是一个极漂亮的太监。安得海在时，莲英已蒙慈禧宠幸，只势力不及安得海。此时安得海已死，莲英心中，恰很快活，因巴结慈禧要紧，便去详报。慈禧后大惊道："有这件事么！为何东太后全未提起？想系外面谣传，不足凭信。"莲英道："闻得密谕已降了数道，当不至是谣言。"慈禧后道："你恰去探明确凿，即来禀报。"莲英得了懿旨，径往恭邸探问。恭王无从隐讳，只好实告。莲英道："慈禧太后的性子，王爷也应晓得，此番水落石出，恐怕慈禧太后是不应许呢。"恭王道："遵照祖制，应该这样办法。"莲英微笑道："讲到祖制二字，两宫垂帘，也是祖制所没有，如何你老人家却也赞成？"恭王被他驳倒，一时回答不出。莲英便要告辞，恭王未免着急，顺手扯着莲英，到了内厅，求他设法。莲英方才献策道："大公主在内，很得太后欢心，可以从中转圜。若再不得请，奴才也可替王爷缓颊。"恭王喜道："这却全仗……"莲英不待说完，即接口道："奴才将来要靠王爷照拂时候，恰很多哩。区区微劳，何足挂齿？"随又请恭王缴出密谕稿底，恭王即检付一纸，那是末后的谕旨，临别时还叮咛嘱托。莲英一肩担任，连说："王爷放心，总在奴才身上。"当下别了恭王，匆匆回宫，将密谕呈上。由慈禧后瞧阅道：

本月初三日，丁宝桢奏据德州知州赵新禀称，有安姓太监乘坐大船，捏称钦差，织办龙衣，船旁插有龙凤旗帜，携带男女多人，沿途招摇煽惑，居民惊骇等情，当经谕令直隶、山东各督抚，派员查拿，即行正法。兹按丁宝桢奏，已于泰安县地方，将该犯安得海拿获，遵旨正法。

慈禧后阅到此语，不禁花容变色，几乎要坠下泪来。随又阅下道：

其随从人等，本日已谕令丁宝桢分别严行惩办。我朝家法相承，整饬官寺，有犯必惩，纲纪至严。每遇有在外招摇生事者，无不立治其罪。乃该太监安德海，竟敢如此胆大妄为，种种不法，实属罪有应得。经此次严惩后，各太监自当益加儆慎，仍着总管太监等，嗣后务将所管太监，严加约束，俾各勤慎当差，如有不安本分，出外滋事者，除将本犯照例治罪外，定将该管太监一并惩办。并通谕直省各督抚，严饬所属，遇有太监冒称奉差等事，无论已未犯法，立即锁拿奏明惩治，毋稍宽纵。钦此。

慈禧后阅罢，把底稿撕得粉碎，大怒道："东太后瞒得我好，我向来道她办事和平，不料她亦如此狠心，我与她决不干休。"说着，便命李莲英随往东宫。莲英道："这事也不是东太后一人专主。"慈禧后道："此外还有何人，除非是奕䜣了？可恨可恨！"莲英道："太后一身关系社稷，不应为了安总管，气坏玉体。"随即替慈禧捶背。约半小时，见慈禧气喘少息，随道："安总管也太招摇，闻他一出都门，口口声声说奉太后密旨，令各督抚州县报效巨款，所以闹出这桩案情。"慈禧后道："有这等事么？他亦该死！但东太后等不应瞒我。"

正絮语间，忽由宫监来报，荣寿公主求见。这荣寿公主，便是恭王女儿，宫中称她大公主，她为文宗所宠爱，文宗崩后，慈禧后因自己无女，就认她为干女儿，入侍宫中，封她为荣寿公主，莲英与恭王密谈，说起大公主，就是指她。回宫后，即密递消息，叫她前来恳求。慈禧正欲发泄怒意，便道："叫她进来！"荣寿公主入见，请过了安。慈后道："你父亲做得好事！"公主佯作不解，莲英从旁插口道："就是安总管的事情，大公主应亦好晓得了。"公主忙向慈禧跪下，叩头道："臣女在宫侍奉，未悉外情，今日方有宫人传说，臣女即回谒厄父，据称安总管招摇太甚，东抚丁宝桢，飞递密奏，刚值圣母观剧，恐触圣怒，不敢禀白，所以仅奏明慈安太后，遵照祖制办理。"慈禧后道："你总是为父回护。"公主再碰头乞恩，慈禧后道："这次姑开恩饶免，你去回报你父，下次瞒我，不可道我无情。"公主谢恩趋出。慈禧后还欲往东宫，莲英道："太后圣度汪洋，恭王爷处尚且恩泽，难道还要与东太后争论么？有心不迟，不如从长计议。"慈禧后见莲英伶俐，语语中意，遂起了桃僵李代的意思，把他擢为总管。莲英感太后厚恩，鞠躬尽瘁，不消细说。

光阴如箭，又过一年，天津地方，闹出一场教案，险些儿又开战衅，总算由曾国藩等委曲调停,方免战祸。原来中外互市以后,英、法、俄、美诸商民纷纷来华,时有交涉天津和约,复订保护传教的条约,通商以后,又来了许多教士,更未免与华民龃龉。清廷特建总理各国衙门,并在各口岸设通商大臣专管外交。嗣是德意志、丹麦、荷兰、西班牙、比利时、意大利、奥地利、日本、秘鲁等国,各请互市,均由总理衙门与订条约。曾国藩、李鸿章等,留心外事,自愧不如,乃迭请创办新政,改习洋务。廷臣又据了用夏变夷的古训,先后奏驳。满首相倭仁,尤为顽固,事事梗议。幸两宫太后信用曾、李、次第准行。同治二年,在京师立同文馆;三年,遣同知容闳出洋,采办机器;四年,命两江总督,兼充南洋大臣,设江南制造局于上海;五年,置福建船政局;七年,派钦差大臣志刚、孙家谷,偕美人蒲安臣,游历西洋,与美国订互派领事、优待游学等约;九年,命直隶总督兼充北洋大臣,增设天津机器局。在清廷方面,也算是破除成例,格局一新,其实还是洋务的皮毛,只好作为外面粉饰。而且办事的人,统是敷衍塞责,毫无实心。内地的百姓,又是风气不通,视洋人如眼中钉。适值天津有匪徒武兰珍迷拐人口,被知府张光藻、知县刘杰缉获,当堂审讯,搜出迷药,供称系教民王三给与。民间遂喧传天主教堂,遣人迷拐幼孩,挖目剖心,充作药料。当时一传十,十传百,以讹传讹,并将义冢内露出的枯骨,均为教堂弃掷;人情汹汹,都要与教堂反对。通商大臣崇厚,及天津道周家勋,往会法国领事丰大业,要他交出教民王三,带回署中,与兰珍对质。兰珍又翻掉原供,语多支离,无可定谳。崇厚饬役送王三回教堂,一出署门,百姓争骂王三,并拾起砖石,向王三抛击,弄得王三皮破血流。王三哀诉教士,教士转诉丰大业,丰大业不问情由,一直跑到崇厚署,咆哮辱骂。崇厚用好言劝慰,他却不从,竟向袋中取出手枪击射崇厚。崇厚忙避入内室,一击不中,愤愤出署。途中遇着知县刘杰,正在劝解百姓,他又用手枪乱击,误伤杰仆。百姓动了公愤,万眦齐裂,顿时一拥而上,把他推倒,你一拳,我一脚,不到半刻,竟将这声势赫奕的丰大业,殴毙道旁。随即鸣锣聚众,闯入教堂,看见洋人及教民,便赠他一顿老拳。至若器具什物等件,尽行捣毁。百姓忿尚未泄,索性放一把火,将教堂烧得精光,眼见得闹成大祸了。

　　是时曾国藩已调任直隶总督,方因头晕请假,朝命力疾赴津,与崇厚会同办理。曾侯到津,主张和平解决,不欲重开兵端,蹈道咸年间的覆辙。又因崇厚就职多年,久习洋务,凡事多虚心听从。怎奈崇厚非常畏缩,见了法使罗淑亚,竟不能据理与辩。罗淑亚要求四事,一是赔修教堂,二是安葬领事,三是惩办地方官,四是严究凶手。崇厚含糊答应,报知曾侯。曾侯拟允他两三条,独惩办地方官一事,因与主权有碍,不肯照允。法使罗淑亚,得步进步,反来一照会,竟欲将府县官,及提督陈国瑞抵偿丰大业性命;否则有兵戎相见等语。曾侯到此，也未免踌躇起来。崇厚又从旁撺掇，似乎非允他照办，不能了事。于是奏劾府县官的弹章，即日拜发。有旨"速知府张光藻、知县刘杰，交部治罪。"这旨一下，天津绅民大哗，争詈崇厚及曾国藩。曾侯因亦自悔。那崇厚还欲巴结外人，力主府县议抵，并昌言洋人兵坚炮利，不许即将发难。惹得曾侯懊恼，当即发言道："洋人道我没有防备，格外怕死么？我已密调队伍若干，粮饷若干，暗中设防。就使事情决裂，也管不得许多。况我自募勇剿贼以来，此身早已许国，幸赖朝廷洪福，将帅用命，得以扫尽狂氛。目下旧勋名将，虽止十存四五，然还有左宗棠、李鸿章、杨岳斌、彭玉麟诸人，志切时艰，心存君国，且久经战阵，才力胜我十倍。我年过花甲，有渠等在，共匡帝室，我虽死亦可瞑目了。"崇厚撞了一鼻子灰，嘿然退出，单衔独奏。略说："法国势将决裂，曾国藩病势甚重，请由京另派重臣来津办理。"曾侯亦因谕旨垂询，据实复奏道：

> 查津民焚毁教堂之日，众目昭彰，若有人眼人心等物，岂崇厚一人所能消灭？其为讹传，已不待辨。至迷拐人口，实难保其必无。臣前奏请明谕，力辩洋人之诬，而于迷拐一节，言之不实不尽，诚恐有碍和局。现在焚毁各处，已委员与修；教民王三，由该使坚索，已经释放；查拿凶犯一节，已饬新任道府，拿获九名，拷讯党羽。惟罗淑亚欲将三人议抵，实难再允所求。府县本无大过，送交刑部，已属情轻法重，彼若不拟构衅，则我所不能允者，当可徐徐自转。彼若立意决裂，虽百请百从，仍难保其无事。谕旨所示，弭衅仍以起衅，确中事理，且佩且悚。外国论强弱，不论是非，若中国有备，和议或稍易定，窃臣自带兵以来，早矢效命疆场之志，今事虽急，病虽深，此心毫无顾畏，不过因外国要挟，尽变常度。区区微忱，伏乞圣鉴。

奏上，清廷派兵部尚书毛昶熙等，到津会办教案。一面调湖广总督李鸿章，及在籍提督刘铭传，到京督师，防卫近畿。毛昶熙随员陈钦，素有胆略，到津后，与法使侃侃力辩。法使不能诘，只固执前说，径行回京。崇厚奉旨出使法国，即由陈钦署理通商大臣。曾侯遂与陈钦会奏罗淑亚回京缘由，请中外一体坚持定见，并将连日会议情形，具报总理衙门。当由总理衙门转奏，奉谕着李鸿章驰赴天津，会同曾国藩等迅速缉凶，详议严办，及早拟结。曾李乃分别定拟，把滋事人民十五人正法，军流四人，徒刑十七人。朝旨又命将张光藻、刘杰充戍黑龙江，教案才结。

一事甫了，一事又起，两江总督马新贻，被刺客张汶祥刺毙，凶信到京，这老成炼达的曾侯爷，又要奉旨调动了。小子有诗咏曾侯云：

> 天为清廷降荩臣，百端尽付宰官身。
> 从知舆论难全信，后世如曾有几人？

欲知曾侯调动情形,且待下回再叙。

安得海之伏法,予服丁宝桢,予尤佩慈安太后,丁宝桢不畏疆御,敢于弹劾,其胆量诚有过人之处。慈安太后遇事温厚,独于安得海一案,经恭王怂恿,即密令拿捕正法,此为慈安太后一生明断,迄今都人士,称颂不衰。至若天津教案,曾国藩办理少柔,致遭物议,实则当时有不得不柔之势。粤捻初平,西陲未靖,海内伤痍,方资休养,岂尚可轻开边衅,蹈昔时旋战旋和之失耶?予读此回,于前半见丁抚之能刚,于后半见曾侯之能柔,且以见两宫垂帘之时,廷旨多满人意,不可谓非慈安之力,谁谓慈安非贤后哉?

第七十八回

大婚礼成坤闱正位　撤帘议决乾德当阳

　　却说天津教案，甫行办竣，江督马新贻被戕，有旨授李鸿章总督直隶，调曾国藩回督两江。是年适当国藩六十寿辰，御赐"勋高柱石"匾额一面，福寿字各一方，梵佛铜像一尊，玉如意一柄，蟒袍一袭，还有吉绸线绉等件。国藩入朝谢恩，当由慈禧太后问他天津情形，并令他速赴江南。国藩一一应答，随即退出，于同治九年十月出都，沿途无事，直至江宁督署接印视事。清廷以前督被刺，事关重大，并命钦差郑敦谨南下，会同审问，传集中军官、旗牌官、巡捕官、王命司、护印司、护敕司、刀斧手、捆绑手、刽子手、洋枪队、马刀队、钢叉队，排得密密层层，异常威赫。曾侯爷与郑钦使，同升公座，喝令带上张逆犯。当由两旁兵役，一声吆喝，推上张汶祥当面。曾、郑两公，先用威吓，后用刑讯。这张汶祥毫无实供，只说是刺杀马新贻，可以泄忿，大事已了，愿即受死。曾侯又问他是何人主使，他却大声道："要刺马新贻是我，刺杀马新贻也是我，好汉做事一身当，恁你如何处治便了。"郑钦差还想设词诱骗，他索性说主使的人，便是你们。弄得曾、郑二公无法可施，只得奏称该犯实无主使，应处极刑。廷旨准奏，即着凌迟处死。

　　列位看到此处，应该问作书的人，究竟这张汶祥，为着何事，去刺马新贻？小子也无从实考，只听得故老相传，马新贻未显达时，曾与一个结义兄弟，非常莫逆。嗣因义兄娶了一位妻房，生得柳腰杏脸，妩媚过人，他就觑在眼中，艳羡的了不得。一时不便勾搭，日思夜想，几乎害成一种单思病。但他在宦途中，是个钻营的能手，由县丞起马，不数年连升总督。看官！你想中国有几个总督大员，一朝权在手，就把事来行，他外面装出一副义重情深的形状，把义兄弟立刻提拔，差他出外办公，又令他把家眷搬入衙门，说是便于照管，叫他放心前去。他义兄弟感谢不尽，即将家眷安顿督署内，奉委就道。这马新贻已摆好迷阵，不怕他妻房不上勾当，他妻房究系女流，那里晓得这种圈套？一入署中，即被他灌得烂醉，扯入寝室，宽衣解带，无所不至。等到醒来，悔已无及。马新贻又拿出温存手段，妇人家总带三分势利，暗想马新贻是现任总督，比自己的丈夫要尊贵数倍；又兼性情相貌，都比丈夫胜过几筹，事已如此，索性由他摆弄，自己也乐得快活。后来马新贻越加宠爱，他也越加柔媚，鹣鹣比翼，合力同心，只愿地久天长，谐成眷属，单怕他丈夫回来。一年复一年，他丈夫惹动儿女情肠，屡次申文请假，马新贻不但不准，且下了一角密札，给他办事地方的长官。说他勾通大盗，证据确凿，不必审讯，饬即密捕正法。这义兄弟茫无头绪，冤冤枉枉的拿去斩首。密报到省，喜得马新贻手舞足蹈，总道是大患已除，可以安心作乐，谁料他义兄弟竟有好友，闻知这事，动起义愤，竟到两江督署左右，专等马新贻出门，托词拦舆诉冤，三脚两步的走到舆前，手持利刃，刺入新贻胸膛。随役连忙拿住，新贻已不省人事，抬回署内，见他情妇模模糊糊的说了"我害你，你害我"两语。两眼一翻，双足一蹬，竟呜呼哀哉了。那时情妇一想，为了自己一人，害死两条性命，天良发现，也悬梁自尽。嗣经臬司审问刺客，只答称："好汉张汶祥，刺死马新贻。"余外全无实供。后经曾、郑二大员复审，供语已见上文，不必重叙。侠客做事，往往不欲宣布，这事可见一斑。近来说张汶祥也是革命人物，如徐锡麟刺恩铭相同，恐怕未必确实。将来清史告成，或有真传，也未可知，小子只好借此了案，再叙别事。

且说同治帝即位后，悠悠忽忽，过了十年。同治帝的年纪，已十七岁了。寻常百姓人家，也要替他授室，何况是至尊无上的天子？满蒙王公，有几个待字的女儿，那一个不想嫁入宫中，做个椒房贵戚？只慈禧太后单生了这个儿子，那得不细心择妇，成就一对佳偶？自八年间起，筹备大婚典礼，已是留意调查，直到十年冬季，方才挑选了几个淑媛，一个是状元及第现任翰林院侍讲崇绮的女儿，系是阿鲁特氏；一个是现任员外郎凤秀的女儿，系是富察氏；一个是旧任知府崇龄的女儿，系是赫舍哩氏；一个是前任都统赛尚阿的女儿，也系阿鲁特氏，才貌统是差不多。慈禧后已经选定，免不得与慈安后商量。慈安后道："女子以德为主，才貌倒还是第二层，未知这四女中，那个德性最好，堪配中宫？"慈禧后道："闻得这四个女子，崇女年纪最大，今年已十九岁，凤女年纪最轻，今年十四岁。"慈安后即接口道："皇后母仪天下，总是年长的老成一点。"慈禧后呆了一呆，随道："凤女虽是年轻，闻他很是贤淑。"慈安后道："皇后册定，妃嫔也不可少，这等女孩子，都选作妃嫔便了。"慈禧后道："且去传奕䜣进来，叫他一酌。"慈安点头，即命宫监去召恭王。不一时，恭王入见，向西太后行礼毕，慈禧后就说起立后情事，恭王也主张年长，名正言顺，说得慈禧不好不依，随于次年仲春降谕道：

> 钦奉慈安皇太后、慈禧皇太后懿旨，皇帝冲龄践阼，于今十有一年，允宜择贤作配，正位中宫，以辅君德，而裹内治。兹选得翰林院侍讲之女阿鲁特氏，淑慎端庄，着立为皇后，已着钦天监诹吉，于本年九月举行。所有纳采大征，及一切事宜，着派恭亲王奕䜣，户部尚书宝鋆，会同各该衙门详

核典章,敬谨办理!特谕。

这谕一下,恭亲王等揣摹慈禧后性情,很爱奢华,所定典制,比往时繁缛数倍。正在预备的时候,忽由江苏巡抚奏报,两江总督曾国藩出缺,恭亲王也吃了一惊,急忙入奏两宫太后。两宫太后很为叹息,命同治帝辍朝三日,即下谕追赠太傅,照大学士例赐恤,予谥文正,入祀京师昭忠祠贤良祠;并于湖南原籍,江宁省城,建立专祠;生平政绩,宣付史馆。一等侯爵,着伊子曾纪泽承袭,次子附贡生曾纪鸿,长孙曾广钧,均着赏给举人。还有曾广钧、曾广铨一班孙儿,亦赏给员外郎主事等职衔。并派穆腾阿等,接连往祭。有御赐祭文碑文等,都是翰苑手笔,小子录不胜录,但抄述两篇如下:

御赐祭文曰:朕惟功懋懋赏,信圭表延世之勋,思赞赞襄,雕俎厚饰终之典。爰申䔉莫,用贲丝纶。尔原任大学士两江总督一等毅勇侯赠太傅曾国藩,赋性忠诚,砥躬清正,起家词馆,屡持节而沦才,洊陟卿曹,辄上书而陈善。值皇华之载赋,闻风木而遄归。忽乡邻有斗之频惊,潢池盗弄,懔战阵无勇之非孝,黑经师兴。奇功历著于江淮,大名永光于玉帛。俾正钧衡之位,仍兼军府之尊。一等酬庸,锡侯封于带砺,双轮曳羽,飘翠影于云霄。重锁钥而任北门,百僚是式,还徼戒而惠南国,万众腾欢。方期硕辅之延年,岂意遗章之入告?老成忽谢,震悼良深!颁厚赙于帑金,遣重臣而奠醊。特易名于上谥,赠太傅之崇阶。列祀典于昭忠贤良,建专祠于金陵湘渚。彝章载考,祭典特颁。天不慭遗一老,永怀翊赞于元臣,人可赎兮百身,用寄咨嗟于典册。灵其不昧,尚克钦承。

又御赐碑文曰:朕惟台衡绩懋,树峻望于三公,钟鼎勋垂,播芳徽于百世。宠颁紫绂,色焕丹珉,尔原任大学士两江总督一等毅勇侯赠太傅曾国藩,秉性忠纯,持躬刚正,阐程朱之精蕴,学茂儒宗;储方召之勋猷,器推公辅。登木天而奏赋,清表风规;历芸馆而迁资,诚孚日讲。屡持使节,兼校春闱,荐擢卿班,允谐宰伯。溯建言之直节,荷殊遇于先朝。凡兹靖献之丹忱,早具忠诚之素志。乃突来夫粤匪,俾训练夫楚军。拔岳郡而克武昌,功成破竹;靖章江而平皖水,威振援枹。两江尊总制之权,九伐重元戎之命,朕丕承基绪,眷念成劳,荣衔特异以青宫,峻望更登诸黄阁。辖节制于三省四省,弥见寅恭,精调度于湘军淮军,务严申令。联苏杭为犄角,坚垒同摧,倚昆季为爪牙,逆巢早捣。金陵奏凯,慰皇考知人善用之明;玉诏酬庸,褒元老决胜运筹之略。既析圭而列爵,亦垒翠以飘缨。既而徽辅量移,因之阙廷展觐。汲黯近慧,实推社稷之臣;杨震厚遗,无惭清白之吏。惟是疮痍未复,每厪念夫天南,锁钥攸司,仍遄归于江左。方谓功资坐镇,何期疾遽沦俎?赠太傅而阶崇,祀贤良而誉永。专祠遍祭,世赏优颁。易名以表初终，核实允孚文正。于戏！松楸在望，倍怀麟阁之遗型；金石不磨，长荷鸾纶之锡宠。钦兹巽命，峙尔丰碑！

从此这效忠清室的曾侯爷，长辞人世，其生也荣，其死也哀，也算是千古不朽了。曾侯出缺，继任的便是肃毅伯李鸿章，倒也不在话下。

日月如梭，已届同治帝大婚吉期，先封皇后父崇绮为三等承恩公，母亲室氏瓜尔佳氏均为公妻一品夫人。九月十二日甲午，因大婚期迩，遣官祗告天地太庙。次日乙未，同治帝御太和殿，阅视皇后册宝，遣惇亲王奕誴为正使，贝勒奕劻为副使，持奉册宝诣皇后邸，册封阿鲁特氏为皇后。又遣大学士文祥为正使，礼部尚书灵桂为副使，赍册印至员外郎凤秀第，封富察氏为慧妃。是夕，复命惇亲王奕誴，及贝子载容，行奉迎皇后礼。越日子刻，皇后在邸中拜辞祖先，出升凤舆，前陈鼓乐，后拥仪卫，由大清中门行御道，至乾清宫降舆。皇上穿好礼服，在坤宁宫等着。宫眷引进皇后，行合卺礼。皇后奉觞，皇上赐盏，两旁细乐悠扬，笙箫迭奏。此曲只应天上有，人间那得几回闻。又越日丁酉，皇上率皇后诣寿皇殿行礼，诣慈安皇太后、慈禧皇太后前行礼，礼毕，上御乾清宫。适慧妃亦送入宫中，由皇后带领朝贺。又越日戊戌，皇后朝两太后于慈宁宫，盥馈醴飨如仪。嗣是上两宫徽号，受众臣庆贺，赐皇后亲属，暨满汉王大臣，及蒙古外藩使臣等宴。并赏赍办事诸臣有差。知府崇龄女赫舍哩氏，及副都统赛尚阿女阿鲁特氏，亦次第入宫。崇龄女受封瑜嫔，赛尚阿女受封珣嫔，少年天子，左抱右拥，今夕到这边，明夕到那边，皇恩浩荡，雨露普施，愉快得莫可言喻。

隔了数天，内阁复传出上谕道：

> 钦奉两宫皇太后懿旨，前因皇帝冲龄践阼，时事多艰，诸王大臣等不能无所禀承，姑允廷臣垂帘之请，权宜办理。皇帝典学有成，当春秋鼎盛之时，正宜亲统万几，与中外大臣共求治理，宏济艰难，以仰副文宗显皇帝付托之重。着钦天监于明年正月内选择吉期，举行皇帝亲政典礼，一切应行事宜，及应复旧制之处，着军机大臣大学士会同六部九卿，敬谨妥议具奏！钦此。

看官！这慈禧太后，本是个贪揽大权的英雌，为什么即肯归政呢？大约发生此议，总由慈安后主张。慈安后本不愿垂帘，被慈禧后抬上此座，这时皇后已经册立，皇帝已值成年，慈安后意欲息肩，遂倡议归政。慈禧后不便辩驳，又想同治帝是亲生儿子，将来如有大政，总要禀白母后，暗中仍可揽权。当即随声附和，下了懿旨。钦天监遵旨择吉，定于次年正月二十六日举行，礼部衙门又要敬谨筹备起来。事有凑巧，皇上亲政的日子，甫行颁布，云南督抚的捷报，陆续奏闻。是时云贵总督劳崇光，在任病殁，以前任滇抚刘岳昭升任总督，与巡抚岑毓英合剿回匪。岳昭坐镇省中，仍委岑毓英出省剿办。回酋杜文秀，占据大理府城，僭拟王制，附近各郡县，多被吞并。岑毓英既抚回酋马如龙，荐任提督，令他招降群回，又联结云南苗酋，协攻杜文秀。文秀渐渐穷蹙，所据各郡县，次第失去，只剩大理一城，孤危得很。岑军复四面兜围，百计攻扑，文秀自知无幸，把子女分寄大司衡杨荣、大经略蔡廷栋家中，托他照顾，自己与妻妾数人，服毒自尽。部下见他将死，舁出城外，投降岑军。毓英先验明杜酋正身，枭首示众，随问城中情形，知回众尚有数万，恐他后来反复，传令三日内齐缴军械。回众以半年为期，毓英佯为应诺，密令部将杨玉科，选死士数百，同太和县官入城受降。城外恰严布重兵，掘了大坑，专等回众出迎，玉科入城后，驱回众出城，可怜回众无知无识，个个陷入重围，跌下坑内，被岑军活活埋死。杨荣、蔡廷栋，统由岑军擒住，一律磔死。只有文秀女儿秋娘，与母何氏，逃出城外，孤身只影，流落天涯，就使有志报仇，究竟是一个女孩子，那个肯去帮助？延了数年，老母何氏先死，秋娘也玉碎香沉，同归于尽。只留有一封书信，相传是秋娘遗墨，小子还约略记得其词云：

　　妾，家亡国破之人也。先君子早年，恫满人之虐，因众志，倡义旗，保固一方，以待清宴。外抗边夷，内静狂寇，比于窦融张轨，岂遑多让？妾生长深宫，略谙诗礼，亦俨然金枝玉叶也，昊天不吊，苗贼助凶，四十万人，一齐解甲。先君既抱恨泉路，弱女遂零落天涯。嗟乎！覆巢之下，岂有完卵？所含辛菇苦，苟且偷生者，希冀手屠苗贼之腹，以复不共之仇也。不意薄命人，命薄于纸，辗转风尘，所遭辄不如意，岂以平生志节犹存，不甘屈下之故耶？秣陵仓猝，沪渎流离，蹉跎之痛，遂及老母。闲关来粤，乃复逢君。欲述苦衷，难于倾吐。畴昔一夕话，君忆之否？盖改弦易辙之志，于此决矣。果也雏儿浅躁，入我彀中，不幸诟起禧闱，事机不遂，老贼狡猾，遂动猜疑。记先君子方盛之时，苗贼亲来纳款，当时妾侍于侧，贼遽以奏箫为请，先君爱妾，不欲委之虎口，以少长相远为词。彼乃愤怒，中夜斩关而出。衅起于妾，遂致覆祀灭宗。嗟乎！此耻则西江不濯，此恨则万世不复，哀哉！天下丈夫，惟君尚能垂怜薄命，用敢略述腹心，使君知区区清白身，非甘心作河间妇者也。计书达时，妾魂当散为轻尘，淹为虫沙久矣。天长地久，蒙耻饮恨，痛如之何！魂与笔销，无多赘述！

　　据这书看来，秋娘的大仇，实是苗酋，苗酋本与杜文秀相联，因欲求秋娘为妾，被文秀所拒，遂降服岑毓英，灭了文秀。秋娘逃出后，委身柳巷，留意英雄，得了一个如意郎君，仍不能替她报仇，秋娘自己亦不能成事，终至赍志以殁。其间曲折，苦无信史可据，只剩了一鳞一爪，遗传后世，说来也甚可怜。惟清廷得这捷音，说圣天子洪福齐天，才刚亲政，就有云南肃清的好消息，两宫太后也非常欢悦。转瞬间过了残腊，又是新年，八方升平，四海无事，宫廷内外，喜气洋洋，免不得照例庆贺，又有一番忙碌。到了二十日外，又降了上谕数行道：

钦奉慈安端裕皇太后，慈禧端佑皇太后谕旨：皇帝寅绍丕基，于今十有二载，春秋鼎盛，典学有成，兹于本月二十六日，躬亲大政。欣慰之余，倍深兢惕。因念我朝列圣相承，无不以敬天法祖之心，为勤政爱民之治。况数年来东南各省，虽经底定，民生尚未又安。滇陇边境，及西北路军用未蒇，国用不足，时事方艰。皇帝日理万机，敬念惟天惟祖宗所以托付一人者，至重且巨。只承家法，夕惕朝乾，于一切用人行政，孳孳讲求，不敢稍涉怠忽。视朝之暇，仍略讨论经史，深求古今治乱之源。克俭克勤，励精图治，此则垂帘听政之初心，所夙夜跂望而不能或释者也。在廷王大臣等，允宜公忠共矢，勿避怨嫌，本日召见时，业已谆谆面谕。其余中外大小臣工，亦当恪恭尽职，痛戒因循，宏济艰难，弼成上理，有厚望焉。钦此。

到了二十六日，两宫撤帘，同治帝亲政，王大臣们又有一番歌功颂德的贺表。两宫太后，又加上徽号。东太后加了康庆二字，西太后加了康颐二字。亲政数月，陕甘总督左宗棠，又收降靖边县土匪董福祥，迭复多城，逐陕回叛酋白彦虎，擒甘回叛酋马化隆，奏报关内肃清，有旨赏给左宗棠一等轻车都尉世职。将军金顺，提督徐占彪以下，俱邀升叙。并饬左宗棠督师出关，征抚西域，当下龙心大悦，遂想出及时行乐的念头来。正是：

> 人逢喜事精神爽，时际承平逸欲多。

未知同治帝如何行乐，请看下回便知。

本回叙事，以立后归政为大纲。有清十数传，立后事多矣，是书独于顺治立后，同治立后，叙述较详，因顺治后无故被废，同治后不得令终故也。悲于终，不得不详于始。治国之道，本自齐家，家不齐，国能治乎？至若归政之举，所以志两宫垂帘，初次告藏。慈安太后秉性冲和，倡言归政，无可讥议；慈禧太后犹在试验之期，一切用人行政，皆几经审慎，故称颂者多而毁谤者少。训政十年，东南戡定，西北渐平，两宫之力居多焉。然曾侯殁而清廷少一伟人，已有人亡政息之慨，左岑效绩边陲，反以酿九重之纵欲，外宁必有内忧，朕兆其已见乎？故本回事略，作清廷之过渡时代观可也。

第七十九回

因欢成病忽报弥留　以弟继兄旁延统绪

却说同治帝亲裁国政，一年以内，倒也不敢怠忽，悉心办理。只是性格刚强，颇与慈禧太后相似。慈禧太后虽已归政，遇有军国大事，仍着内监密行查探，探悉以后，即传同治帝训饬，责他如何不来禀白。偏这同治帝也是倔强，自思母后既已归政，为什么还来干涉？母后要他禀报，他却越加隐瞒，因此母子之间，反生意见。独慈安太后静养深宫，凡事不去过问，且当同治帝进谒时候，总是和容愉色，并没有一毫怒意。同治帝因他和蔼可亲，所以时去省视，反把本生母后，撇诸脑后。慈禧太后愈滋不悦，有时且把皇后传入宫内，叫他从中劝谏。皇后虽是唯唯遵命，心中恰与皇帝意旨相合。花前月下，私语喁喁，竟将太后所说的言语，和盘托出，反激动皇帝懊恼。背后言语，总有疏虞，传到慈禧太后耳中，索性迁怒皇后，衔恨切骨。

同治帝亦很是懊怅。内侍文喜、桂宝等，想替主子解忧，多方迎合，便怂恿同治帝，重建圆明园。这条计划，正中同治帝下怀，自然准奏，即饬总管内务府择日兴工。谕中大旨却说是备两宫皇太后燕憩之用，所以资颐养，遂孝思，其实暗中用意，看官自能明白，不烦小子絮述。惟恭亲王奕訢，留心大局，暗想国家财政，支绌得很，如何兴办土木？便进谏同治帝，请他中阻，同治帝一番高兴，被这老头儿出来絮聒，心中很不自在。那奕訢反唠唠叨叨，把古今以来的君德，如何勤，如何俭，说个不休，惹得同治帝暴躁起来，便道："修造圆明园，无非为两宫颐养起见。我记得孟子说过：'尊亲之至，莫大乎以天下养。'现拟造个小园子，还不好算得养亲，皇叔反说有许多窒碍，我却不信。"奕訢还想再谏，同治帝怒形于色，拂袖起身，跛入里边去了。奕訢只得退出。

冤冤相凑，奕訢退出宫门，他儿子载澂，却入宫来见同治帝。原来载澂曾在宏德殿伴读，自小与同治帝相狎，到了同治帝亲政，退朝余暇，常令载澂自由入宫，谈笑解闷。这日载澂求见，内侍即入内奏闻，偏偏同治帝不令进谒。载澂莫名其妙，仍旧照往时玩笑的样子，说道："皇上平日，非常豁达，为什么今天摆起架子来？"说毕，扬长而去。内侍未免多事，竟将载澂的说话，一一奏明。同治帝大怒道："他的老子，刚来饶舌，不料他又来胡闹。他说我摆架子，我就摆与他看。"便宣召军机大臣大学士文祥进见,文祥奉旨趋入,同治帝道:"恭王奕䜣,对朕无礼,他儿子载澂,更加不法,朕意将他父子赐死,叫你进来拟旨。"文祥不听犹可,听了此谕,连忙跪下,只是磕头。同治帝道:"你做什么?"文祥道:"恭、恭亲王奕、奕䜣,勤劳素著,就使他犯了罪,也求皇恩特赦!"同治帝冷笑道:"朕晓得了!你等都是他的党羽,所以事事回护。"文祥又磕了几个头,随答道:"奴才不、不敢。"同治帝又道:"赐死太重,革爵便了。"文祥到此,不敢违旨,只好草草拟就,捧呈御览。同治帝阅毕,点了点头,便道:"你将这稿底取去,明日就照此颁布罢!"文祥领旨退出,也不回府,一直跑到恭王邸中,密报恭王。恭王也是着急,忙邀几个知己商议。三个缝皮匠,比个诸葛亮,一面由文祥飞禀慈禧太后,一面由御史沈淮、姚百川出头,拟定奏折,内称:"圣上饬造圆明园,颐养圣母,实是以孝治天下之盛德,但圆明园被焚毁后,一切景致,尽付销沉,不如三海名胜,近在宫掖,饬工修筑,易于观成"等语。折才拟就,文祥已自宫中出来,回报恭王。据说:"草定谕旨,已由西太后取去,谅可搁置。"恭王才稍稍放心,次日沈、姚两御史,又把奏折呈上,同治帝阅到易于观成一语,方有些回心转意,当命内阁拟诏,即日宣布道:

前降旨谕令总管内务府大臣,将圆明园工程,择要兴工,原以备两宫皇太后燕憩,用资颐养而遂孝思。本年开工后,闻工程浩大,非克期所能蒇功,现在物力艰难,经费支绌,军务未甚平安,各省时有偏灾,朕仰体慈怀,不欲以土木之工,重劳民力,所有圆明园一切工程,均着即行停止,俟将来边境乂安,库款充裕,再行兴修。因念三海近在宫掖,殿宇完固,量加修理,工作不致过繁。着该管大臣查勘三海地方,酌度情形,将如何修葺之处,奏请办理!钦此。

过了数日,同治帝视朝,巧值恭王奕䜣随班朝见,由同治帝瞧着,翎顶依然照旧,不由的诧异起来。退朝后,立召文祥入见,问前次谕旨,已将奕䜣革去亲王,何故翎顶照常?文祥无可辩说,只推在西太后一人身上。奏称"圣母闻知,饬收成命,所以恭王爷爵衔照旧。"同治帝怒道:"朕既亲政,你等须遵朕谕旨,难道知有母后,不知有朕么?"随将文祥斥骂一顿,叱令滚出,立刻提起朱笔,写了数行,令内侍张示王大臣道:

传谕在廷诸王大臣等,朕自去岁正月二十六日亲政以来,每逢召对恭亲王时,语言之间,诸多失仪,着革去亲王世袭罔替,降为郡王,仍在军机大臣上行走。并革去载澂贝勒郡王衔,以示薄惩。

这谕才行宣布,不到数时。西太后处,已由奕䜣、文祥二人,进去泣诉。当蒙西太后劝慰,令他退出,即传同治帝入内,严词训责,令给还恭王父子爵衔。气得同治帝哑口无言,只好出命内阁,于次日再行降旨道:

朕奉慈安端裕康庆皇太后,慈禧端祐康颐皇太后懿旨,昨经降旨,将恭亲王革去亲王世袭罔替，降为郡王，并载激革去贝勒郡王衔，在恭亲王于召对时，言语失仪，原为咎有应得，惟念该亲王自辅政以来，不无劳勚足录，着加恩赏还亲王，世袭罔替。载激贝勒郡王衔，一并赏还。该亲王仰体朝廷训诫之意，嗣后益加儆慎，宏济艰难，用副委任！钦此。

自有这番手续，同治帝连日怏怏。文喜、桂宝二人，又想出法子，导同治帝微行，为这一着，要把十三年的青春皇帝，断送在他两人手中了。

京师内南城一带，向是娼寮聚居的地方，酒地花天，金吾不禁，同治帝听了文喜、桂宝的说话，带了两人，微服出游，到了秦楼楚馆，尝试温柔滋味，与宫中大不相同。满眼娇娃，个个妖艳，眉挑目语，无非卖弄风骚，浅透轻鬈，随处生人怜惜。开琼筵以坐花，飞羽觞而醉月。灯红酒绿，玉软香温。既而玉山半颓，海棠欲睡，罗襦半解，芳泽先融，衣扣轻松，柔情欲醉。描不尽的媚态，说不完的绸缪，倒凤颠鸾，为问汉宫谁似？尤云殢雨，错疑神女相逢。从此巫峰遍历，帝泽皆春，愿此生长老是乡，除斯地都非乐境。春光漏泄，谏草上呈，当时内务府中，有一个忠心为主的满员，名叫桂庆，因帝少年好色，恐不永年，请将蛊惑的内侍，一并驱逐。至若祸首罪魁，应立诛无赦。且请皇太后保护圣躬，毋令沉溺。真是语语剀切，言言沉挚。同治帝原有厌闻，西太后恰也不怪。桂庆即辞职回籍。嗣是同治帝每夕出游，追欢取乐。到了次晨，王大臣齐集朝房，御驾尚未返阙。恭亲王以下，统已闻知，因鉴前时圆明园事情，不敢犯颜直谏，只暗中略报西太后，西太后恰也训戒数次。嗣因同治帝置诸不闻，忤了慈容，索性任他游荡，惟朝廷大事，叫恭亲王等格外留心。同治帝越加写意，适西太后四旬万寿，总算在宫中住了两天，照例庆贺。

是年没甚要政，只与中国通商的日本国，有小田县民，及琉球国渔人，航行海外，遇风漂至台湾，被生番劫杀。日本遣使诘责，清廷答称生番列在化外，向未过问。日本遂派中将西乡从道，率兵至台，攻击生番。闽省船政大臣沈葆桢，及藩司藩蔚，往台查办，又说台湾系中国属地，日本不得称兵。西乡从道那里肯允，且言琉球是他保护国，所有被杀的渔人，统要中国赔价。葆桢遂函商直督李鸿章，令奏拨十三营，赴台防边。日本见台防渐固，又遣专使大久保利通至京，与总理衙门交涉。当由英使威妥玛居间调停，令中国出抚恤银十万两，军费赔款银四十万两，才算了事，日兵乃退出台湾。其实琉球亦是中国藩属，并非日本保护国，清廷办理外交的大员，单叫台湾没有日兵，便是侥幸万分，那里还要去问琉球？

同治帝一意寻花，连什么台湾，什么琉球，一概不管。朝朝暮暮，我我卿卿，不意乐极悲生，受了淫毒，起初还可支持，延到十月，连头面上都发现出来。宫廷里面，盛称皇上生了天花，真也奇怪，御医未识受病的缘由，只将不痛不痒的药味，搪塞过去，因此蕴毒愈深，受病愈重。十一月初，御体竟不能动弹。冬至祀天，遣醇亲王奕𫍷恭代行礼；所有内外各衙门章奏，都呈两宫皇太后披览裁定。王大臣等，总道是皇上染上痘症，没有什么利害，况且年未弱冠，血气方刚，也不至禁受不起，大家不过循例请安，断不料变生意外，帝疾竟至大渐，至十二月初五日，崩于养心殿东暖阁。慈禧太后飞调李鸿章淮军入都，自己与慈安太后，同御养心殿，立传惇亲王奕誴、恭亲王奕䜣，孚郡王奕譓、惠郡王奕详、贝勒载治、载澂，一等公奕谟，御前大臣伯彦讷、谟枯，军机大臣宝鋆、沈桂芬、李鸿藻，总管内务府大臣英桂、崇纶、魁龄、荣禄、明善、桂宝、文锡，弘德殿行走徐桐、翁同和、王庆祺，南书房行走黄钰、潘祖荫、孙贻经、徐郙、张家骧等入见。亲王以下，尚未悉皇帝宾天情事，但见宫门内外，侍卫森列，宫中一带，又是排满太监，布置严密，大异往日状态，不禁个个惊讶；行至养心殿内，两宫太后已对面坐定，略带愁惨面色。王大臣等不暇细想，各按班次请安，跪聆慈训。慈禧后先开口道："皇上病势，看来要不起了，闻皇后虽已有孕，不知是男是女，亦不知何日诞生，应预先议立皇嗣，免得临时局促。"诸王大臣叩头道："皇上春秋鼎盛，即有不豫，自能渐渐康泰，皇嗣一节，似可缓议。"慈禧后道："我也不妨实告，皇帝今日已晏驾了。"这语一传，王大臣等哭又不好，不哭又不好，有几个忍不住泪，似乎要垂下来形状。慈禧后道："此处非哭临地方，须速决嗣主为要。"诸王大臣不敢发议，只有恭王奕䜣，仗着老成，便抗言道："皇后诞生之期，想亦不远，不如秘不发丧。如生皇子，自当嗣立，如所生为女，再议立新帝未迟。"慈禧后大声道："国不可一日无君，何能长守秘密？一经发觉，恐转要动摇国本了。"军机大臣李鸿藻、弘德殿行走徐桐，南书房行走潘祖荫，都叩头道："太后明见，臣等不胜钦佩。"慈安太后又插口道："据我意见，恭亲王的儿子，可以入承大统。"恭王闻言，连称不敢，随奏道："按照承袭次序，应立溥伦为大行皇帝嗣子。"慈禧后又不以为然，便道："溥伦族系，究竟太远，不应嗣立。"原来溥伦系继宣宗长子奕纬，血统上稍差一层，所以被慈禧后驳去。恭王尚要启奏，慈禧后毕竟机警，便对慈安后道："据我看来，醇王奕𫍷子载湉可以继立，应即决定，不可耽延时候。"恭王心中很不赞成，即向奕𫍷道："立长一层，好全然不顾么？"奕𫍷便叩头力辞，慈禧后道："可由王大臣投票为定。"慈安太后没有异言，当由慈禧后命众人起立，记名投票。投讫发阅，只醇王等投溥伦，有三人投恭王子，其余皆如慈禧意，投醇王子，于是大位遂决。看官！你道慈禧太后，何故定要立醇王子？第一层意思，是立了溥字辈为嗣，便是入继同治帝，同治帝有了嗣子，同治后将尊为太后，自己反退处无权，因此决意不愿；第二层意思，醇王福晋，便是慈禧后的妹子，慈禧入宫，作为媒妁，他想亲上加亲，必无他虞。兼且醇王子年仅四龄，不能亲政，自己可以重执大权，所以不顾公论，独断独行。众大臣竭力逢迎，才成了这样局面。这时候已当夜间九句钟，狂风怒号，沙土飞扬，天气极冷，慈禧后即派兵一队，往西城醇王邸中，迎载湉入宫，又派恭亲王留守东暖阁，宫内外统用禁旅严卫，督队的便是步军统领荣禄。随即颁布遗诏道：

> 朕蒙皇考文宗显皇帝复育隆恩，付畀神器，冲龄践阼，仰蒙两宫皇太后垂帘听政，宵旰忧劳，嗣奉懿旨，命朕亲裁大政，仰惟列圣家法，一以敬天法祖，勤政爱民为本，自维薄德，敢不朝乾夕惕，惟日孜孜。十余年来，禀承懿训，勤求上理，虽幸官军所至，粤捻各逆，次第削平，滇黔关陇，苗匪回匪，分别剿抚，俱臻立靖。而兵燹之余，吾民疮痍未复，每一念及，寤寐难安。各值省遇有水旱偏灾，凡疆臣请蠲请赈，无不立沛恩施。深宫兢惕之怀，当为中外臣民所共见。朕体气素强，本年十一月适出天花，加意调护，及逾日以来，元气日亏，以致弥留不起，岂非天乎？顾念统绪至重，亟宜传付得人，兹钦奉两宫皇太后懿旨，醇亲王之子载湉，着承继文宗显皇帝为子，入承大统为嗣皇帝。嗣皇帝仁孝聪明，必胜钦承付托。天生民而立之君，使司牧之，惟日矢忧勤惕厉，于以知人安民，永保我丕丕基。并孝养两宫皇太后，仰慰慈怀，兼愿中外文武臣僚，共矢公忠。各勤厥职，用辅嗣皇帝郅隆之治，则朕怀藉慰矣。丧服仍依旧制，二十七日而除。布告天下，咸使闻知！

同治帝崩，年只十有九岁。新皇载湉入嗣文宗，尊谥同治帝为穆宗，封皇后阿鲁特氏为嘉顺皇后，改元光绪，即以明年为光绪元年，是谓德宗。当下诸王大臣，希旨承颜，奏请两宫皇太后重行训政。慈安太后颇觉讨厌，并不免有三分伤感。独慈禧太后，因同治帝不肯顺从，时常怀恨，此时重出训政，颇慰初念，倒也没甚悲痛。所最伤心的，莫如同治皇后，入正中宫，只有两年，突遭大丧，折鸾离凤，已是可惨；还有慈禧太后，对着她很不满意。这番立嗣，非但不令他预闻，而且口口声声，骂她狐媚子，狐媚子，他哭的凄惨一点，越触动慈禧太后恶感。戟指骂道："狐媚子！你媚死我儿子，一心思想做皇太后！哼哼！象你这种人，想做太后，除非海枯石烂，方轮到你身上。"这番言语，已是令人难堪。嗣复下了一道懿旨，内称大行皇帝无嗣，俟嗣皇帝后生皇子，即承继大行皇帝之子，这正是断绝皇后希望。当时嗣皇改元，两宫训政，盈廷庆贺，热闹得很。只同治后独坐深宫，凄凉万状，暗想腹中怀妊，未识男女，即使生男，亦属无益，索性图个自尽，还是完名全节。主意已定，只望见父一面，与他诀别。巧值宫中赐宴，承恩公崇绮亦在其内，宴毕，顺道入视。父女相持大哭，到临别的时光，皇后只说了一声，儿本薄命，望父亲不必记念。次晨，宫内即传出皇后凶信，满廷臣工，很是惊异，大臣不言，小臣却忍耐不住，呈上谏章，第一个是内阁侍读学士广安奏道：

　　窃惟立继之大权，操之君上，非臣下所得妄预。若事已完善，而理当稍为变通者，又非臣下所可缄默也。大行皇帝，冲龄御极，蒙两宫皇太后垂帘励治，十有三载，天下底定，海内臣民，方得享太平之福，讵意大行皇帝，皇嗣未举，一旦龙驭上宾？凡食毛践土者，莫不吁天呼地。幸赖两宫太后，坤维正位，择继咸宜，以我皇上承继文宗显皇帝为子，并钦奉懿旨，俟皇帝生有皇子，即承继大行皇帝为嗣，仰见两宫皇太后宸衷经营，承家原为承国，圣算悠远，立子即是立孙。不惟大行皇帝得有皇子，即大行皇帝统绪，亦得相承勿替。计之万全，无过于此。惟是奴才尝读宋史，不能无感焉。宋太后遵杜太后之命，传弟而不传子，厥后太宗偶因赵普一言，传子竟未传侄，是废母后成命，遂起无穷驳斥。使当日后以诏命铸成铁券，如九鼎泰山，万无转移之理，赵普安得一言间之？然则立继大计，成于一时，尤贵定于一代。况我朝仁让开基，家风未远，圣圣相承，夫复何虑。我皇上将来生有皇子，自必承继大行皇帝为嗣，接承统绪，第恐事久年湮，或有以普言引用，岂不负两宫太后贻孙谋之至意？奴才受恩深重，不敢不言，请饬下王公大学士六部九卿会议，颁立铁券，用作奕世良谟。谨奏。

　　这扁奏牍，言人所不敢言，满员以内，好算得庸中佼佼、铁中铮铮了。偏偏懿旨说他冒昧渎陈，殊甚诧异，着即申饬。于是王公以下，乐得做了仗马寒蝉，那个还敢多嘴？同治帝的丧礼，还算照着旧制，勉强敷衍，同治后的丧礼，简直是草草了事，不过加了孝哲二字的谥法，掩饰人间耳目。光绪四年，葬穆宗毅皇帝孝哲毅皇后于惠陵，大小臣工，照例扈送。有一个小小京官，满腔不平，欲言不可，不言又不忍，他竟抱了尸谏的意见，殉义于惠陵附近的马神桥，上了一本遗折，比广安所奏，尤为痛切。正是：

　　　　古道犹存，臣心不死；效节史鱼，直哉知矢！

　　未知折中有何言论，尸谏的究是何人，且待下回再叙。

　　同治帝之崩，相传为游荡所致，天花之毒，明系饰言，作者固非诬毁。但慈禧后为同治帝生母，不应以帝稍忤颜，遂成间隙！寻常民家，母子不和，犹关家计，况帝室乎？且纵帝游荡，酿成淫毒，得疾以后，又不慎重爱护，以致深沉不起。母子之间，殊不能无遗憾焉。若光绪帝之立，种种原因，备见书中，无非为慈禧一人私意。嘉顺皇后，由此自尽。"昭阳从古谁身殉，彤史应居第一流。"我为嘉顺哭，犹为嘉顺幸，而慈禧之手段，于此益见。吕、武以后，应推此人。

第八十回

吴侍御尸谏效忠　曾星使功成改约

却说当时尸谏的忠臣，乃是甘肃皋兰人吴可读。可读旧为御史，因劾奏乌鲁木齐提督成禄，遭谴落职，光绪帝即位，起用可读，补了吏部主事。因见帝后迭丧，后嗣虚悬，早思直言奏请，但是广安一奏，犹且被斥，自己本是汉人，又系末秩微员。若欲奏陈大义，必遭严谴；且吏部堂官，也必不肯代奏，于是以死相要，将遗折呈交堂官。堂官谅他苦心，没奈何替他代奏，当由两宫太后展阅道：

奏为以一死泣请懿旨，预定大统之归，以毕今生忠爱事。窃罪臣闻治国不讳乱，安国不忘危，危乱而可讳可忘，则进苦口于尧舜，为无疾之呻吟，陈隐患于圣明，为不祥之举动。罪臣前因言事愤激，自甘或斩或囚，经王大臣会议，奏请传旨质讯，乃蒙先皇帝曲赐矜全，既免臣于以斩而死，复免臣于以囚而死，又复免臣于以传讯而触忌触怒而死。犯三死而未死，不求生而再生，则今日罪臣未尽之余年，皆我先皇帝数年前所赐也。乃天崩地坼，忽遭十三年十二月初五日之变，钦奉两宫皇太后懿旨，大行皇帝龙驭上宾，未有储贰，不得已以醇亲王之子，承继文宗显皇帝之子，入承大统，为嗣皇帝，俟嗣皇帝生有皇子，即承继大行皇帝为嗣。罪臣涕泣跪诵，反复思维，以为两宫皇太后，一误再误，为文宗显皇帝立子，不为我大行皇帝立嗣。既不为我大行皇帝立嗣。则今日嗣皇帝所承大统，乃奉我两宫皇太后之命，受之于文宗显皇帝，非受之于我大行皇帝也。而将来大统之承，亦未奉有明文，必归之承继之子，即谓懿旨内既有承继为嗣一语，则大统之仍归继子，自不待言。罪臣窃以为未然。自古拥立推戴之际，为臣子所难言，我朝二百余年，祖宗家法，子以传子，骨肉之间，万世应无间然，况醇王公忠体国，中外翕然，称为贤王，王闻臣有此奏，未必不怒臣之妄，而怜臣之愚，必不以臣言为开离间之端。而我皇上仁孝性成，承我两宫皇太后授以宝位，将来千秋万岁时，均能以我两宫皇太后今日之心为心。而在廷之忠佞不齐，即众论之异同不一，以宋初宰相赵普之贤，犹有首背杜太后之事，以前明大学士王直之为国家旧人，犹以黄竑请立景帝太子一疏，出于蛮夷，而不出于我辈为愧。贤者如此，遑问不肖？旧人如此，奚责新进？名位已定者如此，况在未定，不得已于一误再误中，而求归于不误之策，惟仰祈我两宫皇太后再行明白降一谕旨，将来大统，仍归承继大行皇帝嗣子，嗣皇帝虽百斯男，中外及左右臣工，均不得以异言进。正名定分，预绝纷纭，如此则犹是本朝祖宗来子以传子之家法。而我大行皇帝，未有子而有子；即我两宫皇太后，未有孙而有孙。异日绳绳缉缉，相引于万代者，皆我两宫皇太后所自出，而不可移易者也。罪臣所谓一误再误，而终归于不误者此也。彼时罪臣即以此意拟成一折，呈由都察院转递，继思罪臣业经降调，不得越职言事。且此何等事？此何等言？出之大臣重臣亲臣，则为深谋远虑，出之小臣疏臣远臣，则为轻议妄言。又思在廷诸臣忠道最著者，未必即以此事为可缓，言亦无益而置之，故罪臣且留以有待。洎罪臣以查办废员内，蒙恩圈出引见，奉旨以主事特用，仍复选授吏部，迄来又已五六年矣。此五六年中，环顾在廷诸臣，仍未念及于此者。今逢我大行皇帝永远奉安山陵，恐遂渐久渐忘，则罪臣昔日所留以有待者，今则迫不及待矣。仰鼎湖之仙驾，瞻恋九重；望弓剑于桥山，魂依尺帛。谨以我先皇帝所赐余年，为我先皇帝上乞懿旨于我两宫皇太后之前。惟是临命之身，神志瞀乱，折中词意，未克详明，引用率多遗忘，不及前此未上一折一二，缮写又不能庄正。罪臣本无古人学问，岂能似古人从容？昔有赴死而行不成步者，人曰："子惧乎？"曰："惧。"曰："既惧何不归？"曰："惧吾私也，死，吾公也。"罪臣今日亦犹是。鸟之将死，其鸣也哀；人之将死，其言也善。罪臣岂敢比曾参之贤？即死，其言亦未必善。惟望我两宫皇太后我皇上，怜其哀鸣，勿以为无疾之呻吟，不祥之举动，则罪臣虽死无憾。宋臣有言："凡事言于未然，诚为太过；及其已然，则又无所及，言之何益？可使朝廷受未然之言，不可使臣等有无及之悔。"今罪臣诚愿异日臣言之不验，使天下后世笑臣愚，不愿异日臣言之或验，使天下后世谓臣明。等杜牧之罪言，虽逾职分，效史鳔之尸谏，只尽愚忠。罪臣尤愿我两宫皇太后我皇上，体圣祖世宗之心，调剂宽猛，养忠厚和平之福，任用老成，毋争外国之所独争，为中华留不尽！毋创祖宗之所未创，为子孙留有余！罪臣言毕于斯，愿毕于斯，命毕于斯。再罪臣曾任御史，故敢昧死具折，又以今职不能专达，恳由臣部堂官代为上达。罪臣前以臣衙门所派随同行礼司员内，未经派及罪臣，是以罪臣再四面求臣部堂官大学士宝鋆，始添派而来。罪臣之死，为宝鋆所不及料，想宝鋆并无不应派而误派之咎。时当盛世，岂容有疑于古来殉葬不情之事？特以我先皇帝龙驭，永归天上，普天同泣，故不禁哀痛迫切，谨以大统所系，贡陈缕缕，自称罪臣以闻。

两宫皇太后阅毕，慈禧太后心中很是不乐，外面恰装出一种坦适样子，向慈安太后道："这人未免饶舌，前已明降谕旨，嗣皇帝生有皇子，即承继大行皇帝为嗣，还要他说什么？"慈安太后道："一个小小主事，敢发这般议论，且宁死不讳，总算难得！"慈禧后歇了半晌，方道："且着王大臣等会同妥议，可好么？"慈安后应了声好，遂命内阁拟旨，着将吴可读原折，交廷臣会议。王大臣等合议许久，多以清代家法，自雍正后，建储大典，未尝明定，此次若从可读奏请：明定继统，即与建储没甚分别，未免有违祖制。又因可读尸谏，确是效忠清室，一概辩驳，心中亦属难安。当下公拟了一番模糊影响的言语，复奏上去。嗣后徐桐、翁同和、潘祖荫三人。又联衔上了一折，宝廷、张之洞且各奏一本，两宫太后参酌众议，随懿旨道：

> 前于同治十三年十二月初五日降旨，俟嗣皇帝生有皇子，即承继大行皇帝为嗣，原以将来继统有人，可慰天下臣民之望。第我朝圣圣相承，皆未明定储位，彝训昭垂，允宜万世遵守。是以前降谕旨，未将继统一节宣示，具有深意。吴可读所请颁定大统之还，实与本朝家法不合。皇帝受穆宗毅皇帝付托之重，将来诞生皇子，自能慎选元良，缵承统绪，其继大统者，为穆宗毅皇帝嗣子，守祖宗之成宪，示天下以无私，皇帝亦必能善体此意也。所有吴可读原奏，及王大臣等会议折，徐桐、翁同和、潘祖荫联衔折，宝廷、张之洞各一折，并闰三月十七日及本日谕旨，均着另录一份，存毓庆宫。至吴可读以死建言，孤忠可悯，着交部照五品官例议恤！钦此。

此旨一下，同治帝一生事情，化作烟云四散，吴可读慷慨捐躯，也不过留个名儿罢了。

驹光如驶，倏忽间已是光绪五年，琉球国被日本灭掉，改名冲绳县。这信传到中国，总理衙门的人员，才记得琉球是我属国，与日本交涉。日本简直不理，只好作为罢论。忽又接到伊犁交涉消息，好大喜功的左宗棠，决意主战，于是总署诸公，又有一番绝大的忙碌。先是陕回叛酋白彦虎，出走西域，依附安集延酋阿古柏，安集延系浩罕东城，阿古柏即安集延城主。他因回疆蠢动，中国政府专剿粤捻，无暇西略，遂乘机攻入，踞了喀什噶尔，胁服回徒，自称毕调勒特汗。清廷以时艰饷绌，拟暂弃关外地，独左宗棠已平陕甘，决计进兵。借了华洋商款，充作军饷。光绪二年，督办新疆军务，自驻肃州调度，令都统金顺、提督张曜，率兵驻哈密，京卿刘锦棠，及提督谭上连、谭拔萃、余虎恩等，分道进攻，连败阿古柏兵，克复乌鲁木齐及附近各城，北路略定。到光绪四年，刘锦棠军自北趋南，张曜军自西趋东，夹击阿古柏。阿古柏想走回安集延，奈浩罕全国，统被俄罗斯占夺，欲归无路，仰药而亡。只阿古柏长子伯克胡里，尚据英吉沙尔、喀什噶尔、叶尔羌、和阗四城，白彦虎又窜往依附。适遇锦棠等进剿,胡里不能抵敌,偕白彦虎遁入俄境,南路亦平。左宗棠晋封二等侯,刘锦棠加封二等男,随征将士,统邀奖叙。

只新疆西北有伊犁城,地味饶沃,俄人乘乱进来,把伊犁占去,阳称帮中国暂时保管。至回乱已平,清政府欲索回伊犁,遂派吏部侍郎崇厚,出使俄国,畀他全权,商办伊犁事宜。这位崇钦使素来胆怯,天津教案,已见过他的伎俩,清廷还认是专对能手,要他前去办理这案。列位试想,如虎如狼的俄国能他一点便宜么?果然双方开议,俄人要索很奢,崇钦使不能答辩,格外迁就,订了十八条约章,只归还伊犁一城,西境的霍尔果斯河左岸,及南境的帖克斯河上流两岸,都要割让俄人,还要中国给偿俄银五百万卢布;而且增开口岸,添设领事,凡勘界行轮运货免税等条件,统是夺我权利。崇钦使不问政府,仗着全权行事的招牌,竟骤然决然的签定了押,咨报总理衙门。王大臣等把约文细阅,统说是不便照行,当下有一班意气嚣凌、文采焕发的言官,洋洋洒洒挥成千万言,奏闻两宫。你主调兵,我主调将,都要与俄开战。最利害的,是请诛崇厚,仿佛是崇厚一诛,俄人即可吓倒。两宫太后大为感动,令总署驳斥原约,将崇厚褫职逮问,一面垂询左宗棠和战情形。宗棠慷慨激昂,上了一篇奏章,好似苏东坡万言书。小子笔不胜录,只录他后半篇道:

> 察俄人欲据伊犁为外府,为占地自广,借以养兵之计。久假不归,布置已有成局。我索旧土,俄取兵费巨资,于俄无损而有益。我得伊犁,只剩一片荒郊,北境一二百里间,皆俄属部,孤注万里,何以图存?况此次崇厚所议第七款,接收伊犁后,霍尔果斯河及伊犁山南之帖克斯河归俄属,无论两处地名,中国图说所无,尚待详考,但就方向而言,是划伊犁西南之地归俄也。自此伊犁四面,俄部环居,官军接收,堕其度内,固不能一朝居耳。虽得必失,庸有悖乎?武事不竞之秋,有划地求和者矣。兹一矢未闻加遗,及遽议捐弃要地,餍其所欲,譬犹投犬以骨,骨尽而噬仍不止,目前之患既然,异日之忧何极?此可为叹息痛恨者矣!金顺锡纶,拟缓收伊犁,而以沿边喀什噶尔、乌什、精河、塔尔巴哈台四城,宜足兵力,浚饷源,广屯田,坚城堡,先实边备,自非无见。惟伊犁沿边无定议,谋新疆者非合南北两路通筹不可。现在伊犁界务未定,则收还一节,自可从缓计议。喀什噶尔、乌什,规划已周,毋庸再议,其塔尔巴哈台,精河,急须加意绸缪,应由金顺锡纶,自行陈奏请旨外,所有崇厚定议画押十八款内偿费一节,业经奉有谕旨。第八款所称塔城界址,拟稍改,照同治三年界址,尚只电报,应俟崇厚奏到再议。第十款于旧约喀什噶尔、库伦设领事官外,复议增设嘉峪关、乌里雅苏台、科布多、哈密、吐鲁番、乌鲁木齐、古城七处。十四款并有俄商运俄货,走张家口、嘉峪关,赴天津、汉口,过通州、西安、汉

中,运土货回国,均经总理衙门奏奉谕旨接驳外,第二款中国允即恩赦居民,业经遵旨照办,被贼官截阻赉示委员,不准张贴。第三款伊犁民人迁居俄国,入籍者准照俄人看待,意在胁诱伊犁民人归俄,而以空城贻我,与阻截赉示委员,同一用心。第四款俄人在伊犁,准照管旧业,虽伊犁交还,中外商民杂处,无界限可分,是包藏祸心,预为再据之计。至商务允其多设口岸,不独夺华商生理,且以启蚕食之机。总理衙门原奏,筹虑深远,实已纤细毕周。谕旨允行,则实受其害,先允后翻,则曲仍在我,应设法挽回,以维全局。窃维邦交之道,论理亦论势,本山川为疆索,界画一定,截然而不可逾。彼此信义相持,垂诸久远者理也,至争城争地,不以玉帛而以兴戎,彼此强弱之分,则在势而不在理。所谓势者,合天时人事言之,非仅直为壮而曲为老也。俄据伊犁,在咸丰十年、同治三年定界之后,旧附中国与中国民人杂处各部落,被其胁诱,俄官即视为所属,藉以肆其凭陵。俄之取浩罕三部也,安集延未为所并,其酋阿古柏畏俄之逼,率其部众,陷我南疆,我复南疆,阿古柏死,逆子窜入俄境。俄乃认安集延为其所属,欲藉为侵占回疆腹地之根,现冒称喀什噶尔住居之俄属,本随帕夏而来之安集延余众。俄之无端冒为己属,实与交还伊犁,仍留复据地步,同一居心。观其交还伊犁,而仍索南境西境属俄,其诡谋岂仅在数百里土地哉?界务之必不可许者此也。俄商志在贸易,本无异图,俄官则欲藉此为通西于中之计,其蓄谋甚深,非仅若西洋各国,只争口岸可比。就商务言之,俄之初意,只在嘉峪关一处,此次乃议及关内,并议及秦蜀楚等处,非不知运脚繁重,无利可图,盖欲藉通商便其深入腹地,纵横自恣,我无从禁制耳。嘉峪关设领事,容尚可行,至喀什噶尔通商一节,同治三年虽约试办,迄未举行,此次界务未定,姑从缓议;而乌里雅苏台、科布多、哈密、吐鲁番、乌鲁木齐、古城等处,广设领事,欲因商务蔓及地方,化中为俄,断不可许。此商务之宜设法挽回者也。此外俄人容纳叛逆白彦虎一节,崇厚曾否与之理论,无从悬揣,应俟其复命时,请旨确询,以凭核议。臣维俄人自占据伊犁以来,包藏祸心,为日已久;始以官军势弱,欲诳荣全入伊犁,陷之以为质,继见官军势强,难容久据,乃藉词各案未结以缓之。此次崇厚全权出使,俄臣布策,先以巽词餂之,枝词惑之,复多方迫促以要之,其意盖以俄于中国,未尝肇启战端,可间势中国主战者之口。又忖中国近或厌兵,未便即与决裂,以开边畔,而崇厚全权出使,便宜行事,又可牵制疆臣,免生异议。是臣今日所披沥上陈者,或尚不在俄人意料之中。当此时事纷纭,主忧臣辱之时,苟心知其危,而复依违其间,欺幽独以负朝廷,耽便安而误大局,臣具有天良,岂宜出此?就事势次第而言,先之以议论委婉而用机,

· 458 ·

次决之战阵坚忍而求胜，臣虽衰庸无似，敢不勉旃！

两宫太后依议，特遣世袭毅勇侯出使英法大臣大理寺少卿曾纪泽，使俄改约，并命整顿江海边防，北洋大臣李鸿章筹备战舰；山西巡抚曾国荃，调守辽东，派刘锦棠帮办西域军务，加吴大澂三品卿衔，令赴吉林督办防务，饬彭玉麟操练长江水师，起用刘铭传、鲍超一班良将，内外忙个不了。俄国亦派军舰来华，游弋海上，险些儿要开战仗，亏得曾袭侯足智多谋，能言善辩，与俄国外部大臣布策，反复辩难，弄得布策无词可答，只是执着原约，不肯多改。巧值俄皇被刺，亲主登基，令布策和平交涉，布策始不敢坚持原议。两边重复开谈，足足议了好几个月，方才妥洽，计改前约共七条：

一　归还伊犁南境。

二　喀什噶尔界务，不据崇厚所定之界。

三　塔尔巴哈台界务，照原约修改。

四　嘉峪关通商，照天津条约办理，西安汉中及汉口字样，均删去。

五　废松花江行船至伯都讷专条。

六　仅许于吐鲁番增一领事，其余缓议。

七　俄商至新疆贸易，改均不纳税为暂不纳税。此外添续卢布四百万元。

签约的时候，已是光绪七年，虽新疆西北的边境，不能尽行归还，然把崇厚议定原约改了一半，也总算国家洪福，使臣材具了。沿江沿海，一律解严，改新疆为行省，依旧是升平世界，浩荡乾坤。王大臣等方逍遥自在，享此庸庸厚福，不意宫内复传出一个凶耗，说是慈安太后骤崩，小子曾有诗咏慈安后云：

牝鸡本是戒司晨，和德宜仁誉亦真。

十数年来同训政，慈安遗泽尚如春。

这耗一传，王大臣很是惊愕，毕竟慈安太后如何骤崩，且至下回分解。

本回录两大奏折，为晚清历史上生色。吴说似迂，左议近夸，但得吴可读之一疏，见朝廷尚有效死敢谏之臣工，得左宗棠之一折，见疆臣尚有老成更事之将帅。光绪初年之清平，幸赖有此。或谓吴之争嗣，何裨大局？俄许改约，全恃曾袭侯口舌之力，于左无与？不知千人诺诺，不如一士谔谔，盈廷谐媚，而独得吴主事之力谏，风厉一世，岂不足令人起敬乎？外交以兵力为后盾，微左公之预筹战备，隐摄强俄，虽如曾袭侯之善于应对，能折冲樽俎乎？直臣亡，老成谢，清于是衰且亡矣。人才之不可少也，固如此夫！

第八十一回

朝日生嫌酿成交涉　中法开衅大起战争

　　却说慈安太后的崩逝，很是一桩异事。为什么是异事呢？慈安太后未崩时，京师忽传慈禧病重，服药无效，诏各省督抚进良医，直督李鸿章，江督刘坤一、鄂督李瀚章，都把有名的医生，保荐进去。慈禧一病数月，慈安后独视朝，临崩这一日早晨，尚召见恭亲王奕䜣、大学士左宗棠、尚书王文韶、协办大学士李鸿藻等，慈容和怡，毫无病态，不过两颊微赤罢了。恭亲王等退朝后，约至傍晚，内廷忽传慈安后崩，命枢府诸人速进，王大臣等很为诧异，都说："向例帝后有疾，宣召御医，先诏军机大臣知悉，所有医方药剂，都命军机检视，此次毫无影响，且去退朝时候，止五小时，如何有此暴变？"但宫中大事，未便揣测，只好遵旨进去。一进了宫，见慈安后已经小殓，慈禧后坐矮凳上，并不象久病形状，只淡淡的说道："东太后向没有病，近日亦未见动静，忽然崩逝，真是出人意外。"众王大臣等，不好多嘴，惟有顿首仰慰。左宗棠意中不平，颇思启奏，只听慈禧后传谕道："人死不能再生，你等快出去商议后事！"于是左宗棠亦默默无语，偕王大臣等出宫；暗想后妃薨逝，照例须传戚属入内瞻视，方才小殓，这回偏不循故例，更觉可怪。奈满廷统是唯唯诺诺，单仗自己一片热诚，也是无济于事，因此作为罢论。

　　天下事若要不知，除非莫为。相传光绪帝幼时，亦喜欢与慈安后亲近，仿佛当日的同治帝，慈禧后已滋不悦。到光绪六年，往东陵致祭，慈安太后，以咸丰帝在日，慈禧后尚为妃嫔，不应与自己并列，因令慈禧退后一点。慈禧不允，几至相争，转想在皇陵旁争论，很不雅观，且要招衮渎不敬的讥议，不得已忍气吞声，权为退后；回到宫中越想越气，暗想前次杀小安子，都是恭王怂恿，东后赞同，这番恐又是他煽动，擒贼先擒王，除了东后，还怕什么奕䜣？只有一事不易处置，须先斟酌，方好下手。看官！你道是什么事情？咸丰帝在热河，临危时，曾密书朱谕一纸，授咬慈安后。略说，"那拉贵妃如恃子为帝，骄纵不法，可即按祖制处治。"后来慈安后取示慈禧，令他警戒一二。慈禧后虽是刚强，不敢专恣，还是为此。东陵祭后，他想消灭遗旨，正苦没法，巧遇慈安后稍有感冒，太医进方，没甚效验，过了数日，不药而愈。慈安后遂语慈禧，说服药实是无益。慈禧微笑，慈安不觉暗异。忽见慈禧左臂缠帛，便问他何故？慈禧道："前日见太后不适，进参汁时，曾割臂肉片同煎，聊尽微忱。"慈安闻了此言，大为感动，竟取出先帝密谕，对他焚毁，隐示报德的意思，其实正中了慈禧的隐谋。一着得手，两着又来。慈安后竟致暴崩，谣言说是中毒，小子姑就轶闻，略略照叙，也不知是真是假。只慈禧后并不持服。乃是实事。

话休絮述，且说慈安后已崩，国家政治，都由慈禧太后一人专主，不必疑忌。慈禧至此，方觉得心满意足，任所欲为。国丧期未满，奉安未届，暂命恭王奕䜣等照常办事。越年，慈安太后合葬东陵，加谥孝贞，生荣死哀，临时又有一番热闹。

葬礼才毕，东方的朝鲜国，忽生出一场乱事，酿成中日的交涉。原来朝鲜国王李熙，系由旁友嗣立，封生父李应罢为大院君，主持国柄。李熙年长，亲裁大政，大院君退处清闲，党羽亦渐渐失势。王妃闵氏，才貌兼全，为李熙所宠幸，闵族中倚着王妃的势力，次第用事，尽改大院君旧政。大院君素主保守，拒绝日本，闵族公卿，多主平和，与日本结江华条约，开元山津与仁川二口岸，给日本通商。朝鲜本中国藩属，总理衙门的大员，偏视为无足轻重，绝不过问。朝鲜恰暗生内讧，一班守旧派又请大院君出头，与闵族反对。时当光绪八年，朝鲜年饷缺乏，军士哗变，守旧派遂趁势作乱。扬言入清君侧，闯进京城，把朝上大臣及外交官，杀死了好几个，并杀入王宫，搜寻王妃，可巧闵妃闻风避匿，无从搜获，遂鼓噪至日本使馆，戕杀日本官吏数人。警报传至中国，署直隶总督张树声，亟调提督吴长庆等，率军入朝鲜，长庆颇有才干，到了汉城，阳说来助大院君。大院君信为真言，忙到清营会议。大鱼自来投网，正好被长庆拿住，立派干员，押解天津；还有百余个党首，亦由长庆捕获，尽置诸法。这时候日本亦发兵到来，见朝鲜已没有乱事，只得按住了兵，索偿人命。当下由长庆代作调人，令朝鲜赔款了事。日本还要屯兵开埠，朝鲜国王唯唯听从，自已与日本立约，才算了案。自后中日两国，各派兵驻扎朝鲜京城。大院君到天津后，由张树声请旨发落，奉旨李应罢着在保定安置。后来朝鲜又复闹事，比前次还要瞎噪，小子本好连类叙下，只中间隔了一场中法开衅的战史，依着年月日次序，只好将中法战史开场，表叙明白。

中法战衅，起自越南，越南王阮光缵，为故广南王阮福映所灭，仍认中国为宗主国，入贡受封。惟阮福映得国时，曾赖法教士帮助，借了法国兵士，灭掉阮光缵，原约得国以后，割让化南岛作为酬谢，且许通商自由。后来越南不尽遵约，且无故戕害教民，法人愤怒，遂派军舰至越南，破顺化府沿岸炮台，乘胜阑入，夺南方要口的西贡，并陷嘉定、边和、定祥三州。越南国王，无法可施，没奈何割地请和，这是咸丰年间事。同治初，复开兵衅，再订和约，又割永隆、安江、河仙诸州,界之法国,南圻尽为法据。法人得步进步,得尺进尺,不到几年,又说越南虐待教士,要求越南允他二事:第一条,要越南王公,信奉天主教,第二条,要在越南北圻的红河通航。两国尚未定约,法人已托词保商,派兵驻河内、海防等处。

是时越南有一个惯打不平的好汉,姓刘名永福,系广西上思州人氏,乃是太平国余党。他部下有数百悍卒,张着黑旗,叫黑旗军,或叫他黑旗长毛。刘永福素性豪爽,见越南被法所逼,以大欺小,很是无礼,遂带了黑旗兵,帮越南王抗拒法人。法将安邺,勾结越匪黄崇英,谋据全越,永福闻安邺屯兵河内,竟由间道绕赴,出其不意,攻破法兵,将法将安邺杀死。越南王闻报,一喜一惧,喜的刘永福战败法人,惧的是法人将来报复,于是再与法国议和,于同治末年,协订和约数条,大致认越南为独立国,令断绝他国关系,以及河内通商、红河通航等条件。一面檄刘永福罢兵,封为三宣副都督,管辖宣光、兴化、山西三省,越南暂就平静。

独越匪黄崇英尚出没越南北境,进窥南宁。两广总督刘长佑,率师巡边,边破崇英党羽,蹑崇英至河阳,一鼓擒住,并将他妻子一律骈诛。长佑奏凯入关,只留驻千人防边。光绪五年,越边又有吴终及苏咽汉等,倡乱狹民。越南王又求助清廷,清政府即命粤督刘长佑,再出越南,替他靖乱。长佑遂率提督冯子材,由龙州出发,旗开得胜,马到成功,不数月间,乱党已无影无踪了。越南王很为感激,怎奈法人得知此信,据约诘责,约章上是越南独立,既认与他国断绝关系,如何请清军代平乱事?越南王绝不答复。法国遣将李威利,进攻河内,黑旗军又来出头,一阵厮杀,非但将法人出败,直把李威利杀毙。法人大举入越,海陆并进,陷河内、南定、河阳等地,只山西一带,由刘永福扼守,不能攻入。法海军转趋顺化府,顺化系越南都城,守城兵统是饭桶,一些儿都没用,闻报法兵来攻,吓得魂飞天外,保着越南王出都避难。法兵遂入据越都,越南王再向法乞和,法人要越南降为保护国,且割让东京与法。越南王但求息事,不管好歹,竟允了法人的要约。

清廷接信大惊,飞檄驻法公使曾纪泽,与法交涉,不认法越条约;又令岑毓英调督云贵,出关督师,与刘永福协力防法;擢彭玉麟为兵部尚书,特授钦差大臣关防,驰驿赴粤;故山西巡抚曾国荃,赴署粤督,筹备军糈;东阁大学士两江总督左宗棠,督办军务,兼顾江防。一班老臣宿将,分地任事。廉将军犹能强饭,马伏波再出据鞍。劲气横秋,余威慑敌,法人倒也不敢暴动。差了舰长福禄诸等,直到天津,去访直督李鸿章,无非说些愿归和好等语,但越南总要归法保护。李鸿章既不照允,也不坚拒,只用了模棱两可的手段,对付外交。适粤关税司美国人德璀林,愿作毛遂,居间调停,竟与李鸿章订定五条草约,准将东京让法,清军一律撤回。惟法越改约,不得插入伤中国体面语。双方允议,鸿章当即奏闻,总理衙门的王大臣,也与李爵帅一般见识,总教体面不伤,管什么万里越南? 随即核准,批令鸿章签押。

这边玉帛雍容,方与法使互订和局,那边云南兵将,已进至谅山,尚未接到和好消息,法将突勒,亦入谅山驻扎。两下相遇,滇军磨拳擦掌,专待角斗,突勒亦不肯让步,顿时开了战仗,你开枪,我放炮,相持半日,法兵受了好多损失,向后退去。中国人向来自大,闻了这场捷音,个个主战,几乎有灭此朝食的气概,偏偏法人行文总署,硬索偿款一千万镑,总署不允,法愈增兵至越南,攻陷北宁。岑毓英退驻保胜,扼守红河上游,法复派军舰至南洋,袭攻台湾,把基隆夺去。幸亏故提督刘铭传,奉旨起复,督办台湾军务,他即兼程前进,到了台湾,以守为战,法人才不敢入犯,把基隆守住。

法提督孤拔,转入闽海,攻打马尾。马尾系闽海要口,驻守的大员,叫作张佩纶,佩纶是个白面生书,年少气盛,恃才傲物,本在朝上任内阁学士官职,谈锋犀利,没有赛得他过。讲起文事来,周召不过如此,讲起武备来,孙吴还要敬避三舍。清廷大加赏识,特简为福建船政大臣,会办海疆事宜。中外官僚,方说朝廷拔取真才,颂扬圣哲。合肥伯相李鸿章,也因他多才多艺,称赏不置。这张佩纶更睥睨不群,目空一切,既到福州,与总督何璟、巡抚张光栋会叙,高谈阔论,旁若无人,督抚等也莫名其妙。因闻他素负才名,谅来必有些学识,索性将全省军务,都推到佩纶身上。佩纶居然自任,毫不推辞;任事数月,并没有整顿军防,单是饮酒吟诗,围棋挟妓。有的说是名将风流,大都这样,有的说是文人狂态,徒有虚名。

这年秋季,在值法孤拔率舰而来,直达马江。海军将弁,闻风飞报,佩纶毫不在意,简直如没事一般。过了一宵,法舰仍在马江游弋,尚未驶入口内,那时张佩纶谈笑自若,反邀了几个好友,畅饮谈心,忽报管带张得胜求见,佩纶道:“我们喝酒要紧,不要进来瞎报!”才阅片刻,又报管带张成入谒,佩纶张开双目,向传报的军弁叱道:“我在此饮酒,你难道不晓得么? 为什么不挡住了他?”军弁道:“张管带说有紧急军情,定要面禀,所以不敢不报。”佩纶道:“有什么要事? 你去问来。”军弁去了半晌,回称法兵轮已驶入马尾,应预备抵敌,恳大人速谕机宜。佩纶冷笑道:“法人何从欲与我接仗,不过虚声恫吓,迫我讲和,我只按兵不动,示以镇定,法人自然会退去的。你去传谕张管带,叫他不要妄动便好。”军弁唯唯,刚欲退出,佩纶又叫他转来,便道:“你去与张管带说明,第一着是法舰入口,不准先行开炮,违令者以军法从事。”军弁又答应连声,自去通知张管带,佩纶仍安然痛饮,喝得酩酊大醉,兴尽席残,高朋尽散。佩纶一卧不醒,法舰已自进口,准备开炮轰击。中国兵轮,也有十多艘,船上管带，各着弁目走领军火，请发军令。不意佩纶尚在黑甜乡玩耍，似乎可高枕无忧的样子。门上因昨日碰了钉子，不敢通报，弁目只在门房伺候。那边兵轮内的管带，急切盼望，杳无回音，欲要架炮迎击，既无军令，又无弹丸，真正没法得很。约到巳牌时候，尚不见军令领到，法舰上已将大炮架起，红旗一招，炮弹接连飞来。中国兵轮里面，毫无防备，管带以下，急得脚忙手乱。不消一个时辰，已被击破四五艘，还有未曾击坏的兵轮，只是逃命要紧，纷纷拔碇，向西北逃命。奈法舰不稍容情，接连追入，炮声越紧，炮弹越多，中国兵轮，又被击沉了好几只。海军舰队，丧亡几尽。这时候佩纶才醒，听得炮声震耳，还说何人擅自放炮，起床出来。外面已飞报兵轮被毁，接续传到七艘，于是轻裘缓带的张大臣也焦灼起来，急命亲兵二人，随着开了后门一溜烟的逃去。法舰乘胜进攻，夺了船坞，毁了船厂，复破了福州炮台，占领澎湖各岛。廷旨令左宗棠飞速赴闽，与故陕甘总督杨岳斌，帮办闽省军务，调曾国荃就江督任，续办江防。左宗棠到闽后，奉旨查办张佩纶，佩纶已由督抚访寻，在彭田乡觅着，畴昔豪气，索然而尽，只有笔底下却还来得，草了一篇奏牍，自请处分。内中有"格于洋例，不能先发制人，狃于陆居，不能登舟共命"等语。左宗棠怜他是个名士，也为他洗刷回护。清廷以佩纶罪无可逃，责左宗棠袒护罪员，甘陷恶习，着传旨申斥。佩纶逮京治罪，充戍黑龙江完案。

马江方报败仗，谅山又闻失守，镇南关守将杨玉科阵亡。慈禧不禁震怒，把统兵的大员，议处的议处，镌级的镌级，并有一道罢免恭王的懿旨，亦蝉联而下，立言颇极微妙，今录述如下：

钦奉慈禧康颐昭豫庄诚皇太后懿旨：现值国家元气未充，时艰犹巨，政多丛脞，民未敉安。内外事务，必须得人而理，而军机处实为内外用人行政之枢纽，恭亲王奕訢等，始尚小心匡弼，继则委蛇保荣；年近爵禄日崇，因循日甚，每于朝廷振作求治之意，谬执成见，不肯实力奉行。屡经言者论列，或目为壅蔽，或劾其委靡，或谓簠簋不饬，或谓昧于知人。本朝家法綦严，若谓其如前代之窃权乱政，不惟居心所不敢，亦实法律所不容。只以上数端，贻误已非浅鲜，若仍不改图，专务姑息，何以仰副列圣之伟业贻谋？将来皇帝亲政，又安能臻诸上理？若竟照弹章一一宣示，即不能复议亲贵，亦不能曲全耆旧，是岂宽大之政所忍为哉？言念及此，良用恻然。恭亲王奕訢，大学士宝鋆，入直最久，责备宜严，姑念一系多病，一系年老，兹特录其前劳，全其末路，奕訢着加恩仍留世袭罔替亲王，赏食亲王全俸，开去一切差使，并撤去恩加双俸，家居养疾！宝鋆着原品休致！协办大学士吏部尚书李鸿藻，内廷当差有年，只为囿于才识，遂致办事竭蹶；兵部尚书景廉，只能循分供职，经济非其所长，均着开去一切差使，降二级调用！

工部尚书翁同和，甫直枢庭，适当多事，惟既别无建白，亦有应得之咎，着加恩革职留任，仍在毓庆宫行走，以示区别！朝廷于该王大臣之居心办事，默察已久，知其决难振作，诚恐贻误愈重，是以曲示矜全，从轻予谴；初不因寻常一眚之微，小臣一疏之劾，遽将亲藩大臣，投闲降级也。嗣后内外臣工，务当痛戒因循，各摅忠悃。建言者秉公献替，务期远大，朝廷但察其心，不责其迹，苟于国事有补，无不虚衷嘉纳，倘有门户之弊，标榜之风，假公济私，倾轧攻讦，甚至品行卑鄙，为人驱使，就中受贿，必当立抉其隐，按法惩治不贷，将此通谕知之！

恭亲王既已罢免，军机处另用一班人物。恭亲王的替身，就是礼亲王世铎。还有户部尚书额勒和布、阎敬铭、刑部尚书张之万，也都命在军机上行走。工部侍郎孙毓汶，因与李莲英莫逆，亦得厕入军机。慈禧太后又下特旨："军机处遇有紧要事件，着会同醇亲王奕譞商办。"国子监祭酒盛昱、左庶子锡钧、御史赵尔巽见了这谕，以醇亲王系光绪帝父亲，入直军机，殊非所宜，遂援古斠今，联翩入奏，请收回成命。慈禧后思想灵敏，把垂帘二字提出，说："当垂帘时代，不得用亲藩，俟皇帝亲政，再降懿旨。在廷诸臣，当仰体上意，毋得多渎！"这旨一下，言官等又箝口无言。

只是海氛未靖，边报相寻，朝旨调湖南巡抚潘鼎新，移至广西，与岑毓英联军迎剿，并令提督苏元春，与冯子材、王孝祺、王德榜等，率军援镇南关。冯、王诸将，恰是异常奋勇，一到关，即开关出战。任凭法人枪炮利害，他却督着人马，冒死进去。枪炮越多的地方，清军越加不怕。星驰飙卷，岳撼山摇，直至两军接近，连枪炮都成没有，当下各用短兵，互相搏击。法人虽是强悍，至此已失所长，不得不渐渐退下。清军勇气，陡增十倍，杀得尸横遍野，血流成川。自从中法开衅，这场恶斗，独出法人意外。法人才有点怕惧，弃了谅山。岑毓英闻谅山克复，亦秣马厉兵，亲督大军，鼓行前进，连败法兵，迭克要隘。临洮一战，阵斩法将七人，杀毙法兵三千数百名，获辎重枪炮军械无算，进捣河内，威声大振。法提督孤拔困守澎湖，连接越南败耗，已是郁愤，上书政府，请速派兵再战。适值法内阁连番更迭，主战主和，毫无定见。孤拔大愤，索性带了兵舰，闯入浙江三门湾，夜深月朗，孤拔轻轻的爬上桅竿，窥探内地形势，不防一声怪响，竟将孤拔击落船中。正是：

　　　　　明枪容易躲，暗箭最难防。

未知孤拔性命如何，待小子下回再说。

　　朝鲜越南，皆中国藩属，安能与日法两国私立条约？总理衙门人员，不闻则已，既已闻之，势不能袖手旁观，置诸不问。乃得过且过，坐听藩属之日削,一若秦越肥瘠,漠不相关者。然朝鲜之乱,吴长庆等急入汉城,诱执大院君以归。日本师至,乱事已靖,于此不惩前毖后,犹令朝日自行结约,宁非大误?法越之争有年矣,中国不闻援据公法,与法交涉;法入越境,越南王再三乞和,清廷又不过问。迨越南请兵平乱,始由粤督刘长佑等,代为戡定,其误与对待朝鲜,同出一辙。天津和约,不与法争宗主权,乃尚欲保存体面,掩耳盗铃,煞是可笑。曲突徙薪之不早,至于焦头烂额晚矣!迨焦头烂额而仍无效,不且晚之又晚耶!谅山失守,马江败绩,焦头烂额,尚且无成。谁司外交,一至于此!读此令人痛惜不置!

第八十二回

弃越疆中法修和　平韩乱清日协约

却说孤拔入袭浙境,浙江提督欧阳利已先机预防,飞檄海口炮台守将,严行堵御。守将静候数天,未见动静,未免懈怠起来。也是孤拔命运该绝,闯入三门湾的时候,摇望岸上刁斗无声,未知有备无备,因此猱升桅竿,窥探内容。适值炮台上面,有一巡卒见敌舰连樯而来,暗想不及通报,他竟仗着胆子,径去开炮。扑通一声,不偏不倚,正中桅竿上的孤拔。孤拔受着弹丸,脑子一晕,自然坠落。此时炮台守将,闻有炮声,惊讶的了不得,忙饬弁目查明。弁目到了炮台,那放炮的巡卒,还是接连开放。弁目厉声道:"你如何未奉军令,擅自试炮?"巡卒至此,才觉得弁目来前,回头行礼,禀明原委。弁目向外了望,果见有兵舰数艘徐徐退去。随道:"你虽击退敌舰,然总是未奉军令,恐干军法,快到军署内请罪为是。"巡卒默然,随了弁目,去见统领。亏得统领还有些明白,仍饬查明,再定功罪。次晨,闻报法舰轰坏二艘,法提督孤拔亦已毙命,不禁喜出望外,向提督欧阳利去报捷。一面赦了巡卒擅令的罪名,拔为弁目。浙江海面,浪静风平,提督欧阳利,免不得虚张战绩,奏达清廷,当即奉旨嘉奖,欧阳利以下多蒙优叙。

孤拔一死,法军夺气,谅山粤军及临洮滇军,都是雄心勃勃,恨不得立刻规复全越,扫除法人。正在耀武扬威的时候,忽又传到天津议和的消息。众战将疑信参半,个个扼腕兴嗟。还有钦差大臣督办粤东海防的彭玉麟,接到此信,气得白胡须根根竖起,连声叫:"那一个和事老专要议和?"随即拈纸抒毫,缮就奏疏数千言,大致说:"有五不可和:法人无端生衅,不加惩创,遽与议和,不可一;法人未受惩创,即来请款,是必中藏诡谲,不可二;法人即不索兵费,但求越境通商,恐将来取偿于后,必加十倍,不可三;就外强中干的法人,不问情罪,降心求和,恐各国将环向而起,不可四;云南物产富饶,西人垂涎已久,若与议和,必许通商,广传邪教,密布羽翼,一旦窃发,将何以支,不可五。"又言:"有五可战:揣敌情可战;论将才可战;察民情可战;采公法可战;卜天理可战。"言言激烈,语语忠诚。这奏拜发后,出使法国的曾纪泽,也有密电到京,说法国内阁迭更,宗旨若不定,与我国议和,必须还我越南宗主权,方可允议。谁知中外大臣的奏牍，终不敌一全权大臣肃毅伯李鸿章。鸿章与法使巴特纳，竟在天津磋定和约，共计十款，最要归的几条：一、是法人占领东京。二、是越南归法人保护。三、是法兵不得过越南北圻，与中国边界，中国亦不派兵至北圻。四、是留据台湾的法兵，一律撤回。五、是中国允于保胜以上，谅山以北，辟商埠二处。这约订后，一二百年来的南藩，拱手让与法人，法人不索兵费，还算他的情谊。后来开龙州、蒙自两商场，许法人互市，就是彼此有情的对待。从此赫赫有名的肃毅伯，遂负了秦桧、贾似道的大名。彭、左、岑、冯诸公，心中都是怏怏，只因廷旨许和，停战撤兵，没奈何收兵敛伍，赋了一篇归去来辞。

但这肃毅伯李鸿章，也是个中兴名臣，为什么硬主和议？他为了中外交涉，杂沓而来，法越事情，正在着紧，朝鲜又发生乱事。上次朝日交涉，朝鲜国臣朴咏孝赴日本谢罪，鉴日本国维新的效果，归谋变法，联络一班有名人物，如金玉均、洪英植等，组成维新党，主张倚靠日本。独朝内执政诸大臣，多主守旧，领袖闵咏骏系椒房贵戚，素来顽固，愿事清朝，与维新党反对。这维新党中人，统是少年志士，意气凌人，仗着日本作了靠山，时思推倒政府。日本国趁这机会。复用外交手段，勾结维新党，劝他独立，愿为臂助。维新党总道他情真意切，一些儿不疑心，居然率领党人，发起难来，召日本兵入宫，先搜闵族贵官，自闵咏骏以下，一律杀死，连闵妃也饮刃而亡。只有国王李熙，尚未杀死，党人胁他速行新政。李熙变作鸡笼内的鸡儿，无论要他什么，只得唯唯听命。朴咏孝揽了大权。兼任兵部，金玉均为左相，洪英植为右相，其余一班党人统授要职。

此时驻扎朝鲜的吴长庆，因法越事起，调至金州督防，继任的提督，也与长庆同姓，名叫兆有，闻了朝鲜宫内的乱事，急召总兵张光前商议。光前推举一人，说他智勇深沉，定有妙计，应邀他解决这问题。看官！你道是谁？就是当时帮办营务，近时民国大总统袁世凯。世凯名慰亭，河南项城县人，袁总督甲三，便是他的从祖。捻匪肇乱，他曾出驻皖南，奉旨剿办，倒也立过战绩。世凯父名保庆，本生父名保中，少时倜傥不羁，昂藏自负。段学士靖川，有知人名，尝说他非凡品；嗣因乡试不第，弃举子业，纳粟得同知衔。提督吴长庆闻他多才，延作幕宾，襄办营务。在营时，曾替长庆约束军士，号令一新。朝鲜国王常问长庆借将练兵，长庆就荐他出去。至长庆调任，还有部兵截留朝鲜，便奏请委他管带。张总兵亦很是器重，所以经军门垂询，便欲邀他会商。吴兆有忙着亲兵携刺往招，世凯昂然而至，彼此行过了礼，两旁坐定。兆有就谈及朝鲜情形，商议救护的计策。世凯道："'不入虎穴，焉得虎子。'现在请急速发兵，捣入朝鲜宫内，除了乱党，护出朝王，再作计较！"吴兆有道："闻得朝鲜宫内，有日本兵守卫，恐怕不易攻入。"世凯道："几个日本兵，怕他什么？"张光前道：

"袁公议论，颇是先声夺人的计策，未知军门大人以为何如？吴兆有道："计非不是，但必须至北洋请示，方好举动。"世凯道："救兵如救火，若要请示北洋，必至迟慢，倘被别人走了先着，反为不妙。"吴、张二人尚面面相觑，世凯见他没有决断，便道："既要到北洋请示，请立好文书，饬快轮飞递为要。"二人应允，即办就公文，派泰安轮船飞递。

兵轮才发，朝鲜国王已密遣金允植、南廷哲至清营求救。吴、张二人，仍不敢遽允，嗣由探马密报，党人拟废去国王，改立幼君，依附日本，背叛清朝，吴兆有才有些着急，可奈北洋回音未转，自己部兵不多，恐怕不敌日本，尚是迟疑不决。外面又来了袁公世凯，未曾坐下，即向吴、张二人道："乱党的消息，两公想亦闻知。若再不发兵入宫，不但朝鲜已去，连我辈归路，都要被他截断，只好在朝鲜作鬼了。"吴、张二人，被他一激，倒也奋发起来，随道："据老兄高见，究竟如何办法？"世凯道："为今日计，只有迅速调兵，分路进攻，能够一鼓攻入，肃清朝鲜宫禁，我们便占上风，不怕日本出来作梗。"吴兆有道："应分几路？"世凯道："该分三路进攻。军门大人领中路，镇台大人领右路，袁某不才，愿当左路。"吴兆有尚有难色，世凯不禁愤懑，奋然道："二公如以中路为费手，袁某愿当此任！吴军门率左，张镇台率右，彼此接应，不愁不胜。"吴兆有道："就如这样，今夜发兵。"

是夜天色微明，三路清军，衔枚出发。严阵而行，到了朝鲜宫门，已是残夜将尽，袁世凯督令猛攻，里面枪声，也劈劈拍拍的放将出来。袁军前队，伤了数十名，似乎要向后却避，世凯传令，不准退后，违令立斩。这令一传，军法如山，军士方冒险前进，霎时间攻破外门，进至内门。忽后面抄到日本兵，来攻袁军，世凯分兵抵挡，这时腹背受敌，胆大敢为的袁公，倒也吃惊不小，惟队伍恰依然不乱。巧值提督吴兆有，已从左路杀到，一阵夹击，才将日本兵杀退。清军抖擞精神，再接再厉，枪声陆续不绝，震得屋瓦齐飞，宫墙洞陷。刚在得势的时候，又来了朝鲜兵数百名，由世凯一瞧，乃是曾经自己教练过的兵卒，熟门熟路，同德同心，当下把内门破入。维新党不管死活，还要前来阻拦，被清军排枪迭击，仆毙了几十人。洪英植亦战死在内，朴咏孝、金玉均等，方从宫后逃去。

吴、袁二人，整队而入，张兆前右路兵亦到。朝鲜宫内，已是空空洞洞，不见有什么人物。清军仔细搜寻，只有几个宫娥女仆，躲匿密室，余外统已不知去向。当由吴、袁、张三人诘问国王世子踪迹，据说："乘宫中大乱时，逃出宫外。"世凯令军士赶即找寻，在王宫前后左右，寻了一周，杳无影响。世凯未免焦灼。忽有朝鲜旧臣来报："国王世子，在北门关帝庙内。"世凯大喜，遂与吴、张二人，会议往迎。这个差使，吴提督恰直任不辞，忙率部兵前去。袁、张已扫清宫阙，收兵回营，不一会，朝鲜国王及世子，也随了吴提督进来。国王见了袁世凯,很是感谢,并请追缉朴咏孝、金玉均等。世凯道:"朴金诸叛党,现在想总逃至日本使馆,不如先照会日使竹添进一郎,叫他即速交出,否则用兵未迟。"张、吴连声称善,随即写好照会,遣兵弁送与日使。未几兵弁还报,日本使馆内,已无人迹,公使竹添进一郎,闻已逃回本国,往济物浦去了。于是袁、吴、张三人送朝鲜国王还宫,一场大乱,化作烟消日出,总算是袁公世凯的大功。

无如日本人煞是利害,遣了全权大使井上馨,到朝鲜问罪,又令官内大臣伊藤博文、农务大臣西乡从道,来与中国交涉。这三位日本大员,统是明治维新时紧要伟人,这番奉命出使,自然不肯丢脸。井上馨到了朝鲜,仍直接与朝鲜开议,要索各款,无非要朝鲜偿金谢罪等语。朝鲜国王无可奈何,别人又不便与议,只好暗中讯问袁世凯。世凯正接北洋来信,说是伊藤、西乡两日员,到了天津,声言清军有意寻衅,不肯干休,朝廷已派吴大澂、续昌二人,东来查办。看官!你想袁公是个英挺傲岸的人物,那里肯受这恶气?当即请了假,回到北洋。谒见肃毅伯李鸿章,极陈利害,大意是:"要监督朝鲜,代操政柄,免得日人觊觎。"李鸿章颇为叹赏,但心中恰是决计持重,不愿轻动,反教世凯敛才就范,休露锋芒。世凯太息而出。

这位李肃毅伯,已受朝命,为全权大臣,与日本使臣议约。肃毅伯专请国家体面,摆设全副仪仗,振起全副精神,在督署中请日使进见。日使伊藤博文,及西乡从道,瞻仰威仪,倒也没甚惊慌,坦然直入,侃侃辩论。议定款约两大条:第一条,清日两国,派驻朝鲜的兵,一律撤去;第二条,两国将来若派兵到朝鲜,应互先通知,事定后即行撤回,彼此依议签约,中日已定和议。清廷吴兆有等,都遵约归国,连大院君亦放回去,朝鲜国王李熙势孤援绝,对了日本要索各款,无非是谨遵台命四字。赔了银洋十一万元,向他谢罪了案。从此日人得步进步,已认朝鲜为保护国,中国如肃毅伯等,还说朝鲜是我藩属,两不相对,各有见解,总不免后来决裂,只好算作暂时结束。

越南已去,朝鲜亦半失主权,法日两国,满意而归,英吉利不甘落后,遂乘此胁取缅甸。缅甸当乾隆年间,国正孟云,受清廷册封,定十年一贡的制度,久为中国藩属。道光初年,英并印度,与缅甸西境相接,缅甸西境有阿剌干部,适有内乱,向缅甸乞援,缅甸借出援为名,竟占据阿剌干部。阿剌干部众不服,复向印度英总督处求救。英总督遂发兵攻缅,缅人连战连败,没奈何与他讲和,愿割让阿剌干地,并偿英国兵费二百万镑。缅人不图自强,徒然衔怨英人,遇着英商入境,任意凌辱,英人愤无可遏,又起兵攻略缅甸,把缅甸南境的秘古地方,占夺了去。到光绪十一年,法取越南,日图朝鲜,英人闻中国多事,索性起了大兵,直入缅京,废了国王,设官监治。光绪十二年,英人兼并上下缅甸,编入英领印度内。云贵总督岑毓英奏闻,清廷王大臣,又记起昔年档册,缅甸为我属国,此时驻法使臣曾纪泽,因争论中法和约,调任英使。总署衙门,又发电到英京,命他至英廷抗议。英人已将缅甸全部列入版图,布置得停停当当,那里还肯交还?曾纪泽费尽心力,据理力争,起初是要他归还缅甸,英人不理,后来复要他立君存祀,仍守入贡旧例,英人又是不从。可叹这位曾袭侯说得舌敝唇焦,谈到山穷水尽,才争得"代缅入贡"四字。其实也是有名无实的条约。当时还按期进呈方物,嗣因清室愈衰,把此约亦撇在脑后。英人得了缅甸,还要入窥云南,滇缅勘界,屡费周折,后来结果,终究是英人得利,中国吃亏,云南边徼,又被英人割去无数。昔也日辟国百里,今也日蹙国百里,这也是中国的气数。

越南缅甸的中间,还有一暹罗国,也是中国藩属,按年朝贡,洪杨乱后,贡使中绝。自从越南归法,缅甸归英,英法各想并吞暹罗,势均力敌,互生冲突,旋由两国会议,许暹罗独立自主,彼此不得侵略。只暹罗所辖的南掌地方,取来公分,至今暹罗尚算幸存,不过与中国早脱关系。从此中国的南服屏藩,丧失无余了,说来真是可叹!清廷王大臣,多是醉生梦死,不顾后患。慈禧太后逐渐骄侈,还想起造颐和园来,做个享福的区处。小子叙述至此,殊不能为慈禧讳了。有诗咏道:

> 东南迭报海氛来,割地偿金不一回;
> 圣母独饶颐养福,安排仙阙竞蓬莱。

颐和园的风景,真是一时无两,欲知建筑的原因,容待下回续述。

　　合肥伯李鸿章,非真秦桧、贾似道之流亚也,误在暮气之日深,与外交之寡识。越南一役,中国先败后胜,法政府又竞争党见,和战莫决,彼心未固,我志从同,乘此规复全越,料非难事。乃天津订约,将与法使议和,但求省事,不顾损失,暮气之深可知矣。朝鲜再乱,维新党召日本兵入宫,日本未尝知照中国,遽尔称兵助乱,其曲在彼,不辨自明。袁世凯倡议入援,偕吴张二将,代逐乱党,翊王免难,日使竹添进一郎,至遁回济物浦,我已一胜,日已一挫,斯时日本,犹未存与我决裂之想。为合肥计,亟应声明朝鲜之为我属,一切交涉,当由中国主持,胡为井上馨至朝鲜,仍任朝鲜自与订约?伊藤、西乡至天津,乃与订公同保护之约乎?光绪三四年间,日本咨照清廷,称朝鲜为自主国,不认为我藩属,经总理衙门抗辩,内称:"朝鲜久隶中国,其为中国所属,天下皆知。即其为自主之国,亦天下皆知。日本岂能独拒?"妙语解颐,日本人尝一笑置之。合肥知识,殆亦犹此。即或稍胜,亦百步与五十步之比耳。外交无识，宁有善果？越南去，朝鲜危，缅甸、暹罗相继丧失，不得谓非合肥之咎。本回实为合肥写照，暗寓讥刺之意。书法不隐，足继董狐直笔矣。

第八十三回

移款筑园撤帘就养　周龄介寿闻战惊心

　　却说颐和园开工,乃是光绪十一、二年的时候,耗去经费,约不下三千万金,这时国帑支绌,三千万金的巨款,从何而来? 相传是从海军款项下,调拨过去。中法一战,马江败绩,闽海舰队,丧亡殆尽,清廷因海氛日恶,决议大兴海军,整顿海防,将台湾划为一省,改福建巡抚为台湾巡抚,原有福建巡抚事,归浙闽总督兼管。并在北京设海军衙门,命醇亲王奕譞作为总办,奕劻、李鸿章作为会办,善庆、曾纪泽作为帮办。五大臣公同商酌,拟先从北洋入手,督练第一支海军,择定盛京旅顺口、山东威海卫为军港。醇亲王奕譞,本没有海军经验,奕劻、善庆,不消说起,只有李鸿章、曾纪泽二人,素称是究心洋务,曾纪泽又时常出使外洋,主持海军的要人,自然要推李鸿章。但海军问题,繁费得很,免不得要筹集巨资。鸿章苦心筹划,接连奏请,朝上总是驳的多,准的少。巧妇难为无米炊,妙手空空,如何兴得起海军? 鸿章没法,亲自入觐,密探内廷意旨。当由太后身旁的宠监李莲英,传出消息,说是:"太后近年,有意静居,拟造个园子,以便颐养,苦的无款可筹,时常烦躁,所以遇着各省筹款的事项,往往有驳无准。"鸿章沉吟一会,便与李莲英附耳数语,莲英点了好几回头。鸿章即回至天津,嗣凡有所奏请,无不照准。

　　看官! 你道这位李伯爷,是什么妙想? 他与李莲英定议,欲借海军名目,责成各疆吏岁拨定款,就中提出一半,作了造园经费,一半作了海军经费,两事都可成就。慈禧太后闻言欣慰,于是大兴土木,把清漪园旧址,辟地建筑,改名叫颐和园。造了两三年,方才告竣。园中的楼台殿阁、亭轩馆榭,实是数不胜数。最著名的是乐寿堂正殿,即慈禧太后住所,规模很是壮丽。又有仁寿殿亦相仿佛,系召见王大臣处。还有颐乐殿,是太后听戏的地方,更造得穷工极巧。殿外就是戏台,分上中下三层,上层颜曰庆演昌辰,中层颜曰承平豫泰,下层颜曰欢胪荣曝。此外有知春亭、夕佳楼、芸碧馆、藕香榭、养云轩、眺碧台、宝云阁、云松巢、邵窝、贝阙、石舫、荇桥等佳境,无妙不臻,有美毕具。这园本倚万寿山,泉清水秀,草长花香,山巅更建一佛香阁,轩敞华丽,上出云霄。慈禧太后在园时,每日必登阁游览,俯瞰全园,气象万千。下有千步廊,曲折而下,直达殿门，所以往来甚便。园已告成，慈禧太后将移居园内，降了一道懿旨，即日归政。醇亲王奕譞，礼亲王世铎，先后上疏，无非因帝年尚幼，恳请太后再行训政数年，太后俯准所请，随带同光绪帝，幸颐和园，把内阁军机处以下各机关，都迁入园内办理，就是梨园子弟，也与官僚一同居住。这也不在话下。

且说北洋海军，办了一、二年，既集了好多经费，总要掩饰全国耳目，购了几只战船，募了几千舰队，才报成立。奉旨派醇亲王奕譞，到天津巡阅，肃毅伯李鸿章，即饬干员办差，布置行辕，务期完美。不料内廷又来了密函，由李鸿章展阅一周，忙召办差的委员入内，叫他在行辕里面，再布置一个房间，体制虽略逊一筹，装饰须格外精雅，不得疏忽！委员不敢多问，只得小心办理，一切铺设，已觉妥当，方回辕禀报。经李伯爷自去察视，到了正厅，系预备醇亲王居住，他倒不过大略一瞧，便算了事。转入厢房，反留心检点，那一件还嫌粗率，这一件更嫌简慢。委员暗暗惊讶，私自揣测，究竟是何人来此居住，要这般仔细挑剔？但奉上司命令，不得不再行掉换。过了数日，醇亲王已到码头，当由李鸿章亲去迎迓。办差的委员，亦随同前去，留心窥伺。见李伯爷谒过醇亲王后，即与醇亲王旁边的随员，殷勤谈话，很带着谦恭样子。委员未曾认识，嗣闻李伯爷称他总管，方晓得是赫赫有名的太监李莲英。醇亲王与李莲英，一齐上岸，直抵行辕，由李鸿章送入，周旋一番。又引李莲英到厢房，满口说是委屈，李莲英左右一瞧，只淡淡的答了费心二字。宿了两宵，醇亲王临场校阅，李莲英随侍在后，当由李鸿章传出军令，饬海军会操。舰队排墙而至，或分或合，或纵或横，映入醇亲王眼帘中，只觉得整齐错落，如火如荼。阅毕，极办犒赏。李鸿章只是捻须微笑。又过数天，醇亲王与李莲英方辞别回京。这次阅操，又糜费了许多银两，李莲英处又须安置妥贴，一古脑儿在海军里报销，连委员都是瞠目伸舌。

李莲英回京后，威势愈盛，宫中称他九千岁。御史朱一新，偏呆头呆脑的奏了一本，内有“李莲英随醇亲王阅兵，恐蹈唐朝监军覆辙”等语。慈禧后勃然震怒。立命降级，调补主事。这旨下后，还有那个敢冲撞李莲英？一班蝇营狗钻的人物，总教钻入李总管门户，不怕没有官做。转眼间已是光绪十四年，光绪帝年已十八，大婚期届，册立皇后。这皇后是谁家淑女？说将起来，又与慈禧后大有关系。从前立同治皇后时，慈禧后的主张，原是属意凤秀的女儿。旋由东太后决立年长，因把崇绮女为皇后，后来常与慈禧后反对，至死方休。这次光绪帝又要立后，慈禧后自然加意拣选。他想胞弟桂祥，曾任副都统，生有一女，与光绪帝年纪相仿，遂与光绪帝指婚。是年十月间，特降懿旨，立副都统桂祥女叶赫那拉氏为皇后，并选侍郎长叙两女，备作妃嫔。次年二月，光绪帝大婚，一切排场，与前代略同，小子若再叙述，笔意未免重复，不如概从简略。

大婚礼毕，即封长叙长女那拉氏为瑾嫔，次女为珍嫔。慈禧后即下谕撤帘。归政典礼，虽是照同治朝依样举行，总是另画一个葫芦，费点手续。况慈禧后是个喜欢热闹的人，踵事增华，自在意中，归政后连加太后徽号，于"慈禧端祐康颐昭豫庄诚"外，添了"寿恭钦献"四字，凑成了十四个。慈禧后喜溢眉宇，格外畅适。又因中外无事，没甚牵挂，遂率同李莲英等，颐养园中，或是登山，或是游湖，或是听戏，或是抹牌；有时随作书画，消遣光阴。皇后本不善书，经慈禧太后指教，亦能了悟草法，得心应手。后来能书擘窠大字，尝自署斋名，叫作延春阁。他本是慈禧后侄女，平时能得慈禧欢心，因此慈禧游玩，常令皇后随从。慈禧后既有可意的内侍，又有如愿的佳妇，左右侍奉，正是快乐得很。

忽由河道总督吴大澂，呈上奏折，乃是请尊醇亲王称号，内称醇亲王督办海军，功绩卓著，且自为帝父，应予尊崇。先引孟子"圣人人伦之至"的遗训，后引史事，谓宋朝的濮议，王珪、司马光与欧阳修所议不合，从前高宗纯皇帝御批，以欧说为是。又明朝的世宗，欲追尊生父兴献王帝号，群臣争执，高宗御批，亦加驳斥。应请皇太后特旨，加醇亲王徽号，遂皇上孝敬之忱，塞薄海臣民之望云云，奏上，太后即降旨如下：

本日据吴大澂奏请访议尊崇醇亲王典礼一折，皇帝入继文宗显皇帝，寅承大统，醇亲王奕譞，谦卑谨慎，翼翼小心，十余年来，深宫派办事宜，靡不殚竭心力，恪恭尽职。每遇优加异数，皆再四涕泣恳辞。前赏杏黄轿，至今不敢乘坐，其秉心忠赤，严畏殊常。非从深宫知之最深，实天下臣民所共谅。自光绪元年正月初八日，醇亲王即有豫杜妄论一奏，内称历代继统之君，推崇本生父母者，以宋孝宗不改子称秀王之封为至当，虑皇帝亲政后，金壬幸进，援引治平嘉靖之说，肆其奸邪，豫具封章，请俟亲政时，宣示天下，俾千秋万载，忽再更张。其披沥之忱，自古纯臣居心，何以过此？此深宫不能不嘉许感叹，勉从所请者也。兹当归政伊始，吴大澂果有此奏，若不将醇亲王原奏，及时宣示，则此后邪说竞进，妄希议礼梯荣，其患何堪设想？用特明白晓谕，并将醇亲王原奏发抄，俾中外臣民，咸知我朝隆轨，超越古今，即贤王心事，亦从此可以共白。嗣后阚名希宠之徒，更何所容其觊觎乎？将此通谕中外知之！

越年，醇亲王病殁。未殁时，慈禧太后，屡率光绪帝至醇邸问疾，因醇亲王福晋，本是太后亲妹子，醇亲王又始终忠事太后，恭邸罢职，醇邸即续揽军机，一切政务，随时请太后指示，不敢独断独行。怪不得太后格外亲信，格外优待。临殁，太后极为痛惜，定称号曰皇帝本生考，予谥曰贤。丧葬一切，典礼特崇。惟谕中有"不可过事奢侈，致伤王生时恭俭盛德。"并令将醇邸分为二处，一处崇祀醇亲王祖宗，一处为光绪帝发祥地点。醇亲王次子载沣袭爵，三子载洵、四子载涛，皆封公。醇亲王薨后，光绪帝虽然亲政，凡事仍禀白慈宫，不敢专主。慈禧太后亦尝令皇后及李莲英,暗中监察,免蹈同治覆辙。光绪帝恰也养晦遵时,没甚违忤。

自十五年至二十年,只有与英吉利、俄罗斯,稍有交涉,英国为了哲孟雄,启衅构兵,哲孟雄在西藏南境,介居布丹、廓尔喀两部中间。布、廓两部,同为西藏藩属,廓、哲失和,英人尝助哲败廓,令哲王割让大吉岭,及附近印度的平原,作为已有,算是出兵的酬谢费。嗣后屡有要索,哲人愤恨,竟将英人囚住。英人遂发兵攻哲,哲王那里能抵挡英人?免不得肉袒牵羊,乞降大不列颠旗下。英人得了哲孟雄,又把布丹亦收为属部。哲、布已失,西藏藩篱被撤,藏人震惧,日思规复,至哲部隆吐地方,设立卡房,英人安肯干休?自然要以西藏为难,攻毁卡房,并据藏南要隘。中国的驻藏大臣,向不中用,至是令帮办大臣升泰赴任,与英国总理印度大臣兰士丹,在印度孟加拉会议,定藏印条约八款,承认哲为英属,勘定藏哲分界,才得和平了结。后来复把藏南的亚东地方,开为商埠,许英人互市,这也是司空见惯,不足为奇。

至与俄国交涉的事情,系为帕米尔高原。帕米尔为新疆西南边徼,在葱岭外面,北通浩罕安集延,为亚洲最高的陆地。亚洲大山,多自帕米尔发脉,中国曾建设卡伦,并据伊犁西境,遂迫中国将卡伦撤去,中国不允,已而英人复降服阿富汗,嗾阿人逐中国卡伦兵,俄国以英人复来染指,忙出兵据帕米尔,于是中、俄、英三国,皆有违言。经中国出使大臣洪钧、许竹筼,先后会议,结果是俄人得了大利,英人次之,中国最是吃亏,把帕米尔高原,尽行弃掉,只以葱岭为界,清政府因中国幅员,素号辽阔,割了一些儿荒徼,也没有十分痛苦。到光绪二十年,是慈禧太后六旬万寿。寿辰在十月十日。正二月间,就饬王大臣预备祝嘏典礼,仿照康熙、乾隆时故例。着各省将军督抚,先期派员来京,庆祝圣母万寿,一面饬内务府督率工役,自大内至颐和园,统要盖搭灯棚,点缀景物,并要沿途建设经坛,由喇嘛僧带领僧众,啤诵寿生真经。颐寿园内,还要造大牌楼,作圣母万寿纪念。内务府因库款支绌,授意内外大员,预送寿礼,大员们那个不想巴结?彼此会议各捐俸银二十五成,作了万寿的送费,聊表微忱。内中有个西安将军荣禄,于俸银二十五成外,更献了许多金银珍宝,顿时喜动慈颜,立召内用。荣禄本太后功臣,热河回跸,全伏荣禄随扈,为什么外任西安,就了闲散的职任?原来荣禄扈驾回京,慈禧后记念大功,擢为内务府总管,宫廷得自由出入。每有要事,慈禧后亦常与商量,同治帝宾天时,荣禄尚入直宫中,很邀宠眷。到了光绪六年,忽由光绪帝师傅翁同和密白太后,劾荣禄浊乱营禁的罪状,慈禧后不信,暗中恰是加意侦查,果然事出有因。这位有胆有识的荣大臣,竟在某妃房中,竭忠效力,被慈禧后亲见亲闻,当下怒气勃发,立将荣禄驱逐出京,革去官职。慈安崩后,慈禧后又记起荣禄,疑是慈安设计陷害,俾折臂助，但因荣禄犯罪太重，不欲骤然起用。自是荣禄失官数年，嗣后不知荣禄如何运动，又超擢为西安将军。此番奉召入都，再任步军统领，自然格外小心，格外勤谨，预备祝寿期内，他亦奋力帮忙。慈禧太后复降恩旨，晋封瑾珍二嫔为妃，此外贵人等，亦照例递升。宗室外藩王公，及中外文武大臣都驰恩覃封，官上加官，爵上晋爵，满拟届了寿期，做一场普天同庆的旷典。谁料一到五月，朝鲜又闯起大祸，弄得中日开衅，陡起战云。清军连战连败，慈禧太后懊怅异常，不得不另降懿旨，罢除庆贺。小子曾记当时有一上谕云：

朕钦奉慈禧端祐康颐昭豫庄诚寿恭钦献皇太后懿旨：本年十月，予六旬庆辰，率士胪欢，同深忭祝。届时皇帝，率中外臣工诣万寿山行庆贺礼，自大内至颐和园，沿途跸路所经，臣民报效，点缀景物，建设经坛。予因康熙、乾隆年间，历届盛典崇隆，垂为成宪，又值民康物阜，海宇乂安，不能过为矫情，特允皇帝之请，在颐和园受贺。讵意自六月后，倭人肇衅，侵予藩封，寻复毁我舟船，不得已兴师致讨；刻下干戈未戢，征调频仍，两国生灵，均罹锋镝。每一念及，悯悼何穷？前因念士卒临阵之苦，特颁内帑三百万金，俾资饱腾。兹者庆辰将届，予亦何心侈耳目之观，受台莱之祝耶？所有庆辰典礼，着仍在宫中举行。其颐和园受贺事宜，即行停办！朕仰承懿旨，孺怀实有未安，再三吁请，未蒙慈允。敬维盛德所关，不敢不仰遵慈意，为此特谕！钦此。

一场盛举，化作烟销。日本太是无情，海军真也不力。届寿辰时，只在园内排云殿受贺，就算完结。后人有宫词一绝道：

别殿排云进寿觥，慈怀日夕轸边情。
诸州点景皆停罢，馈饷频闻发大盈。

究竟中日何故开战，且到下回续叙。

母后训政，既非美事，亦非易事。历代有此成例，及因主少见疑，不得已而出此耳。然阎寡临朝而常恃横，武韦专政而阉竖兴，郑李恃宠而珰祸炽，后妃专政，往往为中官所播弄，堕其术中而不之觉。以慈禧太后之英明，而前有安得海，后有李莲英。李莲英之擅权，较诸安得海，尤专且久。颐和园之建筑，李莲英导之也，六旬万寿之侈备典礼，何一非自李莲英等，曲意逢迎，隐图中饱耶？贵青若醇亲王，元老若李肃毅伯，犹且不敢忤李莲英，遑论他人？故慈禧二次之训政，几与李莲英训政无异。本回叙慈禧，实即叙李莲英。叙李莲英，即不啻叙慈禧。清朝二百数十年之国祚，斫丧于李总管一人之手，内监之祸烈矣哉！慈禧后殆犹可原焉。

第八十四回

叶志超败走辽东　丁汝昌丧师黄海

却说朝鲜自迭遭乱事,国势愈衰,国王李熙,又是个贪安图逸的人,凡事都因循苟且,不愿振作,因此日贫日弱,寇盗纷起。日本尤为垂涎,独中国置若罔闻。驻英法德俄使臣刘瑞芬,明察外事,思患预防,曾致书北洋大臣李鸿章,建了两策:上策欲乘他内敝,收他全国,改为行省;次策应约同英美各国,公同保护,方足保全朝鲜。结尾是朝鲜安全,东三省亦可无虞等语。李鸿章亦以为然,将刘书上之总署,总署诸公,多是酒囊饭袋,醉生梦死,管甚么朝鲜存亡。鸿章孤掌难鸣,也只能得过且过。

光绪二十年,朝鲜国全罗道东阜县,有东学党起事,党魁叫作崔时亨,自号纬大夫。这东学党徒,并不是留学东瀛,乃是剽窃佛老绪论,妄参己意,辗转传授。国王因他妖言惑众,出兵捕治。崔时亨遂揭竿起事,连败王兵,复从全罗道转攻忠清道,声势非常利害。国王李熙忙向中国告急,并咨照中国驻使。看官! 你道这驻使系是谁人? 便是当年帮办营务的袁世凯。世凯接读咨文,飞电北洋,当由北洋派遣提督叶志超,及总兵聂士成等赴援。李鸿章颇也精细,遵守天津条约,电告驻日钦使汪凤藻,叫他知照日本。日本真是利害,不肯后人一着,派大岛圭介率兵赴朝鲜。两国兵队,先后出发,钦差袁世凯闻叶提督已到牙山,随即致书叶提督,请他出示晓谕,解散乱党。乱党究系是乌合之众,见了一纸文告,吓得四散奔逃。朝鲜失守的地方,不战自复。清军拟即撤回,只日本兵,恰有进无退。袁钦使照会大岛圭介,仍援天津约文,谓彼此撤兵。大岛圭介含糊照复,暗中反添兵派将,陆续运到朝鲜,分守釜山仁川的要害。袁钦使复电达北洋,请预防决裂,速筹战备。无如肃毅伯李鸿章,明知中日开衅,必须海战,北洋海军虽然办了好几年,恰是外强中干,不堪一战,因此复袁使电文,只要他据约力争,并咨照总理衙门,与驻华的日使小村寿太郎,速即和平办理。

总署王大臣,统是糊涂颠顶,尚说朝鲜是我藩属,所以发兵平乱,日本不得干涉。为了这语,又被日使藉口,他道是朝日两国,有直接条约,中日两国,为了朝鲜,亦曾定有天津约章。朝鲜明明自主国,不过他国度很小,未能自保,所以由我两国共同保护，何得说我国不得干涉？据他的说话，很象理直气壮。总署王大臣，无可辨驳，反仗着自己余威，要与日本开战。你上一折，我上一本，统说区区日本，无理如此，宜亟发海陆两军，声罪致讨。光绪帝少年好胜，瞧了各大臣奏章，也锐意主战，催促北洋大臣李鸿章，速剿倭寇。此时这李伯爷，好象哑子吃黄连，说不出的苦楚。复飞电驻日汪使，叫他诘问日本外部，何故违背天津专约，不肯撤兵？日外部又提出条件，是要与中国同心协力，改革朝鲜内政。汪使电复李鸿章，李鸿章尚是持重，不肯主战，奈内外官员，不识外情，不是说李伯爷胆怯，就是说李伯爷面软，连袁钦使世凯，也总道北洋海军，可以一试，请命北洋，愿即回国，决与日本开仗。李鸿章尚未答复，日本兵已入朝鲜王宫，幽禁国王李熙，推大院君主持国柄，并宣告朝鲜独立。那时连翼翼小心的李伯爷，也只得开战，召袁钦使回国。朝旨又三令五申，派副都统丰伸阿，提督马玉昆，总兵卫汝贵、左宝贵等，各带大兵，由陆路进发。

　　日本用先发制人的手段，乘清军尚未云集，即进攻牙山的清军。叶军门志超，懦弱无能，整日里饮酒高卧，忽报日兵将来攻击，连忙向北洋求救。李鸿章闻警，还恐自己先行发兵，将来要被日本指摘，想了一计，向英商处租了高升轮船，载兵二营，出援牙山。不意到了丰岛，日本已暗伏军舰，截住去路，连珠炮发，将高升轮船击沉。船内的兵士，统行漂没。叶志超待了数日，不见援兵到来，正急得没有摆布，还是总兵聂士成有些胆量，慷慨誓师，愿决一战。忽由探马来报日兵已到成欢，士成即持鞭请行，见志超面色如土，半晌才说了两语道："老兄小心前去！兄弟当守……守住此地。"士成领命赴敌，不半日已到成欢，恰遇日兵整队前来，士成即传令开枪，两下里杀了一阵，只见烟雾迷天，弹丸蔽日。约战了两个小时，日兵恰恰后退去，士成追袭一程，方收队扎营，即差兵弁往牙山报捷。到的次晨，差去的兵弁，尚没有回来，日本大队又到。这次日本兵，不似前次的怯战，遥望过去，已是精锐得很。士成倒也不怕，仍下令开营迎敌。营门甫开，炮弹已到，聂军连忙还击，正在酣战时候，差去的兵弁才到，报称牙山已没有大兵，闻叶军已退驻平壤去了。这语一传，兵心渐懈，日本兵又是漫山遍野，杂沓而来，士成至此，未免心惊，料知支持不住，乃命部兵移前作后，严阵而退。日本兵恰不敢进逼，由士成退去。士成回到牙山，果然不见一卒，长叹了数声。暗想部下只有数千兵马，万不能保守这地，与其孤军死敌，不如全师早返，于是传令退兵，齐回平壤，眼见得牙山要地，被日兵占去。

　　士成到了平壤，谒见叶志超，问他何故退兵？志超支吾了一会，士成又道："成欢已败日兵，军门大人若果多留数天，牙山也可保得住。"志超道："老兄战功，兄弟已经探闻，报告朝廷，现在辽东派来的人马，已会集此处，总教此处得胜，牙山虽失，还可无虞。"士成也不敢多说，随即退出。志超仍然日坐营中，并没有什么举动。丰伸阿、马玉昆、左宝贵、卫汝贵等，见了志超，无非说的应酬常套，也未闻商及机宜。士成背地嗟叹，暗自灰心。日兵闻清军云集平壤，倒也扎住牙山，一时不敢进发，叶志超乐得快活几天。忽接到北京电报，令他节制各军，拜为统帅。聂士成擢为提督，将弁获奖数十员，军士得赏银二万两。志超喜出望外，设筵庆贺，置酒高会。各路统领，少不得亲自贺喜，热闹了好几天。

但志超本非将才，骤升统帅，那个去畏服他？所有号令一切，多半是阳奉阴违，连志超营内的将弁，也是逐队四出，奸淫掳掠，无所不为。朝鲜百姓，本是爱戴清朝，箪食壶浆，来迎王师，不料清兵都作妄行，反致朝民失望。志超的意思，总教守住平壤，余事都可不问，因此划分守汛，令丰伸阿、马玉昆、左宝贵、卫汝贵各将，驻扎平壤城四面。看看中秋将近，日兵尚没有消息，正拟大排筵席，宴赏良辰。突闻哨卒来报，日将野津已统兵来攻平壤，人马很是不少。志超大吃一惊，急传丰伸阿、马玉昆、左宝贵、卫汝贵各将商议。志超道："日兵已要逼近，诸位可有退敌的计策么？"各将的资格，要算丰伸阿，他先开口答道："全凭统帅调度！"志超道："据兄弟看来，还是深沟高垒，不战为妙。"各将尚未见答，就中恼了左宝贵，向志超道："现在的战仗，不比从前刀枪时代，炮火很是利害，断非土石所能抵挡，不如趁日本未逼近时，先行迎截，方为上计。"叶志超脸色忽变，半晌才道："我意主守，老兄主战，想老兄总有绝大勇力，可以退敌，不妨请老兄自便！"宝贵道："统帅是节制各军，卑镇安敢自由进退？但是这次开战，关系国家不少，卑镇奉命东来，早已誓死对敌，区区寸心，要求统帅原谅！"志超道："老兄晓得国家，难道兄弟不晓得国家么？"丰伸阿等见两人闹起意见，只得双方劝解，谈论了好一歇，并没有什么定议，外边的警报，恰络绎不绝。宝贵勃然起座，对诸将道："宝贵食君禄，尽君事，敌兵已到，只有与他死斗的一法。若今日不战，明日又不战，等到日兵抄过平壤，截我归路，那时只好束手待毙了。诸公勉之！宝贵就此告辞！"当即怂怂而出。丰伸阿、马玉昆，亦别了志超，自回营中。只卫汝贵少留片刻，与志超密谈数语，不知是何妙计，大约总是预谋保身的秘诀。

且说左宝贵到了营中，遥闻炮声隆隆，料知日兵已近，当命部下各兵，排齐队伍，鸣角出营。宝贵当先领阵，行不一里，已见火焰冲霄，日兵的炮弹，细雨点般打将过来。宝贵自然督军还击，砰砰訇訇，扑扑簌簌，互轰了大半天。日兵煞是利害，前敌残缺，后队补入，枪子射得越急，炮弹放得越猛。左军这边前队亦多伤亡，后队的兵士，亦督令照补。宝贵喝令一齐放枪，自己越小心督察，忽见后队所持的军械，多是手不应心，有的是放不出弹，有的是弹未放出，枪已炸破。宝贵还道他是操练未精，手执快刀，斫了几个，后来见兵士多是这般，他急从兵士手中夺过了枪，亲自试放，用尽气力，也不见弹子出来。他细一瞧，机关多已锈损，不禁失声道："罢了罢了。"看官！你道这种枪械，为何这般不中用？原来中国枪械，多从外国购来，北洋大臣李鸿章，闻德国枪炮最利，就向他工厂内订购枪械若干，不想运来的枪械，一半是新，一半是旧。当时只知检点枪支，那个去细心辨认？这番遇着大战仗，便把购备的枪杆，陆续发出。左军前队的兵士，乃是临阵冲锋的上选，所用枪械，时常试练，把废窳的已经剔去，后队的或系临时招募，随便给发枪械，因此上了战仗，有此蹉跌。部将请宝贵退兵，宝贵叹道："本统领早知今日，所愿多杀几个敌人，就是一死也还值得。不料来了一个没用的统帅，又领了一种没用的枪支，坐使敌军猖獗，到了这个地步。"道言未绝，突然飞到一弹，宝贵把头一偏，正中在肩膊上。日本兵又如潮涌上，冲动左军阵势。宝贵尚忍痛支持，怎奈敌炮接连不断，把左军打倒无数。宝贵身上，又着了数弹，口吐鲜血，晕倒地上。蛇无头不行，兵无将自乱，霎时间全军溃散，逃得一个不留。

这时候日本兵三路进攻，丰都统、马提督也分头抵截，丰伸阿本没有能耐，略略交绥，便已却退。马玉昆颇称骁勇，督领部众，鏖战一回，只因枪械良窳不齐，打出去的枪弹，不及日本的利害，日本的枪子，一发能击到百数步，中国的枪子，只有六七十步可击，已是客主不敌。况又有机关不灵，施放不利的弊病，那里能长久支持？恁你马提督如何勇悍，也只得知难而退。甫到平壤城，见城上已竖起白旗，马玉昆驰入城内，见叶统帅坐在厅上，身子兀自乱抖。玉昆便问高竖白旗的缘故？志超道："左宝贵已经阵殁，卫汝贵已走掉，阁下与丰公，闻又不能得利，偌大的平壤城，如何能守得住？只好扯起白旗，免得全军覆没。"玉昆见主帅如此怯战，也是无法可想。聂士成本随着志超，守住平壤城，一再谏阻，终不见从，也是说不尽的愤闷。

日本兵直薄城下，望见城上已竖白旗，守着万国公法，停炮不攻。志超恰趁这机会，黄夜传令，静悄悄的开了后门，率诸将遁走辽东。这诸路兵士，一半是奉军，一半是淮军，都经李鸿章训练，日人颇惮他威名，到此始觉得清军没用，益放胆进攻。据了平壤，又占了安州定州，得机得势，要渡过鸭绿江，来夺辽东了。清朝的陆军，已一败涂地，统退出朝鲜境，还有黄海沿岸的海军，悬着龙旗，随风飘荡。日本军舰十一艘，驶出大同江，进迫黄海。清海军提督丁汝昌，闻日舰到来，也只得列阵迎敌。当时清舰共有十二艘，定远、镇远最大，致远、靖远、经远、来远、济远、平远次之，广甲、广丙、超勇、扬威又次之。汝昌传令，把各舰摆成人字阵，自坐定远舰上，居中调度，准备开战。遥望日舰排海而来，仿佛如长蛇一般，大约是一字阵。汝昌即饬将弁开炮，其实两军相隔，尚差九里，炮力还不能及，凭空的放了无数炮弹，抛在海中。日舰先时并不回击，只是开足汽机,向前急驶。说明迟,那时快,日本的游击舰,已从清军左侧驶入,抄袭清军后面。日本主将伊东祐亨,驾着坐船,带领余舰,来攻清军前面。那时炮才迭发,黑烟缭绕,迷蒙一片。不到一时,中国的超勇舰,着了炮弹,忽然沉没。清军少见多怪,惹起了兔死狐悲的观念,顿时慌乱起来。一经慌乱,便各归各驶,弄得节节分离,彼此不相援应。这舰队中管带,只有致远管带邓世昌,经远管带林永升,具着赤胆忠心,愿为国家效死。日舰浪速,与致远对轰,两边方在起劲,又来了一艘日本巨舰,名叫吉野,比浪速舰还要高大,也来轰击致远。致远船身受伤,恼得邓世昌性起,亲督炮架,测准吉野敌楼,一炮一炮的轰去。吉野舰内的统带官,急忙驶避,世昌饬令追去,舱中报弹药已尽,不便再追,世昌慨然道:“陆军已闻败绩,海军又要失手,堂堂中国,被倭人杀得落花流水,还有何颜见江东父老?不如拼掉性命,撞沉这吉野舰,与他俱尽,死亦瞑目。”便令鼓轮前进。看看将追上吉野,不意触着鱼雷,把船底击碎,海水流入船内,渐渐的沉入海去,世昌以下,一律殉难。

经远管带林永升,与日本赤城舰相持。赤城舰的炮火,攒射经远,经远突然中弹火发,林永升不慌不忙,一面用水扑火,一面窥准敌舰,轰的一炮,正中敌舰要害,成了一个大窟窿。敌舰回身就走,永升死不放松,传令追袭,也是气数该绝,追了一程,又被水雷触裂,沉下海中。两员虎将,同时死难,余外的战舰,越加心慌。济远管带方伯谦,向来胆小,本是在旁观望,遥见致远、经远都被击沉,还有何心观战?忙饬舵工转舵,机匠转机,向东逃走。冤冤相凑,撞在扬威舰上,扬威已自受伤,经不起这么一撞,随波乱荡,不能自主。海水泼入船内,随即沉没。济远舰只管着自己,逃入旅顺口内,广甲、广丙两舰,也跟着逃遁,只留了定远、镇远、靖远、来远、平远五艘,尚在战线范围内,被日舰围住奋击。丁汝昌还算坚忍,迭放大炮,轰沉日本西京丸一艘,并击伤日本松岛舰。奈定远舰也中了五六炮,失战斗力,靖远、平远、来远三舰,亦受了重伤,突围出走,单剩定远、镇远,势孤力竭,不得已冲出战域,驶入口内。这一场海战,兵舰失掉五艘,余舰亦多伤损,二十余年经营的海军,不耐一战,正是中国莫大的耻辱。小子叙述到此,泪随笔下,立成悲悼诗一绝道:

> 海滨一战覆全师,太息烟云起灭时。
> 我为合肥应堕泪,构园贻误少人知。

海陆军统已失败,中日的胜负已定,日本还不肯罢战,竟想把中国并吞下去。小子要洒一番痛泪,只好把笔暂停一停,待下回再行详叙。

中日一战,为清室衰亡张本,即为中国孱弱张本。世人皆归咎合肥,合肥固不得为无罪,但不得专咎合肥一人。海军经费,屡请屡驳,合肥不得已,移其半以造颐和园,而海军才有眉目。否则甲午一役,虽欲求一败衄之海战,亦不可得,宁非尤足羞者,惟选将非人,购械不慎,不得谓非合肥之咎。叶志超、丁汝昌辈,多由合肥一手提拔,彼皆非专阃才,胡为而推毂乎?当时勇毅如左宝贵,忠愤如邓世昌、林永升,俱足为干城选,仅令其率偏师,充管带,受制于一二庸夫之下,徒令其战死疆场,饮恨以殁,以视曾文正之知人善任,合肥多惭色矣。若讥其迁延观望,不愿开战,至于内外交迫,孤注一掷,以至败亡,说虽近似,而吾且以此为合肥原。盈廷虚骄,交口主战,合肥犹知开战之非策,不可谓非一隙之明。知彼知己,方足与言对外,假使当日从合肥言,勉从和议,尚不至失败若此。此回为合肥一生恨事。叙叶志超,叙丁汝昌,无一非为合肥写照。作者固别蓄深意,阅者亦当别具眼光,毋滑口读过!

第八十五回

失律求和马关订约　市恩索谢虎视争雄

却说叶志超既逃归辽东，丁汝昌又败回旅顺，警报迭达北京，光绪帝大为懊恼，即命将叶志超、丁汝昌革职，卫汝贵、方伯谦拿问，并严责北洋大臣李鸿章。李鸿章只得自请议处，又把海军败绩的缘由，推在方伯谦等身上。奉旨令将方伯谦军前正法。李鸿章咎亦难辞，拔去三眼翎，褫去黄马褂，改命提督宋庆出兵旅顺，提督刘盛休出兵大连湾，将军依克唐阿出兵黑龙江。三路兵驻守辽东，防堵日本。嗣又命宋庆统制各路人马。各路统领，与宋庆资格，多是不相上下，忽接朝廷旨意，要归他节制，免不得郁郁寡欢。宋庆到了九连城，收集平壤败兵，倚城下寨。九连城濒鸭绿江口，为辽东第一重门户，这重门户不破，辽东自可无恙。宋庆把守此处，也算是因地设险。当下传集各统将，分守汛地，叫他努力防御。各统将虽是面从，心中很是不悦，出了大营，满肚里都受着委曲，你也不愿尽力，我也不肯效命，勉强起程，按着所派汛地，率军进行。

那边的日本兵，确是勇迅，闻鸭绿江西岸，清军未曾严守，当即率兵飞渡。过了鸭绿江，浩浩荡荡，杀奔九连城。这时刘盛休、依克唐阿、马玉昆、丰伸阿、聂士成诸将，沿途抵敌，都杀不过日兵。清军退一里，日兵进一里，清兵退十里，日兵进十里，待日军进薄九连城，各路统将，统已远远的避去，只剩了城中一个老宋。老宋闻诸军皆溃，独力难支，没奈何弃城出走，退守凤凰城。嗣又因凤凰城孤悬岭外，不便扼守，复弃城西遁。统帅一走，各将愈闻风而逃，日本兵遂进占凤凰城，复分三路：一路出西北，扑连山关；一路出东北，攻岫岩州，一路出东南，窥金州大连湾。不到数日，各路都已得手，只连山关一路，被依克唐阿与聂士成两军，南北夹攻，得而复失，并伤毙中尉一员。凤凰城日军来援，又被依军杀退。依将军是久败思奋，所以尚得一二回胜仗，聂军门本是个出色当行的人材，当中国初次发兵时，已拟率陆军进捣韩城，调海军进扼仁川港口，嗣因空言无补，没人见用，到了牙山，又为叶提督所制，愤愤而退。此次见清军连溃，彼此不相照应，连自己也只得节节退步。后来得了依将军一臂之力，遂得转败为胜。随又行文各帅，愿自率部下人马，抄袭敌军后面，断他饷道，令他不久自乱，那时首尾夹攻，定能克敌。各路将帅，有一半说是危计，有一半简直不答。适廷旨又调他入关，保护畿辅，将行的时候，还杀败日兵数次，所以凤凰城东北一带，尚没有名城失陷。东路自岫岩州陷落，日兵又连陷海城，清军都退到辽西，靠了辽河，作为防蔽。总算暂时敷衍过去。

独东南一隅，既无良将，又无重兵，只有旅顺口向称天险，内阔外狭，层山环抱，有一夫当关，万夫莫入的形势。丁汝昌反认作绝地，且因战舰待修，转入威海卫，暂避敌焰，只留了总办龚照屿，居住旅顺。日兵既陷了金州大连湾，拟乘势攻旅顺，但恐旅顺险峻，不易攻入，遂先勾引汉奸，令他混入口内，四贴日人告示，声言日兵于某日取旅顺，居住的兵士，应及早投降，否则大兵一到，玉石俱焚，无贻后悔。龚照屿得着此信，吓得魂不附体，忙坐了鱼雷艇，顺风逃去。还有一班驻守的人员，见照屿已遁，个个慌乱，带了枪械，各自逃生。一个重大的要口，变作杳无人影的空谷。至日兵入港，清军已逃去两日了。日兵不费一弹，不发一枪，把北洋第一个军港，唾手而得，真是绝大的喜事。

这时候日本兵舰，已纵横辽海，北面的盖平营口，已在囊中，南面的荣城登州，又仿佛握在掌内。狼狈不堪的丁汝昌，方困守威海卫外的刘公岛，只望日兵饶恕了他，不来作对。谁知日兵偏不许他独生，鼓着大舰，驾起巨炮，又向刘公岛进攻。可怜汝昌手下，只有几片败鳞残甲，一阵轰击，定远、威远、来远三艘，又被打沉，丁汝昌亦受了弹伤，刘公岛势处孤危，万不能守。日兵还是接连开炮，四围攻打。汝昌到此，垂头丧气，伤兵士竖起白旗，一面致书日将，约不得伤害地方民命，自己哭了三四次，仰药自尽。日兵遂据刘公岛，并入威海卫，于是北洋第二个军港，亦被日本夺去。所有败残军舰，统归日兵占领。清廷还起恭亲王奕䜣，总理海军事务，其实辽海沿岸大小兵轮，只有旭日旗招飐，并没有龙旗片影，还要管理什么海军？

光绪帝迭闻败报，召王大臣会议，从前锐意主战，慷慨激昂的诸人物，至此都俯首无言。独有二个满员，上书言事，煞是可笑：一个满御史，请起用檀道济为大将，檀道济是刘宋时人，死了一二千年，为什么奏请起用？他因同僚拟用董福祥，假名檀道济以示意。他即问檀道济三字，如何写法？经同僚书示，遂冒昧照奏。又有一个满京堂，奏称日本东北，有两个大国，一是缅甸，一是交趾，日本畏他如虎，请遣使约他夹攻，必可得志。光绪帝见了这等奏章，又气又恨，只得与恭王等商议，定了一个请和的计策，命侍郎张荫桓、邵友濂，赴日议和。日本很是利害，拒绝两使。他说这等小官，不配讲和。弄得张、邵二人，垂头丧气，跟跄归来。清廷方议改派，恼了一个安御史维峻，抗词上奏，虽不似满员的荒谬，也多牵强附会，都下偏传诵一时。小子将原奏详录，以供看官一粲，道：

奏为疆臣跋扈，戏侮朝廷，请明正典刑，以尊主权而平众怒，恭折仰祈圣鉴事。窃北洋大臣李鸿章，平日挟北洋以自重，当倭贼犯顺，自恐寄顿倭国之私财，付之东流，其不欲战，固系隐情。及诏旨严切，一意主战，大拂李鸿章之心，于是倒行逆施，接济倭贼煤米军火，日夜望倭贼之来，以实其言。而于我军前敌粮饷火器，故意勒掯之。有言战者，动遭呵斥。闻败则喜，闻胜则怒。淮军将领，望风希旨。未见贼，先退避，偶遇贼，即惊溃，李鸿章之丧心病狂，九卿科道亦屡言之，臣不复赘陈。惟叶志超、卫汝贵均系革职拿问之人，藏匿天津，以督署为逋逃薮，人言啧啧，恐非无因。而于拿问之丁汝昌，竟敢代为乞恩，并谓美国人有能作雾气者，必须丁汝昌驾驭。此等怪诞不经之说，竟敢陈于君父之前，是以朝廷为儿戏也。而枢臣中竟无人敢为争论者，良由枢臣暮气已深，过劳则神昏，如在云雾之中。雾气之说，入而俱化，故不觉其非耳。张荫桓、邵友濂为全权大臣，未明奉谕旨，在枢臣亦明知和议之举，不可对人言，既不能以死生争，复不能以去就争，只得为掩耳盗铃之事，而不知通国之人，早已皆知也。倭贼与邵友濂有隙，竟敢索派李鸿章之子李经方为全权大臣，尚复成何国体？李经方为倭贼之婿，以张邦昌自命，臣前劾之。若令此等悖逆之人前往，适中倭贼之计。倭贼之议和，诱我也，我既不能激励将士，决计一战，而乃俯首听命于倭贼，然则此举非议和也，直纳款耳，不但误国而且卖国。中外臣民，无不切齿痛恨，欲食李鸿章之肉。而又谓和议出自皇太后意旨，太监李莲英实左右之，此等市井之谈，臣未敢深信。何者，皇太后既归政皇上矣，若犹遇事牵制，将何以上对祖宗，下对天下臣民？至李莲英是何人？斯敢干预政事乎？如果属实，律以祖宗法制，李莲英岂复可容？惟是朝廷被李鸿章恫吓，未及详审利害，而枢臣中或系李鸿章私党，甘心左袒，或恐李鸿章反叛，姑事调停。初不知李鸿章有不臣之心，非不敢反，实不能反。彼之淮军将领，皆贪利小人，无大伎俩，其士卒横被克扣，则皆离心离德，曹克忠天津新募之卒，制服李鸿章有余，此其不能反之实在情形，若能反则早反耳。既不能反，而犹事挟制朝廷，抗违谕旨，彼其心目中，不复知有我皇上，并不知有皇太后，而乃敢以雾气之说戏侮之也。臣实耻之，臣实痛之！惟冀皇上赫然震怒，明正李鸿章跋扈之罪，布告天下，如是而将士有不奋兴，倭贼有不破灭，即请斩臣以正妄言之罪。祖宗监临，臣实不惧。用是披肝胆，冒斧锧，痛哭直陈，不胜迫切待命之至！谨奏。

奏上，有旨"安维峻呈进封奏，肆口妄言，着即革职，发往军台效力！"是日恭亲王适请假。次日入朝，始知此事，斥同僚道："这等奏折，不值一噱，付诸字簏内，便好了事。诸公欲令竖子成名么？"正议论间，朝旨又下，派李鸿章为全权大臣，速赴日本议和。恭王即饬军机处办事人员，电达天津。李鸿章接着

· 486 ·

此旨,明知战败求和,还有什么光采?但事已如此,欲救眉急,不得不硬着头皮,指日前往。方就道时,先电商各国驻华公使,请为臂助。俄使喀希尼,慨然答复,愿保全中国疆土,代拒日本。李鸿章始航行而东,到日本山阳道海口,地名马关,日本已遣专使伊藤博文及陆奥宗光,在马关守候。鸿章在途中,屡接中国警耗,日本北据营口,南占澎湖,心中正焦灼,见了伊藤、陆奥两人,寒暄已毕,便请停战。伊藤、陆奥不允,必欲先订和约,方许停战,经鸿章再三磋商,才提出停战条件。看官!你道条件是什么要约?他说要山海关、大沽口及天津三处,作了抵押品。这三处乃是京畿要口,押与日本,简直是引狼入室,叫这位李钦差如何答应?没奈何把停战问题,暂时搁起,先把和款商量起来。伊藤、陆奥煞是利害,要索各款,统是不堪忍受。鸿章与他辩论,他却绝不理会,反将冷语谐词,调侃鸿章。鸿章此时,既不敢反唇相讥,又不便屈意俯就,只得熬了一肚子气闷,拿出迁延手段,敷衍他们。今朝说,明朝再议,明朝说,后日再议。一日,自会所返寓,鸿章因连日会议,毫无效果,坐在马车中,正自忐忑不定,突听得枪声一发,忙从左边一顾,不防劈面来了一颗弹子,正中左颧,鸿章忍着痛,急呼日本警察,日警过来,见鸿章颧血直喷,忙去捉拿刺客。鸿章也不及问刺客情状,匆匆回寓,病了好几日。惊闻直达欧美,各国新闻纸,争说日人无理,大有攘臂直前,代鸣不平的意见。日本始自知理屈,遣使谢罪,并饬日医替他调治。伊藤、陆奥亦至李寓道歉,随允转圜和议。鸿章即要约停战,伊藤、陆奥亦即照允。嗣后申定和议,伊藤、陆奥,终究不肯多让,李鸿章无可如何,勉依条约十一款。大纲如下:

一 认朝鲜为自主国。

二 偿日本兵费二百兆两。

三 割让辽东半岛及台湾、澎湖。

四 开沙市、重庆、苏州、杭州为商埠。

五 中日旧订之约章,一律废止,嗣后日货进口,运往内地,得暂行租栈,免纳税钞。并于通商务口,得自由制造。

日本全权大使伊藤博文、陆奥宗光,中国全权大使李鸿章,于光绪二十一年三月二十三日签约。两江总督张之洞,凭着书生意见,谏阻和议,内有"赂倭不如赂俄。所失不及一半,就可转败为胜,恳请饬总署及出使大臣,急于俄国商定条约,如肯助我攻倭,胁倭尽废全约。即酌量划分新疆,或南路数城,或北路数城"等语。这奏虽留中不发,王大臣等多以为是,纷纷主张亲俄政策。

俄使喀希尼,居然请政府仗义责言,联合德法二国,替清廷索还辽东,先用三国联名公文,直致日本外部,迫他把辽东还清。日皇睦仁,本是全球著名的英主,到手的辽东,那里肯归还中国?免不得直言抗驳。俄德法三国,遂各派舰队东来，有几艘寄泊辽海，有几艘直薄长崎，声势汹汹，要与日本决战。日本自与中国开衅后，虽连战连胜，势如破竹，究竟劳师糜饷，伤亡了若干人，耗费了若干银子，也弄得财力两竭。况俄德法统是有名强国，不似中国的空虚，大丈夫能屈能伸，只好暂时抱屈，允还辽东，惟增索赎辽东费一百兆两。嗣经三国公断，减至三十兆两成议。日使林董至北京，与李鸿章订还辽东半岛约，中日战事，至此才了。

只日本收领台湾时，台民大骇，恳请收回成命。清廷不答，台民推巡抚唐景崧为总统，驻守台北，拒绝日人，日本发兵赴台湾，景崧方拟抵敌，不意抚署兵叛，焚署劫库，扰得景崧手足无措，仓猝内渡。台北既失，台南系总兵刘永福驻扎，厉兵秣马，亦思与日本一战。终因寡不敌众，弃台奔还。台湾版图，遂长被日兵占领了。

中国经此大挫，方归咎李鸿章，罢直督职，令他入阁。俄使喀希尼，欲来索谢，因李闲居，暂缓申请。越年春，俄皇行加冕礼，各国都派头等公使往贺，中国亦拟派王之春作贺使，喀希尼入见总署，抗言：“俄皇加冕，典礼最崇，王之春人微望浅，出使我国，莫非藐视我国不成？”总署王大臣，吓得面色如土，急问喀希尼，须何等大员，方配贺使？喀希尼道：“非资望如李中堂不可。”朝旨乃改派李鸿章。喀希尼复贿通宫禁，转禀太后，说是还辽义举，必须报酬，请假李鸿章全权，议结此案。鸿章出使时，由慈禧太后特别召见，密谈半日，方辞别出都。一到俄都圣彼得堡，加冕期尚未至，俄大藏大臣微德，佯与李鸿章格外交欢，时常过谈，暗中恰利诱威迫，提出条约数件，令鸿章画押。鸿章方恨煞日人，自思联俄拒日，也是一策，遂草草定议。俄国不用外务大臣出头，反差了大藏大臣，与鸿章密议，实是避各国的耳目。明修栈道，暗度陈仓，不怕李伯相不堕计中。

等到加冕期过，李鸿章游历欧洲，俄使喀希尼，竟将俄都所定的草约，递交总署，要中国皇上亲钤御宝。全署人员，统是惊愕，不得不进呈御览。光绪帝龙目一瞧，见草约中所列条件，开口是中俄协力御日六字，颇也心慰。看到后面，乃时吉林、黑龙江两省铁路许俄国专造，复准俄驻兵开矿，暨借俄员训练满洲军队，并租借胶州湾为军港。光绪帝不禁大怒道：“照这几条约文，是把祖宗发祥的地方，简直卖与俄国了。”便将草约搁过一边，不肯钤印。俄使喀希尼，闻光绪帝拒绝草约，不肯钤印，日来总理衙门胁迫。一连几天，还没有的确的回报，即告总署王大臣道：“此约若不批准，当即日下旗回国。”王大臣听了这语，好似雷劈空中，惊惶万状，忙即禀报太后，说俄使要下旗回国，明明示决裂的意思。中国新遭败衄，那堪再当强俄？慈禧后已与李鸿章，密定联俄政见，至是命交军机处，与俄使定约，并亲迫光绪帝签押。光绪帝逆不过太后，勉强盖印,眼中恰忍不住泪,好象珍珠一般,累累下垂。独慈禧后面色如常,毫不动容。印已盖定,草约变作真约,由军机处发交俄使,俄使似得了活宝,即日携约就道,亲自送还俄都。东三省的幅员,轻轻断送,遂酿成日俄战争的结果。

法国亦得了滇边陆地,及广西镇南关至龙州铁路权,并辟河口、思茅为商埠,与中国订了专约,也算有了酬报,独德国未得谢礼,隐自衔恨,中国亦绝不提起。过了一年,山东曹州府地方。偏偏出了教案,杀伤德国教士二人。总理衙门得着此信,方虑德使出来要索,又有一番大交涉,不料德使海靖,虽是行文诘责,倒也没有甚么严厉,总署还道是德使有情,延挨了好几天。忽接山东电报,德国兵舰突入胶州湾,把炮台占据去了。正是:

> 漏屋更遭连夜雨,破船又遇打头风。

欲知中德和战的结局,小子已写得笔秃墨干,俟下回分解。

马关议和,为合肥一生最失意事,敦请再四,毫无成效,至被刺客所击,始得以颅血博和议,可为痛心! 然果以此事为足辱,则应返国图强,日申儆讨,卧薪尝胆,苦心焦思以为之,安见十年生聚,十年教训,不能如范大夫之霸越沼吴乎? 乃受日本之压迫,愤而求遑,反欲丐俄人以为助,张之洞等书生管见,尚不足责,合肥名为老成,顾亦作此拒虎进狼之计,殊不可解! 俄索辽东,纠合德法,三国何爱于清室,肯作此仗义执言之侠举,此宁待智者而始知之耶? 与日本和,割地偿金,所患者犹仅一日本,至俄德法率而来,名为助我,实则愚我,我得辽东半岛,而仍费三万万两之巨款,受惠不多,而索酬者已踵相接,种种要挟,贻害无穷,此则合肥最大之咎;而中日一役,全军皆没,其为失固犹浅也。观于此,可知恃人不恃己之失计。

第八十六回

争党见新旧暗哄　行新政母子生嫌

却说德国兵舰突入胶州湾内,占据炮台,惊报传至总理衙门,总署办事人员,都异常惊愕,忙派员去问德使海靖。海靖提出六条要约,大致是将胶州湾四周百里,租与德国,限期九十九年。还要把胶州至济南府的铁路,归他建筑,路旁百里的矿山,归他开采。若有半语不从,立刻要夺山东省。看官!你想中国的海军,已化为乌有,陆军又一蹶不振,赤手空拳,无可打仗,除奉令承教外,还有何策?只好一律照允。但胶州湾的地方,照中俄密约,已允租与俄国,此番又转给德人,俄使自然不肯干休,急向总署诘问。总署无词可答,好似哑子吃黄连,说不尽的苦楚。亏得李伯爷一张老脸,出去抵挡,把胶州湾一处,换了旅顺、大连湾二处,还算是中国便宜,租期二十五年,准他建筑炮台,并展长西伯利亚路线,通过满洲,直到旅顺为终点,才算了结。

总署人员,因俄德交涉,已经议妥,方想休息数天,饮酒看戏,挟妓斗牌,不意英使又来了一个照会,略说:"德国租了胶州湾,俄国租了旅顺、大连湾,如何我国终没有租地?难道贵国不记得从前约章,有'利益均沾'四字么?"总署不好回驳,只得仍请这位李伯爷,与英使商议。英使索租威海卫,并要拓九龙司租界。九龙司在广东海口,北京和约,割界英国,英人屡思展拓租界,苦无相当机会,此次适得要挟地步,遂与威海卫一同索租。李鸿章允展九龙租界,拒绝威海卫,两下争论多时,英使拍案道:"贵国何故将旅顺、大连湾租与俄人?胶州湾租与德国!俄德据了这数处地方,储兵蓄械,一旦南下,是要侵占长江的范围。长江一带,是我国通商的势力圈,若被他侵占,还当了得。所以我国索租威海卫,防他南来,并非我国硬要租借这地。"鸿章还要辩论,英使佛然起座道:"你若能索还旅顺、大连湾、胶州湾三处,我国不但不租威海卫,连九龙司也奉还中国。如若不能,休要固执!"言毕,碧眼骤张,虬髯倒竖,简直是要开仗的情形。鸿章无可奈何,结果是唯唯听命。威海卫租期,照俄国旅顺、大连湾二处;九龙司展拓租界,照德国租胶州湾年限。这都是光绪二十四年的事情。

翌年,广州附近,突有法国兵官,被中国人民戕害,法人效德国故伎,把兵舰闯进广州湾,安然占据。总理衙门料知无力挽回,乐得客气,与法使订约,将广州湾租与法国,限期如德租胶澳例。

俄德英法,都得了中国的良港,顿时惹起欧美各国的观感。欧洲南面的意大利国,无缘无故,也来索租浙江的三门湾,总署这番倒强硬起来,简直不允。意大利国总算顾全友谊,不愿硬来。廷臣以各国纷索海口,不如自己一律开放,索性给各国通商,还可彼此牵制,免生觊觎,乃自把直隶省的秦皇岛、江苏省的吴淞口、福建省的三都澳,尽行开埠。各国见海口尽辟,无从要索,才算罢休。自此以后,中国腐败的情状,统已揭露,朝野排外的气焰,索然俱尽,且渐渐变成媚外风气,外国侨民,势力益张,华民与有交涉,不论曲直,官府总是祖护洋人。郁极思奋,愤极思通,中国从此多事了。

且说光绪帝亲政,已是数年,这数年内丧师失地,一言难尽。光绪帝很是不乐,默念衰弱至此,非亟思变法不可。只朝臣多是守旧,一般顽固的官员,恐怕朝廷变法,必要另换一种人物,自己禄位不能保住,因此百计营谋,私贿李莲英,托他在太后前极力转圜,不可令皇上变法。太后因中日一役,多是皇帝主张,未经慈命,轻开战衅,弄得六旬万寿的盛典,半途打消,未免生恨;又经宠监李莲英,从旁撺掇,遂与皇帝暗生嫌隙。只是外有恭王奕䜣,再出为军机大臣领袖,老成稳练,内有慈禧后妹子醇王福晋,系光绪帝生母,至亲骨肉,密为调停,所以宫闱里面,还没有意外变动。光绪二十四年二月,恭王得了心肺病,逐日加重,太后率光绪帝视疾,前后三次,又命御医诊治,统是没效。四月初旬,病殁邸中,遗折是规劝皇上应澄清仕途,整练陆军;又言一切大政,须遵太后意旨,方可举行。太后特降懿旨,临邸奠醊,赐谥曰忠,入祀贤良祠,即令恭王孙溥伟承袭亲王。光绪帝亦随附一谕,命臣下当效法恭王竭尽忠悃。但天下事福不双行,祸不单至,醇王福晋,又生成一不起的病症,缠绵床褥,服药无灵,竟尔溘逝。慈禧后未免伤心,光绪帝尤为悲恸,外失贤辅,内丧慈母,从此光绪帝势成孤立,内外没有关切的亲人。

当时军机处重要人材,一个是礼亲王世铎,一个是刑部尚书刚毅,一个是礼部尚书廖寿丰,一个是户部尚书翁同和。这四个军机大臣内,刚毅最是顽固,翁同和要算维新。刚毅在刑部时,与诸司员闲谈,称皋陶为舜王爷,驾前刑部尚书皋大夫,"陶"本读如"遥",他却仍读本音;每遇案牍中有"瘐毙"字样,常提笔改"瘦"字,反叱司员目不识丁;到了入值军机,阅四川奏报剿办番夷一折,内有"追奔逐北"一语,连说川督糊涂,拟请传旨申斥。适翁同和在旁,问他何故? 他道:"'追奔逐北'一语,定是'逐奔追比'四字误写。"翁同和仍茫然不解。他又说道:"人人称你能文,如何这语还没有悟到? 逆夷奔逃,逐去捕住,追比他往时劫掠的财物,方是不错。若作逐北字样,难道逃奔的逆夷,不好向东西南三面，一定要向北么?"翁不禁失笑，勉强忍住，替他解明古义。他尚摇头不信，只不去奏请。

翁同和系光绪帝师傅，帝五岁时，翁即入宫，他本是江苏省常熟县人，江苏系近世人文荟萃的地方，翁又学问淹博，看了迂疏愚蠢的满员，好似眼中钉，满员遂与翁有隙。光绪二十年，翁曾奏参军机孙毓汶等，经光绪帝准奏，罢斥孙毓汶，此外亦有数人免职，遂将翁补入军机。还有李鸿藻、潘祖荫二人，亦同时补入。李鸿藻系直隶人，与同治帝师傅徐桐友善。两人为北派领袖，素主守旧。潘祖荫亦江苏人，与翁同和友善，为南派翘楚，素主维新，两派同直军机，互争势力。守旧派联结太后，维新派联结皇帝，于是李党翁党的名目，变称后党帝党。后党又浑名老母班，帝党浑名小孩班。

光绪二十三年，潘、李统已病故，徐桐失了一个臂助，遂去结交刚毅、荣禄诸人。刚与翁本无夙怨，不过刚毅生平，素有满汉界限，他脑中含着十二字秘诀。看官! 你道他是那十二字? 乃是:"汉人强，满人亡;汉人疲，满人肥"十二字。无论什么汉人，他总是不肯相容。荣禄因翁曾讦发私事，暗地怀恨，徐桐与他联络，势力益固。这边翁师傅孤危得很，恭王在日，尚看重他的学问，另眼相待，恭王一死，简直是没有凭藉，单靠了一个师傅的名望，有什么用处? 况这光绪皇上，名为亲政，实事事受太后压制;还有狐假虎威的李莲英，常与光绪帝反对，从中播弄。这李莲英本是宫监，专务迎合，为什么单趋承太后，不趋承光绪帝? 其间也有一个原因，小子正在追述祸根，索性也叙了一叙。

莲英有个妹子，貌甚美丽，性尤慧黠，并识得几个文字。莲英得宠，挈妹入宫，慈禧太后见他韶秀伶俐，极力赞美;入侍数月，太后的一举一动，一颦一笑，统被他揣摩纯熟，曲意承欢。慈禧太后怜爱异常，比李莲英尤加宠幸，常叫她为大姑娘，每日进膳，必令他侍食，且赐旁坐，连太后自己的胞妹，还没有这般优待。六旬万寿的时节，醇王福晋蒙懿旨特召，入园看戏，福晋因自己身分，反敌不过莲英妹子，佯称有疾，不肯赴召。嗣经懿旨再三催促，勉强入园，慈禧后还按礼接待，那莲英妹子，却昂然列坐，连身子都不抬一抬。福晋眼中，实在看不过去，仍托疾避席，还归邸中。但莲英献妹的意思，不是单望太后爱宠，他想仗着阿妹的姿色，蛊惑皇上，备选妃嫔，将来得生一子，作慈禧太后第二，自己的后半生，还好比前半生威显几倍。因此光绪帝入园请安时，他的妹子，起初遵兄吩咐，很献殷勤，眉挑目语，故弄风骚，偏偏这假痴假呆的光绪帝，对了这种柔情，好象守着佛诫，无眼耳鼻舌生意，恁他甚么美艳，甚么挑逗，总是有施无报，惹得美人儿生了懊恼，遇着皇帝入园，索性一眼不睬。光绪帝才窥透心肠，暗想李莲英如此阴险，不可不防，于是把莲英也渐渐疏远。

莲英一计不中，又生一计，时常到太后面前，捏报光绪帝过失。慈禧后起初倒也明白，遇皇上请安，只劝他性情和平，宽待下人。后来经莲英兄妹百端谗构，遂添了太后恶感。太后回宫，皇帝必在宫门外跪接，稍一迟误，便生间言。若皇帝到园省视，也不能直入太后室中，必跪在门外，候太后传见。李莲英又作了一条新例，不论皇亲国戚，入见太后，必须先索门包，连皇上也要照例。外面还道皇上什么尊贵，谁知光绪帝反受这样荼毒，积嫌之下，不免含恨。本可与别人谈叙，藉为排遣，奈内外左右，多是太后心腹，连皇后也是个女侦探，替太后监察皇帝。徬徨四顾，郁将谁语？只有翁师傅素来密切，还好与他密谈两三语。翁师傅见皇帝忧苦，遂保荐一个人材，看官！你道是谁？就是南海康先生有为。

此时康先生才做了工部主事，他生平喜新恶旧，好谈变法事宜，只因官卑职小，人微言轻，没有一个服他伟论。独翁师傅竟垂青眼，一手提拔。光绪帝特别召见，奏对时洋洋数千言，仿佛淮阴侯坛上陈词，诸葛公隆中决策，每奏一语，光绪帝点一点头，良久方令退出。自从清朝开国以来，召见主事，乃是二百数十年来罕有的际遇。康主事感怀知己，连上三疏，统是直陈利弊，畅所欲言。光绪帝本有意变法，经他迭次陈请，自然倾心采用，遂于二十四年四月中，接连降旨，废时文，设学堂，裁冗员，改武科制度，开经济特科，又下决意变法的上谕道：

> 数年以来，中外臣工，讲求变法自强。迩者诏书数下，如开特科，裁冗兵，改武科制度，立大小学堂，皆经一再审定，筹之至熟，妥议施行。惟是风气尚未大开，论说莫衷一是。或狃于老成忧国，以为旧章必应墨守，新法必当摈除。众喙哓哓，空言无补。试问时局如此，国势如此，若仍以不练之兵，有限之饷，士无实学，工无良师，强弱相形，贫富悬绝，岂真能制梃以挞坚甲利兵乎？朕惟国是不定，则号令不行，极其流弊，必至门户纷争，互相水火，徒蹈宋明积习，于国政毫无裨益。即以中国大经大法而论，五帝三王不相袭，譬之冬裘夏葛，势不两立。用特明白宣示，中外大小诸臣，自王公以及士庶，各宜努力向上，发愤为雄，以圣贤义理之学，植其根本，又须博采各学之切于时务者，实力讲求，以救空疏迂谬之弊。专心致志，精益求精，毋徒袭其皮毛，竞腾其口说，务求化无用为有用，以成通经济变之才。京师大学堂，为各行省之倡，尤应首先举办，着军机大臣总理各国事务王大臣，会同妥速具奏！所有翰林院各部院司员，各门侍卫，候补候选道府州县以下，各官大员子弟，八旗世职，各武职后裔，其愿入学堂者，均准入学肄习，以期人才辈出，共济时艰。不得敷衍因循，徇私援引，致负朝廷谆谆告诫之至意，将此通谕知之！

这谕未下的时候，光绪帝也预备一着，先往颐和园禀白太后，太后亦未尝阻挠,恰说:"变法也是要紧,但毋违背祖制,毋损满州权势,方准施行。"又言:"翁同和断不可靠,应及早罢官为是。"光绪帝唯唯而出,遂一意饬行新政,特设勤政殿,咨商政要。常召康主事密议一切,拟旨多出康手,康荐同志数人,如内阁候补侍郎杨锐,刑部候补主事刘光第,内阁候补中书林旭,江苏候补知府谭嗣同,统称他才识渊通,可以重用。光绪帝便各赏四品卿衔,令在军机章京上行走。康有为高弟梁启超,及胞弟康广仁,亦经康主事荐引。因他未曾出仕,一时不能超拔,只好缓缓录用。但这班维新党人,统是资卑望浅,一旦擢用,盈廷大员,靡不侧目。且朝变一制,暮更一令,所有改革事宜,多需礼部核议,弄得礼部人员,日无暇晷。礼部尚书怀塔布,系太后表亲,又有许应骙,亦是太后平日信任,两人素来守旧,见了这番手续,愤闷已极,恨不得将维新党人,立刻擢逐。因此一切新政,关系礼部衙门,免不得暗中搁置。御史宋伯鲁、杨深秀、与康有为等气味相投,上书参劾许应骙,说他阻挠新政。光绪帝览奏震怒,本拟即行革职,因碍着太后面子,令他明白复奏。许即按照原奏,逐条辩驳,并劾康有为妄逞横议,勾结朋党,摇惑人心,混淆国事,请即斥逐回籍。光绪帝见许复奏,揭康短处,心滋不悦。过了数日,御史文悌,又参奏:"宋伯鲁、杨深秀二人,欺君罔上,若非立加罢斥,必启两宫嫌隙。"顿时触怒天颜,斥他莠言乱政,挑动党争,命即夺职。

　　文悌忙求怀塔布往颐和园乞救。太后不答,但迫令光绪帝速斥翁同和。光绪帝没法,只得令开缺回籍。次日,又由太后特降懿旨,令简荣禄为直隶总督,裕禄在军机处行走。光绪帝又不能不允。暗中探听消息,乃是从怀塔布诬构所致,遂也赫然下谕,把礼部尚书怀塔布、许应骙,及侍郎坤岫,徐会沣、溥颋、曾广汉等六人,一律免职。守旧党见了这旨,吓得神志颓丧,陆续至颐和园,钻营运动,求太后重执朝政。太后恰从容不迫,谈笑自若,暗地里恰着着安排。

　　还有一个不自量力的王照,次第上书,先请剪发易服,继请皇帝奉太后游历日本。这等奏牍,守旧党闻所未闻。又有最关重要的一着,触犯李总管莲英。维新党人,以欲行新政,必斥太监,光绪帝深恨李莲英,正想乘此开刀,急得李莲英走投无路,率着娇娇滴滴的妹子,泣诉太后,磕头无数。不由太后不从,当下与莲英密议,定了一个秘计,密寄荣禄。荣禄随即上折,请帝奉太后往天津阅兵。光绪帝览到此奏,满腹踌躇,即到颐和园禀闻太后。太后很是喜欢,命光绪帝即行下谕,定期九月初五日,奉太后赴津阅操。光绪帝回宫,虽遵照慈命,准即阅操,心中总怀疑不定,遂传召一班维新人物,到勤政殿面议。康主事造膝密陈:"此去阅操,前途很险,预乞圣裁!"光绪帝连忙摇手,令他出外商妥,入宫详奏。康主事退出,与同志暗地商量,议定一釜底抽薪的计策,先杀荣禄于天津督署内；既杀荣禄，即调陆军万人，星夜入都，围住颐和园，劫太后入城，圈禁西苑，俾终余年。商定后，即由康主事入宫密奏，光绪帝沉吟不答，经康力劝，方说待天津事定后再办。康乃退。

这时候，朝旨已命全国立官报局，任康为上海总局总办。又设译书局，命康徒梁启超总办。康梁因密图大事，尚留住京师。光绪帝听了康主事秘计，筹划了好几日，暗想畿内兵权，握在荣禄手中，不便轻举，除非得一胆大心细的人物，先夺荣禄兵权，万难成事。日思夜想，觅不出这样人材。适值直隶按察使袁世凯入觐，光绪帝闻他胆大敢为，当即召见，先问他新政是否合宜，袁极力赞扬。光绪帝不得不信，随又问道："倘令汝统带军队，汝肯忠心事朕否？"袁即碰头道："臣当竭力报答皇上厚恩。一息尚存，几思图效。"次日即降谕道：

> 现在练兵紧要，直隶按察使袁世凯，办事勤奋，校练认真，着开缺以侍郎候补，责成专办练兵事务。所有应办之事宜，着随时具奏！当此时局艰难，修明武备，实为第一要务。袁世凯当勉益加勉，切实讲求训练，用副朝廷整饬戎行之至意！钦此。

守旧党见了此谕，彼此猜疑，急去禀报太后。其实宫廷内外，太后已密布心腹，时令传达，就是康有为入宫，亦经内监密报。只谋围颐和园的事情，尚未闻知，太后曾令光绪帝下谕，凡二品以上官授任，当亲往太后处谢恩，此番袁世凯擢任侍郎，官居从二品，理应照敕奉行。到颐和园谢恩时，太后立即召见，细问召对时语。袁一一照奏，太后道："整顿陆军，原是要紧，但皇帝也太觉匆忙，我疑他别有深意，你须小心谨慎方好！"袁自然答应。到八月初五日，袁请往天津，光绪帝出乾清宫召见，用尽方法，不使言语漏泄。殿已古旧黑暗，晨光透入颇微，光绪帝坐在龙座。告袁密谋，命袁往津，即向督署内捉杀荣禄，随即带兵入都，围执太后。俟办事已竣，当续任直隶总督。千万勿误！袁唯唯趋出。临行时付他小箭一支，作为执行证据。袁即坐第一次火车出京。光绪帝总道是委任得人，十有九稳，不意下午五句钟，荣禄竟乘专车入京。俗语有道：

> 不如意事常八九，可与人言无二三。

毕竟荣禄何故入京，容待下回说明。

清室不竞，外患迭乘，此时不革故鼎新，万不能挟强返弱。顽固诸徒，迂腐荒谬，固不足责，无论刚毅之显分畛域，自速其亡，即如徐桐、李鸿藻、怀塔布、许应骙辈，但务株守，各争党见，亦何在不足误国。但维新党人，锐意更张，亦未免欲速不达。善医者诊治弱症，必先培其元，然后可以祛邪，元气未培，猛加以克伐之剂，恐转有立蹶之弊。为政之道，何以异是？

且围园劫后之谋,名不正,言不顺,慈禧究非武曌,维新党人之力,宁及五王? 乃欲冒天下之不韪,以皇帝作孤注,其为计不亦太疏乎? 经著书人按事铺叙,随手抑扬,益知守旧派固无所逃罪,维新派亦不能免讥。一击不中,十日大索,可恫亦可惜也。

第八十七回

慈禧后三次临朝　维新党六人毕命

却说袁世凯上午赴津,荣禄下午抵京,此中隐情,不烦小子说明,看官当一目了然。荣禄抵京这一日,正值慈禧后还宫,亲祭蚕神。祭毕,退入西苑。照清朝故例,外省官员入京,非奉有召见特旨,不得入宫。荣禄不管禁令,他不用人引导,径至西苑叩谒。当由守门人阻住,荣禄道:"咱们有机密要事,入禀太后,恳迅速引见。"守门人本是太后心腹,与荣禄联同一气,且荣禄系太后亲戚,仓猝入宫,必有特别大事,便引了荣禄直至太后前。荣禄急忙下跪,头如捣蒜,太后忙问何故? 荣禄泣道:"求老佛爷救命!"老佛爷三字,乃是满人尊称帝后的徽号。荣禄因乞命要紧,所以不称太后,直呼老佛爷。太后道:"禁城里面,你有什么事要我救命? 这里没有甚么危险? 宫里也不是你避难的地方,你如何冒昧前来?"荣禄请摒去左右,太后即令内监退出,只留李莲英一人。荣禄即将皇帝密谋,一一陈奏。太后问:"此事可真么?"荣禄从靴中取出小箭一支,作为确证。太后大怒,立命荣禄传集满亲贵数人,并守旧党首领崇世铎、刚毅等俱到,又有怀塔布,许应骙二人,亦蒙特召,皆会集太后前,黑压压的跪满一地,叩请太后速出训政,挽救危机。太后准奏,伤荣禄带兵入卫。荣禄答称亲兵已有数千人来京,大约此时可到。太后道:"甚好甚好!"随令荣禄召兵进来,将禁城内的侍卫,一律调出。再命荣禄仍回天津,截住康党,毋任狡脱。荣禄奉命而去。

不防会议的时候,有个孙姓太监,素为光绪帝所亲信,得了这个消息,忙去报知光绪帝。光绪帝知事已泄漏,恐康有为必遭逮捕,忙自草一谕,令孙太监密递康主事。其谕道:

谕工部主事康有为:前命其督办官报局,此时闻尚未出京,实堪诧异! 朕深念时艰,思得通达时务之人,与商治法,康有为素日讲求,是以召见一次,令其督办官报,诚以报馆为开民智之本,职任不为不重,现筹有的款,着康有为迅速前往上海,毋再迁延观望! 钦此。

康主事瞧罢,见确是皇帝手笔,且谕中有召见一次的话儿,亦系掩饰耳目,暗伏机关,明人不用细说,便谢了孙太监,送别出门,自己匆匆随出,不暇通报同志，连阿弟广仁，也不及详告。行至车站，天已微明，当即乘火车出京，一抵塘沽，忙搭轮直往上海。及荣禄到京，康有为已乘轮南下。荣禄忙电饬上海道，速即查拿。

这时候，光绪帝已被撤政柄，幽禁瀛台。原来八月初六日清晨，光绪帝登太和殿，方阅礼部奏折，预备秋祭典礼，忽由宫监传出懿旨，宣召帝至西苑。帝出殿，宫监已在殿门外伫候，引帝入西苑内，即由李莲英带领阉党，簇拥光绪帝登舟，直达瀛台。瀛台系西苑湖中一个小岛，环岛皆水，光绪帝到了此间，料知没有好结果，不禁泪下。李莲英厉色道："太后即来，皇后亦至，难道万岁爷还怕寂静么？"言毕自去，留内监守卫。约一时许，太后已到，皇后珍妃等亦在后相随。光绪帝忙即跪接，太后怒目视帝，戟指叱道："你入宫时，年只五岁，立你为帝，抚养成人，今已将二十年，不是我一力保护，你那得有今日？还要变法维新，我也不来阻你，你为什么听人唆弄，忘我大德，还要设计害我？你试细想一想，应该不应该的？"光绪帝跪伏地上，战栗不能出声。太后又叹道："我想你的薄命，有何福气做皇帝，现在亲贵重臣，统请我训政，没有一人向你。就使汉大臣中，有几个助你为恶，你还道是好人，其实统是奸臣，我自然有法处治。"说至此，恨恨不已，似乎有即行废立的形状。恼了一个珍妃，突出皇后面前，向太后跪下，吁请太后宽恕帝罪，勿加斥责。太后怒道："象你这种狐媚子，也配着与我讲话么？"珍妃愤极，不觉大胆道："皇帝系一国共主，圣母亦不能任意废黜。"这句话尚未说完，面上已扑的一声，受着一个嘴巴，粉靥陡起桃花，不禁垂首。但听太后厉声道："快与我将这狐媚子，牵了出去，圈禁宫内。"当由内监请珍妃起来，带领回宫，引到一个密室，把她幽闭。长门寂寂，谁慰寂寥，免不得珠泪莹莹，长此愁苦。这且慢表。

单说慈禧后尚在瀛台，痛责光绪帝，经李莲英从旁解劝，方命还跸；令皇后留住帝处，监视皇帝言动，此外不准擅召一人。太后回宫，飞饬步军统领，逮捕维新党人，当时拿住杨深秀、谭嗣同、杨锐、林旭、刘光第、康广仁等六人，下刑部狱中。一面密议废立事件，王大臣等都不敢决议，慈禧后究属聪明，暗想骤然废立，恐惹起中外干涉，乃即以帝名降谕道：

> 现在国事艰难，庶务待理，朕勤劳宵旰，日综万几，兢业之余，时虞丛脞。恭溯同治年间以来，慈禧端祐康颐昭豫庄诚寿恭钦献崇熙皇太后，两次垂帘听政，办理朝政，弘济时艰，无不尽美尽善。因念宗社为重，再三吁恳慈恩训政，仰蒙俯如所请，此乃天下臣民之福。由今日始在便殿办事，本月初八日，朕率诸王大臣，在勤政殿行礼，一切应行礼议，着各该衙门敬谨预备！钦此。

这谕下后，眼见得光绪皇上，与废立无异了。只是维新党首康有为，未曾拿获,太后那里肯饶恕他?再饬步军统领,挨户搜查,务期拿获严办。十日大索,仍无影响。时康已乘轮赴沪,全然不知京内消息,轮船上又毫无风声,自己更不便探听,只好闷坐房舱中,消磨时日。过了三四天,轮船已到吴淞口,有为正开窗了望,但见有小火轮一艘,迎面而来。小轮上站着西人,喝令大轮停止,他即驶近大轮,一跃而上。手中持有照相片一纸,向舱内四处寻人,寻到康有为,将照片对证,形容毕肖,便将他一把扯住。有为未免着忙,随问何事?这个西人已通华语,便道:"你在京中闯什么祸,由上海道严密捉拿。"有为颇谙西国法律,便说:"奉旨来办官报局,出京时,并没有这般消息,现在不知何故被逮?想因康某倡行新政,被旧党挟嫌的缘故。"西人道:"你便是维新党首康先生么?据你说来,也不过是政治犯,西国律例上不便引渡,你且放心,快随我前去!"有为不便多说,即随着西人,换坐小轮。吴淞口本是西人范围,那个敢来过问?有为一走,大轮自然放汽进口,到了码头,见沪兵已布列岸上,遇客登岸,加意侦察。谁知这位康先生,早随西人到关上,改坐英国威海司军舰,直赴香港去了。

还有梁启超闻风尚早,逃出塘沽,径投日本兵船,由日本救护,直往日本,至横滨上岸,借宿旅馆,专探康先生下落。歇了好几天,康自香港到来,师弟重逢,好如隔世。谈起诸同志被拿,不胜叹息,泪下沾襟。从此师弟两人,遁亡在外,游历各地,组织报馆,倒也行动自由,言论无忌。直到宣统三年,革命军起,方才归国,这是后话。

且说八月八日,清廷大集朝臣,请出这位威灵显赫的皇太后三次临朝,光绪帝也暂出瀛台,入勤政殿,向太后行三跪九叩礼,恳请太后训政。太后俯允,仍命遵昔时训政故例。退朝后,光绪帝仍返瀛台。嗣后虽日日临朝,却是不准发言,简直同木偶一般。这班顽固老朽的守旧党,统是欣欣得意,喜出望外。太后又借了帝名,屡次下谕,托言朕躬有恙,令各省征求名医。当有几个著名医生,应征入都。诊治后,居然有医方脉案,登录官报。实在光绪帝并没有病,不过悲苦状况,比生病还要利害。医生视病时,又由太后监视,拜跪礼节,繁重得很,已弄得头昏脑晕,还有甚么诊视心思?况医生视病,不外望、闻、问、切四字,到了这处,四字都用不着。临诊时不好仰视,第一个望字,是抹掉了。屏气不息,系臣子古礼,医官何得故违?第二个闻字,又成没用。医官不能问皇帝病,只由旁人代述,第三个问字,也可除去。名为切脉,实是用手虚按,不敢略重,寸关尺尚不可辩,何况脏腑内的病症?第四个切字,有什么用处?诸名医视病后,未免得了贿赂,探出帝病形状,遂模模糊糊的写了脉案,开了医方,把无关痛痒的药味,写了几种,上呈军机处转奏帝前,也不知光绪帝曾否照服,这也不在话下。

只是海内的舆论,儒生的清议,已不免攻击政府,隐为光绪帝呼冤。有几个胆大的,更上书达部,直问御疾。其时上海人经元善,凤具侠忱,联络全体绅商,颁发一电,请太后仍归政皇上,不心以区区小病,劳动圣母。倘不速定大计,恐民情误会,一旦骚动,适召外人干涉,大为可虑。这样激烈的话头,确是得未曾有,到了太后眼中,顿时大怒,降旨严斥。还有密旨令江苏巡抚拿办。元善恰预先趋避,走匿澳门。太后又密电各省督抚下询废立事宜,两江总督刘坤一守正不阿,首先反对。各督抚遂多半附和。各国使臣,闻着这信,亦仗义力争,于是光绪帝实际上虽已失政,名义上尚具尊称。太后还欲临幸天津,考察租界情形,兼备游览,经荣禄力阻,乃收回天津阅操的成命。召荣禄入都,授军机大臣,节制北洋军队,兼握政治大权。直隶总督一缺,着裕禄出去补授。太后遂与荣禄商议,处置维新党事,荣禄力主严办,遂由刑部提出杨深秀、谭嗣同等六人,严加审讯,六人直供不讳。又有康寓中抄出文件甚多,无非攻讦太后隐情。六人寓中,亦有排议太后案件。太后闻报,非常震怒,不待刑部复奏,已将六人处斩,并于次日借帝名下谕道:

> 近因时事多艰,朝廷孜孜图治,力求变法自强,凡所设施,无非为宗社生民之计。朕忧勤宵旰,每切兢兢,乃不意主事康有为,首创邪说,惑世诬民,而宵小之徒,群相附和,乘变法之际,隐行其乱法之谋,包藏祸心,潜图不轨。前日竟有纠约乱党,谋围颐和园,劫制皇太后,陷害朕躬之事,幸经觉察,立破奸谋。又闻该乱党私立保国会,言保中国不保大清,其悖逆情形,实堪发指。朕恭奉慈闻,力崇孝治,此中外臣民之所共和。康有为学术乖僻,其平日著述,无非离经叛道,非圣无法之言。前因讲求时务,令在总理各国事务衙门章京上行走,旋令赴上海办理官报局,乃竟逗留辇下,构煽阴谋,若非仰赖祖宗默佑,洞烛几先,其事何堪设想?康有为实为叛逆之首,现已在逃,着各省督抚一体严密查拿,极刑惩治。举人梁启超,与康有为狼狈为奸,所著文字,语多狂谬,着一并严拿惩办。康有为之弟康广仁,及御史杨深秀,军机章京谭嗣同、林旭、杨锐、刘光第等,实系与康有为结党,阴图煽惑,杨锐等每于召见时,欺蒙狂悖,密保匪人,实属同恶相济,罪大恶极。前经将各该犯革职,拿交刑部讯究,旋有人奏,若稽时日,恐有中变,朕熟思深虑,该犯等情节较重,难逃法网,倘语多牵涉,恐致株累,是以未俟复奏,于昨日谕令将该犯等,即行正法。此事为非常之变,附和奸党,均已明正典刑,康有为为首创逆谋,罪恶贯盈,谅亦难逃法网。现在罪案已定,允宜宣示天下,俾众咸知。我朝以礼教立国,如康有为之大逆不道,人神所共愤,即为覆载所不容,鹰鹯之逐,人有同心。至被其诱惑,甘心附从者,党类尚繁,朝廷亦皆察悉,朕心存宽大,业经明降谕旨,概不

深究株连。嗣后大小臣工，务当以康有为为炯戒，力扶名教，共济时艰，所有一切自强新政，胥关国计民生，不特已有者，亟应实力举行；即尚未兴办者，亦当次第推广，于以挽回积习，渐臻上理，朕实有厚望焉。将此通谕知之！

看官读这上谕，似除六人正法，严拿康梁外，不再株连，并言新政亦拟续行，表面上很是明恕，不想假名的上谕，又是联翩直下。尚书李端棻、侍郎张荫桓、徐致靖、御史宋伯鲁、湘抚陈宝箴，或因滥保匪人，或因结连乱党，轻罪革职，重罪充军，及永远监禁。又夺前尚书翁同和官职，交地方官严加管束。嗣是停办官报，罢撤小学，规复制艺，撤销经济特科，所有各种革新机关，一概反旧，这便是戊戌政变，百日维新的结果。后人推谭嗣同等六人，为杀身成仁的六君子，并有诗吊他道：

> 不欲成仁不杀身，浏阳千古死犹生。
> 即人即我机参破，斯溺斯饥道见真。
> 太极先天周茂叔，三闾继述楚灵均。
> 洞明孔佛耶诸教，出入无遮此上乘。
>
> 东汉前明殷鉴在，输君巨眼不推衷。
> 爱才岂竟来黄祖，密诏曾闻讨阿瞒。
> 十日君恩嗟异数，一朝缇骑遍长安。
> 平戎三策何多事？抔土今还湿未干。

太后既尽除新党，力反新政，遂貌托镇静，安定了一年。这一年内所降谕旨，不是说母子一体，就是说母子一心，再加几句深仁厚泽的套语，抚慰百姓。百姓倒也受她笼络，没甚变动。不意到光绪二十五年十二月中，竟立起大阿哥溥儁来，究竟是何理由，待至下回再说。

维新诸子之功过，已见上回总评，至若慈禧太后之所为，一经叙述，并未周纳深文，而已觉强悍泼辣，仿佛吕、武，非经绅商之电争，江督之抗议，各国使臣之反对，几何而不如吕后之私立少帝，武后之擅废中宗也。夫慈禧以英明称，初次垂帘，削平大难，世推为女中尧舜，胡为历年愈久，更事益多，反不顾物议，倒行逆施若此？意者其亦由新党之过于操切，激之使然乎？密谋初发，全局推翻，幸则窜迹海邦，不幸则杀身燕市，自危不足，且危及主上，危及全国，操切之害，一至于此，吾不能为维新诸子讳矣！

第八十八回

立储君震惊七耋　信邪术扰乱京津

却说大阿哥溥儁,系道光帝曾孙,端郡王载漪的儿子,虽与光绪帝为犹子行,然按到支派的亲疏,论起继承的次序,溥儁不应嗣立。且光绪帝年方壮,何能预料他没有生育,定要立这储君? 就使为同治帝起见,替他立嗣,当时何不早行继立,独另择醇王子为帝呢? 这等牵强依附的原因,无非为母子生嫌而起。慈禧后三次训政,恨不得将光绪帝立刻摔去,只因中外反对,不能径行,没奈何勉强含忍,蹉跎了一载光阴。但心中未免随时念及,口中亦未免随时提起。端郡王载漪,本没有什么权势,因太后疏远汉员,信任懿亲,载漪便乘间幸进。他的福晋,系阿拉善王女儿,素善词令,其时入直宫中,侍奉太后,太后游览时,常亲为扶舆,格外讨好,遂得太后宠爱。溥儁年方十四,随母入宫,性情虽然粗暴,姿质恰是聪敏。见了太后,拜跪如礼,太后爱他伶俐,叫他时常进来,随意顽耍,因此溥儁亦渐渐得宠。载漪趁这机会,觊觎非分,一面嘱妻子日日进宫,曲意承欢,一面运动承恩公崇绮,及大学士徐桐、尚书启秀。崇绮自同治后崩后,久遭摈弃,闲居私第,启秀希望执政,徐桐思固权位,遂相与密议,定了一个废立的计策,想把溥儁代光绪帝。只因朝上大权,统在荣禄掌握,若非先为通意,与他联络,断断不能成事。当下推启秀为说客,往谒荣第,由荣禄迎入。寒暄甫毕,启秀请密商要事,荣禄即导入内厅,屏去侍从,便问何事待商? 启秀便与附耳密谈如此如此,这般这般,荣禄大惊,连忙摇首。启秀道:"康党密谋,何人先发,太后圣寿已高,一旦不测,当今仍出秉政,于公亦有不利。"荣禄踌躇一会,随道:"这事总不能骤行。"启秀又道:"伊霍功勋,流传千古,公位高望重,言出必行,此时不为伊霍,尚待何时?"荣禄道:"这般大事,我却不能发难。"启秀道:"崇、徐二公,先去密疏,由公从旁力赞,何患不成?"荣禄还是摇首,半晌才道:"待吾细思!"启秀道:"崇、徐二公,也要前来谒候。"荣禄道:"诸公不要如此卤莽,倘或弄巧成拙,转速大祸。崇、徐二公,亦不必劳驾,容我斟酌妥当,自当密报。"启秀随即告别,回报崇、徐二人,崇、徐仍乘舆往见荣禄。到了荣第,门上出来挡驾,怏怏退回。又与启秀商议道:"荣中堂不肯见从,如何是好?"启秀道:"荣中堂非没有此心,只是不肯作俑,二公如已决计,不妨先行上疏,就使太后不允,也决不至见罪,何虑之有?"是夕,二人遂密具奏折,次晨入朝,当即呈递。

退朝后,太后览了密奏,即召诸王大臣入宫议事。太后道:"今上登基,国人颇有责言,说是次序不合,我因帝位已定,不便再易,但教他内尽孝思,外尽治道,我心已可安慰。不料他自幼迎立,以至归政,我白费了无数心血,他却毫不感恩,反对我种种不孝,甚至与南方奸人,同谋陷我,我故起意废立,另择新帝,这事拟到明年元旦举行。汝等今日,可议皇帝废后,应加以何等封号?曾记明朝景泰帝,当其兄复位后,降封为王,这事可照行否?"诸王大臣面面相觑,不发一言。独大学士徐桐,挺然奏道:"可封为昏德公。从前金封宋帝,曾用此号。"太后点头,随道:"新帝已择定端王长子。端王秉性忠诚,众所共知,此后可常来宫中,监视新帝读书。"端王闻了此语,比吃雪还要凉快,方欲磕头谢恩,忽有一白发苍苍的老头子,叩首谏道:"这事还求从缓!若要速行,恐怕南方骚动。太后明睿,所择新帝,定必贤良,但当待今上万岁后,方可举行。"太后视之,乃是军机大臣大学士孙家鼐,陡然变色,向孙道:"这是我们一家人会议,兼召汉大臣,不过是全汉大臣体面,汝等且退!待我问明皇帝,再宣谕旨。"王大臣等遵旨而退。独端王怒目视孙,大有欲得甘心的形状,孙即匆匆趋出,于是端王等各回邸中。

是时荣禄尚在宫内,将所拟谕旨,恭呈御览。太后瞧毕,便问荣禄道:"废立的事情,究属可行不可行?"荣禄道:"太后要行便行,谁敢说是不可。但上罪不明,外国公使恐硬来干涉,这是不可不慎!"太后道:"王大臣会议时,你何不早说?现在事将暴露,如何是好?"荣禄道:"这也无妨,今上春秋已盛,尚无皇子,不如立端王子溥儁为大阿哥,继穆宗后,抚育宫中,徐承大统,此举才为有名,未知慈意若何?"太后沉吟良久,方道:"我言亦是。"遂于十二月二十四日,召近支王贝勒、御前大臣、内务府大臣、南上两书房翰林、各部尚书齐集仪鸾殿。景阳钟响,太后临朝,光绪帝亦乘舆而至,至外门下舆,向太后拜叩。太后召帝入殿,帝复跪下,诸王公大臣等仍跪在外面。太后命帝起坐,并召王公大臣皆入,共约三十人。太后宣谕道:"皇帝嗣位时,曾颁懿旨,俟皇帝生有皇子,过继穆宗为嗣,现在皇帝多病,尚无元嗣,穆宗统系,不便虚悬,现拟立端王子溥儁为大阿哥,承继穆宗,免至虚位。"言致此,以目视光绪帝:"你意以为是否?"光绪帝那敢多说,只答:"是是"两字。随命荣禄拟旨,拟定后,呈太后阅过,发落军机,次日颁发。太后即命退朝,翌晨即降旨道:

朕冲龄入承大统,仰承皇太后垂帘训政,殷勤教诲,巨细无遗。迨亲政后,正际时艰,亟思振奋图治,敬报慈恩,即以仰副穆宗毅皇帝付托之重。乃自上年以来,气体违和,庶政殷繁,时虞丛脞,惟念宗社至重,前已吁恳皇太后训政,一年有余，朕躬总未康复，效坛宗庙诸大祀，不克亲行，值兹时事艰难，仰见深宫宵旰忧劳，不遑暇逸，抚躬循省，寝食难安。敬溯祖宗缔造之艰难，深恐勿克负荷，且人继之初，曾奉皇太后懿旨，俟朕生有皇子，即承继穆宗毅皇帝为嗣，统系所关，至为重大。忧思及此，无地自容。诸病何能望愈，用再叩恳圣慈，就近于宗室中，慎简贤良，为穆宗毅皇帝立嗣，以为将来大统之畀，再四恳求，始蒙俯允，以多罗郡王载漪之子溥儁，继承穆宗毅皇帝，钦承懿旨，欣幸莫名。谨敬仰遵慈训，封载漪之子为皇子，将此通谕知之。

旨下后，大阿哥入居青宫，仍辟弘德殿，命崇漪充师傅，徐桐充监管。大阿哥不喜读书，只有两只洋狗，是他所钟爱，入宫第二日，即带了进去，有识的人，已料他是不终局的。只大阿哥正位青宫，端王权力，从此益大。徐桐、刚毅、启秀等极力赞助，遂闯出一场古今罕有的奇祸。看官！你道是什么祸祟？便是拳匪肇乱，联军入京，两宫出走，城下乞盟，订约十数款，赏金数百兆，弄得清室衰亡，中国贫弱，一点儿没有生气。说将起来，正是伤心！小子未曾下笔，身已气得发颤，泪已落了无数，若使贾太傅、陈同甫一班人物，犹在此时，不知要痛哭到那样结果？愤激到甚么地步？

话休叙烦，待小子细细表明：拳匪起自山东，就是白莲教遗孽，本名梅花拳，练习拳棒，捏造符咒，自称有神人相助，枪炮不能入。山东巡抚李秉衡人颇清廉，性质顽固，闻得拳匪勾结，他却不去禁阻，反许聚众练习。秉衡奉调督川，继任的名叫毓贤，乃是一个满员，比秉衡还要昏谬，竟视拳匪为义民，格外优待。因此拳匪遂日盛一日，蔓延四境。当中东开战的时候，直隶、山东异常恐慌，官商裹足，人民迁徙，未免有荡析流离的苦趣。到了马关约成，依然无恙，官商人民等，方渐渐安集。适天津府北乡，开挖支河，掘起一块残碑，字迹模糊，仔细辩认得二十字，略似歌诀，其文道："这苦不算苦，二四加一五。满街红灯照，那时才算苦。"众人统莫名其妙。及拳匪起事，碑文方有效验。拳匪中有两种技艺，一种叫做金钟罩，一种叫作红灯照。金钟罩系是拳术，向来习拳的人，有这名号，说是能避刀兵。只红灯照的名目，未经耳闻，究竟红灯照是什么技术？原来红灯照中，统是妇女，幼女尤多，身着红衫裤，挽双丫髻，年长的或梳高髻，左手持红灯，右手持红巾，及红色折扇，先择静室习踏空术，数日术成，持扇自扇，说能渐起渐高，上蹴天空，把灯掷下，便成烈焰。时人多信为实事，几乎众口一词，各称目睹，其实统是谣传。所造经咒，尤足令人一噱。唐僧、沙僧、八戒、悟空八字，乃是无上秘诀。八字念毕，猝然倒地，良久乃起，即索刀械，捏称齐天大圣等附体，跳跃而去。又有几个，说是杨香武、纪小唐、黄飞虎附身，怪诞绝伦，不值一辩。偏偏这巡抚毓贤，尊信得很。

毓贤本系端王门下走狗，趋炎附热，得放东抚，他即密禀端王，内称："东省拳民，技术高妙，不但刀兵可避，抑且枪炮不入。这是皇天隐佑大阿哥，特生此辈奇材，扶助真主，望王爷立即招集，令他保卫宫禁，预备大阿哥即真"等语。端王接禀，喜欢的了不得，暗想太后不即废立，实是怕洋人干涉，若得这种拳民保护，便可驱逐洋人，那时大阿哥稳稳登基，自己好作太上皇，连慈禧后都可废掉，何况这光绪帝呢？便即入宫告知太后。太后起初不信，援述张角、孙恩故事，拒驳端王。端王道："老佛爷明见千里，钦佩莫名！但据抚臣毓贤密报，的确是真。毓贤心性忠厚，或不至有欺罔等情。奴才愚见，不如饬直督裕禄，招集拳民数十人，先行试验。果有异术，然后添募，选择忠勇诸徒，送到内廷供奉；传授侍卫太监，将来除灭洋人，报仇雪恨，老佛爷得为古今无二的圣后，奴才等亦得叨附旗常，宁不甚妙？"太后闻他说得天花乱坠，不由的不动心，便道："这语也是有理，就饬裕禄查明真伪便了。"

端王退出，即命军机拟旨，密饬裕禄招集拳民，编为团练，先行试办。裕禄与端王，又是一鼻孔出气，忙行文到山东咨照毓贤。毓贤即将大队拳民送至，由裕禄一一试验，只见他个个强壮，人人精悍，红巾红带，挥拳如筹。惟枪炮有关性命，不便轻试。只好模糊过去。便令设立团练局，居住拳民，竖起大旗一面，旗中大书义和团三字。拳民辗转勾引，逐渐传授，不数月间，居然聚成数万，裕禄竟当他作十万雄师。光绪二十六年春，山东直隶一带，已成拳匪世界。在天津的匪首，第一个叫作王德成，第二个叫作曹福田，第三个叫作张德成。王自称老师傅，曹称大师兄，张称二师兄，其余还有许多首领，叙不胜叙。团练局中，不敷居住，遂分居庙宇。庙宇又不足，散入民宅。令家家设坛，人人演教。见有姿色妇女，强迫她习红灯照，日间阳令学习，夜间恣意奸淫。又姘识津门土娼，推了一个淫妓为红灯照女首领，托名黄连圣母，能疗团民伤痛。这位糊涂昏瞆的裕制军，闻圣母到津，竟朝服出迎，恭恭敬敬的接入署内，向她参拜。圣母傲然上坐，绝不少动。制军行礼毕，由团民簇拥出署，入神庙中，仿佛如城隍娘娘一般，上供神龛，黄幔低垂，红烛高烧，一班愚民，跪拜拥挤，几乎没有插足地。圣母以下，又有三仙姑九仙姑等，年纪统不过二十岁上下，面上各带妖态，其实多是平康里中人物。后来津城失陷，圣母仙姑，都不知去向，大约已升入仙班去了。

天津拳匪，越聚越多，寻至四散，于是涞水戍官的警报，接沓而来。涞水县有天主教堂，招收教徒，某乡民与教徒涉讼，始终不胜，挟嫌成仇，适拳匪散入涞水，即在某乡民家，抬众习拳。某乡民想藉他势力，报复教徒，教徒也预防祸害，密禀涞水县官。县官祝芾据情详报大宪，由大宪札复，说是愚民无知，不必剿捕，日久自当解散。祝大令奉了此札，自然不敢剿办。旋经教士再四禀恳，又经领事照会大吏，乃由省中派出杨副将福同，率领马步兵数百人，到场弹压。

杨尚未到，拳匪已号召徒党，围住教堂，攻进大门，见人便杀，不论男女长幼，统是乱刀齐下，砍成肉酱。霎时间火焰冲霄，尸骨塞路。拳匪手舞足蹈，欢声雷动。适杨副将兼程驰到，先用劝谕手段，令他抛弃兵械，便是良民。拳匪不从，各执刀枪相向。官兵仅执空枪，未及装弹，只得退后数步。不料拳匪纠众直上，乱击乱刺，杨副将饬兵士装弹，弹一装好，枪声齐发，拳匪多应声倒毙，当即溃散。次日，杨副将率兵进剿，又毙拳匪数十名。匪徒到处号召，分途四伏，用了诱敌的计策，引杨入伏，杨副将身先士卒，冒险直进，经过好几个村落，树尽匪起，蜂拥而来。杨副将连忙抵敌，不料马惊踣地，把杨副将掀翻地上，匪徒乘势乱戮，眼见得一位协戎，死于非命。官军失了主将，自然奔回。拳匪得胜，越加骄横。蔓延各处。裕禄不得已奏闻，朝旨虽令严拿首要，解散胁从，暗中恰饬直督妥为安插，并令协办大学士刚毅，及顺天府尹，兼军机大臣赵舒翘，出京剿办。

　　刚毅、赵舒翘到了涿州，正值涿州地方官，缉捕拳匪，拿住数人，刚毅即命放还，赵舒翘亦不敢多嘴，随同附和。当由刚毅带了许多拳匪，回到京师。二人入朝复旨，请太后信任义和团，用为军队，抵制洋人，断不至有失败等事。总管太监李莲英也在内竭力赞助，屡述义和团神奇。六十多岁的老太后至此遂误入迷团，变成守旧党的傀儡。只大学士荣禄，独说义和团全系虚妄，就使有小小灵验，亦系邪术，万不可靠，屡将此意禀白太后。怎奈太后左右，统是端王党羽，满口称赞义和团，单有荣禄一人反对，彼众我寡，那里还能挽回？太后又令端王管辖总理衙门，启秀为副，对付交涉。庄王载勋，协办大学士刚毅，统率义和团，准备战守。于是京城里面，来来往往，无非拳匪，骚扰的了不得。

　　是时京畿设武卫前后左右四军，由宋庆、聂士成、马玉昆、董福祥四人分领。董福祥本甘肃巨匪，经左宗棠收抚后，超擢甘肃提督，调入内用，统带武卫后军，驻扎苏州。董军部下，纯系甘勇，董又一粗莽武夫，受端王暗中笼络，命他率军入卫。看官！你想此时的拳匪，已是横行京都，肆无忌惮，又加那一班轻躁狂妄、毫无纪律的甘勇，成群结队，驱入京中，这京城还能安静么？当下毁铁路，拆电线，捣洋房，纷纷扰扰，闹个不休。并拥到正阳门内东交民巷，把各国公使馆，团团围住，镇日攻打。各公使拼命防守，一面咨照总署，严词诘问。总署已归端王管理，所有洋人公文，简直不理。正阳门内外，被焚千余家，独使馆仍岿然存在，不被攻入。清廷还要降旨，嘉奖拳民及甘勇，拳匪越加得势，甘勇也越发胡行。那个意气扬扬的端郡王，坐在总署，只望攻入使馆的捷音，忽报日本使馆书记官杉山彬，被甘勇杀死永定门外，端王大叫道："杀得好，杀得好。"随又报德国公使克林德男爵，拟来总署，途次由拳民击毙，端王喜极，又连声叫道："好义民！好义民！"正在说着，由外面递进一角紧急公文，乃直督裕禄所发。端王拆开一瞧，皱了皱眉，与启秀密谈数语，遂入宫奏报太后。太后道："洋人真是可恶，联络八国，来索大沽炮台，这事倒不易处置。"端王道："有这班义民效力，还怕什么洋鬼子？请太后即降旨宣战便了。"太后迟疑未决，端王道："这事已成骑虎，万难再下。老佛爷若瞧着外交团照会，就要不战，也是不能。"太后道："什么照会？"端王道："奴才已着启秀进呈，在门外恭候懿旨。"太后立命宣人，启秀行过了礼，即把照会呈上。太后不瞧犹可，瞧了一瞧，不觉大怒，把照会一掷，起座拍案道："他们怎么敢干涉我的大权？这事可忍，何事不可忍？我也顾不得许多了。拼死一战，比受他们的欺侮，还强得多哩。"随命端王、启秀，预召各王大臣，于明晨会议仪鸾殿，二人唯唯退出。看官！你道这照会中是甚么言语，激怒太后？小子探听明白，乃时端王嘱启秀假造出来，内说："要太后归政，把大权让还皇帝，废大阿哥，并许洋兵一万入京。"太后不辨真伪，因此大怒，决意主战。正是：

　　　　　既不知己，又不知彼；以一敌八，何往不殆？

　　欲知王大臣会议情形，俟至下回续叙。

　　端王不见用，则大阿哥不立，大阿哥不立，则亦无拳匪之乱。拳匪系白莲教余孽，种种荒诞，稍有识者，即知虚妄，宁以聪明英叡之慈禧后，独见不及此？就令一时误听，偶信邪言，而最蒙亲信之荣禄，再三谏阻，则应亦幡然悔悟，胡为始终不悛，长此执迷乎？盖一念之误，在憎光绪帝，再令之误，在爱大阿哥，爱憎交迫，憧憧往来，于是聪明英叡之美德，均归乌有，而为端王辈所播弄，开古今未有之大祸，斯即欲为慈禧讳，要亦不无能讳矣。诗曰："哲妇倾城。"妇既哲矣，何故有倾城之祸？"观于此而始知诗言之非诬也。

第八十九回

袒匪殃民联军入境　见危授命志士成仁

却说清廷会议这一日,军机大臣世铎、荣禄、刚毅、王文韶、启秀、赵舒翘皆到。天色将明,太后独御仪鸾殿,垂询开战事宜。荣禄含泪跪奏道:"中国与各国开战,原非由我启衅,乃是各国自取;但围攻使馆,决不可行,若照端王等主张,恐怕宗庙社稷,俱罹危险。且即杀死使臣数人,也不能显扬国威,徒费气力,毫无益处。"太后怒道:"你若执定这个意见,最好是劝洋人赶快出京,免至围攻,我不能再压制义和团了。你要是除这话外,再没有别的好主意,可即退出,不必在此多话。"荣禄叩头而退。启秀由靴中取出所拟宣战谕旨,进呈慈览。太后随阅随语道:"很好很好!我的意思,也是这样。"又问各军机大臣是否同意?军机大臣不敢异言,都说:"诚如圣意。"

太后乃入宫早膳,约过一二小时,复御勤政殿,召见各王公。光绪帝亦到,候太后轿至,跪接而入。端王载漪、庆王奕劻、庄王载勋、恭王溥伟、醇王载沣、贝勒载濂、载滢,及端王弟载澜、载瀛,并军机大臣、六部满汉尚书、九卿、内务府大臣、各旗副都统,黑压压的挤满一殿。但听太后厉声道:"洋人此次侮我太甚,我不能再为容忍,我始终约束义和团,不欲开衅,直至昨日看了外交团和总理衙门的照会,竟敢要我归政,才知此事不能和平解决。皇帝自己承认不能执掌政权,外国何得干预?现在闻有外国兵舰,驶至大沽,强索大沽炮台,无礼已极,如何忍耐得住?诸王大臣等如有所见,不妨直陈!"言毕,坐待了好一歇,不见有什么奏请。太后又侧视光绪帝,问他意见。光绪帝迟疑良久,方说:"请圣母听荣禄言,勿攻使馆,应即将各国使臣,送至天津。"言至此,仰瞻太后容貌,已是略变。太后后面站着李莲英,好象护法韦驮,威棱四射。光绪帝不禁震慑,回看各王公,正对着端王眼光,仿佛如恶煞神一般,非常凶悍,吓得战战兢兢,急回脸禀太后道:"这乃最大的国事,不敢决断,仍请太后作主。"太后不答。

时赵舒翘已升任刑部尚书。当即上奏,请明发上谕,灭除内地洋人,免作外国间谍,泄露军情。太后命军机大臣斟酌复奏。于是兵部尚书徐用仪、户部尚书立山、吏部左侍郎许景澄、内阁学士联元、太常寺卿袁昶依次进谏,统说:

"与世界各国宣战，寡不战众，必至败绩。外侮一人，内乱随发，后患不堪设想，恳求皇太后皇帝圣明裁断"等语。袁昶并言："臣在总理衙门当差二年，见外国人多和平讲礼，不致干涉中国内政，据臣愚见，请太后归政的照会，未必是真。"这句话，正打动端王心坎，即勃然变色，斥袁昶道："好胆大的汉奸，敢在殿中妄说！"随又向太后道："老佛爷肯听这汉奸的说话么？"太后命袁昶退出，并责端王言语暴躁，不应面辱廷臣。随命军机颁发宣战的谕旨，电达各省，又令荣禄明白通知各使，如愿今晚离津，即应派兵保护，妥送至津。各王公陆续退出，只端王及弟载澜，尚留殿中，奏对多时，大约是密陈战术，外人无从闻知，小子亦无从臆造。

只许、袁二公自退朝后，又联衔上奏，极陈拳匪纵横恣肆，放火杀人，激怒强邻，震惊宫阙，实属罪大恶极，万不可赦。请责成大学士荣禄，痛行剿办，并悬赏辑获拳匪首领，务绝根株，然后可阻住洋兵，削平巨患。正是语语剀切，言言沉挚。奏上后，好似石投大水，毫无影响，此外都作仗马寒蝉。许、袁二公不胜焦灼，方拟续上谏章，忽闻外省督抚，亦通电力阻，因此暂行搁笔，再探宫廷消息。

看官！你道外省督抚，是那个最识时务？最矢忠忱？待小子一一表来：原来这时的山东巡抚毓贤已调任山西，后任便是袁世凯。世凯知拳匪难恃，决意痛剿，只因端王等祖护拳匪，不好违背，他却想了一个妙法，札饬属吏，略说："真正拳民，已赴京保卫宫廷，若留住本省，练拳设坛，必是匪徒冒托，应立惩无赦！"于是山东省内文武各官，日夕搜捕，所有拳匪，死的死，逃的逃，不到数日，全省肃清。还有两广总督李鸿章，老成练达，他自中东战后，调入内阁，做个闲官，因溥儁入嗣，端王专权，宫中必生乱端，将来左右为难，不如讨个差使，离开宫禁，免致牵连。天缘凑巧，两广总督谭钟麟开缺，他正好乘机运动，果然得旨外放，补授粤督，权势自然不弱。又有一个总督张之洞，文采风流，善观时势，朝野想望丰采，也算是总督中的翘楚。这三省外，最忠诚的要算两江总督刘坤一，刘系湖南人，洪杨乱时，曾随曾左彭杨诸人，屡立战功。曾左彭杨，次第病殁，单剩他管辖两江，与李伯相同为遗老。光绪帝未遭废立，全亏他倡议保全，这番闻拳匪肇乱，已经愤激万分。一日，正在签押房阅视文书，忽由京中传到电报，急忙译出，低声读道：

我朝二百数十年深仁厚泽，凡远人来中国者，列祖列宗，罔不待以怀柔。迨道光咸丰年间，俯准彼等互市，并乞在我国传教，朝廷以其劝人之善，勉允所请，初亦就我范围，遵我约束，讵料三十年来，恃我国仁厚，一意拊循，乃益肆意嚣张，欺凌我国家，侵犯我土地，蹂躏我人民，勒索我财物，朝廷稍加迁就，彼等负其凶横，日甚一日，无所不至。小则欺压平民，大则侮慢神圣,我国赤子,仇怨郁结,人人欲得而甘心。此义勇焚烧教堂,屠杀教民所由来也。

读至此,不禁失色道:"这等乱民,还说他是义勇,真正奇怪!"随又读道:

朝廷仍不开衅,如前保护者,恐伤我人民耳。故再降旨申禁,保卫使馆,加恤教民,故前日有奉民教民,皆我赤子之谕,原为民教解释宿嫌,朝廷柔服远人,至矣尽矣。乃彼等不知感激,反肆要挟,昨日公然有杜士立照会,令我退出大沽口炮台,归伊看管,否则以力袭取,危词恫喝,意在肆其猖獗,震动畿辅。平日交邻之道,我未尝失礼于彼,彼自称教化之国,乃无礼横行,专恃兵坚器利,自取决裂如此乎?朕临御将三十年,待百姓如子孙,百姓亦戴朕如天帝,况慈圣中兴宇宙,恩德所被,浃体沦肌,祖宗凭依,神祇感格,旷代所无。朕今涕泣以告先庙,慷慨以誓师徒,与其苟且图存,贻羞万占,孰若大张挞伐,一决雌雄?

读到这句,又大惊道:"啊哟! 不好了! 竟要同各国开战么,这事还当了得。"随即停住读声,一目瞧下:

连日召见大小臣工,询谋佥同,近畿及山东等省义兵,同日不期而集者,不下数十万人,下至五尺童子,亦能执干戈,卫社稷。彼尚尚诈谋,我恃天理;彼凭悍力,我恃人心。无论我国忠信甲胄,礼义干橹,人人敢死,即土地广有二十余省,人民多至四百余兆,何难翦彼凶焰,张国之威?其有同仇敌忾,临阵冲锋,抑或仗义捐资,助益饷项,朝廷不惜破格懋赏,奖励忠勋。苟其自外生成,临阵退缩,甘心从逆,竟作汉奸,即刻严诛,决无宽贷。尔普天臣庶,其各怀忠义之心,共泄神人之愤,朕实有厚望焉! 钦此。

阅毕,叹息一会,即令办理折奏的老夫子,先拟电稿,后拟奏折,统是力阻战事,次第拜发。一面分电各省督抚,详询意见,经李鸿章、张之洞、袁世凯等复电,都说:"拳匪难恃,不应开战,已发电谏阻。"刘制军稍稍放心。忽闻大沽炮台失守,罗提督荣光逃回天津,警报如雪片相似,拟再上书极谏;适前川督李秉衡,奉旨巡阅长江,亦电复到来,大致与各督抚相同,接连又来了北京电报,译出后,又有一道催办兵饷的上谕。其辞道:

昨已将团民仇教,剿抚两难,及战衅由各国先开各情形,谕李鸿章,李秉衡,刘坤一,张之洞矣。尔各督抚度势量力,不欲轻构外衅,诚老成谋国之道。无如此次义和团民之起,数月之间,京城蔓延已遍,其众不下数十万,自民兵以至王公府第,处处皆是,同声与洋教为难,势不两立。剿之则即刻祸起肘腋,生灵涂炭,只合徐图挽救。奏称:"信其邪术以保国",似不谅朝廷万不得已之苦衷。尔各督抚知内乱如此之急,必有寝食难安,奔走不遑者,安肯作一面语耶? 此乃天时人事,相激相随,遂至如此。尔各督抚勿再迟疑观望，迅速筹兵筹饷，立保疆土。如有疏失，唯各督抚是问！特此电谕。

刘制军览到此谕，料知朝廷已执意主战，非笔舌可以挽回，就使屡次谏争，也是无益。但北方已经开仗，各国兵舰必陆续来华，将来游弋海面，东南亦必吃紧，牵动全局，涂炭生灵，在所不免。当下左思右想，苦无良策，正踌躇间，接各国领事来文，多是："中外开衅，祸由拳匪，洋人在华，仍求保护"等情。刘制军忽然触悟，想出一个保护东南，为民造福的法子来。随即电达各督抚商议大计。又由东南各督抚回电，极力赞成，遂由自己倡首，联合李鸿章、张之洞、袁世凯三总督，与各国领事开议，东南一带，决不开战，洋人亦不得无故侵扰。各国领事，统言："须请命政府，猝难定约。"巧值联军统帅英提督西摩尔，简率轻军，自大沽进攻杨村，被董军及拳匪击退，中国哗传大捷。外人确遭小挫，各国领事，未免惊心动魄，遂竭力怂恿政府，与中国东南各督抚定约。此约一定，东南才得安枕。到了后来议和的时节，还可援为话柄，这也是东南不该遭劫，中国不应灭亡，方得此救国救民的好督抚，主持大计，这且按下慢表。且说各国兵舰，自齐集大沽口后，即索让炮台，提督罗荣光婉词拒绝，洋兵即开炮轰击。罗提督不能守，奔回天津。是时天津一带，统被拳匪蟠踞，山东拳匪为巡抚袁世凯驱逐，亦相率到津，勒民供给，兼索官饷，稍有不从，肆行掳掠。并至紫竹林租界，杀人放火，见有洋行洋房，立即焚毁；并四处张贴俚词，语多不伦不类，有"天兵天将，八月齐降，重阳灭尽洋人，神仙归洞"等语。各国联军统帅西摩尔，登陆驰援，带兵不多，遇着大股拳匪，及董福祥部下甘勇，略开战仗，死了几个洋兵，西摩尔以寡众不敌，当即折回。在津拳匪，越发兴高采烈，似乎洋人已被他灭尽。总督裕禄，连忙奏捷，朝旨格外褒奖，赏拳匪及甘军银子各十万两。自是兵匪联结，抢夺不休。只有聂提督士成，素嫉拳匪，饬部众不得袒护，拳匪亦仇视聂军。当战事未开的时候，聂军门驻扎芦台，保护铁路，拳匪拟把铁路烧毁，正在倾浇煤油，沿轨放火，不料聂军门猝至，勒令解散。拳匪佯为听令，乘聂不备，挺刃而起，猛扑聂军。亏得聂军素有纪律，结阵自固。拳匪四面围攻，一匪首猱上杆杠，执旗指挥，被聂军望见，开枪遥击。初击不中，再击，正中匪首股中，颇踣地上。遂有军门亲卫跃马而出，刃及匪首腰际，匪首随仆随起，连受数刃，仍不见毙，卫卒亦惊为神；追至下马追及，猛斫匪首项领，领始随手而落，才知拳匪实无异术，不过与江湖卖艺，稍知运气者相同，随即携首返报。拳匪见首领被杀，连忙逃遁，已被聂军击死数百人，拳匪遂恨聂不置。

后来大沽失守，聂奉旨赴津防守，途遇拳匪，各持刀奔至，急驰入督署；拳匪亦直入署中，指名硬索。裕禄先为剖辩，继为缓颊，复邀聂与匪首相见。匪首尚欲挟聂至坛，聂坚持不住，匪首悻悻而去。自此聂军每为拳匪所戕，诉诸裕禄。裕禄阳出排解，暗中恰上疏弹劾，朝命革职留任。聂军愤无可泄，会马提督玉昆，随宋庆来津防守，聂入马营诉苦。马玉昆道："君斯时疑谤交乘，只有直前赴敌一法，若能胜敌，原是最妙，否则马革裹尸，也算是以身报国的大丈夫。是非千古，听诸后人。今欲与拳匪争论，实是无益。九重深远，呼吁无闻，请明见裁察！"聂闻言，亦料得进退两难，只好谨遵友教。会闻洋兵又鼓勇杀来，势如破竹，将薄天津城下，遂与母太夫人诀别，命护卫亲校，送母太夫人回里，并挥将弁使去。将弁跪请效命，聂军门不禁泪下，随道："我死是分内事，汝等进不死于敌，退必死于匪，既死还被通洋的恶名，汝等何必随我俱尽？"将弁仍不肯去，随聂出营。行了数十里，遇着洋兵前锋，聂已自知必死，当先冲敌，将校随上，勇气百倍，互击了四五时，敌已少却，战颇得手。不防后面喊声大起，枪弹齐飞，聂军道是洋兵掩袭，回首一望，乃是头裹红巾、腰扎红带的拳匪，急呼将校道："汝等杀退拳匪，自行逃生，我死于此便了。"将校牵着马缰，乞军门回营，军门用刀将马缰割断，冲入敌阵，身中数弹而亡。洋人嘉他勇敢，不忍伤尸，听部卒负归。拳匪反挟刃相向，意欲碎尸万段，方足泄忿。幸亏洋兵赶上，击退拳匪，始得全尸归葬。朝命还说他："督师多年，不堪一试，殊堪痛恨！姑念他为国捐躯，着加恩开复处分，照提督阵亡例赐恤！"这正是冤枉到底呢。

　　聂军已败，只马玉昆统率数营，扼守京津车道，并令拳匪协力对敌。洋兵节节攻入，拳匪跳舞而前，一遇枪炮，立即反奔，反致冲动官军。官军还要让他归路，否则拳匪且倒戈相向，因此官军越加困难。会马军统带草笠，拳匪指为洋奴。屡向裕禄哓哓，欲与马军开仗，裕禄与马军门婉商数次，不得已将草笠除去。马军门亦愤恨异常，与洋人交战，常拼命相争，愿随聂军门于地下。洋兵见他奋勇，倒也惧怯三分。一日，马军又与洋兵对垒，酣战多时。马军前仆后继。一往无前，把洋兵逼还租界，正拟乘胜追逐，忽东南风大起，暴雨骤下，马军被雨扑面，不能开目，反被洋兵顺风轰击，大半伤亡，只得退回原地。自聂军门阵亡，善阵善战，要算马军门部下，亦谨守军法，临敌不避，非义不取，洋兵推为中国名将。这次败挫，全因草笠不戴，无从蔽雨，致为洋兵所乘，伤毙甚众。不特军门痛恨拳匪，即将校也辱骂不止。时宋庆已奉旨节制各军，闻马军败退，已知津城难守，三十六着，走为上着，复檄马军退守北仓，防洋兵北上。马军奉檄退守，洋兵遂进薄津城。

　　裕禄不胜惊慌，忙请拳首商议守御，拳首还说："不妨，已遣神团守护城南，定可无虑。"裕禄深信不疑。拳首自去，次日召集匪党，托词开城出战，一出了城，哄然四散。洋兵趁此机会，攻入城南，裕禄尚在署中，恭候义民捷音，忽由巡捕入报，洋兵已经入城。裕禄起身便逃，耳中但闻一片枪炮声，吓得心胆俱裂,驰出北门,径投马营。只罗荣光已先服药自尽,天津既陷,联军大振。日本兵最多,计万二千人,俄兵八千人,英美兵各二千五百人,法兵千人,德兵二百五十人,奥兵一百五十人,意兵最少,只五十人。适德国统领瓦德西复率德、奥、美军继至,联军遂改推瓦德西为统帅,长驱北向。

宫廷中屡闻惊耗,军机大臣还不敢据实奏闻,只端王仗胆入奏道:"天津已被洋鬼子占去,都是义和团不肯虔守戒律,以致战败。现闻直督裕禄与宋庆、马玉昆等,退守北仓,洋鬼子颇占势力。但北京极其坚固,鬼子决不能来。"太后怒道:"今晨荣禄上奏,据言前日外国照会,现已查出,乃是军机章京连文冲捏造,你同启秀唆使,现在弄到这个地步,你有几个头颅,敢这般大胆?"端王连忙叩头道:"奴才不、不敢!"太后道:"我今朝才晓得你的心肝了。你想儿子即位,你好监国,这等痴心妄想,劝你趁早罢休!我一天在世,一天没有你做的,放心点,再不安分,就赶出宫去,家产充公。象你的行为,真配你的狗名!"端王自用事以来,从没有太后呵斥,此番是破题儿第一遭,俯伏在地,只是磕头。由内监奏闻太后,报称甘军统领董福祥求见。太后厉色道:"叫他进来!?董入内跪下,太后道:"你好!你好!从上月起,已来奏过十多次,都说围攻使馆的胜仗,为什么到今朝还不攻破呢?"董福祥答道:"臣来求见,正为这事。臣闻武卫军中有大炮,若攻使馆,立即片瓦不留,臣向他索取几回,荣禄立誓不肯借用。并言老佛爷即使有旨,也是不从。请老佛爷速即罢斥荣禄!"太后大怒道:"不许说话!你是强盗出身,朝廷用你,不过叫你将功赎罪,象你这狂妄样子,目无朝廷,仍不脱强盗行径,大约活得不耐烦了。快滚出去!以后非奉旨意,不准进来!"董谢恩趋出,太后命速召荣禄,内监奉旨而去。

太后见端王尚是跪着,亦令滚出。端王出宫,正值荣禄趋入,端王在外探听消息,约有两三小时,方闻荣禄出来。当由内监密报,太后令荣中堂速办礼物,送与使馆,并要他转饬庆王,前往慰问。又命李鸿章补授直督,由荣中堂拟旨电发。端王道:"迅雷不及掩耳,真是出人意外。"那密报端王的内监道:"还有许侍郎袁京卿二人,又上疏参劾各大臣,闻连王爷亦被劾在内。"端王闻言,不禁气冲牛斗,大声道:"都是这班汉奸,蒙蔽太后,所以太后痛责我们,我总要杀死了他,才见老子手段。"次晨,已由军机处发出奏稿,端王不待瞧毕,便请徐桐、刚毅、赵舒翘、启秀等密议,定下计策。徐桐等方去,忽报李秉衡进谒,即由端王迎入,谈论间颇为款洽。端王又密嘱周旋,李秉衡应命而退。原来李秉衡应诏勤王,一入北京,把从前祖匪的故态,又流露出来。太后召见时,禀称:"愿自赴敌,决一死战。"太后喜甚,大加信任,因此端王托他臂助,秉衡即密奏:"许、袁二人,擅改谕旨,从前太后颁发各谕,于待遇洋人事件,杀字统改为保护字样，专擅不臣，应加诛戮。"太后又勃然怒发，斥为赵高复生，应加极刑。这语一传，端王不待奉旨，便令刑部尚书赵舒翘，拿许、袁二人下狱，绝不审讯，即于次日押赴市曹，令刑部侍郎徐承煜监斩，两公都以直谏得祸。袁公文学治术，尤称卓绝，所上奏本，统系袁主稿。后人有诗三章吊之云：

> 八国联兵竟叩阙，知君却敌补青天。
> 千秋人痛晁家令，曾为君王策万全。

> 民言吴守治无双，士道文翁教此邦。
> 黔首青衿各私祭，年年万泪咽中江。

> 两江魔派不堪吟，北宋新奇是雅音。
> 双井半山君一手，伤哉斜日广陵琴。

欲知二公临刑情状，请看官续阅下回。

　　拳匪乱起，京津涂炭，八国联兵，合力而来，犹逞其一时意气，愤然主战，真令人不可思议。中东之役，以一敌一，尚且全军覆没，乃反欲以一服八耶？就使拳匪果有异术，亦未便轻于尝试，外人并未尝与我启衅，而我乃毁教堂，戕教士，甚至围攻使馆，甚且杀害公使，野蛮已甚，无一合理。证诸有史以来，从未闻有此背谬者。聂、马二军门，良将也，以仇匪而致败，聂且甘心殉难。徐侍郎、袁京卿二人，名臣也，以忠谏面致祸，同罹惨刑。丹心未泯，碧血长埋。谁为为之，以至于此？或谓东西督抚，不奉朝命，徒令一隅开战，致陷孤危。是不然。中国孱弱久矣，宁有以一服八之理？且幸得此督抚之反抗，始得障护东南，保全大局，再造之恩，殊不在曾左下。故吾谓清之亡，实皆自满人使之，于汉人无尤焉。

第九十回

传谏草抗节留名　避联军蒙尘出走

却说许、袁二公，被刑部饬赴市曹，刑部侍郎徐承煜系徐桐子，比乃父还要昏愦，至是奉端王命，作监斩官，既到法场，叱褫二公衣。许侍郎道："未曾奉旨革职，何为褫衣？"承煜不能答。袁京卿道："我等何罪遭刑？"承煜道："你乃著名的汉奸，还要狡辩甚么？"袁京卿道："死也有死的罪名。我死不足惜，只是没有罪证。汝等狂愚，乱谋祸国，罪该万死！我死之后，看汝等活到几时？"又转语许景澄道："不久即相见地下，将来重见天日，消灭僭妄，我辈自能昭雪，万古留名。"说着，两边已是拳匪环绕，拔刀拟颈。袁京卿亦厉声道："士可杀不可辱，我辈大臣，自有朝廷国法，何烦汝等动手？"言至此，号炮已发，二公从容就刑。忠臣殉国，谏草流传，参劾通匪各大臣，已是第三次奏章。第一疏已略见上文；第二疏是请保护使馆，万勿再攻；第三疏尤为切直，小子不忍割爱，录出如左：

奏为密陈大臣信崇邪术，误国殃民，请旨严惩祸首，以遏乱源而救危局，仰祈圣鉴事：窃自拳匪肇乱，甫经月余，神京震动，四海响应，兵连祸结，牵掣全球，为千古未有之奇事，必酿成千古未有之奇灾。昔咸丰年间之发匪捻匪，负隅十余年，蹂躏十数省，上溯嘉庆年间之川陕教匪，沦陷三四省，窃据三四载，当时兴师振旅，竭中原全力，仅乃克之。至今视之，则前数者为手足之疾，未若拳匪为腹心之疾也。盖发匪捻匪教匪之乱，上自朝廷，下自闾阎，莫不知其为匪。而今之拳匪，竟有身为大员，谬视为义民，不肯以匪目之者。亦有知其为匪，不敢以匪加之者。无识至此，不特为各国所仇，且为各国所笑。查拳匪揭竿之始，非枪炮之坚利，战阵之训练，徒以"扶清灭洋"四字，号召群不逞之徒，乌合肇事，若得一牧令将弁之能者，荡平之而有余。前山东抚臣毓贤，养痈于先，直隶总督裕禄，礼迎于后，给以战具，傅虎以翼。夫"扶清灭洋"四字，试问何从解说？谓我国家二百余年，深恩厚泽，挟于人心，食毛践土者，思效力驰驱，以答覆载之德，斯可矣。若谓际兹国家多事，时局艰难，草野之民，具有大力，能扶危而为安，扶者倾之对，能扶之即能倾之，其心不可问，其言尤可诛。臣等虽不肖，亦知洋人窟穴内地，诚非中国之利，然必修明内政，慎重邦交，观衅而动，择各国中之易与者，一震威棱，用雪积愤。设当外寇入犯时，有能奋发忠义，为灭此朝食之谋，臣等无论其力量何如，要不敢不服其气概。今朝廷方与各国讲信修睦，忽创灭洋之说，是谓横挑边衅，以天下为儿戏。且所灭之洋，指在中国之洋人而言，抑括五洲之洋人而言？仅灭在中国之洋人，不能禁其续至。若尽灭五洲各国之洋人，则洋人之多于华人，奚啻十倍？其能尽灭与否，不待智者知之。不料毓贤、裕禄，为封疆大吏，识不及此。裕禄且招揽拳匪头目，待如上宾，乡里无赖棍徒，聚千百人，持义和团三字名帖，即可身入衙署，与该督分庭抗礼，不亦轻朝廷羞当世士耶？静海县之拳匪张德成、曹福田、韩以礼、文霸之、王德成等，皆平日武断乡曲，蔑视官长，聚众滋事之棍徒，为地方巨害，其名久著，士人莫不知之，即京师之人，亦莫不知。该督公然入诸奏报，加以考语，为录用地步，欺君罔上，莫此为甚。又裕禄奏称："五月二十夜戌刻，洋人索取大沽炮台屯兵，提督罗荣光坚却不允，相持至丑刻，洋人竟先开炮攻取，该提督竭力抵御，击坏洋人停泊轮船二艘。二十二日，紫竹林洋兵分路出战，我军随处截堵，义和团分起助战，合力痛击，焚毁租界洋房不少。"臣询由津来京避难之人，金谓击沉洋船，焚毁洋房，实属并无其事。而我军及拳匪，被洋兵击毙者，不下数万人，异口同声，决非谣传之讹。甚有谓："二十日洋人攻击大沽炮台，系裕禄令拳匪攻紫竹林先行挑衅"等语。此说或者众怨攸归，未可尽信，而诳报军情，竟与提督董福祥，诈称使馆洋人，焚杀净尽，如出一辙。董福祥本系甘肃土匪，穷迫投诚，随营效力，积有微劳，蒙朝廷不次之擢，得有今职，应如何束身自爱，仰答高厚鸿慈，乃比匪为奸，形同寇贼，迹其狂悖之状，不但辜负天恩，益恐狼子野心，或生他患。裕禄屡任兼圻，非董福祥武员可比，而竟昏愦乃尔，令人不可思议。要皆希合在廷诸臣谬见，误为我皇太后皇上圣意所在，遂各倒行逆施，肆无忌惮，是皆在廷诸臣欺饰锢蔽，有以召之也。大学士徐桐，素性糊涂，罔识利害；军机大臣协办大学士刚毅，比奸阿匪，顽固性成；军机大臣礼部尚书启秀，胶执己见，愚而自用；军机大臣刑部尚书赵舒翘，居心狡狯，工于逢迎。当拳匪甫入京师之时，仰蒙召见王公以下，内外臣工，垂询剿抚之策。臣等有以团民非义民，不可恃以御敌，无故不可轻与各国开衅之说进者。徐桐、刚毅等竟敢于皇太后、皇上之前，面斥为逆说。夫使十万横磨剑，果足制敌，臣等讵有血气，何尝不欲聚彼种族而歼旃。否则自误以误国，其逆恐不在臣等也。五月间，刚毅、赵舒翘奉旨前往涿州，解散拳匪，该匪勒令跪香，语多诬妄。赵舒翘明知其妄，语其随员人等，则太息痛恨，终以刚毅信有邪术，不敢立异，仅出告示数百纸，含糊了事，以业经解散复命。既解散矣，何以群匪如毛，不胜弥剿？似此任意妄奏，朝廷盍一诘责之乎？近日天津被陷，洋兵节节进逼，曾无拳匪能以邪术阻令前进，诚恐旬日之间，势将直扑京师。万一九庙震惊，兆民涂炭，尔等作何景象？臣等设想及之，悲来填膺。而徐桐、刚毅等，谈笑漏舟之中，晏然自得，一若仍以拳匪可作长城之恃，盈廷惘惘，如醉如痴。亲而天潢贵胄，尊而师保枢密，大半尊奉拳匪，神而明之。甚至王公府第，闻亦设有拳坛，拳匪愚矣，更以愚徐桐、刚毅等。徐桐、刚毅等愚矣，更以愚王公。是徐桐、刚毅等，实为酿祸之枢纽，若非皇太后、皇上，立将首先祖护拳匪之大臣，明正其罪，上伸国法，恐廷臣盦为拳匪所惑，疆臣之希合者，接踵而起，又不止毓贤、裕禄数人。国朝数百年宗社，将任谬妄诸臣，轻信拳匪，为孤注之一掷，何以仰答列祖列宗在天之灵？臣等愚谓时止今日，间不容发，非痛剿拳匪，无词以止洋兵。非诛袒护拳匪之大臣，不足以剿拳匪。方匪初起时，何尝敢抗旨辱官，毁坏官物？亦何敢持械焚劫，杀戮平民？自徐桐、刚毅等称为义民，拳匪之势益张，愚民之惑滋甚，无赖之聚愈众。使去岁毓贤能力剿该匪，断不至为蔓延直隶，使今春裕禄能认真防堵，该匪亦不至阑入京师。使徐桐、刚毅等，不加以义民之称，该匪尚不敢大肆焚掠杀戮之惨。推原祸首，罪有攸归，应请旨将徐桐、刚毅、赵舒翘、启秀、裕禄、董福祥、毓贤，先治以重典；其余袒护拳匪，与徐桐、刚毅等谬妄想若者，一律治以应得之罪。不得援议亲议贵，为之末减，庶各国恍然于从前纵匪肇衅，皆谬妄诸臣所为，并非朝廷本意。弃仇寻好，宗社无恙，然后诛臣等以谢徐桐、刚毅诸臣。臣等虽死，当含笑入地。无任流涕具陈，不胜痛愤惶迫之至，伏乞皇太后皇上圣鉴！

小子统观清朝奏议，谄媚居多，切直很少，就使君相有失，也是乱拍马屁，不是说钦佩莫名，就是说莫名惶悚，那个犯颜敢谏呢？许、袁二公弹劾当道，不避权贵，老虎头上抓痒，虽被老虎吞噬，究竟直声义胆，流传千古，好算替清史增光了。端王杀了许、袁，又想汉尚书徐用仪、满尚书立山，及学士联元，也是与我反对，一不做，二不休，索性也把他除灭。只有荣禄得宠太后，不好妄动，暂且寄下头颅，再作计较。当下密嘱拳匪矫诏逮捕，将徐用仪、联元、立山三人，次第拿到，送刑部狱。徐用仪居官四十多年，谨慎小心，遇事模棱，本没有甚么肝胆，此次因拳匪事起，恰也忍耐不住，谁知竟触怒权奸，陷入死地。联元本崇绮门下士，起初亦鄙塞不通，嗣因女夫寿富，与言欧美治术，始渐开明，至是因反抗端王，疏劾拳匪，亦同罹祸。立山内务府旗籍，任内府事二十年，积资颇饶，素性豪侈，最爱的是菊部名伶，北里歌伎，都有名伎绿柔，与立山相昵，载澜亦昵绿柔，红粉场中，惹起醋风。且载澜虽封辅国公，入不敷出，所费缠头，不敌立山，妓女见钱是血，遇着有钱的阔老，格外巴结，载澜相形见绌，挟嫌成恨。立三死后，门客星散，独伶人十三旦，往收尸首，经理丧事。立尚书生平得了这个知己，也不枉做官一场。

端王杀了五大臣，余怒尚未平息，暗地里还排布密网，罗织成文。到了七月初旬，闻报北仓败绩，裕禄退走杨村，随又报杨村失陷，裕禄自杀，端王虽然着急，心中还仗一着末尾的棋子。看官！你道是那一着残棋？原来李秉衡奏请赴敌，朝旨遂命他帮办武卫军务，所有张春发、陈泽霖各军，统归节制。李秉衡出京督师，端王日盼捷音，谁料李秉衡到河西务，用尽心力，招集军队，张春发、陈泽霖等阳听调遣，阴怀携贰。洋人日逼日近，官兵转日懈日弛，恁你爱戴端王，有志灭洋的李秉衡，也是没法，只好服了毒药，报太后、端王的恩遇。秉衡一死，不但张、陈各军纷纷溃退，就是各路武卫军队，也四散奔逃。还有这班义和团，统已改易前装，大肆抢掠。可怜溃兵败匪，挤做一槽，百姓不堪骚扰，反眼巴巴的专望洋兵。洋兵到一处，顺民旗帜，高悬一处。

七月十七日联军入张家湾，十八日进陷通州，二十日直薄京城。荣禄连日入宫禀报太后，太后自悔不及，只有对着荣禄，呜呜哭泣。荣禄道："事已至此，请太后不必悲伤，速图善后事宜！"太后止泪道："前已电召李鸿章入京议和，奈彼逗留上海，不肯进来，反来一奏，说我议和不诚，硬要我先将妖人正法，并罢斥信任拳民的大臣。他是数朝元老，还作这般形态，奈何奈何？"说着，即检出李鸿章原奏，递交荣禄。荣禄接着瞧道：

> 自古制夷之法，莫如洞悉房情，衡量彼己。自道光中叶以来，外患渐深，至于今日，危迫极矣。咸丰十年，英法联军入都，毁圆明园，文宗出走，崩于热河。后世子孙，固当永记于心，不忘报复；凡我臣民，亦宜同怀敌忾者也。自此以后，法并安南，日攘朝鲜，属地渐失，各海口亦为列强所据。德占胶州，俄占旅顺、大连，英占威海、九龙，法占广湾，奇辱极耻，岂堪忍受？臣受朝廷厚恩，若能于垂暮之年，得睹我国得胜列强，一雪前耻，其为快乐，夫何待言！不幸旷观时势，唯见忧患之日深，积弱之军，实不堪战，若不量力，而轻于一试，恐数千年文物之邦，从此已矣。以卵敌石，岂能幸免？即以近事言之，聚数万之兵，以攻天津租界，洋兵之为守者，不过二三千人，然十日以来，外兵之伤亡者，仅数百人，而我兵已死二万余人矣。又以京中之事言之，使馆非设防之地，公使非主兵之人，而董军围攻，已及一月，死伤数千，曾不能克。现八国联军，节节进攻，即得京师，易如反掌。皇太后、皇上，即欲避难热河，而今日尚无胜保其人，足以阻洋兵之追袭者。若至此而欲议和，恐今日之事，且非甲午之比。盖其时日本之伊藤，

犹愿接待中国之使,如今日任用拳匪,围攻使馆,犯列强之众怒,朝廷将于王公大臣中,简派何人,以与列强开议耶?以宗庙社稷为孤注之一掷,臣思及此,深为寒心!若圣明在上,如拳匪之妖术,早已剿灭无遗,岂任其披猖为祸,一至于此?历览前史,汉之亡,非以张角黄巾乎?宋之削,非以信任妖匪,倚以御敌乎?臣年已八十,死期将至,受四朝之厚恩,若知其危而不言,死后何以见列祖列宗于地下?故敢贡其愚直,请皇太后、皇上,立将妖人正法,罢黜信任邪匪之大臣,安送外国公使至联军之营,臣奏谕速即北上,虽病体支离,仍力疾冒暑遄行。但臣读寄谕,似皇太后皇上仍无诚心议和之意,朝政仍在跋扈奸臣之手,犹信拳匪为忠义之民,不胜忧虑!臣现无一兵一饷,若冒昧北上,唯死于乱兵妖民,而于国毫无所益,故臣仍驻上海,拟先筹一卫队,措足饷项,并探察列强情形,随机应付,一俟办有头绪,即当兼程北上,谨昧死上闻!

荣禄瞧毕,呈还原奏,便道:"李鸿章的奏折,恰也不错。现在欲阻止洋人,只好将袒护拳匪的罪魁,先行正法,表明朝廷本心,方可转圜大局。"太后默然,忽见澜公跟跄奔入,大声叫道:"老佛爷!洋鬼子来了。"言未已,刚毅也随了进来,报称有洋兵一队,驻扎天坛附近。太后道:"恐怕是我们的回勇,从甘肃来的。"刚毅道:"不是回勇,是外国鬼子,请老佛爷即刻走。不然,他们就要来杀了。"太后迟了半响,才道:"与其出走,不如殉国。"荣禄道:"太后明见很是。"太后道:"你快去收集军队,准备守城,待我定一会神,再作计较。"荣禄应命退出。载澜刚毅亦退。

是日召见军机,接连五次,直到夜半,复行召见。光绪帝亦侍坐太后旁,等了好一会,只刚毅、赵舒翘、王文韶三人进来。太后道:"他们到那里去了,想都跑回家去了。丢下我母子二人不管,真是可恨!"刚毅道:"洋兵已经攻城,皇太后、皇上不如暂时出幸,免受洋鬼子恶气!"太后道:"荣禄叫我留京,我意尚在未定。"刚毅道:"洋鬼子利害得很,闻他带有绿气炮,不用弹子,只叫炮火一燃,这种绿气喷出,人一触着,便要僵毙,所以我兵屡败,两宫总宜保重要紧,何苦轻遭毒手。"太后道:"照此说来,只好暂避。但你们三人,总要跟随我走。"三人齐声遵旨。太后复向王文韶道:"你年纪太大了,我不忍叫你受此辛苦,你随后赶来罢!"王文韶道:"臣当尽力赶上。"光绪帝闻言,亦开口道:"是的,你总快快尽力赶上罢!"太后又语刚毅、赵舒翘道:"你们两人会骑马,应该随我走,沿路照顾,一刻也不能离开!"二人又唯唯连声。太后令他退出,整备行装,候旨启行。三人才退,宫监来报洋鬼子已攻进外城了,太后忙回入寝宫,卸了旗装,唤李莲英梳一汉髻,太后平时最爱惜青丝,乌云压鬓,垂老不白一茎。相传同治年间,李莲英曾得何首乌,献入太后蒸服,因有此效,每当梳洗,必令莲英篦刷，莲英做了梳头老手，每日不损太后一发，又善替太后装饰。向例宫中梳髻，平分两把，叫作叉子头，垂后的叫作燕尾。莲英为太后梳成新式，较往时髻样尤高，油光脂泽，不亚玄妻。这时改作汉髻，太后尚顾影自怜道："讵料今天到这样地步。"当下叫宫监取一件蓝夏布衫，穿在身上，又命光绪帝、大阿哥及皇后、瑾妃，统改了装，扮作村民模样，随召三辆平常驿车，带进宫中，车夫也没有官帽。众妃嫔等，统于寅初齐集，太后谕众妃嫔道："你们不必随去，管住宫内要紧！"又命崔太监至冷宫，带出珍妃。珍妃到太后前，磕头请安。太后道："我本拟带你同行，奈拳众如蚁，土匪蜂起，你年尚韶稚，倘或被掳遭污，有损宫闱名誉，你不如自裁为是。"珍妃到此，自知必死，便道："皇帝应该留京。"太后不待说完，大声道："你眼前已是要死，还说甚么？"便喝崔某快把他牵出，叫他自寻死路。光绪帝见这情形，心中如刀割一般，忙跪下哀求。太后道："起来，这不是讲情时候，让他就死罢，好惩戒那不孝的孩子们，并叫那鸱枭看看，羽毛尚未丰满，就啄他娘的眼睛。"光绪帝向外一顾，见崔太监已牵出珍妃。珍妃还是向帝还顾，泪眼莹莹，惨不忍睹。不到一刻，崔监回报，已将珍妃推入井中。光绪帝吓得浑身乱抖。太后道："上你的车子，把帘子放下，免得有人认识。"光绪帝上了车，太后令溥伦跨辕，自己亦坐入车内，放下帘子，叫大阿哥跨辕，令皇后、瑾妃亦同坐一车。又命李莲英道："我知道你不大会骑马，总要尽力赶上，跟我走。"莲英应命。太后复饬车夫，先往颐和园，倘有洋鬼子拦阻，你叫说是乡下苦人，逃回家去。车夫唯唯，天尚未明，三辆骡车，已自神武门出走，只端王载漪，及刚毅、赵舒翘，乘马随行。途中幸没有洋兵拦阻，一直到颐和园，太后等入园坐了片刻，略用茶膳。外面又有太监来报，洋鬼子追来了。太后忙率着皇帝等，上车急奔。

行了六七十里，日已西斜，还没有吃饭的地方。又行数里，到了贯市。贯市是个荒凉市镇，只有一个回回教堂，有几个回子居住。太后见天色将晚，便令车夫向教堂借宿，回子还算有情，慨然应允。进了教堂，便饬车夫觅购食物，怎奈贯市地方，寻不出什么佳点，只有绿豆粥一物，由车夫买了一大盂，呈上两宫。太后皇帝等人，见了这物，既是龌龊，又是冰冷，本想不去吃，怎奈饥肠辘辘，没奈何吃了一碗，勉强充饥。教堂中本没有被褥等件，太后又不说真名真姓，那个来侍奉老佛爷，到了夜间，随地卧着，只太后睡一土坑，忍冻独眠，朦朦胧胧的睡了一回。光绪帝寤不成寐，辗转反侧，未免自言自语道："这等况味，统是义民所赐。"太后偏偏听见，便嗔道："你岂不知属垣有耳么？休要多嘴！"翌晨早起。出了教堂，又坐着骡车赶路。接连三日，尚无官厅，统是随便歇宿？无被无褥，无替换衣服，也无饭吃，只有小米粥充饥。直到怀来县，县令吴永，起初未得报告，毫无预备。忽闻太后到署，手忙脚乱，连朝服都不及穿着，即由便衣跪接,迎入署中,太后住县太太房,皇上住签押房,皇后住少奶奶房。太后至房中,手拍梳头桌道:"我腹饥得很,快弄点食物来吃!无论何物,都可充饥。"吴大令那敢怠慢,嘱厨子备了上等菜蔬,虽不及宫中的美备,比途次的粗茶稀粥,何止十倍?这时李莲英早到,太后急命他改梳满鬓,梳毕进膳。正大嚼间,庆亲王奕劻及军机大臣王文韶赶到。太后极喜,并分燕窝汤赏给,且道:"你们三日内所受困苦,大约与我等相同,我等已狼狈不堪了。"庆王、王文韶谢过了恩,太后命庆王回京,与联军议和。庆王支吾了一会,太后道:"看来只好你去。从前英法联军入都,亏得恭王奕訢,商定和议,你也应追效前人,勉为其难罢了。"庆王见太后形容憔悴,言语凄楚,不得已硬着头皮,遵了懿旨,在怀来县休息一天,即告别回京。后人有诗咏两宫西狩道:

> 宫车晓出凤城隈,豆粥芜蒌往事衰。
> 玉镜牙梳浑忘却,慈帏今夜驻怀来。

欲知两宫西狩详情,及京中议和略状,统在下回表明。请看官再行续阅。

本回两录谏草,一为许、袁二公文,一为李伯相文。当时宫廷昏愦情状,两谏草中已备载无遗,阅者读之,不能不为慈禧咎。迨联军入京。仓猝西走,犹必置珍妃于死地,然后启程,妇人情性,辄蹈偏端,爱之则非常宠幸,虽为所播弄,至身败名裂而不恤,恶之则非常痛恨,当艰难困苦之遭,且出一泼辣手段,殄绝私仇,以泄昔时之忿。故牝鸡司晨,惟家之累,古人有深戒焉。西走之时,三日薄粥,一饱难求,曾不足以示罚,冥冥中殆隐有主宰,不欲因此毙后,必俟瓦解土崩,而后促登冥箓欤?天道无凭,若有凭,叶赫亡清之谶,其信也夫!

第九十一回

悔罪乞和两宫返跸　　撤戍违约二国鏖兵

却说两宫西狩,京城已自失守,日本兵先从东直门攻入,占领北城,各国兵亦随进京城,城内居民,纷纷逃窜。土匪趁势劫掠,典当数百家,一时俱尽。这北城先经日兵占据,严守规律,禁止骚扰,居民叨他庇护,大日本顺民旗,遍悬门外。各国兵不免搜掠,却没有淫杀等情,比较乱兵拳匪,不啻天渊。紫禁城也亏日兵保护,宫中妃嫔,仍得安然无恙。满汉各员,也有数十人殉难。联元女夫寿富,慷慨赋诗,与胞弟仰药自尽。大学士徐桐,也总算自缢。承恩公崇绮,偕荣禄同奔保定,住莲花书院。崇绮亦赋绝命诗数首,投缳毕命。荣禄先取崇绮遗折,着人驰奏,自己亦赶赴行在。太后闻崇绮自尽,甚为伤悼,降旨优恤。等到荣禄赶到,两宫已走太原,召见时,先问崇绮死时情状,然后议及善后计策。荣禄答道:"只有一条路可走。"太后问是那一条路? 荣禄道:"杀端王及祖拳匪的王公大臣,以谢天下,才好商及善后事宜。"太后不答。光绪帝亦独传荣禄入见,嘱他快杀端王,不可迟缓。荣禄答道:"太后没有旨意,奴才何敢擅行? 皇上独断下谕的时候,现在业已过了。"

太后侨居太原,山西巡抚毓贤,殷勤供奉,太后也不加诘责,还道他是忠心办事,只是要瞒中外耳目,不得不推皇帝出头,颁发几句罪己话头,并令直督李鸿章为全权大臣,会同庆王奕劻,与各国议和。李伯相虽是个和事老,但到这个地步,要与各国协议和局,正是千难万难,所以卸了广东督篆。行至上海,只管逗留。等到联军入京,行在的诏旨,屡次催逼,不得已启程北上,由海道至天津,由天津至北京。但见京津一带,行人稀少,满目荒凉,未免叹息。既到京中,庆王奕劻先已在京,两人商议一番,遂去拜会这位瓦德西统帅。

瓦德西自入京后,占居仪銮殿。当时联军驻京,多守规则,惟德军较为狠鸷,苛待居民,留守王大臣,那个敢去争论? 甚且肆筵设席,供应外国兵官,把自己的姨太太,请出侍宴,巴结的了不得,德军益任意横行。就中有个名妓赛金花,借色迷人,居民倒受了好些厚惠。赛金花原姓傅,名彩云,籍隶皖省,年十三,侨居沪上,艳帜高张,里门如市。洪学士钧,一见倾心,慨出重金,购为箧室,携至都下,宠擅专房。旋学士升任侍郎,持节使英,一双比翼,飞渡鲸波。

英女皇维多利严，年垂八十，雄长欧洲，见了彩云，亦惊为奇艳，曾令她并坐照像。青楼尤物，居然象服雍容。学士卸任后，载回京邸。相如固然消渴，文君别具琴心。两三俊仆，替学士夜半效劳，学士作了元绪公，于心不甘，于情难舍，忧瘵而死。彩云不惜降尊，竟与洪仆结成腻友，既而私蓄略尽，所欢亦妖，仍返沪作卖笑生涯，改名赛金花。苏人公檄驱逐，转入津门，徐娘半老，丰韵依然。会值瓦德西统军过津，心喜猎艳，得了赛金花，很加宠爱。大清的仪銮殿，作了德帅的藏娇屋。帐中密语，枕畔私盟，瓦将军无不俯从。赛金花乘间进言，愿为京民请命，因此瓦帅严申军法，部勒各军，京民赖以少靖。后来联军撤回，赛金花仍入歌楼，虐婢致死，被刑官押解回籍。瓦将军返国，德皇闻他秽行，亦加严谴，这也不在话下。

且说庆王、李相拜会德帅瓦德西，瓦德西颇为欢迎。李相又曾与瓦德西会过，彼此握手，欢颜道故。及谈到和议，瓦德西亦曾首肯，不过说要与各国会议。庆王、李相，又去拜会各国公使，各公使接见后，主张不一，嗣后与瓦帅协议，先提出两大款；第一条是严办罪魁，第二条是速请两宫回京。两条照允，方可续议和款。庆王、李相，只得电奏行在，太后犹豫未决。各国联军，因未见复音，整队出发，攻陷保定，旁扰张家口。庆李急得没法，一面飞电报闻，一面再晤瓦帅，极力劝阻。瓦帅拥插寻欢，恰还无意西进，只要求速允前议。偏偏慈禧太后，闻联军从北京杀来，越奔越远，竟由太原转趋西安。临行时接着庆李电奏，勉强敷衍，毓贤开缺，又命大臣拟谕一道，电复北京。其词云：

> 此次开衅，变出非常，推其致祸之由，实非朝廷本意，皆因诸王大臣纵庇拳匪，开衅友邦，以致贻忧宗社，乘舆播迁。朕固不能不引咎自责，而诸王大臣等无端肇祸，亦亟应分别重谴，加以惩处。庄亲王载勋，怡亲王溥静，贝勒载濂、载滢，均着革去官职。端郡王载漪，着从宽撤去一切差使，交宗人严加议处，并着停俸！辅国公载澜，都察院左都御史英年，均着交该衙门严加议处！协办大学士吏部尚书刚毅、刑部尚书赵舒翘，着交都察院交部议处，以示惩儆！朕受祖宗付托之重，总期保全大局，不能顾及其他。诸王大臣等谋国不臧，咎由自取，当亦天下所共谅也！钦此。

这道上谕，明明是袒护罪魁，并没一个严刑重罚。各国公使，不是小孩子，那里肯听他搪塞，就此干休呢？庆、李二大臣，宣布电谕，各使臣当即拒绝。庆、李不得已，再行电奏。是时两宫已到西安，刚毅在途中病死，又接庆、李奏牍，方将端王革职圈禁，毓贤充戍边疆，董福祥革职留任。这谕颁到北京，各使仍然不允。庆、李两大臣，因屡次迁延，一年已过，只好遵着便宜行事的谕旨，决意将各国提出两事，径行照允，然后商订和议。议了数次，听过了多少次冷话，看过多少脸面，方才有些头绪，共计有十二款，录下：

一　戕害德使,须谢罪立碑。

二　严惩首祸,并停肇祸各处考试五年。

三　戕害日本书记官,亦应派使谢罪。

四　污掘外人坟墓处,建碑晤雪。

五　公禁输入军火材料凡二年。

六　偿外人公私损失,计四百五十兆两,分三十九年偿清,息四厘。

七　各国使馆划界驻兵,界内不许华人杂居。

八　大沽炮台及京津间军备,尽行撤去。

九　由各国驻兵,留守通道。

十　颁帖永禁军民仇外之谕。

十一　修改通商行船条约。

十二　改变总理衙门事权。

以上十二大纲,经双方议定,由庆、李电奏,预请照行。太后到此,无可奈何。即命两全权签定草约,随又降惩办罪魁的上谕道:

京师自五月以来,拳匪倡乱,开衅友邦,现经奕劻、李鸿章,与各国使臣在京议和,大纲革约,业已画押。追思肇祸之始,实由诸王大臣等,昏谬无知,嚣张跋扈,深信邪术,挟制朝廷,于剿办拳匪之谕,抗不遵行,反纵信拳匪,妄行攻战,以致邪焰大张,聚数万匪徒于肘腋之下,势不可遏。复主令卤莽将卒,围攻使馆,竟至数月之间,酿成奇祸。社稷阽危,陵庙震惊,地方蹂躏,生民涂炭。朕与皇太后危险情形,不堪言状,至今痛心疾首,悲愤交深。是诸王大臣等信邪纵匪,上危宗社,下祸黎元,自问当得何罪?前经两降谕旨,尚觉法轻情重,不足蔽辜,应再分别等差,加以惩处。已革庄亲王载勋,纵容拳匪,围攻使馆,擅出违约告示,又轻信匪言,枉杀多命,实属愚暴冥顽,着赐令自尽!派署左都御史葛宝华,前往监视。已革端郡王载漪,倡率诸王贝勒,轻信拳匪,妄言主战,致肇衅端,罪实难辞,降调辅国公!载澜随同载勋,妄出违约告示,咎亦应得,着革去爵职!惟念俱属懿亲,特于加恩,均着发往新疆,永远监禁,先行派员看管。已革巡抚毓贤,前在山东巡抚任内,妄信拳匪邪术,至京为之揄扬,以致诸王大臣,受其煽惑,又在山西巡抚任,复戕害教士教民多命,尤属昏谬凶残,罪魁祸首。前已遣发新疆,计行抵甘肃,着传旨即行正法!并派按察使阿福坤监视行刑。前协办大学士吏部尚书刚毅,袒庇拳匪,酿成巨祸,并曾出违约告示,本应置之重典,惟现已病故,着追夺原官,即行革职!革职留任甘肃提督董福祥,统兵入卫,纪律不严,又不谙交涉,率意卤莽,虽围攻使馆,系由该革王等指究,难辞咎戾,本应重惩,姑念在甘肃素着劳绩,回汉悦服,格外从宽降调。都察院左都御史英年，于载勋擅出违约告示，曾经阻止，情尚可原，惟未能力争，究难辞咎，着加恩革职，定为斩监候罪名。英年、赵舒翘两人，均着先行在陕西省监禁！大学士徐桐，降调前四川总督李秉衡，均已殉难身故，惟贻人口实，均着革职，并将恤典撤销！经此次降旨后，凡我友邦，当其谅拳匪肇祸，实由祸首激迫而成，决非朝廷本意。朕惩办祸首诸人，并无轻纵，即天下臣民，亦晓然于此案之关系重大也。钦此。

过了数日，已是新年，行在虽停止庆贺，随驾的王大臣们，总不免有一番忙碌。忽又接到北京电奏，说是各国使臣，还嫌惩办罪魁，处罚不严，应酌请加重等语。于是英年、赵舒翘也不能保全了，当下赐令自尽。又有启秀、徐承煜于京城被陷时，不及逃避，被日本兵拘住，囚禁顺天府署中。庆、李两全权密奏，启、徐俱国家重臣，与其被外人拘戮，不如自请正法，还得保全主权。太后允奏，命庆、李照会日本兵官，将两人索回，行刑菜市口。启秀还神色自若，转语日本兵官道："中日本唇齿相依，同文同种，与他国异，自悔从前错误，卤莽从事，此后望贵国助我中华，变通治法，渐图自强，我死亦感德了。"日本兵官倒也好言劝慰。只徐承煜，已面如死灰，口中还极称冤枉。启秀向承煜道："你还要说甚么？我两人奉旨就刑，不是洋人的意思，死亦何怨？"言毕，即由刽子手动刑，霎时身首异处，算是祖护拳匪的结果。毓贤在甘肃正法，临刑时尚自作挽词一联道：

　　臣死君，妻妾死臣，谁曰不宜？最堪怜老母九旬，孤女七龄，毫稚难全，未免致伤慈孝治。

　　我杀人，朝廷杀我，夫复何憾？所自愧奉君廿载，历官三省，涓埃莫报，空嗟有负圣明恩。

后人说毓贤居官时，操守廉洁，声名颇盛，死后贫无一钱，也没有一件新衣，足以备殓，可惜为攘夷一说所误，至于庇护拳匪，倒行逆施，终至首领难保，身死边疆，这真所谓失之毫厘，谬以千里了。

两宫西幸，已将一年，祖护拳匪的罪魁，死的死，杀的杀，或遣戍，或夺职，已是不留一个。只日夜随侍太后的李莲英，依然无恙。驾出走时，却也有些害怕。后来和议告成，还恐洋人指名坐罪，因此中外各官，力请两宫回銮，莲英尚从中暗阻。嗣闻洋人索办罪魁，单上不及己名，庆王又密函相告，力保无事，李总管幸逃法网，权势犹存，阻止回銮的计划，才行作罢。惟京中财产多半遗失，也就怂恿太后，催解贡银。太后本是个嗜利妇人，料得联军入京，私积已尽，正思藉此规复，遂听了李总管言，竭力搜刮。李总管乐得分润，中饱了若千万两，方与两宫一同还京。回銮以前，先把大阿哥废黜，复将徐用仪、立山、许景澄、联元、袁昶五人，追复原官。又命醇亲王载沣赴德，侍郎那桐赴日本，遵约谢罪。改总理衙门为外务部，班出六部上。此外如保护洋人，改易新政，旁求贤才的上谕，亦接连下了几道。各国见清廷悔祸，命将联军撤回，只酌留洋兵一二千人，保护使馆。太后闻京中已经安靖，复得最好消息，宫中储藏的宝物，亦未被掠去，遂决意回京。

溽暑已过，正值秋凉，太后挈着光绪帝等，由西安启跸，驺从极多，沿途供张，备极完美。比北京出走时情形，大不相同。行未数程，闻报全权大臣李傅相鸿章病殁，太后下旨优恤，除各省曾经立功的地方，许立专祠外，并在京师准立一祠，赐谥文忠，备极荣典。命王文韶继任李职，商订和约未了事宜。两宫在途中行了两三月，无甚可记，直到冬季，始至北京，接见各国公使及公使夫人，都是殷勤款待。太后此时，颇欲引用贾谊五饵三表的法子，驾驭洋人，其实大错铸成。只恨自己未习洋文，一切应酬，不便直接，未免心中怏怏。可巧来了两个闺媛，本是旗员女儿，随父出洋好几年，能通数国语言文字，至此归国入觐，做了宫中招待员，把一个痴心妄想的西太后，喜欢极了。看官听着，待小子报明两位闺媛的姓名。这两闺媛，系同胞姊妹，一名德菱，一名龙菱，乃是曾任法钦使裕庚的女公子。裕庚系满洲镶白旗人，字郎西，由军功浔封公爵，他曾出使日本，又使法国，使节所临，眷属亦都随着。此时正卸任回国，入觐太后，太后闻他二女秀慧，遂当面传旨，令饬二女至颐和园陛见。当由裕夫人带领二女，遵旨入园。德菱、龙菱，从未到过颐和园中，此次随母入觐，自然格外注意。但见园中广敞异常，所有布置，都是异样精采，目不胜睹。既到仁寿殿外，由太监导入殿侧耳房，陈列着紫檀桌椅，统是雕镂精工，壁上悬着各式自鸣钟，短针正指到五点五十分，母女三个，少憩片时，旋有李总管到来，居然穿着二品公服，戴着红顶孔雀翎。裕夫人颇有些认识，即挈女起迎，那总管也笑容可掬，与裕夫人谈了数句，无非是循例寒暄，及太后就要召见等语，语毕即去。二女问明裕夫人，方知这位翎顶辉煌的总管，就是赫赫有名的李莲英。随后又有几位宫眷，导他母女三人，出了耳房，经过三重院落，到了正殿，殿额上大书乐寿堂三字，殿内立着妇女数人，大约年轻的居多。就中有一位旗妇，装束略异，且鬓上戴着金凤凰，与别人更觉不同。裕夫人瞧着，认得是光绪皇后，正欲入殿请安，忽见数宫女护着太后，从屏后出来，到了宝座间，将身坐定。后面踱出李总管，即传旨陛见。当下裕夫人率同二女，趋跄入殿，一律拜跪报名，由特旨叫他起立。太后略问一番，裕夫人一一答述，太后又仔细瞧那二女，不觉生爱，起握二女手道："你两人煞是可爱，难为这裕钦使，生就这粉妆玉琢的两女儿。你两人可愿在此伴我么？"两女本伶俐得很，即欲跪下谢恩。太后便道："不必拘礼，你肯遵我的意旨，叫我做老祖宗，晨夕侍着，我就喜欢你了。"两女连声遵旨。太后复命皇后等，与他们相见，母女三人，先请过皇后的安，嗣与各宫眷一一行礼,这等宫眷们,无非是各邸的郡主,相见后,太后复嘱皇后道:"你可引他母女们,入内玩耍,我且到朝房一转,再来与他们叙谈便是。"皇后唯唯听命,太后即举步出殿,殿外早已备着露舆,俟太后上舆后,前后左右,统是很体面的太监,簇拥而去。这位李总管莲英,本与太后时刻不离,至此随着同行,更不必说了。皇后以下,恭送太后上舆毕,即引裕家母女三人,转身入内,闲谈消遣,至太后回园后销差。未几太后回来,赐他母女三人午餐,午后复赏他们听戏。太后最爱的是梆子调,与德菱姊妹,谈论腔调的好处。德菱姊妹,不敢不随声附和。其实一片徵声,已寓亡国之音,后人曾有诗叹道:

> 泼寒妙乐奏升平,南府新开散序成。
>
> 不是曲终悲伴侣,似嫌激徵杂奏声。

未知德菱姊妹,曾否在园侍奉,且看下回分解。

　　中外议和,订约十二款,不必一一推究利弊,即此四百五十兆之赔款,已足亡中国而有余。原约赔款计四百五十兆两,分三十九年偿清,息四厘,子母并计,不啻千兆。此千兆巨款,尽由中国人负担,以二三权贵之顽固昏谬,酿成莫大巨祸,以致四万万人民,俱凋瘵捐瘠,千载以后,不能不叹息痛恨于若辈也。载漪以下,勘戮有差,其实万死不足蔽辜。阉竖李莲英,且安然无恙。孔子言妇人为难养,况可使之屡次临期,庇护此肉不足食之狐鼠耶?迨回銮以后,不能侮过图强,且反欲援五饵三表之计,驾驭洋人,当时贾长沙犹徒托空言,无当实用,况如近今之外洋各国,其智识远出匈奴上乎?至如裕家二女之入园,本属无关得失,但就微论著,可见慈禧后之心,无非为便嬖使令起见。国已危矣,卧薪尝胆且不暇,尚爱他人之希旨承颜,自图快活耶?德菱姊妹,尚有学问,非李莲英妹比,故未闻有浊乱宫禁之弊,否则不入嬖幸传者儿希。

第九十二回

居大内闻耗哭遗臣　处局外严旨守中立

　　却说裕郎西夫人,及德菱姊妹,陪着太后,足足一日。俄见夕阳西下,天也将暝,太后方命裕家母女回家,并嘱他即日来宫。裕夫人不好违拗,自然连称遵渝。临别时,太后又赐他衣料食物等件,母女叩首谢恩,不心细说。母女回家后,即把入觐情形,及太后促召入宫的意旨,与裕庚说明。掌上双珠,虽不欲使离左右,无如煌煌懿旨,不敢有违,只得略略收拾,指日入宫。光阴似箭,倏忽两天,裕夫人仍率领二女,入宫觐见。太后见他遵旨前来,愉快得不可言喻;当下引他到仁寿宫右侧房内,命他住着,所有应用各物,都叫宫监置备;惟衣服被褥等,已由裕家母女,随身带入。太后令裕夫人指导宫监,随意安排,自己带着德菱姊妹入宫,随即嘱咐德菱道:"看你聪明伶俐,恰是我一个大帮手。闻你通数国方言,倘有外妇入觐,你可与我做翻译。平日无事,好与我掌管珠宝首饰。我这里宫眷虽多,看来都不及你呢!"德菱复奏道:"老祖宗特恩,命臣女当这重差。只恐臣女年龄尚稚,更事无多,万一有误,反致辜负天恩,还请老祖宗俯鉴微忱,令臣女退就末班,学着办事便是!"太后笑道:"你亦何用自谦,我看你不致荒谬,你且试办数天,再作处置!"德菱只得谢恩受职。太后复顾龙菱道:"你年纪较轻,可跟着你姊,随便办事。"龙菱也谢了恩。此时光绪帝适来请安,德菱欲趋前行礼,转思太后在前,恐于未便。至光绪帝趋出,德菱随着出来,循例谒驾,不料被太后觉着,已大声呼德菱名。德菱连忙走入,虽未遭太后斥责,仰见太后面上,已含有怒容。从此德菱格外小心,一切举止,都是三思而后行。

　　一住数日,忽报俄使夫人勃兰康觐见,太后即令德菱迎宾,自己带着李总管,至仁寿堂受觐。光绪帝也总算与座。德菱引着勃夫人,到了殿中,行觐见礼,太后亦起与握手。两下寒喧数语,统由德菱传译。勃夫人又与光绪帝行礼,光绪帝亦答礼如仪。太后下了座,引勃夫人入宫,叙谈片刻,又命德菱导他去见皇后。周旋已毕,即令赐勃夫人午餐,由众宫眷陪食。席间略仿西式,每人都设专菜。德菱奉太后命,坐了主席,殷勤款待,与勃夫人宴饮尽欢。席散后,勃夫人复进谒太后,谢了宴,由太后赐他宝玉一方。勃夫人谢了又谢。待勃夫人去后,太后语德菱道:"你随父出使法国,并不是俄国,为何恰懂俄国语言?"德菱道:"俄语本不甚解,但俄人亦惯操法语,所以尚堪应对。"太后道:"你与勃夫人所说,统是法国语么?"德菱道:"多半是法国语。"太后道:"勃夫人的装束,也总算华丽了,但我恰不甚喜欢西装。他满身不着珠宝,总觉装潢有限。我生平恰最爱珠宝呢,可惜西幸一次,丧失甚多。目下只剩了数百盒,你应与我收管方好。"随起身道:"你且跟我来!"

德菱遵旨随着,偕太后入储珍室,但见室内箱橱林列,左首标着黄签,是珍藏内府的秘笈,右首标着红签,是供奉老佛的珠宝。太后命宫监取匙,叫德菱启视右橱,橱开后,里面都是金镶玉嵌的盒子,大小不一,有长有方。盒外只标着号码,不列物名。第一盒奉命取出,启视盒内,贮有精圆的明珠,晶莹的宝石,光芒闪闪,统是无上奇珍。第二盒又奉命取视,乃是珠玉扎成的饰物,虫鱼花草,色色玲珑。第三四盒,系玛瑙珊瑚等类,光怪陆离,无不夺目。第五六盒藏着簪环,第七八盒藏着钗钏,镂金刻玉,美不胜收。看到第十盒,方觉金饰居多,珠玉较少。太后语德菱道:"这十盒算是上选,余外亦无甚足观了。若非庚子之变,何止于此!"言下有懊丧状。亏得德菱伶牙俐齿,婉婉转转的劝慰几句,太后方从这十盒内,拣了两三件佩物,悬在身上,随令德菱藏盒扃橱,寻复向德菱道:"拳匪的乱事,外人总道我暗中作主,其实统是载漪那厮的主张。到了联军入京,我初意是愿殉社稷,经刚毅等力劝出京,方才西幸,途中受了无数苦楚。及次年回京,差不多换了个世界。我累年积蓄,被洋人携去不少,我想洋人也好知足了。目下我国新败,元气难复,只好与洋人略略周旋。我的心中,总不甚相信洋人,洋人所制的器械,我国或不及他,洋人所讲的政教,难道我国果不及他吗?"德菱正思回答,忽有宫监跟跄奔入,报称荣中堂已出缺了,太后惊愕道:"我昨日尚差宫监探视,闻他还不甚要紧,如何今日就死?咳!他死后,那个还有象他忠诚?"言至此,竟似鲠在喉,扑簌簌的垂下泪来。德菱不好不劝,只得禀请道:"老祖宗慈体,亦请保重,祈勿过伤!"太后道:"你那里知我的苦衷,他是我患难与共的大臣。"德菱不敢再劝,由太后凄惋许久,方见太后咐吩道:"今日你也疲乏了,你可随意出外,不必侍着!"德菱闻此数语,恍似皇恩大赦,退回自己的房中去了。

次日太后临朝,由内务府递上荣中堂遗折,太后即启视道:

为病处危笃,恐今生不能仰答天恩,谨跪上遗折,恭请圣鉴事:窃奴才以驽下之才,受恩深重,原冀上天假以余年,力图报称。追思奴才起身侍卫,咸丰十年,国势岌岌,内则奸臣蓄谋不轨,外则英法联军,占据京师,宗庙震惊,宫驾出狩,驻跸热河。奴才备位侍从,文宗显皇帝圣躬不豫,渐至弥留,奴才乘间进言于皇太后,发觉郑怡二王之阴谋。及圣驾宾天,奸王僭称摄政,图谋不轨,皇太后身处危险之中,有非臣下所忍言者。幸上天佑助,皇太后沉几默运,宗社危而复安。自此之后,两宫太后垂帘听政,叛乱削除,升平复睹,奴才蒙恩升任内务府大臣。当穆宗毅皇帝宾天之际,皇太后亲命奴才迎请皇上入宫,以社稷重大之事,付之奴才。受命之下,惶悚感激,曷可言喻!奴才虽竭尽心力,岂能仰报于万一耶?其后受任步军统领,触犯圣怒,七年之中,闭门思罪。皇上亲政,复蒙慈恩,出任西安都统,既而仍回原职。光绪二十四年,皇太后皇上鉴于国势之弱,决意采行新法,以图自强,皇上召见奴才,蒙恩简任直隶总督,命以破除积习,励行新政。孰意康有为借口变法,心怀逆谋,致为新政之阻。皇上误信夸诞之词,一时之间,偶亏孝道,亲笔书谕,言变法之事,为皇太后所阻,又谓皇太后干预国政,恐危国家,对于奴才,数动天威,几罹斧锧之诛。奴才密见皇太后,陈述康党逆谋,皇太后立允奴才等所请,再出垂帘,以迅雷之威,破灭奸党。光绪二十六年,诸王大臣昏愚无识,尊信拳匪,蒙蔽朝廷,虽以皇太后之圣明,不免为其所动,直至宗庙沦陷,社稷贴危,竟以国家之重,轻徇妖术,奴才屡请皇太后睿识独断,不蒙信纳,数奉申斥,忧惧无术,四十日中,静候严罚。然皇太后仍时时召奴才垂询,虽圣意未能全回,而得稍事补救,各国公使,不致全体遇害,故事过之后,时荷天语感谢。自西安回銮之初,即将肇祸之王公大臣,分别定罪,渐次改革庶政,不得急激,期臻实效。两年以来,改革已不少矣。圣驾回京,如日再中,东西各国,亦均感皇太后之仁慈。奴才自去年以来,旧病时发,勉强支撑,两月之前,请假开缺,蒙皇太后时派内侍慰问,赏赐人参,传谕安心调理,病痊即行销假,恩意叠沛,无奈奴才命数将尽,病久未痊,近复咳嗽喘逆,呼吸短促,至今已濒垂绝之候,一息尚存。唯愿皇太后皇上励精图治,续行新政,使中国转弱为强,与东西各国并峙。奴才在军机之日,见朝廷用人,时有人地不宜者,此乃中国致弱之源。奴才以为改革之根本,尤在精选地方官吏,及顾恤民力,培养元气之一端。皇太后皇上深居九重之中,闾阎疾苦,难以尽知,拟请仿行康熙、乾隆两朝出巡之故事,巡行各省,周知民情。奴才方寸已乱,不能再有所陈,但冀我皇太后皇上声名愈隆,得达奴才宿愿,则虽死之日,犹生之年,谨将此遗折,交奴才嗣子桂良呈请代递。临死语多纰缪,伏祈圣鉴赦宥!奴才荣禄跪上。

太后览遗折毕,即谕王大臣道:"荣禄一生忠诚,庚子乱时,尤为尽力。现在不幸病故,须格外优恤方好!"庆亲王奕劻在侧,便奏请赐陀罗经被,及赏银三千两治丧。太后点着头,并道:"据他功绩,应否入贤良祠?"庆王连忙赞成。太后又道:"应派亲王前去祭奠否?"庆王奏称应派。于是派恭王率领侍卫十人,前往致祭,并令礼部拟谥,随即退朝。越日,由礼部拟上谥法数则,太后即圈出文忠二字,复再赐祭席一桌,并命将荣禄事绩,宣付国史馆立传。在任一切处分,均予开复,并赏其子以优等袭职等语。太后待遇荣禄,好算是始终尽礼了。

过了多日,太后把忆念荣禄的哀思,渐渐减杀,爱仍往颐和园,游览自娱。一年容易,又是春宵,园中花木盛开,太后遍邀各国公使眷属,入园游宴。美公使康格夫人,作为外眷的领袖,还有美参赞韦廉夫人,也随着前来。此外如西班牙公使佳瑟夫人、日本公使尤吉德夫人、葡萄牙代理公使阿尔密牙夫人,法参赞勘利夫人、英参赞瑟生夫人等联翩踵至,随身各带女眷,黑踏踏的聚集一堂,先行了觐见礼,然后到别宫赐宴。宴毕,统在园中游览一周。大众推康格夫人作了代表,至太后处道谢。康格夫人带着一个女子,生得细腰绰约,身态苗条,太后瞧着,觉得他俏丽绝伦,遂欲问他姓氏。当由康格夫人代答,德菱传译,叫作克姑娘,乃是个女画士。太后问他能否写真?又经德菱与克姑娘谈了一回,然后详禀太后,说是:"写真系克姑娘惯技,他正欲绘就慈容,送到路易博览会去。"太后踌躇半晌,方道:"他既欲绘我肖像,叫他缓日前来便好。"德菱把这语传达,然后两人兴辞而去。

太后便语德菱道:"我朝旧例,帝后的像,须俟万岁千秋后,方可照绘。今克姑娘欲为我画像,我又不便当面回复,如何是好?"德菱道:"现在世界开通,越是圣明的帝后,越得肖像流传各国,俾作纪念。英女皇维多利亚的肖像,几乎传遍地球,如老祖宗福寿双全,何妨破例一绘!"太后听到此语,方有些高兴起来,便道:"既如此,且择个吉辰,令他来绘。"当即取出历本,选了一个黄道吉日,饬人至美使馆,通知克女士。届期克姑娘入宫,对太后行礼毕,即请太后端坐开绘。太后此时已服盛装,肃容上坐,约数刻钟,见克姑娘并不开手,专睁着绿色的眸子,向太后呆瞧。太后语德菱道:"他眈眈视我,何故?"德菱道:"外人绘像与华人不同,外人落笔,先就神情上注意,所以绘成后,格外生色。闻他是画中名手,临池审慎,无怪其然。"太后道:"照汝说来,待他画成,费时不少,我恰是不耐久坐的。"德菱道:"待臣女与他商量,或者可简便一点。"当下与克女士商议,传述太后的意思,克女士颇能体会,格外迁就,每日临绘一小时,绘至两星期才罢。及呈与太后,果然眉目如生。与拍照相似。太后很是喜欢,命赏千金。谁知忧喜相寻。一喜之后,又是一忧。宫监报到消息,说是日俄将要开战,把东三省作交战场。太后又未免焦劳。

这日俄开战的事情,从何而起?小子先将原因表明:原来拳匪扰乱时,黑龙江将军寿山,阿附端王,立意排外。适俄兵入黑龙江,欲假道黑龙江省城,至哈尔滨保护铁路。哈尔滨在省城西南,系满洲铁路的中心点,寿山非但不允,反出兵去攻哈尔滨，一面厉兵秣马，反由瑷珲城侵入俄境。俄人正苦无隙可乘，得了这个好机会，遂磨拳擦掌，分三路进发。东路由珲春，中路由三姓，两路趋援哈尔滨。西路陷瑷珲，击毙副都统凤翔，并将中俄交界的屯驻旗人，统驱入黑龙江，进攻齐齐哈尔。寿将军束手无策，只有一条死路，还可走得，遂仰药自尽，俄军合趋吉林，转向奉天，所至蹂躏。清兵及官吏，无一敢抗，东三省几尽归俄人掌握。奉天将军增祺，鉴于寿山覆辙，遇着俄兵，事事听命。俄兵陆续增添，多至十八万人，等到北京议和后，俄使特别要挟，拟把东三省权利，一概取去。李相不从，俄使多方恫喝，强迫李相签押。东南督抚及士绅，联电力争，英日两国，也有违言，李相气愤成病，竟至不起。东三省事，暂从缓议。

至光绪二十八年，始由庆王奕劻、大学士王文韶与俄使雷萨尔订交收东三省条约。东三省的俄兵，限十八个月内，分三期撤退。此约定后，总道俄国如约撤兵，谁知俄国狡猾得很，第一次届期，只略略减退几名，第二次届期，俄兵一个不去，反在吉林增加兵额。中国不敢诘责，那时虎视东亚的日本国，与英国密订攻守同盟，又联合了美国，劝清政府急开放满洲，作为各国通商场，免得俄人垄断。清政府就将此言照会俄使，俄使百计阻挠，俄兵又迁延未撤。于是日人不肯坐视，自与驻日俄使，直接会商，硬要俄国撤兵。俄使不允所请，竟致两国决裂，于光绪二十九年十二月宣战，把辽东作了战场。

看官！你想这女掌男权，统辖全国的慈禧太后，焉有不担忧之理？立召满汉王大臣入宫，面议这事。当时满大臣领袖，要算庆亲王奕劻，汉大臣领袖，要算孙家鼐、瞿鸿玑。各人谈论多时，议定了一个良法，奏闻太后。太后道："东三省系祖宗陵寝所在，关系甚大，汝等议定这么计策，可保陵寝无碍么？"庆王道："俄日战线，想必不惹着陵寝，当可无虞。"太后道："且电问各省疆吏，是否赞同？"庆王遵旨，即命军机处拟电拍发。隔了一天，各省将军督抚，多复电赞成，复由庆王汇禀太后，太后就令拟好谕旨，颁发出去。谕云：

> 日俄两国，失和用兵，朝廷轸念彼此均系友邦，应按局外中立之例办理，着各省将军督抚，通饬所属文武，并晓谕军民人等，一体钦遵，以笃邦交而维大局，勿得疏误！特此通谕知之！钦此。

这道谕旨，乃就万国公法，援引局外中立一条，做了火烧眉毛的挡牌。复谕令驻扎俄日两国的钦使，咨照他外部，宣布中立意旨。俄国没甚答复，只日本恰声请中国仍须防守，由驻日杨钦使电闻。太后遂派马提督玉昆带兵十营驻山海关，郭总兵殿辅带兵四营驻张家口；复令驻日杨钦使与日本郑重交涉，凡东三省的陵寝宫殿，及城池官衙、人命财产，交战国不得损伤。战后无论谁胜，东三省的主权仍应归中国云云。日本总算应允，然后酌定全国中立章程，及辽东战地界限规则，颁布中外。

不到几日，辽左方面，鼓声冬冬，炮声隆隆，日俄两国的海陆军，竟开起战仗来了。太后甚注意日俄战事，每日饬人采购西报。叫德菱译呈。开战的起手，是海军交绥，仁川的俄舰，统被日军击沉。旅顺口黄金山下的俄舰，又遭日军轰没。嗣后乃是陆军对垒，日军入辽东半岛，连败俄兵，九连、凤凰、牛庄、海城等处，次第被日军占据。太后向德菱道："俄大日小，不意反为日败。"德菱道："行军全仗心力，不论众寡。日人此番打仗，上下一心，闻得男子荷械从军，妇人尽撤簪珥，充作军饷，所以临阵无前，屡次获胜。"太后点头，随又道："日胜俄败，远东尚可保全，我的忧心，倒也可消释一二了。"言未已，外面又递进西报，由德菱译出，呈与太后。太后接着，不觉惊异。正是：

　　　　优胜劣败，弱肉强食。国运靡常，所视惟力。

　·欲知太后惊异缘由，试看下回自知。

　　慈禧后之喜谀好者，曾见近今印行之《清宫五年记》，原书即德菱女士所著。本回第节录一二，而慈禧后之性情举止，已可概见。拳匪之乱，联军入京，为慈禧后一大惩创，至回京以后，不思发愤图强，犹恋恋于珠宝首饰，宝非所宝，不亡何待？荣禄为慈禧一生之忠仆，荣禄死而慈禧失一臂助，恤典特优，固无足怪。惟遗折中有精选官吏，及顾恤民力，培养元气等语，人之将死，其言也善，慈禧胡不力行之耶？至于日俄之战，祸仍胎自拳乱，清廷不敢袒俄，又不敢袒日，仅守局部中立，坐视关东之横被兵革，未由保护，天下之痛心疾首，孰逾于此？当时或有以日人仗义，出于抗俄，为中国幸者。夫日本何爱清室？又何爱中国？不过报宿愤，争权势。昔俄以索还辽东抗日本，今日本遂亦以迫还关东抗俄，要之皆利我之东三省耳。观此回不能无恨于拳乱，并不能无憾于慈禧后。

第九十三回

争密约侍郎就道　返钦使宪政萌芽

　　却说德菱译出的新闻，乃是日韩特订条约。韩国疆域，由日本政府保护，一切政治，亦由日本政府赞襄施行。太后阅毕，便道："韩国就是朝鲜国，当日马关条约，曾迫我国承认朝鲜自主，为何今日要归日本保护？可见外国是没有什么公法，如此过去，朝鲜恐保不住了。"正在惊愕的时候，庆王奕劻，忽入宫禀报，俄舰逸入上海，由日使照会我外务部，迫令退出，现在双方交涉，尚未议妥，因此入奏太后。太后道："现闻日胜俄败，一切交涉，总须顾全日本体面为是。"庆王道："据奴才愚见，诚如圣训。"太后道："我国虽弱，究竟是个独立国，也不宜令俄舰逸入，坏我中立。你去饬知外务部，电令南洋大臣，速迫俄舰出口！"庆王遵旨退出。太后复自语道："外人论力不论理，辽东战局，究不知为何结果，京师相距不远，未免心寒。早知日俄有这番争端，不如暂住西安，稍觉安逸呢。"德菱在旁，也不敢多谈。

　　当日无别事可记，到了次日，京中谣言不一，盛传两宫又要西幸。有一个汪御史凤池，竟信为实事，做了一篇奏疏，阻止西巡，待太后临朝时，率尔上陈。太后阅毕，怒道："日俄战事，我国严守中立，京城内外，一律安堵，为什么我要西巡？这等无稽之言，如何形入奏牍？"遂向庆王奕劻道："速叫军机处传旨申饬，嗣后如有谣言惑众，应着步军统领衙门顺天府五城御史，一体拿办！"庆王唯唯遵谕，自然令军机处照旨恭拟，即日颁发。这也不在话下。

　　过了一年，日俄战事，还是未息，中国总算没有出险，不过将各省官职，裁并了好几处，且废制艺，试策论，兴办京师大学堂，把新政办了好几桩。又派商约大臣吕海寰，与葡使新订商约二十条，出使英国大臣张德彝，与英外部会订保工章程十五条，约中大旨，无非是保护两国工商，彼此统有些利益。只驻藏大臣有泰，恰来了一道紧急公电，报称英将荣赫鹏入藏，与藏官私自订约，请朝廷速与交涉，于是外务部又要着忙。原来日俄未战的时候，俄人曾南下窥藏，密遣员联络达赖，令他亲俄拒英。达赖颇被他运动，阴与英人龃龉。从前光绪十九年，清参将何长荣与英使保尔订定藏印条约，承认亚东开关，许英人通商。亚东在西藏南境，毗连印度。此约订后，英人尝从印度入境，至藏互市。达赖偏同他反对，种种掯阻，英商未免吃苦。只因俄人暗中袒护，英政府也未便发难。会日俄战起，英政府乘机图藏，令印度总督遣将荣赫鹏率兵深入。荣赫鹏遂带了英兵三千、印兵八千、廓尔喀兵三千及工兵二千长驱北向，攻入藏境。看官！你想这腐败不堪的藏民，那里能敌他纪律森严的英将？达赖不知利害，竟召集一班番官，向释迦佛前，祈祷了好几次，居然仗着佛力，令番官一齐出来，与英将接仗。两下对垒的时光，相距还差数百步。那英兵的枪炮，已是扑通扑通的乱响，藏官不知为何遭瘟，都是应声而倒。前队既毙，后队自然逃走。英将率众追赶，自江孜北进，所向披靡，如入无人之境。及到拉萨，这位主持佛教的达赖喇嘛，早已闻警远扬，逃到库伦去了。达赖一遁，城中无主，还亏噶尔丹寺的长老，仗着胆出迓英军，与他讲和。英将荣赫鹏，遂趁势恫喝，迫他立约十条，不由寺长不允。签约后，方径驻藏大臣有泰探悉，电达清廷，清外务部茫无头绪，由尚书侍郎会议一番，定出一个主见，仍复电令有泰就近开议。

这位有大臣，本是个糊涂人物，他当英藏开战的时候，未尝设法劝解，等到两造定约，木已成舟，还有何力挽回？况且英将荣赫鹏，已奏凯回去，再与何人商议？当下召到噶尔丹寺长，令他抄出密约，仍行电达，并奏称达赖贻误兵机，擅离招地，应革去封号。清廷知他没用，也不去依他奏请，只令外务部讨论约章的利害。侍郎唐绍仪，素来研究外交，遂指出约中的关碍。原约共有十条，最要紧的是除前约亚东开埠外，更辟江孜、噶大克为商埠，此后是印度边界，至亚江噶三处，藏人不得设卡，须添英员监督商务。所有英国出兵费用，应由藏人赔偿五十万镑。偿款未清以前，英兵酌留春丕，俟偿清后方得撤回。还有一条定得更凶，乃是藏地及藏事，非经英国照允，无论何国不得干预。看官试想！西藏是中国领土，兵权财权，统归驻藏大臣管辖，此次英藏私自立约，有无论何国不得干预的明文，是全把西藏占夺了去，那里还是中国的管辖权呢？唐侍郎指出此弊，外务部堂官，自然着急，当据实奏闻，并保荐唐绍仪为全权大臣，赴藏改约。唐使至藏，照会英国，派员会议，辩论了好几年，英员坚执不允，直到三十二年，英始承认中国有西藏领土权，允不占并藏地及干涉藏政，此外不肯改易。唐诗郎也无可奈何，只得将就画押。这是后话。

且说日俄交战，已是一年，俄国的海陆军，屡战屡败。日本战舰，进陷旅顺口，奉天省城也被日本陆师占住。俄人尚不肯干休，竟派波罗的海舰队，大举东来。波罗的海，在欧洲北面，系俄国西境的领海，他要从西到东，绕越重洋，路有一万八千里。今日到某处，明日到某处，早被日人探悉。就是舰队中一切情形，日人也耳熟能详，因此养精蓄锐，预先筹备。俄舰远道而来，舰中人已疲乏得很，兼且未谙路径，未识险要，贸贸然驶到日本海，即使有通天手段，一时也用不出。况日本系三岛立国，四周都是海峡，海峡里面，正好设伏，掩击俄舰。他闻俄舰将至，料必从对马海峡驶入，暗集水师，密为布置，不怕俄舰不堕入计中。这俄舰也防着险要，无如势不能避，只好闯入对马峡。一入峡中，四面八方的日舰，统行驶集，把俄舰困在核心，你开枪，我放炮，一齐动手，弄得俄兵防不胜防，御不胜御，恶龙难斗地头蛇，打了一仗，被日兵杀得大败亏输，战无可战，逃无可逃，只得束手归降，做了俘虏。

日俄胜负已决，于是美国大统领罗斯福，出来调停，劝日俄休兵息战。俄人此时，因鞭长莫及，不能再事调兵，日人以俄国究系强大，迁延非计，得休便休，遂各允了美统领的布告，各派公使到美国会议，补朴子茅斯会会议场，日使小村氏，提出要索各款共计十一条：第一条是索偿战费；第二条是承认朝鲜主权；第三条是要俄国割让桦太岛；第四条是旅顺大连湾的租借权，要让与日本；第五条是俄国撤退满洲兵；第六条是承认保全清国领土，及开放门户；第七条是哈尔滨以南的铁路，亦须割让；第八条是海参崴的干线，应作为非军事的铁道；第九条是窜入中立港的兵舰，当交与日本；第十条是限制东洋的俄国海军；第十一条是沿海州的渔业权等，亦应归与日本。这十一条款子，经俄使槐脱抗议，所有赔偿兵费、割让桦太、中立港窜入军舰的交与，及限制俄国海军四大问题，概不承诺。再四磋商，方允将桦太岛南半部，让与日本，余三条一概取消。日本亦总算承认，和议遂成。东三省的俄兵，才如约撤退，领土权交还中国，惟路矿森林渔业边地，各项交涉，仍日日相逼。清廷不敢不允，从此北满洲为俄人的势力圈，南满州为日人的势力圈，名为中国的东三省，实则已归日俄掌握了。

自日俄战争后，中国人士，统说专制政体，不及立宪政体的效果。什么叫作专制政体？全国政权，统归君主一人独断，所以叫作专制。什么叫作立宪政体？君主只有行政权，没有立法权，一国法律，须由国会中的士大夫议定，所以叫作立宪。日本自明治维新，改行新政，把前时专制政体，改作君主立宪，国势渐渐强盛，因此一战败清，再战胜俄。俄国政体，还是专制，终被日本战败。自是中国人的思想言论，骤然改变，反对专制的风潮，日盛一日。慈禧太后虽然不愿，也只得依违两可，与王公大臣，商定粉饰的计策：停止科举，注重学堂，考试出洋学生，训练新军，革除枭首凌迟等极刑，并禁刑讯。复派遣载泽、绍英、戴鸿慈、徐世昌、端方五大臣出洋，考察政治，于光绪三十一年七月启行。临行这一日，官僚多出城欢送，五大臣联翩出发，才到正阳门车站，方与各同寅话别。忽听得豁喇一声，来了一颗炸弹，炸得满地是烟硝气，五大臣急忙避开，还算保全性命。载泽、绍英已受了一些微伤，吓得面色如土，立即折回。

看官！你道这颗炸弹，从那里来的？说来又是话长，小子略略叙述，以便看官接洽。原来康、梁出走时，立了一个保皇会，号召同志，招集党徒，散放富有贵为等票,传布中外。在外游学的学生,与充工贩货的侨民,倒被他联络不少。独有一个广东人孙文,表字逸仙,主张革命,与康、梁意见不同。他童年时在教会学堂肄业,把平等博爱的道理,印入脑中,后来又到广州医学校内,学习医术,学成后,在广州住了两三年,借行医为名,结识几个志士,立了一个秘密会社。嗣因同志渐多,改名兴中会,自己做了会长。李鸿章未没时,他竟冒险到京,访到李寓,与李谈了一回革命事情。李以年老为辞,他遂回到广州,凑集几个银钱,向外国去购枪械,竟想指日起事。事不凑巧,秘谋被泄,急航海逃至英国。粤督谭钟麟,拿他不住,探听他遁至外洋,飞电各国公使,密行查拿。驻英使臣龚照玙,诱他入馆,把他禁住,亏得从前有位教师,是个英国人,名叫康德利,替他设法救出。自此以后,这位孙会长格外小心,遍游欧美各国,遇有寓居外洋的华人,往往结为好友。有几个志士,愿入党的,有几个富翁,愿助饷的。他住在海外,倒也不愁穿,不愁吃,单愁革命不成,欲想回国,又恐怕自投罗网,只得时常与同志通信。有广东人史坚如,与中山是莫逆朋友,结了几个党人,要去借两广总督德寿的头颅。不料德寿的头颅,保得很牢,反将史坚如的头颅,借得去了,这是革命流血第一个志士。嗣后又有湖南人唐才常,想在汉口起事,占据两湖,又被鄂督张之洞查悉,拿获正法。才常死后,广东三合会首领郑弼臣,受孙文运动,愿听指挥,发难惠州,又遭失败。过了一年,湖南人黄兴,在长沙密谋革命,亦被泄漏。黄遁走日本,嗣又潜回上海,邀了同志万福华,刺杀前桂抚王之春。福华被拿,黄亦就获,经问官审讯,黄无证据,始得释,乃航海东去。浙江人蔡元培、章炳麟在上海组集会社,开设报馆,鼓吹革命。四川人邹容,又著了一册《革命军》,被江督魏光焘闻知,饬上海道密拿。元培走脱,章、邹二人被捉,邹容在狱病故,章炳麟幽禁数年,方得释放。到光绪三十一年,湖南人胡瑛、湖北人王汉谋刺钦差铁良,尾至河南彰德府,无隙可乘,王汉愤极,将手枪对着自己胸前,一发而毙。胡瑛料知无成,亦遁往日本。接连又有五大臣出洋事,恼动了一位志士吴樾,樾系皖北桐城人,生得慷慨激昂,自命为暗杀党先锋,他与五大臣毫无私仇,只为了排满主义,挟着炸弹,潜身进京。这日闻五大臣乘车出发,他先在车站坐待,等到五大臣陆续入站,将上火车,就取出炸弹,突然抛去。五大臣到底有福,未遭毒手,那仆役们恰死了好几个。当下大起忙头,由全班巡警,分路搜查,竟不见有可疑人物,只火车外面,有好几具尸首,仔细检查,除被炸的仆役外,有一血肉模糊的尸骸,粗具面目,恰没有人认识,复将衣服内一一检查,怀中尚藏有名片,大书吴樾姓名,名下又有皖北人三字,大众料是革命党中人物,彼此相戒,几乎风声鹤唳,杯弓蛇影,闹了月余,始渐平静。徐世昌、绍英不愿出洋,清廷只得改派了尚其亨、李盛铎。五大臣驾舰出游,自日本达美国,转赴英德。考察了数国政治,吸受些文明气息,遂从外洋拟了一折,把各国宪政大略,叙述进去。差不多如王荆公万言书,结末是请速改行立宪政体,期以五年。这奏折传达清廷,皇太后尚迟疑未决,至次年七月,五大臣回国,由两宫召见数次,他五人各畅所欲言,说得非常痛切,太后也为动容。遂于光绪三十二年七月十三日,颁发预备立宪的上谕道:

朕奉慈禧端祐康颐昭豫庄诚寿恭钦献崇熙皇太后懿旨:我朝自开国以来,列圣相承,谟烈昭垂,无不因时损益,着为宪典。现在各国交通,政治法度,皆有彼此相因之势,而我国政令,积久相仍,日处阽危,忧患迫切,非广求智识,更订法制,上无以承祖宗缔造之心,下无以慰臣庶治平之望,是以前简派大臣分赴各国,考查政治。现载泽等回国陈奏,皆以国势不振,实由于上下相睽,内外隔阂,官不知所以保民,民不知所以护国。而各国之所以富强者,实由于实行宪法,取决公论,君民一体,呼吸相通,博采众长,明定权限,以及筹备财用,经划政务,无不公之于黎庶。又兼各国相师,变通尽利,政通民和,有由来矣。时处今日,惟有及时详晰甄核,仿行宪政,大权统于朝廷,庶政公诸舆论,以立国家万年有道之基。但目前规制未备,民智未开,若操切从事,徒饰空文,何以对国民而昭大信?故廓清积弊,明定责成,必从官制入手。亟应先将官制分别议定,次第更张,并将各项法律,详慎厘订,而又广兴教育,清理财政,整顿武备,普设巡警,使绅民明悉国政,以预备立宪基础。着内外臣工切实振兴,力求成效,俟数年后规模粗具,查看情形,参用各国成法,妥议立宪实行期限,再行宣布天下。视进步之迟速,定期限之远近。着各省将军督抚,晓谕士庶人等,发愤为学,各明忠君爱国之义,合群进化之理,勿以私见害公益,勿以小忿败大谋,尊崇秩序,保守和平,以预备立宪国民之资格,有厚望焉!钦此。

这篇谕旨,在靖廷以为空前绝后的政策,其实纸上空谈,连实行的期限,尚且未定,已可见慈禧后的粉饰手段了。当下派载泽等编纂新官制、停捐例、禁鸦片,创设政务处及编制馆等,似乎锐意维新,不涉空衍。并命庆亲王奕劻为总核大臣,这庆亲王仰承慈眷,把懿旨格外凛遵,不到几日,就将京内外官制,核定崖略,具折奏陈:内阁军机处,暂仍旧贯,把六部改作十一部,首外务部、次吏部、次民政部、次度支部、次礼部、次学部、次陆军部、次法部、次农工商部、次邮传部、次理藩部,每部设尚书一员,侍郎二员,不分满汉,都察院改为都御史一员,副都御只二员,大理寺改为大理院,太常、光禄、鸿胪三寺,并入礼部,国子监并入学部,太仆寺并入陆军部,这算是京内官制的改革。各省督抚下,设布政、提法、提学三司;交涉纷繁的省份,增交涉使;有盐省份,仍留盐法使,或盐法道与盐茶道。东三省设民政、度支两使,代布政使职任。又裁撤分巡分守各道,添设巡警、劝业二道,分设审判厅,增易佐治员。这算是外省官制的改革。官制粗定,复开宪政编查馆,建资政院、中央立统计处,外省立调查局,并派汪大燮、于式枚、达寿三大臣,分赴英、德、日三国考察宪法。正在忙碌时候,忽报革命党人赵声肇乱萍乡,清政府方道是宣布立宪,可以抵制革命,谁知革命党仍旧横行,免不得意外忧虑。嗣闻萍乡县已经严防,党人无从侵入,有几个已拿下了,有几个已枪毙了,只主张起事的赵声,恰远扬得脱,遍索无着。有人查得赵声履历,乃是江苏丹徒人,表字伯先,系南洋陆师学堂第一次毕业生,与吴樾很是投契。吴樾未死的时候,曾遗书赵声,有"君为其难,我为其易"的密约。赵声也有赠吴的诗章,小子曾记得二绝云:

> 淮南自古多英杰,山水而今尚有灵。
> 相见尘襟一潇洒,晚风吹雨大行青。
> 一腔热血千行泪,慷慨淋漓为我言。
> 大好头颅拼一掷,太空追撄国民魂。

清廷闻萍乡已靖,又渐渐放心,不意御史赵启霖,平白地上了一折,竟参劾黑龙江署抚段芝贵,连及农工商部尚书载振,又惹起一番公案来。看官欲明底细,请向下回再阅。

光绪之季,清室已不可为矣。外则列强环伺,以辽东发祥地,坐视日俄之交争而不能止;西藏服属二百年,又被英人染指,剥丧主权。外交之失败,已不堪问。内则党人蜂起,倡言革命,纷纷起事,前仆后继,子房之椎,胜广之竿,皆内溃之朕兆。内外交迫,不亡可待?清廷即急起图治,实行立宪,亦恐未足固国本,树国防,况徒凭五大臣之考察,数月间之游历,袭取各国皮毛,而即谓吾国立宪,已十得八九,不暇他求,其谁信之?本回依事直书,而夹缝中屡寓贬笔,是固所谓皮里阳秋者耶。

第九十四回

倚翠偎红二难竞爽　剖心刎颈两地招魂

却说农工商部尚书载振,系庆亲王奕劻子,他因庆王执掌朝纲,子以父贵,曾封镇国将军及贝子衔。自官制改更,把工部易名农工商部,就令他作为部长。少年显达,倜傥风流,前时未任部长,尝悦妓女谢珊珊,招至东城余园侑酒,备极蝶亵。御史张元奇曾专折奏参,说他为珊珊傅粉调脂,失大臣体。折上留中,庆王心中似乎过不下去,令封闭南城妓馆,尽驱诸妓出京。莺莺燕燕,纷纷逃避,也算是红粉小劫,奈振贝子最爱赏花,遇着这般禁令,暗中未免埋怨,亏得境随时易,旧事渐忘,两宫宠眷,较前益隆。公子竟冠部曹,美人复来都下。一班袅袅婷婷的丽姝,渐集京津,内京有个杨翠喜,破瓜年纪,妩媚动人,又生就一副好歌喉,专演花旦戏,登台一唱,满场喝采,且将戏中淫媒情状,描摹得惟妙惟肖,顿时哄动都人。振贝子闻这艳名,那得不亲去赏鉴?相见之下,果然名不虚传。那杨美人本籍此为生,晤着这般阔老,位尊多金,年轻貌秀,自然格外巴结。一醉留髡,愿谐白首。振贝子虽然应允,但总不免有些顾忌,未便遽贮金屋。忽被黑龙江道员段芝贵闻知,竟替翠喜赎出歌楼,充为侍婢,献进相府,喜得振贝子心花怒开,忙替他运动一个署抚缺,报他厚德。不料河南道监察御史赵启霖,竟闻风上疏,劾他私纳歌妓,并参署抚夤缘亲贵,物议沸腾。在赵御史恰也多事,慈禧后不得不派官调查。醇亲王载沣,大学士孙家鼐等,奉派查办,把振贝子巧为开脱,只将“事出有因,查无实据”八字,做了回话手本。赵启霖遂以谎奏革职,只这位揣摩迎合的段署抚,已先时撤去重差,未由复任。也算暂时倒运。案结后,言路大哗,庆王又令振贝子具疏辞职,奉旨虽准他开缺,恰仍温语褒奖,说他年富力强,才识稳练,仍应随时留心政治,以资驱策。那时都御史陆宝忠,御史赵炳麟等,还是不服,上了宽容台谏一折。苍蝇碰石廊柱,终究是不生效力。

振贝子一场趣案,既瓦解冰消,他的兄弟载搏,也有好花癖性,访艳藏娇,成为常事。此次见阿兄无累,格外放胆做去,偏来了一个苏宝宝,与搏二爷有些因果,合做露水姻缘。宝宝别号情天楼,幼时本呆稚愚笨,不甚出色,乃姊叫作媛媛,在上海操卖淫业,名盛一时,宝宝私心艳羡,极力模仿乃姊,巧为妆饰。

到了十四、五岁，居然尽态极妍，一个黄毛丫头，竟变成了盛鬋丰容的丽女。还有一桩媚骨柔声，超出乃姊上。乃姊因妒成嫉，横加摧折，宝宝发愤为雄，偏离了阿姊，独张一帜。只因时运未至，操业不能称心。可巧有一老妓从北京回来，见了宝宝，视为奇货，即挈她北上。时来运转，迁地果良，竟结识了一个搏二爷，彼此定情，你贪我爱，这一段风流趣史，流传部中，报纸上又为他夸扬，一传十，十传百，连他老子奕劻，也都闻知，把他严词训责。搏二爷无可奈何，只得忍痛割爱，暂避讥嘲。过了数月，旧性复发，又与一个名妓洪宝宝结不解缘，与阿兄适成匹敌，真个是难兄难弟。当时某酒楼有题壁诗四绝，很有趣味。第一首云：

> 翠钿宝镜订三生，贝阙珠宫大有情；
> 色不误人人自误，真成难弟与难兄。

第二首云：

> 竹林清韵久沉寥，又过衡门赋广骚；
> 转绿回黄成底事，误人毕竟是钱刀。

第三首云：

> 红巾旧事说洪杨，惨戮中原亦可伤；
> 一样误人家国事，血脂新化口脂香。

第四首云：

> 妖痴儿女豪华客，佳话千秋大可传；
> 吹皱一池春水绿，误人多少好因缘。

这四诗所指，即咏女伶杨翠喜，名妓洪宝宝事。后来御史江春霖，又劾直隶总督陈夔龙，及安徽巡抚朱家宝儿子朱纶，说陈是庆王的干女婿，朱纶是振贝子的干儿子，朝旨又责他牵涉琐事，肆意诬蔑，着回原衙门行走。时人又拟成一副谐联云：

> 儿自弄璋爷弄瓦。
> 兄会偎翠弟偎红。

这联传诵一时，推为绝对。只台练中有了二霖，反对庆邸父子，免不得恼了老庆。江春霖籍隶福建，赵启霖籍隶湖南，此时汉大学士瞿鸿玑，与赵同乡，老庆暗怨赵启霖，遂至迁怒瞿鸿玑。满汉相轧，汉相敌不过满相，已在意中。待至运动成熟，竟由恽学士毓鼎出头，参劾瞿鸿玑四大款：什么授意言官，什么结纳外援，什么勾通报馆，什么引用私人，恼动了慈禧太后，竟欲下旨严谴。幸而查办大臣孙家鼐、铁良等，代瞿洗释，改大为小。这瞿中堂算得免斥革，有旨以"开缺回籍"四字，了结此案。

自是全台肃静，乐得做仗马寒蝉，那个还出来寻衅？这慈禧太后恰清闲了不少，每日与诸位宫眷，抹牌听戏;戏子谭鑫培，是伶界中泰斗，专唱老生戏，入园供直。相传谭演《天雷报》一剧，唱得异常悱恻，居然空中应响，起了一个大霹雳，时人因称他作谭叫天。太后呼他为叫天儿。叫天儿上台，没一个不表欢迎，所以京中人都着谭迷，几乎举国若狂。当时肃亲王善耆，任民政部尚书，在宗室中称是明达，也未免嗜戏成癖。先时与叫天儿作莫逆交，得了几句真传，竟微服改装，与名伶杨小朵，合演翠屏山，善耆扮石秀，杨扮潘巧云，演到巧云斥逐石秀时，杨斥善耆道:"你今天就是王爷，也须与我滚出去!"听戏的人，有认得善耆的，都为杨伶捏一把汗，偏这善耆毫不介意，反觉面有喜容，所以谭叫天亦极口称赞，说是可授衣钵，惟他一人。

　　一班梨园子弟，正极承慈眷的时候，忽一片骇浪，发自安徽。一个管辖全省的恩巡抚，被一候补道员徐锡麟，手枪击死，这警电传到北京，吓得这位老太后，也出了一回神，命即停止戏剧，匆匆回宫，连颐和园都不敢去。"渔阳鼙鼓动地来，惊破霓裳羽衣曲"，想清宫情景，也如唐宫里差不多哩。小子闻那道员徐锡麟，系浙江绍兴人，曾中癸卯科副贡，科举废后，在绍兴办了几所学堂，得了两个好学生，一姓陈名伯平，一姓马名宗汉，嗣因自己未曾习武，复赴德国入警察学堂，半年毕业，匆匆回国。适他表亲秋女士瑾，也从日本留学回家，秋女士的仪表，不亚男子，及笄时，曾出嫁湖南人王某，两人宗旨不同，竟成怨偶。他即赴东留学，学成归国，至上海遇着徐锡麟，谈起宗旨，竟尔相同，无非是有志革命。当下徐锡麟创设光复会，叫陈、马两学生做委员，自任为会中长，联络各处同志，结成一个小团体。既而偕秋女士同回绍兴，把前立的大通学校，认真接办，注重体操，隐储作革命军。嗣接同乡好友陶成章来书，劝他捐一官阶，厕入仕途，以便暗中行事。徐锡麟深以为然，他家本是小康，又以同志帮助，凑成了万余金，捐了一个安徽候补道。银两上兑，执照下颁。锡麟领照到省，参见巡抚恩铭，恩抚不过按照老例，淡淡的问了几句。锡麟口才本是很好，见风使帆，引磁触铁，居然把巡抚一副冷肠，渐渐变热。传见数次，就委他作陆军小学堂总办;旋又因他警察毕业，兼任他做巡警会办。他得了这个差使，尽心竭力，格外讨好，暗中恰通信海外，托同志密运军火，相机起事。恩抚全然不知，常赞他办事精勤。不想两江总督端方，来了密电，内称革命党混入安徽，叫恩抚严密查拿。恩抚立传徐锡麟进见，示他译出的电文，锡麟一瞧，不由的吃了一惊。这电文内所称党首，第一名就是光汉子，幸下文没有姓名，还得暂时瞒住，佯作不解状，从容对恩抚道:"党人潜来，应亟加防备，职道请大帅严饬兵警，认真稽查!"恩抚道:"老兄办事，很有精神，巡警一方面，要托老兄了。"锡麟应声而别。

　　回寓后，与陈、马二人密商，主张速行起事，先发制人，是年已是光绪三十三年,锡麟拟赶办学堂毕业,请恩抚到堂,行毕业礼,乘间刺杀恩铭。议定后,遂备文申详,定于五月二十八日行毕业礼,经恩抚批准,锡麟即密招党人,届期会集安庆,内应外合,做一番大大的事业。谁料到二十八日外,忽由恩抚传见,命他改期。锡麟惊问何故?恩抚说二十八日,系孔子升祀大典,须前去行礼,无暇来堂,所以要提早两日。锡麟踌躇了一会,只推说文凭等件,都未办齐,恐不能提早。恩抚微笑,半晌才道:“赶紧一些,便好办齐,有什么来不及哩!”锡麟观形察色,未免有些尴尬,不好再说。恩抚已举茶辞席,锡麟回寓,又与陈、马二人密议多时,统是没法,只得拼了性命,向前做去。到了二十六日,锡麟命在学堂花厅内,摆设筵席,预埋炸药,俟恩抚到堂,先行请宴,索性连巡抚以下各官,一概炸死,以便发难。辰牌时候,司道等俱至堂中,恩抚亦乘轿而来,由锡麟一一迎入。献茶毕,恩抚便命阅操,锡麟忙回禀道:“请大帅先饮酒,后阅操!”恩抚道:“午后有事,不如先阅操为便。”便传集全堂学生,齐立阶下。恩抚率司道坐堂点名,忽走入学务委员顾松,请恩抚就座少缓。锡麟听着,疑顾松已知密谋,遂不管好歹,从怀中取出炸弹,向前抛去,偏偏炸弹不炸。

恩抚听见响声,忙问何事,顾松接口道:“会办谋反。”说时迟,那时快,恩抚面前,又是一弹飞至。恩抚忙把右手一遮,刚刚击中右腕,这颗枪弹,是马宗汉放出来的。锡麟见未中要害,竟取出手枪两支,用两手连放,击射恩铭。恩铭受了数创,最利害的一弹,穿入小腹,立即晕倒。文巡捕陈永颐忙去救护,一弹中喉,又复毙命。武巡捕德文,也身中五弹,顿时堂中大乱。恩抚手护军,将恩铭背出,恩铭尚未致毙,一声呼痛,一声叫拿徐锡麟。藩司冯煦,带了各官,越门而逃,锡麟忙叫关门,奈被顾松阻住,竟放各官出门。锡麟大愤,执了马刀,赶杀顾松,顾松欲逃,被陈伯平开了一枪,了结性命。锡麟见各官已去,与陈、马二徒胁迫学生多名,趋占军械所。城内各兵,已奉藩司命围攻,锡麟命伯平守前门,宗汉守后门,内外轰击了一回,被官兵攻入,击死陈伯平,捉住马宗汉,单单不见徐锡麟。就近搜查,到方姓医生家,竟被搜着。冤家相遇,你一手,我一脚,把锡麟打至督练公所。当由藩司冯煦、臬司毓钟山,坐堂会审。锡麟立而不跪。冯煦厉声喝道:“恩抚是你的恩帅,你到省未几,即委兼差,你应感激图报,为什么下此毒手?且有同党几人?”锡麟道:“这是私恩,不是公愤,你等也不配审我,不如由我自写。大丈夫做事,当磊磊落落,一身做事一身当,何容隐讳?”冯煦道:“很好。便命左右取过纸笔,令他自书。锡麟坐在地上,提笔疾书道:

我本革命党大首领,捐道员。到安庆,专为排满而来。满人虐我汉族,将近三百载矣。综观其表面立宪,不过牢笼天下人心,实主中央集权,可以膨胀专制力量。满人妄想立宪便不能革命,殊不知中国人之程度,不够立宪。以我理想，立宪是万万做不到的。若以中央集权为立宪，越立宪的快，越革命的快。我只拿定革命宗旨，一旦乘时而起，杀尽满人，自然汉人强盛，再图立宪不迟。我蓄志排满，已十余年，今日始达目的。本拟杀恩铭后，再杀端方、铁良、良弼，为汉人复仇，乃杀恩铭后，即被拿获，实难满意。我今日之意，仅欲杀恩铭与毓钟山耳。恩抚想已击死，可惜便宜了毓钟山。此外各员，均悉误伤，惟顾松系汉奸，他说会办谋反，所以将他杀死。尔言抚台是好官，待我甚厚，诚然。但我既以排满为宗旨，即不能问其人之好坏。至于抚台厚我，系属个人私恩；欲杀抚台，乃是排满公理。此举本拟缓图，因抚台近日稽查革命党甚严，恐遭其害，故先为同党报仇。且要当大众面前，将他打死，以成我名。尔等再三问我密友二人，现已一并就获，均不肯供出姓名，将来不能与我大名并垂不朽，未免可惜，所论亦是。但此二人皆有学问，日本均皆知名，以我所闻，在军械所击死者，为光复子陈伯平，此实我之好友。被获者或系我友宗汉子，向以别号传，并无真姓名。此外众学生程度太低，无一可用之人，均不知情。你们杀我好了，将我心剖了，两手两足斩了，全身砍碎了，均可。不要冤杀学生，学生是我诱逼去的。革命党本多，在安庆实我一人。为排满事，欲创革命军，助我者仅光复子、宗汉子两人，不可拖累无辜。我与孙文宗旨不合，他也不配使我行刺。我自知即死，将我宗旨大要，亲书数语，使天下后世，皆知大义，不胜欣幸。徐锡麟供。

写毕，掷交公案。藩臬两司，已是实供，复闻恩铭已死，便商议一番，拟援张汶祥刺马新贻案，惩办锡麟。一面电奏北京，一面将锡麟钉镣收禁。隔了两天，京中复电照办，并命冯煦署理皖抚，冯煦即命将锡麟挪出正法，复剖胸取心，致祭恩抚灵前。复将马宗汉讯问得供，亦推出枭首。又传电浙江，查办徐氏家属。浙江巡抚张曾敫，接着此信，忙饬绍兴府贵福遵行。锡麟父徐梅生，向来守旧，曾告锡麟忤逆，至是到会稽县自首。县令李端年调查旧卷，果有梅生控子案，遂不去逼迫，只饬交捕厅管押。锡麟弟伟，正去安徽记兄，被冯署抚拿住，供称与兄意见不合。今欲到表伯俞巡抚处省视，路过安庆，顺道访兄，不意被拿，兄事实不知情。冯抚察无虚语，又因他供与湘抚俞廉三有亲，未免袒护一点，遂把他减轻罪名，监禁十年。只绍兴府贵福，本系满人，格外巴结，不但将徐氏家产，抄没入官，并把大通学堂，也勒令封闭；并令差役入内检查。适值秋瑾女士，偶憩校中，差役不由分说，竟将他拿入府署，给他纸笔，逼令供招。秋瑾提笔写一"秋"字，经堂下令他写下，他又续书六字，凑成一句诗，乃是"秋风秋雨愁煞人"一语。贵福道："这句便是谋反的意想。"遂黄夜电禀张抚，说是："秋瑾勾通徐锡麟，谋叛已有实据，现在拿获，应请正法！"张抚闻有谋叛确证,复电就地处决。可怜这位秋女士,被绑至轩亭口,愤无从泄,竟尔受刑。同善堂发棺收殓,方免暴骨。那贵福既杀了秋瑾,复令兵役到外搜查,忙乱了好几日,查不出有革命党踪迹。兵役异想天开,遇着居民行客,任意敲诈,连秃头和尚,天足妇人,统说他是徐、秋二人党羽,得了贿赂,方才释手。约有一两个月,兵役已经满意,始复称没有革命党。贵福照禀张曾敭,曾敭电达安徽,并奏报北京,才算了案。杭绍的百姓,只有三魂六魄,已吓去了一半。至民国光复后,方把徐氏家产发还,并将秋女士遗骸,改葬西湖,碣书鉴湖女侠秋璿卿墓。璿卿即秋瑾表字,鉴湖女侠,乃秋瑾别号,后人有挽徐志士并秋女侠对联两副,颇觉可诵:挽徐志士一联云:

铁血主义,民族主义,早已与时俱臻;未及睹白帜飘扬,地上英灵应不暝。

只知公仇,安识私恩,胡竟为数所厄? 幸尚有群雄继起,天涯草木俱生春。

挽秋女士一联云:

今日何年? 共诸君几许头颅,来此一堂痛饮。

万方多难,与四海同胞手足,竞雄廿纪新元。

皖浙事方了,粤省又有会党起事,正是一波才平,一波又起,清室江山,总要被他收拾了。待小子下回再叙。

立宪为伪,于改革官制见之。官制虽更,而一班纨裤少年,以涂脂抹粉之手段,竟尔超升高位,欲其改良政治也得乎? 迨御史攻讦,老羞成怒之奕劻,不知整饬家法,反令迁谪言官,甚至同寅大傺,亦受嫌被黜,周厉监谤,不是过也。徐锡麟谓越立宪的快,越革命的快,斯言实获我心。疆吏趋承上旨,加以惨戮,激之愈烈,发之亦愈速。徐死后仅阅五年,而鄂军发难,清社墟矣。书有之:"四海困穷,天禄永终。"信然!

第九十五回

遘奇变醇王摄政　继友志队长亡躯

却说粤东西两省，自洪杨荡平后，尚有余党孑遗，当时虽幸逃性命，本心终是未改，隐名韬姓的混了几年，联络几个老朋友，免不得又来出头。什么三点会、三合会，统是藏着洪天王的姓，想与洪天王复仇。革命党人，利用这班会党，密与通信，叫他起事。因此广东韶平县的会党，攻黄冈协镇衙门；惠州府的会党，谋变七女湖；钦州的会党，也闻风踵起，攻陷防城。只是乌合之众，终究不能济事。官兵一出马，两三仗便把会党击败，四散逃走。清廷以为癣疥微疾，不足深虑，独直督袁世凯，以内忧外患，交迫而起，奏请实行立宪。鄂督张之洞，以各校学生，日趋浮嚣，好谈革命，奏请设存古学堂，冀挽颓风。清廷遂召两督入京，统补授军机大臣，另下诏化除满汉畛域，令内外各官条陈办法。当下各官吏应诏陈言，有说宜许满汉通婚，有说要实行立宪，筹定年限。慈禧太后，倒也无乎不可，遂改考查政治馆为宪政编查馆，叫他按年筹备。宪政编查馆诸公，遂提出九年的期限，拟自光绪三十四年起，至四十二年止，将预定各事，陆续办齐，按年列表，上陈慈鉴。奉谕："逐年筹备事宜，照单察阅，统是立宪要政，必须秉公认真，次第推行"云云。宫廷中的意见，总道是谕旨送下，可以销弭隐祸，笼络人心，偏偏民情愈奋，民气益张，苏浙两省，为了沪杭甬铁路，决议自办，拒绝英国借款。山西人为了外人开矿，有失利权，决立矿务公司，力图抵制，安徽又开铁矿大会，协争江、浙铁路借款，并力请自办浦信铁路。广东人因外务部许税司管理西江捕权，会议力争。这一桩，那一件，都来与政府交涉。军机处的王大臣，及各部堂官，忙得日无暇晷，磋磨又磋磨，调停复调停，方才敷衍过去。

忽闻广西镇南关，又有革命党攻入，夺去右辅山炮台三座。有旨切责桂抚，令他指日克复。桂抚连忙调兵派将，运械输粮，与革命军对垒。官兵的饷械，陆续前来，革命的饷械，只是孤注。相持了好几日，革命军已是械尽粮空，没奈何仍走外洋。桂抚遂上折报功，有几个有运气的将士，升官蒙赏，又沐了好些皇恩。

勉勉强强过了一年，已是光绪三十四年了。过年的时候，宫中照例庆祝，又有一番热闹。初十日是皇后千秋节，除太后皇帝外，众人统向皇后祝寿。元宵这一日，花灯绚彩，烟火幻奇，宫中复另具一番景色。不意日本公使，来了一个照会，内称粤海关擅扣汽船，侮辱国旗，要求外务部赔偿损失，吓得外务部瞠目结舌，正拟拍电去粤，粤省的大吏，已有电文传到，照电译出，系日本汽船二辰丸私运军火，接济民党，由粤海关查出，搜得枪枝九十四箱，子弹四十箱，当将二辰丸扣留，卸去日本国旗。外务部据事答复，偏偏日使不认，硬要同清廷怄气，彼此舌战了一回，日使竟取出强权手段，欲以武力对待。外务部无如彼何，只好事事应允，释船惩官，赔款谢罪，才算了结。粤民大愤，拟停止日货交易，日使又强迫外务部，令粤督严禁，中国人虎头蛇尾，五分钟热心，不久即消灭净尽，日货仍充塞街中了。

那时西陲的廓尔喀、尼泊尔两国，恰遣使入贡，达赖喇嘛前次避入库伦，至是闻英藏案结，一回至西宁，亦上表入觐。太后特旨嘉许，命地方官优礼相待。到京后，赐居雍和宫，加封为诚顺赞化西天大善自在佛。会太后诞辰将至，便留达赖替他祝寿，自己畅游颐和园万寿山图个尽欢。到了万寿期内，城内正街，装饰一新，宫中设一特别戏场，演戏五日，这是拳匪以后第一次盛典。达赖喇嘛亦带领属员，向太后叩祝，外国使臣，各遣员致贺。只光绪帝已经抱病，不能率王大臣行礼，但于万寿日早晨，由瀛台至仪銮殿，勉强拜祝。太后见他颜色惟悴，形容枯槁，亦未免动了慈心，命太监扶掖上轿，令帝回入瀛台。是日下午，太后挈后妃福晋太监等，泛舟湖中。天气晴和，湖光一碧，太后老兴勃发，命妃嫔福晋等，改着古衣，扮做龙女善男童子，李莲英扮韦驮，自己扮观音大士，拍一照相，留作纪念。游至日暮，兴尽方归。归途中凉风拂拂，侵入肌骨，又多吃乳酪苹果等物，竟至病痢。翌日尚照常理事，批阅奏折多件。又越日，太后皇帝都不能御殿。达赖闻太后染疾，呈上佛像一尊，禀称可镇压不祥，应速往太后万年吉地，安为妥置。太后喜甚，病几少瘥。翌日仍御殿，召见军机大臣，命庆王送佛像至陵寝。庆王闻命，迟疑一会，才奏称："太后、皇上现皆有病，奴才似不便离京。"太后道："这几日中，我不见得就会死，我现在已觉得好些了。无论怎样，你照我话办就是。"庆王不敢违旨，始奉佛像去讫。次日，太后皇帝同御便殿，直隶提学使傅增湘陛辞，太后道："近来学生，思想多趋革命，此等颓风，断不可长。你此去务尽心力，挽回末习方好。"言下颇为伤感，傅增湘应令趋退，太后即宣召医官入内诊病。

自是光绪帝不复视朝，太后亦休养宫中，未曾御殿。御医报告两宫病象，均非佳兆，请另延高医诊视。军机处特派员请庆王速回，一面增兵卫宫，稽查出入，伺察非常。庆王接信，兼程入京，一到都下，闻光绪帝病重，太后已拟立醇王子溥仪为嗣，当下入宫谒见太后。太后即向庆王道："皇上病重，看来要不起了。我意已决,立醇王子溥仪。"庆王道:"就支派上立嗣,溥伦是第一个应继,其次还是恭王溥伟。"太后道:"我意已定,不必异议。从前我将荣禄的女儿,与醇王配婚,便等他生下儿子,立为嗣君,报荣禄一生的忠心。荣禄当庚子年防护使馆,极力维持,国家不亡,全仗彼力。今年三月,曾加殊恩与荣禄妻室,现已饬迎醇王子溥仪入宫,授醇王为监国摄政王了。"庆王闻言,暗想木已成舟,无可再说,便道:"太后明见,想亦不错。"太后又道:"皇上终日昏睡,清醒时很少,你去看他一看,倘或醒着,可将此意传知。"

庆王便转至瀛台,到光绪帝寝榻前,但见光绪帝双目睁着,气喘吁吁,瘦骨不盈一束,榻下只有一两个老太监,充当服役,连皇后瑾妃都不在侧,未免触景生悲,暗暗堕泪。当时请过了安,光绪帝亦两泪含眶,便有气无力的向庆王道:"你来得很好!我已令皇后往禀太后,恐不能长侍慈躬,请太后选一嗣子,不可再缓。"庆王便婉述太后旨意,光绪帝半晌才道:"立一长君,岂不更好?但不必疑惑,太后主见,不敢有违。"庆王道:"醇王载沣已授为监国摄政王,嗣君虽幼,可以无虑。"光绪帝道:"这且很好,但我,……"说到我字,喉中竟哽咽起来。庆王连忙劝慰,便道:"皇上不必怆怀,如有谕旨,奴才当竭力遵办。"光绪帝道:"你是我的叔父行,不妨直告。我自即位以来,名目上亦有三十多年,现在溥仪入嗣,还是承继何人?"庆王闻了此语,倒也踌躇了一会;想定计划,才道:"承继穆宗,兼祧皇上。"光绪帝道:"恐怕太后未允。"庆王道:"这在奴才身上。"言未毕,太监报称御医入诊,当由庆王替光绪帝传入。医官行过了礼,方诊御脉。诊罢辞退,庆王亦随了出来,问御医道:"脉象如何?"御医道:"龙鼻已经煽动,胃中又是隆起,都非佳兆。"庆王问尚有几日可过?御医只是摇头。

庆王料是不久,便别了御医,径禀太后。太后道:"各省不知有无良医,应速征人都好。"庆王道:"恐来不及了。"太后道:"你却去叫军机拟旨,如有良医,速遣入诊,我也病重得很。"庆王退出,还有宫监们旁构谗言,说皇帝前数日,闻太后病,尚有喜色。太后发怒道:"我不能先他死。"是日下午,太后闻报帝疾大渐,便亲至瀛台视疾,光绪帝已昏迷不省,太后命宫监取出长寿礼服,替帝穿着,帝似乎少醒,用手阻挡,不肯即穿。向例皇上弥留,须着此礼服,若崩后再穿,便以为不祥。太后见帝不愿穿上,便令从缓,延至五句钟驾崩,是日为光绪三十四年十月二十一日。太后、皇后二人及太监数人在侧。太后见帝已崩逝,匆匆回宫,传谕降帝遗诏,并颁新帝登基喜诏。庆王闻耗,急趋入宫,见遗诏已经誊清,忙走前瞧阅道:

> 朕自冲龄践阼,寅绍丕基,荷蒙皇太后恃育仁慈,恩勤教诲,垂帘听政,宵旰尤劳。嗣奉懿旨,命朕亲裁大政,钦承列圣家法,一以敬天法祖,勤政爱民为本。三十四年中,仰禀慈训,日理万机,勤求上理,念时势之艰

难，折衷中外治法，辑和民教，广设学堂，整顿军政，振兴工商，修订法律，预备立宪，期与薄海臣庶，共享升平。各直省遇有水旱偏灾，凡疆臣请赈请蠲，无不恩施立沛。本年顺直东三省，湖南、湖北、广东、福建等省，先后被灾，每念我民满目疮痍，难安寝馈。朕躬气血素弱，自去岁秋间不豫，医治至今，而胸满胃逆，腰痛腿软，气拥咳喘诸证，环生迭起，日以增剧，阴阳俱亏，以致弥留，岂非天乎？顾念神器至重，亟宜传付得人。兹钦奉慈禧端祐康颐昭豫庄诚寿恭钦献崇熙皇太后懿旨，以摄政王载沣子溥仪，入承大统。在嗣皇帝仁孝聪明，必能仰慰慈怀，钦承付托，忧勤惕厉，永固邦基。尔京外文武臣工，其清白乃心，破除积习，恪遵前次谕旨，各按逐年筹备事宜，切实办理！庶几九年以后，颁布立宪，克终朕未竟之志，在天之灵，藉稍慰焉。丧服仍依旧制，二十七日而除。布告天下，咸使闻知。

庆王瞧毕，便禀太后道："新皇入嗣，是否承继穆宗？"太后道："这个自然。吴可读曾至尸谏，难道竟忘记么？"庆王道："承继穆宗，原应该的，但大行皇帝，亦不可无后，应由嗣皇兼祧。"太后不应，庆王再请，太后且有怒容。庆王叩头道："从前穆宗大行，未曾立嗣，因有吴可读尸谏。现今皇上大行，若非筹一兼顾的法子，仍如穆宗无嗣，安得没有第二个吴可读，仍行尸谏故事？将来应如何对待，还乞太后圣裁。"太后被他驳住，才忍着性子道："你去拟旨来，待我一阅。"庆王即起，取纸笔，草拟遗诏道：

钦承慈禧端祐康颐昭豫庄诚寿恭钦献崇熙皇太后懿旨：前因穆宗毅皇帝，未有储贰，曾于同治十三年十二月初三日降旨，皇帝生有皇子，应承继穆宗毅皇帝为嗣。今大行皇帝龙驭上宾，亦未有储贰，不得已以摄政王载沣之子溥仪，承继穆宗毅皇帝为嗣，兼承大行皇帝之祧。

兼祧之制已定，光绪帝才算有嗣。最感激的，乃是光绪皇后。庆王等退出，时已夜半，太后才得安寝。次日尚召见军机与皇后摄政王，及摄政王福晋，谈论多时。复用新皇帝名目，颁一上谕，尊太后为太皇太后，皇后为太后，其时尚谈及庆祝尊号，及监国授职的礼节。到了午膳，太后方饭，忽然间一阵头晕，猝倒椅上。李莲英等忙扶太后入寝宫，睡了好一歇，方才醒转，令召光绪皇后、摄政王载沣及军机大臣等齐集，咐吩各事，从容清晰，并云："病将不起，此后国政应归摄政王办理。"随令军机大臣拟旨，大略如下：

奉太皇太后懿旨：昨已降谕，以醇王为监国摄政王，禀承予之训示，处理国事。现予病势危急，自知不起，此后国政，即完全交付监国摄政王。若有重要之事，必须禀询皇太后者，即由监国摄政王禀询裁夺。

看这道上谕，可见慈禧后爱怜侄女，与待同治皇后，大不相同。慈禧后叮嘱既毕，喉中顿时痰壅，咯了几口，休养了好一会。军机大臣尚未趋退，当下命草遗诏。军机拟诏毕，呈慈禧后，慈禧后还能凝神细阅，从头到尾，看了一遍。又命军机加入数语，才算定稿。到了傍晚，渐渐昏沉，忽又神气清醒，谕王大臣道："我临朝数次，实为时势所迫，不得不然。此后勿再使妇人预闻国政，须严加限制，格外防范！尤不得令太监擅权，明末故事，可为殷鉴。"说到末句，已是不大清楚。喉中的痰，又壅塞起来。面色微红，目神渐散，随即逝世。时仅两日，遭了两重国丧，宫廷内外，镇定如常，这还是慈禧一人的手段。越日即传布遗诏道：

> 予以薄德，祗承文宗显皇帝册命，备位宫闱。迨穆宗毅皇帝，冲年嗣统，适当寇乱未平，讨伐方殷之际，时则发捻交讧，回苗徯扰，海疆多故，民生凋瘵，满目疮痍，予与孝贞显皇后，同心抚视，夙夜忧劳，秉承文宗显皇帝遗谟，策励内外臣工，暨各路统兵大臣，指授机宜，勤求治理，任贤纳谏，救灾恤民，遂得仰承天庥，削平大难，转危为安。及穆宗毅皇帝即世，今大行皇帝入嗣大统，时事愈艰，民生愈困，内忧外患，纷至沓来，不得不再行训政。前年宣布预备立宪诏书，本年颁示预备立宪年限，万机待理，心力俱惮，幸予气体素强，尚可支持。不期本年夏秋以来，时有不适，政务殷繁，无从静摄，眠食失宜，迁延日久，精力渐惫，犹未敢一日暇逸。本年二月一日，复遭大行皇帝之丧，悲从中来，不能自克，以致病势增剧，遂致弥留。回念五十年来，忧患迭经，兢业之心，无时或释。今举行新政，渐有端倪，嗣皇帝方在冲龄，正资启迪，摄政王及内外诸臣，尚其协心翊赞，固我邦基。嗣皇帝以国事为重，尤宜勉节哀思，孜孜典学，他日光大前谟，有厚望焉！丧服二十七日而除，布告天下，咸使闻知！

遗诏既下，准备丧葬典礼，务极隆崇。加谥曰孝钦显皇后，谥光绪帝为德宗景皇帝。越月，嗣皇帝溥仪即位，年甫四龄，由摄政王扶掖登基，以明年为宣统元年，上皇太后徽号曰隆裕皇太后，并颁摄政王礼节，及覃恩王公大臣有差。

京中一吊一贺，方在热闹得很，忽报安徽省又起革命风潮。大众还道徐锡麟复生，惊疑不定，后来探听的确，方知发难的首领，乃是炮队队官熊成基。成基因徐锡麟惨死，心怀不平，适值前炮营正目范传甲，与锡麟乃是故交，锡麟死时，曾对着尸首，恸哭一回，被抚院卫队撞见，飞奔得脱。是时闻两宫崩逝，遂潜至安庆，运动熊成基起事。成基应允，密召部下营兵，宣告革命。部众倒也赞成，当即编成命令十三条，定于十月二十六日颁布。处置既定，又暗约弁目薛哲在城内接应。届期十点钟，炮营内全队俱发，先至陆军小学堂，破门而入，直趋操场军械室，取得枪杆；又至火药库，夺了子弹，正想长驱入城，不料城门已是紧闭。成基还待薛哲接应，等了许久，毫无影响，遂在沿城小山上架炮轰城。连放数炮，城不能破，反被城上轰击过来，死伤部众数十人，正在着忙，忽闻长江水师，已奉江督端方命令，来救安庆，成基料知事泄，便率众向西北遁走。途中解散部众，只身独行。沿路记念范传甲，不知如何下落。行到山东，适遇一位好友从安庆来，两下相叙，才知范传甲谋刺大吏，未成被获，已是就义，不禁涕泪交横。友人复劝他远走辽东，免被缉获，成基应诺而去。

到了宣统二年，贝勒载洵，出使英国，贺英皇加冕，道出哈尔滨，成基想把他刺死，偏偏载洵的卫队，布得密密层层，才身无从下手，只得眼睁睁由他过去。不过成基心总未死，拟乘载洵回国，再行着手。一面联络石往宽、喻培伦二人，做了臂助。无如谋事在人，成事在天，载洵从原路归来，成基方与石喻二友，执着手枪，拼命入刺，那知枪还未发，已被巡警捉住。三个人拿住了一双半，解到吉林，由巡抚审讯，三人直供不讳，眼见得性命难保了。

这且搁下不提。单说皖乱已平，江督端方，即报知摄政王，摄政王稍觉安心。只光绪帝曾有遗恨，密嘱摄政王，摄政王握了大权，便想把先帝恨事，报复一番。正是：

> 遗命不忘全友爱，宿仇未报速安排。

毕竟所为何事，且从下回叙明。

慈禧太后之殁，距光绪帝崩，仅一日耳，后人啧有烦言，或谓光绪帝已崩数日，官内秘不发丧，直至嗣皇定位，慈禧复逝，因次第宣布。或谓光绪帝之崩，实在太后临终之后，守旧党人，恐光绪帝再出亲政，不免于祸，遂设法置诸死地。以讹传讹，成为千古疑案。予考中外成书，于两宫谢世，并无异论，是则悠悠之口，不足为凭。著书人据事叙录，未尝羼入谬论，存其实也。独慈禧太后两立幼君，至于光绪帝崩，复迎立四龄幼主，入官践阼。意者其尚望延年，仍行训政欤？否则为光绪后留一地步，维持叶赫族永久权势，而因有此举也。后人曾有咏宫词云：

> 纳兰一部首歼诛，婚媾仇难笙脱弧。
>
> 二百年来成倚伏，两朝妃后侄从姑。

即是以观，叶赫亡清之谶，不特应于慈禧后一人之身，隆裕后亦与焉。皖中革命，先徐后熊，影响及仕途军界，清之不亡无几矣。隆裕后尚无亡国之咎，不过慈禧当国数十年，天人交怨，特假隆裕以泄其愆耳。慈禧考终，不及见逊位之祸，慈禧其亦幸矣哉！

第九十六回

二显官被谴回籍　众党员流血埋冤

　　却说摄政王载沣,因记起光绪帝遗恨,亟图报复,遂密召诸亲王会议。庆王奕劻等都至摄政王第中,由摄政王取出光绪帝遗嘱,乃是的确亲笔,朱书五个大书。庆王奕劻瞧着,便道:"这事恐行不得。"摄政王道:"先帝自戊戌政变以后,幽居瀛台,困苦的了不得,想王爷总也知道。现在先帝驾崩,遗恨终身,在天之灵,亦难瞑目。"言毕,面带泪容。庆王道:"畿辅兵权,统在他一人手中,倘欲把他惩办,以至禁军激变,如何是好?"摄政王嘿然不答。庆王又道:"闻他现有足疾,不如给假数天,再作计议。"摄政王勉强点头。看官!你道光绪帝恨着何人? 遗嘱内是什么要语? 小子探明底细,乃是"袁世凯处死"五字。原来戊戌变政时,光绪帝曾密嘱袁世凯,叫他赴津去杀荣禄。袁去后,荣禄即进京禀报太后,太后再出训政,把帝幽禁终身,不能出头。你想光绪帝的心中,如何难过? 能够不引为深恨么? 荣禄本系太后心腹,光绪帝还原谅三分,只老袁奉命赴津,不杀荣禄,反令荣禄当日赴京,那得不气煞恨煞? 荣禄死后,老袁复受了重任,统辖畿内各军,权势益盛。太后复格外宠遇,因此光绪帝愈加愤闷。临危时,闻胞弟载沣,已任摄政王,料得太后年迈,风烛草霜,将来摄政王总有得志日子,所以特地密嘱。摄政王奉了兄命,趁这大权在手,自然要遵照施行。可奈庆王从中阻止,只得照庆王的计划,从宽办事。那老袁亦得着风声,便借足疾为名,疏请辞职。摄政王便令他开缺回籍,他即收拾行李,竟回项城县养疴。摄政王因老袁已去,将端方调任直督,保卫京畿。

　　宣统改元,半年无事,隆裕太后在宫娱养,免不得因情寄兴,想拣个幽雅地方闲居消遣。适大内御花园左侧,有土阜一区,很是爽敞,向由堪舆家言,不宜建筑。隆裕后性颇旷达,破除禁忌,竟饬工匠在土阜上兴筑水殿,四周浚池,引玉泉山水回绕殿上。窗棂门户,无不嵌用玻璃,隆裕太后自题匾额,叫作灵沼轩,俗呼为水晶宫。土木初兴,中元复届,太皇太后梓宫,尚未奉安,隆裕记念慈恩,特饬造大法船一只,用纸扎成,长约十八丈有零,宽二丈,船上楼殿亭树,陈设俱备,侍从篙工数十人,高与人等,统穿真衣。上设宝座,旁列太监宫女,及一切器用,下面跑着身穿礼服的官员,仿佛平日召见臣工的形状。中悬一黄缎巨帆，上书"普渡中元"四大字。船外围绕无数红莲，内燃巨烛，都人推为巨制。摄政王用皇帝名致祭舟前，祭毕，将大法船送至东华门外，敬谨焚化。一时男妇老幼，都来观集，叹为古今罕见。这项报销，闻达数十万金。过了两月，奉安届期，前三日间，又焚去纸扎人物、驼马器用等，不可胜计。

奉安这一日，车马喧阗，旌旗严整，簇拥着太皇太后金棺，逶迤东行。摄政王载沣，骑马前导。隆裕太后，率领嗣皇及妃嫔人等，乘舆后送。两旁都是军队警吏，左右护卫，炫耀威赫景象，几乎千古无两。全队向东陵进发。东陵距京约二百六十多里，四面松柏蓊蔚，后为座山，与定陵相近。定陵就是咸丰帝陵寝，从前由荣禄监陵工，只东陵一穴，共费银八百万两，这场丧费，比光绪帝丧费，要加二倍有余。光绪帝梓宫奉安，较早半年，彼时只费银四十五万两有零。太后奉安，费银一百二十五万两有零。相传摄政王曾拟节省糜费，因那拉族不悦，没奈何摆了一场体面，不过国库支绌，未免竭蹶得很，这也不必细表。

单说隆裕太后到了东陵，下舆送窆，忽见旁面山上，有一摄影器摆着，数人穿着洋装，对准新太后拍相。隆裕太后大怒，喝令速拿，侍从忙赶将过去，拿住洋装朋友两名，当场讯鞫。供称系奉直督端方差遣，隆裕太后勃然道："好胆大的端方，敢这么无礼，我定要把他惩办！"送窆礼毕，愤愤回京，即命摄政王加罪端方，拟将他革职拿问。还是摄政王从旁婉解，极称："端方已是老臣，乞太后宽恕一点。"于是罪从末减，定了革职回籍，才算了案。端既革职，王大臣们，方识得隆裕手段，不亚乃姑。只端方素爱滑稽，最好用联语嘲人，同官中被他侮弄，未免衔恨，见了革职的谕旨，也很为畅快。小子曾记得端方有二联语，趣味独饶，一是嘲笑同官赵有伦，一是嘲笑同官何乃莹。赵有伦系京师富家儿，目不识丁，赖他母舅张翼，提拔入资郎，累得阔差，至充会典馆纂修。一块没字碑，看作藏书麓，已未免曹人谤议。赵又出了千金，购一妓女为妾，偏偏他大妇是个河东吼，立刻撵逐，不得已赁一别舍，居住小星。大妇又侦悉赵谋，禁赵自由出门，归家少迟，辄遭诟谇。端方遂做了一联，嘲笑有伦云：

　　一味逞豪华，原来大力弓长，不仅人夸富有。

　　千金买佳丽，除是明天弦断，方教我去敦伦。

又代著一额，乃是"大宋千古"四字。有伦闻知，还极口称赞。每出遇人，常诩诩自述，嗣经好友替他讲解，方绝口不谈了。何乃莹曾官宪副，性甚顽固，戊戌政变，规复八股，由何所奏，后因袒庇拳匪革职，何本庚辰翰林馆改部，签分工曹。妻室某氏，因何失翰林，大发雌威，何无言可答，直至长跪榻前，方蒙饶恕。既入工部，往拜某尚书，具赍百金。某尚书嫌他礼薄，呵斥备至，端方又撰一联道：

　　百两送朱提，狗尾乞怜，莫怪人嫌分润少。

三年成白顶，蛾眉构衅，翻令我作丈夫难。

额曰："何若乃尔。"这两联确是有味，但滑稽谈，容易肇祸，所以同僚中也常嫉视。此次遣人至陵前摄影，亦太儿戏，所以触怒太后，竟致革职。

端方去后，京中没甚大事，忽然间又到残冬。只京中虽是平安，外面恰很危险。英、法、日、俄诸国，各订立关系中国的密约。俄人增兵蒙古，英人窥伺西藏，法人觊觎云南，中国大局，危迫万分。满廷亲贵，还是麻雀叉叉，姨娘抱抱，妓女嫖嫖，简直是痴聋一样。是年各省已开谘议局，舆论以速开国会，缩短立宪期限，为救亡的计策，遂推举代表，齐赴京师，要求速开国会，至都察院递请愿书。都察院置不理，竟将请愿诸书搁过一边。各代表又遍谒当道，竭力陈请。旗籍亦举了代表，加入请愿团，都察院无可推诿，始行入奏。奉旨因不及筹备，且从缓议。各代表无可奈何，只好纷纷回籍，拟至次年申请。翌年，朝鲜国又被日本并吞，国王被废，亚东震动。各省政团商会，及外洋侨民，各举代表，联合谘议局代议员，再赴北京，递呈二次请愿书。清政府仍然不允。于是革命党人，密谋愈急。

粤人汪兆铭，曾肄业日本法政学校，毕业后，投入民报馆，担任几篇报中文字。原来民报馆正是革命党机关，报中所载的论说，无非是痛詈清廷，鼓吹革命。兆铭在此办理，显见得是个同志。他闻得载沣监国，优柔寡断，所信用的，无非叔侄子弟，已是愤激得很。会民报馆又被日本警察干涉，禁止发行，兆铭决计回国，干这革命的事业。他想擒贼必先擒王，不入虎穴，焉得虎子？便离了日本，潜赴北京，并邀同志黄树中同至京内。树中在前门外琉璃厂，开了一爿照相馆，做了侨寓的地点，每日与兆铭往来奔走，暗暗布置，幸未有人窥破。约过数月，忽有外城巡警多人，围住照相馆，警官似虎如狼，趋入馆内，搜缉汪兆铭、黄树中。汪、黄二人，料知密谋已泄，毫不畏惧，立随巡警出门，到了总厅。厅长问明姓名，二人便直认不讳，由总厅送交民政部。民政部尚书善耆，坐堂审讯，先问两人姓名，经两人实供后，随问地安门外的地雷，是否你两人所埋。两人直捷应声道："确是我们埋着。"善耆道："你埋着地雷何用？"两人答道："特来轰击摄政王。"善耆道："你与摄政王何仇？"汪兆铭答道："我与摄政王没甚仇隙，不过摄政王是个满人首领，我所以要杀他。"善耆道："本朝开国以来，待你汉人不薄，你何故恩将仇报？"兆铭大笑道："夺我土地，奴我人名，剥我膏血，已经二百多年，这且不必细说；现在强邻四逼，已兆瓜分，摄政王既握全权，理应实心为国，择贤而治，大大的振刷一番，或尚可挽回一二。讵料监国两年，毫无建树，中外人民，请开国会，一再不允，坐以待亡。将来覆巢之下，还有什么完卵？我所以起意暗杀，除掉了他，再作计较。"善耆本号旷达，听了此言，也似有理，便道："你们两人，必分首从，究竟那个是主谋？"黄树中忙说：

"是我。"汪兆铭怒对树中道:"你何尝主张革命?你曾向我劝阻,今朝反来承认,为我替死,真正何意?"回头对善耆道:"主谋的人,是我汪兆铭,并非黄树中。"树中也说:"是我主谋,并非汪兆铭。"善耆见他二人争死,也不禁失声道:"好烈士!好烈士!"又向二人道:"你两人果肯悔过,我可赦你不死。"两人齐声道:"你等满亲贵如肯悔祸,让了政权,我死亦无他恨。"善耆不能辩驳,令左右将二人暂禁,自己至摄政王前中,报明底细。摄政王道:"地安门外,是我上朝的出入要路,他敢在此埋着地雷,谋为不轨,若非探悉密谋,我的性命险些儿丧在他手,请即重办为是!"善耆道:"革命党人都不怕死,近年以来,枭首剖心,也算严酷,他们反越聚越多,竟闹到京中来了。依愚见想来,就使将他立刻正法,余外的革命党又至,办也办不完,还是暂从宽大,令他感我恩惠,或可消除怨毒,也未可知。"摄政王道:"难道汪、黄两人,竟好释放么?"善耆道:"这也不能,且永远监禁,免他一死。"摄政王点头,善耆退出,便令将汪、黄送交法部狱中。法部尚书廷杰愤愤道:"肃王爷也太糊涂,夺我权柄,饶他死罪,是何道理?"命司狱官拣一黑狱,将汪、黄钉了镣铐,羁黑狱中。

不言二人在狱受苦,且说革命党闻汪、黄失败,又被拿禁,大家都是悲愤。赵声、黄兴,一班首领,仍拟集众大举,先夺广东为根据地。原来广东是中国富饶的地方,兼且交通便当,所以革命党人,屡次相夺广东,立定脚跟,渐图扩张。无如广东大吏,防备严密,急切不得下手,只好相时而动。暗中从南洋办到二十多万金,购到外洋枪药炸弹,因恐路中有人盘查,专用女革命党,运入广州,租了房屋,藏好火器。门条上面,统写某某公馆,或写利华研究工业所,或写学员寄宿舍。又把各种文书,如营制饷章、军律札符、安民告示、保护外人告示、照会各国领事文、取缔满人规则,预先属草。筹备了好几月,已是宣统三年,清廷方开设资政院,赞成缩短立宪期限下,旨以宣统五年为期,实行开设国会,并令民政部饬国会请愿团,即日解散。请愿团尚欲继续要求,当由清廷下令驱逐,如再逗留,还要拿办,各代表踉跄出京。大廷专制,物议沸腾,革命党以为机会已到,公推黄兴为总司令,招集义友,约于宣统三年四月朔举行。

适值粤人冯如,在美国学造飞行机,竣工回国,往见粤督张鸣岐,自言在美国学制飞艇,已二十多年,现更自出心裁,造成一艇,能升高三百五十尺,载重四百余吨,此番回国,已将飞机运归,准备试验。张督即命冯如再往海口,载回飞艇,择日试演。这个消息传出,省城官绅商民,争欲先睹为快。冯如择定日期,拟于三月初十日,在燕塘试放。届期这一日,远近到者数万人,红男绿女,络绎途中,真个是少见多怪,哄动全粤。广州将军孚琦,系荣禄从侄,闻得燕塘试演飞机,亦想一广眼界,当下坐了绿呢大轿,排仗出城。一到燕塘,张督等统已出场,相见毕,彼此坐定。霎时间飞艇上升,越腾越高,但听得大众惊诧声、鼓噪声、谈笑声闹成一片。不但百姓齐声喝采,连大小文武各员,也称为奇物。孚琦更为快慰,只因身任将军,有城守责,不便多留城外,便起身辞了各官,先行入城。甫至城门口,忽闻轰的一声,孚琦探头出望,巧巧一颗子弹,飞中额上。孚琦慌忙大喝道:"有革命党,快快拿住!"这话一说,反把手下亲兵,吓得四散,连轿夫也弃轿远走。孚琦正在惊慌,那枪弹还是接连飞来,任你浑身是铁,也要洞穿,弹声中止,放弹的人,跳跃而去。适值张督等回来截住,刺客一时不能逃避,枪弹又未装就,即被兵警擒住。这时才去看孚将军,早已鲜血淋漓,全无气息,轿子已打得七洞八穿,玻璃窗亦碎作数片。广州府正堂,及番禺县大令,忙饬轿夫抬回尸首,一面押着刺客,随张督等一同进城。张督立饬营务处审讯,刺客供称:"姓温名生才,曾在广九铁路做工,既无父母,又无妻小,此次行刺将军,系为四万万同胞复仇。今将军已被我击死,我的义务尽了,愿甘偿命!"问官欲追诘同党,温生才道:"四万万汉人,便是我同党。"问官又欲诘他主使,温生才道:"击死孚琦是我,主使也就是我,何必多问!"问官得了确供,便向督署中请出军令,立刻用刑。

温生才既死,官场中格外戒严,纷纷调兵入城。黄兴等闻这消息,顿足不已,大呼为温生才所误。当下秘密会议,有说目下未便举动,且暂时解散,再作后图。独黄兴主张先期起事,提出三大理由:

第一条是说我等密谋大举,不应存畏缩心。

第二条是说大军入城,有进无退,若半途而废,将失信用,后来难以作事。

第三条是蓄谋数年,惹起各国观瞻,若不战而退,恐被外人笑骂。

众人闻这三条理由,恰是确实情形,不得不举手赞成,遂决计起事。到了三月二十九日,官场也微悉风声,防守越严。黄兴谓束手待毙,不如冒险进取,遂于是日下午六点钟出发。他们先想了一个计策,着敢死团坐了轿子,向总督衙门内,一直抬入。管门的人,还道他是进见总督,不敢上前拦住。那敢死团已闯进衙门,便乱掷炸弹,将头门炸坏,击毙管带金振邦。敢死团复向二门捣进,直到内房,并不见有总督,也不见有总督家眷。原来总督张鸣岐,闻风声紧急,早将家眷搬在别处,只有自己留住署内。是日听得衙门外面,枪声大作,忙令巡捕探悉。巡捕未出内室,外面已报革命党进衙,不免心慌意乱,亏得巡捕扯住了他,从室中走上扶梯,开了窗,正是当铺后墙,他两人即攒出窗门,越过当铺后檐,径入当铺中。众朝奉认得张督,自然接待,张督不暇安坐,急令朝奉引出偏门,三脚两步的,走入水师统领署内。水师统领李准,已闻督署起火,正拟调兵救护,忽报张督微服前来,便迎进花厅,作揖才罢,张督即令发兵拿革命党,李准请张督暂住书室,自己忙调动城内防营,速救督署,复亲自上马出衙,赶至督辕前,见营兵已与革命党酣战。党人气焰很盛,枪杆统是新式,看看防营中人,有点抵挡不住,李准大喝一声,催各兵竭力向前,能获住党人一名,便有重赏。那时众兵听见有赏二字,争先杀敌,党人虽拼命死战,究竟寡不敌众,有几个中弹死了,有几个跌倒地上,被拿去了,渐渐的剩了数十人,只得望后退走。李准带了营兵,追向前去,到了大南门,又遇着一队党人,混战一场,党人又死了一半,四散奔逃。李准见四面统有火光,复分营兵为数队,向各处兜拿。火起处不得赴救,总教要路拦住,不使党人逃窜,就算有功。所以党人无从得利,次日清晨,还有党人一大群,去夺军械局,又被营兵杀退。营兵到处搜索,党人无路可走,竟拥入米肆中,将米袋运至店口,堆积如山,阻止营兵。营兵搬不胜搬,枪弹又打不进去,正在没法,李准下令用火油浇入店中,烧将起来。可怜党人前后无路,多被烧死。这日党人死了无数,城中损失,恰不甚多。因党人不肯骚扰居民,见有老幼妇女,尝扶他回家,就是街中放火,也不过是摇惑军心的计策,往往自放自救。到了四月朔日,城中已寂静无声了。那时张鸣岐已回到督署,将捉到党人若干名,一一审讯。党人统是慷慨直陈,无一抵赖。张督便命一半正法,一半收监。旋由同善堂内检点各处尸首,向黄花冈埋葬。后来经党人自己调查,阵亡的著名首领,约有八十九人,姓名录下:

林 文	林觉民	林尹民	林常拔	方声洞	陈与桑
陈更新	陈汝环	陈文波	陈可均	陈德华	陈 敏
陈启言	陈 福	陈 才	冯超骧	冯仁海	冯 敬
冯雨苍	刘六湖	刘元栋	刘 锋	刘钟群	刘 铎
李 海	李 芳	李雁南	李 晚	李 生	李海书
李文楷	徐满凌	徐培汉	徐礼明	徐日培	徐保生
徐广滔	徐沛流	徐应安	徐钊良	徐 端	徐容九
徐松根	徐廉辉	徐茂苗	徐培深	徐习成	徐林瑞
徐进台	罗 坤	罗 俊	罗 联	罗 干	罗仲霍
石经武	石庆宽	荣肇明	劳 培	马 侣	马 胜
周 华	韦云卿	梁 纬	喻纪云	庞 鸿	庞 雄
何天华	王 明	姚国梁	宋玉琳	饶辅廷	余东鸿
日 全	雷 胜	黄鹤鸣	杜凤书	萧盛跻	游 涛
秦大诱	伍吉三	郭继梅	洗 选	程耀林	葛郭树
黎 新	吴 润	彭 容	廖 勉	江继厚	

这八十九人内,内七十二人葬在黄花冈,只黄兴、赵声、及胡汉民、李燮和数人,总算逃出香港,才免拿获。赵声恨事不成,病痈而死,与黄花冈诸君相见地下,这是广州流血大纪念。民国纪元,当三月二十九日,为黄花冈志士周年期,上海某报,曾有一副挽联云:

黄花冈下多雄鬼，五色旗中吊国殇。

广州流血后，水师提督李准，得了黄马褂的重赏，清政府也以为泰山可靠，越加放心，从此阳说立宪，阴加专制，不到数月，又想出一个铁路国有的计策，闯出一件大大的祸事来了。欲知后事，请看下回。

摄政王载沣，监国三年，未闻大有失德，而国势日危，实由于变乱已深，不可救药。故谓亡清之咎，专属摄政王，我不敢信。但必以摄政王可告无罪，亦岂其然？当其监国之始，严谴袁端二大臣，似觉刚克有余，乃其后太阿倒持，政权旁落，叔侄子弟遍要路，无一干济才，但惟是贪婪淫欲，掊克为生，是岂恐其亡之不速，而故速其亡耶？谁秉国政，顾任其骄纵若此？革命党人，乘机骚动，一败而清廷相庆，再败而清廷益相贺，三败四败，而清廷且自以为无恐矣。抑知败者愈奋，胜者愈骄，革命革命之声，喧传海外，虽欲不亡，不可得也。故广州一役，人为革党悲，吾为清室惧，天夺之鉴而益其疾，觇国者于此决兴亡焉。

第九十七回

争铁路蜀士遭囚　兴义师鄂军驰檄

却说清政府闻广州捷报,方在放心,安安稳稳的组织新内阁。庆王奕劻,资望最崇,作为总理,自不消说。汉大臣中,如孙家鼐、鹿传霖、张之洞等先后逝世,只有徐世昌历任疆圻,兼掌部务,算是一位老资格,遂令他与那尚书桐,作为内阁总理的副手。内阁以下,如外务、民政、度支、学务、吏、礼、法、陆军、农工、邮传、理藩各部,统设大臣副大臣各一员,从前尚书侍郎的名目,悉行改革。凡旧有的内阁军机处,亦一律撤去。又增一海军部,命贝勒载洵为大臣;并设军谘府,命贝勒载涛为管理。洵、涛统是摄政王胞弟,翩翩少年,丰姿原是俊美,可惜胸中并没有军事知识,只仗着阿兄势力,占居枢要。各省谘议局联合会上书,略称:"内阁应负责任,不宜任懿亲为总理,请另简大员,改行组织。"折上,留中不报。联合会再上书续请,方接复旨,据言:"用人系君主大权,议员不得干预!"顿时全国大哗。

还有邮传部大臣盛宣怀,倡起铁路国有的议论,怂恿摄政王施行。中国的铁路,自造的只有三四条,余外多借外款建筑,甚且归外人承办。光绪晚年,各省商民,知识新开,才听得借款筑路,由外人监督,连土地权也保不住,于是创议自办,把京汉粤汉两大干路,集款赎回,又由四川到汉口一线,亦由川汉商民,自行兴筑,这也是保全铁路的良策。偏偏这位盛大臣宣怀,要收归国有,难道果有绝大款项,能买回这铁路么?据盛大臣奏章,说是:"川粤铁路,百姓无钱续办,不如收为国有,借债造路。此路一成,偿了外债,还要盈余。"说话似乎中听,其实只好去骗摄政王。除摄政王外,若非与盛大臣串同舞弊,简直是骗不进的。盛大臣是常州人,他家私约几百万,也算是中国一个富翁。他的钱财,多半从做官来的,已经到了这个地步;也好知足,还要做什么邮传部大臣?还要想什么铁路国有的计策?无如他总想不通,看不破。家中的姨太太,弄了好几十个,费用浩大,挥金如土,他的子弟们,又是浪吃浪用,不肯简省,累得这位盛老头儿,还不能回家享福。他运动了一个邮传部缺分,本是很好,可奈晚清路航邮电各局,多抵外债,进款也是有限。他从没法中想出一法,借铁路国有的名目,去贷外款几千万,一来可以敷衍目前,二来有九五回扣,可入私囊。

等到外人讨还，他已早到棺材里去了。就使寿命延长，尚是未死，借主是清朝皇帝，与己无涉，中人勿赔钱，乐得跟前受用。摄政王视事未久，不甚晓得暗中弊端，庆亲王奕劻，总教有点分润，也与盛大臣一样想头，此倡彼和，居然把盛大臣原奏，批准下来。

　　盛大臣遂与英、美、德、法四国，订定借款，办粤汉、川汉铁路。外人正想做些投资事业，一经盛大臣与他商议，把路作押，自然谨遵台命。那时盛大臣又想出办法，把从前川、粤、汉的百姓已垫路本，统作七折八扣的计算，从中又好取利若干，而且不必还他现钱，只用几张钞票，暂时搪塞，便好将百姓的路本，取作国用，一举数得，真是无上妙法。谁知百姓不肯忍受，竟要反抗政府。谘政院也奏请开临时会，参议四国借款。各省谘议局，直接申请，要请政府收回铁路国有成命。盛大臣一概不理，且怂恿摄政王，下了几道上谕，说甚么不准违制，说甚么格杀勿论，百姓看了这等话头，越加气恼。川人格外愤激，开了一个保路大会，定要与政府为难。川督赵尔丰，与将军玉昆将川中情形联衔上奏。这时盛大臣已有二三百万回扣到手，那里还肯罢休？巧值端方入京，运动起复，费了十万金，得着一个铁路总办的缺分。盛大臣本帮他运动，所以同他商议，要他去压制川民，就可升任川督。端方利令智昏，居然满口答应，草草整行装，立即启程。行抵武昌，闻川民闹得不可开交，商人罢市，学堂罢课，不觉暗想道："赵尔丰如此无能，一任人民要挟，如何可作总督？"遂夤夜拟一奏折，叫文稿员缮就，翌晨出发，奏中极说："赵督庸懦，须另简干员"，大有舍我其谁的意思。嗣得政府复电，令他入川查办，端方遂向鄂督瑞澂，借兵两队，指日入川。

　　川督赵尔丰，本是著名屠户，起初见城内百姓，捧着德宗景皇帝的牌位，到署中环跪哀求，心中也有些不忍，因此有暂缓收回的奏请。旋闻端方带兵入川，料是来夺饭碗，不禁焦急起来。欲利人，难利己；欲利己，难利人。两利相权，总是利己要紧。忽外面传进了一纸，自保商榷书，列名共有十九人，他正想把这十九人传讯，那十九人中，竟有五人先来请见。尔丰阅五人名片，是谘议局议长蒲殿俊、副议长罗纶、川路公司股东会长颜楷、张澜、保路会员邓孝可，不由的愤愤道："都是这几人作俑，牵累老夫，非将他们严办不可！"逐传令坐堂。巡捕等茫无头绪，只因宪命难违，不得不唤齐卫队，立刻排班。赵屠户徐踱出来，堂皇上坐，始唤五人进见。五人到了堂上，瞧这情形，大为惊异。但见赵屠户大声道："你五人来此何为？"邓孝可先发言道："为路事，故来见制军，请制军始终保全。且闻端督办带兵入川，川民惶惧的了不得，亦乞制军奏阻！"赵屠户道："你等敢逆旨么？本部堂只知遵旨而行！"这句话恼动了蒲殿俊，便道："庶政公诸舆论，这明是朝廷立宪的谕旨，制军奈何不遵？况四川铁路是先皇帝准归商办,就是当今皇上,亦须继承先志,可容那卖国卖路的臣子非法妄为吗?"说得赵屠户无言可驳,益发老羞成怒,强词夺理道:"你等欲保全路事,亦须好好商量,为什么叫商人罢市,学堂罢课?你等心犹未足,且闻要抗粮免捐,这非谋逆而何?"殿俊道:"这是川民全体意旨,并非由殿俊等主张。"赵屠户取出自保商榷书,掷示五人道:"你们自去看来!这书上明明只书十九人,你五人名又首列。哼哼!名为绅士,胆敢劫众谋逆,难道朝廷立宪,就令你等叛逆么?"五人瞧着,尚思抗辩,赵屠户竟喝令卫弁,将五人拿下。卫弁奉令来缚五人,忽听大门外一片哗声,震动天地,望将过去,约不下千人。头上都顶着德宗景皇帝神牌,口口声声,要释放蒲罗等。惹得屠户性起,命卫队速放洋枪,这令一下,枪声四射,起初还是开放空枪,后来见百姓不怕,竟放出真弹子来,把前列的伤了数名。大众越加动怒,反人人拼着性命,闯入署中。正在不可开交的时候,亏得将军玉昆,飞马前来,下了马,挨入督辕,先抚慰民人一番,然后进商赵屠户,劝他不要激变。屠户铁石心肠,还是坚执一词,玉昆不待应允,竟命将蒲罗等五人释了缚,随身带出,又劝大众散归,大众才陆续归去。

赵屠户愤犹未息,竟奏称乱民围攻督署,意图独立,幸先期侦悉,把首要擒获;嗣复联络鄂督瑞澂,迭上奏章,说如何击退匪徒,说如何大战七日,其实不过用兵监谤,与乡间百姓,闹了两三场,他便捕风掠影,捏词陈奏,想就此冒点功劳,可以保全禄位。鄂督瑞澂闻川省议员萧湘由京过鄂,潜差人将他拘住,发武昌府看管。原来萧在京时,曾反对借债筑路,瑞澂把他拘禁,无非巴结政府,与赵屠户心计,彼此一律。看官!试想民为国本,若没有百姓,成何国度?况且清廷已筹备立宪,凡事统在草创中,难道靠了几个虎吏,就可成事么?清政府阅赵督奏折,还道川境大乱,仍用前两广总督岑春煊前往四川,会同赵尔丰办理剿抚事宜。岑意主抚,行到湖北,与鄂督商议,意见相左。又与赵尔丰通信,尔丰大惊,想道:"既来了端老四,又来了岑老三,正是两路夹攻,硬要夺我位置。"连忙写了复书,婉阻岑春煊,说是日内即可肃清,毋庸劳驾等语。岑得书,也不欲与他争功,便上书托疾,暂寓武昌,借八旗会馆,作为行辕,这是宣统三年八月初的事情。

转瞬间,已到中秋,省城戒严,说有大批革命党到了,春煊还不以为意。后来闻知总督衙门内,拿住几个革命党,他也不去细探。至十九夜间,前半夜还是静悄悄的,到了一两点钟时候,忽听得有劈劈拍拍的声音,接着又是马蹄声、炮声、枪声、嘈杂不休。连忙起床出望,外面已火光烛天,屋角上已照得通红。方惊疑问,但见仆人跟跄走来,忙问何事?仆人报道:"城内兵变。"春煊道:"恐怕是革命党,我是查办川路,侨居此地,本没有地方责任,不如走罢。"便命仆人收拾行装，挨到天明，自己扮了商民模样，只带了一个皮包，挈仆出门。到了城门口，只见守门的人，臂上都缠着白布，他也莫名其妙，混出了城，匆匆的行到汉口，趁了长江轮船，径回上海去了。

原来这夜的扰乱，正是民军起事，光复武昌的日子。鄂督瑞澂，未出仕时，在沪曾犯拐骗珠宝案，公廨出票拘提，他即遁去。后不知如何钻营，迭蒙拔擢，相传与泽公有葭莩谊，因此求无不应。他本识字无多，肄业的肄字，尝读作肆音，士人传为笑柄。此次擢任鄂督，除逢迎政府外，别无他能。八月初九日，接到外务部密电，略说："革命党陆续来鄂，私运军火，并有陆军第三十标步兵，作为内应，闻将于十五六日起事，宜速防范"云云。他见了这种电文，飞饬陆军第八镇统领张彪，分布军队，按段巡查。督署内外，布满军警，又命文武大小各官，不得赏中秋节，连自己亦无心筵宴，日夜不得安枕。过了十五、六两日，毫无动静，方才有些安心。十七日晚间，始与妻妾，补赏中秋，大家格外欢乐。宴毕，十二巫峰，任他游历，也总算是乐极了。翌日，接到荆襄巡防队统领沈得龙电文，说："在汉口英租界拿获革党刘汝夔、邱和商两名，已着护军解省。"瑞澂将电文交与巡捕，令颁发营务处，俟刘、邱两人解到听审。次日，又接张彪电话，说："在小朝街拿革党八人，内有一女革党，叫作龙韵兰，又有陆军宪兵队什长彭楚藩，内通革党，亦已查出拿下。同时在雄楚楼北桥高等小学堂间壁洋房内，拿获印刷告示缮写册子的革党五人。"接连又接到关道齐耀珊禀，说："洋房公所吴恺元，于汉口俄租界宝善里内，捉到秦礼明、龚霞初二名，并搜出炸弹、手枪、旗帜、印信、札文底册，信件甚多。"刚在一起一起的举发，外面又解到革党杨宏胜一名，说在黄土陂千家街地方小杂货店内，捉了来的。瑞澂被他闹昏，吩咐巡捕道："如有革党解到，不必琐报，总叫暂收狱中，我索性总审一堂，尽行将他正法，免得担忧。"巡捕应声而出。是晚督署内复查出炸药一箱，有教练队军兵二人形迹可疑，拿讯时，果然由他运入，立即枭首。十九辰刻，瑞澂坐了大堂，审讯革党，有几个直认不讳，把他正法，有几个尚无实供，仍令收禁。

审讯已毕，适张彪到署，瑞澂把搜提名册，交他详阅。并说："名册中牵连新军，应即严查！"张彪告别回营，便饬将弁向各营查诘。营兵人人自危，遂密约起事，定于十九夜间九点钟后，放火为号，一齐到火药局会齐，先搬子弹，后攻督署。可怜瑞澂、张彪等，尚在睡梦中。是晚月色微明，满天星斗，悬在空中，听城楼更鼓，已打二下，忽然红光一点，直冲九霄。工程第八营左队营中，列队齐出，左右手各系白巾，肩章都已扯去。督队官阮荣发，右队官黄坤荣、排长张文澜等，出营阻拦。大家统说："诸位长官，如要革命，快与我辈同去！"阮、黄诸人，还是神气未清，大声喝阻。语尚未绝，枪弹已钻入胸膛，送他归位。

当下逐队急趋，遇着阻挡，一律不管，只请他吃弹子。到了楚望台边，有旗兵数十人拦住，被他一阵排枪，打得无影无踪，遂扑入火药局内，各将子弹搬取。此时十五协兵士，已齐集大操场，随带子药，同工程营联合，去攻督署。适遇防护督署的马队，阻止前进，兵士齐叫道："彼此都系同胞，何苦自相残杀？"马队中听得此言，很是有理，遂同入党中。于是分兵三处，一向凤凰山，一向蛇山，一向楚望山，各将大炮架起，对着督署轰击，霎时间将督署头门毁去。各兵从炮火中，奔入督署，找寻瑞澂，谁知瑞澂早已率同妻妾，潜逃出城，到楚豫兵轮上去了。转身去寻张彪，也与瑞澂同一妙法，逃得不知去路。

各兵拥集督辕，天色渐明，大众公推统领，倒是齐声一致的，愿戴一位黎协统。这黎协统名元洪，字宋卿，湖北黄冈县人，从前是北洋水师学堂的学生，毕业后，娴陆海军战术。中东一役，黎曾充炮船内的兵目，因见海军败没，痛愤投海，为一水兵救起，由烟台流入江南，适值张之洞为江督，一见倾心，立写智勇深沉四大字，作为奖赏。嗣张督调任两湖，黎亦随去。及张入京，未几病逝，黎仍留鄂，任二十一混成协统，为人温厚和平，待士有恩，所以军队无不乐戴。众议既定，都奔到黎营内，请出黎协统，要他去做都督。黎公起初不允，旋由大众劝迫，才说："要我出去，须要听我号令：第一条，不得在城内放炮。第二条，不得妄杀满人。此外如抢劫什物，奸淫妇女，捣毁教堂，骚扰居民等事，统是有干法律，万不可行！诸位从与不从，宁可先说，免得后悔。"大众齐声遵令，遂拥着黎公到谘议局，请他立任都督，把谘议局改作军政府，邀议长汤化龙出任民政。

部署渐定，遂发了密令，命统带林维新带兵去袭汉阳。林统带连夜渡江，袭据了兵工厂，随向汉阳城进发。汉阳知府不待兵到，早已远扬，正是不劳一炮，不血一刃，唾手得了汉阳城。旋又分兵过河，占住了汉口镇。汉口有各国租界，当由鄂军政府，照会各国领事，请他中立，并愿力任保护外人生命财产。各领事见他举动文明，也是钦佩，遂与军政府声明中立条约三件：

一　是无论何方面，如将炮火损害租界，当赔偿一亿七万两。

二　是两方交战，必在二十四点钟前，通告领事团。

三　是水陆军战线，必距离租界十英里外。

鄂军政府一一承认，遂由各国领事团，宣布中立文，并与军政府订定条约，凡从前清政府，与各国约章，继续有效，此后概当承认。赔款外债，照旧担负，各国侨民财产，一概保护。惟各国如有阴助清政府，及接济满清政府军械，应视为仇敌。所获物品，尽行没收。双方签定了押，遂由鄂军政府，撰布檄文，传达全国。其文道：

中华开国四千六百零九年八月□日，中华民国军政府檄曰：夫春秋大九世之仇，小雅重宗邦之义，况以神明华胄，匍匐犬羊之下，盗憎主人，横逆交逼，此诚不可一朝居也。惟我皇汉遗裔，奕叶久昌，祖德宗功，光被四海。降及有明，遭家不造，蕞尔东胡，曾不介意。遂因缘祸乱，盗我神器，奴我种人者，二百六十有八年。凶德相仍，累世暴殄，庙堂皆豺鹿之奔，四野有豺狼之叹。群兽嘻嘻，芜无远虑。慢藏诲盗，遂开门揖让，裂弃土疆，以苟延旦夕之命，久假不归，重以破弃。是非特逆胡之罪，亦汉族之奇羞也。幕府奉兹大义，顾瞻山河，秣马厉兵，日思放逐，徒以大势未集，忍辱至今。天夺其魄，牝鸡司晨，块然胡雏，冒昧居摄，遂使群小俱进，黩乱朝纲，斗聚金璧，以官为市，强敌见而生心，小民望而蹙额。犬羊之性，好食言而肥，则复有伪收铁道之举，丧权误国，劫夺在民。愤毒之气，郁为云雷。由鄂而湘而粤而川，扶摇大风，卷地俱起。土崩之势已成，横流之决，可翘足而俟。此真逆胡授命之秋，汉族复兴之会也。幕府总摄机宜，恭行天罚，惧义师所指，或未达悉，致疑畏之徒，遇事惶惑，僻远诸彦，莫知奋起，用先以独立之义，布告我国人曰：在昔虏运方盛，则以野人生活，弯弓而斗，眈目舐舌，习为豺狼。是以索伦凶声，播越远近。入关之初，即择其强梁，遍据要津，而令吾民输粟转金，粲其丑类，以制我诸夏。传且九叶，则放诞淫侈，夤缘苟偷，以袭取高位。枯骨盈廷，人为行尸，故太平之战，功在汉贼，甲午之役，九庙俱震，近益发发。祖宗之地，北削于俄，南夺于日，庙堂闇寂，卿相嘻嘻，近贵以善贾为能，大臣以卖国相长，本根已斩，枝叶膏乱。虎皮蒙马，聊有外形。举而蹴之，若拉枯朽，是虏之必败者一。昔三桂启关，汉家始复，福酋定鼎，益因缘汉贼，为之佐命。稍浴汉风，遂事羁縻，维时中邦，大势已去，义士窜伏，迁儒小生，勿能自固，遂被迫胁，反颜事仇，渐化腥膻，遂忘大义，合薰于莸，以逆为正，子子贪夫，时效小忠。虏遂奄然高据，骄吸民脂，浸淫二百年，汉族义师，屡蹶不起，爰及洪王，几复汉土，曾胡左李，以本族之彦，倒行逆施，遂使虏危而复安，久留不去，此实孝孙之已醉，非逆胡之可长也。方今大义日明，人心思汉，觥觥硕士，烈烈雄夫，莫不敬天爱祖，高其节义。虽有缙绅，已污伪命，以彼官邪，皆与金辇璧，因货就利，鄙薄骄虚，毋任艰巨。虏实不竞，汉臣复匮，盲人瞎马，相与徘徊，是虏之必败者二。邦国迁移，动在英豪，成于众志，故杰士奋臂，风云异气，人心解体，变乱则起。十稔以还，吾族巨子，断脰决腹者，已踵相接。徒以民习其常，毋能大起，虏遂起持其间，因以苟容，迁延至今，乃以立宪改官，诈为无信，借款收路，重陷吾民，星星之火，乘风燎原。川湘鄂粤之间，编户齐民，奔走呼号，一夫奋臂，万姓影从，颓波横流，败舟航之，是虏之必败者三。昔我皇祖黄帝，肇造中夏，奄有九有。唐虞继世,三王奋迹,则文化彬彬,独步宇内,煌煌史册,逾四千年。博大宽仁,民德久著,衡之西欧,则逊其条理已耳。先觉之民,神圣之胄,智慧优渥,宜高据土疆,折冲宇宙,乃锐降其种,低首下心,以为人役,背先不孝,丧国无勇,失身不义,潜德幽光,望古遥集。瞻我生身,吊景惭魂。返性则明,知耻则勇,孝子不匮,永锡尔类,则汉族之当兴者一。大道之行,天下为公,国有至遵,是曰人权。平等自由,乐天归命。以生为体,以法为界,以和为德,以众为量。一人横行,谥曰独夫,凉彼武王,遂有典刑。满房僭窃,更益骄恣,分道驻防,坐食齐民。厚禄高官,皆分子姓。胁肩谄笑,武断朝堂,国土国权,断送唯意。束我言论,遏我大辩,扰我闾阎,诬我善良,锄我秀士,夺我民业,囚我代表,杀我议员,天地晦盲,民声销沉。牧野洋洋,檀车煌煌,复我自由,还我家邦,则汉族之当兴者二。海水飞腾,雄强参会,弱国屏种,夷为犬豕。民有群德,朝有英彦,咸能达旁,乃竞争而存耳。惟我中华,厄于逆房,根本参差,国力遂靡。房更无状,鱼馁肉败,腥闻四布,遂引群敌,乘间抵隙,边境要区,割削尽去,拊背扼吭,及其祖庙,卧榻之间,鼾声四起,耳目蔀覆,手足縶维,遂使我汉土堂奥尽失,民气痿痹,将破碎颠连,转屡封豕,不去庆父,鲁难未已,廓而清之,骏雄良材,握手俱见,万几肃穆,群敌销声,则汉族之当兴者三。维我四方猛烈,天下豪雄,既审斯义,宜各率子弟,乘时跃起,云集响应。无小无大,尽去其害,执讯获丑,以奏肤功。维我伯叔兄弟,诸姑姊妹,既审斯义,宜矢其决心,合其大群,坚忍其德,绵系其力,进战退守,与猛士俱。维尔失节士夫,被逼军人,尔有生身,尔亦汉族,既审斯义,宜有反悔,宜速迁善,宜常怀本根,思其远祖,宜倒尔戈矛,毋逆义师,毋作奸细。维尔胡人,尔在汉土。尔为囚徒,既审斯义,宜知天命,宜返尔部落,或变尔形性,愿化齐民,尔则无罪,尔乃获赦宥。幕府则与四方俊杰,为兹要约曰:"自州县以下,其各击杀房吏,易以选民,保境为治。又每州县,兴师一旅,会其同仇,以专征伐,击杀房吏。肃清省会,共和为政,幕府则大选将士,亲率六师,犁庭扫穴,以复我中夏,建立民国。"幕府则又为军中之约曰:"凡在汉胡,苟被逼胁,但已事降服,皆大赦勿有所问。其在俘囚,若变形革面,愿归农牧,亦大赦勿有所问。其有挟众称戈,稍抗颜行,杀无赦;为间谍,杀无赦,故违军法,杀无赦。以此布告天下,如律令。"

又有一阕兴汉军歌,尤觉得慷慨异常,小子备录于此,以供众览道:

地发杀机,中原大陆蛟龙起,好男子濯手整乾坤,拔剑斫断胡天云。复我皇汉,完我自由,家国两尊荣。乐利蒸蒸,世界大和平,中外禔福乐无垠。好男儿。撑起双肩肩此任!

鄂军一起,清廷大震,立命陆军部及军谘府,派兵赴鄂,欲知谁胜谁负?请至下回表明。

盛宣怀为亡清罪魁,实足为民国功臣。铁路国有之策不倡,则争路之风潮不起,鄂军即或起义,其成功与否,尚未可知。故谓盛为民国功臣可也。赵、端诸人,皆为渊驱鱼,为丛驱雀之流,清无此人,乌乎亡?民国无此人,乌乎兴?然则赵、端诸人,其亦皆民国功臣耶?鄂军之起,实自天怒人怨致之。檄文一篇,说得淋漓酣畅,足为吾华生色。而本回叙事,亦气势蓬勃,抑扬得当,是固皆好手笔也。

第九十八回

革命军云兴应义举　摄政王庙誓布信条

　　却说清廷闻武昌兵变，即派陆军两镇，令陆军大臣荫昌，督率前往，所有湖北各军及赴援军队，均归节制调遣。又令海军部加派兵轮，饬萨镇冰督驶战地，并饬程允和率长江水师，即日赴援。一面把瑞澂、张彪等革职，限他克日收复省城，带罪图功。种种谕旨，传到武昌。黎都督元洪，恰也不慌不忙，只分布军队，严守武汉，专待北军到来，一决雌雄。有弁目献计军政府，请拆京汉铁路若干段，阻止北军前来。黎都督道："我军将要北上，如何拆这铁路？目前所虑，只患兵少，不敷防御，现拟暂编步兵四协，马队一标。炮队两标，工辎队各一营，军乐队一营，权救眉急。"于是出示招兵，不到三日，已有二万人入伍，遂令各队长日夕操练，预备对垒。复出一剪发命令，无论军民人等，一律剪辫，把前清时候的猪尾巴，统行革去。当下择定八月二十五日祭旗，立红、黄、蓝、白、黑五色旗为标帜。届期天气晴明，黎都督率同义师，诚诚恳恳的祷了天地，读过祝文，然后散祭。大家饮了同心酒，很有直捣黄龙的气势。

　　是日闻北军统带马继增，已率第二十二标抵汉口，驻扎江岸。清陆军大臣荫昌，亦出驻信阳州，海军提督萨镇冰，复率舰队到汉，在江心下碇。双方战势，渐渐逼紧，黎都督先探听汉口领事团知已与清水陆军，签定条约，不准毁伤租界。租界本在水口一带，水口挡住，里面自可无虞，清水师已同退去一般。黎都督就专注陆战，于二十六日发步兵一标，赴刘家庙，布列车站附近。是时张彪军尚在此驻扎，鄂军放了一排枪，张军前列，伤了数十人，随即退去。鄂军也不追赶，收队回营。

　　次日，鄂军复分队出发，重至刘家庙接仗，那边仍来了张彪残兵，与河南援军会合，共约一镇，载以火车。鄂军队里的督战员，是军事参谋官胡汉民，令军队蛇行前进，将要接近，见河南军猛扑过来，气势甚锐，汉民复下一密令，令军队闪开两旁，从后面突开一炮，击中河南兵所坐的火车头，车身骤裂。河南兵下车过来，鄂车再开连珠炮，相续不绝，恍似千雷万霆，震得天地都响。两下相持了数点钟，河南兵伤了不少，方哗然退走，避入火车，开机驰去。一刹那间，又复驰了转来，不意扑塌一声，车竟翻倒，鄂军乘机猛击，且从旁抄出一支奇兵,把河南兵杀得落花流水,大败而逃。看官!这河南兵去而复回,明明是出人不意,攻人无备的意思,如何中途竟致覆车呢?原来河南兵初次退走,有许多铁路工人在旁,倡仪毁路,以免清军复来。当时一齐动手,把铁轨移开十数丈。河南兵未曾防备,偏着了道儿,越弄越败,懊悔不迭。至傍晚,两军复战。清军在平地,鄂军在山上,彼此轰击。江心中的战舰,助清陆军,开炮遥击,约有二小时,鄂军队中发出一炮,正中江元炮船,船身受伤,失战斗力,遂驶去。各舰亦陆续退出,直至三十里外。翌日再战,各舰竟遁回九江去了。

至第三次开战,鄂军复夺得清营一座,内有火药六车、快枪千支、子弹数十箱、白米二千包、银洋十四箱,以及军用器物等,都由鄂军搬回。第四次开战,鄂军复胜,从头道桥杀到三道桥,得着机关炮一尊。第五次开战,鄂军用节节进攻法,从三道桥攻进滠口。清军比鄂军,虽多数倍,怎奈人人解体,全不耐战,一大半弃甲而逃,一小半投械而降。

自经过五次战仗,鄂军捷电,遍达全国。黄州府、武昌县、沔阳州、宜昌府、沙市、新堤,次第响应,竖满白旗,到了八月三十日,湖南民军起义,逐去巡抚余诚格,杀毙统领黄忠浩,推焦达峰为都督,陈作新为副都督。只焦达峰是洪江会头目,冒托革命党人,当时被他混过,后来调查明白,民心未免不服,暂时得过且过,徐作计较。同日,陕西省亦举旗起义,发难的头目,系第一协参谋官,兼二标一营管带张凤翔,及三营管带张益谦,两人统是日本士官学校毕业生,一呼百应,攻进抚署。巡抚钱能训,举枪自击,扑倒地下。两管带攻入后,见钱抚尚在呻吟,倒不去难为他,反令手下扶入高等学堂,唤西医疗治,其余各官,逃的逃,避的避,只将军文瑞,投井自尽。全城粗定,正副两统领,自然推举两张了。

余诚格自湖南出走,直至江西,会晤赣抚冯汝骙,备述湖南情形,且叙且泣。冯抚虽强词劝慰,心中恰非常焦灼,俟诚格别后,劳思苦想,才得一策,一面令布政使筹集库款,倍给陆军薪饷,一面命巡警道饬役稽查,旦夕不怠,城内总算粗安。偏偏标统马毓宝,举义九江.逐去道员保恒及九江府朴良。九江系全赣要口,要口一失,省城也随在可虞,不过稍缓时日便了。

此时各省警报,纷达清廷,摄政王载沣惊愕万状,忙召集内阁总理老庆,协理徐世昌,及王大臣会议。一班老少年,齐集一廷,你瞧我,我瞧你,面面相觑,急得摄政王手足冰冷,几乎垂下泪来。老庆睹此情形,不能一言不发,遂保荐一位在籍的大员,说他定可平乱。看官!你道是何人?乃系前任外务部尚书袁世凯。摄政王嘿然不答。老庆道:"不用袁世凯,大清休了。"摄政王无奈下谕,着袁世凯补授湖广总督。又有一大臣道:"此次革党起事,全由盛宣怀一人激变,他要收川路为国有,以致川民争路,革党乘机起衅,为今日计,非严谴盛宣怀不可。"于是盛大臣亦奉旨革职。过了两三天,袁世凯自项城复电,不肯出山。内阁总理老庆,又请摄政王重用老袁,授他为钦差大臣,所有赴援的海陆各军,并长江水师,统归节制。又命冯国璋总统第一军,段祺瑞总统第二军,均归袁世凯调遣。袁世凯仍电奏足疾未愈。摄政王料他纪念前嫌,不欲再召。忽由广州来电,将军凤山,被革命党人炸死。凤山在满人中,颇称知兵,清廷方命任广州将军,乘轮南下,既抵码头,登岸进城,到仓前街,一声奇响,震坍墙垣,巧巧压在凤山轿上,连人带轿,捣得粉粹。临时只有一党人毙命,闻他叫作陈军雄,余皆遁去。摄政王闻知此信,安得不惊? 没奈何依了老庆计策,令陆军大臣荫昌,亲至项城,敦请袁世凯出山。那时这位雄心勃勃的袁公,才有意出来。荫昌见他应允,欣然告别,返至信阳州,趁着得意的时候,竟想出一条好计,密令在湖北军队,打仗时先挂白旗,假作投降,待民军近前,陡起轰击,便可获胜。湖北带兵官,依计而行,果然鄂军不知真伪,被他打死了数百人,败回汉口,把刘家庙、大智门车站各地,尽行弃去。荫昌闻这捷音,乐不可支,忙电奏京都,说民军如何溃败? 官军如何得胜? 并有可以进夺武汉等语。摄政王稍稍安心。

嗣闻瑞澂、张彪,都逃得不知去向,遂下令严拿治罪。其实鸿飞冥冥,弋人何篡,摄政王也无可奈何。默思川湖各地,必须用老成主持,或可平乱,遂命岑春煊督四川,魏光焘督两湖。岑魏都是历练有识的人,料知大局不可收拾,统上表辞职。那时只有催促这位老袁,迅速赴敌。老袁至此,始从彰德里第动身,渡过黄河,到了信阳州,与荫昌相会。荫昌将兵符印信,交代明白,匆匆回京复命。

这位袁老先生,确是有点威望,才接钦差大臣印信,在湖北的清军,已是踊跃得很,磨拳擦掌,专待厮杀。总统第一军的冯国璋,又由京南下,击退民军,纵火焚烧汉口华界,接连数日,烟尘蔽天,可怜华界居民,或搬或逃,稍迟一步,就焦头烂额。更可恨这清军仗着一胜,便奸淫掳掠。无所不为。见有姿色的妇女,多被他拖曳而去,有轮奸致死的,有强逼不从用刀戳毙的。就是搬徙的百姓,稍有财产,亦都被他抢散。正在兴高采烈的时候,忽有鄂军敢死队数百人,上前拦截,清军视若无睹,慢腾腾的对仗。不意敢死队突起奋击,如生龙活虎一般,吓得清军个个倒退。还有后面的鄂军,见敢死队已经得势,一拥而前,逢人便杀,清军逃得快的,还保住头颅,略一迟缓,便已中枪倒毙。这场恶战,杀死清军三千五百多名,在汉口华界的清军,几乎扫荡一空。有在街头倒毙的兵,腰中还缠着金银洋钱,那里晓得恶贯满盈,黄金难买性命,扑通一枪,都伏维尚飨了。

清军还想报复,不意袁钦差命令到来,竟禁止他非法胡行,此后不奉号令,不准出发。各军队也莫明其妙，只好依令而行。原来袁世凯奉命出山，胸中早有成竹，他想现今革命军，且万万杀不完的，死一起又一起，我如今不若改剿为抚，易战为和。只议抚议和的开手，也须提出几条约款，方可与议。当下先上奏折，大旨是开国会，改宪法，并罢斥皇族内阁等件，请朝廷立即施行。摄政王览了此奏，又不觉狐疑起来。正顾虑间，山西省又闻独立，巡抚陆钟琦死难。陆钟琦系由江南藩司升任，到任不过数月，因陕西已归革命军，恐他来袭边境，遂派新军往守潼关。新军初意不愿，故设种种要求，有心激变。陆抚恰一一答应，新军出城而去。次日偏又回来，闯进抚署，迫陆抚独立。陆抚说了一个不字，那新军已举枪相向，待陆抚说到第二个不字，枪弹立发，适中陆胸。陆子亮臣系翰苑出身，曾游学外洋，至是适来省父，劝父姑从圆融，谁意祸机猝发，到署仅隔宿，竟见乃父丧躯。父子恩深，如何忍耐，即取出手枪还击。此时的革命军，还管着什么余地，顺我生，逆我死，众枪齐发，又将亮臣击毙。再拥进内署，把陆抚眷属，复枪毙了好几人。抚署已毁，转至藩臬两署，拥藩司王庆平，提法使李盛铎，至谘议局，迫他独立。两司不从，被禁密室，另推协统阎锡山为都督。锡山受任后，婉劝李盛铎出任民政，盛铎乃允。只王庆平执意如故，由锡山释放使归。

山西省的警信方来，江西省的耗音又至。江西自九江兵变后，省城戒严，勉强维持了几天。绅商学各界，组织保安会，将章程呈报抚署，请冯汝骙做发起人。冯抚倒也承认。嗣军界亦入保安会，请冯抚即举义旗，冯抚不允，于是各军队夜焚抚署，霎时间火光烛天，冯抚自署后逃出，匿入民房。藩司以下，亦皆走避。革命军出示安民，方拟公举统领，适马毓宝自九江驰至，由各界欢迎入城，当于教育会开会，以高等学堂为军政府，仍举冯汝骙为都督。汝骙闻这消息，料军民都无恶念，遂出来固辞，乃改举协统吴介璋任都督，刘起凤任民政长，汝骙交出印信，挈眷归去。马毓宝亦返九江。

这时候的云南省，也由协统蔡锷倡义，与江西省同日独立。云南边隅，次第为英法所占，是年英兵复占据片马，滇民力争不得，未免怨恨政府，兼以各省独立，军界跃跃欲试，遂由协统蔡锷开会，召集将弁，同时发作，举火为号。第一营统带丁锦不从，被他驱逐，随攻督署，迫走总督李经义，即改督署为军政府，举蔡锷为都督。各军搜捕各官吏，拿住世藩司，因他不肯降顺，一枪结果了他的性命。只李督在滇，颇有政绩，经各军搜出后，蔡锷独优礼相待，劝他为民军尽职。李督心有未安，情愿回籍。蔡锷不便强留，由他携眷回去。且因督署总是老衙门，舍旧谋新，将都督府迁至师范学堂，会同起事诸人，组织各种机关，并电各州县即日反正。不到数日，云南大定。

这数省的电音，传至摄政王座前，正急个不了。内廷的王公大臣，又纷纷告假，连各机关办事人，十有九空。老庆、载泽等并没有法子，还是各争意见，彼此上奏，愿辞官职。贝勒载涛，也辞去军谘大臣的缺分，弄到这个摄政王，呆似木雕，终日只是泪珠儿洗面；到无可奈何之际，不得不请老庆商量。老庆只信任一个袁世凯，便把内阁总理的位置，一心让与袁公，且劝摄政王概从袁议。摄政王已毫无主意，遂授袁为内阁总理大臣，叫他在湖北应办各事，布置略定，即行来京。一面取消内阁暂行章程，不用亲贵充国务大臣，并将宪法交资政院协议。资政院的老臣先请下诏罪己，速开党禁，然后好改议宪法。摄政王惟言是从，下了罪己诏，开了党人禁；方由资政院拟定宪法大纲十九条，择定十月初六日，宣誓太庙。可奈各省民气，日盛一日，凭你如何改革，他总全然反对。

上海的制造局，系东南军械紧要地，九月十三日，被革命党人陈其美，率众攻入，复占了上海道县各署，公举其美为沪军都督。吴淞口随即起应，遍悬白旗，宝山县亦即光复。沪上人民，欢声如雷。正在相庆，贵州独立的电报，亦到沪渎，说是巡抚沈瑜庆以下，尽行驱逐，现举杨荩诚为正都督，赵德全为副都督，全境安谧等语，沪军政府越觉欢跃，立派军士五十余人，至苏州运动军营，共建义旗。各军官一律应允，黄夜出发军队，齐集城下。十四日天明时，城门一开，各军鱼贯而入，径至抚署喧呼革命。苏抚程德全仗胆登堂，问他来意。各军齐请程抚独立。程抚没法，只好赞成，但饬军队勿扰百姓。各军大呼万岁，即在门外连放九炮，悬起江苏都督府大旗。至十五日，苏城内外，就遍悬白旗，程抚居然改做都督，选绅士张謇、伍廷芳、应德闳等分任民政、外交、财政等事。并截断苏宁铁路，派兵扼守，以防南京。

江苏既定，沪上复遣敢死队到杭州，浙抚增韫正焦愁万分，每日召官绅会议，绅士以独立二字为请，增抚总是不从。至敢死队到杭，密寓抚署左近，约各营乘夜举事。于是笕桥大营的兵士，入艮山门占住军械局，南星桥大营的兵士，入清波门占住藩运各署。敢死队怀着炸弹，猛扑抚署，一入署门，第一个抛弹的首领，乃是女志士尹锐志，闻他系绍兴嵊县人，尝在外洋游学，灌入革命知识，此次挈他妹子锐进，同来效力。首掷炸弹，毁坏抚署，卫队及消防队，不敢抵敌，统行入党。急得增抚避匿马房，被党人一把抓出，拖至福建会馆幽禁。藩司吴引孙等，一律逃去。未及天明，全城已归革命军占领，推标统周赤城为司令官，以谘议局为军政府。临时都督举了童训，童训自请取消，另举前浙路总理汤寿潜。汤尚在沪，由周赤城派专车往迎。只杭州将军德济，尚不肯投顺，几乎决裂，两边要开炮相斗，幸海宁士民杭幸齐，至满营妥议，方才停战。等到汤督到杭，复与满人订了简约：（一）改籍，（二）缴械，（三）暂给饷项，徐图生活。满人料不可抗，唯唯听命，自是全城遂安。后来增抚等人，都由汤都督释回。

长江流域各省,多半光复,只湖南都督,改推议长谭延闿。焦、陈二人,被革命军查出违法的证据,将他枭首,复枪毙焦党数名,稽查数天,仍归平靖。只驻扎信阳的袁大臣,奉了回京组阁的谕旨,先遣蔡廷干、刘承恩到武昌,与黎都督议和,黎都督定要清帝退位,方肯弭兵。经蔡、刘二员再四商榷,终不见允,只得回复袁大臣。袁大臣见议和无效,默默的筹划一番,复召冯段二统领,密议办法,将军事布置妥当,才拟启程北上。袁未到京,宣誓太庙的日期已至,摄政王率领诸王大臣到太庙中。焚香燕烛,叩头宣誓。誓文云:

　　维宣统三年十月六日.监国摄政王载沣,摄行祀事,谨告诸先帝之灵曰:惟我太祖高皇帝以来,列祖列宗,贻谋宏远,迄今将垂三百年矣。溥仪继承大统,用人行政,诸所未宜,以致上下暌违,民情难达,旬日之间,寰逼纷扰,深恐颠覆我累世相传之统绪。兹经资政院会议,广采列邦最良宪法,依亲贵不与政事之规制,先裁决重大信条十九条。其余紧急事项,一律记入宪法,迅速编纂。且速开国会,及确定立宪政体,敢誓于我列祖列宗之前。

　　随即颁布宪法信条十九条:

一　大清帝国之皇统,万世不易。

二　皇帝神圣,不可侵犯。

三　皇帝权以宪法规定为限。

四　皇帝继承之顺序,于宪法规定之。

五　宪法由资政院起草议决,皇帝颁布之。

六　宪政改正提案权,属于国会。

七　上院议员,由国民于法定特别资格公选之。

八　总理大臣由国会公选,皇帝任命。其他国务大臣,由总理推举,皇帝任命。皇族不得为总理及其他国务大臣,并各省行政官。

九　总理大臣受国会弹劾,非解散国会,即总理大臣辞职,但一次内阁,不得解散两次国会。

十　皇帝直接统率海陆军,但对内使用时,须依国会议决之特别条件。

十一　不得以命令代法律,但除紧急命令外,以执行法律,及法律委任者为限。

十二　国际条约,非经国会议决,不得缔结。但宣战构和,不在国会会期内,得由国会追认之。

十三　官制官规,定自宪法。

十四　每年出入预算,必经国会议决,不得自由处分。

十五　皇室经费之制定及增减,概依国会议决。

十六　皇室大典,不得与宪法相抵触。

十七　国务员裁判机关,由两院组织之。

十八　国会议决事项,由皇帝宣布之。

十九　第八条至第十六各条,国会未开以前,资政院适用之。

颁布以后,在清室已算让到极点,与民更始。可奈民心始终不服。两广、安徽、福建等省,又次第举起独立旗来,正是:

　　　　　　人意难回天意去,民权已现帝权终。

看官欲知后事,请至下回再阅。

　　鄂师一起,四方响应,中国之不复为清有,已可知矣。荫昌、萨镇冰辈,率全国之师,对付一隅,屡战未捷,是岂皆荫萨二人,韬略未娴,不堪与黎军敌耶?周武有言:"纣有亿兆夷人,离心离德,予有乱臣十人,同心同德。"观于清末,而古人之言益信。至若载沣摄政,仅二年余,此二年间,亦非有大恶德,但以腐败之老朽,痴呆之少年,使操政柄,猝致激变,载沣亦不得谓无咎焉。迨各省告警,云集响应,始有宣誓告庙之举,晚矣。故本回只据事直书,而瓦解土崩之状,已令人目不胜接,徒有浩叹而已。

第九十九回

易总理重组内阁　夺汉阳复失南京

却说广西巡抚沈秉坤,系湖南善化人,闻湖北早起义师,湖南亦告独立,长江下游,大半响应,广西虽处偏隅,势不能免,不如由我倡起,免受黎军压制。当下召文武各官,密谋独立。藩司王芝祥,提督陆荣廷,首先赞成。再开谘议局会议,通过多数,遂举沈为广西都督,改抚署为军政府,谘议局为议院。司道府县,暂仍旧贯。原有军队,统称广西国民军。组织粗定,秉坤愿任北伐事,将都督印信,让与王芝祥、陆荣廷,自携家眷回籍。临行时有留别父老书,说得缠绵凯切,小子也无暇详述。

只广东尚无独立消息,王芝祥因唇齿相依,意图联络,遂发电劝粤督张鸣岐,两三日未接复音。又过了好几天,始探得广东也独立了。原来广东自凤山炸毙后,早有人提倡独立,因粤督张鸣岐,模棱两可,忽愿独立,忽又不愿独立,弄得军民各界,无从捉摸。迁延一日,闻粤西赶先起义,大众始忍无可忍,各到谘议局开会,决议用和平手段,要求独立。仍推张鸣岐为都督,提督龙济光为副手。当下办就印信公文,送到督署。不意署中已空无一人,张鸣岐不知去向,转送与龙济光。济光因张督不到,亦不愿就任,于是改推革命党人胡汉民为都督。时胡汉民甫离湖北,尚未到粤,由协统蒋尊簋暂代。胡到后,乃将都督印信交出。广东独立的音信,尚未北达,安徽独立的音信,先已南来。安徽居长江下游,巡抚叫作朱家宝,朱是幕府出身,人品素来圆滑。他起初还首鼠两端,嗣为军民所迫,不得已任为都督。后来安庆稍有变乱,朱缒城出走,大众请九江分府马毓宝莅任,人心乃安。

此时东南一带,只有南京及福建两处,尚未反正。南京由各省联军进讨,福建恰乘机响应,新军统制孙道仁,与谘议局副议长刘崇佑,联络兴师,先照会总督松寿,另立新政府,所有闽省政务,应归新政府施行。再照会将军朴寿,迫驻防兵缴出军械火药。两寿统是满人,松寿犹豫未决,朴寿偏决意主战。民军闻他不允,遂出占各署,松寿仰药自尽,朴寿饬满兵对仗,恃于山为根据,开炮轰击民军。民军偏冒险登山,前仆后继,竟将满兵杀退。朴寿还不肯罢手,亲率满兵来攻汉界,螳斧挡车,不自量力,战到结果,弄得一命呜呼。满兵既无统帅,只可缴械投诚。当下推孙道仁为都督,受印悬旗,与各省大致相似,不必细说。

只这位摄政王载沣,迭接警耗,正似哑子吃黄连,有说不尽的苦楚。老庆也不胜着急,默念东南半壁,尽付乌有,所恃山东、河南,尚无变动,京畿总还保得住。不意来了一个急电,系山东巡抚孙宝琦,奏请独立,不觉魂魄飞扬,几致晕倒。看官!你道是何故?因孙抚乃庆王儿女亲家,老庆总道靠得住,陡接此奏,正是事出意外。那里晓得孙抚恰也有苦心,他受军民胁迫,不好力拒,又不便赞成,无策中想了一策,阳允军民设临时政府,暗中把苦情奏达清廷。老庆未曾详阅,险些儿几被吓煞。嗣经发电细问,方晓得孙抚意思,倒也少慰。

无如警报又逐渐到来,山东烟台商埠,真个独立,这还是一隅小事。至接到海军各舰归附民军的消息,又是不胜骇愕。原来清军舰退出鄂境,悬着白旗,拟顺流行至九江,偷过青山炮台,迨抵田家镇,该镇开空炮示警,清军舰无都督护照,不敢停泊待验,乃重复折回。惟镜清、保民、楚观、江元、江亨、建威、通济、楚同、楚泰、飞鹰、楚谦、虎威、江平、及张字号鱼雷艇,共十四艘,竟沿江而下,直达镇江。看官!你道十四艘兵舰如何能畅行无阻呢?相传是镜清船上,有帮管带陈复,与同志刘樾、刘勖名、杨砥中、常光球等三十余人,响应民军,暗中联络,是以途中无阻,竟一律开往镇江。镇江是时,亦已与苏州相应,推林述庆为都督,闻陈复已至,派员接收,至此清军舰十失六七,只海容、海琛、海筹、湖鹗、及鱼雷艇等,孤立江心,不复成军。提督萨镇冰,见大势已去,另乘大通轮船,避往上海。那时海容、海琦、海筹三舰长,除效顺民军外,无他良法,遂向九江马都督处投诚。马都督毓宝,自然欢迎,接见后,置酒款待,彼此尽欢。惟海容艇长喜昌,海琛艇长荣绪,均系满人,辞职回里,马都督各给洋五、六百元,派人送沪去讫。

只老庆急上加急,每日电促袁世凯到京,袁大臣在途,请足疾假,咳嗽假,逗留又逗留,至缓无可缓,方率兵两大队,冠冕堂皇的到了京都。京中官民,闻袁大臣到来,相见恨晚,就是摄政王载沣,亦蠲除宿怨,极诚迎迓。两下相见,立开军事会议,袁大臣先将议和不成的情形,说了一遍。摄政王皱着眉道:"鄂军既不肯议和,看来只好主战。"袁大臣道:"主战亦是,但没有军饷,如何是好?"此时庆王在座,百忙中想出一法,乃是孝钦太后留有遗积,现在隆裕太后手中,要摄政王入宫支取。袁大臣竭力赞成,当由摄政王入见隆裕太后,隆裕太后,方宠幸太监小德张,安排水晶宫装设,想步孝钦后尘。不幸福气淡薄,革命党举事武昌,竟致四方响应,不可收拾。摄政王屡次进陈,已是愁闷得很,忽又要支取内帑,弄得无词回答,只有珠泪双垂。摄政王也相对而泣,哭了一场,总是无法可施,勉强取出若千万,交付摄政王,由摄政王交给袁大臣。袁

大臣遂组织内阁,选了几个有名的人才,请旨颁布道:

梁敦彦为内务大臣,赵秉钧为民政大臣,严修为度支大臣,唐景崇为学务大臣,王士珍为陆军大臣,萨镇冰为海军大臣,沈家本为司法大臣,张謇为农工商大臣,杨士琦为邮传大臣,达寿为理藩大臣。

这道旨意,颁发下来,满拟人才毕集,挽救时艰。谁知有一半不肯出山,有一半供职清廷,也上表力辞,不愿担任危局。袁大臣再请任各省宣慰使,选出几位耆硕,去当此任,偏偏又无人应命。且闻吉林、黑龙江,各设保安会,奉天也杂入革命军,举党人蓝天蔚为都督,消息日恶一日。江南第九镇统制徐绍桢,又召集浙沪、苏、宁各军,攻打南京。江督张人骏、将军铁良及提督张勋,虽尚服从清室,与徐绍桢等相抗,究竟城孤兵少,四面楚歌,免不得向清廷乞救。袁大臣至此,亦愤懑的了不得,他想民军气焰逼人,总不肯就我羁勒,能战然后能和,射人必先射马,欲想处处兼顾,势有未能,不如力攻武汉,杀他一个下马威,令他见我手段,方才遏志。遂将内帑运至鄂中,令冯、段两统领,奋击汉阳。

冯、段二人,接此命令,果然格外效力,亲率全军赴汉阳,鄂军方面,由黄兴督师,两下连战两昼夜,清军先挫,梅子山一带,为鄂军所占,嗣清军潜渡汉江,改服鄂军衣装,各持白旗,来袭美娘山。鄂军不及预防,还道是武昌遣来援军,至清军前队登山,见人辄斫,方晓得系清军伪充,连忙对仗,已是不及。恶斗了半日,清军越来越众,炮火越猛,鄂军死伤千余人,只好把美娘山弃去,退至龟山。清军乘胜追至。被鄂军一阵杀退,不意龟山方幸保全,雨淋山又闻失守。恼了这班敢死队,纠众进攻,冒死上登,竟将雨淋山夺回,并乘间渡江,拟占刘家庙。才至汉口,清军突来,战了一仗,不分胜负,清军退至歇生路,两下收军。越宿,清军又拔营齐出,群往雨淋山,用全力争汉阳。那时两军已连战五昼夜,雨淋山的鄂军,只道清军已退,令招来新兵把守。新兵未经战阵,骤见清兵如蚁而来,哗然四散。清军遂据雨淋山,突闻山下枪炮齐发,由清军俯视,只见来势勇猛,正是鄂军里的敢死队。清军也怕他骁悍,胆已先怯,勉强下迎,毕竟敢死队以少胜多,又将雨淋山夺去,并夺得清军机关枪两尊。翌日黎明,两军统帅都亲自督阵,大战于十里铺。自辰至午,清军炮火甚烈,鄂军不能取胜,方收队休息。忽后面大起炮声,回头一望,乃是清军全队,猛力扑来。民军前后受攻,任你什么敢死团也是不济,只好退归汉阳。这支清军,如何在鄂军后面?看官听着!待小子叙明:原来汉阳城外有扁担山,系全城保障,山上有一员炮队管带,姓张名振臣,系张彪的儿子,张彪遁去,振臣尚在,黄兴未曾察破,被他勾通清军,竟将这山奉送。复卖嘱黑山、龟山、四平山、梅子山的炮弁,把炮闩除去,并将地雷火线绝断。霎时间,清军四路分攻,守山的将士,放炮炮不响,燃线线无灵,徒靠着血肉之躯,与枪弹相搏,那有不败之理?眼见得四座峻岭,被清军陆续占去。

这时候的汉阳总司令黄兴，早回城中，败兵入城，犹待总司令宣布军号，以便防守。谁知待了许久，杳无音响，到总司令府谒问，只剩了一间空屋，室迩人远，弄得大众面面相觑，城外又鼓声大震，清军齐来薄城。城中已无主帅，不由的军心大乱，纷纷出城。等到武昌闻警，发兵来援，全城已为清军占领，还有什么效力？但见汉阳城外的人民，夺路奔逃，渡船如蚁，飞向武昌驶去。溃军也杂民中，争船而走。军械辎重，漂流江面，不计其数。黎都督闻汉阳已失，不禁叹惜道："我道这位黄司令，总有些能耐，不料懦弱如此。"忙出城抚慰兵民，并言："黄司令已往上海，去集援军，计日可至。汉阳虽失，尽可无虑，武昌有我作主，总要拼命保守"等语。兵民闻言，方觉心安。于是续派军队，沿江分驻，上自金口，下至青山，皆立栅置炮，日夜严防，武昌才算稳固。

冯、段两统领，既得汉阳，即向清廷告捷，且拟指日攻复武昌，清廷王大臣，又相庆贺，独这袁总理心中，恰另有一番计划。正踌躇间，又来了三道警电：第一道是第六镇统制吴禄贞，奉清命去攻山西，被麾下周符麟、吴鸿昌等刺死。袁见了尚不以为意，因吴禄贞是革命党人，命攻山西，乃由军谘使良弼发议，明是以毒攻毒，此次见刺，安知非从良弼授意，当即将电文搁过一旁。第二道是四川独立，端方在资州被杀，其弟端锦，亦遭惨戮，不由的太息道："端老四何苦费了数万金，卖个身首异处，真不值得。"亦将此电搁起。第三道是南京危急万分，火速求援。这电文映入袁总理眼帘，恰瞧了又瞧，默想片时，竟取出两笺，各书数字，交左右至电报处拍发。一电系寄往南京，说急切无兵可援。一电系寄往汉阳，说是暂且停战。

冯、段两统领，向来尊信袁公，自然停兵勿进。独南京张人骏等接到袁电，未免有些怨恨。张勋更暴躁得很，还要与民军争个雌雄。那时攻打南京的徐绍桢，因出战不利，退回镇江，改推苏督程德全为海陆军总司令，出驻高资。程遂召集各军司令官，带兵前进。宁军总司令，仍是徐绍桢，镇军总司令，就是林述庆，还有浙军总司令朱瑞，苏军总司令刘之杰等，会集部兵三万余人，一齐杀去。南京清提督张勋确是能耐，督率十八营如狼似虎的防军，前来对垒。交绥数次，联军未见胜仗，反伤了无数士卒。嗣经济军统领黎天才，率兵六百余人，来攻南京。黎素以勇毅闻，见各军相率逡巡，勃然大愤，即慨请先行，请浙军司令官朱瑞，派兵为后应。当下进攻乌龙山，下令首先登山者，赏银千元。军士闻令踊跃，争先抢占。清军不能支，立被占住。再攻幕府山，下令如前，一声呐喊，猛力前进。清军马步队，方在炮台上了望，见民军来势汹涌，行动如飞，台兵不慌不忙，也不开炮，竟下来欢迎，请天才登山。天才检点将士，共四百余员，咸请："我辈湘人，不愿与同胞为难。"天才大喜，登山遥望，正与城内狮子山相对。狮子山也有炮台守兵，颇有整肃气象。蓦闻狮子山开炮轰来，天才颇为一惊。旋见射来的炮弹，都落山外，不觉动疑起来，问明降军，方知狮子山的守兵，亦系湘人，彼此同心，不愿轰击，所以随便开放。天才也令炮兵停轰，竟分兵去夺下关。下关炮弁何明焕，度势不支，有心反正，遂悬起白旗，以示降顺。天才喜出望外，把下关两座炮台，一律收入，复会合苏、浙联军，往攻孝陵卫。张勋亲率部将三员，分四路出城迎敌，联军奋力齐进，击毙张军千余名。张勋知不可胜，退入朝阳门，负嵎死守。

只张勋有个爱妾，芳名小毛子，生得妩媚动人，秦淮河畔，无此丽姝，白下城中，群推绝色。那张大帅好勇性成，生死恰付诸度外，惟瞧着这蔽月羞花的篷室，未免生愁。小毛子以张勋威望素著，起初倒也不怕，只教张勋固守；寻闻险要已失，孤城坐困，也觉得忧虑起来。美人颜色，易致憔悴，怎禁得起连日警耗，渐渐腰围瘦损，华色枯凋，张勋见他形容，也无心恋战。张人骏、铁良等，毫无成见，凡事都由张勋作主，张勋要战，不得不战，张勋要逃，不得不逃。张勋一面求救清廷，一面令小毛子收拾细软，派得力兵队，潜护出城。过了两日，接袁总理复电，无兵可援，不禁懊悔道："大家坐视，独我奋力，我也无此耐烦。"会联军又夺天保城，张勋遂与张人骏、铁良密商，不如带兵北上，徐图后举，此时且与联军议和。张、铁无计可施，遂允勋议。

当下拟定四大纲，令部将胡令宣出城请和。苏军司令刘之杰，接阅和款：一是不得伤人民生命，二是不得杀旗人，三是准张勋率兵北上，四是准令张人骏、铁良北上。刘之杰瞧毕，对胡令宣道："这事我不能作主，须禀报总司令处，方可定议，你且回城候复！"胡令宣唯唯去讫。次日由总司令答复，允他三条，独张勋北上条不许。张勋怒吼上马，再拟背城借一，经张人骏、铁良劝阻，勉过一天。翌晨正拟出发，忽报四城火起，联军已进攻南门、神策门、太平门、仪凤门，及狮子山炮台。张人骏、铁良两人，避至日本领事馆，乞他保护出城。张勋令部兵白旗出迎，自己恰乱尽库款。从旁门走脱。等到联军入城，早已虚若无人了。南京光复，因程督不能离苏，公举镇军都督林述庆，为南京临时大都督。适值黄兴到沪，拟集联军援鄂，在上海开会，由各省代表推他为大元帅，黎元洪为副元帅，正是：

郁之益久，发之益光。师直为壮，我武孔扬。

小子著书至此，已九十九回了，下文只有一回，便要完卷。看官且再拭目！阅那结末的第一百回。

"将军欲以巧胜人，盘马弯弓故不发？"这两语正可移赠袁公。迟迟出山，又迟迟入京，处危疑交集之秋，尚属从容不迫，其才具已可概见。汉阳一役，明以示威，得汉阳而失南京，正袁公之所以巧为处置也。从字句间体察之，可以觇袁大臣之心，可以见著书人之识。

第一百回

举总统孙文就职　逊帝位清祚告终

却说黄兴既受了大元帅的职任,正拟派兵援鄂,忽闻清廷降旨,命袁世凯为议和全权大臣,料知停战在即,因此从缓。这袁大臣恰委任尚书唐绍仪,作为代表,南下议和。唐奉命至汉口,先由驻汉英领事,转告黎都督,黎不便力拒,允与熟商,当由双方暂时停战。唐绍仪进见黎都督,交换意见,议了两天,黎以黄兴在沪,已任为大元帅,一切取决,当就上海开议。于是唐绍仪又从汉口乘轮约上海来,是时上海各代表,已公推博士伍廷芳为外交总长,议和事亦委他主持。会议地点,就在上海英租界的市政厅。两下列座,除两大代表外,尚有参赞数员。晤谈后,各取委任书交阅,互验属实,然后讨论和议。议至四点多钟,伍代表提出四事:一、清帝退位。二、改行民主政体。三、给清帝年金。四、量恤旗民。唐代表瞧这四条,不便承认,只答称须电达内阁,方可定夺。当下散会,看官!你想"清帝退位"四字,简直是要将清室河山,归还民国,清廷王大臣,焉肯即日允从?袁大臣自然不能代允,但欲峻词拒却,必致决裂,弄得战祸绵延,终非良策,想了又想,只好把君主民主两问题,熟详利害,复电唐代表,令他再行辩驳。唐绍仪乃约约伍廷芳,申议两次,伍廷芳决立民主政体,方可休兵。彼此几至决裂,当由德领事出为调停。德领事名婆黎,系上海各领事的领袖,他奉驻京德使命,有意排解。遇开领事团会议,招集英、美、法、日、俄五领事,详述意旨,五领事自然乐从。那时德领事即将意见书,交与伍、唐两代表,其文云:

> 驻扎北京德国公使馆,曾奉本国政府训令,向各议和使陈述私见。德国政府,以为中国如果继续战争,不特有危于本国,并有危于外人之利益安宁。现德国政府,依旧严守中立,但不得不尽义,为私交上之忠告。愿两议和使设法将战事早日消减,从两造之所自愿者,办理一切事宜,有厚望焉。

伍、唐两代表接书后,只得共表同情,再事磋商。会闻山东都督孙宝琦取消独立,山西省城太原府,又由清军占领。清廷一方面,似乎有些生色。嗣由革命党大首领孙文,航海归来,沪上各民军代表,个个欢迎,一片舞蹈声、喧呼声,与吴淞江水声相应,热闹的了不得。过了两三天,各代表遂开选举大总统会,投票选举。启箱后,孙文票数最多,应任为大总统。续举副总统,是黎元洪当选。大众遂欢呼"中华共和万岁"三声,随由各代表通电各处,于辛亥年十一月十三日,即西历一千九百十二年一月一号,组织中华临时政府于上海,建号中华民国,即以此日为民国元年元月元日。孙文赴南京受任,火车上面,遍插国旗,站旁军队林立,专送孙总统上车。由沪至宁,每到一站,两旁皆列队呼万岁。午后抵南京,国旗招展,军乐悠扬,政、学、军、商各界,统来站相迎。驻宁各国领事,亦到来迎接。各炮台,各军舰,各鸣炮二十一门,表示欢忱。孙总统下车后,改坐马车至临时总府,早有黄兴、徐绍桢等,站着左右,迎迓入内。是晚即在公堂行接任礼,各省代表,与海陆军代表,齐呼"中华民国万岁!"声震屋瓦。代表团报告选举情形,请临时大总统宣读誓词。孙文即朗声宣诵道:

颠覆满清专制政府,巩固中华民国,图谋民生幸福。此国民之公意,文实遵之。以忠于国,为众服务,至专制政府既倒,国内无变乱,民国卓立于世界,为列邦公认,斯时文当解临时大总统之职,谨以此誓于国民!

读毕,由代表团推举景耀召,捧呈大总统印信,由孙总统接受如仪。各代表又推徐绍桢读颂词,读后,孙总统答称:"誓竭心力,勉副国民公意。"大众更欢呼而散。孙总统遂立中央政府,为行政总机关;中央设参议院,各省设省议会,为立法机关。并提议改用阳历,交参议院公决。参议院议员,暂以各省代表充选,即日通过改历议案,以十一月十三日为正月一日,并为中华民国纪元,通电各省公布。又议定政府制度,暂仿美国成制,不设总理,但设各部总次长如下:

陆军总长黄兴、次长蒋作宾,海军总长黄钟瑛、次长汤芗铭,司法总长伍廷芳、次长吕志伊,财政总长陈锦涛、次长王鸿猷,外交总长王宠惠、次长魏宸组,内务总长程德全、次长居正,教育总长蔡元培、次长景耀月,实业总长张謇、次长马和,交通总长汤寿潜、次长于右任。

南京政府成立,民军声焰愈张,遂创议北伐,传檄远迩。各省踊跃起应,连一班女学生,也想大出风头,组织北伐队。上海名优阔妓,都借着色艺,募捐助饷,似乎直捣黄龙,指顾间事。各洋商见时势危急,恐碍商务,遂联名发电,直致清廷,要求早日改建国体,妥定大局。先是摄政王载沣,因袁大臣已任内阁总理,自己无权无勇,正好借此下台,辞退监国重任。经隆裕太后允准,令他仍醇王爵号,退归藩邸,不再预政。此后一切政务,都责成总理大臣。至保护幼帝的责任,归太保世续、徐世昌。此旨颁后,全副重担,都肩在袁总理身上。袁总理倒也不怕。惟南北和战事宜,所关重大,且迭接南方各电,不得不与清皇族会商,遂奏请隆裕太后,开御前会议,把民军提出各条,令皇族自行酌夺。皇族多半反对,袁总理再电唐绍仪,征求意见。绍仪复称应速开临时国会,解决政体。袁总理复转达皇族,皇族仍是不从。唐遂辞职,议和事由袁总理自行直接。

会四川省杀了总督赵尔丰,新疆省杀了将军志锐,甘肃省杀了总督长庚,蒙古、西藏也居然独立起来。袁总理未免着急,仍奏请隆裕太后,如前代表唐绍仪议。太后踌躇未决,袁总理也奏请辞职,愿退居间地。急得太后束手无策,只好温词慰留。袁总理仍是固辞,太后复封他一等侯爵。袁复恳切上表,不愿就封。太后只得再与老庆商议,要他至袁总理邸第,竭力挽留。袁乃辞封就职,再与伍廷芳往返电商。奈民军得步进步,先争论国会地点,两方辩驳的电文,差不多有数十通。至南方政府成立,竟将国会一说搁起,定要清帝退位,才肯干休。

斯时清廷已无兵力饷,势难再战,只得由隆裕太后出场,再开御前会议。皇族等统已垂头丧气,隆裕太后也垂着两行酸泪,毫无主见。独军谘使良弼抗声道:"太后万不能俯允民军,愚见决计主战。"太后道:"兵不效力,饷无从出,奈何?"良弼道:"宁可一战而亡,免受汉人荼毒。"皇族见良弼非常决裂,恰也胆大起来,随声附和。会议仍然无效,过了两三日,袁大臣出东华门,遇着炸弹,未被击中,恰拿着刺客三名,偏偏这良弼从外归家,突被炸弹击毙。拿住刺客,据供是民党彭家珍,也不知是真是假。家珍当时受戮,无从细询。自是清皇族个个惊慌,逃的逃,躲的躲,那个还敢来反对逊位?在鄂统领段祺瑞,复联合北方将弁四十二人,电请逊位。隆裕太后不得已,授总理大臣袁世凯特权,电告民国代表伍廷芳,商议优待清室条件。彼此又辩论数日,适值汪兆铭等,释放回南,参赞和议,于优待清室事,恰主张从厚,才得蹉商定局。袁总理禀明隆裕太后,且再请皇族议定。隆裕太后含泪道:"他们都已拥资走避了,剩我母子两人,还有何说?你去拟旨便是。"言毕,痛哭一场。还是袁总理劝慰数语,才行退出。随即拟定三道谕旨,入呈太后瞧阅。太后只得钤印御宝,钤宝时,两手乱颤,一行一行的泪珠儿,流个不休,随把谕旨交与袁总理。袁总理也即署名,于宣统三年十二月二十五日,即中华民国元年二月十二日,颁布天下。

第一道谕旨云:

朕钦奉隆裕皇太后懿旨:前因民军起事,各省响应,九夏沸腾,生灵涂炭,特命袁世凯遣员与民军代表,讨论大局,议开国会,公决政体。两月以来,尚无确当办法。南北暌隔,彼此相持,商辍于途,士露于野,徒以国体一日不决,故民生一日不安。今全国人民心理,多倾向共和,南中各省,既倡议于前,北方各将,亦主张于后,人心所向,天命可知。予亦何忍以一姓之尊荣,拂兆民之好恶。是用外观大势,内审舆情,特率皇帝将统治权公诸全国，定为共和立宪国体，近慰海内厌乱望治之心，远协古圣天下为公之义。袁世凯前经资政院选举为总理大臣，当兹新旧代谢之际，宜有南北统一之方，即由袁世凯组织临时共和政府，与民军协商统一办法。总期人民安堵，海内乂安，仍合汉、满、蒙、回、藏五族完全领土，为一大中华民国，予与皇帝得以退处宽闲，优游岁月，长受国民之优礼，亲见郅治之告成，岂不懿欤？钦此。

第二道谕旨云：

> 朕钦奉隆裕皇太后懿旨：前以大局阽危，兆民困苦，特饬内阁与民军，商酌优待皇室各条件，以期和平解决。兹据复奏，民军所开优待条件，于宗庙陵寝，永远奉祀，先皇陵制，如旧妥修各节，均已一律担承。皇帝但卸政权，不废尊号。并议定优待皇室八条，待遇满、蒙、回、藏七条，览奏尚属周至。特行宣示皇族，暨满、蒙、回、藏人等，此后务当化除畛域，共保治安，重睹世界之升平，胥享共和之幸福，予实有厚望焉！钦此。

（甲）关于大清皇帝辞位之后，优待之条件：

今因大清皇帝，宣布赞成共和政体，中华民国于大清皇帝辞退之后，优待条件如下：

第一款　大清皇帝辞位之后，尊号仍存不废。中华民国以待各外国君主之礼相待。

第二款　大清皇帝辞位之后，岁用四百万两，俟改铸新币后，改为四百万圆，此款由中华民国拨用。

第三款　大清皇帝辞位之后，暂居宫禁，日后移居颐和园，侍卫人等，照常留用。

第四款　大清皇帝辞位之后，宗庙陵寝，永远奉祀，由中华民国酌设卫兵，妥慎保护。

第五款　德宗陵寝未完工程，如制妥修，其奉安典礼，仍如旧制。所有实用经费，并由中华民国支出。

第六款　以前宫内所用各项执事人员，可照常留用，惟以后不得再招阉人。

第七款　大清皇帝辞位之后，其原有之私产，由中华民国特别保护。

第八款　原有之禁卫军，归中华民国陆军部编制，额数俸饷，仍如其旧。

（乙）关于清皇族待遇之条件：

（一）清王公世爵，概如其旧。（二）清皇族对于中华民国国家之私权及公权，与国民同等。（三）清皇族私产，一体保护。（四）清皇族免当兵之义务。

（丙）关于满、蒙、回、藏各族待遇之条件：

(一)与汉人平等。(二)保护其原有之私产。(三)王公世爵,概仍其旧。(四)王公中有生计过艰者,设法代筹生计。(五)先筹八旗生计,于未筹定之前,八旗兵弁俸饷,仍旧支放。(六)从前营业居住等限制,一律蠲除,各州县听其自由入籍。(七)满、蒙、回、藏原有之宗教,听其自由信仰。

第三道谕旨云:

> 朕钦奉隆裕皇太后懿旨:古之君天下者,重在保全民命,不忍以养人者害人。现在新定国体,无非欲先弭大乱,期保义安。若拂逆多数之民心,重启无穷之战祸,则大局决裂,残杀相寻,势必演至种族之惨痛,将至九庙震惊,兆民茶毒,后祸何忍复言? 两害相形,惟取其轻。此正朝廷审时观变,痌瘝吾民之苦衷。尔京外臣民,务当善体此意,为全局熟权利害,勿得挟虚憍之意气,逞偏激之空言,致国与民两受其祸。着民政部步军统领姜桂题、冯国璋等,严密防范,剀切开导,俾皆晓然于朝廷应天顺人,大公无私之意! 至国家设官分职,以为民极,内列阁府部院,外建督府司道,所以康保群黎,非为一人一家而设。尔京外大小各官,均宜慨念时艰,慎供职守,应即责成各长官,敦切诚劝,毋旷职守,用副凤昔爱抚庶民之至意! 钦此。

清帝退位,南北统一,临时大总统孙文,因袁世凯推翻清室,有功民国,特把大总统位置,完全让与。大众亦多半赞成。于是内阁总理袁大臣,遂任民国第二次临时大总统。至若副总统位置,当南京会议时,曾推黎都督元洪,不复再选。从此"帝德皇恩"的字样,一概删除。这位隆裕太后,自宣布共和后,寂居宫禁,抑郁寡欢,至次年冬间,积成胀疾,奄奄而逝。上谥为孝定景皇后,清室事从此了结。全部《清史通俗演义》,亦就此告终。

统计清自天命建号,至宣统退位,共二百九十六年。自顺治入关,至宣统退位,共二百六十八年。小子于此书告成后,拟再从各省光复起,至袁总统谢世止,把民国历年大事,演成小说,陆续出版,以供诸君续阅。但现在笔秃墨干,脑枯力敝。只好休息数天,与诸君期诸他日。诸君少待,还有几名俚词,作为全部小说的尾声。

> 清自摄政始,复以摄政终。顺治推早慧,宣统亦幼聪。孝庄与孝定,权位毋乃同。得国由吴力,退位本袁功。一往又一复,天道如张弓。寄语后起者,为国应效忠! 努力惩覆辙,毋以私害公! 皇帝不足贵,何苦效乃翁?

———

民国成立,自南京组织临时政府始。孙中山以二十载之苦心,始得躬逢其盛,不可谓非有志竟成之举。惟推倒清室,则实自袁项城成之。袁之才具智术,实出民党诸人上。而庆王奕劻、摄政王载沣,以及满廷诸皇族,更无一定与袁比。袁固乱世之雄哉!若隆裕太后之决计主和,下诏逊位,虽出于中外之逼迫,不得已而使然,然较诸固执成见,贻害生灵者,殆有间焉。著书人或详或略,若抑或扬,皆斟酌有当,非漫以铺叙见长,成名为小说,实侔良史。录一代之兴亡,作后人之借鉴,是固可与列代史策,并传不朽云。